DuMonts Kriminal-Bibliothek

Charlotte MacLeod wurde 1922 in Kanada geboren und wuchs in Massachusetts, USA, auf. Sie studierte am Boston Art Institute und arbeitete danach kurze Zeit als Bibliothekarin und Werbetexterin. 1964 begann sie, Detektivromane für Jugendliche zu veröffentlichen, 1978 erschien der erste »Balaclava«-Band, 1979 der erste aus der »Boston«-Serie, die begeisterte Zustimmung fanden und ihren Ruf als zeitgenössische große Dame des Kriminalromans festigten.

Herausgegeben von Volker Neuhaus

Charlotte MacLeod

Der Balaclava-Bumerang

DuMont

Aus dem Englischen von Beate Felten-Leidel

Die Originalausgaben von »Stille Teiche gründen tief« (»The Corpse in Oozak's Pond«), »Wenn der Wetterhahn kräht« (»Vane Pursuit«), »Über Stock und Runenstein« (»Wrack and Rune«), »Eine Eule kommt selten allein« (»An Owl Too Many«), »Miss Rondels Lupinen« (»Something in the Water«) und »Aus für den Milchmann« (»Exit the Milkman«) erschienen 1987, 1989, 1991, 1994 und 1996 bei The Mysterious Press, Warner Books, New York.

Umschlagmotiv von Pellegrino Ritter
Umschlaggestaltung: Groothuis, Lohfert, Consorten (Hamburg)
Satz: Greiner & Reichel, Köln
Druck und Verarbeitung: Clausen & Bosse, Leck
Printed in Germany
ISBN 3-8321-6708-0

Inhalt

»Stille Teiche gründen tief«

Für Jean und Lou Steinberg

DIE FAMILIE BUGGINS IN BALACLAVA COUNTY*

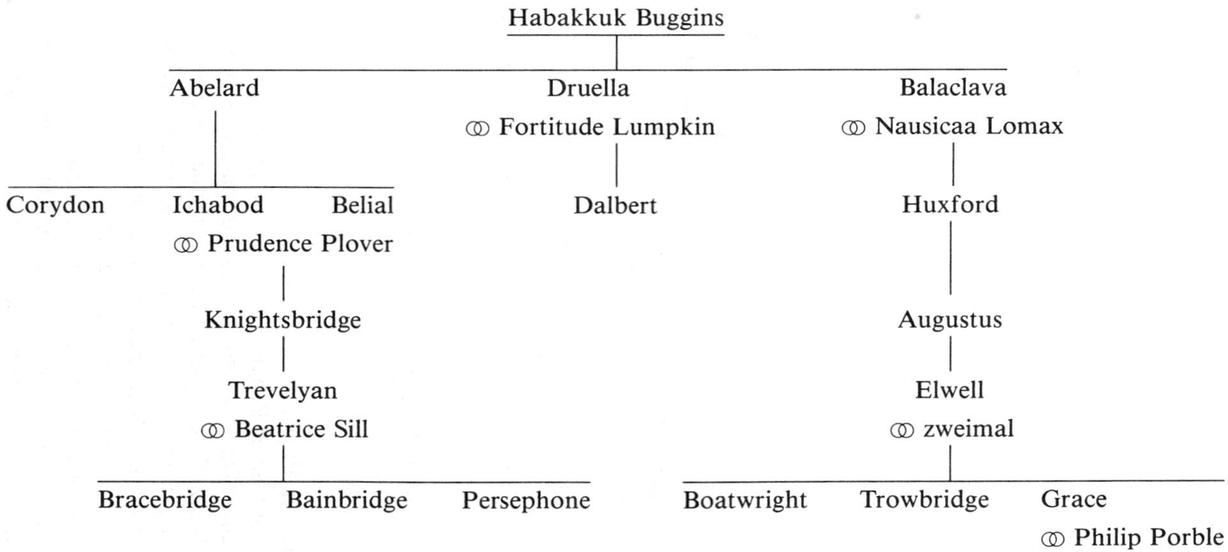

* Dieser unvollständige Stammbaum dient lediglich dazu, die verwandtschaftlichen Beziehungen zwischen den im folgenden Text erwähnten Personen zu veranschaulichen. Für weitere genealogische Informationen s. Marsh Shandy, Helen, BiblR Dr., DIE FAMILIE BUGGINS IN BALACLAVA COUNTY, The Pied Pica Press, Clavaton, Mass.

Kapitel 1

»›O grausam die Tat und schändlich der Verrat,
als der, dessen Antlitz nun so bleich
und den zuletzt so lebensfroh ihr saht,
tat sinken in die Tiefen von Oozaks Teich.‹«

Peter Shandy, Professor für Nutzpflanzenzucht am Balaclava Agricultural College und passionierter Liebhaber von Versen, die sich als Poesie ausgaben, deklamierte die Zeilen mit salbungsvoller Inbrunst. Helen Shandy, Kuratorin der Sammlung Buggins, nieste, als sie ein weiteres Bündel mit Papieren des Buggins-Archivs öffnete.

»Peter, Liebling, muß denn das wirklich sein?«

»Was willst du damit sagen? Kannst du nicht würdigen, wie unaussprechlich scheußlich diese Zeilen sind? Hör doch bloß:

›Obwohl mit dem Tode hart er gerungen,
zog Oozak sein Opfer mit sich hinab
und füllte seine armen Lungen,
ließ sinken Gus ins feuchte Grab.‹

Wann heißt ein Buggins jemals Gus?«

»Augustus Caesar Buggins, 1856–1904«, antwortete Helen und nieste erneut. »Das mit Oozaks Teich ist natürlich barer Unsinn. So einen Teich gibt es nicht und hat es niemals gegeben.«

»Fürwahr, schön gesagt! Da sitzt du hier und genießt seine Vorteile, und trotzdem bestreitest du seine Existenz. Oozaks Teich, meine Liebe, ist jene übergroß geratene Pfütze oberhalb der Methangasanlage, woher das Wasser kommt, welches das Rad dreht, das die Turbine antreibt, die den Dung zermalmt, der das Gas produziert, das in unserer ehrwürdigen Stätte der Gelehrsamkeit die Lampen brennen läßt, ganz zu schweigen von der Lampe, die du gerade anniest.«

Das betreffende Objekt war eine hübsche alte Messinglampe. Helen gab dem grünen Glasschirm einen entschuldigenden Klaps. »Das soll also ein Teich sein? Ich dachte immer, daß es sich dabei um so etwas wie ein künstliches Reservoir handelt. Teiche haben doch normalerweise keine Betonränder, oder?«

»Hatte Oozaks Teich auch noch nicht, als die allerersten Studenten von Balaclava Buggins' College das liebe Hornvieh dorthin geleiteten, um es an seinen moosigen Ufern schlürfen zu lassen.«

»Ich habe immer gedacht, das Hornvieh hätte an dem Teich drüben beim Fachbereich Haustierhaltung geschlürft?«

»Mitnichten, meine Schöne. Dort schlürft es zwar heutzutage, wenn es in der richtigen Stimmung und der Teich nicht zugefroren ist. Doch dabei handelt es sich keineswegs um die ursprüngliche Schlürfstätte. Dort pflegte nämlich einst die Gattin unseres College-Gründers die Wäsche der Studenten zu waschen.«

»Aha!« rief Helen. »Daher also der Name Waschteich!«

»Genau. Der Name jener Mrs. Buggins lautete übrigens Nausicaa. Höchstwahrscheinlich Nohsicker ausgesprochen. Die alten Kuhställe befanden sich dort, wo heute die Methananlage steht. Damals gab es eine Wasserleitung, die aus hohlen Baumstämmen gefertigt war und vom Teich herunterführte, um schließlich die Tröge für all jene Kühe zu füllen, die keine Lust hatten, zum Teich hochzusteigen. Man erzählt sich, daß dort der junge Dalbert Buggins dereinst beim Reinigen der Tränke den genialen Einfall hatte, die Wasserkraft von Oozaks Teich zu nutzen, um damit eine Mühle anzutreiben. Es gab eine Zeit, da pflegten die Wasser von Oozaks Teich das gesamte College-Mehl zu mahlen. Doch als im Laufe der Zeit die Technologie immer größere Fortschritte machte, entstand schließlich aus der Mühle das Kraftwerk. Doch Oozaks Teich plätschert auch heute noch fröhlich wie eh und je.«

»Dalbert.« Helen studierte ihren noch unvollständigen Familienstammbaum. »Da ist er ja schon. Er war Balaclavas Neffe – nicht sein Sohn, wie gemeinhin angenommen wird. Balaclavas einziger Sohn Huxford ist im Bürgerkrieg gefallen.«

»Sehr richtig. Und Huxfords Cousin Corydon hat sich anschließend das Gehirn zermartert, um ein Wort zu finden, das sich mit Chickamauga reimt, damit er auch die passende Ode für den gefallenen Helden verfassen konnte. Apropos Oden und Buggins-Barde, wo war ich eben stehengeblieben?«

»Zweifellos an einer höchst genialen Stelle. Sollten wir uns nicht lieber ein wenig ausruhen, damit wir morgen fit für die Zeremonie am Murmeltiertag sind? Ich hoffe nur, das kleine Untier wird den Anstand besitzen, diesmal seinen Schatten zu sehen. Letztes Jahr hat es uns immerhin noch sechs zusätzliche Winterwochen aufgebrummt.«

Helen nieste wieder voll wissenschaftlicher Resignation. Schließlich hatte sie sich den ganzen Staub selbst zuzuschreiben. Vor sechs Monaten hatte sie nämlich bei einem Symposium in Arizona eine Arbeit über Belial Buggins, den Bruder von Corydon Buggins, vorgelegt. Die Aufregung, die sie damit in akademischen Kreisen entfacht hatte, war Präsident Svenson Anlaß genug gewesen, sie damit zu beauftragen, einen genauen historischen Bericht über Balaclava und sämtliche übrigen Buggins zu verfassen.

Die Buggins waren eine Familie von Schriftstellern und Sammlern gewesen. Helen verfügte daher zwar über ausreichend Material für ihre Arbeit, problematisch war nur, genug Zeit zu finden, um sich dem Thema zu widmen. Als Angestellte der College-Bibliothek wurde sie ständig von Bibliothekar Philip Porble und seinen getreuen Anhängern gestört. Sie versuchte daher gar nicht länger, im Buggins-Raum zu arbeiten, sondern hatte damit begonnen, kiloweise Dokumente in das kleine Backsteinhaus am Crescent unterhalb des Campus zu schleppen, das sie mit Shandy und ihrer Katze Jane Austen teilte.

Zu diesem Zweck hatte sie notgedrungen das Gästezimmer im oberen Stockwerk zu einem gemütlichen kleinen Arbeitszimmer umfunktioniert. Das Kämmerchen unten im Haus, in dem Shandy die Arbeiten seiner Studenten zu korrigieren und ähnliche Pflichten zu erledigen pflegte, war schon für eine Person zu klein, ganz zu schweigen von zweien, auch wenn beide Shandys eher zierlich waren. Sie hatten bereits mit dem Gedanken gespielt, einen weiteren Raum anbauen zu lassen, doch Februar war nicht gerade die ideale Zeit, um Wände einzureißen. Februar war im Grunde für so gut wie gar nichts die richtige Zeit in Balaclava County, Massachusetts. Daher war auch der Murmeltiertag am 2. Februar ein derart herausragendes Ereignis im College-Kalender.

Selbstverständlich ertrug Präsident Svenson es nicht, von irgendeinem x-beliebigen Punxsatawney Pete oder Cochituate Chuck

Wettervorhersagen aus zweiter Hand zu bekommen. Das College besaß daher sein eigenes Murmeltier. Der schlummernde Balaclava Beauregard lag schon auf Abruf bereit oder, um es genau zu sagen, in seiner Höhle oben am Ufer jenes Gewässers, das, wie Helen inzwischen erfahren hatte, den Namen Oozaks Teich trug. Punkt halb sieben am nächsten Morgen würde das verdrießliche Murmeltier aus seinem gemütlichen Quartier hervorgezerrt und auf eine Plattform aus Schnee gesetzt werden, die man eigens flachgestampft hatte, damit es bequem seine meteorologische Aufgabe erfüllen konnte.

Tatsächlich würde Beauregard seinen Schatten wahrscheinlich überhaupt nicht sehen, egal, wie das Wetter auch sein mochte. Er würde sich nicht einmal die Mühe machen, die Augen überhaupt zu öffnen, da Murmeltiere bekanntlich zu den hartnäckigsten Winterschläfern unter den Säugetieren zählen. Was sowieso völlig schnuppe war, da die gesamte Studentenschaft, der Großteil des Lehrkörpers, deren Familien sowie eine beträchtliche Zahl der Ortsbewohner anwesend sein würden, um ihn bei seiner Arbeit zu unterstützen.

Nachdem schließlich der offizielle Murmeltierschattenbeschauer den Tatbestand festgestellt und die betreffende Vorhersage gemacht hatte, würde man Beauregard wieder zurück in sein Bett verfrachten. Danach würde ein Freudenfeuer angezündet werden, und von einem großen Schlitten aus, vor den vier imposante Balaclava Blacks gespannt waren, würden heiße Schokolade und Krapfen an die jubelnde Menge verteilt. Die Pferde, die mit Decken gut gegen die Kälte geschützt waren, würden stampfen und schnauben, ihre Mähnen schütteln, die Glöckchen an ihren Geschirren klingen lassen und eine gute Portion Hafer erhalten. So fühlten sie sich nicht vernachlässigt, und kein irregeleitetes Erstsemester kam in Versuchung, die Tiere mit Krapfen zu füttern und damit gegen die strengen diätetischen Regeln für die Ernährung der College-Tiere zu verstoßen, die Professor Stott vom Fachbereich Haustierhaltung aufgestellt hatte.

Die Studenten dagegen würden natürlich alles essen, was sie in die Finger bekamen, und es sich hervorragend schmecken lassen. Sie würden College-Lieder singen und Schneeballschlachten organisieren. Zum Schluß würden sie Schneekugeln zu riesigen Ballen rollen und einen Schneemann errichten, der den Winter symbolisierte und mit lautem Gejohle ins Feuer geworfen wurde, woraufhin das Feuer erlosch und der Spaß ein Ende hatte. Die Pferde würden daraufhin den Schlitten wieder zurück zur Scheune ziehen, die Studenten hinter dem Schlitten herrennen, um ihn über die Fahrspur zu schieben, und sich dann zerstreuen, um wieder in ihre Seminarräume zu gehen und mit ihrer Arbeit fortzufahren.

Zugegeben, das Ganze war ein ziemlich albernes Unterfangen, doch Shandy wollte es sich trotzdem um nichts in der Welt entgehen lassen. Helen übrigens auch nicht. Man hatte ihr einen Ehrenplatz auf dem Schlitten versprochen, wo sie ihrer guten Freundin Iduna Stott beim Verteilen der Krapfen helfen sollte. Sie lächelte ihrem Ehemann zu, der immer noch verzückt in Corydons unglaublich scheußliche Verse vertieft war.

»Lies mir ruhig noch ein bißchen vor, Liebling. Auf die Art kannst du mir helfen, mich abzuhärten. Es gibt Unmengen von dem Zeug, und ich befürchte, früher oder später muß ich sowieso alles durchackern.«

Shandy kam dieser Bitte nur allzu gern nach:

»›*Lang forschten sie nach Gussie dem Lieben.*
In Feld und Wald suchten sie seine Gebeine –
Keiner wußte, daß er in Oozaks Schlamm geblieben,
Die Taschen voller schwerer Steine.
So lag er dorten, bis schließlich dann
Augustus begann zu quellen,
Doch immer noch hielten drunten den Mann
Die Steine im Mantel, die harten Gesellen.
Doch Freiheit naht, der Stoff zerreißt,
Der einst ihn hinabzog so grausam und flink,
Durch Otters Zahn, der ihn zerbeißt,
Doch vielleicht war's auch ein Mink.‹«

»Und vielleicht brauchen wir jetzt 'nen Drink.« Helen schob ihre Papierberge zur Seite. »Scotch oder Sherry, Schatz?«

»Scotch, wenn du ihn mir schon so liebenswürdig anbietest. Es sei denn, du möchtest, daß ich dich verwöhne?«

»Nein, bleib ruhig sitzen. Meine Nase muß sich unbedingt von dem ganzen Staub erholen. Warum liest du nicht das Gedicht zu Ende und gibst mir eine kurze Zusammenfassung, wenn ich zurückkomme?«

»Ich dachte, du wolltest dich abhärten?«

»Du liebe Zeit, wie abgehärtet möchtest du mich denn haben? Corydon scheint offenbar kein Ende zu finden, meinst du nicht auch?«

Womit sie vollkommen recht hatte. Shandy fuhr also mit seiner Lektüre fort und ließ sich jede einzelne überwältigende metrische Form und jeden Reim auf der Zunge zergehen. Besonders gefielen ihm die Strophen, in denen Corydon schlüssig bewies, daß Augustus sich keineswegs freiwillig in Oozaks Teich geworfen hatte, etwa weil er einem Anfall von Depression erlegen war, nachdem er sich der Lektüre der gesammelten Werke von Felicia D. Hemans hingegeben hatte, wie man zuweilen gemutmaßt hatte. In Wirklichkeit hatte man ihm ein Schlachtermesser in den Rücken gestoßen und seine Taschen mit zwei Steinkugeln von den Torpfosten vor einem Haus beschwert, das bis vor kurzem von einem mysteriösen Fremden bewohnt worden war, der sich Henry J. Doe nannte. Mr. Doe und Mr. Buggins waren sich über den Verkauf eines Pferdes in die Haare geraten. Es wurde als bedeutsam vermerkt, daß sowohl Mr. Doe als auch das Pferd spurlos verschwanden, und zwar in eben jener grauenhaften Nacht, in welcher Augustus nach vielen Jahren glücklicher Ehegemeinschaft erstmals versäumte, in die liebenden Arme seiner darob verständlicherweise höchst besorgten Gattin zurückzukehren. Corydon schloß mit einem frommen Epilog:

»›Soll Strafe in Bälde ereilen
Den schändlichen Doe unverhohlen,
Denn Dieben soll niemand Gnade erteilen,
Wo auch immer ein Pferd sie gestohlen.
Und soll die Rache im weißen Gewand
Ihn bereuen lassen Tag und Nacht
Und strafen ihn mit eiserner Hand,
Daß den guten Gus er umgebracht.‹«

»Corydon hat sich hier zwar wirklich Mühe gegeben«, sagte Helen, die mit den Drinks zurückgekehrt war, während Shandy immer noch laut vorlas. »Meiner Meinung nach ist er allerdings kläglich gescheitert. Ich hoffe wirklich, das war jetzt alles?«

»Wir galoppieren schon in Windeseile auf die Zielgerade zu«, versicherte Shandy. »Aber das hier mußt du unbedingt noch hören:

›Denn Gus wird von Freund und Bruder betrauert
Und von seiner betagten Mutter bedauert.
Doch selbst wenn mit Wasser er vollgesogen,
Ist seine Seele nicht um trock'ne Ewigkeit betrogen.
Und immer noch liebevoll gedenken wir gleich
Der bleichen Leiche in Oozaks Teich.«

»Sehr eingängig«, sagte Helen, »den Schluß mit Reimpaaren zu gestalten. Muß ich mir unbedingt merken. Glaubst du, daß der Geist von Augustus später um den Teich herumgepatscht ist?«

»Oh, das ist er ganz bestimmt. Ich wette zehn zu eins, daß Corydon über die glucksende Erscheinung ebenfalls ein Gedicht verfaßt hat.«

Helen seufzte. »Ich fürchte, da könntest du recht haben. Aber wollen wir hoffen, daß es August nicht in den Sinn kommt, ausgerechnet morgen aufzutauchen. Du weißt ja, wie genau es Sieglinde Svenson mit den Anstandsformen nimmt. Die Gattin unseres geschätzten Präsidenten würde das Erscheinen eines Geistes, der seines Erdenlebens aufgrund eines gescheiterten Pferdehandels verlustig gegangen ist, bestimmt nicht als erbauliches Vorbild für die zukünftigen Farmer von Balaclava County ansehen.«

Kapitel 2

Obwohl die Shandys daran gewöhnt waren, früh aufzustehen, kostete es sie einige Überwindung, am nächsten Morgen um halb sechs aus den Federn zu kommen. Es war noch fast völlig dunkel im Zimmer, als Shandy die Vorhänge aufzog.

»Es schneit ein wenig«, berichtete er. »Das ist gut. Zu verhangen, als daß Beauregard seinen Schatten sehen kann, und nicht stürmisch genug, um uns den Tag zu verderben.«

»Vorausgesetzt, der Schnee weicht die Krapfen nicht auf.« Helen holte ihre wollene Unterwäsche aus der Schrankschublade. »Ich sitze schließlich mit im Schlitten, weißt du. Gott sei Dank wird der Boden zur Isolierung gegen die Kälte mit Stroh ausgelegt. Iduna, Mrs. Mouzouka und ich werden an der Mensa abgeholt, mit all den Thermoskannen und Körben. Ich fürchte, du wirst dir also eine andere Frau suchen müssen.«

»Ich habe zwar keine Ahnung, Madam, welch merkwürdige Frühlingsriten wir Ihrer Meinung nach auf dieser Expedition vollziehen sollen, doch ich möchte Ihnen hiermit versichern, daß ich zur Durchführung sicherlich keine exotische Zufallsbekanntschaft benötige«, erwiderte Shandy streng. »Ich werde meinen Krapfen einsam und allein verspeisen, wie es sich schickt, allerdings nicht auf nüchternen Magen. Wäre es nicht vernünftig, unser Heim mit etwas Warmem im Bauch zu verlassen?«

»Mit was beispielsweise? Meinst du, eine Tasse Tee und ein Stück Toast würden dir vielleicht die nötige Kraft verleihen?«

»Schon möglich, wenn sich ein pochiertes Ei auf dem Toast befindet. Soll ich nach unten gehen und den Kessel aufsetzen?«

»Das wäre nett.« Helen griff nach ihrem weichen blauen Pullover, der so gut zu ihren Augen paßte, und zog ihn über ihre kurzen blonden Locken. »Wenn du schon einmal dabei bist, könntest du mir eigentlich auch ein Ei machen. Die Pochierpfanne ist oben in der linken Schublade. Und vergiß nicht, den Toast mit Butter zu bestreichen.«

»Spar dir deine Nörgelei, bis du sie brauchst, Weib. Ich habe meinem ältesten Neffen bereits den Toast mit Butter bestrichen, als du noch als Säugling in den Armen deiner Mutter lagst. Apropos Arme ...«

»Liebling, bitte nicht jetzt.« Helen entwand sich bedauernd Peters Umarmung. »Die Pflicht ruft, und wir müssen gehorchen, oder Beauregard wird sauer und lehnt jede Kooperation ab. Wer zieht ihn überhaupt in diesem Jahr heraus?«

»John Enderble ist immer noch der oberste Murmeltierwecker.«

Professor emeritus Enderble, Experte für heimische Fauna und Verfasser des hochgelobten Bestsellers *Das unverstandene Nagetier,* war zweifellos genau der richtige Mann für diese Aufgabe. Als die Shandys ihr Haus verließen, konnten sie sehen, wie John und seine Frau Mary, beide dick vermummt gegen die Kälte, bereits den Weg hochstiegen, der zunächst zum Campus und schließlich oben auf den Hügel führte, wo Oozaks Teich ungeschützt unter dem flockengefüllten Himmel lag. Shandy ließ Helen an der Fakultätsmensa zurück und eilte den Enderbles nach, für den Fall, daß er dem nicht mehr ganz jungen Paar beim Besteigen des Hügels diskret zu Hilfe kommen konnte.

Doch dieses Problem erledigte sich von selbst. Eine Gruppe Studenten lief den beiden gerade mit zwei kleinen Schlitten entgegen, die prächtig mit Schaffellen, Kissen und Balaclava-Fahnen herausgeputzt waren. Mary Enderble wurde galant auf den einen Schlitten verfrachtet, und John nahm schließlich nach einiger Überredung auf dem zweiten Platz. So viele junge Leute wie möglich griffen nach den beiden Seilen und zogen, während der Rest um die Schlitten herumschwärmte und die anderen mit »Mush! Mush!« anfeuerte.

»Eigentlich sollten wir ›Weg frei für den Murmeltierkönig und seine Königin‹ rufen«, erklärte einer der Musher Professor Shandy. »Aber das klingt irgendwie bescheuert. Daher haben wir beschlossen, es bei ›Mush! Mush!‹ zu belassen.«

»Ich bin sicher, daß Professor Enderble und seine Gattin diese Entscheidung billigen«, versicherte Shandy.

Schließlich zählte nicht der Lärm, den sie veranstalteten, sondern die gute Absicht. Er hätte eigentlich wissen müssen, daß die Studenten sich einen Weg ausdenken würden, wie sie den beiden

den kalten Aufstieg ersparen konnten. Die Mädchen und Jungen von Balaclava waren im großen und ganzen hochanständige junge Leute, und jeder, der sich nicht anpassen wollte, wurde von seinen Kommilitonen schnell eines Besseren belehrt.

Shandy und die Mush-Brigade hatten den Hügel beinahe zur Hälfte erklommen, als der große Schlitten sie überholte: gezogen von Odin, Thor, Hoenir und Heimdallr und gelenkt von Präsident Svenson persönlich. Mrs. Svenson befand sich selbstverständlich an seiner Seite. Sieglinde wußte sehr wohl, daß sie Thorkjeld Svenson an einem Tag wie diesem besser im Auge behielt.

Zwischen der statuenhaften Mrs. Svenson und der wogenden Iduna Stott sah Helen aus wie eine Schneeflockenfee. Sogar Mrs. Mouzouka, Leiterin der Haushaltsabteilung und selbst nicht gerade zierlich, wurde von den beiden Walküren völlig in den Schatten gestellt. Iduna warf der jubelnden Menge Handküsse zu. Helen und Mrs. Mouzouka lächelten und winkten. Sieglinde Svenson, heiter und selbst in einer blauen Skijacke und Hose aus Nylon wunderschön anzusehen, hob immer wieder die Hand mit der Innenfläche nach außen zu einem majestätischen Gruß, wie er von den Mitgliedern der Königshäuser weltweit gepflegt wird. Die Tatsache, daß sie statt eines eleganten weißen Handschuhs einen wolligen roten Fäustling trug, tat der Würde dieser Geste keinerlei Abbruch.

Die Fakultätsmitglieder waren in großer Zahl erschienen. Shandy entdeckte seine Nachbarn, die Jackmans mit ihren vier Kindern, alle sechs mit den gleichen Langlaufanzügen herausgeputzt. Dickie war gerade damit beschäftigt, Wendys Gesicht mit Schnee einzureiben. Wendy heulte. Dann trat Wendy Dickie gegen das Schienbein, und Dickie heulte. Shandy suchte das Weite.

Zahlreiche Bürger von Balaclava Junction waren ebenfalls herbeigeströmt. Fred Ottermole, der Polizeichef und beinahe der einzige Vertreter des Gesetzes, war mit seiner hübschen Frau Edna Mae und ihren vier Söhnen erschienen. Die Ottermole-Sprößlinge waren zwar nicht so elegant gewandet wie das Jackman-Quartett, hatten dafür jedoch weitaus bessere Manieren. Shandy erspähte außerdem Mrs. Betsy Lomax, die zweimal die Woche für Helen und ihn putzte. Sie war in Begleitung von Mrs. Purvis Mink, der Gattin eines der College-Wachmänner. Mrs. Mink hatte sich endlich die Gallensteine entfernen lassen und schien wieder in guter Form zu sein. Genau dasselbe konnte man auch von Cronkite Swope sagen, seines Zeichens rasender Reporter beim

All-woechentlichen Gemeinde- und Sprengel-Anzeyger für Balaclava. Er hatte bereits seine neue Kamera gezückt, um den Augenblick der Wahrheit für seine immense Leserschaft festzuhalten.

Die großen Thermoskannen wurden angezapft, und der heiße Kakao floß in Strömen. Man reichte Krapfen in riesigen flachen Körben herum, die Studenten aus Pam Waggoners Kurs für Volkskunst geflochten hatten. Dann nahm John Enderble seinen Platz vor Beauregards Höhle ein, und der Countdown begann.

»Fünf, vier, drei, zwei, eins - *Murmeltier!*«

Der große Moment war gekommen. Professor Enderble griff in das Loch, zog ein graubraunes Fellbündel heraus und hielt es hoch, damit Cronkite Swope es fotografieren konnte. Man hätte meinen können, das Gebrüll der Massen würde Beauregard wecken, doch dem war nicht so. Erst als Enderble das Murmeltier freundlich, aber streng zurechtgewiesen und daran erinnert hatte, daß jetzt die Zeit gekommen war, seine jährliche Pflicht zu erfüllen, für die das College ihm so großzügig Futter und Unterkunft gewährte, gab Beauregard schließlich klein bei und raffte sich auf.

Enderble setzte ihn auf den plattgetretenen Schnee. Professor Stott, Leiter des Fachbereichs Haustierhaltung, unübertroffener Schweine-Experte und nebenbei offizieller Schiedsrichter in Sachen Murmeltierschatten, neigte mit ernstem Forscherblick den Kopf und wies dann freudig mit dem Daumen nach unten. Die Begeisterung der Menge kannte keine Grenzen. Enderble hob Beauregard in die Höhe, dankte ihm für seine Mitarbeit, obwohl der kleine Held bereits wieder eingeschlafen war, und setzte ihn zurück in seine Höhle, während Cronkite einen weiteren Schnappschuß machte.

Jetzt wurde das Freudenfeuer angezündet, das knackend und krachend seine dünnen blauen Rauchkringel über Oozaks Teich schickte. Die offenbar unerschöpflichen Kakaokannen waren wieder in Betrieb, und damit auch niemand zu kurz kam, trugen eifrige Studenten wiederaufgefüllte Körbe mit Krapfen zu den Zuschauern, die zu weit hinten standen, um sich am Schlitten bedienen zu können.

Peter Shandy, der eine leidenschaftliche Vorliebe fürs Zählen hatte, versuchte zu schätzen, wie viele Krapfen an diesem festlichen Morgen von wie vielen eifrigen Kiefern zerkaut wurden. Er wußte zwar, daß keinerlei Aussicht bestand, eine genaue Zahl zu errechnen, fuhr jedoch trotzdem mit Zählen fort. Diese Arbeit gab ihm immerhin die Rechtfertigung, allein auf einem kleinen Erdhügel zu stehen, wie Napoleon bei Regensburg, und den Blick über die Menge schweifen zu lassen.

Das Freudenfeuer loderte. Shandy konnte die angenehme Wärme, die es verströmte, bis auf seinen Erdhügel spüren. Die Hitze ließ sogar das Eis am Rande des Teiches schmelzen, doch das war gut so. Das Wasser des kleinen Stausees mußte weiter fließen, sonst arbeitete die Methangasanlage nicht.

Da es aus einer Quelle gespeist wurde, fror das *Skunk Works Reservoir,* wie Oozaks Teich inzwischen überall genannt wurde, sowieso nie ganz zu. Zu den ersten Grundsätzen, die Studienanfängern hier beigebracht wurden, gehörte die Regel, im Winter keinen Fuß auf das trügerische Eis zu setzen. Der Waschteich war nicht nur größer und bequemer zu erreichen, sondern wurde außerdem regelmäßig vom Schnee freigefegt und daher von den Studenten zum Schlittschuhlaufen und von den Fakultätsmitgliedern zum Curlingspielen aufgesucht. Mit Ausnahme dieses einen Tages kam im gesamten akademischen Jahr kaum je einer hier herauf, höchstens vielleicht das Wartungspersonal oder einer der Wachmänner. Beauregard störte es nicht weiter, völlig in Ruhe gelassen zu werden.

Der Schneemann, der den Winter darstellen sollte, nahm immer mehr Form an. Jemand hatte aus einer der Depotscheunen eine Leiter geholt. Ein besonders großer Student stand darauf und nahm die kompakte Schneekugel in Empfang, die man ihm hochreichte, und setzte sie der Schneegestalt als Kopf auf. Eine rothaarige junge Frau stand unmittelbar hinter ihm und schwenkte ein buntes Kopftuch, da sie der Meinung war, daß man aus Gründen der Gleichberechtigung keinen Schneemann, sondern lieber eine Schneefrau bauen sollte.

Der Rotschopf erinnerte Shandy ein wenig an Birgit, die kampflustige fünfte Tochter der Svensons, die inzwischen den ehemaligen College-Studenten Hjalmar Olafssen geheiratet hatte, der seinerzeit sämtliche Prüfungen mit Auszeichnung bestanden hatte. Inzwischen waren die beiden mit der Zucht einer besonders erlesenen Himbeersorte beschäftigt, ganz, wie es zu erwarten gewesen war. Shandy hatte ihr jüngstes Baby noch nicht gesehen und war sich auch nicht sicher, ob er es überhaupt wollte. Angeblich sah es nämlich haargenau aus wie sein Großvater mütterlicherseits. Völlig in Gedanken versunken, hatte sich Shandy gerade einen weiteren Krapfen aus einem der rundgereichten Körbe genommen, als der

Rotschopf mit einem Mal zu schreien begann. Natürlich hatte es an diesem Morgen bereits eine Menge Geschrei gegeben, doch dieser Schrei klang irgendwie anders. Shandy befürchtete zunächst, daß die Leiter umkippte, was jedoch nicht der Fall war. Dann bemerkte er, daß die Frau auf etwas zeigte, das zwischen den schmelzenden Eisschollen im Teich trieb.

Da Shandy am Vortag zufällig nach Haubenspechten Ausschau gehalten hatte, befand sich sein Feldstecher noch in einer der Taschen seiner Winterjacke. Er riß ihn heraus, schaute kurz hindurch und rannte zur Böschung hinunter.

Irgend jemand brüllte: »Ach was, das ist doch bloß eine Puppe!« Doch da Shandys Feldstecher sehr gut war, wußte er es besser. Er betrachtete den Krapfen, den er noch in der Hand hielt, verspürte ein komisches Gefühl im Magen und ließ ihn unauffällig in den Schneematsch fallen.

Schaulustige drängten sich nach vorn. Polizeichef Ottermole versuchte, sie von der Böschung fernzuhalten, war jedoch damit nicht sehr erfolgreich, bis Präsident Svenson sich einen Weg durch die Menge bahnte und brüllte: »Zurücktreten!«

Da sie wußten, daß es verdammt unklug wäre, ihm nicht zu gehorchen - er würde sonst anfangen, sie paarweise hochzuheben und in die Schneewehen zu schleudern -, wich die Menge zurück. Nachdem er den Uferbereich geräumt hatte, pflanzte sich Svenson vor das Feuer, hob seine mächtigen Arme und dröhnte: »Maul halten!«

Die Menge verfiel sogleich in völliges Schweigen. Sogar Wendy Jackman wagte nicht einmal mehr zu wimmern. Dann tat Svenson genau das, was Shandy befürchtet hatte. »Shandy«, befahl er, »sagen Sie es ihnen.«

Es gab keinen Ausweg. Peter Shandy war inzwischen durch die unergründlichen Wege des Schicksals und den eisernen Willen von Thorkjeld Svenson Balaclavas Spezialist für Leichen, die an unerwarteten Stellen aufgefunden wurden. Er räusperte sich und erhob seine Stimme.

»Es sieht ganz so aus, als ob hier jemand ertrunken ist. Ich weiß nicht, wer es ist. An Rettung ist nicht mehr zu denken, dem Opfer kann niemand mehr helfen.«

Er hielt seinen Feldstecher in die Höhe, um ihnen zu zeigen, woher er sein Wissen nahm. »Unsere Wartungscrew ist für alle Notfälle ausgerüstet. Wir werden daher sofort mit der Bergung beginnen. Wenn Sie schon sensationslüstern genug sind, hier herumzustehen und zuzusehen, sorgen Sie wenigstens freundlicherweise dafür, daß Sie uns nicht im Weg sind. Falls Sie wissen, ob irgend jemand aus unserem Ort vermißt wird, teilen Sie dies bitte sofort Polizeichef Ottermole mit. Ansonsten helfen Sie uns jetzt am besten damit, daß Sie sich ruhig verhalten und nach Hause gehen. Ich brauche Studenten und Fakultätsmitglieder wohl kaum daran zu erinnern, daß der Unterricht zur gewohnten Zeit beginnt. Diejenigen, die in den Stallungen erwartet werden«, fügte er nach einem entsprechenden Zeichen von Professor Stott hinzu, »machen sich am besten gleich auf den Weg. Sie sind bereits eine halbe Minute zu spät dran.«

Verspätung bei der Versorgung der Nutztiere galt am Balaclava Agricultural College als höchstes Sakrileg. Mehrere Studenten schnappten nach Luft und spurteten in Richtung Stallungen davon. Daraufhin setzte ein Massenexodus ein. Die aufgeschreckten Bürger murmelten etwas von Arbeit, Verpflichtungen oder Kinder zum Schulbus bringen und setzten sich in Richtung Campus oder Straße in Bewegung. Einige Personen sprachen noch kurz mit Fred Ottermole, der gerade von Cronkite Swope abgelichtet wurde, während Edna Mae und die Jungen ihm zur Seite standen und sich in seinem Glanz sonnten.

Shandy machte sich nicht die Mühe, bei Ottermole nachzufragen, welche Informationen er gerade erhalten hatte, sondern schickte Studenten, um das Gummischlauchboot, das man in der Methangasanlage für Arbeiten an den Schleusen bereithielt, eines der Netze, die man normalerweise für Treibgut benutzte, und eine Plane zu holen, mit der die Leiche bedeckt werden konnte, nachdem man sie sicher ans Ufer geholt hatte. Er beauftragte jemanden, Doktor Melchett, den College-Arzt, und auch Harry Goulson, den Leichenbestatter, anzurufen. Melchett würde nicht gerade erfreut sein über die Aussicht, daß eine triefende Wasserleiche seine gepflegte Praxis in Unordnung brachte, Goulson jedoch nahm sie, wie sie kamen. Shandy betete zu Gott, daß dieses Exemplar sich nicht etwa auflösen würde, wenn sie es aus dem Wasser zogen.

In weniger als einer Minute war das Schlauchboot zur Stelle, Ruder und Netz wurden an Bord geschafft, und man war bereit abzulegen. Präsident Svenson machte schon Anstalten hineinzusteigen, doch seine Gattin hielt ihn zurück.

»Thorkjeld, du setzt dich auf keinen Fall in dieses kleine Boot. Du würdest bloß naß werden und dir einen Schnupfen holen. Überlaß das lieber Peter.«

»Warum soll Shandy sich einen Schnupfen holen und ich nicht?«

»Peter wird sich keinen Schnupfen holen, denn er wird bestimmt nicht wie ein Wal in einer Badewanne herumtoben und damit das Boot zum Kentern bringen. Komm jetzt, wir müssen den Pferdeschlitten zurückbringen. Mrs. Mouzouka braucht die Thermoskannen für den Frühstückskaffee.«

Da Svenson niemandem außer sich selbst zutraute, das Vierergespann Balaclava Blacks sicher zurückzulenken, mußte er wohl oder übel mit soviel Anstand, wie er aufbringen konnte, gehorchen, was ihm schon im Normalfall reichlich schwergefallen wäre. In dieser Situation überstieg es jedoch eindeutig seine Kräfte.

»Ich erwarte, daß Sie mir später in meinem Büro einen genauen Bericht abstatten, Shandy«, knurrte er, um zu zeigen, daß immer noch er es war, der das Ruder in der Hand hielt, ganz gleich, ob er nun mit im Boot saß oder nicht. Dann folgte er seiner Frau zum Pferdeschlitten.

»Ein Glück«, brummte Ottermole, der insgeheim schon befürchtet hatte, vor seiner Familie einen Gesichtsverlust zu erleiden. Seine Ehre gebot es ihm, persönlich zur Crew zu gehören, doch mit diesem Behemoth an Bord wäre weder für einen Mann seiner Statur noch eine andere Person genug Platz geblieben. Für Shandy und ihn dagegen war das Boot groß genug. Außerdem hatte der Polizeichef keine Ahnung, wie sie es anstellen sollten, die Leiche zu bergen, nahm jedoch an, daß Shandy es wußte.

Helen war nicht gerade glücklich, mitansehen zu müssen, wie die Drecksarbeit wieder einmal an Shandy hängenblieb, doch es blieb ihr nichts anderes übrig, als sich für ihre Gedanken zu schämen und zu hoffen, daß diese lächerliche Karikatur von einem Boot nicht auseinanderbrechen würde. Shandy verschwendete keinen Gedanken an das Schlauchboot oder sonst etwas, denn ihm ging das, was er draußen auf dem Teich hatte treiben sehen, nicht aus dem Kopf. Er stieg ins Boot, setzte sich zwischen die Ruderdollen und mußte feststellen, daß der dünne Plastikboden unter seinem Gesäß sich genauso eiskalt anfühlte, wie er befürchtet hatte. Er half Ottermole ins Boot, nahm Ruder und Netz und ließ sich das Seil geben, nach dem zu fragen, er zwar vergessen hatte, das der betreffende Student jedoch in weiser Voraussicht trotzdem mitgebracht hatte.

Er legte die Ruder in die Dollen und reichte dem Polizeichef Netz und Seil.

»Hier, Ihr Schoß ist größer als meiner. Ich rudere, Sie steuern.«

Ottermole versuchte mit größter Konzentration zu verhindern, daß er sich grün verfärbte. »Okay, wie Sie wünschen. Menschenskind, mein Arsch ist jetzt schon eiskalt.«

»Fangen Sie lieber noch nicht an zu meckern«, warnte ihn Shandy. »Swope macht gerade ein Foto von Ihnen.«

Da Shandy der kleinere und ältere von beiden war, hätte er eigentlich den Polizeichef rudern lassen können, doch für einen Mann seiner Größe war er sehr kräftig, und es war ihm durchaus bewußt, daß die Gefahr zu kentern weitaus geringer war, wenn er das Kommando übernahm. Er brauchte sowieso nicht allzuviel zu tun. Ein Dutzend kräftiger Ruderschläge, und schon waren sie so nahe an der Leiche, daß Ottermole aufhören konnte, so zu tun, als habe er seinen Magen unter Kontrolle.

»Jesses Maria, warum habe ich bloß diese fünf Krapfen gegessen?« jammerte er, als er den ersten richtigen Blick auf ihren Fund werfen konnte. An der Stelle, wo das Gesicht hätte sein sollen, war lediglich gräulicher Nebel zu sehen.

»Irgendeine Idee, wer es sein könnte?« erkundigte sich Shandy.

»Woher zum Teufel soll ich das denn wissen? Ich kann doch gar nichts erkennen!«

»Wird denn jemand vermißt?«

»Drei Kids von der High School, die nach Boston getrampt sind, und der alte Hooker, der wieder mal auf Sauftour ist. Das hier ist ein Mann mittleren Alters, würde ich sagen. Großgewachsen und gutgenährt, aber das könnte natürlich auch daher kommen, daß der Körper angeschwollen ist, weil ...« Der Polizeichef hielt inne, um sich einem quälenden inneren Konflikt zu widmen.

Peter Shandy war ein Mann der Rübenfelder. Außerdem hatte er gut daran getan, auf den letzten Krapfen zu verzichten. »Am besten, wir versuchen, das Netz um den Körper zu legen. Werfen Sie es darüber, dann drehen wir ihn um und wickeln ihn hinein.«

»Klar, das machen wir.« Ottermole schluckte heftig und blickte uferwärts, um festzustellen, ob Cronkite Swope immer noch knipste, faßte sich jedoch ein Herz, als er sah, daß die Kamera in seine Richtung zeigte, und griff nach dem Netz.

Es stellte sich heraus, daß Theorie und Praxis bei Shandys Plan reichlich weit auseinanderklafften, doch als Leiche und Schlauchboot endlich parallel nebeneinander trieben und jeder ein Ende des Netzes festhielt, gelang es den beiden Männern schließlich, den Körper damit zu bedecken. Als nächstes kam die gräßliche Aufgabe, die Leiche umzudrehen. Dies ließ sich, so versicherten sie einander, sehr viel besser mit den Rudern als mit den Händen durchführen. Nach beträchtlichem Platschen und diversen mühseligen Versuchen hatten sie es endlich mehr schlecht als recht geschafft. Sie wickelten ein Stück Seil um den grauenhaften Fang und zogen ihn an Land, wo das Freudenfeuer inzwischen eine brauchbare Anlegestelle freigeschmolzen hatte.

Bis auf Cronkite Swope stand niemand mehr am Ufer. Die hilfsbereiten Studenten hatten sich entfernt, wenn auch zweifellos widerwillig, um ihre Seminarräume aufzusuchen. Mrs. Ottermole hatte die Jungen zur Schule gebracht. Doktor Melchett war immer noch nicht eingetroffen.

Melchett war für solche Untersuchungen wirklich nicht der geeignete Mann, dachte Shandy. Er wäre weitaus besser in einer Privatpraxis in einem vornehmen Stadtteil von Boston aufgehoben, wo er wohlhabende Damen wegen nervöser Erschöpfungszustände behandelte, die auf die Teilnahme an zu vielen Wohltätigkeitsveranstaltungen zurückzuführen waren. Nur ein grausames Schicksal in Form einer gutgehenden Familienpraxis hielt ihn in Balaclava Junction.

Seit Balaclava Buggins' erster Student eine Mandelentzündung bekommen hatte, waren die offiziellen College-Ärzte stets Melchetts gewesen. Als das College immer größer geworden war, hatte natürlich auch die Stellung als College-Arzt immer mehr an Prestige gewonnen. Shandy fragte sich, ob es wohl der Großvater oder der Urgroßvater des momentanen Melchett gewesen war, der jene Leiche untersucht hatte, über die Corydon Buggins sein abscheuliches Gedicht verfaßt hatte. Allerdings hatte die Abscheulichkeit inzwischen für ihn einen völlig anderen Beigeschmack bekommen. Er kniete sich in den Schneematsch, um das Netz wieder loszuwickeln.

»Wer ist es denn?« Cronkite Swope hatte sein Notizbuch gezückt. »Haben Sie ihn schon identifizieren können, Fred?«

»Noch nicht.« Ottermole versuchte, das Fundstück, das sie an Land gebracht hatten, tunlichst nicht anzusehen. »Er ist verschimmelt oder so.«

»Ich vermute«, sagte Shandy, »daß es sich dabei um einen Bart handelt. Hat zufällig einer von Ihnen einen Taschenkamm bei sich?«

»Wollen Sie etwa sein Gesicht damit kämmen?« Ottermole schnappte nach Luft.

»Das hatte ich eigentlich vor. Es sei denn, Sie wollen es selbst übernehmen.«

Ottermole machte sich am Reißverschluß einer seiner vielen Taschen zu schaffen und zauberte einen hübschen rosa Plastikkamm hervor. »Nein, das können Sie bestimmt besser«, stieß er zwischen zusammengepreßten Zähnen hervor. »Ich muß nachsehen, ob der Arzt kommt.«

Er verschwand in einem Fichtenwäldchen in der Nähe, und keiner war taktlos genug, ihm zu folgen. Mit Hilfe von Cronkite Swope, der vor sich hinmurmelte, daß auch Dan Rather vor einer solchen Aufgabe bestimmt nicht zurückgeschreckt wäre, gelang es Shandy, das grausige Fundstück von seinem Netz zu befreien.

»Harry Goulson ist natürlich auch nicht da«, schnaubte Shandy, dem die Lage der Dinge auch nicht gerade gefiel.

»Harry könnte sich aber wenigstens von den Angehörigen bezahlen lassen«, konterte Swope.

»Vorausgesetzt, wir finden heraus, wer die Angehörigen sind.«

Shandy mußte zugeben, daß die vielen grauen Haare, die an dem toten Gesicht klebten, etwas besonders Widerwärtiges hatten. Swope richtete sich auf und stellte sein Objektiv ein, schien dann jedoch zu dem Schluß zu kommen, daß der berühmte Professor Shandy beim Kämmen einer Wasserleiche nicht unbedingt ein geeignetes Motiv abgab. Schließlich stellte er fest, daß der gesamte Film verknipst war, oder behauptete es zumindest, und entfernte sich ein beträchtliches Stück, um einen neuen Film einzulegen.

Shandy hatte indes seine Schwierigkeiten mit dem Bart. Während des Teichaufenthaltes waren unzählige Wasserlinsen in die Haare geraten, die zudem in der kalten Luft zu gefrieren begannen. Es gelang ihm zwar, den Schnauzbart von den Augenbrauen zu trennen, die leider nicht üppig genug waren, um die halboffenen Augen, die eine dem Fundort angemessene wasserblaue Farbe aufwiesen, zu bedecken. Außerdem machte er eine Nase aus, die offenbar ursprünglich einmal eine echte Yankee-Adlernase hatte werden wollen, jedoch irgendwann durch einen Bruch an dieser Entwicklung gehindert worden war.

Die Lokalisierung des Mundes, der hoffnungslos irgendwo unter einer Unmenge von Wasserpflanzen und Barthaaren verborgen war, ging schließlich über seine Kraft. Er würde es Harry Goulson überlassen, ihn unter etwas günstigeren Bedingungen ans Licht zu bringen. Mit einem der Ohren hatte Shandy jedoch mehr Glück, es war auffallend groß, stand entschlossen und kraftvoll vom Schädel ab und wies ein übergroßes Ohrläppchen auf, eine Tatsache, die angeblich dem glücklichen Besitzer ein langes, gesundes Leben verhieß. Doch nicht einmal darauf konnte man sich offenbar mehr verlassen.

Ottermole hatte seinen Mann inzwischen gefunden. Er kam mit großen Schritten über die Anhöhe, die Uniformmütze resolut hochgeschoben, Doktor Melchett im Schlepptau. Der Arzt war, wie Shandy erwartet hatte, nicht gerade erfreut.

»Wer ist es denn diesmal?«

»Mich dürfen Sie nicht fragen«, sagte Shandy. »Ich habe zwar den Eindruck, daß ich ihn schon einmal gesehen habe, aber ich kann ihn absolut nicht einordnen.«

Melchett betrachtete die sterblichen Überreste mit professioneller Nüchternheit. »Irgendwie kommt er mir auch bekannt vor, aber zu meinen Patienten gehört er nicht. Ottermole, wenn überhaupt jemand, müßten Sie ihn eigentlich kennen.«

»Also, ich kenne ihn nicht. Ich würde allerdings gern wissen, warum er so komisch angezogen ist.«

»Komisch angezogen?« Melchett sah sich die triefenden Kleidungsstücke genauer an. »Tatsächlich, meine Güte, die sehen wirklich merkwürdig aus. Shandy, was halten Sie davon?«

»Da bin ich vollkommen überfragt. Ich weiß zwar, daß wir Neuengländer uns nur schwer von etwas trennen können, aber diese Kleidungsstücke sehen aus, als wären sie 100 Jahre alt. Bei Gott, ich frage mich« – einer schrecklichen Eingebung gehorchend, kniete sich Shandy neben die Leiche und griff mit den Händen in die klammen Taschen des enganliegenden schwarzen Jacketts. Er war nicht besonders überrascht, als er feststellen mußte, daß sich in jeder der beiden Taschen ein großer, glatter Stein befand.

Kapitel 3

Vielleicht war's auch ein Mink«, murmelte Shandy und wischte sich die halberfrorenen Hände an seinen Hosenbeinen ab.

Cronkite Swope hatte gute Ohren. »Alles in Ordnung, Professor?« fragte er besorgt.

»Ja, ich glaube schon. Verflucht, ich wünschte, Mrs. Lomax wäre noch hier.«

»Tante Betsy? Warum denn?«

»Sie würde wissen, ob es hier in der Gegend noch Mitglieder der Familie Buggins gibt.«

»Donnerkeil! Genau!« rief Melchett. »Kein Wunder, daß er mir so bekannt vorgekommen ist. Dieser Mann hier sieht haargenau aus wie die Vergrößerung der Daguerrotypie von Balaclava Buggins, die bei euch im Foyer des Verwaltungsgebäudes hängt. Und liegt da nicht auch noch irgendwo einer seiner Anzüge herum? Ob er das vielleicht ist?«

Shandy schüttelte den Kopf. »Unter gar keinen Umständen. Balaclavas Sonntags-Kirchgehanzug wird als heilige Reliquie in einem Glasschrank in der Bibliothek aufbewahrt. Jedenfalls das, was davon übriggeblieben ist. Schätzungen meiner Frau zufolge haben sich um 1905 die Motten über die Rockschöße hergemacht, was leider erst bemerkt wurde, nachdem sie bereits mehrere Jahrzehnte lang ihren Schaden angerichtet hatten.«

Er zog das Jackett so glatt, wie es ging, und begutachtete den Stoff. »Diese Dandyklamotten scheinen in hervorragendem Zustand zu sein, wenn man die besonderen Umstände in Betracht zieht. Ich würde sagen, sie stammen aus einem Theaterfundus oder dergleichen. Es sei denn, unser Fremder hier hat sie in Auftrag gegeben. In dem Fall muß er gut betucht gewesen sein, um sich eine solche Marotte leisten zu können, und verrückt genug, um die Sachen auch noch anzuziehen. Sie haben Ihr ganzes Leben lang in Balaclava Junction gelebt, Melchett. Können Sie sich nicht daran erinnern, ob dies auf einen Buggins zutreffen könnte?«

Der Doktor hatte schon angefangen, den Kopf zu schütteln, als ihm plötzlich etwas einfiel. »Bracebridge! Teufel auch, ich wette, das hier ist Bracebridge Buggins. Na so was, nach all den Jahren!«

»Wie vielen Jahren?« erkundigte sich Shandy.

Melchett rieb sich das Kinn. »Mal überlegen, war es vielleicht in den Fünfzigern? Nein, das muß früher gewesen sein. Unmittelbar nach dem Krieg, ich würde sagen vielleicht 1946, um die Zeit. Brace ist in einer Konteradmirals-Uniform aufgekreuzt, die Brust mit Orden behängt und den Kopf voller Seemannsgarn. Er ist ein paar Tage lang im Ort herummarschiert und hat angegeben, dann ist er wieder verschwunden, und danach habe ich ihn nie mehr gesehen. Ungefähr eine Woche später sind zwei Leute in Straßenanzügen erschienen und haben nach ihm gesucht. Aber wir haben nie herausbekommen, wer sie waren und was sie von ihm wollten.«

»Interessant«, sagte Shandy. »Hat er seine gebrochene Nase als Kriegsverletzung ausgegeben?«

»Nein, die war damals noch nicht gebrochen. Ich frage mich, wann das wohl passiert ist.« Melchett wagte sich mit großer Vorsicht an eine Untersuchung. »Irgendwann während der letzten 30 Jahre oder so, genauer kann ich das leider auch nicht sagen. Es handelt sich jedenfalls nicht um einen frischen Bruch.«

»Hm. Ist er hier in der Gegend aufgewachsen?«

»Drüben an den Seven Forks. Ich habe ihn nie gut gekannt. Brace war natürlich viel älter als ich.«

Von wegen älter, vorausgesetzt allerdings, es handelte sich hier tatsächlich um Bracebridge Buggins. »Um noch einmal auf meine ursprüngliche Frage zurückzukommen, leben eigentlich heute noch irgendwelche Mitglieder der Familie Buggins hier in der Gegend?«

Melchett starrte ihn an. »Selbstverständlich. Ihre Nachbarin Grace Porble gehört zu den direkten Nachkommen von Balaclava selbst. Haben Sie das nicht gewußt?«

Shandy hatte es tatsächlich nicht gewußt. Helen wußte es vielleicht, aber sie hatte es irgendwie nie erwähnt. Für ihn war Grace Porble immer nur die Ehefrau des Bibliothekars gewesen und ein einflußreiches Mitglied des Gartenclubs, der ihn gelegentlich zu Vorträgen einlud. Er sah sie jetzt bedeutend häufiger, seitdem seine Frau sich mit ihr angefreundet hatte, doch er hegte immer noch gewisse Vorbehalte gegen eine Frau, die sich mehr dafür interessierte, Blumen zu Sträußen zu arrangieren, als sie zu züchten.

Da Grace eine natürliche Höflichkeit und hervorragende Manieren besaß, war Shandy bisher immer davon ausgegangen, daß sie aus einer ›guten Familie‹ stammte, wie seine Mutter gesagt hätte, doch sie hatte sich nie über ihre Herkunft ausgelassen, und Shandy war nicht neugierig genug gewesen, sie zu fragen.

»Hat Grace Brüder?«

»Zwei. Trowbridge ist Geologe irgendwo drüben im Westen, und Boatwright ist Kapitän auf einem Trampschiff. Segelt angeblich überall in der Weltgeschichte herum. Tolles Leben, was?«

»Segelt er auch manchmal zurück nach Balaclava Junction?«

»Warum sollte er das?« erwiderte Melchett leicht verbittert. »Nein, Grace und ihre Brüder haben sich nie besonders nahegestanden. Ihre Mutter ist früh gestorben, und ihr Vater hat dann wieder geheiratet.«

»Lebt er noch?«

»Nein, aber ich glaube, die Stiefmutter ist noch am Leben. Sie hat auch wieder geheiratet, einen Grundstücksmakler aus Florida. Die Jungens konnten sie jedenfalls nicht ausstehen und haben sich abgesetzt, so früh es ging. Grace hat sich, soweit ich weiß, ganz gut mit ihr verstanden. Grace ist ein ganzes Stück jünger als ihre Brüder. Deshalb hat sie sich wohl besser anpassen können, vermute ich. Jedenfalls ist sie zu Hause geblieben und hat dann in Boston an einem dieser vornehmen Colleges, ich glaube, es war Simmons, studiert. Ich nehme an, sie hat gehofft, später hier als College-Bibliothekarin arbeiten zu können, aber der alte Doktor Brinkle starb, als sie noch Studentin war, und Phil Porble wurde als sein Nachfolger eingestellt. Das Ergebnis war, daß Grace und Phil unmittelbar nach Grace' Examen geheiratet haben. Meine Frau und ich sind der Meinung, daß sie hervorragend zueinander passen«, fügte Doktor Melchett etwas wichtigtuerisch hinzu. »Obwohl es wirklich keine besonders eindrucksvolle Hochzeit war. Grace' Cousine war ihre einzige Brautjungfer.«

»Handelt es sich dabei um eine Cousine von der Buggins-Seite?« erkundigte sich Shandy.

»Ja, Persephone. Sie ist übrigens die Schwester von Bracebridge. Die jetzige Mrs. Mink. Ihr Mann ist einer der Wachmänner am College.«

»Ach so, die Frau von Purvis Mink. Die Dame mit den Gallensteinen. Oder vielmehr ohne die Gallensteine, sollte ich jetzt wohl besser sagen.«

»Allerdings«, sagte Melchett spitz, ein wenig verärgert über die Leichtfertigkeit, mit der Shandy ein so brisantes Thema behandelte. »Ich brauche wohl nicht eigens zu erwähnen, daß Sephy natürlich niemals dieselben Chancen wie Grace hatte.«

»Purvis Mink ist ein verdammt guter Mann«, protestierte Polizeichef Ottermole barsch, seinerseits aufgebracht über Melchetts Andeutung, ein pflichtbewußter Polizeibeamter könnte in irgendeiner Weise weniger wert sein als ein Weichling von Bibliothekar.

»Das habe ich ja auch gar nicht bestritten«, fuhr Melchett ihn an. »Tatsache ist jedenfalls, daß Persephone aus Ichabods Familie stammt und nicht aus Balaclavas. Und Sie wissen schließlich genausogut wie ich, daß keiner von Ichabod Buggins' Nachkommen je auf einen grünen Zweig gekommen ist.«

»Ach ja? Und wie kommt es dann, daß Bracebridge Konteradmiral geworden ist?«

»Und warum, meinen Sie wohl, haben die beiden Männer nach ihm gesucht? Eine Uniform anzuziehen bedeutet noch lange nicht, daß man auch das Recht hat, sie zu tragen.«

»Mhmja«, sagte Shandy. »Da haben Sie irgendwie recht, Melchett. Wenn es sich bei diesem Mann hier tatsächlich um Bracebridge Buggins handelt, sind die alten Kleidungsstücke, die er trägt, vielleicht lediglich ein weiteres Beispiel für seine Vorliebe für Verkleidungen. Waren er und Persephone die einzigen Nachkommen?«

»Nein. Brace hatte noch einen Zwillingsbruder, Bainbridge. Bain ist von zu Hause weggelaufen und in die Armee eingetreten, als er noch zur High School ging. Es hat damals einigen Ärger gegeben, weil er falsche Angaben über sein Alter gemacht und die Unterschrift seines Vaters gefälscht hat. Die Eltern haben sich zwar sehr aufgeregt, aber nicht genug, um sich an die Behörden zu wenden und ihn wieder herauszuholen, bevor er zum Kriegseinsatz nach Europa geschickt wurde. Die Zwillinge haben ihren Eltern nur Kummer gemacht, seit dem Tag, an dem sie geboren wurden. Bainbridge ist jedenfalls nie zurückgekommen.«

»Sie meinen, er ist im Krieg gefallen?«

»Das hat man allgemein angenommen. Mit Sicherheit kann ich das natürlich auch nicht sagen. Ich war damals schließlich noch in der Vorschule. Aber vielleicht erinnern Sie sich noch, Ottermole?«

»Den Teufel tu' ich. Ich war damals noch nicht mal geboren.«

Eins zu Null für die Jungs in Blau. Shandy hätte es vielleicht amüsant gefunden, wenn er in Gedanken nicht immer noch bei den Mitgliedern der Familie Buggins gewesen wäre. »Wie haben denn die Eltern geheißen? Lebt von ihnen vielleicht noch einer?«

»Ja, ich glaube, beide«, sagte Melchett. »Trevelyan und Beatrice wohnten immer noch in dem alten Ichabod-Buggins-Haus, als ich sie zuletzt gesehen habe. Obwohl es den beiden gesundheitlich nicht besonders gut geht.«

»Purvis' Tante Minerva wohnt bei ihnen«, warf Ottermole ein. »Wenn die alte Min den Laden nicht schmeißen würde, wären sie bestimmt übel dran.«

»Ja, Miss Mink ist wirklich 'ne treue alte Seele«, erwiderte Melchett automatisch, da dies hier in der Gegend das übliche Klischee war, wenn man von älteren Damen sprach, die noch im vollen Besitz ihrer geistigen Fähigkeiten waren. »Tja, hier kann ich jetzt wohl nichts mehr tun, und ich werde zur Visite im Krankenhaus erwartet. Tod durch Ertrinken, würde ich sagen.«

»Wie lange hat der Körper etwa im Wasser gelegen?« erkundigte sich Shandy, der keine verbindliche Antwort erwartete und auch keine erhielt.

»Schwer zu sagen, wenn man die Wassertemperatur und alles andere berücksichtigt. Nicht sehr lange, denke ich, höchstens vielleicht ein oder zwei Wochen. Es wäre mir wirklich lieber, Sie würden den Coroner hinzuziehen.«

Als der Doktor von dannen eilte, ließ Ottermole ein Schnauben vernehmen. »Sieht Melchett mal wieder ähnlich, den Schwarzen Peter weiterzugeben. Aber wenigstens haben wir einiges in Erfahrung gebracht. Am besten, ich gehe und hole Sephy Mink. Sie ist bestimmt die Richtige, um ihn zu identifizieren, nicht?«

»Sie oder ihre Eltern«, stimmte Shandy zu. »Es sei denn, sie sind allzu wackelig auf den Beinen. Wenn ich Sie wäre, würde ich allerdings Goulson bitten, den Toten zuerst ein wenig, eh, in Ordnung zu bringen. Mit dem Bart war ich nicht gerade erfolgreich. Ich befürchte, ich habe sogar ein paar Zähne aus Ihrem Kamm gebrochen, als ich versucht habe, die Wasserlinsen herauszureißen.«

»Schon in Ordnung. Ich muß gestehen, daß ich sowieso nicht mehr viel Lust habe, ihn zu benutzen.«

Ottermole warf das rosa Plastikskelett in den Teich. Er, Shandy und Swope hatten bereits einiges gemeinsam durchgestanden*, er brauchte daher vor ihnen nicht den starken Mann zu markieren. »Wo zum Henker bleibt eigentlich Harry?«

»Ich laufe runter und rufe ihn an, wenn Sie möchten«, schlug Cronkite Swope vor. »Ich muß sowieso mit der Redaktion telefonieren und Bescheid sagen, daß eine Exklusivmeldung ansteht.«

»Bestelle denen ruhig, sie sollen das alte Titelblatt wegschmeißen«, sagte Ottermole.

»Es ist eh' noch nichts gesetzt«, versicherte Cronkite. »Gibt es vielleicht im *Skunk Works Reservoir* ein Telefon, das ich benutzen könnte, Professor?«

»Nein, bloß eine Sprechanlage. Sie müssen wohl den öffentlichen Fernsprecher im Verwaltungsgebäude benutzen. Aber ich kann Ihnen ein wenig Kleingeld geben, falls Sie es brauchen.«

Fernsprecher fielen in Präsident Svensons Sparprogramm. Professoren wurden dafür bezahlt, daß sie Studenten unterrichteten, und nicht dafür, daß sie mit Außenstehenden schwatzten. Studenten hatten zuzuhören und zu lernen. Lehrkörper und Verwaltungsangestellte wurden fürs Arbeiten bezahlt. Je weniger Telefone also vorhanden waren, desto weniger neigte man auch dazu, wertvolle Zeit mit unnützem Gerede zu vertun und die Kosten in die Höhe zu treiben.

Keiner würde je auf die Idee kommen, Thorkjeld Svensons Logik in Zweifel zu ziehen, selbst wenn jemand genug Mut hätte, es zu versuchen. Es war allgemein bekannt, daß die Einsparungen, die aus seinen diversen Pfennigfuchsereien resultierten, sich in einer besseren Bezahlung des Lehrkörpers und des Verwaltungspersonals, in einer besseren Verpflegung und besseren Studentenunterkünften niederschlugen. Zudem wuchsen die Studiengebühren nicht so sprunghaft an wie in anderen, mit weniger strenger Hand geführten Instituten. Cronkite Swope, dem Balaclavas Finanzpolitik sehr wohl bekannt war, nahm Shandys Kleingeld dankbar entgegen und sauste in Richtung Telefon davon.

Doch der Zufall wollte es, daß Swope Shandy einen Vierteldollar sparte. Auf seinem Weg zum Telefon kam ihm nämlich Harry Goulson mit seinem in diskretem Anthrazitgrau gehaltenen Leichenwagen entgegen. Die Front des Wagens zierte eine weiße

* *»Der Kater läßt das Mausen nicht«,* DuMont's Kriminal-Bibliothek Bd. 1031.

Taube, die einen Lorbeerkranz im Schnabel trug. Der Reporter schwankte. Sollte er zurück auf den Hügel rennen und fotografieren, wie der Leichenbestatter aus seinem Wagen stieg? Oder sollte er weiterlaufen und seinen Chefredakteur anrufen, der inzwischen sicher schon vor Wut schäumte, weil Cronk immer noch nicht mit einem drolligen Schnappschuß von Beauregard aufgekreuzt war? Der Chefredakteur hatte ja keine Ahnung!

Gestärkt durch seine Kenntnis von Dingen, die sein Vorgesetzter nicht einmal ahnte, und wohl wissend, daß Harry Goulson sich immer genug Zeit ließ, weil es seinen Kunden nie in den Sinn kam, aufzustehen und wegzugehen, entschied sich Swope dafür weiterzustürmen. Eine weise Entscheidung, wie sich herausstellte. Goulsons Wagen blieb nämlich im Schneematsch stecken. Der Leichenbestatter und Fred Ottermole mußten sich mit ihrem verlängerten Rücken gegen die Stoßstange stemmen, während Peter Shandy so lange alle Gänge durchprobierte, bis er schließlich einen gefunden hatte, der funktionierte.

Als sich der Wagen endlich wieder auf *terra* mehr oder weniger *firma* befand, beschloß man, daß es das beste wäre, ihn dort auch zu lassen und lieber die Leiche herunter zum Leichenwagen zu bringen. Als Swope schließlich zurückkam, lag die sterbliche Hülle des Unbekannten bereits sauber und ordentlich auf einer Bahre ausgestreckt. Der gefrorene Körper mußte irgendwann, keiner wußte genau, wann, begonnen haben zu tauen, und Harry Goulson stand gedankenverloren über den Toten gebeugt.

»Waren Bracebridge und Bainbridge eineiige Zwillinge?« fragte Professor Shandy gerade.

»Einerseits ja, andererseits nein«, lautete Goulsons wenig zufriedenstellende Antwort. »Ich meine damit, man konnte sie auseinanderhalten, wenn sie zusammen waren, aber wenn sie einzeln auftauchten, wurde es ganz schön schwierig. Außerdem habe ich seit etwa 40 Jahren keinen von beiden mehr zu Gesicht bekommen.«

»Wie können Sie dann mit Sicherheit sagen, ob dieser Mann hier Bracebridge oder Bainbridge ist?«

»Wenn ich ehrlich bin, kann ich nicht mal mit Sicherheit sagen, daß es überhaupt einer von ihnen ist. Aber daß es ein Buggins ist, darauf wette ich meine letzte Flasche Formaldehyd. Eigentlich müßte es Brace sein, weil Bain 1944 nach der Normandie-Invasion als vermißt gemeldet wurde. Und so aus dem Stegreif wüßte ich auch wirklich nicht, wer es sonst sein könnte. Es gibt in Balaclava

County noch ein paar andere, inoffizielle Buggins, wie es so schön heißt. Belial hatte es schließlich faustdick hinter den Ohren, aber das brauche ich Ihnen wohl kaum zu sagen, denn Sie kennen ja selbst Henny Horsefalls Tante Hilda. Aber das ist alles schon eine ganze Zeit her, und inzwischen werden es auch immer weniger.«

»Wer es auch ist«, sagte Shandy, »am besten, wir schaffen ihn in den Wagen. Ottermole will Persephone Mink holen und zu Ihnen bringen, weil er hofft, daß sie ihn identifizieren kann. Falls dies nicht der Fall sein sollte, müssen wir uns halt an die Eltern wenden.«

»Tja, also das dürfte ziemlich unmöglich sein«, sagte Goulson. »Genau das ist nämlich auch der Grund, warum ich erst so spät hergekommen bin.«

»Allmächtiger! Sie wollen doch damit nicht etwa sagen, daß sie auch tot sind?«

»Doch. Momentan liegen sie Seite an Seite bei mir in der Kühlzelle. Wissen Sie, das war wirklich reichlich merkwürdig. Vielleicht war es auch überhaupt nicht merkwürdig, könnte man wohl genausogut sagen, wenn man bedenkt, daß die beiden schließlich bereits über 80 und ganz schön wackelig auf den Beinen waren. Lange Rede, kurzer Sinn, Sie wissen ja, wie das so ist mit den knarrenden Toren, wie wir sie in der Branche immer zu nennen pflegen. Meinem fachmännischen Urteil zufolge hätte Trevelyan durchaus 90 werden können, und Beatrice hätte ihn vielleicht noch um ein oder zwei Jahre überlebt. Aber verflixt und zugenäht, gestern nacht sind sie doch tatsächlich sanft entschlafen.«

»Beide gleichzeitig?« wollte Fred Ottermole wissen.

»Die Frage kann ich Ihnen leider nicht beantworten, Fred. Ich weiß bloß, daß Miss Mink heute morgen gegen zehn vor sechs hochgegangen ist, um ihnen das Frühstück zu bringen, genau um die Zeit, als ich gerade meine Stiefel angezogen habe, um herzukommen und rauszufinden, was Beauregard diesmal zu prophezeien hatte. Unser Junge besucht ja momentan den Einbalsamierungslehrgang, wie Sie wissen, und Mrs. Goulson steht nicht gern so früh auf. Sie war gestern abend unterwegs, um über die Neuaufnahmen im hiesigen Damenclub der *Ladies of the Sunbeam* zu berichten.«

»Arabella schreibt die Gesellschaftskolumnen für den *Gemeinde- und Sprengel-Anzeyger*«, warf Cronkite Swope ein, als ob dies nicht bereits allen bekannt gewesen wäre.

»Genau«, sagte Goulson. »Arabella wußte ja, daß Sie hier sein würden, Cronk, um über das große Ereignis zu berichten, und daß Sie wie immer großartige Arbeit leisten würden. Jedenfalls ist Miss Mink nach oben ins Schlafzimmer gegangen, wie ich eben bereits sagte, und da lagen die beiden dann. Steif wie die Bretter in ihren Flanellnachthemden, im Tode wie im Leben miteinander vereint. Und da stand nun Miss Mink und wußte nicht, was sie mit ihren zwei Tellern Porridge anfangen sollte.«

»Sie könnte es doch so machen wie Edna Mae«, schlug Polizeichef Ottermole vor. »Sie backt sie immer wie Pfannekuchen und schüttet Ahornsirup darüber. Ach herrje, das hätte ich jetzt wohl besser nicht gesagt. Aber beide in ein und derselben Nacht? Menschenskind, das ist ja wirklich ein Ding.«

Womit er vollkommen recht hatte. Shandy wünschte sich allerdings eine etwas genauere Definition. »Hat Miss Mink den Arzt geholt? Melchett hat gar nichts davon gesagt.«

»Zuerst hat sie mich angerufen«, sagte Goulson. »Ich habe ihr gesagt, ich würde mich sofort auf den Weg machen, was ich auch getan habe, aber in der Zwischenzeit sollte sie Doktor Fotheringay benachrichtigen. Der war nämlich ihr Hausarzt und nicht Melchett. Wir sind dann etwa zur selben Zeit dort eingetroffen.«

»Und hat Doktor Fotheringay die Totenscheine ausgestellt, bevor Sie die Leichen mitgenommen haben?«

»Hat er. Der Heimgang der beiden lieben Verstorbenen wurde sozusagen mit einem einzigen Federstrich dokumentiert. Allerdings hatte der Doktor Probleme mit seinem Kugelschreiber, daher ist Miss Mink hingegangen und hat ihm eins von den dicken braunen Dingern geholt, die wie ein Wiener Würstchen aussehen. Die gab es letzten Sommer in ›Sam's Hot Dog Restaurant‹ immer gratis dazu, wenn man ein Gourmet Spezial bestellte. Miss Mink war ziemlich bestürzt, daß der Doktor bei einem solch tragischen Anlaß ein so unwürdiges Schreibgerät benutzen mußte. Aber ich habe ihr versichert, daß der heilige Petrus Trevelyan und Beatrice diese unbedeutende Kleinigkeit bestimmt nicht ankreiden wird, wenn sie gemeinsam ans Perlentor pochen.«

»Sie haben offenbar wirklich ein Talent für das passende Bonmot, Goulson«, sagte Shandy. »Was hat Fotheringay denn als Todesursache eingetragen, wissen Sie das zufällig noch?«

»Mal überlegen. Bei Beatrice Lungenversagen und bei Trevelyan Herzstillstand. Oder doch anders herum? Ich bin im Moment so unter Druck, daß ich überhaupt nicht mehr weiß, wo mir der Kopf steht. Drei Todesfälle hintereinander, und nicht mal ein ordentliches warmes Frühstück im Magen. Miss Mink hat mir zwar eine Portion Porridge angeboten, aber irgendwie habe ich mich dafür nicht erwärmen können.«

Shandy räusperte sich. »Herzstillstand und Lungenversagen, wie? Das scheint mir allerdings eine reichlich vage Art von Diagnose, finden Sie nicht?«

»Das schreibt Doktor Fotheringay fast immer bei Leuten, die so alt sind. Eins von beiden, meine ich natürlich. Bloß diesmal hat er beides schreiben müssen.«

»Verstehe. Aber hat er die beiden denn sorgfältig untersucht, bevor er zu diesem Schluß gekommen ist?«

»Das kann ich Ihnen wirklich nicht sagen, Professor. Als Bestattungsunternehmer habe ich mich zunächst im Hintergrund zu halten und muß den Arzt zuerst hineingehen lassen. Ich habe so lange unten gewartet. Bei dieser Gelegenheit hat mir Miss Mink auch den Porridge angeboten. Und dann ist der Arzt wieder nach unten gekommen, hat mir die Formulare überreicht und gesagt, daß er jetzt wieder nach Hause fährt, um ordentlich zu frühstücken. Was schließlich durchaus verständlich ist.«

»Damit haben Sie sicher recht«, sagte Shandy. »Trotzdem nehme ich an, daß Sie, Ottermole, bestimmt der Meinung sind, daß die Umstände derart, eh, ungewöhnlich sind, daß Sie beabsichtigen, den Coroner einzuschalten. Dann kann er einen Blick auf die beiden alten Leute und natürlich auch auf unseren Unbekannten hier werfen, bevor Goulson mit seiner Arbeit beginnt.«

»Klar, selbstverständlich«, schwindelte Ottermole tapfer. »Sie haben mir sozusagen gerade das Wort aus dem Mund genommen, Professor. Ich wette, dann wissen Sie auch schon, was ich als nächstes tun werde«, fügte er listig hinzu.

»Nun ja, ich nehme an, Sie beabsichtigen, sich ein wenig mit Miss Mink zu unterhalten«, kam Shandy ihm entgegen. »Falls Sie jemanden brauchen können, der dabei Notizen macht, bin ich übrigens gern bereit, diese Aufgabe zu übernehmen und Sie zu begleiten.«

»Warum nicht? Je mehr, desto besser. Cronk kann ruhig auch mitkommen und Fotos machen. Wir könnten auch noch bei Sephy Mink vorbeifahren und sie mitnehmen, wenn wir schon einmal dabei sind, aber vielleicht ist sie schon längst da.«

»Verflixt«, sagte Shandy. »Vorhin war sie hier. Ich habe sie zusammen mit Mrs. Lomax gesehen.«

»Klar«, schnaubte der Polizeichef. »Vielleicht wäre sie immer noch hier, wenn Sie es nicht so furchtbar eilig gehabt hätten, alle wegzujagen, so daß keiner gesehen hat, wie ich die Leiche geborgen habe. Wollen Sie, daß ich den Streifenwagen hole? Ich muß Sie allerdings warnen, die Stoßdämpfer sind inzwischen völlig hinüber, und ich bin mir nicht sicher, wie lange es der Hauptbremszylinder noch macht, aber vielleicht haben wir Glück, und der Wagen hält noch lange genug durch.«

Der Professor wußte genau, daß Ottermole damit diskret anzudeuten versuchte, daß sie doch lieber Shandys Wagen nehmen sollten, und er konnte es ihm kaum verübeln. Shandy wollte es ihm gerade anbieten, doch Cronkite Swope kam ihm zuvor.

»Wenn Sie möchten, können wir auch den Pressewagen nehmen, Fred.«

»Ach ja? Ich habe gar nicht gewußt, daß es einen gibt.«

»Allerdings. Der *Gemeinde- und Sprengel-Anzeyger* geht schließlich mit der Zeit. Als ich nach meinem Sturz mit dem Motorrad im Krankenhaus gelegen habe, ist unser Herausgeber, Mr. Droggins, schnurstracks zu ›Lunatic Louie's Gebrauchtwagenmarkt‹ gegangen und hat einen 74er Plymouth Valiant gekauft.«

»Wie nett von ihm«, brummte Shandy.

Wenn man bedachte, was Swope alles getan hatte, um die Auflage des *Gemeinde- und Spengel-Anzeygers* auf seine jetzige schwindelerregende Höhe zu treiben, und wie knapp er bei der Ausübung seiner journalistischen Pflicht dem Tode entronnen war, konnte Shandy wirklich nicht ganz einsehen, warum sich Droggins nicht für ein etwas neueres Modell entschieden hatte. Doch das behielt er für sich. Er mußte wieder an die beiden alten Leutchen denken, an den Porridge, den sie unberührt zurückgelassen hatten, an die beiden glatten Steine in dem alten Jackett des Ertrunkenen und an die Wasserlinsen, die an seinem Bart festgefroren waren.

Den übrigen Anwesenden gingen offenbar ganz ähnliche Gedanken im Kopf herum. Niemand sagte ein Wort, als Goulson und Ottermole gemeinsam die Bahre hochhoben und in den Leichenwagen schoben. Nur das leise Klicken von Cronkite Swopes Kamera störte die gespenstische Ruhe, die sich über Oozaks Teich gesenkt hatte.

Kapitel 4

»Mein Gott, was ist denn das?«

Polizeichef Ottermole hatte allen Grund für diese Frage. Lautes Gebrüll und Gerassel, heftiges Glöckchengeklingel und wahrlich plutonisches Hufedonnern näherte sich vom unteren Teil des Hügels und verwandelte die Stille in ohrenbetäubenden Lärm.

»Entweder es ist Lützows wilde, verwegene Jagd oder Präsident Svenson bei einer Spritztour mit den Balaclava Blacks«, mutmaßte Shandy, wobei sich letzteres als zutreffend herausstellte.

Svenson stand in voller Größe im Schlitten, nach vorn gebeugt wie Ben Hur in seiner letzten Runde. Seine graue Strickmütze war vom Winde verweht, sein grauschwarzes Haar in beträchtlicher Unordnung. Er klatschte mit den Zügeln, trieb die Blacks zu immer halsbrecherischerem Tempo an, und das Brüllen, das dabei aus seiner mächtigen Kehle drang, klang unheilsschwanger: »Shandy! Shandy! Shandy!«

Peter Shandy stellte sich in sicherer Entfernung vom Weg hin und fuchtelte mit den Armen, da er wußte, daß er sich bei diesem Getöse unmöglich Gehör verschaffen konnte. Svenson bemerkte sein Signal und brachte den Wirbelsturm in Pferdegestalt sicher zum Stehen. Shandy ging auf die dampfenden Tiere zu, wobei das mit den Zügeln in der Hand zweifellos am meisten dampfte.

»Üben Sie bereits für den Angriff der leichten Brigade, Präsident?« erkundigte er sich freundlich.

»Arrgh! Wir haben einen Brief gekriegt.«

»Wir? Meinen Sie damit sich und Sieglinde oder sich und mich?«

»Ich meine das College, verdammt noch mal! Sofort einsteigen!«

Man tat gut daran, Thorkjeld Svenson nicht zu widersprechen, selbst wenn es um unbedeutende Kleinigkeiten wie Leib und Leben ging. Shandy teilte nur noch schnell Ottermole und Swope mit, daß sie Mrs. Mink abholen und bei Goulson auf ihn warten sollten, und stieg gehorsam in den Schlitten.

»Gehe ich recht in der Annahme, daß ich den Brief lesen soll, Präsident?«

»Urrgh!«

Svenson drückte ihm das Papier in die Hand und ließ die Blacks wenden, ohne auch nur leicht an den Zügeln zu ziehen. Auch wenn er noch so in Rage war, was relativ oft vorkam, hatte Balaclavas Präsident noch nie in seinem Leben einem Kind oder einem Tier etwas anderes als väterliche Fürsorge entgegengebracht. Shandy machte es sich auf dem Stroh bequem, das immer noch fast die Hälfte des Schlittens ausfüllte, und begann zu lesen. Als er ungefähr in der Mitte des Briefes angekommen war, explodierte er.

»Herr des Himmels! Präsident, das ist ja wirklich der Gipfel!«

»Arrgh«, stimmte Svenson zu.

»Die müssen absolut irrsinnige, vollkommen hirnverbrannte Idioten sein!«

»Ungh.«

»Hier steht ja, daß Oozaks Teich dem College überhaupt nicht gehört.«

»Ich weiß sehr wohl, was da steht«, schnauzte Svenson ihn an. »Was haben Sie vor, dagegen zu unternehmen?«

»Ich?«

»Wofür zum Teufel glauben Sie wohl, daß wir Sie bezahlen?«

»Nun ja, eh, ich habe bisher immer angenommen, daß ich dafür bezahlt werde, Agronomie zu unterrichten.«

Svenson ließ ein Schnauben hören.

»Heißt das, ich bin vom Unterricht befreit?«

»Nein! Wer zum Teufel war Ichabod Buggins?«

»Mhmja, also ich wäre nicht übermäßig überrascht, wenn sich herausstellen sollte, daß er der Urgroßvater des Mannes war, den wir gerade im Teich als Augustus verkleidet gefunden haben.«

»Welcher Augustus?«

»Buggins natürlich. Er war Balaclavas Enkel.«

»Drücken Sie sich verständlich aus.«

Shandy drückte sich so verständlich wie möglich aus, was reichlich schwierig war, sobald er auf das Thema Bracebridge-Bainbridge zu sprechen kam. Die Wolke auf Svensons Stirn wurde schwärzer als das Fell auf Lokis Rücken. Svenson klatschte mit den Zügeln und ließ Pferde und Schlitten wieder wenden.

»Wo zum Teufel wollen Sie denn jetzt hin?«

»Goulson. Sie absetzen.«

»Ich kann auch laufen, vielen Dank.«

»Blah.«

Shandy gab auf und befaßte sich wieder mit dem unerfreulichen Schreiben. Im Wesentlichen besagte es folgendes: Die Sozietät Patter, Potter, Patter und Foote war von den Erben des verstorbenen Ichabod Buggins mit der Wahrnehmung ihrer Rechte beauftragt worden. Es handelte sich dabei um ein bestimmtes Stück Land, das bis ins kleinste langweilige Detail beschrieben wurde und sich letztlich als der Morgen herausstellte, in dem sich das seit 1765 bekannte Gewässer befand, das auf frühen Landkarten als Oozaks Teich verzeichnet war.

Es wurde behauptet, das College habe das Gebiet unbefugt genutzt und rechtswidrig zu eigenen Zwecken Wasser aus dem Teich abgeleitet, obwohl sich besagter Teich bereits zum Zeitpunkt der Gründung des College im Besitz von Ichabod Buggins befunden habe.

Falls man nicht zu einer Einigung kommen könne, was die Höhe der Schadensersatzleistungen betreffe, selbstverständlich rückwirkend bis zu dem Zeitpunkt, als die erste College-Kuh illegal den ersten Schluck Teichwasser zu sich genommen hatte - der juristische Fachjargon war zwar verwirrend, doch Shandy verstand die Bedeutung mühelos -, werde der Wasserzustrom mit sofortiger Wirkung gesperrt. Das bedeutete, daß das College und andere Ortsteile, die von der Methangasanlage abhängig waren - unter anderem auch Shandys Haus -, ohne Elektrizität sein würden, bis eine andere Stromquelle gefunden war.

»Was für ein dummes Gewäsch«, schnaubte Shandy. »Der Teich und das ganze angrenzende Gebiet haben Balaclava Buggins gehört.«

»Da steht, daß das nicht stimmt.«

»Das habe ich selbst gelesen. Die behaupten, daß Balaclava den Teich aufgrund einer sogenannten fairen Wette, was immer das auch bedeuten mag, an Ichabods Vater Abelard verloren hat. Wann ist Balaclava Buggins je in seinem Leben ein Wagnis eingegangen?«

»Als er das College gegründet hat.«

»Das war doch ein kalkulierbares Risiko, das auf einer vernünftigen Überlegung basierte. Falls Balaclava sich tatsächlich ab und zu bemüßigt gefühlt haben sollte, bei irgendeinem Wettkampf im Hufeisenwerfen oder dergleichen Wetten abzuschließen, wäre er doch nicht so dumm gewesen, sich dabei ausgerechnet auf eine solche Wette mit seinem Roßtäuscher von Bruder einzulassen.«

»Vielleicht war er besoffen.«

»Mhmja, diese Möglichkeit besteht natürlich immer.« Schließlich war der Collegegründer auch der Erfinder des Balaclava-Bumerangs gewesen, einer Kombination aus selbstgebranntem Kirschbrandy und heimischem Apfelwein, sicher kaum der geeignete Trunk für zaghafte Pichler. »Aber Abelard wäre dann bestimmt noch viel besoffener gewesen«, beharrte Shandy. »Balaclava war schließlich ein knallharter Trinker.«

»Der Kerl ist jedenfalls lange genug nüchtern geblieben, um dem alten Balaclava Oozaks Teich abzujagen.«

»Abelard Buggins hat nichts dergleichen getan! Und sein angeblicher Erbe Ichabod auch nicht!« Shandy erhob nicht oft vor Wut die Stimme, doch in diesem Fall konnte er nicht anders.

Svenson bemerkte es und übertönte ihn. »Woher zum Teufel wollen Sie das wissen?«

»Ich weiß es, weil es mir in den Daumen juckt.«

»Mit Ihren Daumen werden Sie vor Gericht überhaupt nichts ausrichten. Die behaupten schließlich, daß sie Beweise haben.«

»Um Sie zu zitieren: Blah! Die Beweise kauf' ich denen erst ab, wenn ich sie gesehen habe, vorausgesetzt, sie sind nicht gefälscht, und daß sie das sind, darauf können Sie ruhig Ihre Stiefel verwetten. Die Mitglieder der Familie Buggins waren schon immer fantastische Witzbolde, das wissen Sie genauso gut wie ich. Sehen Sie, Präsident, Sie brauchen meine Hilfe gar nicht, um dieses Problem zu lösen. Sie brauchen nur Helen und einen Anwalt.«

»Helen ist Ihre Frau.«

»Na und? Helen ist eine hervorragende Wissenschaftlerin und eine Expertin, was die Familie Buggins betrifft. Außerdem ist sie Angestellte des College.«

»Urrgh!«

Svensons Schlußargument war unwiderlegbar. Auch näherte man sich inzwischen Harry Goulsons großem, weißem, holzverkleidetem Haus, und die Schlittenkufen knirschten abscheulich über die schneefreien Stellen auf der Main Street. Der Präsident brachte sein Gespann zum Stehen, anscheinend durch reine Gedankenübertragung, und Shandy kletterte aus dem Schlitten.

Ein angeschlagener grüner Valiant mit einem Presseausweis hinter der Windschutzscheibe stand vor dem Haus. Shandys Kohorten waren demnach schon eingetroffen. Noch genauer gesagt, sie waren bereits im Begriff, sich wieder zu entfernen. Persephone Mink ging einen Schritt hinter Ottermole und Swope. Sie sah verzweifelt und störrisch zugleich aus.

»Vielleicht hat er ja auch blaue Kontaktlinsen getragen«, spekulierte Fred Ottermole.

»Von wegen blaue Kontaktlinsen«, schniefte Persephone. »Denken Sie v'leicht, ich erkenn' meinen eig'nen Bruder nich'?«

»Aber Sie haben doch weder Bain noch Brace seit Ihrer Kindheit gesehen.«

Mrs. Mink antwortete nicht, sondern knöpfte lediglich ihren feinen schwarzen Mantel bis unters Kinn zu und zupfte distinguiert an dem schwarzen Kopftuch mit roten Tupfen, das sie sich um ihr Haar gebunden hatte. Es hatte einmal eine Zeit gegeben, als jede anständige Dame in Balaclava County für Anlässe wie diesen einen schwarzen Hut im Schrank parat liegen oder wenigstens eine Tante zur Hand hatte, von der man sich so etwas borgen konnte. Doch diese Zeiten waren vorbei. Shandy war ziemlich überrascht, daß Sephy überhaupt daran gedacht hatte, Trauerkleidung anzulegen. Zugegebenermaßen waren die roten Tupfen ein wenig gewagt, doch das schwarze Tuch zeigte zumindest, daß sie versucht hatte, aus dem, was sie besaß, das Beste zu machen.

Vielleicht hatte Purve sie an die Anstandsregeln erinnert. Purve legte ziemlich großen Wert auf Formalitäten, wie jeder Wachmann, von dem erwartet wurde, daß er mit zwei Vorgesetzten wie den Brüdern Clarence und Silvester Lomax gleich gut auskam. Vielleicht legte Persephone ja selbst ebenfalls Wert auf Formalitäten. Shandy wußte, wieviel Mrs. Lomax von Sephy Mink hielt. Sie hatte es oft genug verlauten lassen. Er nahm seinen alten Tweedhut ab.

»Guten Morgen, Mrs. Mink. Darf ich Ihnen mein herzliches Beileid wegen des traurigen Verlusts aussprechen.«

»Vielen Dank, Herr Pruffessur. Ich bin nich' g'rade erfreut darüber, auch wenn ich nich' ganz so schrecklich trauere, wie Fred hier zu denken scheint«, erwiderte sie und rollte dabei ihr R in typischer Balaclava-Manier. »Tschuldigung, aber ich bin auf'm Weg zum Pfarrhaus.«

Persephone ging, Ottermole blieb und schüttelte verständnislos den Kopf. »Sie behauptet, daß es keiner der Zwillinge ist.«

»Was haben Sie da eben über Kontaktlinsen gesagt?« erkundigte sich Shandy.

»Sie behauptet, Brace und Bain hätten beide braune Augen gehabt. Aber die Augen von unsrer Leiche hier sind blau, daher weiß sie auch, daß es die beiden nicht sein können.«

»Verflucht. Es sei denn, der Mann hätte tatsächlich getönte Linsen getragen. Haben Sie Goulson schon gefragt?«

»Daran habe ich bis gerade noch gar nicht gedacht«, gestand der Polizeichef.

»Dann gehen wir doch einfach zurück und fragen ihn.«

Shandy durchquerte als erster Goulsons geschmackvoll eingerichteten Flur, wobei er sorgfältig darauf achtete, nur auf die transparenten Plastikläufer zu treten, die Arabella auf dem Teppichboden aus grauem Plüsch verteilt hatte, und steuerte auf Goulsons Arbeitsraum zu. Der Leichenbestatter war momentan nicht bei der Arbeit, sondern stand lediglich da, einen melancholischen Ausdruck auf seinem wie immer freundlichen Gesicht.

»Hallo, Professor. Sieht ganz so aus, als ob wir mit unserem Latein am Ende wären.«

»Das hat Ottermole mir gerade auch erzählt. Ist es möglich, daß der Mann getönte Kontaktlinsen trägt?«

»Nein. Das war auch mein erster Gedanke, als sie sagte, daß die Jungs braune Augen gehabt hätten.«

»Hat sie denn recht damit?«

Goulson zog die Schultern hoch. »Die eigene Schwester sollte es wohl am besten wissen. Ich glaube, sie waren tatsächlich braun – eine Art Haselnußbraun. Das heißt also, wir sind genau da, wo wir angefangen haben, oder?«

»Ich denke, wenn die Nachricht erst einmal herum ist, erfahren wir sicher noch etwas«, sagte Shandy. Wie er diese Stadt kannte, war die Neuigkeit bereits herum wie ein Lauffeuer. »Hat der Coroner Ihnen schon gesagt, wann er hier sein wird, Ottermole?«

»Er hat gesagt, er macht, so schnell er kann.«

Ottermole grinste. »Er sagt, er kommt immer gern her zu uns, weil wir hier die interessantesten Leichen haben.«

»Ungh«, sagte Shandy, da Thorkjeld Svenson nicht anwesend war, um es an seiner Stelle zu sagen. »Ich freue mich, daß unser Unglück wenigstens einen Menschen beglückt. Sie können ruhig weiter Ihre Topfpflanzen gießen oder was Sie auch gerade vorhatten, Goulson. Ich bin sicher, Sie, eh, wollen bestimmt noch nicht mit Ihrer Arbeit anfangen, bevor der Coroner sich die Leichen angesehen hat. Wir schauen später noch einmal bei Ihnen herein. Kommen Sie, Swope. Sparen Sie sich Ihren Film für Miss Mink.«

»Dann besuchen wir sie also trotzdem noch?« fragte Ottermole einigermaßen überrascht.

»Warum nicht?« antwortete Shandy. »Trevelyan Buggins und seine Frau sind schließlich immer noch tot, nicht?«

»Als ich sie zuletzt gesehen habe, waren sie es jedenfalls noch«, meinte Harry Goulson mit einem Anflug seiner üblichen Frohnatur. »Sephy Mink hat darum gebeten, die sterblichen Überreste sehen zu dürfen, was nur natürlich ist. Schließlich waren die beiden ja ihre Eltern. Ich habe ihr meine rein fachliche Meinung mitgeteilt und gesagt, daß es sicher eine Erlösung war, und sie hat mir zugestimmt.«

»Aber soviel ich gehört habe, hat sie nicht gesagt, für wen es eine Erlösung war«, knurrte Ottermole. »Ich vermute, es wird ihr und Purve wohl kaum das Herz brechen, daß sie jetzt nicht mehr drei- oder viermal die Woche rüber nach Five Forks rennen und entweder etwas bringen oder tragen oder sonstwie bei der Arbeit helfen müssen, was natürlich nichts anderes bedeutet, als daß sie selbst alles erledigen mußten.«

»Da wäre ich mir aber gar nicht so sicher«, sagte der Leichenbestatter. »Ich muß immer wieder feststellen, daß diejenigen Verstorbenen, für die man besonders viel getan hat, von den Angehörigen am meisten vermißt werden. Persephone Mink ist keine Frau, die sich in aller Öffentlichkeit gehenläßt, genausowenig wie Sie oder ich, aber sie trauert bestimmt trotzdem.«

Er nickte, mehr für sich selbst als für seine Zuhörer. »Ja, sie spürt den Verlust ganz sicher, die arme Seele. Und sie wird ihn noch verflixt stärker spüren, wenn sie erst einmal Zeit gefunden hat, sich hinzusetzen und über alles nachzudenken. Vielleicht sollte ich Betsy Lomax anrufen, damit sie rüber zu den Minks gehen und Sephy mit einer schönen heißen Tasse Tee erwarten kann, wenn sie von dem Gespräch mit dem Pfarrer zurückkommt. Wie ich Betsy kenne, würde es mich allerdings nicht wundern, wenn sie schon längst da ist und den Wasserkessel bereits aufgesetzt hat. Ich nehme an, Purve ist trotzdem arbeiten gegangen?«

»Er war zwar da«, sagte Ottermole, »aber ich weiß nicht, ob er geblieben ist. Purve hat diese Woche tagsüber Dienst. Cronk und ich haben ihn auf der Straße getroffen. Er war spät dran. Er hat uns erzählt, seine Tante habe angerufen, um ihnen Bescheid zu sagen, aber Sephy war schon weg zum Teich, und er hat gewartet, bis sie zurückkam, um es ihr schonend beizubringen. Er hat sie nur ungern alleingelassen, aber er meinte, er wollte lieber erst auf die Wachstation und da warten, bis Clarence und Sil eine Vertretung für ihn gefunden hätten.«

»Ich nehme an, es ist schwer zu entscheiden, was in einer solchen Situation am wichtigsten ist«, sagte Cronkite Swope, der sich bisher, ganz im Gegensatz zu seiner sonstigen Art, erstaunlich ruhig verhalten hatte.

»Yeah, besonders wenn Präsident Svenson einem im Nacken sitzt und Gift und Galle spuckt, weil man angeblich seine Arbeit vernachlässigt.«

»Präsident Svenson würde eher persönlich die Schicht übernehmen, wenn es sein müßte, als einen Mann unter Druck zu setzen, der eine Familienkrise zu bewältigen hat«, erwiderte Shandy ein wenig steif.

Andererseits hätte Thorkjeld Svenson möglicherweise auch die Alternative gewählt, Purve bei lebendigem Leibe in Stücke zu reißen und anschließend auf ihm herumzutrampeln, wenn er erst herausgefunden hätte, daß Purves Frau nicht nur eine Buggins, sondern sogar eine direkte Nachfahrin des verfluchten Ichabod war – und es war durchaus möglich, daß er davon tatsächlich Kenntnis hatte, da er immer genau das wußte, was einem am wenigsten lieb war. Vielleicht war es doch ganz gut gewesen, daß Mink sich dafür entschieden hatte, im Büro aufzukreuzen.

Shandy informierte Goulson noch einmal darüber, daß er später wiederkommen würde, und folgte Swope und Ottermole nach draußen zu dem grünen Valiant. Cronkite Swope war nicht gerade ein zaghafter Fahrer, wie Shandy ziemlich schnell feststellte. Trotzdem erschien ihm die Fahrt nach First Fork, verglichen mit der Nantucket-Schlittenfahrt, die er mit Svenson und den Blacks erlebt hatte, recht langweilig und farblos.

Das Heim von Ichabod Buggins war ebenfalls recht langweilig und farblos, wenn auch nicht gerade baufällig. Purvis und Persephone Mink hatten offenbar getan, was sie konnten. Sturmfenster aus Plastik waren über den ausgetrockneten hölzernen Schiebefenstern angebracht worden. Der Abfall, der sich im Vorgarten angesammelt hatte, hielt sich in Grenzen. Die alten Holzwände waren gestrichen worden, möglicherweise sogar während der letzten zehn Jahre.

Aber Purve und Sephy hatten schließlich auch noch ihr eigenes Haus, um das sie sich kümmern mußten, und es war geradezu unmöglich, ein Gebäude, das bereits seit einem Jahrhundert oder mehr immer weiter verfiel, ordentlich in Schuß zu halten, wenn man es nicht ganz abreißen und völlig neu wiederaufbauen wollte. Ichabod konnte seinen Erben nicht sehr viel hinterlassen haben, und seinen Nachkömmlingen war es offenbar auch nicht gerade gut gegangen.

Shandy wußte alles über Familien wie die von Ichabod, die es gerade noch so schafften, sich Generation für Generation über Wasser zu halten. Meist waren es die unsicheren Kantonisten, die weiter in den alten Häusern wohnen blieben. Normalerweise befand sich ein schlecht gepflegtes Grundstück hinter dem Haus, wo im Sommer irgendwelche Pflanzen wuchsen, wenn die wenigen frei herumlaufenden mageren Hennen nicht gerade den Samen aufgekratzt hatten, noch bevor die Pflanzen anfangen konnten, sich zu entwickeln. Vielleicht gab es auch ein Schwein in einem notdürftig zurechtgezimmerten Stall, wenn genug Geld da war, um ein Ferkel zu kaufen, und genügend Abfall, um es damit zu mästen. Mit Jagen und Fischen und einigen Gelegenheitsjobs versuchte man, mehr schlecht als recht über die Runden zu kommen.

Diejenigen, die ein bißchen Grips besaßen, legten sich entweder tüchtig ins Zeug und sorgten dafür, daß sich ihre Lage besserte, was hier eindeutig nicht der Fall gewesen war, oder setzten sich ab und suchten ihr Glück anderswo. Wenn sie ein ruhiges Plätzchen in der Nähe fanden, wie beispielsweise Sephy, kamen sie, so oft es ging, zurück nach Hause, um zu helfen. Zogen sie weit weg, schickten sie vielleicht hin und wieder Geld. Bainbridge hatte möglicherweise nicht lange genug gelebt, um in dieser Hinsicht viel tun zu können.

Dann gab es natürlich auch noch die Familienmitglieder, die sich einfach absetzten und versuchten, ihre Herkunft zu vergessen. Bracebridge Buggins schien zu dieser Sorte zu gehören, wenn Doktor Melchetts Beschreibung zutraf. Aber wie weit war er gekommen?

Er war jedenfalls nicht in Oozaks Teich gelandet, es sei denn, seine Schwester log, und Harry Goulson deckte sie. Aber warum um alles in der Welt sollte er so etwas tun? Es sei denn, Persephone Mink war diejenige, die diese verrückte Klage gegen das College eingefädelt hatte, und Harry erhoffte sich daraus einen finanziellen Gewinn.

Shandy konnte sich allerdings nicht erklären, warum Harry Goulson seinen guten Namen für einen solchen Mumpitz hergeben sollte. Ganz abgesehen von der ethischen Frage, ob er so etwas überhaupt tun würde, stellte sich auch noch die Frage, warum zum Teufel er dies tun sollte.

Goulson stammte aus einer für die Verhältnisse in Balaclava Junction wohlhabenden Familie. Nach dem Tod seines Vaters war Goulson in den Genuß eines erklecklichen Erbes gekommen und hatte ein Geschäft übernommen, in dem die Kunden nie lange auf sich warten ließen. Genauso war es bei seinem Vater gewesen und bei dessen Erzeuger ebenso. Goulsons Bestattungsinstitut gehörte zu den ältesten Unternehmen im County, und Harry Goulson war äußerst stolz auf sein Erbe. Warum sollte er den guten Namen seiner Familie entehren und seinen hervorragenden Ruf riskieren, indem er Bestechungsgeld einsteckte, das er überhaupt nicht nötig hatte?

Hatte er etwa eine Affäre mit Persephone Mink? Völlig unmöglich, dachte Shandy. Das würde er nicht wagen, denn er war schließlich mit einer perfekten professionellen Schnüfflerin wie Arabella verheiratet. Außerdem war Persephone Mink eine tugendhafte Frau. Shandy wußte aus erster Quelle, nämlich aus dem Mund von Betsy Lomax, daß es im ganzen Ort keine Hausfrau gab, die ihre Kupfertöpfe so glänzend polieren konnte wie Sephy Mink. Eine derart hingebungsvolle Topfpoliererin würde wohl kaum Zeit für heimliche Liebesbeziehungen finden.

Und warum sollte Goulson überhaupt eine andere Frau brauchen? Arabella sah hervorragend aus, konnte sich angeregt unterhalten, ohne dabei zu langweilen, kleidete sich flott, aber nicht auffällig, war eine fähige Hausfrau und eine hervorragende Assistentin. Wenn es darum ging, letzte Hand an einen lieben Verstorbenen zu legen, verließ sich Goulson stets ganz und gar auf Arabellas Geschmack und künstlerisches Geschick. Wer würde schon ein solches Genie aufgeben?

Mrs. Goulson hatte ihren Gatten mit nur einem Kind beglückt, was jedoch nicht auf fehlende eheliche Zuneigung zurückzuführen war, sondern auf irgendwelche Frauenprobleme, wie Mrs. Lomax vage angedeutet hatte. Außerdem war der Junge ein wirklich netter Bursche, wie man ihn sich nur wünschen konnte, trat begeistert in die Fußstapfen seiner Vorfahren und hatte seit langem eine feste Freundin, nämlich Lizanne Porble, an der es selbst für die vernarrtesten Eltern kaum etwas auszusetzen gab. Goulson hatte immer den Eindruck gemacht, sehr zufrieden mit seinem Los zu sein. Soweit Shandy sehen konnte, hatte er auch verdammt wenig Grund, sich zu beklagen.

Wenn Harry Goulson also weder aus amourösen noch aus finanziellen Gründen gelogen hatte, hatte er es dann vielleicht aus Gefälligkeit getan? Man mußte sich nur dieses deprimierende kleine Haus ansehen und an die drei alten Leutchen denken, die hier lebten: Sephys Eltern und Purvis' Tante brauchten ein Dach über dem Kopf und hatten wahrscheinlich nicht einmal genug Geld, sich einen Sack Nägel zu kaufen, um die Schindeln darauf zu befestigen. Shandy verstand durchaus, warum sich Persephone dazu entschlossen haben könnte, sich auf irgendeine Intrige einzulassen, um dem College Geld abzuknöpfen – zumindest, wenn auch nur ein Fünkchen Hoffnung bestand, daß die Seite von Trevelyan Buggins so etwas wie einen legitimen Anspruch darauf hatte.

Sephy würde es bestimmt nicht für sich selbst tun, was Goulson zweifellos wußte. Purvis Mink verdiente einen ordentlichen Wochenlohn. Ihre Kinder waren für den College-Besuch von den Studiengebühren befreit. Zwei Töchter hatten bei Mrs. Mouzouka studiert, anschließend eine Imbißstube neben der Seifenfabrik in Lumpkinton aufgemacht und gut verdient. Dann hatten sie eine zweite in Hoddersville aufgemacht und schließlich, als ihre Ehemänner versetzt wurden, beide Restaurants mit gutem Gewinn verkauft. Mrs. Lomax hatte Professor Shandy einmal alles über die Mink-Töchter erzählt, als er zu Hause geblieben war, weil er fälschlicherweise angenommen hatte, dort in Ruhe und Frieden Klausuren korrigieren zu können.

Die Minks selbst hätten demnach ganz zufrieden sein können, aber vielleicht waren sie es aus irgendeinem Grund doch nicht. Shandy würde dies nicht wissen, aber Goulson schon. Bei Arabellas Tätigkeit für den *Gemeinde- und Sprengel-Anzeyger* und Harrys Mitgliedschaft in sämtlichen hiesigen Clubs und Logen entging den Goulsons so gut wie nichts. Selbst jetzt, wo ihre Eltern von ihrem Erdendasein erlöst waren, fühlte sich Persephone ihnen vielleicht immer noch zu sehr verpflichtet, um das Komplott, das sie inzwischen angezettelt hatte, wieder rückgängig zu machen, und Goulson würde die Gründe möglicherweise verstehen.

Doch dies war nun wirklich nicht der geeignete Zeitpunkt, um herumzustehen und sich Spekulationen hinzugeben. Miss Minerva

Mink, denn nur um die konnte es sich handeln, beobachtete sie bereits durch den geflickten Spitzenvorhang an der Eingangstür. Wie in Dreiteufelsnamen konnte er es anstellen, zu fragen, ob sie es für möglich hielt, daß Mr. und Mrs. Buggins ermordet worden waren?

Kapitel 5

Shandy räusperte sich und lüpfte den Hut. »Miss Mink?«
Die Frau, die vor ihm in der Tür stand, antwortete mit einem matten Nicken. Alles an ihr wirkte müde. Kein Wunder, dachte Shandy, wenn man bedachte, was für einen anstrengenden Morgen sie bisher gehabt hatte. Doch er hatte irgendwie das Gefühl, daß Miss Mink immer müde aussah.

Sie trug ein relativ langes Kleid aus irgendeinem schlaffen grauen Stoff und darüber eine Strickjacke aus grauem Garn. Das Kleid war zwar nicht gerade schäbig und ganz sicher nicht schmutzig, doch es hing an ihrem mageren Körper, als habe es von Anfang an gewußt, daß es zwecklos wäre, so zu tun, als sei es elegant.

Alles an Miss Mink schien schlapp und kraftlos, ihre Schultern, ihre Wirbelsäule, die Spitze ihrer dünnen Nase, die Furchen, die ihr Mund, dessen Mundwinkel offenbar bereits seit 60 Jahren nach unten wiesen, in ihr gräuliches Gesicht gegraben hatte. Ihre Strümpfe waren grau und ausgebeult. Ihre schwarzen Schuhe sahen so aus wie die Schuhe, die sämtliche Großmütter getragen hatten, als Shandy noch ein kleiner Junge gewesen war, geschnürte Halbschuhe mit kubanischen Absätzen. Die meisten Frauen würden wohl heute diesen Begriff nicht mehr benutzen, mutmaßte Shandy, doch er ging jede Wette ein, daß Miss Mink es immer noch tat. Er versuchte ein weiteres Mal höflich, mit ihr ins Gespräch zu kommen.

»Ich nehme an, Sie kennen Polizeichef Ottermole, und dieser junge Mann hier ist Cronkite Swope vom *Gemeinde- und Sprengel-Anzeyger*. Wir sind vorbeigekommen, um Ihnen unser, eh, Beileid auszusprechen.«

»Ihr Beileid können Sie mir morgen zwischen zwei und vier oder zwischen sieben und neun in Goulsons Trauerkapelle aussprechen«, informierte sie ihn mit einer Stimme, die genauso grau war wie ihre Strümpfe. »Es ist momentan auch kein Angehöriger da, der Besucher empfangen könnte.«

Miss Mink machte Anstalten, die Tür wieder zu schließen, doch Shandy hielt den Knauf an der Außenseite der Tür fest. »Eigentlich sind wir auch gekommen, weil . . .«

»Ich weiß sehr genau, warum Sie gekommen sind.« Ihre Stimme blieb vollkommen unbewegt. »Sie sind hier, weil Sie Persephone überreden wollen, die Klageandrohung fallenzulassen. Sie sollten sich wirklich in Grund und Boden schämen, Frederick Ottermole, diesen Speichellecker der herrschenden Klasse gegen arme, ausgebeutete Erdarbeiter auch noch zu unterstützen.«

»Höh? Wie bitte?« Miss Minks Zurechtweisung hatte den Polizeichef sichtlich erschüttert. Shandy fragte sich, ob sie einmal Ottermoles Klassenlehrerin gewesen war. »Stimmt das etwa, was sie gerade über Sie gesagt hat, Professor?«

»Ich habe nur gesagt, daß er die Mittellosen bis aufs Blut aussaugt«, erläuterte Miss Mink, immer noch ohne jeden Funken von Emotion in der Stimme.

»Nein, das haben Sie nicht gesagt.« Ottermole hatte inzwischen sein Selbstbewußtsein wiedergefunden. »Sie haben etwas von Speichellecken gesagt. Und daß Purve und Sephy Erdarbeiter sind, was nicht stimmt. Purve ist Wachmann, und Sephy haßt jede Art von Gartenarbeit, weil sie eine Heidenangst vor Bienen hat.«

»Ich habe mich rein figurativ ausgedrückt«, brummte Miss Mink, aber von Figuren wollte Ottermole nichts hören.

»Der Professor dagegen«, fuhr er mit sichtlichem Stolz fort, »züchtet hauptsächlich Rüben, wenn er nicht gerade für mich arbeitet. Sozusagen als mein inoffizieller Deputy. Da ich außer Budge Dorkin keine feste Mannschaft habe, muß ich versuchen, mit wenig auszukommen. Allerdings wäre das nicht nötig, wenn die Leute sich endlich aufraffen würden und ich genug Stimmen bekäme, daß ich genug Geld bewilligt kriege, um das Polizeirevier ordentlich führen zu können. Wann haben Sie übrigens das letzte Mal an einer Bürgerversammlung teilgenommen, Miss Mink?«

Sie schaute ihn an. Shandy bemerkte, daß sie blasse, wäßrig blaue Augen hatte, genau wie die Leiche des unbekannten Mannes, die sie gefunden hatten.

»Jetzt kommen Sie mir bloß nicht auf die Tour, Frederick. Sie wissen haargenau, daß ich nicht so einfach mir nichts, dir nichts verschwinden und Mr. und Mrs. Buggins mutterseelenallein zurücklassen kann. Ich hatte schließlich in dem Bereich, für den ich Verantwortung übernommen habe, meine Pflicht zu erfüllen, oder etwa nicht? Was soll jetzt bloß aus mir werden?« schloß sie düster.

»Na ja, ich meine, Purve und Sephy ...«

»Leben bereits mit Purvis' Mutter im selben Haus – und wie ich Rosalinda Mink kenne, wird sich daran bis an ihr Lebensende nichts ändern.«

»Na und? Es gibt doch in dem Haus noch zwei freie Schlafzimmer, jetzt, wo die Kinder alle ausgezogen sind.«

»Ich kann mir unmöglich vorstellen, daß ein Haus groß genug sein kann, daß ich darin mit Rosalinda unter einem Dach leben könnte. Und wenn ich nur daran denke, daß ich die ganze Zeit schön gemütlich in meinem eigenen Heim hätte wohnen können, wenn ich nicht so dumm gewesen wäre, meine Gutmütigkeit vor meinen gesunden Menschenverstand zu stellen.«

Zum ersten Mal bebte Miss Minks Stimme vor tiefempfundener Entrüstung. »Wie ich den Tag bereue, an dem ich mich von meinem hübschen Cousin Algernon habe überreden lassen, ihm meinen Anteil an unserem Heim zu überschreiben. Tante Amalia sollte ihr Leben in Frieden beschließen können, wie er sich ausdrückte, in dem beruhigenden Wissen, daß sie bis ans Ende ihrer Tage ein Dach über dem Kopf haben würde. Und ehe ich mich versah, hatte Algernon den ganzen Besitz verspielt. Tante Amalia ist schließlich drüben im Armenhaus gelandet, und ich wurde vor die Tür gesetzt.«

Die Lippen mit den heruntergezogenen Mundwinkeln spannten sich zu einem dünnen grauen Strich. »Wenn Persephone Mink aus meinem furchtbaren Fehler keine Lehre zieht, ist sie noch dümmer, als ich angenommen habe. Das habe ich ihr auch selbst gesagt. Bestehe auf deinem Recht, Sephy, habe ich gesagt. Man kann schließlich nie wissen. Purvis scheint mir zwar ganz gesund zu sein, aber solche Menschen sterben immer als erste. Eines Tages fällt er einfach tot um, habe ich gesagt, und was soll dann aus dir werden? Sephy hat das nicht gern gehört, muß ich zugeben, aber ich habe sie daran erinnert, daß sie es bestimmt noch schlimmer finden würde, wenn sie zum Sozialamt marschieren und zugeben müßte, daß sie bettelarm ist.«

»Aber das würde sie auf keinen Fall sein«, protestierte Shandy. »Für alle College-Angestellten wird eine Lebensversicherung abgeschlossen, und Mrs. Mink würde außerdem bis an ihr Lebensende die Pension ihres Mannes beziehen.«

Minerva Mink rümpfte die Nase. »Das Witwenscherflein.«

»Aber man kann nie vorsichtig genug sein. Hi, Min.«

Der Einwurf stammte von einer riesigen, leuchtendroten Person mit orangefarbenem Haar, purpurroten Wangen und scharlachroten Lippen, die seitlich aufgemalt waren wie in den späten Werken von Pablo Picasso. Sie kam von der Rückseite des Hauses hergewatschelt und trug unförmige Gummistiefel, die mit roten Farbspritzern übersät waren, höchstwahrscheinlich in der Absicht, eine einheitliche Gesamtwirkung zu erzielen. Darüber trug sie ein Gebilde, das Shandy als rotes Kleid zu identifizieren glaubte, obwohl er vermutete, daß es genausogut ein roter Petticoat oder lediglich ein übergroßes Hemd sein konnte. Was immer es auch sein mochte, es quoll in üppigen Falten und Ausbuchtungen unter einem schmutzigen Anorak hervor, den sie mit zu Fäusten geballten Händen von innen vor ihrem Körper zusammenhielt, während die Jackenärmel leer herunterbaumelten, was die ohnehin schon plumpe, ungeschlachte Gestalt nur noch mehr verzerrte.

»Wußte gar nicht, daß du Besuch erwartet hast, Min«, krächzte sie, ohne die Zigarette, die in einer Ecke ihres blutroten Mundes steckte, zu entfernen. »Wollte bloß mal nachschauen, ob ich was für dich tun kann.«

Miss Mink zuckte zusammen, als habe man sie mit einer Hutnadel gestochen. Sie starrte die Erscheinung an, als könne sie sich gar nicht vorstellen, wer dieser Mensch war, gewann dann aber ihre Fassung zurück. Es gelang ihr sogar, sich zu einem herablassenden Lächeln durchzuringen.

»Du bist nur gekommen, weil du hier herumschnüffeln wolltest, und du kannst tatsächlich etwas für mich tun, nämlich auf der Stelle wieder dahin verschwinden, wo du hergekommen bist. Wenn ich von Leuten wie dir Hilfe brauche, werde ich mich schon melden, also vielen Dank.«

»Huh. Da versucht man, hilfsbereit zu sein, und das kommt dann dabei heraus.« Die Menschenfreundin spähte unter ihren zerzausten zinnoberroten Locken hervor, konnte aber auch in den Gesichtern der Männer keinen Hinweis auf eine herzliche Begrüßung entdecken und entfernte sich wieder.

Cronkite Swope, der offenbar Probleme mit seiner Nase hatte, steckte seine Taschentücher weg und versuchte, das Thema zu wechseln. »Was wissen Sie über die Klageandrohung, Miss Mink?«

»Das ist eine Familienangelegenheit und geht Sie überhaupt nichts an, junger Mann.«

»Nun seien Sie doch nicht so, Miss Mink. Sie werden doch wohl Mitleid mit einem armen Zeitungsreporter haben, der sich sein Geld sauer verdienen muß?«

Cronkite Swope war außerdem ein sehr gutaussehender junger Bursche, was die Hälfte aller jungen Damen in Balaclava County sicher gern bestätigt hätte. Vielleicht fragte sich Swope auch, warum er nicht ebenfalls sein Glück versuchen sollte, wenn es der hübsche Vetter Algernon seinerzeit so erfolgreich geschafft hatte, sich bei seiner Cousine einzuschmeicheln.

Möglicherweise wäre ihm dies sogar gelungen, wenn nicht ausgerechnet in diesem Moment draußen ein Wagen vorgefahren wäre, gerade als er sein schönstes Lächeln voll aufgedreht hatte. Es war ein amerikanischer Wagen neueren Datums in diskretem Braun, und Shandy war nicht überrascht, Persephone Mink am Steuer sitzen zu sehen. Was ihn allerdings überraschte, war die Tatsache, daß Grace Porble neben ihr saß.

Doch dann fiel Shandy ein, daß Grace nicht nur die Gattin des College-Bibliothekars, sondern auch eine waschechte Buggins war. Sie kam als erste die Treppe herauf.

»Wie geht es Ihnen, Miss Mink? Wie furchtbar, daß beide in derselben Nacht gestorben sind, Onkel Trev und Tante Bea. Vielleicht war es ja wirklich das Beste für sie, aber es ist trotzdem ein schrecklicher Schock! Na so was, Peter Shandy! Was machen Sie denn hier?«

»Ich glaube, man nennt es wohl, jemanden unzulässig unter Druck setzen«, antwortete Miss Mink, bevor Shandy zu Wort kommen konnte. »Das versucht er jedenfalls. Er ist hier, um über die Klageandrohung zu sprechen.«

»Tante Minerva!« rief Persephone. »Du hast doch wohl nicht etwa vor dem Reporter darüber gesprochen?«

Sowohl Grace als auch Persephone rückten von Cronkite Swope ab, als habe er eine schwere Grippe. Miss Mink schüttelte ihr gepflegtes graues Haupt.

»Ich habe bloß gesagt, daß es sich um eine Familienangelegenheit handelt, die niemanden etwas angeht.«

Grace Porble seufzte. »Es wäre mir lieber, wenn du überhaupt nichts gesagt hättest. Phil ist sowieso schon völlig außer sich.«

»Ich sehe absolut nicht ein, welchen Grund er hätte, sich aufzuregen«, brauste Miss Mink auf. »Schließlich hat er mit der ganzen Angelegenheit nicht das geringste zu schaffen.«

»Also Purve ist auch nicht gerade glücklich«, sagte Persephone. »Aber ich weiß wirklich nicht, warum wir hier draußen vor der Tür stehen. Komm doch mit ins Haus, Tante Minerva. Am besten, du setzt dich hin, bevor du uns noch umfällst.«

Sie legte den Arm um die graue Strickjacke und führte die Tante ihres Ehemannes ins Haus. Grace Porble blieb neben Peter Shandy stehen.

»Peter«, murmelte sie und blickte zu Cronkite Swope hinüber, um sicherzugehen, daß er nicht zu lauschen versuchte. Das war jedoch nicht der Fall, denn er war ein wohlerzogener junger Mann. Aber Fred Ottermole lauschte, und Grace starrte ihn vorwurfsvoll an, woraufhin er sich zurückzog. »Peter, warum sind Sie wirklich hier?«

»Ich habe etwas im Auftrag des Präsidenten zu erledigen, wenn ich ehrlich sein soll. Hat Ihre Cousine Ihnen denn noch nicht von dem Mann erzählt, der nicht ihr Bruder war?«

»Der Mann, den Sie und Fred Ottermole aus Oozaks Teich gefischt haben? Sie glauben doch nicht im Ernst, daß diese Sache hier damit etwas zu tun hat? Peter Shandy, wenn Sie versuchen sollten, aus dem Tod von Sephys Eltern einen Skandal zu machen, werde ich Sie eigenhändig erwürgen.«

»Verflucht, Grace, ich versuche überhaupt nichts dergleichen. Am besten, wir besprechen die ganze Sache einmal unter vier Augen. Ich hatte keine Ahnung, daß Sie mit Mrs. Mink so eng befreundet sind.«

»Sephy und ich sind sozusagen Cousinen. Helen wird Ihnen wahrscheinlich genau sagen können, welchen Grades. Ich selbst weiß es nicht. Jedenfalls haben wir uns immer gern gemocht. Wir haben sogar zusammen gewohnt, bevor wir geheiratet haben, und zwar in dem kleinen Haus, wo eure beiden Professorinnen Pam Waggoner und Shirley Wrenne jetzt leben. Damals hat man es das ›Jungfernhaus‹ genannt, aber das dürfen Sie auf keinen Fall Shirley verraten. Peter, ich muß jetzt ins Haus gehen. Sorgen Sie bitte dafür, daß dieser Swope-Junge hier verschwindet, bevor er irgend etwas über die Familie in die Zeitung bringt.«

»Grace, Sie wissen doch ganz genau, daß er das sowieso tun wird. Warum nehmen Sie ihm also nicht den Wind aus den Segeln, indem Sie ihm ein paar interessante Informationen für den Nachruf geben?«

»Oh, das ist eine gute Idee. Wahrscheinlich sollte ich das wirklich tun.«

Nicht allzu glücklich gesellte sich die Gattin des Bibliothekars zu dem jungen Reporter und begann, ihm die bescheidenen Glanzlichter im ereignislosen Leben ihrer verstorbenen Verwandten darzulegen. Shandy nutzte die Gunst der Stunde und schlüpfte ins Haus.

Das alte Heim der Buggins' sah innen genauso aus, wie er erwartet hatte, sauber und deprimierend, wie Miss Minks graues Kleid. Die Zimmer waren winzig, die Böden hatten sich gesenkt. Die Möbel waren offenbar von Anfang an nichts Besonderes gewesen und waren im Laufe der Zeit auch nicht besser geworden. Es gab zu viele gehäkelte Deckchen, zuviel Kleinkram und Schnickschnack, zu viele lackierte Holzarbeiten und verblaßte Tapeten, zu viele vergilbte Fotografien, nicht genug Licht und Luft. Als er das Wohnzimmer betrat, in dem Mrs. und Miss Mink standen, war in den ihm zugewandten Gesichtern nichts zu erkennen, das auf einen freundlichen Empfang schließen ließ.

»Eh, entschuldigen Sie bitte die Störung, meine Damen. Grace unterhält sich gerade mit Swope über den Nachruf. Sie hat mich geschickt, um ein Foto von Mr. und Mrs. Buggins für die Zeitung zu holen. Sie sagt, Sie wüßten schon, welches.«

Zu Shandys großer Erleichterung kauften ihm die beiden Frauen diese unverschämte Lüge ab. »Ich nehme an, Grace meint das Bild, das Arabella Goulson am 50. Hochzeitstag der beiden gemacht hat«, sagte Persephone. »Weißt du, wo es ist, Tante Minerva?«

»Ich nehme an, deine Mutter hat es oben in der obersten Kommodenschublade aufbewahrt, aber ich werde auf keinen Fall hochgehen und es holen. Mrs. Buggins war immer sehr eigen. Sie würde es bestimmt nicht gern sehen, daß eine Hausangestellte in ihren Privatsachen herumschnüffelt.«

»Aber Tante Minerva, du warst doch nie eine Hausangestellte.«

»Kannst du mir dann freundlicherweise sagen, was ich sonst gewesen sein soll?«

Persephone seufzte und ging das Foto holen. Arabella Goulson hatte das Bild effektvoll in einem dekorativen Klapp-Passepartout plaziert, doch was die abgelichteten Personen anging, hatte auch sie nicht viel ausrichten können. Der Kuchen, den die beiden gerade anschnitten, war zwar eindrucksvoll verziert, und die Kleidung, die sie trugen, war anscheinend eigens für diesen Festtag erstanden worden, doch das Paar, das darin steckte, war so schmächtig und farblos, daß es die reichverzierte Leckerei, das Ansteckbukett und das Sträußchen im Knopfloch kaum zu rechtfertigen schien. Shandy fragte sich, wie dieses armselige Paar je eine Tochter wie Persephone hatte hervorbringen können, ganz zu schweigen von den Zwillingen.

Inmitten des ganzen Durcheinanders auf dem Kaminsims entdeckte er ein Foto der Zwillingsbrüder, das aussah, als hätte man es für die Abschlußfeier der High School aufgenommen, bei der Bainbridge dann gefehlt hatte. Die beiden sahen sich zwar sehr ähnlich, wie Harry Goulson gesagt hatte, doch nicht so ähnlich, daß man sie nicht hätte auseinanderhalten können, wenn sie nebeneinander standen. Beide hatten die typische Buggins-Nase und das Buggins-Kinn. Wenn sie sich einen Bart hätten wachsen lassen, als sie älter wurden, hätten sie wohl beide Balaclava Buggins genauso ähnlich gesehen wie der Mann aus dem Teich.

Jammerschade, daß es nur ein Schwarzweißfoto war, denn so konnte man natürlich die Augenfarbe nicht erkennen. Die Augen sahen nicht dunkel genug aus, um braun zu sein, aber zweifellos war das Foto im Laufe der vielen Jahre erheblich verblaßt. Und Goulson hatte gesagt, sie seien haselnußbraun gewesen, was so gut wie alles bedeuten konnte.

Miss Mink räusperte sich und erinnerte Shandy an den eigentlichen Zweck seines Kommens. »Ist das das Foto, das Sie haben wollten?«

»Ja richtig«, stotterte er, »das ist, eh, genau das, eh, was wir brauchen. Ein sehr liebenswertes Paar, nicht wahr? Es muß ein schrecklicher Schock für Sie gewesen sein, die beiden, eh, so zusammen zu finden. Wenn man jedoch bedenkt, daß Mrs. Buggins an Lungenentzündung litt ...«

»Mutter hatte bestimmt keine Lungenentzündung«, unterbrach Persephone scharf. »Wenn das der Fall gewesen wäre, hätten wir sie bestimmt ins Krankenhaus gebracht.«

»Ich dachte, Dr. Fotheringay hätte als, eh, Todesursache Atemstillstand angegeben? Das bedeutet doch Lungenentzündung, nicht wahr?«

»Das bedeutet, daß sie aufgehört hat zu atmen, als sie gestorben ist. Das tut man normalerweise, wenn man stirbt.«

»Verstehe. Und Ihr Vater starb an Herzversagen.«

»Genau.«

»Was dann wohl bedeutet, daß normalerweise das Herz aufhört zu schlagen, wenn man aufgehört hat zu atmen. Wie recht Sie haben, Mrs. Mink. Hatte Mr. Buggins denn schon länger ein schwaches Herz?«

»Nein, letztes Mal, als Papa sich untersuchen ließ, hat Doktor Fotheringay sogar gesagt ...« Persephone unterbrach sich und preßte die Lippen zusammen. »Vielen Dank, daß Sie vorbeigekommen sind, Professor Shandy. Die Beerdigung findet Mittwoch morgen um halb neun in der First Church statt, falls Sie vorhaben, daran teilzunehmen.«

Kapitel 6

Helen Shandy legte das Sandwich, das sie gerade aß, zurück auf den Teller und funkelte ihren Mann über den Küchentisch hinweg an. »Peter, ich kann unmöglich hingehen und Grace Porble aushorchen, wenn sie gerade mitten in den Vorbereitungen für eine Beerdigung ist. Außerdem würde ich sie sowieso nicht erreichen können. Sie hat alle Hände voll mit der armen Sephy zu tun.«

»Wie meinst du das, die arme Sephy? Ich wußte gar nicht, daß du mit Purvis Minks Frau so intim bist.«

»Natürlich bin ich das. Sephy ist doch schließlich auch Mitglied im Gartenclub, oder etwa nicht?«

»Du mußt es ja wissen«, antwortete Shandy und steckte Jane Austen heimlich ein Stückchen Huhn von seinem Sandwich zu.

»Ich habe gesehen, was du da gerade gemacht hast, Peter Shandy. Dabei weißt du ganz genau, daß Jane Austen bei Tisch nichts bekommen soll!«

Die kleine Tigerkatze sprang auf Helens Schoß und begann, sich die weißen Schnurrhaare mit ihrer weißbestrumpften Pfote zu putzen. Helen strich ihr mit dem Finger über das zarte Mäulchen.

»Und du weißt das auch ganz genau, du kleiner Schnorrer. Grace ist völlig außer sich wegen der Sache mit Sephys Eltern, Peter. Sie hat sogar extra deswegen ihren Bonsai-Workshop ausfallen lassen.«

»Grundgütiger, ich hatte ja keine Ahnung, welche schwerwiegenden Folgen dieser unglückselige Vorfall nach sich ziehen würde!«

Helen erhob sich, scheinbar um die Teekanne aufzufüllen, in Wirklichkeit jedoch, weil sie um den Tisch herumkommen und Shandy ihre Gattinnenhand auf die Schulter legen wollte. »Liebling, du hast doch wohl nicht vor, Grace und Sephy Schwierigkeiten zu machen?«

Shandy ignorierte Janes Absichten, was sein Sandwich betraf, stand auf und umarmte Helen. »Ich kann leider noch nicht sagen, ob es irgendwelche Schwierigkeiten geben wird. Der Coroner wird so bald wie möglich bei Goulson eintreffen. Ich hoffe nur, daß er feststellen wird, daß die beiden alten Leute eines natürlichen Todes gestorben sind.«

»Warum sollten sie das nicht?« sagte Helen. »Es könnte doch durchaus sein, daß Mr. Buggins mitten in der Nacht aufgewacht ist, seine Frau tot neben sich im Bett vorgefunden hat und vor Schreck einen Herzinfarkt bekam?«

»Sicher könnte das sein. Es wäre auch möglich, daß die Leiche, die wir aus dem Teich gezogen haben, sich heute morgen als Augustus Buggins verkleidet und sich die Taschen mit Steinen gefüllt hat und dann nur so zum Spaß in Oozaks Teich gesprungen ist. Was mir so schwer im Magen liegt, ist die Tatsache, daß alle drei Leichen genau zu dem Zeitpunkt auftauchen, als die Nachkommen von Ichabod Buggins damit drohen, das College wegen illegaler Wasseruntzung des Teiches zu belangen.«

»Was um alles in der Welt willst du damit sagen?«

Shandy erklärte es ihr und benutzte dabei Worte, die von leicht profan bis eindeutig obszön reichten. Helen hörte zu, zunächst sprachlos, dann erbost.

»Unser hochverehrter Präsident hat dir also mal wieder wie gewöhnlich den ganzen Schlamassel aufgehalst. Ich wünschte, Thorkjeld Svenson würde dahin entschwinden, wo der Pfeffer wächst.«

»Das würde er ganz bestimmt, wenn du ihn freundlich genug darum bitten würdest.«

»Du brauchst es gar nicht auf die lustige Tour zu versuchen.«

Helen entwand sich seiner Umarmung und nahm die Katze auf den Arm. »Komm zu Mami, Jane. In Krisenzeiten müssen wir Frauen zusammenhalten. Aber ich warne dich, Peter. Wenn sich herausstellen sollte, daß Sephy Mink tatsächlich rechtmäßige Ansprüche auf Oozaks Teich hat ...«

»... dann solltest du lieber schnell lernen, wie man Talgkerzen zieht, denn das wird die einzige Beleuchtung sein, bei deren Licht du die Geschichte der Familie Buggins weiter erforschen kannst«, beendete Shandy ihren Satz. »Der Präsident hat mir übrigens diesmal den Schlamassel nicht allein aufgehalst. Ein ordentlicher Teil davon ruht sozusagen auch in deinen Händen. Svenson erwartet nämlich von uns, daß wir als Team aktiv werden. Wenn es eine Information gibt, die das College vor der Klage bewahren kann, müßte sie sich eigentlich im Archiv befinden, und du bist die einzige, die über das nötige Spezialwissen verfügt, um sie ausfindig zu machen. Du wirst wahrscheinlich einen offiziellen Befehl auf deinem Schreibtisch finden, wenn du in die Bibliothek gehst.«

»Doktor Porble wird toben.«

»Das tut er jetzt schon«, versicherte Shandy seiner Frau. »Grace hat heute morgen Miss Mink mitgeteilt, wie sauer Phil über die Klageandrohung ist. Sie schien übrigens selbst ganz schön aus dem Häuschen zu sein.«

»Die arme Grace, wer wäre das nicht an ihrer Stelle? Doktor Porble steht zweifellos voll und ganz auf seiten des College, genau wie du auch, während sie zu Sephy hält. Ich übrigens auch, wenn auch nicht im selben Ausmaß wie Grace. Aber schließlich war sie ja auch nicht meine Trauzeugin.«

Sieglinde Svenson hatte es sich nicht nehmen lassen, diese Funktion höchstpersönlich zu übernehmen und anschließend zur Feier des Tages einen wunderbaren Smörgåsbord mit sieben Sorten Hering auszurichten, um wirklich sicherzugehen, daß der ehemals eingefleischte Junggeselle Peter Shandy tatsächlich in den Hafen der Ehe einlief, wie es sich gehörte. Sieglinde stand bestimmt auch auf einer der beiden Seiten, war jedoch viel zu verbindlich und diplomatisch, um irgend jemanden wissen zu lassen, auf welcher. Jedenfalls war zu erwarten, daß es in dieser Frage eine Menge geteilter Meinungen und vielleicht sogar einen richtigen Bürgerkrieg geben würde, bevor die Eigentumsrechte für Oozaks Teich geklärt werden konnten. Falls dies überhaupt je gelingen sollte.

»Verflucht!« explodierte Shandy. »Ich wünschte, der Tote wäre wirklich Bracebridge Buggins. Meinst du, es ist möglich, daß Persephone Mink sich bei der Identifizierung geirrt hat?«

»Sephy irrt sich nie«, sagte Helen, »da kannst du fragen, wen du willst. Peter, Liebling, ist dir eigentlich aufgefallen, daß die Porbles schon seit längerem von der Sache gewußt haben müssen, wenn Doktor Porble und Grace bereits eine Auseinandersetzung wegen der Klage hinter sich hatten, als du sie heute morgen gesehen hast? Thorkjeld hat aber seinen Wutanfall erst bekommen, nachdem er in seinem Büro war und die Post durchgesehen hatte.«

»Ja, der Gedanke ist mir tatsächlich durch den Kopf gegangen. Offenbar muß Persephone Mink bereits seit geraumer Zeit gewußt haben, was los war. Anwaltsbriefe werden nicht so einfach über Nacht geschrieben. Es muß in der Familie bereits diverse Diskussionen gegeben haben, bevor es zu irgendwelchen Aktionen gekommen ist, und es ist kaum wahrscheinlich, daß Grace nicht irgendwie darin verwickelt war. Da sie mit Persephone so eng befreundet ist und die beiden auch noch miteinander verwandt sind, hat Persephone ihr bestimmt schon vor einiger Zeit von der Klageandrohung erzählt.«

»Und Grace hat es dann Doktor Porble erzählt, und Sephy hat es bestimmt auch Purvis mitgeteilt. Sie führen eine sehr gute Ehe, glaube ich.«

Genau wie Trevelyan und Beatrice. »Ich frage mich allerdings, wie verständnisvoll Purvis Mink wohl auf die Aussicht reagiert, einen sicheren Arbeitsplatz mit hervorragenden Sozialleistungen und einer großzügigen Pension zu riskieren. Immerhin würde er sich auf ein unsicheres Unternehmen einlassen, bei dem Geld von dem Institut erpreßt werden soll, dem er seinen Job verdankt und von dem er seine Sozialleistungen und die Pension erwartet«, sagte Shandy.

»Nicht besonders verständnisvoll, denke ich«, gab Helen zu. »Purvis liebt seine Arbeit, sagt Sephy, besonders den Nachtdienst. Es macht ihm immer Riesenspaß, Eulen zu beobachten.«

»Chacun à son goût«, sagte Shandy, dessen eigenes Steckenpferd Habichte waren. »Ich nehme an, Persephone hat sich zu dieser verrückten Klageandrohung verleiten lassen, weil es sie gereizt hat, so leicht an Geld zu kommen. Aber ich kann wirklich nicht verstehen, warum Purvis nicht versucht hat, sie davon abzubringen.«

»Sephy würde sich bestimmt nicht von der Aussicht auf leicht verdientes Geld verleiten lassen.«

»Teufel auch, irgend etwas muß sie doch verleitet haben!«

»Familienstolz, nehme ich an. Liebling, kannst du dir nicht vorstellen, wie sich ein Mädchen fühlen muß, das angeblich zur hiesigen Aristokratie gehört und dann in einem schäbigen alten Haus aufwächst, wo jeder Pfennig umgedreht wird? Außerdem hat sie immer die abgetragenen Sachen von Grace anziehen müssen. Grace hat zwar so getan, als würden sie nur miteinander die Kleider tauschen, weil sie doch Cousinen waren, aber alle wußten, daß Sephy nicht einmal einen Fetzen besessen hätte, wenn Grace nicht gewesen wäre.«

»Woher weißt du das überhaupt?«

»Ich habe eben meine Quellen.«

»Mrs. Lomax, nehme ich an. Und jetzt ist Sephy wohl auf Rache aus?«

»Ich vermute, sie selbst sieht es so, daß sie sich lediglich etwas von dem nimmt, was ihr seit langem zusteht. Versetz dich doch mal in Sephys Lage, Peter. Wenn deine Familie über Generationen hinweg immer sozial benachteiligt gewesen wäre und deine alten und mutlosen Eltern plötzlich einen Ausweg aus ihrem ganzen Elend gesehen hätten, hättest du es sicher auch nicht so einfach fertiggebracht, sie im Stich zu lassen, oder?«

»Und Grace steht auch jetzt noch hinter ihr, obwohl Sephys Eltern tot sind?«

»Woher soll ich wissen, wo Grace steht? Im Moment könnte ich mir sehr gut vorstellen, daß sie versucht, neutral zu bleiben, was die Klage betrifft, und Sephy bei den Vorbereitungen für die Beerdigung zu helfen. Sie befindet sich wirklich in einem schrecklichen Dilemma.«

Es sei denn, Sephy beschloß, die Klageandrohung fallenzulassen, dachte Shandy. Wenn nicht, würde sich die Situation nur noch verschlimmern. Phil Porble zerbrach sich bestimmt auch schon den Kopf. Wenn er zu der Überzeugung gelangte, daß Persephone im Recht war, würde er sie unterstützen, ganz gleich, wie die Konsequenzen für ihn selbst, für Grace oder das College auch aussahen. Sollte er jedoch der Ansicht sein, daß die Klage der Ichabod-Erben jeder vernünftigen Grundlage entbehrte, würde er nicht zögern, seine Meinung kundzutun, selbst wenn er damit eine Familienfehde heraufbeschwor. Falls er inzwischen glaubte, selbst etwas unternehmen zu müssen, um das Problem zu lösen, würde er bestimmt handeln. Ob seine nüchterne Denkweise ihn allerdings so weit bringen würde, den Mann, der sich die Klageandrohung ausgedacht hatte, zu ertränken, konnte Shandy wirklich nicht sagen.

»Peter, ich weiß genau, was du gerade denkst, und die Antwort lautet nein«, sagte Helen. »Das würde er gar nicht brauchen. Wenn er tatsächlich jemanden loswerden wollte, bräuchte er ihm nur einen seiner vernichtenden Blicke zuzuwerfen, und der Betreffende würde auf der Stelle im Erdboden versinken.«

»Na ja, du kennst Porble wohl besser als ich, auch wenn wir vor deiner Ankunft hier bereits ungefähr achtzehn Jahre lang Kollegen waren.«

»Pah, Humbug. Vielleicht bist du ab und zu mal in die Bibliothek spaziert, um Petunienstatistiken nachzulesen, oder hast ihn damit genervt, daß er den Buggins-Raum öffnen sollte, weil sich dort möglicherweise eine Ausgabe der gesamten Gedichte von John G. Saxe befinden könnte, über die du dich liebend gern hergemacht hättest. Das bedeutet aber noch lange nicht, daß du ihn gekannt hast.«

»Falls du damit meinst, daß ich in der Lage sein müßte, dir zu sagen, welche Farbe sein Schlafanzug hat, dann magst du vielleicht recht haben. Offenbar gehört das zu den Dingen, die Frauen immer für überaus wichtig halten.«

»Weder habe ich die leiseste Ahnung, welche Farbe Doktor Porbles Schlafanzug hat, noch habe ich je erwogen, es herauszufinden«, erwiderte Helen frostig. »Wahrscheinlich ist er aus cremefarbener Seide mit einem geschmackvollen kastanienbraunen Besatz und aufgesticktem Monogramm auf der Tasche. Sei verflucht, Peter Shandy, mußtest du unbedingt das Gespräch auf Schlafanzüge bringen? Jetzt geht mir der Gedanke bestimmt nicht mehr aus dem Kopf, wenn ich ihn das nächste Mal sehe. Und höchstwahrscheinlich werde ich äußerst unpassend zu kichern anfangen.«

»Du solltest dich lieber mit der Frage beschäftigen, warum zwei mehr oder weniger identische Leichen in einem Abstand von 80 Jahren in Oozaks Teich auftauchen«, schlug Shandy vor. »Wer außer dir und Phil Porble hat Zugang zum Buggins-Archiv? Ihr laßt doch nicht etwa Besucher so mir nichts, dir nichts dort herumlaufen?«

»Du weißt haargenau, daß wir das nicht tun.«

Ein halbes Jahrhundert lang oder noch länger war der Buggins-Raum nichts weiter als eine staubige, spinnwebenübersäte Abstellkammer für zersplitterte Lattenkisten gewesen, an deren Inhalt sich niemand herangewagt hatte. Jetzt waren sämtliche Bücher fein säuberlich auf Regale verteilt und nach dem Dewey-Dezimalsystem geordnet, alle Papiere und Dokumente nach dem Helen-Marsh-Shandy-System.

Helen hatte im Keller der Bibliothek herumgestöbert und einen langen Eichentisch ausgegraben, den sie von einer Gruppe stämmiger College-Studenten hatte hochtransportieren lassen, zwecks besserer Sortierung und Einordnung der Unterlagen aus dem Buggins-Archiv. Inzwischen ächzte der Tisch unter der Last von Hängemappen und Ablagekörben voll sorgfältig kommentierter Akten, und andere Gelehrte brannten darauf, einen Blick in die Sammlung werfen zu dürfen. Selbst Doktor Porble, der jahrzehntelang die Sammlung Buggins verachtet und ignoriert, ja sie als eine Art Inkubus gesehen hatte, der wichtigeren Dingen, beispielsweise Schweinestatistiken, den Platz wegnahm, war jetzt sozusagen gezwungen, sich dafür zu interessieren.

Er hätte leicht seine Stellung als Direktor der Bibliothek und Besitzer eines zusätzlichen Schlüssels ausnutzen können, um heimlich in den Raum zu gehen und darin herumzustöbern. Er hätte ohne weiteres Corydons Ode zum Gedächtnis an Augustus ausfindig machen und wieder an den dafür vorgesehenen Platz zurücklegen können, ohne daß Helen etwas gemerkt hätte, jetzt, wo sie einen Großteil ihrer Arbeit zu Hause verrichtete. Als er dann später vor dem Problem stand, einen lästigen Buggins loszuwerden, hatte ihn vielleicht sein sardonischer Sinn für Humor und das Wissen, daß Henry Doe damals ungestraft davongekommen war, dazu verleitet, auf Does Methode zurückzugreifen.

Helen war nicht gewillt, ihrem Vorgesetzten eine so heimtückische Tat zu unterstellen. »Doktor Porble würde so etwas niemals tun«, insistierte sie. »Außerdem hätten alle möglichen Leute von der Geschichte wissen können. Das ist genau die Art von Horrorgeschichte, mit der Großeltern ihren Enkelkindern gern Angst machen.«

»Wie wahr«, erwiderte er. »Man sieht geradezu Klein-Gracie Buggins mit weit aufgerissenen Augen den Schilderungen von Onkel Trevelyan lauschen, mit steif vom Kopf abstehenden Zöpfen und einem kleinen schnurrenden Miezekätzchen an ihrer Seite! Und sie hat die Geschichte dann Phil erzählt, als ihre Liebe noch jung war, sie händchenhaltend am malerischen Ufer von Oozaks Teich entlangschlenderten und zusahen, wie die Ochsenfrösche die Kuhfrösche verführten.«

»So etwas hätten Grace und Phil nie und nimmer getan. Sie sind immer drüben in der Bibliothek gewesen und haben zwischen den Regalen herumgeknutscht. Grace hat es mir selbst erzählt. Sie hat gesagt, Phil und sie hätten dauernd die Studenten dabei erwischt und daher gedacht, sie könnten es genausogut auch selbst einmal versuchen. Als wissenschaftliches Forschungsprojekt sozusagen. Phil wohnte zu der Zeit in einem Haus in der Grove Street, das einem richtigen alten Drachen gehörte. Seine Vermieterin pflegte abends immer auf ihn zu warten, um sicherzugehen, daß er nichts getrunken hatte oder der Unmoral anheimgefallen war. Er trudelte dann gegen halb zwölf ein, das ganze Hemd voll Lippenstift, und versuchte ihr weiszumachen, er habe lediglich die Karteikarten der *Library of Congress* sortiert.«

»Potztausend, ein wahrer Meister gemeiner Hinterlist und Fleischeslust! Warum sind sie nicht zu ihr nach Hause ins Cottage gegangen und haben dort geschmust? Haben Grace und Persephone nicht damals dort zusammen gewohnt?«

»Schon, aber Sephy ging schon fest mit Purvis Mink. Purvis hatte zehn oder elf Geschwister, daher konnten sie wohl kaum zu ihm nach Hause gehen. Und Sephy konnte ihn natürlich auch nicht zu ihren Eltern einladen, weil es dort so schrecklich deprimierend war und ihr Vater immer darauf bestand, ihnen wieder und wieder dieselben abgedroschenen alten Geschichten aufzutischen, die sie schon tausendmal gehört hatte.«

»Beispielsweise die Geschichte von der Leiche in Oozaks Teich.«

»Es reicht, Peter, du hast dich klar genug ausgedrückt.«

Persephone Buggins hatte sicher von Augustus' feuchtem Grab gehört und es Grace weitererzählt, wenn es nicht bereits ein anderer getan hatte. Da er entfernt mit Corydon verwandt war, hatte Trevelyan bestimmt eine Ausgabe seiner Gedichte besessen. Sprößlinge aus alten Familien, mit denen es bergab gegangen war, liebten es, mit ihren illustren Vorfahren zu prahlen, und Corydon Buggins war zweifellos in der literarischen Welt von Balaclava County eine ebenso bedeutende Persönlichkeit gewesen wie Charles Follen Adams oder sogar Lydia Sigourney seinerzeit in etwas größeren Zirkeln.

Shandy schnaubte verächtlich beim Gedanken an diese einst so berühmten Namen. »Meiner Meinung nach hätte Belial Buggins sie mit seinen Reimen allesamt in den Sack stecken können.«

»Ich habe nie etwas Gegenteiliges behauptet«, mußte Helen ihm beipflichten, »aber du kannst nicht leugnen, daß Belials Verse nicht gerade dazu geeignet waren, von jungen Damen ins Poesiealbum eingetragen zu werden.«

»Belial war eben seiner Zeit weit voraus.«

»Für gewöhnlich war er irgendeinem wutentbrannten Ehemann, der mit einem Gewehr hinter ihm her war, drei Nasenlängen voraus.«

»Allerdings. Verdammt, ich wünschte, die alte Hilda Horsefall wäre nicht nach Schweden gezogen. Sie wüßte bestimmt, wie viele von Belials unehelichen Sprößlingen die Familiengene weitergegeben haben und welche von deren Kindeskindern der Buggins-Familie ebenso ähnlich sehen wie dieses bärtige Rätsel, das momentan in Goulsons Bestattungsinstitut liegt. Vielleicht könnte Mrs. Lomax uns weiterhelfen.«

»Mir würde sie vielleicht etwas sagen, aber dir ganz bestimmt nicht«, sagte Helen. »Sie ist viel zu taktvoll, um solche Angelegenheiten mit einem Mann zu besprechen, mit dem sie nicht verheiratet ist. Das Problem ist bloß, sie weiß bestimmt genau, warum ich sie frage, und sie wird es sofort mit den Minks in Zusammenhang bringen. Mrs. Lomax würde nie im Leben irgend etwas sagen, das Purvis und Sephy schaden könnte.«

»Mein Gott! Die Fronten verhärten sich schneller, als die Polizei erlaubt«, sagte Shandy.

»Die Polizei hat damit nun wirklich nichts zu tun, Liebster. Hast du eigentlich erwogen, mich zur Bibliothek zu begleiten, oder soll ich es allein versuchen?«

»Warum? Fühlst du etwa einen Ohnmachtsanfall nahen?«

»Ich vermute, das bedeutet, daß du lieber zurück zu Goulson gehen und mit dem Coroner sprechen würdest?«

»Möchtest du vielleicht, daß ich Svenson in die Klauen falle und er mich zerfleischt und Hackepeter aus mir macht?«

»Oh, schon in Ordnung, wenn du so zimperlich bist und dich partout nicht zerfleischen lassen willst. Ich werde nachsehen, ob ich in Balaclavas persönlichen Aufzeichnungen etwas über Oozaks Teich finden kann, aber es ist bestimmt eine Heidenarbeit. Ich muß schon sagen, die Sache mit der Klageandrohung klingt äußerst verdächtig, Peter. Ichabod war Balaclavas Neffe, weißt du.«

»Du sagtest doch, Dalbert sei Balaclavas Neffe gewesen?«

»Es gab vier Neffen. Dalbert war der einzige Sohn von Balaclavas Schwester Druella, die Fortitude Lumpkin geheiratet und Lumkins Corner gegründet hat. Ichabod, Corydon und Belial waren Söhne von Balaclavas Bruder Abelard, dem Pferdehändler. Abelard hat das Haus gebaut, in dem Trevelyan und Beatrice gewohnt haben, und zwar als Hochzeitsgeschenk für Ichabod, als er 1831 Prudence Plover geheiratet hat. Prudence soll angeblich ein wenig schwach im Kopf gewesen sein, obwohl das auch bloß bedeuten könnte, daß sie dumm genug war, Ichabod zu ehelichen.«

»Aus dem dann nicht viel geworden ist.«

»Richtig. Corydon dagegen hat den Pferdehandel von seinem Vater übernommen und sich als sehr geschäftstüchtig erwiesen, wenn er nicht gerade von einer Muse geküßt wurde. Belial wurde enterbt, aus Gründen, die so zahlreich sind, daß es zu lange dauern würde, sie alle aufzuzählen. Doch das war ihm gleichgültig, denn er hatte sowieso seine eigenen Einkommensquellen.«

»Und hatte schließlich nie Probleme, ein Bett für die Nacht zu finden.«

»Bitte lenk jetzt nicht vom Thema ab. Ich weiß gar nicht mehr, wie wir auf die Neffen zu sprechen gekommen sind. Ich wollte eigentlich nur sagen, daß Balaclava Buggins ein vernünftiger, gewissenhafter Mann war. Er hat bereits an einer Schule unterrichtet, als er noch keine 16 war, hat als Farmer gearbeitet und genauso gelebt, wie er auch gelehrt hat. Er hat wirklich daran geglaubt, daß man sein Brot im Schweiße seines Angesichts verdienen und junge Menschen zu guten Farmern und Bürgern erziehen sollte. Er wußte ganz genau, daß die einzige Möglichkeit, wirklich auf sie Einfluß auszuüben, darin bestand, ihnen ein Beispiel zu geben, das sich nachzuahmen lohnte. Klingt das nach einem Mann, der herumgeht und sich auf leichtsinnige Wetten einläßt?«

»Nicht für mich, aber ich bezweifle, ob Buggins' Anwälte dir eine solche Behauptung, die du nicht beweisen kannst, so einfach abkaufen werden. Oder ob Miss Minerva Mink das wird.«

»Miss Mink? Was hat die denn mit der Klageandrohung zu tun?«

»Gute Frage. Sie behauptet, daß sie von ihrem attraktiven Vetter Algernon um ihr väterliches und vielleicht sogar um ihr mütterliches Erbe geprellt wurde, und ist entschlossen, dafür zu sorgen, daß Persephone keinen ähnlichen Fehler begeht. Miss Mink klingt zwar nicht so, als ob sie bei der Familie Buggins viel zu melden hat, aber man kann schließlich nie wissen. So, und jetzt komm, ich bringe dich schnell noch zur Bibliothek, bevor ich wieder zurück zu Goulson gehe.«

Kapitel 7

»Wie lautet Ihr Urteil?« fragte Shandy.

»Interessant«, sagte der Coroner. »Bei allem Respekt für den Arzt, der den Totenschein ausgestellt hat, bin ich der Meinung, daß das Herz des Mannes erstaunlich gesund war, wenn man sein Alter bedenkt, und die Lungen der Frau waren absolut intakt. Was übrigens für beide gilt, möchte ich noch hinzufügen. Wenn Polizeichef Ottermole nichts dagegen hat, würde ich gern einige Proben zur Analyse mitnehmen.«

»Nehmen Sie sich alles, was Sie wollen«, sagte der Polizeichef. »Die beiden brauchen es sowieso nicht mehr. Was ist mit dem Mann, den wir aus dem Teich gefischt haben?«

»Ist eindeutig ermordet worden.«

»Höh? Und wieso kann es kein Selbstmord gewesen sein? Hätte er sich nicht einfach schwere Steine in die Taschen stecken und dann ins Wasser springen können?«

»Nicht mehr, nachdem ihm jemand einen Eispickel in den Nacken geschlagen hatte, würde ich sagen. Ich frage mich sogar, ob er nicht vielleicht schon ein paar Tage tot gewesen ist, bevor man ihn in den Teich geworfen hat. Einige Anzeichen deuten darauf hin, daß er nicht sofort in kaltem Wasser gelegen hat, und absolut gar nichts läßt auf Ertrinken schließen.«

»Dann könnte es sein, daß ihn jemand allein getötet hat, der dann einige Zeit warten mußte, bis ihm jemand half, die Leiche loszuwerden, meinen Sie nicht?« sagte Shandy.

»Möglich wäre es schon. Er ist vielleicht ein ganzes Stück in einem beheizten Wagen transportiert worden, obwohl ich mir nicht erklären kann, wieso. Ich kann auch nicht mit Sicherheit sagen, daß die Mordwaffe ein Eispickel war, aber ein Eispickel hätte genau so eine Wunde verursacht wie die am Nacken unserer Leiche. Wenn die Waffe scharf genug ist - was hier offensichtlich der Fall war –, erfordert ein solcher Schlag nicht sehr viel Kraft. Einen großgewachsenen, gut genährten Körper in den Teich zu werfen wäre da bedeutend schwieriger gewesen und wurde daher wahrscheinlich nicht nur von einer Person ausgeführt. Es sei denn, er war rücksichtsvoll genug, direkt auf einen Rodelschlitten zu fallen, als man ihn erschlug.«

»Mit den Taschen voller Steinen.«

»Hier bei euch wird wirklich noch mit Stil gemordet, das muß man euch lassen. Könnten Sie mir zwei Eimer für die Mägen leihen, Goulson?«

»Bringen Sie am besten noch einen dritten Eimer mit«, murmelte Fred Ottermole. Sie befanden sich zwar nicht in dem Raum, in dem die Autopsie vorgenommen worden war, doch sie waren näher am Ort des Geschehens, als ihnen lieb war. Ottermole litt immer noch schwer an seiner unseligen morgendlichen Kombination von Leiche und Krapfen.

Shandy, der einen Rückfall befürchtete, beeilte sich, das Thema zu wechseln. »Was können Sie uns über den Ermordeten sagen, Doktor? Wir haben ihn immer noch nicht identifizieren können, wie Goulson Ihnen sicher bereits mitgeteilt hat, und wir sind dankbar für jeden Hinweis. Haben Sie beispielsweise irgendwelche, eh, Sherlock-Holmes-Spuren an seinen Händen gefunden?«

»Also, er war weder Chirurg noch Golfspieler.« Der Coroner zeigte ihnen seine eigenen Schwielen als Beweis. »Als er noch jung war, hat er möglicherweise relativ schwere körperliche Arbeit verrichtet, während der letzten Jahre jedoch kaum. Für einen Mann seines Alters – etwa zwischen 60 und 65 Jahre, würde ich sagen – war er in hervorragender körperlicher Verfassung, gut genährt, aber nicht dick. Er hat weder übermäßig geraucht noch getrunken und einen Großteil seiner Zeit draußen verbracht. Er könnte beispielsweise Polier auf einem Bau gewesen sein und sich von der Pike auf hochgearbeitet haben oder sonst etwas in dieser Richtung, aber das ist natürlich nur eine Vermutung.«

»Wie sieht es mit seinen Zähnen aus?«

»Sind vor kurzem gezogen worden. Von einem Amateur, mit Hammer und Meißel, dem Zustand des Zahnfleischs nach zu urteilen.«

»Grundgütiger! Wahrscheinlich, um die Identifizierung zu erschweren.«

»O ja. Auch die Fingerkuppen sind abgeschmirgelt worden. Die Arbeit eines echten Heimwerkers. Ich hatte noch keine Zeit, um mich mit dem Bart abzugeben, aber ich würde sagen, Sie lassen ihn von Goulson entfernen. Vielleicht befindet sich darunter eine Narbe oder ein Muttermal, das Ihnen einen Hinweis geben könnte. Wir haben übrigens ein paar Fotos von ihm gemacht, als er schön gekämmt und trocken war, bevor ich mit der Autopsie begonnen habe.«

»Wir haben auch welche«, prahlte Fred Ottermole. »Wir hatten einen Fotografen dabei, als wir die Leiche aus dem Teich gezogen haben.«

»Meine Güte, Ottermole, Sie sind ja ein richtiges Organisationstalent. Ich kann wirklich nicht verstehen, wie Sie mit so wenigen Leuten, dem niedrigsten Budget im County und der höchsten Mordrate Ihren Laden derart straff führen können.«

»Hier gibt es auch nicht mehr Morde als anderswo«, protestierte Ottermole. »Bloß daß wir nicht immer um den heißen Brei herumreden. Polizeichef Olson drüben in Lumpkinton findet beispielsweise eine Leiche mit sechs Kugeln drin, noch dazu mit einer Wäscheleine gefesselt und in einen alten Kühlschrank gestopft. Sechs frische Einschüsse gehen durch die Kühlschranktür, und er versucht trotzdem, die ganze Sache als Selbstmord in geistiger Umnachtung abzutun, bloß weil der Tote der Schwager vom Vetter seiner Frau ist.«

»Damit hat er die Loyalität seiner Familie gegenüber wirklich auf die äußerste Spitze getrieben«, stimmte der Coroner ihm zu. »Wo wir gerade von Familien und Identifizierung sprechen, Professor Shandy, haben Sie nicht auch bemerkt, wie sehr der Mann, über den wir gerade sprechen, dem verstorbenen Mr. Buggins ähnelt? Vielleicht ist die Ähnlichkeit wegen des Altersunterschiedes und der unterschiedlichen Größe nicht auf den ersten Blick erkennbar, außerdem trägt er auch noch diesen gewaltigen Bart, aber die Knochenstruktur, die Form der Ohren und vor allem natürlich die Augenfarbe gleichen sich auffallend.«

»Die Augenfarbe?« fragte Shandy. »Sie meinen dieses verwaschene Blau? Ich habe das Ehepaar Buggins nie persönlich gekannt. Welche Augenfarbe hatte denn die Frau?«

»Also, da ist mir gar nichts Besonderes aufgefallen. Harry, können Sie vielleicht Licht ins Dunkel bringen?«

Der Bestattungsunternehmer zögerte. »Irgendwie haselnußbraun, oder?«

»Gehen wir doch einfach nachsehen«, sagte Shandy.

Fred Ottermole schluckte. »Ich muß dringend auf dem Revier anrufen.«

»Warum gehen Sie nicht nach draußen auf den Flur und benutzen das Telefon neben den Toiletten?« schlug Harry Goulson liebenswürdigerweise vor. »Ich laufe eben schnell vor und nehme mich der lieben Verstorbenen an, bevor Sie sie sich ansehen, denn schließlich sind Sie ja nicht an Autopsien gewöhnt.«

Peter Shandy war dankbar, daß Goulson bei seinen Vorbereitungen auch daran gedacht hatte, die drei Leichen bis auf die Gesichter mit Laken zuzudecken. Die Augen waren offen. Er warf einen Blick auf Beatrice Buggins und schüttelte den Kopf. »Nennen Sie das haselnußbraun, Goulson?«

»Wenn ich ganz ehrlich sein soll, Professor, muß ich gestehen, daß ich immer haselnußbraun sage, wenn sie nicht eindeutig blau oder braun sind. Ich bin nicht besonders gut, was Farben betrifft. Arabella sucht immer die Kleidung aus und übernimmt den größten Teil des Make-up. Wie würden Sie denn die Farbe nennen?«

»Ich würde sagen, es ist ein dunkles Grau. Meinen Sie nicht auch, Doktor?«

»Ja, völlig richtig. Haselnußbraun beinhaltet für mich natürlich einen Schuß ins Braune, und davon ist hier nichts zu sehen. Eine recht ungewöhnliche Farbe, finden Sie nicht? Sie war bestimmt einmal sehr hübsch, als sie noch jung war. Tja, wenn wir jetzt hier fertig sind, gehe ich am besten zurück ins Labor und sehe, was ich sonst noch für Sie herauskriegen kann. Vielleicht gelingt es mir, bis zum späten Nachmittag noch etwas über den Mageninhalt herauszufinden. Sie werden doch hier mit allem allein fertig, nicht wahr, Harry?«

»Selbstverständlich, Doktor. Kommen Sie, ich helfe Ihnen eben mit den Eimern.«

Polizeichef Ottermole kam aus der Herrentoilette und sagte, er werde dringend im Revier gebraucht, was von niemandem im geringsten bezweifelt wurde. Shandy erinnerte sich daran, daß er noch zur Bank mußte, bevor sie schloß, sonst würden sie nicht mehr genug Geld im Haus haben, um Jane Austens Abendessen zu finanzieren. Auch er verabschiedete sich und machte sich auf den Weg, tief in Gedanken versunken.

Also konnte man Goulsons Bestätigung von Sephy Minks Aussage, was die braunen Augen ihres Bruders betraf, getrost wieder vergessen. Die Augen der Zwillinge hätten genausogut dunkelgrau sein können wie die ihrer Mutter, doch wenn sie tatsächlich braun oder auch nur haselnußfarben waren, gab es für diesen Umstand nur eine einzige Erklärung.

Shandy kannte selbstverständlich die Mendelschen Gesetze, was die Farbdominanz bei Pflanzen betraf, und auch die umfangreichen Forschungsergebnisse, zu denen man inzwischen gelangt war. Er hatte zwar nur eine recht vage Vorstellung davon, wie es sich bei der Augenfarbe eines Menschen verhielt, war sich jedoch verdammt sicher, daß ein blauäugiger Mann und eine grauäugige Frau niemals braunäugige Zwillige gezeugt haben konnten, es sei denn, ein braunäugiger Freund hatte ihnen ein wenig auf die Sprünge geholfen.

Angeblich waren die beiden Buggins ein liebendes Ehepaar gewesen, doch das behauptete man schließlich von jedem Paar, das es über 50 Jahre lang miteinander ausgehalten hatte. Für die eheliche Treue von Beatrice Buggins sprach allerdings die Tatsache, daß sich die beiden männlichen Leichen so ungemein ähnlich sahen. Verflixt und zugenäht! Persephone mußte entweder vergessen haben, welche Augenfarbe ihre Brüder gehabt hatten, oder sie wußte es nur zu genau und versuchte, einen Mord zu vertuschen, wie Polizeichef Olson bei seinem angeheirateten Verwandten im Kühlschrank.

Aber einmal angenommen, Persephone hatte es tatsächlich vergessen und nicht gelogen. Bedeutete das etwa, daß das College jetzt eine authentische Reinkarnation von Augustus Caesar Buggins am Hals hatte? Wie zum Henker konnte Peter Shandy Thorkjeld Svenson ein ermordetes übernatürliches Phänomen erklären? Vielleicht sollte er doch besser einfach nach Hause gehen, Helen ein paar ihrer Taschen packen lassen und gemeinsam mit ihr und Jane mitsamt ihrer Spielzeugmaus an irgendeinen Ort fliehen, der vergleichsweise sicher und friedlich war, etwa auf den Kraterrand des Mount Saint Helen.

Nachdem er alles genau durchdacht hatte, ging Shandy tatsächlich nach Hause, schaute zuerst kurz bei der Bank vorbei, um seine Brieftasche wieder aufzufüllen, ließ dann einen Teil seines Geldes im Supermarkt und kaufte genügend Nachschub für die Speisekammer, für den Fall, daß sie beschließen sollten, abzuwarten und das Unwetter doch über sich ergehen zu lassen. Schließlich hielt er noch einem Studenten, der ihm dort zufällig über den Weg lief, eine Standpauke wegen einer längst fälligen Seminararbeit. Er fand Helen in der Küche, wo sie gerade Tapiokapudding machte.

»Das beruhigt die Nerven«, erklärte sie. »Und außerdem auch die Augäpfel. Nach all der blaßbraunen Tinte und Balaclavas krakeliger Handschrift bin ich völlig ausgebugginst. Er hat seine Federn offenbar zu Pflugscharen gemacht.«

»Du hast also in den Archiven nichts gefunden?«

»Noch nicht, aber ich habe ja auch gerade erst angefangen. Kannst du bitte für mich weiterrühren? Du darfst aber nicht aufhören, sonst wird es klumpig. Ich wollte eigentlich ein Glas von den Kirschen hochholen, die wir letzten Herbst eingemacht haben. Mary Enderble füllt immer eine Lage mit ein wenig Rum unten in die Schüssel und gießt dann den heißen Tapiokapudding über die Kirschen. Schmeckt köstlich.«

Shandys Kochkünste hatten sich beträchtlich weiterentwickelt seit seiner Junggesellenzeit, als er lediglich Spezialist im Suppenaufwärmen gewesen war. Aber Helen hatte ihn noch nie mit etwas alleingelassen, das so reizbar war, daß es zu klumpen drohte, wenn man es falsch behandelte. Er rührte also hingebungsvoll mit höchster Konzentration schön gleichmäßig und hielt mit wachsender Panik Ausschau nach potentiellen Klümpchen, als plötzlich das Telefon klingelte.

Glücklicherweise war der Küchenanschluß nicht allzu weit vom Herd entfernt. Indem er den Rührlöffel an der äußersten Spitze des Griffes festhielt und sich so weit wie möglich streckte, gelang es Shandy, den Hörer abzuheben, ohne sein Rühren unterbrechen zu müssen. Als Helen jedoch mit den Kirschen nach oben kam, war der Pudding nicht nur voller Klumpen, sondern sogar angebrannt, und Shandy hatte es nicht einmal bemerkt.

»Oh, Peter!« war das einzige, was Helen als Tadel hervorbringen konnte. »Peter, was ist denn bloß passiert?«

»Es betrifft die Eltern deiner Freundin Sephy«, teilte er ihr mit. »Ottermole hat gerade den Bericht bekommen. Jemand hat ihnen einen ganz speziellen Nachttrunk verabreicht. Selbstgebrannten Schnaps mit Tetrachlorkohlenstoff.«

Kapitel 8

Helen stand da und starrte ihn an, das Glas Kirschen noch in der Hand. »Tetrachlorkohlenstoff? Peter, das ist doch ein Lösungsmittel. Hätte ihnen denn nicht schon der Geruch auffallen müssen?«

»Vielleicht konnten sie das Zeug gar nicht riechen. Ottermole sagt, daß Trevelyan Buggins eine alte Familientradition aufrechterhielt, indem er seine eigene Brennerei betrieb. Er behauptet, daß Buggins den scheußlichsten Fusel machte, der je in Balaclava County gebrannt worden ist, und das sagt doch wohl alles. Ich habe ihn daran erinnert, daß Tetra wie Chloroform riecht, aber er sagte nur, das Gesöff vom alten Trev habe immer wie Chloroform gerochen. Außerdem hatten sie Donnerstag offenbar Kartoffeln mit Zwiebeln und gepökeltem Schweinefleisch als Abendessen. Das ganze Haus hat wahrscheinlich zum Himmel gestunken. Zudem war das Essen eine hervorragende Grundlage für das Gift. Der Coroner sagt, Fette im Verdauungssystem würden die toxische Wirkung beschleunigen. Alkohol übrigens auch. Wer auch immer den beiden das Gläschen untergeschoben hat, kannte sich offenbar bestens in Chemie aus.«

»Ich würde sagen, die Person hat das Abendessen genau geplant«, sagte Helen.

»Genau dasselbe hat Ottermole auch gemeint, aber Mrs. Ottermole sagt, daß die Buggins Donnerstag abends immer Kartoffeln und Zwiebeln mit gepökeltem Schweinefleisch gegessen haben. Soll angeblich eine alte Seven-Forks-Tradition sein, weiß der Himmel, wieso. Sie behauptet, daß diese Donnerstagabendtradition auch der Grund dafür war, daß Persephone von zu Hause fortgezogen ist.«

»Hat Ottermole schon mit Sephy gesprochen?«

»Noch nicht. Er war gerade selbst beim Abendbrot, als er den Anruf erhielt. Natürlich hat er seiner Frau von dem Bericht erzählt, und sie hat sich daran erinnert, daß Persephone bei irgendeinem Damenkränzchen über die allwöchentliche Schweinemahlzeit Witze gemacht hat. Es war wohl nicht zufällig in eurem Gartenclub?«

»Nein. Edna Mae weigert sich, bei uns mitzumachen, bevor ihre Söhne alt genug sind, um von zu Hause wegzuziehen. Wahrscheinlich war es bei irgendeiner Kindstaufe. Peter, das ist ja schrecklich. Du glaubst doch nicht etwa, daß die beiden alten Leutchen sich gemeinsam das Leben genommen haben?«

»Ausgerechnet in dem Moment, wo sie den Nachkommen von Ichabod Buggins einen Platz an der Sonne verschaffen wollten und ihnen plötzlicher Reichtum winkte?«

»Aber sie hätten doch auch herausfinden können, daß ihr Anspruch nicht rechtmäßig war und sie gar keine Reichtümer zu erwarten hatten?«

»Dann wäre es ihnen doch auch nicht schlechter gegangen als vorher, oder?«

»Wahrscheinlich hast du recht«, mußte Helen zugeben. »Sie hätten zweifellos Sephy und Purvis für die Anwaltskosten blechen lassen. Aber es erinnert mich so an ... an Ethan Frome, die beiden alten Leutchen in ihrem alten, verfallenen Haus, wie sie an einem einsamen Winterabend auf unsicheren Beinen in ihr Bett kraxeln, den Magen voll mit gepökeltem Schweinefleisch und weißem Blitz, um dann niemals wieder aufzuwachen. Obwohl es noch schlimmer für sie gewesen wäre, wenn sie tatsächlich noch einmal aufgewacht wären, nehme ich an.«

»Der Coroner hält dies nicht für wahrscheinlich, weil man ihnen eine solche Riesendosis verabreicht hatte. Falls sie tatsächlich wach geworden wären, hätten sie schreckliche Bauchkrämpfe gehabt, für die sie dann zweifellos Miss Minks Kochkünste verantwortlich gemacht hätten. Kurz darauf hätten sie sich dann wieder schläfrig gefühlt und das Bewußtsein verloren, und das wäre dann ihr Ende gewesen, es sei denn, jemand hätte sofort Erste Hilfe geleistet.«

»Sie hätten bestimmt keinen Arzt gerufen. Sie hätten eher ein Schmerzmittel oder Rizinusöl oder dergleichen genommen, und es wäre ihnen noch schlechter davon geworden. Peter, das ist wirklich teuflisch.«

»Das kann man wohl sagen. Merkwürdigerweise kann Tetrachlorkohlenstoff tatsächlich Herzrhythmusstörungen und Atemstillstand hervorrufen. Selbst wenn er sie noch lebend gesehen hätte, hätte ihr Hausarzt vielleicht trotzdem nur Lungenschwäche und Herzinfarkt festgestellt und offenbar auch noch gute Gründe für seine Diagnose gehabt. Vielleicht ist es jetzt nicht der geeignete Zeitpunkt für eine solche Frage, aber hättest du Lust auf einen Drink?«

»Dann sollten wir aber lieber als erstes an dem Korken riechen.« Helen versuchte ein zaghaftes Lachen, was ihr jedoch nicht gelang. »Ja, ich hätte gern einen Drink. Und was willst du als nächstes unternehmen?«

»Ottermole möchte, daß ich sofort nach dem Abendessen mit ihm nach First Fork fahre, was wohl ungefähr in einer halben Stunde bedeutet, nehme ich an. Er ist bestimmt sauer, daß er *Doktor Who* verpaßt, aber da ihm der Coroner ein dickes Lob ausgesprochen hat, ist er momentan Feuer und Flamme, was seine Arbeit betrifft, ganz nach dem Motto ›erst die Pflicht, dann das Vergnügen‹.«

»Vorausgesetzt, du bist dabei, wenn er seine Pflicht erfüllt, vermute ich. Dann brauche ich ja gar nicht erst den Eßtisch zu decken. Ich hatte eigentlich vor, heute abend richtig fein mit dir zu speisen, damit du nicht merkst, daß es bloß aufgewärmtes Stew ist.«

»Das schmeckt beim zweiten Mal sowieso am besten«, versicherte Shandy. »Und verdammt viel besser als Kartoffeln mit Pökelfleisch, obwohl ich davon in meinem Leben schon weiß Gott genug hatte. Meine Mutter hatte immer draußen auf der Farm Gepökeltes im Kühlschrank. Ich erinnere mich noch genau, wie ich meiner Großmutter zugeschaut habe, wenn sie ein Stück abgehackt hat, um es Samstag morgens in den Bohneneintopf zu tun. Und wenn sie Fisch-Haschee machte, hat sie immer ein paar Scheiben davon in die große Bratpfanne gelegt, bis sie schön knusprig waren, und sie dann zusammen mit den Kartoffeln und Zwiebeln und dem gesalzenen Kabeljau zerstampft.«

»An gesalzenen Kabeljau kann ich mich auch erinnern. Er war in kleine Holzkistchen verpackt. Ich wollte die Kistchen immer für meine Puppenkleider, aber der Fischgeruch ist irgendwie nie richtig weggegangen.«

»Diese Kistchen waren nur den vornehmen Leuten vorbehalten. Wir hatten immer bloß ein großes Stück getrockneten Fisch, hart wie ein Brett und salzig wie eine Lecke für Vieh. Großmutter mußte ihn über Nacht wässern und dann eine Zeitlang kochen, bis genug Salz ausgespült war, daß man ihn überhaupt essen konnte. Erst dann war er weich genug, und man konnte ihn zerpflücken. Sie hat immer viel schwarzen Pfeffer und geschlagenes Ei dazugegeben und die Kasserolle zugedeckt und hinten auf den Herd gestellt, bis sich unten eine dicke braune Kruste gebildet hatte. Hat eigentlich gar nicht so schlecht geschmeckt. Es gab immer noch selbstgemachtes Ketchup dazu, damit das Ganze ein bißchen Pep bekam.«

»Meine Mutter hat den Kabeljau immer mit einer Sahnesauce zubereitet, in die sie hartgekochte Eier geschnitten hat, und ihn dann mit Salzkartoffeln serviert«, erinnerte sich Helen. »Ich muß zugeben, ich habe immer versucht, die Teller zu vertauschen, so daß ich mehr Ei als Fisch bekam.«

»Deshalb sind dir auch nie Haare auf der Brust gewachsen. Hier ist dein Drink, Liebste. Gut gegen alle Wehwehchen und Kümmernisse.«

Shandy reichte seiner Frau ihren Drink. Er wußte genau, was sie beide momentan bekümmerte und warum sie so harmlose Gespräche über Kabeljau führten. »Hattest du vor, dich heute abend noch mal in die Archivarbeit zu stürzen?«

»Sobald wir fertiggegessen haben, werde ich weiterarbeiten«, versprach Helen. »Du hast offenbar deine ganze Hoffnung auf diese Unterlagen gesetzt, nicht?«

»Hoffnung ist alles, was mir geblieben ist, liebste Helen. War Balaclava übrigens ein guter Buchhalter?«

»Absolut penibel. Selbst wenn er nur einen Penny für eine Briefmarke ausgegeben hat, hat er es sofort ins Hauptbuch eingetragen.«

»Es würde demnach nicht gerade zu ihm passen, jemandem einen ganzen Morgen Land zu übertragen, ohne zumindest eine Notiz darüber zu Papier zu bringen?«

»Nur wenn ihm jemand sein Tintenfaß geklaut hätte. Aber selbst dann hätte er sich bestimmt neue Tinte hergestellt, indem er Galläpfel und Eisenspäne oder sonst etwas in der Art gekocht hätte. Balaclava war ein Improvisationsgenie, er konnte einfach aus allem irgend etwas machen, auch aus Menschen. Es hat ihn höllisch gestört, daß die begabtesten jungen Burschen immer fortgingen, um Pastoren oder Rechtsanwälte zu werden, statt sich um das Land zu kümmern und es ordentlich zu nutzen. Er hatte sich völlig der Idee verschrieben, ein landwirtschaftliches College zu gründen, weißt du, schon als er noch ein Teenager war, der in einer Zwergschule mit nur einem einzigen Klassenzimmer unterrichtete.«

»Weißt du das alles aus dem Buggins-Archiv?«

»Allerdings. Balaclava hat sich in seinen Tagebüchern unablässig darüber ausgelassen. Er hat von dem Moment an Tagebuch geführt, als er genug Geld zusammengekratzt hatte, um sich seinen ersten Packen Papier zu kaufen. Seine Mutter hat die Seiten mit Nadel und Zwirn zusammengenäht, damit das Ganze wie ein Buch aussah. Das ist wohl das kostbarste Stück in der gesamten Sammlung Buggins, würde ich sagen. Balaclava hatte zwar nie dichterische Ambitionen wie seine Neffen Corydon und Belial, aber er hatte eine Menge Ideen. Er hat immer gern alles genau auf dem Papier ausgearbeitet, so daß er es sofort in die Tat umsetzen konnte, sobald sich die Gelegenheit dazu ergab.«

»Dann hat ihn also nur das fehlende Geld davon abgehalten, das College schon viel früher als 1850 zu gründen?«

»Genau. Sein Vater hätte ihm zwar helfen können, aber er wollte es nicht. Habakkuk Buggins war nicht der Typ, der seine Söhne zu Lebzeiten mit milden Gaben bedacht hat. Und als er starb, hat er sich an die alte Buggins-Tradition gehalten, den ältesten Sohn zu begünstigen. Abelard hat das Haus und den besten Teil des Grundbesitzes bekommen, den seine Söhne und Enkel dann später leider zum größten Teil verkauft oder vergeudet haben, wie du ja weißt. Alles, was Balaclava bekam, war sein Stück Land hier, das damals für völlig wertlos gehalten wurde, weil es angeblich in einer Einöde lag. Habakkuk hatte es seinerzeit für zwei Cent pro Morgen billig erstanden, und die meisten seiner Nachbarn waren überzeugt, daß man ihn dabei übers Ohr gehauen hatte. Aber ich bin sicher, das ist dir alles schon längst bekannt. Noch etwas Stew? Oder ein paar Kirschen ohne Tapiokapudding?«

»Noch ein paar Kirschen, bitte. Erzähl mir mehr von Balaclava.«

»Ich wollte damit sagen, daß dieses Land alles war, was Balaclava besessen hat. Er hat es nicht übers Herz gebracht, seine Lehrtätigkeit aufzugeben, und daher die Landwirtschaft nebenher betrieben. Damit hat er seine Familie zwar über Wasser halten können, aber er hatte natürlich keinerlei Betriebskapital. Also hat er das Land für sich arbeiten lassen. Er hat Holz verkauft und jahrelang dafür gekämpft, daß die Landstraße bis zu ihm ausgebaut wurde. Als er das schließlich durchgesetzt hatte, gelang es ihm, einige Pächter anzulocken, und so ist allmählich das Dorf entstanden. Dadurch stieg natürlich wiederum der Wert seines Landes, so daß er anfing, kleine Parzellen an den Rändern zu verkaufen. Im Jahr 1850 war er schließlich in der Lage, nicht nur Scheunen und Wohnheime zu bauen, sondern auch Häuser, die er an seine Lehrer vermieten oder verkaufen konnte. Ich brauche sicher nicht zu erwähnen, daß in der College-Satzung eigens festgehalten ist, daß das College unter allen Umständen das Eigentumsrecht an dem Land behalten soll, auf dem diese Häuser stehen.«

»Grundgütiger, das hatte ich ganz vergessen. Das ist wichtig, Helen. An Stelle von irgendwelchen genauen Angaben zu Oozaks Teich reicht vielleicht schon eine allgemeine Erklärung, was Balaclavas weitsichtige Planung im Hinblick auf seinen Grundbesitz betrifft, um dem College im Zweifelsfall aus der Patsche zu helfen, was diese verdammte, unsinnige Wette betrifft, die er angeblich verloren hat. Das Schlimme ist nur, daß es immer eine Menge Aufregung in der Öffentlichkeit gibt, wenn es um unterdrückte arme Privatpersonen geht, die im Clinch mit einer bösen großen Institution liegen.«

»Normalerweise teilst du solche Gefühle sonst doch immer«, erinnerte ihn Helen.

»Du ebenfalls, Liebste. Aber verflixt und zugenäht, diesmal ist das College der Gelackmeierte. Und leider müssen du und ich das beweisen, bevor noch mehr Mitglieder der Familie Buggins um die Ecke gebracht werden und Svenson alles ausbaden muß. Also, möge das Glück uns hold sein! Wir haben es weiß Gott dringend nötig.«

Er schlüpfte in seinen alten Plaidmantel, zog seine Gummistiefel an und setzte sich seine mit Schaffell gefütterte Mütze mit den hochklappbaren Ohrenschützern auf. Man konnte den Abend zwar nicht gerade als angenehm bezeichnen, aber momentan ließ es sich draußen wenigstens noch aushalten. Mit ein bißchen Glück würden die Schneeschauern, die seit Tagesanbruch andauerten, entweder ganz aufhören oder sich erst dann zu einem echten Schneesturm entwickeln, wenn er wieder sicher zu Hause angelangt war und in seinem Bett lag.

Er hoffte, daß dies nicht allzu lange nur eine angenehme Vorstellung blieb. Es war einer jener Tage gewesen, die einen darüber nachgrübeln ließen, wie sinnlos es doch war, die Stunden mit einer Uhr messen zu wollen. Theoretisch waren lediglich zwölf Stunden vergangen, seit er am Ufer von Oozaks Teich gestanden und Beauregard dabei zugesehen hatte, wie er die vielen Menschen ignorierte. Seitdem hatte sich das träge Waldmurmeltier schon längst wieder in seiner vermutlich gemütlichen Höhle auf sein pelziges Ohr gelegt, während P. Shandy knietief in Mordfällen watete. Shandy verspürte den grausamen Impuls, das kleine Miststück wieder wachzurütteln.

Da er jedoch ein vernünftiger Mensch war, kämpfte er seine Rachegelüste mannhaft nieder und begab sich zu seinem Wagen. Mit einem Mal fragte er sich auch, warum man ihn wohl zum Chauffeur auserkoren hatte. Und warum war Cronkite Swope ihnen nicht geifernd mit seinem Pressewagen auf den Fersen? Grundgütiger, lag der unerschrockene Reporter etwa irgendwo dort draußen in der Dunkelheit, den Hals von einem Eispickel durchbohrt?

Ottermole konnte Shandy in diesem Punkt beruhigen, mußte sich jedoch zuerst seinen Söhnen entwinden, die ihm den Weg zur Tür versperrten und riefen: »Paß auf, daß dich die Weltraummonster nicht erwischen, Paps!« Woraufhin sie alle zurück ins Wohnzimmer eilten, um ihren knospenden Verstand vor dem Fernseher weiterzubilden.

»Cronk liegt krank im Bett«, wußte Ottermole zu berichten. »Er ist zu Hause vorbeigefahren, um sich seinen Schal zu holen. Er hat wie verrückt geniest, weil er oben am Teich nasse Füße gekriegt hat. Seine Mutter hat ihn gehört und wollte ihn danach nicht wieder rauslassen.«

»Ich frage mich, ob Charles Kuralt je in diese mißliche Lage geraten ist«, sinnierte Shandy, als er in die alte Landstraße einbog. »Ich gehe doch recht in der Annahme, daß wir auf dem Weg nach First Fork sind?«

»Ja, sind wir. Ich habe mir gedacht, wir könnten eigentlich genausogut zurückfahren und Miss Mink oder sonstwen festnehmen.«

»Großartige Idee. Kann Miss Mink Auto fahren?«

»Nee. Ich wüßte nicht, wo sie es je hätte lernen können. Sie hat nie selbst einen Wagen besessen, und die Buggins haben nie mehr einen gehabt, seit der alte Trev seinen brandneuen Edsel zu Schrott gefahren hat. Er wollte sich einen neuen kaufen, aber Sephy und Purve wollten den Antrag für das Darlehen nicht unterschreiben. Trev hat immer vergessen, auf welcher Straßenseite er eigentlich fahren sollte. Sephy und Purve haben ihn und seine Frau immer überall hingefahren, wo die beiden hinwollten. Miss Mink ist früher mal Fahrrad gefahren, aber das hat sie wegen ihrem Ischias aufgeben müssen.«

»Schade. Was hat Miss Mink übrigens gemacht, bevor sie zu den Buggins gezogen ist?«

»In der Hauptsache hat sie sich um ihre Familie gekümmert. Dann hat sie eine Weile bei den Sills gewohnt, als es Mrs. Sill so schlecht ging, daß jemand den ganzen Tag nach ihr sehen mußte, aber ich glaube, Miss Mink hat sich nicht allzugut mit dem Kongreßabgeordneten verstanden. Die beiden haben sich ständig über irgendwelche politischen Probleme in die Wolle gekriegt. Also ist sie schließlich zu den Buggins gezogen, und da hat sie seitdem gewohnt.«

»Man könnte also sagen, daß sie eine, eh, professionelle Haushälterin und Gesellschafterin ist?«

»Könnte man sagen, denke ich mal.«

Ottermole verstummte, vielleicht, weil er sich überlegte, von welchen außerirdischen Gefahren Doktor Who wohl gerade bedroht wurde, vielleicht auch, weil er über die ungelegene mütterliche Fürsorge ins Grübeln geriet, die Cronkite Swope davon abhielt, fotografisch festzuhalten, wie er Miss Mink oder sonst jemanden abführte.

Shandy ließ ihn brüten. Ihm persönlich wäre es ganz recht, wenn Miss Mink diejenige war, die eingelocht wurde, nach dem Empfang, den sie ihnen heute morgen bereitet hatte. Vielleicht würde es sich ja sogar lohnen, sie einzubuchten. Sie hatte schließlich genug Gelegenheit gehabt, die beiden alten Leutchen umzubringen. Was das Motiv anging, konnte es nicht sein, daß ein Mensch es derart satt hatte, Porridge für schwächliche Senioren zu kochen, daß er bereit war, zur Abwechslung so gut wie alles zu tun?

Minerva Mink hatte sich zwar nicht angehört, als sei sie beschränkt, aber sie hatte einige ziemlich merkwürdige Bemerkungen von sich gegeben. Sie konnte durchaus einen kleinen Sprung in der Schüssel haben, und sie hatte bestimmt irgendwann schon einmal Zugang zu Tetrachlorkohlenstoff gehabt.

Erst seit ein paar Jahren wurde das gefährliche Lösungsmittel nicht mehr offen als Fleckentferner verkauft. Als sie noch bei den Sills gewesen war, hatte Miss Mink mitten auf der Main Street gewohnt, in unmittelbarer Nähe der Geschäfte. Als arme Verwandte und professioneller Fußabtreter hatte sie wahrscheinlich nicht sehr viel anzuziehen gehabt. Fleckentferner war in diesem Fall ein nützlicher Bestandteil der persönlichen Habe. Nachdem sie zu den Buggins gezogen war, hatte sie die Flasche vielleicht versteckt gehalten, aus Angst, daß Beatrice sie aufbrauchen oder Trevelyan auf die Idee kommen könnte, den Inhalt auszutrinken.

Es war bekannt, daß Menschen auch aus nichtigeren Anlässen mordeten, besonders gegen Ende eines langen, harten Winters, sozusagen in einem Anfall von Hüttenkoller, weil sie zu lange drinnen eingesperrt gewesen waren, das Wetter ihr Ischias zur Höllenqual werden ließ und sie trotzdem weiter jeden Morgen Porridge kochen mußten. Miss Mink hätte dem Fremden sogar den Eispickel in den Hals schlagen können, als er vorbeischaute, um seine verlorengeglaubten Verwandten zu besuchen, vorausgesetzt, sie waren wirklich seine Verwandten, und er war tatsächlich dort gewesen.

Shandy wußte, daß er nicht davon ausgehen durfte, daß die drei Todesfälle miteinander verknüpft waren, bevor er nicht einen Beweis dafür gefunden hatte, doch warum sollte er andererseits seine Zeit damit verschwenden, so zu tun, als sei dies nicht der Fall? Wenn Miss Mink den Fremden tatsächlich erstochen hatte, hätte sie dies eigentlich nur in First Fork tun können. Wie in Dreiteufelsnamen hätte jedoch eine Frau in ihrem Alter, die noch dazu mit einem lahmen Bein geschlagen war, eine Leiche dieser Größe den ganzen Weg bis zu Oozaks Teich auf dem Fahrradständer transportieren können, und noch dazu mitten im Januar? Shandy gab seine Gedankenspiele auf und konzentrierte sich lieber wieder auf die Straße.

Seven Forks war wirklich dabei, sich zu verbessern, mußte er zugeben, als sie an der Müllkippe der Stadt vorbeifuhren. Es hatte Zeiten gegeben, da hatte man nicht sagen können, wo die Stadt aufhörte und die Müllkippe anfing. Doch seitdem Kapitän Amos Flackley aus der Antarktis heimgekehrt war und die Familienkurschmiede in Forgery Point übernommen hatte, hatte er seine Nachbarn gezwungen, ordentliche Ställe für ihre Hühner und Schweine zu bauen, das Gerümpel wegzuschaffen, das die Vorgärten verstopfte, und die Schindeln an ihren Häusern wieder festzunageln.

Flackley hatte eine Art kooperatives Heimwerkergeschäft eröffnet, wo die Ortsansässigen Farbe und anderes notwendige Arbeitsmaterial zum Selbstkostenpreis erstehen konnten, wenn nötig sogar in Ratenzahlung. Seine Ehefrau Yvette veranstaltete Näh- und Polsterungskurse und plante gerade ein nachbarliches Projekt zur Verschönerung der Landschaft, sobald das Wetter warm genug war. Wo sich früher die Vorstellung von Haute Cuisine bei den Leuten in einem Sixpack Budweiser und einer Pizza zum Mitnehmen erschöpft hatte, unterhielt man sich jetzt über Fonduetöpfe und Weinproben. Shandy begann wieder zu grübeln.

»Ottermole, wieviel von First Fork hat Trevelyan Buggins gehört?«

»Höh? Oh, keinen Schimmer. Das meiste, nehme ich mal an. Ist sowieso keinen Pfifferling wert.«

Und wahrscheinlich auch entsprechend versteuert, sonst hätte Buggins nicht all die Jahre daran festhalten können. Und der einzige Grund, warum er das Land behalten hatte, war zweifellos der, daß er nicht in der Lage gewesen war, jemanden zu finden, der dämlich genug war, es sich andrehen zu lassen.

»Heiliger Strohsack!« rief er.

»Höh?« sagte Ottermole wieder.

»Verzeihung. Ich war ganz in Gedanken. Warum sagen Sie, daß First Fork keinen Pfifferling wert sei? Denken Sie doch bloß daran, Ottermole, daß die Seven Forks näher an der Kreishauptstadt liegen als jedes andere große Stück Land, auf dem weder gebaut noch Landwirtschaft betrieben wird. Den meisten Landbesitzern hier geht es genauso schlecht wie den Buggins, und sie würden zweifellos auf der Stelle verkaufen, wenn irgendein Bauherr ihnen ein Angebot machen würde. Sie brauchen sich ja nur einmal anzusehen, was drüben in Lumpkinton passiert, wo dieser Immobilienhai Gunder Gaffson überall seine billigen Kästen mit Eigentumswohnungen hingepflanzt hat.«

»Jesses, daran habe ich noch gar nicht gedacht. Glauben Sie, daß Kapitän Flackley deswegen die Leute die ganzen Häuser instandsetzen läßt?«

»Ich würde lieber glauben, daß er lediglich versucht, ihnen zu einem besseren Leben zu verhelfen. Natürlich zieht er vielleicht auch schon die Möglichkeit einer Übernahme in Betracht und hat sich gedacht, daß die Eigentümer, wenn sie ihre Häuser herausputzen, individuelle Käufer interessieren und somit mitbestimmen können, wer dort wohnt, statt zuzulassen, daß irgendein reicher Grundstücksmakler die ganze Gegend hier in Stücke reißt, wie es ihm gerade paßt.«

»Huh«, sagte Ottermole, bei dem die unzähligen Polizei- und Gangsterfilme, die er sich angesehen hatte, zu einem gewissen Zynismus geführt hatten. »Oder Flackley selbst hat vor, die Häuser billig zu kaufen und sie dann teuer weiterzuverkaufen, nachdem die Eigentümer sie richtig schön aufgemöbelt haben. Das könnte er doch ganz leicht durch irgendeine Schwindelfirma machen, und keiner würde rauskriegen, daß er es gewesen ist.«

»Tja, das könnte er vielleicht wirklich.«

Es wäre sogar das reinste Kinderspiel. Aber Shandy gefiel die Vorstellung ganz und gar nicht. Er bewunderte diesen Forscher und Wissenschaftler, der eine aufregende Karriere in der Antarktis aufgegeben und sich hier niedergelassen hatte, um eine Familientradition weiterzuführen. Aber was wäre, wenn Flackley nicht aus Sorge um die unbeschlagenen Hufe der Pferde von Balaclava County gehandelt hatte, sondern aus der Überlegung heraus, daß sich ihm hier eine hervorragende Gelegenheit bot, sich selbst auf Kosten seiner nichtsahnenden Nachbarn zu bereichern und dann wieder auf Expeditionsreise zu gehen, ohne sich groß um neue Forschungsgelder kümmern zu müssen?

Was wäre, wenn der Kurschmied sich bereits an Trevelyan Buggins gewandt hatte, um ihm sein großes Grundstück abzukaufen? Und wenn der alte Mann ihm daraufhin gesagt hatte, er solle sich zum Teufel scheren, weil er selbst reich werden wollte und das Land seiner Vorfahren für künftige Generationen zu bewahren gedachte? Vielleicht hatte Flackley daraufhin Druck auf Buggins ausgeübt, damit er sich die Sache noch einmal überlegte, und der alte Trevelyan hatte seinen Sohn zu Hilfe gerufen, um ihn gegen Flackley zu verteidigen? Und wenn Bracebridge oder möglicherweise auch Bainbridge grob geworden war und der Kurschmied daraufhin noch gröber?

Shandy hatte zwar keine Ahnung, wie aufbrausend die Menschen in den südlichsten Gefilden für gewöhnlich waren, doch er wußte eine ganze Menge über Kapitän Flackley. Royall Ames, der Sohn von Shandys Busenfreund Professor Timothy Ames, hatte seine jetzige Frau Laurie kennengelernt, als beide als Biologen an Bord von Flackleys Schiff *Hippocampus* gearbeitet hatten. Der Kapitän hatte sie sogar höchstpersönlich getraut, unter Mitwirkung der gesamten Schiffscrew und mehrerer hundert Pinguine.

Roy und Laurie zufolge verfügte Kapitän Flackley über unerschöpfliche Ressourcen und war ein Mann von unbeugsamem Mut.

Er war kein skrupelloser Eispirat, der ohne Rücksicht auf Verluste in Gefilde vordrang, in die andere ihre Schlittenhunde nicht hinzulenken wagten, doch niemand hatte je gesehen, daß er vor irgendeiner Verwegenheit zurückschreckte, wenn Taten gefragt waren. Sollte Kapitän Flackley beschließen, daß Bracebridge Buggins oder dessen Ebenbild mit einem Eispickel erstochen und in Oozaks Teich geworfen werden mußte, und zwar in einem merkwürdigen alten Anzug mit Steinen in den Taschen, dann würde der Kapitän dies sicher mit einem Minimum an Aufwand hinter sich bringen und sich danach sofort wieder seinen gewöhnlichen Pflichten zuwenden. Was den Eispickel betraf, war das nicht geradezu die ideale Waffe für einen Mann, der so viele Jahre zwischen Eisbergen und Eisschollen verbracht hatte?

Oozaks Teich war zwar nicht gerade das Weddellmeer, lag jedoch verdammt viel günstiger. Flackley würde wissen, daß der Teich nie ganz zufror. Falls er sich an diese Tatsache aufgrund seiner Kindheitserfahrungen nicht mehr erinnerte, konnte er es leicht irgendwo in Erfahrung gebracht haben, beispielsweise bei einem seiner Besuche alle zwei Wochen, wenn er Thorkjeld Svensons Balaclava Blacks beschlug oder mit Professor Stott gelehrte Gespräche über die Pflege und Fütterung von Schweinen, Schafen und See-Elefanten führte. Stott hatte zwar momentan keine See-Elefanten in seiner Obhut, aber man konnte schließlich nie wissen.

Hölle und Verdammnis! Flackley hatte genug Grips und Wagemut, er hatte wenigstens ein mögliches Motiv und wohnte genau an der richtigen Stelle. Geradezu ein perfekter Verdächtiger.

Aber Peter Shandy hätte viel lieber jemanden verdächtigt, der ihm unsympathisch war. Als sie schließlich das Buggins-Haus erreichten, war seine Stimmung noch düsterer als bei ihrer Abfahrt. Miss Mink war allein gewesen, als Edna Mae Ottermole sie im Auftrag ihres arglistigen Mannes angerufen hatte, unter dem Vorwand, sich nach ihrem Befinden erkundigen zu wollen. Inzwischen hätten unzählige Minks und Porbles hier aufkreuzen oder sie mit zu sich nach Hause nehmen können.

Nein, Gott sei Dank war sie immer noch zu Hause und auch immer noch allein. Doch das war sie offenbar noch nicht sehr lange, es sei denn, sie frönte einer alten Landfrauensitte aus längst vergangenen Zeiten und war Pfeifenraucherin. Als sie die Tür öffnete, hing nämlich unverkennbar Pfeifengeruch in der Luft und überdeckte diverse andere Gerüche nach altem Haus und abgestandenem Essen. Sie begrüßte sie nicht gerade begeistert.

»Oh. Sie sind es.«

»Waren denn inzwischen viele Besucher da, Miss Mink?« fragte Shandy.

Sie rümpfte die Nase. »Kann man wohl kaum so nennen. Ich würde eher sagen, es waren neugierige Nachbarn, die nur herumschnüffeln wollten. Aber ich hatte nur die Wahl, hierzubleiben und diese penetranten Leute auszuhalten oder zu Persephone zu gehen und mir das Gejammere und Gestöhne von Purvis' Mutter anzuhören. Grace Porble hat mir zwar auch angeboten, bei ihr zu übernachten, aber ich werde mich hüten, sie beim Wort zu nehmen. Doktor Porble ist viel zu arrogant, um sich mit meinesgleichen abzugeben.«

Phil Porble hätte eine alte Dame nicht draußen im Schnee stehenlassen, und das wußte Miss Mink sicher. Sie wußte bestimmt auch, daß Persephone sie weiter hier im Haus wohnen lassen würde, bis man eine andere Unterkunft für sie gefunden hatte, auch wenn dies noch so lange dauern sollte. Shandy fragte sich, ob Miss Mink vielleicht plante, das Haus für sich selbst zu beanspruchen, als legale Hausbesetzerin sozusagen.

Ottermole zog ein kleines Einmachglas aus einer der zahlreichen Taschen seiner schwarzen Lederjacke. »Bitte sehr, Miss Mink. Meine Frau hat mir ein Glas Eingemachtes für Sie mitgegeben.«

Edna Mae hatte ihr kleines Geschenk liebevoll zurechtgemacht. Sie hatte ein rundes Stück Gingan mit einem roten Band über dem Verschluß befestigt und ein getrocknetes Bleiwurzzweiglein wie eine Blume in einem Hutband daruntergesteckt. Die Frauen im Gartenclub würden von Edna Mae bestimmt entzückt sein. Miss Mink setzte das Glas mit einem müden Seufzer auf den Tisch.

»Ich werde mich schriftlich bedanken, sobald ich die Zeit dafür finde.«

»Das ist aber wirklich nicht nötig.«

»Ich weiß schließlich, was sich gehört, Frederick Ottermole. Warum schicken einem die Leute eigentlich immer Erdbeeren, können Sie mir das vielleicht sagen?«

Shandy beschloß, daß es höchste Zeit war, die Schonfrist zu beenden und es dieser unangenehmen alten Person endlich einmal zu zeigen. »Miss Mink«, sagte er, »haben Sie während der letzten paar Stunden mit Persephone gesprochen?«

»Was meinen Sie mit ›in den letzten paar Stunden‹? Sephy war heute morgen hier draußen und hat die Sachen geholt, in denen ihre Eltern beerdigt werden sollen. Sie haben sie doch selbst hier gesehen. Gegen halb vier hat sie dann noch mal angerufen, um zu sagen, daß alles für die Beerdigung vorbereitet ist, und mich eingeladen, in die Stadt zu fahren und die Nacht bei ihr und Purvis zu verbringen. Was ich nicht wollte. Ich habe sie daran erinnert, daß es besser wäre, wenn hier jemand auf das Haus aufpaßt, weil sonst bestimmte Personen, die es nicht wert sind, beim Namen genannt zu werden, herkommen und alles stehlen, was ihnen in ihre schmutzigen Finger fällt.«

»Dann wissen Sie also noch nicht, daß die Todesursache von Mr. und Mrs. Buggins inzwischen geklärt ist?«

»Wieso geklärt? Doktor Fotheringay hatte die Totenscheine doch bereits ausgestellt.«

»Nee«, sagte Ottermole, »hat er nicht. Dieser Hot-dog-Kuli, den Sie ihm geliehen haben, ist ausgetrocknet, bevor er seinen Namen fertiggeschrieben hat. Der Doktor hat bloß weitergekratzt und nicht gemerkt, daß keine Tinte mehr rausgekommen ist.«

»Das zählt doch wohl immer noch als Unterschrift.«

»Für mich ganz sicher nicht. Das hätte er eigentlich wissen müssen. Ärzte dürfen nämlich gar keinen Totenschein ausstellen, wenn die Umstände verdächtig erscheinen.«

»Was ja wohl kaum der Fall war. Sowohl Mr. als auch Mrs. Buggins haben den ganzen Winter gekränkelt.«

»Aber bestimmt nicht so sehr wie letzte Nacht. Hey, Sie setzen sich am besten hier auf den Schaukelstuhl, Miss Mink.«

»Und warum sollte ich das?«

Sie war schließlich trotz allem eine alte Dame. »Weil«, sagte Shandy, »wir Ihnen etwas sehr Unangenehmes mitteilen müssen. Setzen Sie sich lieber hin, Miss Mink.«

Kapitel 9

Shandy schob den Schaukelstuhl näher an den Herd heran. Nach beträchtlichem Widerstand und Murren ließ Miss Mink sich schließlich nieder.

»Also gut. Worum handelt es sich? Nach allem, was ich heute durchgemacht habe, kann ich mir nicht vorstellen, daß es etwas gibt, das mich jetzt noch umwerfen könnte.«

Shandy versuchte nicht weiter, taktvoll zu sein. »Die Autopsie hat ergeben, daß sowohl Mr. als auch Mrs. Buggins vergiftet worden sind.«

»Autopsie? Welches Recht haben Sie überhaupt . . .« Sie hatte offenbar erkannt, daß es zu spät war, sich über diesen Punkt zu streiten. »Was für eine Art Gift?«

»Tetrachlorkohlenstoff.«

Sie starrte ihn an. »Das kann doch wohl nur ein schlechter Witz sein, oder? Ich weiß genau, was das bedeutet, und ich kann nur sagen, daß ich es lächerlich finde. Glauben Sie etwa, die beiden waren so unvernünftig, Fleckentferner zu trinken? Sie waren alles andere als senil, das können Sie mir glauben.«

»Wir versuchen keineswegs, Witze zu machen, Miss Mink. Hatten Sie das Lösungsmittel hier im Haus?«

»Selbstverständlich nicht. Wozu sollten wir es auch brauchen? Persephone hat immer alle Kleidungsstücke ihrer Eltern, die gereinigt werden mußten, mit nach Sunny Spot genommen.«

»Dann müssen wir daraus schließen, daß jemand das Gift heimlich ins Haus gebracht hat.«

»Ich war es jedenfalls nicht.«

»Ich habe auch nicht gesagt, daß Sie es gewesen sind, Miss Mink. Polizeichef Ottermole und ich versuchen lediglich herauszufinden, wer es gewesen sein könnte. Wir hoffen, daß Sie uns dabei behilflich sein können.«

»Das kann ich leider nicht.« Mit einem Mal hatte Miss Minks eiserne Haltung einen gefährlichen Knacks bekommen. »Ich war gar nicht hier. Ich habe meinen Posten schmählich im Stich gelassen. Ich habe sie in der Stunde der Not allein gelassen. O Herr, vergib mir! Warum hast du nicht mich an ihrer Statt zu dir genommen?«

Sie schlug sich die Schürze vor das Gesicht und begann, wie besessen mit dem Stuhl zu schaukeln. Der Schaukelstuhl schoß über den unebenen Dielenboden nach hinten. Shandy mußte zur Seite springen, sonst wäre er umgeschaukelt worden.

»Ottermole, ist noch heißes Wasser in dem Kessel? Miss Mink könnte sicher eine Tasse Tee gebrauchen, um ihre Nerven ein wenig zu beruhigen.«

»Ich verdiene keinen Tee«, stöhnte Miss Mink unter ihrer Schürze. »Ich bin ein schlechter Mensch, ich habe gesündigt.«

»Ach Quatsch«, sagte Ottermole. »So schlimm ist es nun auch wieder nicht. Hier, trinken Sie mal einen Schluck hiervon.«

Die Haushälterin rieb sich verzweifelt das Gesicht mit der Schürze, ließ sie wieder sinken und starrte entgeistert auf die tropfende Tasse, die Ottermole ihr hinhielt, und das Papierschildchen des Teebeutels, das darin schwamm. »Woher soll ich wissen, daß der Tee nicht vergiftet ist?«

»Ist doch völlig egal«, erwiderte der Polizeichef. »Sie haben doch eben noch gesagt, daß Sie viel lieber selbst an ihrer Stelle gestorben wären, oder? Außerdem wüßte ich gern, wie Tetrachlorkohlenstoff in den Teebeutel kommen sollte.«

»Es könnte ja auch im Wasser sein.«

»Völlig unmöglich. Das Wasser hat gekocht. Tetra hätte sich längst in Phosgen verwandelt und wäre aus der Tülle ausgetreten.«

»Donnerwetter, Ottermole, das habe ich ja gar nicht gewußt«, sagte Shandy. »Wo haben Sie denn dieses esoterische Wissen her?«

»Ich habe Professor Joad vom Fachbereich Chemie angerufen. Sehen Sie, ich habe erwartet, daß hier ein Kessel mit kochendem Wasser auf dem Herd steht, da habe ich gedacht, besser, ich frage vorher mal nach.« Ottermole ließ sich anscheinend tatsächlich so leicht von niemandem etwas vormachen, wie Edna Mae ihren Verwandten schon seit Jahren klarzumachen versuchte.

Derart beruhigt, probierte Miss Mink ein Schlückchen Tee. »Also wirklich«, beschwerte sie sich, »etwas Milch und Zucker hätten Sie schon hineintun können.«

Sanftmütig nahm Ottermole die Zuckerdose vom Küchentisch und die Milch aus dem Kühlschrank, der wohl noch aus der Zeit um 1954 stammte. Die Vorratskammer war wohlgefüllt, stellte Shandy fest. Wahrscheinlich hatten Grace und Persephone Lebensmittel mitgebracht. Er wartete, bis Miss Mink ihren Tee zu ihrer Zufriedenheit verfeinert und ungefähr die Hälfte der Tasse in sich hineingeschüttet hatte, und riskierte dann eine weitere Frage.

»Würde es Ihnen etwas ausmachen, uns zu sagen, wo Sie letzte Nacht gewesen sind?«

Miss Mink trank ihren Tee aus, trug die Tasse zur Spüle, wusch sie unter dem Wasserhahn aus, stellte sie zum Trocknen auf das Abtropfbrett, ging zurück und setzte sich wieder in den Schaukelstuhl, das Gesicht dem Herd zugewandt. »Ich war Bingo spielen«, murmelte sie.

»So fallen unsere Sünden auf uns zurück«, murmelte Shandy. »Ach ja, das Bingospiel. Wo hat es stattgefunden, Miss Mink?«

»Drüben in Fourth Fork.«

»Die haben da eine Art Gemeindezentrum«, klärte Ottermole Shandy auf. »War früher mal eine Schule, bis sie angefangen haben, die Kinder mit dem Bus ins Stadtzentrum zu transportieren. Wie sind Sie denn dort hingekommen, Miss Mink?«

»Jemand hat mich gefahren.«

»Und wer?«

»Eine Nachbarin.« Sie wedelte mit ihrer Schürze, als versuchte sie, ihre lästigen Besucher wegzuscheuchen. »Also ich muß ja schließlich auch ab und zu mal hier raus, oder? Tagaus, tagein bin ich in diesem winzigen Haus eingesperrt, Nacht für Nacht, und bediene die beiden von vorne bis hinten, unaufhörlich, ohne Pause.«

»Jetzt mach aber mal ’nen Punkt, Min. Die Buggins haben doch immer nur nach deiner Pfeife getanzt. Und denk bloß nicht, daß wir das nich’ alle gewußt haben.«

Die Sprecherin war wieder die Dame in Rot, die plötzlich aus dem nächtlichen Dunkel hereingeschneit war, das Haar noch eine Spur ungepflegter als vorher, die gesamte Erscheinung ebenfalls, soweit dies überhaupt möglich war. Statt des Anoraks trug sie jetzt einen Mantel aus Webpelz. Beutelratten-Imitat, dachte Shandy. Er fragte sich, ob sie das Kleidungsstück wohl von einem Fernfahrer hatte, der damit regelmäßig die Dreckspuren von seinem Sattelschlepper gewischt hatte.

»Ich habe nicht gehört, daß du angeklopft hast«, begrüßte Miss Mink sie frostig.

»Die Tür stand offen.«

»Stand sie nicht.«

»Schon gut, dann war das Schloß eben nicht richtig eingeschnappt. Hab' dir 'nen Stapel Zeitschriften mitgebracht, damit du dir die Zeit vertreiben kannst. Krieg' ich dafür nich' mal 'n Dankeschön?«

»Ich kann meine Zeit nicht mit der Art von Lektüre verschwenden, die du bevorzugst.«

»Wohl immer noch sauer, weil ich dich letzte Nacht nich' hab' gewinnen lassen, was?«

Shandy schaltete sich ein. »Sie waren demnach gestern abend auch in der Bingohalle, Miss, eh?«

»Nennen Sie mich einfach Flo. Sind Sie verheiratet?«

»Sehr glücklich, danke der Nachfrage.«

»Jederzeit.« Flos Einladung, falls es überhaupt eine war, klang nicht besonders überzeugend. »Was is' denn los?«

»Wir führen gerade ein Privatgespräch.« Miss Mink war offenbar zu wohlerzogen, um die Zähne zu fletschen, doch es schien nicht mehr viel zu fehlen.

»Das soll verstehen, wer will«, sagte Flo. »Sie is' immer noch stinksauer auf mich, weil ich sie das letzte Spiel nich' hab' spielen lassen.«

»Wie spät war das, Flo?« fragte Shandy.

»Keine Ahnung, elf Uhr, halb zwölf vielleicht. Min will nie weg, bis nich' der letzte Schuß abgefeuert worden is' und der Rauch sich verzogen hat. Aber ich brauch' nun mal unbedingt meinen Schönheitsschlaf. Hat irgendwer von euch vielleicht 'ne Zigarette für mich?«

Niemand hatte eine. Edna Mae hatte Ottermole gezwungen, mit dem Rauchen aufzuhören, weil er damit seinen Söhnen ein schlechtes Vorbild war. Shandy war damals, als er noch jung genug gewesen war, sich schlechten Gewohnheiten hinzugeben, zu arm gewesen, um sie sich erlauben zu können. Miss Mink rümpfte lediglich die Nase. Flo sah sowieso nicht aus, als ob sie allen Ernstes eine Zigarette von ihnen erwartet hätte. Shandy bemerkte, daß sie sich nicht einmal die Mühe gemacht hatte, die roten Strickhandschuhe auszuziehen, die sie gerade trug. Im Gegensatz zu ihrer übrigen Garderobe sahen die Handschuhe übrigens neu und sauber aus.

Vielleicht hatte sie sie gerade von ihrem Bingogewinn erstanden und wollte damit angeben.

»Haben Sie zufällig Miss Mink zur Bingohalle gefahren?« erkundigte sich Shandy.

»Genau. Ich hab' den Wagen von 'nem Freund geliehen. Er is' momentan weg.« Flo schaute Polizeichef Ottermole an.

»Ach ja?« erwiderte dieser mit verständlichem Interesse. »Weswegen hat man ihn denn aus dem Verkehr gezogen?«

Shandy hielt dies nicht für den geeigneten Zeitpunkt für einen professionellen Plausch. »Wann genau haben Sie Miss Mink abgeholt, können Sie sich daran noch erinnern?«

»Direkt nach *Doktor Who*. So etwa zwanzig vor acht.«

»Haben Sie zu diesem Zeitpunkt Mr. und Mrs. Buggins gesehen? Waren die beiden wohlauf?«

»Sicher doch. Die haben rumgegackert wie zwei alte Hennen, genau wie sonst auch immer, wollten unbedingt, daß ich reinkomme und 'ne Zeitlang bleibe, aber Min hatte schon Mantel un' Hut an un' war fertig zum Abflug. Ich wußte, sie konnte es kaum erwarten loszuziehen. Also hab' ich gesagt, wir wollten auf keinen Fall das erste Spiel verpassen, un' dann sind wir weg. Man kriegt da nämlich Kaffee umsonst, wenn man früh genug da ist, wissen Sie.«

»Sie haben also nicht erwartet, daß das Ehepaar Buggins aufbleiben und auf Sie warten würde, Miss Mink?«

»Nein, auf gar keinen Fall. Sie sind jede Nacht Punkt halb zehn Uhr zu Bett gegangen.«

»Gab ja auch nich' viel, weswegen sie hätten aufbleiben sollen«, warf Flo ein.

Shandy wandte sich wieder an sie. »Sind Sie zusammen mit Miss Mink ins Haus gekommen, als Sie sie nach dem Bingo zurückgebracht haben?«

»Meine Güte, natürlich nicht. Ich hatte Angst, den alten Pop Buggins aufzuwecken. Dann wär' der doch wieder runtergekommen, un' ich hätte mir wieder dieselben alten Geschichten anhören müssen, und noch dazu ohne Gebiß! Die waren schon schlimm genug, wenn man verstehen konnte, was er sagte, aber wenn er auch noch wie 'ne Schüssel voll Weetabix sprach, also das konnte man wirklich vergessen! Ich hab' bloß im Wagen gesessen, mit laufendem Motor, un' gewartet, bis Min drin war, un' bin dann gleich losgebraust.«

»Miss Mink, haben Sie noch bei Mr. und Mrs. Buggins hereingeschaut, als Sie zu Bett gegangen sind?«

»Ich habe nicht die Gewohnheit, in das Schlafzimmer verheirateter Leute zu platzen, wenn es mir nicht ausdrücklich erlaubt ist«, wies ihn Miss Mink zurecht.

»Ach Gottchen, hat sie nich' echt Stil?« rief Flo. »Schade, daß sie so tief gesunken is', daß sie gezwungen is', sich von Personen wie mir rumkutschieren zu lassen. So, Leute, ich muß jetz' weg. Ich will nämlich noch zu 'nem *Gilligan's-Island*-Fest.«

»Das findet doch erst morgen abend statt«, meinte Polizeichef Ottermole, aber Flo war bereits verschwunden.

»Wo wohnt sie übrigens?« fragte Shandy.

»In dem kleinen blauen Haus, da, wo die Landstraße abzweigt«, erklärte Miss Mink. »Der eigentliche Bewohner ist, wie sie es ausdrückt, momentan weg.«

»Mike Woozle!« rief Ottermole. »Ich wußte doch, daß es mir noch einfallen würde. Mike hat acht Jahre Haft und zwei Jahre auf Bewährung gekriegt, weil er das Petrolatorium drüben bei Lumpkin Upper Mills ausgeraubt hat.«

»War das nicht ein recht strenges Urteil, bloß für einen Überfall auf eine Tankstelle?« erkundigte sich Shandy.

»Ja, schon, aber er hatte es schließlich zum vierzehnten Mal getan. Außerdem war es sozusagen ein Spezialfall. Also, es ist so gewesen. Mike hat gegen den Cola-Automaten getreten, um an das Geld zu kommen. Oscar Plantagenet, das ist der Mann, dem die Tankstelle gehört, wohnt gleich nebenan, wissen Sie. Oscar kriegt also mit, wie Mike gegen den Automaten tritt, und greift sich das Luftgewehr von seinem Sohn, weil das die einzige griffbereite Waffe ist, und rennt rüber. Mike hat inzwischen den Automaten aufgebrochen, das Ding steht sperrangelweit offen. Also greift er sich eine Dose Orangeade und bewirft Oscar damit, gerade als Oscar versucht, auf Mike anzulegen. Das Luftgewehr geht los, und Oscar trifft Mike ins linke Schienbein. Mike wird sauer und greift sich eine Dose Tonic nach der anderen und beschmeißt Oscar damit, während Oscar sich hinter der Zapfsäule verschanzt und versucht, auf Mikes Wurfarm zu schießen. Da kommt zufällig eine Gruppe Arbeiter aus der Seifenfabrik vorbei, die Nachtschicht haben. Alles dicke Freunde von Oscar, also schnappen die sich die Dosen und beschmeißen Mike damit.«

»Grundgütiger. Ein wahres Armageddon.«

»Das kann man wohl sagen. Mike reißt sich ein Stück aus dem Cola-Automaten und benutzt es als Schild, wie diese römischen Gladiatoren früher, und bewirft Oscar wieder mit Dosen, der sie dann mit seinem Gewehr in der Luft abknallt. Überall spritzt 7 up und Ginger Ale rum, weil die Kohlensäure von dem ständigen Hin- und Herschmeißen total durchgerüttelt ist. Es ist also echt die Hölle da draußen.

Inzwischen hat aber Oscars Frau die Polizei gerufen. Polizeichef Olson kommt also rübergebraust, und Mike trifft ihn mit einer Dose Root Beer am rechten Ohr. Mike steht da und lacht sich kaputt, während Olson sich das Zeug vom Gesicht wischt. Währenddessen schleicht sich einer der Jungs aus der Seifenfabrik, der was von asiatischem Kampfsport versteht, von hinten an Mike ran, wie der Typ in diesen Kung-Fu-Filmen, brüllt ›Ha-ya!‹ und tritt Mike die Füße unterm Bauch weg.

Dann schmeißen sich sechs oder acht von den Jungs aus der Seifenfabrik auf Mike drauf. Inzwischen hat Olson sich das Root Beer aus den Augen gewischt und sich wieder erinnert, wo er die Handschellen hingelegt hat. Als er Mike jetzt festnehmen will, muß er erst noch ein paar von den Jungs wegschieben, damit er überhaupt an Mikes Handgelenke kann. Der Richter verurteilt Mike schließlich wegen Raubüberfall, Widerstand gegen die Staatsgewalt und Körperverletzung mit 26 Dosen kohlensäurehaltiger Flüssigkeit.«

»Und bereicherte somit die Annalen der Rechtsprechung um einen weiteren Präzedenzfall«, sagte Shandy. »Verdammt schade, daß Oscars Frau keine Videokamera griffbereit hatte. Wie lange verkehrt diese, eh, Flo bereits mit Mike Woozle, Miss Mink?«

Die Frau zuckte mit den Achseln. »Das weiß ich nun wirklich nicht. Er hat ständig andere Flittchen gehabt. Normalerweise lassen sie mich in Ruhe, und ich beachte sie gar nicht, aber diese Person versucht seit einiger Zeit, sich bei mir einzuschmeicheln, falls man es so nennen kann. Ich vermute, sie fühlt sich einsam, weil dieser Woozle im Gefängnis sitzt, und weiß nicht so recht, was sie mit sich anfangen soll. Ich habe versucht, ihr klarzumachen, daß mir an ihrer Gesellschaft nicht viel liegt, aber Flo versteht meine Andeutungen offenbar nicht.«

»Ist doch bestimmt praktisch, jemanden zu haben, der einen im Auto mitnehmen kann«, sagte Ottermole.

Miss Mink mußte zugeben, daß dies zutraf. »Aber wenn ich nur daran denke, daß ich dagesessen und Bingo gespielt habe, während Mr. und Mrs. Buggins hier in den letzten Zügen lagen – oh, ich kann den Gedanken einfach nicht ertragen! Glauben Sie, ich hätte sie retten können, wenn ich hiergewesen wäre?«

»Tja, das ist wirklich eine schwierige Frage«, sagte Shandy. »Ich vermute, das Ehepaar hatte die Angewohnheit, vor dem Zubettgehen ein Glas von Mr. Buggins' Spezialgebräu zu sich zu nehmen?«

»Das stimmt. Kein großes Glas, wissen Sie. Nur damit sie besser einschlafen konnten.«

»Wenn Sie gestern abend hiergewesen wären, hätten Sie dann auch ein Gläschen mitgetrunken?«

»Möglicherweise«, gab Miss Mink zu. »Wenn sie mir eins angeboten hätten.«

»Wäre das denn wahrscheinlich gewesen?«

»Durchaus. Die Buggins waren nicht so knauserig wie gewisse andere Leute, die ich kenne.«

»Aber Sie hätten sich nicht selbst etwas genommen, wenn man es Ihnen nicht angeboten hätte?«

»O nein, auf keinen Fall. Daran würde ich nicht einmal im Traum denken.«

Miss Mink starrte ihn an. »Gütiger Himmel! Sie wollen doch damit nicht etwa andeuten, daß ich jetzt auch tot sein könnte, wenn ich gestern abend nicht weg gewesen wäre?«

»Diese Möglichkeit müssen wir in Betracht ziehen, Miss Mink«, erwiderte Shandy.

»Möchten Sie noch Tee?« fragte Ottermole.

Sie zuckte zurück, als habe er versucht, eine Dose Root Beer nach ihr zu werfen. »Du lieber Himmel, nein! Ich könnte jetzt keinen Schluck trinken. Sie können aber noch einen Scheit Holz auf das Feuer legen, wenn Sie sich unbedingt nützlich machen wollen. Mir ist auf einmal so kalt geworden.«

Miss Mink verkroch sich noch tiefer in ihre graue Jacke. »Vielleicht hätte ich doch lieber zu Persephone gehen sollen.«

»Wir können Sie gern dort absetzen«, bot Shandy an, doch sie schüttelte den Kopf.

»Nein, ich habe gesagt, daß ich hierbleibe, und ich stehe zu meinem Wort. Schließlich bin ich nur eine alte Frau, was bin ich denn schon wert? Nicht einmal die Buggins brauchen mich jetzt noch.«

Sie stieß ein leicht irres Lachen aus. Shandy hoffte, daß sie sich nicht in einen weiteren Gefühlsausbruch hineinsteigerte.

»Bleiben Sie einfach hier sitzen, und wärmen Sie sich ein wenig auf, Miss Mink. Polizeichef Ottermole wird sich in der Zwischenzeit ein bißchen umschauen, damit wir ganz sicher sein können, daß es hier im Haus nichts gibt, das Ihnen gefährlich werden könnte.«

»Genau«, sagte Ottermole. »Wo ist zum Beispiel die Flasche, aus der die beiden das Zeug getrunken haben?«

»In dem Schrank in der Ecke, links neben der Spüle. Es steht Essig auf dem Etikett. Mr. Buggins hat immer jeden Behälter genommen, den er gerade finden konnte.«

»Haben Sie deshalb hier soviel Essig rumstehen?« Der Polizeichef steckte den Kopf in den Schrank. »Hier steht noch eine halbvolle Flasche, also haben die beiden wahrscheinlich daraus getrunken. Schnuppern Sie mal dran, Professor.«

»Nein, danke«, sagte Shandy. »Falls sie wirklich Tetrachlorkohlenstoff enthält, sollten wir dergleichen lieber unterlassen. Wir nehmen die Flasche am besten mit zu Professor Joad und lassen sie von ihm untersuchen. Miss Mink, glauben Sie, daß die Buggins während Ihrer Abwesenheit die Türen abgeschlossen hatten?«

»Die beiden? Die haben nie im Leben eine Tür abgeschlossen. Das hat damals, als sie noch Kinder waren, hier draußen keiner gemacht, und man konnte ihnen einfach nicht klarmachen, daß sich die Zeiten geändert haben. Ich nehme an, sie hätten die Tür während meiner Abwesenheit auch sonst nicht abgeschlossen, man vertraut seinem Hauspersonal nicht ohne weiteres einen Schlüssel an, nicht wahr? Vorausgesetzt, sie hätten sich überhaupt daran erinnert, wo sie den Schlüssel aufbewahrten.«

Shandy ignorierte den sarkastischen Unterton. »Haben die beiden hier unten am Ofen gesessen?«

»Als ich gegangen bin, saßen sie jedenfalls nicht hier. Ihr Fernseher befindet sich oben. Nachdem Persephone ausgezogen ist, hat Mr. Buggins das Schlafzimmer umgeräumt und sich daraus eine gemütliche Höhle gemacht, wie er immer zu sagen pflegte. Normalerweise sind die beiden immer direkt nach dem Abendessen hochgegangen. Während ich das Geschirr abwusch und die Küche in Ordnung brachte«, fügte sie mit gerümpfter Nase hinzu.

»Ist die Höhle denn geheizt?«

»O ja, es ist ziemlich warm da oben. Der Kamin führt direkt durch die Wand, und im Boden gibt es eine Heizklappe. Außerdem hatten sie beide diese warmen Steppdinger, in die man hineinschlüpfen kann und die man dann mit einem Reißverschluß zumacht.«

»Und als Sie gingen, saßen die beiden oben?«

»Soweit ich weiß, ja. Wir haben um sechs zu Abend gegessen, wie gewöhnlich, und dann sind sie nach oben gegangen, um sich die Nachrichten anzuschauen. Danach habe ich sie nicht mehr gesehen, bis Flo gekommen ist, um mich abzuholen. Da sind sie wieder heruntergekommen, wie Flo Ihnen bereits gesagt hat, aber sobald sie feststellten, daß Flo sofort wieder fahren wollte, sind sie wieder nach oben gegangen. Sie wollten sich unbedingt irgendeine Sendung ansehen.«

»Ich nehme an, das Schlafzimmer befindet sich ebenfalls oben?« Shandy erinnerte sich daran, daß Persephone hochgegangen war, um das Hochzeitsfoto zu holen.

»Das Badezimmer auch«, ergänzte sie.

»Sie hatten keine, eh, Veranlassung, das Badezimmer aufzusuchen, bevor Sie selbst letzte Nacht zu Bett gingen?«

»Nein, hatte ich nicht. Purvis hat ein provisorisches Waschbecken und eine Waschkommode in dem Raum installiert, der früher einmal die Sommerküche war. Ich benutze fast immer diesen Raum.«

»Und wo schlafen Sie?«

»Im Dienstbotenzimmer neben der Küche, selbstverständlich.«

»Dürfen wir uns den Raum einmal ansehen?«

Miss Mink preßte die Lippen zwar fest zusammen, leistete jedoch keinen Widerstand. Shandy sah keinen Grund, warum sie mit ihrem Quartier unzufrieden hätte sein sollen. Es stand ein bequem aussehendes Eisenbett darin, mit einer weißen Tagesdecke mit Frottierplüschmuster und einer bunten gestrickten Decke über dem Fußende. Man hatte ihr einen Polstersessel ins Zimmer gestellt, dazu eine Kommode, auf der ihr eigenes kleines Fernsehgerät stand. Auf einem Nachttisch befanden sich eine Leselampe, ein Radiowecker, eine recht auffällig plazierte Bibel und dahinter, halb verdeckt, ein paar Taschenbücher mit Liebesromanen. An den Wänden hingen romantische Farbdrucke, an den Fenstern blaue Nylonvorhänge. Der Boden war mit geflochtenen Läufern bedeckt, und überall stand so viel Nippes herum, daß man einen Laden mit Geschenkartikeln damit hätte eröffnen können.

»Sehr gemütlich«, stellte Shandy fest, eine Bemerkung, die Miss Mink offenbar mißfiel. »Wir sehen uns nur ein wenig um, wenn es Ihnen nichts ausmacht.«

»Was macht es schon für einen Unterschied, ob es mir etwas ausmacht oder nicht?« fuhr Miss Mink ihn an. »Sie tun es ja sowieso.«

Damit hatte sie völlig recht. Also machten sie sich ans Werk. Ihre Suche war nicht nur peinlich, sondern auch völlig erfolglos, denn das einzige Geheimnis, das Miss Minks Gewissen beschwerte, bestand aus einem Stapel Zeitschriften, von denen sie behauptete, Flo habe sie ihr aufgedrängt und es sei ihr unangenehm gewesen, sie zum Abfall zu legen, den Purvis immer abholte und zur Müllhalde brachte. Sie waren erleichtert, daß sie wieder zurück in die Küche gehen konnten.

»Und was ist mit den Drinks passiert?« fragte Shandy. »Haben die Buggins sie direkt nach dem Abendessen mit nach oben genommen?«

»O nein, das haben sie nie getan. Einer von beiden ist immer heruntergekommen und hat sie geholt, kurz bevor die beiden zu Bett gegangen sind. Sie waren noch ziemlich fit, wenn sie nur wollten.«

»Dann sieht es mir ganz so aus, als ob jemand, der etwas gegen die zwei im Schilde führte, einfach ins Haus kommen konnte und das Gift irgendwann zwischen Viertel vor acht und Viertel vor zehn in die Flasche hätte gießen können. Ist das auch Ihre Theorie, Miss Mink?«

»Ich hatte keine Ahnung, daß sich hier jemand für meine Theorie interessiert.« Sie war anscheinend immer noch verärgert wegen der Zeitschriften. »Aber ich sehe tatsächlich auch nicht, wie es sich sonst hätte abspielen können. Mr. Buggins hatte tagsüber schon ein paar Gläschen aus der Flasche getrunken und war beim Abendessen noch putzmunter. Bis dahin muß das Getränk also noch völlig in Ordnung gewesen sein. Die beiden hätten bestimmt nicht gehört, wenn jemand hereingekommen wäre, während sie oben waren. Sie drehten den Fernseher immer auf volle Lautstärke, das kann ich Ihnen sagen.«

»Aber der Eindringling hätte genau wissen müssen, wo die Buggins ihren Alkohol aufbewahrten«, sagte Shandy. »Hätte die Essigflasche nicht jeden aus dem Konzept gebracht?«

Miss Mink rümpfte abermals die Nase. »Das würde ich nicht sagen. Ich habe beim Bingospielen mehr als genug über Trev Buggins und seine Essigflaschen gehört. Er hat sie immer während der Einmachzeit auf der städtischen Müllhalde gesammelt. Ich möchte wirklich nichts Negatives über meinen verstorbenen Arbeitgeber sagen, aber über seine Brennerei hat sich, seit ich hier wohne, in der Gegend von Seven Forks jeder lustig gemacht, und vorher ist es auch nicht anders gewesen. Ich weiß zwar, daß ab und zu mal jemand vorbeigekommen ist, um sich einen Schluck von Mr. Buggins' Whiskey zu genehmigen, aber ich wüßte nicht, daß je einer versucht hätte, ihn zu vergiften. Den Witzen nach zu urteilen, die man sich hier erzählt, sind alle der Meinung, daß das Zeug auch so schon widerlich und giftig genug ist.«

»Aber bisher ist noch nie jemand gestorben, nachdem er davon getrunken hatte«, bemerkte Ottermole. »Es sei denn, man zählt Delirium tremens und Säuferleber auch dazu.«

»Von solchen Dingen verstehe ich nichts«, meinte Miss Mink und klang ganz so, als hielte sie dergleichen für wahrhaft abscheulich, »obwohl so etwas hier offenbar recht häufig vorkommt. Ich persönlich habe mit dieser Art von Menschen noch nie etwas zu schaffen gehabt, das kann ich guten Gewissens sagen. Aber ich vermute, wer arm dran ist, kann auch nicht wählerisch sein. Wenn Sie endlich damit fertig sind, meine persönlichen Sachen zu durchsuchen, würden Sie dann wohl bitte die Güte besitzen, mich in Frieden zu lassen? Ich hatte gehofft, zur Abwechslung wenigstens heute nacht einmal ordentlich schlafen zu können.«

»Das hoffe ich auch, Miss Mink«, erwiderte Shandy höflich. »Nur noch eine Frage, dann werden wir sofort gehen. Ist gestern außer Ihrer, eh, Nachbarin noch jemand hier gewesen?«

»Aber ja doch! Es war tatsächlich noch jemand da, jetzt, wo Sie es sagen, fällt es mir wieder ein. Der berühmte Doktor Porble höchstpersönlich.«

»Und weshalb war Dr. Porble hier?«

»Um einen Streit wegen der Klageandrohung vom Zaun zu brechen, selbstverständlich. Was er dann auch hervorragend geschafft hat, das muß man ihm lassen. Ich dachte schon, er reißt mit bloßen Händen das Haus in Stücke, bevor er fertig ist. Sie können sich gar nicht vorstellen, wie ein Mann, der sich sonst immer soviel auf seine Würde einbildet, derart plötzlich zu einem rasenden Berserker werden kann!«

Kapitel 10

Nein«, sagte Shandy, »das kann ich mir wirklich nicht vorstellen.«

»Was wohl bedeuten soll, daß Sie mich für eine Lügnerin halten. Na, dann gehen Sie doch einfach hin und fragen ...« Sie unterbrach sich.

»Wen soll ich denn fragen, Miss Mink?«

»Ich wollte gerade sagen, fragen Sie doch Mrs. Buggins, aber die lebt ja jetzt nicht mehr.« Die Stimme der Haushälterin klang mit einem Mal erschreckend sanft.

»Kommen Sie schon, Professor«, murmelte Ottermole. »Ich denke, wir sollten besser gehen. Schlafen Sie sich mal richtig aus, Miss Mink. Morgen früh geht es Ihnen dann bestimmt schon wieder viel besser.«

Miss Mink gab keine Antwort. Sie ging lediglich zur Tür und ließ ihre Besucher hinaus. Als sie draußen waren, konnten sie hören, wie der Riegel vorgeschoben wurde.

»Jedenfalls ist sie vernünftig genug, die Tür zu verriegeln«, bemerkte Ottermole, als sie ins Auto stiegen.

»Verdammt dumm von mir, ihr derart zuzusetzen«, sagte Shandy. »Ich hätte daran denken sollen, was für einen furchtbaren Tag sie gehabt hat. Ich hoffe, wir machen keinen Fehler, sie hier so allein zurückzulassen.«

»Ach was, die ist ein zäher alter Vogel. Ich wette, sie genehmigt sich gerade einen kräftigen Schluck von Trevs Allheilmittel.«

»Wenn sie das tatsächlich fertigbringt, ist sie sogar mehr als zäh. In dem Fall bräuchte ich mir auch nicht länger wie ein gemeiner Schuft vorzukommen. Und sie müßte dazu eine neue Flasche aufmachen. Ich kann mir wirklich nicht vorstellen, daß unser unbekannter Täter sich die Mühe gemacht hat, die ganze Lage zu vergiften.«

»Morgen früh werden wir mehr wissen«, erwiderte Ottermole mit einem herzhaften Gähnen. »Glauben Sie wirklich, sie hat uns mit dieser Geschichte über Dr. Porble hinters Licht geführt?«

»Ich bin geneigt anzunehmen, daß sie zu Hyperbeln neigt.«

»Häh?«

»Übertreibung der Wahrheit um des rhetorischen Effektes willen. Das macht sie häufiger, wie ich bemerkt habe.«

»Stimmt genau, zum Beispiel, als sie heute morgen das mit dem Aussaugen bis aufs Blut gesagt hat. Teufel noch mal, ich bin selbst nicht besonders gut bei Kasse, aber wenn irgendso ein reicher Knaster sich vor mich hinpflanzen und sagen würde, ›ich will Sie bis aufs Blut aussaugen‹, dann würde ich dem verdammt noch mal zeigen, was 'ne Harke ist, das können Sie mir glauben. Und das würde sie todsicher auch, trotz all ihrer Meckerei. Wo fahren wir jetzt hin, Professor? Doch wohl nach Hause, hoffe ich?«

»Das hoffe ich auch, Ottermole. Aber vorher wollte ich noch schnell bei Kapitän Flackley vorbeischauen, da wir gerade in der Nähe sind und es noch relativ früh ist.«

»Wieso? Wir wollen ihn doch nicht etwa festnehmen, oder?«

»Heute abend nicht, soweit ich die Sache überblicke. Ich dachte nur, es wäre vielleicht eine gute Idee, einem verantwortungsbewußten Nachbarn mitzuteilen, daß sich Miss Mink ganz allein im Buggins-Haus aufhält.«

Wenn es allerdings Flackley gewesen war, der das alte Ehepaar ermordet hatte, wäre dies eine äußerst schlechte Idee. Shandy konnte sich jedoch nicht vorstellen, daß der Kurschmied zurückgehen und auch noch die Haushälterin umbringen würde. Die Tatsache, daß derjenige, der die Essigflasche präpariert hatte, ausgerechnet den Abend gewählt hatte, an dem Miss Mink Bingo spielte, könnte darauf hinweisen, daß sie nicht gemeinsam mit dem Ehepaar hatte sterben sollen, obwohl man es auch so deuten konnte, daß ihre Abwesenheit den Zugang zu der Flasche beträchtlich erleichtert hatte. Sollte Flackley also tatsächlich ein doppeltes Spiel spielen, würde er jetzt wohl eher die Rolle des fürsorglichen Nachbarn übernehmen, der sich um die einsame Überlebende kümmerte.

Shandy kannte Forgery Point recht gut. Das alte Flackley-Haus befand sich am Ende von Second Fork. Wenn man dort mit dem Wagen hinfahren wollte, mußte man wieder zurück an die Stelle, wo die ›Seven Forks‹ sich trafen, und dem Wagen eine weitere, ziemlich lange Strecke mit zahlreichen Schlaglöchern zumuten. Der Weg durch die Wälder wäre viel kürzer und ein Kinderspiel für einen Mann, der sich nicht nur bestens mit Skiern und Schneeschuhen auskannte, sondern sogar ein eigenes Husky-Team besaß.

Hundeschlittenrennen wurden inzwischen in Balaclava County immer beliebter. Kapitän Flackley war natürlich hocherfreut gewesen, als er feststellte, daß die robusten Hunde, die mit ihm an Bord der *Hippocampus* gewesen waren, in Forgery Point zwar nicht gerade herzlich aufgenommen, aber zumindest toleriert wurden. Roy und Laurie Ames hätten auch gern ein eigenes Team besessen, doch die übrigen Bewohner des Crescent, die Shandys und Jane Austen eingeschlossen, waren dagegen.

Einen Vorteil hatten die Huskies jedoch: Sie ersparten dem Besucher wenigstens, im Dunkeln nach einer möglicherweise nicht einmal vorhandenen Klingel suchen zu müssen. Shandy und Ottermole hatten den Wagen noch nicht ganz verlassen, als bereits ein Chor von Hundestimmen in acht verschiedenen Tonlagen die nächtliche Stille zerriß. Die Huskies befanden sich zwar hinter einem Metallzaun, ihr Wolfsgeheul klang jedoch trotzdem reichlich beunruhigend.

Flackley öffnete ihnen höchstpersönlich die Eingangstür und brüllte »Maul halten!«, ein Kommando, dem alle acht Huskies wie durch ein Wunder unverzüglich Folge leisteten. Dann brachte er es fertig, seinen Besuchern zu sagen, was für eine unerwartete Freude es doch sei, sie zu sehen, ohne allzu deutlich zu zeigen, daß er ihr Auftauchen zwar tatsächlich für unerwartet hielt, jedoch seine Zweifel hegte, was die Freude betraf.

»Kommen Sie doch herein! Machen Sie sich wegen der Stiefel keine Sorgen, der Boden ist an Schneematsch gewöhnt. Was möchten Sie trinken? Yvette ist gerade in ihrem Teppichknüpfkurs, aber ich kann Ihnen einen wirklich vorzüglichen Pulverkaffee anbieten.«

»Vielen Dank, aber wir wollten eigentlich nicht lange bleiben«, sagte Shandy. »Wir sind auf dem Weg zurück nach Balaclava Junction. Wir wollten nur kurz bei Ihnen vorbeischauen, um mit Ihnen über Miss Mink drüben in First Fork zu sprechen. Ich vermute, Sie haben bereits gehört, was bei den Buggins passiert ist?«

»Mein Gott, und ob ich das habe! Überall, wo ich heute gearbeitet habe, wurde über nichts anderes gesprochen. Die einzigen, die nicht davon geredet haben, waren die Pferde. Sowohl der Ehemann als auch die Ehefrau sterben in ein und derselben Nacht, und die arme Person findet sie ganz allein. Hat ihr sicher schrecklich zugesetzt.«

Kapitän Flackley war ein stattlicher Mann, sogar noch größer als Fred Ottermole, auch wenn er natürlich in keiner Weise an Präsident Svenson heranreichte. Sein Haar war eisgrau, ließ ihn jedoch nicht alt wirken. Sein Gesicht hatte eine gesunde Farbe, die braunen Augen blitzten, und der muskulöse Körper vermittelte den Eindruck kraftvoller Bewegung, selbst wenn der Kapitän vollkommen stillsaß. Man hätte ihn durchaus für etwa 35 halten können, doch Shandy wußte, daß er zwei Söhne hatte, die alt genug waren, um bereits auf der *Hippocampus* arbeiten zu können, und eine Tochter, die Viehzucht bei Professor Stott studierte und bei ihrem Vater die Kurschmiedekunst erlernte.

»Setzen Sie sich doch«, drängte Flackley. »Bleiben Sie ruhig ein bißchen. Ich war gerade dabei, etwas durchzurechnen, und bin dankbar für jede Unterbrechung. Wenn ich eins hasse, dann ist es Buchführung, aber auch die muß schließlich erledigt werden. Was wollten Sie mir denn über Miss Mink erzählen?«

»Nur daß sie ganz allein ist und sich, eh, beträchtliche Sorgen macht.«

»Weil die Buggins ermordet wurden?«

Er kam wirklich ohne Umschweife auf den Punkt. »Davon haben Sie also auch schon gehört?« fragte Shandy.

»Mindestens 17 verschiedene Versionen. Was ist denn passiert? Sind sie erstochen, erstickt oder mit Mrs. Buggins' Korsettschnüren erwürgt worden? Oder etwa mit Trevelyans Schnaps vergiftet?«

»Es war der Schnaps.«

»Das darf doch nicht wahr sein! Großer Gott, ich habe sogar noch eine Flasche von dem Zeug hier im Haus. Hatte bis jetzt noch nicht genug Mut, ihn selbst zu probieren. Aber ich habe einen Teil davon an einer meiner Stuten ausprobiert, als sie so schlimm an Rotz erkrankt war, daß der Tierarzt sich offenbar nicht mehr zu helfen wußte. Innerhalb von drei Tagen war sie wieder topfit. Ich habe Buggins den Rat gegeben, sein Gebräu zum Patent anzumelden, aber er konnte sich nicht mehr erinnern, woraus er diese spezielle Lage hergestellt hatte.«

»Das muß eine andere Lage gewesen sein.«

Shandy beschloß, daß er Flackley genausogut die ganze Wahrheit sagen konnte. Bis zum Morgen würde es sowieso jeder im

County wissen. »Wir vermuten, daß jemand Gift in eine bereits geöffnete Flasche gegossen hat, aus der sich dann Mr. und Mrs. Buggins abends wie gewöhnlich ihren Schlummertrunk eingeschenkt haben. Miss Mink hat nicht mit ihnen zusammen getrunken, weil sie ausgegangen war, um Bingo zu spielen.«

»Welches Gift war es denn?«

»Tetrachlorkohlenstoff.«

»Donnerkeil!« Flackley schüttelte den Kopf. »Auf diese Idee muß man erst einmal kommen! Aber vermutlich ist es gar keine so schlechte Wahl, wenn man vorhat, jemanden umzubringen. Teufel noch mal, wir haben auch noch eine halbleere Flasche davon draußen im Holzschuppen, weil uns noch nicht eingefallen ist, wie wir sie am besten loswerden können. Sondermüll, wissen Sie. Meine Tante hat es wahrscheinlich aufbewahrt, um ihre Handschuhe oder so etwas damit zu reinigen. Möge ihre Seele in Frieden ruhen. Sie war eine großartige Frau und eine verdammt gute Kurschmiedin, aber von Chemie hat sie nicht viel verstanden. Wollen Sie die Flasche als Beweismaterial sicherstellen?«

»Vielleicht sollten wir sie uns für alle Fälle mal ansehen«, sagte Ottermole.

Shandy war anderer Meinung. Flackleys Sessel war bequem, Flackleys Kaminfeuer war angenehm warm. Er persönlich wäre gern noch ein Weilchen sitzengeblieben und hätte sich ausgeruht, doch er wollte dem Tatendrang des Polizeichefs nicht im Wege stehen. Also ging er mit.

Die Flackleys waren anscheinend sehr ordentliche Leute, stellte er fest, als sie durch den Hinterausgang zum Holzschuppen gingen. Doch vermutlich blieb einem nichts anderes übrig, wenn man an Bord eines Schiffes lebte. Der Schuppen war neu, zu Miss Flackleys Lebzeiten hatte er noch nicht hier gestanden, er ersetzte jedoch möglicherweise einen früheren Schuppen, der mit der Schmiede verbunden gewesen war. An der einen Wand hingen Gartengeräte, ein Hundeschlittengeschirr, Handwebstühle, Polsterspanner und andere Zeugnisse der vielseitigen Handwerkskunst der Familie Flackley. Auf der anderen Seite befanden sich Regale, auf denen fein säuberlich gekennzeichnete Schachteln, Kästen, Dosen und Gläser ordentlich nebeneinander aufgereiht standen. Flackleys Blick schweifte über die oberste Regalreihe, dann streckte er die Hand aus und griff nach einer leicht rostigen Kaffeedose.

»Ich habe die Flasche hier hineingestellt, weil ich Angst hatte, daß irgendein Nachbarskind ...« Er schüttelte die Blechdose. »Komisch, es scheint gar nichts mehr drin zu sein.« Er nahm den Deckel ab und schaute hinein, um auch ganz sicherzugehen. »Nichts, sie ist weg.«

»Wer hat sie denn weggenommen?« fragte Ottermole.

»Außer meiner Frau oder meiner Tochter fällt mir momentan niemand ein. Vielleicht haben sie erfahren, daß irgendwo Giftmüll gesammelt wurde, oder einer von Yvettes Studenten hatte einen hartnäckigen Fleck auf einem Möbelstück, das er gerade polsterte - ich weiß es wirklich nicht.«

Er drückte den Deckel wieder auf die Büchse und stellte sie zurück auf das Regal. »Ich frage sie, wenn sie zurückkommt. Kein Grund, die Nerven zu verlieren. Vielleicht gibt es ja für alles eine harmlose Erklärung.«

»Völlig richtig«, stimmte Shandy zu. »Wann erwarten Sie Mrs. Flackley denn zurück?«

»Schwer zu sagen. Der Unterricht ist normalerweise um halb zehn zu Ende, aber die Studenten stellen oft nachher noch Fragen, wissen Sie, und dann muß auch noch das ganze Durcheinander aufgeräumt werden. Wir können aber gerne zum Gemeindezentrum fahren und sie fragen, wenn Sie es für wichtig halten.«

Und im Handumdrehen würden sich die Leute die Mäuler zerreißen. Shandy schüttelte den Kopf. »Das kann warten. Können Sie sich erinnern, wann Sie selbst die Flasche zuletzt gesehen haben?«

»Meine Güte, ich bin mir nicht sicher. Mal überlegen. Letzten Herbst hatten wir hier einen roten Eichkater und seine Frau – wenigstens nehme ich an, daß es seine Frau gewesen ist. Die beiden hatten offenbar vor, sich hier bei uns häuslich niederzulassen. Sie rannten über die Regale, stießen alles mögliche herunter und richteten ein heilloses Durcheinander an. Ich weiß noch, daß sie unter anderem auch diese Dose hier heruntergestoßen haben. Ich erinnere mich genau, nachgesehen zu haben, um sicherzugehen, daß sie die Flasche nicht zerbrochen hatten, weil ich Angst hatte, es könnten Dämpfe entweichen. Es war aber alles in Ordnung. Also habe ich die Büchse wieder hochgestellt, was natürlich dumm von mir war. Ich hätte mich auf der Stelle darum kümmern sollen, aber alles, woran ich damals gedacht habe, waren diese verflixten Eichhörnchen. Sie wissen sicher selbst, welchen Unfug sie anstellen können, wenn man sie erst einmal läßt.«

Ottermole fing an, eine Jeremiade über die Eichhörnchen auf seinem Speicher zu erzählen, doch Shandy fiel ihm ins Wort. »War zu diesem Zeitpunkt jemand bei Ihnen?«

»Ach ja, es war tatsächlich jemand da, ein Bursche namens Zack Woozle, der uns hier ziemlich oft bei der Arbeit hilft. Er hat gesehen, wie ich die Dose aufgemacht habe, und herumgewitzelt. ›Was ham Sie denn da drin, Käpt'n‹, hat er gefragt, ›doch nich' etwa 'ne Flasche Buggins-Schnaps?‹ Da hielt ich es für besser, ihm zu erklären, was wirklich in der Flasche war und warum ich sie versteckt hatte, sonst wäre Zack vielleicht noch auf den Gedanken gekommen, das Zeug zu probieren.«

»Zack Woozle?« sagte Ottermole. »Ist das nicht der Bruder oder Vetter oder so was von Mike Woozle, der drüben in Lumpkin Upper Mills die Tankstelle überfallen hat?«

»Höchstwahrscheinlich«, erwiderte Flackley. »Hier an den Seven Forks gibt es ziemlich viele Woozles, und möglicherweise sind sie alle irgendwie miteinander verwandt. Aber Zack ist in Ordnung. Die meisten Woozles sind in Ordnung, und die anderen eigentlich auch, sie sind lediglich arm und hatten keine richtige Ausbildung, so sehen das jedenfalls Yvette und ich.«

»Ist Zack Woozle verheiratet?« fragte Shandy.

»Ja. Seine Frau ist sehr nett. Ziemlich modebewußt.«

»Spielt sie Bingo?«

Der Kurschmied blinzelte und lächelte dann. »Ich verstehe, worauf Sie hinauswollen. Sicher, ich bin überzeugt, daß sie beide Bingo spielen, sowohl Zack als auch seine Frau. Bingo ist hier eine echte Sensation, wissen Sie. Die Leute spielen um zehn Cent die Karte oder etwas in der Art. Alberne Zeitverschwendung, wenn Sie mich fragen, aber sonst kann ich darin nichts Schlimmes sehen. Wenigstens ist es irgendwie gesellig. Und ich kann mir auch gut vorstellen, daß Zack in der Bingohalle darüber gewitzelt hat, daß er dachte, ich hätte eine Flasche von Buggins' Schnaps im Holzschuppen versteckt, die in Wirklichkeit Tetrachlorkohlenstoff enthielt.«

»Halten Sie Ihren Holzschuppen verschlossen?«

»Tagsüber nicht, und nachts meistens auch nicht, wenn ich ganz ehrlich sein soll. Schließlich haben wir hier eine Schmiede, wissen Sie, und wir brauchen laufend etwas aus dem Schuppen. Theoretisch hätte jeder kommen und sich die Flasche holen können, wenn er gewollt hätte. Vielleicht irgendein Bengel, der gedacht hat, er könnte high werden, wenn er ein bißchen an der Flasche schnüffelt, der arme, dumme Kerl. Oder vielleicht auch ein Erwachsener, der diesem Buggins eins auswischen wollte. Verdammt noch mal, ich wünschte, ich hätte das Zeug einfach auf den Boden geschüttet, dann wäre es wenigstens weg gewesen. Das kommt davon, wenn man seine Prinzipien hat.«

»Niemand wirft Ihnen vor, daß Sie versuchen, umweltbewußt zu leben«, versicherte Shandy. »Wir können außerdem auch nicht mit Sicherheit sagen, daß es Ihr Tetrachlorkohlenstoff war, mit dem die Buggins umgebracht wurden. Und falls dies wirklich der Fall sein sollte, können Sie sich mit dem Gedanken trösten, daß der Täter genausogut etwas anderes hätte benutzen können, wenn Ihre Flasche nicht so leicht zugänglich gewesen wäre.«

»Das entschuldigt meine Fahrlässigkeit nicht im geringsten«, sagte Flackley. »Tut mir leid, daß ich Ihnen keine größere Hilfe sein konnte.«

Shandy bedauerte dies ebenfalls. So gern er dem Polarforscher auch geglaubt hätte, seine Zweifel blieben bestehen. Natürlich war Flackley nichts anderes übriggeblieben, als zuzugeben, daß er Tetrachlorkohlenstoff im Haus gehabt hatte. Schließlich hatte sein Angestellter seinen Freunden in der Bingohalle bereits davon erzählt. Eine toxische Substanz in einer verrosteten Kaffeedose zu verstecken, hielt Professor Shandy allerdings für keine besonders intelligente Lösung, zumal man das Problem im Grunde leicht hätte aus der Welt schaffen können. Zugegeben, es war eine Idee, auf die jeder Haushaltsvorstand hätte kommen können, aber Amos Flackley war nun einmal nicht ein x-beliebiger Mann.

Es sei denn, der Kurschmied hatte die Flasche aus einem unbewußten Gefühl des Respekts vor seiner verstorbenen Tante aufbewahrt. Doch selbst diese Prämisse war bestenfalls äußerst fragwürdig. Shandy war alles andere als zufrieden, als er sich wieder hinter das Steuer seines Wagens setzte.

Auch Polizeichef Ottermole war nicht besonders glücklich. Er hatte begonnen, um es dramatisch auszudrücken, mit brutaler Intensität Kaugummi zu kauen, und produzierte in einem fort Blasen, die er dann knallend zerplatzen ließ, als ob er sie abgrundtief haßte. Shandy schaltete das Autoradio an, in der Hoffnung, damit Ottermoles Knallerei zu übertönen, was diesen jedoch lediglich dazu veranlaßte, seine geräuschvolle Beschäftigung im Takt der Musik fortzusetzen.

Die schier endlose Spearmint-Arie hätte einen Komponisten vielleicht inspiriert, für einen Professor mittleren Alters jedoch, der noch dazu einen langen, anstrengenden Tag hinter sich hatte, war das Konzert geradezu unerträglich. Shandy war daher unendlich erleichtert, als er seinen explosiven Passagier schließlich vor dem blauen Haus mit den weißen Fensterläden absetzen konnte, in dem Edna Mae zweifellos bereits mit offenen Armen und gespitzten Ohren auf die neuste spannende Episode der Abenteuer von Supercop Fred Ottermole wartete.

Helen wartete ebenfalls. Sie saß vor dem Kaminfeuer im Wohnzimmer, die schlafende Jane Austen zusammengerollt auf dem Schoß und neben sich auf dem kleinen Lampentisch ein Bündel Buggins-Akten. Sie war eingenickt, wachte jedoch auf, als sie Shandys Schritte hörte, und hielt ihm ihr Gesicht zum Begrüßungskuß hin.

»Hallo, Liebling. Was hast du herausbekommen?«

Er seufzte und ließ sich neben sie auf das Sofa fallen. »Wer weiß? Miss Mink behauptet, Phil Porble wäre gestern draußen gewesen und hätte sich wegen der Klageandrohung wie ein Berserker aufgeführt. Sie behauptet, sie hätte Angst gehabt, daß er das ganze Haus mit bloßen Händen auseinanderreißen würde.«

»Und das hast du ihr geglaubt?«

»Mit einem Wort: nein. Aber sie hat nicht sehr freundlich auf meine Zweifel reagiert.«

»Und was hast du dann getan?«

»Wie die Araber meine Zelte abgebrochen und mich leise davongemacht. Ich befürchte, dieses Bild ist heutzutage ein klein wenig veraltet, aber das ist Miss Mink schließlich auch. Zu diesem Zeitpunkt war sie bereits ziemlich geschwächt. Genau wie ich im Moment.«

»Du Armer. Möchtest du eine Tasse heiße Schokolade? Es ist schon alles vorbereitet.«

»Krieg' ich auch ein Tierplätzchen dazu?«

»Peter Shandy, wenn du jetzt etwa vorhaben solltest, Stevensons Kindergedichte zu zitieren, werde ich laut schreiend nach draußen in die Nacht entschwinden und meine nagelneuen Pantoffeln ruinieren. Ich habe inzwischen so viele von Corydon Buggins' Gedichten gelesen, daß ich beim bloßen Gedanken an einen jambischen Vers bereits zu zittern beginne.«

»Dann darf man also hoffen, daß du fündig geworden bist?«

»Würde es dich erfreuen, von einer glühend heißen Liebesaffäre mit einem Mädchen namens Arbolene Woozle zu erfahren?«

»Donnerwetter, Helen, ich wußte doch, daß du es schaffen würdest! War diese Verbindung, eh, fruchtbar?«

»Es würde mich nicht im geringsten wundern. Corydon scheint damals gerade eine Phase durchlaufen zu haben, die man sozusagen als seine Robbie-Burns-Periode bezeichnen könnte.«

»Nie werd' ich vergessen die holde Nacht, die mit Arbolene zwischen den Grashalmen ich verbracht. So etwa in der Art?«

»Genauso und noch um einiges schlimmer. Arbolene und er waren einander äußerst zugetan und widmeten sich geheimen, süßen Freuden, die man unmöglich drucken konnte und die nicht einmal in Corydons privaten Aufzeichnungen näher geschildert sind. Ich habe ein Fragment gefunden, das folgendermaßen beginnt: ›Arbolene, o Arbolene, du meine süße Teure, du . . .st grad wie Kohlensäure.‹ Was das . . .st bedeuten soll, bleibt deiner eigenen Phantasie überlassen. Ich bin viel zu anständig für solche Dinge. Aber es gibt doch sicher heute keine Woozles mehr hier in der Gegend, oder?«

»Und ob es die gibt. Ein Woozle sitzt momentan sogar im Bezirksgefängnis ein, weil er Polizeichef Olson aus Lumpkinton mit einer Dose Root Beer aus einem aufgebrochenen Getränkeautomaten am Gasoline Alley Petrolatorium beworfen hat. Ein anderer Woozle arbeitet gelegentlich für Kapitän Flackley und Gattin. Draußen in den Wäldern bei den Seven Forks wimmelt es nur so von Woozles.«

»Dann würde ich vorschlagen, Fred Ottermole fährt morgen los und versucht herauszufinden, ob irgendwo ein Woozle abhanden gekommen ist. So, Jane, geh zu Papi, während ich schnell den Kakao hole. Ich muß dich leider enttäuschen, Lieber. Die einzigen Tierplätzchen, die wir momentan haben, sind Brekkies. Darf ich dir vielleicht als Alternative ein paar Ingwerplätzchen anbieten?«

Kapitel 11

Am nächsten Morgen mußte Shandy ins College, um sein Seminar abzuhalten. Doch bevor er das Haus verließ, rief er Polizeichef Ottermole an und berichtete ihm, was Helen über Corydon und Arbolene herausgefunden hatte. »Meine Frau hält es daher für eine hervorragende Idee, wenn Sie zu den Seven Forks hinausfahren und nachforschen könnten, ob irgendwo ein Woozle fehlt. Das hilft uns vielleicht, den Mann zu identifizieren, der in Goulsons Kühlzelle liegt.«

Ottermole war gerade erst auf dem Revier eingetroffen und hatte es sich mit Mrs. Lomax' Kater Edmund bequem gemacht, der ihm wie jeden Morgen einen Besuch abstattete. Er klang, als habe er den Mund voll Doughnut mit Marmeladenfüllung, was auch der Fall war. »Budge Dorkin ist ganz heiß darauf, den Fall aufzuklären. Am besten, ich überlasse die Nachforschungen ihm.«

Shandy sagte, daß er dies für eine hervorragende Idee halte, und begab sich in seinen Seminarraum. Die Studenten waren unruhig und nervös, was zwar bei Studenten häufig der Fall ist, normalerweise jedoch nicht in Professor Shandys Unterricht. Während er sich verzweifelt bemühte, ihr Bewußtsein für das heimliche, hinterlistige Treiben des Gemeinen Fadenwurms zu schärfen, verlangten sie nach Neuigkeiten über das heimliche, hinterlistige Treiben des gemeinen Unholds, der eine Leiche mitten in den Murmeltiertag hatte platzen lassen, und fragten, ob es tatsächlich wahr sei, daß der Dahingeschiedene Balaclava Buggins' Sonntagsanzug getragen habe.

Professor Shandy versicherte ihnen, daß sich die geheiligte Reliquie nach wie vor sicher in ihrer Glasvitrine befinde und daß sie sich, falls sie vorhätten, das Seminar erfolgreich abzuschließen, besser auf den Gemeinen Fadenwurm oder *Nematoden* konzentrieren sollten. Daraufhin gaben sich alle große Mühe, auch wenn es ihnen, ebenso wie ihm, ein Höchstmaß an Konzentration abverlangte. Selbst als er den bedauernswerten Zustand eines zarten jungen Rettichs mit einem Wurm im Leibe beschrieb, kreisten seine Gedanken immer noch um die leere Kaffeedose in Amos Flackleys Holzschuppen.

Er hätte gerne gewußt, ob Mrs. oder Mr. Flackley inzwischen mit einer harmlosen Erklärung für die fehlende Flasche aufwarten konnten. Außerdem fragte er sich, ob Ottermole wohl daran gedacht hatte, Dork zu beauftragen, Miss Minks Alibi zu überprüfen. Flo erschien ihm nämlich zu unglaubwürdig. Sie sah aus wie jemand, der ohne weiteres lügen würde, wenn es einen guten Grund dafür gab, und erst recht, wenn es ein schlechter war.

Er dachte über die Frage nach, ob auch Persephone gelogen hatte. Gab es eine Möglichkeit, die Wahrheit herauszufinden, ohne daß er Purve und sämtliche Wachmänner, ganz zu schweigen von Grace, Helen und dem gesamten Gartenclub, gegen sich aufbrachte?

Er erwog sogar einen humanitären Besuch bei dem an sein Krankenbett gefesselten Cronkite Swope. Der bedauernswerte junge Reporter fühlte sich wahrscheinlich wie ein Rettich, der gerade von einem *Nematoden* attackiert wurde, wie er so dalag, die Nase voll Wick und ein Senfpflaster auf der Brust, wohl wissend, daß er eine erstklassige Story verpaßte und Arabella Goulson sie ihm vor der Nase wegschnappte.

Trotz der Faszination durch die sophokleischen Implikationen von Swopes bronchialer Heimsuchung war Professor Shandy in der Lage, seinen Vortrag so fesselnd zu gestalten, daß es ihm gelang, die ungeteilte Aufmerksamkeit der Studenten zu gewinnen. Er peitschte seine Zuhörerschaft durch einen Exkurs über Spinnmilben und kohlfressende Raupen auf und erreichte schließlich den dramatischen Höhepunkt, der jeden Studenten und jede Studentin eifrig in sein oder ihr Notizbuch kritzeln ließ, mit der Beschreibung einer Heuschrecke, die sich hingebungsvoll den Blättern einer Rübe widmet. Die Studenten verließen den Seminarraum bebend und erschüttert, jedoch innerlich entflammt und erfüllt von neuer Begeisterung für die biologische Bekämpfung der Insektenplage. Shandy wischte sich die Stirn und überlegte, was er als nächstes tun sollte.

Mittagessen lautete die nächstliegende Antwort. Shandy richtete seine Besuche in der Fakultätsmensa inzwischen nicht mehr zeitlich so ein, daß er dort mit größter Wahrscheinlichkeit auf Helen traf, wie er es früher getan hatte, als seine Liebe noch jung und Helen Marsh noch nicht Mrs. Shandy gewesen war. Doch auch jetzt verharrte er immer noch kurz an der Tür und schaute hoffnungsvoll in den Raum, wobei sein Blick nach einer lockenköpfigen Blondine mit ein paar tigerfarbenen Katzenhaaren am Rock suchend umherschweifte. Heute war ihm das Glück nicht hold. Helen war nicht da. Dafür jedoch ihr Vorgesetzter.

Doktor Porble saß ganz allein an einem der kleineren Tische und verzehrte in kalter Wut ein Thunfischgericht. Kälte und Wut waren Emotionen, die sich nur schlecht miteinander vereinbaren ließen, dachte Shandy, als er sich zu ihm setzte, ohne darauf zu warten, daß er dazu aufgefordert wurde, doch Porble schien diese Kombination keine Probleme zu bereiten. Er legte nur eine kurze Pause ein, um Shandy rasch zuzunicken, und kaute dann weiter geräuschvoll seinen Fisch.

Shandy bestellte bei einem der Studenten, der Hotel- und Gaststättengewerbe im Hauptfach studierte, sein Mittagessen und begann diplomatisch ein Gespräch mit Porble anzuknüpfen. »Hallo, Phil. Was ist denn los?«

»Ich koche förmlich«, sagte der Bibliothekar und zerfetzte ein hartes Brötchen. »Ich vermute, Sie kennen den Grund.«

»Stimmt. Unser hochgeschätzter Präsident ist offenbar der Auffassung, eh, daß ich das Kind schon schaukeln werde. Für jegliche Hinweise zur Ernährung und Betreuung dieses Babys bin ich übrigens überaus dankbar.«

»Diese Klageandrohung ist ein verfluchter Schwindel.«

»Der Meinung bin ich auch. Irgendeine Ahnung, wer dahintersteckt?«

»Wahrscheinlich ist es einer dieser idiotischen Pläne vom alten Trevelyan, schätze ich. Er hat sein Gehirn so lange in diesem selbstgebrauten Desinfektionsmittel für Schafe gebadet, daß er wohl angefangen hat, seine eigenen Märchen zu glauben. Ich muß schon sagen, es wundert mich, daß Persephone ihn nicht gestoppt hat, bevor es zu spät war. Ich habe Sephy immer für ziemlich intelligent gehalten, jedenfalls bis jetzt.«

»Sie haben die Minks im Laufe der Jahre ziemlich häufig, eh, gesehen, nehme ich an?«

»Allerdings. Sephy und meine Frau sind miteinander verwandt, müssen Sie wissen. Sie und Purve waren sogar unsere Trauzeugen.

Bevor wir geheiratet haben, sind wir öfters gemeinsam ausgegangen. Wir treffen uns immer noch gelegentlich. Purve und ich eröffnen meist gemeinsam die Forellensaison.«

Fliegenfischerei war das einzige Thema, für das Doktor Porble je echte Begeisterung gezeigt hatte, seine Familie und die Bibliothek einmal ausgenommen. »Ich hatte mich schon richtig darauf gefreut«, fügte er ziemlich wehmütig hinzu.

»Diese Klageandrohung wird Sie doch nicht etwa entzweien?«

»Das ist leider bereits geschehen. Als ich erfahren habe, was dieser senile alte Schwachkopf vorhat, bin ich sofort hingefahren und habe ihm gesagt, er soll damit aufhören.«

»War das alles, was Sie gesagt haben?«

Porble zog eine Schulter hoch und schenkte seinem Kollegen ein mattes Lächeln. »Tante Minnehaha hat wohl bereits gesungen, wie? Zugegeben, mir sind die Nerven durchgegangen, und ich habe ihm alles mögliche an den Kopf geworfen. Normalerweise halte ich nicht viel von Tobsuchtsanfällen, aber diese letzte Schnapsidee von Trevelyan hat dem Faß glatt den Boden ausgeschlagen. Seit Jahren hat er sich hinter Sephys Rücken bei Grace beklagt, daß er für irgendwelche furchtbar wichtigen Sachen unbedingt Geld brauchte. Nachdem wir dann mit dem Geld herausgerückt sind, mußten wir feststellen, daß er Sephy und Purve mit derselben Geschichte geleimt hatte.«

Der Bibliothekar harpunierte ein weiteres Stück Thunfisch. »Trevelyan war auf seine gerissene Weise ein richtiger Schwindelkünstler. So hat er sich und seine Frau auch über Wasser gehalten. Dazu kam noch der schwarzgebrannte Alkohol und eine kleine Rente, die sie sich mit der Versicherung gekauft haben, die Bainbridge, ihr im Krieg vermißter Sohn, ihnen hinterlassen hat. Trev hat in seinem ganzen Leben keinen Schlag gearbeitet, soweit ich weiß.«

»Tja, und der Apfel fällt bekanntlich nicht weit vom Stamm«, meinte Shandy. »Ich habe gehört, daß seine beiden Söhne auch nicht allzu zuverlässig gewesen sein sollen.«

»Ich habe schon verdammt viel schlimmere Sachen über die beiden gehört. Wenn Bracebridge momentan nicht irgendwo im Gefängnis sitzt, hat er bloß schwer Glück gehabt.«

»Und was ist mit Bainbridge? Offenbar hat man ihn für tot erkärt, sonst hätte sein Vater wohl kaum die Versicherungssumme erhalten. Aber ist er es wirklich?«

»Wer weiß? Bei dieser lächerlichen Regierung ist alles möglich. Wenn er tatsächlich überlebt haben sollte, war er bis jetzt jedenfalls clever genug, hier nicht wieder aufzutauchen. Verdammt noch mal, Peter, ich habe die Nase dermaßen voll von dem ganzen Verein ...«

Porble trank einen Schluck Wasser, um sich ein wenig abzukühlen. »Es hat mir nicht viel ausgemacht, selbst ab und zu beschwindelt zu werden, aber als dieser alte Gauner dann auch noch das College reinlegen wollte, habe ich entschieden, daß es an der Zeit war, ihm seine Grenzen zu zeigen. Und jetzt hat er offenbar sich selbst und seine Frau vergiftet, und alle tun so, als ob ich daran schuld wäre.«

»Sie selbst glauben es also nicht?« fragte Shandy.

»Ich bin nicht eingebildet genug zu glauben, daß ein paar harte Worte aus meinem Mund ihn zu so etwas getrieben haben können. Nein, das kann ich mir wirklich nicht vorstellen. Aber es muß entweder Mord oder Selbstmord gewesen sein. Welche andere Erklärung gäbe es sonst? Sephy hat Grace erzählt, daß sie Whiskey getrunken haben, der mit Tetrachlorkohlenstoff versetzt war. Trotz meines angeblich sturen Naturells kann ich das Ergebnis der ärztlichen Untersuchung nicht bestreiten.«

»Und wie ist Trevelyan Ihrer Meinung nach an den Tetrachlorkohlenstoff gekommen?«

»Wer weiß? Vielleicht hatte er das Zeug irgendwo im Haus herumliegen.«

»Und welches Motiv hätte er haben können?«

»Wahrscheinlich wollte er mir eins auswischen. Ich habe Ihnen ja bereits gesagt, daß er nicht alle Tassen im Schrank hatte.«

»Hätte er in diesem Fall nicht einen Abschiedsbrief hinterlassen, in dem er Sie beschuldigte, ihn in den Tod getrieben zu haben?«

»Nicht wenn er vorhatte, mich als Mörder hinzustellen. Ich bin sicher, Minnie Mink hat Ihnen bereits erzählt, ich hätte die beiden um die Ecke gebracht.«

Shandy ließ diese Frage unbeantwortet. »Was sagt denn Persephone dazu?«

»Ich habe keine Ahnung. Im Moment haben wir offenbar Funkstille. Was soll's, ich muß jetzt zurück an meine Arbeit. Wir sind total unterbesetzt, seit Ihre Frau angefangen hat, ihre gesamte Zeit der Sammlung Buggins zu widmen.«

»Aber dafür ist sie schließlich eingestellt worden, Phil.«

»Nicht von mir.«

Porble zeichnete seine Rechnung ab und ging, ohne sich zu verabschieden. Shandy aß sein Mittagessen auf, ohne etwas davon zu schmecken. Genau hier in der Fakultätsmensa, erinnerte er sich, hatte Sieglinde Svenson ihren Gatten Thorkjeld dazu gebracht, Helen Marsh ihre jetzige Stelle anzubieten. Porble hatte sich fürchterlich über die Willkür der Svensons aufgeregt, bis er schließlich erfuhr, daß Helen einen Doktortitel in Bibliothekswissenschaft hatte. Danach versuchte er sie natürlich für die Projekte einzuspannen, die er selbst für wichtig hielt, allem voran selbstverständlich die Aufstellung von Schweinestatistiken. Jetzt hatte Svenson sie jedoch wieder zurück in den Buggins-Raum beordert, was dazu beigetragen haben mochte, Phils schwelende Buggins-Antipathie zu schüren.

Shandy hielt nicht viel von Porbles Theorie, daß Trevelyan Buggins zum Mörder und Selbstmörder geworden war, bloß um seinem angeheirateten Neffen eins auszuwischen, weil dieser ihm die Leviten gelesen hatte. Dazu hätte der Mann völlig von Sinnen sein müssen. Bisher hatte ihn jeder nur als geschwätzigen alten Kauz und recht geschickten kleinen Gauner geschildert. Aber würde ein gerissener Schwätzer wirklich sich selbst und seine Frau umbringen, ohne auch nur ein paar wenige bedeutungsträchtige Sätze zu hinterlassen, mit denen die Aufmerksamkeit auf den Mann gelenkt wurde, dem er das Ganze anhängen wollte?

Wäre Trevelyan außerdem sogar dafür gestorben? Er hätte doch genauso gut gerade soviel von irgendeiner schädlichen Substanz trinken können, daß er davon krank geworden wäre. Dann brauchte er nur die Saat des Zweifels auszustreuen und hätte darüber hinaus dadurch seine eigene Position, was die Klageandrohung betraf, gestärkt. Außerdem wäre er am Leben geblieben und Zeuge von Porbles Niedergang geworden und hätte zuguterletzt auch noch seinen Gewinn eingestrichen. Vielleicht hatte Trevelyan dies auch vorgehabt, doch seine Gewohnheit war stärker gewesen, als er geglaubt hatte, und so hatte er der Versuchung nicht widerstehen können, sich einen ordentlichen Schluck zu genehmigen, ganz gleich, was in der Flasche gewesen war.

»Absoluter Mist«, schnaubte Shandy laut, sehr zur Beunruhigung des jungen Kellners, der glaubte, er meine den ›Thunfisch Spezial‹. Shandy sah sich daher genötigt, den Studenten zu beruhigen und ihm zu versichern, er habe lediglich mit sich selbst gesprochen und etwas ganz anderes gemeint, wie zerstreute Professoren es oft tun. Ein größeres Trinkgeld als gewöhnlich beruhigte ihn schließlich und machte seine Verwirrung wieder wett.

Nach diesem kleinen Zwischenfall beschloß Shandy, etwas für seine überreizten Nerven zu tun und einen kleinen Spaziergang zum Polizeirevier zu machen, um herauszufinden, was - wenn überhaupt - inzwischen über die Woozles in Erfahrung gebracht worden war. Es stellte sich heraus, daß er einen günstigen Zeitpunkt für seinen Besuch gewählt hatte. Officer Dorkin war nämlich inzwischen wieder an seinen Schreibtisch zurückgekehrt und teilte gerade einen Eisbecher mit heißer Sauce mit seinem Katzenfreund Edmund.

»Haben Sie an den Seven Forks etwas herausfinden können?« erkundigte sich Shandy. »Herr des Himmels, was ist denn mit dem Kater los? Ihm steht ja der Schaum vor dem Mund!«

»Halb so schlimm«, sagte Dorkin. »Das ist bloß Marshmallow, das in seinen Schnurrhaaren hängt. Das leckt er sich früher oder später wieder ab. Ed spart sich das Marshmallow immer bis ganz zum Schluß auf. Werfen Sie Anker, und setzen Sie sich. Der Chef kommt gleich zurück. Er läßt sich bloß eben die Haare schneiden.«

»Mitten in der Woche?«

»Tja, ich nehme an, er denkt, daß er noch mal in die Zeitung kommt. Er hat vorhin mit Cronk Swope gesprochen.«

»Aha, dann ist Swope also auf dem Wege der Besserung?«

»Vermute, er hat immer noch eine Erkältung. Aber seine Mutter läßt ihn morgen wieder nach draußen, vorausgesetzt, daß es nicht gerade stürmt, weil er sie sonst noch zum Wahnsinn treibt. Die Freunde und Förderer der Bibliothek machen einen Bücherbazar, und sie wollte deshalb ein paar Telefongespräche führen, aber Cronk hat das Telefon bei sich im Bett und interviewt jeden, der ihm einfällt. He, Edmund, hör bloß auf, meine Sauce zu schlecken!«

Dorkin zog eine Pfote aus seinem Eis und fuhr, den Mund voll Eiscreme, mit seinem Bericht fort. »Cronk hat auch seine Schreibmaschine im Bett, und das Bettzeug verheddert sich dauernd darin. Er hatte schon die Hälfte seines Leitartikels auf das Kopfkissen getippt, das Mrs. Swopes Cousine Lucy selbst bestickt und seinen Eltern zur Silberhochzeit geschenkt hat. Doch dann ist seine Mutter ins Zimmer gekommen, und als sie gesehen hat, was er getan hatte, haben die beiden einen Riesenkrach gekriegt. Cronkite wollte die Story unbedingt an die Zeitung schicken, aber Mrs. Swope bestand darauf, den Kissenbezug sofort in Bleiche zu legen, bevor die Farbe zu stark eintrocknete und man sie nicht mehr rauswaschen konnte. Es wäre ihr verdammt recht, wenn Cronk endlich heiraten und ausziehen würde.«

»Gott steh der armen Frau bei, die ihn abbekommt«, sagte Shandy. »Ich vermute, Sie haben Ihre Nachforschungen an den Seven Forks bereits abgeschlossen? Haben Sie irgendwelche Woozles auftreiben können?«

»Na klar. Sind alle da, keiner fehlt. Mike Woozle war der einzige, den ich nicht gesehen habe. Der sitzt im Knast, wissen Sie. Arbeitet dort in der Werkstatt, sagt seine Mutter. Er hat bei seinen vielen Überfällen auf Tankstellen eine Menge über Maschinen gelernt. Jedenfalls sieht keiner von denen aus wie ein Buggins. Die Großmutter von Mike und Zack war auch da und hat behauptet, Corydon sei bloß ein großer Schwätzer gewesen. Sie sagte, Arbolene hätte es satt gehabt, sich ständig nur seine Gedichte anhören zu müssen, wo sie doch endlich mal zur Sache kommen wollte. Also hat sie Corydon irgendwann den Laufpaß gegeben und ist mit einem Vertreter für Teerpappe aus Schenectady durchgebrannt. Wollen Sie, daß ich das FBI einschalte, damit sie der Sache nachgehen?«

»Nein, das FBI sparen wir uns lieber für wirklich wichtige Dinge auf. Gute Arbeit, Budge«, sagte Shandy und versuchte, seine Enttäuschung zu verbergen. Wie der verstorbene Corydon hatte auch er falsche Hoffnungen auf Arbolene gesetzt.

»Eine Sache wäre da allerdings noch.« Dorkin klang nicht gerade glücklich. »Ich bezweifle allerdings, daß Ihnen die Geschichte gefallen wird.«

»Mir hat bisher noch gar nichts gefallen. Sie brauchen also auf meine Gefühle keine Rücksicht zu nehmen. Was ist denn sonst noch passiert?«

»Also, da gibt es eine gewisse Marietta Woozle, die mit Mikes Bruder Zack verheiratet ist. Sie ist Korrektorin bei der Pied Pica Press drüben in Clavaton, genau neben dem Bezirksgericht.«

Shandy sagte, der Ort sei ihm bekannt, er verstehe aber nicht, was daran so wichtig sei.

»Ich versuche lediglich, die Glaubwürdigkeit einer Zeugin festzustellen«, erwiderte Officer Dork steif. »Ich will damit sagen,

Marietta muß alle Einladungen für Hochzeiten und Neuaufnahmen bei den Freimaurern und dergleichen überprüfen, damit die Daten oder was weiß ich nicht verwechselt werden, also wäre sie wohl die letzte, die ein Autokennzeichen falsch lesen würde, meinen Sie nicht?«

»Wessen Kennzeichen hat sie denn nicht falsch gelesen?«

»Das von Doktor Porble.«

»Was?« rief Shandy entgeistert, fing sich jedoch sofort wieder. »Und wann hat sie angeblich diesen Fehler nicht begangen?«

»Um zwanzig nach neun vorgestern abend, also am ersten Februar. Wissen Sie, Marietta und Zack wohnen in dem roten Haus mit dem weißblauen Säulenfries, genau da, wo die Straße nach Second Fork abzweigt. Sie war spät dran nach der Arbeit, weil die Pied Pica Press die Einladungen für die Bürgerversammlung der Stadt Hoddersville druckt. Marietta sagt, daß man dafür immer Unmengen Korrektur lesen muß.«

»Zweifellos. Erzählen Sie bitte weiter.«

»Jedenfalls hat sie deshalb den Anfang vom Bingo-Abend verpaßt. Marietta sagt, daß sie sich nicht entscheiden konnte, ob sie so spät noch hingehen oder nicht doch lieber nach Hause fahren und die Wäsche machen sollte, weil sie doch schon den ganzen Tag nur auf Zahlen und Buchstaben gestarrt und die Nase gestrichen voll davon hatte. Aber sie wußte, daß ihre Freundin Ruthie da sein würde, weil Ruthie sich nie im Leben einen Bingo-Abend entgehen lassen würde, selbst wenn man sie mit den Füßen voraus hintragen müßte.«

Dorkin löffelte den letzten Rest Vanillesauce aus seinem Eiskarton und ließ ihn dann von Edmund auslecken. »Marietta hatte nämlich vorigen Montag Ruthies Geburtstag vergessen. Sie hatte eine von diesen Karten mit einer Schildkröte drauf gekauft und mit einem Vers, daß sie spät dran sei, weil sie zu lange für ihr Mittagessen gebraucht hätte, und wollte sie Ruthie unbedingt geben. Also hat sie 'ne Kleinigkeit gegessen und die Füße ein bißchen hochgelegt, und dann hat sie sich zusammengenommen und ist doch noch gefahren.«

»Punkt zwanzig nach neun?«

»Genau. Sie sagt, sie hat auf die Uhr im Armaturenbrett geschaut, als sie die Auffahrt verließ, und sie hatte kaum gewendet, als sie auch schon diesen großen schwarzen Wagen ohne Licht aus First Fork herauskommen sah. Marietta sagt, es sei ihr reichlich merkwürdig vorgekommen, daß so ein schrecklich nobel aussehender Wagen im Stockdunkeln in der Gegend von First Fork herumfuhr. Als er also wegen der Kurve abbremsen mußte, hat sie das Fernlicht eingeschaltet und einen genauen Blick auf das Kennzeichen geworfen.«

»Hat sie sich die Nummer des Autos aufgeschrieben?« fragte Shandy unglücklich.

»Klar doch, sofort. Daher weiß sie es ja auch. Sie hatte einen Notizblock für Einkäufe bei sich im Wagen. Korrektoren müssen eben immer sehr methodisch vorgehen, sagt sie. Jedenfalls ist sie heute später losgefahren, weil sie gestern abend noch Überstunden gemacht hat. Daher habe ich sie auch zufällig zu Hause erwischt. Sie hat mir die Nummer auf dem Einkaufsblock gegeben, und als ich damit hier angekommen bin, hat der Chef sofort die Registrierstelle angerufen. Deshalb wissen wir auch, daß es Doktor Porbles Wagen war. Tut mir leid, Professor Shandy.«

Shandy tat es noch viel mehr leid. »Was hat Ottermole dazu gesagt?«

»Na ja, zuerst nur ›Jesses‹, und dann hat er ›verdammter Mist!‹ gesagt und ist zum Friseur gegangen. Ich kann gar nicht verstehen, warum er immer noch nicht zurück ist.«

Mitten im Satz wurde Dorkins Stimme merklich leiser. Polizeichef Ottermole war gerade eingetroffen. Und zwar in Begleitung von Doktor Porble. Die Hände der beiden Männer waren miteinander verbunden, doch ihre Verbindung war keineswegs freundschaftlicher Natur.

Kapitel 12

Doktor Porble sah nicht besonders glücklich aus. »War das etwa Ihre Idee, Peter?« verlangte er unwirsch zu wissen.

»Nein, meine Idee war es bestimmt nicht«, schnaubte Shandy. »Verflucht noch mal, Ottermole, sind Sie denn von allen guten Geistern verlassen?«

Ottermole war der Unglücklichste von allen und über diese Tatsache äußerst erbost. »Also wirklich, Professor, ich habe schließlich meine Pflicht zu erfüllen. Da geht jemand hin und bricht einen Riesenkrach mit Trevelyan Buggins vom Zaun. In derselben Nacht sieht eine Zeugin seinen Wagen ohne Licht klammheimlich aus First Fork herausfahren, während die alten Leutchen allein oben im Haus sind und Miss Mink weg ist und irgendwo Bingo spielt. Am nächsten Morgen findet man beide Buggins tot auf, weil sie jemand vergiftet hat, und vor zehn Minuten entdecke ich das hier in seinem Kofferraum, versteckt in einer Dose, auf der ›Tennisbälle‹ steht.«

Behindert durch die Handschellen, die ihn immer noch mit dem Bibliothekar verbanden, griff Ottermole in eine der vielen Taschen seiner Lederjacke, holte eine längliche Röhre hervor, zog den Deckel ab und leerte den Inhalt auf den Schreibtisch, auf dem Edmund gerade saß und das Marshmallow von seinen Schnurrhaaren entfernte. »Sehen Sie?«

Shandy sah. Neben dem leeren Eiscremekarton lag eine kleine Flasche mit einem schmutzigen Etikett, auf dem man noch die Aufschrift Tetrachlorkohlenstoff erkennen konnte.

»Höchstwahrscheinlich wollen Sie mir jetzt weismachen, daß er die Flasche noch nie im Leben gesehen hat«, knurrte der Polizeichef.

»Woher zum Henker soll ich denn wissen, ob er das Ding schon gesehen hat oder nicht?« fauchte Shandy zurück. »Vielleicht habe ich es ja selbst schon gesehen, es gibt schließlich Dutzende davon. Warum legen Sie mir nicht auch gleich Handschellen an?«

»Weil es keinen Zeugen gibt, der Sie vorletzte Nacht aus First Fork hat fahren sehen, weil Sie noch nie Streit mit der Familie Buggins hatten und weil ich die Flasche hier nicht in Ihrem Auto gefunden habe.«

»Heiliger Strohsack, Mann, können Sie denn nicht sehen, daß es sich hier um ein abgekartetes Spiel handelt? Doktor Porble ist ein intelligenter Mann. Zwischen hier und First Fork liegen viele Meilen Wald. Wenn er tatsächlich etwas mit dieser Flasche zu tun hätte, glauben Sie dann nicht, daß er klug genug gewesen wäre, sie auf dem Nachhauseweg aus dem Fenster zu werfen?«

»Ach ja? Und die Flasche hätte dann ein Loch in den Schnee gemacht, und jemand hätte es gesehen und sie ausgegraben und sich vielleicht gefragt, wer sie wohl dahingeworfen hätte und warum. Sehen Sie, Professor, das ist das Problem, wenn man so intelligent ist. Man denkt einfach immer schon im voraus an alles, was vielleicht passieren könnte. Mike Woozle hätte die Flasche bestimmt einfach so rausgeworfen und sich nichts dabei gedacht, bis er wieder im Kittchen gelandet wäre.«

»Oder aber auch nicht, was durchaus möglich, wenn nicht sogar wahrscheinlich wäre.«

»Schon möglich, aber Doktor Porble würde nie so denken. Er wollte doch, daß keiner herausfindet, woran Mr. und Mrs. Buggins gestorben sind. Also würde er auch auf keinen Fall wollen, daß der Name Tetrachlorkohlenstoff irgendwo auftaucht, wo ich darauf stoßen könnte. Er hat damit gerechnet, daß ich dämlich genug bin, das zu glauben, was der alte Doc Fotheringay da auf den Totenschein geschrieben hat, statt eine Autopsie zu verlangen, wie ich das gemacht habe.«

»Mhmja«, sagte Shandy, »wenn man die Sache einmal ganz objektiv betrachtet, Phil, muß man wohl zugeben, daß Ottermoles Theorie tatsächlich irgendwie logisch klingt.«

»Dann betrachten Sie die Sache jetzt mal subjektiv«, sagte Porble, »und seien Sie so nett und erklären Grace, daß ich verhaftet worden bin, weil man mich verdächtigt, ihre Verwandten umgebracht zu haben, und daher nicht zum Abendbrot erscheinen werde. Ich kann mir kaum vorstellen, daß sie genug Zeit haben wird, mir auf die Schnelle einen Kuchen mit einer Feile darin zu backen, aber vielleicht ist sie so freundlich und packt mir einen kleinen Handkoffer mit meinem Schlafanzug und meinem Rasierzeug? Selbstverständlich nur unter der Voraussetzung, daß man mir erlaubt, einen Rasierapparat zu benutzen. Wie handhabt ihr das denn hier für gewöhnlich, Ottermole?«

»Ich habe einen Elektrorasierer, den Sie ausleihen können«, brummte der Polizeichef.

»Ich bin zwar überwältigt von soviel Rücksichtnahme, muß jedoch gestehen, daß ich mich mit einem solchen Gerät noch nie habe richtig rasieren können.«

»Sie müssen ihn nur richtig halten. Ich zeige Ihnen das schon.«

»Eh, hm«, sagte Shandy. »Darf ich diese Diskussion über Stoppelentfernung kurz unterbrechen. Phil, nur um es einmal klarzustellen, würde es Ihnen etwas ausmachen, uns mitzuteilen, was Sie in der Nacht vom ersten Februar um zwanzig nach neun in First Fork gemacht haben?«

»Überhaupt nichts. Ich habe Ottermole bereits gesagt, daß ich nicht da war. Meine Auseinandersetzung mit diesem alten Schwachkopf Trevelyan hat frühmorgens stattgefunden, etwa um halb neun. Grace hatte es schließlich nicht länger ausgehalten und mir am Abend zuvor von dieser hirnverbrannten Klageandrohung erzählt. Ich wäre auf der Stelle losgefahren und hätte mir Trevelyan vorgeknöpft, aber ich wußte, daß er bereits im Bett lag und es keinen Zweck haben würde, ihn aufzuwecken. Er wäre zu besoffen gewesen, um auch nur einen klaren Gedanken zu fassen. Daher erfolgte unser Zwist am frühen Morgen, was ich offen zugebe, genau wie ich es vorher auch schon getan habe. Minnie Mink hat Ihnen darüber sicher schon eine Menge erzählt und alles ordentlich aufgebauscht.«

Porble rieb sich das Handgelenk, das Ottermole inzwischen von den Handschellen befreit hatte. »Ich habe wirklich nicht vorgehabt, die Beherrschung zu verlieren. Ich wollte mich eigentlich nur ganz sachlich mit Trevelyan darüber unterhalten, daß er diese wahnwitzige Anzeige wieder fallenlassen sollte, genau wie ich auch versucht habe, mit Ottermole zu reden, als er in der Bibliothek auftauchte und mir mit den Handschellen vor der Nase herumfuchtelte.«

»Aber ich habe sie Ihnen erst angelegt, als wir schon draußen waren«, erinnerte Ottermole den Bibliothekar.

»Sehr richtig, Sie haben netterweise davon abgesehen, mich vor meinen Mitarbeitern zum Gegenstand des Gespötts und der Verachtung zu machen, wofür ich Ihnen Ihrer Meinung nach wohl auch noch Dank schulde. Ich bin mir allerdings nicht sicher, ob die Fahrt in dieser Höllenmaschine von sogenannten Streifenwagen, die zu erdulden ich gezwungen wurde, nicht bereits in die Rubrik brutale und ungewöhnliche Bestrafungsmethoden fällt.«

»Ach ja? Dann werden Sie sich hoffentlich auch noch dran erinnern, wie Sie sich heute gefühlt haben, wenn wir im April Bürgerversammlung haben und wieder alle anfangen zu jammern, daß wir uns keinen neuen Streifenwagen leisten können, weil wir doch unbedingt sparen müssen.«

»Bedaure zutiefst, Ottermole. Delinquenten haben dieses Privileg leider nicht mehr«, erwiderte Porble mit einem gewissen Maß an Befriedigung. »Sie haben sich leider selbst um eine Stimme gebracht.«

»Noch sind Sie nicht überführt«, erinnerte ihn Shandy. »Und wir können dieses Problem außerdem sehr schnell aus der Welt schaffen, wenn wir uns ganz einfach an die Tatsachen halten. Da Sie gesagt haben, Sie wären zu der fraglichen Zeit nicht in First Fork gewesen, würden Sie uns bitte mitteilen, wo Sie wirklich waren?«

»Zu Hause natürlich.«

»Mit wem waren Sie zusammen?«

»Cicero.«

»Was für ein Cicero?« fragte Ottermole.

Doktor Porbles Gesicht nahm einen gequälten Ausdruck an. »Marcus Tullius Cicero.«

»Herrgott, warum haben Sie das denn nicht gleich gesagt? Wie kann ich den Burschen erreichen?«

»Versuchen Sie es doch mal in der Bibliothek. Ich schlage vor, Sie beginnen mit den *Gesprächen in Tusculum,* vor allem Buch vier, in dem erklärt wird, wie Weisheit den Verstand von Affekten und Leidenschaften befreit und so unbedeutende Kleinstadtbullen wie Sie davor bewahrt, dumme Fehler zu machen. Was ich Ihnen gerade klarzumachen versuche, lieber Polizeichef Ottermole, ist die Tatsache, daß ich in einem Buch gelesen habe. Nur ich. *Solus.* Ganz allein. Meine Frau war ausgegangen. Ich habe kein Alibi. Am besten, Sie legen mir die Handschellen sofort wieder an.«

Aber auch Ottermole hatte es faustdick hinter den Ohren. »Ach so, *den* Cicero haben Sie gemeint! Ich habe früher immer *Ciceros Katze* in der Comic-Beilage gelesen. Budge, fahr mal schnell rüber zum Haus, und frag Edna Mae nach dem Notbett, das wir immer benutzen, wenn die Verwandtschaft zu Besuch kommt. Und nach ein paar Decken und einem sauberen Laken. Sie weiß dann schon Bescheid. Sag ihr, wir hätten einen vornehmen Gast hier im Kittchen. Professor, wenn Sie Mrs. Porble sehen sollten, lassen Sie sich dann bitte auch von ihr das Cicero-Buch mitgeben?«

»Warum versuchen wir nicht zuerst einmal herauszufinden, ob es irgendeine Erklärung dafür gibt, daß jemand Doktor Porbles Wagen gesehen hat, obwohl er gar nicht damit gefahren ist?« schlug Shandy vor. »Ich bin sicher, Sie sind sich der Tatsache bewußt, Phil, daß Polizeichef Ottermole sich Ihnen zuliebe sehr großzügig verhält, indem er Sie hier in der Zelle behält, statt Sie ins Bezirksgefängnis überführen zu lassen?«

»Mir ist außerdem bewußt, daß es sogar Polizeichef Ottermole irgendwie dämmern muß, daß man ihn wegen Freiheitsberaubung belangen kann, weil er einen Unschuldigen festgenommen hat«, sagte der Bibliothekar. »Verfügt dieses Etablissement vielleicht zufällig über ein Badezimmer?«

»So was Ähnliches«, antwortete Ottermole. »Hör mal, Budge, am besten, du fragst Edna Mae auch noch nach einem Handtuch und einem Stück von der feinen Seife, die sie immer rauslegt, wenn Besuch kommt. Und nach einer Dose Putzmittel. Können Sie sich noch so lange gedulden, bis wir es hier etwas wohnlicher gemacht haben, Doktor Porble?«

»Nehmen Sie sich ruhig Zeit«, meinte der Bibliothekar. »Ich versuche bloß, mich mit den Annehmlichkeiten meines neuen Heims vertraut zu machen, jetzt, wo ich von zu Hause fort bin. Um noch einmal auf meinen Wagen zu sprechen zu kommen, Peter, ich habe keine Ahnung, wie jemand ihn in der besagten Nacht in First Fork gesehen haben kann, in welcher, wie vermutet wird, der Tetrachlorkohlenstoff, der - ob dies nun zutrifft oder nicht, sei dahingestellt - aus der Flasche stammen soll, die man in meinem Kofferraum fand, in die Flasche gefüllt wurde, aus der entweder Trevelyan oder Beatrice Buggins sich den Drink, von dem man glaubt, daß er ihr gemeinsames Ableben verursacht hat, eingeschenkt haben oder auch nicht eingeschenkt haben. Können Sie mir soweit folgen?«

»Völlig problemlos.«

»Gut. Dann darf ich Sie vielleicht auch noch daran erinnern, daß ich meinen Wagen genau wie Sie immer unten in Charlie Ross' Garage stehenlasse, da es auf dem Crescent so gut wie keine Parkmöglichkeiten gibt. Charlie macht seinen Laden zu und geht nach Hause, wann immer er Lust hat, was um diese Jahreszeit soviel wie ziemlich früh bedeutet. Ich persönlich habe keinerlei Talent, was mechanische Dinge angeht, aber ich habe gehört, daß es relativ simpel sein soll, mit ein paar kleinen Handgriffen einen Wagen zu starten, ohne dabei einen Zündschlüssel zu benutzen. Habe ich recht, Polizeichef Ottermole?«

»Stimmt«, sagte Ottermole niedergeschlagen. »Das geht tatsächlich.«

»Vielen Dank. Ich möchte außerdem noch erwähnen, daß ich stets einen zusätzlichen Schlüssel bei Charlie lasse, für den Fall, daß an meinem Wagen gearbeitet werden muß. Wenn also jemand nicht das Geschick hat, die Drähte oder Kabel zu manipulieren, bräuchte er statt dessen nur in die Werkstatt einzubrechen und sich den Schlüssel zu holen, bevor er sich das Auto ausleiht. Und als weitere Hypothese bliebe dann auch noch, daß irgendein Gauner lediglich mein Kennzeichen abgeschraubt und an einem anderen Wagen befestigt hat, der zwar wie meiner aussah, es jedoch nicht war. Ich hege keinen Zweifel, daß unser wachsamer Polizeichef in der Lage sein wird, uns darzulegen, wie diese Hochleistungen vollbracht werden konnten und der Wagen wieder zurückgestellt wurde, ohne daß es jemandem aufgefallen wäre.«

»Ich war an dem Abend nicht im Dienst«, sagte der wachsame Polizeichef. »Frank, der Sohn von Clarence Lomax, hatte Dienst. Frank hat um etwa Viertel vor neun einen Anruf bekommen, daß vor dem Meat-o-Mat Unruhestifter zugange wären. Ein paar Jungs hätten auf dem Parkplatz ein Feuer gemacht und behauptet, sie wollten ein Murmeltier grillen. Dabei ist natürlich überhaupt nichts passiert, aber einer der Anwohner hat sich fürchterlich aufgeregt und Alarm geschlagen, also mußte Frank hin. Man kann ihm wohl kaum vorwerfen, daß er nicht an zwei Stellen gleichzeitig gewesen ist, oder?«

»Ich für meine Person werfe niemandem etwas vor, wenn ich dazu nicht auch einen triftigen Grund habe«, erwiderte Porble, »ich bedaure jedoch zutiefst, daß diese Regel offenbar mir gegenüber nicht gilt. Wie dem auch sei, ich bemühe mich nach Kräften, Ihre Art der Beweisführung, wenn man sie denn als solche bezeichnen kann, zu verstehen, Polizeichef Ottermole, und versuche mit dem mir noch verbliebenen Gleichmut, meine momentane Einkerkerung, die, wie ich fest glaube, nur vorübergehender Natur ist, zu ertragen. Aber ich versichere Ihnen, daß ich mich politisch engagieren werde, sobald ich mich wieder auf freiem Fuß befinde, und Mittel und Wege finde, damit Sie schleunigst Ihres Postens enthoben und durch jemanden ersetzt werden, der weiß, wie er seine Arbeit zu tun hat.«

Verdammt noch mal, dachte Shandy, das ging nun aber wirklich zu weit. Zugegeben, Phil Porble hatte jedes Recht, seinen Groll darüber zu artikulieren, daß man ihn aus seiner hoheitsvollen Position herausgerissen und hinter Schloß und Riegel gebracht hatte und noch dazu in eine lausige Zelle wie diese hier, die nur halb so groß war wie ein Hühnerstall, doch konnte er dem armen Ottermole nicht wenigstens Edna Maes sauberes Handtuch und die feine Seife zugute halten?

Shandy hatte eigentlich vorgehabt, Porble zu sagen, daß er ruhig seine Frau Grace anrufen könne, entschied sich aber dann dafür, den Mund zu halten. Wenn er persönlich hinfuhr und ihr die Nachricht überbrachte, daß ihr Gatte verdächtigt wurde, ihren Onkel und ihre Tante ermordet zu haben, und deswegen im Gefängnis saß, konnte der Schock sie vielleicht dazu bringen, daß sie ihre unangebrachte Loyalität gegenüber Persephone Mink aufgab und die Karten, die sie eventuell versteckt hielt, offen auf den Tisch legte. Er knöpfte seinen Mantel zu, klappte die Ohrenschützer herunter und stapfte den Weg zum Crescent hoch.

Kapitel 13

Er hätte eigentlich wissen müssen, daß die Nachricht Grace Porble bereits vor seinem Eintreffen erreicht hatte. Mary Enderble verließ gerade das Haus und trug einen Gesichtsausdruck zur Schau, den sich die Leute normalerweise für Kondolenzbesuche aufsparten. Nicht einmal Mary, die für gewöhnlich jeden mochte, schien sich zu freuen, ihn zu sehen. Grace selbst empfing ihn mit offener Feindseligkeit.

»Sieh mal einer an, Peter Shandy. Ich hoffe, jetzt sind Sie endlich zufrieden.«

»Grundgütiger, Grace, Sie glauben doch nicht etwa, daß ich Ottermole veranlaßt habe, Phil festzunehmen?« protestierte er.

»Wenn Sie es nicht waren, wer soll es denn sonst gewesen sein?«

»Grace, Miss Mink hat die Sache mit dem Streit, den Phil mit Trevelyan Buggins hatte und den er übrigens auch selbst zugibt, ausgeplaudert. Irgendeine Frau aus Second Fork hat ausgesagt, daß sie Phils Wagen beobachtet hat, wie er vorgestern abend gegen zwanzig nach neun ohne Licht First Fork verließ. Ottermole selbst hat daraufhin den Wagen durchsucht und eine leere Flasche Tetrachlorkohlenstoff gefunden, die im Kofferraum versteckt war. Aufgrund dieses Tatbestandes hatte er keine andere Wahl, als Phil in Untersuchungshaft zu nehmen.«

»Peter, das ist doch völliger Schwachsinn. Warum hat er nicht statt dessen mich verhaftet? Ich fahre den Wagen doch viel häufiger als Phil.«

»Ich habe gehört, Sie waren an dem fraglichen Abend nicht zu Hause?«

»Ich war drüben bei den Enderbles und habe mir eine Schachtel mit Buttons angesehen, die John von seinem Onkel Elijah geerbt hat, falls Ihnen das als Alibi genügt.«

»Was für Buttons waren es denn?«

»Diese Plastikdinger, die man sich ans Revers steckt und auf denen irgendein markiger Satz steht, etwa ›Ich liebe meine Frau, aber du bist auch nicht schlecht‹ oder ›Für das Vaterland sich mühen, tief im Innern dafür glühen‹.

»›Und danach die Kette ziehen‹«, murmelte Shandy. »Entschuldigen Sie, Grace, das war unfein von mir. Das hat mir mal einer meiner Onkels beigebracht. Ich habe mich als Kind darüber immer fast totgelacht.«

»Komisch, mein Bruder Boatwright auch«, stellte Grace ein wenig erstaunt fest. »Meine Güte, an Boatwright habe ich seit Jahren nicht mehr gedacht. Ich habe mich schon gefragt, warum mir der Satz so bekannt vorkam. Aber wie dem auch sei, Phil war den ganzen Abend hier und hat gelesen.«

»Das hat er uns auch erzählt. Außerdem sagte er, daß Sie ihm bis vorhergehenden Abend nichts von der Klageandrohung erzählt hätten. Hatte Ihre Cousine Sie denn nicht schon früher darüber informiert?«

»Doch, und ich habe mich ganz schön darüber aufgeregt, das können Sie mir glauben. Ich hatte die ganze Zeit gehofft, daß die Sache im Sande verlaufen würde, aber als sie mir schließlich erzählt hat, der Anwalt würde die Vorladung, oder was immer es war, zustellen, wußte ich, daß ich es Phil sagen mußte.«

»Und Phil ist ausgerastet.«

»Phil schätzt es nicht, wenn man ihn in eine peinliche Lage bringt, und ich muß zugeben, daß es mir nicht anders geht. Wie dem auch sei, ich wußte, daß es absolut unmöglich war, Onkel Trevelyan etwas auszureden, was er sich einmal in den Kopf gesetzt hatte. Ich habe Phil gesagt, es sei reine Zeitverschwendung, aber« – Grace griff nach dem Blumenarrangement auf dem Tisch neben sich, als wolle sie sich daran festhalten – »ich wette, es ist einer von den Woozles gewesen, der Ottermole diese gemeine Lüge über Phil aufgetischt hat. Die Woozles würden uns liebend gern in Schwierigkeiten bringen.«

»Warum?«

»So sind sie eben. Sie haben schon immer etwas gegen die Buggins gehabt.«

»Grace, einem Richter würde dies als Erklärung wohl kaum reichen.«

»Einem Richter?« Zum ersten Mal klang ihre Stimme ängstlich. »Peter, Phil wird sich doch nicht vor Gericht wegen etwas verantworten müssen, das er gar nicht getan hat?«

»Nicht, wenn wir eine einleuchtendere Erklärung finden können als die bloße Tatsache, daß die Woozles die Buggins nicht mögen.«

»Aber wenn die Wahrheit nicht ausreicht, weiß ich wirklich nicht mehr weiter. Haben Sie Phil gesehen, seit er . . .?«

»Natürlich. Ich komme gerade von ihm. Er hat mich geschickt, um seinen Handkoffer zu holen.«

»Um Himmels willen, soll er etwa ins Bezirksgefängnis?«

»Nein, nein, keine Sorge. Ottermole behält ihn hier bei sich auf dem Revier.«

»In dieser schrecklichen kleinen Zelle, in die sie Samstag abends immer die Woozle-Jungs stecken?«

»Edna Mae schickt ihm ein paar saubere Handtücher.«

»Mein Gott! Was soll ich denn bloß Lizanne sagen?«

»Warum wollen Sie ihr überhaupt etwas davon sagen? Ihre Tochter kommt doch dieses Wochenende nicht vom College nach Hause, oder?«

»Nein, an der Schule von Harry Junior wird eine Sondervorstellung von *Tod und Verklärung* aufgeführt. Aber was passiert, wenn die Zeitungen darüber berichten?«

»Wie sollten sie das?« erwiderte Shandy mit gut gespielter Überzeugung. »Cronkite Swope liegt mit einer Erkältung im Bett, und seine Mutter läßt ihn nicht aus dem Haus.«

»Aber Arabella Goulson läuft immer noch frei herum.«

»Eh, wenn man Ihre persönliche Freundschaft mit den Goulsons in Betracht zieht und die ganz besondere Art der Beziehung zwischen Lizanne und dem jungen Harry, meinen Sie da nicht auch, daß Arabella genauso gern wie Sie der Öffentlichkeit diese unglückselige Entwicklung vorenthalten möchte?«

Grace dachte nach. »Ja, ich glaube, da könnten Sie recht haben, obwohl es ihr wahrscheinlich das Herz brechen wird, daß sie Cronkite die Story nicht vor der Nase wegschnappen kann. Arabella ist wirklich mit Leib und Seele Reporterin, wissen Sie. Aber sie hat Lizanne gern, und Sie müssen zugeben, daß Harry und Lizanne wirklich ein schönes Paar sind. Nicht daß wir unser Kind unbedingt unter die Haube bringen wollen, aber sie so wohlversorgt hier in Balaclava Junction zu wissen – Peter, sind Sie sich bewußt, welchen Schaden diese verrückte Aktion von Ottermole den Goulsons und unserer Familie zufügen könnte? Können Sie ihn nicht dazu bringen, daß er Phil wieder gehen läßt? Gibt es denn wirklich keinen anderen Ausweg?«

»Möglicherweise schon, wenn Sie und Persephone Mink endlich den Mund aufmachen und auspacken. Nun reden Sie doch endlich, Grace!«

»Ich habe keine Ahnung, was Sie von mir hören wollen.«

»Sie könnten beispielsweise damit beginnen, daß Sie mir verraten, wer tatsächlich hinter dieser hirnverbrannten Klageandrohung steckt, die Trevelyan Buggins angeblich selbst ausgeheckt haben soll.«

»Was meinen Sie mit angeblich? Onkel Trev hat sich immer sehr darüber aufgeregt ...«

»Onkel Trev hat sich offenbar über 80 Jahre lang aufgeregt, ohne je etwas zu unternehmen. War es vielleicht die Idee seiner Tochter?«

»Selbstverständlich nicht! Sephy hätte nie auch nur im Traum an so etwas gedacht.«

»Wer war es dann?«

»Peter, ich kann es Ihnen wirklich nicht sagen. Phil und ich sind davon ausgegangen, daß es Onkel Trev gewesen ist. Er war natürlich nicht wirklich mein Onkel, aber ich habe ihn immer so genannt. Jedenfalls hat er ständig über alten Papieren von Knightsbridge und Ichabod gebrütet. Sie waren sein Vater und sein Großvater, aber das hat Helen Ihnen sicher bereits erzählt. Sie weiß mehr über die Buggins als ich.«

Grace fuhr sich mit der Zunge über die Lippen. »Knightsbridge hat es nie zu etwas gebracht. Onkel Trev übrigens auch nicht, auch wenn er immer gepredigt hat, daß man einen Menschen nicht nach seiner Fähigkeit beurteilen soll, irdische Güter anzuhäufen. Ich persönlich habe nie eine besondere moralische Leistung darin gesehen, heimlich schlechten Schnaps zu brennen, was so ungefähr das einzige gewesen ist, das er je in seinem Leben getan hat. Als ich noch ein kleines Mädchen war, ist Tante Beatrice immer hinter ihm hergewesen, weil er die Tür reparieren oder im Garten irgendwelches Unkraut jäten sollte. Er sagte jedesmal, daß er es bald machen würde, er müßte nur die Zeit dafür finden, und sie sagte dann immer: ›Was soviel bedeutet wie überhaupt nie.‹ Sephy und ich haben es dann schließlich meist selbst erledigt. Oder Sephy hat es allein gemacht, und ich habe so getan, als ob ich ihr helfen würde.«

»Haben Sie denn damals bei den Buggins gewohnt?«

»Eine Zeitlang, nachdem meine Mutter gestorben war und Vater nicht wußte, was er mit mir anfangen sollte. Damals sind Sephy und ich auch so gute Freundinnen geworden. Wir lagen nebeneinander im Bett und haben uns all die wunderbaren Dinge ausgemalt, die wir tun wollten, wenn wir erst einmal erwachsen wären.«

»Und was halten Sie von Persephones Brüdern? Haben Sie sie gemocht?«

»Ich hatte eigentlich kaum Gelegenheit, sie kennenzulernen. Genausowenig wie meine eigenen Brüder«, fügte Grace ein wenig bitter hinzu. »Sie waren alle soviel älter, wissen Sie. Das war noch etwas, das Sephy und ich gemeinsam hatten, daß wir beide größere Brüder hatten. Allerdings waren meine Brüder keine Zwillinge, und der Altersunterschied zwischen uns war noch größer. Boatwright muß inzwischen schon weit über 60 sein, glaube ich. Ist es nicht schrecklich, wenn man noch nicht einmal sagen kann, wie alt der eigene Bruder ist?«

Sie zuckte die Achseln. »Aber ich vermute, daß Boat sich an mich auch nicht mehr allzu gut erinnert. Er hat mir alle Jubeljahre einmal aus irgendwelchen Häfen, in denen sein Schiff gerade angelegt hatte, kleine Geschenke geschickt, und ich habe meine Briefe an ihn immer an die Dampfschiffahrtsgesellschaft gesandt. Er hat nie geantwortet, deshalb habe ich schon vor Jahren damit aufgehört. Aber ich habe ihm dann trotzdem eine Einladung zu unserer Hochzeit zukommen lassen und auch eine Geburtsanzeige, als Lizanne zur Welt gekommen ist. Zur Hochzeit hat er mir ein paar geschnitzte Kratzhändchen aus Elfenbein geschenkt und ein Kärtchen dazu, auf dem stand: ›Eine Hand kratzt die andere / Jetzt könnt Ihr Euch wenigstens gegenseitig kratzen.‹ Das war wohl der längste Brief, den ich je von ihm bekommen habe. Phil fand es lustig, aber ich hätte mir doch gewünscht, daß Boat ein bißchen mehr Familiensinn zeigt.«

Grace machte eine Pause, bis sie ihre Stimme wieder besser unter Kontrolle hatte. »Von Trowbridge und seiner Frau haben wir eine hübsche Sauciere von Gump's bekommen. Ich habe darin sogar einmal ein Blumengesteck für die große Ausstellung in Boston arrangiert und damit mein erstes Blaues Band gewonnen. Ich habe ihnen ein Foto und den Zeitungsausschnitt geschickt, aber sie haben bloß mit einer Postkarte geantwortet und sich für den Zeitungsausschnitt bedankt. Vielleicht waren sie beleidigt, daß ich ihr Geschenk für Blumen und nicht für Saucen benutzt habe. Oh, und einmal bekam Lizanne von Boat eine dieser russischen Puppen, die man öffnen kann und in denen dann immer kleinere Puppen sind. Ich glaube, das war das letzte Mal, daß ich von ihm gehört habe. Ich bin mittlerweile dazu übergegangen, nur noch eine Weihnachtskarte zu schicken.«

»Und wohin?«

»Wie ich bereits sagte, an die Adresse der Dampfschiffahrtsgesellschaft. Es ist die ›Great Magnificent‹. Angeblich stammt sie aus Liberia, aber sie besitzt auch ein Büro in New York. Ich nehme an, daß er immer noch für sie arbeitet. Jedenfalls ist bisher noch nie eine Karte zurückgekommen.«

»Könnten Sie mir vielleicht die Adresse geben?«

»Wenn Sie möchten, obwohl ich mir wirklich nicht vorstellen kann, was Sie damit anfangen wollen.« Sie ging zu einem kleinen Rollpult und nahm ihr Adreßbuch heraus, ein recht umfangreiches Exemplar mit einem Einband aus grünem Saffianleder, auf dem in Goldlettern »Grace B. Porble« prangte und in dem alles fein säuberlich und gut lesbar eingetragen war.

»Wollen Sie Trowbridges Adresse auch haben? Wir halten den Kontakt mehr oder weniger aufrecht, obwohl er und seine Frau noch nie hier gewesen sind und uns auch noch nie zu sich eingeladen haben. Ich gebe ja zu, daß Washington State ziemlich weit von Balaclava Junction entfernt ist. Sie leben in Tacoma. Trowbridge ist Geologe. Ich nehme an, er watet ständig durch irgendwelche Sümpfe und klettert auf alle möglichen Berge, um zu entscheiden, wo neue Straßen und dergleichen gebaut werden sollen.«

Sie reichte Shandy das bei dem Buchstaben B aufgeschlagene Buch und setzte sich wieder hin, die Hände auf den Lehnen des samtbezogenen Sessels. Sie wirkten geschickt, kräftig und gut gepflegt. Ihre Nägel waren in einem blassen Aprikosenton lackiert, der hervorragend mit dem rostfarbenen Wollkleid, das sie trug, harmonierte. In einem schlichten Weißgoldring, den sie hinter ihrem dazu passenden Ehering trug, funkelte ein kleiner Diamant. Während Shandy die Adressen ihrer Brüder in das abgegriffene Notizbuch schrieb, das er immer bei sich trug, um Termine mit Studenten nicht durcheinanderzubringen, sprach sie weiter, allerdings mehr zu sich selbst als mit ihm.

»Bevor ich Phil traf, hatte ich nie das Gefühl, zu einem Menschen zu gehören. Meine Brüder waren immer in der Schule, in irgendwelchen Ferienlagern oder sonstwo, bis sie schließlich ganz von zu Hause fortgezogen sind. An meine Mutter kann ich mich kaum noch erinnern. Ich war ein Nachkömmling, und ich glaube nicht, daß sie allzu glücklich darüber war, so spät noch ein Baby zu bekommen. Als ich vier war, hatte sie einen Schlaganfall. Ist einfach eines Tages in der Küche zusammengebrochen, als sie gerade Doughnuts gebacken hat. Glücklicherweise hat Mrs. Morrigan - ihr Mann war damals Rechnungsprüfer, und die Familie lebte dort, wo heute die Jackmans wohnen - das verbrannte Fett gerochen und ist zu uns herübergelaufen. Sonst wäre wahrscheinlich das ganze Haus in Flammen aufgegangen, und ich wäre verbrannt. Ich lag oben in meinem Bettchen. Eigentlich sollte ich ein Mittagsschläfchen halten, aber ich habe wahrscheinlich mit meinen Stofftieren gespielt. Merkwürdig, daß ich mich besser an meinen Pandabären erinnern kann als an meine Mutter, finden Sie nicht?«

»Das ist doch völlig normal, würde ich sagen.« Was hätte Shandy auch sonst antworten können?

»Also hat mein Vater mich zu Onkel Trev und Tante Beatrice in Pflege gegeben. Dort bin ich dann fast zwei Jahre lang geblieben. Ich kann mich nicht erinnern, daß Vater mich während dieser Zeit öfter als ein oder zwei Mal besucht hat. Tante Beatrice hat gesagt, ich sähe meiner Mutter sehr ähnlich, und es würde ihm weh tun, an sie erinnert zu werden. Für mich war es auch nicht gerade ein Honiglecken, aber ich vermute, das ist ihm nie in den Sinn gekommen. Die Leute meinen immer, daß kleine Kinder nicht viel fühlen. Dabei stimmt das absolut nicht.«

Sie bemerkte mit einem Mal, daß sie die ganze Zeit an dem Samtstoff zupfte, und faltete ihre Hände auf dem Schoß. »Jedenfalls hat er nach einer Weile Judith geheiratet und mich wieder geholt, damit ich bei ihnen wohnen konnte. Judith war auf ihre Art sehr nett zu mir, aber sie war kein sehr mütterlicher Typ und hat auch nie so getan, als wäre sie es. Sie war eher wie eine Gouvernante. Aber sie war gut für Vater. Sie gingen abends oft zusammen aus und haben dann Sephy geholt, um auf mich aufzupassen. Ich weiß wirklich nicht, was ich ohne Sephy getan hätte.«

Verdammt noch mal, wo war er bloß wieder hineingeraten? Shandy wünschte sich, daß er es Helen überlassen hätte, mit Grace zu reden. Aber Helen saß wahrscheinlich in der Bibliothek, steckte bis über beide Ohren in Verwaltungskram und ärgerte sich, daß sie mit der Sammlung Buggins nicht weiterkam. Heiliger Strohsack, war es etwa möglich, daß jemand versuchte, Phil etwas anzuhängen, um damit Helen von dem Archiv fernzuhalten?

Wenn man die Angelegenheit allerdings rein logisch betrachtete, saß Doktor Porble jetzt vor allem deshalb in der Klemme, weil er sich sozusagen selbst zur Zielscheibe gemacht hatte. Helen gleich mit aus dem Verkehr zu ziehen, wäre möglicherweise ein zusätzlicher, begrüßenswerter Erfolg, wenn der Betreffende wußte, daß es etwas in der Sammlung Buggins gab, das die Klage wirkungslos machte. Wenn man bedachte, wie lange das Archiv in der Bibliothek verschlossen gehalten worden war, tat sich hier eine interessante Frage auf.

War es möglich, daß Phil Porble sie alle so raffiniert an der Nase herumführte? Konnte es nicht sein, daß er trotz des ihn selbst belastenden Wutausbruchs derjenige war, der den alten Trevelyan auf die Idee mit der Klage gebracht hatte? Konnte es sein, daß man sich heimlich darauf geeinigt hatte, Grace die Hälfte des Gewinns zukommen zu lassen oder etwas in der Art?

Unsinn! Falls Phil wirklich das Archiv durchstöbert haben sollte und wußte, daß dort Beweise lagen, hätte er sie doch sicher zerstört. Es sei denn, sein Berufsethos als Bibliothekar war ausgeprägter als seine Rechtschaffenheit als Bürger. Es sei denn, er hatte von vornherein einkalkuliert, daß die Klage fallengelassen wurde. Es sei denn, er hatte vorgehabt, in allerletzter Minute einzuschreiten, das entscheidende Dokument aus den Archiven hervorzuzaubern, das College vor dem finanziellen Ruin zu retten und Doktor Helen Marsh Shandy als inkompetenten Schwachkopf hinzustellen.

Aber warum zum Teufel hätte er das tun sollen? Helen war nicht scharf auf seinen Posten. Sie versuchte nicht, seine Stellung zu untergraben. Zugegeben, durch sie war der schwere Fehler aufgedeckt worden, den er gemacht hatte, als er die Sammlung Buggins derart unterschätzt und zu einer Rumpelkammer degradiert hatte, doch sein Vorgänger war in diesem Punkt schließlich auch nicht anders gewesen. Beide hatten die Sammlung vernachlässigt, weil sie den Standpunkt vertraten, daß ihre Hauptpflicht in der Schaffung und Aufrechterhaltung der bestmöglichen Forschungs- und Studienbedingungen für die Studenten und die Fakultät bestand, und hatten dies auch erfolgreich in die Tat umgesetzt.

Außerdem saß ihm momentan eine Person gegenüber, die weitaus verdächtiger erschien. Schließlich war es nicht Phil gewesen, der seine ersten Lebensjahre in First Fork verbracht hatte, der mit den Familienanekdoten der Buggins' aufgewachsen war, der Persephone Mink wie eine Schwester liebte, aber für den alten Trev nicht allzu viel übrig hatte. Grace hatte immerhin in der Bibliothek gearbeitet, hatte zwischen den Regalen herumgeknutscht, hatte den Bibliothekar geheiratet und war zweifellos mit all seinen Entscheidungen und Plänen vertraut. In der letzten Zeit war sie Helen im Buggins-Archiv zur Hand gegangen. Vielleicht war sie dem sarkastischen Mistkerl, mit dem sie verheiratet war, sehr viel weniger zugetan, als die Nachbarn bisher vermutet hatten? Vielleicht tat P. Shandy gut daran, endlich wieder auf den Boden der Tatsachen zurückzukehren und das zu Ende zu bringen, weswegen er hergekommen war, und dann zu machen, daß er fortkam.

»Ist das Ihre Familie?« Er wies mit dem Kopf auf eine Fotografie in einem verzierten Silberrahmen, das Graces Blumenarrangement ergänzte. Auf dem Bild waren ein Mann und eine Frau, die im Stil der dreißiger Jahre gekleidet waren, und drei Kinder zu sehen. Der Mann hatte ein ganz kleines Mädchen mit einem luftigen weißen Kleid auf dem Schoß. Hinter den Eltern standen zwei Söhne im Teenageralter, die sich in ihren Anzügen und Krawatten offenbar höchst unwohl fühlten.

»Ja«, antwortete Grace. »Ich habe das Bild aufgestellt, damit ich nicht vergesse, daß auch ich früher einmal eine Familie hatte. Die Leute sagen immer, ich sähe genauso aus wie meine Mutter. Finden Sie das auch?«

»Oh ja, zweifellos. Ihre Brüder schlagen allerdings eher der Buggins-Seite nach.«

»Stimmt, und bei Sephys Brüdern war es genauso. Das war auch wieder so eine Sache, über die wir uns immer lustig gemacht haben, daß es unsere Brüder waren und nicht wir, die das Buggins-Kinn geerbt haben.«

»Ich habe an dem Morgen in First Fork ein Bild von den Zwillingen gesehen. Sie sagten eben, Sie hätten sie nicht besonders gut gekannt, aber vielleicht können Sie sich trotzdem noch an irgendwelche Einzelheiten erinnern?«

»Nicht bei Bainbridge. Er ist von zu Hause weggelaufen und in die Armee eingetreten, als er noch zur Schule ging. Oder wenigstens hätte gehen sollen. Ich glaube, Onkel Trev mußte damals sogar einige Papiere unterschreiben.«

»Harry Goulson hat mir schon davon erzählt. Er sagte, Bainbridge sei damals als vermißt gemeldet worden. Haben seine Eltern je herausfinden können, was mit ihm passiert ist?«

»Falls ja, haben sie es mir jedenfalls nicht gesagt. Sephy spricht grundsätzlich nie über ihn.«

Grace machte sich nervös an einer Schale mit schneeweißen Narzissen zu schaffen, die die Hauptattraktion ihres Arrangements darstellte. »Bestimmt hat Harry Ihnen auch erzählt, daß es Onkel Trev und Tante Bea nicht gerade das Herz gebrochen hat, daß er nicht mehr zurückgekommen ist. Bain hat ganz schön über die Stränge geschlagen, bevor er fortging. Ich habe mich immer gefragt, wie er wohl mit der Disziplin in der Armee klargekommen ist. Es würde mich nicht wundern, wenn er einfach desertiert wäre, aber Sie brauchen Harry Goulson gegenüber nicht zu erwähnen, daß ich Ihnen das gesagt habe.«

Sie experimentierte wieder mit der Narzissenschale. »Ich wette, Harry hat Ihnen alles mögliche erzählt.«

»Die Zwillinge scheinen einige, eh, recht eindrucksvolle Erinnerungen hinterlassen zu haben«, räumte Shandy ein.

Grace stellte die Narzissen wieder genau an die Stelle zurück, wo sie zuerst gestanden hatten. »Bracebridge war ein schrecklicher Quälgeist. Er hat mir immer ganz furchtbare Gutenachtgeschichten erzählt, über einen Bär, der mich mit Haut und Haaren verschlingen würde, während ich schlief. Er sagte, ich würde im Magen des Bärs aufwachsen und würde nicht wissen, wo ich wäre. Natürlich habe ich davon Alpträume bekommen, bin im Finstern wachgeworden und habe zu schreien angefangen, weil ich dachte, der Bär hätte mich gefressen. Und dann kam Brace hereingestürmt und hat mich ausgelacht. Sephy war deswegen immer furchtbar wütend auf ihn.«

»Und das mit gutem Grund. Mein Gott, wie kann man einem kleinen Kind nur so etwas antun.«

»Brace konnte aber auch schrecklich lustig sein. Er hat die Nachbarn so gut nachgemacht, daß man hätte schwören können, sie ständen leibhaftig vor einem. Als er in der letzten Klasse war, hat er eine Rolle in einem Theaterstück gespielt. Er sollte einen älteren Mann darstellen, also hat er sich entsprechend geschminkt und verkleidet und ist überall an den Seven Forks herumgezogen und hat so getan, als wäre er ein Vertreter für Damenunterwäsche. Er hatte schon diverse Bestellungen in der Tasche, als schließlich ein Mädchen herausbekommen hat, wer er in Wirklichkeit war. Aber anstatt ihn dazu zu bringen, daß er das Geld wieder zurückzahlte, hat sie sich von ihm ausführen lassen, und die beiden haben alles Geld auf den Kopf gehauen. Dann ist er eingezogen worden, und ich habe ihn nie wiedergesehen. Er hat nach dem Krieg noch eine Weile zu Hause gewohnt, aber da ging ich bereits aufs College.«

»Und was tut er heute?«

»Ich weiß es nicht und möchte es auch gar nicht wissen. Sephy will mit ihm absolut nichts mehr zu tun haben.«

»Aus einem bestimmten Grund?«

»Das kann man wohl sagen. Sobald Brace herausgefunden hatte, daß Sephy Arbeit gefunden hatte und allein lebte, hat er angefangen, ihr aus New York Briefe zu schicken, und zwar von einem Haus, das ›The Wayfarer's Rest‹ hieß. Er sagte, es sei eine Art Zufluchtstätte für Menschen, die im Leben Pech gehabt hätten, und daß er krank gewesen sei und wegen seiner ständigen Ohnmachtsanfälle keine feste Arbeit annehmen könne. Dann hat er Sephy gefragt, ob sie vielleicht zehn Dollar entbehren könne, damit er mit dem Geld einen Arzt bezahlen konnte. Sie hat ihm also die zehn Dollar geschickt, und natürlich hat er sie ein paar Wochen später wieder angebettelt.«

Grace machte ein Geräusch, das sehr einem Schnauben ähnelte. »Schließlich hat er richtig auf die Tränendrüse gedrückt. Er sei bei einem seiner Ohnmachtsanfälle gestürzt, habe sich den Arm gebrochen und sei nicht einmal mehr in der Lage, sich ohne fremde Hilfe anzuziehen. Er habe seit Tagen nichts gegessen und werde bestimmt seine Wohnung verlieren. Wenn Sephy ihm nicht verdammt schnell 50 Dollar schickte, wäre er vor Ende der Woche bereits unter der Erde und würde sich die Radieschen von unten ansehen.

Sephy sah nur eine Möglichkeit, ihm zu helfen. Sie beschloß, sofort nach New York zu fahren und ihn heimzuholen. Das war das einzige Mal, daß Sephy mich je gebeten hat, ihr Geld zu leihen. Ich hatte 200 Dollar. Die habe ich ihr gegeben, und dann hat sie den nächsten Zug genommen. Sie hatte eine Heidenangst, allein den weiten Weg nach New York zu fahren, wo sie doch in ihrem ganzen Leben noch nicht einmal in Boston gewesen war, aber sie war fest entschlossen, ihre Pflicht zu erfüllen.

Also, um mich kurz zu fassen, sie kam in New York an und fand schließlich sogar das ›Wayfarer's Rest‹. Es stellte sich jedoch heraus, daß es sich dabei um einen pickfeinen Nachtclub handelte. Und dort fand sie dann schließlich auch ihren armen, schwerkranken Bruder, wie er sich todschick angezogen mit einem aufgetakelten Flittchen auf dem Tanzparkett vergnügte. Sephy hat ihm nur einen einzigen Blick zugeworfen, sich auf dem Absatz umgedreht, ist dann auf der Stelle wieder zurück nach Hause gefahren und hat mir meine 200 Dollar zurückgegeben. Der Kerl hat sogar die Unverschämtheit besessen, ihr einen weiteren Brief zu schicken, aber den hat sie sofort ins Feuer geworfen, und danach hat er es aufgegeben.

Es würde mich gar nicht wundern, wenn er seinen Eltern auch weiterhin auf der Tasche gelegen hätte. Onkel Trev hat uns ziemlich oft Jammergeschichten aufgetischt, beispielsweise, daß er seine Steuern nicht bezahlen konnte und dergleichen. Dabei wußte ich ganz genau, daß es gelogen war, weil Sephy und Purvis sich immer um seine Rechnungen gekümmert haben. Wenn wir in der richtigen Stimmung waren, haben wir ihm dann aus reiner Gutmütigkeit trotzdem ein bißchen gegeben.«

»Dann glauben Sie also, daß seine Eltern die ganze Zeit mit Bracebridge in Kontakt gestanden haben?«

»Peter, ich glaube wirklich, Sie sollten nicht mit mir, sondern mit Sephy über Brace sprechen. Momentan bin ich viel zu sehr mit der Sorge um meinen Mann beschäftigt. Läßt dieser Schwachkopf Fred Ottermole wenigstens zu, daß ich Phil sein Abendessen bringe? Oder hat er ihn auf Wasser und Brot gesetzt?«

»Sie können gern auf dem Revier anrufen und nachfragen. Ich vermute, Ottermole wird nichts dagegen haben, daß Sie Phil besuchen, wenn Sie wollen.«

»Peter Shandy, Sie sollten sich wirklich in Grund und Boden schämen! Warum haben Sie das denn nicht gleich gesagt? Ich gehe davon aus, daß Sie als großer Meisterdetektiv allein nach draußen finden. Wahrscheinlich sollte ich Ihnen auch noch danken, daß Sie hergekommen sind, aber wenn ich ehrlich sein soll, wäre es mir lieber, wenn Sie sich diese Mühe nicht gemacht hätten.«

Grace war bereits im Nebenzimmer und wählte die Nummer des Polizeireviers. Shandy knöpfte seinen Mantel wieder zu, den abzulegen man ihn nicht gebeten hatte, und begab sich hinaus in die hereinbrechende Dunkelheit.

Kapitel 14

Shandy wußte nicht, was er von der ganzen Angelegenheit halten sollte. Hatte er gerade mit einer Unschuldigen gesprochen, die aus verständlichen Gründen in heller Aufregung war, oder aber mit einer Mrs. Borgia, deren üble Machenschaften fehlgeschlagen waren und der schließlich der eigene Ehemann zum Opfer gefallen war? Bisher hatte Shandy Grace immer nur als Porbles Frau, Helens Freundin und gute Nachbarin gesehen. Ihre ebenmäßige Schönheit und ihr großes Geschick mit Tigerlilien, die er bisher immer nur aus respektvoller Entfernung bewundert hatte, erinnerten ihn an die Frauengestalten auf den Bildern von Burne-Jones. Sollte er etwa zurückgehen und eine Frau, die Lilien arrangierte, danach fragen, ob sie nicht zufällig auch einen dreifachen Mord arrangiert hatte?

Bisher hatte er das Ganze für die Tat eines gerissenen Intriganten gehalten, doch was war, wenn er es statt dessen einfach mit einigen groben Schnitzern zu tun hatte? Angenommen, der flüchtige Gedanke, daß Grace in der Sammlung Buggins etwas über Oozaks Teich gefunden hatte, entsprach tatsächlich der Wahrheit? Angenommen, sie glaubte, einen Weg gefunden zu haben, um beweisen zu können, daß Ichabods Ansprüche legitim waren oder zumindest legitim zu sein schienen?

Was war, wenn Grace, eine gänzlich unkomplizierte Person mit dem Bedürfnis, Gutes zu tun und anderen zu helfen, doch aufgrund ihrer schweren Kindheit einige latente Störungen aufwies und beschlossen hatte, die Träume ihrer geliebten Freundin Sephy wahr werden zu lassen? Und was war, wenn ihr Vorhaben völlig außer Kontrolle geraten war, weil sie nicht bösartig und raffiniert genug war und nicht vorhergesehen hatte, daß Porble auf die Klageandrohung so heftig reagieren würde?

Zweifellos war Grace an dem betreffenden Abend tatsächlich bei den Enderbles gewesen und hatte sich Plastikbuttons angesehen, wie sie gesagt hatte. Sie hatte jedoch nicht angegeben, wann genau sie die Enderbles verließ, und Shandy bezweifelte, ob Mary oder John sich noch daran erinnern würden. Grace wäre wahrscheinlich nicht lange geblieben. Die Enderbles gingen früh zu Bett und hätten an diesem speziellen Abend bestimmt Wert darauf gelegt, sich früh hinzulegen, weil John Enderble immerhin bereits um sechs Uhr morgens seine Verabredung mit Beauregard hatte.

Aber Porble hatte angedeutet, daß Grace den ganzen Abend weg gewesen war. Vielleicht hatte Porble dies nur aus Boshaftigkeit gesagt, vielleicht entsprachen seine Angaben aber auch der Wahrheit. Grace hatte ihren eigenen Wagenschlüssel. Sie hätte das Auto holen und zu den Forks hinausfahren können, nachdem sie die Enderbles gegen halb neun oder eventuell sogar noch früher verlassen hatte. Sie hatte vielleicht von dem Tetrachlorkohlenstoff in Flackleys Scheune gewußt. Miss Mink hatte bestimmt den gesamten Nachbarschaftstratsch vom Bingospiel mit nach Hause gebracht, und die Buggins hatten ihn weitererzählt, einfach, weil es sonst nichts Interessantes zu erzählen gab.

Sie hätte bestimmt nicht riskiert, mitten in der Nacht dort herumzuschleichen und die Huskies in Aufruhr zu versetzen. Sie hätte einfach irgendwann tagsüber vorbeifahren können, etwa, um sich ein Stück Hundegeschirr für ein Blumenarrangement zu borgen, beispielsweise für eine eigenwillige Interpretation des Nordlichts. Es gab unzählige mögliche Ausreden.

Die Flasche in einer Büchse für Tennisbälle zu verstecken, hätte Grace sicher für eine gute Idee gehalten, denn nur Lizanne spielte Tennis, und Lizanne war momentan auf dem College. Die Dose konnte schon seit Monaten im Kofferraum gelegen haben. Porble hätte sie bestimmt nicht aufgemacht. Nur ein einfacher Cop wie Ottermole konnte auf diese Idee kommen. Aber mit Ottermole hatte Grace nicht gerechnet.

Daran, daß Marietta Woozle später als sonst von der Arbeit gekommen war, hatte sie ebenfalls nicht gedacht. Amateure waren nie auf Zufälle gefaßt. Jedenfalls hätte es Grace nicht sonderlich beunruhigt, wenn jemand gesehen hätte, daß sie ihre betagten Verwandten am Abend vor deren Tod besucht hatte. Sie war schließlich nur gekommen, um ihnen Gesellschaft zu leisten, während Miss Mink Bingo spielte, und mußte bei dieser Gelegenheit feststellen, daß sie schlecht aussahen. Nein, sie war daher auch keineswegs erstaunt gewesen, als der Arzt feststellte, daß die beiden eines natürlichen Todes gestorben waren. Nur das Ergebnis der Autopsie hatte sie erstaunt.

Doch warum hätte Grace die beiden umbringen sollen? Weil Onkel Trev immer soviel redete? Weil sie Angst hatte, daß die beiden zulassen würden, daß Bracebridge Sephys Anteil am Erbe bekam? Oder war es der abtrünnige Bainbridge, den sie hatte erstechen müssen? Jedenfalls würde jetzt, da der Rest der Familie tot war, alles an Sephy gehen.

War dies vielleicht auch der Grund, warum Persephone Mink sich geweigert hatte, den Mann aus dem Teich als ihren Bruder zu identifizieren? Wenn Grace für Sephy jemanden umgebracht hatte, konnte Sephy schließlich auch für Grace lügen.

Es war eine ausgesprochen unangenehme Hypothese, und Shandy konnte einfach nichts davon glauben. Er hatte viel eher Lust, sich zu Hause in aller Ruhe mit einem Sack Bohnen hinzusetzen und sich die Zeit damit zu vertreiben, sie alle zu zählen. Er wohnte nur zwei Häuser weiter. Jane Austen würde sich bestimmt freuen, ihn zu sehen. Aber Helen war sicher noch oben in der Bibliothek, und so lenkte er seine müden Füße in Richtung College.

Helen war tatsächlich bei der Arbeit, wirkte jedoch ein wenig erschöpft. Sie winkte ihn in das Büro des Bibliothekars, schloß die Tür und starrte ihn wütend an.

»Ich hoffe, du bist endlich zufrieden.«

»Weshalb sollte ich das?« fragte Shandy, der den Grund am liebsten gar nicht hören wollte.

»Daß du Fred Ottermole auf Doktor Porble gehetzt hast und ich jetzt seine ganze Arbeit auch noch am Hals habe.«

»Ich habe nichts dergleichen getan«, protestierte Shandy. »Ottermole hat völlig selbständig gehandelt. Sieh dir doch bitte einmal die Fakten an, Helen. Er hat die leere Tetraflasche in Phils Wagen gefunden, der gesehen wurde, als er aus First Fork herausfuhr, mit ausgeschalteten Scheinwerfern, ausgerechnet in der Nacht, als die Buggins vergiftet wurden. Außerdem wußte er, daß Porble sich an dem Morgen mit Trevelyan Buggins gestritten hatte. In Anbetracht dieser Tatsachen blieb ihm kaum etwas anderes übrig, als Phil festzunehmen. Ich habe es erst erfahren, als er ihn bereits verhaftet hatte. Ich hoffe bei Gott, daß er sich irrt, und Grace hat mir auch schon die Hölle heiß gemacht. Daher wäre ich dir dankbar, wenn du aufhören würdest, Salz in meine Wunden zu streuen.«

»Aber was soll denn bloß mit Doktor Porble geschehen?«

»Nichts Dramatisches, hoffe ich. Ottermole ist für seine Verhältnisse äußerst zurückhaltend. Bei unserem letzten Treffen war er gerade dabei, das Kittchen mit einem Notbett und einem Stück feiner Seife in ein Ritz Carlton zu verwandeln.«

Helen wollte eigentlich nicht lachen, konnte es sich jedoch nicht verkneifen. »Vielleicht sollten wir noch schnell ein Blumenarrangement vorbeibringen. Darf man Doktor Porble besuchen?«

»Wahrscheinlich, aber ich würde vorschlagen, wir warten damit, bis sich die Gemüter wieder ein wenig beruhigt haben. Grace telefonierte gerade mit ihm, als ich das Haus verließ, und besprach mit ihm das Abendessen. Apropos, welche Pläne hast du eigentlich für heute abend?«

»Ich habe daran gedacht, mich in eine Ecke zu verkriechen und mich richtig auszuweinen, vorausgesetzt, ich komme hier jemals raus. Ich hatte auch vor, aus Solidarität mit Sephy während der Besuchszeiten zu Goulson zu gehen, aber ich nehme an, es wäre dir lieber, wenn ich statt dessen einen weiteren Versuch mit dem Buggins-Material unternehmen würde. Warum muß bloß immer alles gleichzeitig passieren?«

»Gute Frage«, sagte Shandy. Durch das Glasfensterchen in der Bürotür konnte er bereits die Katastrophe herannahen sehen. »Wappne dich, Helen, da kommt Präsident Svenson.«

»Warum mußt du ausgerechnet uns so strafen, o Herr?« seufzte Helen. »Aber wieso brüllt er denn nicht?«

Auch das, dachte Shandy, war eine gute Frage. Niedergeschlagen war zwar nicht das richtige Wort, um die Verfassung von Präsident Svenson zu beschreiben, doch es war das beste, das ihm auf Anhieb einfallen wollte.

Die Begrüßung des hünenhaften Mannes wirkte eher sorgenvoll als wütend. »Verdammte Schande. Tut mir leid, Helen.«

»Mir tut es auch leid, Thorkjeld«, erwiderte sie. »Aber ich bin sicher, wir werden die Sache bald aufgeklärt haben.«

»Wäre auch verdammt besser.« Auch dies klang eher nach einem Seufzer als nach einer Drohung.

»Fühlen Sie sich nicht gut, Präsident?« erkundigte sich Shandy besorgt.

»Nein. Was hängen Sie hier überhaupt herum?«

»Er versucht, Ihnen die verflixte Klage vom Hals zu schaffen«, sagte Helen.

»Urrgh.« Doch selbst Svensons Urrgh klang irgendwie kraftlos. »Holen Sie erst mal Porble raus. Schwächt die Moral. Natürlich nichts gegen Ihre Arbeit, Helen.«

»Ich fühle mich auch gar nicht angesprochen. Was ist denn los mit Ihnen, Thorkjeld?«

»Purvis Mink«, stieß Svenson hervor, »ist gerade bei mir gewesen und hat mir seine Kündigung angeboten. Interessenkonflikt. Freund gegen Freund. Bruder gegen Bruder. Schlimmer als bei den Blauröcken und Grauröcken damals im Bürgerkrieg. Gottverdammich, Purve ist Wachmann, seit ich in Balaclava bin. Hat mit meinen Kindern Eulen beobachtet! Hat mit mir Eulen beobachtet, verflucht noch mal! Hab' ihm gesagt, wenn er kündigt, kündige ich auch, und dann ist es seine gottverdammte Schuld, wenn das ganze gottverdammte College vor die Hunde geht. Muß wieder weg. Gottverdammte Kuratoriumsversammlung.«

»Sollen wir im Chor ›Jetzt geht's in die Schlacht, o Mutter‹ singen, bevor Sie gehen?« schlug Shandy vor.

Svenson starrte ihn finster an. »Äußerst lustig, Shandy.« Doch in seinem Knurren lag eine Spur mehr Kampfgeist, und sein Schritt war wieder fester, als er die Bibliothek verließ.

»Ich glaube, wir haben ihm gutgetan«, sagte Helen. »Der arme Thorkjeld. Ein College zu leiten ist eine schreckliche Verantwortung, Peter.«

»Und wie geschickt er darauf hingewiesen hat, daß wir alle im selben Boot sitzen. Glaubst du, es würde etwas nützen, wenn ich noch schnell bei Persephone vorbeifahre und mit ihr rede?«

»Heute abend? Bist du nicht mehr ganz bei Trost?«

»Ich interpretiere deine Reaktion als eine negative Antwort auf meine Nachfrage. Wann, glaubst du, bist du hier fertig?«

»Peter, ich habe, ehrlich gesagt, nicht die geringste Ahnung. Warum gehst du nicht nach Hause, fütterst Jane Austen und machst dir ein Sandwich? Oder schaust in der Mensa vorbei?«

»Soll ich dir irgend etwas vorbeibringen?«

»Wo ich doch hier von unzähligen Lakaien umgeben bin, die mir jeden Wunsch von den Augen ablesen? Nein, Liebling, geh ruhig.«

Das Telefon klingelte. Helen gab ihm einen flüchtigen Kuß und nahm den Hörer ab. Shandy ging.

Jane war ärgerlich, weil sie so lange auf ihren Verdauungsspaziergang hatte warten müssen, und tat dies auch kund. »Ach, ihr Frauen seid alle gleich«, antwortete er, hielt ihr die Eingangstür auf und sah zu, wie sie vorsichtig eine Pfote auf die kalte, nasse oberste Stufe setzte, sie wieder zurückzog, schüttelte und ableckte und schließlich einen neuen Versuch wagte. »Man kann es euch wirklich nicht recht machen. Da gibt man euch, um was ihr bittet, und dann stellt sich heraus, daß ihr es gar nicht wollt.«

Er stand immer noch da und schaute zu, wie sie sich langsam pfötchenschüttelnd den Weg hinunterbewegte, als sein Nachbar Jim Feldster vorbeikam. Feldster schepperte ein wenig, woraus Shandy schloß, daß er Logeninsignien oder dergleichen unter seinem Mantel trug.

»Hi, Pete. Führst du deine Katze aus?«

»Hi, Jim. Zu welchem Treffen bist du denn gerade unterwegs?«

»Zu gar keinem. Ich bin auf dem Weg zu Goulson. Trev Buggins war Mitglied bei der Erlauchten Vereinigung der Amazonier, also dachten die Brüder, wir sollten stilgerecht von ihm Abschied nehmen.«

»Eh, ich möchte nicht unhöflich erscheinen, aber sind Brüder nicht das falsche Geschlecht für Amazonier?«

Feldster dachte einen Moment nach und schüttelte dann den Kopf. »Oh, verstehe. Immer einen kleinen Scherz auf Lager, wie? Du meinst sicher die Amazonen. Ich habe mal einen Film darüber gesehen. Große, stramme Mädels mit Schienbeinschützern und nackten Oberschenkeln bis hin zu den du weißt schon, was ich meine. Waren angeblich Kriegerinnen. Wer zum Teufel würde sich schon mit denen anlegen wollen?«

Er gestattete sich ein leicht anzügliches Grinsen, bevor er sich wieder an den Ernst seiner Mission erinnerte. »Kommst du mit Helen später auch noch vorbei?«

»Das weiß ich noch nicht genau. Helen hat noch eine Menge in der Bibliothek zu erledigen. Übrigens, hast du zufällig einen von Trevelyans Söhnen gekannt?«

»Leider nicht. Sie waren schon fort, als wir hergezogen sind. Aber ich kann dir sagen, mit wem sie dick befreundet waren. Beziehungsweise ich könnte es, wenn ich mich bloß an den Namen erinnern würde. Aber er wird mir schon wieder einfallen. Also, dann bis später.«

Professor Feldster machte sich scheppernd wieder auf den Weg. Jane Austen tippelte zurück ins Haus und beklagte sich bitter bei Shandy, weil er die Schuld daran trug, daß ihre Pfoten naß geworden waren. Er hob sie hoch und trug sie in die Küche.

Im Kühlschrank lag Roastbeef. Shandy aß seinen Anteil mit Roggenbrot und Gürkchen, Jane den ihren pur. Noch während sie in trauter Zweisamkeit ihr Abendessen verzehrten, klingelte das Telefon. Zu Shandys großer Überraschung war der Anrufer Jim Feldster.

»Es ist mir wieder eingefallen, Peter. Der komische Heilige, an den du dich wenden solltest, heißt Hesperus Hudson. Er lungert normalerweise im ›Dirty Duck‹ draußen an der Landstraße herum. Falls er da nicht sein sollte, kann man dir dort sicher sagen, wo du ihn findest.«

Shandy fragte erst gar nicht, woher sein Kollege, ein anerkannter Experte für die Grundlagen der Molkereiwissenschaft, einen komischen Heiligen namens Hesperus Hudson kannte, der draußen im ›Dirty Duck‹ herumlungerte. Er sagte nur: »Woher weißt du so genau, daß ich mit ihm reden will?«

»Warum hättest du sonst wohl gefragt?« Mit einem letzten gedämpften Scheppern legte Feldster auf. Shandy aß noch ein Gürkchen.

Ehrlich gesagt, hatte er wenig Lust, diesen Hesperus Hudson überhaupt zu treffen. Er hätte sich viel lieber vor dem bis dato noch nicht angezündeten Kaminfeuer im Wohnzimmer ausgestreckt, sein Sandwich mit einem milden Scotch hinuntergespült und über alles in Ruhe nachgedacht. Er beschloß, das Feuer noch nicht anzuzünden, gestattete sich jedoch eine kleine meditative Pause. Irgendwie mußte sich daraus ein Nickerchen entwickelt haben, wie das bei seinen kleinen Meditationen häufig vorkam. Nach etwa einer halben Stunde erwachte er wieder, mit steifem Nacken und einem schlechten Gewissen, weil er eigentlich aktiv sein, etwas unternehmen und dem Schicksal mutig entgegentreten wollte.

Ganz vorsichtig, um nur ja Jane nicht zu stören, holte er seinen alten Plaidmantel und seinen ausgebeulten Tweedhut. Dies müßten eigentlich die geeigneten Kleidungsstücke für das ›Dirty Duck‹ sein. Helen war immer noch nicht nach Hause gekommen, und er erwog zunächst, in der Bibliothek anzurufen, entschied sich aber schließlich dagegen. Es war noch nicht allzu spät, und sie hatte auch ohne einen übertrieben fürsorglichen Ehemann, der sich einbildete, sie könne ohne ihn nicht zurechtkommen, schon mehr als genug am Hals. Er hinterließ ihr daher lediglich eine kurze Nachricht: »Ich bin wieder weg, um mit den Jungs im ›Malemute Saloon‹ auf den Putz zu hauen«, und ging seinen Wagen holen.

Vielleicht gehörte Charlie Ross auch zu den Amazoniern. Er hatte jedenfalls heute früher als sonst die Schotten dicht gemacht. In der Garage brannte nur eine trübe Lampe, die zur Beleuchtung der Parkplätze diente. Es wäre ein Kinderspiel, sich hier ein Auto auszuleihen, bloß würde es hier nie jemand riskieren, denn Autodiebstahl war in Balaclava Junction höchst verpönt. Außerdem würde Betsy Lomax todsicher herausfinden, wer es gewesen war, denn sie wohnte direkt um die Ecke und betrieb das erfolgreichste Buschtelefon der Stadt.

Shandy überlegte, ob Mrs. Lomax nicht vielleicht sogar mehr über Doktor Porbles Wagen wußte als Porble selbst. Falls dies der Fall sein sollte, warum hatte sie dann nicht dafür gesorgt, daß der Autodieb seine wohlverdiente Strafe bekam? Betsy Lomax war zwar kein selbsternanntes Mitglied der Bürgermiliz, vertrat jedoch äußerst feste Grundsätze, was ihre Bürgerpflichten betraf, und tat diese auch gerne kund.

Diesmal befand sie sich jedoch möglicherweise in einem Dilemma. Mrs. Lomax fühlte sich sicher ihrer Freundin Sephy verpflichtet, durfte jedoch nicht vergessen, daß sie außerdem auch die Vermieterin von einem von Purvis Minks Kollegen beim Wachdienst und die angeheiratete Cousine oder dergleichen von einigen anderen war. In der Stadt war sie Vorsitzende, Präsidentin oder Mitglied von allen möglichen Gesellschaften und mit fast jedem auf irgendeine Weise verwandt. Auf dem Campus war sie für die Familien mehrerer Fakultätsmitglieder als Haushaltshilfe und Hauptstütze tätig und dementsprechend hochgeschätzt und gut bezahlt. Shandy konnte sich nicht vorstellen, daß sie absichtlich ein Verbrechen vertuschen würde, bei dem es um einen Konflikt zwischen Bürgern und College ging. Allerdings wäre es äußerst töricht von ihr, den Mund aufzumachen, bevor sie sich ihrer Sache nicht absolut sicher war.

Betsy Lomax war jedoch alles andere als töricht. Shandy seufzte, ließ den Wagen an und fuhr in Richtung Landstraße.

Kapitel 15

Shandy hatte keine große Lust, ins ›Dirty Duck‹ zu gehen. Er hatte diese Spelunke zwar noch nie betreten, war jedoch oft genug daran vorbeigefahren, was sicher das Klügste gewesen war. Finster betrachtete er die dunkelbraune Fassade und die schmutzigen Fenster, hinter denen vereinzelte ramponierte Neonreklamen für Bier trübes Licht verbreiteten, und konnte sich nicht vorstellen, daß es jemand geben sollte, der freiwillig ausgerechnet diese Kneipe aufsuchte, um sich zu amüsieren. Hierher kam man nur, wenn man vorhatte, sich zu besaufen.

Wahrscheinlich lungerten im Inneren ausschließlich irgendwelche Männer mit krummem Rücken an der Bar herum und führten endlose, langweilige Diskussionen über nichts Bestimmtes. Frauen verirrten sich bestimmt nicht in diese Spelunke. Die Theke zierte höchstwahrscheinlich ein Bezug aus abgeschabter Plastikfolie, deren Muster größtenteils verblaßt, die dafür aber mit Schmutzflecken und schalen Bierpfützen bedeckt war. Überall standen verdreckte Aschenbecher herum, überquellend von aufgeweichten, stinkenden Zigarettenkippen. Vielleicht gab es auch irgendwo eine Schale mit altem Käse-Popcorn, das mehr neben als in der Schale lag, weil ungewaschene Hände nachlässig in die Schale griffen, während ihre Besitzer hier Rast machten und ein paar Bier tankten, nachdem sie irgendwo eine Klärgrube leergepumpt hatten.

Offenbar genau die richtige Kulisse für Stücke, die zornige junge Dramatiker ihrem zornigen älteren Publikum gern als absoluten Realismus präsentierten. Wer zum Teufel brauchte so etwas schon? P. Shandy jedenfalls nicht. Ihm war inzwischen etwas Besseres eingefallen. Er würde zuerst anderswo einkehren, seinem Magen nach dem Abendessen ein wenig Ruhe gönnen und später wieder hierher zurückkommen. Falls Hesperus Hudson bereits da war, würde er sicher den ganzen Abend hier klebenbleiben, falls noch nicht, warum sollte Shandy sich dann damit quälen, herumzusitzen und stinkende Zigarettenkippen zu riechen, während er auf ihn wartete?

Shandy vermutete, daß er Budge Dorkins Bericht über die Korrektorin von der Pica Press eigentlich nicht zu überprüfen brauchte, doch Dorkin war jung und unerfahren, und es war außerdem eine willkommene Ausrede, um den Besuch im ›Dirty Duck‹ noch ein wenig hinauszuzögern. Er fuhr also geradewegs nach Second Fork und hatte, wie erwartet, keinerlei Schwierigkeiten, das rote Haus mit dem weißblauen Säulenfries zu finden.

Auch nach der Korrektorin brauchte er nicht lange zu suchen. Marietta Woozle war daheim und entspannte sich. Zumindest vermutete Shandy, daß sie das tat. Das maßgeschneiderte, knöchellange Gewand, das sie anhatte, sah nicht gerade aus wie ein Kleidungsstück, das jemand trug, der gerade Korrektur las. Die zahlreichen Federn an den Säumen der wehenden Ärmel wären sicher höchst hinderlich, sollte man jedenfalls annehmen, wenn Mrs. Woozle ihre Hände für etwas Anstrengenderes als das Schälen einer Traube benutzte. Shandy fühlte sich an die Gewänder erinnert, die Mae West in den Filmen zu tragen pflegte, in die er sich als Junge immer hineingeschmuggelt hatte, nur daß Miss Wests Kleider in den besagten Filmen immer nur in Schwarzweiß zu sehen gewesen waren, während das Kleidungsstück von Mrs. Woozle scharlachrot und mit blauen Federn verziert war. Gefärbte Hühnerfedern, dachte er, doch er war sich nicht ganz sicher. Dan Stott hätte es bestimmt auf den ersten Blick erkannt.

Mrs. Woozle brach nicht gerade in Jubel aus, als sie einen Herrn mittleren Alters in einem schäbigen Plaidmantel vor ihrer Tür erblickte. »Wenn Sie zu Zack wollen«, teilte sie ihm kühl mit, »der ist drüben im ›Dirty Duck‹.«

»Eh, nein«, sagte Shandy. »Ich hatte eigentlich gehofft, Sie anzutreffen. Sie sind doch Mrs. Marietta Woozle, nehme ich an?«

»Sie können von mir aus annehmen, was Sie wollen.« Mrs. Woozle zuckte mit den Achseln, woraufhin die blauen Hühnerfedern auf eine Art zu flattern begannen, die man möglicherweise als Verführungsversuch hätte deuten können, wenn sich die gefiederte Dame dabei etwas gastfreundlicher gebärdet hätte. »Wie schreibt man Konstantinopel?«

Shandy vermutete, daß diese Frage keineswegs ungewöhnlich war, denn immerhin stammte sie aus dem Munde einer Korrektorin. Vielleicht löste die Dame ja auch gerade ein Kreuzworträtsel. Jedenfalls buchstabierte er das Wort für sie, und sie quittierte seine Antwort mit einem Nicken.

»Aha, genau, wie ich mir gedacht habe. Sie sind einer der Professoren vom College, und Sie sind gekommen, um mich mit Ihrem schnöden Mammon zu ködern, damit ich meine Aussage über diesen heimtückischen Doktor Porble wieder zurückziehe. Mein letztes Wort in dieser Angelegenheit ist nein, nein und nochmals nein.«

»Ein Nein hätte volkommen genügt«, sagte Shandy. »Ich gebe offen zu, daß ich einer der Professoren vom College bin. Mein Name ist Shandy, doch ich hege keinerlei Absicht, Sie zu ködern.«

»Wirklich nicht?«

»Nein, nein und nochmals nein! Daran würde ich nicht einmal im Traum denken. Jeder sieht doch, daß Sie eine Dame von« - er taxierte leicht amüsiert den tiefen Ausschnitt ihres Gewandes, bevor er seinen Satz beendete - »Charakter sind.«

»Oh.«

Sie legte die rechte Hand auf die Hüfte und hob die linke, um mit ihrem Nackenhaar zu spielen, genau wie Mae West. Bei diesen Szenen hatten die älteren Jungen immer versucht zu pfeifen, während die jüngeren nach draußen gegangen waren, um sich Popcorn zu holen. Einen gespenstischen Moment lang hatte Shandy eine akustische Halluzination und meinte, das Scheuern von Cordhosen in einem dunklen Kino zu hören.

»Ich bin hergekommen, Mrs. Woozle, weil ich gern einige Punkte der Aussage, die Sie heute gegenüber Officer Dorkin gemacht haben, eh, überprüfen möchte. Selbstverständlich nur unter der Voraussetzung, daß Sie ein wenig Zeit für mich erübrigen können.« Er hatte bemerkt, daß sie einen flüchtigen Blick auf die rote Wanduhr mit weißen Zeigern auf blauem Zifferblatt geworfen hatte.

»Dann machen Sie aber bitte flott. Was wollen Sie wissen?«

Sie hatte ihn nicht aufgefordert, sich zu setzen, noch hatte sie es offenbar vor, obwohl überall mehr als genug weiße Venylstühle herumstanden, alle mit rot-blauen Sternenbannerkissen geschmückt. Wahrscheinlich war sie am vierten Juli geboren, mutmaßte Shandy. Er räusperte sich.

»Wenn ich richtig verstanden habe, Mrs. Woozle, befanden Sie sich am Abend des ersten Februars um zwanzig nach neun auf dem

Weg zum Gemeindezentrum. Als Sie die Kreuzung erreichten, bemerkten Sie einen Wagen, der gerade ohne Licht First Fork verließ.«

»Den Wagen von Doktor Porble, allerdings.«

»Woher wußten Sie, daß es der Wagen von Doktor Porble war?«

»Ich kenne den Wagen, und ich habe das Kennzeichen gesehen. Das habe ich Budge Dorkin bereits gesagt. Außerdem habe ich die Nummer sofort aufgeschrieben, damit ich sie nicht vergesse, auch wenn ich sie sowieso nicht vergessen hätte. Ich besitze nämlich ein fotografisches Gedächtnis.«

»Wie überaus praktisch für Sie. Dann können Sie mir vielleicht auch beschreiben, wie Doktor Porbles Wagen aussieht?«

Sie konnte es und tat dies auch. Shandy wurde immer niedergeschlagener. Er versuchte sich einzureden, daß die Beschreibung nichts zu bedeuten hatte. Grace Porble war bestimmt oft genug mit dem Wagen hergekommen, um den Buggins heiße Suppe und Blumenarrangements zu bringen. Marietta Woozle hatte mehr als genug Gelegenheit gehabt, sich sämtliche Einzelheiten genau einzuprägen.

Aber warum hätte sie lügen sollen, als sie sagte, daß sie den Wagen vorletzte Nacht gesehen hatte? Ihr mußte doch bewußt sein, welche Folgen ihre Aussage für Doktor Porble haben würde? Mrs. Woozle machte trotz der blauen Hühnerfedern auf ihn keineswegs den Eindruck einer dummen Pute. Vielleicht war ihre Mae-West-Aufmachung lediglich einer dieser weiblichen Tricks, um Zack Woozle aus dem ›Dirty Duck‹ herauszulocken. Da Marietta ein oder zwei Nummern zu üppig für ihr Kleid war, schien ihre Methode allerdings mit einem gewissen Maß an Overkill behaftet, doch vielleicht gehörte Zack Woozle zu der Art von Männern, die auf subtile Mittel nicht ansprangen?

»Haben Sie denn genau gesehen, daß Doktor Porble den Wagen gefahren hat?« fragte er verzweifelt.

»Na ja, das war ja wohl kaum möglich, oder? Aber als ich mein Fernlicht angeschaltet habe, konnte ich eine Gestalt erkennen, die aussah wie er, gerade aufgerichtet, genau wie er auch immer sitzt, mit einer Art Dick-Tracy-Profil und einem dieser Harry-Truman-Filzhüte. Ich kenne sonst niemanden, der diese Hüte heute noch trägt, also bin ich davon ausgegangen, daß er es gewesen ist, aber beschwören kann ich das natürlich nicht. Die Gesichtszüge konnte ich nicht sehen, nur die Silhouette.«

»Ich würde sagen, Sie haben im Licht Ihres Scheinwerfers auch so bereits erstaunlich viel gesehen«, bemerkte Shandy leicht gereizt. »Anscheinend haben Sie extrem gute Augen, Mrs. Woozle.«

»Worauf Sie sich verlassen können!« brauste sie auf. »In meinem Beruf braucht man das auch. Außerdem war es nicht nur ein flüchtiger Blick bei Abblendlicht. Ich hatte schließlich die ganze Zeit mein Fernlicht auf ihn gerichtet, als ich aus der Auffahrt hinaus- und auf die Kreuzung zufuhr, also habe ich ihn sowohl von hinten als auch von der Seite gesehen. Beides ist so genau in meinem fotografischen Gedächtnis gespeichert wie eine Videokassette in einer Familienkassettenbox, das können Sie mir glauben. Und das werde ich auch jederzeit vor einem Richter und den Geschworenen wiederholen, falls dies nötig sein sollte. Haben Sie jetzt alles erfahren, was Sie hören wollten, Professor?«

Sie flatterte hinüber zur Tür und hielt sie für ihn auf. Bei einer Frau, die in ihren blauen Kunstlederpantoffeln etwa einen Meter sechsundsiebzig groß war und ungefähr 83 Kilo, wenn nicht mehr, auf die Waage brachte, Hühnerfedern nicht mitgerechnet, ließ sich dieser Wink nur schwer übersehen. Shandy hatte nicht das gehört, was er sich erhofft hatte, doch er hatte eindeutig alles erfahren, was sie ihm mitzuteilen gewillt war. Er murmelte daher: »Vielen Dank, daß Sie sich die Zeit genommen haben«, und ging wieder. Zack Woozles Vorliebe für das ›Dirty Duck‹ schien ihm allmählich nachvollziehbar.

Jetzt, wo es zu spät war, fiel Shandy ein, daß er vergessen hatte, Mrs. Woozle zu fragen, warum sie hier in ihrem Heim herumflatterte und Trauben schälte, statt sich wie die übrigen Bewohner der Stadt zu Harry Goulson zu begeben und sich die sterblichen Hüllen ihrer ehemaligen Nachbarn anzusehen. Vielleicht dachte sie, daß sie nichts Passendes anzuziehen hatte. Vielleicht hatte sie auch wieder einen harten Arbeitstag mit der Korrektur von Einladungen für die Bürgerversammlung hinter sich. Vielleicht hatte sie aber auch von den Buggins schon zu deren Lebzeiten die Nase gestrichen voll gehabt.

Oder sie erwartete Herrenbesuch. Als Shandy losfuhr, bemerkte er, daß ein Wagen nach Second Fork abbog. Aus purer Neugier hielt er auf dem Seitenstreifen, sobald er sich in sicherer Entfernung auf der Landstraße befand, stellte den Motor ab und zog seinen Feldstecher aus dem Handschuhfach. Hier draußen gab es fast nur Sumpfahorn und Erlen, er hatte daher eine gute Sicht durch die kahlen Zweige. Tatsächlich, das andere Auto setzte zurück und fuhr auf den Wendeplatz am Haus der Woozles.

Marietta hatte das Außenlicht angeschaltet, und alles, was er sehen konnte, war Flo mit ihrem falschen Pelz und der fürchterlichen roten Perücke auf dem Kopf. Marietta schien zwar nicht gerade in einen Freudentaumel zu geraten, ließ Flo jedoch ins Haus. Als Mikes offizielle Lebensgefährtin genoß Flo möglicherweise bei den Woozles eine Art Familienstatus. Oder vielleicht gab sich Marietta auch mit jedem zufrieden, der gewillt war, sich ihre neuesten, aus dem Leben gegriffenen Skandalgeschichten anzuhören.

Die beiden konnten beispielsweise bei einer Tasse Kaffee in der rot-blauen Eßecke sitzen, während Marietta Flo schilderte, wie sie die perfiden Pläne des bösen Professor Shandy durchkreuzt hatte. Flo konnte sich revanchieren, indem sie zum besten gab, wie ihn seine wohlverdiente Strafe in Gestalt von Miss Mink ereilt hatte. Alles in allem gab Shandy in der Gegend der Seven Forks keine sonderlich gute Figur ab. Was hinderte ihn also daran, sich den mißratenen Tag vollends zu verderben? Deshalb auf ins ›Dirty Duck‹.

Das Innere des sogenannten Rasthauses war beinahe so abstoßend, wie Shandy es sich vorgestellt hatte. Er hatte nur den alten Schwarzweißfernseher vergessen, dessen Bildschirm voller Fliegendreck war und der mehr oder weniger unbeachtet auf einem Regal hinter der Bar vor sich hinplärrte. Er bestellte ein Bier und sagte dem Barkeeper, daß er sich keine Umstände mit dem Glas zu machen brauche. Wenigstens war die Flasche sauber. Das nahm Shandy zumindest an, wurde jedoch eines Besseren belehrt, als der Barkeeper zuvorkommenderweise den Verschluß entfernte und Öffnung und Hals der Flasche mit einem unbeschreiblichen Lappen abwischte, bevor er sie über die bierverschmierte, mit Popcorn übersäte Theke schob. Shandy blieb nichts anderes übrig, als sie verstohlen mit dem Mantelärmel abzuwischen und ein Stoßgebet zum Himmel zu schicken, in der Hoffnung, daß es irgendeinen Heiligen gab, der für Streptokokken zuständig war.

Er wußte, daß es nicht ratsam war, einfach mir nichts dir nichts mit jemandem in diesem Etablissement eine Unterhaltung anzuknüpfen. Er ließ sich daher mit dem Bier Zeit, auch wenn ihm dies wenig angenehm war. Doch es blieb ihm wohl nichts anderes übrig, da er sonst aufgefallen wäre, und so gab er vor, völlig von dem fasziniert zu sein, was sich gerade auf der Mattscheibe abspielte. Allem Anschein nach handelte es sich um zwei Schlammringer, auch wenn Shandy nur den Schlamm erkennen konnte. Während er gebannt auf den Bildschirm starrte, hielt er die Ohren offen, um keinen Namen zu verpassen. Er war neugierig, wer von den Anwesenden wohl Zack Woozle war, und außerdem war es ihm lieber, mit Hesperus Hudson Kontakt aufzunehmen, ohne vorher fragen zu müssen, wer Hudson war.

Zack zu identifizieren war kein Problem. Er war spindeldürr und sah nicht aus, als ob er es mit der üppigen Marietta aufnehmen konnte. Dennoch ließ eine gewisse Abgespanntheit um die Augen darauf schließen, daß er es zumindest versucht hatte. Zack sagte nicht viel, er saß nur da, hielt sich an seiner Bierflasche fest und nickte mechanisch, sobald ein Gast zufällig in seine Richtung eine Bemerkung fallenließ. Shandy hörte ihn nicht sprechen, bis ihn schließlich jemand fragte, ob er in der letzten Zeit drüben gewesen sei und Mike gesehen hätte. Er sagte »Nöh« und starrte weiter in sein Bier.

»Vermute, bei euch in First Fork is' 'ne Menge los gewesen, was, Zack?« stellte einer der Gäste fest.

Zack nickte.

»Da hat der alte Buggins es doch tatsächlich geschafft, sich un' seine Alte zu vergiften, hab' ich gehört. Hat er's nun mit Absicht getan, oder war's bloß sein elendes Gesöff?«

Zack zuckte mit den Achseln.

»Mußte ja früher oder später so enden, was? Hat ja auch immer 'n scheußliches Zeug zusammengebraut, nich'?«

»Hab's noch nie probiert.«

»Wieso denn nich'?«

»Weil er mir nie was angeboten hat.«

»Das is' natürlich 'ne Erklärung.«

»Ich hab' 'ne Menge davon gepichelt«, quiekte eine Stimme aus der Ecke.

»Ha!« sagte Zacks Gesprächspartner. »Dann nenn' mir mal was, wovon du nich' 'ne Menge pichelst, solang's dir 'n anderer bezahlt. Was trinkste denn heute, Hesp? Katzenpisse oder Batteriesäure?«

Das also war das fehlende Glied in der Kette. Shandy hörte sich das geistlose Geschwätz ein oder zwei Minuten länger an und gab dann dem Barkeeper zu verstehen, daß er noch ein zweites Bier wünsche. Während die Aufmerksamkeit sämtlicher Anwesenden einen Moment auf den Bildschirm gerichtet war, der sich inzwischen irgendwie geklärt hatte, so daß man erkennen konnte, wie unzählige Fahrzeuge mit Wucht ineinanderrasten, bahnte er sich einen Weg zu dem besonders scheußlichen Tisch, an dem Hesperus Hudson mehr lag als saß.

»Wie wär's mit einem Bier, Mr. Hudson?«

»Höh?« Unter dem Schirm einer ehemals weißen Malerkappe blickte ein gerötetes Auge zu ihm hoch. »Wer zum Henker sin' Sie denn?«

»Mein Name ist Shandy. Jim Feldster schickt mich. Ich soll Sie von ihm grüßen. Sie erinnern sich doch an Jim?«

»Na klar doch.«

Hesperus Hudson wäre auch bereit gewesen, sich an Prinzessin Margaret oder Idi Amin zu erinnern, dachte Shandy, wenn dabei ein Bier für ihn herausgesprungen wäre. Es war natürlich auch möglich, daß Hesperus Hudson sich tatsächlich an Jim Feldster erinnerte, denn Feldster gehörte so gut wie jeder Bruderschaft und jedem Verein in Balaclava County an und außerhalb davon noch einigen mehr. Aber Hesp sah nicht aus wie ein Logenbruder. Er sah aus wie ein leidenschaftlicher Kneipenhocker. Das Bier hatte er schon in sich hineingeschüttet, ehe Shandy einen Stuhl mit vier intakten Beinen ausfindig machen konnte.

»Hier«, sagte Shandy, »nehmen Sie doch meins auch noch.«

Er tauschte die Flaschen, in der Annahme, daß es Hudson nichts ausmachte, mit einem Fremden aus derselben Flasche zu trinken. Tatsächlich schien sich Hudson von dieser Tatsache nicht im geringsten irritieren zu lassen.

»Danke, Kumpel. Wie war noch mal Ihr Name?«

»Longfellow«, sagte Shandy. »Henry W.«

»Ja, richtig. Jetzt weiß ich's wieder. Ich hab' nämlich 'n fotografisches Gedächtnis.«

»Eine seltene Gabe«, antwortete Shandy höflich. »Sie sind wohl nicht zufällig mit Zack Woozles Frau verwandt?«

»Was für'n Zack?«

Hesperus Hudson gönnte sich einen kräftigen Schluck aus Shandys Flasche. »Ich hab' mal 'nen Typ drüben in Frisco gekannt, der hieß Zack. Hatte 'ne chinesische Wäscherei. Die hatte seinerzeit 'n Kerl namens Ah So eröffnet, aber Ah is' dann auf Computer umgestiegen un' später Multimillionär geworden. Also hat Ah gesagt, zum Teufel mit dem Ding, was soll ich hier für irgendwelche

Leute weiter Hemden bügeln. Und dann hat Zack den Laden übernommen. Zack Hoover, so hieß er. Sie kennen Zack Hoover?«

Shandy schüttelte den Kopf. »Bedauerlicherweise hatte ich das Vergnügen noch nicht. Aber trotz Ihrer offensichtlichen, eh, Welterfahrenheit, sind Sie doch wohl ein Einheimischer und stammen aus der Gegend der Seven Forks, nicht wahr, Mr. Hudson?«

»Was heißt hier Einheimischer? Die Hudsons sind immer eingefleischte Methodisten gewesen. Bis ich kam. Ich bin nämlich Freidenker. Und Freitrinker, wenn man mir einen ausgibt.«

Shandy verstand den Wink mit dem Zaunpfahl und ging Nachschub holen. Unterwegs fragte er sich, ob er wohl irgend etwas für seine Flaschen bekommen würde. Der Barkeeper blickte ihn nachdenklich an.

»Sind Sie 'n Freund von Hesp?«

»Nein«, sagte Shandy. »Ich sehe ihn heute abend zum ersten Mal. Zack Hoover hat mich gebeten, ihm der guten alten Zeiten wegen einen auszugeben. Kennen Sie Zack Hoover?«

Der Barkeeper sagte, nein, den kenne er nicht, und entfernte sich, um irgendein Großmaul am anderen Ende der Theke zu bedienen. Shandy nahm die vollen Flaschen mit zu dem schmuddeligen Tisch und dem noch schmuddeligeren Gast.

»Bitte sehr, Mr. Hudson. Ich habe gehört, Sie sind hier draußen mehr oder weniger mit den Buggins-Zwillingen aufgewachsen?«

»Mit wem?«

»Bracebridge und Bainbridge Buggins.«

»Ach so, Brace un' Bain, Teufel auch! Wir drei waren die schlimmsten Kerle, die je frei rumgelaufen sind. Wir ham dem Alten immer seinen Schnaps geklaut. Wir ham ihn heiß getrunken, direkt aus 'm Destillierapparat, mit 'nem Schilfrohr als Strohhalm, damit er nich' merkte, daß wir an dem Zeug gewesen waren. Ja, so war das, der erste Drink meines Lebens kam aus Trevelyan Buggins' Destillierapparat. Die Schnapsbrennerei is' 'n echtes historisches Wahrzeichen. Die sollten mal endlich so'n hübsches Schild mit Informationen drauf aufstellen.«

»Was meinen Sie wohl, wer jetzt die Brennerei übernimmt, wo der alte Mr. Buggins nicht mehr lebt?«

»Höh?«

»Vielleicht kommt Bracebridge zurück und führt die Brennerei weiter? Das könnte doch sein, nicht wahr? Haben Sie ihn in der letzten Zeit gesehen?«

»Ich seh' Bain ab un' zu mal.«

»Tatsächlich?« Shandy hoffte, daß er nicht allzu begeistert klang. »Wo sehen Sie Bain denn?«

»Mal hier, mal da. Er kommt und geht.«

»Wohin geht er denn?«

»Neue Schlangen besorgen, nehm' ich mal an. Bain hat immer sechs bis acht von diesen verdammten rosa Biestern bei sich. Ich hasse rosa Schlangen. Die erinnern mich immer an Erna Millen, damals, als ich noch 'n Kind war. Erna Millen, dick un' breit, allzeit bereit. Was aber gar nich' gestimmt hat. Ich hab' sie mal gefragt, aber da hat sie ausgeholt un' mir eine in die Fresse gedonnert. Un' hat dabei glatt drei meiner besten Zähne rausgeschlagen.«

Shandy begann zu befürchten, daß Jim Feldster sich einen Scherz mit ihm erlaubt hatte. Aber da er nun einmal bei dem alten Säufer saß, konnte er genausogut versuchen, wenigstens eine kleine Gegenleistung für sein Bier zu bekommen. »Was hat Bainbridge Buggins denn mit den rosa Schlangen gemacht?«

»Auf mich gehetzt. Bain war schon immer 'n hundsgemeiner Kerl. Manchmal verwandelt er sich sogar selbs' in 'ne rosa Schlange. Weiß auch nich' wieso, aber irgendwie sieht er so natürlicher aus.«

Hudson kippte den letzten Rest Bier mit einem scheußlichen schlürfenden Geräusch hinunter, und Shandy schob ihm die nächste Flasche hin.

»Danke, Kumpel. Schon komisch. Eigentlich sollte man ja erwarten, daß Brace sich in 'ne Schlange verwandelt un' nich' Bain. Brace hat immer so verdammt gemeine Streiche ausgeheckt. Genauso, als wenn ich jetzt hier mit Ihnen sitz' und red' un' glaub', daß ich Sie seh', un' ganz plötzlich fangen Sie dann an, mich auszulachen, un' sin' in Wirklichkeit die ganze Zeit Brace gewesen. Sin' Sie sich auch ganz sicher, daß Sie nich' doch Brace sind? Scheint mir irgendwie, als hätt' ich Brace neulich gesehen. Hatte sich als Henry Wadsworth Longfellow verkleidet.«

»Henry Wadsworth Longfellow? Wie in Dreiteufelsnamen kommen Sie denn darauf?«

»Ich hab' diesen Henry Wadsworth Longfellow doch gesehen. Ich meine, ich hab' Bilder von ihm gesehen. Wissen Sie, drüben in Middlesex County gibt's 'ne Kneipe, die nennen alle ›Wayside Inn‹, obwohl das gar nich' stimmt. In Wirklichkeit heißt sie nämlich

›Red Horse Inn‹, un' vorher hat sie noch anders geheißen. Aber egal, jedenfalls soll dieser Longfellow da immer gepichelt un' seine Geschichten geschrieben haben, un' sie haben da 'n Zimmer, das heißt ›Longfellow Room‹, un' da hängen überall Bilder un' so von ihm rum. Die ham auch 'ne Schankstube, ich hab' mir da nämlich mal so 'nen altmodischen Drink genehmigt, den sie Coow Woow nennen. Irres Zeug! Also hab' ich noch 'n paar mehr davon gekippt. Damals bin ich noch jung un' leichtsinnig gewesen!«

»Um es kurz zu fassen, Sie haben Ihren alten Freund Bracebridge Buggins aufgrund der Bilder erkannt, die Sie im ›Wayside Inn‹ in Sudbury von Henry Wadsworth Longfellow gesehen haben«, sagte Shandy. »Nun ja, das klingt plausibel, nehme ich an. Worin bestanden denn die, eh, besonderen Kennzeichen?«

»Höh? Ach so. Na ja, Brace hat so 'nen dichten langen Bart bis runter zur Gürtelschnalle gehabt un' hat 'nen komischen schwarzen alten Anzug mit ganz langen Rockschößen angehabt.«

»Haben Sie ihn nicht nach dem Grund gefragt?«

»Nöh. Hätte ja auch keinen Zweck gehabt.«

»Warum denn nicht?«

»Weil er doch tot war.«

Shandy versuchte, die Beherrschung über seine Stimme nicht zu verlieren. »Und Sie sind sich da ganz sicher? Er hat sich nicht in, eh, irgend etwas anderes verwandelt und ist dann wieder verschwunden?«

»Nöh. Hat bloß einfach so dagelegen.«

»Und wo ist das gewesen?«

»Da, wo wir immer zusammen hingegangen sind. Die Hütte im Wald, wo Braces Alter immer seinen Schnaps brennt.«

Heiliges Kanonenrohr, konnte es sein, daß Hudson tatsächlich die Wahrheit sagte? »Haben Sie ihn berührt, Mr. Hudson? Versucht, seinen Puls zu fühlen?«

»Hab' ihn nich' angefaßt. Un' auch nichts weggenommen. Hab' erst den Destillierapparat untersucht, mal sehen, ob noch 'n Schlückchen oder zwei drin waren, aber das Ding is' so trocken gewesen wie 'ne ausgedörrte Titte. Da hab' ich mir gedacht, ich guck mal lieber nach, ob Brace vielleicht was in 'n Taschen hat. Vielleicht 'ne Flasche oder so was. Oder Geld für 'n Drink.«

»Und hatte er?«

»Nöh. Keinen verdammten Cent, bloß zwei dicke Steine.«

Kapitel 16

Donnerkeil!« rief Shandy. »Sind Sie sich auch ganz sicher, daß es Bracebridge war?«

»Wenn er's nich' gewesen is', wer zum Teufel soll's dann gewesen sein?«

»Hätte es nicht vielleicht Bainbridge gewesen sein können?«

»Der hätte doch rosa Schlangen dabeigehabt.«

Der alte Säufer lehnte sich noch weiter über den Tisch und blies eine übelriechende Alkoholfahne Richtung Shandy. »Also wissen Sie, Mister, ich weiß doch noch, wann ich was sehe un' wann nich'! Wenn das Bain gewesen wär', hätt' ich mir doch gar nich' ers' die Mühe gemacht, die Taschen zu durchwühlen, oder? Weil doch jemand, der sich in 'ne Schlange verwandeln kann, sowieso nix drin haben kann, oder?«

»Mja, da könnten Sie natürlich recht haben, Mr. Hudson. In Ordnung, Sie haben also, einmal relativ nüchtern betrachtet, in der Schnapsbrennerei einen Mann gesehen, von dem Sie überzeugt sind, daß es sich um Bracebridge Buggins handelte. Sie haben seinen Körper gefühlt.«

»Von wegen gefühlt. Ich hab' bloß mal eben den schwarzen Anzug durchsucht, den er anhatte, wie ich schon gesagt hab'! In 'n Hosentaschen war nix drin, bloß in 'n Jackentaschen. Die hab' ich zuerst gar nich' finden können. Hat sich schließlich herausgestellt, daß die in 'n Rockschößen waren, wo man sie am wenigsten erwartet hätte.«

»Lag er auf dem Rücken oder auf dem Bauch?«

»Auf'm Rücken. Drum hab' ich ja auch zuerst gedacht, er wär' Henry Wadsworth Longfellow, wissen Sie. Ich seh' den Riesenbart un' sag' zu mir selbs', das is' doch der Knilch, den ich im ›Wayside Inn‹ gesehen hab'. Un' dann sag' ich, nee, das is' doch Brace Buggins, der sich verkleidet hat un' mich wieder mal reinlegen will.«

»Sie haben nicht versucht, ihn wachzurütteln?«

»Teufel auch, natürlich nich', warum hätt' ich das tun sollen? Ich hab' Ihnen doch grad' gesagt, daß ich versucht hab', ihn zu beklauen. Außerdem hab' ich doch gewußt, daß er hinüber is'. Sein Mund hat offen gestanden, un' seine Augen waren ganz starr, un' er war steif wie 'n neuer Stiefel. Seh'n Sie, ein Arm hat so ausgesehen.«

Hudson krümmte seinen linken Arm und hob ihn in Schulterhöhe. »Un' als ich 'n dann 'n bißchen hochgehoben hab', damit ich hinten an die Taschen konnte, was aber 'ne reine Zeitverschwendung war, wie ich eben schon gesagt hab', da hat sich der Arm nich' mal bewegt. Wie aus einem Guß, könnte man sagen.«

»Dann haben Sie den Körper also doch angefaßt«, sagte Shandy.

»Na ja, aber ich hab' ihn nich' von oben bis unten befummelt, wie Erna Millen das immer gemacht hat. Hat Brace jedenfalls immer behauptet, aber natürlich hat Brace immer 'ne Menge behauptet.«

»Verstehe. Und was haben Sie danach getan?«

»Bin abgezischt, als wär' der Leibhaftige hinter mir her, un' wieder zurück nach Hause. Ich hatte noch 'ne Flasche Zitronenextrakt gelagert, die ich mir mal für alle Fälle im Laden gekrallt hab'.«

»Äußerst weitsichtig von Ihnen, Mr. Hudson. Wo wohnen Sie überhaupt?«

»Hab' 'ne Hütte draußen im Wald, ungefähr inner Mitte zwischen Buggins' Hütte un' hier.«

»Ah ja, strategisch also äußerst günstig gelegen, genau zwischen den Bezugsquellen sozusagen. Würden Sie gern eine kleine Spritztour mit mir machen?«

»Wohin denn? Hey, Sie sind doch wohl nich' etwa irgendso 'n Menschenfreund, der mich wohin bringen will, wo sie mich ausnüchtern?«

»Eine solche Dreistigkeit würde mir nicht einmal im Traum einfallen. Ich weiß bloß, wo wir viel bessere Drinks bekommen als das Zeug, das wir hier trinken.«

»Un' ich brauch' nichts dafür zu blechen?«

»Keinen einzigen Cent.«

»Okay, mehr will ich auch auf keinen Fall ausgeben.«

Shandy stellte mit Erleichterung fest, daß Hudson immer noch relativ sicher auf den Beinen stand. Es war daher nicht weiter schwierig, ihn zur Tür zu bringen, doch er mußte natürlich darauf gefaßt sein, daß ihr Aufbruch von den Anwesenden nicht ohne Kommentar geschluckt wurde.

»Hey, Hesp, wo gehst du denn hin?« wollte der Barkeeper wissen. »Gibs' dich wohl plötzlich lieber mit der High Society ab, was?«

»Wir statten nur einem alten Freund einen kleinen Besuch ab«, antwortete Shandy an Hudsons Stelle. »Machen Sie sich keine Sorgen, Sir, ich nehme Ihnen Ihren Stammkunden schon nicht weg.«

»Das soll wohl 'n Witz sein, was?«

Diese Frage kam von einem kräftigen Mann, der bedeutend näher an der Tür saß, als Shandy lieb war. Shandy tat so, als habe er es nicht besonders eilig, und schaffte es, Hudson nach draußen zu manövrieren, bevor er in eine Auseinandersetzung geriet. Er hatte sogar noch genug Zeit, um zu sehen, wie Zack Woozle in die Tiefen seines immer noch nicht ausgetrunkenen Bieres starrte, als wolle er darin seine Zukunft lesen.

»Mein Wagen steht dort drüben, Mr. Hudson«, sagte Shandy.

Sein Begleiter starrte das Fahrzeug an und zuckte zurück wie ein angeschossener Kojote. »Barmherziger Jesus, Mister, wo haben Sie den denn geklaut?«

»Er ist mein Eigentum, rechtmäßig erstanden und bezahlt«, versicherte Shandy. »Ich habe vor einiger Zeit, eh, Glück gehabt.«

Eigentlich war es kein Glück gewesen, sondern jahrelange intensive Arbeit, die schließlich mit der Zucht einer Superrübe, des Balaclava Riesenprotzes, belohnt worden war. Diesem Erfolg verdankte Shandy den größten Teil seines Wohlstands, doch er sah keinen Grund, warum er seine Einkommensverhältnisse vor Hesperus Hudson offenlegen sollte. Er hatte ja nur vor, diesen Mann zu Harry Goulsons Haus zu schaffen und zu sehen, ob Hudson den Körper in der Kühlzelle tatsächlich eindeutig identifizieren konnte.

Und wie würde es weitergehen? Das Vernünftigste wäre, dem betrunkenen Hudson eine bequeme Nacht in der Zelle zu verschaffen, ihm ein ordentliches Frühstück zu servieren und ihn dann mit ein paar Dollar Trinkgeld in der Tasche an seiner Lieblingskneipe abzusetzen. Shandy konnte sich jedoch nicht vorstellen, daß Phil Porble von Hudson als Schlafgenossen übermäßig begeistert sein würde. Außerdem war das Kittchen für zwei Insassen wohl kaum geräumig genug, und Edna Mae Ottermole verfügte vermutlich auch über kein zweites mobiles Bett, das sie entbehren konnte.

Nun ja, es würde ihm schon noch etwas einfallen. Augenblicklich schien es so, als reagiere Hudson auf den ungewohnten Luxus eines bequemen Polstersitzes damit, daß er einschlief. Shandy hätte gern dasselbe getan, doch er mußte leider fahren.

Er hatte das Gefühl, daß an diesem Abend eigentlich schon genug passiert war, doch dies stellte sich bald als Irrtum heraus. Als sie an Goulsons Haus angekommen waren, sah er, daß immer noch zahlreiche Menschen hineingingen und herauskamen, auch wenn die meisten Besucher offenbar gingen. Der Herr der Trauerfeierlichkeiten war nicht gerade entzückt, als Professor Shandy mit einem stinkenden Besoffenen im Schlepptau hereinschlenderte und verlangte, die sterblichen Überreste des Unbekannten in der Kühlzelle zu sehen.

»Warum machen Sie es sich nicht beide im hinteren Empfangszimmer bequem, bis ich mich um Sie kümmern kann?« schlug Harry Goulson, der auch in dieser Situation nichts von seiner Liebenswürdigkeit verlor, höflich vor. »Ich bin mir ziemlich sicher, daß auch noch Kaffee und ein paar Doughnuts da sind.«

»Kaffee und Doughnuts?« jammerte Hesperus. »Sie ham doch gesagt, daß ich hier umsonst was Ordentliches zum Süffeln krieg'!«

»Das bekommen Sie auch«, versuchte Shandy ihn zu beruhigen. »Ich wollte nur, daß Sie sich die Leiche noch einmal anschauen, solange Sie noch klar sehen können.«

»Warum zum Teufel? Die hab' ich schon klarer gesehen, als mir lieb war. Un' da hat sie mir schon nich' besonders gut gefallen, un' jetzt gefällt sie mir bestimmt auch nich' besser.«

»Aber Ihr Name wird in der Zeitung stehen. Sie werden vielleicht noch richtig berühmt.«

»Huh. Mein Name hat schon oft genug inner Zeitung gestanden. Meistens, weil ich besoffen war un' mich danebenbenommen hab'. Früher fast immer, weil ich mit besoffenem Kopp gefahren bin, aber das mach' ich jetzt schon seit 1952 nich' mehr. Die ham mir den Führerschein so oft weggenommen, daß es mir selbs' zu blöd wurde, un' da hab' ich's dann lieber ganz gelassen. Die verdammten Autos, die man heute baut, sind sowieso nich' wert, daß man sie klaut. Sie legen mich mit Ihrer vornehmen Blechkiste auch nich' rein, Mister, das brauchen Sie gar nich' ers' zu glauben. Von wegen Whiskey umsonst!«

Hudson ließ sich auf einen Stuhl fallen und trank einen Schluck von dem Kaffee, den Shandy ihm gegeben hatte. »Wenigstens is' das Zeug naß«, gab er in einem weniger kämpferischen Ton zu.

»Trinken Sie ruhig noch etwas mehr davon«, drängte Shandy. »Und nehmen Sie sich ein Doughnut. Oder gleich mehrere.« Er gab sich keinen falschen Hoffnungen hin, daß ein paar Tassen Kaffee auch nur ein Jota an dem Alkoholikerdasein von Hesperus Hudson ändern würden, aber wenigstens wurde der alte Säufer davon nicht noch betrunkener.

Silvester Lomax, einer der beiden Chefs des Wachdienstes, sprang zwar heute nacht für Purvis Mink ein, hatte sich aber trotzdem die Zeit genommen, während seiner Kaffeepause vorbeizuschauen und den beiden aufgebahrten Toten die letzte Ehre zu erweisen. Als Lomax in das hintere Empfangszimmer trat, um sich eine Tasse Kaffee zu holen, damit ihm auch niemand vorwerfen konnte, er habe unter Vorspiegelung falscher Tatsachen eine Pause gemacht, fragte Shandy ihn, ob es ihm etwas ausmachen würde, einige Minuten lang ein Auge auf einen wichtigen Zeugen zu haben. Lomax sagte, es mache ihm nichts aus, und Shandy ließ ihn mit Hudson allein und begab sich in den vorderen Teil des Gebäudes.

Es waren noch einige Nachzügler da, die den Minks ihr Beileid aussprachen und die Kunst der Goulsons bewunderten. Persephone wirkte, als sei sie inzwischen selbst nahe daran, sich aufbahren zu lassen. Tatsächlich schien es Shandy sogar so, als sähen die beiden Verblichenen im Moment besser aus als sie, vermutlich so gut wie seit Jahren nicht mehr. Goulson hatte in aller Eile einen Doppelsarg aus Boston kommen lassen, damit sie auch im Tod vereint blieben. Arabella hatte Mrs. Buggins eine weiße Rose in die wächsernen Hände gelegt, die über dem violetten Polyestermieder gefaltet waren. Trevelyan Buggins hielt eine Pfeife, wahrscheinlich seine Lieblingspfeife, in der Hand, frisch poliert und desodoriert, wie er sie sicher nie in seinem Leben gesehen hatte. Warum eigentlich keine Essigflasche, dachte Shandy verdrossen.

Die lieben Verstorbenen trugen beide ihre Trifokalbrillen. Die Augengläser sollten die beiden vermutlich natürlicher wirken lassen, obwohl sie mit geschlossenen Augen dalagen. Die Kunst des Aufbahrens schien sich offenbar mit jedem neuen Kniff wieder enger an alte Bestattungsrituale anzulehnen. Shandy fragte sich, ob die beiden Dahingeschiedenen wohl auch einen Susan-B.-Anthony-Silberdollar unter ihrer Zunge trugen, mit dem sie den Fährmann, der sie über den Jordan bringen sollte, bezahlen konnten. Doch er verkniff sich die Frage.

Er hatte gehofft, ein paar Worte mit Persephone Mink wechseln zu können, doch momentan schien diese Hoffnung so gut wie unerfüllbar. Offenbar war Harry Goulson leicht beunruhigt, Shandy in der Trauerkapelle frei herumlaufen zu sehen, und faßte daher den Entschluß, seiner Gattin Arabella, die häufig für ihn einsprang, wenn der Junge nicht aushelfen konnte, die weiteren offiziellen Formalitäten zu überlassen und den möglicherweise störenden Shandy persönlich aus dem Raum zu manövrieren, bevor das Dilemma im hinteren Empfangszimmer sich zu einer Katastrophe in der Trauerkapelle auswachsen konnte.

»Ich habe jetzt ein paar Minuten Zeit für Sie, Professor«, murmelte er. »Hier entlang, bitte.«

Inzwischen war Hesperus Hudson in ein nettes Gespräch mit Silvester Lomax vertieft und zeigte keinerlei Interesse, den gemütlichen Plausch zu unterbrechen, doch Lomax sagte, er müsse sowieso wieder zurück an seine Arbeit. Sie verabschiedeten sich freundlich, und Shandy konnte Hesperus Hudson endlich die Leiche zeigen. Hudson protestierte augenblicklich.

»Das is' nich' Henry Wadsworth Longfellow. Wo is' der Bart?«

»Da ist er schon.« Goulson holte einen ganzen Armvoll Bart hervor, sorgfältig getrocknet und gekämmt, und drapierte ihn auf dem glattrasierten Gesicht.

»Hat er so ausgesehen?« fragte Shandy.

»Genau«, sagte Hudson. »Bloß, daß er auf'm Boden inner Schnapsbrennerei zwischen seinen Rockschößen gelegen hat. Un' so sauber wie jetzt war er auch nich'.«

»Ich habe mich ein wenig um ihn gekümmert«, gab Harry Goulson zu. »Ich konnte einfach nicht anders, Professor. Berufsethos.«

»Sehr verständlich«, sagte Shandy. »Es war also ein falscher Bart. Er muß ganz schön fest gesessen haben, sonst hätte er sich im Wasser sicher gelöst.«

»Das kann man wohl sagen«, stimmte ihm Goulson zu. »Ich hatte auch eine Heidenarbeit damit. Ich erzähle Ihnen besser nicht, womit ich ihn schließlich entfernt habe.«

»Nein, besser nicht«, wehrte Shandy ab. »Und was ist mit dem Haar?«

»Oh, das ist echt. Daran besteht kein Zweifel.«

»Brace hat immer 'ne schöne Matte gehabt«, sagte Hudson. »Aber ich hab' nie gedacht, daß er sich mal 'n Bart wachsen lassen würde.«

»Das würde aber doch gut zu seiner Angewohnheit passen, sich zu verkleiden und andere hinters Licht zu führen«, meinte Shandy. »Es ist ja auch kein echter Bart, wissen Sie.«

»Is' es nich'?« Hudson nahm die weiße Bartpracht vom Gesicht und Oberkörper des Toten und hielt sie hoch, um sie sich genauer anzusehen. »Scheint mir aber ganz schön echt zu sein. Was Sie meinen, is' wohl, daß er zwar echt is', aber nich' seiner. Menschenskind, das is' doch mal wieder typisch für Brace! Sich 'n Bart unter'n Nagel zu reißen un' einen dann drunter auslachen. Manometer, der war wirklich 'n echter Fiesling.«

»Sie sind demnach immer noch davon überzeugt, daß es sich bei dieser Leiche um Bracebridge Buggins handelt?« drängte Shandy.

»Woher zum Teufel soll ich 'n das wissen? Vielleicht hat Brace sie ja auch irgendwem geklaut.«

»Eh, angenommen, dies wäre nicht der Fall, würden Sie dann sagen, er ähnelt Bracebridge Buggins, so wie Sie ihn gekannt haben?«

»Was issen das wieder für 'ne dämliche Frage! Als ich Brace gekannt hab', war er doch noch 'n ganz junger Spunt. Un' das hier is' doch 'n alter Mann, oder wenigstens nahe dran. Ich kann bloß sagen, daß der hier so aussieht, wie ich mir vorstell', daß Brace heut' aussehen müßte, wenn er so alt wär' wie der hier.«

»Ich nehme alles wieder zurück«, erwiderte Shandy kleinlaut. Offenbar war er doch erschöpfter, als er angenommen hatte. »Erinnern Sie sich vielleicht an irgendein, eh, besonderes Kennzeichen, mit dessen Hilfe wir ihn eindeutig identifizieren könnten? Ein Muttermal oder eine alte Narbe, die er sich zugezogen hat, als er noch ein Junge war?«

Hudson probierte gerade selbst den Bart an und mußte seinen Mund zuerst von unzähligen falschen Haaren befreien, bevor er antworten konnte. »Puh, das Zeug schmeckt aber scheußlich. Klar hat Brace 'ne Narbe gehabt. Genau unterm Kinn. Hab' ich ihm selbs' mal verpaßt, als ich meinen ersten Schlagring ausprobiert hab'. Der hat eigentlich zuers' Bain gehört, aber der hat 'n mir dann für einsfuffzig verkauft, weil er 'nem Kerl, den er auf'm Jahrmarkt irgendwo auf'm Land aufgemischt hat, seinen abgenommen hat und weil der noch besser war.«

»Ich habe keine Narbe bemerkt, als ich den Bart entfernt habe«, sagte Goulson.

»Vielleicht war es doch ein weniger, eh, dauerhaftes Andenken, als Hudson angenommen hat«, sagte Shandy. »Narben verschwinden häufig im Laufe des Lebens wieder. Haben Sie eine starke Lampe, die wir direkt auf sein Gesicht richten können, Goulson? Und vielleicht auch ein Vergrößerungsglas?«

Goulson hatte beides. Das Vergrößerungsglas sah aus wie eine Schweißbrille und konnte über den Kopf gezogen werden. Manchmal sei dies sehr praktisch, erklärte Goulson ziemlich vage.

Doch selbst das Vergrößerungsglas nutzte Shandy wenig. »Keine Spur von einer Narbe.«

»Vielleicht hat er sie irgendwo wegmachen lassen«, schlug Hudson vor. »Da gibt's Operationen inner Plastikchirurgie. Darüber ham die sich im ›Dirty Duck‹ neulich mal unterhalten.«

»Selbst der beste Plastische Chirurg hinterläßt häufig Narben, die für ein geübtes Auge sichtbar bleiben«, sagte Goulson. »Darf ich mal sehen, Professor?«

»Selbstverständlich.« Shandy gab die Brille ihrem rechtmäßigen Besitzer zurück, doch auch Goulson konnte mit professionellem Blick keinerlei Anzeichen einer ehemaligen Narbe an der Stelle entdecken, die Hudson ihnen gezeigt hatte.

»Dann is' es wohl doch Bain«, sagte Hesperus Hudson. »Aber was hat er dann bloß mit all den rosa Schlangen gemach'?«

»Man könnte auch annehmen, daß die Narbe, eh, verblaßt ist«, insistierte Shandy. »Sie sehen ja, wie viele Falten und Runzeln er hat. Vielleicht die Folge von starker Wind- und Sonneneinwirkung, meinen Sie nicht auch, Goulson?«

»Ja, aber Brace hat doch immer so 'nen langen weißen Seidenschal getragen«, protestierte Hudson. »Wie die *Flying Aces* in den alten Filmen.«

»Ich dachte, Sie wären davon überzeugt, daß der Mann hier Bainbridge ist?« Peter Shandy war der Verzweiflung nahe und zeigte dies auch. »Welche Augenfarbe hatten die Zwillinge übrigens?«

»Warum gehn Sie nich' hin un' schauen nach?«

Der Kaffee und die Doughnuts hatten offenbar das, was von Hudsons Gehirn noch übrig war, etwas zu stark stimuliert. Hesperus mußte ein ziemlich gewitztes Kerlchen gewesen sein, als er damals mit den Zwillingen zusammen die Gegend unsicher gemacht hatte.

»Die Frage war eigentlich als eine Art Test gedacht«, teilte Shandy ihm finster mit. »Ich würde gern von Ihnen wissen, welche Augenfarbe die Buggins-Brüder hatten. Können Sie sich noch daran erinnern?«

»Ich kann mich noch nich' mal erinnern, was für 'ne Augenfarbe ich selbs' hab'«, knurrte Hudson. »Wann krieg' ich endlich meinen Drink?«

Shandy entschied, daß er genausogut das Handtuch werfen konnte. »Haben Sie vielleicht irgend etwas Alkoholisches im Haus, Goulson? Ganz gleich, was es ist. Tut mir leid, daß ich Ihnen so viele Umstände mache.«

»Aber das ist doch völlig in Ordnung, Professor. Ich bin wahrscheinlich noch viel mehr als Sie daran interessiert, daß dieser Mann hier identifiziert wird.«

Goulson griff in einen Schrank und zog eine Flasche Bourbon und ein sauberes Glas hervor, das er großzügig vollschenkte. »Bitte sehr, Mr. Hudson. Ich habe hier draußen immer eine Flasche davon stehen. In meinem Beruf weiß man nie, wann jemand ein kleines Stärkungsmittel braucht. Möchten Sie etwas Wasser dazu?«

Hesperus Hudson starrte den Bestattungsunternehmer an, als sei er eine große rosa Schlange. »Wenn Sie das im ›Dirty Duck‹ gesagt hätten, würd' man Sie wegen schlechtem Benehmen sofort rausschmeißen.«

Er kippte den Inhalt des Glases hinunter und hielt es Goulson zum Nachfüllen hin. Harry Goulson schaute Professor Shandy an, zuckte mit den Achseln und schenkte nach. Dann schraubte er den Verschluß wieder auf die Flasche und stellte sie zurück in den Schrank.

»Geizkragen«, stöhnte Hudson. »Sieht mir ganz so aus, als müßt' ich sparsam mit dem Zeug hier umgeh'n.« Er zog einen Stuhl an den Einbalsamierungstisch, verschüttete ein paar Tropfen von seinem Drink, gerade soviel, daß er sich wie zu Hause fühlte, und sank über der kleinen Pfütze in sich zusammen, wobei es sich um seine gewöhnliche Sitzhaltung zu handeln schien.

Shandy und Goulson ließen ihn allein zurück und begaben sich wieder in die Trauerkapelle. Inzwischen waren alle Besucher gegangen. Arabella half den Minks, deren Töchtern und einigen angeheirateten Verwandten in ihre Mäntel. Wahrscheinlich war dies nicht der geeignete Zeitpunkt, Persephone anzusprechen, doch Shandy tat es trotzdem.

»Mrs. Mink, wir haben einen Mann im Hinterzimmer, der sich ziemlich sicher ist, daß der Tote, den wir bisher noch nicht identifizieren konnten, einer Ihrer Brüder ist. Er behauptet, er habe beide gut gekannt, als sie noch Kinder waren. Sein Name ist Hesperus Hudson. Kennen Sie ihn?«

»Natürlich kenne ich ihn. Die Hudsons wohnten drüben in Fourth Fork. Soweit ich weiß, hat es keiner von ihnen je zu etwas gebracht«, fügte sie naserümpfend hinzu. »Das letzte, was ich von Hesp gehört habe, war, daß er ein richtiger Herumtreiber geworden ist. Die Leute sagen, daß er nur noch im ›Dirty Duck‹ herumhockt und auf einen Trottel wartet, der dumm genug ist, ihm einen Drink auszugeben.«

»Aber er war tatsächlich früher mit Ihren Brüdern befreundet?«

»Das stimmt schon, obwohl es nicht gerade schmeichelhaft für meine Brüder ist. Für ihn übrigens auch nicht, wenn ich ehrlich sein soll.«

»Was bedeutet, daß Hesperus Hudson Bracebridge und Bainbridge möglicherweise noch besser gekannt hat als Sie selbst, wenn man den Altersunterschied zwischen Ihnen und Ihren Brüdern bedenkt.«

Persephone nickte grimmig. »Es würde mich keineswegs wundern, wenn er sie sogar sehr gut gekannt hätte. Aber mit Güte hatte es trotzdem nicht das geringste zu tun, wie Mae West so schön zu sagen pflegte. Aber was rede ich da überhaupt.« Sie schaute zu den beiden verblichenen Buggins in ihrem blumengeschmückten Doppelsarg hinüber. »Ich habe schon immer vermutet, daß es die drei Burschen gewesen sind, die damals in die Seifenfabrik eingebrochen sind und die Sprinkleranlage ausgelöst haben.«

»Und kurz darauf ist Bainbridge dann in die Armee eingetreten, nicht wahr?«

»Es würde mich nicht wundern, wenn das sogar der wahre Grund für sein Verschwinden gewesen wäre. Der Schaden, der dort angerichtet wurde, war fürchterlich. Die Eigentümer der Fabrik hätten sich bestimmt durch nichts davon abhalten lassen, die Schuldigen vor Gericht zu bringen. Sie konnten nur nicht herausfinden, wer es gewesen ist. Bain hat es höchstwahrscheinlich mit der Angst zu tun bekommen und sich davongemacht, bevor Brace ihn angezeigt hätte, nur um die Belohnung zu kassieren. Er war ein fürchterlicher Feigling, wie die meisten Schlägertypen.«

Sie rümpfte nochmals die Nase. »Ich erinnere mich noch, wie froh ich war, als er wegging. Ich war damals noch ein kleines Mädchen, aber ich habe genau gespürt, daß Mama und Daddy genauso froh waren wie ich, auch wenn sie sich nichts haben anmerken lassen. An dem Tag, als sie die Flagge mit dem goldenen Stern aus dem Fenster gehängt hat, um den Nachbarn zu zeigen, daß ihr Sohn sein Leben für den Dienst am Vaterland geopfert hat, hat Mama ›God bless America‹ gesungen. Sie hat sie schon an dem Tag gekauft, als sein Schiff ausgelaufen ist, nur für alle Fälle. Das war so ungefähr das einzige, was Bain je getan hat, auf das sie wirklich stolz sein konnte. Das und das Geld von der Versicherung. Hesp versucht doch wohl nicht, Ihnen einzureden, daß der Mann dort hinten Bain ist, oder?«

»Er schien sich zunächst ziemlich sicher zu sein, daß es sich um Bracebridge handelte, außer daß er behauptete, Bracebridge hätte eine Narbe unter dem Kinn, die aber spurlos verschwunden ist. Erinnern Sie sich an eine Narbe?«

»Nein, davon weiß ich nichts. Ich kann dazu nur sagen, daß Brace, falls er wirklich eine solche Narbe gehabt hat, bestimmt alles Menschenmögliche getan hat, um sie zu verbergen, es sei denn, er hätte sich im Laufe der Jahre völlig verändert. Er hat sich immer schrecklich viel auf sein Aussehen eingebildet. Er behauptete sogar, er sei der hübschere Zwilling, obwohl ich persönlich keinen großen Unterschied zwischen den beiden feststellen konnte. Brace hat allerdings eine Menge Aufhebens von seiner Kleidung gemacht, während Mama Bain immer nur mit viel Überredungskunst dazu kriegen konnte, wenigstens alle Jubeljahre einmal ein Bad zu nehmen und die Unterwäsche zu wechseln. Ich nehme an, beim Militär hat man Bain diesen Unsinn schon ausgetrieben.«

»Nicht für sehr lange«, knurrte ihr Ehemann.

Purvis Mink war wirklich ein typischer Balaclava-Wachmann, dachte Shandy. Er war mittelgroß, sauber und gepflegt, ohne elegant zu sein, und sah ähnlich wie der Mann in Goulsons Hinterzimmer ein wenig wettergegerbt aus, da er den größten Teil seiner Arbeitszeit draußen verbrachte. Mink hätte es ganz und gar nicht gepaßt, wenn man ihn als gutaussehend bezeichnet hätte, doch für sein Alter – er mußte ungefähr 50 sein – sah er wirklich nicht schlecht aus.

»Ich vermute, Sie haben die Zwillinge nie persönlich kennengelernt, Mink?« erkundigte sich Shandy.

»Nein, meines Wissens habe ich keinen von beiden je gesehen«, antwortete der Wachmann, »und ich kann auch nicht behaupten, daß ich die beiden je vermißt habe. Ich habe Sephy erst kennengelernt, als sie und Grace in das Cottage oben auf dem Campus gezogen sind. Tut mir leid, daß ich Ihnen keine große Hilfe bin, Professor, aber es ist nett von Ihnen, daß Sie sich dafür interessieren. So, wenn Sie uns nicht weiter brauchen, denke ich, daß wir jetzt nach Hause gehen sollten. Sephy ist völlig erledigt. Ich glaube, ich hatte einen Hut dabei, als ich herkam, Arabella.«

»Einen grauen«, sagte Persephone.

Mrs. Goulson kramte in der Garderobe. »Ach herrje, Purvis, ich befürchte, der einzige Hut, der noch übrig ist, ist braun.«

»Das ist er«, sagte Mink.

Seine Frau errötete. »Jetzt ist es mir tatsächlich schon wieder passiert! Tut mir leid, Arabella.«

»Macht doch nichts, Sephy«, beruhigte ihre Gartenclubschwester sie lächelnd. »Es ist ja nicht so schlimm wie damals nach der Blumenschau am Commonwealth Pier, als du uns die ganze Zeit auf dem Riesenparkplatz hin und her gehetzt hast, bloß um einen grauen Wagen zu suchen, der in Wirklichkeit braun war. Meine Tante Luanna hatte genau dasselbe Problem. Braun sieht genauso aus wie Grau, weil man das Rot darin nicht sieht. Und die Tatsache, daß du Rot nicht sehen kannst, ist bestimmt auch der Grund dafür, daß du so lieb und sanftmütig bist.«

Shandy haßte es, Arabella den Spaß zu verderben, doch es ergab sich hier eine interessante Frage. »Eh, bitte verzeihen Sie mir, daß ich wieder davon anfange, Mrs. Mink, aber wie konnten Sie sich dann bei der Augenfarbe Ihres Bruders gestern morgen so sicher sein?«

»Ich habe doch gesagt, daß sie braun sind, oder?«

»Ja, schon, aber Sie können Braun doch gar nicht erkennen.«

»Aber Blau kann ich erkennen. Und die Augen des Mannes waren jedenfalls nicht blau, oder?«

»Richtig«, mußte Shandy zugeben.

»Dann kann es auch nicht Brace sein, wie ich Ihnen sagte. Seine Augen waren braun. Das hat er mir selbst gesagt, als ich ihn mal gefragt habe.«

Kapitel 17

Darüber werden wir uns erst wieder Gedanken machen, wenn wir die beiden hier begraben haben«, sagte Purvis Mink mit rauher Zärtlichkeit. »Komm, wir gehen nach Hause, Sephy.«

»Für mich wird es auch allmählich Zeit, ins Bett zu gehen.« Arabella Goulson hatte eindeutig das Gefühl, lange genug für ihren Gatten eingesprungen zu sein. »Du kommst doch bald nach, nicht, Harry?«

Sie hatte zu gute Manieren, um Professor Shandy dabei vorwurfsvoll anzusehen, auch wenn er sich so fühlte. Ihr Gatte räusperte sich.

»Was wollen Sie mit Hesp Hudson anfangen, Professor?«

»Ehrlich gesagt habe ich mir darüber auch schon meine Gedanken gemacht«, gab Shandy zu. »Im Gefängnis ist kein Platz für ihn, es sei denn, Ottermole hat seine Meinung über Phil Porble geändert.«

»Was nicht der Fall ist«, seufzte Goulson. »Grace war vor einer Weile dort, um ihn zu besuchen, und sie sah ganz schön niedergeschlagen aus, das kann ich Ihnen sagen. Aber Sie kennen ja Grace - sie behält immer den Kopf oben, egal, was passiert. Meine Frau und ich machen uns ziemliche Sorgen um Phil, wenn ich ganz ehrlich sein soll. Mal abgesehen von allem anderen, müssen wir schließlich auch an Lizanne und unseren Jungen denken. Ich habe Grace heimlich gefragt, ob sie es Lizanne schon erzählt hat, und sie sagte, nein, sie hätte es nicht übers Herz gebracht, den Kindern das schöne Wochenende zu verderben. Na ja, ich hoffe, in ein oder zwei Tagen wird sich alles geklärt haben. Meinen Sie nicht?«

Warum zum Teufel stellte Goulson gerade ihm diese Frage? Doch dann kam Shandy der Gedanke, daß vielleicht auch ein Leichenbestatter hin und wieder ein wenig Trost brauchte. »Das hoffe ich auch, Goulson«, sagte er. Vielleicht half ihm das.

»Sie glauben nicht, Professor, daß Trevelyan Buggins und seine Frau eventuell das Ableben ihres geliebten Sohnes, sagen wir einmal, selbst in die Hand genommen haben? Nicht daß sie nicht genug triftige Gründe dafür gehabt hätten, nach allem, was ich über die Buggins-Jungen gehört habe. Aber vielleicht hat sie danach die Reue trotzdem so sehr gequält, denn immerhin handelte es sich um ihren eigenen Sohn, daß sie, na ja ...«

»Auch ihr eigenes Ableben selbst in die Hand genommen haben?«

Shandy versuchte gar nicht erst, sein nächstes Gähnen zu unterdrücken. Der Impuls war so stark, daß er sowieso nichts mehr dagegen tun konnte. »Aber zuerst haben sie mit Phil Porble abgemacht, daß er die Leiche in Oozaks Teich werfen sollte, meinen Sie, und zwar in der Nacht vom ersten Februar, so daß sie dort am Murmeltiertag für eine kleine Extrasensation sorgen würde? Mhmja, das würde natürlich alles wunderbar passen, nicht wahr? Glauben Sie, Persephone Mink würde sich besser fühlen, wenn wir sie anrufen und fragen, was sie von dieser Idee hält?«

»Es ist mir ja nur so durch den Kopf gegangen«, erwiderte Goulson ein wenig verstimmt. »Ich weiß nicht, ob Sie schon einmal daran gedacht haben, Professor, wie unangenehm es für einen Mann in meinem Beruf ist, einen unbekannten Verblichenen in der Kühlzelle liegen zu haben.«

»Nein, dieser Gedanke ist mir tatsächlich noch nicht gekommen«, gab Shandy zu. »Irgendwie kann ich Sie schon verstehen.«

Derart bestärkt, erwärmte sich Goulson erst richtig für das Thema. »Und wenn es Grund zu der Annahme gibt, daß der Verstorbene vielleicht doch jemand sein könnte, den man kennt, aber niemand zu wissen scheint, wer genau es ist, dann macht das alles nur noch schlimmer. Wir Goulsons sind immer stolz auf unseren Dienst an Nachbarn und Freunden gewesen, aber es ist schrecklich schwierig, für jemanden freundschaftliche Gefühle zu entwickeln, wenn man nicht einmal genau weiß, um wen es sich handelt. Ich will mich nicht beklagen, Professsor, aber ich kann mir nicht helfen, ich habe irgendwie das Gefühl, daß dieser spezielle Verblichene allmählich lange genug hier gelegen hat. Womit wir wieder beim Thema Hesperus Hudson wären.«

»Schon gut, ich habe verstanden, Goulson. Ich würde ihn ja gern nach Hause fahren, wenn ich nur wüßte, wo er wohnt, aber nach dem, was er mir erzählt hat, ist es eine kleine Hütte irgendwo im Busch zwischen der Brennerei von Trevelyan Buggins und dem ›Dirty Duck‹. Ich kann nicht sagen, daß ich große Lust habe, mitten in der Nacht danach zu suchen. Aufs Revier kann ich ihn ebenfalls nicht bringen, weil Phil Porble schon dort sitzt. Auch zu mir nach Hause will ich ihn nicht mitnehmen, denn meine Frau hat inzwischen unser Gästezimmer völlig in Beschlag genommen, um dort die gesamte Sammlung Buggins unterzubringen, und ich fürchte, daß sie alles andere als begeistert sein wird, wenn ich ihn einfach auf dem Wohnzimmersofa ablade. Normalerweise bringen wir unerwarteten Besuch immer im ›College Arms‹ unter, aber ich weiß nicht genau, wie Mrs. Blore auf Hudson reagieren würde.«

›College Arms‹ war der etwas prätentiöse Name einer höchst respektablen Pension, die einer Cousine dritten Grades von Betsy Lomax gehörte, die sich in der Hauptsache um heimatlose Professoren und Eltern, die zu Besuch gekommen waren, kümmerte. In Wirklichkeit wußte Shandy natürlich haargenau, wie Mrs. Blore auf Hudson reagieren würde. Goulson wußte es ebenfalls. Der Leichenbestatter seufzte.

»Ich wollte, ich könnte Ihnen helfen, Professor, aber ich bin hier wegen des Doppelbegräbnisses morgen früh wirklich ziemlich eingespannt. Das Beste, was mir einfällt, ist, Hesp rüber zu Zack Woozle zu bringen. Marietta ist nämlich seine Nichte. Ich nehme an, sie wird schon wissen, was sie mit ihm anfangen soll.«

»Vielen Dank, Goulson.« Shandy versuchte, die Bitterkeit, die er verspürte, nicht in seiner Stimme mitklingen zu lassen. »Wenn Sie mir vielleicht eben helfen könnten, ihn in den Wagen ...«

»Ich habe einen fahrbaren Tisch, auf dem ich die Dahingeschiedenen immer transportiere.«

Es stellte sich jedoch heraus, daß dies gar nicht nötig war. Hesperus Hudson war immer noch in der Lage, seine blutunterlaufenen Augen zu rollen und sein Glas erwartungsvoll über den Tisch zu schieben. Shandy schüttelte den Kopf.

»Heute abend gibt es nichts mehr, Mr. Hudson. Ich werde Ihnen etwas Trinkgeld für morgen geben, aber zuerst möchte ich Sie nach Hause bringen.«

»›Dirty Duck‹«, insistierte Hudson.

Genau das wäre Shandy auch am liebsten gewesen. Das Problem war nur, daß es schon so spät war, als sie dort endlich eintrafen, daß kein Wagen mehr auf dem Parkplatz stand und die Tür verschlossen war.

»Schon geschlossen«, seufzte Shandy. »Wo ist Ihre Hütte, Hudson?«

»Höh?«

»Ihre Hütte. Das Haus, in dem Sie wohnen. Wo ist es?«

»Da drin.« Hudson machte eine Armbewegung, die beinahe das gesamte Gebiet der Seven Forks umfaßte.

Shandy starrte düster aus dem Wagenfenster auf die weite Ebene aus Schneematsch und Gestrüpp und hatte nicht die geringste Lust, irgendwo dort draußen steckenzubleiben. »Kommen Sie, ich bringe Sie zu Ihrer Nichte.«

»Ich will aber lieber hier bleiben.«

»Dann sind Sie morgen früh todsicher erfroren.« Was im Grunde keine schlechte Idee war, aber Shandy wollte dafür nicht die Verantwortung übernehmen. Sie mußten also doch noch zu den Woozles, obwohl ihm schon die Vorstellung von Hesperus Hudson inmitten des ganzen glänzenden Vinyls absolut wahnwitzig erschien.

Noch bevor es Shandy gelungen war, Hudson von seinem Beifahrersitz zu locken, war klar, daß sie für ihren Besuch einen höchst ungünstigen Zeitpunkt gewählt hatten. Trotz der ziemlich fachmännisch wirkenden Isolierung von Türen und Fenstern konnte er den bis dato schweigsamen Zack brüllen hören wie ein gereiztes Gnu.

»Du brauchst dir gar nicht einzubilden, daß ich nicht weiß, was du hier treibst!«

»Ach ja?« Marietta stand ihm offenbar in nichts nach und gab ihm anständig Zunder. »Jetzt aber mal halblang, du Schlappschwanz! Wenn du selbst wenigstens gelegentlich mal dazu fähig wärst, würdest du dich jetzt auch nicht so bescheuert aufführen, bloß weil du Angst hast, daß ich es mir woanders hole.«

Shandy mußte sich noch diverse andere Improvisationen zum selben Thema anhören, bevor es ihm gelang, Hudson zum Haus zu schleifen und sich durch Trommeln und Schlagen gegen die Tür über dem Tumult im Inneren Gehör zu verschaffen.

»Wer zum Teufel ist das?« brüllte Zack schließlich.

»Warum gehst du nicht hin und siehst selber nach, du fauler Hund?« schrie Marietta.

»Und warum gehst du nicht, du dämliche Schlampe?«

»Herrgott noch mal!« Shandy blieb offenbar nichts anderes übrig, als sich ebenfalls an dem Höllenlärm zu beteiligen. »Machen Sie sofort auf! Hier ist die Polizei!«

Das wirkte augenblicklich. Zack Woozle riß die Tür auf. »Was zum Teufel wollen Sie?«

»Ich will, daß Sie mir Ihren Saufkumpan abnehmen, damit ich endlich nach Hause in mein Bett kann.«

Shandy schleuderte den mittlerweile komatösen Hesperus Hudson über das gewachste rot-weiß-blaue Linoleum wie einen Curlingstein auf der Eisbahn und rannte, so schnell er konnte, zu seinem Wagen, bevor die Woozles sich von ihrem Schock erholten und den alten Säufer zurückschossen.

Es ging ihn zwar nichts an, doch er hätte liebend gern gewußt, mit wem sich Marietta Woozle die Zeit vertrieben hatte. Ihm war nämlich aufgefallen, daß sie trotz ihres Gekeifes eben die Anschuldigungen ihres Mannes mit keinem Wort dementiert hatte. Ihr Ehrenkodex als Korrektorin verbot ihr offenbar, krasse Falschaussagen in den Raum zu stellen. Es konnte sowieso nur jemand gewesen sein, der in der Nähe wohnte. Kein Don Juan, der seinen Verstand auch nur halbwegs beisammen hatte, würde in einer Nacht wie dieser weit fahren, bloß um sich von ein paar blauen Hühnerfedern kitzeln zu lassen.

»*Seductio ad absurdum*«, murmelte er und schaltete das Autoradio ein, um sich wachzuhalten.

Als er endlich die Haustür seines kleinen Backsteinhauses auf dem Crescent aufschließen konnte, kannte seine Erleichterung keine Grenzen. Er hatte erwartet, daß Helen schon schlief, doch sie rief von oben durch das Treppenhaus: »Peter, bist du's?«

»Mitnichten, meine Geliebte«, erwiderte er. »Nichts als der bleiche Schatten des verwegenen Mannes, den einst du gekannt. Ich dachte, du lägst schon längst in Morpheus' Armen?«

»Das dachte ich auch, aber der Abend hatte es wirklich in sich. Grace Porble ist eben erst wieder gegangen. Sie ist völlig aus dem Häuschen.«

»Wer ist das nicht? Möchtest du vielleicht eine Tasse heiße Schokolade?«

»Nein, danke. Ich habe mindestens sechs Tassen Tee mit Grace getrunken. Ich habe nicht gewagt, ihr etwas Alkoholisches anzubieten, aus Angst, sie könnte völlig zusammenbrechen.«

»Wie recht du doch hattest. Einen sinnlos Betrunkenen am Hals zu haben ist wirklich höllisch unangenehm. Das habe ich sozusagen gerade am eigenen Leib erfahren.«

»Das hast du also die ganze Zeit gemacht!« Helen war inzwischen nach unten gekommen. Sie trug den wattierten aprikosenfarbenen Seidenmorgenrock, den Shandy ihr zu Weihnachten geschenkt hatte, und schmiegte ihr Gesicht an seine alte graue Strickjacke. »Pfui, du stinkst ja entsetzlich nach Kneipe.«

»Nach ›Dirty Duck‹, wenn du es genau wissen möchtest.«

»Ist das nicht diese schreckliche Spelunke draußen an der alten Landstraße?«

»Woher weißt du denn, daß es eine schreckliche Spelunke ist?«

»Das sieht man dem Ding doch schon von außen an. Und was, um Himmels willen, hast du dort gesucht? Das ist doch wohl keine Kneipe für gute Ehemänner!«

»Mit Güte hatte es auch nichts zu tun, wie deine Freundin Sephy Mink heute abend in Harry Goulson Trauerkapelle so treffend bemerkte.«

»Peter, das darf doch nicht wahr sein! Sephy würde nie im Leben so etwas auf der Beerdigung ihrer eigenen Eltern sagen!«

»Auf der Beerdigung hat sie es ja auch nicht gesagt. Es geschah während der Aufbahrung oder wie auch immer man das heutzutage nennt, nachdem die Besucher sich verabschiedet hatten und sie sich endlich ein wenig gehenlassen konnte. Außerdem wurden die Worte keineswegs leichtfertig gesprochen, wie du offenbar anzunehmen scheinst.«

»Peter, Liebling«, sagte Helen. »Unsere Ehe ist doch bisher im großen und ganzen bemerkenswert glücklich gewesen. Würdest du dir wünschen, daß dieser Zustand weiterhin andauert, oder möchtest du, daß ich anfange, zänkisch wie eine Xanthippe zu sein?«

»Ich entscheide mich für die Fortführung der Harmonie, wenn du schon so liebenswürdig bist, mir die Wahl zu lassen. Ich hatte heute außerdem bereits einen Zusammenstoß mit einer Xanthippe.«

»Du liebe Zeit, du hast anscheinend wirklich eine tolle Nacht verbracht! Sollten wir uns nicht doch zusammensetzen und einen kleinen Erfahrungsaustausch abhalten?«

»Wie wäre es, wenn wir uns statt dessen gegenseitig festhalten würden? All dies nächtliche Treiben setzt kein gutes Beispiel für Jane.«

»Versuch bloß nicht, mich einzuwickeln. Katzen sind Nachttiere, genau wie herumstromernde Ehemänner. Was hast du also die ganze Zeit getrieben?«

Shandy klärte sie auf, während er seine diversen Kleidungsstücke überall im Schlafzimmer verstreute. »Und jetzt möchte ich mich duschen, ein paar Gewürznelken kauen und mich in die Falle hauen. ›Denn das Schwert ist dauerhafter als die Scheide, und die Seele dauerhafter als die Brust, und der Mantel dauerhafter als die Hose, und zu guter Letzt bleibt bloß der Frust.‹ Die erste Hälfte stammt von Byron, die zweite von irgendeinem anderen Dichter, dessen Name mir aber gerade nicht einfällt. Jedenfalls ist es nicht Corydon Buggins, das ist sicher. Komm schon, Jane. Du darfst am Duschvorhang hochklettern, während dein Alter sich reinigt.«

»Nimm bitte seine dreckigen Socken und die Unterwäsche mit, Jane, und stopf sie in den Wäschebeutel«, schlug Helen gähnend vor. »Und begrab die scheußliche alte Hose im Katzenklo.«

»Xanthippe!« Shandy entledigte sich der anstößigen Kleidungsstücke und begab sich ins Badezimmer, um sich von den hartnäckigen Dünsten des ›Dirty Duck‹ zu befreien. Frisch gereinigt, in seinem sauberen Schlafanzug und gewärmt vom süßen Körper seiner geliebten Gattin, lag er schließlich im Bett und versuchte, das Chaos in seinem Gehirn zu ordnen.

War es wirklich einer der Zwillinge, der momentan Goulsons Kühlzelle blockierte, oder nur eine verirrte Leiche, die Bracebridge gemeinsam mit dem Bart irgendwo entwendet hatte, wie Hesperus Hudson vermutete? War Kapitän Flackley heute abend in dem Bestattungsinstitut aufgetaucht, oder war er anderweitig beschäftigt gewesen? Und hatte diese Beschäftigung rein zufällig etwas mit Marietta Woozle zu tun? Vielleicht hatte sie gar nicht versucht, Mae West nachzuahmen, sondern eher einen patriotischen Pinguin? Mit dem Gedanken an Pinguine schlief Shandy schließlich ein.

Er hätte sicher bis Mittag weitergeschlafen, wenn Helen den Wecker nicht auf sieben Uhr gestellt hätte. »Sadistin!« seufzte er. »Hast du denn kein Mitgefühl im Balg?«

»Dieses Wort darf man in höflichen Konversationen nicht benutzen. Meine Mutter sagt, daß sich das nicht gehört«, erwiderte sie. »Einer von uns muß heute arbeiten, falls dir dies entfallen sein sollte. Ich dusche als erste!«

»Dann nichts wie los. Ich bin bereits sauber genug.«

Er hätte sich am liebsten sofort wieder in die Kissen zurücksinken lassen, doch Helen hatte andere Pläne für ihn. »Dann kannst du uns ja inzwischen das Frühstück machen. Eier und Schinken für mich, bitte. Der Himmel weiß, ob wir heute überhaupt etwas zu

Mittag essen werden. Du wolltest doch auch den armen Doktor Porble aus dem Kittchen holen, nicht? Ich glaube nicht, daß ich seine Arbeit und meine ganzen anderen Verpflichtungen noch sehr viel länger schaffen kann.«

»Soll ich daraus schließen, daß die Fortsetzung seiner Einkerkerung eine Bedrohung meiner ehelichen Privilegien darstellt?«

»In diesem Licht hatte ich die Sache zwar noch gar nicht gesehen, doch es ist eigentlich ein hervorragender Einfall.«

Helen verschwand im Badezimmer und schloß die Tür hinter sich ab. Shandy verfluchte die unfairen Methoden der Schicksalsgöttin und begab sich nach unten in die Küche.

Er mußte am Nachmittag noch zwei Vorlesungen halten. Der morgige Tag war bereits völlig ausgebucht, denn er würde sowohl den Vormittag als auch den Nachmittag im Versuchstreibhaus verbringen. Somit hatte er weniger als sechs Stunden Zeit, um Porble herauszuboxen und jemand anderen wegen dreifachen Mordes hinter Gitter zu bringen.

Wenigstens hatte Hesperus Hudsons Aussage ziemlich eindeutig die Verbindung zwischen dem Tod des Unbekannten und dem des alten Ehepaares bestätigt. Hesperus mochte zwar rosa Schlangen sehen, doch Steine in den Taschen eines altmodischen Fracks, den ein Mann trug, der als Henry Wadsworth Longfellow verkleidet war, gehörten nicht zu der Art von Halluzinationen, die einen so mir nichts, dir nichts überfielen, selbst wenn man ein Stammkunde des ›Dirty Duck‹ war. Vor allem nicht, wenn sich diese Vision auf dem Grund und Boden eines Mannes abspielte, der mit den Werken von Corydon Buggins wohlvertraut war, und wenn eine Leiche, auf die Hesps Beschreibung haargenau zutraf, im Beisein von ungefähr der Hälfte der Einwohner von Balaclava Junction und Umgebung aus Oozaks Teich gefischt wurde.

Hudson hatte bewiesen, daß zumindest ein Teil seines Gehirns noch funktionsfähig war, vielleicht weil er nie genug Geld besessen hatte, um so betrunken zu bleiben, wie er gerne gewollt hätte. Seine Schilderung, warum er zur Hütte gegangen war und wie er dort die Leiche gefunden hatte, klang ziemlich überzeugend. Nur schade, daß er sich nicht erinnern konnte, wann genau er dort war, aber Shandy hatte den Eindruck, daß es innerhalb der letzten ein oder zwei Wochen gewesen sein mußte. Das würde ungefähr mit dem Zeitraum übereinstimmen, den die Leiche schätzungsweise im Wasser verbracht hatte. Hätte sie länger dort gelegen, wäre der falsche Bart sicher abgefallen, ganz egal, womit man ihn angeklebt hatte, denn das Hautgewebe hätte angefangen, sich aufzulösen.

Die Schnapsbrennerei war knochentrocken gewesen, hatte Hudson gesagt. Shandy glaubte ihm dies ohne weiteres. Da er mehr oder weniger mit Buggins-Schnaps großgeworden war, wußte Hudson bestimmt sehr genau, wie er auch noch an den letzten Tropfen dort kommen konnte. Das bedeutete, daß es bereits eine ganze Weile her sein mußte, seit der alte Buggins Nachschub produziert hatte. Alkohol, der in den Schläuchen oder Röhren zurückgeblieben war, wäre nämlich nicht gefroren und in dem kalten Wetter nur langsam verdunstet. Vielleicht war es möglich, den Zeitpunkt, an dem der Mann getötet worden war, ein wenig genauer einzugrenzen, indem man herausfand, wann Trevelyan Buggins seine letzte Essigflasche abgefüllt hatte. Minerva Mink müßte eigentlich darüber Auskunft geben können, doch was mit dieser Information dann anzufangen war, blieb abzuwarten.

Vielleicht hätte man besser daran getan, ein wenig im bürokratischen Morast zu waten, indem man bei der *Veterans Administration* oder sonstwo nachhakte, um herauszufinden, ob sich genauere Informationen über den Vermißtenstatus von Bainbridge Buggins finden ließen. Doch wenn dies der Fall sein sollte, hätte man die Familie sicher schon längst benachrichtigt, und Grace Porble wüßte davon. Ihre Theorie, daß Bainbridge desertiert war, klang recht plausibel, bedachte man, was Hesperus Hudson über seinen alten Kumpel aus Jugendzeiten gesagt hatte. Und Bain hätte sich in diesem Fall wohl auch kaum die Mühe gemacht, dem befehlshabenden Offizier seine neue Adresse zu hinterlassen, damit man ihm seine Post nachsenden konnte. Zuallererst hätte er sich bestimmt eine neue Identität zugelegt. Es war ihm sogar zuzutrauen, daß er die Hände eines Opfers enthäutet hatte, um sich neue Fingerabdrücke zu verschaffen, wenn ihm diese Idee durch den Kopf gegangen wäre. Ob sie nun Trevelyans legale Sprößlinge waren oder nicht, die Buggins-Zwillinge waren offenbar wirklich Mistkerle erster Güte.

Jane kletterte an Shandys Hosenbein hoch und forderte lautstark ihren Anteil an gebratenem Schinken. Shandy schob den Gedanken an die Buggins-Söhne beiseite und widmete sich wieder seinen unmittelbaren Pflichten.

Kapitel 18

Einfach vorzüglich, Liebling.« Helen stellte ihre leere Tasse auf den Tisch. »Aber jetzt muß ich mich wirklich beeilen. Du kannst dir gar nicht vorstellen, wieviel Verwaltungsarbeit nötig ist, um diese Bibliothek zu führen. Ich weiß nicht, wie Thorkjeld es schafft, das gesamte College zu leiten und dabei auch noch alles andere im Griff zu haben. Momentan steckt er bis über beide Ohren in der Überarbeitung des Lehrplans für die Abteilung Molkereiwissenschaft, tüftelt mit den Architekten Pläne für den neuen Flügel des Lower-West-Studentenheims aus, versucht, noch ein paar tausend Dollar zusätzlich aus dem Stiftungsfond herauszuquetschen, um die Examenskandidaten zu unterstützen, die diese hervorragende Idee für die kollektive Obstplantage hatten und nicht genug Kapital, um ihr Projekt zu starten, und ist außerdem noch mit ungefähr 20 weiteren Projekten beschäftigt. Ganz zu schweigen von seinen üblichen Pflichten und Aufgaben, beispielsweise einer Studentin im ersten Semester schonend beizubringen, daß ihr zahmer Leguan zu Hause in Tuscaloosa gestorben ist, weil ihre Eltern nicht genug Mut haben, es ihr selbst zu sagen. Das arme Ding hat sich die Sache wirklich sehr zu Herzen genommen.«

»Heiliger Strohsack, du weißt jetzt schon mehr über das, was auf dem Campus passiert, als ich in den letzten 20 Jahren herausgefunden habe«, meinte Shandy.

»Informationen zu sammeln gehört schließlich zum Arbeitsgebiet einer Bibliothekarin, Schatz. Außerdem hat Sieglinde mir gestern abend einen kleinen Besuch abgestattet. Sie ist dir schrecklich dankbar, daß du Thorkjeld die Sache mit Oozaks Teich abgenommen hast, weil er doch sowieso schon hoffnungslos überlastet ist. Sie füttert ihn ordentlich mit Hering, um ihn über sein Tief zu bringen, sagt sie, doch selbst die therapeutische Wirkung von Heringen hat ihre Grenzen. Übrigens, du könntest eigentlich auch ein paar Heringe einkaufen, falls du heute in die Nähe des Fischmarkts kommst.«

»Ich habe keine Ahnung, in welche Nähen ich heute noch komme, wahrscheinlich eher in die Nähe eines Nervenzusammenbruchs, würde ich spontan vermuten.«

Nachdem Helen gegangen war, verbrachte Shandy einige Zeit sinnierend über seinem eiverschmierten Teller. Schließlich stand er auf, räumte das Geschirr fort und zog sich einen seiner nicht mehr neuen, aber immer noch guten grauen Kammgarnanzüge an. Er hatte keinen triftigen Grund, warum er zum Begräbnis der beiden Buggins gehen sollte, sah aber auch keinen, der dagegen sprach. Außerdem war er neugierig, ob nicht vielleicht Bracebridge quicklebendig und prozeßhungrig dort erscheinen würde. Je mehr er über den gerissenen Zwilling hörte, desto stärker neigte er zu der Überzeugung, daß diese absurde Klageandrohung höchst auffällig nach Bracebridge roch.

Doch Bracebridge zeigte sich nicht, und offenbar schien ihn auch niemand erwartet zu haben. Zu Shandys Überraschung tauchte jedoch Hesperus Hudson auf, sauber und ordentlich, in einem recht manierlichen Anzug, der höchstwahrscheinlich Zack gehörte. Hudson wirkte beträchtlich geknickter als die meisten anderen angeblich Trauernden, was schließlich auch verständlich war bei einem Menschen, dessen prägende Jugenderfahrungen so eng mit dem Wirken von Trevelyan verwoben gewesen waren. Zweifellos war er auch bekümmert, weil es jetzt niemanden mehr gab, der die Brennerei weiterführen konnte, aber wenigstens war Hudsons Trauer echt.

Marietta Woozle hatte sich offenbar bei der Pied Pica Press den Morgen freigenommen, entweder um an den Trauerfeierlichkeiten teilnehmen zu können oder um ein wachsames Auge auf ihren Onkel zu werfen. Sie gehörte zu den eleganteren Trauergästen und trug einen blauen Mantel und einen weißen Pelzhut, dazu weiße Stiefel und eine rote Handtasche.

Kapitän Flackley und seine Frau waren ebenfalls anwesend, beide trugen Sherpamäntel und sahen sehr ernst aus. Shandy bemerkte keine schmachtenden Blicke zwischen Flackley und dessen modebewußter Nachbarin, doch das war schließlich unter den gegebenen Umständen auch kaum zu erwarten. Wenn er Marietta Woozle mit der attraktiven Yvette Flackley verglich, fiel es Shandy sowieso sehr schwer, sich vorzustellen, daß es überhaupt je zu einem Blickaustausch kommen könnte, und fragte sich, wie er überhaupt auf diese absurde Idee gekommen war.

Auch Miss Minerva Mink war gekommen, allerdings ohne ihre Bingo-Chauffeuse. Einer der Minks mußte sie abgeholt und hergebracht haben. Sie saß bei ihrer Familie, wie es sich auch gehörte, da sie immerhin die Tante von Purvis und den Verblichenen Halt und Stütze gewesen war. Darüber hinaus war sie möglicherweise auch noch die Erbin des Buggins-Besitzes. Shandy überlegte, ob Trevelyan Buggins wohl je dazu gekommen war, ein Testament zu machen. Es wäre wirklich eine rührende Geste gewesen, wenn er seine Brennerei Hesperus Hudson vermacht hätte.

In der Kirche hatte sich eine ganz beträchtliche Menschenmenge versammelt. Shandy erkannte diverse Damen aus dem Gartenclub. Grace Porble war nicht dabei. Sie stand vorn bei Sephy und den Minks und sah aus, als hätte sie jemand rückwärts durch ein Astloch gezogen, schaffte es jedoch, vor der Trauergemeinde ihr Gesicht zu wahren.

Porble hatte diesmal jedenfalls einen hieb- und stichfesten Grund für seine Abwesenheit. Er haßte es ohnehin, bei jedweder Art von Zeremonie mitmachen zu müssen, und hegte höchstwahrscheinlich auch keinerlei zärtliche Gefühle für die Buggins, selbst wenn er, wie Harry Goulson es gestern so subtil ausgedrückt hatte, ihr Ableben nicht selbst in die Hand genommen hatte.

Auch Polizeichef Ottermole war selbstverständlich nicht anwesend. Shandy hatte nichts anderes erwartet. Dasselbe galt für Edna Mae. Sie war sicher zu Hause und häkelte gerade einen Überwurf für das Notbett. Die Gattin von Silvester Lomax war dagegen da und zweifellos auch die Frau von Clarence, die Shandy allerdings bis jetzt noch nicht persönlich kennengelernt hatte. Betsy Lomax war ebenfalls auf dem Posten und trug ihren soliden schwarzen Mantel mit Bisamkragen und Bisamaufschlägen, den sie von einer Tante geerbt hatte, die den Apotheker drüben in Hoddersville geheiratet hatte und herrlich und in Freuden lebte. Aus der hintersten Reihe ertönte hin und wieder ein gedämpftes Niesen und ziemlich häufiges Schniefen, was darauf schließen ließ, daß Cronkite Swope wieder in Aktion war.

Mike Woozles Gespielin war nicht nur nicht mit Miss Mink gekommen, sondern überhaupt nicht erschienen. Shandy hielt vergeblich Ausschau nach der roten Perücke und dem schäbigen Webpelzmantel. Vielleicht hatte sich Flo von Marietta überreden lassen fortzubleiben, vielleicht hatte sie es aber auch einfach nicht geschafft, rechtzeitig aufzustehen. Halb neun war recht früh für eine Beerdigung, doch äußerst günstig für diejenigen, die an der Beisetzung teilnehmen und trotzdem noch ihr Tagewerk verrichten wollten. Daher war es bei den Leuten in Balaclava Junction eine beliebte Zeit, wenn der Jet Set draußen an den Seven Forks vielleicht auch anderer Meinung war.

Ob Flo gestern abend noch im ›Dirty Duck‹ aufgekreuzt war? Wahrscheinlich nicht, da Mikes Bruder dort herumgelungert hatte. Aber Shandy war geneigt anzunehmen, daß sie den Rest des Abends nicht unbedingt in Marietta Woozles Küche verbracht hatte. Nun ja, alles Fleisch war wie Gras, wie der Pfarrer gerade den Trauergästen ins Gedächtnis rief, und Gras brauchte schließlich Feuchtigkeit, um zu gedeihen. Shandy rutschte unruhig auf der Eichenbank hin und her und fragte sich ein weiteres Mal, was um Himmels willen er hier überhaupt zu suchen hatte.

Die Trauerfeier dauerte recht lange, allerdings nicht deshalb, weil der Geistliche in seiner Trauerrede besonders viel über Mr. und Mrs. Buggins zu sagen wußte. Er bereicherte die Feier mit diversen alten Kirchenliedern, die das Ehepaar angeblich zu Lebzeiten immer so gern gemeinsam gesungen hatte. Was durchaus in Ordnung war, denn Shandy sang selbst gern Kirchenlieder. Außerdem bot sich ihm dadurch die Gelegenheit, aufzustehen und sich unauffällig ein wenig zu strecken. Er war angenehm überrascht, auch Hesperus Hudson singen zu hören, und zutiefst gerührt von der Inbrunst, die er in das Lied legte, in dem vom Trinken an einem Brunnen, der nie versiegt, die Rede war. Als man schließlich »Rock of Ages« intonierte, kam Shandy plötzlich die Erleuchtung.

Von diesem Moment an saß er wie auf heißen Kohlen und konnte das Ende der Trauerfeier kaum erwarten. Als sie schließlich, wie alles im Leben, vorüber war, mußte er zunächst stehenbleiben und warten, während die Trauernden hinter dem inzwischen geschlossenen Doppelsarg, der nur knapp durch den engen Mittelgang paßte, die Kirche verließen, wobei Harry Goulson als Lotse vorausging und zwei von Arabellas Vettern, die manchmal aushalfen, von hinten für sicheres Durchkommen sorgten.

Persephone Mink hatte ihr Taschentuch hervorgezogen und betupfte ihre Wangen. Purvis Mink sah verlegen aus, wie wohl jeder Ehemann in seiner Situation, hatte eine Hand tröstend auf die Schulter seiner Frau gelegt und tat auf diese Weise vor den

Augen der gesamten Öffentlichkeit seine liebevolle Fürsorge kund. Grace Porble schaute starr nach vorn und bewegte sich wie ein Roboter. Miss Mink sah sittsam und selbstgerecht aus. Die übrigen wirkten lediglich müde und ein wenig erleichtert.

Da Shandy es vorgezogen hatte, ziemlich weit hinten zu sitzen, gehörte er, gemeinsam mit dem schniefenden Swope, zu den letzten Trauergästen, die das Gotteshaus verließen. »Gehen Sie noch zum Friedhof, Professor?« erkundigte sich der Reporter und unterstrich seine Frage mit einem Niesen.

»Gesundheit«, sagte Shandy. »Nein. Habe ich nicht vor. Aber lassen Sie sich bitte von mir nicht abhalten.«

»Oh, ich gehe auch nicht hin. Beerdigungen fallen in Arabellas Bereich. Ich habe mich nur gerade gefragt, ob es in dem Mordfall irgendwelche neuen Erkenntnisse gibt.«

»Das hatte ich mir beinahe gedacht. Leider sind wir momentan noch nicht sehr viel weiter gekommen.«

»Also Professor, Sie wollen doch Doktor Porble nicht etwa weiter im Knast schmachten lassen, oder?«

»Schmachtet er denn dort? Ich habe ihn heute noch gar nicht gesehen.«

»Ich auch nicht, aber was sollte er sonst tun? Ich würde bestimmt schmachten. Und Sie auch, oder?«

»Swope, falls Sie etwa vorhaben, einen rührseligen Artikel im Sinne von ›Bibliothekar schmachtet in Zelle‹ vom Stapel zu lassen . . .«

»Meine Güte, Professor, wofür halten Sie mich?« jammerte der virusgeplagte Journalist. »Ich habe noch kein einziges Wort über Doktor Porbles Verhaftung geschrieben und habe es auch nicht vor, es sei denn, man zwingt mich dazu. Fred Ottermole hat gedroht, mir das Genick zu brechen, falls ich es täte, aber ich würde es auch so nicht machen.«

»Wie bitte? Wollen Sie damit sagen, daß Ottermole sich freiwillig die Gelegenheit entgehen läßt, mit seinem nagelneuen Haarschnitt im *Gemeinde- und Sprengel-Anzeyger* zu erscheinen, und Sie ihn dabei sogar noch unterstützen?«

»Na klar. Warum auch nicht? Sie haben doch oft genug mit uns zusammengearbeitet. Sehen Sie, Fred hat sich gedacht, daß er in Anbetracht der Beweislage etwas gegen Doktor Porble unternehmen mußte, aber er glaubt trotzdem nicht, daß Doktor Porble schuldig ist. Deshalb behält er ihn so lange bei sich, bis Sie mit dem richtigen Mörder auftauchen. Fred denkt, daß er dann wenigstens nicht wie ein absoluter Hirni dastehen wird.«

»Wie ein was?«

»Ein Hirni, ein dummer Trottel, der nichts gerafft hat.«

»Mhmja, dann scheint es sich in diesem Fall ja durchaus um ein *mot juste* zu handeln. Ich muß schon sagen, Ihre gemeinsame Zurückhaltung erfüllt mich mit Bewunderung und Dankbarkeit. Vielleicht sollten wir uns zusammentun und nachschauen, wie es momentan um Doktor Porbles Schmachtzustand steht. Ich habe sowieso noch etwas mit Ottermole zu besprechen. Haben Sie übrigens Ihre Kamera dabei?«

»Direkt bei mir habe ich sie im Moment leider nicht. Ich dachte, der Pfarrer würde es nicht gern sehen, wenn ich sie mit in die Kirche bringe. Aber sie liegt im Kofferraum des Pressewagens. Wollen Sie damit etwa andeuten, daß ich doch noch ein Foto von Doktor Porble im Knast machen soll?«

»Keinesfalls, und ich würde Ihnen auch nicht raten, sich zu diesem Thema irgendwelche weiteren Gedanken zu machen, es sei denn, Sie beabsichtigen, dem *Gemeinde- und Sprengel-Anzeyger* eine Klage an den Hals zu hängen. Ich wollte lediglich wissen, ob die Kamera einsatzbereit ist, falls wir sie brauchen sollten.«

»Ach so. Na klar doch, Professor. Voll Power und absolut startklar. Genug Filme, genug Blitzbirnchen. Sie brauchen mir bloß noch die Richtung zu zeigen und Bescheid zu sagen, wann ich abdrücken soll. Hey, ich glaube, meine Erkältung ist auf einmal weg.«

»Göttliche Intervention vielleicht. Kommen Sie, Swope.«

Sie schafften es noch rechtzeitig, sich durch die Menge auf den Kirchenvorplatz zu schieben, um zu sehen, wie Grace Porble einen besorgten Blick in Richtung Polizeirevier warf, bevor sie in eine der schweren Limousinen stieg, die ebenfalls zu Goulsons besonderem Dienst an Nachbarn und Freunden gehörten und nicht eigens bezahlt zu werden brauchten. Die arme Frau. Wahrscheinlich ging es ihr hundsmiserabel. Aber mit ein wenig Glück würde sie vielleicht schon in Kürze das Jammertal, das sie gerade durchschritt, wieder verlassen können.

Aus Rücksicht auf Swopes geschwächten Zustand fuhren sie im Pressewagen zum Polizeirevier, obwohl man lediglich ein paar hundert Meter zurückzusetzen brauchte und sich sofort wieder einen neuen Parkplatz suchen konnte. Als sie im Polizeirevier angekommen waren, stellten sie fest, daß Doktor Porble keineswegs in seiner Zelle schmachtete. Ganz im Gegenteil, er saß an Ottermoles Schreibtisch, Edmund auf dem Schoß, hatte eine Tasse Kaffee in Reichweite und Stapel von Akten vor sich auf dem Tisch.

»Morgen, Peter«, sagte er recht zerstreut, den Blick immer noch auf die Akten geheftet.

»Hallo, Phil«, antwortete Shandy. »Hat man Sie zum Kalfaktor befördert?«

»Ich versuche nur ein effizienteres Ablagesystem zu entwickeln, damit sich Ottermole nicht mit dem ganzen unnötigen Papierkram abzugeben braucht. Es ist einfach ungeheuerlich, wie diese Stadt mit ihren lächerlich unterbezahlten Angestellten herumspringt. Ich werde bei der Bürgerversammlung einiges dazu zu sagen haben, das dürfen Sie mir glauben.«

»Meine uneingeschränkte Zustimmung und Unterstützung haben Sie. Wo ist denn unser Polizeichef?«

»Ottermole klärt gerade einen Raubüberfall auf. Jemand ist in die Küche der Truthahnfarm eingedrungen und hat sechs Truthahn-Pies gestohlen.«

»Heiliger Strohsack, will er jetzt etwa einen Fuchs verhaften?«

»Ein Fuchs hätte wohl nicht auch noch sechs Plastikmesser und -gabeln mitgehen lassen, um die Pies damit zu essen. Ottermole ist dieser Tatbestand sofort aufgefallen. Er hat gerade angerufen, um mitzuteilen, daß er den Missetäter aufgrund von Spuren im Schnee aufgespürt hat und ihn sich schnappen wird. Er fragte mich, ob ich nicht freundlicherweise die Comics unter der Feldbettmatratze verstecken könnte, damit die Zelle einen offizielleren Eindruck macht.«

»Comics?«

»Ja, seine Jungs haben darauf bestanden, sie herzubringen, als sie erfahren haben, daß ich Bibliothekar bin, damit ich auch etwas zu lesen habe. Alle Hefte waren in alphabetischer Reihenfolge geordnet. Höchst erfreulich, daß es auch heute noch junge Menschen gibt, die das Alphabet beherrschen. Ich habe seit ungefähr 45 Jahren kein *Superman*-Heft mehr in der Hand gehabt. Allem Anschein nach hat sich nicht sehr viel verändert, aber ich muß zugeben, daß ich mich an die genaueren Einzelheiten nur noch vage erinnern kann. Wie kommt Helen in der Bibliothek zurecht?«

»Sie hat zwar alles unter Kontrolle, aber sie ist nicht besonders glücklich über die ganze Arbeit. Verwaltungsarbeit ist nicht ihre Stärke. Sie wird heilfroh sein, wenn sie sich wieder mit der Sammlung Buggins beschäftigen kann.«

»Über Geschmack läßt sich bekanntlich streiten«, knurrte Porble. »Sind Sie zufällig hier, um mich wieder herauszuholen?«

»Leider noch nicht. Aber hoffentlich bald.«

»Na, dann verschieben Sie das Ganze am besten noch um ein oder zwei Stunden, wenn Sie können. Ich hasse es, meine Arbeit nicht zu Ende führen zu können. Ah, da ist ja Ottermole schon. Wo haben Sie denn Ihren Gefangenen gelassen, Polizeichef?«

»Tja, es war bloß ein armer Schlucker in einem kaputten Lieferwagen mit einer Frau und zwei kleinen Kindern. Hat oben in einer Fabrik in New Hampshire gearbeitet und seinen Job verloren. Sein Arbeitslosengeld ist ausgelaufen, und man hat die Familie aus ihrer Wohnung geworfen. Also haben sie ihr ganzes Zeug in einer Garage abgestellt und sind losgefahren, um zu sehen, ob er hier vielleicht Arbeit finden kann. Aber bisher hatte er kein Glück, und jetzt haben sie zwei Tage nichts zu essen gehabt. Was zum Teufel sollte der arme Kerl da machen? Ich habe Jack Pointer überredet, dem Burschen einen Job zu geben. Jetzt kann er Truthahnställe säubern. Ist zwar nicht viel, aber wenigstens haben sie jetzt was zu essen. Hier hätte ich sie sowieso nicht alle reinquetschen können. Wie kommen Sie weiter, Doc?«

»Ganz gut. Ich finde es übrigens recht entspannend.«

»Ich nicht. Hallo, Professor. Hey, Cronk, was machst du denn hier? Du weißt doch hoffentlich noch, was ich dir gesagt habe: kein Wort davon in die Zeitung!«

»Keine Sorge, Ottermole«, sagte Shandy. »Swope ist, eh, mit mir hergekommen. Ich wollte Sie bitten, uns beide als Deputies zu vereidigen, und ich möchte, daß Sie, Phil, dabei als Zeuge fungieren. Ich nehme doch an, daß sich das machen läßt, Ottermole, da Porble schließlich nicht offiziell verhaftet worden ist.«

»Was meinen Sie mit verhaftet?« Ottermole klang verletzt. »Der Doktor ist nur hier, um meine Akten in Ordnung zu bringen, während er sich als wichtiger Zeuge in Schutzhaft befindet.«

Zeuge für was? Shandy schenkte sich die Frage. Er stand nur da und wartete, während Polizeichef Ottermole in helle Aufregung geriet, als er versuchte, sich an die korrekte Formel für die Vereidigung eines Deputy zu erinnern. Er hatte sowohl Shandy als auch Swope schon früher vereidigt, indem er einfach irgend etwas gesagt hatte, etwa: »Okay, Jungs, jetzt seid ihr meine Deputies, also nichts wie ran!« Aber diesmal wollte Ottermole verständlicherweise vor seinem provisorischen Assistenten eine möglichst gute Figur abgeben.

Das gelang ihm in der Tat auch recht gut. Er ließ sich sogar von Cronkite Swope dabei ablichten, wie er Professor Shandy vereidigte, unter der Voraussetzung, daß Doktor Porble auch ganz bestimmt nicht mit auf das Bild kam. »Dann ist es offizieller«, erklärte er. »So, Cronk, jetzt vereidige ich dich auch, und der Professor kann uns fotografieren.«

Shandy war wegen dieser unnötigen Verzögerung ein wenig ungeduldig, seine Vernunft sagte ihm jedoch, daß eigentlich kein Grund zur Eile bestand. Wenn sein Instinkt ihn nicht trog, hatte sein Opfer nicht die Absicht, sich in nächster Zeit abzusetzen, und Ottermole hatte sich ein wenig Anerkennung redlich verdient. Also machte er das Foto.

»Und zu guter Letzt möchte ich noch, daß Sie einen Hausdurchsuchungsbefehl für mich ausstellen.«

»Klar, Professor, wie Sie wollen. Wo haben Sie denn vor zu suchen?«

Shandy sagte es ihm. Porble zog zwar die Augenbrauen hoch, äußerte sich jedoch nicht und fuhr mit seiner systematischen Überprüfung der Akten fort, während der Polizeichef den Durchsuchungsbefehl ausstellte.

»Okay, Professor, das müßte genügen. Wollen Sie, daß ich auch mitkomme?«

»Ganz im Gegenteil. Es wäre mir sogar lieb, wenn Sie nicht mitkommen würden«, antwortete Shandy. »Seien Sie mir nicht böse, Ottermole, aber momentan habe ich nichts weiter als ein komisches Gefühl. Einen, eh, offiziellen Polizeibeamten dabeizuhaben könnte die einzige Chance, die ich habe, ruinieren, so daß ich womöglich niemals herausfinde, ob ich mich auf dem Holzweg befinde oder nicht. Übrigens, brauche ich noch eine weitere Vollmacht, um jemanden festnehmen zu können?«

»Nö, Sie brauchen sie nur herzubringen. Der Doc kann sich dann um den Papierkram kümmern. Jessas, ich hoffe, Sie fangen den richtigen Mörder erst, nachdem wir die Akten hier in Ordnung gebracht haben.«

»Doktor Porble hat sich auch schon in diesem Sinne geäußert. Mir persönlich wäre es allerdings lieber, wenn ich die Sache so schnell wie möglich hinter mich bringen und meine Frau wieder zurückbekommen könnte. Sie hat nämlich ein Moratorium bezüglich unseres häuslichen Lebens ausgesprochen, und zwar für die gesamte Dauer meiner Verbrecherjagd. Swope, Sie können mitkommen, wenn Sie mögen.«

»Will ich mir auf keinen Fall entgehen lassen. Wohin fahren wir?«

»Zuerst einmal zu mir nach Hause.«

Das war offenbar nicht die Art von *Blazing-Saddles*-Start, die Swope sich vorgestellt hatte, doch er kam trotzdem frohen Mutes mit und unterhielt Jane Austen mit einem Papierknäuel, das an einer Schnur baumelte, während Shandy einige Zeit und zweifellos auch eine größere Geldsumme in mehrere lange Ferngespräche investierte.

»Alles klar, Swope. Bainbridge Buggins ist immer noch offiziell als vermißt gemeldet. Die Reederei weiß nicht, wo Boatwright Buggins sich aufhält. Townbridge befindet sich seit etwa drei Wochen auf einer geologischen Exkursion, und Bracebridge ist seit 1972 nicht mehr im ›Wayfarers' Rest‹ gesichtet worden. Jetzt weiß ich, glaube ich, wohin wir zu fahren haben. Na, dann mal los zu unserem großen Auftritt!«

Kapitel 19

Sie hatten den Pressewagen draußen in der Einfahrt stehen lassen, was den Gepflogenheiten auf dem Crescent widersprach. Mirelle Feldster von nebenan stand draußen auf den Treppenstufen vor ihrer Haustür, um ihnen die Meinung zu sagen, doch Shandy nickte ihr nur kurz zu und stieg zu Swope in den Wagen.

»Wohin fahren wir, Professor?«

»Richtung Seven Forks«, informierte ihn Shandy, »Gott sei Dank, daß Sie fahren und nicht ich. Ich habe das Gefühl, daß ich inzwischen schon eine richtige Furche in diese Straße gegraben habe.«

»Sollen wir wieder zurück zum Buggins-Haus?«

»Später. Zuerst schauen wir kurz im ›Dirty Duck‹ vorbei.«

»Ach herrje, warum das denn?«

»Um zu sehen, ob wir Hesperus Hudson noch erwischen können, ohne seiner Nichte zu begegnen. Vor den Klauen dieser Frau wären Sie keine Minute sicher.«

»Ist das etwa die Frau mit den weißen Stiefeln, die ihn mit zur Beerdigung gebracht hat?«

»Genau die.«

»Dann haben Sie wahrscheinlich recht.« Cronkite klang eher ängstlich als geschmeichelt. »Von der Sorte habe ich schon mehrere getroffen, als ich herumgegangen bin und Leute zu aktuellen Themen interviewt habe, beispielsweise, um herauszufinden, was sie davon hielten, wenn die Hundesteuer auch auf Katzen ausgedehnt würde. Eine Frau hat sogar - na ja, ich habe mich schließlich damit herausgeredet, daß ich als kleiner Junge Mumps gehabt hätte. Schließlich hat sie mir den Namen eines ihrer Freunde gegeben, der sich für einen Wunderheiler hält, wie diese Typen auf den Philippinen mit dem rostigen Klappmesser, und hat mir gesagt, ich soll wiederkommen, wenn ich geheilt bin. Inzwischen weiß ich mir besser zu helfen. Ich setze einfach grundsätzlich keinen Fuß mehr ins Haus. Als Journalist ist es sehr wichtig, daß man lernt, möglichst weit weg von großen, weichen Sofas zu bleiben. Ich habe diesbezüglich an den Großen Fernkurs für Journalisten geschrieben, damit sie diesen Punkt in ihren Lehrplan aufnehmen, aber irgendwie glaube ich nicht, daß sie es tun werden.«

»Mhmja, vielleicht sind sie ja der Ansicht, daß es auch Dinge geben sollte, die man aus eigener Erfahrung lernt«, sagte Shandy. »Aha, wir kommen gerade rechtzeitig. Da ist er schon!«

In der Tat verließ Hesperus Hudson gerade den Wald. Marietta war offenbar nicht so dumm gewesen, ihn in dem guten Anzug von dannen ziehen zu lassen, denn inzwischen trug er wieder die scheußlichen Klamotten, die er am Abend zuvor angehabt hatte. Die Wirkung des Bades war noch gut erkennbar, und er hatte natürlich auch noch nicht die Möglichkeit gehabt, sich wieder einen Schnurrbart wachsen zu lassen, was jedoch nur eine Frage der Zeit war. Er steuerte mit einem Ausdruck glücklicher Erwartung auf das ›Dirty Duck‹ zu. Als Shandy aus dem Wagen stieg und auf ihn zuging, änderte sich dies schlagartig.

»Sie kenne ich doch!«

»Ich kenne Sie auch, Mr. Hudson«, antwortete Shandy freundlich. »Heute morgen in der Kirche haben Sie wirklich gut gesungen.«

»Höh? Sie wollen wohl Krach mit mir anfangen?«

Überraschenderweise schnellte Hudsons rechte Hand aus seiner Tasche, ausgerüstet mit einem zwar etwas angelaufenen, aber durchaus einsatzfähigen Schlagring.

»Sehr eindrucksvoll«, sagte Shandy. »Ist das derselbe, mit dem Sie damals das Kinn von Bracebridge Buggins aufgeschlagen haben?«

»Ich hab' ihn aber nich' umgebracht!«

»Das habe ich ja auch gar nicht behauptet. Was halten Sie davon, sich zehn Dollar zu verdienen?«

»Ich hab' schon zehn Dollar. Aber ich hätte gern, wenn Sie sich schnellstens wieder verziehen würden, Mister, damit ich hier rein un' sie ausgeben kann.«

»Aber dann wären die zehn Dollar doch fort, und Sie wären wieder durstig. Wenn Sie noch zehn Dollar dazu hätten, könnten Sie doch viel länger trinken.«

»Führe nicht den Kelch der Versuchung an deines Bruders Lippen.« Hudson steckte wirklich voller Überraschungen.

»Ich führe keineswegs einen Kelch an Ihre Lippen«, erwiderte Shandy gereizt.

»Wär' auch verdammt besser, wenn Sie das bleiben ließen. Ich trink' sowieso lieber aus der Flasche. Okay, dann mal her mit dem Zehner.«

»Ich habe nicht gesagt, daß Sie ihn sofort bekommen. Sie müssen ihn sich zuerst verdienen.«

»Ich hab' doch gleich gewußt, daß da 'n Haken war. Un' was muß ich dafür machen?«

»Sie brauchen lediglich mich und meinen Freund hier zu Trevelyan Buggins' Brennerei zu führen.«

»Wieso? Da is' doch nichts mehr drin. Ich hab' doch selbs' nachgesehen.«

»Das weiß ich, aber ich möchte sie mir trotzdem gern einmal anschauen. Gestern abend haben Sie mir nämlich eine erstaunliche Geschichte erzählt, ob Sie sich nun daran erinnern oder nicht.«

»Wer? Ich?«

»Ja, Sie.« Wieso glitten sie bloß immer wieder in dieses Abbott-und-Costello-Gerede ab? »Sie sagten, Sie seien in die Brennerei gegangen und hätten einen Mann gefunden, den Sie als Bracebridge Buggins, verkleidet als Henry Wadsworth Longfellow, erkannt hätten. Und daß er tot gewesen sei.«

»Na und? Gibt ja wohl noch kein Gesetz, das es einem verbietet, 'ne Leiche zu finden, oder? Sie wollen doch wohl damit nich' sagen, daß ich ihn umgebracht hab'?«

»Keineswegs, Mr. Hudson. Ich bin Ihnen lediglich äußerst dankbar für Ihre Information. Deshalb habe ich Ihnen gestern abend auch den Zehner gegeben.«

»Dann war der Zehner also auch von Ihnen?«

»Allerdings. Was haben Sie denn gedacht, von wem Sie ihn bekommen haben?«

»Ich hab' glatt gedacht, es wär' die Zahnfee gewesen.«

»Sie sind wirklich ein Witzbold, Mr. Hudson. Ein echtes Original. Wie weit ist es von hier zur Brennerei?«

»Die liegt da hinten.«

Er wedelte genauso mit dem Arm wie in der Nacht zuvor. Shandy konnte sich nur mit Mühe beherrschen.

»Wo genau da hinten? Ist das hier der kürzeste Weg, oder wäre es günstiger, wenn wir über First Fork hinfahren würden?«

»O ja, First Fork wär' schneller. Nehmen Sie mich in Ihrem Auto mit?«

»Klar, wenn Sie möchten«, sagte Cronkite Swope. »Klettern Sie ruhig rein.«

»Aber ich wollte mich doch besaufen gehen.«

»Hier«, sagte Shandy, der diesen Widerstand bereits vorhergesehen hatte und entsprechend ausgerüstet war. »Trinken Sie das hier.«

Der Flachmann, den er mitgebracht hatte, enthielt zwar kaum mehr einen ordentlichen Drink, doch er wollte, daß Hudson gerade soviel trank, daß seine Mandeln funktionstüchtig waren, solange ihre Mission andauerte.

Wenigstens gelang es ihnen mit diesem Köder, ihn ins Auto zu locken, wo er mit lauter Stimme äußerst verwirrende Richtungsanweisungen von sich gab. Trotz dieser Hilfe gelang es ihnen schließlich, den Wagen unter üppig wuchernden immergrünen Pflanzen abzustellen und den ausgetretenen Pfad ausfindig zu machen, der zu der kleinen, verwitterten Bretterbude führte. Von der Second-Fork-Seite her führte noch ein Weg zur Hütte.

»Den hab' ich ganz allein gemacht«, berichtete Hudson mit beträchtlichem Stolz. »Jedenfalls das meiste davon.«

»Wie das? Kommen denn auch andere Personen hierher?« erkundigte sich Shandy.

»Nehm' ich doch stark an. Junge Leute, die sich 'n ruhiges Plätzchen suchen, wo sie mal endlich ungestört sein können, un' auch Jäger, die sich ausruhen und aufwärmen wollen. Wenn man hier unter'n Kessel 'n kleines Feuerchen anmacht, dauert es nur 'n paar Minuten, dann is' die Hütte warm. Dann kann man sich sogar 'n Karnickel braten, wenn man eins kriegt. Oder 'n Waldhuhn. Waldhuhn schmeckt wirklich lecker. Man könnte auch 'n Sack faule Kartoffeln herbringen un' sich was Feines zum Trinken damit brauen, wenn man Lust dazu hat.«

»Haben Sie so etwas selbst schon einmal gemacht, Mr. Hudson?«

»Nee, hab' ich nich'. Viel zuviel Arbeit.« Ohne das verrostete Vorhängeschloß zu beachten, das am Türriegel hing, zog Hudson die Schrauben aus dem morschen Holz hinter den Scharnieren und öffnete die Tür von der falschen Seite her. »Fühlen Sie sich wie zu Hause.«

Die Hütte hatte tatsächlich etwas Anheimelndes. Da der alte Buggins einen Großteil seines Lebens damit verbracht hatte, sich um seine Brennerei zu kümmern, hatte er sein zweites Zuhause auch mit einigen Bequemlichkeiten ausgestattet. So gab es beispielsweise einen alten Veranda-Schaukelstuhl mit einem durchgesessenen Sitz aus Binsengeflecht und einem schmutzigen braunen Sofakissen aus Plüsch, das in das Loch gestopft worden war. Auf dem Gesims daneben befanden sich mehrere rostige Tabakdosen, eine Pfeife, deren Stiel fast völlig durchgebissen war, ein ausgefallener Aschenbecher und ein Stapel Zeitschriften. Shandy war ein wenig erstaunt, als er unter anderem einige Ausgaben des *Collier's Weekly* entdeckte. Er konnte sich noch schwach erinnern, daß sein eigener Vater auf der Veranda vor ihrem damaligen Haus in seinem Schaukelstuhl gesessen und den *Collier's Weekly* gelesen hatte.

Doch dies war wohl kaum der geeignete Zeitpunkt, um in Kindheitserinnerungen zu schwelgen. »Wie hat denn der Körper gelegen, Mr. Hudson?« fragte er.

»Flach«, antwortete sein Hauptzeuge prompt. »Oder haben Sie schon mal 'ne Leiche aufrecht liegen sehen?«

»Eine sehr prägnante Beobachtung«, schnaubte Shandy. »Lag sie vielleicht hier?«

Er deutete auf den Boden neben dem Schaukelstuhl, ungefähr die einzige Stelle, auf der ein erwachsener Mann in voller Länge hätte liegen können. In den Ecken der Hütte befanden sich Brennholzstapel und leere Essigflaschen, und die Mitte des kleinen Raumes füllte der Kamin aus Feldsteinen mit der viereckigen Feuerstelle, auf der der große geschlossene Kessel mit der Kühlschlange aus Kupfer stand, die unter dem Deckel herausragte und über einem Plastikeimer endete, der ursprünglich ein Pflegemittel für Fußböden enthalten hatte. Shandy fragte sich, ob Buggins das Zeug wohl zur geschmacklichen Verfeinerung seines Höllengebräus benutzt hatte.

»Jawoll«, sagte Hudson gerade. »Genau da, wo Sie gerade hinzeigen, da hat er gelegen. Sein Kopf war gegen 'n Schaukelstuhl gelehnt, un' seine Füße haben zur Tür gezeigt. Er hat richtig friedlich ausgesehen, als hätt' er so viel gesoffen, daß er umkippte. Bloß daß seine Augen so gestiert ham un' sein Mund offenstand.«

Swope kritzelte wie besessen auf seinen Notizblock. »Hey, Professor, darf ich das so drucken?«

»Ich sehe nichts, was dagegen sprechen könnte. In ein paar Stunden werden wir wahrscheinlich sowieso die ganze Geschichte kennen. Vielleicht würden Sie gern noch ein . . . Aha!«

Shandy ging vorsichtig über den Bretterboden und deutete auf ein paar lange weiße Haare, die an einem Span hängengeblieben waren. »Sehen Sie das? Ich wette meinen letzten Cent, daß die von dem falschen Bart stammen, den der Tote getragen hat.«

Er begann auf den Brettern umherzukriechen, wobei sich der Stoff seiner Hose an den Knien mehr als einmal im Holz verfing. »Und da ist auch ein schwarzer Faden und da noch einer. Wenn wir jetzt hinten an dem alten Rock noch die Stellen finden, von denen sie stammen, denke ich, daß wir eindeutige Beweise dafür haben, daß der Körper hier geparkt wurde, nachdem man den Mann umgebracht hat, genau wie Hudson es auch bezeugen kann. Es ist sogar ziemlich wahrscheinlich, daß er auch hier umgebracht worden ist. Haben Sie eine kleine Stichwunde hinten an seinem Kopf gesehen, als Sie ihn bewegten, Hudson?«

»Höh? Geblutet hat er jedenfalls nich'.«

»Nein, das habe ich auch gar nicht erwartet. Es war nur ein ganz kleines Loch. Von einem Eispickel oder etwas Ähnlichem.«

»Brace hat immer gern Eis in seinen Drinks gehabt«, sagte Hudson. »Wir sind früher immer zusammen in Flackleys Kühlhäuschen geschlichen un' haben Eis rausgehackt un' hergebracht, damit er sich soviel reintun konnte, wie er wollte.«

»Ich dachte, Sie hätten gesagt, daß Sie es heiß aus dem Destillierapparat getrunken haben, mit einem Stück Schilfrohr als Strohhalm?« fragte Shandy.

»Damit hab' ich doch bloß mich un' Bain gemeint. Bain hat sich 'n Teufel drum geschert, un' bei mir war's nich' anders. Aber Brace, der war 'n richtiger Pingel! Der hat sogar vorher das Sägemehl abgewischt, bevor er sich Eis in seinen Becher getan hat. Der hat immer so 'nen kleinen Becher, den man auseinanderziehen konnte, inner Tasche mit sich rumgeschleppt.«

»Hatte er auch einen Eispickel?« fragte Shandy.

»Nöh. Hat er auch gar nich' gebraucht. War doch immer einer im Kühlhäuschen.«

»Verstehe. Wissen Sie vielleicht zufällig, ob das Kühlhäuschen noch existiert?«

»Ich denk' schon. Die Flackleys ham immer gern, daß alles so bleibt, wie's is'.«

»Aber jetzt hacken sie sicher kein Eis mehr, oder?«

Hudson zuckte mit den Achseln. »Warum auch?«

»Aber sie haben wahrscheinlich immer noch einen Eispickel in ihrem Kühlhäuschen?«

»Woher zum Teufel soll ich'n das wissen? Warum fragen Sie die Flackleys nich' einfach selbs'?«

»Glauben Sie, daß der Eispickel der Flackleys die Mordwaffe gewesen sein könnte, Professor?« erkundigte sich Swope.

»Ich glaube gar nichts, bis ich nicht absolut sicher bin, ob die Flackleys überhaupt noch einen Eispickel besitzen«, antwortete Shandy etwas gereizt. »Falls Sie sich nützlich machen wollen, Swope, warum knipsen Sie dann nicht einfach ein paar Fotos von mir, wie ich diese Fäden hier als Beweismaterial vom Boden aufhebe? Nicht für die Zeitung, nur für die Beweisaufnahme.«

»Ich könnte doch eins für Sie und eins für die Zeitung aufnehmen.«

»In Ordnung, aber beeilen Sie sich bitte. Wir sind nämlich noch nicht fertig.«

»Wieso? Was müssen wir denn sonst noch machen?«

»Unter anderem müssen wir noch den Mörder fangen. Mr. Hudson, Sie haben uns sehr geholfen. Hier haben Sie Ihren Zehner und noch einen dazu. Swope wird Sie jetzt zum ›Dirty Duck‹ zurückbringen, und ich wäre Ihnen sehr verbunden, wenn Sie mit keinem Menschen über das, was hier passiert ist, sprechen würden.«

»Huh. Is' sowieso niemand da, mit dem man reden könnte, jedenfalls so früh noch nich', bloß die dicke alte Schlampe Margery, die anner Bar arbeitet, bis Jack kommt, un' die kann mich nich' leiden. Die sagt immer, ich würd' dem Ruf vom ›Dirty Duck‹ schaden, wenn ich da bin.«

»Ein Kunststück, das wohl nur sehr wenige Menschen fertigbringen«, sagte Shandy höflich. »Leben Sie wohl, Mr. Hudson. Swope, nehmen Sie bitte Ihren Presseausweis von Ihrer Windschutzscheibe. Lassen Sie Ihren Wagen am ›Dirty Duck‹ stehen, und kommen Sie zu Fuß durch den Wald zurück, wenn Sie sich zutrauen, den Weg zu finden, ohne sich zu verlaufen. Ich gehe jetzt zum Buggins-Haus. Falls Sie einen Wagen in der Auffahrt stehen sehen oder einen anderen Hinweis darauf, daß jemand da ist, versuchen Sie bitte nicht, ins Haus zu kommen. Lassen Sie sich nicht blicken, und passen Sie auf, daß Sie keine Fußabdrücke im frischen Schnee hinterlassen«, fügte er noch hinzu, in Erinnerung an die verräterischen Fährten des Truthahn-Pie-Diebs. Wenn Cronkite Swope jetzt in die falschen Hände geriet, würde er sicher nicht mit heiler Haut davonkommen.

»Schon verstanden, Professor«, antwortete Swope. »Kommen Sie, Mr. Hudson.«

Shandy verabschiedete sich und marschierte schnurstracks zum Haus, in der Hoffnung, noch nicht allzuviel Zeit vertan zu haben. Er ging davon aus, daß Miss Mink zuerst zum Friedhof und dann mit dem Rest der Familie zum Haus ihres Neffen gegangen war, doch er traute dem alten Drachen durchaus zu, Kopfschmerzen oder irgendein Zipperlein vorzutäuschen und darauf zu bestehen, nach Hause zurückgebracht zu werden, um nur ja auf dem Stückchen Land, das sie für das ihre hielt, die Stellung zu halten.

Nein, Gott sei Dank, sie war noch nicht da. Es war überhaupt niemand da, in der Auffahrt stand kein Wagen, nirgendwo ein Lebenszeichen. Trotzdem war die Tür überraschenderweise nicht abgeschlossen. Shandy hatte damit gerechnet, einbrechen zu müssen, da er vermutete, daß Miss Mink alle Luken dicht gemacht hatte, bevor sie zur Beerdigung gegangen war. Vielleicht war sie aber auch so sehr von ihrer Trauer überwältigt gewesen, daß ihr alles gleichgültig gewesen war, wovon man ihr in der Kirche allerdings nichts angemerkt hatte. Vielleicht war aber derjenige, der sie abgeholt hatte, auch nur in Eile gewesen und hatte sie so nervös gemacht, daß sie es völlig vergessen hatte.

Jedenfalls erleichterte ihm die offene Tür sein Vorhaben ungemein. Shandy tastete sich Schritt für Schritt vorwärts, ging sogar auf Nummer Sicher, indem er nachprüfte, ob sich auch niemand hinter den zugezogenen Vorhängen versteckte, und begab sich dann auf dem schnellsten Weg nach oben.

Zunächst suchte er Trevelyans Höhle auf. Hier fand er genau das, was er erwartet hatte: zwei schlecht gepolsterte Sessel, auf deren Lehnen grellbunte Steppdecken mit Dacronfüllung lagen, ein betagtes Fernsehgerät, zahlreiche Zeitschriften und die gesammelten Werke von Corydon Buggins, in weiches Wildleder gebunden, mit der Widmung »Für meinen geliebten Neffen Knightsbridge Buggins zu seinem 18. Geburtstag«.

Das mußte Trevelyans Vater gewesen sein, der Sohn eben jenes Ichabod, der die Familientradition begründet hatte, es zu nichts zu bringen. Shandy nahm das Buch in die Hand. Es öffnete sich ganz von selbst genau auf der Seite, auf der das schreckliche Ende von Augustus Buggins beschrieben war, allerdings noch ergänzt durch die düstere Radierung einer finster dreinblickenden Stute und einer treibenden Wasserleiche. Er fragte sich, wie sehr Knightsbridge es wohl genossen hatte, im Kreise seiner Familie das grausame Hinscheiden seines Vetters aus dem erfolgreichen Zweig der Familie vorzulesen, und ob Trevelyan seine Begeisterung geteilt hatte.

Shandy legte das Buch wieder dorthin zurück, wo er es gefunden hatte, und nahm einen Pappkarton vom Regal, um darin nach möglichen Enthüllungen über die Klageandrohung zu suchen. Trevelyan hatte tatsächlich einen eigenen Schnellhefter mit der eindrucksvollen Aufschrift »Dokumente bezüglich des Rechtsstreits der Familie Ichabod Buggins gegen das Balaclava Agricultural College in der Streitsache Oozaks Teich«, doch es befand sich darin weiter nichts als ein Durchschlag des Briefes, dessen Erhalt Präsident Svenson so erzürnt hatte. Shandy kramte noch ein wenig herum, sah sich die Schlafzimmer an, konnte jedoch nichts von Interesse finden und begab sich daher nach oben auf den Speicher.

Die Buggins waren wirklich große Sammler, daran bestand kein Zweifel. Hier oben lagerten genügend Ausgaben von *Life, Look* und *Liberty Magazine,* daß man damit einen ganzen Zeitungskiosk der dreißiger Jahre hätte bestücken können. Hier gab es Geschenkkartons ohne Geschenke, Pralinenschachteln ohne Pralinen, leere Tüten, leere Körbe, leere Relikte eines leeren Lebens. Und genügend Kleidungsstücke, um damit eine Mottenfarm aufzumachen, selbstverständlich ohne Motten. Bei allen hatte man die Taschen sorgfältig mit Mottenkugeln gefüllt und sie in ehemals weiße Laken oder Tüten aus der Reinigung gehüllt. Shandy hatte ganz vergessen, daß diese Tüten früher immer aus glänzendem Papier bestanden hatten. Sie waren inzwischen jedoch verstaubt, vergilbt und im Laufe der vielen Jahre brüchig geworden. Nur eine davon war erst vor kurzem aufgerissen worden.

Shandy bewegte sich auf leisen Sohlen über den schmutzigen Bretterboden und riß die Tüte noch ein wenig weiter auf. Hier fand er endlich den Beweis, nach dem er die ganze Zeit gesucht hatte. Jetzt wußte er, woher der alte Anzug gekommen und warum er aus seiner Papierhülle verschwunden war. Und jetzt kannte er sogar den Namen des Mannes, den er aus Oozaks Teich gefischt hatte.

Kapitel 20

Verdammt noch mal, wo blieb denn Swope bloß so lange? Shandy wollte von seinem neuesten Fund unbedingt ein Foto, auf dem genau zu sehen war, wo er gehangen hatte. Und was hatte das leise Geräusch zu bedeuten, das von unten im Haus zu ihm hochdrang? Es klang ganz so, als versuchte jemand vorsichtig ein Fenster zu öffnen.

Shandy erinnerte sich, daß unmittelbar neben dem Fenster von Trevelyans Höhle ein Baum stand, der unbedingt gestutzt werden mußte. Ein Ast streifte sogar die Hauswand. Er bewegte sich so leise wie möglich, achtete sorgfältig darauf, daß er auf kein Brett trat, das aussah, als könnte es knarren, kletterte die ausgetretene Speichertreppe hinunter und schlich durch den Flur. Dank einer Grille des Schreiners öffnete sich die Höhlentür nach außen statt nach innen, so daß man vom Fenster aus nicht gesehen werden konnte. Shandy spähte durch die Türritze und sah eine leuchtend grüne neue Gummisohle, der alsbald der restliche Maine-Jagdstiefel durch das Fenster folgte.

Blitzschnell sprang er ins Zimmer. »Swope, warum in Dreiteufelsnamen kommen Sie denn nicht zur Tür herein?«

Der junge Zeitungsreporter grinste. »Fenster sind sozusagen eine Marotte von mir. Was glauben Sie wohl, wie ich heute morgen meiner Mutter entwischt bin? Ich habe mir gedacht, daß Mr. Buggins bestimmt nie die Zeit gefunden hat, oben im Haus Schlösser anzubringen. Was ist denn passiert, Professor?«

»Kommen Sie.«

Shandy scheuchte ihn nach oben auf den Speicher, riß das, was von der Reinigungstüte übriggeblieben war, herunter und sagte: »Abdrücken, Swope.«

»Klar, wie Sie wünschen. Aber es ist doch nur eine ...«

»Pst!«

Unten im Haus tat sich offenbar etwas. Zuerst war nur ein Knarren zu hören, gefolgt von einem weiteren Knarren, dann ertönte eine ganze Reihe von Knarren in gleichbleibendem Rhythmus. Kurz darauf stieg Pfeifenduft den Treppenschacht hoch.

Heiliges Kanonenrohr, dachte Shandy, war Trevelyan Buggins etwa von seinem eigenen Begräbnis heimgekehrt, die desinfizierte Pfeife in seiner wächsernen Hand, und genehmigte sich noch ein letztes Pfeifchen, um sich alsdann zum letzten, ewigen Schlaf neben seine Gattin zu betten? Doch so ganz konnte Shandy dies nicht glauben. Er erinnerte sich wieder an seinen zweiten Besuch bei Minerva Mink. Auch an jenem Abend hatte er Pfeifenduft gerochen, und der alte Buggins war zu diesem Zeitpunkt bereits tot gewesen. War es möglich, daß die nicht mehr ganz junge Haushälterin einen Freund hatte?

»Ich gehe jetzt nach unten«, flüsterte Shandy kaum hörbar. »Sie bleiben hier und bewachen das Beweismaterial. Falls jemand hochkommt, verpassen Sie ihm eins. Und niesen Sie um Gottes willen nicht!«

Swope preßte bereits verzweifelt einen Finger gegen seine Oberlippe. Wahrscheinlich reizte der Staub seine angegriffenen Atemwege. Er nickte wie ein gehorsamer Soldat, und Shandy entfernte sich.

Die Stufen wären ziemlich riskant gewesen, doch Shandy hatte Glück. Genau in diesem Moment fuhr nämlich ein Auto auf den Hof, und er hörte Minerva Mink zu jemandem sagen, daß er oder sie nicht mit ins Haus zu kommen brauche, da sie dringend ein wenig Ruhe nötig hatte. Er legte sich mit dem Bauch auf das ehemals lackierte Treppengeländer, betete, daß es nicht so instabil sein möge, wie es aussah, und glitt lautlos nach unten. Als Miss Mink die Küche erreichte, befand er sich bereits in dem tristen kleinen Wohnzimmer und spähte durch das Schlüsselloch.

Sie zog sich gerade den Mantel aus und sagte: »Puh! Bin ich froh, daß es endlich vorbei ist!«

»Da haben wir die beiden ja gut deponiert, was?« Die andere Stimme gehörte Flo, genau wie Shandy erwartet hatte.

»Du hast ja wirklich eine nette Art zu reden, das muß man schon sagen.« Die Worte mochten zwar tadelnd sein, Miss Minks Stimme klang jedoch durchaus freundlich. Shandy nickte. Sein Instinkt hatte ihn also nicht getrogen. »Was trinkst du denn da?« fragte sie jetzt.

»Was soll man denn hier schon groß trinken? Ein Toast auf den Alten. Soll er auf ewig in seinem eigenen Saft schmoren!«

Doch das fand Miss Mink nun ganz und gar nicht lustig. »Paß bloß auf, daß du nicht die falsche Flasche erwischst!«

»Keine Panik, Liebchen. Du hast das Gift doch bloß in die offene Flasche geschüttet, oder nicht?«

»Ich habe haargenau das getan, was du gesagt hast. Ich hatte ja keine Ahnung, was für ein Zeug das war. Du brauchst mich also nicht zu behandeln, als wäre ich eine Mörderin.«

»Genau das bist du aber, liebste Minerva.«

»Und was bist du? Wenigstens habe ich keinen rostigen alten Eispickel genommen und damit ...«

»Also wirklich, Minnie, jetzt mach aber mal halblang. Schließlich sind wir Partner. Hast du das vergessen?«

»Und ich bekomme den gleichen Anteil wie du. Ich hoffe, das hast du nicht vergessen.«

»Na klar kriegst du den, Süße. Nun komm schon, entspann dich. Trink doch auch was.«

»Herzlichen Dank. Ich trinke höchstens aus dem Glas, aus dem du gerade getrunken hast. Du kannst dir doch ein neues Glas holen.«

»Bravo, Min! Schlau wie ein Fuchs, und verdammt viel hübscher noch dazu. Als ich dich das erste Mal gesehen habe, wußte ich sofort, daß du die Frau meines Lebens bist.«

»Zu wie vielen anderen hast du das wohl schon gesagt? Und wann hörst du endlich damit auf, diese lächerlichen Kleider zu tragen?«

»In ungefähr einer halben Stunde. Bin nur eben vorbeigekommen, um mich zu verabschieden. Mike hat nämlich mit mir Schluß gemacht, weil er ein Verhältnis mit jemandem vom Wachpersonal angefangen hat, und ich gehe jetzt und bringe mich um. Oder vielleicht entschwinde ich auch nur langsam mit gebrochenem Herzen im Sonnenuntergang. Ich habe mich noch nicht endgültig entschieden. Für einen Selbstmord bräuchte ich natürlich eine weibliche Leiche, die ungefähr ein Meter achtundsiebzig groß ist und falsche Zähne hat, und das könnte schwierig werden.«

»Ich wüßte, wo du eine herbekommen könntest, und es ist außerdem ganz in der Nähe.«

»Also Minnie, das finde ich jetzt aber gar nicht nett von dir. Sie sind doch ganz nützlich gewesen, und vielleicht brauchen wir sie ja auch noch. Außerdem hat sie keine falschen Zähne.«

»Warum sollte dich das abhalten? Du könntest sie doch einfach rausreißen, genau wie du es bei . . .«

»Wir hatten doch abgemacht, daß wir darüber nicht mehr sprechen wollten, oder?«

Flo erhob sich von ihrem Schaukelstuhl und holte sich einen neuen Drink. Durch das Schlüsselloch konnte Shandy beobachten, wie Miss Minks Komplizin hinüber zum Küchenschrank ging. Endlich konnte er jetzt auch ihre Hände sehen, die bisher immer in Handschuhen verborgen gewesen waren, und auch ihr Gesicht, das diesmal nicht von einer Perücke umgeben war. Ohne den wilden roten Haarschopf, der vorher die Augen fast völlig verdeckt hatte, konnte Shandy sogar die Augenfarbe erkennen, ein merkwürdig trübes dunkles Grau, das an Schiefer erinnerte.

»Auf uns beide, Min.« Flo war betrunken genug, um euphorisch zu sein. »Drei rausgeworfen und keiner mehr im Weg, es sei denn Sephy und dieser tapfere Zinnsoldat, mit dem sie verheiratet ist, machen uns noch Schwierigkeiten. Wie geht es denn unserer lieben kleinen Gracie?«

»Sie ist natürlich völlig fertig mit den Nerven.«

»Freut mich zu hören. Arrogantes kleines Miststück.«

»Klein ist sie jetzt wirklich nicht mehr. Sie ist genauso groß wie . . . Willst du nicht wissen, wie die Beerdigung war?«

»Nein, erzähl mir lieber mehr von Gracie. Ist sie genauso groß wie ich?«

»Nein, viel kleiner.« Miss Mink klang ängstlich. »Und sie ist auch viel zierlicher.«

»Wie schade. Also gut, wer war sonst noch auf der Beerdigung?«

»Sämtliche Bauerntrottel aus der Gegend, wie zu erwarten war. Deine Freundin hat sogar ihren besoffenen alten Onkel mitgebracht.«

»Hesp Hudson? Mach keine Witze! Wie hat er sich denn benommen?«

»Relativ nüchtern zur Abwechslung. Allerdings hat er die Kirchenlieder so laut herausgebrüllt, daß man ihn in der ganzen Kirche hören konnte. Ich hatte schon Angst, mir würde das Trommelfell platzen.«

»Hesp Hudson singt Kirchenlieder? Das ist ja irre!«

Flo konnte sich vor Lachen kaum noch einkriegen und fiel dabei fast vom Schaukelstuhl. Shandy wünschte, daß sein Schlüsselloch strategisch etwas günstiger plaziert wäre, und sprang auch schon wie ein angeschossenes Kaninchen nach hinten, denn Flo war aufgestanden und gerade im Begriff, in das kleine Wohnzimmer zu kommen, in dem er sich befand.

»Komm mit, Min, laß uns doch auch ein paar Kirchenlieder zusammen singen. Du kannst doch Harmonium spielen, oder?«

»Du willst dich doch nur darüber lustig machen.«

»Teufel auch, von wegen lustig machen! Denk nur mal daran, wie ehrenhaft wir klingen werden, wenn die Nachbarn uns gleich ihre blöden Kuchen vorbeibringen. Diese dämlichen Spießer, wo bleiben sie eigentlich so lange?«

»Wenn du Kuchen haben möchtest, hier ist ein schöner, den Mrs. Flackley gebracht hat.«

»Nein, ich möchte bestimmt kein Stück von dem schönen Kuchen, den die liebe, nette Mrs. Flackley gebracht hat«, antwortete Flo mit piepsiger, affektierter Stimme. »So, dann wollen wir doch mal beide noch ein kleines Schlückchen von diesem leckeren Getränk zu uns nehmen, um uns die Kehle ein bißchen zu ölen, wie man bei uns in Liverpool immer zu sagen pflegt. Also, los geht's!«

Gott sei Dank gab es in der Stube noch eine weitere Tür. Shandy eilte hinaus ins Treppenhaus und bemühte sich, wie eine Standuhr auszusehen, als Minerva Mink kurz darauf in die Pedale trat und mit beiden Händen in die Tasten griff. In alten Häusern blieben Türen nie lange offen, wenn man nicht gerade einen Ziegelstein davorlegte, daher gelang es ihm ohne viel Mühe, sich vor dem Gesangsduo in Sicherheit zu bringen.

»Mitten im Leben sind wir vom Durst umfangen. Wer ist's, der uns Hilfe bringt, daß wir Schnaps erlangen?« Flos Darbietung des alten Liedes konnte nicht gerade als schicklich bezeichnet werden, doch Trevelyans letzte Lage war offenbar ein äußerst wirkungsvolles Schmiermittel für die Bronchien. Auch Miss Mink war offenbar inzwischen ganz schön angeheitert. Sie zog die lauten Register und pumpte auf Teufel komm raus. Bei dem Höllenlärm, den die beiden veranstalteten, wagte Shandy sogar schließlich, nach dem Telefon zu greifen, aus seinem Mantel ein Zelt zu machen, um die Lautstärke zu dämpfen, und zu wählen. Dazu mußte er allerdings in die Hocke gehen, sich den Apparat zwischen die Knie klemmen, den Hörer zwischen Kinn und Schulter balancieren, was reichlich unbequem war, und seine winzige Taschenlampe auf höchst merkwürdige Art und Weise mit fast allen Fingern der rechten Hand umklammern, während der Zeigefinger freiblieb, damit er wählen konnte. Die andere Hand brauchte er, um den Mantel zu halten, doch er ließ sich nicht beirren und schaffte es schließlich. Er hatte sogar die richtige Nummer gewählt.

»Ottermole«, flüsterte er, »ich bin hier im Buggins-Haus in First Fork. Kommen Sie bitte, so schnell Sie können, her. Bringen Sie Porble mit. Benutzen Sie seinen Wagen, auf Ihren Klapperkasten können Sie sich sowieso nicht verlassen. Sie ist auch da? Gut. Soll auch mitkommen.«

Die beiden Sänger auf der anderen Seite der Tür brüllten immer noch, was die Lungen hergaben. Daher riskierte Shandy, jetzt, wo er den Dreh einmal heraushatte, noch einen weiteren Anruf. Danach wartete er ein wenig, halb erstickt in Melton-Wollstoff, und wagte schließlich einen dritten Anruf. Dann stellte er das Telefon wieder zurück und wartete weiter.

Mariette Woozle, die er als letzte angerufen hatte, traf als erste ein. Trotzdem hatte sie länger gebraucht, als man bei einer so kurzen Strecke eigentlich erwarten sollte. Shandy hatte ganz richtig vermutet, daß sie nach der Beerdigung nicht mehr zum Verlag, sondern nach Hause gegangen war. Jetzt schloß er aus der Verzögerung, daß sie dort in etwas Bequemeres geschlüpft war, da sie wohl eher damit gerechnet hatte, einen Besucher zu empfangen, als selbst jemandem einen Besuch abzustatten, und sich daher nochmals hatte umziehen müssen. Sie war herausgeputzt wie ein Feuerwerkskörper und verhielt sich auch dementsprechend.

»Was zum Teufel ist denn hier los?« brüllte sie, als sie die Tür aufriß, wobei sie offenbar, wenn Shandy das Geräusch richtig deutete, die Klinke durch die Wand bohrte. »Man kann euch auf der ganzen Straße hören. Stecht ihr gerade ein Wildschwein ab, oder was?«

»Oh, hallo, liebste Marietta!« Das war die Person, die sich Flo nannte. »Was machst du denn hier? Ich dachte, wir hätten etwas ganz anderes abgemacht?«

»Das habe ich auch gedacht, du Miststück.«

»Na, na, Süße, reg dich doch nicht so auf. Minerva und ich haben nur eben eine kleine Privatfeier abgehalten, da ich ja kaum in aller Öffentlichkeit trauern konnte. Nimm dir doch einen Stuhl, und mach dir was zu trinken.«

»Nicht mit mir, Lover. Ich kenne die Art von Drink, die ihr beide mixt. Hör mir mal gut zu, du widerlicher Typ ...«

Mariettas Dezibelpegel stieg stetig an. Miss Mink versuchte zwar, Anstoß zu nehmen, schien dabei jedoch gewisse Schwierigkeiten mit ihren Zischlauten zu haben.

»Darf ich Sie daran erinnern, daß Sie sich in einem Trauerhaus befinden?«

»Aber sicher dürfen Sie das. Beim nächsten Mal würde ich es aber an Ihrer Stelle mal mit dem Gebiß im Mund probieren.«

»Siehst du, was habe ich dir gesagt?« verlangte Miss Mink von ihrem Mitsänger zu wissen.

»Ja, was hat sie dir denn wohl gesagt?« schrie Marietta. »Ich kann dir genau sagen, was sie dir gesagt hat. Sie hat dir gesagt, du sollst mich abmurksen, oder etwa nicht? Ihr zwei habt einen vorgetäuschten Selbstmord geplant, und ich soll dabei die Leiche abgeben. Du wolltest mir alle Zähne ausreißen, damit man mich nicht mehr identifizieren kann, genau wie du es bei . . .«

»Schnauze!« Shandy konnte hören, wie Marietta geohrfeigt wurde. »Wo hast du das denn schon wieder her?«

»Wenn du noch einmal wagst, mich zu schlagen, Mistkerl, wird es das Letzte sein, was du in deinem Leben tust. Wo ich das her habe, geht dich überhaupt nichts an. Schließlich ist es ja wahr, oder etwa nicht?«

»Natürlich ist es nicht wahr! Wer hat dir so was erzählt?«

»Das ist meine Sache.«

»Wenn hier jemand Lügen über mich verbreitet, will ich auch wissen, wer es ist. Außerdem ist es erst . . .«

»Ein paar Minuten her, daß ihr darüber gesprochen habt. Ich weiß.«

»Dann hast du dich also ins Haus geschlichen und gelauscht, was? Das ist ja ein tolles Ding.« Flos Stimme wurde zu einem leisen Schmeicheln. »Schätzchen, vertraust du mir etwa nicht mehr?«

»Aber natürlich. Wie 'ne Klapperschlange 'ner Kobra. Du gibst also zu, daß du es gesagt hast.«

»Ich gebe überhaupt nichts zu. Schau mal, Baby, du kennst doch den Plan. Ich muß diese Flo-Rolle wieder loswerden, und zwar so, daß sich diese verdammten Nachbarn nicht überall ihre verfluchten Mäuler darüber zerreißen, was mit mir passiert ist. Erst dann kann ich in meiner wahren Identität zurückkommen.«

»Wer zum Teufel das auch sein mag.«

»Gott, bist du süß. Genau das liebe ich so an dir, Baby. Jedenfalls haben Min und ich hier ein bißchen herumgealbert, als wir überlegt haben, wie ich mich am besten von hier verabschieden kann, und ich habe dann den blöden Witz mit dem vorgetäuschten Selbstmord und der Ersatzleiche gemacht, die ich statt dessen zurücklasse.«

»Und diese Ersatzleiche soll ich wohl spielen. Vielen herzlichen Dank.«

»Also jetzt hör aber mal, dein Name ist überhaupt nicht gefallen. Minerva hat bloß gesagt, daß es jemanden gibt, der von der Größe her passen würde, das ist alles. Vielleicht ist sie ja ein klitzekleines bißchen eifersüchtig oder so.«

»Diese alte Vogelscheuche? Mein Gott, sag bloß, der hast du's auch besorgt!«

»Wenn du glaubst, ich bliebe mit dieser Schlampe hier im selben Zimmer«, begann Miss Mink zu kreischen.

»Moment mal! Moment mal!« brüllte die Person, die sich Flo nannte. »Wir sitzen doch schließlich alle im selben Boot, oder? Was hackt ihr also beide auf mir rum? Ich habe euch doch versprochen, dafür zu sorgen, daß ihr beide euren Anteil bekommt! Ich habe euch versprochen, daß ich euch decke, egal, was ihr auch macht. Okay, Minverva hat den beiden alten Leutchen das Tetra in den Schlummertrunk geschüttet ...«

»Aber ich habe doch nicht gewußt, daß sie daran sterben würden! Ich habe doch bloß getan, was du mir gesagt hast!«

»Na klar hast du das, Süße. Aber das wird dir kein Geschworenengericht der Welt abkaufen. Schau mal, du hast uns allen einen großen Gefallen getan. Marietta weiß das genauso sehr zu schätzen wie ich auch. Nicht wahr, Marietta, Baby? Genau wie du ein bißchen heftig mit dem Eispickel zugeschlagen hast draußen in der Brennerei.«

»Jetzt reicht es mir aber, du miese Ratte! Okay, Lover, dann hör mir mal genau zu. Ich habe den Eispickel aus dem Kühlhäuschen in Forgery Point geholt, in derselben Nacht, als ich auch das Tetra aus dem Schuppen geholt habe, genau wie verabredet. Aber ich habe dabei Handschuhe getragen, was wir nicht vorher vereinbart hatten, weil du gehofft hast, daß ich nicht von selbst daraufkommen würde. Und ich habe dir den Eispickel so gegeben, daß ich ihn an der Spitze festgehalten habe, und du hast ihn dann mit der bloßen Hand am Griff genommen, weil du nämlich lange nicht so gottverdammt clever bist, wie du immer glaubst. Und nachdem du ihm das Ding in den Schädel gerammt und es wieder herausgezogen und hinter der Brennerei weggeworfen hast, bin ich hingegangen und habe es zurückgeholt.«

»Verdammter Mist! Wann?«

»Als du zurück ins Haus gegangen bist, um den Anzug zu holen, da habe ich es gemacht! Und ich habe den Eispickel ganz vorsichtig aufgehoben, in Papiertücher gewickelt und in meiner Tasche versteckt, weil ich 'ne Menge von Lebensversicherungen halte, genau deshalb, mein Lieber. Und dann habe ich ihn versteckt, mit deinen Fingerabdrücken dran, und zwar an einer Stelle, die du auch in 'ner Million Jahre nicht finden würdest. Aber die Polizei wird sie finden, dafür habe ich schon gesorgt. Also hör bloß auf mit diesem Scheiß von wegen heftig zugeschlagen, Freundchen.«

»Menschenskind, Marietta ...«

»Außerdem habe ich auch noch gesehen, wo du die Zange hingeworfen hast, mit der du ihm die Zähne rausgerissen hast. Und wo du die Zähne hingeworfen hast, weiß ich auch. Ich habe genau gesehen, wo sie hingefallen sind, weil ich ein fotografisches Gedächtnis habe, und ich vergesse nie etwas, wie du ja verdammt gut weißt.«

»Marietta! Du würdest mich doch nicht etwa ...«

»Der Polizei ausliefern? Mach dir bloß nichts vor, Lover. Wenn du noch mal versuchen solltest, mir krumm zu kommen, bist du erledigt. So, und jetzt wollen wir zur Abwechslung mal vernünftig miteinander reden.«

»Ja, das finde ich auch«, sagte Miss Mink zaghaft.

Marietta gab jetzt den Ton an. »Es ist doch total egal, wer hier was getan hat. Wir haben alle drei verdammt viel in die Sache investiert, und wir werden sie auch weiter durchziehen. Bis jetzt kann uns keiner was am Zeug flicken. Okay, ich habe einiges riskiert, als ich denen weisgemacht habe, ich hätte Porbles Wagen gesehen, aber das hat doch schließlich hingehauen, oder nicht? Schließlich sitzt er ja jetzt im Knast, oder?«

»Nur in der Arrestzelle«, korrigierte Miss Mink.

»Keine Sorge, das kriegen wir schon hin. Die können uns gar nichts wollen. Wir müssen nur damit aufhören, uns gegenseitig an die Hälse zu gehen, und genauso weitermachen wie geplant. Ich gehe jetzt wieder nach Hause und vergesse den anonymen Telefonanruf. Flo, du fährst jetzt runter zum Laden und klagst denen dein Leid, weil Mike dir den Laufpaß gegeben hat. Zieh ruhig 'ne richtige Schau ab. Kauf dir 'ne Schachtel Mäusegift oder so was.«

»Vielen Dank, Süße.«

»Keine Ursache, Lover. Und dann kommst du heulend zu mir gelaufen, wenn Zack schon zu Hause ist, und ich fahre dich zum Busbahnhof mit deinen eigenen Sachen im Koffer.«

»Und wie komme ich wieder zurück?«

»Ruf irgendeinen von der Familie an, Blödmann. Leg 'ne Riesenszene hin, weil du dich so freust, sie endlich wiederzusehen, und dann sagst du, du wolltest ihnen auf keinen Fall irgendwelche Ungelegenheiten bereiten, und da Minerva allein hier wohnt, würdest du ihr 'nen großen Gefallen tun, wenn du hier bei ihr bleiben würdest. Und Sie, Min, legen sich ins Bett und spielen die arme Kranke. Das können Sie bestimmt hervorragend.«

»Moment mal«, sagte Flo, »und was ist mit diesem anonymen Anruf?«

»Und was ist,wenn Professor Shandy wieder herkommt und herumschnüffelt?« jammerte Miss Mink. »Ich traue ihm nicht über den Weg.«

»Den könnt ihr vergessen. Der sitzt wahrscheinlich oben in seinem College und kaut an seinen Fingernägeln, weil ihm nicht einfällt, was er als nächstes tun soll.«

Ein gutes Stichwort. Shandy öffnete die Wohnzimmertür und trat in den Raum. »Eh, falsch geraten. Ich bin nämlich bereits hier.«

Er erhob seine Stimme. »Kommen Sie herunter, Swope, Sie können jetzt schießen!«

Kapitel 21

»Nicht schießen!« Die Person, die sich Flo nannte, riß die Arme hoch.

Marietta Woozle sah sie verächtlich an. »Ein wahrer Held! Gott im Himmel, da macht ja sogar Zack noch 'ne bessere Figur!«

Cronkite Swope stürmte die Treppe herunter. »Wen soll ich aufs Korn nehmen, Professor?«

»Alle drei, sobald sie auch nur mit der Wimper zucken«, sagte Shandy grimmig. »Also, kraft der mir durch Polizeichef Ottermole und die Balaclava Junction Police Force erteilten Befugnis verhafte ich Sie alle drei wegen gemeinschaftlich ausgeführten Mordes. Es wird noch weitere Anklagepunkte geben, unter anderem Betrugsversuch mit der Absicht, das Balaclava Agricultural College um eine unbekannte Geldsumme zu prellen, aber ich glaube nicht, daß es nötig ist, die Einzelheiten schon jetzt zu untersuchen. Deputy Swope, würden Sie den dreien bitte ihre Rechte vorlesen? Ich habe meine Brille vergessen.«

»Das ist rechtswidrig«, rief Minerva Mink. »Sie hatten nicht das Recht, sich hinter meinem Rücken hier hereinzuschleichen.«

»Wenn Sie es genau wissen wollen, ich habe das Haus betreten, als Sie noch bei Ihrem Neffen waren«, klärte Shandy sie auf. »Und wir hatten dazu jedes Recht. Ich habe nämlich hier irgendwo auch noch einen Durchsuchungsbefehl.«

»Aber es gab nichts, wonach Sie hätten suchen können.« Sie war anscheinend nicht kleinzukriegen.

»Doch, das gab es sehr wohl. Wir haben nach etwas ganz Bestimmtem gesucht und es auch gefunden. Das Spiel ist aus, um es einmal ganz prosaisch auszudrücken. Alles ist aufgeflogen, und Sie sind auf dem Weg ins Kittchen. Mrs. Woozle, da Sie vor kurzem noch Ihr Interesse bekundet haben, als Zeugin aufzutreten, denke ich, daß jetzt der Zeitpunkt gekommen ist, sich ernsthaft mit dieser Möglichkeit zu befassen.«

»Hey, Professor, da ist auch schon Polizeichef Ottermole«, rief Swope.

»Gut«, sagte Shandy. »Dann habe ich mich doch nicht getäuscht, eben kam es mir nämlich so vor, als ob draußen ein paar Autos die Straße hochkämen. Ehrlich gesagt, war das auch der Grund, daß ich dieses interessante Gespräch unterbrochen habe. Ich dachte mir, es würde uns allen eine Menge Ärger und Aufregung ersparen, wenn wir unsere Verstärkung sofort mit vollendeten Tatsachen konfrontieren könnten. Am besten, Sie beeilen sich, Swope, und lesen ihnen ihre Rechte vor.«

»Aber sicher doch, Professor.« Cronkite Swope las im Eiltempo den Inhalt des Vordrucks herunter, den Ottermole ihnen mitgegeben hatte, ohne auch nur ein einziges Komma auszulassen. »Kann ich jetzt abdrücken?«

»Können Sie.«

»Aber wir haben uns doch bereits ergeben!« Marietta schrie, als das Blitzlicht aufleuchtete.

»Tut mir leid«, entschuldigte sich Swope. »Ich fürchte, ich habe Sie mit offenem Mund erwischt. Möchten Sie, daß ich noch eins schieße?«

»Herrgott, ein Fotograf«, jammerte sie. »Hören Sie, wenn ich sowieso bereit bin auszupacken, muß ich doch nicht auch noch fotografiert werden, oder?«

»Ich werde ebenfalls auspacken«, bot Miss Mink mit fester Stimme an.

»Wie Sie sehen, Mr. Buggins, verlassen die Ratten das sinkende Schiff«, sagte Shandy. »Hallo, Ottermole. Hier haben Sie Ihre Mörder. Darf ich vorstellen, von links nach rechts: Mrs. Marietta Woozle, Miss Minerva Mink und Mr. Bracebridge Buggins.«

»Bracebridge?« rief eine Stimme aus dem Hintergrund. Inzwischen hatten sich ziemlich viele Menschen ins Haus gezwängt. »Sind Sie sicher, daß es nicht doch Bain ist, Professor?«

»Oh, hallo, Goulson. Sie hatte ich hier gar nicht erwartet.«

»Ich kam zufällig gerade vorbei, als Fred und die anderen sich auf den Weg machten. Sie haben gesagt, ich sollte ruhig mitkommen. Haben Sie den lieben Verstorbenen vielleicht auch schon identifiziert?«

»Darauf komme ich gleich noch zu sprechen, Goulson. Wo ist meine Frau?«

»Hier bei mir.« Präsident Svenson drängte sich mit Helen im Schlepptau durch die Menge. »Alle drei?«

»Ich nicht!« kreischte Marietta. »Min war es, die den Tetrachlorkohlenstoff in die Essigflasche geschüttet hat!«

»Aber ich habe nicht gewußt, daß sie daran sterben würden«, protestierte Miss Mink. »Ich habe es bloß getan, weil er es gesagt hat.«

»Und sein Ziel bestand darin, nehme ich an«, sagte Shandy, »die Zahl der Personen, die von dem Rechtsstreit, den Mr. Buggins so sicher zu gewinnen glaubte, profitieren würden, möglichst klein zu halten. Seine Eltern wurden zweifellos als erste aus dem Weg geräumt, weil er sie am leichtesten loswerden konnte.«

»Moment mal, Professor«, protestierte Ottermole. »Der Mann im Teich war doch das erste Opfer. Wenn dieser Kerl hier Bracebridge ist . . .«

»Ist er. Sehen Sie, Goulson, da ist auch die dreieckige Narbe unter seinem Kinn, nach der Sie und ich gestern abend bei der Leiche so lange vergeblich gesucht haben. Zu Ihrer Information, Ottermole, Hesperus Hudson hat ausgesagt, daß er Bracebridge diese Narbe vor vielen Jahren selbst beigebracht hat, und zwar mit einem Schlagring aus Messing, der vorher Bainbridge gehörte.«

»Dann war Bainbridge der Mann im Teich, richtig?«

»Falsch. Bainbridge Buggins ist vielleicht zwar noch am Leben und hält sich an einem uns nicht bekannten Ort auf, auch wenn die Regierung anderer Meinung ist, doch mit dieser Verschwörung hier hat er offenbar nichts zu tun. Der Mann im Teich gehörte nicht zu dem Personenkreis, der von der Klage profitiert hätte. Es tut mir leid, Grace, aber der Tote ist Ihr Bruder Boatwright.«

»Boatwright?« rief Harry Goulson. »Ich habe Boat persönlich gekannt! Meine Güte, das ist ja – ich sollte es eigentlich aus Mitgefühl für die trauernden Hinterbliebenen nicht sagen –, aber das ist ja großartig, denn Boatwright ist wenigstens jemand, für den man freundschaftliche Gefühle empfinden kann.«

»Boatwright?« Grace Porble wandte sich nicht an Shandy, sondern an ihren Gatten. »Phil, das kann doch nicht stimmen, oder?«

»Ich kann mir nicht vorstellen, daß Shandy für seine Identifizierung nicht auch eindeutige Beweise hat«, antwortete Doktor Porble. »Wo sind Ihre Beweise, Peter?«

»Sie hängen oben auf dem Speicher. Wir haben die Uniform von Kapitän Buggins gefunden.«

»Genau«, sagte Swope. »Ich habe ein paar Fotos davon gemacht, als Beweis.«

»Die Papiere Ihres Bruders befinden sich noch in den Taschen«, fügte Shandy hinzu. »Ich nehme an, Bracebridge dachte, sie könnten ihm noch für irgendeine seiner Rollen nutzen. Sehen Sie, Grace, ich wußte die ganze Zeit, daß es einen Grund dafür geben mußte, daß die Leiche im Teich diesen altmodischen Anzug trug. Der falsche Bart und die Steine in den Taschen mögen zwar als letzte Huldigung an die Schwäche Ihres Bruders für ausgefallene Scherze gemeint gewesen sein, aber sie haben uns trotzdem auf die Spur des Täters geführt.«

»Wie meinen Sie das, Peter?«

»Weil sie zu den Requisiten gehörten, mit denen der Mord an einem gewissen Augustus Buggins, der vor etwa 80 Jahren begangen wurde, neu in Szene gesetzt wurde.«

»Balaclavas Enkel«, erläuterte Helen.

»Vielen Dank, Liebes. Das Verbrechen wurde, eh, poetisch von Corydon Buggins für die Nachwelt festgehalten. Wir haben oben in Trevelyans Zimmer eine Ausgabe von Corydons gesammelten Gedichten gefunden. Der Mörder mußte die Geschichte kennen, sonst hätte er die Sache mit den Steinen nicht gewußt. Da Sie das Buggins-Archiv stets gemieden haben wie die Pest, Phil, kommen Sie als Täter nicht in Frage.«

»Ich hoffe, Sie haben nicht auch noch angefangen, Helen zu verdächtigen?«

»Das glauben Sie doch wohl selbst nicht. Bracebridge Buggins selbst in seiner, eh, Flo-Rolle hat sich bei mir darüber beklagt, daß Trevelyan Buggins die Angewohnheit hatte, immer und immer wieder dieselben Geschichten zu erzählen, sobald er ein Opfer gefunden hatte. Und da Trevelyan in seinem Leben nicht viel herumgekommen ist, war die Zahl der möglichen Zuhörer begrenzt. Da war zuerst einmal Grace, was absolut lächerlich war, dann Persephone und Purvis Mink, was sehr unwahrscheinlich gewesen wäre, schließlich noch Miss Mink, Beatrice oder Trevelyan selbst, von denen jedoch keiner stark genug gewesen wäre, Boatwright zu transportieren, oder die Möglichkeit gehabt hätte, ihn zu Oozaks Teich zu schaffen. Es mußte aber jemand sein, der einige Zeit mit Trevelyan zusammengewesen war. Bracebridge war seit vielen Jahren fort, hatte aber zu Hause gelebt, bis er eingezogen wurde. Zweifellos hat er oft genug auf dem Schoß seines lieben alten Daddys gesessen und sich die Geschichte von Augustus' Mord erzählen lassen. Außerdem war es genau die Art Geschichte, die seinem, eh, äußerst merkwürdigen Sinn für Humor entsprochen hätte.«

»Wirklich verdammt merkwürdig«, schnaubte der Präsident. »Und warum das rote Kleid?«

»Er hat sich bis jetzt als Frau namens Flo ausgegeben, die angeblich mit einem gewissen Mike Woozle befreundet ist, der hier in der Nähe wohnt und momentan, eh, einsitzt.«

»Acht Jahre«, erläuterte Polizeichef Ottermole. »Raubüberfall und tätliche Beleidigung. Aber Menschenskind, Professor, Mike mag ja seine kleinen Macken haben, aber so einer ist er nun wirklich nicht.«

»Ich wage zu bezweifeln, daß Mike Woozle Bracebridge Buggins je im Leben begegnet ist«, meinte Shandy. »Vergessen Sie nicht, daß Mariette Woozle die Schwägerin von Mike ist. Als Mike ins Gefängnis ging, hat er wahrscheinlich seine Haus- und Wagenschlüssel seinem Bruder gegeben. Wie genau sie Bracebridge kennengelernt hat, werden wir bestimmt aus ihrer Zeugenaussage erfahren, wenn sie erst einmal angefangen hat zu singen, doch ich nehme an, wir werden herausfinden, daß er ihre Bekanntschaft gesucht hat, weil sie genau das besaß, was er brauchte.«

»Paß bloß auf, Freundchen«, zischte Marietta Woozle, »wohl noch nie was von Rufmord gehört, wie?«

»Nicht schlecht, Mrs. Woozle. Ich hatte allerdings nur gemeint, daß Sie, da Sie Mikes Schlüssel besaßen, in der Lage waren, Bracebridge ein Dach über dem Kopf zu besorgen und ihm einen Wagen zu verschaffen. Indem er vorgab, Mikes Freundin zu sein, hatte er eine gute Entschuldigung, in sein Haus zu ziehen und seinen Wagen zu benutzen. Sie hatten sogar die richtige Größe, um ihm ein paar Ihrer alten Kleider auszuleihen. Daher ist das Kleid, das Bracebridge trägt, auch rot, Präsident. Für den Fall, daß es jemand erkannt hätte, wäre man sicher davon ausgegangen, daß sich Mrs. Woozle ihrer potentiellen Schwägerin gegenüber großzügig gezeigt hatte. Eben erst haben die drei noch Pläne geschmiedet, wie Bracebridge die Stadt als Flo verlassen und als er selbst wieder zurückkommen sollte. Ich nehme an, dann hätte er Boatwrights Leiche als die seines Zwillingsbruders identifiziert und versucht, uns davon zu überzeugen, daß es Bainbridge gewesen ist, der ihre Eltern, und möglicherweise inzwischen auch ihre Schwester, ermordet hätte.«

»Aber wie hätte Brace uns davon überzeugen können, daß Bain Sephy umgebracht hat, wenn er doch angeblich schon die ganze Zeit tot war?« rief Grace Porble. »Das ist doch völlig unmöglich, Peter.«

»Oh nein, das hätte er durchaus bewerkstelligen können. Er hätte einfach eine Methode wählen können, die erst nach längerer Zeit wirksam wurde, irgendeinen Trick, den Bainbridge angeblich noch vor seinem Tod geplant hatte. Er hätte zum Beispiel Miss Mink veranlassen können, ihr ein Glas vergiftete Konfitüre zu geben, mit der Erklärung, ihre Mutter habe sie eigens für sie gemacht, kurz bevor sie gestorben sei, oder er hätte eine Rasierklinge, die mit Kurare bestrichen war, im Einband des Lieblingsgedichtbandes ihres Vaters anbringen können.«

»Wo hätte er denn Kurare herbekommen?«

»Wer weiß? Es war ja auch nur eine Hypothese. Es gibt genügend weniger exotische Tricks, die wahrscheinlich ebenfalls hervorragend funktioniert hätten.«

Grace' Verstand schien momentan nicht richtig zu arbeiten, was unter den gegebenen Umständen auch nicht weiter verwunderlich war. »Sie wollen also damit sagen, daß Brace meinen Bruder umgebracht hat, weil er seine Kapitänsuniform haben wollte?«

»Keineswegs. Ich wollte damit nur sagen, daß die Kleidung Ihres Bruder ausgetauscht werden mußte, sonst hätte man doch sofort gewußt, daß es sich um Boatwright und nicht um Bainbridge handelte. Bracebridge wollte auf jeden Fall, daß sein Zwillingsbruder für tot gehalten wurde, so daß niemand unnötig Zeit damit verschwendete, nach einem vermißten weiteren Erben zu suchen, wenn es zu dem Rechtsstreit kam, den er ja, wie er glaubte, auf jeden Fall gewinnen würde.«

»Aber wie hat Brace Boat gefunden?«

»Ich vermute, daß die beiden im Laufe der Jahre sporadisch Kontakt miteinander hielten. Vielleicht erinnern Sie sich noch, daß Bracebridge einmal kurz nach dem Krieg in einer Marineuniform hier aufgetaucht ist. Möglicherweise hatte er sie sich von Ihrem Bruder geliehen und mit ein paar falschen Abzeichen aufgemotzt, einfach so zum Spaß. Boatwright hat wahrscheinlich dabei mitgemacht, weil er ja ebenfalls einen recht ausgefallenen Sinn für Humor gehabt haben muß, wenn man bedenkt, daß er Ihnen zur Hochzeit zwei Kratzhändchen geschenkt hat.«

Grace versuchte, vor den anderen zu verbergen, daß sie weinte. »Ich kann aber wirklich nicht verstehen, warum Boat nicht bei mir vorbeigekommen ist und mich besucht hat, wenn er doch schon hier in First Fork war.«

»Höchstwahrscheinlich hatte er genau das vor. Vielleicht hat Bracebridge ihm eine Lügengeschichte aufgetischt, etwa daß Sie inzwischen wieder in First Fork lebten, und er hat ihm geglaubt. Sie haben doch selbst gesagt, daß Sie Ihrem Bruder schon seit langem nicht mehr geschrieben haben.«

»Warum sollte ich das auch, wenn Boat doch sowieso nie zurückgeschrieben hat? Und warum sollte er glauben, daß ich jetzt hier lebe?«

»Warum sollte er es nicht glauben, wenn sein eigener Vetter es ihm erzählte?« Das war Helen, die versuchte, eine vernünftige Erklärung zu finden. »Man glaubt wahrscheinlich alles, wenn man jahrelang nichts mehr voneinander gehört hat. Es könnte doch sein, daß Bracebridge ihm erzählt hat, du hättest dich mit Phil zerstritten und wärst zurück zu deinen Eltern gezogen. Oder dein Haus wäre abgebrannt, und du hättest schnellstens ein Dach über dem Kopf gebraucht. Oder in First Fork zu leben wäre auf einmal groß in Mode gekommen, und du wärst hergezogen, um endlich von den Trotteln oben am College wegzukommen.«

»Von welchen Trotteln?« verlangte Thorkjeld zu wissen.

»Die, von denen Bracebridge das Kurare bekommen hat. Ich will doch bloß zeigen, wie einfach es gewesen wäre. Hören Sie schon auf, Gesichter zu schneiden, Thorkjeld. Sehen Sie nicht, wie durcheinander Grace ist?«

»Bin selbst durcheinander, verdammt noch mal. Jedenfalls ist die Klage hiermit vom Tisch. Ein Mörder kann von seinem Verbrechen schließlich nicht mehr profitieren. Ich hoffe doch, daß er tatsächlich ein Mörder ist?«

»Daran besteht kein Zweifel. Mrs. Woozle hat gesehen, wie er Boatwright umgebracht hat, und sie wird uns die Tatwaffe mit seinen Fingerabdrücken übergeben. Habe ich recht, Mrs. Woozle?«

»Das können Sie laut sagen, Süßer. Dieser Mistkerl hier hat versucht, mir die Sache anzuhängen, genau wie er es mit den beiden andern Morden bei Min getan hat.«

»Wir waren beide nur Marionetten in seinem Spiel«, warf Miss Mink mit zitternder Stimme ein.

»Aber sicher«, sagte Ottermole. »Das dürfen Sie mir jetzt gleich auf dem Revier alles erzählen. Also hat Brace die ganze Zeit mit Boatwright Kontakt gehalten, wie?«

»Ich würde nicht sagen, die ganze Zeit«, wandte Shandy ein. »Beide haben ein recht unstetes Leben geführt. Ich nehme an, daß sich ihre Wege dabei gelegentlich kreuzten. Bracebridge hätte seinen Vetter außerdem jederzeit ausfindig machen können, wenn er gewollt hätte, indem er einfach mit der Schiffahrtsgesellschaft Kontakt aufnahm, für die Boatwright gearbeitet hat. Genau das habe ich heute auch getan, bevor ich mit Swope hergekommen bin. Man sagte mir, Kapitän Buggins' Schiff sei vor zwei Wochen in Boston eingelaufen, er habe das Ladungsverzeichnis abgegeben, was auch immer das bedeuten mag, und sei dann zum Auslaufen nicht erschienen. Daher habe man die restlichen Schiffsoffiziere entsprechend befördert und sei ohne ihn ausgelaufen.«

Grace Porble schnappte nach Luft. »Hat denn niemand die Polizei benachrichtigt?«

»O nein. Ich vermute, solche Zwischenfälle kommen bei dieser speziellen Gesellschaft relativ häufig vor. Den Verantwortlichen liegt mehr daran, nichts davon an die Öffentlichkeit dringen zu lassen, als ihre Leute wieder zurückzubekommen.«

»Aber wenn sie jemand schanghait hätte?« erkundigte sich Cronkite Swope, dessen Phantasie zuweilen bizarre Blüten trieb.

»Ich hatte eher den Eindruck, daß sie von der Polizei erwischt worden sind, weil sie Rauschgift geschmuggelt haben. Da Kapitän Buggins bekanntlich Verwandte in der Gegend hatte, entschied man sich möglicherweise in seinem Fall, Gnade vor Recht ergehen zu lassen, und ging stillschweigend davon aus, daß er lediglich vergessen hatte zu erwähnen, daß er verlängerten Landurlaub nahm.«

»Also, ich muß schon sagen«, begann Grace Porble.

»Mußt du das jetzt sofort, oder kann es noch ein wenig warten?« unterbrach sie ihr Gatte. »Weil ich nämlich glaube, wir sollten schnellstens zu Purve und Sephy fahren und ihnen alles erzählen, bevor sie es von jemand anderem hören. Sephy hat schlimme Zeiten hinter sich, und die neue Situation wird ihre Lage auch nicht gerade erleichtern.«

Grace seufzte. »Du hast recht, Phil. Obwohl ich nicht glaube, daß Sephy sich irgendwelchen Illusionen über Brace hingibt. Sie war von Anfang an gegen die Klage, aber ihre Eltern hatten ihre ganze Hoffnung darauf gesetzt. Sie hat es nicht übers Herz gebracht, sich ihnen entgegenzustellen. Sie haben nie auch nur das geringste besessen, und diese Klage war ihre letzte Chance. Und außerdem wäre Brace dann wieder zurück nach Hause gekommen. Sie waren richtig aufgeregt deswegen. Es war alles schon so lange her, daß sie völlig vergessen hatten, wie er wirklich war. Als er sie anrief und ihnen von dem Dokument erzählte, das er gefunden hatte ...«

»Was für ein Dokument?« verlangte Helen zu wissen.

»Ich weiß auch nichts Genaues. Sephy wollte es mir nicht sagen. Ich bin mir nicht einmal sicher, ob sie es selbst kennt.«

»Es ist eine Übertragungsurkunde von Abelard Buggins auf seinen Sohn Ichabod«, trumpfte Miss Mink auf. »Ich habe das Dokument selbst gesehen. Ich hoffe, Sie denken nicht etwa, daß ich dumm genug gewesen wäre, mich auf diese Geschichte einzulassen, wenn Bracebridge mir nicht eindeutige Beweise dafür vorgelegt hätte, daß er den Prozeß gewinnen würde.«

»Und wo ist das Dokument jetzt?« insistierte Helen.

»Irgendwo, wo du es bestimmt nicht finden wirst, Blondie«, stieß Bracebridge hervor.

»Nun hör schon auf mit dem Scheiß, Humphrey Bogart«, fauchte Marietta Woozle. »Es ist in der Innentasche seines Mantels in einem Ausweismäppchen aus Kunstleder.«

Polizeichef Ottermole ging auf den Gefangenen zu. »Okay, Buggins, ich werde mir das Dokument jetzt nehmen.«

»Scheren Sie sich zum Teufel!«

»Dann wollen Sie also einen Polizeibeamten an der Ausübung seiner Pflicht hindern?«

Ottermole wäre darüber offenbar sehr glücklich gewesen. Er war einen halben Kopf größer als Bracebridge und mehrere Jahrzehnte jünger. Bracebridge befand sich so schnell auf dem Fußboden, und das Mäppchen lag in Ottermoles Hand, daß Cronkite Swope kaum genug Zeit hatte, den Auslöser zu betätigen.

»Bitte sehr, Professor«, triumphierte der Sieger. »Wollen Sie es laut vorlesen?«

»Er hat seine Lesebrille vergessen«, sagte Swope eifrig. »Geben Sie es doch mir.«

»In Ordnung«, meinte Shandy.

»Es ist in einer merkwürdigen altmodischen Schrift verfaßt, und die Tinte ist ziemlich verblaßt, aber ich glaube, ich kann es trotzdem entziffern.« Swope räusperte sich.

»›Ich, Abelard Bugginf, übergebe daf Ftück Land von der Größe von 40 Ar innerhalb der Grenzmarkierungen um Oozakf Teich meinem Fohn Ichabod an feinem 18. Geburtftag, da ich ef bei einer Wette mit meinem Bruder Balaclava Bugginf, der verfuchte, mein preifgekröntef Arbeitfpferd Famfon mit feiner eigenen schwarzen Ftute auf feiner eigenen Zucht bei einem Zugwettbewerb zu schlagen. Dief foll allen eine Warnung fein und eine Ermahnung an meinen Fohn, niemalf eine Wette einzugehen, wenn er unter Alkoholeinfluf fteht. Der Balaclava Black war nahe daran, den Wettkampf fiegreich zu beftehen, in welchem Fall ich 1000 Dollar hätte bezahlen müffen, die dem verrückten Hirngefpinft meinef Bruderf, daf er sein College nennt, zugute gekommen wären.

Mit eigener Hand und Fiegel
Abelard Bugginf

P. F. Balaclava war befoffener alf ich. Fonft hätte er nicht Land verfpielt, deffen Verluft er fich nicht leiften konnte.‹«

»So!« sagte Miss Mink. »Da sehen Sie selbst!«

Swope gab das Blatt an Doktor Porble weiter. »Leider undatiert. Aber es sieht erschreckend authentisch aus, Präsident. Das Papier ist alt, die Tinte ganz verblichen, und Balaclava hat so lange damit gewartet, das College zu gründen. Die Wette ist möglicherweise ein allerletzter verzweifelter Versuch gewesen, doch noch ein wenig Geld aufzutreiben.«

»Nein, das ist völlig unmöglich«, sagte Helen Shandy. »Ichabod Buggins wurde am 4. August 1809 geboren, was bedeutet, daß er im Jahre 1827 18 Jahre alt war. Balaclava Buggins hat zwar damals bereits Pferde besessen, aber niemals eine schwarze Stute, bis er am 2. Oktober 1862 ein Füllen kaufte, das er Balaclava Betsy nannte, und zwar kaufte er es interessanterweise von einem Farmer namens Purvis Mink. Er hat dafür zehneinhalb Dollar bezahlt und ließ die Stute am 22. April des folgenden Jahres decken, wofür er einen Sack Saatkartoffeln als Deckgebühr entrichtete. Das Dokument ist daher eine Fälschung. Tut mir leid, Miss Mink.«

»Mir nicht«, sagte Thorkjeld Svenson. »Ottermole, ist mein Bibliothekar jetzt wieder auf freiem Fuß?«

»Höh? Ja sicher doch, Doktor Svenson.«

»Dann gehen Sie zurück an Ihre Arbeit, Porble. Leiten Sie Ihre Bibliothek, und überlassen Sie Helen die wichtigen Dinge.«

»Mit Vergnügen«, sagte der Bibliothekar. »Fahren Sie doch mit Grace und mir zurück, Harry. Scheint ganz so, als hätten wir noch etwas Geschäftliches miteinander zu besprechen. Es sei denn, Sie brauchen den Wagen, Ottermole?«

»Ich bin gerne bereit, die Gefangenen im Pressewagen zu transportieren«, bot Cronkite Swope dienstfertig an. »Das wäre eine weitere Exklusivmeldung für den *Gemeinde- und Sprengel-Anzeyger.*«

»›Soll Strafe in Bälde ereilen
Die schändlichen Mörder unverhohlen,
Denn Dieben soll niemand Gnade erteilen,
Wenn ein Teich sie gestohlen‹«,

murmelte Peter Shandy.

»Kommen Sie schon, Präsident, ich glaube nicht, daß der Pressewagen Ihr Gewicht auch noch verkraften kann. Ich würde vorschlagen, wir nehmen Buggins mit und überlassen Ottermole und Swope die beiden Damen. Es macht dir doch nichts aus, den Wagen zu fahren, Helen?«

»Nicht das geringste.«

Doch Helen fuhr nicht sofort los. Sie saß im Wagen und blickte dem großen schwarzen Auto nach, das Marietta Woozle mit so boshafter Genauigkeit beschrieben hatte. »Jetzt wissen wir also, wer der Tote ist. Die arme Grace. Sie nimmt sich das Ganze sehr zu Herzen. Kein Wunder. Weißt du, Peter, Corydon Buggins hätte bestimmt einen wunderbaren Vers darüber verfaßt.«

»Hat er doch bereits«, meinte Shandy. »Er befindet sich sogar in deinem Archiv, Liebes:

›Doch selbst wenn mit Wasser er vollgesogen,
Ist seine Seele nicht um trock'ne Ewigkeit betrogen.
Und immer noch liebevoll gedenkt sie gleich
Der bleichen Leiche in Oozaks Teich.‹«

Nachwort

In Balaclava County, Charlotte MacLeods erschriebenem Bezirk im ländlichen Massachusetts, passiert eigentlich nicht viel – jedenfalls galt das, bis Peter Shandy, Professor für Nutzpflanzenzucht an der renommierten Landwirtschaftlichen Hochschule von Balaclava, über seine erste Leiche stolperte (»Schlaf in himmlischer Ruh'«, DuMont's Kriminal-Bibliothek Nr. 1001). Um so wichtiger waren da von der Hochschule selbst zu kreierende Ereignisse, und in der Tat hat das College – und seine Schöpferin! – auf diesem Feld in der Vergangenheit beachtliche Kreativität bewiesen. Charlotte MacLeods besondere Vorliebe gilt tumultuösen Massenszenen mit all ihren Möglichkeiten zu Mißverständnissen, komischen Un- und tragischen Zwischenfällen. Die Weihnachtszeit begeht man mit in der Großen Depression erfundenen Lichterwochen, die zur Touristenattraktion geworden sind; und im Frühjahr findet der große regionale Landwirtschaftliche Wettbewerb mit Wettpflügen, Schnellmelken und Preishüten statt (». . . freu dich des Lebens«, DuMont's Kriminal-Bibliothek Nr. 1007).

Im vorliegenden Band lernen wir ein weiteres die Jahreszeiten festlich markierendes Ereignis kennen: den Tag des Murmeltieres. Begangen wird er am Ende der kirchlichen Weihnachtszeit, dem Lichtmeßtag am 2. Februar, der im Volksglauben den Vorfrühling einläuten sollte. Wenn nach einer neuenglischen Bauernregel allerdings das Murmeltier an diesem Tage seinen Schatten sehen kann, dauert der Winter noch sechs Wochen an. Nun tendieren Murmeltiere im Winterschlaf wenig dazu, sich um ihre Schatten zu kümmern, und so wird ihnen mit besagtem Volksfest auf die Sprünge geholfen. Eigens für diesen Anlaß unterhält das auf seine Unabhängigkeit bedachte College mit Balaclava Beauregard ein universitätseigenes Murmeltier, das ganzjährig betreut und beschützt wird, nur um am 2. Februar aus seiner Höhle geholt und in den

Schnee gesetzt zu werden, wo der emeritierte Ordinarius für die einheimische Fauna zum Auguren für das Frühlingswetter wird und Beauregards schattenwerfende Qualitäten begutachten muß – schließlich ist ja für eine Landwirtschaftliche Hochschule das Wetter von ausschlaggebender Bedeutung.

Wohn-, Schlaf- und eintägige Arbeitsstätte des sozusagen beamteten Murmeltiers sind die Ufer von Oozaks Teich, der für das College vielfache Bedeutung hat. An ihm wurden in früheren Zeiten die Tiere der Hochschule zur Tränke geführt, bis der Neffe des Gründers auf die Idee kam, die Wasser des Teichs über eine Mühle zu leiten, die dann lange Zeit das Universitätsgetreide mahlte. Im 20. Jahrhundert wurde der Abfluß aus dem Teich zum Teil des universitätseigenen Kraftwerks, das höchst fortschrittlich und umweltbewußt unter anderem mit dem reichlich anfallenden Dung aus den College-Stallungen betrieben wird. Daneben spielt der Teich aber auch eine düstere Rolle in der Geschichte der Gründerfamilie: In ihm wurde einst die Leiche von Augustus Buggins, dem Enkel des Universitätsgründers Balaclava Buggins, von seinem Mörder nach einem dubiosen Pferdehandel, mit Steinen in den Taschen beschwert, versenkt. Corydon Buggins, sein unermüdlich Reime schmiedender Vetter, hat das schreckliche Geschehen einst in eine endlose Ballade verwandelt, mit der sich Peter Shandys Frau Helen als Kustodin der Sammlung Buggins bei Romananfang gerade beschäftigt. Kein Wunder, daß das Paar die Befürchtung äußert, Augustus Buggins könne als Gespenst beim morgigen Murmeltiertag plötzlich auftauchen und durch unziemliches Betragen das Mißfallen der auf Etikette bedachten Gattin des College-Präsidenten, Sieglinde Svenson, erregen.

Was dann wortwörtlich am nächsten Tag auftaucht, ist zwar nicht Augustus Buggins, aber sein Double: Das schmelzende Eis des Teiches gibt eine männliche Leiche frei, die der allgemeinen Familienähnlichkeit wegen ein Buggins sein muß, mit ihrem langen Bart und ihrem altmodischen Gehrock durchaus ins vorige Jahrhundert weist und die – wie Peter Shandy durch einen ahnungsvollen Griff schnell verifiziert – mit Steinen in den Taschen ebendieses Gehrocks versenkt wurde. Ein Mord in Form eines schaurigmakabren Zitats – das ist Peter Shandy noch nicht vorgekommen. Natürlich wird er, der sich in den vorangehenden Romanen als hauseigener Privatdetektiv der Universität fest etabliert hat, vom Präsidenten sofort mit der Weiterverfolgung des Falles beauftragt, was, wie stets bei Charlotte MacLeod, im besten Einvernehmen mit dem stets über Mangel an Personal und Mitteln klagenden Polizeichef Ottermole geschieht, dessen Hilfssheriff Peter Shandy im Verlauf der Ermittlungen einmal mehr wird.

Seit Shandy als Detektiv wirkt, hat Ottermoles Bezirk die höchste Mordrate der ganzen Region - aber nur, weil Shandy nicht bereit ist, noch die auffallendsten Indizien unter den Teppich zu kehren, bloß um den Frieden der ausnahmslos miteinander versippten Nachbarschaft nicht zu stören. So ist er auch diesmal nicht willens, den in der Nacht vom 1. auf den 2. Februar erfolgten Tod des betagten Ehepaars Trevelyan und Beatrice Buggins ohne weiteres als natürlich hinzunehmen, wie es der Hausarzt getan hat. Da mit dem Tode unzweifelhaft Atem und Herz stillzustehen pflegen, schreibt dieser bei seinen verblichenen älteren Patienten entweder »Lungenversagen« oder »Herzstillstand« auf den Totenschein - dieses Mal hatte er seine Lieblingsdiagnosen einfach gerecht auf beide Tote zu verteilen. So wenig wie diese phantasiearmen Totenscheine will Peter als Zufall hinnehmen, daß die beiden diese Erde just zu dem Zeitpunkt verlassen, da Trevelyan als Erbe von Abelard Buggins der Landwirtschaftlichen Hochschule als Erbin von Balaclava Buggins die Liegenschaft mit dem für den College-Betrieb so unentbehrlichen Oozaks Teich streitig macht, der damit neben seiner eher lustigen Funktion als Beauregards Heim- und Schlafstatt und seiner schaurigen Aura als Ort eines sich reimartig wiederholenden Mordes auch eine zentrale Bedeutung für das ökonomische Überleben des College bekommt. Entsprechend groß ist der Druck, den Präsident Svenson auf seinen Hausdetektiv ausübt - und man sagt dem in jeder Hinsicht gewichtigen Svenson nach, sein Großvater sei ein Walfänger und seine Großmutter ein Mörderwal gewesen.

Peters Frau Helen spielt bei der Klärung dieser Rätsel und Ungereimtheiten eine wichtigere Rolle als in früheren Fällen. Nicht nur die bis ins Detail getreue Wiederholung eines Mordes aus dem 19. Jahrhundert, sondern auch die Zivilklage des alten Trevelyan Buggins gegen die Universität weist in eine tiefe Vergangenheit: Sein Urgroßvater Abelard soll die strittige Liegenschaft von seinem Urgroßonkel Balaclava einst aufgrund einer Wette gewonnen haben. Da erweist es sich als hilfreich, daß Helen sich in der letzten Zeit intensivst mit den Familienpapieren und den Nachlässen der diversen Buggins-Stämme und der einzelnen Familienangehörigen beschäftigt hat, nachdem sie im ersten Band der Serie überhaupt die Bedeutung dieses vergessenen Archivs erkannt hatte. Später einmal waren ihre Spezialkenntnisse von Belial, dem schwarzen Schaf der Familie, einem saufenden Schürzenjäger, Tunichtgut und Verfasser guter, aber für den Druck ungeeigneter Verse, hilfreich bei der Klärung der Geheimnisse um eine angebliche Wikinger-Inschrift (»Über Stock und Runenstein«, DuMont's Kriminal-Bibliothek Nr. 1019). Diesmal gilt es zunächst einmal herauszufinden, welcher Buggins die unbekannte Leiche im Teich sein könnte, und dann, wie gerechtfertigt der Anspruch des Abelard-Buggins-Zweiges ist und wer dem lebenslangen Versager Trevelyan auf seine alten Tage diese Idee gesteckt hat. Wie Thomas Manns *Buddenbrooks* mit Vetter Christian werden der Sippe des sparsamen, weitblickenden und um das Gemeinwohl besorgten Balaclava Buggins bürgerlich höchst unerfreuliche, aber desto farbigere und fesselndere Seitentriebe beigegeben, die in der gegenwärtigen Generation variantenreiche Täter-Opfer-Kombinationen zulassen. Denn zufällig sind alle vier offiziellen Buggins, die für die Rolle der anonymen Leiche in Frage kämen, seit Jahrzehnten von der Bildfläche verschwunden - von denkbaren illegitimen Nachkommen Belials ganz zu schweigen.

Dieser Sachverhalt kommt Peter Shandys Methode entgegen, die bei diesem Fall besonders deutlich wird. Er, der zwanghafte Zähler aller zählbaren Phänomene, reagiert auf jede neue Information oder Beobachtung gleich: Wie ein Computer spielt er, ohne Rücksicht auf persönliche Sympathien oder Abneigungen, wechselnde Hypothesen durch, indem er so lange in rasender Geschwindigkeit Motiv, Gelegenheit, familiäre oder erotische Beziehungen, Alibimanipulationen, Mittäter und schweigende Helfer für wechselnde denkbare Täter kombiniert, bis er die wahrscheinlichste, allen Fakten gerecht werdende Lösung gefunden hat. Und bald überstürzen sich nicht nur die Hypothesen und Verdächtigungen, sondern auch die Ereignisse, gilt es doch nicht nur, die so vielfältig sich berührenden und durchkreuzenden Mordfälle und Erbansprüche zu klären und zu lösen, sondern auch ein zwar nicht geliebtes, aber höchst respektables Mitglied der Fakultät vom Mordverdacht zu reinigen, unter dem es in der von Ottermole recht liebevoll hergerichteten einzigen Zelle der Polizeiwache schmort. So bleibt auch dieses Mal Charlotte MacLeod dem Genre treu, das sie seit Jahrzehnten als weltweit anerkannte Meisterin pflegt: dem klassischen Detektivroman mit dem zentralen Täterrätsel in seiner burlesken Spätform.

Volker Neuhaus

Wenn der Wetterhahn kräht

Für meine Cousins und Cousinen aus dem MacKay-Clan
und ihre Familien

Balaclava County, Massachusetts und Sasquamahoc, Maine, und Umgebung existieren nur auf der imaginären Landkarte im Kopf der Autorin. Alle in diesem Buch beschriebenen angenehmen oder weniger angenehmen Personen und Vorkommnisse sind frei erfunden. Jede Ähnlichkeit mit wirklichen Personen, Orten oder Geschehnissen kann daher nur zufällig sein.

Kapitel 1

»He, du! Mädchen! Komm sofort von der Kanone runter!«

Dr. Helen Marsh Shandy ignorierte das Gebrüll, auch wenn es aus der Megaphonkehle von Wilbur J. Olson, dem Polizeichef von Lumpkinton, kam. Sie tastete sich lediglich ein wenig mit ihren neuen rosa Turnschuhen in Position, bis sie sicher oben auf dem imposanten Relikt aus dem amerikanischen Bürgerkrieg gegenüber der Seifenfabrik stand, überprüfte kurz, ob ihr Teleobjektiv fest saß, versicherte sich zweimal, daß ihr Motiv auch wirklich scharf war, kniff ein Auge zu, schaute durch den Sucher und drückte auf den Auslöser.

Olson brüllte wieder. Helen knipste weiter. Erst als der Polizeichef die Tür seines Streifenwagens aufriß und Anstalten machte, seine stämmigen Beine unter dem Lenkrad hervorzuziehen und das Fahrzeug zu verlassen, ließ sie die teure Kamera in ihre Schutzhülle gleiten und sprang zurück auf den Boden.

»Tut mir leid, Chief Olson, aber ich mußte unbedingt die Wetterfahne auf der Seifenfabrik gegen den wunderbaren Sonnenuntergang fotografieren, bevor der Himmel sich wieder verändert. Diese Wetterfahne gilt als das Meisterwerk von Praxiteles Lumpkin, wissen Sie.«

Sie war in der Tat ein Meisterwerk. Die handgearbeitete Kupfersilhouette, der Alter und Seifendämpfe eine eindrucksvolle Patina verliehen hatten, stellte einen schlaksigen Mann dar, der in einem runden Badezuber saß. Eines seiner dünnen Beine war ausgestreckt und ragte aus dem Zuber heraus. Seine rechte Hand umklammerte eine langstielige Bürste, mit der er sich gerade den Rücken schrubbte. Die linke Hand, in der sich ein längliches Objekt befand, das allem Anschein nach ein Stück Lumpkin-Seife darstellen sollte, hielt er triumphierend in die Höhe.

Einige Bürger von Lumpkinton verstanden die Wetterfahne lediglich als einen ungewöhnlich sauberen Witz, andere fanden sie einfach fantastisch. Chief Olson interessierte sich nicht die Bohne für das Meisterwerk des umherziehenden Wetterfahnenkünstlers und ebensowenig für Helens Erklärungen.

»Ungh.« Er machte sich daran, seine Beine wieder zurückzuziehen und im Streifenwagen zu verstauen. »Sind Sie nicht die Frau von Professor Shandy? Ich dachte, Sie arbeiten drüben in der College-Bibliothek?«

»Das tue ich auch. Ich mache nur ein paar Fotos für unser Archiv. Und für eine Broschüre für die Historical Society von Balaclava County. Wir helfen ihr bei einer Zusammenstellung für das Smithsonian Institute in Washington. Im Gegensatz zu uns verfügt die Society nicht über die nötigen Mittel, um die ganzen Daten zusammenzutragen, und ich bin sozusagen die Verkörperung dieser Mittel. Praxiteles eignet sich hervorragend als Forschungsobjekt, weil er eine beeindruckende Fülle an Kunstwerken hinterlassen hat, die noch nie systematisch ausgewertet wurden. Abgesehen von ein paar Schnappschüssen, die Canute Lumpkins Großmutter mit einer Kodak-Klappkamera gemacht hat«, fügte Helen fairerweise hinzu. »Aber leider sind die Bilder nicht sonderlich gut geworden.«

Polizeichef Olson zeigte nicht das geringste Interesse an den Schnappschüssen von Canute Lumpkins' Großmutter. »Ha! Und dafür werden Sie auch noch bezahlt? Anständige Frauen sind um diese Zeit längst zu Hause und kochen ihren Ehemännern das Abendessen. Und das schaffen sie sogar, ohne vorher extra ein Kochbuch zu schreiben.«

Er verzog seine aufgeworfenen Lippen kurz zu einem häßlichen kleinen Grinsen, damit Helen auch sah, daß ihm keineswegs nach Scherzen zumute war, und setzte wieder sein gewohntes finsteres Gesicht auf. »Wie Sie da oben rumgeturnt sind, habe ich Sie glatt für ein Kind gehalten.«

Der Satz klang wie ein Vorwurf, doch Helen beschloß, den alten Griesgram noch ein wenig mehr zu provozieren, indem sie seine Bemerkung absichtlich mißverstand.

»Vielen Dank für das Kompliment, Chief Olson. Aber nachdem Sie mich jetzt aus der Nähe gesehen haben, wissen Sie es sicher besser.«

Die Kuratorin der Sammlung Buggins am Balaclava Agricultural College, wie ihr vollständiger Titel lautete, war eine ausnehmend hübsche Frau. Ihre zierliche Figur, die blonden Locken, das rosa Sweatshirt und die Blue Jeans hätten sogar ein geschulteres Auge als das von Olson täuschen können. Um ihn noch ein wenig mehr in Rage zu versetzen, fügte sie hinzu: »Praxiteles war übrigens der Großneffe von Fortitude Lumpkin, der Druella Buggins geheiratet hat, wie Sie zweifellos wissen.«

Chief Olson wußte es höchstwahrscheinlich nicht, und es war ihm sicher auch herzlich egal, doch er war nicht dumm genug, sich vor Mrs. Shandy eine Blöße zu geben. »Die verdammten Gören klettern dauernd auf der Kanone rum«, knurrte er. »Und dann fallen sie runter und tun sich weh, und schon kommen die Mütter angerannt und geben mir die Schuld.«

»Ich vermute, viele Eltern arbeiten hier in der Fabrik.«

Helen machte eine Kopfbewegung in Richtung Seifenfabrik, einem dreistöckigen Gebäude aus rotem Sandstein mit schmutzigen Fenstern, das genau gegenüber dem kleinen Grasdreieck mit der Kanone stand. Beide leisteten sich seit Ende der 60er Jahre des neunzehnten Jahrhunderts hier Gesellschaft. Die Mündung der Kanone zielte genau auf die Talgküche der Fabrik, für deren Kessel im Laufe der Jahre Tausende und aber Tausende von Mastbullen ihr Fett geopfert hatten, damit daraus auf wundersame Weise mit Hilfe von Pottasche und Duftstoffen die zartduftende »Lumpkin's Lilywhite« für liebliche junge Damen, die markante »Lumkin's Kernrein« für schmutzige alte Männer, das unübertroffene »Lumpkin's Schneewittchen« für frische und duftige Wäsche und zweifellos noch diverse andere Seifenwunder hergestellt wurden, von denen Helen nichts wußte.

Dafür wußte sie allerdings, daß die riesige Anlage sozusagen auf den Tiegeln mit Seifenlauge erbaut worden war, die Druella Buggins Lumpkin vor vielen Jahren aus Kochfett und Holzasche zusammengebraut hatte und ihr Ehemann Fortitude in den umliegenden Dörfern aus den Satteltaschen seiner treuen Stute Beornia unermüdlich feilgeboten hatte. Sie wußte auch, daß die winzige Lichtung, die Fortitude einst der Wildnis abgetrotzt hatte, um seiner geliebten Braut ein trautes Heim zu schaffen, sich zunächst zu einem Dorf und schließlich zu einer richtigen Kleinstadt entwickelt hatte, und all das verdankten sie, zumindest metaphorisch gesprochen, nur Druellas Seifenlauge. Hier gab es immer noch ziemlich viele Farmer und auch zahlreiche Bürger, die tagsüber in der Nachbarstadt Clavaton arbeiteten und nur zum Schlafen herkamen, aber nach wie vor waren die meisten Bewohner in der Seifenfabrik hier in Lumpkin Upper Mills, dem größten Unternehmen vor Ort, angestellt. Helen fragte sich, wie lange sie es wohl noch bleiben würden. Einige junge Hitzköpfe, allen voran ein gewisser Brinkley Swope, der für die Seifenformen verantwortlich war, warnten schon seit geraumer Zeit davor, daß die altmodische Fabrik nicht mehr lange weiterproduzieren könne, wenn nicht schleunigst etwas unternommen werde, um die völlig veralteten Maschinen und Herstellungsmethoden zu verbessern.

Noch vor zwei Wochen hatte Brinkleys Bruder Cronkite, rasender Reporter vom *All-woechentlichen Gemeinde- und Sprengel-Anzeyger für Balaclava,* einen langen Sonderbericht über den Niedergang der Lumpkin-Werke auf dem Weltseifenmarkt verfaßt. Die Gemüter waren angeblich so erhitzt, wie dies in einem langweiligen Nest wie Lumpkinton überhaupt möglich war. Doch Helen Shandy bemerkte keinerlei Zeichen eines bevorstehenden Aufruhrs, als sie sich von Polizeichef Olson verabschiedete und ihren Wagen zurück zur alten Horsefall-Farm lenkte, wo sie ihren Gatten in trauter Zweisamkeit mit ihrem gemeinsamen Freund Henny zurückgelassen hatte.

Hengist Horsefall, wie er richtig hieß, auch wenn ihn nie jemand so nannte, war weit in den Achtzigern. Peter, der noch nicht einmal sechzig war und dies auch so bald nicht werden würde, wirkte neben dem alten Henny wie ein rechter Frischling. Die beiden hatten es sich vorn auf der Veranda gemütlich gemacht, genossen den Sonnenuntergang und stimmten sich auf das Abendessen ein, indem sie sich einen Pflaumenschnaps, eine Spezialität von Hennys Tante Hilda, als Aperitif genehmigten, während Hennys Neffen Eddie und Ralph mit Hilfe ihrer zahlreichen Sprößlinge die Farmarbeit verrichteten. Im Inneren des Hauses waren die angeheirateten Nichten Marie und Jolene, diverse Großnichten und Urgroßnichten damit beschäftigt, das Abendessen vorzubereiten.

Eigentlich hatten die Shandys gar nicht so lange bleiben wollen. Sie waren nach Lumpkin Corners gekommen, um Fotos von einigen anderen Kunstwerken von Praxiteles Lumpkin zu machen, unter anderem von einem ganz besonders interessanten Stück, das Henny höchstpersönlich gehörte und einen Hahn darstellte, der auf dem Rücken eines Schweins thronte. Die Horsefalls hatten jedoch darauf bestanden, daß die Shandys unbedingt zum Essen bleiben sollten, daher hatte Peter sich freiwillig als Geisel zur Verfügung gestellt, während Helen, die sich das Glanzstück bis zum Schluß aufgespart und auf einen schönen Sonnenuntergang gehofft hatte, allein nach Lumpkin Upper Mills gefahren war, um ihr Tagewerk zu vollenden.

Es war hauptsächlich Peter zu verdanken, daß die Horsefalls ihre Farm noch besaßen*, und Helen hatte ihnen dabei geholfen, einige ihrer Antiquitäten für so viel Geld zu verkaufen, daß sie von dem Erlös einen Anbau errichten konnten, in dem der ganze Clan so großzügig untergebracht werden konnte, wie sie es sich nie hatten träumen lassen. Die Horsefalls hätten auch ihre Wetterfahne verkaufen können und dafür genug Geld bekommen, um sich ein richtiges Herrenhaus bauen zu können, doch wozu brauchten sie ein Herrenhaus? Alle liebten die alte Farm so, wie sie war, und mochten den Hahn auf dem Schwein, daher blieb alles beim alten und die Wetterfahne zu Helens Freude weiter im Besitz der Familie Horsefall. Helen gab ihrem Gatten einen Kuß, wurde von diversen Horsefalls umarmt, unter anderem auch von Henny, der sich die Gelegenheit, eine hübsche junge Frau in den Armen zu halten, auf keinen Fall entgehen ließ, denn es könnte ja immerhin seine letzte sein, und nahm dankend ein Gläschen Pflaumenschnaps in Empfang.

»Alles glatt gelaufen mit der Seifenfabrik?« erkundigte sich Jolene. »Haben Sie Ihre Fotos bekommen?«

»Das will ich schwer hoffen«, meinte Helen. »Jedenfalls sah die Wetterfahne durch den Sucher hervorragend aus. Allerdings wäre ich für die Aufnahmen fast ins Gefängnis gekommen.«

»Wie meinen Sie das? Ist Soapie Snell etwa rausgekommen und hat den starken Mann markiert?«

»Nein. Folgendes ist passiert: Ich bin auf die alte Kanone geklettert, damit ich hoch genug stand, um den richtigen Blickwinkel für die Aufnahme zu haben, und genau in dem Moment, als ich auf den Auslöser drücken wollte, fuhr Polizeichef Olson zufällig mit seinem Streifenwagen vorbei und hat lautstark protestiert. Er hat mich übrigens für ein kleines Mädchen gehalten«, fügte Helen ein klein wenig eitel hinzu.

»Olson haßt Kinder«, knurrte der junge Ralph, der inzwischen zu den Erwachsenen zählte, da er Student am Balaclava Agricultural College war.

»Und an der Kanone hat er einen richtigen Narren gefressen«, ergänzte Ralphs Schwester Hilary, eine hübsche Brünette von ungefähr fünfzehneinhalb. »Man könnte ihn glatt für General Grant

* »Über Stock und Runenstein«, DuMont's Kriminal-Bibliothek Bd. 1019)

halten oder so.« Sie kicherte. »Brinkley Swope ist auch verrückt nach dem Ding. Cronkite sagt, Brink hat vor, sich eines Nachts, wenn alles schläft, heimlich hinzuschleichen und die Kanone abzufeuern.«

»Wenn er das probiert, wird er sich selbs' mit in die Hölle schießen«, schnaubte Henny. »Die verdammte Kanone is' wahrscheinlich innen drin total verrostet, die geht bestimmt schon los, wenn Brink sich bloß daneben stellt un' 'nen schönen lauten –«

»Onkel Henny!« protestierte Jolene.

»Niesanfall kriegt, wollt' ich ja bloß sagen.« Die wasserblauen Augen des alten Mannes blickten genauso unschuldig wie die eines neugeborenen Lämmchens. »Was hackt ihr eigentlich immer so auf mir rum?«

»Die Kanone ist nicht verrostet«, sagte Eddie. »Ganz früher haben die Bürgerkriegsteilnehmer sie immer erstklassig in Schuß gehalten, und als keiner von denen mehr am Leben war, haben sich die verschiedenen Veteranenverbände drum gekümmert. Außerdem glaub' ich nich', daß Brinkley gemeint hat, daß er das verdammte Ding mit Schrapnell vollstopfen will, und 'ne Ladung richtiges Schwarzpulver würd' ihr bestimmt nich' schaden.«

»Bei den Swope-Jungs kann man nie wissen, was sie als nächstes anstellen. Wie kommst du überhaupt dazu, dich mit Cronkite zu unterhalten, Hilly?« erkundigte sich Tante Marie mit einem mißbilligenden Hochziehen der Augenbrauen. »Ist er nicht etwas zu alt für dich?«

»Er ist erst fünfundzwanzig. Neun Jahre sind doch kein großer Altersunterschied.«

»Du meinst wohl neuneinhalb?«

»Ist doch gehopst wie gesprungen. Ich finde ältere Männer eben interessanter.«

»Ach wirklich?« sagte ihre Mutter. »Letzte Woche hatte ich noch den Eindruck, daß du Tommy Lomax höchst interessant fandest, und der ist nicht mal fünfzehn. Hör mir mal gut zu, junge Dame. Falls ich dich je auf Cronkites Motorrad erwischen sollte, werden hier die Fetzen fliegen, und glaub bloß nicht, das wäre 'ne leere Drohung!«

»Mama, jetzt hör doch endlich auf!« protestierte Hilary. »Cronkite hat Sonntagabend im Jugendclub einen Vortrag über das Leben eines Reporters gehalten, und wir durften anschließend Fragen stellen. Ich habe nur eine einzige Frage gestellt, und er hat sie beantwortet. Das war alles! Er hat nicht mal direkt mit mir gesprochen, ich war bloß eine von vielen.«

»Und das bleibst du besser auch, wenn's nach mir geht. Die Swopes haben es alle faustdick hinter den Ohren, wenn du meine Meinung hören willst.«

»Also, wirklich, Marie, hier gibt's verdammt viel schlimmere Jungs als die Swopes«, sagte Ralph. »Huntley und Brinkley sind gute Arbeiter in der Seifenfabrik und tun viel für unsere Stadt. Hunt ist im Finanzausschuß und Brink leitet sozusagen die Bürgerwehr von Lumpkinton. Cronk is' allerdings wirklich was aus der Reihe geschlagen, muß ich zugeben, aber wahrscheinlich bleibt das nich' aus, wenn man Reporter is'. Was machen übrigens Ihre Wetterfahnen, Helen?«

»Ich würde sagen, bis jetzt läuft alles hervorragend. Ihre habe ich schon fotografiert, die beiden Pferde auf dem alten Lomax-Haus ebenfalls, Gabe Fescues Kuh, die gerade den Eimer umtritt, den großen Esel mit der Möhre auf dem Rathaus in Lumpkinton, die Justitia auf dem County-Gerichtsgebäude drüben in Clavaton, den Schriftzug auf der Methodistenkirche, die beiden Hähne und die Heuschrecke in Balaclava Junction und den Schmied in Forgery Point. Ich hatte sogar Glück und konnte die hübsche Stute mit Fohlen in Hoddersville knipsen, bevor die Scheune abgebrannt ist.«

»Wirklich jammerschade«, meinte Eddie. »Die schöne alte Scheune, und all die Jahre im Besitz ein und derselben Familie. Angeblich soll das Feuer durch 'nen Schwelbrand oben im Heuboden ausgelöst worden sein, dabei is' John Peavy so ein verdammt vorsichtiger Farmer. Er schwört Stein und Bein, daß jemand das Feuer gelegt hat. Aber die Untersuchungskommission hat keinen Hinweis auf Brandstiftung finden können.«

»Die traurigen Überreste der Wetterfahne haben sie auch nicht gefunden«, sagte Helen. »Was das angeht, habe ich meine eigenen Vermutungen, aber wahrscheinlich werden wir die Wahrheit ohnehin nie erfahren. Jedenfalls habe ich jetzt zusammen mit dem Seifenmann neun Wetterfahnen fotografiert, und Peter hat noch eine oben in Maine ausfindig gemacht, die einer Forstwirtschaftsschule gehört, an der ein alter Klassenkamerad von ihm Präsident ist. Sie stellt einen Holzfäller dar, der einen Baum fällt. Peter hat ihm geschrieben und angefragt, ob wir hinfahren und ein paar Aufnahmen machen könnten. Wir haben beschlossen, einen Kurzurlaub daraus zu machen. Peters Seminare sind seit letzter Woche zu Ende, und ich habe mich von der Bibliothek beurlauben lassen, um für das Wetterfahnenprojekt zu recherchieren. Sie haben ihn gebeten, bei der Abschlußfeier einen Vortrag zu halten und als Zugabe ›O Tannenbaum‹ zu singen. Nicht wahr, Darling?«

»Die Gesangseinlage streiche ich wohl besser aus dem Programm. Gnädige Frau, ist Ihnen überhaupt bewußt, daß Sie sich diesen freundlichen Menschen bereits seit fast vier Stunden aufdrängen? Es ist inzwischen halb zehn und stockdunkel draußen.«

»Wozu die Eile?« protestierte Jolene. »Wir sehen Sie sowieso viel zu selten. Kommen Sie, Peter, ich mache Ihnen noch ein Täßchen Tee.«

»Das ist wirklich sehr nett von Ihnen«, meinte Helen, »aber wir müssen jetzt wirklich los. Wir hatten gar nicht vor, so lange zu bleiben, außerdem müssen wir unbedingt unsere Katze füttern. Jane ist bestimmt schon stocksauer. Es ist wunderschön hier bei Ihnen, aber wir machen uns jetzt wohl besser auf den Heimweg. Kann ich Ihnen vorher noch beim Abräumen helfen?«

»Während die ganze Familie hier untätig rumsitzt? Soweit kommt es noch! Na los, Kinder, bewegt euch! Marie, wie wär's, wenn du Helen ein Stück Schichtkuchen mitgibst, dann braucht sie morgen keinen Nachtisch zu machen.«

»Das ist wirklich sehr nett von Ihnen«, sagte Helen. »Aber bitte nur ein ganz kleines Stück. Peter ißt sowieso schon viel zu viel Nachtisch. Ich übrigens auch, muß ich zu meiner Schande gestehen.«

Dabei wog die zierliche Helen höchstens ein oder zwei lächerliche Pfündchen mehr als ihr Idealgewicht vorschrieb. Peter, der ungefähr ein Meter fünfundsiebzig groß war, wirkte dagegen recht gut gepolstert, doch er war kräftig gebaut und ziemlich muskulös. Professor Shandy, inzwischen international bekannt als Nutzpflanzenzüchter und Agronom, war immer noch der festen Überzeugung, daß der beste Unterricht draußen auf den Rübenfeldern stattfand, und konnte es mit Spaten und Forke immer noch jederzeit mühelos mit seinen kräftigsten Studenten aufnehmen.

Peter, Helen und diverse Horsefalls standen noch zusammen an der Tür und konnten sich einfach nicht loseisen, als der alte Henny plötzlich die Ohren spitzte.

»Seid mal still! Das is' doch die Feuerwehrsirene!«

Alle waren still und zählten.

»Sechsmal und dreimal«, sagte Ralph. »Du liebe Zeit, das is' die Seifenfabrik!«

Die Sirene heulte noch zweimal, diesmal noch länger und lauter. »Großalarm«, brüllte Eddie. »Dann mal los, Leute. Bis später, Peter. Wir müssen schnellstens zur Feuerwache.«

Zusammen mit seinem Bruder und seinen vier ältesten Söhnen eilte er zur Tür und griff im Laufen nach Stiefel und Mantel. Peter und Helen hörten auf zu beteuern, daß sie nun aber wirklich fahren müßten, und fuhren tatsächlich. Vom Hügel her wehte ihnen bereits ein schwacher Brandgeruch entgegen.

»Grundgütiger, das stinkt ja wie eine Riesengrillparty«, meinte Peter, als er vorsichtig die Kiesauffahrt hinunterfuhr. »Das muß das Seifenfett sein. Ich kann mich noch erinnern, daß während meiner Kindheit auf der Farm einmal eine Pfanne mit Fett auf dem alten Ofen Feuer gefangen hat. Mein Cousin Gardy ist durchgedreht und hat einen Eimer Wasser darübergegossen, was das Feuer erst recht ausbreitete. Großmutter hat ihm anschließend anständig die Leviten gelesen, weil sie ihr ganzes Fäßchen Pökelsalz opfern mußte, um das Feuer zu löschen.«

»Für dieses Feuer braucht man mehr als Pökelsalz«, bemerkte Helen trocken. »Schau mal, Peter, siehst du den roten Schein am Himmel? Dabei sind wir bestimmt noch mindestens drei Meilen von der Fabrik entfernt. Kannst du dir vorstellen, wie es dort erst aussehen muß? Was mag den Brand wohl ausgelöst haben?«

»Weiß der Himmel. Viel war dazu wahrscheinlich nicht nötig. Die Fabrik ist so alt, daß sie bestimmt bis auf die Ziegel ganz aus Holz besteht. Stell dir nur mal die unzähligen Bretter und Balken vor, die seit hundert oder zweihundert Jahren von Seifenfett durchzogen sind. Da genügt schon ein winziger Funken, etwa bei einem Kurzschluß, oder ein ölgetränkter Lappen, den irgendein Idiot glimmend in die Ecke geworfen hat, und schon steht der ganze Laden in Flammen. Genau so, als würde man ein riesiges Talglicht anzünden.«

»Aber in der Fabrik wird doch immer sehr sorgfältig auf Brandverhütung geachtet«, protestierte Helen. »Das weiß ich von Mrs. Lomax. Die Swope-Jungs, die in der Fabrik arbeiten, sind ihre Neffen oder so und erzählen ihr alles. Nicht, daß sie nicht sowieso schon alles wüßte, du kennst sie ja. Jedenfalls hat sie mir erzählt, daß sich dort jeder an seinem ersten Tag einen ellenlangen Vortrag über alle möglichen Gefahrenquellen anhören muß. Überall hängen Warnschilder mit Rauchverboten, und alle paar Wochen werden Brandschutzübungen veranstaltet. Zigaretten müssen beim Pförtner abgegeben werden, und jeder, den man mit einem Feuerzeug oder auch nur mit einem einzigen Streichholz erwischt, wird auf der Stelle gefeuert.«

Peter schüttelte den Kopf, als könne er ihn damit klarer machen. »Hat sie zufällig erwähnt, ob die Leute dort immer noch in zwei Schichten arbeiten?«

»Das kann ich dir auch so sagen. Ich habe nämlich gesehen, wie die Tagschicht gegangen und die Nachtschicht gekommen ist, als ich meine Fotos gemacht habe. Darling, ich weiß zwar, daß wir uns von der Fabrik fernhalten sollten, aber meinst du nicht, wir könnten irgendwie in Erfahrung bringen, ob auch niemand zu Schaden gekommen ist?« bettelte Helen. »Ich glaube, ich kann die Ungewißheit nicht ertragen.«

»Drüben vor Lumpkin Upper Mills gibt es eine Stelle namens Lookout Point. Sie ist weit genug von der Fabrik entfernt, so daß wir die Löschzüge nicht behindern. Von dort aus müßten wir eigentlich sehen können, was passiert. Wir treffen dort sicher auch jemanden, der weiß, ob es Verletzte gegeben hat. Zum Glück liegen unsere Ferngläser noch im Handschuhfach.«

Als sie am Lookout Point ankamen, war der Brandgeruch bereits so stark, daß er ihnen Augen und Kehle beizte, obwohl der Wind ostwärts blies und sie sich eine halbe Meile in westlicher Richtung befanden. Durch die Ferngläser konnten sie die brennende Fabrik unten im Tal genau erkennen. Die Flammen schlugen hoch über dem Gebäude zusammen und schleuderten brennende Trümmer auf die Straßen, die Löschzüge und die Dächer der umliegenden Gebäude. Helen sah, wie ein Funken auf der Kanone landete, auf der sie vor wenigen Stunden noch selbst gestanden hatte. Zu ihrer großen Verwunderung verursachte er einen merkwürdigen, hellen, flackernden Blitz.

»Peter, schau mal da! Schnell! Die Kanone brennt!«

»Das ist doch nicht möglich! Tatsächlich, Herr des Himmels, du hast recht! Sieht aus wie brennendes Schwarzpulver. Es muß ganz frisch sein, Pulver wird schnell feucht.«

»Aber als ich dort gestanden habe, war es noch nicht da. Ich habe extra nachgeschaut, weil ich meine rosa Turnschuhe nicht schmutzig machen wollte. Es mag zwar albern klingen, aber ich finde immer, daß neue Turnschuhe etwas ganz Besonderes sind. Oh, wie furchtbar! Das Dach stürzt zusammen! Können die Feuerwehrleute denn gar nichts tun, um die Fabrik zu retten?«

»Ich glaube sogar, daß sie es gar nicht erst versuchen. Sie wissen, daß es zwecklos wäre. Sie können nur versuchen, das Feuer unter Kontrolle zu bekommen, damit es nicht auf die umliegenden Häuser übergreift.«

»Schon wieder eine von Praxiteles Lumpkins Wetterfahnen zerstört«, seufzte Helen. »Die zweite in ein und derselben Woche, und beide Male durch einen Brand. Eigentlich ziemlich merkwürdig, findest du nicht auch, Peter? Die Wetterfahne, die ich heute fotografiert habe, befand sich genau in der Mitte des Dachteils, das gerade eingestürzt ist, aber ich habe sie gar nicht mehr gesehen. Dabei ist es weiß Gott hell genug, um alles genau zu erkennen, selbst wenn der Rauch noch so dick ist. Hast du etwas sehen können?«

»Nein, keine Spur von der Wetterfahne, jetzt wo du es sagst.«

»Meinst du, es wäre möglich, daß irgendein todesmutiger Mensch hochgeklettert ist und sie in Sicherheit gebracht hat?«

»Kann ich mir kaum vorstellen. Die Leute waren bestimmt viel zu sehr damit beschäftigt, sich selbst in Sicherheit zu bringen«, meinte Peter düster. »Ich hoffe nur, daß alle das Gebäude rechtzeitig verlassen konnten.«

Wie Peter vorhergesagt hatte, waren sie nicht die einzigen Zuschauer am Lookout Point. Andere Schaulustige hatten sich ebenfalls hier versammelt, wirkten jedoch eher verzweifelt als sensationslüstern. Peter und Helen konnten ihre besorgten Gespräche mitanhören.

»Da unten besprengt Bob Giberson gerade sein Dach mit dem Gartenschlauch. Hoffentlich ist der Wasserdruck stark genug! Mein Gott, schaut doch bloß! Seine Veranda fängt an zu – nein, er hat es gerade noch mal geschafft.«

»Ihr könnt euren Kopf drauf verwetten, daß Soapy Snells Veranda nicht in Flammen steht. Wo ist der verdammte Mistkerl überhaupt? Könnt ihr ihn irgendwo sehen? Entschuldigen Sie bitte, Mister, könnten wir vielleicht kurz Ihr Fernglas ausleihen?«

»Aber selbstverständlich«, sagte Peter und reichte ihnen das Fernglas.

Nach etwas einer Minute reichte der Mann es wieder zurück. »Nein. Nirgendwo zu sehen. Wahrscheinlich hockt er zu Hause und zählt sein Geld. Aha! Polizeichef Olson ist eingetroffen und bringt den ganzen Verkehr durcheinander.«

»Typisch.«

»Ich wollte helfen, aber mich haben sie nur bis zu den Feuerwehrwagen vorgelassen. Es sind Löschzüge aus Clavaton und Hoddersville und Gott weiß woher gekommen.«

»Ich habe gehört, die Hälfte der Wagen auf dem Parkplatz stand schon in Flammen, bevor die Leute in der Fabrik überhaupt gemerkt haben, was los war.«

»Konnten alle rauskommen?«

»Clem sagt, daß es alle geschafft haben, außer dem alten Caspar Flum. Cas war wie immer in der Talgküche. Dort ist das Feuer höchstwahrscheinlich auch ausgebrochen. Huntley Swope wollte noch rein, um ihn zu retten, sagt Clem, aber alles war schon ein einziges Flammenmeer. Huntleys Kleider haben gebrannt, als sie ihn rausgezogen haben, er muß üble Verbrennungen davongetragen haben, fürchte ich. Der Krankenwagen hat ihn auf dem schnellsten Weg ins Krankenhaus von Hoddersville gebracht.«

»Da hat sein Bruder ja wieder was zu schreiben, schätze ich!«

»Stimmt. Cronkite ist da unten und macht Fotos und piesackt den Brandmeister. Aber wo ist Brinkley?«

»Brink hat diese Woche Tagschicht. Ich habe ihn kurz nach Feierabend unten an Johnnys Laden gesehen. Er hat Zigarren für seinen Schwiegervater gekauft. Der alte Herr wohnt jetzt bei Brink und Cynthia. Cas Flum ist also in den Flammen umgekommen? Gott, wie grauenhaft! Der arme Teufel hat bestimmt schon mehr als fünfzig Jahre in der Talgküche gearbeitet. Aber wenigstens verliert er jetzt nicht mit dem Rest der Leute seinen Job.«

»Meinst du, Soapy Snell baut die Firma wieder auf?«

»Wer weiß? Kann mir nicht vorstellen, daß der alte Kasten hoch genug versichert ist, um auch nur die Hälfte von dem rauszukriegen, was es kosten würde, zum heutigen Preis ein neues Gebäude zu errichten. Soapy ist das bestimmt schnurzegal. Der hat eh genug Geld. Der wird sich lieber aus dem Geschäft zurückziehen. Mich würd's jedenfalls nicht wundern.«

»Ich weiß nicht, was die Leute machen, wenn die Fabrik nicht wiederaufgebaut wird. Vielleicht Hamburger in Fast-Food-Restaurants verkaufen. Oder im Supermarkt arbeiten. Verdammt heikle Situation, wenn ihr mich fragt. Mann, wenn wir je rauskriegen, wer die Kanone abgefeuert hat –«

»Du glaubst doch nicht im Ernst, daß die Kanone was mit dem Ausbruch des Feuers zu tun hat, oder? Mit dem alten Kinderspielzeug könnte man doch nicht mal 'n Loch in 'ne Papiertüte schießen!«

»Woher willst du das wissen? Es hat jedenfalls einen gewaltigen Knall gegeben. Wir haben es bis bei uns zu Hause gehört. Meine Frau und ich sind rausgelaufen, um nachzusehen, was zum Teufel los war, und die Talgküche brannte lichterloh, als wäre 'ne Bombe drin eingeschlagen. So was hab' ich im Leben noch nicht gesehen. Und ihr könnt mir glauben, daß ich so was auch nicht noch einmal sehen möchte.«

»Aber mit den alten Kanonen kann man doch gar nicht so gut zielen wie mit den modernen.«

»Was heißt denn hier gut zielen? Das verdammte Ding steht genau gegenüber von der Talgküche und ist gerade mal sechs Meter weit weg. Wenn Cas aus dem Fenster geschaut hat, konnte er genau in die Mündung sehen. Er hat immer Witze darüber gemacht, daß er unter Bombardement stand.«

»Aber eine Kanonenkugel würde kein Feuer verursachen, selbst wenn sie mitten in einem Kessel landen würde.«

»Man braucht dazu gar keine Kanonenkugel. Man könnte genausogut alte Lumpen um einen dicken Stein wickeln oder so was und von oben auf das Pulver pressen, dann würde das Ding schon brennen, wenn es aus der Kanone fliegt. Es würde zwar nicht sehr weit fliegen, aber das wäre ja auch nicht nötig. Könnt ihr euch vorstellen, was ein Haufen brennender Lumpen in 'nem Kessel mit heißem Talg anrichten würde?«

»Ich möchte lieber nicht dabei sein, wenn so was passiert, das könnt ihr mir glauben.«

»Aber wer wäre denn dumm genug, so was zu riskieren?«

»Immerhin war jemand dumm genug, die Kanone abzufeuern. Daran gibt es nichts zu rütteln.«

»Na ja, es könnte auch Zufall gewesen sein. Vielleicht hat ein Kind bloß einen großen Knallfrosch in das Rohr geschoben.«

»Also, ich denke, wir kriegen das schon ziemlich bald raus, vorausgesetzt, wir sind morgen früh überhaupt noch am Leben. Mann, der Rauch macht mich total fertig. Ich glaube, ich geh' wieder zurück ins Haus.«

Kapitel 2

Peter und Helen hatten inzwischen ebenfalls genug. Auf der Heimfahrt hörten sie im Autoradio die Sondermeldungen zuerst im Lokalsender von Clavaton und dann auch in den überregionalen Nachrichten. Jane Austen erwartete sie bereits, höchst erbost darüber, daß man sie so lange allein gelassen hatte, obwohl Mary Enderble da gewesen war, um ihr eine frische Dose Katzenfutter zu servieren und tröstend die Pfote zu halten, nachdem Helen von den Horsefalls aus angerufen hatte.

Helen und Peter versuchten zwar, sich zu entschuldigen, doch Jane rümpfte beim Geruch von angebranntem Seifenfett nur angeekelt das Näschen und verließ protestierend das Zimmer, daher gingen sie nach oben, um zu duschen und sich die Haare zu waschen. Nachdem sie den Gestank abgespült hatten, schlüpften sie in saubere Schlafanzüge, trugen die übelriechenden Kleidungsstücke zum Waschen oder Auslüften hinunter in den Keller und schafften es schließlich, Jane doch noch zu überreden, ihnen vor dem Fernseher Gesellschaft zu leisten.

Auf dem Bildschirm Ausschnitte von dem zu sehen, was sie eben noch hautnah miterlebt hatten, war ein ziemlich merkwürdiges Gefühl, das jedoch nicht lange vorhielt. Alles drehte sich um Caspar Flum, sein Tod war nun offiziell. Der *Gemeinde- und Sprengel-Anzeyger für Balaclava* hatte ein wunderschönes Bild von Mr. Flum zur Verfügung gestellt, das ihn freudestrahlend inmitten seiner Talgkessel zeigte und aus dem Jahr 1972 stammte, als man das hundertjährige Bestehen der Fabrik gefeiert hatte. Es gab auch noch ein Foto jüngeren Datums, auf dem er stolz die Ehrennadel anläßlich seines fünfzigjährigen Dienstjubiläums aus der erlauchten und selbstverständlich blitzsauberen Hand von Präsident Soapy Snell entgegennahm.

Mr. Flum war ein kinderloser Witwer gewesen, doch die unermüdlichen Journalisten hatten bereits eine Schwester und zwei Neffen ausfindig gemacht, die mit verquollenen Augen, die entweder auf ihre Tränen, den Rauch oder beides zurückzuführen waren, nicht allzu heiß darauf waren, vor laufenden Kameras ihrem Schmerz über das Ableben ihres Angehörigen Ausdruck zu verleihen. Alle waren übereinstimmend der Meinung, daß Talg Caspar Flums Lebensinhalt gewesen war. Die Schwester zog sogar die Möglichkeit in Betracht, daß Cas vielleicht genau so inmitten seiner Talgkessel hätte sterben wollen, wenn er die Wahl gehabt hätte, woraufhin der weniger redegewandte Neffe damit herausplatzte, daß er trotzdem den verdammten Hurensohn, der die Kanone abgefeuert habe, gern in die Finger kriegen würde.

Nein, er habe nicht gesehen, wie sie losgegangen sei. Das habe niemand, soweit er wisse. Aber das Feuer könne schließlich nur durch die Kanone verursacht worden sein, denn was hätte es sonst sein sollen? Dafür spreche auch der gewaltige Knall, ergänzte der andere, wohl etwas gebildetere Neffe, nachdem es ihm endlich gelungen war, seinen Adamsapfel aus seinem Hemdkragen zu befreien.

Die Schwester fügte noch hinzu, daß Cas ihr stets ein guter Bruder gewesen sei und sie bereits vor einem Monat sein Geburtstagsgeschenk erstanden habe, sich jetzt allerdings Sorgen mache, ob der Laden, in dem sie es gekauft hatte, es nach all der Zeit noch zurücknehmen werde. Ihre Stimme klang tränenerstickt, und der Kameramann zeigte schließlich Anstand genug und schwenkte ab.

»Die arme Frau«, kommentierte Helen. »Ich weiß wirklich nicht, warum es die Leute nicht lassen können, die Familien in solchen Situationen ins Rampenlicht zu zerren. Komm, wir trinken ein Schlückchen Brandy, Liebling. Ich falle zwar fast um vor Müdigkeit, und du sicher auch, aber wahrscheinlich können wir ohne einen kleinen Beruhigungstrunk doch nicht einschlafen.«

Der Brandy hatte seine Wirkung offenbar nicht verfehlt, denn gegen halb acht wurden beide Shandys durch laute Schläge gegen die Haustür aus dem Tiefschlaf gerissen. Peter streckte den Kopf aus dem Fenster und brüllte: »Immer mit der Ruhe! Ich komme sofort!« Er veranstaltete noch einen kurzen Zweikampf mit seinem Bademantel, lieh sich seine Pantoffeln von Jane aus und eilte nach unten.

Der allzu frühe Besucher entpuppte sich als Cronkite Swope, der wie ein schwelender Talgkessel stank und vor Erschöpfung schwankte. Peter hielt ihn am Arm fest.

»Um Gottes willen, kommen Sie lieber herein, sonst brechen Sie noch zusammen.«

Er führte den jungen Reporter in die Küche, drückte ihn auf einen Stuhl und begann Kaffee zu kochen. »Möchten Sie vielleicht etwas Saft?«

»Was?«

»Hier, trinken Sie das.«

Swope starrte das Glas Orangensaft an, als sei es ein unbekanntes Objekt von einem anderen Stern, schien sich aber schließlich wieder zu erinnern, was er damit anzufangen hatte, und trank. Vielleicht hatte der Fruchtzucker ihn zu einem gewissen Grad wiederbelebt, jedenfalls schob er seinen Stuhl nach hinten und stand auf.

»Meinen Sie, daß ich mich kurz frisch machen könnte?«

»Selbstverständlich. Das Bad ist dort drüben.«

»Ich weiß.«

Swope hatte das Haus der Shandys schon viele Male besucht, seit Peter durch diverse merkwürdige Zufälle zum großen Meisterdetektiv von Balaclava County und Umgebung avanciert war. Er fand das Badezimmer im Erdgeschoß ohne größere Probleme und kehrte etwas sauberer, aber genauso niedergeschlagen zurück. »Sie müssen mir unbedingt helfen, Professor.«

»Was ist denn los, Cronkite?« Helen war inzwischen ebenfalls nach unten gekommen und sah in ihrem weichen rosa Morgenmantel und den altrosa Pantoffeln mit den hübschen Pompoms auf den Zehen sehr viel attraktiver aus als beide Männer zusammen. »Setz dich ruhig, Peter. Ich kümmere mich schon um den Kaffee. Wer möchte Eier mit Speck?«

Ohne die Antwort abzuwarten, holte sie die große Pfanne und begann, den Kühlschrank leerzuräumen. »Ich wette, Sie waren die ganze Nacht auf den Beinen, Cronkite. Ist das Feuer inzwischen gelöscht?«

»Die Feuerwehr hat zwar die Flammen niedergekämpft, aber sie flackern immer wieder neu auf. Es kann noch eine ganze Woche weiterschwelen, sagt der Brandmeister. Vielen Dank, Mrs. Shandy, ich glaube, ich könnte tatsächlich etwas zu essen vertragen. Obwohl ich mich erinnere, daß ich in der Rot-Kreuz-Küche oder so ein Doughnut gegessen habe.«

»Hier, nehmen Sie sich doch eins von den Muffins, dann haben Sie schon was zu knabbern, während ich die Spiegeleier brate. Hätten Sie gern ein Schüsselchen Cornflakes?«

»Nein, danke, das hier reicht fürs erste. Menschenskind, ich wußte ja gar nicht, daß ich so hungrig bin! Aber eigentlich dürfte ich gar nicht hier sitzen.«

»Warum denn nicht?« wollte Peter wissen. »Was ist denn los mit Ihnen, Swope?«

»Ich mache mir Sorgen um meinen Bruder.«

»Um Huntley? Wir haben gehört, daß er Verbrennungen erlitten hat, als er versuchte, Caspar Flum zu retten. Er ist doch inzwischen nicht etwa –«

»Nein, keine Sorge. Hunt geht es gut, soweit ich weiß. Hauptsächlich Arme und Brust. Sein Hemd hat Feuer gefangen. Es wird eine Weile dauern, bis alles wieder verheilt ist. Im Krankenhaus haben sie ihm ein starkes Schmerzmittel geben müssen, aber er hat noch mal Glück gehabt. Es hätte schlimmer kommen können. Ich mache mir Sorgen um Brink.«

»Brinkley? Ist ihm denn auch etwas zugestoßen?« fragte Helen. »Er war doch gar nicht in der Fabrik, als es passiert ist, oder? Wir haben gehört, daß er gestern Tagschicht hatte.«

»Stimmt. Nein, gesundheitlich ist mit ihm alles in Ordnung. Aber als er unsere Schwägerin zum Krankenhaus gefahren hat, damit sie Huntley besuchen konnte, hat jemand eine Kanonenkugel, um die ein brennender Lappen gewickelt war, durch sein Wohnzimmerfenster geworfen.«

»Mein Gott!« rief Peter. »Ist viel beschädigt worden?«

»Ein Gesteck aus Seidenblumen und getrockneten Gräsern ist verbrannt. Kaufpreis 49 Dollar und 15 Cent, seine Frau Cynthia hat es bei der Tombola gewonnen, als der neue Blumenladen im Einkaufszentrum aufgemacht hat. Ein Glück, daß Cynthias Vater bei den Kindern im Haus war und noch nicht ins Bett gegangen war, sonst wäre vielleicht das ganze Haus abgebrannt und sie wären womöglich alle darin umgekommen. Und die Person, die die Kanonenkugel geworfen hat, hätte einfach Funkenflug für den Brand verantwortlich gemacht, und niemand hätte was gemerkt.« Swope stach wütend die Gabel in sein Spiegelei.

»Dann glaubt also tatsächlich jemand, daß Brinkley die alte Kanone abgefeuert hat?« erkundigte sich Helen ungläubig.

»Jemand? Schön wär's! Alle glauben das, die Leute an der brennenden Fabrik haben über nichts anderes geredet. Selbst die Männer von der freiwilligen Feuerwehr waren stinksauer, weil sie durch den Brand ihre Arbeitsplätze verloren haben. Ich brauche Ihnen ja wohl kaum zu sagen, was es für Lumpkinton bedeutet, wenn die Fabrik zumacht, oder? Wir haben schließlich nur die eine. Wenn sie nicht wiederaufgebaut wird, fallen die Gewerbesteuern weg und werden auf die Kommunalsteuern umgelegt, was die Familien nur noch schlimmer treffen wird. Ich verstehe zwar, wie sich die Leute fühlen, aber ich kann einfach nicht begreifen, wie jemand, der auch nur halbwegs bei Verstand ist, glauben kann, daß mein Bruder zu so einer Wahnsinnstat fähig wäre. Bloß weil Brink mal ein paar Witzchen darüber gemacht hat und ich dämlich genug war –«

»Sonntagabend vor Hilly Horsefalls Jugendgruppe alles auszuplaudern«, beendete Peter den Satz. »Aber die Kinder wußten doch, daß es nur ein Scherz war.«

»Aber irgendein superschlauer Mistkerl ist hingegangen und hat es ausprobiert«, sagte der Reporter.

»Aber woher hat er das Schwarzpulver bekommen?« wollte Helen wissen.

Cronkite schnaubte. »Das ist doch kinderleicht! Die Hälfte aller Väter hier ist in der Bürgerwehr von Lumpkinton und hat Schwarzpulver für ihre Vorderlader. Wenn drei oder vier von den Kindern jeweils eine halbe Tasse voll geklaut hätten, wäre das bestimmt schon genug gewesen. Sie hätten auch in ein Geschäft gehen und behaupten können, es sei für ihre Väter, mit ein bißchen Überredungskunst wäre es ihnen todsicher gelungen, den Verkäufer dazu zu bringen, ihnen ein Pfund oder so zu verkaufen. Sie hätten auch einen der großen Jungs überreden können, es für sie zu kaufen, genauso wie sie es immer mit dem Bier machen. Außerdem gibt es hier mehr als genug Spinner. Die Typen oben am Woeful Ridge würden alles tun, solange sie sich dabei wie richtige Männer fühlen.«

Er meinte damit eine Gruppe selbsternannter Überlebenskämpfer, die sich regelmäßig an Wochenenden trafen, um ihr männliches Ego aufzupolieren. Cronkite hegte einen persönlichen Groll gegen sie, seit er versucht hatte, sie zu interviewen, und mit Schimpf und Schande davongejagt worden war, doch die meisten Bürger von Balaclava County hielten sie für harmlos.

»Woeful Ridge ist aber ziemlich weit weg von der Seifenfabrik«, sagte Helen. »Hier ist noch ein Spiegelei für Sie, Cronkite. Und jetzt möchten Sie, daß Peter herausfindet, wer die Kanone wirklich abgefeuert hat, richtig?«

»Ich möchte, daß er mir dabei hilft herauszufinden, wie es wirklich zu dem Brand gekommen ist. Brink sagt, daß er die Kanone nicht abgefeuert hat. Er glaubt sogar, daß die Kugel überhaupt nicht durch das Fenster hätte fliegen können, und zwar wegen der Flugbahn, was immer das auch bedeuten mag.«

»Es bedeutet, daß die Kugel höchstwahrscheinlich nicht in einer geraden Linie geflogen wäre«, erklärte Peter. »Und es ist so gut wie unmöglich festzustellen, wo genau sie gelandet wäre, es sei denn, man hätte schon vor dem Brand mehrere Probeschüsse abgegeben, um den Abstand einschätzen zu können, was natürlich niemand getan hat. Ich glaube, Ihr Bruder hat recht mit seiner Theorie, aber ich befürchte, es wird teuflisch schwer sein herauszufinden, was wirklich passiert ist. Ist von der Talgküche überhaupt noch etwas übrig?«

»Soweit ich sehen konnte, ist von der ganzen Fabrik kaum noch etwas übrig, außer ein paar großen Klumpen aus Steinen und Mörtel und einem Riesenhaufen Asche.«

Helens Gesicht verzog sich schmerzhaft. »Und wahrscheinlich weit und breit keine Spur von der Wetterfahne.«

Man hätte annehmen können, sie habe gerade Chinesisch gesprochen. Der junge Swope starrte sie zehn Sekunden lang völlig entgeistert an und vergaß sogar, in sein Toastbrot zu beißen, bis er endlich begriff, wovon überhaupt die Rede war. »Was für eine Wetterfahne? Ach so, jetzt fällt es mir wieder ein. Sie schreiben ja einen Bericht darüber für den *Gemeinde- und Sprengel-Anzeyger.*«

»Tatsächlich? Da wissen Sie allerdings mehr als ich.«

»Etwa nicht? Ich dachte die ganze Zeit, daß Sie deswegen die vielen Fotos machen. Ich habe meinem Chefredakteur davon erzählt, und er wirkte ziemlich interessiert. Ich weiß auch nicht, was aus der Wetterfahne geworden ist, Mrs. Shandy. Es wird noch eine Weile dauern, bis die Asche kalt genug ist, daß man darin nach Spuren suchen kann. Falls man sie wirklich finden sollte, ist sicher nur noch ein unförmiger Metallklumpen davon übrig. Aber ich kann den Feuerwehrmännern Bescheid sagen, wenn Sie möchten.«

Cronkite trank seinen Kaffee aus. »An die Wetterfahne hatte ich noch gar nicht gedacht. Wirklich jammerschade. Ich hatte den dünnen Mann im Badezuber richtig gern.«

»Ich auch. Noch ein bißchen Kaffee? Sag mal, Peter, was willst du denn als nächstes unternehmen?«

»Na ja, ich –«

»Was denn, Liebling?«

»Na ja, verdammt noch mal, Helen –«

»Ich weiß genau, was du sagen willst, Schatz. Die Enderbles werden sich schon um Jane kümmern, und deine Mahlzeiten kannst du ja in der Fakultätsmensa einnehmen.«

»Und wo in aller Welt wirst du sein?«

»In Sasquamahoc in Maine selbstverständlich. Oder glaubst du etwa, daß ich hier untätig herumsitze, meine kleinen rosa Däumchen drehe und zulasse, daß noch eine von Praxiteles Lumpkins Wetterfahnen dahinschmilzt, bevor ich sie fotografiert habe?«

»Aber du kannst doch unmöglich die ganze Strecke allein fahren?«

»Selbstverständlich kann ich das. Aber wie kommst du auf die Idee, daß ich das auch will? Daniel Stott ist auf einer Schweinezüchtertagung, und Iduna würde bestimmt liebend gern mitfahren, wenn ich sie darum bitte. Wir könnten bei unserer alten Freundin Catriona McBogle wohnen. Sie war als Gastautorin in South Dakota, als ich dort noch Bibliothekarin war. Iduna war unsere Pensionswirtin. Damals hieß sie allerdings noch Miss Björklund. Ihr Vater war der bekannte Kutschpeitschenmagnat«, klärte Helen Swope auf.

Der Name McBogle kam dem Reporter bekannt vor. »Ist das nicht die Frau, die all die verrückten Bücher schreibt? Was macht sie denn in Maine?«

»Noch mehr verrückte Bücher schreiben, nehme ich an. Ihr gefällt es großartig dort. Cat sagt, man kann so ausgeflippt sein wie man will, die Leute kümmern sich gar nicht darum. Iduna und ich nehmen besser den Wagen der Stotts, meinst du nicht auch, Peter? Du brauchst doch sicher unseren für deine Detektivarbeit.«

»Ich könnte mir genausogut einen Leihwagen besorgen, wenn du lieber unser Auto nehmen möchtest.«

»Sie könnten doch den Dienstwagen vom *Sprengel-Anzeyger* nehmen«, bot Cronkite mit schlecht kaschiertem Gähnen an. »Ich nehme dann mein Motorrad.«

»Cronkite, warum vergessen Sie Ihr Motorrad nicht einfach?« schlug Helen vor. »Am besten, Sie gehen nach oben, duschen und schlafen ein bißchen. Peter, gib ihm doch bitte ein paar saubere Handtücher und einen Schlafanzug von dir. Ich trinke nur eben meinen Kaffee aus, dann komme ich hoch und beziehe das Bett.«

»Bleib ruhig sitzen, ich schaffe das schon allein. Kommen Sie, Swope, Sie können sich ja kaum noch auf den Beinen halten.«

»Aber ich möchte Ihnen wirklich keine Umstände machen. Ich steige jetzt schnell auf mein Motorrad und –«

»Fallen auf der anderen Seite wieder herunter. Sie sind viel zu erschöpft, um zu fahren.«

»Tja, wenn Sie wirklich darauf bestehen –«

Ein erneuter Gähnanfall unterbrach Swope mitten im Satz. Peter packte ihn kurzerhand am Arm und schob ihn in Richtung Treppe.

Helen dachte ernsthaft darüber nach, ob sie noch ein oder zwei Schlückchen Kaffee trinken sollte, als das Telefon läutete. Es war der alte Henny Horsefall.

»Helen? Ich hab' da 'ne Neuigkeit für Ihre Wetterfahnengeschichte.«

Hennys Bericht dauerte ziemlich lange. Der Kern der Geschichte war, daß außer ihm und einigen der kleinsten Kinder alle zur brennenden Seifenfabrik gelaufen waren, um sich der freiwilligen Feuerwehr anzuschließen, in der Rot-Kreuz-Küche auszuhelfen oder sich aus sicherer Entfernung das Feuer anzusehen. Als er es endlich geschafft hatte, die Kinder ins Bett zu bugsieren, war er wieder nach draußen gegangen, um nach verirrten Funken Ausschau zu halten, die es vielleicht über den Hügel bis zu ihrem Hof geschafft hatten.

Na ja, er hatte aber keine Funken entdecken können, was ja nun auch nich' weiter verwunderlich war, aber so gegen halb zwei hatte er auf einmal 'n ganz komisches Geräusch gehört, das drüben vonner Scheune gekommen war. Henny hatte nich' lange gefackelt, war schleunigst hingerannt un' hatte seinen Augen nich' getraut. Da hockten doch wirklich un' wahrhaftig zwei ausgewachsene Kerle oben auf'm Dach un' fummelten an seiner Wetterfahne rum! Henny hatte sich kurzerhand den Gartenschlauch geschnappt, ihnen 'ne ordentliche Ladung Wasser verpaßt un' dabei gebrüllt wie 'n wilder Stier. Dann war er schnell ins Haus gerannt, um die alte Flinte zu holen un' den Mistkerlen durch's Küchenfenster noch anständig eins überzubraten.

Dann war er wieder raus, um sich die Leichen anzusehen, un' da hatten sich die Kerle doch tatsächlich in Luft aufgelöst un' nich' mal 'ne Leiter oder sonstwas dagelassen. Bis Tagesanbruch hatte er sich weiter auf die Lauer gelegt un' gewartet, aber nix war passiert. Das Schwein und der Hahn waren immer noch genau an der Stelle, wo Praxiteles Lumpkin und Hennys Urgroßvater sie dereinst gemeinsam angebracht hatten.

Doch Henny hatte sich so seine Gedanken gemacht. Heut' morgen, sofort nachdem er un' die Kinder mit Melken fertig waren, weil die jungen Männer ja immer noch beim Feuer waren, un' diejenigen, die sich mit Müh un' Not nach Hause geschleppt hatten, so fix und fertig waren, daß sie nich' mal mehr die Kühe finden konnten, un' die Zitzen schon gar nich', hatte er also schnell mal bei Gabe Fescue angerufen. Gabe war der stolze Besitzer einer anderen Wetterfahne, die

Helen fotografiert hatte, ihm gehörte die Kuh, die gerade den Eimer umtrat. Nachdem er sich angehört hatte, was Henny ihm zu sagen hatte, war Gabe also raus un' hatte geguckt, was seine Wetterfahne so machte, un' tatsächlich, das verdammte Ding war spurlos verschwunden, einfach weg, wie vom Erdboden verschluckt. Ob Helen das nun nich' auch verflucht merkwürdig fand, un' ob sie nich' auch glaubte, daß Peter das merkwürdig finden würde?

»Ich bin sicher, er wird das gleiche denken wie Sie und ich«, meinte Helen. »Das Feuer war eine gute Gelegenheit, um unbemerkt auf fremden Dächer herumzuturnen, und jemand, der den wahren Wert der Wetterfahnen kennt, hat sich diese Gelegenheit nicht entgehen lassen. Das ist ja schrecklich, Henny. Schwer zu glauben, daß jemand so tief sinken kann.«

»Sie meinen wohl, so hoch steigen kann.«

»Oh, Henny! Sie wissen doch genau, was ich meine. Interessant ist nur, daß Sie keine Leiter gesehen haben. Wie sind die Männer denn überhaupt auf Ihr Scheunendach gekommen? Der Firstbalken ist doch bestimmt an die zwölf Meter hoch, oder nicht?«

»So um den Dreh. Kann sein, daß die in einem von den Feuerwehrwagen mit den langen Leitern gekommen sind, die hier die ganze Nacht rumgejault haben und überall rumgesaust sind. Hab' allerdings keinen bemerkt, dabei kann man die kaum übersehen. Ich könnt' mir auch vorstellen, daß die heimlich in unsre Scheune geschlichen sind, auf 'n Heuboden rauf sind un' dann hinten aus'm kleinen Fenster wieder rausgeklettert sind, wo die Schwalben immer reinfliegen. Da gibt's 'ne alte Leiter, die mein Vater mal anner Wand festgenagelt hat, damit er leichter auf's Dach konnte. Für'n kräftigen Kerl wär's nich' schwer, da raufzuklettern. Hab' ich selbst auch oft gemacht, als ich noch 'ne ganze Portion jünger war. Aber vielleicht ham die auch 'n Seil un' 'ne Spitzhacke mitgebracht un' Stiefel mit so spitzen Dingern drunter, wenn die zuviel Angst hatten, so zu klettern wie ich's damals gemacht hab'. Im Fernsehen hab' ich mal gesehen, wie jemand so auf 'n Berg gestiegen is'.«

»Und das Seil hätten sie dazu benutzen können, die Wetterfahne herunterzulassen, nachdem sie sie abmontiert hatten, was sie ja Gott sei Dank nicht getan haben. Wie schade, daß Mr. Fescue seine Kuh verloren hat. Ich werde mit Peter sprechen, Henny. Er ist im Moment oben und bringt Cronkite Swope ins Bett.«

»Stimmt was nich' mit Cronk?«

»Er ist nur todmüde, das ist alles.«

Falls Henny wirklich noch nichts von dem Gerede über Brinkley Swope wußte, hatte Helen keine Lust, das Gerücht noch weiter zu verbreiten. »Ich denke, Peter wird später bei Ihnen vorbeischauen. Vielen Dank, daß Sie angerufen haben. Und passen Sie gut auf Ihre Wetterfahne auf!«

Sie legte den Hörer auf. Peter kam die Treppe herunter, als sie noch neben dem Telefon stand.

»Was ist passiert?«

»Etwas reichlich Merkwürdiges.« Helen berichtete von Hennys Anruf. »Er wollte auch mit dir sprechen, aber ich habe gesagt, du würdest wahrscheinlich im Laufe des Tages noch bei ihm hereinschauen.«

»Hmja. Am besten, ich rufe vorsichtshalber auch die Methodistenkirche, das County-Gericht und die restlichen Leute auf deiner Liste an, wo ich schon einmal dabei bin. Hast du vielleicht zufällig Flackleys Telefonnummer in Forgery Point im Kopf?«

»Leider nicht, aber sie steht im Telefonbuch. Ich würde vorher nur gern noch schnell Cat McBogle Bescheid sagen, wenn es dir nichts ausmacht. Ich glaube, Iduna und ich sollten unsere Expedition so schnell wie möglich in die Wege leiten, bevor der Feuerteufel nach Maine weiterzieht.«

Kapitel 3

Helen ging nach oben, um zu packen. Peter setzte sich mit dem Telefonbuch hin und begann zu wählen. Soweit er von den verwirrten Leuten, die von ihm nach draußen geschickt wurden, um nachzuschauen, ob ihre Wetterfahnen noch da waren, in Erfahrung bringen konnte, fehlte kein anderes Lumpkin-Kunstwerk, das auf Helens Liste stand. Wenn sie allerdings recht behielt, was den Mann im Badezuber auf dem Dach der Seifenfabrik betraf, und nach Hennys Anruf deutete alles darauf hin, hatte jemand gerade eine verdammt einträgliche Nacht hinter sich gebracht.

Viele Menschen konnten sich wahrscheinlich nicht vorstellen, warum irgend jemand willens war, dreißig- oder vierzigtausend Dollar für einen altmodischen Scherz zu bezahlen, den der Zahn der Zeit in Volkskunst verwandelt hatte. Doch nachdem Helen das Uraltsofa von Hilda Horsefalls Großmutter und etwa ein Dutzend weiterer Gegenstände so teuer verkauft hatte, daß die Familie von dem Gewinn einen hübschen Anbau, zwei neue Pick-ups, diverse erstklassige Farmmaschinen und die schönste Herde Guernsey-Kühe in ganz Balaclava erstanden hatte, glaubte Peter ihr alles, was sie über Antiquitäten sagte.

Was natürlich nicht bedeutete, daß er Helens Worten sonst keinen Glauben schenkte. Schließlich war sie Bibliothekarin, und Bibliothekarinnen hatten immer recht. Er hätte sie zwar lieber nicht allein fahren lassen, doch er verstand, wie wichtig es für sie war. Außerdem war es wahrscheinlich besser, wenn sie möglichst weit fort war, solange er nicht herausgefunden hatte, was in drei Teufels Namen mit Praxiteles Lumpkins Wetterfahnen passiert war. Mrs. Shandys Fotografieren hatte mehr Interesse an ihnen geweckt, als irgend jemand irgendwann zuvor ihnen gewidmet hatte – außer vielleicht Praxiteles' Freundin, falls er eine hatte. Die heimlichen Sammler, wer immer sie auch sein mochten, sahen möglicherweise in Helen die einzige

Bedrohung für die ansonsten äußerst erfolgreiche Verwirklichung ihrer Pläne.

Peter tätigte seinen letzten Anruf, ließ sich mit dem Chefredakteur des *Sprengel-Anzeygers* verbinden und teilte selbigem mit, daß sein Starreporter momentan damit beschäftigt sei, in Shandys Gästezimmer ein wohlverdientes Schläfchen zu halten. Dann beschloß er, einen kleinen Spaziergang nach Walhalla zu machen, dem Hügel oberhalb des Campus, auf dem Professor Stotts gediegenes Haus und die Villa des College-Präsidenten sozusagen Giebel an Giebel nebeneinander standen.

»Ich schau schnell bei Iduna vorbei und frage, ob ich sie herfahren soll«, rief er nach oben.

»Hervorragende Idee, Schatz«, rief Helen zurück. »Vielleicht braucht sie jemanden, der ihr beim Gepäcktragen hilft. Ihr Rücken macht ihr seit kurzem wieder zu schaffen. Bis du zurück bist, bin ich fertig.«

Dan Stott hatte endlich seinen alten Buick in Rente geschickt und sich dafür einen neuen Kombi zugelegt. Er war stabil, bequem und geräumig, genau das richtige Gefährt für die Fahrt nach Maine. Peter fühlte sich wieder etwas besser, als er Iduna Stott half, einen riesigen Picknickkorb, eine Kühltasche mit Getränken und zwei Koffer im Wagen zu verstauen, dazu kamen noch ein Regenmantel von der Größe eines Militärzeltes und eine dicke Strickjacke, die so riesig war, daß je nachdem mehrere Helens oder eine Iduna darin Platz hatten.

»Das dürfte für Sie zwei eine Weile reichen. Möchten Sie, daß ich Sie bis zu unserem Haus fahre?«

»Nett von Ihnen, Peter, aber ich fahre lieber selbst. Helen kann mich später immer noch ablösen.«

Von Walhalla bis zum Crescent, auf dem die Shandys wohnten, brauchte man mit dem Auto länger als zu Fuß, da man zuerst das gesamte College umfahren mußte. Iduna meisterte das Lenkrad genauso professionell und lässig wie den Teig für ihre köstlichen Pasteten.

»Grauenhaft, dieses Feuer, nicht? Was sollen die armen Leute, die in der Fabrik gearbeitet haben, jetzt bloß anfangen? Sie können nicht mal mehr ihre Sorgen in der Kneipe ertränken, ich habe nämlich in den Nachrichten gehört, daß das ›Bursting Bubble‹ bis auf die Grundmauern abgebrannt ist. Es sind nur noch ein paar zerbrochene Bierflaschen und ein übler Gestank davon übrig.«

»Dann müssen die Leute wohl nüchtern bleiben, ihr Arbeitslosengeld abholen und beten, daß sie etwas anderes finden, bevor ihnen das Geld ausgeht, fürchte ich«, antwortete Peter. »Wenigstens haben sie ihre Häuser nicht verloren.«

»Noch nicht! Der Himmel weiß, was passiert, wenn sie irgendwann die Hypotheken nicht mehr bezahlen können. Ich wüßte nur gern, was der Mann sich gedacht hat, der die verflixte Kanone abgefeuert hat.«

»Woher wollen wir wissen, daß es ein Mann war?« fragte Peter. »Ist überhaupt sicher, daß die Kanone abgefeuert wurde? Gibt es Zeugen?«

»In den Nachrichten wurde zwar nichts darüber gesagt, aber jeder, der etwas gesehen haben könnte, soll sich unbedingt melden. Das Problem scheint darin zu bestehen, daß nach Anbruch der Dunkelheit vor der Fabrik nie sehr viel los ist, es sei denn, im Schulgebäude findet eine Veranstaltung statt, was natürlich jetzt während der Schulferien und während der Renovierung nicht der Fall ist. Mrs. Lomax hat mir erzählt, daß ein neuer Boiler eingebaut werden soll und sämtliche Klassen neu gestrichen werden. Sie hat einen Cousin, der zum Wartungspersonal gehört.«

»Ich wüßte nicht, wo sie keinen Cousin hätte«, stöhnte Peter. »Eins ist jedenfalls sicher, jetzt braucht die Schule ihren neuen Anstrich noch dringender als vorher.«

»Stimmt. Überall klebt fettiger Ruß. Ich bin froh, daß ich die Fenster nicht zu putzen brauche. Aber so gibt es wenigstens ein paar Aushilfsjobs für die Männer, nicht, daß die Frauen sie nicht auch bräuchten. Es wird ihnen bestimmt fehlen, daß sie nicht mehr ständig mit ihren Kolleginnen zusammen sind. Das ist der Nachteil, wenn man zu Hause bleiben muß, es ist ganz schön einsam, wenn man niemanden hat, mit dem man reden kann. Das war einer der Gründe, warum ich damals in South Dakota Zimmer vermietet habe. Außerdem brauchte ich natürlich dringend Geld, nachdem unser Kutschpeitschengeschäft Bankrott gemacht hatte.«

Iduna stieß ein damenhaftes, bitteres Lachen aus. »Wahrscheinlich tun mir die Arbeiter deswegen so leid. Ich weiß nur allzu gut, wie es ist, sich jeden Tag Sahne im Kaffee leisten zu können und Lammkoteletts zu essen, wenn man Appetit darauf hat, und dann urplötzlich mit einem großen Haus am Hals dazustehen, ohne das nötige Kleingeld, um es zu finanzieren. Glück im Unglück, daß das ›Bursting Bubble‹ abgebrannt ist und nicht etwa das Schulgebäude. Zumindest werden die Leute jetzt nicht in Versuchung geführt, ihr gesamtes Arbeitslosengeld für Schnaps auszugeben, den sie sich nicht leisten können und der ihnen nur schadet. Ich habe damals bei uns verdammt viele gesehen, die genau das getan haben, nachdem wir die Kutschpeitschenfabrik schließen mußten. Die Menschen bekommen Depressionen, wissen Sie.«

»Kann man ihnen kaum verdenken.«

»Mir brauchen Sie das nicht zu sagen, Peter. Ich war vollkommen am Boden zerstört, als der Tornado damals mein Haus verwüstet hat. Sämtliche Familienfotos, Papis Schnurrbarttasse – alles vom Winde verweht. Ein scheußliches Gefühl, als wenn man am Rand einer Klippe steht und der Boden einem langsam unter den Füßen wegbröckelt. Und jetzt fangen die Trümmer der Seifenfabrik auch noch an zu schäumen.«

»Zu schäumen?«

Iduna nickte. »Genau. Die Seifenlauge kommt wieder hoch. Von dem vielen Löschwasser, wissen Sie. Na ja, das ist zwar besser als Flammen und Rauch, aber jetzt sind die ganzen Straßen voll Schaum, und das Zeug läuft in die Gärten und Keller und ruiniert die Pflanzen. Und natürlich rennen Hunde, Katzen und Kinder nach draußen, holen sich nasse Füße und tragen das Zeug in die Häuser. Es ist nicht etwa schöner weißer Schaum – er hat sich mit Asche und Dreck und weiß Gott was sonst noch vermischt. Eine Riesenschweinerei, ich habe in den Frühnachrichten Bilder davon gesehen. Alle sind mit den Nerven fix und fertig, was man ihnen kaum verdenken kann. Wenn die Leute je herausfinden, wer den Brand verursacht hat, werden sie ihn bestimmt teeren und federn und mit Schimpf und Schande aus der Stadt jagen.«

Peter war von dieser Vorstellung alles andere als erbaut. »Und wenn es eine Frau gewesen ist?« erkundigte er sich nicht sonderlich hoffnungsvoll.

Iduna schüttelte ihr silberblondes Haupt. »Kann ich mir nicht vorstellen. Frauen sind dazu viel zu klug. Na so was, Helen ist ja schon fertig und trägt ihre Sachen nach draußen. Unglaublich, sie sieht heute noch jünger aus als damals in South Dakota. Und die niedlichen kleinen rosa Turnschuhe! Helen hatte schon immer so zierliche Füße. Sind Sie bereit, Mylady? Ihr Taxi wartet.«

»Einen Moment noch.«

Helens Gepäck bestand aus einem kleinen Koffer, einigen Kleidungsstücken in einer Plastikhülle einer chemischen Reinigung und einer großen Reisetasche aus Leinen, die bis obenhin mit Büchern gefüllt war. Induna kicherte, als sie die Reisebibliothek sah.

»Meinst du nicht, daß du Eulen nach Athen trägst, wenn du zu Cat McBogle Bücher mitnimmst?«

»Das mußt du gerade sagen«, konterte Helen. »Stellst du die Tasche bitte neben Idunas Speisekammer in den Wagen, Peter? Du weißt doch haargenau, daß Cat augenblicklich zu kochen angefangen hat, als ich ihr mitgeteilt habe, daß wir kommen, Iduna. Cat und ich werden ständig von ein und demselben immer wiederkehrenden Alptraum geplagt: daß es uns an einen Ort verschlägt, wo kein einziges Buch aufzutreiben ist.«

»Gibt es in Sasquamahoc denn keine Bibliothek?«

»Kommt ganz auf die Definition an. Cat behauptet, sie sei ganze fünf Quadratmeter groß und nur an einem einzigen Nachmittag in der Woche geöffnet, und das auch nur von drei bis sechs. Sie kann zwar auch die College-Bibliothek benutzen, doch die einzigen Bücher, die es dort gibt, sind entweder über Pilzbefall an Bäumen oder Waldgedichte von Joyce Kilmer. Cat deckt sich mit Literatur ein, wann immer sie die Möglichkeit hat, in ein Buchgeschäft zu kommen. Sie bestellt auch vieles per Post, aber es ist halt nicht einfach, wenn man im Schnitt zwei Bücher pro Tag verschlingt. Ich laufe nur noch schnell ins Haus und verabschiede mich von Jane Austen.«

»Bestell ihr viele Grüße von mir.« Iduna machte es sich hinter dem Steuer ein wenig bequemer und überprüfte den speziell für sie gefertigten Sicherheitsgurt. »Dann bis Freitag, Peter. Daniel kommt Samstag gegen Mittag zurück, und ich brauche genügend Zeit, um ein ordentliches Mittagessen für ihn vorzubereiten.«

»Das wird er bestimmt brauchen«, meinte Peter. Er hatte noch nie erlebt, daß Dan nicht hungrig gewesen war. »Gute Fahrt, Iduna. Ich gehe lieber schnell nachsehen, ob Helen zum Abschied nicht noch ein paar gute Ratschläge loswerden möchte.«

In Wirklichkeit wollte er sich nur schnell einige ungestörte eheliche Umarmungen sichern, um die einwöchige Trennung besser verkraften zu können, doch Helen war leider mit dem Telefon beschäftigt.

»Ich selbst werde zwar nicht hier sein, aber ich sage meinem Mann Bescheid«, sagte sie gerade. »Er wird dafür sorgen, daß Cronkite die Nachricht erhält, sobald er aufwacht. Nein, das ist doch selbstverständlich. Sie können uns jederzeit anrufen. Am besten, Sie ruhen sich ein wenig aus und versuchen, die Ohren steif zu halten. Viele Grüße an Mrs. Lomax, und richten Sie ihr bitte aus, daß sie diese Woche nicht zu uns zu kommen braucht. Sie benötigen ihre Hilfe jetzt viel dringender als wir.«

Helen legte den Hörer auf. »Das war Huntley Swopes Frau«, teilte sie Peter mit. »Sie hat bei der Zeitung angerufen, weil sie mit Cronkite sprechen wollte, und erfahren, daß er bei uns ist. Sie wollte ihm nur sagen, daß Huntley kurz aus der Narkose erwacht ist und gesagt hat, er habe gesehen, wie ein Soldat eine Bombe in die Talgküche geworfen hat. Sie möchte, daß Cronkite das in die Zeitung setzt. Ich nehme an, es soll Brinkley entlasten.«

»Schön wär's«, knurrte Peter.

»Ich weiß, Schatz, aber vielleicht fühlt sich die arme Frau jetzt ein bißchen besser, weil sie zumindest versucht hat, ihm zu helfen. Sie hat die ganze Nacht bei ihrem Mann am Bett gesessen und klingt, als sei sie mit den Nerven völlig am Ende. Mrs. Lomax paßt in der Zwischenzeit auf die Kinder auf. Sie hat sie Tante Betsy genannt. Du solltest also besser nicht damit rechnen, daß jemand das Haus putzt, während ich weg bin. Ich komme mir wirklich furchtbar gemein vor, dich so einfach im Stich zu lassen.«

»Es ist bestimmt besser so«, Peter wollte es ihr zwar nicht offen ins Gesicht sagen, doch im Grunde war er erleichtert, daß Helen ein paar Tage fort und in Sicherheit sein würde. »Woher weiß Huntley, daß es ein Soldat war?«

»Darling, da bin ich wirklich überfragt. Vielleicht hat der Mann eine Fahne getragen? Oder die Trommel geschlagen? Ich nehme an, Huntley war immer noch völlig benommen, als er mit ihr gesprochen hat. Vielleicht sagt er mehr, wenn er das nächste Mal wach wird.«

Helen griff nach ihrem rosa Pullover, den sie über den Treppenpfosten gehängt hatte, und schlang ihn um ihre Schultern. »Sie mußten dem armen Kerl eine neue Spritze geben. Mrs. Swope sagt, er soll noch mindestens einen Tag ruhig gehalten werden, bis das Schlimmste überstanden ist. Aber ich kann Iduna nicht so lange warten lassen. Paß gut auf dich auf, Liebling. Ich habe Cats Telefonnummer auf den Block neben dem Telefon geschrieben. Ruf mich an, wenn du die Zeit dazu findest.«

»Und ruf du mich bitte an, sobald du angekommen bist, damit ich weiß, daß alles in Ordnung ist.«

»Mach' ich, Schatz. Falls du nicht zu Hause sein solltest, hinterlasse ich eine Nachricht für dich bei den Enderbles. Mary hat versprochen, ein wachsames Auge auf Jane zu werfen. Ich habe ihr schon gesagt, daß du wahrscheinlich immer nur kurz hier sein wirst. Und du sei bitte ganz brav, junge Dame!«

Helen kraulte die Katze ein letztes Mal zärtlich unter dem Kinn und ging nach draußen zu Idunas Wagen. Peter stand mit Jane auf dem Arm auf der Eingangstreppe und sah zu, wie sie losfuhren. Als seine Frau ihm einen Abschiedskuß zuwarf, winkte er mit Janes Schwanz, doch sein Gesicht blieb ernst.

»Der arme Peter«, sagte Helen zu Iduna, als sie den Crescent verließen. »Cronkite Swope ist heute morgen bei uns hereingeschneit. Er konnte sich kaum auf den Beinen halten vor Müdigkeit und hat Peter einen neuen Detektivfall aufgehalst. Obwohl ich fairerweise zugeben muß, daß Peter sich nicht sonderlich gewehrt hat.«

»Na ja, schließlich mal was anderes als immer nur Unterricht«, meinte Iduna beruhigend. »So ähnlich wie Daniel mit seiner Schweinezüchtertagung. Verflixt und zugenäht, schau dir das an! Schon wieder ein kleines Kind auf dem Fahrrad, das den Verkehr unsicher macht. Warum können die Mütter ihre Kinder nicht so lange zu Hause im Garten behalten, bis sie gelernt haben, richtig auf den vermaledeiten Dingern zu fahren? Ich schleiche immer im Schneckentempo an ihnen vorbei, und dabei klopft mir das Herz bis zum Hals. Was soll Peter denn eigentlich für Cronkite herausfinden? Wer die Fabrik angesteckt hat?«

»Genau«, sagte Helen. »Die Leute behaupten nämlich, es sei Cronkites Bruder Brinkley gewesen.«

»Brinkley? Ich dachte immer, er arbeite selbst dort. Martha Betsy Lomax hat mir erzählt, Brink sei ein wahrer Experte für Seifenmatern. Da ich glücklicherweise immer die Kreuzworträtsel löse, wenn Daniel mir nicht gerade zuvorkommt, wußte ich sogar sofort, was sie meinte. Oder glaube es jedenfalls. Ich stelle sie mir wie Formen für Götterspeise vor, bloß daß in diesem Fall eben Seife hineinkommt. Brinkley ist doch hoffentlich nicht entlassen worden? Martha Betsy hat mir zu verstehen gegeben, daß er ein guter, zuverlässiger, fleißiger Bursche ist. Sympathische Frau, hübsches Häuschen, zwei Kinder, erfolgreich im Beruf, glückliche Ehe. Wie kommen die Leute bloß auf die Idee, daß er so etwas Grauenhaftes tun könnte?«

»Brinkley hat einmal einen dummen Scherz darüber gemacht, daß er eines Tages die alte Kanone abfeuern würde, die genau auf die Fabrik zielt«, erklärte Helen. »Und Cronkite hat die Geschichte dummerweise letzten Sonntag vor einer Jugendgruppe in Lumpkin Corners ausposaunt. Anscheinend ist die Kanone tatsächlich losgegangen, kurz bevor das Feuer in der Talgküche ausbrach. Und damit hat schließlich alles angefangen, wie du sicher längst weißt, du hast ja die

Nachrichten verfolgt. Peter glaubt nicht, daß die Kanone den Brand verursacht haben kann, aber viele Menschen sind anscheinend anderer Meinung.«

Iduna war immer noch nicht überzeugt. »Woher wollen die wissen, ob die Kanone überhaupt abgefeuert wurde? Gibt es denn Augenzeugen? In den Nachrichten wurde davon jedenfalls nichts gesagt.«

»Dann kannst du auch sicher sein, daß es keine Zeugen gibt. Ich weiß auch nicht, Iduna, ich nehme an, die Feuerwehrleute haben in das Rohr geschaut und dort Pulverspuren oder so etwas gefunden. Ich habe zufällig gesehen, wie auf der Kugelpfanne – oder wie immer das Ding auch heißen mag – etwas verbrannt ist. Peter hat es auch gesehen und nimmt an, es sei Schwarzpulver gewesen. Mit Kanonen kenne ich mich nicht sonderlich gut aus. Ich meine die Stelle hinten am Rohr, wo sie das Zeug hineinschieben, damit die Kanone losgeht. Erinnerst du dich noch an die Päckchen mit Knallfröschen, die man früher kaufen konnte? Die Zündschnüre waren immer völlig verworren, und man mußte sie erst mühsam aufdröseln, bevor man sie anzünden konnte. Und wenn man aus Versehen eine Zündschnur herausgezogen hatte, ging der Knaller kaputt, und wenn man dann das Pulver anzündete, gab es keinen Knall, sondern einen zischenden Blitz. Genau so hat das Zeug auch gebrannt.«

»Ich habe meine Knallfrösche immer absichtlich kaputtgemacht«, sagte Iduna. »Ich fand das Funkensprühen viel interessanter als die Knallerei. Wahrscheinlich ist es vernünftig, sie nicht mehr zu verkaufen, aber irgendwie tut es mir leid, daß die Kinder heute den 4. Juli nicht mehr so feiern können wie wir früher. Heutzutage verschaffen sie sich die Dinger auch so und veranstalten ihre Knallereien, wann immer sie Lust dazu haben. Es ist nichts Besonderes mehr, nur die armen Hunde haben noch genauso große Angst wie früher. Meine Güte, unser alter Strolch ist immer schon am 3. Juli nachmittags unter das große Doppelbett meiner Eltern gekrochen und hat sich erst am 5. gegen Mittag wieder herausgetraut. Wir mußten ihm sein Futter mit dem Besenstiel unter das Bett schieben. Obwohl ich zugeben muß, daß ich trotzdem immer einen Riesenspaß hatte, genau wie alle anderen auch. Sind Kinder nicht einfach gräßlich? Weißt du übrigens, daß ich bald wieder Stiefgroßmutter werde?« fügte Iduna stolz hinzu und klang dabei ganz und gar nicht wie jemand, der Kinder gräßlich fand.

Von nun an drehte sich das Gespräch nur noch um das Thema Geburt, was Helen im Grunde sehr recht war. Sie war heilfroh, endlich den Gestank von brennendem Fett, der sich in ihrer Nase festgesetzt hatte, los zu werden, genauso wie das Bild des armen Huntley Swope, wie er mit schweren Verbrennungen in seinem Krankenhausbett lag, während seine erschöpfte, in sich zusammengesunkene Frau neben ihm wachte, und das häßliche Loch im Fenster von Brinkleys hübschem Haus, das jemand eingeworfen hatte, der allen Ernstes glaubte, daß der Seifenformenexperte verrückt genug gewesen war, um eines schlechten Scherzes willen den alten Talgkesselmann zu ermorden und die Hälfte der Bewohner von Lumpkinton um ihren Job zu bringen.

Diejenigen, die nicht zu schwer verletzt oder zu erschöpft von den Löscharbeiten waren, hatten sich inzwischen wahrscheinlich schon auf den Weg in die Kreisstadt gemacht, um ihren Antrag auf Arbeitslosenunterstützung zu stellen, vermutete Helen. Die Leute, deren Fahrzeuge zerstört worden waren, hatten vielleicht diejenigen, die noch über ein Transportmittel verfügten, gebeten, sie mitzunehmen. Vielleicht hatte ihnen die Stadt aber auch einen der Schulbusse zur Verfügung gestellt. Das wäre wohl die vernünftigste Lösung, aber ob sie überhaupt jemandem eingefallen war? Vielleicht waren die Schulbusse auch gar nicht mehr einsatzfähig? Schließlich hatten sie hinter der Schule gestanden, erinnerte sich Helen, gefährlich nahe am Brandherd.

Wenigstens würden die Eltern, die sonst in der Fabrik arbeiteten, diesmal während der langen Sommerferien eine Menge Zeit mit ihren Kindern verbringen. Die Kleinen würden es sicher genießen, aber wie würden sie sich wohl fühlen, wenn Weihnachten vor der Tür stand, die finanziellen Mittel erschöpft waren und kein Extrageld für Geschenke in Sicht war? Doch vielleicht war es nicht ganz so schlimm, wenn alle im selben Boot saßen, mutmaßte sie. Sicher war es noch schmerzhafter, wenn man selbst nichts hatte, während alle anderen viel hatten.

Doch Weihnachten war weit, und in der Zwischenzeit konnte noch viel passieren. Der Himmel war blau, die Straße breit, und in diesem Jahr blühten Gänseblümchen und Löwenzahn am Straßenrand besonders prächtig. Helen lehnte sich entspannt zurück und ließ die Meilen vorüberrollen. In etwa einer Stunde würde sie Iduna am Steuer ablösen, und Iduna konnte sie wieder ablösen, wenn sie oben in Maine waren. Oder war es unten in Maine? Die Einheimischen konnten sich darauf nie so ganz einigen. Egal, es war jedenfalls irgendwo in Maine.

Sie wären sicher noch früher angekommen, wenn Iduna nicht den riesigen Picknickkorb mitgenommen hätte. Die Rastplätze in Massachusetts waren zwar nicht sonderlich einladend, doch man konnte zumindest anhalten, die Thermoskanne herausholen und ein paar Haferplätzchen knabbern. Als die beiden Frauen erst einmal den südöstlichen Zipfel von New Hampshire erreicht hatten und über die Brücke nach Kittery fuhren, sah die Sache schon anders aus. Sie besuchten das beeindruckende Visitor Center, gingen hinaus in das dazugehörige Kiefernwäldchen und trugen ihren Proviant zu einem der einladenden Picknicktische.

Dort verzehrten sie zuerst genüßlich die gelierte Rinderbrühe in den hübschen kleinen Plastikförmchen und machten sich danach über die Hühnchen-Sandwiches mit Brunnenkresse und die dünnen Scheiben Roastbeef auf Roggenbrot mit Dillgurken her, die Iduna aus ihrem Korb hervorzauberte.

»Du kannst auch Limonade haben, Helen. Ich habe zwei Thermoskannen dabei. Ich dachte mir, wenn wir erst einmal so weit gekommen wären, hätten wir wahrscheinlich mehr als genug Kaffee getrunken.«

»Ich glaube, ich bleibe lieber bei Kaffee. Ich habe letzte Nacht schlecht geschlafen nach all der Aufregung mit dem Feuer.«

Nach den Sandwiches gab es als Nachtisch süße Weintrauben und einen köstlichen Brie. Der Korb war immer noch nicht leer.

»Ich habe noch Marmeladentörtchen, die ich Cat mitbringen wollte, und Haferplätzchen sind auch noch da. Es sei denn, du möchtest sie dir für später aufbewahren.«

»Lieber später«, sagte Helen. »Ich bin vollkommen satt. Es war wirklich ein wunderbares Mittagessen, Iduna.«

»Ich habe lieber nur etwas Leichtes mitgenommen, schließlich sind wir Frauen unter uns. Wie weit ist es eigentlich noch, Helen? Ich könnte allmählich ein kleines Nickerchen vertragen.«

»Cat meinte, vor hier aus seien es noch ungefähr zwei Stunden. Ich bin übrigens kein bißchen müde. Warum läßt du mich nicht die restliche Strecke ans Steuer? Ich fahre in einem durch, dann sind wir pünktlich zum Tee da. Du erinnerst dich sicher noch, daß Cat immer großen Wert auf ihren Nachmittagstee legt.«

»Wer tut das nicht? Ach herrje, sieht ganz so aus, als bekämen wir Gesellschaft. Komm, wir verdrücken uns lieber.«

Fünf junge Männer entstiegen einem großen grünen Lieferwagen mit Massachusetts-Kennzeichen, den sie direkt neben dem Wagen der

Stotts geparkt hatten. Den Geräten nach zu urteilen, die oben auf dem Dach befestigt waren, fuhren sie zum Angeln. Entweder sie waren früher einmal beim Militär gewesen oder immer noch dort, dachte Helen, denn alle schienen Kombinationen aus olivfarbenem Drillich oder Tarnstoff zu tragen und hatten die Hosenbeine in schwere Schnürstiefel gestopft. Vielleicht hatten sie aber auch nur einen kleinen Abstecher zu dem berühmten Outdoor-Ausstatter L. L. Beans gemacht.

Fast alle Männer wirkten ungepflegt, ungekämmt und unrasiert, nur einer von ihnen, der einzige, dessen Drillichjacke tatsächlich zur Hose paßte, war glattrasiert und trug das Haar kurzgeschoren. Er schwang die Beine über die Bank und fixierte die beiden Frauen ungeniert. Er hatte runde, topasfarbene Augen wie eine Eule, wie Helen feststellte, und schenkte ihnen ein jungenhaftes Lächeln, während er darauf wartete, daß einer der anderen ihm eine Cola und eine Tüte Mais-Chips aus dem Automaten holte. Vielleicht lächelte er auch nur, weil sie so einen großen Picknickkorb hatten. Jedenfalls lächelten sie zurück, als sie das Wäldchen verließen.

»Hübscher Junge«, bemerkte Iduna.

»Von wegen Junge«, protestierte Helen. »Wetten, daß er der Älteste in der Gruppe ist? Du hast dich bloß von seinem Haarschnitt und dem Katzenfischgrinsen täuschen lassen.«

Helen klang ein wenig abwesend, da sie sich darauf konzentrieren mußte, wie sie sich am besten in den Verkehrsfluß einfädeln konnte. Beabsichtigte der verflixte Sattelschlepper etwa, ausgerechnet jetzt, wo sie sich einordnen wollte, auf die rechte Fahrbahn zu wechseln? Sie beschloß, lieber auf Nummer Sicher zu gehen und zu warten, bis er vorbeigefahren war.

»Irgendwie kam er mir bekannt vor. Woher, weiß ich auch nicht. Wahrscheinlich erinnert er mich an den Studenten, mit dem ich mal eine kleine Auseinandersetzung in der Bibliothek hatte. Immer wenn mich jemand mit so großen Unschuldsaugen ansieht, frage ich mich seitdem sofort, welches unserer teuren Nachschlagewerke er gerade aus der Präsenzbibliothek zu klauen versucht. Wir Bibliothekarinnen neigen ein wenig zu Zynismus, muß ich gestehen. Warum legst du nicht die Lehne flach und schläfst ein bißchen? Ich wecke dich, sobald wir bei Cat sind.«

Kapitel 4

Cat, deine Haare sind ja noch genauso rot wie früher!«

»Das will ich auch verdammt noch mal hoffen. Das Zeug, das ich benutze, kostet immerhin fünf Dollar und fünfunddreißig Cent die Flasche. »Kommt rein und ruht eure müden Fußnägel aus.«

Was Alter und Figur betraf, lag Catriona McBogle ungefähr in der Mitte zwischen Helen und Iduna. Ihr momentanes Gewicht konnte man allerdings nur erraten, da sie eine ausgebeulte graue Jogginghose und ein überdimensionales weißes Sweatshirt mit schwarzen Pfotenspuren trug. Der Beschriftung nach zu urteilen, die quer über die Stelle verlief, unter der sich vermutlich Catrionas Busen verbarg, handelte es sich um die Abdrücke eines Riesenhundes.

»Laßt euer Gepäck ruhig im Wagen. Andrew kann es später hereinholen. Er ist gerade draußen und bearbeitet sein Kartoffelfeld. Ich habe dem alten Kauz zwar befohlen, das Blumenbeet zu jäten, aber er ist taub wie ein Stockfisch, wenn er es darauf anlegt. Das vürnehme alte Feudalsystem. Da er bei den Leuten, von denen ich das Haus gekauft habe, immer Kartoffeln gehackt hat, will er unbedingt auch für mich Kartoffeln hacken, selbst wenn er uns beide damit umbringt.«

»Wie das?« erkundigte sich Iduna.

»Man sollte sie lieber nicht essen, wenn sie noch grün sind«, gab Helen zu bedenken. »Kannst du ihn nicht dazu bringen, statt dessen Zwiebeln anzupflanzen, Cat? Es gibt keine giftigen Zwiebelsorten. Pater Marquette und seine missionarischen Begleiter haben sich 1674 von Wisconsin bis zum heutigen Chicago nur von wilden Zwiebeln ernährt. Wißt ihr übrigens, daß der Name Chicago von einem Indianerwort stammt, das ›Ort, an dem Stinktiere hausen‹ bedeutet? Wahrscheinlich wegen des wilden Lauchs, der dort wächst und ziemlich übel riecht.«

»Wollen wir wetten, daß es wegen Marquette und seinen Begleitern war?« knurrte Miss McBogle. »Wilde Zwiebeln sind gut gegen

Bienenstiche, Hämorrhoiden, Furunkel und Ohrensausen, soweit ich weiß. Man muß sich den Saft in den Ohrkanal träufeln. Wollt ihr euch euer Schlafzimmer mal anschauen?«

»Ich würde mir lieber dein Badezimmer anschauen«, meinte Iduna. »Du hast doch hoffentlich eins? Wie alt ist dieses Haus überhaupt, Cat?«

»Zweihundert Jahre. Möglicherweise auch ein oder zwei Jahre jünger oder älter. Um die Zeit haben sich viele Menschen in Maine niedergelassen. Das Haus ist modernisiert worden, sonst hätte ich mich bestimmt nie hier eingenistet, das könnt ihr mir glauben. Geradeaus durch die Küche, Iduna, die Tür da hinten. Oben ist übrigens auch noch eine Toilette, falls es sehr dringend ist, Helen. Ich setze schnell das Teewasser auf, dann zeige ich euch das Haus.«

Einige Minuten später gesellten sich die beiden Frauen wieder zu ihr, bereit für den großen Rundgang. Das Haus war zwar nicht klein, besaß jedoch nur wenige Zimmer.

»Die sogenannte *Reductio ad absurdum* des klassischen Föderalistischen Stils«, erklärte Catriona. »Die Küche ist so groß, daß sie die Hälfte des Erdgeschosses einnimmt, und vorn ist nur noch Platz für zwei kleine Zimmer mit dem Treppenhaus dazwischen. Oben ist es genauso, bloß daß die Zimmer wegen des Treppenabsatzes noch schmaler sind. Und ich habe den Speicher ausbauen lassen, weil es die einzige Möglichkeit war, das Dach zu isolieren, ohne Unmengen von Geld für extra zugeschnittene Dämmplatten ausgeben zu müssen. Außerdem konnte ich der Versuchung einfach nicht widerstehen. Kommt mit und schaut es euch an.«

»Ich bin immer noch völlig geplättet von deiner phantastischen Küche«, sagte Helen. »Ich vermute, der alte Herd steht an der Stelle, wo früher der offene Kamin war. Stellt euch bloß mal vor, wie es hier vor zweihundert Jahren ausgesehen haben muß, als noch schwere schwarze Eisentöpfe an Winden über dem Feuer hingen und Bärenkeulen am Spieß geröstet wurden.«

»Und überall Ruß, Asche und Funken herumflogen, und die Menschen glühend heiße Gesichter hatten, während ihnen gleichzeitig fast der Hintern abgefroren ist. Und dauernd Material zum Anzünden organisiert werden mußte, überall Feuerholz gestapelt war, einem der Rauch in den Augen brannte und das ganze Essen nach geräuchertem Schellfisch schmeckte«, ergänzte Catriona.

»Brauchst du den alten Herd zum Heizen?« erkundigte sich Iduna.

»Nur wenn der Strom ausfällt oder Andrew in Holzhackerlaune ist. Beachtet bitte auch meinen pittoresken frühamerikanischen Thermostat und die hübsche altmodische Dampfheizung an den Fußleisten. Außerdem solltet ihr euch unbedingt ansehen, was sich hinter diesem Raumteiler verbirgt: Elekroherd, Kühlschrank, Geschirrspüler. Des weiteren besitze ich eine vollautomatische Abfallpresse, die mir eine Heidenangst einjagt, und eine Vorrichtung, die organischen Abfall zerhackt und in die Sickergrube spült, was ich persönlich nicht nur sehr unpraktisch, sondern auch ungemein dekadent finde.«

»Wozu hast du das ganze Zeug dann?«

»Das kann ich euch sagen: Weil die Leute, die mir das Haus verkauft haben, einen Onkel hatten, der Haushaltsgeräte verkaufte, und sie den ganzen Klimbim zum Einkaufspreis bekommen haben, genau deshalb. Normalerweise schmeiße ich meinen Abfall draußen auf den Komposthaufen und hoffe, daß Andrew damit das macht, was man normalerweise mit Abfall macht, damit daraus schöner Humus entsteht, den man anschließend über die Blumenbeete verteilen kann. Was er allerdings nie tut«, fügte Catriona verdrießlich hinzu. »Meistens fressen die Stinktiere das Zeug. Der Garten sieht zwar nicht allzu toll aus, aber die Stinktiere sind wahre Prachtexemplare. Manchmal sehe ich sie nachts im Garten herumstrolchen. Sie haben wunderhübsche kleine Füße, genau wie Helen.«

»Stören sie denn die Katzen nicht?« Iduna hatte zwar noch keine Katzen gesehen, konnte sich jedoch nicht vorstellen, daß Catriona McBogle nicht mindestens ein halbes Dutzend davon besaß.

»Keineswegs. Stinktiere und Katzen leben friedlich nebeneinander. Nur mit Hunden gibt es Probleme. Aber Katzen sind schließlich viel intelligenter als Hunde. Hast du jetzt lange genug mit dem Brennholzkorb kommuniziert, Helen? Dann möchte ich euch jetzt bitten, mir in den Salon zu folgen, gemeinhin auch als Wohnzimmer bekannt.«

»Was für ein wunderschönes Zimmer!« rief Helen.

Sie hatte vollkommen recht. Catriona McBogle hatte den Raum entweder aus ästhetischen oder aus finanziellen Gründen nur ganz schlicht möbliert. Es gab Tische aus Kirschbaumholz, einen Schaukelstuhl aus Walnußholz, ein gemütliches Sofa mit vielen Kissen und einen dazu passenden Sessel mit verblichenen blauen Schonbezügen, die offenbar von diversen Katzenkrallen malträtiert worden waren. Ein kleiner Orientteppich, geblümte Chintzvorhänge und eine Bordüre auf blaßblauen Wänden über einer cremefarben gestrichenen Holzverkleidung bildeten den eleganten Hintergrund für einige Objekte aus Cats bescheidener Kunstsammlung. Seine besondere Schönheit verdankte der Raum allerdings einem perfekten Schnitt und den großen Fenstern, die einen beeindruckenden Ausblick auf Wälder und Wiesen freigaben.

Catriona nahm das Lob ihrer Freundinnen wie selbstverständlich entgegen. »An mir liegt es wirklich nicht, es ist halt ein Haus mit Charakter. Kommt mit und seht euch mein Eßzimmer im frühen Sowieso-Stil an. Als meine Mutter noch ein junges Mädchen war, nannte man das gerauchte Eiche, glaube ich. Ich habe vor Wut geschäumt, als ich die scheußliche dunkelbraune Soße wieder abgebeizt habe, die sie auf die schönen Möbel gepantscht haben, das könnt ihr mir glauben.«

»Aber die Mühe hat sich wirklich gelohnt«, sagte Helen. Die nun deutlich sichtbare Maserung und das weiche Graubraun des Eichenholzes paßten hervorragend zu den strengen Konturen von Tisch und Anrichte und den lustigen quadratischen kleinen Stühlen mit den ein wenig grob geschnitzten Rückenlehnen. Vermutlich William-Morris-Imitationen aus Grand Rapids, so um 1923, dachte Helen. Auch in diesem Zimmer hingen Vorhänge aus Chintzstoff, diesmal allerdings mit rosa Blumen und lila Vögeln in einem blaßgrünen Dschungel. Die grüngestrichenen Wände waren mit einer Bordüre verziert, die das Blattmuster der großen Topfpflanze aufgriff, die auf der Anrichte stand.

»Die Palme habe ich übrigens selbst gezogen«, brüstete sich Catriona.

Es gab noch mehr Pflanzen auf Blumenbänken und Ständern, welche die Wand unter den hohen Fenstern säumten. Die meisten von ihnen sahen allerdings aus, als hätten sie einen reichlich harten Winter hinter sich.

»Carlyle und Emerson üben hier immer Anschleichen, wenn es ihnen draußen zu stürmisch ist«, erklärte Catriona. »Normalerweise nehme ich hier mein Mittagsmahl ein. Im Winter, wenn der Schnee die Sonne reflektiert, ist es hier besonders schön. Kostenlose Solarwärme sozusagen. Und jetzt gehen wir nach oben.«

»Sollten wir uns nicht lieber vorher um den Teekessel kümmern?« fragte Iduna vorsichtig an.

»Mist, das vergesse ich jedesmal.« Catriona eilte zurück in die Küche. »Das verdammte Ding pfeift immer zum Steinerweichen. Ich weiß auch nicht, warum die blöden Wissenschaftler es nicht schaffen, einen Kessel zu erfinden, der von allein einschenkt. Ist euch eigentlich aufgefallen, daß kaum noch einer sagt: ›Wenn wir Menschen auf den Mond schießen können, dann müßte man doch auch ...‹? Vielleicht sollte ich euch den Tee lieber sofort einschenken, bevor er sich in pure Gerbsäure verwandelt. Ich habe übrigens Plätzchen für euch gebacken.«

Sie fing an, Tassen aus dem Schrank zu nehmen und einen Teller mit Melasseplätzchen zu beladen, die so groß waren wie Untertassen.

Iduna öffnete den Korb, von dem sie sich immer noch nicht getrennt hatte. »Ich habe ein paar Marmeladentörtchen mitgebracht.«

»Heiliger Kabeljau, eure Expedition ist ja hervorragend ausgerüstet! Nimmt jemand von euch Milch oder Zucker? Früher habt ihr beide weder noch genommen, soweit ich mich erinnere. Wie lange könnt ihr übrigens bleiben?«

»Freitag morgen müssen wir wieder weg, damit Iduna das gemästete Kalb für Daniel vorbereiten kann«, klärte Helen sie auf. »Meinst du, daß du uns bis dahin ertragen kannst?«

»Möglicherweise, wenn ich mir genügend Mühe gebe. Ich bin ja so froh, euch endlich wiederzusehen! Hier, Iduna, du kannst uns den Tee eingießen, genau wie du es in South Dakota immer gemacht hast, wenn wir mit Eiszapfen an den Nasen aus dem Schneesturm in dein Haus gestürmt sind. Was war das doch für eine herrliche Zeit!«

»Mir kommt es vor wie gestern«, sagte Helen. »Ich muß zugeben, daß ich es nie so richtig geschafft habe, die Zeit als ewig fließenden Fluß zu sehen.«

»Warum auch?« Catriona reichte ihr den Teller mit den Plätzchen. »Die Zeit ist längst abgeschafft. Bloß ein Haufen Quuppen und Quunten. Oder bei Andrew vielleicht Quecken und Quasseln. Ich kann mit der Quantenmechanik zwar absolut nichts anfangen, aber es regt zum Nachdenken an, wie der gute Professor Haseltine immer zu sagen pflegte, wenn er den Eintopf in unserer College-Cafeteria sah. Wie habt ihr zwei es eigentlich geschafft, euch einen College-Professor zu angeln? Wahrscheinlich auch noch beide Spezialisten für Quantentheorie.«

»Daniel ist in der Hauptsache Spezialist für Schweinezucht.« Iduna biß genüßlich in eines von Cats Riesenplätzchen. »Gott, sind die köstlich! Hörst du gelegentlich noch von Professor Haseltine?«

»Apropos Professor«, warf Helen ein. »Ich rufe lieber schnell Peter an und sage ihm, daß wir gut angekommen sind, bevor er uns für vermißt erklärt und die Polizei alarmiert. Darf ich dein Telefon benutzen, Cat?«

»Selbstverständlich darfst du das. Nimm am besten den Apparat oben in meinem Arbeitszimmer. Du brauchst nur die Treppe hochzugehen, dann siehst du ihn schon.«

Catriona McBogles Arbeitszimmer war etwa neun Meter lang und zweieinhalb Meter breit. Eigentlich typisch für Cat, fand Helen. Zuerst dachte sie, hier zu arbeiten müßte sich ungefähr so anfühlen wie Schreiben in der Straßenbahn, doch dann entschied sie, daß der Raum doch eher an ein Schiffsdeck erinnerte. Es gab insgesamt drei Fenster, eins am Giebel und zwei neben einem riesigen Kamin, in dessen Feuerstelle ein zierliches kleines Öfchen stand. Eine ganze Wand war völlig mit Bücherregalen zugestellt. Cats eigene Bücher füllten bereits drei Regale. Helen hatte gar nicht gewußt, wie produktiv ihre ehemalige Pensionsfreundin in der Zwischenzeit gewesen war. Sie stellte mit wachsender Faszination fest, wie viele Ausgaben eines einzigen Buches es geben konnte. Die Übersetzungen kamen ihr allerdings mehr als spanisch vor. Wie mochten wohl Titel wie »Das Geheimnis der ungestopften Socke« oder »Die unglaubliche Geschichte des Kaugummis auf dem Bettpfosten« auf Japanisch oder Finnisch klingen?

Zu Hause ging niemand ans Telefon. Peter war höchstwahrscheinlich auf Achse und zählte Wetterfahnen, und Cronkite Swope war entweder der Welt abhanden gekommen, weil er immer noch den Schlaf des Gerechten schlief, oder längst über alle Berge. Sie versuchte daher ihr Glück bei den Enderbles und hatte nach kurzer Zeit John an der Strippe.

»Ach, Sie sind es, Helen. Schön, Ihre Stimme zu hören. Sind Sie gut angekommen? Sie haben Mary leider gerade verpaßt, sie ist im Moment rübergegangen, um Jane einen kleinen Besuch abzustatten. Soll ich sie rufen?«

»Nein, lassen Sie nur. Ich habe Peter versprochen, ihm Bescheid zu sagen, sobald wir angekommen sind. Vielleicht können Sie gleich schnell bei uns anläuten und Mary bitten, ihm eine Nachricht auf den Küchentisch zu legen? Er hat die Telefonnummer meiner Freundin und kann mich zurückrufen, wenn er möchte.«

John erkundigte sich noch nach der typischen Fauna von Sasquamahoc, doch Helen konnte ihm lediglich mitteilen, daß sie leider noch keine Tiere zu Gesicht bekommen hatte, dafür aber aus sicherer Quelle wußte, daß alle hiesigen Stinktiere rosa Turnschuhe trugen. Dann beendete sie aus Rücksicht auf die Telefonrechnung ihrer Gastgeberin das Gespräch, legte auf und kehrte zurück zu ihrer Teetasse.

»Ich habe eine Idee«, verkündete Catriona, nachdem sie Helens Tasse wieder aufgefüllt und ihre Freundin mit einem weiteren Riesenplätzchen versorgt hatte, das Helen zwar nicht unbedingt brauchte, sich aber auf keinen Fall entgehen lassen wollte. »Wenn wir schnell rüberdüsen und Helen ihre Fotos heute noch macht, solange die Lichtverhältnisse stimmen, könnten wir uns morgen freinehmen und Wale beobachten.«

Iduna stellte ihre Tasse auf den Tisch. »Wale beobachten? Wie kommst du denn darauf?«

»Das ist hier sehr beliebt. Eustace Tilkey drüben in Hocasquam veranstaltet seit einiger Zeit mit seinem Hummerkutter, der ›Ethelbert Nevin‹, Exkursionen für die Touristen. Ich hatte bisher leider noch keine Gelegenheit mitzufahren, aber ich dachte, es wäre vielleicht ganz lustig, wenn wir alle zusammen führen. Es sei denn, ihr habt schon was anderes vor«, fügte Catriona höflichkeitshalber hinzu.

Doch Helen und Iduna waren hellauf begeistert. »Das ist eine Tierart, die bei uns in Balaclava nicht vorkommt. Aber dafür haben wir Präsident Svenson«, fügte Helen fairerweise hinzu. »Wie weit ist die Forstwirtschaftsschule von hier entfernt?«

»Etwa eine halbe Meile. Wenn ihr Lust habt, euch ein bißchen die Beine zu vertreten, können wir zu Fuß hingehen. Man braucht etwa zehn Minuten.«

»Gegen einen kleinen Spaziergang hätte ich nichts einzuwenden.«

»Warum gehst du dann nicht mit Cat hin?« fragte Iduna. »Ich bleibe lieber hier und wasche das Geschirr ab. Vielleicht kann ich auch schon das Abendessen vorbereiten, Cat, du brauchst mir bloß zu sagen, was ich tun soll.«

»Das Geschirr kommt in die Spülmaschine, und das Abendessen brauchst du auch nicht vorzubereiten, es ist schon fertig und braucht bloß aufgewärmt und serviert zu werden«, sagte Catriona streng. »Wenn du müde von der Fahrt bist, leg dich doch einfach ein bißchen aufs Sofa. Oder mach es dir draußen auf der Terrasse bequem und beobachte die Schwalben.«

»Hervorragende Idee. Dann kann ich schon ein bißchen für die Wale üben. Ich glaube, genau das mache ich, wenn ihr nichts dagegen habt.«

Iduna nahm sich eine Zeitung und eilte nach draußen zu der altmodischen Holzschaukel, die in der Nähe des Hauses an einem Apfelbaum hing. Helen und Catriona gingen auf die Straße.

»Wir hätten natürlich auch meinen Wagen nehmen können«, meinte Catriona schuldbewußt. »Ich hatte total vergessen, daß Iduna nicht besonders gern spazierengeht.«

»Keine Sorge. Wenn sie wirklich mitkommen wollte, hätte sie es bestimmt gesagt. Ich vermute, sie hat große Lust, ein kleines Nickerchen zu halten. Während der Fahrt hat sie zwar ein bißchen gedöst, aber du weißt ja, wie es ist, wenn man versucht, im Auto zu schlafen. Ich fürchte, sie hat letzte Nacht nicht besonders gut geschlafen. Wir haben alle eine unruhige Nacht hinter uns.«

»Ach ja, wegen des Feuers in der Seifenfabrik? Sie haben es gestern in den Nachrichten kurz erwähnt. Ich hatte mich schon gefragt, wie weit es wohl von euch entfernt war.«

»Peter und ich waren sozusagen direkt am Ort des Geschehens. Ich war vorher in Lumpkinton, um die Wetterfahne auf der Seifenfabrik zu fotografieren, merkwürdigerweise nur wenige Stunden bevor die ganze Fabrik in Flammen aufging. Wir waren bei Freunden zu Besuch und hatten gerade zu Abend gegessen, und als alle wegmußten, weil sie sich der freiwilligen Feuerwehr anschließen wollten, sind Peter und ich oben auf einen Hügel gefahren, von wo aus man genau in das Feuer sehen konnte. Du kannst dir gar nicht vorstellen, wie grauenhaft es war.«

»Und ob ich das kann. Was meinst du wohl, womit ich mein Geld verdiene? Verdammt, ich wünschte, ich wäre dabeigewesen. Wahrscheinlich ist die Stadt inzwischen ein einziges Meer aus Seifenlauge.«

»Du fändest es bestimmt weniger lustig, wenn die Lauge in dein Haus laufen würde«, erwiderte Helen etwas spitz. »Oder wenn dein Arbeitsplatz über Nacht weggewaschen würde. Ich weiß wirklich nicht, was die armen Leute anfangen sollen, um wieder Arbeit zu finden.«

»Wird denn die Fabrik nicht wiederaufgebaut?«

»Keine Ahnung. Selbst dann würde es sehr lange dauern, bis sie wieder betriebsbereit wäre.«

»Ach, ich weiß nicht«, widersprach Catriona. »Heutzutage wird doch alles vorgefertigt, Häuser lassen sich sozusagen im Handumdrehen bauen. Man braucht sich nur die Einzelteile anliefern zu lassen und alles zusammenzusetzen. Mit Robotern, vermute ich. Du hast doch deine Kamera dabei, oder?«

Helen mußte lachen. »Ich mag zwar etwas älter geworden sein, seit wir uns das letzte Mal gesehen haben, liebe Cat, aber senil bin ich noch lange nicht. Sie ist hier in der kleinen blauen Umhängetasche.«

»Ach, deshalb hast du die Tasche mitgebracht? Ich dachte schon, Iduna hätte uns Proviant eingepackt«, erwiderte Catriona etwas enttäuscht. »Was das Älterwerden betrifft, siehst du heute noch jünger aus als damals in South Dakota. Iduna übrigens auch. Beschreib mir mal ihren Mann. Ich wette, er ist höchstens eins sechzig groß und dürr wie eine Bohnenstange. Kleine Männer stehen ja bekanntlich auf große Frauen.«

»Falsch geraten. Daniel ist größer als Iduna, und man könnte ihn vorsichtig ausgedrückt als stattliche Erscheinung bezeichnen. Eigentlich erinnert er mich immer ein bißchen an einen besonders prächtigen und vornehmen Eber. Bevor er Iduna geheiratet hat, war er Witwer mit zwei Paar Vierlingen, übrigens alle verheiratet und äußerst fruchtbar. Iduna hat einen Riesenhaufen Enkelkinder und genießt es in vollen Zügen. Sie wohnen alle nicht in der Nähe, daher braucht sie nicht oft den Babysitter zu spielen, aber sie besuchen sich gegenseitig. An Feiertagen kocht Iduna immer gigantische Portionen, was ihr viel Freude bereitet, aber das brauche ich dir ja kaum zu erzählen. Außerdem unterrichtet sie Haushaltsführung an unserem College und nimmt an vielen geselligen Veranstaltungen teil. Früher war Daniel immer ein bißchen steif, aber sie hat ihn richtig aufgetaut. Beim Ball für ehemalige Studenten letzten Monat hat er sogar mit ihr zusammen einen Show-Tango aufs Parkett gelegt. Es war einfach umwerfend.«

»Kann ich mir lebhaft vorstellen«, sagte Catriona, was zweifellos der Wahrheit entsprach. »Und welchem guten Zweck dient dieses Windmühlenprojekt?«

»Wetterfahnen«, korrigierte Helen und berichtete von Praxiteles Lumpkin und dem Smithsonian Institute. »Er ist mit ein paar Kupferplatten, einer Werkzeugtasche und einem Krug voll kräftigem Apfelwein auf dem Rücken seines treuen Maultiers Apuleius durch die Lande gezogen. Der Krug diente als Köder, um den Schmied vor Ort gnädig zu stimmen, damit er ihn seine Schmiede benutzen ließ. Der Apfelwein hat ihm immer gute Dienste geleistet, wenn man von einer Ausnahme absieht, da ist er nämlich zufällig ausgerechnet hinter einem Temperenzler hergewandert.«

»Derartige Begegnungen dienen zweifellos einzig und allein dem Zweck, uns zu prüfen. Ich kann mir nicht vorstellen, wozu sie sonst gut sein sollten.«

»Ich auch nicht. Natürlich sind inzwischen etliche von Praxiteles Lumpkins Wetterfahnen zerstört worden. Die meisten wurden wahrscheinlich an Schrotthändler verkauft und eingeschmolzen, nehme ich an, auch wenn mir der bloße Gedanke das Herz bricht.«

»Quatsch. So leicht bricht dir keiner das Herz. Wieso hast du eigentlich diesen Peter Shandy geheiratet? Du hast doch sonst nie einen der vielen Verehrer heiraten wollen, die dir zu Füßen lagen?«

»Die Gattin unseres College-Präsidenten duldet auf dem Campus keine Amouren. Außerdem ist Peter einfach der Typ Mann, den man unbedingt heiraten muß.«

»Willst du damit andeuten, ich hätte auch das Gefühl gehabt, ihn heiraten zu müssen?«

»Höchstwahrscheinlich, aber das hätte ich nie zugelassen. Außerdem hast du schließlich deinen Andrew.«

»Gott sei Dank nicht im körperlichen Sinne. Wir haben ein rein feudales Verhältnis: Ich bin die Herrin und er ist mein ergebener Diener. Das glaube ich jedenfalls, auch wenn ich zugeben muß, daß Andrew das Dienstprinzip nie so richtig begriffen hat. Du wirst noch erleben, daß ich am Ende all seine verdammten Kartoffeln in mich hineinstopfen muß, dabei fett werde wie ein Schwein und ich zum Spott und Gelächter in den Straßen von Sasquamahoc werde.«

»Aber denk doch nur, wie mollig warm es dir im Winter sein würde«, erinnerte sie Helen. »Du weißt doch noch, was Mrs. Beeton immer gesagt hat: Es gibt keine bessere Isolierung als ein paar Zentimeter Extrafett auf den Rippen. Ist das da vorn schon die Forstwirtschaftsschule? Oh, ich glaube, ich sehe die Wetterfahne schon!«

Sie kramte ihr Fernglas aus der blauen Tasche und richtete es auf ein spinnenartiges Objekt, das sie auf dem Dach einer riesigen alten Scheune erspäht hatte. »Wie wunderschön! Könnten wir vielleicht etwas schneller gehen? Ich kann es kaum erwarten!«

Catriona McBogle zuckte mit den Achseln. »*De gustibus et coloribus non est disputandum.* Wer hätte je gedacht, daß unsere blonde Sexbombe von der *American Library Association* eines Tages von einer Wetterfahne angetörnt wird!«

Kapitel 5

Sollen wir nicht lieber vorher Bescheid sagen?« fragte Helen, als sie sich der Scheune näherten.

»Erst knipsen, dann fragen, würde ich sagen«, meinte Catriona. »Außerdem dachte ich, du hättest schon Bescheid gesagt.«

»Da hast du auch wieder recht. Es schien mir nur ein bißchen unverschämt, hier so einfach unangemeldet aufzukreuzen. Ich wollte sowieso nach Präsident Fingal suchen, ihm einen kurzen Höflichkeitsbesuch abstatten und erklären, warum Peter nicht mitkommen konnte.«

»Oh, Guthrie besteht normalerwise nicht auf Formalitäten. Nimm dir ruhig Zeit, vielleicht ist er schon längst nach Hause gegangen, bis du fertig bist. Du willst doch sicher das schöne Licht ausnutzen, oder?«

»Ein überzeugendes Argument. Ich bin zutiefst beeindruckt. Das Licht hier ist wirklich unbeschreiblich.«

»Das kommt bloß daher, daß wir mehr Platz dafür haben als ihr«, erwiderte Catriona bescheiden. »Maine ist größer als der ganze Rest von New England zusammen, weißt du. Oder zumindest genauso groß. Habe ich jedenfalls gehört. Obwohl ich es natürlich nicht persönlich abgemessen habe, aber ich würde mich ohnehin todsicher vermessen. Soll ich solange deine Tasche halten?«

»Nein danke, ich brauche sie gleich noch. Ich glaube, ich steige am besten die Feuerleiter an dem Haus da vorn hoch, dann bin ich auf gleicher Höhe mit der Wetterfahne. Was ist das eigentlich für ein Gebäude? Ein Studentenwohnheim?«

»Genau. Aber keine Sorge, wahrscheinlich ist im Moment niemand da. Soweit ich weiß, fängt das Sommersemester erst in einer Woche oder so an. Jedenfalls habe ich in der letzten Zeit niemanden ›Achtung! Baum fällt!‹ brüllen hören. Klettere ruhig hoch, hier auf dem Campus gibt es keine Wachmänner. Nur kräftige Holzfäller mit Riesenäxten. Beeil dich, das Ding fängt schon an zu wackeln.«

Die Brise war so leicht, daß man sie auf der Haut kaum spürte. Doch sie reichte aus, um die Wetterfahne zu bewegen, so daß der Holzfäller, der gerade seinen Baum fällte, genau mit der Breitseite zum Studentenwohnheim stand. Helen stieg eilig die offene Eisentreppe bis auf die oberste Plattform hinauf, lehnte sich über die Brüstung, wartete mit gezücktem Teleobjektiv und Finger am Auslöser, bis die Wetterfahne sich nicht mehr bewegte, und knipste.

Sie machte eine Aufnahme nach der anderen, während Sonne und Schatten wunderbare Reflexe auf das oxidierte Kupfer zauberten. Da sie auch einige Schwarzweißbilder machen wollte, fischte sie zum Schluß eine bereits geladene zweite Kamera aus ihrer blauen Umhängetasche.

Als sie das Objektiv wechselte, bemerkte sie, daß das Studentenwohnheim gar nicht leer war. Irgendwo aus dem Inneren des Gebäudes vernahm sie männliche Stimmen, Stimmen junger Männer. Und warum sollten sie nicht jung sein? Es handelte sich immerhin um ein Studentenwohnheim. Helen konzentrierte sich so sehr darauf, das Bild scharf zu stellen und dem Wind zuvorzukommen, daß sie gar nicht auf das achtete, was sie ohnehin nichts anging, bis plötzlich der Name eines Ortes fiel, der sie aufhorchen ließ.

Bisher hatte sie den Namen Woeful Ridge erst ein einziges Mal gehört, und zwar gestern abend bei den Horsefalls, unmittelbar bevor das Feuer ausgebrochen war. Einen Moment lang vergaß sie sogar, was sie hier oben machte, und spitzte die Ohren, um noch mehr zu verstehen, doch die Studenten hatten entweder aufgehört zu reden oder das Gebäude bereits verlassen. Wahrscheinlich waren sie auf dem Weg zum Speisesaal. Am besten, sie beeilte sich ein bißchen. Iduna war bestimmt schon wieder hungrig.

Helen gelang es, einige hervorragende Fotos zu machen, bevor der Wind zu sehr auffrischte. Dann kletterte sie vorsichtig wieder nach unten, wobei sie sich fragte, wie sie es überhaupt geschafft hatte, ohne Herzklopfen hier hochzuklettern, und bemerkte bedauernd, daß die Eisenstufen ihre schönen rosa Turnschuhe verschmutzt hatten. Wahrscheinlich Ruß, vermutete sie, von Holzfeuern in alten Öfen. Eigentlich sollte eine Forstakademie von der katalytischen Verbrennung gehört haben.

Aber andererseits würde Sasquamahoc wie andere Universitäten unter dem Druck der gestiegenen Gemeinkosten leiden. Sie wischte ihre Turnschuhe ab, so gut es eben ging, und fragte Catriona, wo sie

Präsident Fingal suchen sollten, vorausgesetzt natürlich, er war noch nicht nach Hause gegangen.

Sie spürten ihn schließlich in seinem Büro im Verwaltungsgebäude auf. Er sagte, er freue sich sehr, sie zu sehen, und sah so aus, als meine er es durchaus ernst.

»Endlich lernen wir uns kennen, Mrs. Shandy. Entschuldigen Sie bitte, ich sollte wohl besser Dr. Shandy sagen, nicht wahr? Oder Dr. Marsh? Oder Marsh-Shandy oder Shandy-Marsh?«

»Warum nicht einfach Helen? Sie nennen meinen Mann schließlich auch Peter, nicht?«

»Früher habe ich ihm noch ganz andere Namen an den Kopf geworfen, dem alten –« Präsident Fingal konnte sich gerade noch fangen. »Er nennt mich übrigens Guthrie, und ich hoffe sehr, daß Sie das auch tun werden. Wir haben zusammen das College besucht, wie er vielleicht erwähnt hat.«

»Sehr oft sogar. Peter bedauert sehr, daß er nicht mitkommen konnte, wie wir es ursprünglich geplant hatten. Sie haben vermutlich schon von der Brandkatastrophe bei uns gehört?«

»Ja, ich habe Bilder davon in den Nachrichten gesehen. Sagen Sie bloß, Peter ist auf seine alte Tage der Freiwilligen Feuerwehr beigetreten!«

»Nein, das nicht, aber im Moment ist die Situation dort so brenzlig, daß jeder gebraucht wird.« Helen hatte keine Lust, ihn in alle Einzelheiten einzuweihen. »Man hat ihn gebeten zu bleiben und zu helfen, was er schlecht ablehnen konnte. Daher bin ich allein mit einer Freundin losgefahren, um unsere gemeinsame Freundin Catriona zu besuchen. Peter hofft, daß er später nachkommen kann.«

»Hoffentlich klappt es. Es wäre wirklich schön, den guten alten Peter endlich wiederzusehen. Was haben Sie eigentlich mit unserer Wetterfahne vor, Helen?«

»Ich wollte sie fotografieren, aber das habe ich bereits erledigt«, gestand Helen. »Licht und Windverhältnisse waren einfach ideal, als wir auf den Campus kamen, und Cat sagte, Sie hätten bestimmt nichts dagegen, wenn ich sofort ein paar Bilder machte, also habe ich einfach geknipst. Können Sie mir vielleicht etwas über die genaue Herkunft der Wetterfahne sagen? Wie ist sie in den Besitz der Schule gekommen?«

»Soweit ich weiß durch Zufall. Sie war schon oben auf der Scheune, als Eliphalet Jackson, der Gründer unserer Schule, besser bekannt unter seinem Spitznamen Old Hickory, das Land hier gekauft hat. Wir sind zwar nicht so alt wie das Balaclava College, aber eine Geschichte haben wir auch. Die Scheune ist das einzige, was von der Farm übriggeblieben ist, die hier ursprünglich einmal gestanden hat. Das Wohnhaus und alle anderen Außengebäude sind abgebrannt, daher hat Old Hickory das Grundstück auch so günstig bekommen. Günstig bedeutete zu seiner Zeit sozusagen umsonst, anders hätten wir es auch gar nicht geschafft.«

Er holte ein altes Album mit Zeitungsausschnitten und Klassenfotos hervor, auf denen Gruppen kleiner, dunkler, stämmiger Männer zu sehen waren, die Helen an Bären erinnerten, die Karohemden und dicke, dunkle Arbeitshosen trugen, die sie in ihre hohen Schnürstiefel gestopft hatten. Jeder hatte seine Axt dabei.

»Echte Waldarbeiter trennten sich früher möglichst niemals von ihren Äxten«, erklärte Präsident Fingal. »Außerdem legten sie großen Wert auf die Pflege. Sie haben so lange an den Griffen geschmirgelt, bis sie genau ihren Vorstellungen entsprachen, und die Klingen waren so scharf, daß sie sich damit hätten rasieren können, auch wenn es wahrscheinlich nie jemand versucht hat. Wenn einer der Männer im Stockfinstern eine Axt aufhob, wußte er sofort, ob es seine eigene war oder die eines anderen. Er konnte es daran fühlen, wie sie in der Hand lag.«

Er betrachtete ein weiteres Klassenfoto. »Unsere Jungs haben immer ziemlich adrett ausgesehen. Vor Jahren hat unser Schulschmied ihnen die Haare geschnitten und ihre Bärte mit dem Mähnenkamm entwirrt. Inzwischen verfügen wir natürlich über richtiges Friseurzubehör«, fügte der Präsident stolz hinzu. »Wir legen Wert darauf, mit der Zeit zu gehen, auch wenn wir gelegentlich noch ein wenig hinterherhinken. Die echten alten Holzfäller wirkten nach einem Winter in den Wäldern immer ein klein wenig ungepflegt. Mein Großvater hat mir oft beschrieben, wie sie aussahen, wenn sie im Frühling wieder auftauchten. Viele von ihnen waren Farmer und haben sich nach der Ernte als Holzfäller verdungen. Höchstwahrscheinlich eingenäht in ihre langen Winterunterhosen. Ehe sie die wieder ausziehen konnten, hatten die Pferde ein langes Winterfell und die Männer Haare bis zu den Schultern und Bärte bis zum Gürtel.«

Er blätterte noch ein wenig weiter. »Aha, ich wußte doch, daß ich irgendwo noch ein Bild davon habe. Das ist mein Großonkel Mose. Sieht er nicht aus wie ein wildes Tier? Großvater hat das Bild mit einer Klappkamera gemacht. Angeblich konnte man Moses Gesicht vor lauter Dreck und Haaren kaum noch erkennen. Tante Laviney mußte ihn rasieren, ihm die Haare schneiden und ihn in die Badewanne setzen, bevor sie eindeutig feststellen konnte, daß sie den richtigen Ehemann zurückbekommen hatte. Was nicht heißen soll, daß sie nicht auch mit dem einer anderen vorlieb genommen hätte, nach allem, was ich so gehört habe.«

Präsident Fingal schüttelte sein Haupt und legte das Album wieder fort. »Die Männer trugen daran keine Schuld. Die Holzfällercamps waren alles andere als luxuriös, wissen Sie. Einige waren bei den Holzfällern recht beliebt, aber Großvater hat erzählt, daß Mose einmal in einem Camp gelandet ist, wo das Bettzeug lediglich aus einer Lage Stroh auf dem Boden und einer einzigen großen Decke bestand. Die Männer mußten sich angezogen hinlegen, dann packten diejenigen, die an den Seiten lagen, die Decke und zogen sie mit einem Ruck über die anderen. Vielleicht haben sie vorher die Stiefel ausgezogen, aber eine Wette würde ich darauf nicht abschließen. Ich hoffe, ich verletzte mit meinem ganzen Gerede nicht Ihren Sinn für Ästhetik, Cat.«

Er grinste sie an, und sie grinste zurück. »Sie sollten mich eigentlich besser kennen, Guthrie. So, ich glaube, wir machen uns allmählich lieber wieder auf den Heimweg. Wir haben unsere Freundin Iduna Stott allein mit den Schwalben zurückgelassen.«

»Hätten Sie vielleicht Lust, morgen alle drei mit mir zu Mittag zu essen?«

»Danke für die Einladung, aber wir wollen mit Eustache Tilkey rausfahren und Wale beobachten. Wie wäre es mit übermorgen?«

»Auch gut. Ihr braucht nur vorher Bescheid zu sagen, daß ihr kommt, damit wir genug Zeit haben, die Teller so zu arrangieren, daß man die Flecken auf dem Tischtuch nicht sieht, und ein bißchen mehr Wasser in die Suppe zu gießen. War wirklich nett, Sie kennenzulernen, Helen. Bestellen Sie Peter viele Grüße von mir.«

»Das mache ich, Guthrie. Wahrscheinlich ruft er mich heute abend noch an. Ach ja, bevor ich es vergesse, wo liegt eigentlich Woeful Ridge?«

»Keine Ahnung. Den Namen habe ich noch nie gehört.«

»Netter Kerl«, bemerkte Helen, als sie die Schule wieder verließen. »Erinnert mich irgendwie an die Comicfigur Smokey the Bear. Siehst du ihn öfter, Cat?«

»Hin und wieder. Guthrie hat meistens ziemlich viel zu tun, und ich genauso. Keiner glaubt zwar, daß Schriftsteller richtig arbeiten, aber du kannst mir glauben, daß es stimmt.«

»Wem sagst du das«, erwiderte Helen etwas spitz.

»Verzeihung, ich vergaß. Du bist ja auch eine von uns. Wie verkauft sich dein Buch?«

»Nicht schlecht, wenn man davon ausgeht, daß schließlich niemand erwartet hat, daß ›Die Familie Buggins in Balaclava County‹ der absolute Bestseller werden würde. Der Verlag hat gerade die zweite Auflage drucken lassen. Die erste Auflage war ziemlich hoch für die Pied Pica Press, weißt du. Zweitausend Exemplare.«

»Wirklich nicht schlecht«, gab Cat zu. »Vielleicht kann ich in meinem nächsten Buch daraus zitieren und die Verkaufszahlen noch ein bißchen höher treiben.«

»Wage es bloß nicht! Ich habe einmal den Fehler gemacht und freundlicherweise einer dummen Pute, die sich Schriftstellerin nennt, genealogisches Material zur Verfügung gestellt, das sie natürlich pflichtgetreu und wahrheitsgemäß mir zugeschrieben hat, bloß daß sie alle Daten durcheinandergebracht hat. Seitdem bekomme ich ständig höfliche Briefe von völlig Fremden, die wissen wollen, wie ich so dumme Fehler machen konnte.«

»Reg dich nicht zu sehr darüber auf. Früher oder später erleidet jeder mal Schiffbruch. Wie Harry Truman so schön zu sagen pflegte: ›Wenn du die Hitze nicht aushältst, komm raus aus der Schreibmaschine.‹«

»Ich dachte, professionelle Schriftsteller arbeiten heute mit Computern?«

»Ich nicht, Kindchen. Wenn die Göttin gewollt hätte, daß wir unser Leben damit verbringen, grüne Neonbuchstaben auf einem lächerlichen kleinen Bildschirm anzustarren, hätte Sie uns Augäpfel aus Styrol geschenkt, sage ich immer. Bist du hungrig?«

»Cat, meine Güte, jetzt hör aber auf! Ich habe den ganzen Tag ununterbrochen gegessen!«

»Das hat nichts zu sagen.«

»Womit du auch wieder recht hast«, gab Helen zu. »Wahrscheinlich bin ich wieder aufnahmebereit, wenn du uns das Abendessen servierst, aber wegen mir brauchst du dich wirklich nicht zu hetzen. Wie sieht eigentlich Guthries Frau aus? Oder ist er nicht verheiratet?«

»Und ob er das ist. Sie ist zwei Meter groß und hat einen Bart.«

»Das ist doch nicht wahr!«

»Richtig. Sie ist kleiner als zwei Meter und hat nur einen klitzekleinen Schnurrbart. Sie hört auf den Namen Elisa Alicia und fertigt Kränze aus getrockneten Äpfeln und kreiert Kopfkissen mit zerbröselten Schilfkolben gefüllt.«

»Warum das?«

»Das habe ich mich auch schon oft gefragt. Außerdem pflegt die gute Alicia Zaubertränke und Absude zu brauen. Vor zwei Monaten habe ich sie um einen Zauber gegen Verleger gebeten. Sie hat versprochen, sich sofort an die Arbeit zu machen, aber bisher ist ihr leider nichts eingefallen.«

Cat pflückte einen zarten Farnwedel. »Nun ja, man kann nicht immer erfolgreich sein. Vermutlich sind Elisa Alicias Huflattichpackungen äußerst effektiv, ich habe nur vergessen, wogegen sie wirken. Junger Farn soll übrigens die Fruchtbarkeit steigern, wenn er äußerlich auf die Geschlechtsorgane gestrichen wird. Die Indianer haben ihn sich früher immer um den Kopf gebunden, um den Kater zu kurieren, den sie den Siedlern verdankten. Kannst du zwischen beidem vielleicht einen Zusammenhang erkennen?«

»Möglich ist alles«, erwiderte Helen vorsichtig. »Mit jungem Farn kenne ich mich nicht sonderlich gut aus. Hast du deine Weisheiten von Mrs. Fingal gelernt?«

»Mrs. Quatrefages, wenn ich bitten darf! Elisa Alicia ist eine sehr emanzipierte Frau.«

»Du scheinst sie nicht besonders zu mögen. Elisa Alicia Quatrefages … den Namen habe ich irgendwo schon mal gehört. Wenn ich bloß wüßte, wo. Leben die beiden schon lange hier? Nennen seine Studenten ihn übrigens Woody?«

»Selbstverständlich. Er ist übrigens tatsächlich ein recht guter Gitarrenspieler. Wenn er euch ein bißchen besser kennt, bitten wir ihn mal, ›The Wabash Cannonball‹ für uns zu singen. Guthrie stammt aus Sasquamahoc und hat immer hier gelebt, außer während seiner Studienzeit natürlich. Danach ist er wieder zurückgekommen und hat eine Weile im Forstdienst gearbeitet, dann hat er mehrere Jahre an der Schule unterrichtet und ist schließlich Präsident geworden, als sein Vorgänger gefällt wurde, wie man hier in Forstkulturkreisen so nett sagt. Ich habe vergessen, ob der alte Prexy von einem fallenden Hauptast erschlagen wurde oder ob ihn die Ulmenkrankheit erwischt hat. Es hatte jedenfalls irgendwas mit Bäumen zu tun. Wo Guthrie auf Elisa gestoßen ist, kann ich dir leider nicht sagen. Die meisten Leute hier im Dorf sind der Meinung, er habe sie bei einer Exkursion unter einem Felsbrocken ausgebuddelt.«

Helen kicherte. »Cat, du bist einfach schrecklich. Kannst du denn gar nichts Nettes über Elisa sagen?«

»O doch, und ob ich das kann. Das Gute an Elisa ist, daß sie die meiste Zeit auf Achse ist. Bei jedem Mondwechsel packt sie ihre gesammelten Kränze und Kissen zusammen und gondelt nach Boston oder New York. Um ihre Kunstwerke zu verkaufen, behauptet sie. Ich persönlich neige eher zu der Vermutung, daß sie einer lukrativen kleinen Nebenbeschäftigung nachgeht, indem sie landeinwärts bei den Neureichen Mehltau und Viehseuchen verbreitet. Doch ich möchte meine Theorien an dieser Stelle nicht weiter ausführen. Mir ist längst aufgefallen, daß du seit deiner Eheschließung äußerst lieb und brav geworden bist. Wo ist bloß die bissige Helen Marsh von früher geblieben?«

»Du solltest lieber fragen, wo Iduna geblieben ist.« Inzwischen konnten sie Cats Haus schon sehen. »Auf der Terrasse sitzt sie jedenfalls nicht mehr.«

»Hoffentlich sind die Kriebelmücken nicht über sie hergefallen.« Catriona legte einen Schritt zu. »Die verfluchten Biester peinigen dich bei lebendigem Leib bis aufs Blut, dann schwillst du unter Höllenqualen eine Woche lang an wie ein Ballon, und deine Seele bleibt auf ewig gezeichnet.«

Glücklicherweise fanden sie Iduna ungepeinigt und ungeschwollen vor. Ins Haus gelockt hatte sie allem Anschein nach das Telefon. Sie sprach gerade in den Hörer, als sie hereinkamen.

»Ach, da sind sie ja. Ich geben sie Ihnen sofort. Für dich, Helen, es ist Peter.«

»Gut, ich hatte gehofft, daß er heute noch anrufen würde.«

Während sich Iduna und Catriona diskret in die Küche zurückzogen, nahm Helen den Hörer. »Hallo, Liebling. Wie läuft es denn so?«

»Huntley Swope ist wieder bei Bewußtsein und beharrt auf seiner Soldaten-Story, aber niemand scheint ihm zu glauben. Die gottverdammte Seifenlauge um die Fabrik steigt von Minute zu Minute, und der Aggressionspegel der Bevölkerung ebenfalls.«

»Und was hältst du von Huntleys Geschichte?«

»Verflixt noch mal, Helen, warum sollte der Mann lügen? Er hat doch keine Ahnung, daß man Brinkley für den Brandstifter hält. Niemand durfte bisher zu ihm, nur seine Frau und das Krankenhauspersonal, und die waren bestimmt vernünftig genug, nichts zu sagen, das ihn aufregen würde. Seine Frau meint, Huntleys Geschichte sei absolut überzeugend. Er sagt, er sei unten gewesen, um Caspar Flum zu bitten, ihm noch ein Faß mit Fett oder was weiß ich hochzuschicken. Von den Mysterien des Seifensiedens verstehe ich leider nicht allzuviel. Jedenfalls war er wieder auf dem Weg zurück in sein Büro und blieb zufällig an einem der Flurfenster direkt neben der Talgküche stehen.«

»Wahrscheinlich wollte er ein bißchen frische Luft schnappen«, unterbrach Helen. »Als ich die Fotos gemacht habe, ist mir aufgefallen, daß alle Fenster aufstanden und nirgends Fliegengitter angebracht waren. Ich habe mich schon gefragt, wie sie es wohl schaffen, die Insekten aus der Seife rauszuhalten. Entschuldige bitte, Peter, ich wollte dich nicht unterbrechen. Was ist dann passiert?«

»Als er so dastand und versuchte, das Fett aus seinen Lungen zu bekommen, bemerkte er einen relativ jungen Mann, der seiner Beschreibung nach wie ein Soldat aussah und anscheinend militärische Tarnkleidung trug und raschen Schrittes auf die Fabrik zukam. Er hatte die Hosenbeine in seine Stiefel gestopft, wie es die Fallschirmspringer immer machen. Als er auf gleicher Höhe mit der Talgküche war, riß er auf einmal etwas aus seiner Tasche und schleuderte es seitwärts durch das Fenster, ohne auch nur hinzuschauen.«

»Konnte Huntley erkennen, was es war?«

»Nein«, antwortete Peter, »aber er glaubt sich zu erinnern, daß es ungefähr so groß war wie eine Zitrone. Er wollte den Mann gerade zurechtweisen, als er einen Riesenknall hörte und sah, wie Flammen aus dem Fenster direkt neben seinem schlugen. Er rannte zurück, um Flum herauszuziehen, doch die Talgküche war bereits ein einziges Flammenmeer. An alles, was danach geschah, kann sich der arme Kerl nicht erinnern, er ist erst im Krankenhaus wieder zu sich gekommen.«

»Hat er sich den Soldaten genau ansehen können?«

»Leider nicht. Es war ja schon dunkel, als es passiert ist. Die Fenster der Fabrik haben zwar ein wenig Licht auf die Straße geworfen, aber viel genutzt hat es wohl nicht. Er meint sich zu erinnern, daß der Mann glattrasiert war und kurzes Haar hatte, aber das ist auch alles. Aber keiner der Jungs aus dem Dorf, die beim Militär sind, hatte Urlaub, und niemand hat einen fremden Soldaten gesehen, daher glauben alle, daß Huntley die Geschichte nur erfunden hat, um seinen Bruder zu entlasten.«

»Aber warum sollte er lügen, wenn er nicht einmal weiß, daß sein Bruder in Schwierigkeiten steckt?« protestierte Helen. »Begreifen denn die Leute das nicht?«

»Sie glauben einfach nicht, daß er es nicht weiß. Ich hoffe, das Ganze wird sich früher oder später von selbst klären. Hast du deine Fotos schon gemacht?«

»O ja, es war ganz leicht. Ob sie wirklich gut geworden sind, kann ich allerdings erst sagen, wenn der Film entwickelt ist, und dafür scheint mir Sasquamahoc nicht ganz der geeignete Ort zu sein. Aber ich habe beide Kameras benutzt, zumindest ein Film müßte also gut geworden sein. Wir haben eben deinen alten Freund Guthrie Fingal getroffen. Er ist wirklich schrecklich nett, Peter.« Helen hielt es für besser, sich über die bisher noch nicht getroffene Mrs. Fingal lieber nicht zu äußern. »Übrigens ist mir etwas Komisches passiert, Peter. Ich war oben in einem der Studentenwohnheime, damit ich die Wetterfahne besser fotografieren konnte, weißt du.«

Sie hielt es auch für besser zu verschweigen, daß sie oben auf der Feuerleiter gestanden hatte. Peter hatte reichlich merkwürdige Vorstellungen, was die Zerbrechlichkeit von Gattinnen betraf. Cat würde sich darüber bestimmt köstlich amüsieren.

»Jedenfalls habe ich gehört, wie ein paar Studenten, ich glaube zumindest, daß es Studenten waren, sich im Zimmer nebenan unterhielten, und einer von ihnen hat etwas über Woeful Ridge gesagt. Ich habe Woody gefragt, wo der Ort sei, aber weder er noch Cat haben je davon gehört. Ist das nicht ein merkwürdiger Zufall? Du erinnerst dich doch sicher, daß Cronkite Swope den Namen erwähnt hat, als er gestern abend bei uns war?«

»Ja, ich erinnere mich.«

Sie unterhielten sich noch ein wenig länger, doch Helen hatte den Eindruck, daß Peter zum Schluß etwas geistesabwesend wirkte. Wahrscheinlich war er mit seinen Gedanken woanders. Sie hätte nur gern gewußt, wo.

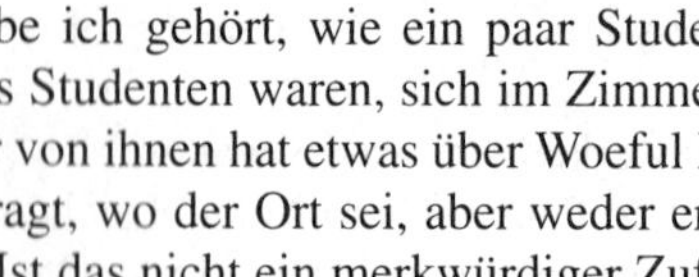

Kapitel 6

Das hätte Peter auch gern gewußt. Er dachte darüber nach, während er zur Fakultätsmensa ging und während er dort ein zweifellos hervorragendes Abendessen einnahm, ohne auch nur zu bemerken, was er aß. Er dachte darüber nach, als er wieder nach Hause ging und als er sich die Frühnachrichten anschaute, deren Lokalteil in der Hauptsache aus Berichten über schmutzige Seifenlauge bestand. Er war immer noch in Gedanken versunken, als Cronkite Swope mit finsterer Miene auf der Türschwelle erschien.

»Kann ich einen Moment hereinkommen, Professor?«

»Grundgütiger, Swope, Sie sehen aus, als kämen Sie von einer Beerdigung.« Peter führte ihn ins Wohnzimmer. »Doch wohl hoffentlich nichts Schlimmes mit Ihrer Familie?«

»Nein, das ist es nicht.« Der junge Reporter ließ sich in den Sessel fallen, auf dem Helen für gewöhnlich immer saß, und nahm zum Trost Jane Austen auf den Schoß. »Ich bin es einfach nicht gewöhnt, daß man mich behandelt wie ein Stinktier bei einer Hochzeit. Drüben in Lumpkinton kann ich nicht mal mehr jemanden interviewen, ohne daß man mir fast den Kopf abreißt.«

»Ist es wirklich so schlimm?«

»Noch viel schlimmer. Ich bin nach Clavaton gefahren, um ein paar Informationen aus Mr. Snell herauszukitzeln. Aber alles, was er zu sagen hatte, war: ›Dazu kann ich zu diesem Zeitpunkt noch nichts sagen‹ und ›Das wird unser Aufsichtsrat entscheiden‹. Er hat mir allerdings versichert, daß er von dem Brand erst erfahren hat, als das Feuer schon wieder gelöscht war. Er war die ganze Zeit in West Clavaton und hat in einem Kammerorchester, bei dem er Mitglied ist, Gambe gespielt. Ich habe daraus die Schlagzeile gemacht ›Snell fiedelt, während Fabrik in Flammen steht‹, aber mein Chefredakteur will es nicht drucken. Er hat Angst, daß Snell seine Anzeigen nicht mehr bei uns veröffentlicht, falls die Fabrik irgendwann wiederaufgebaut werden sollte.«

»Die Entscheidungen von Chefredakteuren werden uns Normalsterblichen stets unbegreiflich bleiben, Swope. Irgend etwas Neues von Ihrem Bruder?«

»Hunts Zustand ist stabil, soweit ich weiß. Brink mußte seine Fenster verbarrikadieren und seine Frau und die Kinder zu ihren Verwandten nach Hoddersville schicken, damit sie in Sicherheit sind. Mums Cousins Clarence und Silvester Lomax bewachen Brinks Haus, damit der Mob es nicht niederbrennt, während er weg ist. Ich weiß wirklich nicht, was ich tun soll, Professor.«

»Dann würde ich vorschlagen, daß wir gemeinsam zum Woeful Ridge fahren. Was halten Sie davon?«

Cronkite war überrascht. »Von mir aus, wenn Sie gern möchten. Aber warum ausgerechnet Woeful Ridge?«

»Weil ich seit mehr als zwanzig Jahren hier in Balaclava County lebe und noch nie auch nur in die Nähe dieses Ortes gekommen bin, und Sie die dritte Person sind, die den Namen innerhalb der letzten vierundzwanzig Stunden erwähnt hat, also denke ich, daß es allmählich an der Zeit ist. Wie sieht es dort eigentlich aus?«

»Einsam und verlassen. Überall Felsen und Unkraut. Ein richtig deprimierender Ort, man möchte sich am liebsten hinsetzen und heulen. Ich weiß auch nicht, warum, aber es geht jedem so. Wollen Sie sich eine Kugel durch den Kopf jagen, oder was?«

»Lieber nicht, Swope. Meine Frau würde es nicht verstehen.«

»Und schließlich sind Sie ja auch für Jane verantwortlich.« Cronkite kitzelte den weißen Latz unter dem Kinn der kleinen Tigerdame und stellte erleichtert fest, daß er zur Abwechslung nicht angeknurrt, sondern angeschnurrt wurde. »Wollen Sie sofort los? Wir können meinen Dienstwagen nehmen, dann brauchen Sie Ihren nicht rauszuholen.«

»Haben Sie schon gegessen?«

»Meine Mutter hat einen Topf Hühnersuppe gemacht, den sie Huntley ins Krankenhaus bringen wollte, aber das Personal hat gesagt, er darf sie nicht essen, deshalb füttert sie mich jetzt damit. Jedesmal, wenn ich nach Hause komme, um zu telefonieren, setzt sie mir einen Teller von dem Zeug vor. Zum Mittagessen habe ich zwei Teller essen müssen, und seitdem noch drei, daher bin ich nicht besonders hungrig. Falls ich es wäre, könnte ich mir wahrscheinlich inzwischen selbst ein Ei legen. Wenn Sie wirklich ernsthaft zum Woeful Ridge wollen, Professor, sollten wir uns besser auf die Socken machen. Der Ort ist schon bei Tageslicht nicht besonders erhebend, und ich fürchte, im Dunkeln ist es noch schlimmer. Außerdem kriechen dann die Werwölfe aus ihren Verstecken, glaube ich.«

Der Dienstwagen des *Sprengel-Anzeygers* war ein 1974er Plymouth Valiant, der zwar nicht mehr sehr ansprechend aussah, aber immerhin noch fahrtüchtig war, also fuhren sie. Die sogenannte Fahrt dauerte allerdings bedeutend länger, als Peter erwartet hatte.

»Was für eine langweilige Strecke. Ich wußte gar nicht, daß es hier in Massachusetts so öde Landschaften gibt.«

»Es wird gleich noch viel öder«, versicherte Cronkite, und sollte recht behalten.

»Die Überlebenskämpfer, von denen Sie gestern abend sprachen, haben sich zum Überleben ja keinen sonderlich einladenden Ort ausgesucht«, meinte Peter nach einer Weile. »Was machen die denn bloß hier draußen?«

»Der Erde näher kommen. Das hat jedenfalls einer von den Kerlen zu mir gesagt, als ich versucht habe, ihn zu einem Interview zu bewegen. Er hat seine Aussage dadurch bekräftigt, daß er mich rein zufällig umgestoßen und mein Gesicht durch den Dreck gerieben hat, während sechs oder acht andere von den Mistkerlen daneben gestanden und sich halbtot gelacht haben. Ich vermute, die meiste Zeit sitzen sie nur herum, trinken Bier und prahlen damit, was sie für tolle Machos sind. Ich kann mir nicht vorstellen, daß wir hier heute nacht jemanden zu Gesicht bekommen. Soweit ich weiß, trainieren sie hauptsächlich am Wochenende. Ich glaube, wir müssen hier abbiegen, wenn ich mich nicht gewaltig irre.«

Der unbefestigte Weg war im Grunde allenfalls für Geländefahrzeuge geeignet, doch der treue Plymouth tat sein Bestes. Verdammt schade, daß sie der alten Klapperkiste so etwas antun mußten, dachte Peter, als sie Woeful Ridge endlich erreichten. Dieser Ort eignete sich gut als Schauplatz für einen von Thomas Hardys besonders düsteren Romanen. Und das war anscheinend das einzige, wofür er sich eignete.

Als sie den Wagen verlassen hatten und begannen, sich durch Unkraut und Felsbrocken durchzukämpfen, mußte Peter seinen ersten Eindruck allerdings revidieren. Der langgezogene Granitkamm, dessen Nordseite Zeit und Wetter so ausgewaschen hatten, daß eine natürliche Brustwehr entstanden war, eignete sich hervorragend als Deckung, wenn man sich als Guerillakrieger erproben wollte und jemanden vor sich hatte, den man zu erschießen gedachte.

Da ihm nichts Besseres einfiel, beschloß er, sich den Boden hinter dem Felsen einmal genauer anzusehen. Er war wie leergefegt – Peter konnte nichts entdecken, keinen einzigen Zweig, nicht einmal ein Steinchen oder auch nur die Spur eines Insekts.

»Wonach suchen Sie überhaupt, Professor?« fragte Cronkite.

»Das weiß ich selbst nicht, Swope, aber ich kann absolut gar nichts finden, und das erscheint mir mehr als merkwürdig. Man sollte beinahe meinen, jemand sei mit dem Staubsauger über den Boden gegangen.«

»Vielleicht wollen die Überlebenskämpfer die Umwelt nicht verschmutzen.«

»Von wegen.«

Inzwischen war Peter richtig neugierig geworden. Er fuhr mit der Hand über den Felsen und fand einige scharfkantige Vertiefungen, in die jemand Erde gerieben hatte, damit sie nicht auffielen. Er kniete sich auf den Boden und schaute von dort aus auf die Bäume, die den Grat umschlossen. Dann stieg er die Böschung hinab und ging zu dem Baum, den er sich als Ziel ausgesucht hatte.

»Schauen Sie mal da hoch, Swope. Hier hat vor kurzem noch jemand Schießübungen gemacht.«

»Klar, was glauben Sie denn? Die sind wahrscheinlich alle Jäger oder halten sich zumindest dafür. Saufen sich die Hucke voll und stellen sich hier auf, um mit ihren Gewehren rumzuballern, bloß weil es ihnen Spaß macht.«

»Wer immer hier geschossen hat, hat ganz sicher nicht nur herumgeballert.«

Peter schaute durch sein Fernglas und betrachtete eine auffällige Verdickung an einem anderen Baum, die aussah, als habe ein Waldspecht darin seine Bruthöhle eingerichtet. Doch das Zentrum war systematisch von Kugeln weggeschossen worden. Keine einzige hatte ihr Ziel verfehlt.

»Hier, nehmen Sie mal mein Fernglas, und schauen Sie sich die Sache genauer an. Das waren echte Profis, erfahrene Scharfschützen. Sie haben die Patronenhülsen aufgehoben und alle verräterischen Spuren verwischt. Wären sie noch ein wenig intelligenter gewesen, hätten sie allerdings daran gedacht, Laub und Erde auf dem Boden zu verteilen, damit es natürlicher aussieht.«

»Menschenskind, Sie haben recht.« Cronkite schaute durch Peters Fernglas in die Runde. »Sieht aus, als wäre ein ganzes Heer hochspezialisierter Spechte über den Wald hergefallen.«

»Ich wette, daß in jedem Loch eine Kugel steckt. Wissen Sie eigentlich, was sich auf der anderen Seite des Grats befindet, Swope?«

»Nicht allzu viel, soweit ich mich erinnere. Früher gab es dort eine Höhle, aber besonders interessant war die auch nicht.«

»Meinen Sie, Sie könnten sie wiederfinden?«

»Ich glaube schon, aber dazu müßten wir uns wahrscheinlich durch eine Menge Dornengestrüpp kämpfen.«

Erstaunlicherweise war dies gar nicht nötig. Sie entdeckten einen schmalen Pfad, der so gut getarnt war, daß er jedem, der sich hier nicht genau auskannte, verborgen geblieben wäre, sich jedoch leicht verfolgen ließ, wenn man ihn erst gefunden hatte. Cronkite konnte Peter mühelos zur Höhle führen.

»Besonders toll ist sie wirklich nicht«, entschuldigte er sich. »Höchstens eineinhalb Meter groß.«

»Wir schauen sie uns trotzdem an, ja?«

Peter verfügte über einige Erfahrung, was unauffällige Höhlen betraf, die es in sich hatten. Er stocherte ein wenig darin herum, betrachtete eingehend den Teil der Wand, der allem Anschein nach aus einem einzigen dicken Felsbrocken bestand, lehnte sich mit der Schulter gegen die äußerste Ecke und drückte kräftig dagegen. Plötzlich war die Höhle sehr viel größer als eineinhalb Meter.

»Gut getarnt«, bemerkte er. »Wahrscheinlich ein Drehmechanismus. Sieht aus, als hätte jemand den Fels gesprengt. Sie haben nicht zufällig eine Taschenlampe bei sich, Swope?«

»Klar doch. Im Großen Fernkurs für Journalisten, Lektion siebenunddreißig, steht ausdrücklich, daß ein recherchierender Journalist niemals ohne Taschenlampe unterwegs sein sollte. Man kann schließlich nie wissen. Leider ist es bloß eine ganz kleine. Aber ich habe einen Handscheinwerfer im Wagen, wenn Sie wollen, lauf ich schnell und hole ihn.«

»Nein, die hier reicht.« Peter knipste die kleine Taschenlampe an. »Bomben und Granaten!«

»Das kann man wohl sagen«, flüsterte Cronkite. »Was zum Teufel ist das hier, etwa eine Art Munitionslager?«

»Ich würde sagen, ein richtiges Waffendepot.«

Peter starrte mehr oder weniger fassungslos auf die Gewehre, Maschinengewehre, Flammenwerfer und Bazookas aus dem Zweiten Weltkrieg, die an Gestellen hingen, die fest in den Felswänden verankert waren. Schwere Kisten mit Munition und Sprengkörpern waren auf Holzpaletten gestapelt, damit sie nicht mit dem feuchten

Boden in Berührung kamen. Peter und der Reporter waren gerade dabei, sie mit Hilfe von Cronkites Taschenlampe etwas genauer zu untersuchen, als sie plötzlich feststellten, daß sie nicht allein in der Höhle waren.

»Keine Bewegung!«

Cronkite Swope sprang vor Schreck einen halben Meter hoch. »Was?«

»Keine Bewegung, hab' ich gesagt, Blödmann. Wenn du nicht gehorchst, blas' ich dir dein beschissenes Gehirn raus.«

»Und Ihr eigenes gleich mit.« Peter war es gelungen, sich umzudrehen, so daß er dem stämmigen Rüpel in Kampfkleidung direkt ins Gesicht sehen konnte. »Wissen Sie denn nicht, was ein Querschläger mit dieser scharfen Munition hier anstellen würde?«

»Ist doch scheißegal. Ich würde jedenfalls als Held sterben.«

»Sie wären nichts weiter als ein Klumpen Hackfleisch, und Ihre Herren Kampfgenossen würden auf Ihre traurigen Reste nur noch spucken. Oder glauben Sie etwa, die würden einen Trottel als Held verehren, der so dämlich ist, alles, was sie sich mit viel Mühe zusammengeklaut haben, in die Luft zu jagen?«

Peter stieß noch ein verächtliches Schnauben aus, um seine Aussage zu unterstreichen. »Ein hübsches kleines Nest habt ihr hier. Warum bringen Sie uns nicht zu Ihrem Anführer? Ich denke mal, das ist das, was man in solchen Situationen zu sagen pflegt.«

»Ich glaube, man stellt sich mit Namen, Rang und Markennummer vor, Professor«, murmelte Cronkite. »Meinen Sie, es reicht, wenn wir ihm unsere Bibliotheksausweise zeigen?«

»Okay, Klugscheißer«, bellte ihr Bewacher. »Raus mit euch.«

»Darf ich Sie höflich darauf hinweisen, Sir«, erinnerte ihn Peter, »daß Sie uns den Ausgang versperren?«

»Höh? Oh.« Der Mann mit der Waffe machte einen Schritt nach hinten. »Rauskommen, Hände hoch, und bloß keine Dummheiten!«

»Dies ist wohl kaum der geeignete Moment für Dummheiten, Sir.« Peter tat, wie ihm befohlen, und hob die Hände. Die Decke war nicht sehr hoch, wie er feststellte, und die Sprengung hatte sowohl über als auch unter ihnen eine Menge loses Gestein hinterlassen. Er drückte mit den Fingern gegen die Decke, fühlte, wie sich etwas löste, und hielt den Steinbrocken fest, bevor er herunterfallen konnte. Der Wächter hatte nichts bemerkt. Er war über einen der gefallenen Felsbrocken gestolpert, hatte sich dabei den Knöchel verletzt und schaute unvorsichtigerweise nach unten. Peter vergewisserte sich, daß er den Finger nicht am Abzug hatte, und schleuderte seinen Stein.

Der Stein war zu klein, um den Kerl zu fällen, doch er war groß genug, um ihm ordentlich wehzutun. Der Mann ließ die Waffe fallen und griff sich an die Nase. Cronkite stürzte sich auf ihn, Peter stürzte sich auf die Waffe. Sie fesselten den Schurken mit seinem eigenen und Peters Gürtel, beschlagnahmten seinen Patronengurt, knebelten ihn mit Cronkites Krawatte, einem hochmodischen schockrosa Schlips mit einem Muster aus kleinen grünen Alligatoren. Dann eilten sie im Laufschritt zu Cronkites Dienstwagen.

Fünf weitere gefährlich aussehende Kerle hatten sich um das Auto geschart und waren damit beschäftigt, mit großen Jagdmessern genüßlich die Reifen aufzuschlitzen und mit Gewehrkolben die Autofenster einzuschlagen. Peter und Cronkite sahen, daß sie ihre Aufmerksamkeit ganz und gar auf das Fahrzeug konzentrierten, und beschlossen, sie nicht zu stören und sich so schnell wie möglich aus dem Staub zu machen.

»Wissen Sie eigentlich, wohin wir laufen, Swope?« keuchte Peter, nachdem sie im Sturmschritt mehrere Meilen durch Wald und Sumpf gehetzt waren.

»Ist mir völlig egal, solange wir nur wegkommen«, keuchte sein Begleiter zurück. »Menschenskind, Professor, die sind ja total wahnsinnig!«

»Ihre Diagnose klingt einleuchtend. Haben Sie zufällig einen von den Kerlen erkannt?«

»Ich hatte leider nicht genug Zeit, sie mir genau anzusehen. Vielleicht würde mir was einfallen, wenn ich den Mut hätte, mich hinzusetzen und nachzudenken. Ich fürchte nur, daß es dazu noch zu früh ist. Meinen Sie nicht, daß wir bald irgendwohin ankommen, wo wir in Sicherheit sind? Ich kann nur hoffen, daß wir nicht die ganze Zeit im Kreis laufen.«

»Da bin ich mir ziemlich sicher. Ich habe darauf geachtet, daß wir den Sonnenuntergang möglichst im Rücken hatten. Um diese Tageszeit bedeutet das, daß wir uns mehr oder weniger ostwärts bewegen, glaube ich. Können Sie damit etwas anfangen?«

»Das bedeutet wahrscheinlich, daß wir irgendwann im Hafen von Boston ankommen, wenn wir lange genug laufen.« Cronkite warf einen Blick auf seine ehemals elegante hellblaue Hose und die rot und cremefarben karierte Sportjacke. »Eigentlich nicht die richtige Joggingkleidung. Jammerschade, daß ich kein Sandwich mitgenommen habe. Wissen Sie was, Professor, ich glaube, wir sind in dem großen Areal, das zum Binks-Grundstück gehört.«

»Binks?« rief Peter. »War das nicht der komische alte Kauz, der so versessen auf Kryogenik war und sich hat einfrieren lassen?«

»Genau. Er wollte unbedingt das nächste Jahrhundert erleben. Am 31. Dezember 1999 wird er wieder aufgetaut, und die Erbschaftsfragen können erst geregelt werden, wenn sich herausstellt, ob es funktioniert hat oder nicht. Die Angehörigen haben vor Gericht Einspruch eingelegt, sind aber abgeschmettert worden. Der Richter stand voll auf Mr. Binks' Seite.«

»Ein weiterer Triumph für die moderne Technologie! Und wie groß ist dieses Areal?«

»An die zwanzig Quadratmeilen, soweit ich mich erinnere. Wie weit sind wir denn Ihrer Meinung nach schon gelaufen?«

»Schätzungsweise vier oder fünf Meilen. Wir sind ja nicht überall gleich gut durchgekommen, was ich Ihnen ja kaum zu sagen brauche. Kommen Sie, Swope, am besten, wir laufen noch ein bißchen weiter, solange es noch hell genug ist.«

»Und was machen wir dann?«

»Irgendwie wird es schon klappen. Hier, ich habe Ihnen ein bißchen Vogelmiere gepflückt.«

Cronkite zuckte zurück, als Peter ihm ein Büschel kleinblättriges Grünzeug reichte. »Was soll ich denn damit anfangen?«

»Aufessen. Sie haben doch Hunger, nicht? Vogelmiere ist außerdem ein hervorragendes Mittel gegen Skorbut.«

»Wenn Sie es sagen. Ich wünschte nur, Sie hätten das mit dem Hackfleisch vorhin nicht gesagt.« Cronkite knabberte versuchsweise an Peters Gemüse. »Wahrscheinlich sollten wir froh sein, daß momentan keine Jagdsaison ist.«

»Machen Sie sich da lieber nichts vor, Swope. Nach allem, was wir gesehen haben, werden diese Halunken uns auf alle Fälle verfolgen, es bleibt ihnen gar nichts anderes übrig. Noch ein wenig Vogelmiere?«

»Nein, danke. Ich komme mir sonst noch vor wie Bugs Bunny. Aber ein bißchen geholfen hat es schon«, fügte Cronkite höflich hinzu. »Welche Richtung jetzt, Professor?«

»Da hoch, würde ich sagen. Falls die Kerle auf die Idee kommen, Bluthunde einzusetzen, könnte sie das möglicherweise von unserer Spur ablenken. Hoffe ich jedenfalls.«

Ein undurchdringlicher kleiner Dschungel aus Dornengestrüpp und gefährlich aussehenden Kletterpflanzen, deren mächtige, dornenbewehrte Ranken aussahen wie Stacheldraht, versperrte ihnen den Weg. Mitten darin standen zwei majestätische Eichen, die größten, die sie je zu Gesicht bekommen hatten. Sie waren so riesig, daß ihre Äste miteinander verwachsen schienen. Ein höchst ungewöhnlicher Anblick, da die meisten Waldgebiete von New England im Laufe der letzten Jahrhunderte früher oder später niedergebrannt oder abgeholzt worden waren.

Peter konnte nicht verstehen, wie es zwei Giganten wie diesen gelungen war, der Zerstörung zu entgehen, doch ihm blieb keine Zeit für lange Überlegungen. Er sprang in die Höhe, bekam einen der großen, tiefhängenden Äste zu packen, schwang sich daran hoch über das Gestrüpp und kletterte in Richtung Stamm, Cronkite direkt hinter sich. Der Baum eignete sich hervorragend zum Klettern, denn der Abstand zwischen den Ästen war nicht allzu groß. Peter war dankbar für diesen Glücksfall, denn allmählich machten sich bei ihm die ersten schwachen Anzeichen von Erschöpfung bemerkbar.

Um von der ersten auf die zweite Eiche zu gelangen, benötigten sie keine besonderen akrobatischen Fähigkeiten, sie kletterten einfach auf einen geeigneten Ast und stiegen von dort aus auf den Ast unmittelbar daneben. Statt weiterzuklettern und auf der anderen Seite des Gestrüpps herunterzuspringen, begann Peter plötzlich, immer höher zu steigen.

»Was haben Sie vor, Professor?« flüsterte Cronkite.

»Ich dachte, wir könnten von oben Ausschau halten, solange es noch hell genug ist. Wenn es hier irgendwo einen Weg gibt, der uns möglichst schnell hier rausbringt, möchte ich gern wissen, wo er ist.«

»Dann komme ich mit.«

Cronkite folgte ihm und bemühte sich, dabei nicht zu keuchen. Peter hatte diesen Baum als Ausguck gewählt, weil er der größere war. Er hatte ihn aufgrund der ziemlich gleichmäßig abgerundeten Blattlappen und der hellgrauen Borke als Weißeiche identifiziert. Weißeichen konnten größer als fünfundzwanzig Meter werden, und diese hier war sicher nicht viel kleiner. Ganz schön hoch für einen Mann mittleren Alters, der schon seit zwei Stunden auf der Flucht war und von wahnsinnigen Killern mit Maschinengewehren verfolgt wurde. Er biß die Zähne zusammen und kletterte weiter.

Kapitel 7

Ich muß doch sehr bitten, Sir!«

»Grundgütiger! Das kann doch nur ein Traum sein? Ich muß im Schlaf hier hochgeklettert sein. Tut mir schrecklich leid, Madam. Es lag wirklich nicht in meiner Absicht, Sie zu stören.«

Man konnte schließlich nicht erwarten, daß etwas, das von unten aussah wie ein besonders großes Eichhörnchennest, sich als waschechtes Baumhaus entpuppte, mit einem Dach aus Birkenschößlingen, einem Teppich aus sorgsam überkreuz angeordneten Balsamtannenzweigen und einer nicht mehr ganz jungen Bewohnerin, die in einem Bikini aus Hirschleder dasaß und Youngs »Nachtgedanken« las.

»Ich bin Professor Peter Shandy vom Balaclava Agricultural College. Und dieser junge Mann hier ist mein Freund Cronkite Swope«, fügte Peter hinzu, als sein Gefährte ebenfalls auftauchte. »Wir befinden uns auf der Flucht.«

»Tatsächlich? Vor was denn?«

»Die Antwort mag zwar ziemlich unglaubwürdig klingen, Madam, aber ich versichere Ihnen, daß alles, was ich Ihnen jetzt mitteilen werde, sowohl wahr als auch äußerst beunruhigend ist. Unsere Anwesenheit hier oben könnte auch Sie in große Gefahr bringen.«

»Dann sagen Sie es mir besser sofort.« Die Frau klappte ihr Buch zu, nachdem sie zuvor vorsichtig ein zartes junges Eichenblatt als Lesezeichen hineingesteckt hatte, und legte es auf die Tannenzweige. »Ich bin ganz Ohr.«

Peter war normalerweise kein Schwarzseher, doch er hatte sich bereits mit dem Gedanken vertraut gemacht, daß er und Swope dieses Abenteuer höchstwahrscheinlich nicht lebend überstehen würden. Jemand mußte einfach erfahren, was dort unten am Woeful Ridge vor sich ging, und diese Frau mochte vielleicht einen gewaltigen Sprung in der Schüssel haben, schlimmstenfalls war sie sogar die Späherin der Überlebenskämpfer, doch momentan war sie die einzige Person, mit der er sprechen konnte, also sprach er mit ihr. Als er seinen kurzen, aber düsteren Bericht beendet hatte, nickte sie nur.

»Jetzt weiß ich endlich, was diese Männer da unten machen. Ich habe mich schon die ganze Zeit gefragt, was das alles soll, und mache mir jetzt Vorwürfe, daß ich mich nicht schon längst darum gekümmert habe. Aber Ihnen ist sicher klar, daß eine Frau in meiner Lage gezwungen ist, sich äußerst vorsichtig zu verhalten. Ich möchte auf keinen Fall, daß jemand auf mich aufmerksam wird. Am Ende taucht hier noch eine Horde Anthropologen auf, die mich zu ihrem Studienobjekt auserkoren haben. Ich schlage vor, daß Sie und Mr. Swope Platz nehmen und versuchen, wieder zu Kräften zu kommen, soweit Ihnen dies möglich ist, während ich mir etwas Passenderes überwerfe. Unser Weg wird möglicherweise ein wenig mühsam werden. Nehmen Sie sich bitte nach Herzenslust von diesen Taglilienknospen hier. Um diese Jahreszeit sind sie ganz besonders köstlich.«

Bevor die Männer antworten konnten, war sie schon hoch oben über ihren Köpfen im Laub verschwunden. Peter zuckte mit den Achseln und nahm sein Fernglas heraus. Ihre baumliebende Gastgeberin hatte sich dieses lauschige Ruheplätzchen anscheinend als Refugium und nicht als Beobachtungsposten eingerichtet. Außer einer Familie Flughörnchen in dem Baum, den er und Cronkite erst vor kurzem verlassen hatten, konnte Peter nicht viel sehen. Die Hörncheneltern mühten sich gerade nach Kräften, ihre Sprößlinge ins Bett zu scheuchen, doch die putzigen kleinen Biester bestanden darauf, noch ein bißchen Gleitflug zu üben.

Unter anderen Umständen wäre er hingerissen gewesen. So aber ließ er entrüstet sein Fernglas sinken und aß eine Taglilienknospe. Sie schmeckte zwar nicht gerade köstlich, aber weitaus besser, als er erwartet hatte. Cronkite und Peter hatten den Knospenvorrat mehr oder weniger verzehrt, als ihre Gastgeberin sich wieder zu ihnen gesellte, diesmal trug sie eine Hose und eine lange Jacke aus Hirschleder, die nicht sonderlich elegant von Lederschnüren zusammengehalten wurde. Ihre Füße steckten in Mokassins, die noch selbstgemachter aussahen als die Hirschlederkluft. Peter fragte sich, ob er vielleicht eine fanatische Do-it-yourself-Verfechterin vor sich hatte.

»So, jetzt fühle ich mich wieder etwas gesellschaftsfähiger. Darf ich mich vorstellen, Gentlemen, Winifred Binks. Ein Suchtrupp aus sechs Personen, die allem Anschein nach mit Jagdgewehren bewaffnet sind und zwei nicht sonderlich intelligent aussehende Hunde bei sich führen, bewegt sich vom Woeful Ridge her auf uns zu. Die Männer sind gerade im Begriff, im Soggy-Bog-Sumpf steckenzubleiben. Ich dachte, das interessiert Sie vielleicht.«

»Eh – vielen Dank«, sagte Peter. »Woher wußten Sie – eh –«

»Ich habe gerade nachgeschaut. Oben im Baum befindet sich eine Beobachtungsplattform mit einem starken Teleskop. Wenn Sie möchten, können Sie gern selbst Ausschau halten, obwohl ich vorschlagen würde, daß wir uns besser beeilen und an einen sichereren Ort begeben sollten. Wollen Sie mich begleiten?«

»Aber wo sollen wir denn hin?« Cronkite Swope war zu erwachsen, um in lautes Schluchzen auszubrechen, hätte aber höchstwahrscheinlich genau das am liebsten getan. »Wäre es nicht sicherer, einfach hier oben im Baum zu bleiben und –«

»Kokosnüsse auf die Köpfe Ihrer Verfolger regnen zu lassen?« schlug Miss Binks fröhlich vor. »Das wäre vielleicht eine Lösung, wenn wir welche hätten. Kommen Sie, Mr. Swope. Folget mir zu jener Stelle, wo das Geißblatt ranket.«

Peter und Cronkite hielten diese Äußerung zuerst für einen unpassenden poetischen Scherz, doch wie sich bald herausstellte, war dies mitnichten der Fall. Das Geißblatt, das zunächst nur wie eine malerische Girlande zwischen der Eiche und dem benachbarten Ahorn ausgesehen hatte, war, wie sie sehr schnell feststellten, absichtlich so geleitet worden, daß es eine einfache, aber durchaus begehbare Hängebrücke verdeckte, die aus einem Material geflochten war, das sie in der Eile nicht zu identifizieren vermochten. Sie hatten nämlich festgestellt, daß ihre Schritte durch das ferne Bellen eines Bluthundes auf unerwartete Weise beflügelt wurden.

Obwohl sie am Ende ihrer Kräfte waren, gelang es den Männern, während der gesamten tarzanischen *Tour de force* von etwa einer viertel Meile, wobei sie auch nicht ein einziges Mal trockenen Boden berührten, mit ihrer Anführerin Schritt zu halten. Sie sprangen zwar in ein oder zwei Tümpel und wanderten kühle fünf Minuten im kiesigen Bett eines rauschenden Baches, doch die meiste Zeit blieben sie hoch oben in den Bäumen. Urplötzlich jedoch schossen sie mit den Füßen voran durch den ausgehöhlten Stamm eines abgestorbenen Ahorns und fanden sich zu ihrer großen Überraschung unter der Erde wieder.

»Hier entlang.« Miss Binks kroch auf allen Vieren vor ihnen her durch eine Art Gang, der sich als hervorragend gegrabener Tunnel von etwa eineinhalb Metern Durchmesser herausstellte, mit großen Stücken Baumrinde ausgelegt, knochentrocken und blitzsauber. Der

Tunnel war nicht besonders lang und führte direkt in ein Hobbit-Wohnzimmer.

»Genial«, sagte Peter.

Die Erdhöhle war nicht nur genial, sondern auch urgemütlich, eher rund als eckig, vom Stil her eher frei gestaltet und mit zahlreichen Nischen ausgestattet. An eine Wand schmiegte sich eine Bank aus Erde, die Miss Binks zweifellos als Bett diente und etwa einen halben Meter hoch, vielleicht auch etwas höher war, mit einem dicken Polster aus weichen Fichtenzweigen, auf dem mehrere Hirschfelle lagen. Ein paar alte, aber saubere Wolldecken lagen ordentlich zusammengefaltet am Fußende des Bettes. Erstaunlicherweise gab es sogar eine Art Kopfteil, die Erde war an dieser Stelle noch einen halben Meter höher aufgeschichtet und mit mehreren ziemlich verkohlten Brettern verkleidet. Obenauf thronte eine batteriebetriebene Lampe, deren Schirm das Bild einer Ente zierte.

Weitere Bretter dienten zum Abstützen der Decke und als Bücherborde in einer kleinen, ausgehöhlten Nische. Peter stellte fest, daß die Bibliothek eine interessante Kombination aus den Werken der englischen Klassiker in geprägten Ledereinbänden und den gesammelten Werken über natürliche Ernährung von Euell Gibbons und ähnlichen Schriftstellern in Taschenbuchausgaben war. Eine weitere Nische diente offenbar als Küche. Hier befand sich eine Arbeitsplatte aus Brettern, darüber hingen getrocknete Kräuter, wilde Zwiebeln und weitere Regale. Unter dem Tisch stand ein alter wassergefüllter Eimer aus verzinktem Eisenblech.

Die Speisekammer schien gut gefüllt, auch wenn Peter nur ahnen konnte, was sich in den Behältern, die Miss Binks aus Birkenrinde angefertigt hatte, und in den Körben befand, die sie aus getrocknetem Schilf geflochten hatte. Einge Objekte sahen korbähnlicher aus als andere. Übung hatte hier wohl noch nicht zur Meisterschaft geführt, doch Miss Binks machte anscheinend große Fortschritte. In einer weiteren Nische befanden sich eine Feuerstelle, die mit Lehm ausgekleidet war, einige Töpfe und Pfannen, ein Stapel Feuerholz und ein Stoß Anzündmaterial. Alles an seinem Platz. Der Einsiedler Dogberry wäre entzückt gewesen.

»Das Erdklosett befindet sich unten im hinteren Tunnel«, klärte ihre Gastgeberin sie auf. »Dort finden Sie eine Schüssel mit Wasser und ein Bündel Seifenkraut, für den Fall, daß Sie sich frisch machen möchten. Über Gästehandtücher verfüge ich in meiner bescheidenen Behausung leider nicht, aber es klappt auch ganz gut mit einer Handvoll trockenem Gras, finde ich. Ich zünde eben schnell das Feuer an, damit Sie Ihre Kleider trocknen können, und mache uns ein Häppchen zu essen. Sie können bestimmt eine heiße Mahlzeit gebrauchen. Und vielleicht ein kleines Schlückchen zur Stärkung Ihrer Nerven nach all der Aufregung.«

Sie ging zur Speisekammer und fischte ein Marmeladenglas heraus, das mit einer undefinierbaren Flüssigkeit gefüllt war. »Ich kann nie genau sagen, was es ist. Vielleicht Apfelschnaps oder Birnenmost. Oder Arrak oder Slibowitz. Hängt immer ganz davon ab, was ich finde. Es gibt immer noch ein paar Obstbäume auf dem Grundstück. Manchmal nehme ich Äpfel, manchmal Pflaumen oder Birnen. Meist ein wenig hiervon und ein wenig davon und ein bißchen von dem, was mir zufällig in die Finger fällt, wenn ich mit Destillieren anfange. Jedenfalls trinke ich meine edlen Tropfen schon seit einiger Zeit, selbstverständlich in Maßen, und wie Sie sehen, bin ich immer noch am Leben.«

Zu Peters Überraschung zauberte sie drei Kristallgläser hervor, die zwar nicht zueinander paßten, aber wunderschön waren. »Professor Shandy? Mr. Swope?«

»Ich glaube, ich gehe mich lieber erst frisch machen, wenn es Ihnen nichts ausmacht.« Anscheinend trank Cronkite immer noch am liebsten Erdbeermilkshakes.

Peter nicht. »Mit Vergnügen, Miss Binks, wenn Sie mir dabei Gesellschaft leisten.«

Sie füllte zwei der Kelchgläser ziemlich großzügig mit ihrem Gebräu und reichte Peter eines davon. »Mit Vergnügen. Ich muß gestehen, daß ich mich für gewöhnlich nicht ganz so zügig fortbewege wie heute abend, daher fühle ich mich nun doch ein ganz klein wenig erholungsbedürftig. Entspannen Sie sich, und machen Sie es sich gemütlich, Professor. Ich bin zwar nicht auf Gesellschaft eingestellt, wie Sie sicher bemerkt haben, aber irgendwie wird es schon gehen. Ich hoffe, Sie mögen Hirschbraten.«

»Im Moment würde ich alles essen, von Ameisenbär bis Zebra«, versicherte er. »Ich kann mich noch dunkel daran erinnern, daß ich etwas zu mir genommen habe, bevor Swope und ich Balaclava Junction verlassen haben, aber der Sättigungseffekt scheint nicht lange vorgehalten zu haben. Wie pflegen Sie denn Ihren Hirsch zu jagen?«

Miss Binks lächelte. »Oh, ich jage grundsätzlich nie. Ich bekomme mein Wildbret sozusagen frei Haus geliefert. Rehe und Hirsche werden von Autos angefahren, die armen Dinger, oder von Jägern angeschossen, die schlecht schießen oder zu faul oder zu betrunken sind, um die Tiere anschließend aufzuspüren. Ich finde natürlich nicht viele, aber ich esse auch nicht viel. Das Fleisch trockne oder räuchere ich, auf die Weise habe ich Vorräte für mehrere Monate. Meist verwerte ich es in Suppen und Eintöpfen. Am liebsten würde ich auf rein vegetarischer Basis leben, doch wenn man sein Leben wie ich verbringt, benötigt man natürlich auch Fette und Proteine. Glücklicherweise habe ich heute morgen zufällig einen *Pot-au-feu* vorbereitet, damit ich heute abend nicht mehr zu kochen brauche. Wir wärmen es auf, sobald das Feuer ein bißchen heruntergebrannt ist. Es hat keinen Zweck, den Topf aufzusetzen, bevor wir nicht ein anständiges Kohlenbett haben. Ich hoffe, Sie mögen Kermesbeeren? Man kann die Pflanze ohne Gefahr verzehren, solange man nur die jungen Triebe nimmt, und darauf achte ich immer sehr sorgfältig.«

»Außerordentlich klug von Ihnen«, sagte Peter. Er fragte sich, ob der Binksche Apfelschnaps oder Slibowitz nicht vielleicht auch Kermesbeere enthielt. »Wäre es sehr unhöflich von mir zu fragen, was Sie veranlaßt hat, sich dieser – eh – alternativen Lebensweise zuzuwenden?«

»Ganz und gar nicht. Ich habe es getan, weil ich ein Leben in Kontemplation und Abgeschiedenheit vorziehe, und weil ich für ein anderes Leben zu arm war. Von der Wohlfahrt zu leben oder irgendeine Arbeit anzunehmen, die mir nicht liegt, lehne ich entschieden ab. Außerdem ist es eine Möglichkeit, meinen Erbanspruch zu dokumentieren. Vermutlich haben Sie von dem bizarren Ende meines Großvaters gehört, vor zehn Jahren waren ja sämtliche Zeitungen voll davon. Ich will Ihnen offen gestehen, daß ich absolut sicher bin, daß mein Großvater tot ist. Meiner Meinung nach war der arme alte Kerl völlig überkandidelt, und der sogenannte Wissenschaftler, der ihn zu diesem Experiment überredet hat, war in meinen Augen ein Mörder. Inzwischen ist der Mann selbst gestorben, daher werden Sie meine Worte sicherlich ein wenig hart finden. Man hat ihn in einem Kühlschrank drüben in Lumpkinton gefunden. Vielleicht haben Sie davon gehört? Er war völlig von Kugeln durchlöchert.«

»Ich erinnere mich, daß unser Polizeichef Ottermole den Fall einmal erwähnt hat«, sagte Peter. »Ich wußte allerdings nicht, daß der Tote der Mann war, der Ihren Großvater eingefroren hat. Polizeichef Olson hielt das Ganze für Selbstmord, wenn ich mich nicht irre.«

Miss Binks stieß ein ausgesprochen verächtliches Schnauben aus. »Ich war schon immer der Meinung, daß Olsons Frau dahintersteckte.

Sie ist selbst eine Binks, wenn auch nur um etliche Ecken, was kaum die Arroganz rechtfertigte, die sie an den Tag zu legen pflegte, bevor Großvater unseren Namen so schändlich der Lächerlichkeit preisgegeben hat. Ich kann verstehen, daß sie ihren Mann überredet hat, den Fall diskret zu behandeln, bevor die Zeitungen Wind vom Zusammenhang mit den Binks bekamen, auch wenn ich der Meinung bin, daß sie damals ihre Kompetenzen ziemlich überschritten hat. Ich selbst bin die einzige Binks aus der direkten Linie.«

»Dann hatten Sie also – eh – gewisse Erwartungen?«

»Große Erwartungen, Professor. Großvater hat es mir selbst zugesagt, bevor er sich mit diesen Tiefkühlfanatikern eingelassen hat. Nach dem jetzigen Stand der Dinge kann das Testament erst eröffnet und rechtwirksam werden, wenn er offiziell für tot erklärt ist. Diese Information habe ich teuer bezahlen müssen. Die Gerichtskosten können einen Menschen noch genauso in den Ruin treiben wie eh und je. Ich hätte an Dickens und Trollope denken sollen.«

Sie schüttelte sich ausgiebig, wie ein Hund, der gerade aus dem Wasser kommt. »Tja, aus und vorbei, nichts zu machen. Ich habe mich selbst ins Unglück gestürzt und seither versucht, mich am eigenen Schopf wieder herauszuziehen. Mein erster Gedanke war, Großvaters Haus zu besetzen, aber jemand hat es niedergebrannt, bevor ich die Gelegenheit hatte einzuziehen. Vielleicht ganz gut so. Man hätte mich sicher erwischt und hinausgeworfen oder sogar ins Gefängnis gesperrt, und meine liebe Cousine um zwei Ecken hätte einen weiteren Skandal vertuschen müssen. Daher habe ich mich lieber in den Untergrund zurückgezogen. Oder in die Baumkronen, wie in Ihrem Fall. Ich habe schon manche laue Sommernacht in meinem hohen Horst verbracht, doch ich fürchte, daß mein Refugium unbrauchbar wird, sobald es Ihre Verfolger entdeckt haben. Falls sie es denn tatsächlich entdecken sollten.« Sie klang nicht sonderlich zuversichtlich, und auch Peter konnte ihr keine großen Hoffnungen machen.

»Die Chancen stehen leider nicht sehr gut. Aber kurz bevor wir Ihren Baum entdeckt haben, sind wir eine Weile durch dem Schlamm gewatet. Vielleicht verwirrt das die Hunde. Ich fürchte allerdings, daß wir ziemlich auffällige Fußabdrücke hinterlassen haben. Es tut mir wirklich leid für Sie, Miss Binks.«

»Nun machen Sie sich bloß keine Vorwürfe! Sie konnten schließlich nicht wissen, daß ich oben im Baum mein Nest gebaut hatte. Dazu bin ich ein viel zu seltener Vogel.« Sie kicherte. »Hier, nehmen

Sie sich noch etwas von dem, was wir gerade trinken, was immer es auch sein mag. Ich muß allerdings gestehen, daß es nicht mein Spitzenjahrgang ist. Im letzten Jahr sind die meisten Apfelblüten dem fürchterlichen Hagel zum Opfer gefallen, daher war die Ernte nicht sonderlich erfolgreich. Ich mußte ihn gezwungenermaßen mit Holunderbeeren strecken.«

»Nichts gegen Holunderbeeren.« Peter nahm einen weiteren Schluck und rollte ihn im Mund wie bei einer Weinprobe. »Ich bin zwar nur Laie, aber ich würde sagen, die Holunderbeeren runden den Geschmack hervorragend ab. Wo bleibt Swope denn bloß so lange?«

»Wahrscheinlich ist er auf Entdeckungsreise gegangen«, sagte Miss Binks. »Ich habe mir ein Beispiel an den Waldmurmeltieren genommen und meine Höhle mit mehreren Notausgängen versehen. Außerdem dienen sie zur Belüftung. Ich hoffe nur, Mr. Swope hat seinen Kopf nicht genau im falschen Moment herausgesteckt.«

»Keine Sorge, ich habe aufgepaßt.« Cronkite trat aus dem Tunnel hervor, seine himmelblaue Hose war zwar mittlerweile nicht mehr wiederzuerkennen, doch sein Gesicht und seine Hände schienen wieder einigermaßen sauber. »Das ist ja wirklich eine Superhöhle, Miss Binks. Wozu dient die Vorrichtung in dem kleinen Raum hinten im Tunnel?«

»Das ist meine Schwarzbrennerei, und ich wäre Ihnen sehr zu Dank verpflichtet, wenn Sie mich nicht beim Finanzamt anschwärzten. Ich glaube, ich sollte jetzt besser die Suppe aufsetzen. Das Feuer ist genau richtig.«

»Was passiert mit dem Rauch?« erkundigte sich Peter.

»Kein Problem. Ganz in der Nähe haust eine Kolonie Stinktiere, ich leite den Rauch einfach durch ihren Bau. Bisher hat noch keiner etwas gemerkt. Und falls doch, hätte er sicher wenig Lust, weitere Nachforschungen anzustellen. Hierher verirrt sich nur selten jemand, wissen Sie, höchstens ein einsamer Jäger oder die scheußlichen Kerle, die sich am Woeful Ridge eingenistet haben. Bisher haben sie sich allerdings fast ausschließlich dort aufgehalten. Ich hoffe nur, daß sie nicht etwa auf die Idee kommen, sich hier in der Nähe eine neue Basis zu suchen. Aber malen wir den Teufel lieber nicht an die Wand.«

»Wenn man vom Teufel spricht, kommt er.« Cronkites Bemerkung war nicht gerade taktvoll, aber zurücknehmen konnte er seine Worte leider auch nicht mehr. Diese bemerkenswerte Frau gab sich bestimmt nicht der Illusion hin, daß ihr ungewöhnlicher, aber durchaus angenehmer Lebensstil wohl schon sehr bald auf immer dahin sein würde, es sei denn, jemand schaffte ihr diese brutalen Mistkerle schnellstens vom Hals. Peter hätte nur zu gern gewußt, was sie mit ihren Granaten und Bazookas vorhatten.

»Miss Binks«, sagte er schließlich, »wissen Sie eigentlich Genaueres über diese sogenannten Überlebenskämpfer? Wann haben Sie zum ersten Mal bemerkt, daß die Kerle Woeful Ridge zu ihrem Hauptquartier auserkoren haben?«

»Ich glaube, es muß etwa zwei Jahre zurückliegen. Da ich keinen Kalender habe, richte ich mich nach den Jahreszeiten, wissen Sie, daher kann ich leider keine genaueren Angaben machen. Ich erinnere mich noch gut, wie aufgebracht ich war, als ich feststellen mußte, daß sich jemand dauerhaft in dem Gebiet einnistete, das ich als meine eigene Privatdomäne betrachte. Woeful Ridge gehört zwar nicht mehr zum Binks-Besitz, doch es liegt so nahe, daß mich jede Veränderung dort unmittelbar betrifft.«

»Sind Sie je dort gewesen und haben versucht herauszufinden, was die Kerle treiben?«

»Ja, ein oder zweimal, als ich relativ sicher sein konnte, daß niemand da war. Aber ich habe lediglich festgestellt, daß sie sorgsam darauf achten, nichts herumliegen zu lassen, was auf ihre Gegenwart hinweisen könnte, was mich wiederum beruhigt hat, denn ich hatte schon befürchtet, sie würden den Ort in eine Müllhalde verwandeln. Sonderlich glücklich war ich natürlich nicht über die Gesellschaft. Ich halte mich möglichst nicht auf diesem Teil des Binksschen Grundstücks auf, wenn ich glaube, daß sie dort sind. Sie schießen mir zuviel. Da mein Hauptanliegen darin besteht, mich verborgen zu halten, kann ich ihnen jedoch kaum verübeln, daß sie gerade dort herumballern, wo niemand weiß, daß ich bin. Man muß schließlich fair bleiben. Es würde mich nicht weiter stören, wenn ich auf der Stelle tot wäre, aber ich fände es grauenvoll, verletzt und hilflos dazuliegen, ohne die Hoffnung, daß mich jemand findet.«

»Das kann ich verstehen«, stimmte Peter zu. »Dann haben Sie sicher auch keine Ahnung, wer die Kerle sind?«

»Keinen blassen Schimmer. Ich habe meine Nase noch nie gern in die Angelegenheiten anderer Menschen gesteckt, auch nicht in der Zeit, die ich heute als mein ›anderes Leben‹ betrachte. Ich wurde von einer alten Tante erzogen, die man in früheren Zeiten zweifellos als Blaustrumpf bezeichnet hätte. Wir haben beide nicht viel von Teepartys und leerem Geschwätz gehalten. Im großen und ganzen waren wir uns ziemlich ähnlich. Unser Leben war nicht etwa unglücklich. Ich bin zwar gelegentlich zur Schule gegangen, habe mich dort allerdings nur schrecklich gelangweilt, konnte mit den anderen Kindern nichts anfangen und habe die Lehrer verärgert, indem ich sie auf ihre Fehler aufmerksam gemacht habe. Ich war zweifellos ein scheußliches Kind«, fügte sie nicht ohne Stolz hinzu. »Wie wäre es mit einer Tasse Sassafras-Tee, Mr. Swope? Das Wasser müßte inzwischen heiß sein. Sie brauchen nicht so entsetzt dreinzuschauen, Sassafras gehört zu den Zutaten von Kräuter-Limonade. Die ersten Siedler haben das Zeug eimerweise getrunken.«

»Schon in Ordnung, Miss Binks. Ich probier's einfach!«

Cronkite schlug alle Bedenken in den Wind und trank einen Schluck aus der Tasse, die sie ihm gereicht hatte. Sie war aus echtem Porzellan, stellte Peter fest, und wunderschön, auch wenn der Rand etwas verblaßt und gesprungen war. Miss Binks bemerkte seinen Blick und kicherte.

»Ebenfalls ein Teil meines Erbes, Professor. Einer der wenigen Schätze, die ich aus den Ruinen von Großvaters Haus retten konnte. Als ich anfangs hier lebte, bin ich oft hingegangen und habe in der Asche gestochert, doch das habe ich schon bald aufgegeben. Es gab kaum etwas zu finden. Merkwürdigerweise scheinen nur zerbrechliche kleine Kostbarkeiten wie diese hier überlebt zu haben. Auffällig ist, daß es so wenige sind. Ich habe nichts gefunden, das nicht angeschlagen wäre, und auch keine zwei Teile, die zueinander passen.«

»Wollen Sie damit andeuten, daß jemand das Haus ausgeräumt und dann angezündet hat?«

»Ganz richtig. Die Möbel sollten entweder bis zu Großvaters Rückkehr oder bis zur Testamentseröffnung im Haus stehen bleiben, und wie Sie wissen, ist beides bis heute nicht geschehen. Ich habe viele Überreste von verkohlten Möbelstücken gefunden, doch nichts, das wertvoll genug war, um das Interesse eines Diebes auf sich zu ziehen. Nur billige Küchenmöbel aus dem Dienstbotentrakt, vermute ich.«

»Haben Sie eine Ahnung, wer die anderen Sachen gestohlen haben könnte?«

»Jemand, der genug Ahnung hatte, um sich die besten Stücke herauszupicken«, meinte Miss Binks. »Und raffiniert genug war, um sich beim Abtransport nicht erwischen zu lassen.«

»Ist damals nicht sogar der Hausmeister in den Flammen umgekommen?«

»Stimmt genau. Der Mann soll angeblich das Feuer ausgelöst haben, weil er mit einer brennenden Zigarette in der Hand eingeschlafen ist, aber es war weder von ihm noch von dem Haus genug übrig, um diesen Verdacht zu bestätigen. Joseph McBogle hieß er übrigens. Ich weiß nicht sonderlich viel über ihn, nur daß er eine rothaarige Nichte hatte, die aus irgendeiner kleinen Stadt in Maine stammte.«

»Haben Sie die Nichte je getroffen?« wollte Peter wissen.

»Ja, ganz kurz. Eine etwas exzentrische junge Dame, wenn Sie mich fragen. Sie sei seit Sonnenaufgang gefahren, um rechtzeitig zur Beerdigung dazusein, hat sie mir erzählt, und danach müsse sie sofort wieder zurück. Ursprünglich wollte sie bei einer Freundin übernachten, doch eine ihrer Katzen war wohl krank geworden, und sie hatte Angst, daß ihr Hausangestellter das arme Tier während ihrer Abwesenheit mit Rum und Kerosin behandeln würde. Sie hat ihren Onkel in einer Tragetasche mitgenommen. Natürlich nur seine Asche. Seine sterblichen Überreste befanden sich in einer kleinen Kunststoffdose, die aussah wie ein Miniatursarg. Sie fand das Ding abscheulich, war jedoch verständlicherweise wenig geneigt, alles umzupacken, also hat sie die Dose einfach in eine Einkaufstasche gesteckt, um sie nicht mehr sehen zu müssen. Höchstwahrscheinlich das Vernünftigste, was sie in dieser Situation machen konnte, nur die Tasche war ein klein wenig fehl am Platz. Sie trug die Aufschrift ›Fit mit Jersey-Milch‹.«

»Hmja, ich glaube, ich weiß, was Sie meinen. Kannten Sie Mr. McBogle?«

»Ich habe ihn leider nicht mehr persönlich kennengelernt. Er gehörte nicht zum alten Dienstpersonal, wissen Sie. Die Vermögensverwalter haben ihn erst als Hausmeister eingestellt, nachdem Großvater bereits nach Kalifornien gefahren war, um sich einfrieren zu lassen. Ich hätte auch eher auf Alaska getippt, aber so spielt das Leben nun einmal. Großvater hat veranlaßt, daß all seinen Hausangestellten Renten gezahlt wurden, und diese Leute waren mir natürlich bekannt. Ich habe nur an Mr. McBogles Beerdigung teilgenommen, weil ich das Gefühl hatte, meine Tante hätte von mir erwartet, daß ich die Familie vertrete. Das Ganze passierte kurz nach ihrem Tod, als ich noch in Clavaton wohnte. Im nachhinein habe ich bedauert, daß ich nicht wenigstens ab und zu bei Mr. McBogle vorbeigeschaut habe.

Ich hätte eine passende Bemerkung über Zigarettenrauchen im Bett fallen lassen können, aber woher hätte ich wissen können, daß er diese unangenehme Angewohnheit hatte? Außerdem kann ich mir nicht vorstellen, daß es viel genutzt hätte.«

»Wahrscheinlich nicht«, sagte Peter. »Miss Binks, sagt Ihnen der Name Praxiteles Lumpkin etwas?«

Kapitel 8

Miss Binks' dünne Augenbrauen verloren sich zwischen den Falten auf ihrer Stirn. »Praxiteles Lumpkin? Was für eine merkwürdige Frage. Ich vermute, Sie meinen den Mann, der die antiken Wetterfahnen gemacht hat. In diesem Fall dürften Sie der Zeit allerdings fast ein halbes Jahrhundert hinterherhinken. Die Wetterfahne, die sich früher oben auf Großvaters Kutscherhaus befand, war meines Wissens die einzige in seinem Besitz. Sie war eine naturgetreue, dreidimensionale Bronzenachbildung eines galoppierenden Pferdes. Viktorianisch, wissen Sie, mit einer Menge Verzierungen um die Buchstaben und dazu passenden Blitzableitern am Firstbalken. Lumpkins Wetterfahnen dagegen waren einfache zweidimensionale Figuren, recht amüsant auf eine einfache, bukolische Art, jedenfalls haben sie auf mich immer so gewirkt. Heutzutage sind daraus vermutlich Sammlerobjekte geworden, könnte ich mir vorstellen.«

»Da haben Sie allerdings recht«, antwortete Peter. »Der sogenannte Sammler scheint offensichtlich so vorzugehen, daß er sich zuerst die Wetterfahne holt und danach das Gebäude abfackelt, höchstwahrscheinlich, um den Diebstahl zu vertuschen. Möglicherweise gehe ich zu weit, wenn ich einen Zusammenhang zwischen mehreren Diebstählen dieser Art, die sich erst vor kurzem ereignet haben, und dem Brand im Hause Ihres Großvaters sehe, nur weil alle Fälle sich hier in Balaclava County ereignet haben.«

»Ich finde Ihre Theorie durchaus einleuchtend.« Miss Binks erhob sich von der Couch, auf der sie alle drei saßen, und lüftete den Deckel ihres Suppentopfes. »Ich glaube, sie ist fertig.«

Sie nahm drei unterschiedlich große Porzellanschüsselchen aus ihrem Erdschrank, schenkte die Suppe mit einer langstieligen Schöpfkelle aus Blech ein und reichte ihren Gästen die Schüsseln. Peter erhielt dazu einen Eßlöffel, an dem die halbe Silberbeschichtung abgerieben war, und Cronkite ein zierliches Löffelchen, das wahrscheinlich als einziges von einem Satz Meßlöffeln übriggeblieben war. Miss Binks benutzte ein merkwürdig geformtes Objekt, das sie anscheinend selbst aus einem Stück Hirschhorn hergestellt hatte.

»Die Suppe schmeckt echt toll«, rief Cronkite nach ein oder zwei Probeschlürfern. »Was drin ist, frage ich Sie lieber nicht.«

»Eine kluge Entscheidung.« Ihre Gastgeberin schien nicht im geringsten beleidigt zu sein. »Ich kann mich ohnehin nicht erinnern. Wann ich meine letzte Dinnerparty gegeben habe, weiß ich übrigens auch nicht mehr. Als Tante noch lebte, haben wir ab und zu Leute eingeladen, doch Sie sind die ersten Gäste, die ich hier in meiner Höhle bewirte. Ich finde, Höhle klingt viel malerischer als Bau, finden Sie nicht? Aber jetzt erzählen Sie mir bitte mehr von den anderen Bränden, Professor. Wann haben sie sich ereignet?«

»Der letzte und schwerste war erst gestern abend«, teilte Peter ihr mit. »Kennen Sie zufällig die Lumpkin-Seifenfabrik?«

»Nicht besonders gut, als Tante noch lebte, sind wir gelegentlich dorthin gefahren. Die Wetterfahne hat mir immer sehr gut gefallen. Ich fand den dürren alten Mann, der oben auf dem Dach ein Bad nahm, wirklich lustig, meine Tante dagegen fand ihn wenig erbaulich. Sie hat immer versucht, mir ein Gefühl für das Erbauliche und Erhabene zu vermitteln, da sie der Meinung war, eine Miss Binks sei zu Höherem berufen. Eine Meinung, die ich nie geteilt habe, wie ich zugeben muß.«

Miss Binks zuckte mit den Achseln. »Ich habe mich oft gefragt, ob meine späteren vergeblichen Versuche, Großvaters Erbe anzutreten, möglicherweise nur einer Art familiärer Verpflichtung entsprangen und mit meinen eigenen Wünschen im Grunde nichts zu tun hatten. Falls dies zutreffen sollte, habe ich mein Geld sinnlos verschleudert und bin selber schuld, daß ich alles verloren habe. Doch das ist Schnee von gestern, und ich muß gestehen, daß es mir nicht mehr viel ausmacht. Hier lebe ich bestimmt sehr viel glücklicher. Und auf jeden Fall gesünder. Noch etwas Suppe, Mr. Swope?«

»Ja, sehr gern, wenn Sie noch welche übrig haben.«

»Mein lieber junger Freund, ich besitze eine Speisekammer, die zwanzig Meilen lang ist. Sie brauchen sich wirklich keine Sorgen zu machen, daß mir der Vorrat ausgeht.«

Sie füllte sein Schüsselchen wieder. »Um noch einmal auf die Seifenfabrik zurückzukommen, soll das etwa heißen, daß dieses riesige Backsteingebäude tatsächlich Feuer gefangen hat und abgebrannt ist? Wie konnte es dazu denn überhaupt kommen?«

»Die Leute glauben, daß mein Bruder Brinkley die Fabrik angezündet hat«, murmelte Cronkite, den Mund voll mit gekochtem Grünzeug.

»Ihr Bruder? Aber warum in aller Welt hätte er so etwas tun sollen?«

»Brink würde so etwas nie tun. Aber die Arbeiter glauben alle, daß er es getan hat, weil er Mr. Snell schon so lange damit in den Ohren liegt, daß die Fabrik modernisiert werden soll.«

»Mr. Snell? Du liebe Zeit, das versetzt mich zurück an einen Ort, an den ich nicht besonders gern zurückkehre. Leider erinnere ich mich nur allzu lebhaft an Mr. Snell. Tante und ich haben ihn gelegentlich bei den Clavaton Civic Symphoniekonzerten gesehen. Wir wohnten in West Clavaton, was ich möglicherweise noch nicht erwähnt habe. Er spielte die Gambe, oder glaubte dies zumindest, und hat sich immer lang und breit über Musik ausgelassen und dabei ärgerlicherweise stets die richtigen Worte an der falschen Stelle gebraucht. Aalglatter Mensch. Aber da Mr. Snell der reichste Förderer des Orchesters war, hat man ihm alles nachgesehen. Reden kommt ihn zweifellos billiger als Renovieren. Dann ist Mr. Snell also immer noch aktiv? Hat Ihr Bruder in der Seifenfabrik gearbeitet?«

»Ja, er hat direkt nach der High School dort angefangen.«

»Dann wäre es doch äußerst kurzsichtig von ihm gewesen, die Fabrik niederzubrennen. Er hätte sich bestimmt nicht um seinen eigenen Arbeitsplatz gebracht, nur um seinen Standpunkt zu verdeutlichen! Gibt es keine einleuchtendere Theorie?«

»Mein Bruder Huntley, der für die Weiterverarbeitung der Seife verantwortlich ist, sagt, daß er einen Soldaten gesehen hat, der etwas, das wie eine Handgranate aussah, in einen der Talgkessel geworfen hat.«

»Na also«, sagte Miss Binks, »damit wäre das Problem doch gelöst.«

»Das Problem ist, daß ihm außer uns Swopes niemand glaubt. Wir wissen, daß Hunt weniger Phantasie hat als ein Türknauf. Er kann nicht mal lügen, wenn er es wirklich versucht. Was den Rest der Stadt nicht davon abhält zu behaupten, er habe alles nur erfunden, um Brink zu schützen. Alle sind so stinksauer, daß sie ihren Job verlieren, daß sie unbedingt einen Sündenbock brauchen, vermute ich.«

»Kann man den Soldaten nicht ausfindig machen und dazu bringen, ein Geständnis abzulegen? Wer ist der Mann überhaupt?«

»Keine Ahnung. Hunt ist sich nicht mal sicher, daß es wirklich ein Soldat war. Es war zu dunkel, um richtig sehen zu können. Der Kerl hätte genausogut ein Marineinfanterist sein können.«

»Vielleicht auch ein Matrose oder ein Pfadfinder?«

»Auf keinen Fall«, insistierte Cronkite. »Er trug Militärkleidung, die Hosenbeine hatte er in die Stiefel gesteckt. Sein Haar war kurz geschoren, Hunt sagt, er sei nicht normal gegangen, sondern richtig marschiert. Steif und kerzengerade, wissen Sie, mit hochgerecktem Kinn. Als er genau auf einer Höhe mit dem offenen Fenster war, sagt Hunt, hat der Kerl einfach etwas seitwärts geschleudert, ohne den Kopf auch nur zu bewegen. Das runde Ding, das er geworfen hat, hatte ungefähr die Größe einer Zitrone, es flog durch die Luft, und sofort danach schossen Flammen aus dem Fenster. Hunt hat noch versucht, Caspar Flum zu retten, aber die Talgküche war schon ein einziges Flammenmeer. Hunt hat selbst Feuer gefangen.«

»Wie grauenhaft! Was ist dann mit Ihrem Bruder passiert?«

»Sie haben die Schläuche auf ihn gehalten und sofort ins Hoddersville Hospital gebracht. Die Ärzte glauben, daß er durchkommen wird, aber er braucht Hauttransplantationen an den Armen, und sie können noch nicht genau sagen, ob sie sein linkes Auge retten können.«

Miss Binks schüttelte ihr ergrautes Haupt. »Man führt wirklich ein sehr beschauliches Leben hier draußen. Oder glaubt es zumindest. Ich wüßte gern, wie weit Ihre Verfolger inzwischen gekommen sind. Soll ich schnell die Lage auskundschaften?«

»Lieber nicht«, meinte Peter. »Falls die Bluthunde hier irgendwo in der Nähe sind, könnten sie möglicherweise Ihre Witterung aufnehmen. Eh – das sollte jetzt keine Beleidigung sein.«

»Habe ich auch nicht so verstanden, Sie können ganz beruhigt sein. Wenn man die Umstände bedenkt, bin ich eigentlich recht sauber. Ihre Bedenken sind zwar berechtigt, Professor Shandy, aber wahrscheinlich ist es gleichgültig, wo die Tiere sind. Bei der Konstruktion meiner Höhle habe ich Jagdhunde mit einkalkuliert, ich muß allerdings zugeben, daß mir Bluthunde damals nicht in den Sinn gekommen sind. Dennoch sind die Chancen, daß jemand dieses Versteck ausfindig machen könnte, meiner Meinung nach gleich Null.«

Schweigend aß sie den Rest ihrer Suppe auf. Dann legte sie ihren Löffel hin und sagte: »Mr. Swope, ich habe mir Ihre Worte noch einmal genau durch den Kopf gehen lassen. Könnte es sein, daß der vermeintliche Soldat, den Ihr Bruder gesehen hat, helles Haar hatte, etwa vierzig Jahre alt war, möglicherweise aber jünger wirkte, sehr eckige

Schultern und eine schlanke Taille hatte und sich fortbewegte, als hätte er einen Stock verschluckt?«

»Meine Güte, Miss Binks, das könnte durchaus sein. Hunt war nicht allzu konkret, was die Einzelheiten anging. Sie hatten ihm eine Menge Schmerzmittel verabreicht. Kennen Sie etwa jemanden, der so aussieht?«

»In meinem ganzen Leben habe ich nur einen einzigen Menschen getroffen, der gleichzeitig nach vorne schauen und trotzdem absolut zielsicher etwas zur Seite schleudern konnte. Er ist ein entfernter Cousin von mir und heißt Roland Childe. Aufgewachsen ist er ganz in unserer Nähe in West Clavaton. Roland war einer dieser goldgelockten kleinen Lieblinge, die es immer wieder schaffen, sich mit einem süßen Lächeln oder Grinsen aus der Affäre zu ziehen.«

Miss Binks verzog verächtlich den Mund. »Ich erinnere mich noch genau an eine Begebenheit aus meiner Kindheit. Meine Tante hatte mich überredet, bei einem Fest in der Sonntagsschule auszuhelfen. Leider war Roland auch dort. Er kann damals nicht älter als acht Jahre gewesen sein, aber irgendwie hat er es geschafft, einen lebendigen Frosch einzuschmuggeln. Er hat gewartet, bis eine Gruppe Kinder sich um die Punschschüssel geschart hatten, und dann den Frosch hineingeworfen. Das arme Tier hat verständlicherweise wie verrückt gestrampelt. Der Punsch, der in der Hauptsache aus blauem Traubensaft bestand, ist auf die hübschen Kleidchen der Mädchen und die sauberen weißen Hemden der Jungen gespritzt und hat überall scheußliche lila Flecken hinterlassen.«

»Das ist ja hundsgemein«, rief Cronkite.

»Allerdings«, stimmte Miss Binks zu. »Vorher hatten die Kinder auch noch Reise nach Jerusalem gespielt, daher waren sie erhitzt und durstig, und nun mußten sie dastehen und warten, während wir die Schüssel ausgespült und neuen Punsch gemacht hatten. Wir haben dafür den ganzen Saft aufgebraucht, den wir für die zweite Landung vorgesehen hatten. Danach war natürlich kaum noch etwas übrig, und die Kinder hatten nicht genug zu trinken, was alles nur noch schlimmer machte. Die Mädchen weinten über ihre verschmutzten Kleider, die Buben machten sich lustig über sie und alberten herum, und der süße kleine Roland spielte den Unschuldsengel. Ich hätte das kleine Monster am liebsten ordentlich vertrimmt. Tut mir heute noch leid, daß ich es nicht getan habe.«

»Was ist später aus dem kleinen Racker geworden?« fragte Peter. »Vorausgesetzt natürlich, daß er überhaupt erwachsen geworden ist?«

»Leider ist er das. Er wurde auf eine Militärakademie geschickt. Roland hatte schon immer von einem Leben als Söldner geträumt, während sein Vater hoffte, daß ein bißchen militärischer Drill ihn disziplinieren würde.«

»Hat es funktioniert?«

»Das kann ich mir nicht vorstellen. Roland war genauso stur wie dumm. Aber er konnte hervorragend reden. Er konnte sich lang und breit über alles auslassen und jeden dazu bringen, ihm zu glauben, auch wenn er den reinsten Schwachsinn verzapfte. Bei einem unserer Gerichtstermine hat er sogar versucht, den Richter zu überreden, ihn zum Verwalter von Großvaters Vermögen zu machen. Aber die Dokumente, die er vorlegte, stellten sich als gefälscht heraus, woraufhin er es schaffte, das Gericht davon zu überzeugen, daß er das Opfer eines gemeinen Komplotts geworden sei.«

»Ungemein sympathischer Mensch«, knurrte Peter. »Haben Sie eine Ahnung, wo er sich momentan aufhalten könnte?«

»Nicht die leiseste«, sagte Miss Binks. »Rolands Eltern leben immer noch in West Clavaton, soweit ich weiß. Seit dem Debakel im Gericht hatten wir allerdings keinen Kontakt mehr miteinander. Sie vertraten die Ansicht, daß ich die Dokumente gefälscht hätte, um Roland um seine Ansprüche zu bringen, was natürlich vollkommen absurd war. Seine Eltern sind nur entfernte Cousins, von denen Großvater nie etwas wissen wollte. Falls ich wirklich vorgehabt hätte, jemanden zu hintergehen, hätte ich mir dafür bestimmt den richtigen Ast unseres Familienstammbaums gesucht, aber natürlich waren die Childes nicht gewillt zuzugeben, daß sie viel zu unwichtig waren, um überhaupt unter die Hackordnung zu fallen. Du liebe Zeit, jetzt sind die Metaphern aber wirklich mit mir durchgegangen. Falls Sie möchten, können Sie auch gern etwas Nachtisch zu sich nehmen. Teegebäck aus Taglilienpollen mit Konfitüre aus wilden Erdbeeren.«

»Klingt köstlich«, erwiderte Peter galant. Womit er recht behalten sollte. Nach einer letzten Runde Sassafras-Tee waren sie mehr als gesättigt.

»Und jetzt«, meinte ihre Gastgeberin, »schlage ich vor, daß wir uns alle aufs Ohr legen. Man kann nie wissen, was der nächste Tag bringt, aber was es auch sein mag, es läßt sich bestimmt besser bewältigen, wenn man vorher gut geschlafen hat. Womit wir zu einer weiteren interessanten Frage kommen. Wo bringe ich Sie am besten unter? Ich glaube, wir nehmen diese Zweige hier und breiten sie auf dem Boden aus, dann haben Sie beide genug Platz. Glücklicherweise bin ich ein klein wenig sybaritisch, was Bettzeug betrifft, daher gibt es davon mehr als genug.«

Während sie sprach, begann sie bereits mit den Vorbereitungen. »Eine Decke legen wir über die Zweige, mit der anderen können Sie sich zudecken. Am wichtigsten ist, daß die Kälte vom Boden nicht hochziehen kann. Obwohl es draußen wahrscheinlich noch ziemlich warm ist, bleibt meine Höhle nämlich immer angenehm kühl, wissen Sie. Zumindest empfinde ich diesen Umstand als angenehm. Wir können das Feuer anlassen, wenn Sie möchten.«

»Aber wo schlafen Sie, Miss Binks?« protestierte Cronkite. »Wir wollen Sie auf keinen Fall aus Ihrem eigenen Bett vertreiben.«

»Das werden Sie auch nicht, keine Sorge. Ich habe doch noch die Hirschfelle. Ein paar als Unterlage, zwei zum Zudecken, et voilà! Ich habe schon bedeutend unbequemer geschlafen, bevor ich mich hier häuslich niedergelassen habe. Wer möchte als erster ins Badezimmer?«

Beide Gäste bestanden darauf, Miss Binks den Vortritt zu lassen, wogegen sie nichts einzuwenden hatte. Als Peter und Cronkite schließlich reif für die Fichtennadeln waren, schlief ihre Gastgeberin schon längst tief und fest, wobei ein zufriedenes Lächeln ihren Mund umspielte.

Ihr eigenes Nachtlager hätte bedeutend schlimmer ausfallen können. Was unweigerlich der Fall gewesen wäre, wenn sie zufällig einen anderen Baum bestiegen hätten, dachte Peter. Er fragte sich, ob wohl vor jedem Notausgang der Binkschen Höhle ein Bluthund Wache stand, nahm jedoch schließlich von dieser Vorstellung Abstand. Miss Binks war eine schlaue Füchsin, man konnte also sicher sein, daß die Vorkehrungen, die sie gegen Jagdhunde getroffen hatte, auch bei Bluthunden ihre Wirkung nicht verfehlten. Es sei denn, die Hunde gehörten in Wirklichkeit ihr, und die gemütliche Höhle war nichts anderes als ein Gefängnis, in das sie ihn und Swope hineingelockt hatte. Doch das würden sie noch früh genug erfahren. Peter hüllte sich in seine Deckenhälfte. Sie roch nach Holzfeuer. Immer noch besser als brennendes Seifenfett. Sehr viel besser sogar. Er schloß die Augen und folgte dem Beispiel seiner Gastgeberin.

Kapitel 9

Gib Kosenamen mir, o Liebster, nenn mich deine Taube, die zu dir fliegt –.‹ Gebraten oder gekocht?«

»Die Taube oder dein Gehirn?« erkundigte sich Helen. Bei Catriona konnte man nie wissen. »Sie sind ja heute bestens bei Stimme, Miss McBogle. Wo haben Sie denn dieses Lied her?«

»Aus einem alten Buch mit dem hübschen Titel ›Herzenslieder‹. Es steht direkt neben ›Als Liebeskranker ich zu deinen Füßen liege‹. Um noch einmal auf das eigentliche Thema zurückzukommen: Wie hätte die Gnädigste ihre Eier denn gern? Gebraten oder gekocht?«

»Ich weiß gar nicht, ob ich überhaupt ein Ei möchte«, gab Helen zu bedenken.

»Sei ein braves Mädchen und iß deine Eier, dann zeig ich dir auch ein Foto von Lillian Nordica als Walküre.«

»Du bist einfach ein Herzchen, Cat. Wie wäre es mit einer einfachen Tasse Tee und einer Scheibe Toast für eine arme erschöpfte Bibliothekarin? Was trägt man eigentlich hierzulande auf Walexpeditionen?«

»Darüber brauchst du dir wirklich nicht den Kopf zu zerbrechen, da du wohl kaum Wale treffen wirst, die du kennst. Und wenn sie dich nicht kennen, ist es auch egal, was du anhast, oder? Ich beabsichtige, meine flauschige rote Jogginghose und das Sweatshirt mit dem Aufdruck ›Rettet den Wal‹ zu tragen. Und für den Fall, daß die Biester uns bespritzen, nehme ich meinen Regenmantel mit.«

»Bespritzen Wale denn Leute?«

»Woher soll ich das wissen? Ich habe noch nie einen näher gekannt. Oder auch nur entfernt, was ich, ehrlich gesagt, vorziehen würde. Ich kann mir vorstellen, daß manche Wale spritzen und andere eben nicht. Oder andersherum, je nachdem, wie man es sieht. Weizen- oder Roggentoast?«

»Roggen, bitte.«

»Ein Glück. Ich habe nämlich vergessen, Weißbrot zu kaufen. Wahrscheinlich, weil ich das Zeug selbst nie esse. Von Weißbrot fallen einem nämlich die Augenbrauen aus.«

»Tatsächlich? Das wußte ich gar nicht.« Helen zog einen grüngestrichenen Stuhl unter dem Küchentisch hervor und setzte sich näher ans Fenster, wo sie die Morgensonne besser genießen konnte. »Ich finde dein Haus ganz toll, Cat.«

»Und ich finde es ganz toll, daß du endlich hier bist. Es ist schon so lange her, Marsh, alter Kumpel.«

»Stimmt. Ist es nicht schrecklich, wie die Zeit vergeht? Oder pulst, oder was auch immer sie tut. Vielleicht ist ein Ei doch keine so schlechte Idee. Bekommen wir auf dem Boot etwas zu essen?«

»Sie belieben zu scherzen, Madam. Ich hoffe bloß, daß es wenigstens ein halbwegs vernünftiges Klo auf dem Boot gibt und nicht nur einen ekligen alten Ködereimer. Ich habe gedacht, ich packe uns ein bißchen Reiseproviant ein, unter anderem eine Flasche Gewürzrum, die ich letztes Jahr gekauft habe, weil ich Früchtebrot damit machen wollte. Irgendwie bin ich dann doch nicht dazu gekommen. Rum hat außerdem ein angenehm nautisches Flair, findest du nicht?«

»Wir hätten bestimmt auch ein angenehm nautisches Flair, wenn wir das Zeug trinken würden«, antwortete Helen. »Hast du nicht etwas Einfaches, Gesundes, wie Scotch oder Bourbon?«

»Selbstverständlich habe ich das. Welches von beiden wäre deiner Meinung nach medizinisch wirksamer für den Fall, daß wir seekrank werden?«

»Wir werden schon nicht seekrank, Catriona. Wir werden lediglich die majestätischen Wale beobachten und unsere Bootsfahrt genießen. Seekrankheit ist eine Sache der Einstellung.«

»Ich dachte, es hätte etwas mit einem Knöchelchen im Innenohr zu tun.«

»Und wenn schon.« Helen machte eine abfällige Handbewegung und begann, das Omelette mit Kräuterfüllung zu essen, das ihre Gastgeberin scheinbar nebenbei kreiert hatte. »Wo ist Iduna?«

»Schon aufgestanden, glaube ich. Hast du eine Ahnung, was sie gern zum Frühstück essen würde?«

»Du brauchst sie nur zum Kühlschrank zu führen, dann bedient sie sich schon. Ich würde vorschlagen, du packst uns ein paar Sachen für das Picknick zusammen. Oder sollen wir auf dem Weg irgendwo anhalten und ein paar Sandwiches oder so kaufen?«

»Hervorragende Idee«, stimmte Cat zu, »bloß daß es leider auf der ganzen Strecke kein einziges Geschäft gibt. Die Straße zwischen Sasquamahoc und Hocasquam gehört nicht gerade zu den Prachtstraßen Amerikas, meine Liebe. Auch wenn sich selbst in diesen Breiten allmählich die *nouvelle cuisine* durchsetzt. In Edna's Diner drüben in Squamasas bekommt man inzwischen sogar Tacos mit fritierten Muscheln. Möchtest du Senf zu deinem Schinken?«

»Aber sicher doch. Und Käse, falls du welchen hast, und Salat, wenn du glaubst, daß er die Reise übersteht, ohne allzu welk zu werden. Iduna packt ihren Salat immer in einen Extra-Plastikbeutel und nimmt ihn erst heraus, wenn sie die Sandwiches serviert.«

»Iduna ist mir eine Nummer zu groß. Verrat mir lieber, wie du es machst.«

»Keine Ahnung. Soweit ich mich erinnern kann, haben Peter und ich seit unserer Hochzeit kein Picknick mehr veranstaltet. Wir gehen zwar häufig aus essen, aber meistens mit Freunden oder in die Fakultätsmensa. Wir wohnen direkt auf dem Campus, weißt du. Von unserem Haus bis zur Mensa sind es nur ein paar Minuten, und das Essen dort schmeckt hervorragend. Peter ist sicher gerade dort und wartet auf sein Frühstück. Ich bin froh, daß ich mir keine Sorgen zu machen brauche, was er wohl zu essen bekommt, während ich fort bin.«

Sie warf einen Blick auf die Küchenuhr. »Ich beeile mich besser ein bißchen und mache mich schön für die Wale.«

Als sie wieder nach unten kam, frisch geduscht und in Blue Jeans, rosa Pullover und rosa Turnschuhen und einer dicken Strickjacke für alle Fälle, hatte Iduna bereits einen Teller mit Spiegeleiern und Schinken verzehrt und war dabei, den Picknickkorb zu füllen. Catriona war damit beschäftigt, ein köstliches Buffet für ihre beiden Maine Coon Katzen anzurichten, die eine war eine wunderschöne Rote mit rostbraunen Zeichnungen, die andere ein etwas konventionellerer Tiger in Schwarz, Weiß und Grau.

»So, das müßte euch undankbaren Viechern für ein oder zwei Wochen reichen. Wenn ihr brave Katzenkinder seid, bringt Mama euch auch einen Hering mit. Ich stelle ihnen immer für alle Fälle eine Extra-Portion hin, seit ich einmal nach Lewiston mußte, um einen Vortrag zu halten, und in einem Schneesturm steckengeblieben bin.«

»Läßt du sie nach draußen?« erkundigte sich Helen.

»Natürlich. Andrew spielt den Portier, wenn er herkommt. Ich habe ihn darauf abgerichtet, nicht vor neun Uhr zu erscheinen, damit ich Zeit genug zum Schreiben habe, bevor er aufkreuzt und mich mit irgendwelchen verdammten Problemen zuquatscht. Ich möchte Sie wirklich nicht drängen, meine Damen, aber wir sollten uns allmählich auf die Socken machen. Die ›Ethelbert Nevin‹ muß bei Flut auslaufen, sonst bleibt uns nichts anderes übrig, als den Tag in den Schlammbänken totzuschlagen. Ich weiß zwar nicht, warum Eustace seine Exkursionen ausgerechnet aus einem Tidebecken startet, aber das ist schließlich sein Problem. Habt ihr was dagegen, wenn wir meinen Wagen nehmen? Er ist zwar nicht so ein Luxusschlitten wie deiner, Iduna, aber dafür kennt er den Weg.«

Ein Glück, daß sie nicht den eleganten Wagen der Stotts genommen hatten, dachte Helen, als sie über die steilen Straßen mit den vielen Haarnadelkurven und die winzigen überdachten Holzbrükken schlingerten und rumpelten. Cat meisterte die Strecke mit einer Durchschnittsgeschwindigkeit von 90, verlangsamte bei besonders spektakuläreren Hindernissen auf etwa 40 und schaffte es, ihre Freundinnen heil und unversehrt zur Bucht zu chauffieren.

Die ›Ethelbert Nevin‹ wirkte zwar etwas mitgenommen, schien jedoch seetüchtig zu sein, ansonsten sah sie aus wie einer der typischen Hummerkutter, die man überall an der Küste von Maine finden kann. Sie war vielleicht etwas größer als die meisten anderen Boote, etwa 30 Fuß lang und ziemlich breit, mit einem relativ großen offenen Cockpit, das vollgestopft war mit Geräten und Ausrüstungen, die Tilkey sich nicht die Mühe gemacht hatte auszuladen, und einer kleinen geschlossenen Kajüte, die aussah, als sei sie vor langer Zeit einmal weiß gewesen. Ein Mann mittleren Alters, der gleichzeitig die Besatzung und der Kapitän des Kutters zu sein schien, da sich sonst niemand an Bord befand, stand im Cockpit und starrte mit mürrischem Gesicht hinaus aufs Meer. Als er die drei Frauen bemerkte, die aus Catrionas nicht mehr ganz neuem amerikanischem Wagen stiegen, richtete er sich auf, wirkte aber immer noch ziemlich verdrossen.

»Hab' schon gedacht, ihr laßt mich hängen.«

»Eustace, ich hatte doch ausdrücklich Punkt acht Uhr gesagt«, protestierte Catriona. »Und auf meiner Uhr ist es erst sechs vor.«

»Schon gut. Hab' keine Lust, mich mit 'ner rothaarigen Frau zu streiten. Ihr könnt an Bord kommen, wenn ihr wollt. Moment, ich nehm' euch den Korb ab. Is' das alles, was ihr an Ballast dabei habt?«

»Was hast du denn erwartet? Wir haben schließlich nicht vor, die Nacht auf deinem Kutter zu verbringen.«

»Teufel auch, so hab' ich das doch gar nich' gemeint. Die Leute haben meistens Filmkameras un' Teleskope un' Riesentaschen mit Klappstühlen dabei, genug Ausrüstung, daß es bis zum Jüngsten Tag reichen würde. Na ja, ihr könnt euch schon mal breitmachen un' die Füße baumeln lassen. Sieht ganz so aus, als wärt ihr die einzigen heut' morgen.«

Was den drei Frauen nur recht gewesen wäre, doch ihr Glück war leider nicht von Dauer. Eustace hatte gerade den Motor angeworfen und auf Leerlauf gestellt und war im Begriff, die Vertäuungen zu lösen, als ein großer grüner Lieferwagen an der Landungsbrücke hielt. Fünf junge Männer sprangen heraus, riefen laut durcheinander und wedelten mit Zwanzigdollarscheinen. Sie rannten zur Anlegestelle und kletterten an Bord der ›Ethelbert Nevin‹, reichlich behindert durch eine Unmenge von Gepäck.

Zwei der Männer trugen Ferngläser und riesige Koffer, einer hatte eine Videokamera und eine gigantische Zubehörtasche dabei. Der vierte trug aus unerfindlichen Gründen eine kleine Angelrute zum Fliegenfischen und einen Weidenkorb, der mit Leichtigkeit einen Wal hätte fassen können. Der letzte hatte zwar einen Gerätekoffer, aber keine Angelrute. Als sie alles an Bord verstaut hatten, war das Cockpit so voll, das man sich kaum drehen konnte, obwohl Eustace die Koffer schon auf das Vorderdeck verbannt hatte. Helen und ihre Freundinnen fragten einander bereits mit hochgezogenen Augenbrauen, ob dieser Ausflug wirklich so eine gute Idee gewesen war, als zwei der Männer sich daran machten, die Bug- und Heckvertäuungen zu lösen, woraufhin Eustace seinen Motor auf Touren brachte und das Boot hinaus aufs Meer lenkte.

»Damit erübrigt sich die Frage, ob wir mitfahren oder nicht«, kicherte Iduna. »Am besten, wir machen es uns so bequem wie möglich.«

Der unerwartete Zustrom an Passagieren hatte die drei Frauen auf die Backbordseite des Bootes gedrängt, was im Grunde genauso gut oder schlecht war wie jede andere Stelle. Sie verstauten ihren Picknickkorb so gut es ging unter der Bank, die das Cockpit an drei Seiten umgab, und setzten sich, Iduna direkt an der Kajütenwand, damit sie sich anlehnen konnte, Catriona daneben, und Helen dem Heck am nächsten.

Zwei der Neuankömmlinge nahmen auf der Heckbank Platz, die anderen drei den Frauen gegenüber auf der Steuerbordseite. Obwohl vier von ihnen mehr oder weniger identisch aussahen, brauchten

Helen und Iduna nicht lange, um die Neuankömmlinge als die Männer zu identifizieren, die am Rastplatz neben ihnen geparkt hatten. Die Herren hatten sie ebenfalls erkannt. Es war der Glattrasierte mit dem kurzgeschorenen Haar und dem jungenhaften Grinsen, der als erster sprach.

»Na, wenn das kein Zufall ist, Ladys. So trifft man sich wieder. Wie gefällt es Ihnen denn in Maine?«

Helen hatte recht gehabt, er war tatsächlich der Älteste. Es waren die Bärte, die seine Kumpane älter machten, und das Grinsen und die jungenhafte Lässigkeit, die ihren Anführer fälschlicherweise jünger erscheinen ließen. Sie schätzte ihn auf etwa vierzig, doch das war ohnehin unwichtig. Wenn sie schon den ganzen Tag wie Sardinen in der Dose nebeneinander hocken mußten, sah Helen keinen Grund, weiterhin die Unnahbare zu spielen. Sie lächelte zurück.

»Bisher finden wir es hier wunderschön. Und Sie?«

»Wir haben eine Menge Spaß. Ist das heute Ihre erste Walbeobachtung?«

Helen sagte, ja, ganz richtig, und er sagte, es sei auch ihre erste. Sie wechselten noch ein paar Belanglosigkeiten, doch es war anstrengend, die ganze Zeit zu schreien, da ihre Stimmen das Motorengeräusch und das Klatschen des Wassers gegen den Bootsrumpf übertönen mußten. Schon nach kurzer Zeit gaben sie beide auf.

Helen war darüber alles andere als betrübt. Männer, die sich für unwiderstehlich hielten und einen unablässig anstarrten, um sicherzugehen, daß man ihr geistloses Geschwätz auch angemessen würdigte, waren noch nie ihr Fall gewesen. Sie wettete heimlich mit sich selbst, daß ihr redseliger Reisegefährte sein Schweigen bestimmt nicht lange aushalten würde, und behielt recht. Seine nächste Aktion bestand darin, daß er eine große Landkarte ausbreitete und die Männer zu seiner Rechten und zu seiner Linken veranlaßte, sie flach zu halten, während er wild gestikulierend und grimassierend auf sie einredete.

»Wahrscheinlich zeigt er ihnen, welchen Kurs wir seiner Meinung nach einschlagen werden«, flüsterte Catriona Helen ins Ohr. »Wale schwimmen normalerweise immer von der Stellwagen-Bank vor Massachusetts in den Golf von Maine und ziehen dann an den Inseln vorbei.«

»An welchen Inseln?« erkundigte sich Helen.

»An allen Inseln, die ihnen zusagen, nehme ich an. Wir haben Unmengen davon. Der große Gletscher hat hier mal ein Stück von der

Küste abgebissen und in kleinen Stückchen wieder ausgespuckt, und die Wellen haben sie hinaus aufs Meer getragen. Wenn dieser komische Typ versuchen sollte, uns mit seiner blöden Landkarte wegzudrängen, schlage ich vor, wir starten eine Meuterei.«

Der Mann mit der Karte hatte aufgehört, seine unmittelbaren Nachbarn zu belehren, und versuchte nun, die anderen beiden Männer zu bewegen, mit ihnen die Plätze zu tauschen, damit er auch sie mit seinen Erklärungen beglücken konnte. Auch Helen war der Meinung, daß Typen mit Landkarten entschlossen in ihre Schranken verwiesen werden sollten.

Iduna würde er jedenfalls nicht belästigen. Sie döste friedlich vor sich hin, hatte ihr Gesicht durch einen altmodischen Sonnenhut aus Kattun vor Wind und Sonne geschützt, und Helens Strickjacke zwischen Kopf und Kajütenwand gerollt, um das ständige Vibrieren und Schaukeln abzufangen.

Nach einer Weile wünschte sich Helen, Iduna sähe nicht so entspannt und zufrieden aus. Sie wollte ihre Freundin nicht stören, hätte aber liebend gern ihre Strickjacke gehabt. Die Sonne, die zu Beginn ihrer Reise so angenehm geschienen hatte, begann sich hinter etwas zurückzuziehen, das verdächtig nach einer heraufziehenden Nebelbank aussah. Helen hatte zwar keine Angst, doch sie fing allmählich an, sich fürchterlich zu langweilen. Es gab wirklich Angenehmeres, als hier eingeklemmt herumzusitzen und nichts weiter zu sehen als immer nur Wellen.

Die fünf männlichen Passagiere schienen von ähnlichen Empfindungen geplagt zu werden. Sie hatten mit ihren harmlosen Späßen aufgehört, die Landkarte wieder verstaut und waren in Schweigen verfallen. Sogar Bürstenschnitt wußte anscheinend nichts mehr zu sagen. Helen hoffte nur, daß sie nicht alle miteinander seekrank wurden. In dieser drangvollen Enge würde das eine wahre Katastrophe bedeuten.

Sie näherten sich einer Insel. Jedenfalls nahm Helen an, daß man dieses Gebilde – eine lange, flache, graue Erhebung im Wasser – als Insel bezeichnen konnte. Eustace drosselte die Geschwindigkeit und lenkte die ›Ethelbert Nevin‹ näher an das Gebilde heran. Die Insel öffnete ein kleines Auge. Catriona stupste Iduna an.

»Aufwachen«, flüsterte sie. »Wir haben einen Wal gesichtet.«

Iduna setzte sich kerzengerade auf, schob ihren Sonnenhut hoch und richtete ihren Blick auf das Ungeheuer der Tiefe. Der Wal schaute zurück. Dann zwinkerte er ihr ganz unverkennbar zu, senkte sein mächtiges Haupt und tauchte in aller Seelenruhe ab.

Iduna nickte ihm zum Abschied freundlich zu. »Was für ein netter Wal. Hier, Helen, das ziehst du dir besser über. Weckt mich, wenn wir noch einen treffen.«

Sie reichte Helen die Strickjacke, nach der sie sich die ganze Zeit gesehnt hatte, zog sich ihren Regenmantel an, schob den Sonnenhut wieder herunter und döste weiter.

Inzwischen befanden sie sich tatsächlich zwischen den Inseln, die allerdings nicht sonderlich interessant aussahen, bloß unwirtliche Felsgebilde, entweder gänzlich kahl oder mit kargem Bewuchs, nur auf einer stand eine halbverfallene Fischerhütte. Weit vor ihnen in der Fahrrinne tat ihnen ein weiterer Wal den Gefallen aufzutauchen, hievte seinen riesigen Körper aus dem Wasser und schlug mit einem ungeheuren Plantscher wieder auf. Catriona zog sich ihren Regenmantel über.

»Ein Glück, daß der verspielte kleine Kerl nicht so nahe war wie der erste. Gefällt dir unser Ausflug, Marsh?«

»Ich bin mir nicht ganz sicher«, antwortete Helen wahrheitsgemäß. »Es ist irgendwie unheimlich mitanzusehen, wie etwas, das viel größer ist als das Boot, im Wasser herumturnt wie ein Kind am Strand. Warum springen die Viecher eigentlich so?«

»Wahrscheinlich aus rein tierischem Übermut. Wale müssen sich halt amüsieren, wo sie gerade können, Marsh. Im Ozean gibt es schließlich keine Bingohallen.«

»Vielen Dank für die Aufklärung. Was meinst du, wo mag Eustache wohl seinen Ködereimer aufgestellt haben?«

»Das habe ich mich auch schon gefragt«, gestand ihre Freundin. »Sollen wir?«

»Liebend gern.«

Sie bahnten sich einen Weg zwischen den Gepäckstücken der Männer bis zur Kajüte. Das Steuerrad befand sich an der hinteren Außenwand auf der Steuerbordseite. Dort stand auch Eustace, die Hände an den Speichen, den Blick auf die Fahrrinne gerichtet. Er antwortete schon, bevor Catriona ihre Frage gestellt hatte.

»Klo is' unten, Treppe runter, Backbordtür.«

»Vielen Dank, Eustace.«

Die Kajüte enthielt nicht viel, dafür roch sie überwältigend nach Fisch, Motor und Eustace. Da es nur eine einzige Tür gab, war es nicht schwierig, die Backbordtür zu finden. Um an ihr Ziel zu gelangen, mußten sie zuerst über eine Schwelle steigen, dann ging es hinunter in einen kleinen Lichtschacht. Catriona blieb stehen.

»Geh du ruhig zuerst, Marsh. Ich warte solange. Paß auf, wahrscheinlich gibt es da drin noch eine Stufe. Alles in Ordnung?«

»Ja«, sagte Helen, »aber ich kann den Lichtschalter nicht finden. Ich glaube, hier gibt es gar keinen. Auch egal, ich glaube, ich schaffe es auch so.«

Eustace' sanitäre Anlage war zwar nicht gerade überwältigend, aber immer noch besser als ein Ködereimer. Es gab sogar einen *Old Farmer's Almanac,* aus dem die Hälfte der Seiten herausgerissen und griffbereit an der Wand befestigt worden waren. Helen fand in einer ihrer Strickjackentaschen ein Papiertaschentuch, das sie benutzen konnte, und noch ein zweites, das sie für Catriona verwahrte. Iduna hatte in ihrem Picknickkorb Erfrischungstücher, sie würde sich welche herausfischen, wenn sie wieder oben waren.

Da es in dem winzigen Raum kein Licht gab, hatte Helen die Tür einen Spalt weit offen gelassen, um überhaupt etwas sehen zu können. Cat war an der Treppe stehengeblieben und hielt den Türknauf fest, so daß die Tür nicht plötzlich aufschwang und sie peinlichen Blicken preisgab. Als sie heraustrat, wollte sie ihrer Freundin denselben Dienst erweisen, doch Catriona schüttelte den Kopf. »Nicht nötig. Ich habe meine kleine Taschenlampe gefunden. Geh lieber rauf, bevor es dir hier noch schlecht wird.«

Durchaus nicht abgeneigt, dem überwältigenden Duft von Fisch und Öl zu entkommen, stieg Helen wieder hoch in die Kajüte. Sie kam gerade rechtzeitig, um zu sehen, wie der Mann mit dem Bürstenschnitt hinter Eustace trat, mit einem Gegenstand ausholte, der wie ein kurzes Stück Rohr aussah, um ihn dann mit aller Kraft auf den Kopf des Bootsmannes niedersausen zu lassen. Als Eustace' Knie nachgaben, schleuderte Bürstenschnitt seine Waffe seitwärts ins Meer und packte den zusammengesackten Körper unter den Achseln. Der Mann, der direkt neben ihm gesessen hatte, sprang auf und packte Eustace' Füße. Gemeinsam schwangen sie den leblosen Körper über den Bootsrand und ließen ihn ins Wasser fallen. Der erste Mörder lächelte seinen Kumpanen zu und setzte sich wieder. Der zweite blieb stehen und nahm Eustace' Platz am Steuer ein. Echte Profis.

Helen war ganz sicher, daß die beiden sie nicht gesehen hatten. Sobald sie begriffen hatte, was sich vor ihren Augen abspielte, zog sie sich in die Kajüte zurück und machte sich ganz klein. Die schmalen Fenster waren glücklicherweise von einem dicken Film aus Öl und Salz bedeckt. Die beiden Frauen hatten die Kajütentür hinter sich zugezogen, als sie hineingegangen waren, eine normale Reaktion für zwei wohlerzogene Damen mittleren Alters, die sich auf engstem Raum mit einer Gruppe fremder junger Burschen im selben Boot befanden. Genau damit hatte Bürstenschnitt offenbar gerechnet. Ihre automatische Reaktion hatte ihnen möglicherweise das Leben gerettet, zumindest im Moment, hatte jedoch leider den Männern die Gelegenheit gegeben, Eustace das seine zu nehmen.

Was sollten sie jetzt tun? Zeit schinden und beten war alles, was Helen einfiel. Sie beschloß außerdem, weder Cat noch Iduna von ihrer Beobachtung zu erzählen, falls letztere es tatsächlich geschafft hatte, einen Mord zu verschlafen, der mehr oder weniger direkt vor ihren Augen begangen worden war.

Wenn Bürstenschnitt vorgehabt hätte, sie und ihre Freundinnen sofort umzubringen, hätte er sicher die Waffe behalten, mit der er Eustace getötet hatte. Vielleicht plante er, sie als Geiseln zu benutzen, auch wenn Helen sich nicht vorstellen konnte, warum er dies tun sollte.

Jedenfalls gab es nur einen Weg, dies herauszufinden. Helen wartete, bis Catriona aus dem Kabuff getreten war, öffnete die Kajütentür und ging vor ihr her ins Cockpit.

Kapitel 10

Verständlicherweise war Catriona McBogle überrascht, einen der Passagiere am Steuerrad vorzufinden. »Wo ist Eustace?« erkundigte sie sich.

»Nach vorn gegangen, um nach Walen Ausschau zu halten«, knurrte der Mann.

»Nach vorn? Wohin denn? Sie meinen doch wohl nicht das lächerliche kleine Vorderdeck? Der Kerl muß übergeschnappt sein. Eustace! Ahoi! Komm zurück, du alter Seebär.«

Sie reckte den Hals in den grauen Nebel hinaus, der zwar noch nicht gerade undurchdringlich, aber doch dicht genug war, um alles um sie herum in eine feuchte Waschküche zu verwandeln. »Wo ist er denn? Ich sehe ihn gar nicht.«

»Dann sollten Sie vielleicht lieber richtig nach ihm suchen.«

Das war der Mann mit dem Bürstenschnitt. Ohne sein freundliches Lächeln abzustellen, erhob er sich von seiner Bank und griff nach Catrionas Handgelenken. Der Mann, der direkt neben ihm gesessen hatte, packte sie bei den Knöcheln. Sie schienen den Widerstand und die wütenden Schreie der Frau richtig zu genießen, rissen sie hoch und begannen, sie hin und her zu schwingen wie zwei halbstarke Rowdies, die am Strand mit den Mädchen herumkaspern.

Jetzt war keine Zeit zu verlieren. Helen stürzte sich auf die Männer, trat, schrie, schlug mit den Fäusten nach ihnen. Woraufhin die anderen beiden Männer, die anscheinend auch ihren Spaß haben wollten, aufsprangen und Helen die gleiche Behandlung zuteil werden ließen wie Catriona. Die Banditen zählten im Chor bis drei, schaukelten ihre strampelnden Gefangenen dreimal hin und her und schleuderten sie ins eiskalte Wasser.

Helen und Catriona tauchten nebeneinander wieder auf, spuckend und nach Luft schnappend. Etwas anderes wurde in ihre Richtung geschleudert, fiel herab und tanzte auf den Wellen. Merkwürdigerweise war es der Picknickkorb. Daraufhin ertönte ein Plantscher wie von einem Wal, und Iduna schwamm neben ihnen.

»Ich habe zuerst den Korb ins Wasser geworfen und bin dann selbst gesprungen«, teilte sie ihren Freundinnen in aller Ruhe mit. »Dachte, ich erspar' den Banditen lieber einen Bruch, auch wenn sie nach allem, was sie mit euch angestellt haben, kein Mitgefühl verdienen. Kommt, Kinder, haltet euch an mir fest, ich eigne mich hervorragend als Rettungsboot.«

Sie hatte recht. Idunas Gewicht sorgte dafür, daß sie an der Oberfläche trieb wie ein aufgeblasener Ballon. »Wenn eine von euch meinen Gürtel aufmacht, können wir uns und den Korb daran festmachen, genau wie es die Bergsteiger immer machen. Auf die Weise bleiben wir zusammen.«

Auf die Weise würden sie aber auch ein gutes Ziel abgeben, dachte Helen. Gewehrkugeln prasselten direkt neben ihnen ins Wasser. Doch dann erkannte sie, daß die Männer nicht auf sie schossen, sondern auf einen Wal, der sich mit großer Geschwindigkeit von achtern näherte.

»Sie versuchen, den Wal wütend zu machen, damit er uns verfolgt«, gurgelte sie, während sie mit dem nassen Knoten an Idunas Taille kämpfte.

»Verdammte Idioten«, Catriona hatte den Picknickkorb erwischt und brachte ihn zurück zu ihrem menschlichen Floß. »Die denken wohl, Wale wären total bescheuert.«

Doch dieser Wal war alles andere als bescheuert. Ohne auch nur zur Seite zu schauen, schwamm das majestätische Tier an der lächerlichen kleinen Flotille vorbei direkt auf die ›Ethelbert Nevin‹ zu. Sie konnten Schreie hören, gefolgt von weiteren Schüssen, dann beschloß das mörderische Quintett anscheinend, es mit dem Wal aufzunehmen und ließ das Boot nach vorne schießen. Das Meer, das beim Aufziehen des Nebels ganz ruhig gewesen war, brodelte jetzt im Kielwasser des Schiffes und seines mächtigen Verfolgers. Iduna und ihr Korb trieben auf den Wellen, Helen und Catriona wurden automatisch mitgezogen.

Lange würden sie nicht überleben, dazu waren die Gewässer von Maine viel zu kalt, dachte Helen erstaunlich nüchtern, als sie das Ende des langen Stoffgürtels an Idunas Handgelenk festband, durch den Henkel des Picknickkorbs führte und dann an Catrionas Arm befestigte. Ihre Finger wurden schon ganz steif. Es fiel ihr schwer, feste Knoten zu binden. Ihren eigenen band sie zuletzt, denn als die kleinste und dünnste würde sie als erste untergehen. Die beiden konnten sie dann losbinden und sinken lassen. Sie wollte auf keinen Fall, daß Peter sie als aufgedunsene Wasserleiche sah. Er würde sich auch so schon genug aufregen.

»Okay, Marsh, jetzt binde ich dich fest.«

Catriona hatte ihr den Gürtel abgenommen. Helen fühlte, wie er um ihr Handgelenk gelegt und zu einem engen Knoten gebunden wurde. Viel zu eng. Die Blutzufuhr würde abgeschnürt werden. Aber war das jetzt nicht ohnehin egal?

»Nun mach schon, Marsh! Strample mit den Beinen, beweg deine Arme. Bring deine alten Korpuskeln auf Trab.«

Cat hatte anscheinend bemerkt, was mit ihr los war, und versuchte es zu verhindern. Die liebe alte Cat. Helen versuchte verzweifelt zu strampeln. Ihre Turnschuhe fühlten sich an wie Bleigewichte. Nur die Arme konnte sie noch bewegen, jedenfalls im Moment noch.

Sie erinnerte sich nicht daran, aufgegeben zu haben. Sie erinnerte sich an herzlich wenig, bis sie schließlich ihre Füße wieder zu spüren begann. Sie schmerzten und kribbelten, als wären sie eingeschlafen, beinahe so, als säße sie zu Hause und läse, während Jane Austen auf ihren Füßen schlief, bis auch die Füße schlafen wollten und wieder aufgeweckt werden mußten, nur noch viel schlimmer.

Auch ihr Gesicht schmerzte. Das kam anscheinend daher, daß jemand sie ohrfeigte und dabei anbrüllte.

»Marsh! Verdammt noch mal! Nun mach schon! Werd endlich wach!«

»Uhm.« Helen drehte den Kopf weg, um dem nächsten Schlag auszuweichen. »Hör auf, Cat. Mir geht's gut.«

»Vor ein paar Minuten sahst du noch alles andere als gut aus. Hier, trink das.«

Das war Iduna, und sie hielt ihr etwas an die Lippen. Whiskey? Bourbon? Gewürzrum? Helen hatte keine Ahnung, was es war, und es war ihr auch ziemlich gleichgültig. Es brannte, und sie spürte, wie es ihr die Kehle hinunterrann. Sie versuchte, sich aufzusetzen, und stellte fest, daß sie dazu nicht in der Lage war.

»Okay. Tut mir leid. Ich hoffe, ich habe euch keine zu großen Umstände gemacht.«

»Jetzt halt bloß die Klappe, du blödes Ding.«

Cat drückte sie an sich. Cats Arme waren klatschnaß. Sie waren beide naß und kalt und zweifellos auch ein bißchen hysterisch. Außer Iduna. Iduna holte gerade Papierservietten aus ihrem Picknickkorb, damit sie sich die Hände trocknen konnten, und Sandwiches, die in ihren verschweißten Plastiktüten immer noch höchst appetitlich aussahen.

»Je schneller wir sie essen, desto besser. Die Kalorien werden uns wieder aufwärmen. Helen, ich weiß zwar, daß du keinen Zucker im Kaffee trinkst, aber ich gebe dir trotzdem welchen. Im Moment hast du ihn nämlich dringend nötig.«

»Wie du meinst, Iduna.« Helen trank gehorsam aus dem Plastikbecher und biß in ihr Sandwich. Schinken und Käse. Viele kräftigende Proteine. »Wo sind wir überhaupt?« fragte sie mit vollem Mund. »Und wie sind wir hierher gekommen?«

»Zwei Fragen, aber nur eine Antwort«, sagte Catriona. »Keinen blassen Schimmer. Der nette Wal hat uns gerettet, als er die Wellen gemacht hat. Wir hatten Glück und wurden auf eine der Inseln geschwemmt. Obwohl die Geschichte natürlich viel spannender gewesen wäre, wenn der Wal uns auf seinem Rücken hergetragen hätte.«

»Der nette Wal war ich. In Zeiten der Not gibt es wirklich nichts besseres als eine ordentliche Schicht Speck auf den Rippen.« Iduna nahm sich selbstzufrieden ein weiteres Sandwich. »Meine Güte, die schmecken aber gut, Cat. Ein Glück, daß der Korb mit Plastik ausgelegt ist. Ich hatte eine Heidenangst, daß Wasser eindringen könnte, aber alles ist knochentrocken geblieben, was ich leider momentan von mir nicht behaupten kann. Ich glaube, am besten nehmen wir meinen Regenmantel und machen ein Schutzdach daraus, wenn wir etwas finden, woran wir das Ding aufhängen können, und dann sammeln wir ein bißchen Treibholz für ein Feuer. Je schneller wir uns trocknen und aufwärmen, desto besser werden wir uns morgen früh fühlen.«

»Aye, aye, Käpt'n.« Helens Stimme klang belegt. Zu ihrer Verwunderung stellte sie fest, daß sie die ganze Zeit geweint hatte, während sie gegessen hatte. »Tut mir leid, daß ich so eine Heulsuse bin.«

»Ach, halt die Klappe«, sagte Catriona. »Das ist nur eine verspätete Reaktion, weil man dich über Bord geworfen und ins eiskalte Wasser geschmissen hat.«

»Und weil du noch nicht mal genug Speck auf den Rippen hast, um ein Blech damit einzufetten«, fügte Iduna ein wenig selbstgefällig hinzu.

»Ich glaube eher, daß es daher kommt, daß ich gesehen habe, wie die Männer Eustace umgebracht und ins Wasser geworfen haben, während du auf der Toilette warst, Cat, und Iduna geschlafen hat.«

Helen wunderte sich, daß sie dies so gelassen sagen konnte, aber nach allem, was sie und ihre Freundinnen durchgemacht hatten, war nicht zu erwarten, daß eine von ihnen über den schrecklichen Tod des Bootsmannes noch außer sich geraten würde. Iduna kaute weiter an ihrem Sandwich. Catriona bekundete nur ein rein professionelles Interesse.

»Wie haben sie das denn angestellt?«

»Der Grinser mit dem Bürstenschnitt hat ihm von hinten eins über den Kopf gegeben. Ich weiß auch nicht genau womit – es hat ausgesehen wie ein kurzer Stock oder ein Stück Rohr.«

»Vielleicht ein Knüppel mit einem Bleigewicht. Und was ist dann passiert?«

»Er hat Eustace' Oberkörper gepackt, und der Kerl, der deine Knöchel festgehalten hat, packte seine Füße, und dann haben sie ihn gemeinsam über Bord geworfen. Genauso wie sie es bei uns beiden auch gemacht haben, bloß nicht so – spielerisch.«

Sie begann wieder zu zittern. Iduna schenkte ihr noch ein wenig Kaffee ein.

»Trink das, Helen, und dann sollten wir besser Treibholz suchen, bevor alles so feucht wird, daß es nicht mehr brennt. Ich würde bloß gern wissen, wie groß diese Insel ist. Vielleicht gibt es hier sogar irgendwo ein Haus?«

Leider gab es keins. Ihr Zufluchtsort war nur eine winzige Insel, sicher nicht größer als ein Morgen. Sie fanden keinen einzigen Baum, dafür aber ein paar verkümmerte Büsche, die sie vielleicht als Schutz benutzen konnten. Aber es gab genügend Treibholz, und Streichhölzer hatten sie ebenfalls. In einer der Taschen von Cats Regenjacke fanden sich ein wasserdichter Streichholzbehälter sowie ein Taschenmesser, mit dem sie die Büsche soweit zurechtstutzte, daß sie Idunas Regenmantel darüberhängen konnten.

»Hat Guthrie Fingal mir gegeben«, teilte sie ihren Freundinnen mit. »Er sagt immer, man sollte nie ohne Messer und Streichhölzer unterwegs sein. Ich habe gedacht, er macht Witze, aber er hat Stein und Bein geschworen, daß ich bestimmt eines Tages verdammt dankbar dafür sein würde, daß ich die Sachen dabeihabe. Das einzige, das ich an Guthrie nicht ausstehen kann, ist die Tatsache, daß er immer recht behält.«

»Wenn er wirklich so vorausschauend ist, warum hat er dir dann kein Faltboot mitgegeben?« Nachdem sie etwas gegessen, sich bewegt und am Feuer ihre Knochen ein wenig aufgewärmt hatte, begann Helen allmählich, ihre gute Laune wiederzufinden. »Hat eine von euch sich zufälligerweise schon mal mit der Frage beschäftigt, wie wir von diesem Felsen wieder herunterkommen?«

»Zerbrich dir darüber nicht den Kopf, Marsh. Es wird sich bestimmt wieder ein freundlicher Wal finden, der uns beisteht. Vielleicht kommt der Wal zurück, der Iduna zugeblinzelt hat, als wir noch auf dem Boot waren. Verflixt, ich hätte besser das Boot nicht erwähnt. Jetzt muß ich wieder an den armen alten Eustace denken.«

Iduna gab ihre Rolle als Trostspenderin nicht auf. »Vielleicht war er nur bewußtlos und ist durch das kalte Wasser wieder zu sich gekommen.«

»Was hätte ihm das schon genützt? Eustace hatte keinen Picknickkorb, an dem er sich festhalten konnte, und ich bezweifle, daß er je in seinem Leben auch nur einen Schlag geschwommen ist. Ihr wärt überrascht, wenn ihr wüßtet, wie viele Fischer Nichtschwimmer sind. Es reicht ihnen vollkommen, wenn sie die ganze Zeit oben auf dem Wasser herumgondeln. Ich glaube, ich sollte mich dafür entschuldigen, daß ich euch in diese schlimme Lage gebracht habe.«

»Woher hättest du denn ahnen können, daß so etwas passieren würde?« protestierte Helen. »Wir waren genauso scharf darauf herzukommen wie du. Und schließlich haben wir ja auch tatsächlich ein paar Wale zu Gesicht bekommen. So pessimistisch war das eben auch gar nicht gemeint. Früher oder später kommt bestimmt jemand und sucht nach uns.«

»Das glaube ich auch. Sobald der Nebel sich verzogen hat, wird man feststellen, daß die ›Ethelbert Nevin‹ nicht zurückgekommen ist, und die Küstenwache wird anfangen, die Fahrrinnen abzusuchen. Wir sollten uns eher Sorgen darüber machen, ob die Fieslinge, die uns in diese mißliche Lage gebracht haben, zurückkommen, um nachzusehen, ob wir auch ertrunken sind.«

»Das werden sie bestimmt nicht«, versicherte Iduna. »Die haben es nämlich sehr eilig, nach Paraguay zu kommen.«

»Paraguay? In Eustace' altem Kahn?«

»Deshalb haben sie ihn ja überhaupt gestohlen.«

»Willst du damit sagen, daß sie an der Walbeobachtung nur teilgenommen haben, weil sie vorhatten, die ›Ethelbert Nevin‹ zu kapern?«

»Selbstverständlich. Was meinst du denn, warum sie das ganze Zeug dabeihatten?«

»Aber das ist doch völlig hirnverbrannt. Für wen halten die sich denn? Sir Francis Drake? Und warum ausgerechnet Paraguay? Paraguay ist doch auf dem Wasserweg gar nicht erreichbar, oder?«

»An der brasilianischen Küste vorbei nach Uruguay, dann den Paraná hoch durch einen Großteil von Argentinien«, sagte Helen. »Die müssen total bescheuert sein. Woher weißt du überhaupt, daß sie nach Paraguay wollen, Iduna?«

»Nichts einfacher als das. Erinnerst du dich noch an Mr. Bjornstern, dem ich das Zimmer im unteren Stockwerk vermietet hatte?«

»War das nicht der nette alte Mann mit dem großen weißen Schnurrbart? Er hat ihn sich immer mit der Serviette hochgebunden, damit er nicht in die Suppe fiel. Natürlich erinnere ich mich an ihn. Was hat denn Mr. Bjornstern mit der Sache zu tun?«

»Er war stocktaub, wie du sicher noch weißt.«

»Ja, ich erinnere mich. Zuerst haben wir immer alle gebrüllt wie am Spieß, bis wir schließlich begriffen haben, daß wir uns viel leichter mit ihm unterhalten konnten, indem wir einfach die Worte mit dem Mund formten und ihn alles von den Lippen ablesen ließen.«

»Genau. Nachdem ihr beide ausgezogen wart, habe ich einigen meiner neuen Mieter den Trick verraten. Es hat mir soviel Spaß gemacht, die Unterhaltungen mitanzusehen, bei denen alle redeten und trotzdem nichts zu hören war, daß ich mit der Zeit selbst ganz gut gelernt habe, von den Lippen abzulesen. Als ich erst einmal herausgefunden hatte, worüber der Kerl mit der Landkarte sprach, hielt ich es für das Beste, zunächst so zu tun, als ob ich schlief, und sie heimlich weiter zu beobachten. Wußtest du beispielsweise, daß man dich bereits seit zwei Monaten überwacht, Helen?«

»Mich? Du machst wohl Witze. Warum sollte mich wohl jemand überwachen?«

»Wegen der Wetterfahnen. Deshalb wollen die Typen auch nach Paraguay. Soweit ich verstanden habe, gibt es dort einen verrückten Milliardär, der antike Wetterfahnen sammelt, und sie sind dabei, welche dorthin zu bringen, die sie gestohlen haben.«

»Wetterfahnen von Praxiteles Lumpkin? Das glaube ich nicht! Wo hatten sie die Dinger denn versteckt, haben sie darüber auch gesprochen?«

»Auf dem Boot. Deshalb hatten sie auch die Riesenkoffer dabei.«

»Aber wie konnten sie das?«

»Ich würde sagen, das war ganz einfach«, meinte Catriona. »Sie haben sie ganz einfach zerlegt und nur die Figur und das Kreuz mit den Himmelsrichtungen mitgenommen. Die Vorrichtung, mit der die Fahnen auf dem Dach befestigt waren, ist für den Sammler sicher nicht so wichtig, denke ich.«

»Da könntest du recht haben. Du liebe Zeit! Dann war der Gegenstand, mit dem er Eustace umgebracht hat, vielleicht sogar ein Stück von einer der Wetterfahnen. Aber das würde auch bedeuten, daß immer noch Hoffnung besteht, die Wetterfahnen zurückzubekommen. Die Küstenwache wird die ›Ethelbert Nevin‹ bestimmt ziemlich schnell finden.«

»Es sei denn, ein Wal hat sie in die Mangel genommen.«

Catriona bemerkte, daß sie wieder taktlos gewesen war. »Viel wahrscheinlicher ist allerdings, daß die Kerle im Nebel auf einer der kleinen Inseln Schiffbruch erlitten haben. Dann braucht man sie bloß noch aufzusammeln, mitsamt ihren Wetterfahnen. Und du wirst die Heldin des Tages sein, Marsh.«

»Eher eine klägliche Imitation«, protestierte Helen. »Ihr beiden seid die Heldinnen, nicht ich.«

»Ach Quatsch. Ich erkläre uns hiermit alle zu Heldinnen. Ich hätte übrigens liebend gern noch ein bißchen Kaffee, aber ich schätze, wir sparen ihn lieber für unser Frühstück auf. Genau wie die restlichen Sandwiches. Es kann noch eine Weile dauern, bis man uns findet, und ich sehe nicht ein, warum wir in der Zwischenzeit hungern sollen. Was hast du sonst noch in deinem Korb, Iduna?«

»Die Thermoskanne mit der Limonade, die wir gestern nicht getrunken haben, Helen. Ich habe vergessen, sie wegzuschütten. Aber sie schmeckt sicher noch. Nur schade, daß wir keinen Topf zum Aufwärmen haben, sonst hätten wir uns heiße Limonade mit Keksen als Betthupferl machen können. Aber ich will nicht klagen. Ich bin wirklich verdammt glücklich, daß wir hier gelandet sind, statt –«

Als sie wieder Herrin ihrer Stimme war, sprach sie weiter. »Ich habe die Haferkekse absichtlich verwahrt. Ich dachte, sie würden vielleicht gut zu einer Bootsfahrt passen. Hier, Cat, probier mal einen von diesen hier, und dazu ein Schlückchen Limonade. Du mußt allerdings dieselbe Tasse nehmen wie eben, wir haben nämlich leider nur drei. Jammerschade, daß ich nicht daran gedacht habe, eine Flasche Wasser mitzunehmen, aber wir haben ja noch Trauben und Apfelsinen. Die sollten den Durst eigentlich auch löschen.«

Catriona legte ein weiteres Stück Treibholz aufs Feuer. Zwischen den orangegelben Flammen leuchtete es in zauberhaften blauen, smaragdgrünen, karmesinroten und violetten Farbtönen. Orange, dachte

Helen, die Farbe der Hestia, der Göttin des Herdfeuers und des heimischen Herdes. Heim war der Ort, wo man seinen Regenmantel aufhängte.

Sie saß zwischen ihren beiden Freundinnen, beobachtete das Feuer, knabberte an Idunas Vollwertkeksen und nippte an ihrer lauwarmen Limonade. Nach einer Weile begann Catriona eines ihrer alten Lieder zu singen, eine Melodie, die sie zuerst in einem John Buchan-Thriller und später in einem Buch mit Gospelsongs, das ihrer Großmutter gehörte, gefunden hatte.

»›Auf des Jordans anderem Ufer, liegt der süße Garten Eden, wo der Baum des Lebens grünt. Dort ist Ruhe auch für dich.‹«

Zuerst fiel Helen ein, dann auch Iduna. *»›Da ist Ruhe für die Müden, da ist Ruhe für die Müden, da ist Ruhe auch für dich.‹«*

Des Menschen Geist ist nicht zu beugen. Da saßen sie nun auf einem namenlosen Felsen am Ende der Welt und sangen miteinander. Der Nebel war inzwischen zum Schneiden dick, doch wen störte das schon? Sie hatten es sich gemütlich gemacht, saßen eng aneinandergedrängt unter Idunas Regenmantel, der die Wärme des Feuers zurückwarf, das sie allmählich richtig aufwärmte und vergessen ließ, daß ihre Kleidung immer noch klamm war. Wahrscheinlich würde sie überhaupt nie mehr trocknen, es sei denn, sie fanden eine Stelle mit Süßwasser, wo sie das Salz auswaschen konnten.

Sie befanden sich in Sicherheit, sie hatten gegessen, sie waren zusammen, sie waren am Leben. Im Moment war das mehr als genug. Sie sangen immer weiter: Liebeslieder, lustige Lieder, Tanzlieder, Studentenlieder, alberne Lieder. Nur keine traurigen Lieder, sie hatten für heute genug durchgestanden. Iduna besaß eine wirklich schöne Mezzosporan-Stimme, in South Dakota war sie Solistin im Kirchenchor gewesen. Cat sang zwar nicht sonderlich gut, doch sie verfügte über ein unerschöpfliches Repertoire an Liedern. Helen konnte immerhin eine Melodie halten. Ihre Gesangskünste hätten ein kritisches Publikum vielleicht nicht gerade begeistert, doch außer einem oder zwei Walen hörte ihnen ohnehin niemand zu.

Nur ein flackerndes graues Gespenst, das sich lautlos an ihr regenbogenfarbenes Campfeuer heranpirschte und sie durch die tanzenden Flammen hindurch beobachtete.

Kapitel 11

Ich sehe was, was du nicht siehst, ich sehe was, was du nicht siehst«, sang Helen leise, aber eindringlich.

»Das kenn' ich nicht, aber –« Catriona unterbrach sich. »Du lieber Herr Gesangverein!« krächzte sie. »Wir haben Geister aus den Tiefen des Meeres heraufbeschworen. Rede! Sprich zu uns, unheimlicher Gast!«

»Was soll ich denn verdammt noch mal sagen?« Die Stimme war leise und bebte. Der Geist tat einen weiteren Schritt nach vorn und streckte seine zitternden Hände nach dem Feuer aus. »Fühlt sich an, als wär's 'n richtiges Feuer.«

»Menschenskinder, ich –« Die Erscheinung fuhr sich mit der Zunge über die bleichen Lippen und schien nach Worten zu suchen. »Ich hab' doch glatt geglaubt, es wär' die Lorelei, die mich ins Verderben lockt. Dabei siehst du aus wie Cat. Bist du's wirklich, Cat?«

»Eustace! Du lebst ja noch!«

»Scheint mir auch so, auch wenn's sich nich' so anfühlt. Verdammt kalt is' mir. Ihr habt nich' zufällig 'nen anständigen Schluck, um 'nen halberfrorenen Seemann wieder aufzuwärmen? Ich glaub', mir sind die Mandeln anner Luftröhre festgefroren.«

Iduna, die bis jetzt stocksteif dagesessen hatte, mit Augen so groß und rund wie Spiegeleier, vernahm den Hilferuf und wurde sogleich aktiv. Sie griff in ihren Korb, goß ein wenig von dem heißen Kaffee, den sie sich für ihr Frühstück hatten aufsparen wollen, in eine der Tassen und schüttete eine ordentliche Portion von dem Gewürzrum, den Catriona schließlich doch noch eingepackt hatte, hinein.

»Kommen Sie, setzen Sie sich zu uns ans Feuer. Hier, trinken Sie das.«

Die Hände des alten Seebären waren so taub vor Kälte, daß sie ihm helfen mußten, die Tasse zu halten, doch nachdem er ein paar Schlucke zu sich genommen hatte, begann er wieder aufzutauen.

»Herrgott noch mal, das war höchste Zeit.«

»Möchten Sie vielleicht auch ein Sandwich? Wir haben Schinken und –«

»Egal was es is', ich eß alles. Sind Sie sicher, daß Sie nich' doch die Lorelei sind?«

Iduna errötete sanft und sah aus wie eine riesige Pfingstrose. »Das sagt mein Ehemann auch manchmal. Er kann sehr poetisch sein, wenn er will.«

»Ehemann? Na, das hätt' ich mir ja denken können.«

Eustace schnappte bereits ausgehungert wie ein Wolf nach seinem Sandwich, bevor er es richtig aus dem Frühstücksbeutel gezogen hatte. Er griff schon nach dem nächsten, bevor er das erste ganz heruntergeschlungen hatte, und sprach mit vollem Mund und wahrscheinlich genauso vollem Herzen. »Wieso läßt er dann so 'ne tolle Frau wie Sie ganz allein inner Weltgeschichte rumgondeln?«

»Er mußte weg, weil er bei einer Schweinzüchtertagung einen Vortrag halten sollte, daher bin ich mit Mrs. Shandy hergekommen, um unsere gemeinsame alte Freundin Cat zu besuchen. Mein Gatte ist Professor Daniel Stott. Das ist Helen, und ich heiße Iduna. Noch ein Sandwich?«

»Da sag' ich nich' nein.«

»Eustace, jetzt reicht es aber langsam!« schrie Catriona. »Hör endlich auf mit dem Gefasel und erzähl uns lieber, wie du hergekommen bist.«

Er kaute ein wenig an seinem Schinken und schüttelte dann den Kopf. »Hat sowieso keinen Zweck, daß ich's euch erzähle. Ihr glaubt mir sowieso nich'.«

»Versuch es doch erst mal.«

»Habt ihr noch was von dem Rum?«

»Okay, du verrückter alter Dummkopf.« Catriona goß ihm eine neue Ladung ein. »So, das müßte dich eigentlich von all deinen Leiden kurieren. Was glauben wir dir sowieso nicht?«

»Was is' mit meinem Boot passiert?«

»Eustace!«

»Hör endlich auf, mich anzubrüllen, ja? Ich hab' schließlich 'n Recht, das zu wissen, oder etwa nich'? Is' es hier irgendwo?«

»Ich weiß auch nicht, wo es ist«, übernahm Helen die Beantwortung seiner Frage, da Catriona auf stur geschaltet hatte und es vorzog zu schmollen. »Was mit uns passiert ist, war genauso unglaublich, aber es ist trotzdem wahr.«

Sie schilderte ihm die Geschehnisse in allen Einzelheiten, während er sie sprachlos über sein Sandwich hinweg anstarrte. »Das ist unsere Geschichte. Wollen Sie uns jetzt nicht auch Ihre erzählen? Sie können doch unmöglich die ganze Zeit in dem eiskalten Wasser verbracht haben?«

Eustace erinnerte sich wieder an sein Sandwich und biß herzhaft hinein. »Na ja, einerseits ja, andrerseits nein, würd' ich sagen. Jetzt wo ich weiß, daß die mir eins über'n Kopf gegeben haben, fang' ich langsam an zu kapieren, wenn man das so sagen kann. Ich kann mich bloß noch erinnern, wie ich am Steuer gestanden hab' un' ihr runtergestiegen seid. Un' das nächste, was ich weiß, is', daß ich im Wasser bin un' langsam absaufe. Auf einmal fühl' ich was Hartes unter mir, das Wasser läuft ab oder ich werd' hochgehoben. Ich weiß selbs' nich', was es war.«

Er schwieg einen Moment, um zu kauen. »Jedenfalls war ich wieder oben über'm Wasser, flach auf'm Rücken, un' hab' in 'n Himmel gestarrt. Mal hab' ich gedacht, das is' ja alles ganz furchtbar, und dann wieder, so schlimm isses nun doch wieder nich'. Ich hab' geglaubt, ich wär' wieder auf der ›Ethelbert Nevin‹, wißt ihr. Hab' geglaubt, man hätt' mich hochgehievt un' auf Deck hingelegt wie 'ne aufgeschlitzte Makrele. Doch dann hab' ich gemerkt, daß das nich' stimmen kann, weil wir ganz schön schnell waren, aber kein Ton zu hören war. Un' dann hab' ich endlich geschnallt, was los is', aber wie ich schon gesagt hab', das glaubt ihr mir sowieso nie im Leben, es is' nämlich –«

»Ein Wal unter dir aufgetaucht und hat dich huckepack genommen«, fuhr Catriona ungeduldig fort. »Was soll denn daran so ungewöhnlich sein? Das passiert schließlich jeden Tag.«

»Von wegen jeden Tag! Ich fahr' aus der Hocasquam Bucht raus auf's Meer, seit ich alt genug war, Köder zu schneiden, un' hab' noch nie gehört, daß wer von 'nem Wal mitgenommen worden is', wie mir das jetz' passiert is'. Du willst mir wohl 'n Wind aus 'n Segeln nehmen, was?«

»Das würde ich nicht mal im Traum wagen. Als wir drei über Bord gegangen sind, haben wir selbst gehofft, daß uns ein Wal aufliest, aber wir hatten leider kein Glück. Dann warst du also die ganze Zeit auf dem Rücken des Wals?«

»Ich glaub' schon. Bin wohl zwischendurch immer wieder ohnmächtig geworden. Ich hab' versucht, meine Position zu bestimmen, so gut es ging, un' Bong!, schon war ich wieder ganz woanders. Dann is' der Nebel gekommen, un' ich konnte mich nich' mehr orientieren, aber das war mir auch schnurz, weil ich ja gedacht hab', daß ich eh vor die Hunde geh'. Früher oder später muß der Wal sowieso tauchen, un' das wär's dann gewesen. Aber der is' nich' getaucht, warum, weiß ich auch nich'. Man hätt' ja annehmen können, das Vieh kriegt irgendwann mal Hunger oder so. Ich hatte jedenfalls 'nen Riesenhunger, das könnt' ihr mir glauben.«

»Wie sind Sie denn von dem Wal heruntergekommen?« fragte Iduna.

»Das Biest hat mich abgeworfen. Wir sind schön langsam rumgekurvt, nich' schneller als 'n halben Knoten, würd' ich sagen. Der Wal hat sich nich' überanstrengt, das muß man sagen, was aber keine Kritik sein soll, denn ohne den wär' ich jetzt schließlich nich' hier. Aber der Himmel is' dunkler un' dunkler geworden, un' der Nebel dicker un' dicker, ich war ganz schön fertig. Hab' nur noch gedacht, was soll der Mist überhaupt, da mach' ich lieber gleich Schluß.«

»Noch einen Keks?« erkundigte sich Iduna.

»Vielen Dank. Ja, so war das. Da kann ich auch genausogut runterrutschen un' mich ins Meer kippen lassen, hab' ich gedacht. Aber ich weiß auch nich', irgendwie war selbs' das noch zu anstrengend. Und dann hab' ich gedacht, Mensch, ich spinn' wohl, da is' ja 'n Licht im Hafen. Ich glaub', der Wal hat es auch gesehn, denn er hat sich rumgedreht un' mich abgeworfen. Das wär's dann wohl, hab' ich gedacht, un' schon bin ich abgesoffen.«

Er schob sich den Rest seines Kekses in den Mund. »Aber von wegen, auf einmal hab' ich festen Boden unter'n Füßen un' hör' wen singen. Na, hab' ich mir gedacht, jetzt stehste am Himmelstor, da kannste auch genauso gut hingehen un' selbs' Harfenstunden nehmen. Un' dann bin ich immer weiter gegangen, un' jetz' bin ich hier. Un' saufroh drüber, wenn ich mal so sagen darf. Ich hätt' gern noch zwei oder drei von den Keksen, wenn Sie noch welche überhaben, Iduner.«

»Es ist leider nur noch einer da, aber den können Sie gern haben. Meinen Sie, der Nebel wird sich morgen früh gelichtet haben?«

»Möglich wär's«, meinte Eustace. »Aber vielleicht auch nich'.«

»Ich frage nur, weil unsere Verpflegung äußerst knapp ist, wissen Sie«, entschuldigte sich Iduna.

»Hölle auch, verhungern werden wir schon nich'. Wir können Muscheln vom Felsen abkratzen un' rösten, wir dürfen bloß das Feuer nich' ausgehen lassen. Wir können sogar Seetang essen, wenn wir sons' nix mehr haben. Das einzige Problem is' Trinkwasser. Vermute, ihr habt keins dabei, oder?«

»Nein, daran habe ich wirklich nicht gedacht. Wir haben noch eine halbe Thermosflasche voll Limonade, zum Frühstück etwa einen Schluck Kaffee pro Person, drei Orangen und noch reichlich Weintrauben. Das müßte eigentlich fürs erste reichen. Und ich habe eine Schachtel mit Erfrischungstüchern dabei, falls sich jemand frisch machen möchte.«

»Rum haben Sie auch noch«, erinnerte sie Eustace.

»Von dem Sie allerdings jetzt nichts mehr bekommen, falls das ein Wink mit dem Zaunpfahl gewesen sein soll. Sie haben uns eben selbst geschildert, wie Sie immer wieder ohnmächtig geworden sind, als Sie auf dem Wal geritten sind. Vermutlich haben Sie von dem Schlag auf den Kopf, den ihnen die Ganoven verpaßt haben, eine leichte Gehirnerschütterung davongetragen. Bei Kopfverletzungen darf man auf keinen Fall Alkohol trinken.«

»Pah. Sie halten mich wohl für 'n Weichei, was? Ich hab' 'nen Kopf aus Granit.«

»Glaub ja nicht, du könntest Iduna überreden, dir auch nur einen Tropfen von dem Zeug zu geben«, schnaubte Catriona. »Du solltest lieber abwarten, wie du dich morgen früh fühlst, statt zu versuchen, deinen Zustand auch noch zu verschlimmern. Wir sind nicht gerade gut ausgerüstet, was Krankenbetreuung betrifft. Ich wünschte mir zwar, daß es anders wäre, aber leider haben wir nicht mal eine Extradecke für dich.«

»Hunh.« Erstaunlicherweise begann Eustace leise zu kichern. »Kannste dich noch erinnern, wie du heut' morgen an Bord gekommen bis', Cat? Ich hab' dich gefragt, is' das alles, was ihr an Ballast mithabt, un' du has' gesagt, wir woll'n ja schließlich nich' die Nacht auf dem Kahn zubringen. Das war ja wohl 'n bißchen voreilig, was?«

»Vielen Dank für die Belehrung. Ich glaube, ich suche uns noch ein bißchen Feuerholz.«

»Cat, geh bitte nicht allein hinaus in diesen Nebel«, bat Iduna. »Unser Vorrat reicht auf jeden Fall bis morgen früh.«

Sie hatte nicht übertrieben. Nachdem sie an Land gespült worden waren, hatten sie sich zunächst ein wenig aufgewärmt und etwas gegessen, danach waren Helen und Catriona sofort losgezogen, um Holz zu sammeln. Sie hatten einen ansehnlichen Stoß zusammengetragen, zum einen, weil sie das Feuer zum Überleben brauchten, zum anderen, weil die Anstrengung ihren Kreislauf wieder in Schwung brachte und sie etwas Sinnvolles zu tun hatten, das ihre Lage weniger verzweifelt erscheinen ließ. Inzwischen sah alles ein klein wenig besser aus, und Catriona gab bereitwillig nach.

»In Ordnung, Iduna, dann lasse ich es eben, wenn es dich aufregt. Wahrscheinlich bin ich nur ein bißchen zappelig. Warum, zum Teufel, habe ich bloß nicht daran gedacht, meine Schreibmaschine mitzubringen? Und eine Batterie, um sie anzuschließen. Das übliche Problem unserer westlichen Industriegesellschaft, wir sind viel zu abhängig von der Technik. Man braucht nur mich anzuschauen, ich bin absolut tastatursüchtig. Wenn ich Abraham Lincoln wäre, würde ich mir einfach ein verkohltes Holzstück vom Feuer nehmen und damit Gleichungen auf die Felsen kritzeln.«

»Warum in aller Welt solltest ausgerechnet du mathematische Gleichungen lösen?« erkundigte sich Helen. »Du kannst doch nicht mal dein eigenes Konto ausgleichen. Zumindest war es früher in South Dakota so. Außerdem ist der Nebel so dick, daß er deine Zeichen schon abgewaschen hätte, bevor du überhaupt damit fertig wärst. Sollten wir nicht irgendwas aufstellen, worin wir die Flüssigkeit sammeln können? Dann hätten wir wenigstens etwas zu trinken. Wir könnten doch die Plastiktassen dazu nehmen.«

»Wie wär's, wenn wir einfach die Zunge rausstrecken?« brummte Eustace. »Wie lange meint ihr wohl, daß Wedgwood Munce uns allein hier draußen rumhocken läßt wie 'ne Schar Krähenscharben? Wenn Wedge merkt, daß die ›Ethelbert Nevin‹ nachts nich' vor Anker gegangen is', fährt der sofort raus un' sucht uns, da geh' ich jede Wette ein. Un' der gibt ers' auf, wenn er uns gefunden hat.«

»Woher willst du das so genau wissen?« knurrte Catriona. »Besonders engagiert ist mir Wedgewood Munce noch nie vorgekommen. Nach allem was ich gehört habe, haben seine Brüder ihm den Job als Hafenmeister nur zugeschanzt, weil sie es satt hatten, ihn ständig zu unterstützen.«

»Ich sag' ja gar nich', daß das nich' stimmt. Aber ich hab' mir neulich fuffzig Dollar von Wedge geliehen, un' er will unbedingt, daß ich ihm den Zaster diese Woche zurückzahle, egal was passiert. Er weiß, daß ich heut' mit euch raus zu den Walen fahren wollte. Oder gestern oder wann es war. Ich hab' ihm davon erzählt, als ihr angerufen un' reserviert habt. Also weiß er, daß ich euer Geld hab', wenn ich zurückkomme, un' ihr könnt sicher sein, daß Wedge seit der Flut oben auffer Landungsbrücke sitzt un' wartet un' seine verdammte Flosse ausstreckt, um mich sofort beim Schlafittchen zu packen, wenn ich anlege. Er verflucht mich bestimmt schon, würd' mich jedenfalls nich' wundern, weil er Schiß hat, daß die ›Ethelbert Nevin‹ mit Mann un' Maus gesunken is' un' er sein verdammtes Geld nich' kriegt.«

»Soll das ein Witz sein, Eustace? Für den Fall kann ich dir nur versichern, daß ich alles andere als belustigt bin«, bemerkte Catriona kühl.

Iduna war mitfühlender. »Mr. Munce wird sicher nicht mehr auf der Rückgabe des Geldes bestehen, wenn er herausfindet, daß Sie Ihr Boot verloren haben.«

Eustace gab sich keinen falschen Hoffnungen hin. »Man merkt, daß Sie Wedge Munce nich kennen, Iduner. Wedge is' der gemeinste Kerl von Kittery bis Calais, ohne Ausnahme. Als er letztes Mal die fuffzig Dollar verlangt hat, hab' ich ihm das glatt ins Gesicht gesagt. Wedge, sag' ich, wenn's zwei von deiner Sorte gäb', würd' ich einen von euch abmurksen, damit ihr euch nicht vermehrt.«

Eustace spuckte aus, drehte dabei aber seinen Kopf mit höflicher Rücksicht auf die Empfindungen der anwesenden Damen zur Seite. »Ich kenn' bloß eine Person, die mich noch mehr auf die Palme bringt als Wedge Munce, un' das is' die Lady, die Woody Fingal sich an Land gezogen hat. Wie nennt die sich noch gleich, Cat? Ambrosia irgendwas?«

»Elisa Alicia Quatrefages, aber frag mich bloß nicht nach dem Grund. Was hast du denn gegen Elisa Alicia, Eustace? Ich wußte nicht mal, daß du sie kennst.«

»Meine Schuld war's nich'. Letzte Zeit kommt die dauernd runter zu 'n Booten, steht blöd rum un' stellt dumme Fragen. Als ich sie zuletzt gesehen hab', hat sie 'ne Kamera umhängen gehabt wie 'n verdammter Tourist. Ich schwöre, die hat fuffzehn oder zwanzig Bilder allein vonner ›Ethelbert Nevin‹ gemacht. Ich saß auf'm Steg un' hab' Hummerkörbe geflickt, un' sie hat verlangt, daß ich für sie poussiere oder wie das heißt. Ich hab' gesagt, für zehn Kröten poussier ich für sie sogar auf'm Kopf un' spiel dabei Mundharmonika.«

»Hat sie eingewilligt?«

»Nöh, hat bloß 'n Kopf geschüttelt un' gesagt, das wär ihr zu teuer und daß sie bloß die Atmosphäre oder so was einfangen will. Ich hab' zufällig grad' 'nen Eimer mit Fischköpfen unter der Bank stehen, die schon 'ne Woche oder zwei gezogen hatten, weil ich sehen wollte, ob die Hummer die lieber fressen als die Köder, die ich sons' immer hab'. Die verdammten Biester sind so selten geworden, daß man am besten zu ihnen runtertaucht un' ihnen 'ne Einladung mit Goldrand vor die Scheren hält, damit die in die verfluchten Körbe kommen. Also hab' ich den Deckel runtergenommen un' ihr den Eimer vor die Nase gehalten. Hier, hab' ich gesagt, da ham Sie Ihre Atmosphäre, Lady, schnuppern Sie das mal.«

»Eustace, das ist ja ekelhaft!« kicherte Catriona. »Schade, daß ich nicht dabei war. Was hat Elisa Alicia dazu gesagt?«

»Sie hat gesagt, der Gestank wär' gottserbärmlich, was ich wirklich übertrieben fand, schließlich waren's ja bloß stinkige alte Fischköpfe, wenn ihr mich fragt. Ich hab' schon bedeutend Schlimmeres gerochen. Sie is' jedenfalls nich' geblieben, um noch mehr zu schnuppern, aber ihr werdet's nich' glauben, am nächsten Tag is' sie schon wieder da un' will unbedingt wissen, ob man mein Boot chartern kann. Ich hab' gesagt, wer will denn mein Boot chartern, un' sie hat gesagt, 'n Freund von ihr. Ich frag', ob er mit mir rausfahren will, un' sie sagt, nee, der will allein rausfahren. Also sag' ich, ohne mich läuft hier nix, da is' sie abgerauscht un' seitdem hab' ich sie nich' mehr gesehen. Has' du nich' gemerkt, wie schlecht ich die letzen Tage drauf war, weil sie mir so gefehlt hat?«

Er erwartete, daß sie über seinen Scherz lachen würden, also taten sie ihm den Gefallen. »Wenn ich sie das nächste Mal treffe, erzähle ich Elisa Alicia, wie sehr du sie vermißt«, versprach Catriona.

»Das mach' man. Die fehlt mir fast so sehr wie die Frostbeulen, die ich immer gekriegt hab', als ich noch mit Vetter Tramwell auf der ›Rudy Vallee‹ in den Grand Banks gefischt hab'. Sie hätten Tramwell sicher gemocht, Iduner. Has' du ihn mal getroffen, Cat?«

»Nein, ich kann mich nicht erinnern.«

»Na ja, besonders viel verpaßt has' du nich'. Tramwell hat immer Saxophon gespielt. Wenn er nich' gespielt hat, hat er gesungen, un' zwar durch die Nase wie der echte Rudy, bloß noch verdammt viel schlechter. Gott, Tram war wirklich schrecklich. Un' das Allerschlimmste war, man konnte nich' runter von dem Kahn. Er war sogar draußen in den kleinen Booten noch zu hören, ihr wißt ja, wie Wasser trägt. Er hat dauernd ›My Time is your Time‹ gewimmert wie 'ne verdammte Heulboje, bis man nich' übel Lust hatte, rüberzurudern un' ihm mit 'm Ruder eins überzubraten.«

»Was ist denn aus Ihrem Vetter geworden?« Wie gewöhnlich interessierte sich Helen mehr für die Fakten. »Ist er im Radio aufgetreten?«

»Nöh. Eines Nachts isser über Bord gegangen, die ›Rudy Vallee‹ war total vereist, das Eis auf Deck war fast acht Zentimeter dick. Ich hab' mich schon damals gefragt, wer wohl hinter ihm stand, als er ausgerutscht is', aber ich hab' keinen Ton gesagt. Hätt' sowieso nix genutzt. Ehrlich gesagt, hätt' man es auch keinem verübeln können. Wir ham sein Saxophon in 'nen Jutesack gepackt, mit 'ner Schüssel Kirschen beschwert un' auch ins Meer gekippt. Wir ham eingemachte nehmen müssen, aber wir dachten, es is' schließlich der Gedanke, der zählt. Wir ham alle dagestanden un' zugesehen, wie's gesunken is', un' ›Gewiegt von des Meeres Tiefe‹ gesungen, durch die Nase, damit es schön feierlich klang un' wir seiner Mutter was Tröstliches sagen konnten, als wir an Land gegangen sind.«

»Das war wirklich nett von Ihnen«, sagte Iduna. »So etwas ist sehr wichtig für eine trauernde Mutter.«

»Find' ich auch. Weiß allerdings nich', ob es Tante Penelope viel gebracht hat. Die war noch schlimmer als Tramwell, was das Varite angeht. So hat sie 's immer genannt, als es so was noch gab. Sie hat immer davon geträumt, mit 'nem Haufen Flöhe, den sie sich zugelegt hat, 'nen eignen Flohzirkus zu starten. Sie hat Onkel Brockley mal so stinkwütend gemacht, weil sie immer bloß über die Flöhe gequatscht hat, statt ihm seine Fischfrikadellen zu braten, daß er die Flitspritze genommen hat un' den ganzen Zirkus mit einem Wusch vergiftet hat. Da hat Tante Penelope sich die Schürze abgerissen, den gesalzenen Kabeljau auf 'm Abtropfbrett liegen lassen un' die Speckstückchen inner Pfanne brutzeln lassen un' is' per Daumen nach Old Orchard Beach gefahren. Da hat sie dann Toffeebonbons verkauft un' sich mit 'nem Kerl zusammengetan, der am Stand nebenan Hamburger verkauft hat, un' sie ham alle glücklich un' zufrieden gelebt bis an ihr Ende. Besonders Onkel Brockley.«

Catriona war belustigt. »Warum erzählst du die Geschichte nicht Guthrie Fingal, wenn du ihn das nächste Mal siehst? Wofür hat denn Elisa Alicias Freund die ›Ethelbert Nevin‹ chartern wollen?«

»Hat sie nich' verraten, un' ich hab' auch nich' nachgefragt. Da fällt mir übrigens was ein. Weiß auch nich', warum mir der Gedanke nich' eher gekommen is'. Also, nachdem ich mit dir telefoniert hab', Cat, hab' ich mir gedacht, ich geh' doch lieber schnell raus un' werf die verdammten Fischköpfe weg. Un' das Cockpit wollt' ich auch saubermachen, damit ich dich nich' vor deinen Freundinnen blamiere. Also hab' ich 'ne Weile gearbeitet, aber dann wurd's dunkel, so daß ich nichts mehr gesehen hab', un' es hätte sowieso nix genutzt, denk' ich mal. Aber es war irgendwie angenehm da unten, also bin ich runter in die Kajüte un' hab' einfach so dagesessen, wie man das manchmal so macht.«

»Warum denn ausgerechnet in der Kajüte?« erkundigte sich Helen.

»Keine Ahnung. Schätze, mir war einfach danach. Wie ich da so sitze, hör' ich mit einem Mal, wie 'ne Gruppe Männer zur Anlegestelle kommt. Ich hab' zuerst gedacht, die kommen vielleicht wegen der Waltour, un' will schon raus und sie begrüßen, bin dann aber doch sitzen geblieben. Hätte ja sein können, daß es Touristen sind, die auch bloß scharf auf die Atmosphäre waren, genau wie Elisa Alicia, un' von der Sorte hab' ich die Nase mehr als voll. Jedenfalls hab' ich die nich' gekannt, soviel is' sicher. Un' jetzt könnt' ich schwören, daß die es waren.«

Er brauchte den drei Frauen nicht zu erklären, wen er meinte.

»Sie sind wahrscheinlich gekommen, um nachzusehen, ob die ›Ethelbert Nevin‹ ein Boot war, das man leicht stehlen konnte«, sagte Iduna.

»Klang mir ganz so, als ob sie das schon lange wußten un' bloß sichergehen wollten, ob sie auch da is', wo man sie leicht klauen kann. Das hab' ich natürlich damals nich' geahnt, sons' hätt' ich denen 'nen Strich durch die Rechnung gemacht. Aber wie gesagt, ich dachte, die gucken nur, ob sie auch wirklich mit raus zu den Walen wollen. Ich hab' mir gedacht, entweder die kommen oder die kommen nich'. Wenn ja, isses mir recht. Wenn nein, isses auch egal. Ihr drei hattet ja schon reserviert un' das war genug, um Wedge Munce loszuwerden, un' das war schließlich das Wichtigste. Also bin ich sitzen geblieben, un' das hab' ich jetzt davon.« Eustace klang sehr unzufrieden mit sich, wozu er auch allen Grund hatte.

»Was haben sie denn gesagt?« fragte Helen.

»Na ja, die ham sich gestritten, ob das auch wirklich das richtige Boot is', un' dann ham sie gesagt, das musses wohl sein, weil sons' keins groß genug is' für sie un' all das, was sie mitnehmen wollen.«

»Haben Sie gesagt, worum es sich handelte?«

»Nöh. Aber sie ham gesagt, daß sie noch was abholen müssen. Ich nehm' an, die ham die verdammten Riesenkoffer gemeint, die sie dabeihatten. Ich kann mich nich' mehr erinnern, ob die noch gesagt haben, wo sie das Ding holen wollten. Die haben ganz leise geredet, un' meine Ohren sind auch nicht mehr so gut wie früher. Aber dann hat einer gesagt: ›Bis' du sicher, daß wir ihr vertrauen können?‹ Un' der Großkotzige, auch wenn ich da noch nich' wußte, daß der das war, versteht ihr, also, der hat gesagt, macht euch bloß keine Sorgen, das wird laufen wie geschmiert. Das hat er zwar nich' genauso gesagt, aber ich hab's so verstanden. Dann ham alle gelacht, aber nich' laut, als ob sie Angst hätten, daß man sie hört. Ich weiß auch nich', wieso die das dachten, aber vielleicht ham die mich auch unten in meiner Kajüte gesehn un' bloß nix gesagt, aber das is' ja sowieso schnurzegal. Jedenfalls sagt einer von denen, zumindest säh' sie aus, als würd' sie nich' untergehn, bevor sie in Paraguay wären, un' dann sagt einer ›Wir müssen Samstag da sein, oder?‹ Un' dann sind sie wieder weg, un' ich hab' gedacht, höchste Zeit, daß du dich verziehst, un' das hab' ich dann gemacht.«

»Samstag in Paraguay?« Helen schüttelte den Kopf. »Eustace, ist Ihnen das nicht total verrückt vorgekommen?«

»Kann ich nich' sagen.«

»Aber wissen Sie denn nicht, wo Paraguay liegt?«

»Irgendwo anner Küste oder bei den Inseln, würd' ich sagen.«

»Eustace, Paraguay gehört zu Südamerika.«

»Tja, Peru auch. Un' China is' in Asien, un' Moskau in Rußland, un' Polen in Polen un' Paris in Frankreich, aber wenn ihr mir 'ne Landkarte von Maine gebt, zeig' ich sie euch alle – un' noch 'ne ganze Menge mehr. Ich will zwar nich' behaupten, daß ich auf Anhieb sagen könnte, wo genau unser Paraguay liegt, aber ich seh' keinen Grund, warum wir nich' auch eins haben sollten. Soll ich euch das Feuer 'n bißchen aufstocken, Cat, damit es die ganze Nacht weiterbrennt? Ich finde, wir sollten uns allmählich aufs Ohr hauen.«

Kapitel 12

Wir haben Glück, Professor Shandy. Es hat die ganze Nacht geregnet.«

»Ungh?« Einen Moment lang erkannte Peter weder die Stimme noch konnte er sich erinnern, warum er auf einem Zweigbett in einem Kaninchenbau lag. Kein Wunder, daß er von Alice im Wunderland und kleinen Kuchen mit der Aufschrift »ISS MICH« geträumt hatte. Dann kehrte die Erinnerung wieder zurück.

»Oh, Miss Binks. Guten Morgen. Wie spät ist es?«

»Kurz vor Sonnenaufgang, genauer kann ich es leider auch nicht sagen. Ich war draußen und habe den Feind ausgekundschaftet. Alles scheint darauf hinzuweisen, daß die Luft rein ist. Der Regen hat die Bluthunde wahrscheinlich von der Spur abgebracht. Wissen Sie, es würde mich gar nicht wundern, wenn das Durcheinander, daß Sie und Mr. Swope verursacht haben, als Sie gestern versucht haben, Muddy Bottom zu durchqueren, Ihre Verfolger glauben gemacht hat, Sie seien beide im Sumpf versunken. Es hat übrigens nicht viel gefehlt, wissen Sie.«

»Eh – das war mir gar nicht bewußt.« Peter wäre es lieber gewesen, wenn sie ihm diese Neuigkeit erspart hätte, auch wenn er annahm, daß er eigentlich erleichtert sein müßte, da er ja immerhin noch am Leben war und sie hören konnte. »Sie glauben also, die Schurken haben die Jagd abgeblasen?«

»Sieht ganz so aus, doch wir sollten auf jeden Fall wachsam bleiben, meinen Sie nicht? Schließlich haben die Briten damals durch übertriebenes Selbstvertrauen die Schlacht von Trenton verloren.«

Wahrscheinlich hatte sie recht, auch wenn Peter darüber nicht sonderlich froh war. Er sollte eigentlich längst auf sein und sich den Herausforderungen des Tages stellen, statt sich faul auf Fichtennadeln zu rekeln. Der Geist war willig, doch wie stand es um seine Tensoren und Flexoren? Er testete einige seiner Muskeln, überprüfte, ob sein Körper noch vollständig war, was der Fall war, soweit er feststellen konnte, ohne das vermutlich hochsensible Schamgefühl von Miss Binks zu verletzen, und entschlüpfte den Decken.

Anzuziehen brauchte er sich nicht, da er sich gar nicht erst ausgezogen hatte. Seine Kleidung war ohnehin ruiniert, ein paar Falten mehr oder weniger machten daher kaum einen Unterschied. Ein Blick auf seine Hosenbeine bestätigte diese Annahme. Ein Griff an sein Kinn sagte ihm, daß seine Bartstoppeln zugenommen hatten, während der Rest seines Körpers abgenommen hatte. Wie in drei Teufels Namen sollten er und Swope es schaffen, sich eine Mitfahrgelegenheit nach Balaclava Junction zu ergattern, wenn sie aussahen wie zwei heruntergekommene Landstreicher? Sich bei einer nicht mehr ganz jungen alleinstehenden Dame zu erkundigen, ob sie vielleicht zufällig einen Rasierapparat besaß, schien ihm sowohl sinnlos als auch ein klein wenig taktlos. Also schleppte er sich durch den Tunnel in das sogenannte Badezimmer und tat sein Bestes, was in diesem Fall nicht sonderlich viel war.

Cronkite Swope schlief immer noch. Miss Binks schien der ausgestreckte Körper auf ihrem Wohnzimmerfußboden nicht weiter zu stören, daher entschied Peter, daß es ihm auch nichts ausmachte. Er trug einen dicken Holzklotz, der ihm als Stuhl dienen sollte, in die Nähe des Feuers, und nahm dankbar die Tasse in Empfang, die Miss Binks ihm reichte. Diesmal war es ein Henkelbecher aus dickem weißen Steingut, mit einer blauen Linie um den ein wenig verfärbten, rissigen Rand. Der Inhalt sah aus wie schwarzer Kaffee und roch ungefähr so, wie man es von Kaninchenbau-Kaffee erwarten konnte. Jedenfalls war das Gebräu heiß und naß. Er probierte einen Schluck und war angenehm überrascht.

»Gemahlene Löwenzahnwurzeln«, erklärte Miss Binks. »Ich wasche sie sorgfältig, röste sie am Feuer, bis sie gleichmäßig braun sind, und zerstoße sie mit dem Stößel im Mörser zu Pulver.« Sie wies mit dem Kopf auf eine fußbreite Schieferplatte, in der sich eine tellerartige Vertiefung befand. Darin lag ein glatter Granitstein, der in Größe und Form einem Riesenei ähnelte. »Ich finde den Geschmack von Löwenzahn angenehmer als den von Zichorienwurzeln, auch wenn ich zugeben muß, daß ich die beiden manchmal mische, um ein etwas stärkeres Getränk zu erhalten.«

Ganz wie eine guterzogene Gastgeberin nahm sie ihre eigene Tasse und setzte sich ihm gegenüber auf einen anderen Holzklotz.

»Also, Professor Shandy, ich habe mir einige Gedanken darüber gemacht, was Sie als nächstes unternehmen sollten. Ich kann mir nicht vorstellen, daß Sie zurück zum Woeful Ridge gehen wollen, um zu versuchen, Ihr Fahrzeug zu retten.«

»Vollkommen richtig«, versicherte Peter. »Ich bezweifle ohnehin, daß es noch etwas zu retten gibt. Die Zerstörungstruppe hatte bereits hervorragende Arbeit geleistet, als Swope und ich uns davonmachten. Wenn sie nicht ungeheuer dumm oder stolz auf ihre Tat sind, haben sie die traurigen Überreste sicher längst fortgeschafft und irgendwo verschwinden lassen. Vielleicht verbrannt oder im Steinbruch entsorgt. Es handelte sich bei dem Fahrzeug nämlich zufällig um den Dienstwagen des *Gemeinde- und Sprengel-Anzeygers von Balaclava County,* müssen Sie wissen. Der Name steht groß und breit auf den beiden Vordertüren und auf dem Kofferraum.«

»Wohl kaum etwas, das man einfach herumstehen läßt«, stimmte Miss Binks zu. »Die Überlebenskämpfer haben bestimmt nicht vor, die Leute darauf aufmerksam zu machen, daß sie es waren, die Ihren Tod verschuldet haben. Was natürlich nicht zutrifft, da Sie noch am Leben sind, aber das brauche ich Ihnen ja nicht zu sagen, aber ich hoffe, daß die Männer weiterhin vom Gegenteil überzeugt sind. Ich habe ein paar Fetzen von Mr. Swopes Jacke und Hose entdeckt, die im Dornengestrüpp neben dem Sumpf hängengeblieben sind, was ihre Vermutungen möglicherweise bestärkt. Übrigens, wenn Mr. Swope tatsächlich Reporter ist, können Sie ihn hoffentlich davon abhalten, etwas über mich in die Zeitung zu setzen.«

»Keine Sorge«, versicherte Peter. »Swope gehört nicht zu den Menschen, die die Hand beißen, die sie füttert. Eh – das war übrigens kein Wink mit dem Zaunpfahl. Wir hatten vor, uns am Wegrand ein wenig Vogelmiere zu pflücken«, log er tapfer.

»Jetzt hören Sie aber auf, Professor! Sie können doch unmöglich schon genug von meiner Kochkunst haben! Ich kann Ihnen zwar kein Spiegelei mit Schinken anbieten, aber vielleicht schmeckt Ihnen mein Amarantpfannkuchen mit Birken- und Ahornsirup.«

»Klingt köstlich«, log er höflich. »Aber machen Sie sich bitte unseretwegen keine Umstände.«

»Ich mache mir schon keine Umstände, soviel kann ich Ihnen versichern. Es macht Spaß, endlich wieder jemanden zu bekochen. Vielleicht war ich doch ein wenig einsam, auch wenn es mir nicht bewußt war.«

»Haben Sie nie daran gedacht, sich ein Haustier zuzulegen?«

»Nicht ernsthaft. Vielleicht könnte ich einen streunenden Hund oder eine ausgesetzte Katze adoptieren, wenn sich die Gelegenheit dazu böte, was allerdings bisher nie geschehen ist. Ich habe zwar schon verschiedene verlassene Waldtiere versorgt und durchgefüttert, aber jedesmal so schnell wie möglich wieder in ihre gewohnte Umgebung zurückgebracht. Da ich für mich selbst jegliche Domestizierung ablehne, verspüre ich auch keinerlei Bedürfnis, sie meinen wilden Mitgeschöpfen zuzumuten.«

Noch während sie ihre Emanzipationserklärung abgab, machte sich Miss Binks wieder in ihrer Küche zu schaffen, ein Bild der Häuslichkeit, ganz wie Mutter Kaninchen in den Geschichten von Beatrix Potter. Wenn sie das Fell auf ihrer Hirschlederkluft belassen hätte, dachte Peter, hätte man sie durchaus selbst für ein höhlenbewohnendes Waldwesen halten können. Da ihm nichts einfiel, womit er sich nützlich machen konnte, blieb er auf seinem Holzklotz sitzen und schaute ihr dabei zu, wie sie diverse merkwürdige Zutaten abmaß, miteinander verrührte und schließlich den dünnen Teig löffelweise auf einen flachen Stein gab, den sie im Feuer erhitzt hatte.

»Ein Blech besitze ich nicht, doch das ist auch nicht nötig. Die Pfannkuchen sind in wenigen Minuten fertig. Sollen wir Mr. Swope wecken? Ich möchte nicht unhöflich sein, Professor, aber ich denke, Sie beide sollten sich recht bald auf den Weg machen.«

»Hmja«, sagte Peter. »Es ist ganz schön weit bis Balaclava Junction.«

»Etwa fünfundzwanzig Meilen, würde ich sagen«, erwiderte Miss Binks energisch. »Viel zu weit. Ich hatte mir gedacht, Sie begeben sich am besten auf direktem Weg nach Whittington und rufen von dort entweder einen Freund an und bitten ihn, Sie abzuholen, oder Sie nehmen sich ein Taxi. Was zweifellos ein Vermögen kosten würde. Ich möchte nicht indiskret sein, aber haben Sie überhaupt Geld bei sich?«

Peter steckte eine Hand in seine Tasche, stellte erleichtert fest, daß seine Brieftasche noch da war, und zog sie hervor. »Ungefähr hundert Dollar. Ich vermute, Swope hat auch ein bißchen Bargeld dabei.«

»Mehr als genug, würde ich sagen. Dieses Problem wäre also gelöst. Zuerst müssen wir Sie allerdings wohlbehalten nach Whittington bekommen – was einige Vorbereitungen erfordern könnte. Mr. Swope, das Frühstück ist gleich fertig.«

»Huh? Oh, alles klar.«

Mit der Unverwüstlichkeit der Jugend sprang Cronkite aus den Decken, eilte ins Badezimmer und war bereits wieder zurück, als Miss Binks den ersten Pfannkuchen wendete. Die Pfannkuchen schmeckten ein wenig eigenartig, aber Peter und Cronkite machten sich dennoch bereitwillig darüber her, wobei sie sich allerdings mehr als großzügig mit Miss Binks' Birken- und Ahornsirup bedienten.

»So«, meinte Miss Binks, nachdem ihre Gäste aufgegessen hatten und sie es abgelehnt hatte, sich von ihnen beim Spülen helfen zu lassen. »Wie schaffen wir Sie am besten von hier fort?«

»Ich schätze, wir stehen einfach auf und gehen«, war alles, was Cronkite zu dieser Frage zu sagen wußte, und Peter fiel leider auch nichts Besseres ein.

Miss Binks bewies sofort, daß die Frage rein rhetorischer Natur gewesen war. »Zuerst müssen wir uns unbedingt etwas für Ihre Kleidung überlegen.«

Peter sah nicht allzu schlimm aus in seiner dunkelgrauen Cordhose und dem karierten Flanellhemd, beides Kleidungsstücke, die er in seiner Freizeit gern und oft trug. Obwohl sie schmutzig, verknautscht und an einigen Stellen zerrissen waren, konnte man sie durchaus als angemessene Kleidung für einen Landstreicher durchgehen lassen, der nicht sonderlich viel auf sich hielt. Cronkites ehemals hellblaue Sommerhose und die rot-beige karierte Jacke boten dagegen ein trauriges Bild. Ihre Gastgeberin schüttelte den Kopf.

»Es ist völlig undenkbar, daß Sie sich in diesem Aufzug auf einer Hauptverkehrsstraße zeigen, Mr. Swope.«

»Es wird mir nichts anderes übrigbleiben, Miss Binks. Entweder ich trage diese Sachen hier oder ich muß im Adamskostüm gehen.«

»Oh, ich bin sicher, da gibt es eine bessere Alternative. Mal sehen, was meine Garderobe hergibt.«

Miss Binks begab sich in einen Tunnel, den zu erforschen die Männer bisher noch keine Gelegenheit gehabt hatten, und kehrte mit diversen Plastiktüten aus der Reinigung zurück. »Ich habe einige Kleidungsstücke mitgenommen, als ich meine Höhle bezogen habe. Leider mußte ich sehr schnell feststellen, daß sie für meinen neuen Lebensstil höchst unpraktisch waren, aber ich habe sie trotzdem behalten. Man kann schließlich nie wissen, wann man etwas brauchen könnte. Mal schauen, Mr. Swope. Sie tragen Schuhe, die ich persönlich als Turnschuhe bezeichnen würde, aber sicher gibt es dafür heutzutage ein viel moderneres Wort. Dieses ausgebeulte alte Sweatshirt hier könnte Ihnen passen. Warum probieren Sie es nicht einfach an? Und Ihre Hosenbeine schneiden wir kurzerhand ab, so weit oben, wie es der Anstand erlaubt, dann könnten Sie als Jogger durchgehen.«

»Wow! Tolle Idee! Vielleicht kann ich mich schnell noch rasieren, wenn es Ihnen nichts ausmacht.«

»Haben Sie denn einen Rasierapparat dabei, Swope?« erkundigte sich Peter.

»Klar, ich habe immer einen bei mir in der Tasche. Im Großen Fernkurs für Journalisten steht, daß nichts einen Interviewpartner mehr abschreckt als ein unrasierter Reporter. Und schließlich kann man nicht ständig nach Hause rennen, um sich zu rasieren, wenn man einer heißen Story hinterherjagt. Sie können ihn gerne ausleihen, wenn ich fertig bin, Professor.«

»Das wäre sehr nett. Ich sehe auch ohne Stoppeln schon aus wie ein Landstreicher.«

»Das Problem besteht weniger darin, daß Sie aussehen wie ein Landstreicher, Professor«, korrigierte Miss Binks, »sondern daß Sie aussehen wie der Mann, den die Verbrecher gestern nachmittag in ihrem Waffendepot erwischt haben. Uns wird nichts anderes übrigbleiben, als Sie völlig unkenntlich zu machen. Das müßte eigentlich genau das Richtige sein, meinen Sie nicht?«

Sie hielt einen weitgeschnittenen Rock aus grünem Baumwollstoff mit einem Muster aus roten und rosa Erdbeeren und eine dazu passende einfache, langärmelige, grüne Bluse hoch. »Die gehörten meiner Tante. Sie hat sie kurz vor ihrem Tod gekauft, und ich habe es nicht übers Herz gebracht, sie mit den anderen Sachen fortzugeben. Sie hätte sich bestimmt gefreut, wenn ich etwas damit angefangen hätte, und dieser Zeitpunkt scheint mir jetzt für gekommen. Meine Tante war um einiges größer als ich, und der Rock hat einen Gummizug in der Taille. Die Sachen müßten Ihnen eigentlich passen.«

»Verflixt und zugenäht«, stotterte Peter, »ich kann doch unmöglich mit meinem Männergesicht und meinen Männerbeinen in Frauenkleidern auf die Straße!«

»Ihr Gesicht wird niemand zu sehen bekommen. Wir binden Ihnen ein Kopftuch um und ziehen es ganz tief in die Stirn. Sie haben nicht zufällig eine Sonnenbrille dabei?«

Er duchstöberte erneut seine Taschen. »Eh – meine Autobrille. Ja, habe ich.«

»Und Ihr Fernglas ebenfalls. Hervorragend. Sie können mein Vogelkundebuch mitnehmen, dann glaubt man, daß Sie die Vögel beobachten wollen. Ihr Schuhwerk sieht robust aus, und das ist schließlich das Wichtigste. Die Leute erwarten immer, daß Vogelbeobachter etwas exzentrisch aussehen. Sie können sich auch die Beine rasieren, wenn Sie schon einmal dabei sind. Wir bräunen sie dann später mit Walnußsaft.«

Sie griff nach einer erstklassigen Schere, die nicht so aussah, als hätte Miss Binks sie aus der Ruine ihres großväterlichen Hauses gerettet, und machte sich daran, Cronkites Hosenbeine zu kürzen. Peter fand sich damit ab, vorübergehend Miss Binks' Tante zu sein, nahm die Kleidungsstücke und verschwand, um sein Debut als Transvestit vorzubereiten. Als er zurück in die Höhle kam, präsentierte sich ihm eine völlig neue Miss Binks, fein herausgeputzt in einer grauen Flanellhose, einem türkisblauen Polohemd und relativ sauberen weißen Turnschuhen.

Sie begrüßte ihn genauso belustigt, wie er erwartet hatte. »Die Sachen stehen Ihnen ja hervorragend, Professor Shandy. Wirklich ein Bild für die Götter! Warten Sie, ich binde Ihnen noch schnell das Kopftuch fest, damit es nicht verrutscht. Um Ihre Beine brauchen wir uns wohl keine Sorgen zu machen. Ihre Socken sehen ganz passabel aus, und der Rock ist ziemlich lang. Meine Tante war stets der Überzeugung, daß man sein Geld bestmöglich anlegen sollte, daher hat sie alles immer eine Nummer zu groß gekauft, was sich heute für uns als Glücksfall erweist. Mr. Swope, hören Sie auf, sich im Tunnel zu verstecken. Ziehen Sie sich lieber die Shorts und das Sweatshirt an. Wir sollten uns wirklich allmählich auf den Weg machen. Gleich geht die Sonne auf und zerteilt den Frühnebel. Nicht daß ich mir viel davon verspreche, aber ich denke, wir sollten jeden Vorteil nutzen, der sich uns bietet. Zumindest solange wir uns noch in der Nähe der Höhle befinden, wissen Sie. Wenn wir erst auf den Fahrrädern sitzen, wird es bedeutend schwieriger sein, uns zu erwischen.«

»Fahrräder?« rief Peter. »Miss Binks, wollen Sie damit etwa sagen, daß Sie Fahrräder haben?«

»Habt ihr etwa angenommen, daß ich zwei arme fußkranke Sturmkinder den ganzen Weg nach Whittington zu Fuß laufen lasse? Oder daß ich dumm genug wäre, hier draußen fern von aller Zivilisation ohne Transportmittel zu hausen? Ich dachte, Mr. Swope könnte vielleicht einen kleinen Spurt auf dem Zweirad hinlegen, Professor, während wir in etwas damenhafterem Tempo auf dem Tandem folgen. Ich muß schon sagen, es bereitet mir große Freude, die gute alte Daisy Belle endlich wieder auszuführen. Seit dem Tod meiner Tante bin ich mit niemandem mehr Tandem gefahren. Ich habe versucht, Daisy mit dem übrigen Hausrat zu verkaufen, aber niemand hat sich für sie interessiert, daher habe ich sie kurzerhand mitgenommen. Wie ich bereits sagte, man kann schließlich nie wissen, nicht wahr? Falls Ihre Verfolger tatsächlich die Straßen kontrollieren, sind sie bestimmt auf der Suche nach zwei Männern zu Fuß. Ein einsamer junger Radfahrer und zwei ältere Damen auf einem Tandem müßten ihnen eigentlich unverdächtig erscheinen, glauben Sie nicht?«

»Ich glaube gar nichts mehr, Miss Binks, ich kann nur noch hoffen. Aber wie werden Sie die Räder wieder zurückbringen?«

»Ich nehme das Zweirad und lasse Daisy Belle in einem geeigneten Versteck zurück. Vielleicht könnten Sie oder Mr. Swope mir helfen, sie zu einem späteren Zeitpunkt wieder zurückzuholen?«

»Klar«, sagte Cronkite. »Aber was machen wir, wenn jemand das alte Mädchen klaut, bevor wir die Möglichkeit haben, es zurückzubringen?«

»Dann haben wir ein Problem weniger«, erwiderte Miss Binks trocken. »Sind Sie soweit, Mr. Swope?«

»Ich glaube schon. Das Sweatshirt ist ein bißchen eng.«

»Dann tun wir einfach so, als sei es bei der Wäsche eingelaufen. Krempeln Sie die Ärmel hoch, dann sehen sie nicht so kurz aus. Hier, setzen Sie sich doch meinen Fahrradhelm auf. Dann sind Sie noch schwerer zu erkennen. Auf geht's, Gentlemen. Am besten wir nehmen den Südtunnel, würde ich sagen.«

Glücklicherweise brauchte man durch diesen Gang nicht zu kriechen, wie Peter erleichtert feststellte. Ob er dies in Tante Binks Erdbeerrock geschafft hätte, war eine Frage, über die er lieber nicht nachdenken wollte. Sie mußten zwar die Köpfe einziehen, der eine mehr, der andere weniger, konnten sich aber ansonsten relativ normal bewegen, bis sie schließlich auf ein scheinbar undurchdringliches Hindernis stießen. Doch Miss Binks schob es mit einer Hand zur Seite.

»Alles Tarnung«, flüsterte sie. »Die Wand soll mich nur daran erinnern, daß ich nicht zu weit gehe und hinunterstürze. Dort unten befindet sich ein alter Brunnen. Sehr praktisch, wenn man im Winter Wasser benötigt, aber wenn man hineinfällt, kommt man ohne die Zugbrücke nur schwer wieder heraus. Seien Sie vorsichtig, wenn Sie hinübergehen, die Brücke ist ziemlich schmal.«

Die sogenannte Zugbrücke war nichts weiter als eine kurze Holzplanke. Sie führte über etwas, das Peter wie ein gähnender Abgrund erschien, und ruhte, so hoffte er wenigstens, sicher auf den untersten von mehreren Steigeisen, die in die Steinwand auf der anderen Seite des Brunnens getrieben worden waren. Miss Binks hüpfte munter hinüber, kletterte an den Steigeisen hoch und schob eine halbverfaulte Holzabdeckung beiseite, die mit Gestrüpp getarnt war. Vorsichtig wie ein Fuchs streckte sie ihren Kopf heraus, schaute sich um, witterte und spitzte die Ohren.

Als sie entschieden hatte, daß die Luft rein war, gab sie den Männern ein Zeichen, ihr zu folgen. Cronkite kletterte hoch wie ein Kätzchen an einem Vorhang. Peter schürzte seinen Rock und tat sein Bestes. Die beiden Männer halfen Miss Binks, die Brunnenabdeckung wieder zurückzulegen und mit Gestrüpp zu bedecken und folgten ihrer Anführerin. Sie machten einen ziemlich weiten Umweg und erreichten schließlich ein enges Tal, das noch buschiger war, als das, welches sie bereits kennengelernt hatten. Miss Binks hob ein riesiges Farnbüschel hoch und legte ein mit Brettern ausgekleidetes Versteck frei, in dem sich diverse Räder und Lenkstangen befanden.

Ohne auch nur ein Wort zu verschwenden, holte die moderne Version von Rima dem Vogelmädchen einen Schraubenschlüssel und einen Schraubenzieher hervor und begann, die Räder zusammenzusetzen. Nach exakt zwei Minuten, Peter hatte eigens auf die Uhr geschaut, waren beide Räder fahrtüchtig. Miss Binks legte Audubons Vogelkundebuch auffällig in den Drahtkorb, den sie am Lenker des Tandems befestigt hatte, und nickte Peter zu.

»Professor, wir beide schieben Daisy Belle zuerst bis zu einer Stelle, wo der Boden eben genug ist, daß wir darauf fahren können. Und Sie, Mr. Swope, nehmen das andere Rad.«

Mittlerweile wären ihr beide Männer blind bis ans Ende der Welt gefolgt. Sie kamen an dem riesigen Kellerloch des abgebrannten Hauses vorbei, das immer noch zur Hälfte mit verkohltem Holz und Schutt gefüllt war, und gelangten schließlich an einen grasbewachsenen Weg, der halbwegs befahrbar war, stiegen auf ihre Räder, schlingerten ein wenig und radelten los.

Peter hatte noch nie in seinem Leben auf einem Tandem gesessen, doch es war leichter, als er gedacht hatte. Miss Binks hatte ihm den hinteren Sattel überlassen, so daß er nur darauf achten mußte, daß er nicht herunterfiel und die Füße auf den Pedalen behielt. Zuerst blieb Cronkite weit hinter ihnen zurück. Doch als sie die Straße erreicht hatten und er sich wieder orientieren konnte, überholte er sie und fuhr vor ihnen her, allerdings nicht so schnell, wie er es auf einem neueren, besseren Rad gekonnt hätte. Doch das gehörte alles zu ihrem Plan, denn sie durften sich auf keinen Fall aus den Augen verlieren.

Da der Tag gerade erst angebrochen war, befanden sich nur wenige Fahrzeuge auf der Straße. Der erste Wagen, dem sie begegneten, fuhr hupend an ihnen vorbei. Peter blieb vor Schreck beinahe das Herz stehen, aber Miss Binks winkte dem Fahrer nur freundlich zu, und der Wagen fuhr weiter.

»Schon komisch, daß die Leute immer hupen, wenn sie Tandems sehen, finden Sie nicht?« rief sie ihm über die Schulter hinweg zu.

Anscheinend war ihr dieses Phänomen von den Ausflügen mit ihrer Tante vertraut. Peter begann sich zu entspannen, irgendwie genoß er den kleinen Ausflug sogar. Vielleicht sollten er und Helen Miss Binks die gute Daisy Belle abkaufen, für einen ordentlichen Batzen Geld selbstverständlich. Momentan schien diese liebenswürdige Höhlenbewohnerin zwar keinen Bedarf an materiellen Gütern zu haben, doch vielleicht kam einmal der Tag, an dem sie heilfroh über ein bißchen Bargeld sein würde.

Auf jeden Fall mußte er sich irgendwie für ihre unglaubliche Gastfreundschaft erkenntlich zeigen. Aber was konnte man einer Frau geben, die so unabhängig und erfindungsreich war? Importwein? Exotische Teesorten? Sie würde sein Angebot wahrscheinlich ohnehin ablehnen, genau wie Calvin Coolidge in seiner Zeit als Mieter in kleinen Pensionen frische Erdbeeren abgelehnt hatte, um sich nicht den Geschmack an Backpflaumen zu verderben.

Helen würde sicher etwas Passendes einfallen. Er nahm sich vor, außer ihr keinem Menschen von Miss Binks zu erzählen, da ihre Angst vor Anthropologen höchstwahrscheinlich mehr als berechtigt war. Doch Helen mußte er einfach alles sagen. Verdammt schade, daß Helen jetzt nicht zu Hause war, dann hätte sie mit dem Wagen kommen können, um ihn und Swope abzuholen, und niemand hätte etwas von ihrem Abenteuer erfahren.

Einen Wagen zu mieten oder ein Taxi zu nehmen war viel zu riskant. Peter wollte nämlich genausowenig, daß er und Swope zum Gesprächsthema wurden – jedenfalls nicht, bevor sie das Wolfsrudel vom Woeful Ridge sicher im Zoo abgeliefert hatten. Sie konnten daher nur jemanden anrufen, den sie gut kannten.

Cronkite Swopes Verwandte hatten genug mit ihren eigenen Problemen zu tun, und die Nachbarn hatten sich anscheinend alle von der Familie abgewandt. Auf seine Kontakte beim *Sprengel-Anzeyger* konnten sie sich auch nicht verlassen, da zu befürchten war, daß sie in der Zeitung über Miss Binks berichten würden. Peter ging im Geiste seinen eigenen Bekanntenkreis durch.

Dummerweise waren fast alle seine besten Freunde sofort nach Semesterende in Urlaub gefahren. Dan Stott war bei seinen Schweinezüchtern, Präsident Svenson hatte seine Frau und die beiden jüngsten Töchter nach Schweden entführt. Jim Feldster würde zwar auf der Stelle kommen, doch seine Gattin würde die Geschichte innerhalb kürzester Zeit in ganz Balaclava ausposaunt haben. Die Jackmans und ihre vier Sprößlinge waren auf Campingurlaub, genau richtig für die Hauptsaison der Kriebelmücken. Die Familien Porble und Goulson feierten die Verlobung ihrer Tochter beziehungsweise ihres Sohnes in Form einer gemeinsamen Besichtigungstour zur Kongreßbibliothek und zum Nationalfriedhof von Arlington. Peters bester Freund Timothy Ames war in Kalifornien und schaukelte sein jüngstes Enkelkind auf den Knien. Tims Schwiegertochter begleitete ihn. Aber Tims Sohn Royall war zu Hause, und Royall war ein feiner Kerl. Peter würde Roy Ames anrufen. Sie brauchten nur noch ein Telefon zu finden.

Kapitel 13

Vielleicht war ihre Verkleidung gar nicht nötig gewesen. Jedenfalls versuchte niemand, die drei Radfahrer mit Kugeln zu durchsieben, von der Straße abzudrängen oder gar anzuhalten, um ihnen freundlich einen guten Tag zu wünschen. In einem kleinen Naturschutzgebiet unmittelbar außerhalb von Whittington trafen sich Peter und Miss Binks mit Cronkite und fanden eine große umgestürzte Kiefer mit einer Mulde unter den Wurzeln, die so geräumig war, daß sie Daisy Belle mit etwas Glück so lange darin verstecken konnten, bis sie wieder gebraucht wurde. Sie entdeckten sogar einen Fichtenwaldsänger und hatten ausgiebig Gelegenheit, Miss Binks' Vogelkundebuch und Peters Fernglas zu benutzen.

Es war höchste Zeit, sich zu trennen, denn die Morgendämmerung neigte sich dem Ende zu. Peter rollte seine Hosenbeine herunter und gab Miss Binks den Rock ihrer Tante zurück. Die riesige grüne Bluse behielt er an, da man sie durchaus für ein Männerhemd halten konnte. Außerdem war sie lang genug, um den verheerenden Zustand seiner Hose zu verdecken. Er bestand darauf zu erfahren, womit er sich bei Miss Binks für all ihre Freundlichkeit erkenntlich zeigen könne, und nach einigem Zögern gestand sie, daß es sie nach einer leichten Sommerlektüre gelüste, beispielsweise Die »Brüder Karamasow« oder die Werke von Henry James. Dann radelte sie auf ihrem Fahrrad davon, nachdem Cronkite sie dazu gebracht hatte, sanft zu erröten, indem er sie zum Abschied mit einem Kuß und einer Umarmung beglückte.

Sie hatte ihnen erzählt, daß es früher nicht weit von hier auf dieser Straße einen Supermarkt gegeben habe. Cronkite joggte voraus, Peter folgte in einem Tempo, das etwas mehr gentlemanlike war. Das Geschäft gab es immer noch, und direkt neben dem Eingang befanden sich mehrere öffentliche Fernsprecher. Peter teilte Swope mit, warum er sich für Royall Ames entschieden hatte, und der Reporter stimmte sofort zu.

»Klar, Professor, rufen Sie ihn ruhig an. Ich wüßte niemanden im Ort, der auch nur bereit wäre, mit mir zu reden. Außer meiner Mutter und meinem Boß natürlich, aber ich könnte mir vorstellen, daß sie beide nicht dichthalten würden, was Miss Binks betrifft.«

Also rief Peter an. Roy war bereits wach und gern bereit, ihm den Gefallen zu tun. Er versprach, in einer halben Stunde bei ihnen zu sein. Da Roy sehr zuverlässig war, sah Peter keinen Grund, ihm nicht zu glauben. Es blieb ihnen wohl nichts anderes übrig als zu warten. Der Laden öffnete erst um acht, aber ein kleines Stück weiter entdeckten sie einen All-night Diner, eines der letzten Exemplare einer aussterbenden Gattung. Die Amarantpfannkuchen waren zwar sehr sättigend gewesen, hatten jedoch einen merkwürdigen Nachgeschmack hinterlassen, daher war ihnen eine Tasse Kaffee mehr als willkommen.

Sie gingen hinein und gönnten sich ihren Kaffee. Cronkite beschloß, ein wenig länger zu bleiben und sich ein oder zwei Doughnuts zu genehmigen, daher ging Peter allein zurück, für den Fall, daß Roy früher kam, obwohl der junge Ames die Strecke unmöglich in weniger als zwanzig Minuten zurücklegen konnte. Doch vielleicht konnte er sich die Zeit damit vertreiben, seine Gattin anzurufen, Catriona McBogles Telefonnummer hatte er vorsichtshalber mitgenommen. Er kramte eine Handvoll Kleingeld heraus und wählte.

Niemand hob ab. Peter erhielt sein Geld zurück und versuchte es noch einmal. Immer noch keine Antwort. Er rief die Auskunft in Maine an und versuchte herauszufinden, ob er sich die falsche Nummer notiert hatte. Die Nummer stimmte.

Bestimmt gab es eine ganz einfache, völlig harmlose Erklärung, versuchte er sich zu beruhigen. Vielleicht waren die Frauen in aller Frühe losgezogen, um Vögel zu beobachten. Oder sie saßen in der Forstwirtschaftsschule und nahmen gemeinsam mit Guthrie Fingal ein Sonnenaufgangsfrühstück ein. Er rief noch einmal bei der Auskunft an und ließ sich die Telefonnummer der Schule geben. Diesmal meldete sich tatsächlich jemand, möglicherweise eine Waldnymphe. Mr. Fingal befinde sich irgendwo im Hause. Ob Professor Shandy einen Moment Geduld habe? Peter hatte.

Einen Dollar und zehn Cents später hatte er Guthrie Fingal an der Strippe. »Pete! Tut mir leid, daß du so lange warten mußtest. Wir hatten gestern morgen ein Feuer in unserer großen Scheune und –«

»O Gott, das darf doch nicht wahr sein! Hat man euch etwa auch die Wetterfahne gestohlen?«

»Was? Eine Minute, ich schau mal nach!«

Er ließ ihn beträchtlich länger warten als nur eine Minute. Peter stopfte noch mehr Münzen in den Apparat und wartete weiter.

»Pete? Bist du noch dran? Wir können die Wetterfahne nicht finden.«

»Das wundert mich gar nicht. Ist Helen zufällig bei dir?«

»Nein.« Das Nein klang merkwürdig schroff. »Sie war vorgestern mit Cat hier und hat ein paar Fotos gemacht, aber dann sind sie –«

»Sind sie was?«

»Pete, ich weiß es auch nicht. Sie ist zusammen mit Cat und der anderen Frau, die noch bei ihnen war – ich habe sie nicht kennengelernt –« Guthrie druckste herum. »Die drei sind gestern morgen mit der ›Ethelbert Nevin‹ aufs Meer hinaus gefahren, um Wale zu beobachten.«

»Ach ja? Und dann?«

»Na ja, ich habe gestern abend versucht, Cat anzurufen, aber nur den Mann angetroffen, der für sie arbeitet. Er sagte, die ›Ethelbert Nevin‹ sei nicht mit der Flut eingelaufen, deshalb habe er es für das Beste gehalten, zu Cats Haus zu gehen und die Katzen zu füttern. Heute morgen habe ich es noch mal versucht, aber – reg dich bitte nicht auf, Pete. Höchstwahrscheinlich sind sie vom Nebel überrascht worden, und Eustace, das ist der Mann, der die Touren veranstaltet, hat sicherheitshalber über Nacht irgendwo angelegt. Wedgwood Munce, der Hafenmeister, fährt raus und sucht nach ihnen, sobald sich der Nebel lichtet.«

»Der spinnt wohl! Worauf wartet der Mistkerl denn noch? Ich komme sofort.«

Peter knallte den Hörer auf. Wo zum Teufel blieb Swope? Wo war Roy Ames? Und wo in aller Welt war Helen?

Glücklicherweise hielt Roy Ames nicht allzu viel von Geschwindigkeitsbegrenzungen und bewahrte Peter davor, völlig den Verstand zu verlieren. Peter war noch dabei, den armen Cronkite, der versuchte, mitfühlend auszusehen, während er sich genüßlich die Reste der Doughnut-Füllung aus den Mundwinkeln leckte, mit seinen Sorgen zu überschütten, als Roys roter Kombi auch schon auf den Parkplatz sauste. Sie kletterten hinein, schnallten sich an und berichteten von ihrem Abenteuer. Wie vereinbart, erwähnten sie Miss Binks mit keinem Wort. Es gab ohnehin genug zu erzählen.

»Heiliger Strohsack!« war Roys Reaktion. »Ihr könntet glatt einem von Dads alten Buchan-Thrillern entsprungen sein! Erst werden die Wetterfahnen gestohlen, dann wird die Seifenfabrik in Brand gesteckt, und zum Schluß lauert auch noch einen Haufen schießwütiger Terroristen direkt vor unserer Haustür. Glauben die etwa, bei einer solchen Aktion ungestraft davonzukommen?«

»Anscheinend haben sie genau das seit zwei Jahren oder noch länger geschafft«, sagte Peter. »Sie haben sich so gut dort verschanzt, daß mehrere Regimenter nötig wären, um sie zu überwältigen. Es sei denn, die Angelegenheit ließe sich auf einem – eh – diplomatischeren Weg klären. Oder die Kerle sind klug genug, sich aus dem Staub zu machen und irgendwo anders niederzulassen, nachdem wir ihr Versteck entdeckt haben. Die Sache muß unbedingt gemeldet werden, aber ich habe nicht die leiseste Ahnung, an wen wir uns wenden müssen. Zu welcher Stadt gehört Woeful Ridge eigentlich, Swope?«

»Ach herrje, Professor, da bin ich überfragt. Ich glaube, es gehört noch zu Lumpkinton. Aber ich kann mir nicht vorstellen, wie dieser Trottel Olson damit fertig werden soll. Das Ganze ist einige Nummern zu groß für ihn. Vielleicht der Bezirksstaatsanwalt?«

»Ich bin genauso überfragt wie Sie, Swope. Wer es auch ist, Sie müssen die Sache übernehmen. Ich habe nämlich keine Lust, mich auch noch mit bürokratischem Kleinkram aufzuhalten.«

»Müssen wir die Sache denn wirklich sofort melden?« protestierte Cronkite. »Stellen Sie sich mal vor, wie toll es wäre, wenn der *Sprengel-Anzeyger* den Exklusivbericht abdrucken würde und –«

»Sie mutterseelenallein zum Woeful Ridge zurückkehren würden und sich den Kopf wegpusten ließen? Das können Sie getrost vergessen, Swope. Und Sie ebenfalls, Roy, falls Sie gerade den glorreichen Einfall eines Kommandounternehmens hatten. Sie sind schließlich verheiratet!«

»Stimmt, Laurie würde mich umbringen, wenn ich mich erschießen ließe. Sagen Sie mal, Peter, glauben Sie, daß die Überlebenskämpfer etwas mit den gestohlenen Wetterfahnen zu tun haben?«

»Ich kann es mir zwar nicht vorstellen, Roy«, antwortete Peter matt, »aber ausschließen kann man es natürlich nicht. Darüber möchte ich momentan lieber nicht nachdenken. Ich will nur eins: möglichst schnell nach Maine und Helen finden.«

»Höchstwahrscheinlich sitzt sie gerade wohlbehalten im Haus ihrer Freundin und versucht verzweifelt, Sie anzurufen.«

»Das hoffe ich auch, selbst wenn ich nicht möchte, daß sie sich meinetwegen Sorgen macht. Aber vielleicht wäre mein kleiner Ausflug nach Maine auch dann nicht ganz umsonst. Guthrie Fingal hat mir eben erzählt, daß es in seiner Forstwirtschaftsschule gebrannt hat und die Wetterfahne von Praxiteles Lumpkin, die Helen dort fotografiert hat, seitdem spurlos verschwunden ist.«

»Dann haben Sie Ihre Antwort ja schon, Peter. Helen ist in Wirklichkeit längst nicht mehr in dem Boot, sondern losgezogen, um Fingals Wetterfahne zu suchen.«

»Falls Sie annehmen, daß mich diese Aussicht auch nur im geringsten beruhigt, haben Sie sich geirrt, Roy. Geht es eigentlich nicht schneller als in diesem Schneckentempo?«

Das ließ sich der junge Mann nicht zweimal sagen. Kurz darauf war Peter endlich wieder zu Hause, duschte in aller Eile, schlüpfte in eine Hose, mit der er sich wieder unter die Leute wagen konnte, entschuldigte sich bei Jane Austen für alle vergangenen und zukünftigen Vernachlässigungen und erklärte den Enderbles, warum er ihre Freundlichkeit weiterhin in Anspruch nehmen mußte.

Glücklicherweise war die Gutmütigkeit seiner alten Nachbarn grenzenlos. Sie wünschten ihm viel Glück, baten ihn, ihnen sofort Bescheid zu sagen, sobald er Helen gesund und munter wiedergefunden hatte, woran sie keinen Moment zweifelten, und versprachen ihm, Jane so gut wie unter diesen Umständen überhaupt möglich bei Laune zu halten.

Dann saß er auch schon in seinem eigenen Wagen und raste mit gefülltem Tank Richtung Norden. Er schaltete das Radio ein, um zu verhindern, daß sich seine Gedanken ausschließlich um die Frage drehten, wohin sich das Zentrum seines persönlichen kleinen Universums verlagert hatte. Sogar Bach konnte kaum etwas ausrichten, doch wenigstens erinnerte ihn die Musik daran, daß noch andere Menschen unterwegs waren und er gut daran tat, sich wenigstens einigermaßen auf seine Fahrkünste zu konzentrieren.

Peter mußte unbedingt an etwas anderes denken, doch er befand sich auf der wunderschönen Route 495, nicht auf der teuflischen 128, die einen unablässig mit neuen Gefahren konfrontierte, denen man nur unter Einsatz des Lebens gerade noch entgehen konnte. Er konnte beispielsweise an Miss Binks und ihren gefrierfreudigen Großvater denken. Helen hatte eine Schwäche für das Bizarre und wäre sicher hingerissen von der Geschichte.

Es war zwecklos. Er konnte genausogut aufhören, sich selbst etwas vorzumachen, und einfach ehrlich sein und an Helen denken. Helen als besonnene, erfahrene Bibliothekarin, Helen, wie sie in der Küche stand und Marmelade kochte, Helen mit Jane auf dem Schoß vor dem Kamin, Helen, wie sie selbstbewußt und klug in ihrem Talar vor ihrem faszinierten Publikum einen Vortrag hielt, Helen, bezaubernd und wunderschön im zartrosa Seidenkleid auf dem Fakultätsball, Helen unbekleidet in seinen Armen im Bett. Wie lang war diese gottverdammte langweilige Straße eigentlich noch?

Kurz vor Portsmouth hielt er an und kaufte sich einen Hamburger und eine Tasse Kaffee, nicht weil er hungrig war, sondern weil er es für das Vernünftigste hielt. Die Amarantpfannkuchen und das Löwenzahngebräu hatten besser geschmeckt. Er stieg wieder in seinen Wagen und fuhr weiter.

Als er die Piscataqua-Brücke überquert und Maine erreicht hatte, war er nicht mehr zu halten. Er geriet zwar auf der Schnellstraße noch in eine Nebelbank, ließ sich jedoch selbst davon nicht beirren. Bereits kurz nach Mittag entdeckte er ein schmales Holzschild, das an einem Baum am Straßenrand hing und verkündete, daß er Sasquamahoc erreicht hatte. Guthrie Fingals Anweisungen waren kinderleicht zu befolgen, denn es gab kaum Straßen, auf denen man sich verfahren konnte.

Als er sich der Forstwirtschaftsschule näherte, sah er als erstes die ausgebrannte Scheune. Ein großer Mann in einem karierten Flanellhemd, das ganz ähnlich aussah wie das Hemd, das er bei Miss Binks zurückgelassen hatte, stand neben dem Gebäude und inspizierte die Überreste des einstigen Daches. Der kräftige Knochenbau und das vorspringende Kinn waren unverkennbar. Das ehemals rote Haar war inzwischen zu Braun verblaßt und graumeliert, doch ansonsten schien sich sein einstiger Zimmergenosse nicht sonderlich verändert zu haben. Vielleicht waren die Falten um den Mund herum etwas tiefer geworden, doch das überraschte Grinsen war das gleiche wie früher.

»Pete, du altes Warzenschwein! Meine Güte, du bist ja schnell wie der Schall!«

Peter stieg aus dem Wagen und merkte nicht einmal, daß er dabei schwankte. Fingal, der schon begonnen hatte, auf den Wagen zuzugehen, legte noch einen Schritt zu. »Peter, immer mit der Ruhe! Ist auch alles in Ordnung mit dir?«

»Selbstverständlich ist alles in Ordnung.« Peter konnte nicht verstehen, warum Guthrie ihn so merkwürdig anschaute. »Ich bin nur etwas verspannt von der Fahrt. Gibt es schon eine Spur von Helen?«

»Ich habe vor zehn Minuten noch mal bei der Küstenwache angerufen. Sie haben einen Hubschrauber auf die Suche geschickt, aber wegen des Nebels kann man über dem Wasser so gut wie gar nichts sehen. Aber sie sagen, daß sich der Nebel allmählich auflöst, wir können also damit rechnen, daß sie in Kürze mehr unternehmen werden. Sollen wir schnell zur Bucht fahren und nachsehen, ob Wedgwood Munce noch da ist?«

Peter machte Anstalten, zurück in seinen Wagen zu klettern, doch Fingal hielt ihn zurück. »Warum nehmen wir nicht meinen Jeep? Die Straße ist nicht besonders gut. Kann ich dir vorher noch was anbieten?«

Peter schüttelte den Kopf. »Nein danke, ich habe schon gegessen. Gut, dich zu sehen, Guth. Ich fürchte, ich bin ein wenig erschöpft. Ich habe letzte Nacht nicht besonders gut geschlafen.«

»Hast du dir Sorgen um deine Frau gemacht?«

»Nein, ich wußte ja gar nicht, daß es Grund zur Beunruhigung gab. Eigentlich habe ich mir eher Sorgen um mich selbst und den jungen Mann gemacht, der mich begleitet hat.«

Peter hatte eigentlich vorgehabt, seinem Freund so viel wie möglich von seinem Abenteuer zu erzählen. Doch irgendwo auf dem Weg zur Bucht, er glaubte, es war in der Nähe von Billerica, fiel ihm plötzlich wieder ein, warum er überhaupt mit Swope zum Woeful Ridge gefahren war.

»Ich weiß, daß es unglaublich klingt, Guthrie, aber es ist wirklich sehr wichtig. Du mußt mir genau zuhören. Höchstwahrscheinlich hat die Geschichte nämlich auch mit dir etwas zu tun. Wie genau alles angefangen hat, kann ich nicht sagen, aber bei Helen und mir hat es damit begonnen, daß Helen von der Historical Society von Balaclava gebeten wurde, Informationen über die Wetterfahnen von Praxiteles Lumpkin zu sammeln.«

Während sie über Frostaufbrüche und durch Schlaglöcher rumpelten, berichtete Peter seinem alten Freund von dem verheerenden Brand in der Seifenfabrik und seinen Folgen.

»Wie du siehst, ist der Brand in deiner Scheune nach genau demselben Muster abgelaufen.«

»Was nicht notwendigerweise bedeutet, daß es dieselbe Bande war, falls es sich überhaupt um eine Bande handelt«, argumentierte Guthrie. »Vielleicht ist es nur ein Trittbrettfahrer, der sich schnell durch den lukrativen Handel mit Wetterfahnen eine goldene Nase verdienen will. Weißt du, wir hatten da vor einigen Jahren einen ähnlichen Fall nicht weit von hier. Ein paar Kerle haben die Wetterfahne vom Spritzenhaus gestohlen – sie war angeblich 35 000 Dollar wert. Aber dann haben sie sich nicht getraut, das Ding zu verkaufen, weil zu viele Leute wußten, woher sie das Ding hatten, und statt dessen Lösegeld dafür verlangt. Die Stadt hat 1000 Dollar gezahlt, um die Wetterfahne zurückzubekommen. Einer der Kerle wurde gefaßt, aber auf Kaution wieder freigelassen. Er hat die Kaution sausen lassen und ist immer noch flüchtig, soweit ich weiß. Vielleicht hat er Wind von Praxiteles Lumpkin bekommen.«

»Hmja, das wäre möglich. Aber der Name Lumpkin ist nur wenigen ein Begriff. Bevor Helen das Projekt übernommen hat, war noch nie etwas über Praxiteles veröffentlicht worden, es gibt nicht einmal eine Todesanzeige. Wenn nicht zufällig ein Mitglied der Familie Lumpkin um die Jahrhundertwende ein paar Schnappschüsse gemacht und eine Liste von Personen zusammengestellt hätte, die im Besitz von Praxiteles Lumpkins Wetterfahnen waren, hätte Helen so gut wie gar nichts in der Hand gehabt. Die Unterlagen wurden rein zufällig in einem alten Aktenordner gefunden, für den sich seit Rin Tin Tins Welpentagen keiner interessiert hatte.«

»Demnach haben die Nachforschungen deiner Frau das große Feuerwerk erst in Gang gesetzt?«

»Da bin ich mir nicht so sicher. Allerdings muß man diese Möglichkeit wohl in Betracht ziehen. Helen macht keinen Hehl aus ihrer Arbeit. Es hätte auch wenig Sinn, da sämtliche Mitglieder der Society und zweifellos auch eine Menge anderer Leute genau wissen, daß man die College-Bibliothek gebeten hat, Recherchen zu betreiben. Helen ist die ideale Person für dieses Projekt. Sie ist Kuratorin einer Sondersammlung und hat bereits eine Menge Erfahrung, was historische Forschungsarbeit im Raum Balaclava betrifft.«

»Wurde ihr Name in der Presse genannt?«

»Nicht in Zusammenhang mit diesem Projekt. Helen hat sich so weit wie möglich im Hintergrund gehalten. Sie beabsichtigt, die Ergebnisse ihrer Recherchen zu veröffentlichen, sobald sie ihr Material geordnet hat. Sie will auf keinen Fall die Rosen in der Knospe schneiden, wenn du weißt, was ich meine. Inzwischen frage ich mich allerdings ernsthaft, ob wir nicht die ganze Zeit das Pferd von hinten aufgezäumt haben.«

»Inwiefern, Peter?«

»Na ja, es will mir nicht so richtig in den Kopf, daß lang verschollene Unterlagen rein zufällig ausgerechnet in dem Moment auftauchen, als Praxiteles Lumpkins Wetterfahnen zu verschwinden beginnen. Es scheint ganz so, als ob die Kerle erst warten, bis Helen ihre Fotos gemacht hat, und dann zuschlagen. So war es in der Seifenfabrik, und jetzt wieder bei deiner Schule. Allmählich fange ich an zu glauben, daß die Drahtzieher der Meinung sind, das Urteil einer anerkannten Expertin könnte die Chancen für den Verkauf der Beute verbessern. Sieht fast so aus, als hätten sie sich Helen als nichtsahnendes Opfer auserkoren, aber denen werde ich einen Strich durch die Rechnung machen, das kannst du mir glauben.«

Doch zuerst mußte er Helen finden. Peters Stimmung besserte sich nicht im geringsten, als sie die Bucht erreichten und feststellen mußten, daß die ›Ethelbert Nevin‹ immer noch nicht zu sehen war.

»Eustace könnte momentan sowieso nicht einlaufen«, erklärte Guthrie unnötigerweise, denn es war kaum zu übersehen, daß sie Ebbe hatten. »Wir fahren zur Spitze der Bucht. Da ist das Wasser immer tief.«

Doch auch dort war weit und breit keine ›Ethelbert Nevin‹ in Sicht, dafür entdeckten sie allerdings Wedgwood Munce – er stand neben einem Motorboot, das am Landungssteg festgemacht war und sehr schnell aussah, und blinzelte hinaus aufs Meer, wo sich der Horizont langsam abzuzeichnen begann. Das Grau hatte begonnen, sich zu lichten, und in der Ferne konnte man bereits einige dunkle Klumpen erkennen, die möglicherweise Inseln waren. Worauf wartet der verdammte Kerl eigentlich, dachte Peter. Doch trotz allem war er erleichtert, daß sie Munce noch rechtzeitig erwischt hatten. Guthrie stoppte den Jeep, und sie rannten hinaus auf den Landungssteg.

»Was meinst du, Wedge?« rief Guthrie. »Sollen wir rausfahren? Das ist übrigens mein Freund Peter Shandy. Er ist gerade von Boston hochgekommen.«

Was zwar nicht genau der Wahrheit entsprach, doch Peter erinnerte sich, daß nördlich von Piscataqua die Begriffe hoch und runter merkwürdige neue Bedeutungen annahmen und Boston möglicherweise der Sammelbegriff für sämtliche Städte in Massachusetts war. Einige Bewohner von Maine und zahlreiche Bürger von New Brunswick waren ohnehin der Meinung, daß Massachusetts in Boston lag und nicht umgekehrt. Eine Ansicht, die übrigens von zahlreichen amerikanischen Schulkindern geteilt wurde, wenn sie genauer darüber nachdachten, was nicht sehr oft vorkam. Zum Teufel mit Boston. Ihm war nicht nach Geographiestunden zumute. Er sagte also nur: »Meine Frau befindet sich auf dem Boot.«

»Ach ja«, sagte Munce. »Die fünfzig Dollar, die Eustace mir schuldet, auch. Dann man los!«

Peter ging als erster an Bord, Guthrie folgte ihm auf dem Fuße. Das schnittige Boot des Hafenmeisters war etwa zwanzig Fuß lang und besaß einen Rumpf aus überlappend beplanktem, glänzend poliertem Holz. Doch Peter interessierte sich nicht die Bohne für das Boot. Es schwamm und war fahrtüchtig, alles andere war ihm egal. Als sie sich vom Steg entfernten, drehte Munce mächtig auf. Guthrie blieb achtern und unterhielt sich mit Munce darüber, welchen Kurs Eustace wohl genommen hatte. Peter ging so weit nach vorn, wie er überhaupt konnte, blieb kerzengerade stehen und starrte in den Nebel, bis der Hafenmeister ihn schließlich anschnauzte und anwies, sich zu setzen. Peter setzte sich und starrte weiter.

Plötzlich rief Munce: »Der Wind fängt an aufzufrischen.«

»Gott sei Dank!« sagte Peter.

Wahrscheinlich konnten sie ihn dort hinten sowieso nicht hören, doch auch das interessierte ihn nicht. Er sprach ohnehin mit sich selbst. Er beobachtete, wie der Nebel aufriß und in Fetzen fortgeweht wurde. Nach langem, langem Warten erspähte er plötzlich etwas Helles genau vor ihnen.

»Ein Licht!«

»Ich seh' nichts«, brüllte Munce zurück.

»Genau vor uns! Da vorn!«

»Menschenskind, Pete, du hast recht«, schrie Guthrie. »Sieht aus wie ein Signalfeuer.«

Munce drehte den Motor voll auf. Peter verfluchte sich, weil er seinen Feldstecher vergessen hatte, und starrte gebannt auf den flackernden Punkt. Der Punkt wurde größer. Der Wind blies in ihre Richtung und wehte ihnen den Geruch eines Holzfeuers zu.

Jetzt stand auch Guthrie bei ihm im Bug. »Ein brennendes Boot kann es nicht sein. Dann würden wir Benzin riechen. Könnte Treibholz sein.«

Er sprach sehr leise. Guthrie war immer sehr ruhig, wenn es mulmig wurde, erinnerte sich Peter. Lieber Gott, bitte mach, daß es Helen ist!

Sie fuhren an einigen verlassenen kleinen Inseln und einem einsamen Wal vorbei, den sie keines Blickes würdigten. Schließlich näherten sie sich einem Felsgebilde, das ebenfalls nicht sonderlich sehenswert gewesen wäre, wenn nicht auf seinem höchsten Punkt ein Feuer gebrannt hätte, um das vier kleine Gestalten wie wild herumsprangen. Zwei warfen noch mehr Holz ins Feuer. Die bei weitem größte Gestalt schwenkte etwas Riesiges, Weißes in der Luft, das aussah wie ein Bettlaken mit Ärmeln. Und die kleinste Gestalt, die etwas leuchtend Rosafarbenes trug, hob beide Hände an den Mund wie zu einem Megaphon. Mit dem Rauch des Feuers wehte der Wind Rufe zu ihnen über das Wasser, die sogar das Motorengeräusch übertönten und immer deutlicher und lauter wurden: »Peter! Peter! Peter!«

Kapitel 14

»Ich wußte, daß du es warst.«

Helen umarmte das schreckliche grüne Hemd, das Peter vergessen hatte auszuziehen, noch fester. »Ich wußte zwar, daß es unmöglich war, aber ich war mir ganz sicher. Wie bist du hergekommen?«

Peter rieb seinen Mund an Helens Haar, das nach Rauch roch und nach Salz schmeckte. »Ich bin gelaufen, selbstverständlich. Das ist doch im Moment unwichtig. Erzähl mir lieber, was mit dir passiert ist!«

Zweifellos hatten die anderen Schiffbrüchigen bereits alles erzählt, doch Peter hatte nicht zugehört. Für ihn war nur Helen wichtig gewesen. Er konnte sich noch erinnern, daß er sich bereit erklärt hatte, mit Guthrie und den drei Frauen auf der Insel zu bleiben. Es war völlig unmöglich, alle sieben Personen gleichzeitig auf dem offenen Boot des Hafenmeisters den weiten Weg nach Hocasquam zurückzubringen. Nachdem Wedgwood Munce seine fünfzig Dollar von Eustace Tilkey kassiert hatte, waren die beiden losgefahren, um das Boot der Küstenwache, das sich irgendwo in der Nähe aufhielt, herzulotsen, damit es sie bergen konnte.

Catriona und Guthrie teilte sich einen Felsen am Feuer. Guthrie hatte seinen Arm um sie gelegt, zweifellos aus rein nachbarschaftlichem Mitgefühl. Iduna reichte ein paar Törtchen herum, die sich die Gestrandeten als eiserne Ration aufbewahrt hatten, falls sie eine weitere Nacht auf der einsamen Insel hätten verbringen müssen.

»Wir hatten gar keine Gelegenheit, Muscheln zu rösten«, meinte sie ein wenig bedauernd. »Hier, Peter, nehmen Sie sich auch ein Törtchen. Es wäre doch dumm, sie den ganzen Weg zu Cats Haus zurückzuschleppen.«

Außerdem wäre es jammerschade um das gute Essen. Peter nahm das Gebäck dankend in Empfang und verfütterte das meiste davon an Helen. Ihr Frühstück sei ein wenig karg ausgefallen, gestand sie ihm, und zum Mittagessen habe es lediglich fünf Träubchen pro Person gegeben. Sie hatten den Morgen damit verbracht, die Insel nach neuem Feuerholz, Muscheln und allem, was möglicherweise eßbar war, abzusuchen, waren jedoch nicht sonderlich erfolgreich gewesen.

»Wir haben nur eine Menge Algen gefunden«, teilte sie ihm mit. »Aber niemand wußte so recht, was wir damit machen sollten. Rohe Algen lassen sich schrecklich schwer kauen. Das Zeug ist zäh wie Gummi.«

»Zu schade, daß es hier keine Amarantgewächse gibt. Habt ihr überhaupt schlafen können?«

»Nicht besonders gut. Wir haben uns alle vier unter Idunas Regenmantel zusammengekuschelt und versucht, uns gegenseitig zu wärmen. Die Hoffnung, daß unsere Kleidung trocknen würde, hatten wir natürlich aufgegeben. Eustace war nicht gerade der angenehmste Kuschelpartner. Seine Kleidung war total steif vor lauter Schmierfett und Fischöl, und er roch wie ein Schleppkahn, der eine Abfallschute zieht. Obwohl ich so etwas lieber nicht sagen sollte. Das Schmierfett hat ihn wahrscheinlich davor bewahrt, an Unterkühlung zu sterben, indem es das Wasser abgehalten und seine Körperwärme einigermaßen konstant gehalten hat, während er auf dem Wal geritten ist.«

»Könntest du das vielleicht etwas näher ausführen«, schlug Peter vor. »Warum ist Eustace auf einem Wal geritten? Hat das Tier das Boot gerammt und euch zum Kentern gebracht?«

»Nein, an der ›Ethelbert Nevin‹ hat es nicht gelegen – sie war völlig in Ordnung. Die Piraten sind mit ihr weggefahren, nachdem sie uns über Bord geworfen hatten. Cat und mich, um genau zu sein. Iduna ist freiwillig hinterhergesprungen. Mit ihrem Picknickkorb, wofür wir ihr ewig dankbar sein werden.«

Helen schilderte die schrecklichen Ereignisse in allen Einzelheiten, während Peter spürte, wie die ihm noch verbliebenen Haare alles taten, um zu Berge zu stehen. »Schließlich sind wir dann hier gelandet«, endete sie. »Guthrie, können Sie uns sagen, wo hier in Maine ein Ort namens Paraguay liegt?«

Er schüttelte den Kopf. »Keine Ahnung, Helen. Von einem Paraguay in Maine habe ich noch nie gehört, obwohl ich den Großteil meines Lebens hier verbracht habe. Sind Sie ganz sicher, daß die Männer Paraguay gesagt haben, Mrs. Stott?«

Iduna schüttelte den Kopf. »Nein, absolut sicher bin ich natürlich nicht, aber bitte nennen Sie mich doch Iduna. Ich konnte leider nicht hören, was sie sagten, wissen Sie. Ich mußte es ihnen von den Lippen ablesen, weil der Motor so laut war. Doch es hat wirklich sehr wie Paraguay ausgesehen. Ich war davon ausgegangen, daß es sich um den Staat in Südamerika handelte. Aber Eustace neigt zu der Annahme, daß es ein Ort in der Nähe sein müsse, da es hier in Maine so viele geographische Ortsnamen gibt, was natürlich sehr viel mehr Sinn machen würde. Falls sie wirklich eine so weite Strecke zurücklegen wollten, wären sie doch sicher vernünftig genug gewesen, sich ein geeigneteres Boot zu stehlen. Meinen Sie nicht auch, Peter?«

»Mich dürfen Sie das nicht fragen, Iduna. Ich habe die ›Ethelbert Nevin‹ schließlich noch nie gesehen. Sie ist doch wohl kein Schmuggelboot, Guthrie? Eine von diesen James-Bond-Supermaschinen mit Jetantrieb unter den Hummerbecken?«

Guthrie Fingal errötete, als er den Arm von Catrionas Schulter nahm und sich nach vorn beugte, um ein neues Stück Holz ins Feuer zu legen, was eigentlich gar nicht notwendig war, da sich die Sonne inzwischen herausgewagt hatte und sie sich nach ihrer Entdeckung auch nicht mehr bemerkbar zu machen brauchten.

»Natürlich nicht, Pete. Das Ding ist bloß ein stinknormaler Hummerkutter wie alle anderen auch. Ein bißchen größer vielleicht, deshalb haben die Piraten sie möglicherweise ausgesucht, wenn auch nicht sonderlich gut in Schuß, was sie wahrscheinlich nicht gewußt haben. Eustace ist kein großer Freund von Arbeit, er tut nur das Nötigste.«

»Besonders angenehm fand ich die Fahrt gestern tatsächlich nicht«, bestätigte Catriona. »Ich kann mir nicht vorstellen, daß die Gauner es geschafft haben, den Wal abzuhängen, aber vor Eustace wollte ich das lieber nicht sagen.«

»Welchen Wal denn jetzt schon wieder?« Peter hatte inzwischen die Orientierung verloren.

»Der Wal, auf den sie geschossen haben, um ihn wütend zu machen. Sie wollten, daß er uns verfolgte und in die Tiefe reißt. Oder verschluckt, was natürlich auch möglich gewesen wäre. Aber statt dessen ist er ihnen nachgeschwommen, und ich hoffe inständig, daß er sie erwischt hat. Nicht, daß ich meinen Mitmenschen Böses wünsche, wißt ihr, und ich hoffe auch, daß Eustace gut versichert ist, aber es fällt mir verdammt schwer, Mitgefühl für diese Banditen aufzubringen, die uns so scheußlich behandelt haben. Ich bin zwar nicht gemein genug, mir zu wünschen, daß sie ertrunken sind, aber irgendwie wäre es schon der passende Höhepunkt für unser Abenteuer, wenn der Wal diesen Mistkerlen eine Heidenangst eingejagt hätte, vor allem dem schmierigen Typ mit der Landkarte.«

»Wer war der Kerl? Wißt ihr, wie sie heißen?«

»Keine Ahnung«, sagte Catriona. »Iduna, weißt du etwas? Helen?« Keine ihrer Freundinnen wußte mehr.

»Wie haben sie denn ausgesehen?« erkundigte sich Peter. »Könnt ihr sie wenigstens beschreiben?«

»Selbstverständlich. Ich kann sogar vier von ihnen gleichzeitig beschreiben. Es waren entweder Vierlinge oder Klone.«

»Nicht ganz«, widersprach Helen. »Der eine war kleiner als die anderen, und einer hatte eine Einkerbung im linken Nasenflügel, als ob ihm beim Erbsenessen das Messer ausgerutscht wäre. Das ist mir aufgefallen, als sie uns über Bord geworfen haben. Es war der Kerl, der dich an den Füßen festgehalten hat.«

»Diese Schweinehunde! Wenn der Wal sie nicht erwischt hat, werden diese verdammten Mistkerle sich noch wünschen, daß er es getan hätte!« Merkwürdigerweise kam dieser Gefühlsausbruch von Guthrie Fingal. Das Ganze war ihm anscheinend ziemlich peinlich, denn sofort danach klang er wieder sachlich und sogar ein wenig schroff. »Schon gut, Cat, erzähl weiter. Wie haben sie ausgesehen?«

»Wie schwarze Bären. Du weißt schon. Kurze O-Beine, untersetzt, struppige schwarze Haare, wuschelige schwarze Bärte. So um die zwanzig, aber durch die Bärte wirkten sie älter. Sie trugen große Stiefel und bunt zusammengewürfelte Militärkleidung aus Drillich und Tarnstoff. Im großen und ganzen ein ziemlich ungepflegter Haufen. Der fünfte – oder vielleicht sollte ich lieber der erste sagen, denn er schien das Kommando zu führen – war ganz anders. Er hatte kurz geschorenes braunes Haar, war glattrasiert, hatte gelbbraune Augen und eine relativ helle Haut. Er war genauso angezogen wie die anderen, bloß daß seine Sachen zusammenpaßten, sauber waren und aussahen, als seien sie erst vor kurzem gebügelt worden. Er hielt sich immer kerzengerade, wie ein kleiner Zinnsoldat. Und als er zum Boot herunterkam, lief er nicht so wie die anderen. Er marschierte.«

»Heiliger Strohsack!« sagte Peter. »Habt ihr zufällig gesehen, wie er etwas geworfen hat?«

Catriona starrte ihn an. »Was für eine ungewöhnliche Frage. Nein, ich habe nichts gesehen.«

»Ich aber«, sagte Helen. »Die Stange, mit der er Eustace niedergeschlagen hat. Er hat sie anschließend über Bord geworfen. Wieso fragst du, Peter?«

»Das sage ich dir gleich. Wie genau hat er geworfen, Helen? Kannst du es uns vielleicht vorführen? Hier, nimm einfach dieses Stück Treibholz.«

»Darling, du hast wirklich komische Ideen. Wenn ich genau nachdenke, hat es schon irgendwie merkwürdig ausgesehen. Er hat Eustace mit der linken Hand eins über den Kopf gegeben, soweit ich mich erinnere. Als er die Stange fortgeschleudert hat, ist sie quer über das Boot geflogen und an der Backbordseite ins Wasser gefallen. Einen Moment lang hatte ich Angst, das Ding würde Iduna treffen.«

Helen schloß kurz die Augen, um sich besser erinnern zu können, öffnete sie wieder, starrte nach vorn und schleuderte den Stock seitwärts. »Ungefähr so. Er hat direkt hinter Eustace gestanden, als er zuschlug, und hat ihn unverwandt angeschaut, als er zusammengebrochen ist.«

»Bravo, Liebling. Es wird dich freuen, zu erfahren, daß du gerade bewiesen hast, daß Huntley Swope nicht halluziniert hat. Wenn wir diesen mordwütigen Teufel erwischen, werden wir wahrscheinlich feststellen, daß er der Mann ist, der die Handgranate, oder was immer es auch gewesen sein mag, in die Talgküche geworfen und damit den Tod von Caspar Flum auf dem Gewissen hat. Er kommt aus Clavaton und heißt Roland Childe.«

»Mensch, das ist ja ein Hammer!« stieß Catriona hervor. »So etwas kommt zwar in meinen Büchern vor, aber ich hätte mir nie träumen lassen, daß es in Wirklichkeit passieren könnte! Woher wissen Sie das alles? Sie hat doch bloß ein Stück Holz geworfen!«

»Es sind die vielen kleinen grauen Zellen in seinem Gehirn«, antwortete Helen an seiner Stelle. »Peter ist schrecklich intelligent. Nicht wahr, Schatz?«

»Hmja, liebste Helen, vielleicht hast du gar nicht so unrecht, wenn ich an den Scharfsinn denke, den ich bewiesen habe, als ich dich geheiratet habe. Ich wüßte nur gern, ob die Küstenwache die ›Ethelbert Nevin‹ inzwischen geortet hat.«

»Und ich wüßte gern, warum sie nicht endlich herkommen und uns hier wegholen.« Die unerschütterliche Iduna war dabei, erste Anzeichen von Erschütterung zu zeigen. »Ich weiß zwar nicht, wie es euch geht, aber wenn ich nicht bald eine schöne Tasse Tee trinken und ein heißes Bad nehmen kann, drehe ich todsicher durch.«

»Ich auch«, sagte Catriona. »Meine Haare treiben mich noch zum Wahnsinn.« Sie fuhr sich mit den Fingern durch ihre lange rote Mähne, aus der die letzte Haarnadel schon seit langem verschwunden war. »Pfui Teufel! Fühlt sich an, als hätte ich sie mit Schleim shampooniert.«

»So schlimm sieht dein Haar gar nicht aus«, meinte Guthrie. »Ich finde es eigentlich sehr schön, wenn es so lose fällt.«

Catriona McBogle hätte nie im Leben zugelassen, daß eine ihrer emanzipierten Heldinnen sich einem Helden oder sogar Geliebten mit einem schüchternen, gewinnenden Lächeln hingab, dachte Helen, auch wenn sie selbst selten ein sympathischeres schüchternes oder gewinnendes Lächeln gesehen hatte. Mein Gott, waren diese beiden lieben, netten Menschen etwa dabei, sich auf etwas einzulassen, daß sehr viel unangenehmer werden konnte als Cats meergetränktes Haar?

Sie hoffte inständig, daß das Boot der Küstenwache bald kam. Jetzt wo Peter bei ihr war und sie nicht länger die Starke zu spielen brauchte, war sie nahe daran zusammenzubrechen. Wie wunderbar wäre es, wieder in Cats schönem alten Haus zu sein! Und noch viel wunderbarer wäre es, in ihrem eigenen Heim auf dem Crescent zu sein, wo es keine Wale und Piraten gab. Schließlich hatte sie das erledigt, weswegen sie gekommen war. Vielleicht sollte sie Iduna überreden, schon morgen früh zurückzufahren, nachdem sie sich alle richtig ausgeschlafen hatten. Peter sah auch erschöpft aus, der arme Kerl.

»Ich hoffe, meine Aufnahmen von Ihrer Wetterfahne sind gut geworden, Guthrie«, sagte sie, um ihre Gedanken von dem Boot der Küstenwache abzulenken.

»Verdammtes Glück, daß Sie die Bilder gemacht haben«, meinte er. »Das Ding ist nämlich verschwunden. Und der größte Teil der Scheune ebenfalls.«

»Oh, Guthrie, das darf doch nicht wahr sein! Doch nicht schon wieder Brandstiftung?«

»Es deutet alles darauf hin, Pete hat mir schon von den anderen Fällen erzählt. Sieht ganz so aus, als seien wir auch nur ein weiterer Name auf der Liste gewesen.«

»Ach du liebes Lottchen«, rief Iduna. »Dann ist es also Ihr Holzfäller, den sie nach Paraguay entführen.«

»Wie bitte? Ich verstehe nur Bahnhof. Könnten Sie sich bitte etwas deutlicher ausdrücken?«

»Selbstverständlich«, erwiderte Iduna höflich. »Sehen Sie, aus genau diesem Grund haben die Männer Eustace' Boot gekapert. Sie wollen die gestohlenen Wetterfahnen zu einem Millionär nach Paraguay bringen, der sie ihnen abkauft. Deshalb sind sie nach Maine gekommen. Ich fand es schon die ganze Zeit ziemlich merkwürdig, daß sie den weiten Weg nach Hocasquam gefahren sind, bloß um einen alten Hummerkutter zu stehlen.«

»Dann haben sie hier sozusagen ihre Sammlung vervollständigt«, jammerte Helen. »Sie hatten wahrscheinlich die Wetterfahne von der Seifenfabrik in dem Lieferwagen, den sie in Kittery an der Raststätte genau neben unserem Auto geparkt hatten. Wenn wir das doch bloß früher gewußt hätten!«

»Es ist verdammt gut, daß ihr es nicht wußtet«, sagte Peter. »Was hättet ihr denn dagegen unternehmen können?«

»Wir hätten es natürlich sofort der Polizei gemeldet. Du glaubst doch wohl nicht etwa, daß wir dumm genug gewesen wären, uns ganz allein mit den Gangstern einzulassen? Iduna hat ihnen auch von den Lippen abgelesen, daß sie mir die ganze Zeit gefolgt sind und mich dazu benutzt haben, sie zu den Wetterfahnen zu führen, damit sie wußten, welche sie stehlen sollten. Ich habe allen nur Unglück gebracht.«

»Unsinn!« Peter hatte nicht vor, ihr mitzuteilen, daß er genau das die ganze Zeit befürchtet hatte. »Mach dir keine Vorwürfe, Liebling. Die Mistkerle werden ihre wohlverdiente Strafe schon bekommen. Ah, ich glaube, das Ende unseres Inseldaseins naht!«

Tatsächlich näherte sich ein blitzblankes 40 Fuß langes Boot, das die Standarte der Küstenwache und die Nationalflagge der Vereinigten Staaten gesetzt hatte. Helen spürte, wie ihr die Tränen in die Augen stiegen, als das Boot in sicherer Entfernung von den Felsen vor Anker ging und ein Schlauchboot ins Wasser gelassen wurde, das sie aufnehmen sollte.

Eustace Tilkey und Wedgwood Munce waren nirgends zu sehen. Die Schiffbrüchigen erfuhren, daß Tilkey und Munce dem Boot der Küstenwache solange vorausgefahren waren, bis sie sicher sein konnten, daß es sich auf dem richtigen Kurs befand, und dann umgedreht und nach Hocasquam zurückgekehrt waren. Mr. Munce hatte seine Pflicht als erfüllt betrachtet und keinen Grund mehr gesehen, warum er unnötig Treibstoff verschwenden sollte.

»Wir werden Sie so schnell wie möglich nach Hocasquam zurückbringen«, versprach Leutnant Blaise, der Kommandant des Schiffes, als sie an Bord kamen. »Aber wir haben ein kleines Problem. Unser Aufklärungshubschrauber hat eben über Funk gemeldet, daß er gerade nicht weit von hier noch eine Gruppe Schiffbrüchiger und die Überreste eines Bootes entdeckt hat. Wir müssen schnell hin und nachsehen, was es damit auf sich hat. Vielleicht möchten Sie sich in der Zwischenzeit ein wenig frisch machen oder ein bißchen ausruhen. Obergefreiter Willett wird Sie nach unten begleiten.«

Die drei Frauen folgten dem Obergefreiten bereitwillig dorthin, wo sie hoffentlich Seife, Handtücher und heißes Wasser finden würden. Peter und Guthrie blieben auf Deck.

»Sie sprachen eben von weiteren Schiffbrüchigen«, begann Peter. »Handelt es sich dabei zufällig um fünf junge Männer in Militärkleidung?«

»Das hoffen wir. Eustace Tilkey hat uns die Entführer der ›Ethelbert Nevin‹ genau beschrieben. Ich würde vorschlagen, daß Sie und die Damen sich im Hintergrund halten, wenn wir die Kerle an Bord nehmen. Mr. Tilkey behauptet, daß es sich um äußerst gewalttätige Personen handelt. Er befürchtet sogar, daß sie auf uns schießen könnten. Wir wissen nicht genau, ob wir ihm glauben sollen oder nicht. Seine Geschichte klang reichlich merkwürdig, außerdem hat er uns erzählt, daß er einen Schlag auf den Kopf bekommen hat.«

»Sie können ihm ruhig glauben, Leutnant Blaise. Meine Frau und ihre Freundin Miss McBogle sind in die Kajüte gegangen, weil – eh – aus persönlichen Gründen. Meine Frau wollte die Kajüte gerade verlassen, als sie sah, wie der Mann, den wir für den Anführer der Bande halten, Tilkey mit einer Art Knüppel niederschlug. Einer seiner Henkersknechte half ihm, Tilkey über Bord zu werfen, während ein dritter Mann seinen Platz am Steuerrad einnahm. Dann haben die Männer meine Frau und Miss McBogle überwältigt und ebenfalls ins Wasser geworfen. Mrs. Stott ist freiwillig hinterhergesprungen.«

»Ist Mrs. Stott die große blonde Dame?«

»Hmja. Eine großartige Frau. Sie besaß sogar die Geistesgegenwart, den Picknickkorb mitzunehmen.«

»Kaum zu glauben! Mit so einer Frau würde ich auch gern Schiffbruch erleiden. Können wir Ihnen irgend etwas anbieten, Gentlemen? Vielleicht eine Tasse Kaffee zum Aufwärmen?«

»Mrs. Stott würde sicher liebend gern eine Tasse Tee trinken.«

»Wir kümmern uns darum, daß sie ihren Tee bekommt. Sehen Sie schon was, Higgins?«

»Noch nicht, Sir.« Der Beobachtungsposten rührte sich nicht von der Stelle.

»Den Positionsangaben des Hubschraubers nach zu urteilen müßten wir eigentlich gleich da sein. Falls es wirklich Ihre Piraten sind, dann sind sie nicht sehr weit gekommen. Wahrscheinlich sind sie im Nebel zu schnell gefahren.«

»Meine Frau sagt, daß sie versucht haben, einem wütenden Wal zu entkommen. Sie haben auf das Tier geschossen, um es zu reizen. Es sollte die Opfer im Wasser angreifen und ihnen den Rest geben, doch der Wal hat statt dessen das Boot verfolgt.«

»Wale sind bedeutend klüger als so manche Menschen, wenn Sie mich fragen.«

Danach sprachen sie nur noch wenig, bis der Aussichtsposten meldete: »Steuerbord voraus, Sir.«

»Können Sie schon Einzelheiten erkennen?«

»Ich kann nur das Boot sehen. Der Bug ist beschädigt, Sir. Sieht aus, als sei es mit großer Geschwindigkeit auf die Felsen aufgelaufen.«

»Sind Menschen zu sehen?«

»Ein Mann. Jedenfalls glaube ich, daß es ein Mann ist. Und vier schwarze Bären in Tarnanzügen, würde ich sagen.«

»Das sind die Kerle!« sagte Guthrie Fingal. »Cat hat uns erzählt, daß sie wie Bären aussehen. Und was machen wir jetzt?«

»Sie gehen jetzt unter Deck«, teilte ihm Leutnant Blaise mit. »Und bleiben bitte in der Kabine, bis ich Sie wieder an Deck holen lasse. Ich möchte nicht unhöflich sein, Gentlemen, aber das ist ein Befehl, also befolgen Sie ihn bitte.«

Peter ließ sich nicht lange bitten. Er hatte keine große Lust verspürt, sich vorletzte Nacht im dunklen Wald erschießen zu lassen, und er war sich ziemlich sicher, daß er noch weniger Lust verspürte, sein Leben auf einem offenen Deck im strahlenden Sonnenlicht zu beenden. Außerdem wurde er allmählich hungrig. Der Biß in das Törtchen war nicht sonderlich sättigend gewesen. Guthrie folgte Peter ohne Widerrede. Vielleicht hatte er auch keine Lust, erschossen zu werden, oder ebenfalls von der Seeluft Hunger bekommen.

Sie fanden die drei Frauen essend am Tisch in der Hauptkabine vor, frisch geduscht, mit gewaschenen Haaren und trockener Kleidung, die ihnen die Besatzung freundlicherweise zur Verfügung gestellt hatte. Besonders damenhaft waren sie zwar nicht gekleidet, doch Peter mußte zugeben, daß Catriona in Leutnant Blaises Ausgehuniform nicht nur hübsch, sondern sogar ausgesprochen apart aussah. Sie hatte ihr Haar gewaschen und mit etwas zusammengebunden, das aussah wie ein Ersatz-Schuhriemen, und ein paar Strähnchen, die sich gelöst hatten und gerade trockneten, ließen ihre ziemlich stark ausgeprägten Wangen- und Kieferknochen weicher erscheinen.

Helen dagegen erinnerte ihren Gatten an ein Küken, das vergeblich versucht, aus seinem Ei zu schlüpfen. Sie steckte in einem marineblauen Pullover, der Guthrie wahrscheinlich besser gepaßt hätte, und einer Arbeitshose, deren Beine zu reifenähnlichen Wülsten hochgekrempelt waren, damit sie nicht über den Boden schleiften.

Was die Ausstaffierung von Iduna betraf, hatte die Mannschaft erst gar nicht versucht, etwas Passendes zu finden. Iduna hatte sich aus zwei regierungseigenen Decken und einer Unmenge von Sicherheitsnadeln eine Art Kaftan gefertigt. Die beiden Männer am Tisch waren so beschäftigt, sie mit glänzenden Augen und zweifellos lüsternen Gedanken anzustarren, daß sie ihr Essen völlig vergaßen.

Peter war selbst ganz fasziniert von den weizenblonden Locken, den unschuldigen blauen Augen, den sanft geröteten Wangen, der zarten Porzellanhaut, den ausdrucksvollen Lippen mit den kleinen Grübchen in den Mundwinkeln, den sinnlichen Armen und den zierlichen kleinen Händen mit den rosenfarbenen Nägeln. Für Männer, die tagein tagaus auf See herumsegelten und deren einzige Abwechslung darin bestand, daß sie gelegentlich einen Wal zu Gesicht bekamen, war der Anblick von so viel geballter Weiblichkeit offenbar schlichtweg atemberaubend. Er hoffte nur, daß sie nicht etwa beschlossen, sie zu schanghaien, und damit Dan Stotts Willkommensparty ruinierten.

Peter hatte eigentlich beabsichtigt, sich neben Helen zu setzen, doch der Maschinist war ihm leider zuvorgekommen. Außerdem hatte er erwartet, Fisch auf dem Speiseplan zu finden, doch es schien ganz so, als ob die kühnen Jungs und Mädels von der Küstenwache Pasta primavera bevorzugten. Doch was es auch war, es schmeckte hervorragend. Während er aß, hielt er vorsichtshalber die Ohren gespitzt, für den Fall, daß entfernte Schüsse oder Tumulte an Deck ihren Frieden störten, doch es blieb still. Er aß sein Stück Zitronen-Pie, trank seinen Kaffee und wischte sich gerade die Lippen ab, als das Mannschaftsmitglied, das eben noch als Aussichtsposten fungiert hatte, die Messe betrat und Mrs. Shandy, Mrs. Stott und Miss McBogle bat, bitte auf Deck zu erscheinen. Die Professoren Shandy und Fingal wurden zwar nicht eingeladen, hätten sich jedoch schwerlich daran hindern lassen, sich an die Fersen der Damen zu heften.

Kapitel 15

Helen wünschte sich, sie hätte nichts gegessen. Eigentlich hätte sie wissen müssen, was mit dem Magen einer Frau passieren konnte, die sich plötzlich einer Gruppe von Männern gegenübersah, die bis vor ein paar Minuten noch der felsenfesten Meinung gewesen waren, sie hätten sie und ihre Freundinnen für immer in das Reich Poseidons geschickt.

Kurz zuvor hatte Helen sie durch das Deckfenster gesehen, genau wie auf der ›Ethelbert Nevin‹. Sie hatten entspannt gewirkt und mit den Besatzungsmitgliedern auf Deck gescherzt und gelacht. Jetzt standen die vier Bären Schulter an Schulter nebeneinander, die Gesichter unter den dunklen Bärten waren fischweiß, die Augen quollen ihnen unter den ungepflegten Perückenmähnen hervor, und die Münder in den wilden schwarzen Bärten formten ein rotes ›O‹, als ob ihre Besitzer etwas sagen wollten, jedoch kein Wort herausbekamen. Trotz allem taten sie Helen irgendwie leid. Sie selbst würde sicherlich auch keinen Ton herausbringen.

Doch es blieb ihr wohl nichts anderes übrig. Leutnant Blaise sagte gerade mit sehr bestimmter Stimme: »Mrs. Shandy, würden Sie uns bitte bei der Identifizierung dieser Männer behilflich sein?«

Es war die kühle Überheblichkeit auf Bürstenschnitts Gesicht, die ihre Zunge schließlich löste.

»Selbstverständlich. Der glattrasierte Mann, der so auffällig damit beschäftigt ist, sich eine plausible Geschichte einfallen zu lassen, hat versucht, Eustace Tilkey zu ermorden. Der Mann mit der Einkerbung im linken Nasenflügel ganz links neben ihm hat Eustace bei den Beinen gepackt und mit ihm gemeinsam über Bord geworfen, während der große Mann in der Mitte das Steuerrad übernommen hat.«

»Und das haben Sie von der Kajüte aus beobachtet, sagten Sie?«

»Ja. Ich bin mir ziemlich sicher, daß sie mich nicht bemerkt haben. Die Fenster waren so schmutzig, daß man kaum hineinsehen konnte.

Ich wußte nicht, was ich machen sollte, also bin ich wieder nach draußen gegangen und habe meinen alten Platz eingenommen, als ob nichts geschehen wäre. Sie haben mich nicht aufgehalten. Doch dann kam Cat – Miss McBogle – nach draußen. Sie war verständlicherweise überrascht, einen der Passagiere am Steuerrad zu sehen, und fragte ihn, wo Eustace sei. Ich konnte es zwar nicht richtig verstehen, weil der Motor so laut war, aber ich nehme an, daß sie ihn das gefragt hat. Er hat etwas geantwortet, aber ich konnte in dem dichten Bart seine Lippen nicht sehen. Cat sagte noch etwas, dann hat der erste Mörder – mein Gatte sagt, sein Name sei Roland Childe –«

Das hatte gesessen. Der Mann verlor sein selbstgefälliges Grinsen zwar nur ganz kurz, doch das genügte. Die Bären hörten auf, Helen anzustarren, und starrten statt dessen mit schockierten Mienen zuerst ihren Anführer und einander an.

Leutnant Blaise war überrascht. »Dann kennen Sie diesen Mann, Mr. Shandy?«

»Nein, aber ich habe eine Verwandte von ihm getroffen, die ihn mir so genau beschrieben hat, daß ich ihn eindeutig identifizieren kann. Es besteht eine große Familienähnlichkeit zwischen ihnen, auch wenn ich mich bei der Verwandten für diese Bemerkung entschuldigen muß. Childe stammt aus Clavaton in Massachusetts und wird in Balaclava County wegen Brandstiftung, schweren Diebstahls und Totschlags gesucht. Ich möchte mich keineswegs in Ihre Angelegenheiten einmischen, Leutnant Blaise, aber falls Sie zufällig Handschellen und Fußeisen im Schiffsgefängnis herumliegen haben, sollten Sie sie vielleicht jetzt ausprobieren. Eh – entschuldige bitte, daß ich deine Zeugenaussage unterbrochen habe, Liebling.«

»Das macht doch nichts, Peter. Da wir gerade beim Thema sind, ich vermute, diese Männer wurden bereits nach Waffen durchsucht, als sie an Bord kamen?«

»Keine Sorge, Mrs. Shandy«, versicherte Blaise. »Wir haben sie darüber aufgeklärt, daß es verboten ist, an Bord eines Schiffes der U.S. Küstenwache unbefugt Waffen zu tragen, und haben vier Messer, zwei Seitenwaffen, ein Gewehr und eine Handgranate, die Mr. Childe bei sich trug, beschlagnahmt. Er hat dazu erklärt, es handele sich um ein Souvenir aus seiner Kriegszeit.«

»Ein echter Gefühlsmensch.«

Helen war erleichtert, als sie feststellte, daß die Besatzungsmitglieder, die bisher scheinbar unbeteiligt dagestanden hatten, die fünf Männer langsam einkreisten. Sie hatte gar nicht gewußt, daß die

Boote immer noch mit Belegnägeln ausgestattet wurden, auch wenn sie von der ruhmreichen Vergangenheit der Küstenwache gehört hatte. Im Jahre 1790 war der Revenue Cutter Service, der älter war als die U.S. Navy, unter George Washington ins Leben gerufen worden. Ein Kutter der Küstenwache hatte 1812 im Krieg gegen England die erste amerikanische Prise genommen. Ein anderer Kutter, die ›Harriet Lane‹, hatte 1858 eine Schwadron Marineschiffe nach Paraguay begleitet.

Und jetzt wußte sie plötzlich auch, was sie an Guthrie Fingals Frau die ganze Zeit so irritiert hatte. So ungefähr die letzte Amtshandlung, die Helen in Kalifornien ausgeführt hatte, bevor sie an die Ostküste gekommen war, um Peter zu heiraten, auch wenn sie dies damals zunächst gar nicht vorgehabt hatte, war die Betreuung eines Studenten gewesen, der für seine Arbeit über Francisco Solano Lopez recherchierte.

Für Helen hatte der interessanteste Teil der Arbeit darin bestanden, Nachforschungen über die schöne, intelligente und beinahe unbezähmbare Geliebte von Lopez anzustellen. Ella Lynch war irischer Abstammung, hatte eine französische Erziehung genossen und war auf den Namen Elisa Alicia getauft worden. Mit fünfzehn hatte sie einen Offizier der französischen Armee namens Xavier Quatrefages geheiratet und war von ihm drei Jahre später seinem Kommandeur überlassen worden.

Ella hatte außerdem noch eine kurze Romanze mit einem Russen, der sie in Paris zu einer der berühmtesten Kurtisanen machte, und wurde mit neunzehn von einem paraguayischen General annektiert, der beabsichtigte, Kaiser zu werden, und stieg danach zur ungekrönten Herrscherin über Francisco sowie Paraguay auf, bis Francisco im Jahre 1870 seinen letzten Kampf gegen die Brasilianer focht und verlor.

Sie begrub ihren Geliebten mit bloßen Händen unter den hämischen Blicken der brasilianischen Soldaten. Zu diesem Zeitpunkt war Ella siebenunddreißig Jahre alt. Es dauerte noch weitere zwanzig Jahre, bis sie schließlich selbst starb, ausgehungert und mittellos, auf einer dünnen, schmutzigen Matratze in einem Pariser Armenhaus.

Ella hatte Francisco vier Söhne geschenkt. Pancho, der Älteste, war an ihrer Seite von einem brasilianischen Korporal erstochen worden. Auch ihn begrub sie mit bloßen Händen. Helen hatte zwar keine Ahnung, was mit den anderen beiden Söhnen geschehen war, doch sie wußte, daß der Biograph William E. Barrett mit einer Frau gesprochen hatte, die mit dem vierten Sohn verheiratet gewesen war und ihm zwei Töchter geschenkt hatte. Vielleicht gab es noch mehr Enkelkinder, vielleicht sogar Urenkel. Ella hatte außerdem eine Tochter großgezogen, die Francisco mit einer anderen Frau gezeugt hatte. Juristisch gesehen war sie bis an ihr Lebensende gezwungen, Elisa Alicia Quatrefages zu bleiben, auch wenn ihr Ex-Ehemann es auf irgendeine krumme Tour geschafft hatte, sich von ihr scheiden zu lassen, ohne daß sie von ihm geschieden wurde.

Das ihr all das ausgerechnet jetzt einfallen mußte! Helen, die sich inzwischen wieder gefangen hatte, lächelte den Leutnant an und nickte.

»Vielen Dank, das ist gut zu wissen. Wie ich eben bereits ausgeführt habe, haben Mr. Childe und sein Komplize Miss McBogle an Händen und Füßen gepackt.«

»Sie haben sie nicht zuerst bewußtlos geschlagen?«

»Nein. Mr. Childe hatte den Knüppel, mit dem er Eustace niedergeschlagen hat, über Bord geworfen. Ich nehme an, er war sicher, daß er gemeinsam mit seinen vier abgerichteten Bären leichtes Spiel haben würde, drei wehrlose Frauen zu überwältigen. Womit er ja auch recht hatte, wie Sie wissen. Als ich versucht habe, Miss McBogle zu helfen, haben die beiden Männer, die bis zu diesem Zeitpunkt an dem ganzen Tumult nicht teilgenommen hatten – die beiden Männer dort drüben –, mich ebenfalls an Händen und Füßen gepackt. Die vier haben uns hin und her geschaukelt, dann haben sie bis drei gezählt und uns so weit wie möglich über Bord geworfen.«

Leutnant Blaises Gesicht zuckte. »War der Mann am Steuerrad ebenfalls an dem Mordversuch beteiligt?«

»Einspruch, Leutnant!« Roland Childe hatte offenbar sein altes Selbstbewußtsein wiedergefunden. »Der Begriff Mordversuch scheint mir reichlich unangemessen. Es handelte sich lediglich um einen kleinen Scherz, der allerdings zugegebenermaßen ein wenig rauh ausgefallen ist. Wir hätten die Damen sofort wieder aus dem Wasser gefischt, wenn nicht plötzlich dieser Riesenwal aufgetaucht wäre und uns angegriffen hätte. Die kräftige Dame dort drüben ist durchgedreht und über Bord gesprungen, dann ist auch noch unser Steuermann in Panik geraten und hat den Motor voll aufgedreht, bevor ich Zeit hatte, etwas zu unternehmen.«

Die einzige Methode, diesem unverschämten Lügner beizukommen, bestand darin, ihn zu ignorieren. Helen sprach unbeirrt weiter. »Um auf Ihre Frage zurückzukommen, Leutnant Blaise, nein, der Mann am Steuerrad war an dem Mordversuch nicht beteiligt.«

»Hat er denn versucht, die anderen an der Ausführung ihres Plans zu hindern?«

»Das würde ich nicht sagen. Er hat dagestanden und sich halbtot gelacht. Die Männer haben alle gelacht.«

»Was sagen Sie dazu, Miss McBogle? Stimmen Ihre Beobachtungen mit dem überein, was Mrs. Shandy gerade gesagt hat?«

»Sie hat mehr gesehen als ich«, antwortete Catriona. »Ich habe nicht gesehen, wie Eustace Tilkey niedergeschlagen wurde, weil ich mich, wie Mrs. Shandy bereits sagte, zu diesem Zeitpunkt noch unter Deck befand. Als ich den Bären am Steuerrad sah, habe ich ihn gefragt, wo Eustace sei, und er sagte, Eustace sei nach vorne gegangen, um nach Walen Ausschau zu halten. Das hat mir nicht eingeleuchtet. Ich konnte sehen, daß Eustace nicht auf dem Kajütendach stand, und Sie wissen ja, wie groß das Vorderdeck eines Hummerkutters ist. Außerdem war die ›Ethelbert Nevin‹ total vollgestellt mit dem Gepäck, das die Herren an Bord gebracht hatten.«

Catriona zögerte, fuhr dann jedoch fort. »Ich habe gerufen, aber Eustace hat nicht geantwortet. Ich glaube, dann habe ich gesagt: ›Ich sehe ihn aber gar nicht!‹ oder etwas in der Art. Smiley hier hat geantwortet: ›Dann geh ihn doch suchen!‹ oder so ähnlich. Er hat mich von hinten an den Handgelenken gepackt, und eine zweite Person hat meine Füße gepackt. Ich war so sehr damit beschäftigt, Smiley in den Arm zu beißen, daß ich nicht gesehen habe, welcher von den Bären es war, aber Mrs. Shandy hat sicher recht, mit dem was sie sagt. Sie ist Bibliothekarin und macht grundsätzlich nie Fehler. Iduna, du hast doch alles mitangesehen. Erzähl du weiter.«

Was Iduna dann auch tat. Es war vollkommen unmöglich, ihr nicht zu glauben. Als sie wiederholte, was sie beim Lippenlesen erfahren hatte, perlte der Angstschweiß der vier Bären so stark, das es einem beinahe schlecht werden konnte. Sogar Roland Childe sah aus wie jemand, den ein süßes Meerschweinchen beim Kraulen plötzlich ansprang und in die Halsschlagader biß.

»Ich hoffe, Sie haben die Koffer gefunden, die Cat eben erwähnt hat, sonst macht Helen sicher ein Heidentheater.«

»Koffer?« Leutnant Blaise wandte sich an den Mann direkt neben ihm. »Pulsifer, haben Sie irgendwelche Koffer gesehen, als wir die Männer aufgelesen haben?«

»Nein, Sir.«

»Aber vielleicht einen großen Fischkorb, eine Zubehörtasche und einen Koffer?« Helens Mund war so trocken, daß sie kaum noch ein Wort herausbekam.

»Nein, tut mir leid, Madam.«

»Aber die ›Ethelbert Nevin‹ ist doch gar nicht so stark beschädigt. Haben Sie denn gar nichts an Bord gefunden?«

»Doch, Madam. Wir haben all das gefunden, was man an Bord eines Kutters erwarten würde – Benzinkanister, Ködereimer, Nebelhorn, das Übliche. Im vorderen Schiffsrumpf, wo die ›Ethelbert Nevin‹ auf Grund gelaufen ist, befindet sich ein großes Leck, ansonsten ist das Boot noch ziemlich gut intakt. Wo haben die Koffer denn gestanden, Ma'am?«

»Auf dem Vordedeck. Eustace hat sie sorgfältig festgezurrt, und danach sind wir den größten Teil des Morgens recht langsam gefahren. Als ich das Boot zuletzt gesehen habe, standen die Koffer noch alle da. Der Weidenkorb und die anderen Sachen hatte er unter die Bank im Cockpit geschoben, dort müßten sie eigentlich sicher gewesen sein. Man konnte sie unmöglich übersehen.«

»Wir haben bestimmt nichts übersehen, Ma'am. Die Kerle müssen die Sachen über Bord geworfen haben, bevor sie aufgelaufen sind.«

»Aber warum hätten sie das tun sollen? Sie konnten doch unmöglich im voraus wissen, daß sie auflaufen würden. Sie haben das Boot doch nur gestohlen, weil sie ihr Diebesgut damit zu einem Käufer bringen wollten. Sie müssen es irgendwo auf der Insel versteckt haben, aus lauter Angst, Sie könnten die Koffer öffnen und die gestohlenen Sachen finden.«

»Und was haben die Männer gestohlen, Mrs. Shandy?« erkundigte sich Leutnant Blaise.

»Wetterfahnen.«

»Wie bitte?«

»Antike Wetterfahnen«, erklärte Helen. »Sie sind eine Menge Geld wert.«

»Und wieviel ungefähr, wenn ich fragen darf?«

»Nun ja, Häuptling Mashamoquet vom Stamm der Nipmuck hat 85 000 Dollar eingebracht, als er 1986 bei einer offiziellen öffentlichen Auktion versteigert wurde. Was Privatsammler unter der Hand für gestohlene Wetterfahnen bezahlt haben, wissen wir leider nicht. Ich kann Ihnen versichern, daß der Diebstahl von antiken Wetterfahnen ein höchst lukratives Geschäft ist. Und diese Wetterfahnen stammen von Praxiteles Lumpkin.«

»Dann sind sie wohl etwas extrem Besonderes?«

»Etwas ziemlich Besonderes sogar, Leutnant Blaise. So besonders, daß dieser Mann hier mehrere Scheunen und die gesamte Seifenfabrik in Lumpkinton niedergebrannt hat, um zu vertuschen, daß er und seine Komplizen sie gestohlen haben. Die Tatsache, daß er dabei einen unschuldigen Mann getötet und die Bewohner eines ganzes Dorfes um ihre Arbeitsplätze gebracht hat, scheint ihm nicht das Geringste auszumachen.«

»Warum auch?« sagte Childe seelenruhig. »Ich habe es schließlich nicht getan.«

»Unsinn«, widersprach Peter. »Selbstverständlich haben Sie es getan. Wir haben einen Zeugen, der Sie genau beschrieben hat. Er liegt übrigens mit Verbrennungen dritten Grades im Krankenhaus, weil er versucht hat, den Mann zu retten, der sich in der Talgküche aufhielt, als Sie mit Hilfe ihrer berühmten Wurftechnik die Handgranate in das Gebäude geschleudert haben.«

»Wovon reden Sie überhaupt? Leutnant, hier liegt eindeutig eine Verwechslung vor. Ich habe keine Ahnung, warum diese Leute so infame Lügen über mich verbreiten, aber ich bin nicht länger bereit, untätig herumzustehen und mir das anzuhören.«

»Oh, ich glaube, das sollten Sie aber«, sagte Leutnant Blaise. »Wo wollen Sie denn hin? Keine Sorge, Sie werden schon die Gelegenheit bekommen, sich zu verteidigen, wenn die Zeit reif ist. Momentan würde ich allerdings gern die Geschichte mit den Wetterfahnen klären. Wohin wollten die Männer sie bringen, Mrs. Shandy? Wissen Sie Näheres darüber?«

»Mr. Childe hat anscheinend einen reichen Käufer bei der Hand, aber wir können noch nicht mit Sicherheit sagen, ob sie die Wetterfahnen zu ihm oder zu einem Mittelsmann bringen wollten. Wissen Sie zufällig, wo es in Maine einen Ort namens Paraguay gibt?«

»Nein, aber das läßt sich herausfinden. Wir haben doch einen Atlas von Maine an Bord, Pulsifer?«

»Ja, Sir. Aber ich kann Ihnen auch so sagen, daß es in Maine keinen Ort namens Paraguay gibt, es sei denn, es ist der Name eines Privathauses oder so. Ich habe sämtliche Ortsnamen auswendig gelernt, als ich letzten Februar in ›Kennen Sie Maine‹ aufgetreten bin.«

»Das ist eine bekannte Quizsendung«, erklärte Catriona McBogle ihren ortsfremden Freunden. »Haben Sie gewonnen, Mr. Pulsifer?«

»Ja, Ma'am.«

»In diesem Fall«, meinte Helen, »sollten wir wohl davon ausgehen, daß Paraguay kein Ortsname, sondern ein Deckname ist. Der Mann, der die ›Ethelbert Nevin‹ auf Grund gesetzt hat, möchte uns vielleicht weiterhelfen, da er als einziger eine realistische Chance hat, als Kronzeuge mildernde Umstände zu bekommen. Also, wer ist Paraguay, Mr. Bär?«

»Ich kann Ihnen sagen, wer dieser Kerl hier ist«, unterbrach Guthrie. »Zumindest kenne ich den Namen, der in unseren Aufnahmeformularen steht. Er nennt sich John Doe Buck, ist im ersten Semester und dabei, in Dendrologie durchzurasseln. Was tust du hier bei diesen Ganoven, Buck? Na komm schon, mach es nicht noch schlimmer, als es sowieso schon ist. Wer ist Paraguay?«

»Ich weiß nicht, was Sie meinen«, murmelte der Mann, der am Steuerrad gestanden hatte.

»Unsinn, natürlich wissen Sie das«, stachelte Helen ihn an. »Wie lautet Ihr eigener Deckname?«

»Gib keine Antwort!« rief Roland Childe, doch es war schon zu spät. Der Mann hatte bereits »Peru« gemurmelt.

»Vielen Dank, Mr. Buck, oder Peru, wenn Ihnen das lieber ist. Und Mr. Childes Deckname ist selbstverständlich Brasilien.«

Peru war total verdattert, genau wie die anderen drei Bären. »Woher weiß die das?« flüsterten sie einander zu.

»Weil da die größten Spinner herkommen«, antwortete sie mit Unschuldsmiene. »Wo sind denn nun die Wetterfahnen, Peru?«

»Maul halten!« Childe war inzwischen genauso in Schweiß gebadet wie seine Kumpane. »Lieber sterben als gestehen! Denkt an euren Schwur, Männer!«

Mit einer blitzschnellen Bewegung griff er in die Brusttasche seiner Drillichjacke, zog etwas winzig Kleines heraus und steckte es sich in den Mund. Seine Komplizen, die darauf gedrillt waren, Befehle auszuführen, taten es ihm nach.

»Grundgütiger!« rief Peter. »Sie haben Zyanid-Kapseln!«

»Und wir werden sie auch benutzen, wenn es sein muß«, sagte Childe mit gefährlicher Ruhe. »Zwingen Sie uns nicht dazu!«

»Ihr seid ein Haufen Dummköpfe. Spuckt das Zeug sofort aus«, befahl Leutnant Blaise.

Die Männer blickten ihn an, bewegten sich jedoch nicht. Iduna bekam die Situation schließlich in den Griff. Sie ging auf Peru zu und streckte ihm ihre offene Hand entgegen.

»Nun komm schon, John Doe. Sei ein braver Junge und spuck das Ding aus.«

Das Zottelwesen starrte wild in Idunas gebieterische blaue Augen. Schließlich stieß es einen Laut aus, der sich wie ein Schluchzen anhörte, und spuckte.

»Siehst du, so ist es gut. Braver Junge.«

Er hätte genausogut ein gehorsamer Schäferhund sein können. Iduna strich ihm kurz über den Bart und baute sich vor dem nächsten Bären auf. Dann ging sie zum nächsten und wieder zum nächsten. Vier gefährlich aussehende weiße Kugeln lagen speichelnaß in ihrer rosigen, weichen Hand. Jetzt stand sie vor Roland Childe.

»Geben Sie auf, Roland.«

Er sprach mit zusammengebissenen Zähnen. »Ich stehe zu meinem Schwur.«

»Sie tun genau das, was ich Ihnen sage.«

Iduna griff um ihn herum und versetzte ihm einen mächtigen Schlag zwischen die Schulterblätter. Sein Mund klappte auf, und das Objekt, das er in der Wange versteckt gehalten hatte, flog in hohem Bogen nach draußen. Iduna fing es im Flug auf.

»Ein Zitronenbonbon!«

Iduna präsentierte es den anderen. »Du hinterlistiger kleiner Rotzbengel! Du hättest diese vier Dummköpfe eiskalt über die Klinge springen lassen, nur um deine eigene Haut zu retten und dich aus der Sache herauszulügen. Ich schwöre bei Gott, wenn ich eine Bjorklund-Kutschpeitsche hätte, würde ich dir damit ordentlich eins überziehen, das kannst du mir glauben, du Nichtsnutz!«

Kapitel 16

Nach dieser Wende war es kein Problem mehr, die vier Bären zum Sprechen zu bringen. Leider hatten weder Peru, Argentinien, Kolumbien noch Venezuela sonderlich viel zu sagen. Peru gab zu, daß er sich auf Paraguays Anweisung hin, die ihm von Roland Childe, ihnen als Brasilien bekannt, übermittelt worden war, in der Forstwirtschaftsschule eingeschrieben hatte. Alle gaben übereinstimmend an, Paraguay sei eine Person und kein Ort. Sie gingen außerdem davon aus, daß es sich bei der mysterösen Person um einen Mann und keine Frau handelte, was man bei Typen dieses Schlages kaum anders erwartet hätte. Sie glaubten alle, daß besagtes Treffen höchstwahrscheinlich in New Haven, Connecticut, oder Umgebung stattfinden würde, da Brasilien ihnen auf der Karte gezeigt hatte, welche Reiseroute er zu nehmen gedachte. Doch sie wußten natürlich nicht, ob Brasilien ihnen die Wahrheit gesagt hatte. Das Zitronenbonbon hatte ihren Glauben an ihn merklich erschüttert.

Was die Wetterfahnen betraf, hatte man diese sofort in Sicherheit gebracht, nachdem die ›Ethelbert Nevin‹ aufgelaufen war. Mit Hilfe von Händen und Messern hatten sie an der einzigen geeigneten Stelle, die sie auf der Insel hatten finden können, ein Versteck gegraben. Peru präsentierte Iduna die Blasen an seinen Händen, vielleicht in der Hoffnung, noch einen tröstenden Klaps auf die Wange zu bekommen. Doch Iduna vertrat die herzlose Position, daß es sich um eine wohlverdiente Strafe handelte und er sich gar nicht erst mit einem Scheusal wie Brasilien hätte einlassen sollen.

Als sie mit der Befragung fertig waren, näherte sich das Boot der Küstenwache bereits Hocasquam. Leutnant Blaise hatte über Funk dem zuständigen Sheriff mitgeteilt, daß er eine Piratenbande an Bord habe, so daß sie beim Anlegen von einem eindrucksvollen Polizeiaufgebot erwartet wurden. Die Gefangenen wurden ins Staatsgefängnis von Thomaston gebracht, wo sie so lange schmoren würden, bis offiziell Anklage gegen sie erhoben wurde.

Catriona fiel es schwer, den Schauplatz des Geschehens zu verlassen, doch sie sorgte sich um ihre Katzen. Sie schlüpfte wieder in die immer noch klamme Jogginghose und das Sweatshirt, dankte Leutnant Blaise dafür, daß er so nett gewesen war, ihr seine Ausgehuniform zu leihen, und ging gemeinsam mit Guthrie Fingal von Bord, der im selben Moment, als er von Miss McBogles Heimkehrabsichten erfuhr, plötzlich sehr besorgt um seine Scheune geworden war. Iduna und ihr Picknickkorb schlossen sich den beiden an, sehr zum Bedauern des Maschinisten und des Steuermannsmaats.

Nur Helen wich nicht von der Stelle. »Tut mir leid, Cat«, sagte sie, »aber ich kann unmöglich das Boot verlassen, bevor wir nicht zurückgefahren sind und die Wetterfahnen in Sicherheit gebracht haben.«

»Und ich möchte Helen nicht verlassen«, fügte Peter hinzu. »Ich hoffe nur, daß wir Ihnen keine zu großen Umstände machen, Leutnant Blaise.«

»Ganz und gar nicht, Mr. Shandy. Wir freuen uns, Sie bei uns an Bord zu haben.«

Catriona versuchte erst gar nicht, die Shandys von ihrem Vorhaben abzubringen. »Dann nehmt ihr am besten meine Wagenschlüssel. Iduna und ich können mit Guthrie fahren. Seid ihr sicher, daß ihr den Weg zurück findet?«

»Kein Problem«, versicherte Peter. »Aber wartet besser nicht mit dem Abendessen auf uns.«

Doch ihre Reise war weitaus kürzer als erwartet. Sie hatten die Hocasquam Bucht kaum verlassen, als Leutnant Blaise bereits ein Notsignal erhielt. Einige Hummerfischer lagen sich in den Haaren, und er war gezwungen, seinen Kurs zu ändern. Helen und Peter genossen das prickelnde Gefühl, von einem Hubschrauber vom Deck aufgenommen und durch die Luft zu der Stelle gebracht zu werden, wo die ›Ethelbert Nevin‹ Schiffbruch erlitten hatte.

Das Versteck war kinderleicht zu finden, schon nach kurzer Zeit entdeckten sie die aufgewühlte Erde, die nicht sehr überzeugend mit ein paar Felsstücken kaschiert worden war. Die beiden Koffer, der Weidenkorb, der Gerätekoffer und die Zubehörtasche waren nicht sonderlich tief vergraben und ließen sich leicht hervorziehen.

»Viel Mühe haben sie sich mit dem Graben wirklich nicht gemacht«, brummte Peter.

»Sie haben offenbar geglaubt, sie könnten ihre Beute wieder zurückholen, sobald sie ein anderes Boot gekapert hätten«, meinte Helen. »Scheußliche Kerle! Na, dann nichts wie los, Peter. Mach die Koffer auf und laß uns nachsehen, was drin ist. Ich traue mich kaum hinzuschauen.«

Doch ihre Bedenken stellten sich als unbegründet heraus. Sie fanden die drei kürzlich entwendeten Wetterfahnen, die sorgfältig in einen *Sprengel-Anzeyger* eingewickelt waren. »Wie schade, daß Swope kein Foto davon machen kann«, bemerkte Peter, doch Helen hörte gar nicht zu. Sie war viel zu sehr damit beschäftigt, Praxiteles Lumpkins Meisterwerke nach etwaigen Beschädigungen zu untersuchen.

Der Mann im Badezuber hatte eine kleine Delle in der Badebürste davongetragen, doch das ließ sich leicht reparieren. Die Kuh mit Eimer dagegen war nicht sehr pfleglich behandelt worden, der Eimer mußte dringend restauriert werden. Guthrie Fingals Baumfäller war in Topzustand. Helen war entzückt.

»Schau mal, Peter, er hat sogar ein Eichhörnchen auf dem Kopf. Als ich die Fotos gemacht habe, dachte ich, es wäre irgendein komischer Hut.«

»Wahrscheinlich ist es eine alte Tradition hier in Maine, Eichhörnchen auf dem Kopf zu tragen. Was ist denn eigentlich in dem Fischkorb hier? Grundgütiger, Helen, sie hatten vor, die ›Ethelbert Nevin‹ zu tarnen.«

Peter entfaltete das Stück bemalte Leinwand, das er im Korb gefunden hatte, und breitete es auf dem Boden aus. Es war genau so zugeschnitten, daß es auf den oberen Heckteil des Bootes paßte, und kunstvoll mit Buchstaben bemalt, die alt und verwittert aussahen. Der neue Name des Bootes lautete:

GUY LOMBARDO
ROCK

Um welchen Ortsnamen mit dem Zusatz »Rock« es sich handelte, hatte man geschmackvoll unkenntlich gemacht.

»Clever«, bemerkte Helen. »Hier gibt es viele Orte mit ›Rock‹. Der Heimathafen könnte überall und nirgends sein. Im Gerätekoffer ist noch ein Stück Leinwand mit Zahlen, wahrscheinlich wollten sie damit die richtige Registriernummer des Bootes verdecken. Und in der Zubehörtasche befindet sich ein Topf mit Klebstoff. Die Kerle müssen sich superschlau vorgekommen sein.«

Peter hielt das Stück Leinwand mit den Zahlen an das Boot. »Maßgeschneidert, würde ich sagen, auf alt getrimmt, damit es genau zum

Bootsrumpf paßt. Das können sie nicht von heute auf morgen gemacht haben, was meinst du, liebste Helen? Ich frage mich nur, wie sie es geschafft haben, daß die Stücke so haargenau passen.«

»Sie haben das Boot abgemessen und jemanden Fotos machen lassen.«

Helen hätte an dieser Stelle von Elisa Alicia Quatrefages berichten können – vielleicht hätte sie dies sogar unbedingt tun sollen –, doch der Hubschrauberpilot wurde allmählich ungeduldig und wollte sie wieder nach Hocasquam zurückbringen. Er hatte über Funk eine weitere Gruppe Polizisten angefordert, die sofort nach der Landung die Beute in Empfang nehmen sollte, da es sich um Beweisstücke handelte, die sichergestellt werden mußten. Spätestens dann würde sie es ihnen sagen müssen, doch zuerst wollte sie mit Peter sprechen, schließlich war Guthrie Fingal ein alter Freund von ihm.

»Jammerschade, daß Sie den Wagen noch abholen müssen«, sagte der Pilot hilfsbereit, als er sich von ihnen verabschiedete. »Ich hätte Sie auch vor Ihrer Haustür absetzen können.«

»Ach, das ist schon in Ordnung«, sagte Peter. »Vielleicht ein andermal.«

»Wozu es hoffentlich nie kommen wird«, fügte er hinzu, als der Hubschrauber wieder abgehoben hatte.

Sie übergaben der Polizei die beiden Koffer, den Korb, den Gerätekoffer sowie die Zubehörtasche und erhielten eine Quittung. Helen teilte den tief beeindruckten Polizisten mit, wie wichtig und wertvoll die ihnen anvertraute Fracht war. Sie versprachen, besonders gut auf die Kuh und den Eimer, den Mann im Zuber und den Holzfäller mit dem Eichhörnchen auf dem Kopf aufzupassen. Um einiges erleichtert stieg sie in den Wagen.

»Soll ich fahren, Liebling? Du bist bestimmt völlig geschafft, nachdem du den ganzen Weg hergefahren bist, um uns und die Wetterfahnen zu retten.«

»Du hast mehr durchmachen müssen als ich, geliebtes Wesen. Mit deiner Erlaubnis spiele ich diesmal den Steuermann.«

Nach den üblichen Schwierigkeiten, die mit einem fremden Wagen zu erwarten waren, gelang es Peter, den Schlüssel richtig herum ins Zündschloß zu stecken, und sie fuhren los. Diesmal dauerte die Fahrt ziemlich lange. Peter mußte dringend eine Weile mit Helen allein sein, und ihr ging es nicht anders. Schließlich verließen sie die Straße, fuhren auf einen kleinen Waldweg und fielen sich in die Arme wie zwei verliebte Teenager.

»Erzähl mal, was du die ganze Zeit gemacht hast, Peter.« Helen klang ein wenig außer Atem, was unter den gegebenen Umständen nicht überraschte. Peter räusperte sich.

»Hmja, Liebes, ich habe die letzte Nacht mit einer anderen Frau verbracht.«

»Wie schön für sie«, erwiderte Helen höflich. »Könntest du das bitte näher erläutern?«

»Mit dem allergrößten Vergnügen.«

Peter erläuterte, ließ jedoch die etwas gefährlicheren Einzelheiten mit Kugeln und Sümpfen aus. Wie erwartet, zeigte sich Helen pflichtschuldig schockiert, außerdem war sie natürlich auch fasziniert.

»Was für eine bemerkenswerte Frau! Meinst du, es besteht die Möglichkeit, daß ich sie persönlich kennenlerne?«

»Das wird sich noch zeigen, Schatz. Ich habe den Verdacht, daß Miss Binks vielleicht gar nicht so einzelgängerisch ist, wie sie behauptet, doch man sollte die Sache vorsichtig angehen. Ich denke, Bücher sind in ihrem Fall der wirkungsvollste Köder. Du könntest ein paar Turgenjews, Tennysons und Trollopes auslegen und sie dir schnappen, wenn sie bei den ›Kirchtürmen von Barchester‹ angekommen ist. Und nun zu dir, Liebling, welchen Teil deines Abenteuers hast du mir bisher verheimlicht?«

»Ich dachte mir schon, daß du es gemerkt hast. Aber du wirst es bestimmt nicht gern hören. Du weißt doch, daß Gutrie Fingal verheiratet ist, oder?«

»Zunächst habe ich dies angenommen. Doch die letzten Entwicklungen haben diese Annahme beträchtlich ins Wanken gebracht.«

»Dann ist es dir also auch aufgefallen? Peter, ich mache mir schreckliche Sorgen. Cat war untröstlich, als Ben damals gestorben ist. Das ist etwa fünfzehn Jahre her, und soweit ich weiß hat sie seitdem keinen Mann auch nur angesehen. Oder jedenfalls nicht, bis sie nach Sasquamahoc gezogen ist.«

»Was hat sie zu diesem Ortswechsel veranlaßt?«

»Das sogenannte Stromaufwärts-Syndrom, nehme ich an. Irgendwann spült die Abendflut alles nach Hause zurück. Cat ist hier in der Gegend geboren. Sie behauptet, es sei in einer Dorfschmiede während der Februarfröste gewesen, doch ich vermute, daß es sich dabei um eine Hyperbel handelt. Aber Cat ist nur am Rande involviert, da es in Wirklichkeit um Guthries Frau geht. Der eigentliche Hammer ist, daß Mrs. Fingal sich Elisa Alicia Quatrefages nennt.«

»Sollte ich mir jetzt gegen die Stirn schlagen und in Verzückung geraten? Zweifellos ist der Name Elisa Alicia Quatrefages äußerst bedeutungsschwanger und mir sollte bestimmt schon ein ganzer Fackelzug aufgegangen sein, aber ich muß gestehen, daß ich keinen blassen Schimmer habe, auf was du anspielst.«

»Bedeutungsschwanger ist daran nur, daß es genau der Name ist, den eine Frau, die besser unter ihrem Mädchennamen Ella Lynch bekannt ist und in den sechziger Jahren des vorigen Jahrhunderts eine Schlüsselrolle in der Geschichte von Paraguay spielte, nach ihrer Eheschließung angenommen hat. Und Paraguay ist offenbar der Deckname des Mannes, dem Roland Childe und seine Mannen die Wetterfahnen aushändigen sollten.«

»Aber verflixt und zugenäht, Helen, das heißt doch noch lange nicht, daß die beiden etwas miteinander zu tun haben müssen.«

»Und was hältst du davon, daß Eustace Tilkey uns erzählt hat, daß Guthrie Fingals Frau in der letzten Zeit auffallend oft in der Bucht von Hocasquam herumgelungert hat und die ›Ethelbert Nevin‹ abgelichtet hat? Nach allem, was ich von Cat gehört habe, ist sie eine Art Künstlerin, die Krimskrams und Nippzeug für New Yorker Boutiquen anfertigt und regelmäßig jeden Monat wer weiß wie lange verschwindet, angeblich um ihre Kunstwerke an den Käufer zu bringen. Möchtest du deine eigenen Schlüsse daraus ziehen, oder soll ich es für dich tun?«

»Spar dir die Mühe, meine Einzige. Wie minderbemittelt meine geistigen Kapazitäten auch sein mögen, diesen Zusammenhang vermag ich immer noch zu erkennen. Jetzt stellt sich allerdings die Frage, wie in aller Welt wir Guthrie die Neuigkeit schonend beibringen.«

»Ich würde sagen, noch dringender stellt sich die Frage, ob Guthrie dies nicht schon längst weiß.«

»Völlig unmöglich! Guthrie ist ein anständiger Kerl!«

»Mit dem du seit Ewigkeiten nichts mehr zu tun hattest.«

»Was beweist das schon? Ändern Leoparden etwa ihre Flecken?«

»Ist Guthrie etwa ein Leopard? Ich habe ja gleich gesagt, daß es dir nicht gefallen würde, Peter.«

»Womit du wie immer völlig recht hattest. Es gefällt mir wirklich nicht, verfluchte Hacke! Warum hätte Guthrie seine Scheune abfackeln sollen, bloß um seine eigene Wetterfahne zu stehlen?«

»Ich möchte nicht streitsüchtig erscheinen, Liebling, aber die Scheune ist mitnichten abgebrannt, sie wurde lediglich beschädigt.

Außerdem stellt sich die Frage, ob die Scheune und die dazugehörige Wetterfahne wirklich Guthrie gehören und nicht vielleicht einem eigenständigen Institut, das einem Kuratorium untersteht. Glaubst du wirklich, daß Guthrie so einfach auf die Scheune klettern, sich die Wetterfahne schnappen, sie wegschleppen und an einen hypothetischen reichen Sammler verkaufen und sich den Erlös in die eigene Tasche stecken kann, ohne daß einer auch nur ein einziges Wort darüber verliert?«

»Nein, aber ich glaube auch nicht, daß Schweine fliegen können«, erwiderte Peter düster. »Ich vermute, ich muß dir recht geben, was die Dingsbumsherstellerin betrifft, aber ich bringe es einfach nicht über mich zu glauben, daß Guthrie etwas damit zu tun hat. Und was sollen wir jetzt machen?«

»Abwarten und Tee trinken, meinst du nicht?«

»Wieviel Tee müssen wir denn noch trinken? Ich hatte gehofft, wir könnten morgen wieder nach Hause fahren.«

»Ich auch. Ich hatte auch nicht unbedingt gemeint, daß wir hier abwarten sollten. Jetzt wo die Polizei eingeschaltet ist, sehe ich ohnehin keinen Grund, warum wir noch in Sasquamahoc bleiben sollten.«

»Hast du der Polizistenmeute von Elisa Alicia Quatrefages erzählt? Ich kann mich nicht daran erinnern, ihren Namen gehört zu haben.«

»Ich hatte es vor«, gab Helen zu, »aber der Beamte, der meine Aussage aufgenommen hat, hat mir keine Gelegenheit dazu gegeben. Du hast es ja selbst gehört. Jedesmal, wenn einer von uns versucht hat, etwas einzuwerfen, das er für unwichtig hielt, hat er ›Mich interessieren nur die Fakten, Ma'am‹ geblafft wie Jack Webb in seiner Polizeiserie. Ich hielt daher jeden weiteren Versuch für sinnlos. Außerdem fällt es mir schwer, eine Frau anzuschwärzen, die ich noch nie im Leben getroffen habe, nur weil sie zufällig einen ungewöhnlichen Namen hat.«

»Und noch schwerer, den Gatten dieser Frau in die Sache hineinzuziehen, bloß weil seine Scheune zufällig nur halb abgebrannt ist«, konnte Peter sich nicht verkneifen.

Helen warf ihm einen gequälten Blick zu. »Du mußt es ja wissen, Schatz. Komm, wir fahren.«

Sie fanden den Weg nach Sasquamahoc ohne Schwierigkeiten. Catriona, Iduna und Guthrie hatten es sich auf dem Rasen neben dem Haus in Liegestühlen bequem gemacht, jeder bewaffnet mit einem großen Glas voll Eis, Limonensaft und zweifellos ein oder zwei weiteren Ingredenzien. Sie begrüßten die Shandys stürmisch.

»Hast du die Windmühlen gefunden?« rief Cat.

»Wetterfahnen«, korrigierte Helen.

»Egal. Habt ihr sie nun gefunden? Wo sind sie denn?«

»Wir haben sie gefunden, aber sie liegen als Beweisstücke bei der Gendarmerie der berittenen Marine oder wer auch immer die dreiundsiebzig Autoritätspersonen waren, die uns am Dock erwartet haben. Wir sind sogar mit dem Hubschrauber geflogen. Leutnant Blaise mußte einen Hummerkrieg schlichten. Fragt mich bitte nicht, aus welchem Grund sich die Hummer bekriegt haben, ich habe nämlich keinen blassen Schimmer.«

»Ich hätte mehr von dir erwartet, Marsh. Wollt ihr einen Drink?«

»Ja, gern, aber zuerst möchte ich ein Bad nehmen und mich umziehen. Peter kann hier bleiben und euch alles erzählen. Der arme Kerl hatte bisher noch keine Gelegenheit, sich irgendwo in Ruhe hinzusetzen.«

Helen hauchte einen Kuß auf die Stelle, an der sich Peters Haar verdächtig zu lichten begann, und begab sich ins Haus. Peter ließ sich dankbar in den Liegestuhl fallen, den Catriona für ihn herbeigeholt hatte, und wartete darauf, daß Guthrie ihm seinen Drink kredenzte.

Wer auch immer dieses vornehme alte Haus gebaut hatte, mußte ein gutes Auge für landschaftliche Schönheit gehabt haben. Peter genoß die Schlichtheit und die wunderschöne Lage des Gebäudes. Nach all den unruhigen Wassermassen konnte er sich nicht sattsehen an den sanft gewellten Hügeln und weiten Feldern. Die vielen schwarzäugigen Susannen ließen zwar darauf schließen, daß Catriona McBogles Felder einige Wagenladungen besten Düngers nötig hatten, doch er mußte zugeben, daß die hübschen orangegelben Sterne dem Miteinander von sittsamen weißen Margariten und blaulila Wicken eine gewisse heitere Note verliehen.

Er erzählte, bekam seinen Drink, trank ein paar Schlucke und stellte das Glas neben sich ins Gras. Er fand es danach viel zu mühselig, es bis an die Lippen zu führen. Es war auch viel zu mühselig, die Augen offenzuhalten. Als Helen wieder draußen erschien, strahlend sauber und in ein Sommerkleid mit Blumenmuster gehüllt, fand sie ihren Gatten schlafend und ihre Freunde auch nicht sonderlich wach vor.

»Na, ihr seid mir ja eine muntere Gesellschaft! Nein, Guthrie, bleiben Sie bitte sitzen. Ich nehme mir Peters Drink. Ich wollte sowieso nur ein ganz klein wenig, sonst schlafe ich nachher auch noch ein. Cat, wie wär's, wenn Peter und ich euch alle zum Abendessen einladen würden? Gibt es hier irgendwo in der Nähe ein einigermaßen gutes Restaurant?«

»Nein, gibt es nicht und kommt auch gar nicht in Frage. Wir werden schon irgendwas in meiner Küche auftreiben. Du bleibst doch zum Essen, nicht, Guthrie?«

»Danke für die Einladung, Cat, aber ich bin ohnehin schon viel zu lange weg gewesen. Ich mache mich besser auf die Socken, ich werde bestimmt schon in der Schule erwartet. Helen, Sie und Peter werden doch hoffentlich morgen früh nicht einfach losfahren, ohne sich von mir zu verabschieden?«

»Daran hätten wir nicht mal im Traum gedacht«, versicherte sie ihm. »Würde mich nicht wundern, wenn Peter später noch kurz bei Ihnen vorbeischaut, vorausgesetzt natürlich, daß wir ihn soweit wach bekommen, daß er sein Abendessen zu sich nehmen kann. Sie sind doch zu Hause, nicht wahr?«

»Klar. Ich bin auf jeden Fall da. Im allgemeinen entferne ich mich nicht weit von meinem Heim.«

»Seine Frau ist der Globetrotter in der Familie.« Catriona nahm ihm anscheinend übel, daß er nicht zum Abendessen blieb, vermutete Helen, sonst hätte sie sicher so ein delikates Thema nicht aufs Tapet gebracht. »Wo ist sie denn diesmal hin, Guth?«

Er zuckte mit den Achseln. »Was weiß ich? New York, glaube ich. Ich habe längst aufgegeben, ihre Reisen zu verfolgen. Also dann, bis später, Leute. Vielen Dank für den Drink.«

Kapitel 17

Iduna schüttelte mitfühlend ihre silbergoldenen Locken. »Wenn das die Früchte der Frauenbewegung sein sollen, dann kann ich nur sagen: pfui Teufel. Sich vorzustellen, daß eine Frau einfach wochenlang verschwindet, ohne ihrem Mann auch nur zu sagen, wo sie hinfährt! Das könnte ich Daniel ebensowenig antun, wie ihm zu befehlen, morgens aufzustehen und mein Frühstück zu machen.«

»Bei uns macht Peter normalerweise immer das Frühstück«, gestand Helen. »Aber ich weiß, was du meinst, Iduna. Ich würde mich auch nicht so ohne weiteres davonmachen, wenn es sich irgendwie vermeiden ließe, und ich würde ganz bestimmt nicht wollen, daß Peter mir so etwas antäte. Ich möchte deine Freunde wirklich nicht kritisieren, Cat, aber die Fingals scheinen eine etwas merkwürdige Ehe zu führen.«

Inzwischen hatten sie es sich alle in der riesigen Küche gemütlich gemacht und schauten ihrer Gastgeberin dabei zu, wie sie mit der Erfahrung aller Gastgeberinnen, die auf dem Lande lebten und daran gewöhnt waren, im Sommer Scharen von Besuchern zu beköstigen, im Handumdrehen die leckersten Dinge hervorzauberte. Die Wucht, mit der Catriona die Platte mit kalten Brathähnchen auf den Tisch knallte, war wohl nicht beabsichtigt gewesen.

»Meinetwegen brauchst du wirklich nicht um den heißen Brei herumzuschleichen, Marsh. Außerdem geht es mich nichts an, was Guthrie und Elisa Alicia mit ihrem Leben anfangen.«

»Unsinn, Cat. Ich kenne keine akademischen Kreise, in denen sich nicht jeder brennend für das Privatleben des anderen interessiert. Ich kann mir nicht vorstellen, daß es hier oben bei euch anders sein sollte. Oder sollte ich lieber hier unten sagen?«

»Nur wenn du damit Lubec oder Eastport meinst, aber heutzutage kümmert das sowieso keinen mehr, höchstens die Wetterfrösche vom

Fernsehen. Okay, Leute, Zeit für die Raubtierfütterung. Das Abendessen ist angerichtet.«

Sie hatte frischen Spargel gekocht, gerade lange genug, daß er schön zart und trotzdem noch fest war, frischen Kopfsalat vom Feld neben dem Haus geholt, dazu gab es frisches Brot, das die Dame am anderen Ende der Straße mit viel Liebe und ein wenig Dill gebacken hatte. Zum Nachtisch gab es frische Erdbeeren.

»Ich habe die Hähnchen für alle Fälle sofort in den Backofen geschoben, nachdem ihr angerufen habt. Ich beziehe mein Geflügel immer von Harriet McCombs Geflügelfarm drüben in Squamasas. Sie rupft die Tierchen höchstpersönlich.«

Catriona plauderte weiter über Hühnchen und Hähnchen, bis es Helen zuviel wurde und sie beschloß, den Stier bei den Hörnern zu packen. »Cat, hör mir mal zu. Die Fingals gehen dich sehr wohl etwas an, sie gehen sogar uns etwas an! Guthrie war schon mit Peter befreundet, als du ihn noch gar nicht kanntest, und wir haben allen Grund anzunehmen, daß er sich momentan in großen Schwierigkeiten befindet. Falls er dir irgend etwas bedeutet, solltest du uns lieber gleich alles erzählen, was du über Elisa Alicia Quatrefages weißt. Ich interessiere mich für sie, weil ich befürchte, daß sie das fehlende Verbindungsglied zu Paraguay ist.«

Catriona hatte gerade eine Spargelstange aufgespießt. Sie begann, sie nervös hin und her zu schwenken. »Könntest du mir freundlicherweise verraten, was dich zu diesem Schluß bewogen hat?«

»Könntest du bitte freundlicherweise aufhören, mit deinen Spargel zu wedeln, bevor er über die Tischdecke fliegt?«

»Tut mir leid.« Catriona untersuchte ihren Spargel auf mögliche Beschädigungen, biß die Spitze ab und begann zu kauen. »Red weiter, altes Mädchen.«

Helen redete. Falls sie erwartet hatte, ihre Neuigkeit würde wie eine Bombe einschlagen, mußte sie sehr bald feststellen, daß sie sich geirrt hatte. Als sie ihre Erklärungen beendet hatte, nickte Catriona nur.

»Okay, Marsh. Was willst du wissen?«

Helen war auf eine sofortige Kapitulation nicht gefaßt gewesen und warf Peter einen hilflosen Blick zu. »Liebling, was wollen wir wissen?«

»Hmja, zuächst einmal würden wir gern wissen, wie Elisa Alicia aussieht, Cat.«

»Wie eine hirnlose Idiotin, die sich daran aufgeilt, die große Abenteuerin zu spielen. Langes schwarzes Haar, das sie sich kunstvoll zerzaust, enge schwarze Overalls, die sie mindestens bis zum Bauchnabel aufgeknöpft trägt, Unmengen bimmelnder Kettchen und klimpernder Armbänder, Ohrringe, die bis zum Schlüsselbein herunterbaumeln, vierzehn verschiedene Sorten Lidschatten –«

»Welche Augenfarbe hat sie?« unterbrach Peter.

»Welche Farbe ist denn gerade in Mode? Um die Wahrheit zu sagen, habe ich mir bisher noch nie die Mühe gemacht, mich durch die diversen falschen Wimpernschichten zu arbeiten, um die Farbe festzustellen. Glutvolles Braun, sollte man annehmen.«

»Die echte Elisa Alicia war blond und hatte helle blaugraue Augen«, sagte Helen. »Dennoch nehme ich an, daß sie, falls sie wirklich von Francisco Lopez abstammt, eher brünett ist.«

»Wenn sie in Wirklichkeit Lopez heißt, warum sollte sie sich dann Quatrefages nennen?« wollte Iduna wissen.

»Vielleicht weil es vornehmer klingt?« schlug Catriona vor. »Sie hat mir neulich mal damit in den Ohren gelegen, daß ich meinen Namen in Clarissa Armitage ändern sollte.«

»Warum das denn?« Iduna nahm sich noch etwas Spargel. »Meine Güte, der schmeckt wirklich hervorragend. Siehst du Elisa Alicia oft, wenn sie im Lande ist, Cat?«

»Na ja, ich versuche höflich zu sein, weil mir Guthrie leid tut, aber es kostet mich viel Überwindung. Ich nehme an, am meisten interessiert Sie wohl, wohin sie ihre Geschäftsreisen macht, nicht wahr, Peter? Die einzigen Städte, die sie in meiner Gegenwart erwähnt hat, waren New York und Boston. Ich kann mich an die Namen der einzelnen Geschäfte nicht mehr erinnern, muß allerdings zugeben, daß ich damit wahrscheinlich sowieso nichts anfangen könnte, weil ich nicht mal in New York einkaufen ginge, wenn man mich an den Stiefelabsätzen durch Macy's schleifen würde. Sie brüstet sich damit, daß sämtliche teuren Boutiquen an der Ostküste scharf auf ihren Schnickschnack sind.«

»Dann scheint sie ja richtig Geld zu machen.«

»Behauptet sie jedenfalls. Ich habe sie mal gefragt, ob es vielleicht daher kommt, daß sie ihre Kräuterkränze aus Haschisch macht, aber sie hat so getan, als sei es ein toller Witz.«

»Gibt es irgendwelche Anzeichen dafür, daß sie übermäßig reich ist? Zieht sie sich beispielsweise besser an, als es die Frau eines Pädagogen normalerweise tun würde? Ich vermute mal, Guthrie pflückt das Geld nicht gerade von den Bäumen, die er in seinen Baumschulen aufzieht.«

»Nein, ich glaube auch nicht, daß er in seinem Beruf schnell reich wird. Was die Kleidung von Elisa Alicia betrifft, ist ›besser‹ wohl kaum das *mot juste,* da sie eine Art perversen Genuß daraus zu ziehen scheint, sich so unvorteilhaft wie möglich zu kleiden. Aber sie kauft teure Klamotten, und ihr sogenannter Modeschmuck sieht aus, als sei er in Wirklichkeit echt. Guthrie würde es sowieso nicht merken, der arme Kerl. Ich weiß auch nicht, ob er ihr einfach alles glaubt, oder bloß aufgehört hat, ihr zuzuhören. Einmal hat sie allerdings selbst ihn aus der Fassung gebracht, da ist sie nämlich in seinem alten braunen Toyota weggefahren und in einer nagelneuen Limousine zurückgekehrt, einem knallgrünen Cadillac Sedan de Ville.«

»Herr des Himmels!« rief Peter. »Hat sie ihm das erklären können?«

»Sie hat ihm verklickert, der Toyota habe ihrer Persönlichkeit nicht entsprochen, außerdem sei der Kofferraum für ihre Handelsgüter zu klein gewesen. Sie hatte den Caddie bar bezahlt und den Toyota dann in Zahlung gegeben, daher blieb Guthrie nicht viel mehr übrig, als still vor sich hin zu kochen. Er hat sich bis jetzt standhaft geweigert, auch nur einen Fuß in den neuen Wagen zu setzen.«

»Dann fährt sie also immer ganz allein?«

»Soweit ich weiß, ja. Sie hat meist so viel zerbrechliches Zeug dabei, daß es so wahrscheinlich ohnehin am praktischsten ist. Sie behauptet immer, daß sie furchtbar gern fährt und sowieso nichts Besseres zu tun hat und es ihr daher nichts ausmacht, ein paar Tage mehr oder weniger unterwegs zu sein.«

»Dann packt sie einfach ihr Zeug zusammen und fährt los, sobald ihr danach ist?«

»Genau. Und sie sagt Guthrie nie, wohin sie fährt, wann sie zurückkommt oder wo er sie erreichen kann, falls er zufällig das Bedürfnis danach haben sollte. Vielleicht verbringt sie tatsächlich die ganze Zeit damit, ihren Kram zu verkaufen, vielleicht tut sie auch irgendwas völlig anderes. Aber die Sachen, die sie verkauft, macht sie wirklich selbst, ich habe schon oft gesehen, wie sie daran gearbeitet hat. Es sind zwar keine Sachen, die ich mir zulegen würde, aber sie sind recht hübsch gemacht. Sie kann gut malen und dekorieren, und könnte durchaus die Leinwand mit der Guy-Lombardo-Aufschrift als Tarnung für die ›Ethelbert Nevin‹ gemacht haben. Mehr weiß ich leider auch nicht, Peter. Ich weiß nicht mal, ob Guthrie sehr viel mehr über sie zu sagen hätte, aber das läßt sich ja leicht herausfinden. Möchten Sie Sahne zu den Erdbeeren?«

Peter nahm die Sahne dankend an und aß seine Erdbeeren in einem Zustand der Verwirrung, was er sehr bedauerte, da sie hervorragend schmeckten und seine ungeteilte Aufmerksamkeit verdient hätten. Danach entschuldigte er sich bei den Damen und machte sich auf, um seinem alten Schulfreund einen Besuch abzustatten.

Guthrie wirkte etwas niedergeschlagen, er stand einfach nur da und starrte gedankenversunken in das üppige Blattwerk einer Kastanie, die geradezu der ideale Nistplatz für Miss Binks gewesen wäre.

»Was ist los, Guth?«

»Ach, hallo, Pete. Nichts besonderes. Ich habe nur ein bißchen nachgedacht. Hast du schon zu Abend gegessen?«

»Ja. Du hättest bleiben sollen. Catriona ist eine hervorragende Köchin.«

»Ich weiß. Ich wäre schrecklich gern geblieben, aber – ach, verdammter Mist, Pete. Das Leben kann manchmal richtig grausam sein. Entschuldige bitte, ich will dich nicht deprimieren. Komm, ich zeige dir den Campus. Es ist hier bei uns sicher ganz anders als bei euch in Balaclava.«

»Es ist überall ganz anders als in Balaclava«, versicherte Peter. »Gelegentlich sogar in Balaclava selbst. Hast du Präsident Svenson je kennengelernt?«

»Ich habe von ihm gehört.« Guthrie sah nicht mehr ganz so traurig aus und begann zu grinsen. »Er scheint ein wahrer Teufelsbraten von einem Vorgesetzten zu sein.«

»Ach, so schlimm ist er auch wieder nicht. Wenigstens ist er nie langweilig.«

Sie schlenderten über das Schulgelände und tauschten akademische Klatschgeschichten aus. Guthrie weihte Peter in die Geheimnisse seiner neuesten Baumzucht ein, die der Gartenbauexperte Shandy faszinierend fand. Erst als es so dunkel geworden war, daß man nicht mehr erkennen konnte, was in den Baumschulen wuchs und gedieh, fiel Peter der eigentliche Grund für seinen Besuch wieder ein.

»Die Mücken fangen an zu stechen«, stellte er nicht ohne Grund fest, auch wenn sie damit schon vor einer ganzen Weile begonnen hatten. »Falls du mit dem Gedanken spielen solltest, mich auf einen Drink zu dir einzuladen, wäre jetzt der geeignete Moment, mich zu fragen. Was aber natürlich keineswegs ein Wink mit dem Zaunpfahl sein soll.«

»Du hattest schon immer eine sehr subtile Ader, Pete. Mann, bin ich froh, dich wiederzusehen. Dann nichts wie los! Das Gebäude da vorne ist mein Haus.«

Das Heim des Präsidenten in Sasquamahoc war nicht etwa ein Herrenhaus mit Säulenvorbau, sondern nur ein wenig imposantes einstöckiges Holzhaus, das vermutlich in den häßlichen Zwanzigern errichtet worden war. Die Holzschindeln waren in dem unbeschreiblichsten Gelbton gestrichen, den Peter je gesehen hatte. Vermutlich hatte Elisa Alicia die Farbe ausgesucht. Das Haus besaß eine nutzlose kleine Veranda und eine Eingangstür, die mit viereckigen kleinen Glasbausteinen in schreiendem Rot, Blau, Grün und Bernstein eingefaßt war. Ein großer Kranz aus Weinlaub, in den Kunstblumen, Trockengras, zahlreiche Perlhuhnfedern und zwei Auberginen aus Plastik integriert waren, sollte zweifellos den Besucher willkommen heißen, auch wenn das Arrangement auf Peter wenig einladend wirkte.

Nachdem Guthrie die Tür aufgeschlossen hatte, fand sich Peter mit einem riesigen Gesteck aus vergoldeten Binsen, Pampasgras und Pfauenfedern in einem Spucknapf aus lackiertem Messing konfrontiert. Als er nervös zurückschreckte, stolperte er über ein Stück Ast, das mit Gips überzogen war und anscheinend diversen Kunstvögeln als Nistplatz diente. Es gab sogar einige mit Schellack behandelte Nester aus buntem Raffiabast und Papierschlangen.

Entsetzt stellte Peter fest, daß darin echte, ausgeblasene Vogeleier lagen. Jeder Zweifel, daß Guthries unstete Gattin mit der Verbrecherbande, deren Abgang er erst vor kurzem hatte mitverfolgen dürfen, unter einer Decke steckte, löste sich auf der Stelle in Luft auf. Eine Frau, deren Gehirn eine derart scheußliche Eingangshalle aushecken konnte, war zu jeder Schandtat fähig.

»Komm, wir gehen in mein Arbeitszimmer«, drängte Guthrie. »Es ist der einzige Raum, den Elisa Alicia mit ihrem Gemütlichkeitstrieb verschont. Steht deine Frau auch auf so was?«

»Sie backt ab und zu Pies für mich«, erwiderte Peter vorsichtig.

»Elisa macht auch Pies. Aus Pappmaché, mit einer Garnierung aus Plastikkirschen.«

Guthrie versank einen Moment lang wieder in düsteres Schweigen, ließ sich dann jedoch zu einem Gefühlsausbruch hinreißen. »Gott sei mein Zeuge, Pete, manchmal frage ich mich wirklich, wozu die Menschheit wohl sonst noch fähig ist.«

Eine bessere Einleitung hätte Peter kaum erwarten können. Er räusperte sich und wagte den Sprung ins kalte Wasser. »Wie hast du sie eigentlich kennengelernt, Guthrie?«

»Ich war bei einer Konferenz in New York und bin ihr zufällig über den Weg gelaufen. Sie kannte einen der Männer, mit denen ich mich unterhalten habe, und danach sind wir alle gemeinsam einen trinken gegangen. Dann führte eins zum anderen, du weißt schon, was ich meine.«

Guthrie zuckte mit den Achseln. »Später ist sie übers Wochenende nach Portland geflogen, und ich bin mit dem Auto hingefahren, um sie zu treffen. Sie war irgendwie … na ja, exzentrisch, würde ich sagen. Sie trug ausgefallene Kleider, ausgefallene Parfüms, hat sich ausgefallen ausgedrückt. Auch ein paar andere Dinge, die sie tat, waren ausgefallen, wenn du die Wahrheit wissen willst. Teufel noch mal, Pete, ich war außer während meiner College-Zeit nie im Leben weiter als fünfzig Meilen von Sasquamahoc weg, und du weißt ja selbst, wie unsere Glamour-Girls damals ausgesehen haben. Gute Kumpel, mit denen man die Ställe ausmisten konnte, aber was ist schon romantisch an Gummistiefeln und durchgeschwitzten Arbeitsanzügen.«

»Das ist doch recht anheimelnd, oder?«, murmelte Peter, doch Guthrie war viel zu sehr in seine trübsinnigen Gedanken versunken, um ihn zu hören.

»Jedenfalls ist es ein paar Monate lang so weitergegangen, dann habe ich ein langes Wochenende frei genommen, und wir haben zusammen einen Kurztrip nach Costa Rica gemacht. Ich habe mich die ganze Zeit mit Planter's Punch vollaufen lassen, und als ich wieder nüchtern wurde, mußte ich feststellen, daß ich verheiratet war. Klingt ganz schön verrückt, was?«

Für Peter klang es mehr nach einem hinterlistigen Trick, aber jetzt war nicht der richtige Zeitpunkt, um Guthrie darauf aufmerksam zu machen. »Wie ist denn ihre Familie so?«

»Keine Ahnung, ich habe sie nie kennengelernt. Sie leben alle in Frankreich, behauptet Elisa.«

»Wo genau in Frankreich?«

»Das darfst du mich nicht fragen. Keiner von ihnen schreibt uns, was mich nicht weiter wundert. Sie meldet sich schließlich auch nie.«

»Wie meinst du das, Guthrie? Ruft sie dich denn nicht an, wenn sie unterwegs ist?«

»Niemals. Aber was soll's. Sie verschwindet, wann sie will, und taucht wieder auf, wenn sie ihre Läden abgeklappert hat. Und wenn sie da ist, wünsche ich mir meistens, daß sie wieder weg wäre, weil sie mich nur nervt. Sie ist mir sowieso gleichgültig, wenn du die Wahrheit wissen willst.«

Guthrie fing an, sich noch ein wenig Old Smuggler Rum einzuschenken, überlegte es sich jedoch wieder anders und stellte die Flasche zurück. »Bedien dich, wenn du möchtest, Pete. Ich bin vorsichtig geworden, was Alkohol betrifft. Du siehst ja selbst, wohin es mich gebracht hat. Nicht daß ich Elisa die Schuld gebe. Sie ist halt so wie sie ist, und ich bin so wie ich bin. Ich war ein verdammter Idiot, ich hätte von Anfang an wissen müssen, daß wir nicht zueinander passen. Aber ich will nicht klagen, es könnte sicher noch viel schlimmer sein. Wenigstens führen wir keinen Kleinkrieg miteinander. Sie hat ihr Kunstgewerbe, und ich habe meine Schule. Es ist nicht schwer, ihr aus dem Weg zu gehen, selbst wenn sie hier ist. Es ist bloß – na ja, verdammt noch mal, wenn ich dich so mit Helen sehe –«

»Ich weiß, was du meinst, Guthrie.« Verflixt und zugenäht, das konnte peinlich werden. »Im Grunde weißt du also gar nichts von deiner Frau, außer daß sie ihre Pasteten mit künstlichen Kirschen belegt und ein Faible für vergoldete Binsen hat. Zudem bist du inzwischen an dem Punkt angelangt, wo sie dir sogar gleichgültig geworden ist.«

»So ungefähr, Pete. Ich habe ein- oder zweimal versucht, mit ihr über Scheidung zu sprechen, aber sie hat mich bloß ausgelacht. Elisa behauptet, daß sie unser Zusammenleben völlig in Ordnung findet, und falls ich mir einbildete, daß sie sich von mir scheiden ließe, hätte ich mich geschnitten.«

Peter fiel ein sehr plausibler Grund ein, der die Scheidung unmöglich machte, doch auch für diese Mitteilung hielt er den richtigen Zeitpunkt noch nicht für gekommen.

»Nach allem, was du mir bis jetzt anvertraut hast, Guthrie, kann ich es vielleicht riskieren, dir eine Frage zu stellen, die mir schon die ganze Zeit auf der Seele brennt. Ich hoffe nur, daß ich dir damit nicht zu nahe trete.«

»Was willst du mich denn fragen?«

»Nun ja, beispielsweise ob dir der Name Elisa Alicia Quatrefages etwas sagt, außer daß es der Name deiner Frau ist, natürlich.«

Guthrie starrte ihn an. »Reicht das nicht? Worauf zum Teufel willst du hinaus? Was sollte er mir denn sonst noch sagen?«

Statt zu antworten stellte Peter eine Gegenfrage. »Was sagt dir persönlich das Wort Paraguay?«

»Ich denke dabei hauptsächlich an Hartholz. Früher war das Hauptexportgut von Paraguay ein Gerbstoff, der aus dem Quebracho-Baum gewonnen wurde. Heute vielleicht auch noch, aber da bin ich überfragt. Weiß der Himmel, was mit deren Wirtschaft passiert, wenn sie ihre ganzen Regenwälder abholzen. Es sei denn, sie sind klüger als die meisten ihrer Nachbarn.«

»Das hatte ich eigentlich nicht gemeint, Guthrie. Als ich persönlich gesagt habe, meinte ich – eh – persönlich. Beispielsweise, ob du je gehört hast, daß deine Frau das Wort benutzt hat.«

Guthrie knallte sein Glas auf den Tisch und richtete sich auf. »Nein, weiß Gott nicht, aber ich habe gehört, wie deine Frau es im Zusammenhang mit den Mistkerlen benutzt hat, die sie und Cat umbringen wollten. Pete, versuchst du etwa, mir schonend beizubringen, daß Elisa etwas mit dieser Wetterfahnengeschichte zu tun hat?«

»Lieber hätte ich die Gewißheit, daß sie nichts damit zu tun hat.«

»Ich auch. Aber wieso kommst du ausgerechnet auf sie?«

Peter mußte es ihm wohl oder übel erklären. Guthrie unterbrach ihn kein einziges Mal. Als sein Freund zu Ende geredet hatte, sagte er nur: »Und was machen wir jetzt?«

»Ich würde mir gern die persönlichen Sachen deiner Frau ansehen, natürlich nur, wenn du nichts dagegen hast. Vielleicht finden wir ja etwas, das sie entlastet oder –«

»Sie endgültig reinreitet«, beendete Guthrie den Satz. »Und mich dazu, fürchte ich. In Ordnung, Pete. Wenn es denn sein muß, bringen wir es am besten so schnell wie möglich hinter uns.«

Kapitel 18

Was immer Elisa Alicia Quatrefages auch sein mochte, sie war zweifellos eine leidenschaftliche Binsenvergolderin. Mit Ausnahme des einen Raumes, den Guthrie zu seinem Reich auserkoren hatte, war es ihr gelungen, den gesamten ersten Stock mit Rohmaterial für ihr Kunsthandwerk zu füllen. Sie hortete stapelweise getrocknetes Weinlaub, getrocknete Schwalbenwurz, getrocknetes Blatt- und Blütenwerk jeglicher Beschreibung, aber auch von Arten, die sogar Peter unbeschreiblich fand. Überall lagen Platten, Stücke, Kegel, Kugeln, Rhomben und Dodekaeder aus Styropor. Zudem besaß sie eine riesige Sammlung künstlicher Blumen und Tiere, dazu drollige Kobolde, Zwerge, Elfen, Hexen, Klabautermänner und Feen. Sie besaß Laubsägearbeiten in Form von Hähnen, Fischen, Schweinen, Schafen, Katzen, Hunden, Emus, Gnus, Äpfeln, Birnen, Papayas, Blumenkohl, Artischocken, Kartoffeln, Tomaten, Kohlrabi, Granatäpfeln, Mangos und Kürbissen.

»Nanu, keine Bananen?« murmelte Peter. Was irgendein Mensch mit all diesen Scheußlichkeiten anfangen wollte, war ihm unbegreiflich.

Ihren Geschäftsbüchern nach zu urteilen, wußte Elisa Alicia sehr genau, was sie wollte. Peter blinzelte, als er die Umsätze sah.

»Grundgütiger, Ms. Quatrefages scheint ja ein Riesengeschäft zu machen.«

Guthrie zuckte mit den Achseln. »Tatsächlich? Ich stecke meine Nase nie in ihre Angelegenheiten.«

»Du weißt nicht zufällig, ob sie – eh – einen Teil der Arbeit von Hausfrauen hier in der Gegend erledigen läßt oder etwas in der Art?«

»Nein, Pete, das tut sie ganz sicher nicht. Das wüßte ich, denn als sie damit angefangen hat, habe ich gehofft, daß es sich vielleicht zu einer Art lokalem Kunstgewerbe ausweiten ließe. Eine Menge Leute hier wären überglücklich, wenn sie sich ein paar Dollar nebenher verdienen könnten, um sorgenfrei über den Winter zu kommen. Ich habe das Thema ein- oder zweimal angesprochen, als sie mir vorgejammert hat, daß sie es nie und nimmer schaffen würde, mit den vielen Bestellungen Schritt zu halten, die ihr ins Haus flatterten. Aber sie hat ziemlich sauer reagiert, weil ich gewagt habe anzunehmen, daß andere Menschen in der Lage sein könnten, ihren hohen Qualitätsanforderungen zu entsprechen. Was schneidest du denn für Grimassen?«

»Schau dir bloß mal den Stand ihrer diversen Konten an. Die meisten Verkaufszahlen pro Geschäft belaufen sich auf Summen zwischen ein paar hundert bis tausend Dollar. Ich würde sagen, daß ist ganz schön viel für eine Einzelperson, die davon lebt, selbstgemachte Gegenstände zu verkaufen, die im Laden wahrscheinlich nicht mehr als höchstens dreißig oder vierzig Dollar kosten. Aber allein in der Brasilien-Boutique scheint sie in diesem Jahr bereits über 20 000 Dollar verdient zu haben. Wie in Dreiteufelsnamen macht die Frau das? Kannst du mir das vielleicht erklären?«

Guthrie rieb sich sein lincolnartiges Kinn. »Verdammt gute Frage. Und ich denke, wir dürfen auch die Tatsache nicht übersehen, daß der Laden ausgerechnet Brasilien-Boutique heißt und der Deckname von Roland Childe Brasilien ist. Jessas, Pete, was soll ich bloß machen?«

»Weitersuchen, Guthrie. Irgendwo finden wir bestimmt noch mehr Hinweise.«

Es dauerte eine ganze Stunde, bis sie fündig wurden, doch die Mühe hatte sich gelohnt. In einem ausgehöhlten Styroporblock, der mit lila Bändern und Passionsblumen aus Plastik verziert war und Elisa Alicias Schlafzimmerwand schmückte, entdeckten sie ein Tagebuch mit einem lila Satineinband und Eintragungen in lila Tinte. In Geheimschrift.

»Was zum Teufel ist denn das schon wieder?« Guthrie betrachtete in ratlosem Erstaunen die vollgeschriebenen Seiten. »Kannst du dir einen Reim darauf machen, Pete?«

»Das kann ich jetzt noch nicht sagen. Gibt es hier irgendwo einen gut beleuchteten Spiegel?«

»Im Badezimmer. Dort drüben. Unglaublich! Meinst du, es ist in Spiegelschrift verfaßt?«

Als die beiden Männer die Buchstaben näher untersuchten, stellten sie fest, daß Elisa Alicia sich tatsächlich von Leonardo da Vinci hatte inspirieren lassen und die Buchstaben falsch herum geschrieben hatte. Der einzige Haken war, daß sie nicht auf Englisch geschrieben hatte.

»Ich verstehe kein Wort von dem Zeug«, ärgerte sich Guthrie. »Ist das etwa Latein oder so?«

»Ich würde eher sagen, Französisch oder Spanisch. Vielleicht auch eine Art Dialekt. Ich bin nicht sonderlich gut in Sprachen, aber meine Frau kennt sich aus. Würde es dir etwas ausmachen, wenn ich sie herbitte, damit sie ihr Glück versuchen kann?«

»Mir macht es nichts aus, aber vielleicht Helen. Weißt du überhaupt, wie spät es ist, Pete? Wahrscheinlich sind drüben alle längst im Bett.«

»Verflixt! Daran hatte ich gar nicht gedacht. Außerdem haben die Frauen vorige Nacht auf dem verdammten Felsen kaum geschlafen. Ich vermute, aus humanitären Gründen sollten wir damit lieber bis morgen früh warten. Aber vielleicht sind sie ja auch immer noch auf und sprechen über ihr Abenteuer. Was hältst du davon, Guthrie, wenn wir das Tagebuch zu Catriona mitnehmen und sehen, was passiert. Meinst du, das geht?«

»Warum nicht?« Aber Guthrie klang nicht sonderlich überzeugt. »Falls Helen dieses Kauderwelsch wirklich entziffern kann, wäre es mir ehrlich gesagt lieber, wenn sie es nicht vor den anderen vorlesen würde. Der Himmel weiß, was Elisa sich da wieder zusammengeschrieben hat. Ich bin mir nicht mal sicher, ob ich es selbst hören will.«

»Ich verstehe genau, wie dir zumute ist, Guthrie. Was hältst du davon, wenn ich allein hingehe und es einfach mitnehme? Falls Helen schon schläft, warte ich bis morgen früh und zeige es ihr, sobald sie wach ist. Deine Frau kommt doch hoffentlich nicht in der Zwischenzeit zurück und sucht nach dem Ding, oder?«

»Das kann ich dir beim besten Willen nicht sagen. Ach was, nimm das verfluchte Ding einfach mit. Wenn Elisa aufkreuzt, werde ich sie schon irgendwie ablenken. Soll ich dich bis zum Haus begleiten?«

»Gern, wenn es dir nicht zuviel ist.«

Auf dem Weg zu Catrionas Haus sprachen die beiden Männer kaum. Peter wurde allmählich bewußt, wie unendlich müde er war. Was Guthrie Fingal gerade durch den Kopf ging, wollte er lieber gar nicht erst wissen. Vielleicht würde das Tagebuch ja Licht auf die Beziehung zwischen ihm und seiner Gattin werfen, falls sie überhaupt seine rechtmäßige Gattin war. Was Peter verständlicherweise bezweifelte.

Catriona hatte das Licht über dem Nebeneingang und in der Küche brennen lassen, doch es war unübersehbar, daß sie und ihre Freundinnen sich bereits zurückgezogen hatten und höchstwahrscheinlich längst schliefen. Guthrie ging zurück in Richtung Schule, und Peter betrat so leise wie möglich das Haus, was bei den knarrenden alten Dielen nicht gerade leicht war.

Die Hausherrin hatte fürsorglich die Whiskeyflasche, ein sauberes Glas und einen Teller mit Crackern für ihn auf den Küchentisch gestellt. In Anbetracht des erschöpfenden Abends, den er inmitten von Elisas Kunsthandwerk zugebracht hatte, entschied Peter, daß er sich einen kleinen Nachttrunk redlich verdient hatte. Er saß noch vor seinem unberührten Drink am Küchentisch, knabberte an einem Cracker und brütete über dem Tagebuch, in der Hoffnung, vielleicht doch ein paar Worte entziffern zu können, die ihm bekannt vorkamen, als Helen leise zu ihm ins Zimmer trat und die Tür nach oben hinter sich zuzog.

»Peter, was machst du denn um diese Zeit mutterseelenallein hier unten? Du bist doch bestimmt todmüde. Warum kommst du nicht mit nach oben ins Bett?«

»Dein Wunsch ist mir Befehl, geliebte Gattin. Aber würdest du vorher noch schnell einen Blick in dieses Buch hier werfen?«

»Lila Satin? Du liebes Lottchen, was ist das denn? Etwa ein Tagebuch?«

»Ich glaube schon, aber ich kann das verteufelte Ding nicht entziffern. So weit ich sehen kann, ist es rückwärts auf Paraguayanisch geschrieben.«

»Und zwar von Elisa Alicia Quatrefages, nehme ich an. Das würde gut zu ihr passen.«

Helen nahm das kleine gebundene Buch in die Hand und hielt es näher ans Licht. »Schnörkelschrift und kleine geschlossene Buchstaben. Ich wußte, daß sie etwas zu verbergen hat. Scheint mir eine Mischung aus schlechtem Spanisch und noch schlechterem Französisch zu sein, jedes dritte Wort ist falsch geschrieben. Da sieh mal einer an! In einigen Gebieten kennt sie sich anscheinend hervorragend aus. Hoffentlich versteht Guthrie kein Spanisch.«

»Nicht ein Wort. Er dachte, es sei Latein. Warum? Was hat sie denn geschrieben?«

»Ich würde erröten, wenn ich es dir vorlesen müßte. Und sie schreibt nicht etwa über Guthrie. Elisa Alicia hat einen Geliebten.«

»Sagt sie, wer der Kerl ist?«

»Bis jetzt habe ich außer ›me amoor‹ noch nichts gefunden. Ich glaube, sie meint ›mi amor‹ oder vielleicht ›mon amour‹. Warum machst du uns nicht eine Tasse Kaffee? Und bist du so lieb und gibst mir den Block und den Stift neben dem Telefon?«

»Verflixt und zugenäht, Helen«, entfuhr es Peter. »Ich wollte weiß Gott nicht, daß du das Zeug auf der Stelle übersetzt und dir die Nacht um die Ohren schlägst. Eh – wäre es nicht einfacher zu entziffern, wenn du den Text vor einen Spiegel halten würdest?«

»Da könntest du sehr wohl recht haben.«

Doch sie machte keine Anstalten, seinen Rat zu befolgen. Peter seufzte und füllte Wasser in den Kessel. Catriona hatte ein Glas mit coffeinfreiem Pulverkaffee auf die Arbeitsplatte nebem dem Elektroherd gestellt. Das war jetzt genau das richtige. Einerseits quälten ihn Gewissensbisse, weil er Helen das Buch gezeigt hatte, andererseits brannte er darauf zu erfahren, was sie herausfinden würde. Er wünschte sich nur, daß er sich für eines der beiden Gefühle entscheiden könnte. Er löffelte Kaffee in zwei große Becher, goß heißes Wasser darüber und trug sie hinüber zum Tisch. Dann setzte er sich hin und versuchte, sich ruhig zu verhalten, während Helen den Text durchging und in ihrer kleinen, präzisen Bibliothekarinnenschrift Notizen auf Catrionas Telefonblock schrieb.

Anscheinend hatte er sich nicht ruhig genug verhalten, denn Helen blickte auf und schenkte ihm einen Blick, der ein klein wenig ungeduldig wirkte. »Liebling, warum gehst du nicht ins Bett und ruhst dich ein wenig aus? Du wirst morgen den größten Teil der Strecke fahren müssen, nehme ich an, und das Entziffern kann eine Weile dauern.«

»Du kannst doch heute nacht nicht das ganze verdammte Buch übersetzen!«

»Selbstverständlich kann ich das. Du glaubst doch nicht im Ernst, daß ich jetzt aufhöre, oder? Außerdem sollte Guthrie das Tagebuch morgen früh schnellstens zurücklegen, für den Fall, daß sie nach Hause zurückgehüpft kommt und ein neues Kapitel verfassen möchte. Nach allem, was ich bis jetzt gelesen habe, ist ihr alles zuzutrauen. Gib mir einen Kuß und leg dich aufs Ohr. Ich erzähle dir alles, wenn ich nachkomme.«

Wann genau Helen ins Bett kletterte, fand Peter nie heraus. Er wachte auf, als helles Tageslicht ins Zimmer strömte. Helen lag friedlich schlummernd an seiner Seite und eine riesige rote Katze mit üppiger Halskrause schnurrend auf seinem Brustkorb. Die Katze schien wenig Lust zu verspüren, sich zu bewegen, und Peter konnte keine Geräusche im Haus hören und nichts riechen, das auf ein fertiges Frühstück schließen ließ, daher schloß er die Augen wieder.

Als er zum zweiten Mal wach wurde, war die Katze fort, und auch Helen war nirgends mehr zu sehen. Er sprang aus dem Bett und war schon im Begriff, nach unten zu eilen, als ihm einfiel, daß er in seiner Unterwäsche geschlafen hatte, weil er vergessen hatte, einen Schlafanzug einzupacken, ganz zu schweigen von einem Morgenmantel. Er rannte zurück in das Gästezimmer, das er mit seiner Frau geteilt hatte, schlüpfte wieder in seine zerknitterte Hose und die grüne Bluse von Miss Binks' Tante, die er allmählich mehr als leid war, und begab sich nach unten.

»Aha, da ist ja auch unser Dornröschen!«

Catriona, die ein türkisblaues Frotteegewand trug, das anscheinend der roten Maine Coon-Katze und möglichen anderen Feliden als Kratzbaum diente, erhob sich vom Küchentisch und goß ihm eine Tasse Kaffee ein. Helen und Iduna saßen ebenfalls am Tisch, erstere in einem hübschen rosa Morgenrock aus feinem Krepp, und Iduna in einer beeindruckenden Kreation aus Spitze und babyblauen Rüschen, die aus einem viktorianischen Modeheft hätte stammen können und bei jeder anderen Frau lächerlich gewirkt hätte. Peter war nicht sonderlich überrascht, auch Guthrie Fingal am Frühstückstisch vorzufinden.

»Verflixt noch mal, Guthrie, wenn ich gewußt hätte, daß du auch kommst, hätte ich dich gebeten, mir ein Hemd von dir mitzubringen. Ich war gestern so in Eile, daß ich vergessen habe, mir was zum Anziehen mitzunehmen.«

»Du trägst doch ein wunderschönes Hemd, mein Guter. Sieht irgendwie irisch aus. Stammt wohl noch vom St. Patrick's Day, was?«

»Eigentlich ist es eine Bluse und gehörte der Tante einer Dame, die ich in Helens Abwesenheit kennengelernt habe. Die Tante verstarb, bevor sie die Gelegenheit hatte, das Ding zu tragen, daher war ich meiner neuen Bekannten behilflich, daß es sich endlich nützlich macht. Eh – Helen, hast du schon –«

»Ja, Schatz. Wir haben alle schon unseren Orangensaft getrunken. Möchtest du auch welchen?«

»Warum nicht? Was ist aus der Katze geworden?«

»Welcher Katze?«

»Der Katze, die mich heute morgen, als du noch friedlich geschlummert hast, als Chaiselongue benutzt hat. Ein großes, stämmiges Wesen mit pfirsichfarbenen Schnurrhaaren und einem nachdenklichen Gesichtsausdruck. Sie hat mich ein bißchen an Rutherford B. Hayes erinnert.«

»Oh, das kann nur Thomas Carlyle gewesen sein«, sagte Catriona. »Ich habe ihn rausgelassen, als ich nach unten gegangen bin. Er kommt bestimmt gleich angerannt, wenn er den Speck riecht, den ich wohl allmählich in Angriff nehmen sollte. Carlyle entfernt sich nie weit vom Haus.«

»Im Gegensatz zu gewissen menschlichen Wesen, würde ich sagen«, meinte Guthrie und verzog den Mund zu einem traurigen Grinsen. »Pete, hast du Zeit gehabt, das –«

Peter warf Helen einen fragenden Blick zu. Sie nickte. »Sobald du möchtest, Liebling.« Dann sah er Guthrie mit hochgezogenen Augenbrauen an. Guthrie nickte ebenfalls. Daraufhin stellte Helen ihre Kaffeetasse ab und räusperte sich.

»Ihr erinnert euch bestimmt noch an die Dinge, die ich über Elisa Alicia die Erste gesagt habe, daher brauche ich euch wahrscheinlich nicht zu erklären, warum Peter und Guthrie gestern abend beschlossen haben, ein wenig mehr über ihre Namensvetterin herauszufinden. Sie haben ein Tagebuch entdeckt und es mir zum Übersetzen mitgebracht, da es in einem merkwürdigen Sprachenmischmasch und noch dazu rückwärts geschrieben ist. Es gibt Wörter, auf die ich mir überhaupt keinen Reim machen kann, daher nehme ich an, daß sie sie erfunden hat. Doch eines ist nach der Lektüre sonnenklar: Sie steckt tatsächlich mit Roland Childe und seiner Bande unter einer Decke.«

Catriona streckte die Hand über den Tisch und legte sie auf die ihres Nachbarn. »Oh, Guthrie, das tut mir wirklich leid. Bist du sicher, daß du uns dabeihaben willst, wenn du das alles erfährst?«

Er stieß ein merkwürdiges leises Schnauben aus. »Ihr werdet es früher oder später sowieso zu hören bekommen. Sprechen Sie ruhig weiter, Helen.«

»Es läuft alles darauf hinaus, daß Elisa Alicia sozusagen der befehlshabende Offizier ist. Sie gibt Roland Anweisungen, was er zu tun hat, indem sie diesen John Buck, der sich hier als Student eingeschlichen hat, als Mittelsmann benutzt. Auch bei den Diebstählen, die die Bande begangen hat, spielt sie eine aktive Rolle.«

Peter unterbrach seine Frau. »Gehe ich richtig in der Annahme, daß die Wetterfahnen nur die aktuelle Phase eines viel größeren Komplotts sind?«

»Das weiß ich nicht, Liebling, aber es scheint mir sehr wahrscheinlich. Jedenfalls hat sie auch den lächerlichen Plan ausgeheckt, die ›Ethelbert Nevin‹ zu kapern, um die Wetterfahnen wegzuschaffen. Heute will sie das Boot in New Haven treffen, was euch vielleicht interessieren wird. Ihre Rolle besteht darin, die Wetterfahnen nach New York zu transportieren und dort einer Person namens B. B. zu übergeben.«

»B. B. steht wahrscheinlich für Brasilien-Boutique«, mutmaßte Peter. »Falls sie den Laden dazu benutzt, gestohlene Ware an Hehler zu verkaufen, würde das auch die Zahlen in den Geschäftsbüchern erklären, Guthrie.«

»Ja, da hast du recht, Peter. Ich habe mir auch schon meine Gedanken über Elisas Geschäftsbücher gemacht. Wundert mich bloß, daß sie ihre Einnahmen so gewissenhaft aufgelistet hat. Warum tut sie nicht einfach so, als hätte sie das Geld nie bekommen?«

»Sie hält es wohl für besser, alles anzugeben als sich von der Steuerfahndung erwischen zu lassen«, meinte Catriona. »Auf die Weise hat man nämlich schon vielen Ganoven das Handwerk legen können, die man ansonsten nie zu fassen bekommen hätte. Außerdem braucht sie eine glaubwürdige Erklärung für das viele Geld, das sie für Klunker und Cadillacs ausgibt. Helen, du versuchst doch wohl nicht etwa, uns zu sagen, daß Elisa Alicia das Superhirn ist, das hinter der Wetterfahnengang steckt?«

»Nein. Ich vermute, sie ist die zweitwichtigste Person. Paraguay ist der Anführer, nicht der Käufer. Er ist der Kopf einer Organisation, die anscheinend ziemlich komplex ist und ihre Finger in allen möglichen Geschäften hat, außerdem ist er – tut mir wirklich leid für Sie, Guthrie – Elisas Liebhaber.«

»Hat sie seinen richtigen Namen erwähnt?« Guthrie klang nicht sonderlich betroffen.

»Leider nicht. Sie erwähnt aber, daß er hinter der Gang am Woeful Ridge steckt. Elisa Alicia scheint in dem Wahn zu leben, daß sie alle gemeinsam für eine ehrenhafte, noble Sache kämpfen.«

»Was für eine Sache?«

»Das sagt sie nicht. Ich bin mir nicht einmal sicher, ob sie es selbst weiß. Was sie da geschrieben hat, ergibt nicht viel Sinn. Obwohl das natürlich auch an meiner Übersetzung liegen kann. Vielleicht habe ich vieles nur falsch verstanden.«

»Das bezweifle ich«, knurrte Guthrie. »Elisa selbst ist für mich schon seit langem ein Buch mit sieben Siegeln. Und sonst schreibt sie nichts?«

»Nichts Wichtiges. Die Eintragungen sind nicht sehr umfangreich. Sie hat nicht jeden Tag etwas aufgeschrieben – nur wenn es sie überkam, vermute ich. Ein großer Teil handelt von ihren persönlichen Gefühlen und Eindrücken, was ja wahrscheinlich niemanden sonderlich interessiert. Das meiste davon habe ich gar nicht erst übersetzt.«

Lügnerin, dachte Peter zärtlich. »Hast du Hinweise darauf finden können, daß Elisa Alicia Quatrefages nicht ihr richtiger Name ist?«

»Ich bin mir ziemlich sicher, daß sie in Wirklichkeit nicht so heißt. Anscheinend hatte sie in Rio de Janeiro beim Trinken eines Rumcocktails eine Art Erleuchtung, und ihr ist plötzlich ihre wahre Identität klar geworden. Sie glaubt, die Reinkarnation von Ella Lynch zu sein.«

»Warum nennt sie sich dann nicht Ella Lynch?«

»Das kann ich dir leider auch nicht sagen, Liebling. Vielleicht gehört das ebenfalls zu ihrer Vorliebe für Mantel- und Degen-Abenteuer, vielleicht heißt sie aber auch in Wirklichkeit Ella Lynch und fand den Namen einfach zu prosaisch.«

»Heutzutage nennt doch kein Mensch mehr sein Kind Ella«, widersprach Catriona. »Ich würde eher auf Alice oder Lisa tippen, meint ihr nicht auch?«

»Ach, was macht das schon für einen Unterschied?« knurrte Guthrie.

»Es würde einen himmelweiten Unterschied machen, wenn sie dich unter falschem Namen geheiratet hätte«, sagte Peter.

»Es ist sogar möglich, daß sie Sie überhaupt nicht geheiratet hat«, fügte Helen hinzu. »In dem Tagebuch steht nämlich etwas, das mich stutzig macht, Guthrie. Sie schreibt, daß Sie sie um die Scheidung gebeten hätten, und sie sich halbtot gelacht hat, weil sie genau weiß, warum es absolut unmöglich ist.«

»Donnerwetter!« sagte Guthrie. »Das ist allerdings eine Neuigkeit, über die sich nachzudenken lohnt. Soll ich dir helfen, den Speck zu braten, Cat?«

Kapitel 19

Ende gut, alles gut«, sagte Helen.

In Wirklichkeit war gar nichts zu Ende, was Helen sehr genau wußte. Sie saß allein mit Peter in ihrem eigenem Wagen. Guthrie Fingal hatte seinen Assistenten vorübergehend seine diversen Pflichten übertragen, die momentan ohnehin nicht sonderlich wichtig waren, wenn man seinen Angaben Glauben schenken konnte, und hatte sich angeboten, Iduna und ihren Wagen zurück nach Balaclava Junction zu fahren. Catriona hatte die Katzenfütterung Andrew übertragen, von dessen Anwesenheit die Shandys nichts weiter bemerkt hatten als griesgrämiges Gemurmel an der Hintertür, und beschlossen, Guthrie und Iduna zu begleiten, weil sie keine Lust hatte, die weitere Entwicklung dieses zweifellos spannenden Abenteuers zu verpassen.

»Am besten mache ich mit der Übersetzung weiter«, fügte Helen hinzu. Ich habe dem Sheriff versprochen, ihm so schnell wie möglich eine Kopie zuzuschicken.«

Am Frühstückstisch hatten sie gemeinsam beschlossen, daß es unsinnig wäre, Elisa Alicias Tagebuch zurückzulegen und damit das Risiko einzugehen, ein wertvolles Beweisstück zu verlieren. Sie hatten versucht, ihren Fund dem Sheriff von Hocasquam zu übergeben, da er offiziell der richtige Ansprechpartner war, doch der Sheriff hatte dankend abgelehnt und erklärt, er habe am Vortag bereits genug Ärger mit den Gefangenen gehabt, und vorgeschlagen, daß Helen das Tagebuch so lange behalten solle, bis sie alles entziffert habe. Bis dahin wüßte man auch, wer den Fall übernehmen würde, dann konnte sich derjenige den Kopf darüber zerbrechen.

So ganz unrecht hatte er nicht. Außerdem wollte Helen unbedingt zu Hause ihre Wörterbücher zu Rate ziehen und eine vollständige Übersetzung sowie eine Kurzbiographie der echten Elisa Alicia anfertigen.

»Scheint mir eine gute Idee zu sein«, sagte Peter. »Und ich habe vor, mir Swope zu schnappen und herauszufinden, was hier in der Zwischenzeit passiert ist. Als ich versucht habe, ihn von Catrionas Haus anzurufen, war er nie da. Ich habe eine Nachricht für ihn hinterlassen, daß wir heute am frühen Nachmittag wieder zurück sein werden. Mit ein bißchen Glück sitzt er also bereits wartend vor unserer Tür.«

»Weiß er schon, daß sein Bruder aus dem Schneider ist?«

»Das nehme ich schwer an. Nachdem wir gestern bei Catriona angekommen waren, habe ich beim *Sprengel-Anzeyger* angerufen, um ihnen mitzuteilen, daß die Wetterfahnen von der Seifenfabrik und Gabe Fescues Scheune wieder aufgetaucht sind und fünf Verdächtige verhaftet wurden. Ich wollte mit Swope sprechen, doch er war nicht da, und niemand wußte, wo er sich aufhielt. Wahrscheinlich versucht er gerade, bei Catriona anzurufen, und ist völlig außer sich, weil keiner abhebt. Ich kann mir ohnehin nicht erklären, warum er mich letzte Nacht nicht angerufen hat. Ich habe der Frau an der Zentrale eigens die Telefonnummer gegeben. Außerdem hätte er sie von den Enderbles erfahren können. Ich hoffe nur inständig, daß Swope nicht allein losgezogen ist und wieder in Schwierigkeiten steckt.«

»Aber er wird doch bestimmt nicht wieder zum Woeful Ridge gegangen sein«, protestierte Helen.

»Falls doch, sollte er sich dringend auf seinen Geisteszustand untersuchen lassen. Es sei denn, er hat Miss Binks dabei. Diese Frau ersetzt ein ganzes Team plus Planwagen und Hund. Verdammt noch mal, warum dauert die Fahrt bloß so lange? Ich wollte, wir hätten doch diesen Hubschrauber zur Verfügung.«

»Lieber Peter, die Bürger von Balaclava County mußten gestern den ganzen Tag ohne dich auskommen. Ich vermute, daß sie es auch noch ein paar Stunden länger aushalten. Am besten, du fährst jetzt ein bißchen langsamer oder läßt mich ans Steuer, bevor wir am Ende noch im Krankenhaus oder im Kittchen landen.«

»Entschuldige, Liebling.« Er nahm den Fuß ein klein wenig vom Gaspedal. »Du hast doch die Schnappschüsse von Guthries Frau, die Catriona gefunden hat. Oder Nichtfrau, sollte ich wohl besser sagen, denn ich hoffe sehr, daß sich unser Verdacht bestätigt. Wir müssen sie nur noch irgendwie zur Polizei von New Haven bringen. Vielleicht kann Roy Ames das übernehmen, wenn er da ist. Er ist fast so schnell wie ein Helikopter.«

»Wie du meinst, Schatz.« Helen hatte sich wieder in das lila Tagebuch vertieft. Peter ließ sie in Ruhe und konzentrierte sich aufs Fahren. Er wußte nicht genau, auf was er sich sonst hätte konzentrieren sollen.

»Verflixt noch mal, ich wollte, sie hätte uns irgendeinen Hinweis darauf gegeben, wer dieses Superhirn ist, oder wenigstens erwähnt, wie er aussieht.«

»Er ist klein, dick, hat O-Beine und trägt am liebsten ausgefallene Uniformen«, erwiderte Helen geistesabwesend.

»Wo steht das denn?«

»In ›Woman on Horseback‹ von William E. Barrett, erschienen bei Doubleday im Jahre 1952. Vielleicht gibt es auch noch eine frühere Ausgabe aus dem Jahre 1938. Ich werde es zu Hause gleich nachprüfen.«

»Meinetwegen brauchst du dir die Mühe nicht zu machen. Ich nehme an, du gehst davon aus, daß sich Elisa Alicia, wenn sie sich schon für die Reinkarnation von Ella Lynch hält, logischerweise auch einen Geliebten aussucht, der die Reinkarnation von Francisco Lopez ist?«

»Haargenau. Würdest du das etwa nicht? Ich weiß wirklich nicht, was sie je an Guthrie gefunden hat. Er ist viel zu groß, dünn, natürlich und vor allem viel zu gutaussehend.«

»Mir ist ziemlich klar, was sie an ihm gefunden hat«, erwiderte Peter etwas spitz. »Ihr hat gefallen, daß er so ein gutgläubiger Trottel ist. Guthrie war in der Lage, ihr eine solide Identität sowie eine geeignete Operationsbasis zu bieten, die ihr im Notfall auch als Versteck dienen konnte, was sicher mehr als einmal der Fall war. Gott, bin ich froh, daß er die Harpyie endlich los ist.«

»Ja, Liebling.« Helen hatte ihre Nase wieder in das Tagebuch gesteckt. »Wie schade, daß ich nur so wenige obszöne spanische Wörter kenne. Die Abendkurse in Kalifornien haben mich leider nicht auf diese Art Text vorbereitet.«

»Oh, Harold Ramorez, ich könnte dich Pünktchen Pünktchen Pünktchen, warum hast du mich bloß gebissen?« murmelte Peter.

»Ich hoffe, der Sheriff in Hocasquam kennt sich mit der Übersetzung von Pünktchen aus«, konterte Helen.

»Das will ich Pünktchen noch mal hoffen, auch wenn ich mir nicht ganz sicher bin, ob er tatsächlich die letzte Instanz ist.«

»Und wer soll es deiner Meinung nach sonst sein?«

»*Quién sabe?* Ich nehme an, Maine und Massachusetts werden versuchen, sich gegenseitig so lange den Schwarzen Peter zuzuschieben, bis jemand merkt, was für eine tolle Story das ganze abgibt, und den Stier bei den Hörnern packt. Möchtest du, daß wir einen kleinen Boxenstop machen? Dann sprich jetzt oder halt für immer dein –«

»Peter, ich bitte dich! Ich muß schon genug Obszönitäten von Elisa Alicia ertragen. Ja, ich würde gerne ein kleines Päuschen einlegen. Ich habe Lust, etwas ganz Schlimmes und Verderbtes anzustellen, beispielsweise eine Pepsi-Cola und einen Beutel Kartoffelchips zu kaufen.«

»Grundgütiger, Weib! Man braucht dich nur ein paar Tage auf den Ebenen von Maine frei umherlaufen zu lassen und schon verlierst du völlig die Kontrolle über dich. Aber wie du wünschst, geliebtes Wesen, ich spendiere dir deine Pepsi-Cola, aber ich schwöre, daß mir kein Tropfen von dem Zeug über die Lippen kommt.«

»Das würde ich auch nicht zulassen. Immerhin mußt du noch fahren!«

Guthrie, der Peter seit Sasquamahoc gefolgt war, hielt direkt hinter ihnen. Irgendwie saß schließlich die ganze Gesellschaft an einem Tisch und aß Bananensplits. Bananen enthielten schließlich sehr viel Kalium, wie Iduna verkündete.

Auf diese Weise gestärkt, fuhren sie zuerst weiter südwärts nach Massachusetts und dann westwärts nach Balaclava Junction. Iduna wollte unbedingt sofort nach Hause, um verschiedene Vorbereitungen für Daniels Willkommensschmaus zu treffen, daher ließen Catriona und Guthrie sie mitsamt Wagen auf Walhalla zurück und gingen zu Fuß zum Crescent.

Als sie das Haus der Shandys erreichten, hatten Helen und Peter sich bereits mit Jane Austen versöhnt, da die Katzendame glücklicherweise nicht zu den übermäßig nachtragenden Vertretern ihrer Art zählte. Helen öffnete gerade die Post, die Mary Enderble während ihrer Abwesenheit pflichtbewußt aus dem Briefkasten genommen und auf den Wohnzimmertisch gestapelt hatte. Peter telefonierte mit dem *Sprengel-Anzeyger.*

»Wann haben Sie ihn denn zuletzt … Schon so lange nicht? Wenn Sie ihn sehen, bestellen Sie ihm bitte, Professor Shandy sei zurück und müsse ihn dringend sprechen. Er hat meine Telefonnummer.«

Peter ließ sie zur Sicherheit trotzdem notieren und gesellte sich sichtlich beunruhigt zu seiner Gattin und den beiden Freunden. »Warum kann dieser verdammte Kerl nicht eine Minute lang still sitzen? Sogar Swopes Chefredakteur weiß nicht, wohin er gefahren ist oder was er vorhat. Der gute Mann ist auch nicht sonderlich entzückt über die Methoden seines Starreporters, möchte ich hinzufügen. Da fällt mir ein, Sie werden sicher auch nicht gerade erfreut sein, Catriona, wenn Sie Ihre Telefonrechnung sehen. Ich schulde Ihnen noch Geld für mehrere Ferngespräche.«

Er machte Anstalten, seine Brieftasche zu zücken, doch davon wollte Catriona nichts wissen. »Keine Sorge, Peter. Das kommt zu den Spesen.«

»Wäre es sehr unhöflich, wenn ich fragen würde, mit welcher Begründung?«

»Recherche natürlich. Oder glauben Sie etwa, daß ich mir so eine tolle Story durch die Lappen gehen lasse? Ich werde alles ein bißchen entfremden, und keiner von euch wird sich wiedererkennen, wenn ich fertig bin, aber im Geiste seid ihr selbstverständlich alle präsent. Ich glaube, ich werde eine wunderschöne Heldin mit schmalen Hüften, wallendem roten Haar und ganz flachem Bauch erfinden. Die Sorte Frau, die einen Bananensplit verdrücken kann, ohne daß ihr gleich der Hosenbund platzt.«

»Unbedingt«, sagte Helen. »Sie wird uns allen als Inspiration dienen. Ich mache uns jetzt Tee und versuche herauszufinden, ob es hier im Haus noch etwas Eßbares gibt. Es sei denn, ihr zieht die Fakultätsmensa vor.«

»Ihr drei könnt ruhig hingehen, wenn ihr hungrig seid«, sagte Peter. »Ich bleibe hier und warte, bis Swope sich meldet.«

Da ihn jedoch niemand allein lassen wollte, quetschten sich alle in die kleine Küche und aßen Spiegelei auf Brot, eine Kombination, die Guthrie als den unpassendsten Hauptgang nach der Bananensplit-Vorspeise vorgeschlagen hatte. Helen hatte gerade ihre eiserne Ration Ingwerplätzchen angebrochen, damit sie eine Beilage zum Tee hatten, als Cronkite Swope endlich anrief.

»Meine Güte, Professor, bin ich froh, daß Sie da sind! Können Sie mich in einer Viertelstunde vor der Seifenfabrik treffen?«

»Hat es denn aufgehört zu schäumen?«

»So ziemlich, aber Sie sollten sich besser trotzdem alte Sachen anziehen.«

»Wieso? Was ist denn los?«

»Kann ich am Telefon nicht verraten. Streng geheim.«

»Wie lange wird Ihr Geheimauftrag dauern? Wir haben Gäste von auswärts.«

»Kann ich auch noch nicht sagen. Vielleicht ziemlich lange. Ich weiß es wirklich nicht. Aber Sie müssen einfach kommen, Professor.

Wir brauchen Sie. Außerdem würden Sie es bestimmt bitter bereuen, wenn Sie das verpassen würden.«

Was gab es da noch zu sagen? Aber verflixt und zugenäht, warum ausgerechnet jetzt? Peter hätte gegen eine kleine Verschnaufpause nach der langen Fahrt wirklich nichts einzuwenden gehabt, außerdem mußte er Jane noch für die verpaßten Streicheleinheiten entschädigen. Helen sah ein klein wenig verspannt aus, als er schließlich auflegte.

»Was ist denn jetzt schon wieder passiert?«

»Swope will unbedingt, daß ich ihn auf der Stelle in Lumpkinton Upper Mills treffe. Tut mir wirklich leid, Leute, aber er ist völlig aus dem Häuschen wegen irgendwas, das er mir nicht verraten wollte. Ich habe ihn gefragt, wie lange das ganze dauern soll, doch er schien es selbst nicht zu wissen. Entschuldigt mich bitte, ich laufe schnell nach oben und ziehe endlich dieses verfluchte grüne Hemd aus.«

»Alles klar, Peter«, sagte Guthrie. »Sagt mal, kann man irgendwo hier in der Nähe ein Auto mieten? Cat und ich haben auf der Herfahrt beschlossen, daß wir nach New Haven fahren wollen, um Elisa Alicia zu suchen. Wir finden sie bestimmt schneller als die Polizei, falls sie sich verkleidet hat, was ihr durchaus zuzutrauen ist. Außerdem habe ich mit der gnädigen Frau noch ein Hühnchen zu rupfen, bevor sie abgeführt wird.«

»Komm ihr besser nicht zu nahe«, warnte Peter ihn, »sie könnte bewaffnet sein.«

Guthrie schnaubte. »Sie trägt immer so enge Sachen, daß man eine Waffe sofort sehen würde. Mach dir wegen mir keine Sorgen, Pete. Ich werde ganz bestimmt weder Cat noch mich in Gefahr bringen. Was ist mit dem Leihwagen?«

Helen hatte bereits angerufen. »Charlie Ross kann euch einen Wagen vermieten, aber ihr müßtet ihn wieder hierher zurückbringen«, antwortete sie. »Was gar nicht so schlecht ist, denn auf die Weise sehen wir uns wenigstens bald wieder. Peter kann euch zu Charlie fahren. Ich würde gern mitkommen, aber ich muß an der schriftlichen Übersetzung des Tagebuchs arbeiten, was mich sicher den ganzen Tag in Anspruch nehmen wird. Paßt bitte alle gut auf euch auf!«

»Uns passiert schon nichts«, erwiderte Peter.«Paß du lieber auf dich auf. Ich lasse dich nur ungern allein mit der lila Zeitbombe voller leidenschaftlicher Geständnisse. Ich werde Fred Ottermole bitten, herzukommen und auf dich aufzupassen, bis wir wieder da sind.«

»Peter, das ist doch lächerlich. Elisa Alicia hat doch keine Ahnung, daß wir ihr Tagebuch haben, und ich bezweifle, ob Paraguay überhaupt weiß, daß es existiert. Aber wenn du dich besser fühlst, ruf ihn von mir aus an. Fred kann Jane Gesellschaft leisten. Er kann es gut mit Katzen.«

Peter rief Fred Ottermole an, um auch ganz sicher zu gehen, daß Helen nicht allein bleiben würde, rannte nach oben, tauschte die grüne Bluse gegen ein braungrau kariertes Hemd aus, küßte seine Gattin, kitzelte Janes Schnurrhaare und fuhr seine Freunde zu Charlie Ross' Tankstelle. Charlie hatte dafür gesorgt, daß der Wagen vollgetankt und startklar war. Während er sich um das Fahrzeug der Shandys kümmerte und den ziemlich leeren Tank wieder auffüllte, ging Peter zum Automaten und zog sich zwei Erdnußriegel. Er hatte nicht vor, sich noch einmal ohne Proviant in eines von Swopes Abenteuer zu stürzen. Nachdem er diese Vorsichtsmaßnahme getroffen hatte, bat er Charlie, das Benzin auf seine monatliche Rechnung zu setzen, und brauste in Richtung Lumpkinton davon.

Von weitem erinnerten die traurigen Reste der Seifenfabrik in ihrem Nest aus schmutziger Seifenlauge an einen Mund voll schlechter Zähne mit Parodontose am Kiefer. Aus nächster Nähe sahen sie bestimmt noch bedeutend schlimmer aus, doch Peter hielt nicht an, um sie genauer zu betrachten. Cronkite Swope stand genau an der Stelle, die er angegeben hatte. Als er Peters Wagen sah, rannte er ihm entgegen, wobei die Kamera, die er sich umgehängt hatte, ihm bei jedem Schritt gegen die Brust schlug. Er schien aus seiner letzten leidvollen Erfahrung gelernt zu haben, denn diesmal trug er statt seiner üblichen eleganten Kleidung Blue Jeans und ein einfaches graues Sweatshirt, das aussah, als sei es eine Leihgabe von Miss Binks. Peter fuhr auf den Seitenstreifen. Cronkite sprang ins Auto und legte den Sicherheitsgurt an.

»Hallo, Professor! Menschenskind, bin ich froh, daß Sie es geschafft haben. Sie kommen gerade rechtzeitig.«

»Rechtzeitig für was?«

»Für die Invasion von Woeful Ridge. Das konnte ich Ihnen am Telefon ja nicht sagen. Es ist top-secret. Die Bürgerwehr und das SEK stehen bereit, um in genau« – er schaute auf seine Armbanduhr – »siebenunddreißig Minuten zuzuschlagen. Wir legen besser noch einen Zahn zu. Fahren Sie über die South Plum Street, ich weiß da eine Abkürzung.«

»Gott im Himmel!«

Das war alles, was Peter noch sagen konnte, bis Cronkite endlich damit fertig war, ihn durch ein Spinnennetz aus Seitensträßchen wieder zurück auf den Highway zu dirigieren, den sie vor so erschreckend kurzer Zeit noch gemeinsam befahren hatten. Ehrlich gesagt wäre Peter ein Zeitraum von fünfzig Jahren bedeutend lieber gewesen.

Als sie sich auf einer geraden Straße befanden, hatte er sich soweit erholt, daß er wieder imstande war zu sprechen. »Was soll der Unfug, Swope? Wer ist denn auf diese Wahnsinnsidee gekommen? Das klingt ja wie eine regelrechte militärische Operation.«

»Ist es ja auch.«

Cronkite inspizierte seine Kamera genauso gewissenhaft, wie eine Katzenmutter die Ohren ihrer Sprößlinge putzt. Obwohl ihm in der Vergangenheit schon diverse denkwürdige Pressefotos gelungen waren, hatte er das Gefühl, daß die heutigen alles bisherige in den Schatten stellen würden.

»Also, zuerst riegelt die Bürgerwehr Woeful Ridge ab. Dann marschiert das SEK von Lumpkinton mit Schutzschilden von hinten auf den Grat. Und zum Schluß kommt Polizeichef Olson in einem gepanzerten Wagen mit einem Megaphon auf dem Dach und fordert die Überlebenskämpfer auf, sich zu ergeben.«

»Olson? Wie zum Teufel kommt dieser Fettkloß dazu, sich an einer Operation wie dieser zu beteiligen?«

»Es ging nicht anders. Ich bin losgezogen und habe mit Mrs. Wetzel, der Staatsanwältin, gesprochen, wie Sie gesagt haben. Mrs. Wetzel hat gemeint, wir müßten den Fall Chief Olson überlassen, da er in seinen Zuständigkeitsbereich falle. Aber Olson war wirklich super. Ehrlich, Professor, ich hätte ihm so was nie im Leben zugetraut.«

»Sagen Sie bloß noch, er hatte die Idee mit der Bürgerwehr.«

»Ganz genau. Vielleicht war es auch seine Frau. Einer von Mrs. Olsons Cousins ist der Leiter des Zeughauses von Clavaton. Aber es war Olsons eigene Idee, das SEK einzuschalten. Er hat ein paar Experten aus Boston kommen lassen, um ihnen zu zeigen, was sie tun müssen, und seit dienstag nachmittag haben sie heimlich trainiert. Sie werden mit Plastikgeschossen schießen. Olson will nicht, daß einer der Überlebenskämpfer getötet wird, weil er Angst hat, es könnte vielleicht einen von Mrs. Olsons Cousins erwischen.«

»Das ist natürlich ein wichtiger Punkt«, sagte Peter. »Und welche Rolle hat man uns beiden in dieser Geschichte zugedacht?«

»Na ja, Chief Olson möchte natürlich, daß ein Mitglied der Presse dabei ist, um die Story groß rauszubringen, und ich bin der einzige, den sie eingeweiht haben. Und er will, daß Sie dabei sind, weil wir die Kerle zusammen aufgespürt haben. Wir müssen ihnen zeigen, wo genau das Knarrenlager ist. Originaltext Olson.«

»Schießen wir auch mit Plastikgeschossen?«

»Nein. Wir sitzen zusammen mit Olson und seinem Fahrer in dem gepanzerten Wagen. Das einzige Problem ist, daß ich nicht genau weiß, ob ich durch das Panzerglas anständige Fotos machen kann. Meinen Sie, er erlaubt mir, das Fenster ein bißchen runterzukurbeln?«

Den Teufel würde er tun, solange Peter Shandy ein Wörtchen in der Sache mitzureden hatte. Peter fragte sich gerade, was Olson wohl glauben ließ, er könne den gepanzerten Wagen den ganzen Weg bis zum Waffenlager fahren, und wie wirksam die Schutzschilde wohl gegen echte Kugeln waren.

Cronkite hatte anscheinend bemerkt, daß Peter seinen Enthusiasmus nicht teilte. »Was ist los, Professor? Sie machen sich doch wohl nicht etwa Sorgen, oder?«

»Ich muß zugeben, ich bin tatsächlich ein klein wenig besorgt, wenn ich daran denke, wie Präsident Svenson wohl reagiert, wenn er aus Schweden zurückkommt und erfährt, daß wir an einer Operation dieser Größenordnung mitgewirkt haben, ohne ihn dann einzuladen.« Lieber ein Lügner als ein elender Feigling, dachte Peter – obwohl es im Grunde keine Lüge war, denn Svenson würde sicher vor Wut platzen.

»Na ja, aber wenn er hier wäre, würden wir die Bürgerwehr und das SEK gar nicht brauchen«, erwiderte Cronkite wahrheitsgemäß. »Aber dann hätte der Angriff bestimmt auch nicht so einen dramatischen Effekt. Ich hoffe nämlich, daß ich ein paar tolle Fotos schießen kann.«

»Und ich hoffe, daß Sie nicht selbst in die Schußlinie geraten«, gab Peter zurück. »Und ich natürlich auch nicht.«

»Oh, ich glaube, die haben spezielle kugelsichere Westen und so was für uns.« Cronkite klang inzwischen eine Spur weniger begeistert. »Aber ich weiß, was Sie meinen. Es war nicht besonders lustig draußen im Sumpf, nicht? Meine Güte, ich hoffe bloß, daß Miss Binks abgetaucht ist und sich in Sicherheit gebracht hat. Ich konnte natürlich Olson nichts davon sagen. Aber ich bin letzte Nacht hingeschlichen und habe ihr eine Nachricht unter das Fahrrad geschoben. Ich nehme zwar nicht an, daß sie besonders häufig dorthin geht, aber mir ist nichts anderes eingefallen. Ich wußte genau, daß ich nie im Leben eines ihrer Kaninchenlöcher finden würde, dazu sind sie viel zu gut getarnt. Außerdem wäre ich mir indiskret vorgekommen, wenn ich es auch nur versucht hätte.«

»Außerdem wären Sie ein verdammter Dummkopf, wenn Sie mitten in der Nacht allein im Wald herumstromern würden«, knurrte Peter. »Ich will nicht vom Thema ablenken, aber hat Sam Snell inzwischen verraten, ob er vorhat, die Seifenfabrik wiederaufzubauen?«

»Tja, er hat beschlossen, sich auf seine Jacht zurückzuziehen und in Ruhe darüber nachzudenken. Ich habe gestern morgen versucht, ihn zu einem Interview zu bewegen, aber er war tierisch in Eile und hatte keine Lust, mit mir zu reden.«

»Seine Jacht? Wo in Dreiteufelsnamen hat Snell denn eine Jacht liegen?« Balaclava County verfügte über äußerst wenige befahrbare Wasserstraßen.

»Oh, er ist Mitglied in einem Jachtclub irgendwo in der Nähe von New Haven, wo er mit der Hautevolee von Connecticut und New York auf du und du sein kann. Er hat rumgejammert, er müsse unbedingt ein paar Freunde dort treffen, dabei fährt man mit dem Wagen bestimmt über zwei Stunden bis dorthin, schätze ich. Ich bin selbst noch nie hingefahren. Er natürlich auch nicht. Sein Chauffeur fährt ihn.« Cronkite legte genügend Gift in das Wort »Chauffeur«, um eine ganze Armee von Schlangen zu ersetzen.

»Hmja«, meinte Peter nachdenklich. »Und wie ist es Ihrer Familie inzwischen ergangen?«

»Allmählich müßte es ihnen wieder etwas besser gehen.« Cronkite griff unter sein Sweatshirt und zog eine Ausgabe des *Sprengel-Anzeygers* hervor, die noch nach frischer Druckerschwärze roch. »Wie Sie wissen, sind wir ein Nachmittagsblatt. Wir haben gerade angefangen, die Leute mit der Story zu füttern, die Sie uns mitgeteilt haben. Wie finden Sie die Schlagzeile?«

Peter warf einen Blick auf die Zeitung. »›Mutmaßliche Brandstifter in Maine gefaßt. Wertvolle Wetterfahnen von Praxiteles Lumpkin im Wrack eines Piratenschiffs gefunden.‹ Grundgütiger, was steht denn sonst noch darin?«

»›Angaben eines zuverlässigen Informanten zufolge‹ – das sind Sie, Professor –, ›ist ein Mann, der in Maine wegen versuchten Mordes festgenommen wurde, auch der Brandstifter, der die Seifenfabrik in Lumpkinton angezündet hat, um den Diebstahl der Wetterfahne von Praxiteles Lumpkin, die seit mehr als hundertfünfzig Jahren das

Wahrzeichen von Lumpkinton war, zu vertuschen. Bei dem Versuch, die Wetterfahnen in einem gestohlenen Boot an einen noch unbekannten Ort zu bringen, wurde er zusammen mit vier Komplizen von der U.S. Küstenwache, die mit der Polizei von Hocasquam zusammenarbeitete, aufgegriffen. Die fünf Männer befinden sich momentan in Polizeigewahrsam und erwarten die Anklage. Der berühmte alte Mann im Badezuber und zwei weitere von Lumpkins Meisterwerken, die auf weit mehr als 100 000 Dollar pro Stück geschätzt werden, wurden als Beweismaterial sichergestellt. Weitere Einzelheiten werden sobald wie möglich mitgeteilt.‹«

Cronkite warf die Zeitung auf den Rücksitz. »Ich bin Ihnen wirklich dankbar, daß Sie angerufen und uns die Neuigkeit mitgeteilt haben. Es wäre zwar nett gewesen, wenn wir noch ein paar Einzelheiten mehr gehabt hätten, aber wenigstens ist Brink jetzt aus dem Schneider. Meinen Sie wirklich, die haben den Richtigen geschnappt?«

»Da bin ich sogar ganz sicher. Sein Name ist Roland Childe, und er stammt aus Clavaton. Huntleys Beschreibung paßt hervorragend auf ihn, und er hat genau das getan, was Ihr Bruder beschrieben hat. Vermutlich wird sich herausstellen, daß einer der anderen vier Männer als Arbeiter in die Fabrik geschleust wurde. Dieser Mann, dessen Deckname wahrscheinlich Argentinien, Kolumbien oder Venezuela lautet, könnte heimlich im Schutz der Dunkelheit aufs Dach geklettert sein, die Wetterfahne losgeschraubt haben und auf der anderen Seite der Fabrik einem Komplizen, der unten wartete und bei dem es sich höchstwahrscheinlich um Childe oder einen der anderen drei Männer handelte, heruntergelassen haben. Die vier Ganoven waren gerade dabei zu singen, als ich sie zuletzt gesehen habe, daher wird die ganze Geschichte sicher schon bald geklärt sein.«

»Waren Sie bei der Festnahme dabei?«

»Allerdings. Meine Frau ebenfalls, außerdem noch Iduna Stott, die sie ja kennen, eine alte Freundin der beiden namens Catriona McBogle, und mein Zimmerkamerad aus College-Zeiten Guthrie Fingal, dessen Wetterfahne ebenfalls gestohlen wurde. Ich werde Ihnen einen ausführlichen Augenzeugenbericht geben, sobald Sie Zeit haben, alles aufzuschreiben. Wenn ich mich nicht sehr täusche, werden Sie das letzte Kapitel bis dahin ganz allein schreiben können.«

Kapitel 20

Als Peter und Cronkite den Highway verließen, sahen sie als erstes ein halbes Dutzend LKWs der Bürgerwehr, die so weit wie überhaupt möglich von der Staubstraße entfernt parkten, die zum Woeful Ridge führte, was leider immer noch nicht weit genug war, denn Peter konnte sich nur mit knapper Not durchkämpfen.

»Was meinen Sie, Swope, wie weit wir dabei sein sollen? Ich habe keine große Lust, mir bei dem Tumult meinen Wagen zu ruinieren.«

»Kann ich gut verstehen, Professor, ich brauche nur daran zu denken, was mit meinem passiert ist. Sehen Sie mal, da vorn sind noch mehr LKWs. Die haben anscheinend ein ganzes Bataillon angekarrt. Warum parken Sie nicht direkt dahinter? Das restliche Stück können wir zu Fuß gehen. Von hier ist es weniger als eine halbe Meile.«

»Ich hätte eigentlich erwartet, daß man uns einen gepanzerten Wagen schicken würde«, scherzte Peter.

Wie sich herausstellte, hatte man dies tatsächlich. Peter und Cronkite waren erst einige hundert Meter gegangen, als Polizeichef Olson in einem imposanten Gefährt, das er sich wahrscheinlich irgendwo ausgeliehen hatte, neben ihnen hielt. Olson trug seine Polizeiuniform, sein Fahrer ebenfalls.

»Nach Ihnen habe ich schon gesucht!« rief ihnen der Polizeichef zu. »Springen Sie schnell auf den Rücksitz. Freut mich, daß Sie kommen konnten, Professor. Ich habe meine Leute mehrmals bei Ihnen anrufen lassen, aber es schien niemand da zu sein.«

»Ich mußte unerwartet verreisen«, erklärte Peter. »Ich konnte natürlich nicht ahnen, was sich hier abspielte. Ich bin erst vor etwa einer Stunde zurückgekommen.«

»Na ja, besser spät als gar nicht.«

Chief Olson schien erstaunlich gut aufgelegt zu sein. Peter konnte sich nicht erinnern, den Mann je lächeln sehen zu haben, allerdings sah er ihn auch nicht sonderlich häufig. Er fragte sich, ob Olsons

Uniform immer so tadellos gebügelt war und die Messingknöpfe immer so glänzten wie Nuggets in einer Goldmine.

Allerdings fragte er sich, warum die Knöpfe wohl aus Messing waren. Er hatte immer angenommen, daß Uniformknöpfe schon seit langem aus Chrom hergestellt wurden, was ja auch viel praktischer war. Fred Ottermole, der Polizeichef von Balaclava Junction, hatte silberne Knöpfe an seiner Uniformjacke, die er jedoch nicht allzu oft trug. An einem warmen Tag wie diesem wäre er sicher in seinem blauen Hemd erschienen – wie immer frisch gebügelt und makellos sauber, da Freds Gattin Edna Mae im Gegensatz zu Fred größten Wert darauf legte, daß ihr Gatte auch äußerlich einem würdigen Gesetzeshüter entsprach. Jammerschade, daß er heute nicht dabei war, dachte Peter. Ottermole genoß eine ordentliche Schlägerei fast genauso sehr wie Thorkjeld Svenson.

Aber auch Olson entpuppte sich als echte Kämpfernatur, dabei hatte Peter ihn bisher immer nur für streitsüchtig gehalten. »Wir müssen hinter dem Grat warten, bis das SEK hochmarschiert«, erklärte er gerade. »Und dann komme ich. Ich brülle in dieses Mikro hier, und aus dem Megaphon oben auf dem Dach ist meine Stimme dann überall laut und deutlich zu hören. Wenn die sich nicht auf der Stelle ergeben, marschiert das SEK noch weiter und die Jungs von der Bürgerwehr rücken zum Woeful Ridge vor, bis alles komplett umzingelt ist. Geschossen wird erst auf mein Signal.«

»Freut mich zu hören«, sagte Peter. »Eh – wenn die Männer sich im Kreis aufstellen, würden sie dann nicht aufeinander schießen, falls es zum Kampf käme?«

»So ein Schwachsinn! Natürlich nicht!« Das klang wieder ganz wie der alte Olson, der bei der geringsten Spur von Kritik sofort auf die Barrikaden ging. »Für wen zum Teufel halten Sie uns eigentlich? Für einen Haufen Idioten, oder was?«

»Ganz im Gegenteil«, versicherte Peter schnell. »Ich halte diesen Einsatz für eine hervorragend geplante Operation. Ich kann nur bewundern, daß Sie es geschafft haben, in der kurzen Zeit so viele Leute zusammenzutrommeln.«

Olson schwoll an wie eine Kröte, die sich mit Luft vollpumpt, ein Tier, dem er auch im Normalzustand recht ähnlich sah. »Es war höllisch schwer, das können Sie mir glauben. Also, wenn die Kerle in der Falle sitzen, schließen Sie, Swope und ich uns dem SEK an, und Sie zeigen uns, wo das Knarrenlager ist. Keine Sorge, Professor, wir sorgen schon dafür, daß Ihnen nichts passiert.«

»Das beruhigt mich, Chief Olson. Ich bin überzeugt, daß wir in Ihren kompetenten Händen – eh – vollkommen sicher sind.«

Natürlich hatte er maßlos übertrieben. Peter war alles andere als überzeugt und wünschte sich von ganzem Herzen, er wäre noch etwas länger in Maine geblieben statt Hals über Kopf zurückzufahren. Aber jetzt war er dem Ende des Tunnels schon so nahe, daß es keinen Sinn mehr machte umzukehren. Als sie sich dem Grat näherten, stellte er fest, daß er eine ähnliche Euphorie verspürte wie kurz zuvor Cronkite Swope, auch wenn davon mittlerweile nichts mehr zu merken war.

»Eh – Swope, warum versuchen Sie nicht, eine Nahaufnahme von Chief Olson hier im Wagen zu machen?« schlug er vor. »Was halten Sie davon?«

Cronkites Stimmung besserte sich ein wenig. »Versuchen könnte ich es, obwohl es hier drin ein bißchen eng ist. Mit Blitzlicht könnte es hinhauen.«

»Kein Blitzlicht!« bellte Olson. »Wir dürfen den Feind auf keinen Fall vorzeitig warnen!«

›Den Feind‹ – drunter tut er es nicht. Wenn zwölf Laster voller Männer und ein verfluchter gepanzerter Wagen das Trüppchen Ganoven nicht längst aufgeschreckt hatten, konnte Peter sich schwerlich vorstellen, daß ausgerechnet Cronkites Blitz dies fertigbringen würde. Er beschloß jedoch, den Mund zu halten. Olson hatte angefangen, sein Kinn vorzustrecken wie der berühmte General Patton im Zweiten Weltkrieg. Der Augenblick des Triumphes stand unmittelbar bevor, und er wollte Olson die Stimmung nicht verderben.

Ein Mann in olivfarbener Tarnkleidung schlich sich nach bewährter Dschungelmanier an ihr Fahrzeug heran und klopfte dreimal leise gegen das Panzerglas auf Olsons Seite. Der Fahrer, der bisher kein einziges Wort von sich gegeben und Cronkite und Peter keines Blickes gewürdigt hatte, berührte einen Knopf, der das Fenster einen Spalt breit öffnete.

»Alle Truppen sind in ihren Angriffsstellungen, Chief Olson. Der Captain der Bürgerwehr sagt, wir sind bereit, wenn Sie es sind.«

»Gut. Wo ist der Leiter des SEK?«

Wie auf Kommando trat ein anderer Mann hinter einem Baum hervor. Peter nahm jedenfalls an, daß es sich bei dem Wesen um einen Mann handelte. Kopf, Körper, Arme, Beine, Hände und Füße waren von mehreren Schichten Schutzkleidung verhüllt. Peter sah, wie Cronkites Gesicht sich aufhellte, und begann allmählich, sich ein wenig sicherer zu fühlen. Wenn sich alle Männer so angezogen hatten, würde der Marsch auf das Waffenlager zwar etwas mühsam vonstatten gehen, doch es war unwahrscheinlich, daß den Leuten etwas zustoßen würde, es sei denn, sie traten zufällig auf eine Landmine. Peter beobachtete mit wachsender Faszination, wie er, sie oder es meldete, das SEK habe ebenfalls seine Position eingenommen und sei auf alles vorbereitet.

»Dann wollen wir mal«, sagte Olson grimmig. »Dreißig Sekunden, um in Deckung zu gehen, und dann heben wir das Nest aus.«

»Kann ich jetzt ein Foto machen?« flüsterte Cronkite.

»Nein!« bellte Polizeichef Olson. »Sie bleiben genau da, wo Sie sind, und rühren keinen Finger.«

Vermutlich wartete er darauf, Schüsse zu hören, dachte Peter. Einige Eichelhäher veranstalteten einen Riesenkrach, und Peter glaubte den Ruf eines Fichtenwaldsängers zu hören, aber das war auch schon alles.

»Sture Mistkerle«, knurrte Olson. »Denen zeigen wir es. Gib dem Ding Saft, Bert!«

Peter erstarrte, aber nicht vor Angst. »Gleich ist es soweit, Swope! Wir sind kurz vor dem Ziel.«

Cronkite warf Peter einen verwirrten Blick zu, machte aber erst gar nicht den Versuch zu antworten. Man hätte ihn ohnehin nicht gehört, denn Chief Olson stellte gerade auf beeindruckende Weise unter Beweis, daß er ein Naturtalent im Umgang mit Megaphonen war.

»Raus mit euch, ihr Scheißkerle, ihr seid umzingelt! Werft die Waffen weg und kommt mit erhobenen Händen raus! Falls nicht, wird es euch noch verdammt leid tun!«

Der Wagen fuhr nun. Inzwischen konnten sie Woeful Ridge genau sehen, sie fuhren gerade die natürliche Brustwehr hoch, die Peter bei ihrem letzten Besuch aufgefallen war. Der Wagen hatte entweder Reifen mit Spikes, dachte Peter, oder Ketten wie ein Militärpanzer. Swope hielt seine Kamera ans Fenster gepreßt, um im richtigen Moment auf den Auslöser drücken zu können.

Doch der richtige Moment ließ auf sich warten. Die Männer vom SEK hockten in Angriffsstellung, doch es gab nichts, das sie angreifen konnten. Kein einziger Überlebenskämpfer ließ sich blicken.

»Die verstecken sich, die verdammten Schisser«, zischte Olson. Er brüllte erneut in sein Mikrofon. »Kommt endlich raus, ihr gottverdammten feigen Schweine, sonst machen wir euch Beine!«

Endlose Sekunden verstrichen, doch nichts passierte.

»Jetzt reicht's mir aber! Seid ihr soweit, SEK? Holt sie euch! Seid ihr soweit, Bürgerwehr? Feuer eins!«

Unter wildem Geheul stürmten die Männer vom SEK los. Von allen Seiten waren Schüsse zu hören. Als Olson sich umdrehte, grinste er wie ein Honigkuchenpferd.

»Kein Grund zur Aufregung, Professor. Eins bedeutet, daß sie in die Luft schießen.«

»Vielen Dank für die Aufklärung«, antwortete Peter höflich. »Der – eh – Feind zeigt wenig Reaktionen.«

»Die werden schon noch Reaktionen zeigen, da machen Sie sich man keine Sorgen. Denen bleibt gar nichts anderes übrig.«

Olson dröhnte noch einige weitere Sätze ins Megaphon, die ein prüder Drucker als einen ganzen Absatz von Pünktchen wiedergegeben hätte. Doch es regte sich immer noch nichts. Nach einer Weile begann das SEK auf den Wagen zuzumarschieren. Wutschnaubend riß Olson die Tür auf und streckte den Kopf heraus.

»Was zum Teufel ist los mit euch Hosenscheißern? Warum kommt ihr wieder zurück?«

»Wir können niemanden finden«, winselte der Leiter des SEK. »Weit und breit nichts zu sehen.«

»Seid ihr bescheuert? Schickt mir mal den Captain der Bürgerwehr!«

»Die können auch niemanden finden. Ich habe ihn schon gefragt.«

Olson fuhr auf seinem Sitz herum und starrte die beiden Männer auf dem Rücksitz wutentbrannt an. »Swope, sind Sie sicher, daß wir an der richtigen Stelle sind?«

»Natürlich bin ich sicher! Menschenskind, es gibt doch schließlich nur ein Woeful Ridge hier! Wir haben zuerst auch nichts gesehen, bis der Kerl uns in dem Knarrenlager erwischt hat. Danach kamen sie von allen Seiten angeschwärmt und haben meinen Dienstwagen zertrümmert. Ich habe Ihnen doch alles haarklein erzählt. Die müssen ein unterirdisches Versteck oder so was haben.«

»Ja, oder so was.« Olson war stinksauer. »Na dann los, ihr zwei Helden. Führt mich zu eurem verdammten Knarrenlager, aber pronto, wenn ich bitten darf.«

»Sie meinen, so wie wir sind?« stammelte Cronkite. »Ohne Schutzkleidung oder so?«

»Ohne Schutzkleidung oder so«, äffte ihn der Polizeichef nach. »Okay, Munch, gib Kleinbubi hier deine Kampfausrüstung. Aber du mußt ihm die Knöpfe zumachen und die süßen kleinen Schuhriemen für ihn zubinden, er ist nämlich noch nicht groß genug, um es selbst zu machen. Vielleicht möchten Sie ja vorher noch schnell nach Hause laufen und sich Ihren Teddybär zur Verstärkung holen, Swope. Jetzt mach schon, du jämmerliche kleine Qualle, wir haben nicht den ganzen Nachmittag Zeit. Teufel noch mal, wenn ich keine Angst habe, braucht ihr auch keine zu haben, oder? Bringen wir die verdammte Farce hinter uns.«

»Hervorragende Idee«, sagte Peter. »Ich werde Sie gern begleiten, Chief Olson, sobald Ihr Fahrer die Freundlichkeit besitzt, den Knopf zu drücken, der diese vermaledeite Tür öffnet. Ah, vielen Dank. Sind Sie soweit, Swope?«

»Klar, Professor, von mir aus kann's losgehen.«

Cronkite verschmähte die Schutzkleidung, die der SEK-Mann ihm demonstrativ hinhielt, und sprang über den Grat. »Lassen Sie mich wissen, wenn ich zu schnell für Sie bin, Chief Olson.«

»Geh du nur so schnell wie du es dir zutraust, Kleiner. Ich werde schon Schritt halten, keine Bange.«

Grundgütiger, er hatte recht, dachte Peter. Olsons kräftige kurze O-Beine bewegten sich tatsächlich erstaunlich schnell vorwärts. Die ganze Situation war ziemlich erstaunlich. Eigentlich müßte er sich zu Tode fürchten, dachte Peter.

»Es ist direkt da vorn. Sehen Sie, da ist der Eingang zur Höhle.«

Cronkite zögerte einen Augenblick lang. Olson überholte ihn. »Wohl die Hosen voll, Kleiner? Ich gehe besser als erster.«

»Einen Moment, Chief«, sagte der Leiter des SEK. »Besser wir gehen zuerst, wir haben schließlich unsere Kampfausrüstung und alles.«

Er hatte sich die Kampfausrüstung, die Cronkite verschmäht hatte, wieder angezogen. Ohne die Spezialkleidung sah er nicht sonderlich beeindruckend aus, dachte Peter, ein Allerweltstyp, wie man ihn überall finden konnte. Mit der Spezialkleidung wirkte er geradezu furchterregend. Selbst der Polizeichef war bereit, ihn vorbeizulassen.

»Okay, wenn Sie wollen«, meinte Olson. »Sie werden ja immerhin dafür bezahlt. Wie sieht's da drinnen aus, Professor?«

»Die Höhle scheint zunächst sehr schnell zu Ende zu sein, man läuft direkt vor eine Felswand. Auf der rechten Seite, etwa auf Brusthöhe, befindet sich ein dunkler Fleck. Wenn Sie dagegen drücken, verschiebt sich die Wand.«

»Donnerlittchen! Los, Männer, vorwärts!«

Ein halbes Dutzend SEK-Männer hinter Schutzschilden bewegte sich vorsichtig in Richtung Höhle. Nichts tat sich. Die Männer verschwanden nacheinander im Inneren. Plötzlich stoben sie wie ein Schwarm wütender Hornissen wieder nach draußen.

»Der Kerl ist wohl total bescheuert«, brüllte der Anführer. »Da drin ist absolut gar nichts, nur ein Haufen Geröll.«

»Lassen Sie mich mal einen Blick hineinwerfen«, sagte Peter.

»Klar, gehen Sie ruhig rein. Wenn Sie wollen, können Sie sich ja ein paar Brocken als Andenken mit nach Hause nehmen.« Der Captain der Bürgerwehr sah verwirrt aus.

Olson war stinksauer und machte keinen Hehl daraus. »Swope, dafür werden Sie bezahlen!«

»Was hat denn Swope damit zu tun?« verlangte Peter zu wissen. »Es ist doch wohl sonnenklar, was hier passiert ist. Die sogenannten Überlebenskämpfer haben Wind von Ihrer kleinen Überraschung bekommen, das Lager leergeräumt und das ganze Ding in die Luft gejagt. Lassen Sie einen Sprengstoffexperten kommen, der wird Ihnen genau erklären, was hier vorgefallen ist.«

Olson verkündete in allen drastischen physiologischen Einzelheiten, wo Peter sich den Sprengstoffexperten seiner Meinung nach hinstecken konnte. »Sie haben verdammt recht, es ist wirklich sonnenklar«, fügte er noch hinzu, nachdem er genug Dampf abgelassen hatte, um wieder zusammenhängend reden zu können. »Ihr dämlicher kleiner Freund hier hatte die glorreiche Idee, uns alle an der Nase rumzuführen, weil er eine Story für seine bescheuerte Zeitung brauchte. Damit wollte er bloß von seinem Bruder ablenken. Und Sie hat er ausgetrickst, damit Sie ihn decken, Shandy, weil Sie ein gottverdammtes Weichei sind wie all die eingebildeten Laffen vom College. Mag sein, daß Sie Shandy hinters Licht führen können, Swope, bei mir müssen Sie früher aufstehen. Ich verhafte Sie hiermit wegen Vortäuschung einer Straftat und Betrugs, und Ihren Bruder Brinkley werde ich auch verhaften, sobald ich wieder in Lumpkinton bin.«

Cronkite knirschte mit den Zähnen. »Und mit welcher Begründung wollen Sie das, Chief Olson?«

»Das wissen Sie verdammt gut. Weil er die Seifenfabrik in Lumpkinton angezündet und Caspar Flum umgebracht hat. Brandstiftung und Totschlag, so sehe ich den Tatbestand. Eigentlich sollte die Anklage Mord lauten, aber da Brink ein Junge aus dem Ort ist, werde ich Gnade vor Recht ergehen lassen. Was allerdings nicht heißt, daß er Gnade verdient, und das gilt für Sie ganz genauso, junger Mann. Ich weiß schon seit zehn Minuten, daß Sie mich belogen haben. Wollen Sie wissen, warum? Sehen Sie sich mal an, was meine Jungs gefunden haben!«

Olson scheuchte Swope und Shandy vor sich her wie ein paar verirrte Truthähne und trieb sie zu der Stelle, wo Swopes 1974er Plymouth von den sogenannten Überlebenskämpfern in seine Bestandteile zerlegt worden war. »Gestern abend haben Sie mir erzählt, daß hier an dieser Stelle Ihr Wagen demoliert wurde, als Sie das letzte Mal hier waren, stimmt's?«

»Ich habe gesagt, daß wir gesehen haben, wie die Männer gerade dabei waren, den Wagen zu demolieren«, verbesserte Cronkite. »Sie hatten die Türen abgerissen, haben die Fenster mit Schlagstöcken eingeschlagen und das Dach und die Kotflügel verbeult. Der Kofferraum war aufgerissen, die Haube war los, die Kühlerhaube haben sie auch aufgebrochen. Sie waren gerade dabei, die Drähte rauszureißen.«

»Ach ja? Was Sie nicht sagen!« Olson stieß den jungen Reporter vorwärts. »Na dann sehen Sie sich das da vorne mal ganz genau an!«

Vor ihnen stand ein grüner 1974er Plymouth Sedan, nicht gerade in Bestzustand, aber mit intakten Türen und Fenstern, unverbeulter Karosserie, die Kofferraumhaube war unbeschädigt und die Kühlerhaube ordnungsgemäß geschlossen. Die Aufschrift *Gemeinde- und Sprengel-Anzeiger für Balaclava* auf Türen und dem Kofferraum war deutlich lesbar.

»Das ist nicht mein Wagen!« rief Cronkite. »Das ist völlig unmöglich!«

»Ach ja? Haben Sie vielleicht zufällig Schlüssel und Papiere bei sich?«

»Allerdings. Sie können es gern selbst probieren.«

»Was ich auch verdammt noch mal tun werde.« Der Polizeichef nahm die Schlüssel, die Cronkite ihm zuwarf und überreichte sie dem Leiter des SEK. »Hier, Munch, probieren Sie mal, Sie haben ja gehört, was er gesagt hat. Seien Sie vorsichtig, es könnten ein paar Stangen Dynamit an der Zündung hängen.«

»Klar, Chief, und auf dem Fahrersitz lauern wahrscheinlich zwei ausgehungerte Alligatoren.«

Brüllend vor Lachen eilten die Männer zum Wagen. Peter und Cronkite folgten ihnen. Inzwischen war Peter absolut sicher, daß sowohl die Nummernschilder als auch die Seriennummer richtig waren, was sich auch als zutreffend herausstellte. Er wußte auch, daß der Schlüssel passen würde, was ebenfalls zutraf. Als Cronkite immer noch darauf bestand, daß dies unmöglich sein Dienstwagen sein könne, drückte Peter seinen Arm.

»Am besten, Sie lassen die Sache auf sich beruhen, Swope. Scheint ganz so, als habe Olson hier einen eindeutigen Beweis in der Hand.«

»Aber sehen Sie denn nicht?«

»Selbstverständlich sehe ich. Sehen Sie denn nicht?«

Swope starrte Peter einen Augenblick lang entgeistert an. Dann begann er merkwürdigerweise zu grinsen. »Ach so, das meinen Sie! Und ob ich das sehe! Aber was machen wir jetzt?«

»Hmja, da Polizeichef Olson so freundlich war, uns einzuladen, mit ihm herzufahren, denke ich, es wäre vielleicht angebracht, daß ich mich revanchiere und ihn einlade, mit mir nach Balaclava Junction zurückzufahren. Sie können uns in Ihrem – eh – Dienstwagen folgen, Swope.«

»Warum zum Teufel sollte ich wohl mit Ihnen zurückfahren wollen?« knurrte Olson.

Peter schaute sich vorsichtig um, als wolle er sichergehen, daß die Männer vom SEK außer Hörweite waren. »Ich dachte nur, wir könnten uns auf der Heimfahrt vielleicht ein wenig über ein paar gemeinsame Bekannte unterhalten.«

»Beispielsweise?«

»Roland Childe und seine vier Trolle beispielsweise. Ich vermute, Sie haben heute noch keinen Blick in die Zeitung geworfen.«

Kapitel 21

Ich warne Sie, Shandy, noch mal locken Sie mich nicht in eine Falle.«

Die Tatsache, daß Olson bereits auf dem Beifahrersitz in Shandys Wagen saß, reichte Peter als Bestätigung, daß Olson schon längst in der Falle saß. Er sagte daher nur: »Lesen Sie doch selbst.«

Peter reichte Olson den *Sprengel-Anzeyger*, der auf dem Rücksitz gelegen hatte. Nachdem er einen Blick auf die Schlagzeilen geworfen hatte, sah Olson einem Menschen, den gerade der Blitz getroffen hat, ziemlich ähnlich. Er las den Artikel kommentarlos zu Ende, doch sein Gesicht war puterrot, als er fertig war.

»Was soll der Quatsch? Schon wieder eins von diesen Journalistenmärchen? Die haben doch bestimmt keine Beweise in der Hand, oder?«

»Nur wenn Sie die Aussagen von drei Augenzeugen, von denen zwei beinahe umgebracht worden wären, sowie die Tatsache, daß die Bande die gestohlenen Wetterfahnen bei sich hatte, als sie das Boot in ihre Gewalt brachte, für irrelevant halten. Vielleicht interessiert Sie auch, daß die Männer sich Zyanidkapseln in den Mund steckten, als man sie verhören wollte, mit Ausnahme von Roland Childe allerdings. Seine Kapsel entpuppte sich als Zitronenbonbon.«

»Das ist doch wirklich –«, Olson konnte sich gerade noch beherrschen und mußte noch einmal ansetzen. »Das ist eine verdammt unglaubwürdige Geschichte, Shandy. Ich glaube Ihnen kein Wort.«

»Sie können sich gern bei Leutnant Blaise und den Männern von der Küstenwache erkundigen, die uns freundlicherweise an Bord genommen haben. Ich habe die Nummer des Bootes irgendwo aufgeschrieben. Ich gebe sie Ihnen, wenn wir wieder in Balaclava Junction sind. Außerdem können Sie sich auch gern mit Eustace Tilkey aus Hocasquam in Maine unterhalten, dessen Boot gekapert und völlig ruiniert wurde. Oder mit den Bandenmitgliedern, die sich bereit erklärt haben auszusagen. Vielleicht sollte ich erklärend hinzufügen, daß sie ihre Zyanidkapseln wieder ausgespuckt haben und dabei ziemlich erleichtert wirkten. Peru und Argentinien konnten gar nicht genug reden, als ich sie das letzte Mal gesehen habe.«

»Peru und Argentinien? Das soll doch wohl ein Witz sein, oder?« Polizeichef Olson war augenscheinlich alles andere als belustigt.

»Das sind nur Decknamen«, erklärte Peter. »Ich finde sie genauso absurd wie Sie. Childe nennt sich Brasilien, und der Kopf der Gruppe ist uns bisher nur unter dem Namen Paraguay bekannt. Er gehörte nicht zu den Männern, die in Maine aufgegriffen wurden, aber es wird sicher nicht schwer sein, auch ihn hinter Schloß und Riegel zu bringen.«

»Ach ja? Sie sind offenbar mächtig von sich selbst überzeugt, was, Shandy?«

»Dazu habe ich auch allen Grund, Chief Olson. Wir haben nämlich erstens eine hervorragende Beschreibung von ihm, die uns eine – eh – zuverlässige Quelle zugespielt hat. Er soll angeblich klein, dick und o-beinig sein und unter anderem eine ausgesprochene Schwäche für ausgefallene Uniformen haben.«

»Was heißt hier unter anderem?«

»Dazu kann ich mich momentan noch nicht äußern, doch es gibt umfassende Eintragungen dazu in dem Tagebuch.«

»Wessen Tagebuch?« Olson saß wie auf heißen Kohlen.

»Das Tagebuch einer Frau, die sich Elisa Alicia Quatrefages nennt. Sie ist Paraguays – eh – Herzensschatz.«

Jetzt verlor Olson völlig die Fassung. »Wo ist dieses Tagebuch jetzt?«

»Momentan befindet es sich bei mir zu Hause in Balaclava Junction. Meine Frau ist gerade dabei, eine vollständige schriftliche Übersetzung davon anzufertigen.«

»Dazu hat sie kein Recht! Sie muß mir das Tagebuch sofort geben!«

»Ich bin mir ziemlich sicher, daß Sie es nicht haben können«, widersprach Peter. »Ich bin mir zwar über das genaue Protokoll nicht im klaren, aber ich gehe davon aus, daß wir es zuerst dem Sheriff von Hocasquam zurückschicken müssen, bevor es den – eh – zuständigen offiziellen Stellen vorgelegt wird. Meine Frau wird Staatsanwältin Wetzel eine Kopie aushändigen. Vielleicht könnte sie Ihnen auch eine zukommen lassen, ich denke mal, daß sie dabei nicht gegen allzu viele Gesetze verstößt.«

»Shandy, ich habe große Lust, Sie für Ihr eigenständiges Handeln einzulochen. Wer außer Ihrer Frau hat das Tagebuch sonst noch gesehen?«

»Mehrere Personen haben es gesehen, unter anderem ich selbst. Bis jetzt ist meine Gattin allerdings die einzige, die es lesen kann. Ms. Quatrefages hat rückwärts geschrieben, und zwar vorwiegend in einer Mischung aus Französisch und Spanisch. Die Tatsache, daß sie wenig sprachbegabt ist und die einfachsten Regeln der Orthographie nicht beherrscht, vereinfacht die Sache nicht gerade.«

Aus Olsons Kehle drang ein drohendes Knurren. »Weiß Swope davon?«

»Natürlich. Meine Frau hat es ihm gesagt, als er zu uns kam, um mich über Ihre militärische Operation zu informieren. Während der Fahrt nach Woeful Ridge haben wir uns dann genauer darüber unterhalten.«

Olson dachte kurze Zeit darüber nach. »Ha! Vermute, Swope hat es wohl für besser gehalten, sich irgendeinen armen Trottel als Beschützer mitzunehmen, wenn die Kacke erst mal am Dampfen ist. Gott, wie ich diesen kleinen Scheißer hasse! Er wird jemand brauchen, der verdammt viel größer ist als Sie, wenn der Staatsanwalt erfährt, was er sich da eingebrockt hat. Haben Sie überhaupt eine Ahnung, was es kostet, die Bürgerwehr aufmarschieren zu lassen? Sein verfluchtes Schmierblatt wird für jeden Cent zur Kasse gebeten, darauf können Sie Ihre Stiefel verwetten.«

Olson redete während der ganzen Fahrt nach Balaclava Junction mehr oder weniger in diesem Ton weiter. Peter versuchte erst gar nicht, ihm zu widersprechen. Der Mann stand buchstäblich kurz vor einem Schlaganfall. Soweit Peter die Lage beurteilen konnte, hatte Olson auch genügend Grund dazu. Peter spielte sogar mit dem Gedanken, sich einen kleinen Verstoß gegen die Verkehrsordnung zu leisten, sobald sich ihm die Gelegenheit dazu bot. Immerhin brauchte er keine Angst vor einem Knöllchen zu haben, solange er einen Polizeichef im Wagen und einen zweiten, so Gott wollte, bei sich zu Hause sitzen hatte.

Ein Glück, Fred Ottermole war da. Als sie auf dem Crescent ankamen, stellte Peter mit unendlicher Erleichterung fest, daß der einsame Streifenwagen von Balaclava Junction tatsächlich vor seinem Haus parkte. Mit den unzähligen Beulen und Dellen und den Spuren, die der Zahn der Zeit hinterlassen hatte, erinnerte der Streifenwagen stark an Cronkites Gefährt vor der unglaublichen Metamorphose.

Unglaublich war dafür wirklich das richtige Wort, entschied Peter, als Cronkite Swope mit seinem Plymouth hinter seinem und Fred Ottermoles Wagen hielt.

Olson war nicht nach Einhalten der Etikette zumute. Er sprang aus Peters Wagen, noch bevor das Fahrzeug richtig angehalten hatte, raste zur Eingangstür und begann, mit beiden Fäusten gegen die Tür zu hämmern.

»Aufmachen!«

Zu Peters heimlicher Freude öffnete Polizeichef Ottermole die Tür so schnell, daß Olson sein Gleichgewicht verlor und ihm entgegenflog. Fred streckte hilfsbereit seinen Arm aus.

»Hoppala, Wilbur. Was haben Sie denn getrunken?«

»Seien Sie nicht albern, Ottermole. Wo ist Mrs. Shandy?«

»Hier, direkt hinter mir. Können Sie sie nicht sehen?«

Helen befand sich auf der Mitte der Treppe, sie war sofort heruntergekommen, als sie den Krach gehört hatte. »Alles in Ordnung, Chief Olson? Die Stufe vor der Tür ist wirklich leicht zu übersehen, fürchte ich, Peter und ich wollten sie schon seit einiger Zeit –«

Olson stand nicht der Sinn nach Plaudereien. »Wo ist das Tagebuch? Ich will es sofort haben. Nun machen Sie schon, geben Sie es mir.«

»Es ist oben im Arbeitszimmer«, teilte Helen ihm mit. »Aber Sie können doch nicht einfach –«

Die Diele war winzig, die Treppe lag nur einige Schritte hinter der Eingangstür und führte steil nach oben, wie dies in kleinen alten Häusern oft der Fall ist. Helen war auf der Treppe geblieben, weil unten nicht genug Platz war. Olson schob sie so unsanft zur Seite, daß sie den Halt verlor. Peter sprang vor und packte sie. Ottermole packte sich Olson. Der Polizeichef von Lumpkinton kämpfte wie ein Stier, doch er hatte keine Chance. Ottermole war doppelt so groß und zwanzig Jahre jünger.

»Was fällt Ihnen ein, eine Dame in ihrem eigenen Haus umzurennen?« brüllte Fred. »Das ist Körperverletzung, Mrs. Shandy kann Sie dafür anzeigen. Das werden Sie doch sicher auch, nicht wahr, Helen?«

»Allerdings werde ich das, Fred, vielen Dank, daß Sie mich daran erinnern. Peter, Liebling, könntest du mich bitte zum Sofa führen? Dieser Rohling hat mir einen fürchterlichen Stoß in die Rippen versetzt, und ich glaube, ich habe mir das Knie verstaucht. Es tut wahnsinnig weh. Also wirklich, Chief Olson, Sie sind mir ein feines Vorbild für die Jugend von Balaclava County. Cronkite, ich hoffe, Sie haben fotografiert, wie er mich angerempelt hat.«

»Worauf Sie sich verlassen können, Mrs. Shandy!«

»Her mit der verdammten Kamera!« brüllte Olson.

»Was ist eigentlich in diesen Mann gefahren?« Helen klang jetzt ganz wie eine Bibliothekarin. »Vielleicht sollten wir erwägen, ihm mit der Kohlenschaufel eins über den Schädel zu geben, damit er sich wieder beruhigt. So etwas gilt doch nicht als Körperverletzung, wenn der Gefangene sich der Festnahme widersetzt, oder, Fred?«

»Schon okay, Helen, ich hab' ihn fest im Griff.« Ottermole tat etwas besonders Unangenehmes, das Olson in die Knie gehen ließ. »Nimm die Handschellen von meinem Gürtel und leg sie dem Kerl an, Cronk. Menschenskind, Wilbur, jetzt halten Sie endlich still, und hören Sie auf zu brüllen. Sie wissen doch, wie das abläuft, schließlich haben Sie selbst schon genug Leute eingelocht. Mannomann, ich hätte wohl besser 'ne Zwangsjacke mitbringen sollen. Wenn du mit den Handschellen fertig bist, Cronk, rufst du am besten Budge Dorkin im Revier an und bestellst ihm, er soll das andere Paar Handschellen sicherheitshalber auch noch mitbringen. Das machen wir dem Mistkerl um die Knöchel. Wilbur, wenn Sie mich noch ein einziges Mal vors Schienbein treten, reiß' ich Ihnen Ihr falsches Gebiß raus und zertrampel es auf dem Bürgersteig. Warum führt der sich eigentlich auf wie ein Verrückter, Professor?«

»Er hat Angst, daß wir lesen könnten, was Elisa Alicia Quatrefages in ihrem Tagebuch über ihn geschrieben hat.«

»Über ihn?« Trotz ihrer Schmerzen mußte Helen lachen. »Das soll Paraguay sein? Na ja, über Geschmack läßt sich ja bekanntlich nicht streiten. Aber wie hast du es denn geschafft, ihn zu enttarnen, Peter?«

»Das brauchte ich gar nicht. Das hat er draußen am Woeful Ridge auf beeindruckende Weise selbst getan. Ich muß zugeben, daß ich mir über Olson schon seit geraumer Zeit meine Gedanken gemacht habe, aber ich konnte einfach nicht glauben, daß er die Fähigkeit oder Energie besaß, eine kriminelle Organisation dieser Größenordnung aufzuziehen. Doch der heutige Einsatz am Woeful Ridge hat mich davon überzeugt, daß er zumindest die Energie besitzt. Er hat die Bürgerwehr zusammengetrommelt, einen gepanzerten Wagen aufgetrieben und sogar ein SEK zusammengestellt.«

»Das ist ja geradezu grandios!«

»Es war sogar mehr als grandios. Jetzt wissen wir wengistens etwas mehr über seine Denkweise. Es hat ihm nicht gereicht, ein paar

Schläger anzuheuern, um die Drecksarbeit für ihn zu erledigen, als sich ihm die Gelegenheit bot, schnell an Geld zu kommen, indem er den Binks-Besitz niederbrennen und plündern ließ. Er ist nicht einmal davor zurückgeschreckt, seine halbe Polizeimannschaft zu korrumpieren. Er hat sich seine eigene paramilitärische Organisation aufgebaut. Und ihr müßt zugeben, daß es eine verdammt gute Idee war, das sogenannte Überlebenscamp als Tarnung zu benutzen.«

»Und in Roland Childe hat er den perfekten Helfershelfer gefunden«, stimmte Helen zu. »Ein Psychopath mit einer ausgesprochenen Vorliebe für Mantel-und-Degen-Abenteuer war genau der richtige Mann, mit dem er ein Waffendepot aufbauen, Männer ausbilden und Verbrechen planen und ausführen konnte.«

»Ja«, sagte Ottermole. »Und Wilbur konnte alles vertuschen, er durfte nur nicht mit der Drecksarbeit in Verbindung gebracht werden.«

»Und Elisa Alicias Rolle bestand darin, ihn zu inspirieren, als Vermittlerin tätig zu sein und die Beute zu verkaufen«, fügte Helen hinzu. »Ich kann verstehen, warum eine Frau, die nach Abenteuern sucht, sich von so einem Mann angezogen fühlt. Ich vermute, auf seine Art ist er ziemlich beeindruckend, und er entspricht ganz bestimmt ihrer Vorstellung von einem perfekten männlichen Wesen. Er ist zwar nicht sehr dunkelhäutig, und ich vermute, daß er auch nicht sonderlich gut reiten kann, aber man kann schließlich nicht alles haben. Nennt sie Sie tatsächlich Paraguay, Chief Olson?«

Wahrscheinlich tat sie dies in der Tat, denn der Mann begann sofort wieder loszupoltern. »Ich weiß überhaupt nicht, wovon Sie reden. Das wird euch allen noch verdammt leid tun, das könnt ihr mir glauben!«

»Das glaube ich kaum«, widersprach Peter. »Ich würde sagen, wir haben Sie ganz schön in die Enge getrieben. Childe wird früher oder später auspacken, wissen Sie, falls er nicht schon längst damit angefangen hat. Diese psychisch labilen Typen halten nie sehr lange durch, wenn man sie erst einmal mit der Realität konfrontiert. Die Männer vom SEK wahrscheinlich auch nicht. Sie haben einen Kardinalfehler begangen, indem Sie dieselben Männer benutzt haben, die Swope und mich neulich angegriffen und den Wagen des *Sprengel-Anzeygers* zertrümmert haben. Sie werden einem Verhör sicher nicht lange standhalten. Übrigens, Ottermole, wer wird die Kerle in die Mangel nehmen?«

»Keine Ahnung, Professor. Vielleicht werden die Leute vom Stadtrat einen neuen Polizeichef einsetzen, falls sie jemanden finden können, der nicht zu dieser Überlebenskämpfertruppe gehört. Staatsanwältin Wetzel weiß sicher, was zu tun ist.«

»Dann wollen wir ihr die Entscheidung auch überlassen, aber vielleicht sollten wir sie schnell anrufen und ihr mitteilen, daß noch mehr Arbeit auf sie wartet.«

»Das kann ich übernehmen«, sagte Cronkite Swope. »Ich glaube, ich weiß schon, was Sie als nächstes sagen werden, Professor.«

»Hmja, da haben Sie höchstwahrscheinlich recht. Nehmen Sie das Telefon in der Küche, dann sind Sie ungestört, falls Olson wieder anfangen sollte zu brüllen. Wie ich eben schon sagen wollte, Olson, ich fand es äußerst verdächtig, daß das Waffendepot leergeräumt und zerstört worden war. Da der Angriff angeblich top-secret war, konnte dies nur bedeuten, daß jemand die Information hatte durchsickern lassen, und dieser jemand konnten nur Sie sein. Würde mich nicht einmal wundern, wenn wir die Munition unten im Polizeikeller oder bei Ihnen zu Hause im Gästezimmer unter dem Bett finden würden. Ich könnte mir gut vorstellen, daß es nicht leicht war, auf die Schnelle ein neues Versteck zu organisieren, und wie ich Sie einschätze, haben Sie sicher nicht im Traum damit gerechnet, daß man Sie fassen könnte.«

Olson war zu Stein erstarrt, was höchstwahrscheinlich in seiner Lage das Beste war, was er tun konnte, außerdem machte er seinen Bewachern in diesem Zustand weitaus weniger Mühe als mit der Toberei, die er vorher an den Tag gelegt hatte. Peter beeilte sich, fertig zu reden, bevor das ehemalige Superhirn seine Meinung ändern konnte.

»Natürlich mußten Sie Woeful Ridge räumen, nachdem Swope Staatsanwältin Wetzel informiert hatte. Es war eine brillante Idee von Ihnen, zuerst ein Riesentohuwabohu zu veranstalten, nur um Swope als Lügner dastehen zu lassen, der sich die phantastische Geschichte nur ausgedacht hatte, um seinen Bruder reinzuwaschen. Es war auch clever von Ihnen, durch das Schwarzpulver auf der Kanone den Verdacht auf Brinkley zu lenken. Ihr einziger Fehler bestand darin, daß Sie Elisa Alicia Quatrefages die Beschriftung des 1974er Plymouth überlassen haben, den Sie als Ersatz für den Wagen nach Woeful Ridge geschafft hatten, den Ihre verspielten Kohorten dort zertrümmert hatten. Nicht daß Elisa Alicia ihre Arbeit nicht sorgfältig wie gewohnt verrichtet hätte, aber ihr ist ein kleiner Flüchtigkeitsfehler unterlaufen. Ihr ist nämlich entgangen, daß der *Sprengel-Anzeyger* sich mit y und nicht mit i schreibt. Anscheinend ist diese Feinheit Ihnen selbst ebenfalls entgangen.«

»Jessas!« sagte Ottermole. »Das wissen ja sogar meine Kinder!«

»Der lügt wie gedruckt«, Olsons Kampflust war noch nicht gänzlich erloschen. »Der Wagen hat immer so ausgesehen.«

»Das bringt doch nichts, Olson«, sagte Peter. »Ich bin sicher, im Archiv des *Sprengel-Anzeygers* gibt es genug Fotos von dem echten Wagen, die schwarz auf weiß belegen, daß Ihr Ersatzauto eine Fälschung ist. Sehr geschickt gemacht, wie ich zugeben muß, was vielleicht ein völlig neues Licht auf die Autodiebstähle in Lumpkinton in Verbindung mit Ihrem – eh – Unternehmen werfen wird. Ich glaube, Budge Dorkin fährt gerade die Auffahrt hoch. Entschuldigt mich bitte einen Moment.«

Es war wirklich Budge, und er hatte auch die Handschellen mitgebracht. »Wo ist der Gefangene, Fred? Oh, Entschuldigung, ich meine natürlich Chief.«

»Da sitzt er«, sagte Ottermole.

»Polizeichef Olson! Wow!« Budge Dorkin war inzwischen wirklich kaum noch zu erschüttern, doch jetzt war zweifelsohne einer dieser seltenen Momente. »Was hat er denn verbrochen?«

»Er ist das Superhirn, nach dem wir die ganze Zeit gesucht haben.«

»Der alte Saftsack? Das soll wohl ein Witz sein!«

»Für Sie mag er vielleicht ein Saftsack sein, aber für jemand anderen ist er vielleicht der zweite Errol Flynn, Budge«, sagte Helen, schien jedoch selbst nicht allzu überzeugt von ihrer These zu sein. »Was passiert als nächstes, Fred? Ich möchte wirklich nicht unhöflich sein, aber wir erwarten in Kürze Gäste von auswärts, und ich glaube, Peter braucht allmählich doch ein wenig Ruhe.«

»Weiß ich auch nicht«, antwortete Ottermole. »Hey, Cronk, hast du schon was rausgefunden?«

Der junge Reporter kam aus der Küche. »Ja, alles klar. Mrs. Wetzel sagt, ihr sollt Chief Olson in die Zelle stecken. Sie kommt mit dem Haftbefehl rüber, sobald ihr Kuchen fertig ist. Ich mußte sie bei sich zu Hause anrufen. Ihr Kind hat heute Geburtstag, und sie hat sich den Nachmittag freigenommen, um die Party vorzubereiten. Sie sagt, sie weiß selbst nicht, wie sie es schaffen soll, den Kuchen rechtzeitig mit Zuckerguß zu überziehen.«

»Rufen Sie sie einfach noch mal an, und bestellen Sie ihr, sie soll den Kuchen herbringen«, schlug Helen vor. »Iduna ist unschlagbar, was Kuchenverzierungen betrifft. Nein, lassen Sie, ich rufe sie lieber schnell selbst an. Ich bin sicher, Sie wollen ein paar Bilder davon machen, wie Olson festgenommen und ins Gefängnis verfrachtet wird.«

»Wann kommen Guthrie und Catriona zurück?« wollte Peter wissen. »Haben sie sich schon gemeldet?«

»Ja, sie haben vor einer Weile aus New Haven angerufen. Es war ganz leicht, Elisa Alicia zu finden. Sie sind einfach zum Hafen gegangen, und da war sie auch schon. Sie saß auf einem Pfosten, als einer der fröhlichen Matrosen aus Gilbert und Sullivans ›HMS Pinafore‹ verkleidet, und wartete auf ihr Schiff. Sie hatten ein paar Polizisten aus Connecticut dabei, die Verhaftung war also kein Problem. Inzwischen ist die Polizei aus sage und schreibe drei verschiedenen Staaten in den Fall verwickelt. Sie wird die Zuständigkeiten auf dem Dienstweg klären, was immer das auch bedeutet, aber ich vermute mal, daß Sie Ihre Freundin bei der Anklageerhebung wiedersehen werden, Chief Olson. Und jetzt müßt ihr mich alle entschuldigen, ich möchte schnell Mrs. Wetzel anrufen.«

»Ich habe das Recht, mit meinem Anwalt zu sprechen«, schrie Olson, als sie ihn in den Streifenwagen schoben.

Fred Ottermole schrie zurück, daß er ihn vom Polizeirevier aus anrufen könne und endlich aufhören solle, sich in aller Öffentlichkeit lächerlich zu machen. Cronkite Swope knipste zufrieden ein Foto nach dem anderen und machte sich in Gedanken Notizen für den Leitartikel, den er zu schreiben gedachte, sobald er endlich die Möglichkeit fand, sich hinzusetzen. Budge Dorkin versuchte herauszufinden, wie die Gangschaltung von Cronkites falschem Dienstwagen funktionierte, damit er ihn zum Revier fahren konnte. Mrs. Wetzel würde den Wagen als Beweisstück sicherstellen wollen, sobald sie und Helen das Kuchenproblem gelöst hatten.

Peter entschied, daß er nicht mehr gebraucht wurde, und begab sich zurück ins Haus. Er ließ sich in seinen Sessel fallen, legte die Füße auf einen Schemel und schloß die Augen. Helen kam aus der Küche, schaute ihn einen Moment lang an und war gerade im Begriff, auf Zehenspitzen aus dem Zimmer zu schleichen, als Peter sie ansprach.

»Wohin des Weges, geliebte Gattin?«

»Nach dorten, würde ich sagen, ich dachte, du wärst eingeschlafen.«

»Nein, ich habe nur ein wenig meditiert. Was meinst du, was Olson mit all dem Geld vorhatte, das er zusammengetragen hat?«

»Mit Elisa Alicia nach Paraguay fliehen und handbemalte Polizeihunde ausbilden, denke ich. Vielleicht wollte er auch ein unabhängiges Königreich am Woeful Ridge gründen und sich selbst zum Kaiser krönen lassen, was mir noch wahrscheinlicher erscheint. Könnte ich dich mit einer kleinen Tasse Tee beglücken?«

»Könntest du mich nicht mit ein bißchen ehelichem Trost beglücken?«

»Das könnte ich zwar, doch momentan ist wohl nicht der geeignete Zeitpunkt. Mrs. Wetzel kann jeden Moment mit ihrem Geburtstagskuchen hier auftauchen. Wenn sie uns in flagranti erwischt, wird sie mich wahrscheinlich wegen Zeugenbeeinflussung verhaften lassen.«

»Dann eben Tee«, sagte Peter. »Hast du daran gedacht, Iduna anzurufen und ihr mitzuteilen, daß sie gleich einen Kuchen dekoriert?«

»Selbstverständlich, Schatz. Sie wird ein Baby mit Spitzenhäubchen aus gelben Rüschen und einem Strauß Osterglocken kreieren. Mrs. Wetzels Tochter wird acht Jahre alt, heißt Abigail und geht zu den Pfadfindern.«

»Acht scheint mir ein ganz klein wenig zu alt für ein Häubchenbaby, meinst du nicht?« gab Peter zu bedenken. »Vielleicht würde Abigail einen Rockstar mit lila oder knallroter Punkfrisur vorziehen?«

Helen schüttelte den Kopf. »Kleine Mädchen sind auch mit acht noch kleine Mädchen, ganz egal, was die Leute sagen. Abigail wird von dem Häubchenbaby entzückt sein. Wenn du nicht vorhast zu schlafen, könntest du eigentlich mit in die Küche kommen und mir helfen, die Teekanne anzuwärmen. Was hältst du davon?«

Kapitel 22

Sie frühstückten bereits seit einer ganzen Weile. Catriona und Guthrie hatten schon mehrfach eingeworfen, daß sie zurück nach Sasquamahoc müßten, doch keiner nahm sie ernst, am allerwenigsten sie selbst. Iduna war mit einem Blech mit heißen Zimtbrötchen erschienen und auf eine Tasse Kaffee geblieben, hatte jedoch wieder gehen müssen, weil Daniels Flugzeug gegen Mittag erwartet wurde und sie pünktlich am Flughafen sein wollte.

Fred Ottermole hatte hereingeschaut, um sie wissen zu lassen, daß der ehemalige Polizeichef Olson ins County Gefängnis verlegt worden war, das verschwundene Waffendepot im Zimmer über Olsons Garage entdeckt worden war, und Mrs. Olson sich aufgrund eines Nervenzusammenbruchs und einer schweren Verletzung ihres Selbstwertgefühls in ärztlicher Behandlung befand. Er hatte mehrere von Idunas Zimtbrötchen gegessen und ein großes Glas Orangensaft getrunken, da er das Gefühl hatte, ein paar zusätzliche Vitamine zu brauchen, und war wieder davongebraust, um sich weiter in dem Ruhm zu sonnen, einen echten Schwerverbrecher hinter Schloß und Riegel gebracht zu haben.

Den Shandys konnte sein stellvertretendes Sonnenbad nur recht sein. Sie hatten schon so viele Telefonanrufe von wissensdurstigen Nachbarn über sich ergehen lassen, daß sie vor lauter Verzweiflung das Telefon leise gestellt hatten, um das Klingeln nicht mehr zu hören. Die wirklich wichtigen Anrufer, beispielsweise Huntley Swopes Gattin und Cronkites Bruder Brinkley, hatten sich schon gestern abend gemeldet.

Cronkite selbst hatten sie den ganzen Morgen nicht zu Gesicht bekommen. Erst als Guthrie die vierte Tasse Kaffee dankend ablehnte und Catriona in entschiedenerem Ton als zuvor gesagt hatte, daß sie nun aber wirklich aufbrechen sollten, raste der Starreporter des *Sprengel-Anzeygers* auf seinem Motorrad auf den Crescent und eilte schnurstracks ins Haus. Er war so aufgeregt, daß er sogar vergaß, vorher anzuklopfen, obwohl er normalerweise ein höflicher junger Mann war. Er wedelte aufgeregt mit einem langen Stück Papier.

»Hey, Professor! Sehen Sie mal, welche Meldung wir gerade von der *Associated Press* bekommen haben!«

»Lassen Sie mal sehen, Swope«, Peter rückte seine Brille zurecht, las ein paar Zeilen und begann zu kichern. »Grundgütiger! Das ist ja kaum zu glauben!«

Helen gab ihm einen Stups in die Rippen. »Peter, spann uns nicht auf die Folter! Sag, was drin steht!«

»›Stromausfall im Cryobiologischen Labor in Kalifornien. Versuchspersonen aufgetaut, aber nicht aufgewacht!‹ Es geht darum, daß mehrere ältere Menschen, unter anderem ein gewisser Jeremiah Binks, der einzige Multimillionär aus Balaclava County, vor einigen Jahren freiwillig an einem Experiment teilgenommen haben, bei dem sie mit Hilfe einer besonderen – eh – Kühltechnik eingefroren wurden. Das Ziel bestand darin, sie irgendwann in der Zukunft wieder aufzutauen, sobald ein Mittel entdeckt worden wäre, das den Alterungsprozeß rückgängig machen kann, so daß sie in den Genuß ewiger Jugend gekommen wären.«

»Was für ein schrecklicher Gedanke!« meinte Guthrie. »Ich kann mir nichts Schlimmeres vorstellen, als immer und ewig fünfundzwanzig Jahre alt sein zu müssen. Wieso sind sie denn jetzt schon aufgetaut?«

»Anscheinend war das Labor einige Tage lang unbeaufsichtigt, da man davon ausging, daß es nicht sonderlich viel zu beaufsichtigen gab. Als schließlich jemand hinging, um nach dem rechten zu sehen, stellte sich heraus, daß ein kleines Erdbeben einen Stromausfall verursacht hatte. Die freiwillig Eingefrorenen waren nicht nur aufgetaut, sondern außerdem von – eh – Schimmelpilz befallen.«

»Um Gottes willen! Und was jetzt?«

»Es laufen bereits mehrere Klagen und außerdem möglicherweise sogar strafrechtliche Verfahren gegen das Labor. Dabei ist der Fall Binks ganz besonders kompliziert. Das Binks-Vermögen wird momentan treuhänderisch verwaltet, da man bisher davon ausgegangen ist, daß der rechtmäßige Besitzer eines Tages wieder aufwachen würde. Da dies nach den jüngsten Ereignissen nicht möglich sein wird, muß schnellstens die Alleinerbin gefunden werden, eine gewisse Miss Winifred Binks, die vor einigen Jahren auf mysteriöse Weise verschwand, nachdem sie ihren letzten Cent dafür ausgegeben hatte, ihre Ansprüche auf den Besitz ihres Großvaters geltend zu machen.«

»Heiliger Katzenfisch!« rief Catriona. »Und was passiert, wenn die Frau nie wieder auftaucht?«

Peter lächelte geheimnisvoll. »Oh, ich denke, sie wird bestimmt wieder auftauchen. Wie wär's mit ein paar Vitaminen, Swope? Was halten Sie beispielsweise von einem Glas Orangensaft?«

»Hervorragende Idee«, sagte Cronkite. »Mir fällt gerade ein, daß ich heute morgen vergessen habe zu frühstücken. Sie haben nicht zufällig ein oder zwei Eier übrig, Mrs. Shandy?«

»Aber sicher. Nein, Cat, bleib bitte sitzen. Laß mich das nur machen. Spiegelei oder Rührei, Cronkite?«

»Was am schnellsten geht. Wir müssen zum Woeful Ridge, Professor.«

Das war das Zeichen zum Aufbruch. Während Cronkite sein verspätetes Frühstück herunterschlang, sammelten Catriona und Guthrie die wenigen Habseligkeiten ein, die sie mitgebracht hatten, und verabschiedeten sich. Sie waren schon fast zur Tür heraus, als Guthrie stehen blieb.

»Oh, ich habe völlig vergessen, euch zu erzählen, daß die Polizei in New Haven das FBI gebeten hat, Elisas Fingerabdrücke zu überprüfen. Dabei hat sich herausgestellt, daß sie in Wirklichkeit Alice Lynch heißt.«

»Dann hat Cat also recht gehabt«, sagte Helen erfreut. »Miss oder Mrs. Lynch?«

»Mrs. Der Gentleman, der anscheinend immer noch ihr rechtmäßiger Ehemann ist oder zumindest war, als sie mich geheiratet hat, was das wichtigste ist, sitzt wegen Totschlags und schweren Diebstahls zwanzig Jahre in Dannemora ab. Elisa ist damals wegen eines Formfehlers freigekommen, obwohl niemand daran gezweifelt hat, daß sie die ganze Zeit mit Lynch unter einer Decke gesteckt hatte. Also bin ich immer noch Junggeselle, und Elisa wird sich unter anderem wegen Bigamie vor Gericht verantworten müssen. Wahrscheinlich wäre ich verdammt sauer, wenn ich nicht so unendlich erleichtert wäre. Da ihr jetzt den Weg nach Sasquamahoc kennt, hoffe ich doch sehr, daß ihr uns bald besuchen kommt!«

»Worauf du dich verlassen kannst«, versicherte Peter seinem alten Freund. »Und dann fahren wir alle hinaus aufs Meer und beobachten die Wale.«

Nachdem sie noch eine Weile miteinander gelacht und sich zur Genüge umarmt hatten, fuhren Guthrie und Catriona in einem anderen Leihwagen davon.

»Siehst du«, sagte Helen. »Wie ich gesagt habe: Ende gut, alles gut. Wenn Sie mit Essen fertig sind, Cronkite, solltet ihr wohl wirklich so schnell wie möglich zum Woeful Ridge fahren. Ich glaube, Cronkite hat recht. Der Himmel weiß, was auf dem Binks-Grundstück los ist, wenn die Neuigkeit erst richtig bekannt wird, und die arme Frau weiß bestimmt nicht, wie ihr geschieht.«

»Möchtest du nicht mitkommen?« fragte Peter.

»Liebend gern, aber ich muß die Übersetzung fertig tippen und dann zur Bibliothek, um Kopien zu machen. Außerdem wollte Mrs. Wetzel nachher vorbeischauen und ihre Kopie abholen. Dem Sheriff von Hocasquam schicke ich auch eine, per Eilpost, man kann schließlich nie wissen. Ich habe keine Ahnung, wer das Original bekommen soll, aber ich werde es zweifellos früher oder später erfahren. Tschüs, ihr beiden. Bestellt der Alleinerbin viele Grüße von mir.«

»Ich bin heilfroh, daß es diesmal eine gute Nachricht ist«, bemerkte Cronkite, als er sich neben Peter in das staubbedeckte Auto der Shandys fallen ließ.

»Hoffentlich findet Miss Binks die Nachricht auch gut«, brummte Peter.

»Wie meinen Sie das, Professor? Über neunzig Millionen Dollar freut sich doch wohl jeder, oder?«

»Das werden wir bald wissen. Miss Binks scheint mit ihrem einfachen Leben sehr zufrieden zu sein, Geld spielt für sie anscheinend keine Rolle.«

»Finden Sie nicht, daß sie ihr Leben irgendwie vergeudet? Ich meine, was macht eine intelligente, sympathische Frau wie sie mutterseelenallein in einem Kaninchenbau?«

»So mag es vielleicht Ihnen oder mir erscheinen, aber wichtig ist einzig und allein, wie Miss Binks darüber denkt. Ich hoffe nur, daß wir sie finden, bevor die Menschenmassen anrollen. Das Versteck mit dem Fahrrad haben Sie problemlos gefunden, nicht wahr?«

»Na ja, gefunden habe ich es. Aber ich kann nicht behaupten, daß es problemlos war, obwohl ich mich an dem Weg und dem Kellerloch orientieren konnte. Sagen Sie mal, Professor, der Brunnen, aus dem wir herausgeklettert sind, war doch nicht weit weg von der Stelle, wo sie die Räder versteckt hatte.«

»Hmja, daran habe ich auch schon gedacht. Da wäre allerdings ein Problem: Wie können wir Miss Binks Höhle durch den Brunnen erreichen, wenn sich ihre sogenannte Zugbrücke auf der Tunnelseite befindet? Notfalls könnten wir einfach ins Wasser springen und hinüberschwimmen. Weit kann es eigentlich nicht sein.«

Weder Peter noch Cronkite fanden die Vorstellung, sich in das schwarze Loch zu stürzen, sonderlich erhebend. Sie waren beinahe erleichtert, als sie feststellten, daß sie sich ohnehin einen anderen Zugang einfallen lassen mußten. In der Nähe des Kellerlochs parkten nämlich bereits mehrere Wagen, deren Besitzer interessiert mit ihren Kameras umherspazierten und überlegten, was sie knipsen sollten. Peter sprach absichtlich so laut, daß man ihn gut hören konnte.

»Hier vertun wir bloß unsere Zeit, hier gibt es doch nichts zu sehen. Wir laufen besser zum Woeful Ridge und sehen uns die Stelle an, wo gestern die Riesenschießerei stattgefunden hat. Schnell, sonst kommen uns die Dummköpfe da drüben noch zuvor!«

Wie erwartet, rannten die anderen Leute sofort los. Peter und Cronkite taten zunächst so, als würden sie ihnen folgen, liefen dann aber schnell zurück und eilten in den Wald.

»Wir sollten versuchen, die beiden Eichen wiederzufinden. Vielleicht ist sie wieder oben in ihrem Nest. Falls nicht, können wir ihr wenigstens eine Nachricht hinterlassen.«

»Ich habe Mr. Swopes Nachricht bereits erhalten«, murmelte eine Stimme aus einem Busch. »Bitte folgen Sie mir, Gentlemen.«

Kapitel 23

Von Miss Binks sahen sie nicht einmal ein Stückchen Hirschleder, doch sie hörten ein leises raschelndes Geräusch und folgten dem Rascheln. Erst als sie schon ziemlich weit im Wald waren, zeigte sich Miss Binks kurz, aber nur, um sie in einen ihrer unterirdischen Gänge zu bitten. Danach verschloß sie den Eingang sorgfältig mit einem großen Klumpen Erde, auf dem ein kleiner Busch wuchs, und bat sie, ihr durch einen Tunnel zu folgen, den man nur kriechend durchqueren konnte.

Schließlich erreichten sie wieder die unterirdische Höhle, in der sie jene denkwürdige Nacht verbracht hatten. Der Schein der mit Asche zugedeckten Glut war so schwach, daß man nur mit Mühe sehen konnte, daher legte Miss Binks die Glut wieder frei, warf einen dicken Tannenzapfen oder zwei hinein und stellte den Wasserkessel auf zwei flache Steine.

»Darf ich den Herren eine Tasse Sassafras-Tee anbieten, oder müssen wir uns so sehr beeilen, daß wir nicht warten können, bis das Wasser kocht? Seit unserem letzten Treffen hat es einige merkwürdige Geschehnisse drüben am Woeful Ridge gegeben. Aber vielleicht wissen Sie mehr darüber als ich?«

»Da könnten Sie recht haben«, erwiderte Peter. »Nein, wir brauchen uns diesmal nicht zu beeilen. Sassafras-Tee wäre fabelhaft.«

Während Miss Binks in ihrer winzigen Küche herumhantierte, berichteten Peter und Cronkite, was genau sich oben am Woeful Ridge zugetragen hatte. Miss Binks war überrascht und hocherfreut.

»Das sind wirklich angenehme Neuigkeiten, Gentlemen. Jetzt kann ich mich in meinem Reich endlich wieder frei und ungezwungen bewegen. Vielen Dank, daß Sie hergekommen sind, um mich zu informieren. Hätten Sie gern Honig in Ihrem Tee, Mr. Swope?«

»Ähm, danke gern, Miss Binks. Aber eigentlich wollten wir Ihnen nicht nur das erzählen. Ich meine, es gibt noch etwas anderes. Am besten, Sie übernehmen das, Professor.«

Peter räusperte sich. »Es betrifft Ihren Großvater, Miss Binks.«

»Meinen Großvater? Das ist wirklich eine Überraschung. Sagen Sie bloß, er ist schon jetzt auferstanden?«

»Nein. Eh – ganz im Gegenteil. Im Cryobiologischen Labor hat es einen Stromausfall gegeben. Er und die anderen – eh – Personen wurden versehentlich aufgetaut, und es – eh – hat nicht geklappt.«

Miss Binks stellte die Teekanne sehr, sehr vorsichtig ab. »Sind Sie sich absolut sicher?«

»O ja«, sagte Cronkite. »Ich habe sofort in Kalifornien angerufen, als die Nachricht von der *Associated Press* in unserer Redaktion eingetroffen ist. Mr. Binks ist ziemlich reif und irgendwie matschig, und überall auf ihm wächst ein etwa drei Zentimeter hoher giftgrüner Schimmelrasen.«

»Ich verstehe.« Miss Binks saß einen Moment lang wie versteinert da und starrte ins Feuer. »Der arme Großvater! All seine Träume von ewiger Jugend begraben unter einem giftgrünen Schimmelrasen. Dieser Augenblick ist sehr schicksalsträchtig für mich, wie Sie sich bestimmt vorstellen können.«

»Er ist vielleicht noch viel schicksalsträchtiger, als Sie ahnen können, Miss Binks.« Peter beschloß, nicht lange um den heißen Brei herumzugehen. »In der Pressemitteilung, die Swope eben erwähnt hat, steht außerdem, daß bereits nach der vermißten Alleinerbin gesucht wird, die auf mysteriöse Weise verschwand, nachdem sie den Prozeß verloren hatte, von dem sie sich Klärung über ihre Ansprüche auf das Vermögen des alten Herrn versprach. Falls Sie nicht sofort auf der Bildfläche erscheinen, werden aus allen Büschen potentielle Erben hervorkriechen, und dann müssen Sie möglicherweise noch einen häßlichen Prozeß durchstehen.«

»Das ist allerdings ein wichtiger Punkt. Ich bin so glücklich hier draußen. Aber wie Sie bereits sagten, wenn ich meine Rechte nicht geltend mache, werden mir andere zuvorkommen. Und das würde höchstwahrscheinlich ebenfalls das Ende meiner Idylle bedeuten. Wer auch immer das Land bekommt wird es zweifellos bebauen wollen.«

»Höchstwahrscheinlich.«

»Zwangsräumung mit dem Bulldozer. So hatte ich mir das Ende meines friedlichen Lebens als Waldnymphe wirklich nicht vorgestellt. Wenn ich mich recht erinnere, ist das Treuhandvermögen recht umfangreich.«

»Neunzig Millionen Dollar stand in der Pressemitteilung«, erläuterte Cronkite. »Ich weiß allerdings nicht, wieviel davon an Erbschaftssteuer abgeht.«

»Sicher bedeutend weniger, als man bezahlen müßte, wenn das Geld nicht treuhänderisch verwaltet würde«, sagte Peter. »Außerdem hat Ihr Großvater Sie ausdrücklich als Alleinerbin eingesetzt. Sie werden bald eine sehr reiche Frau sein, Miss Binks.«

»Was für eine Ironie!« Miss Binks trank noch ein Schlückchen Sassafras-Tee und schaute sich mit trauriger Miene in ihrem gemütlichen Heim um. »Ich habe mich hier die ganze Zeit schon so reich gefühlt. Ich habe nichts besessen, um das ich mir Sorgen machen müßte, und hatte trotzdem alles, was ich brauchte. Und jetzt werde ich gezwungen, dieses Paradies für etwas aufzugeben, das ich gar nicht brauche und das mir sehr viel Sorgen bereiten wird.«

Die dünnen Schultern unter der mehr als schlichten Hirschlederjacke hoben sich resigniert. »Aber welche Alternative bleibt mir noch? Man muß die Karten spielen, wie sie ausgeteilt werden, wie mein Onkel Charles immer zu sagen pflegte. Eine Philosophie, die ihn zum Lieblingsopfer aller Falschspieler gemacht hat, wie Sie sich denken können. Nun ja, wenn es denn wirklich meine Bestimmung ist, werde ich eben reich sein. Eine Aussicht, die auch ihre positiven Seiten hat, wie ich zugeben muß. Was würden Sie vorschlagen, Gentlemen? Soll ich einfach aus dem Wald herausspazieren und *›Ecce femina‹* rufen, oder halten Sie einen etwas offizielleren Stil für angemessen?«

»Wie steht es mit dem Anwalt, der Sie bei Ihrem Prozeß vertreten hat?« erkundigte sich Peter. »Haben Sie sich – eh – in aller Freundschaft getrennt?«

»Selbstverständlich. Es war nicht Mr. Debenhams Schuld, daß wir erfolglos geblieben sind. Vielleicht war er sogar ein wenig übereifrig, was meine Vertretung betraf, und hat zugelassen, daß sein persönliches Engagement sein Urteil getrübt hat, was den Ausgang des Prozesses betraf. Aber man kann einem Mann ja wohl kaum vorwerfen, daß er einen mag. Außerdem ging es mir nach dem verlorenen Prozeß auch nicht viel schlechter als vorher. Der arme Mann hat jede Bezahlung abgelehnt und wollte sogar selbst die Prozeßkosten tragen. Was ich natürlich nicht zulassen konnte, aber jetzt, wo der Kuchen mir gehört, verdient vor allem Mr. Debenham ein großes Stück davon. Aber wie soll ich zu ihm kommen? Mit dem Fahrrad?«

»Ich würde vorschlagen, daß Sie Ihre – eh – Sonntagskluft anziehen, Miss Binks, und Swope und mir erlauben, Sie im Wagen mitzunehmen. Auf dem Weg könnten wir bei mir zu Hause vorbeifahren, ich wohne ganz in der Nähe vom College, wissen Sie. Dort hätten Sie die Gelegenheit, sich – eh – feinzumachen, wenn Sie möchten. Meine Frau wird hocherfreut sein, Sie endlich kennenzulernen. Danach könnten Sie Ihrem Anwalt erklären, daß Sie Freunde besucht hätten, die anonym bleiben möchten, um nicht mit in den Rummel hineingezogen zu werden, den Ihr plötzliches – eh – Auftauchen zweifellos auslösen wird. Es sei denn, Ihnen fällt eine bessere Lösung ein.«

»Alles ist besser als die Wahrheit, nicht wahr, Professor? Aber ich sehe ein, daß ich vorsichtig sein muß, damit keiner der potentiellen Erbschleicher auf die Idee kommen könnte, mich für unzurechnungsfähig erklären zu lassen. Das haben Sie doch gedacht, nicht?«

»Hmja, es ist eine Möglichkeit, die man nicht ganz ausschließen kann.«

»Da kann ich Ihnen nur recht geben. Sie würden mich schneller in eine Gummizelle stecken, als ein Eichhörnchen blinzeln kann. Ich sage einfach, ich hätte mich in einem kleinen Wintercamp in einer einsamen Gegend aufgehalten, weil ich dort die Möglichkeit hatte, von dem bißchen Geld, das ich durch den Verkauf der Habseligkeiten meiner verstorbenen Tante noch besaß, einigermaßen gut zu leben. Falls man mich nach dem Namen des Ortes fragt, werde ich mich weigern, ihn preiszugeben, da ich nicht möchte, daß meine ehemaligen Nachbarn von rücksichtslosen Sensationsheischern belästigt werden. Das müßte doch genügen, meinen Sie nicht?«

»Und ob«, sagte Cronkite. »Sie dürfen nur nicht verraten, daß Ihre Nachbarn Stinktiere und Eichhörnchen waren.«

»Und ein ziemlich mürrischer Mr. Dachs.« Miss Binks besaß wirklich ein äußerst gewinnendes Lächeln. »Wissen Sie, ich möchte auf keinen Fall mehr lügen als unbedingt nötig. Wenn ich erst über das Treuhandvermögen verfügen kann, ist ohnehin egal, ob die Wahrheit herauskommt oder nicht. Jeder, der neunzig Millionen Dollar zur freien Verfügung hat, kann sich erlauben, so exzentrisch zu sein, wie er Lust hat. Keiner wird es wagen, auch nur die Augenbrauen zu heben.«

Miss Binks goß allen noch eine Tasse Sassafras-Tee ein. »Trinken wir also auf den mächtigen Gott Mammon! Natürlich habe ich mir gelegentlich die Zeit damit vertrieben, mir auszumalen, was ich mit

Großvaters Geld anfangen würde, wenn ich frei darüber verfügen könnte.«

»Sie haben sicher nicht zufällig daran gedacht, sich für den Wiederaufbau der Seifenfabrik einzusetzen?« meinte Cronkite beiläufig.

Miss Binks Lächeln verwandelte sich in ein Kichern. »Es würde mir nicht nur großes Vergnügen bereiten, sondern mich außerdem keinen einzigen Cent kosten. Ich brauche nur Sam Snell in die Enge zu treiben und ihm eine flammende Rede über seine Pflichten als Staatsbürger zu halten.«

»Na ja. Aber dazu müßten Sie ihn zuerst einmal finden. Momentan hockt er irgendwo auf seiner Jacht und denkt nach.«

»Ach, tatsächlich? Kopf hoch, Mr. Swope, dort hockt er sicher nicht lange. *Entre nous,* unser tapferer Jachtfahrer wird seekrank, sobald er eine Welle sieht, die höher als acht Zentimeter ist. Wir brauchen nur ein wachsames Auge auf den Wetterbericht zu haben und Snell abzufangen, sobald er seinen Fuß an Land setzt. Wenn er erfährt, daß ich Großvaters Geld geerbt habe, wird er auf der Stelle angekrochen kommen und mir die Schuhe lecken. Apropos Schuhe, ich sollte mir für diese Gelegenheit unbedingt ein neues Paar zulegen. Vertrauen Sie mir, Mr. Swope. Es ist ein Kinderspiel, Sam Snell den Marsch zu blasen. Und es wird mir einen Heidenspaß machen, wenn ich ehrlich sein soll.«

»Miss Binks, Sie sind einfach toll!«

»Das hat man mir schon öfter gesagt, wenn auch nie in dem Ton wie Sie gerade. Vielen Dank für das Kompliment, Mr. Swope. Wo waren wir stehengeblieben? Ach ja, immer noch bei den völlig überflüssigen Millionen meines Großvaters. Wissen Sie, daß unser Rendezvous mit den angeblichen Überlebenskämpfern mich auf eine Idee gebracht hat? Zunächst fällt einem natürlich auf, daß es ihnen im Grunde gar nicht ums Überleben ging – jedenfalls nicht um das Überleben ihrer Mitmenschen. Großvater dagegen interessierte sich brennend dafür, auch wenn sein Ansatz sich letztendlich als ebenso falsch erwiesen hat. Doch daraus sollte man auf keinen Fall schließen, daß die Überlebensfrage unwichtig ist.«

»Auf keinen Fall«, stimmte Peter zu. »Immerhin sind wir Menschen damit beschäftigt zu überleben, seit wir dem Urschleim entstiegen sind.«

»Ach, dazu fällt mir ein Nonsens-Gedicht ein: ›Als du noch ein Kaulquapp warst und ich ein Fisch im paleozoischen Schleim‹. Leider erinnere ich mich nur an diese beiden Zeilen, ich muß meine

Kenntnis der Unsinnslyrik unbedingt auffrischen. Vielleicht sollte ich mich ohnehin mehr dem Unsinn widmen, wenn ich denn meinen Platz in der Gesellschaft wieder einnehmen muß. Aber ich wollte eigentlich etwas ganz anderes sagen. In den letzen Jahren habe ich viel gelernt, was das Überleben in freier Natur betrifft. Ich glaube, der beste Weg, die Erinnerung an Großvater lebendig zu halten – herrje, da fällt mir doch dummerweise wieder der Schimmelrasen ein! Lassen wir das! Ich glaube, es wäre eine schöne Geste Großvater gegenüber, wenn ich sein Geld dazu verwenden würde, anderen beizubringen, was ich über das Überleben in der Wildnis gelernt habe.«

»Tolle Idee, Miss Binks«, sagte Cronkite. »Man könnte eine Schule aufmachen und den Leuten beibringen, Amarant-Pfannkuchen zu backen.«

»Nahrungsmittelzubereitung gehört auf jeden Fall mit ins Programm, aber wir sollten einen viel weiteren Bogen spannen, damit auch die Allgemeinheit einen echten Nutzen daraus zieht. Es genügt einfach nicht, ein spitzes Stöckchen zu nehmen und nach eßbaren Wurzeln zu stochern, wissen Sie. Dazu gibt es viel zu viele Menschen und viel zu wenig Wurzeln an den Stellen, wo sie am dringendsten gebraucht werden. Ein holistischer Ansatz, was das Überleben unserer Gattung betrifft, muß heute sehr viel komplexer ausfallen als in früheren Zeiten. Immerhin gibt es inzwischen Probleme wie sauren Regen, Neutronenbomben, Nahrungsmittelknappheit und Trinkwasserverschmutzung. Wir haben uns selbst in eine so aussichtslose Lage manövriert, daß wir nicht damit rechnen können, noch eine Generation Zeit zu haben, um die unzähligen Probleme in den Griff zu bekommen. Wir müssen es jetzt sofort richtig machen, eine zweite Chance wird es nicht geben.«

Miss Binks mußte über ihren plötzlichen Gefühlsausbruch lachen. »Entschuldigen Sie bitte, Gentlemen, es lag nicht in meiner Absicht, Sie mit meinen trivialen Grübeleien zu langweilen. Aber ich würde mich gern mit den ganz einfachen Dingen beschäftigen und genau da anfangen, wo wir uns jetzt befinden. Hier in diesem Land pflücken wir unsere Äpfel immer schon lange bevor sie reif sind, und jetzt jammern wir plötzlich über ökonomische Bauchschmerzen. Die Schmerzen werden noch sehr viel ärger werden, bevor eine Aussicht auf Besserung besteht, wenn Sie meine ehrliche Meinung hören möchten. Doch in der Zwischenzeit wollen die Bäuche weiterhin gefüttert werden, und bei unserem Klima brauchen wir auch weiterhin ein Dach über dem Kopf. Nahrung gibt es genügend, man muß nur wissen, wonach man sucht, und selbst Schutz vor der Witterung ist leichter zu finden, als man gemeinhin annimmt. Eine kleine Erdhöhle hat durchaus ihre Vorteile, wissen Sie. Wichtig ist nur, daß man sein Erdklosett weit genug von den Trinkwasservorräten entfernt ansiedelt. Und all diese Erkenntnisse könnte ich den Leuten vermitteln.«

»Donnerwetter, das kann ich mir lebhaft vorstellen!« Peter gefiel die Idee. »Geradezu genial! Und wie hatten Sie sich das ganze gedacht?«

»Zuerst wollte ich Sie fragen, ob die Möglichkeit besteht, mit der Landwirtschaftlichen Hochschule von Balaclava zusammenzuarbeiten. Das würde meinem Projekt Glaubwürdigkeit verleihen und mir die Möglichkeit geben, mit klugen Köpfen wie dem Ihren und dem von Professor Enderble zusammenzuarbeiten. Sie können sich gar nicht vorstellen, wieviel Inspiration und Freude ich der Lektüre von Professor Enderbles Werk ›Das Leben der Säugetiere in Höhlenbauten‹ verdanke! Ich habe es so oft gelesen, daß es inzwischen buchstäblich auseinanderfällt.«

»John wird entzückt sein«, versicherte Peter. »Und ich bin sicher, daß auch Präsident Svenson sich freuen wird, mit Ihnen über Ihre Vorstellungen zu sprechen. Wenn Sie möchten, werde ich ein Treffen mit ihm arrangieren, sobald er aus Schweden zurück ist.«

»Hervorragend. Bis dahin werde ich ein genaueres Programm ausgearbeitet haben – und hoffentlich über genug Bargeld verfügen, um es in die Tat umzusetzen. Mein konkreter Vorschlag würde so aussehen, daß ich Großvaters Land dem College zur Verfügung stellen würde, mit Ausnahme eines kleinen Teils, auf dem ich mir ein bescheidenes Häuschen für mich selbst bauen würde. An der Stelle, an der das ursprüngliche Haus gestanden hat, möchte ich so viele Gebäude errichten lassen, wie wir zur Verwirklichung unserer diversen Pläne benötigen. Eines davon soll eine kleine Sendestation sein. Ich würde gern einen Fernsehsender ins Leben rufen, der sich nur auf Informations- und Lehrprogramme konzentriert, die sich mit ökologischen Themen und Überlebensfragen beschäftigen.«

»Einen Fernsehsender?«

»O ja, anders können wir die Menschen doch nicht erreichen, oder? Es mag ja schön und gut sein, in einem Pflanzenkundebuch nachzulesen, welche Pflanzen eßbar und welche giftig sind, daß man die eßbaren Triebe der Kermesbeere nur sammeln darf, wenn sie nicht größer als fünfzehn Zentimeter sind, doch wenn die Pflanzen noch so klein sind, wie kann der Leser dann sicher sein, daß es sich um die richtige Pflanze handelt? Viel besser wäre es, die Leute mit aufs Feld zu nehmen und ihnen zu sagen: ›Dieses junge Pflänzchen hier ist Kermesbeere. Wenn es noch so klein ist, kann man es gefahrlos pflücken. Die Pflanze dort drüben ist schon viel zu groß, also Finger weg! Und bei der Pflanze dort drüben handelt es sich mitnichten um Kermesbeere, sondern um hochgiftigen Eisenhut, den Sie auf keinen Fall essen dürfen!‹ So weiß der Betreffende genau, mit welchen Pflanzen er zu tun hat, und dies läßt sich am einfachsten durch Fernsehsendungen vermitteln. Außerdem könnte man einen weiteren Beitrag darüber machen, wie man Kermesbeeren am schmackhaftesten zubereitet. Beispielsweise als köstlichen Salat oder gedünstet mit Taglilienpollen-Plätzchen und Konfitüre aus wilden Holunderbeeren.«

»Und man könnte zeigen, wie jemand krank wird, weil er Eisenhut gegessen hat statt Kermesbeere, und Taglilien oder so was als Gegengift einnehmen muß.« Cronkite war ebenfalls Feuer und Flamme.

»Um einen Menschen von einer Eisenhutvergiftung zu kurieren, benötigt man etwas weitaus Stärkeres als Taglilien, junger Freund! Unsere vorrangige Aufgabe wird darin bestehen, den Menschen zu zeigen, was sie pflücken dürfen und was nicht. Wir könnten endlose Gespräche über dieses Thema führen, Gentlemen, doch jetzt haben Sie wenigstens einen kleinen Eindruck von meinen Plänen. Von nun an werde ich jedenfalls dafür sorgen, daß Großvater nicht umsonst aufgetaut ist.«

»Bravo, Miss Binks!« sagte Peter. »Auf unsere Unterstützung können Sie zählen.«

»Dann könnten Sie mir vielleicht als erstes den Gefallen tun, Professor Enderble zu bitten, bei Großvaters Beerdigung ein paar Worte über die hiesige Fauna zu sagen? Ach herrje, ich hoffe doch sehr, daß Großvater nicht zu feucht ist, um eingeäschert zu werden. Es würde bestimmt ein Vermögen kosten, ihn in seinem momentanen Zustand von der Westküste überführen zu lassen. Was rede ich da überhaupt! Ich besitze ja jetzt ein riesiges Vermögen, das ich ausgeben kann! Ich werde mir die Sache mit der Beerdigung noch einmal genau durch den Kopf gehen lassen. Einerseits möchte man nicht übertrieben protzig sein, andererseits sollte man sich als Mulitmillionärin natürlich auch nicht lumpen lassen. Du liebe Zeit, so unangenehm ist das Gefühl, reich zu sein, gar nicht. Schwäche, dein Name ist Binks! Was ist übrigens aus der Wetterfahne der Seifenfabrik geworden, Professor Shandy?«

»Meine Frau hat sie gerettet.«

»Das freut mich aber! Jetzt können wir immer hingehen und nachsehen, aus welcher Richtung der Wind weht. Ein unschätzbares Hilfsmittel für uns Überlebenskämpfer, finden Sie nicht? Mal nachdenken, erst holen wir uns die neunzig Millionen Dollar, dann beerdigen wir Großvater, danach blasen wir Sam Snell den Marsch, damit er die Seifenfabrik wiederaufbauen läßt, und zu guter Letzt widmen wir uns der Kermesbeere. Das dürfte für den Anfang genügen. Die großen Probleme gehen wir später an. Und jetzt, Gentlemen, entschuldigen Sie mich bitte für fünf Minuten, damit ich mich feinmachen kann, und dann können wir uns auf den Weg machen.«

Nachwort

Wie William L. DeAndrea in seiner hervorragenden »Encyclopedia Mysteriosa« 1994 schreibt, hat Charlotte MacLeod mit ihren Serien über Peter Shandy von der Landwirtschaftlichen Hochschule in Balaclava County (»Schlaf in himmlischer Ruh«, »... freu dich des Lebens«, »Über Stock und Runenstein«, »Der Kater läßt das Mausen nicht«, »Stille Teiche gründen tief«, DuMont's Kriminal-Bibliothek Nr. 1001, 1007, 1019, 1031, 1046) und um das Bostoner Paar Sarah Kelling und Max Bittersohn (»Die Familiengruft«, »Der Rauchsalon«, »Madam Wilkins' Palazzo«, »Der Spiegel aus Bilbao«, »Kabeljau und Kaviar«, »Ein schlichter alter Mann«, DuMont's Kriminal-Bibliothek Nr. 1012, 1022, 1035, 1037, 1041, 1052) einen wichtigen Trend im neueren Detektivroman begründet, den zwar die Kritiker nicht bemerkten, wohl aber das Publikum: Ihre Detektivromane mit ihrer geglückten Mischung aus Humor, exzentrischen Charakteren, fairen Clues und haarsträubenden Plots machten Charlotte MacLeod zur mit weitem Abstand erfolgreichsten Autorin nicht nur ihres amerikanischen Verlages, sondern auch der DuMont-Reihe. Zudem gilt sie – was den deutschen Übersetzern und Lektoren bisweilen Kopfschmerzen bereitet – als eine der besten Stilisten ihrer Generation mit einem geradezu beängstigenden Wortschatz.

Mit sichtlichem Behagen erweitert sie im neuen Roman den Buggins-Lumpkins-Clan, dessen Stammbaum wir in »Stille Teiche gründen tief« kennengelernt haben, um ein weiteres Mitglied: Ein Großneffe von Fortitude Lumpkin, dem Gründer der gleichnamigen Seifenfabrik in Lumpkinton, mit dem bezeichnenden Vornamen Praxiteles war nach neuenglischen Maßstäben einer der größten Bildhauer seiner Zeit – er zog herum und fertigte Wetterfahnen, die sich durch ihren Ortsbezug auszeichneten. So ziert die Seifenfabrik seiner Familie etwa ein Mann in einem Badezuber und die Forstakademie ein Holzfäller mit einem Eichhörnchen.

Helen Shandy wurde nach der Wiederentdeckung des Folklore-Künstlers mit einer Dokumentation seiner noch vorhandenen Werke beauftragt – als promovierte Bibliothekswissenschaftlerin, Kuratorin der wertvollen Buggins-Bibliothek und Verfasserin des Standardwerks »Die Familie Buggins in Balaclava County« –, war Praxiteles Lumpkin doch auch der Großneffe von Druella Buggins. Niemand Geringeres als das berühmte Smithsonian Institut in Washington, das sich der Zoologie, Ethnologie und der frühen Geschichte Nordamerikas widmet, interessiert sich für dieses Sondergebiet der ›Early Americana‹.

›Early Americana‹ zählen aber in den USA auch zu den ›collectibles‹. Unter dieser handlichen Sammelbezeichnung versteht man drüben alles, was man sammeln kann, von Hummel-Figuren über historisch sich wandelnde Coca-Cola-Flaschen bis zu den Relikten amerikanischer Präsidentschaftswahlkämpfe; und ›Early Americana‹ sind die teuersten aller ›collectibles‹. Neuenglische Bauernmöbel erzielen Preise wie die besten Zeugnisse französischer Möbelkunst des 18. Jahrhunderts, wie Helen und Peter Shandy herausfanden, als sie den völlig verarmten Horsefalls halfen, ihre Farm zu sanieren (»Über Stock und Runenstein«). Und so werden auch Praxiteles Lumpkins' Wetterfahnen, wenn sie denn einmal bei einer Auktion auftauchen, knapp unter der 100.000-Dollar-Grenze gehandelt.

Könnte das der Grund sein für das rätselhafte Faktum, daß die Gebäude, die solche Wetterfahnen tragen, eine verhängnisvolle Neigung entwickeln, niederzubrennen, sobald Helen Shandy ihren Messingschmuck photographisch dokumentiert hat? Am verhängnisvollsten erweist sich diese Tendenz bei der Seifenfabrik von Lumpkinton, dem bei weitem größten Arbeitgeber der Gegend. Wenige Stunden, nachdem Helen den sie schmückenden Mann im Badezuber bei günstigstem Licht aufgenommen hat, brennt sie bis auf die Grundmauern nieder. Nicht nur, daß ein alter Arbeiter dabei ums Leben kommt und anschließend der ganze Ort in aschevermengtem, blasenwerfendem Seifenschaum versinkt – noch schlimmer scheint die Gefahr, daß das alte Gemäuer nicht wieder aufgebaut wird und die Gegend in Arbeitslosigkeit und Elend versinkt.

Schnell glaubt man einen Schuldigen zu haben, den Werkmeister Brinkley Swope, hatte er doch einerseits stets für eine Modernisierung der Fabrik gekämpft und andererseits verkündet, gelegentlich die Kanone auf dem Denkmal gegenüber der Fabrik abfeuern zu wollen. Hat er so den Brand ausgelöst, in einer Mischung aus Dummer-Jungen-Streich und ›heißer Sanierung‹. In Lumpkinton schäumt die öffentliche Meinung gegen ihn jedenfalls genauso heftig und schmutzig wie die Seife in den Straßen. Sein Bruder Cronkite Swope, der Rasende Reporter vom *Allwoechentlichen Gemeinde- und Sprengel-Anzeyger,* wendet sich deshalb hilfesuchend an den nun schon berühmten Amateurdetektiv Peter Shandy, dessen außerordentliche Erfolge er mehrfach pressetechnisch begleitet hat. Er soll den wahren Hergang klären, bevor Brinkley Swope eventuell gelyncht wird.

Und so kommt es nun zu dem, was man nicht besser als mit dem englischen Originaltitel bezeichnen kann – »Vane Pursuit«, was einerseits »Die Jagd nach den Wetterfahnen« heißt, phonetisch aber exakt der englischen Redewendung ›vain pursuit‹, ›eitles Unterfangen‹ entspricht – letzteres natürlich für die Fahnendiebe. Während Helen mit einer Freundin in den nördlichsten Bundesstaat Maine aufbricht, um ein letztes der Werke des großen Praxiteles zu photographieren, muß Peter zu Hause bleiben, um seinem Freund in der erbetenen Weise beizustehen. Beide erleben nun eine Abenteuerkette, die selbst für MacLeod-Fans noch Überraschungen bietet: Während Helen sich mit zwei weiteren Damen unter Lebensgefahr auf eine Insel rettet, landen Peter und Cronkite erst in einem Baumhaus und am Ende einer ›tarzanischen Reise‹ in einem geräumigen Kaninchenbau.

Mehr darf natürlich nicht verraten werden, wohl aber, daß sich früh eine erste Spur der verschwundenen Fahnen abzeichnet: Haben die spektakulären Diebstähle mit integrierter Brandstiftung etwas mit den mysteriösen Überlebenskämpfern zu tun, die sich bei näherem Hinsehen als schießwütige paramilitärische Wehrsportgruppe entpuppen? Der schnell hergestellte Zusammenhang läßt den Roman, der als Untersuchung einer Brandstiftung mit Todesfolge begann, zur Untergattung des Bandenromans werden. Während man über immer rätselhafter werdende Zwischenfälle tiefer in die Bandenstruktur eindringt, stellt sich immer dringender die Frage nach den unbekannten Drahtziehern, die unter der Maske von Biedermännern und -frauen die Puppen tanzen lassen. Friedrich Gerstäcker hat sich dieses Modells mit anhaltendem Erfolg in »Die Flußpiraten des Mississippi« bedient, Edgar Wallace hat es ebenfalls nicht zum Schaden seines Bankkontos immer wieder trivialisiert, und Francis Durbridge hat nach diesem Muster in den sechziger und siebziger Jahren unseres Jahrhunderts ganze Nationen vor dem Bildschirm versammelt. Mit diesem Muster spielt nun auch Charlotte MacLeod und läßt Helen dank ihrer historischen Kenntnisse eine Mittelsmännin und Peter dank seiner scharfen Beobachtungsgabe und seiner »kleinen grauen Zellen« im Showdown den ›Big Boss‹ entlarven.

Zu der eingangs beschriebenen ›Spiel‹-Form des Detektivromans, die Charlotte MacLeod so erfolgreich erneuerte, gehört auch das heute ›Intertextualität‹ genannte Spiel mit literarischen Vorbildern. In unserem Roman sind es gleich zwei im englischen Sprachraum ungeheuer beliebte und jedermann bekannte Texte. Wenn Peter Shandy im Gipfel einer Eiche ein dort im Einklang mit sich und der Waldwelt lebendes spätes Mädchen trifft, so ist dies natürlich die Welt der auch wörtlich erwähnten Rima in William H. Hudsons »Green Mansions« (1904), und wenn er dann diesem Vogelmädchen in den Untergrund folgt, ist er natürlich mit Alice im Wunderland. Daß sich dies unter Umständen vollzieht, die eher in die Thriller John Buchans passen, versteht sich aufgrund des Genres von selbst.

Wie Miss Binks, die mit ihrem Scharfsinn, mit ihrem Witz, mit ihrer Intelligenz und ihren erprobten Überlebenskünsten zur Retterin von Peter und Cronkite wird, in diese Lage kam, ist eine eigene Geschichte, wie sie nur von Charlotte MacLeod erfunden werden konnte: Sie ist die einzige Erbin ihres Multimillionär-Großvaters, der jedoch in seinen letzten Lebenstagen wortwörtlich das Opfer eines etwas dubiosen Wissenschaftlers wurde. Er ließ sich von ihm tieffrieren, um am Ende des Jahrtausends dank des zu erwartenden Fortschritts der Medizin verjüngt aufzuerstehen. Ein Richter erklärt ihn daraufhin für noch potentiell lebend; die Kosten für den Prozeß um ihr Erbe ließen Miss Binks völlig mittellos zurück, und so nutzt sie einstweilen das riesige Binks-Gelände in ihrer Doppeleigenschaft als Rima und Weißes Kaninchen. Nebenbei gesagt: Daß sich der Großvater ausgerechnet in Kalifornien und nicht – was Miss Binks als vernünftiger erschienen wäre – in Alaska einfrieren ließ, wird ihm und seinen Auferstehungsplänen letztlich zum Verhängnis. Doch der so hoffnungsvolle Wissenschaftler ist ohnehin inzwischen selbst tot. Man fand seine von Kugeln durchsiebte Leiche in einem Kühlschrank, ein rätselhafter Umstand, den der zuständige Sheriff Olson kurzerhand mit Selbstmord erklärt hatte.

Und schließlich tritt Charlotte MacLeod in diesem Roman erstmals persönlich auf – als Catriona McBogle, die wie ihre Schöpferin in einem alten Haus in Maine lebt und verrückte Romane schreibt. Die Bluse, die sie bei ihrem Auftritt trägt, ist mit schwarzen Pfotenabdrucken verziert, und erläutert wird dieser Umstand durch den wohl berühmtesten Satz aus dem gesamten Genre Detektivroman: »Es waren die Fußstapfen eines riesigen Hundes.« Daß sie nun selbst in einen noch verrückteren Roman hineingeraten ist, verblüfft sie zunächst aufs äußerste, doch dann genießt sie es, indem sie beschließt, aus den verrückten Ereignissen mit leichten Änderungen einen weiteren verrückten Roman zu machen – und der Leser dankt es Catriona-Charlotte-MacLeod-McBogle.

Volker Neuhaus

Eine Eule kommt selten allein

Für Elizabeth Walter mit großem Respekt, aufrichtigem Dank
und liebevoller Zuneigung

Kapitel 1

Professor Peter Shandy erspähte sie als erster, was niemanden sonderlich wunderte. Es gab so gut wie nichts, was dem berühmten Experten für Nutzpflanzenzucht am Agricultural College von Balaclava entging. »Sägekauz«, flüsterte er.

»Zwergohreule.« Selbst das leiseste Raunen von Doktor Thorkjeld Svenson erinnerte bereits an das Grollen wütender Trolle in unermeßlich tiefen Berghöhlen, in die kein Sterblicher je einen Fuß gesetzt hatte.

»Zu klein. Keine Ohrbüschel.« Professor Winifred Binks, die erst seit kurzem den Lehrstuhl für hiesige Fauna innehatte, ließ sich auch vom College-Präsidenten höchstpersönlich nicht einschüchtern. Sie nahm zum ersten Mal an der traditionellen Eulenzählung in Balaclava teil und sah darin eine willkommene Gelegenheit, dem Namen Binks, der ohne ihr Verschulden eine grünliche Patina bekommen hatte, wieder ein wenig aufzupolieren.

»Vielleicht ist es eine junge Zwergohreule, der noch keine Ohrbüschel gewachsen sind?« Emory Emmerick gehörte nicht zur Fakultät, und niemand wußte so recht, wie er es geschafft hatte, sich ausgerechnet dieser erlauchten Eulenzählmannschaft anzuschließen. »Oder vielleicht auch ein Rauhfußkauz?«

Seine Bemerkung wurde mit dem gebührenden Schweigen quittiert. Der kleine Vogel klärte die Angelegenheit schließlich selbst, indem er statt des jammernden Klagelauts der Zwergohreule oder der eigenartigen Rufe des Rauhfußkauzes, die an tropfendes Wasser erinnerten, einen leisen, rauhen, zweisilbigen Schrei ausstieß. Svenson gab klein bei.

»Schon gut, Binks, Sägekauz. Schreiben Sie es auf, Shandy. Jessas, schaut euch das an!«

Der strahlend blaue Oktobertag war einer frischen Herbstnacht gewichen. Hier in den Wäldern hinter dem Campus lag das herabgefallene Eichen- und Ahornlaub knöchelhoch. Tief am Himmel stand der schon nicht mehr ganz volle Herbstmond, der immer wieder von tief treibenden grauen Wolkenfetzen verdeckt wurde. Momentan war die riesige orangefarbene Scheibe jedoch klar zu sehen, genau wie das gefiederte Wesen in geisterhaftem Weiß, das riesig und lautlos vor dem Antlitz des Nachtgestirns herumflatterte.

»*Nyctea scandiaca*«, krächzte Professor Stott, seines Zeichens Leiter des Fachbereichs Haustierhaltung und größter Eulenspezialist von allen.

»Präsident, das ist doch völlig unmöglich! Die Schnee-Eule ist ein arktischer Tagvogel und lebt für gewöhnlich in Sümpfen und Wiesengebieten. In den Wintermonaten kann man Schnee-Eulen vielleicht in Maine oder Minnesota finden, doch so weit südlich wie bei uns nur in Ausnahmefällen, beispielsweise wenn sie durch sinkende Lemmingpopulation in ihren natürlichen Jagdgebieten gezwungen sind, sich in andere Regionen zu begeben. Und ich weiß aus sicherer Quelle, daß es in diesem Jahr in Kanada Lemminge im Überfluß gibt.«

»Dann war das, was wir gerade gesehen haben, vielleicht lediglich die weiße Unterseite einer besonders großen Schleiereule?« mutmaßte Professor Binks.

Stott schüttelte den Kopf, langsam und bedächtig, denn er ließ sich mit seinem Urteil gern etwas Zeit. »Eine Schleiereule war es auf keinen Fall. Eine Schleiereule hätte ich sofort erkannt. Schließlich sind Scheunen und Ställe auch mein natürliches Biotop.« Gelegentlich konnte selbst Stott einen Anflug von Humor entwikkeln.

»Könnte es nicht vielleicht eine Sumpfohreule sein?«

Auch dieser unqualifizierte Einwurf stammte natürlich wieder von Emmerick und wurde mit Mißachtung gestraft, denn erstens war der Vogel viel zu groß und zweitens viel zu weiß gewesen.

»Vielleicht war es Loki.«

Dr. Svenson hegte eine große Leidenschaft für altnordische Mythologie, was seine Scherze oft rätselhaft und obskur erscheinen ließ. Emmerick, der gerade erst die Bekanntschaft der prächtigen College-Zugpferde gemacht hatte, die samt und sonders nach altnordischen Göttern und Göttinnen benannt waren, verstand ihn prompt falsch.

»Ich dachte, Loki sei einer Ihrer Balaclava Blacks.«

Wieder wurde er vom Rest der Gruppe ignoriert. »Interessante Idee, Präsident«, murmelte Winifred Binks. »Loki konnte seine Gestalt verändern, nicht wahr? Hat er sich nicht sogar einmal in eine Frau verwandelt?«

»In eine Stute. Ist dabei von einem Hengst namens Svadilfari gebumst worden, als er versucht hat, einen Felsenriesen zu beschwatzen, damit dieser die Mauer von Asgard umsonst wiederaufbaute. Geschah ihm recht. Hat ein achtbeiniges Fohlen geboren und es Odin geschenkt... Da ist sie wieder! Mir nach!«

Sie legten einen Schritt zu, immer noch in einer Reihe hintereinander marschierend, wie es das Eulenzählprotokoll vorschrieb. Präsident Svenson bildete selbstverständlich die Spitze. Daniel Stott, enthusiastischster Eulenfan von ganz Balaclava, folgte ihm auf dem Fuße, die kenntnisreiche Winifred Binks direkt hinter sich. Der Vierte im Bunde war ärgerlicherweise der unberechenbare Neuling Emory Emmerick, das Schlußlicht bildete Peter Shandy.

Jeder wollte das geheimnisvolle Tier unbedingt zu Gesicht bekommen. Die Regeln verlangten, daß jeder Vogel von mindestens zwei Mitgliedern eines Teams eindeutig identifiziert wurde. Aber wer würde ihnen schon glauben, daß sie im Oktober in Massachusetts eine Schnee-Eule entdeckt hätten, ohne einen in Blut geschriebenen Eid der gesamten Gruppe oder irgend etwas in dieser Art?

»Irgendwas an dem Vogel kommt mir fast schon unheimlich vor.« In Waldkunde war Winifred Binks ihren Begleitern weit überlegen. Sie war wachsam wie ein Fuchs und so scharfsichtig, daß ihr selbst die kleinste Bewegung zwischen den Baumkronen nicht entging. »Sie fliegt so langsam, daß man beinahe annehmen könnte, sie wolle uns zum Narren halten. Wirklich äußerst merkwürdig!«

»Möglicherweise ist die Eule verwundet oder einfach nur verwirrt«, meinte Professor Stott. »Das würde auch erklären, warum sie sich so ungewöhnlich weit von ihrem natürlichen Lebensraum entfernt hat.«

Professor Stott war in derselben Eulenzählkluft erschienen, die er seit zwei Jahrzehnten jedes Jahr anhatte. Er trug knöchelhohe Stiefel, einen flachen grünen Filzhut, dessen Band die Feder eines gesprenkelten Perlhuhns zierte, riesige braune Knickerbocker und eine dazu passende bequeme Tweedjacke. Ein dunkelgrünes Flanellhemd und dicke Strümpfe mit einem Rhombenmuster in Braun- und Grüntönen, die seine verstorbene Gattin Elizabeth ihm vor Jahren gestrickt hatte und die von der jetzigen Mrs. Stott liebevoll instand gehalten wurden, vervollständigten das Ensemble. Iduna Stott, geborene Bjorklund, war nach der nordischen Göttin benannt, die bekanntlich die goldenen Äpfel der ewigen Jugend hütete. Sie fütterte womöglich ihren Gatten mit den ihr anvertrauten Früchten, denn für sein reifes Alter und seine beträchtliche Leibesfülle glitt Stott mühelos hinter seinem Anführer her, ohne auch nur ein einziges Mal nach Luft zu schnappen.

Winifred Binks hatte erst vor kurzem das Vermögen ihres Großvaters geerbt und war immer noch damit beschäftigt, ihre ständig wachsenden Millionen zu zählen. Trotzdem machte sie von ihrem Reichtum keinerlei Aufhebens. Ihre normale Arbeitskleidung bestand aus einfachen grauen oder braunen Hosen und gestrickten Pullovern in Naturtönen oder dezenten Pastellfarben, wie es sich für eine Dame unbestimmten Alters geziemte. Heute nacht allerdings hatte sie die Männer überrascht, indem sie in einer abgetragenen langen Jacke mit passender Hose und Mokassins erschienen war, die sie sich in schlechteren Zeiten aus selbstgegerbtem Hirschleder genäht hatte.

Kopf und Schlußlicht der Gruppe waren weniger exotisch gewandet. Thorkjeld Svenson, noch größer und zudem bedeutend muskulöser als Stott, hätte in seinem grauen Flanellhemd und der grauen Arbeitshose durchaus selbst als Felsenriese durchgehen können, hätte er nicht dazu eine rote Wollmütze mit einem riesigen weißen Bommel getragen, der aussah wie die überdimensionale Blume eines Kaninchens. Peter Shandy, der mit Bestimmungsbuch, Klemmbrett, Erste-Hilfe-Kasten, Taschenlampe und einer Flasche Brandy für eventuelle Notfälle die Nachhut bildete, war ähnlich wie der Präsident gekleidet, trug allerdings statt der Bommelmütze einen unförmigen alten Tweedhut.

Emory Emmerick, in eleganten Flanellhosen und einem Pullover mit Norwegermuster, der Miss Binks bestimmt besser gestanden hätte als ihm, ähnelte viel zu sehr einem Dressman aus einem Versandhauskatalog, um in diese Gruppe aus Individualisten zu passen. Zudem fiel er durch sein Verhalten völlig aus dem Rahmen. Obwohl das Eulenzählprotokoll verlangte, daß die Mitglieder jedes Teams geschlossen in einer Reihe hintereinander zu gehen hatten, raste Emmerick urplötzlich nach vorn, wobei er zur allgemeinen Entrüstung auch noch mit dem Fuß auf einen Zweig trat, und machte Anstalten, sich an die Spitze der Gruppe zu setzen. Ein Benehmen, das praktisch an Majestätsbeleidigung grenzte, für wen hielt sich dieser verdammte Schwachkopf eigentlich?

Peter konnte sich sowieso nicht erklären, warum in aller Welt Emmerick sich ihnen heute abend angeschlossen hatte. Der Mann war Ingenieur oder bezeichnete sich zumindest als solcher, verstand offenbar nicht das geringste von Eulen und besaß leider auch nicht das nötige Gespür, zu gegebener Zeit sein großes Maul zu halten. Jedesmal, wenn Peter ihm während der letzten Woche in der Station begegnet war, hatte er ungefragt seine Meinung zu allem und jedem zum besten gegeben.

»Station« war ein Kurzwort, das sowohl die neue Forschungsstation des Colleges draußen an der Westgrenze von Balaclava County als auch die kleine Fernsehstation bezeichnete, die unter Emmericks Leitung dort gebaut werden sollte. Das dreißig Hektar große Areal gehörte zum alten Binks-Besitz und war ebenso wie das geplante Gebäude ein Geschenk der Erbin. Professor Binks und ihr großes Vorbild, der inzwischen emeritierte Professor John Enderble, Spezialist für die hiesige Fauna (Verfasser der Werke *Das Leben der Säugetiere in Höhlenbauten, Verdamme nie einen Biber, Unsere Freunde, die Reptilien* u. a.) hatten in einem Fertighaus, in dem sie inzwischen auch schon Naturkundeseminare abhielten, ein Museum für hiesige Flora und Fauna eingerichtet. Ihr eigenes Haus hatte Winifred höchstpersönlich aus Fertigteilen gebaut. Bei Sendestationen, so wurde ihr mitgeteilt, liege die Sache allerdings völlig anders, da diese bedeutend komplizierter zu bauen seien, selbst wenn von dort lediglich umweltorientierte Beiträge gesendet werden sollten.

Peter war Mitglied des Planungsausschusses und hatte bereits seinen alten Freund Timothy Ames für ein spannendes, ergreifendes Epos über Bodenverbesserung gewinnen können. Emmerick äußerte die Ansicht, das Programm müsse unbedingt mit ein wenig Sex und Gewalt aufgelockert werden, woraufhin Tim sich bereiterklärte, einen Regenwurm mit Hilfe eines Springmessers in zwei Hälften zu schneiden. Damit hätte er nicht etwa einen toten, sondern vielmehr zwei lebendige Würmer geschaffen, und das ohne den ganzen lästigen Aufwand, den die Säugetiere, inklusive des sogenannten Homo-angeblich-sapiens, treiben. Emmerick hatte eingewandt, unter Sex und Crime habe er sich eigentlich etwas anderes vorgestellt. Peter hatte die leise Ahnung, daß er Emmerick, wenn er ihn erst einmal näher kennengelernt hatte, schon sehr bald feuern und durch jemanden ersetzen mußte, dessen Gehirn nicht an eine Elektrodenröhre angeschlossen war.

Doch alles zu seiner Zeit. Momentan erlaubte ihnen der merkwürdige große Vogel immer noch, hin und wieder durch die Bäume einen flüchtigen Blick auf seine weiße Federpracht zu erhaschen. Falls es überhaupt jemandem gelingen sollte, dieses Wesen – Schnee-Eule, Geist oder was auch immer es sein mochte – richtig zu Gesicht zu bekommen, wollte Peter Shandy unbedingt einer dieser Glücklichen sein.

Natürlich war Svensons Gruppe nicht die einzige Eulenzählmannschaft. Diverse andere Fakultätsmitglieder, die Vogelfans unter den Studenten und einige interessierte Bürger von Balaclava Junction waren ebenfalls auf Eulenzähljagd und bereit, so lange durch Wald und Feld zu streifen, bis sie vor Müdigkeit nicht mehr weitergehen konnten. Das Gebiet war aufgeteilt und den verschiedenen Gruppen zugewiesen worden, die in der Regel aus jeweils acht Eulenmeldern bestanden. Svenson hatte darauf bestanden, das schwierigste Gebiet und die wenigsten Begleiter zu bekommen, hatte sich aber dafür die Elite herausgepickt: nämlich Stott, Binks und Shandy, und zwar in genau dieser Reihenfolge. Emmerick war der Gruppe möglicherweise als eine Art Buße auferlegt worden, vermutete Peter, denn der Präsident hatte es nicht gern, wenn alles zu leicht ging.

Was zum Henker hatte dieses verflixte Federvieh bloß vor? Peter hatte noch nie zuvor eine Eule zu Gesicht bekommen, die sich so untypisch verhielt; allmählich wurde ihm das Ganze richtig unheimlich. Möglicherweise hatte Miss Binks – sie hatte ihm angeboten, sie Winifred zu nennen, doch bis jetzt hatte er sich dazu noch nicht überwinden können, da sie ihn allzu sehr an seine ehemalige Volksschullehrerin erinnerte – gar nicht einmal so unrecht mit ihrer Vermutung, das Tier wolle sie alle zum Narren halten. Allem Anschein nach war dieses Wesen weniger ein Vogel als ein Schreckgespenst. Wenn sie erst einmal die Stelle erreicht hatten, zu der es sie hinzulocken versuchte, würde es sicher einen schrecklichen Schrei ausstoßen und in einer Schwefelwolke entschwinden. Vielleicht tat er gut daran, eine zweite Liste für das Aufspüren von Waldgeistern anzulegen. In solcherart Gedanken versunken, stolperte er über eine Wurzel oder etwas ähnliches und ging in die Knie.

Die Laubschicht war dick und weich, und Peter war kein besonders großer Mann. Er fiel so leise, daß seine Begleiter vor ihm es nicht einmal bemerkten. Glücklicherweise hatte er sich weder verletzt noch sein Klemmbrett fallen lassen oder den Brandy verschüttet. Er rappelte sich gerade wieder hoch und war noch damit beschäftigt, sich die Hosenbeine abzuklopfen, als plötzlich um sie herum die Hölle losbrach.

»Alle Mann runter!« brüllte Svenson. Peter spürte, wie das Erdreich bebte, als der Präsident sich zu Boden warf, wobei er Winifred Binks mit nach unten riß. Selbst Dan Stott bewegte sich erstaunlich schnell, aber eine Salve von Schüssen war schließlich Ansporn genug. Peter ließ sich zur Seite rollen und duckte sich hinter einem Findling. Wer in Dreiteufelsnamen versuchte da wohl, sie alle miteinander abzuschlachten? Es klang wie eine ganze Schwadron Maschinengewehre.

Oder vielleicht doch nicht? Er hörte die Schnellfeuersalven, sah die kurzen, hellen Blitze und die plötzlichen Rauchwölkchen, roch sogar das Schießpulver. Doch wo blieb das Pfeifen der Kugeln? Jetzt vernahm er ein neues Geräusch, ein merkwürdiges Zischen oben in der Luft. Peter sah hoch, gerade rechtzeitig, um am Himmel drei Raketen in einer Kaskade aus roten, weißen und blauen Funken explodieren zu sehen.

Er sprang auf die Füße. »Emmerick! Sie verrückter Mistkerl, Sie haben gerade alle Eulen in Balaclava County aufgeschreckt!«

Mittlerweile war auch Thorkjeld Svenson wieder auf den Beinen und rüttelte am Baum wie ein wütender Gorilla. »Komm sofort runter, du Frettchen! Ich will dir den Arm ausreißen!«

»Eine hervorragende Idee, Präsident.« Dan Stott, normalerweise ein äußerst friedfertiger Mann, nickte begeistert. »Wenn Sie erlauben, würde ich Ihnen gern dabei helfen.«

Winifred Binks blieb als einzige ruhig. »Peter, funktioniert Ihre Taschenlampe noch?«

»Ehm –« Er drückte auf den Knopf, sie funktionierte tatsächlich. In diesem Moment bemerkte er, daß er sich mitnichten hinter einem Findling in Sicherheit gebracht hatte.

»Allmächtiger! Emmerick, wie sind Sie denn bloß in dieses Netz geraten?«

Emmerick sagte nichts und bewegte sich auch nicht.

»Er ist plötzlich nach vorne gestürmt«, sagte Winifred, »und hat versucht, mich mit sich zu reißen. Und dann ist er auf einmal nach oben in den Baum geschnellt. Ich glaube, er hat noch versucht, etwas zu rufen, aber dann ging die Knallerei los, und er ist wieder nach unten gestürzt. Wahrscheinlich ist ihm die Luft weggeblieben. Was dann passiert ist, konnte ich nicht mehr erkennen, weil Präsident Svenson – dessen Ritterlichkeit und Mut ich nicht genügend –«

»Urrgh!«

»Ja, natürlich. Das Wichtigste zuerst.« Sie sprang auf und kletterte behende den Baum hoch.

»Binks!« Falls sich zufällig doch noch eine letzte einsame Eule in ihrem Gebiet aufhielt, hatte Svensons Gebrüll sie jetzt todsicher auch vertrieben. »Kommen Sie sofort wieder runter!«

»Ich schaue mich nur kurz um.«

Ihre Stimme drang von hoch oben zu ihnen herab. Der Baum, so stellte Peter Shandy fest, war eine Eiche, die immer noch an ihren Blättern festhielt und dies auch noch tun würde, lange nachdem Ahorn und Birke ihr Laub abgeworfen hatten. Da er Miss Binks in der Spitze einer anderen Rieseneiche zum ersten Mal begegnet war, überraschte es ihn ganz und gar nicht, daß sie auch dieses Exemplar mühelos erklettert hatte. Was ihn allerdings wirklich erstaunte, war das Netz.

Er richtete den Strahl seiner Taschenlampe auf Emmerick, der verpackt wie ein Truthahn im Supermarkt dalag. Der Ingenieur hatte inzwischen wirklich Zeit genug gehabt, sich von seinem Schreck zu erholen, warum atmete er also nicht? Doch dann begriff Peter, daß der Mann für immer aufgehört hatte zu atmen. Und Miss Binks befand sich mutterseelenallein oben im Baum. Oder auch nicht. Peter griff nach demselben Ast wie sie, zog sich hoch und kletterte ihr nach.

Der Mond tat ihnen den Gefallen, hinter seinem Wolkenschleier hervorzulugen, so daß sie die Eiche relativ sorgfältig absuchen konnten. Sie entdeckten die behelfsmäßige Vorrichtung, von der aus die Raketen hochgeschossen worden waren, und fanden Rauchspuren sowie einige Fetzen Papier, die von den Feuerwerkskörpern stammten, doch das war alles.

Das unheimliche Geisterwesen war also gar keine Schnee-Eule gewesen, sondern nur ein Köder, mit dem man sie hergelockt hatte.

Und Emmericks ungewöhnliches Verhalten auf dem Herweg erklärte sich aus der Tatsache, daß er von dem Streich gewußt hatte, den man einer Gruppe von eingebildeten Wichtigtuern vom College zu spielen gedachte. Es war sogar durchaus möglich, daß er selbst die Feuerwerkskörper hier aufgestellt hatte.

Doch wenn er tatsächlich eingeweiht gewesen war, warum war er dann in dem Netz gefangen? Allem Anschein nach hatte er hier oben im Baum einen Komplizen gehabt, der die Eröffnungssalve abgefeuert hatte. Hatte dieser beschlossen, seinem Partner Emmerick den Streich zu spielen? Es war verdammt merkwürdig, daß das Netz nur eine Person erfaßt hatte, denn immerhin hatten zu dem betreffenden Zeitpunkt vier Menschen recht nahe beieinander gestanden. War es von oben ausgeworfen worden, oder hatte es auf dem Boden gelegen? War Emmerick aus dem Baum gefallen, weil die Seile gerissen waren, oder hatte man ihn absichtlich fallen lassen? Und hatte es sich tatsächlich um einen Streich gehandelt?

Es mußten sich hier oben im Baum Spuren befinden, die Aufschluß über diese Fragen geben konnten, wenn sie nur genug Licht gehabt hätten. Die Taschenlampe war ungefähr so nützlich wie ein Glühwürmchen. Peter knipste sie aus und steckte sie in seine Tasche.

»Am besten wir steigen wieder nach unten, bevor der Präsident einen Schlaganfall bekommt. Hier verschwenden wir nur kostbare Zeit, wir müssen die Polizei benachrichtigen, damit sie die Gegend mit Scheinwerfern absuchen kann. Falls es sich hier tatsächlich um einen Streich gehandelt hat, hat er jedenfalls ein tragisches Ende gefunden. Ich bin mir ziemlich sicher, daß Emmerick tot ist.«

Kapitel 2

Du liebe Zeit«, sagte Winifred, »wie furchtbar. Mr. Emmerick war zwar kein besonders angenehmer Mensch, wenn ich ehrlich sein soll, aber ich hätte ihm niemals ein so groteskes und vorzeitiges Ende gewünscht. Ich wüßte nur gern, was in aller Welt diese hochexplosive Netzspinne zu fangen glaubte. Das Netz muß mit einem automatischen Auslösemechanismus versehen gewesen sein, meinen Sie nicht?«

»Möglich wär's schon«, sagte Peter. »Ich hoffe nur, daß ich nicht der Auslöser war.«

Zu weiteren Ausführungen blieb keine Zeit. Svenson brüllte immer noch, sie sollten endlich herunterkommen, vielleicht war er wütend, daß sie ihm keinen Schuldigen heruntergeworfen hatten, den er in Stücke reißen konnte. Für einen College-Präsidenten hatte er einen recht ausgeprägten berserkerhaften Zug. Doch im Grunde konnten sie sowieso nichts mehr ausrichten, bevor sie genügend Licht hatten, und taten daher gut daran, umgehend die Polizei zu rufen.

Winifred war die Flinkste von ihnen, aber Peter wollte sie auf keinen Fall allein gehen lassen, solange sich die Netzspinne noch im Wald herumtrieb. Er selbst war der Zweitschnellste, verspürte jedoch wenig Lust, sich vom Tatort zu entfernen. Dan Stott war absolut ungeeignet für diese Aufgabe, er würde vom Weg abkommen, sich tiefsinnigen Überlegungen hingeben und dabei völlig vergessen, was man ihm aufgetragen hatte. Präsident Svenson würde als Miss Binks' Leibwache fungieren müssen, er war wie geschaffen dafür. Peter glitt die letzten drei Meter am Stamm hinab und kam sofort auf den Punkt.

»Präsident, Sie laufen zurück und informieren die Staatspolizei. Und Sie, Miss Binks, gehen am besten mit und zeigen ihm den Weg. Sie kennen als einzige alle Abkürzungen. Sagen Sie ihnen, sie sollen Suchscheinwerfer und eine Trage mitbringen und auf keinen Fall ihre verfluchten Sirenen einschalten. Für diese Nacht haben wir schon genug Lärm gehabt.«

»Ottermole?« bellte Svenson.

Peter schüttelte den Kopf. »Den finden wir nie, er ist längst weg und zählt Eulen. Außerdem verfügt er nicht über die Ausrüstung, die wir benötigen.«

Fred Ottermole, Polizeichef von Balaclava Junction, verkörperte bereits höchstselbst fünfzig Prozent der Polizeigewalt, Teilzeitkräfte und gelegentliche unbezahlte Hilfssheriffs, zu denen auch Peter Shandy zählte, einmal ausgenommen. Peter konnte sich nicht erinnern, für welches Gebiet man den Polizeichef eingeteilt hatte, und es tat eigentlich auch nichts zur Sache. Ottermole war ein guter Mann, wenn es zu handfesten Auseinandersetzungen kam, doch wenn es um Detektivarbeit ging, waren eher Eulen und Umweltsünder seine Stärke. Er konnte genausogut im Wald bleiben und Eulen aufspüren.

»Hier lang, Dr. Svenson.«

Winifred Binks schoß zwischen den Bäumen in eine Richtung davon, die falsch schien, es aber ganz gewiß nicht war. Der Präsident folgte ihr ohne Widerrede, denn er wußte sehr wohl, daß sie sich in diesem Wald nicht einmal verirren konnte, wenn sie es darauf angelegt hätte. Professor Stott hatte sich nicht vom Fleck gerührt, seit er mitansehen mußte, wie Emmerick zwischen den Ästen der Eiche verschwunden war. Nach reiflicher Überlegung brach er schließlich sein Schweigen.

»Peter, ich glaube, wir können inzwischen mit Sicherheit sagen, daß die geheimnisvolle Schnee-Eule nichts weiter war als ein Lockvogel, der unsere oder vielleicht auch nur Emmericks Aufmerksamkeit auf sich ziehen sollte. Auch wenn dieses Abenteuer ein weitaus traurigeres Ende gefunden hat, als ich erwartet habe, muß ich gestehen, daß ich nie ernsthaft damit gerechnet habe, diese besondere Eulenart in unseren Breiten zu sichten. Bei den gewöhnlichen Beutetieren der *Nyctea scandiaca* kommt es in zyklischen Abständen zu einem Populationsschwund, in der Regel etwa alle fünf bis sieben Jahre. Soweit ich mich erinnere, sind erst etwa dreieinhalb Jahre ins Land gezogen, seit ein gewisser Mr. Wendell White aus Durham im Bundesstaat Maine eine Schnee-Eule dabei beobachtet hat, wie sie auf einer Verbindungsstraße zwischen der Route 9 und der Route 136 einen Raben angegriffen hat. Mr.

White stieg aus seinem Pickup und rettete den Raben vor der Eule, und zwar mit der Begründung, daß Raben hiesige Vögel seien und er dagegen sei, wenn Auswärtige ungefragt in fremde Jagdgründe einfielen und versuchten, die Macht an sich zu reißen. Ein schlagendes Argument, würde ich sagen.«

»Viele Bürger von Balaclava County teilen sicher diese Meinung«, sagte Peter. »Ich vermute sogar, daß unsere vermeintliche Eule nichts weiter war als ein Bündel weißer Federn an einer Angelrute. Vielleicht ist irgendein Spaßvogel neben uns hergelaufen und hat sie immer wieder kurz in die Luft gehalten, um uns auf diese Weise zum Netz zu locken.«

»Ihr Verstand ist flinker als meiner, alter Freund, auf die Angel wäre ich nie gekommen. Der Läufer selbst muß übrigens auch außerordentlich flink gewesen sein, wenn er in der Lage war, ein so unebenes Terrain zu durchqueren, ohne von uns entdeckt zu werden. Immerhin verfügen Sie über ein ausgezeichnetes Gehör, Peter, und auch Ihr Wahrnehmungsvermögen ist ausgesprochen scharf. Das unserer geschätzten Kollegin Winifred Binks ist sogar noch schärfer, da werden Sie mir sicher zustimmen.«

»Auf jeden Fall, Dan, und damit haben Sie gerade einen interessanten Punkt angesprochen. Ich vermute, daß der Köder an einem Drahtseil befestigt gewesen war, wie man es für Oberleitungen benutzt, und gerade schnell genug gezogen wurde, um knapp vor unserer Gruppe zu schweben. Oder der Läufer hielt eine gewisse Distanz zu uns, warf den Köder ab und zu wie eine Forellenfliege aus und zog ihn dann wieder zurück.«

»Das wäre hier im Wald recht schwierig gewesen«, widersprach Dan Stott. »Hätte in diesem Fall nicht das Risiko bestanden, daß sich die Schnur an einem Ast verfängt oder der Köder im Gebüsch hängenbleibt?«

»Vielleicht waren an verschiedenen Stellen Leute postiert, die jeweils ihre eigene Angel auswarfen? Verflixt noch mal! Die Leute mit den Suchscheinwerfern lassen sich ganz schön Zeit.«

Peter wußte, daß er viel zu ungeduldig war. Der Präsident und Miss Binks hatten nicht einmal genug Zeit gehabt, den Wald zu verlassen, geschweige denn, ein Telefon zu finden, um die Polizei zu benachrichtigen. Er und Stott würden sicher noch mindestens eine Stunde allein hier verbringen müssen, wahrscheinlich sogar noch länger. Am besten, sie vertrieben sich die Zeit mit etwas Nützlichem.

»Dan«, sagte er, »würden Sie bitte die Taschenlampe für mich halten? Ich möchte mir Emmerick einmal genauer ansehen.«

»Selbstverständlich«, pflichtete ihm sein Freund bei. »Der arme Kerl, was für ein beklagenswertes Schicksal, einen so frühen Tod zu finden, und dann noch durch einen mißglückten Halloween-Streich.«

»Meinen Sie wirklich?« Peter kniete sich neben das groteske, netzverschnürte Bündel und versuchte, einen genaueren Blick darauf zu werfen, ohne die Leiche zu berühren. »Leuchten Sie bitte mal hierhin. Hmja, genau so, jetzt kann ich besser sehen. Das wäre wirklich ein verteufelt schlechter Halloween-Streich, Dan. Auf dem Pullover ist Blut zu sehen. Scheint ganz so, als habe jemand Emmerick die Spitze eines verdammt großen Jagdmessers in den Nacken gerammt.«

»Unmittelbar unterhalb des Schädels, wodurch sein sofortiger Tod bewirkt wurde«, stimmte Stott nach eingehender Betrachtung der häßlichen Wunde zu. »Wir sollten dankbar sein, daß der arme Kerl nicht gelitten hat. Sie sprechen von einem Jagdmesser, Peter. Das hätte einen heftigen Stoß durch eine starke Hand erfordert. Sollten wir nicht auch die Möglichkeit eines Jagdpfeils in Betracht ziehen? Oder vielleicht war es auch ein Speer oder der Bolzen einer Art Harpunengeschütz, wie es Sporttaucher häufig verwenden?«

»Schon möglich«, meinte Peter. »Obwohl es reichlich schwierig ist, im Mondschein ein Ziel, das in einem Netz in einem Baum hängt, so genau zu treffen. Es sei denn, es war ein reiner Glückstreffer.«

»Diese Möglichkeit sollte man auf keinen Fall unterschätzen, Peter. Außerdem ist ein Harpunenbolzen mit einer Leine verbunden, so daß man ihn selbst aus einiger Entfernung zurückziehen kann. Das gleiche ließe sich auch mit einem Pfeil oder einem Speer bewerkstelligen, meinen Sie nicht?«

»Möglicherweise.« Peter konnte sich jedoch weder für die Pfeiltheorie noch für die Bolzen- oder Speerhypothese sonderlich erwärmen, was Dan Stott nicht entging.

»Auf jeden Fall sind wir doch einer Meinung, was den Tatvorsatz und die Wahrscheinlichkeit eines menschlichen Täters betrifft, nicht wahr? Es sei denn, in diesem Baum befand sich eine geradezu teuflische Vorrichtung, die durch Emmericks plötzliches Hochschnellen ausgelöst wurde. Halten Sie das für möglich?«

Peter zuckte mit den Achseln. »Miss Binks und ich haben nichts gefunden, aber wir könnten es auch genausogut übersehen haben. Mir ist der Gedanke, daß es sich um eine Höllenmaschine gehandelt hat, allerdings bedeutend lieber als die Möglichkeit, daß sich hier jemand in den Büschen versteckt hält und gerade mit seiner Harpune auf uns zielt.«

»Erwägen Sie etwa allen Ernstes diese Möglichkeit?« Daniel Stott stellte diese Frage erst nach längerem Nachdenken. »Es scheint mir ganz so, daß der mögliche Täter, wenn er tatsächlich weitere Angriffe geplant hätte, diese wahrscheinlich ausgeführt hätte, als unsere Gruppe noch vollzählig war, denn er konnte sicher nicht im voraus wissen, wer von uns Hilfe holen und wer hierbleiben würde. Wäre es sein Plan gewesen, uns alle auszulöschen, hätte er doch in diesem Fall sicher Kugeln anstelle von harmlosen Krachern benutzt.«

»Nicht schlecht kombiniert, Dan!«

»Vielen Dank, Peter. Ich bin jedoch immer noch höchst verwundert über die Tatsache, daß Mr. Emmerick erst erstochen wurde, als er sich bereits im Netz verfangen hatte. Obwohl«, fügte er nach einigem Nachdenken hinzu, »ich auch nicht wüßte, warum man ihn vorher hätte erstechen sollen.«

»Das wüßte ich auch nicht. Außerdem paßt es so gar nicht zu dem, was Miss Binks mir erzählt hat. Sie behauptet, Emmerick sei an die Spitze gestürmt unmittelbar bevor die Kracher losgingen und habe dabei versucht, sie mit sich zu reißen. Sie müssen es doch gesehen haben, Dan, Sie waren doch genau hinter dem Präsidenten.«

»Das ist richtig, doch ich muß gestehen, daß ich dem Vorfall keine Beachtung geschenkt habe. Ich war viel zu sehr mit dem untypischen Verhalten der Schnee-Eule beschäftigt, von deren Existenz ich zu diesem Zeitpunkt immer noch ausging. Ich glaube mich zu erinnern, daß ich gerade die Möglichkeit erwog, ob es sich nicht vielleicht um eine Albinovariante der Schleiereule, *Tyto alba pratincola*, handeln könne, auch wenn ich keine wirklichen Gründe für diese Annahme hatte. Sich bei einer Eulenzählung vor den Exkursionsleiter zu drängen stellt einen groben Regelverstoß dar. Hat denn niemand Mr. Emmerick über das Protokoll unterrichtet?«

»Selbstverständlich wurde er informiert. Bevor wir losgegangen sind, habe ich ihm sämtliche Regeln sehr sorgfältig erklärt, in möglichst einfachen Worten, soweit sich dies machen ließ. Mir war ohnehin schleierhaft, warum er überhaupt mitgehen wollte. Inzwischen weiß ich natürlich, daß er von dem geplanten Streich mit dem Netz und den Krachern wußte und sich den Spaß auf keinen Fall entgehen lassen wollte.«

»Peter, Sie sagten eben, Miss Binks habe Ihnen erzählt, daß Emmerick plötzlich vorgeprescht sei. Haben Sie selbst es denn nicht gesehen? Sie gingen doch unmittelbar hinter ihm, oder?«

»Ich habe nicht mitbekommen, wie er den Präsidenten überholt hat, da ich zu diesem Zeitpunkt flach auf dem Boden lag. Ich bin dummerweise über eine Wurzel gestolpert. Wenigstens habe ich das bisher angenommen. Im nachhinein frage ich mich allerdings, ob es nicht Emmericks Fuß gewesen sein könnte.«

»Eine hochinteressante Hypothese, wenn Sie mich fragen. Ich muß zugeben, ich fand Mr. Emmericks Verhalten mehr als ungewöhnlich, schließlich war er weder Mitglied unserer Fakultät noch Bürger unserer Stadt. Seine absurden Äußerungen verrieten zudem seine erschreckende Unwissenheit, was die Strigiformes betrifft, und seine Dreistigkeit grenzte bisweilen fast an Unverschämtheit. Können Sie sich erklären, warum er sich uns aufgedrängt hat, Peter?«

»Dan, ich tappe völlig im dunkeln, was die Ereignisse dieser verdammten Nacht angeht. Was sollen wir jetzt bloß machen?«

»Da wir hier sowieso nicht wegkönnen, bevor unsere Verstärkung eingetroffen ist, bleibt wohl nur eins zu tun.« Stott begann, in den riesigen Taschen seiner Tweedjacke zu wühlen, und brachte mehrere dickliche quadratische Päckchen zum Vorschein, sorgsam in Alufolie eingewickelt. »Hier, alter Freund, nehmen Sie sich ein Sandwich.«

Iduna Stotts Sandwiches waren immer wundervoll belegt und ernährungsmäßig ausgewogen. Das Paket, das Peter als erstes auswickelte, enthielt Scheiben selbstgebackenes Roggenbrot, die mit Schinken in Honigkruste, geräuchertem Truthahn, Salbeikäse, frischen Tomaten, Gurkenscheiben, Salatblättern und Luzernensprossen belegt waren, das Ganze verfeinert mit einem raffinierten Senf-Dressing, dessen Geheimrezept Iduna im Falle ihres Ablebens der Abteilung für regionale Künste des Colleges zu hinterlassen gedachte.

Zu Dans Verpflegung gehörte außerdem eine Thermosflasche mit heißem Tee. Zusammen mit den Sandwiches und diversen Feigenstückchen, Äpfeln und Schokoladenplätzchen und, nicht zu vergessen, gelegentlichen Schlucken aus Peters Brandyflasche als Digestif, verbrachten die beiden Freunde eine recht angenehme Zeit miteinander, auch wenn Emmericks inzwischen immer starrer werdender Körper nicht gerade die Gesellschaft darstellte, die sie normalerweise für ein Picknick unter freiem Himmel gewählt hätten. Sie schafften es sogar, ihre Liste um ein Streifenkäuzchenpaar und eine bedeutend interessantere langohrige Variante der Waldohreule, *Asio otus wilsonianus*, zu bereichern, bevor Miss Binks und Dr. Svenson schließlich mit einem reichlich langen Arm des Gesetzes im Schlepptau zurückkehrten.

»Haben Sie an die Suchscheinwerfer gedacht?« wurden sie von Peter begrüßt.

»Wir haben Handstrahler mitgebracht.« Der Anführer des Trupps zeigte ihm einen der Strahler, mit denen sie sich den Weg ausgeleuchtet hatten. Es war ein recht beeindruckendes Exemplar mit einer Glühbirne, die ungefähr halb so groß war wie ein Autoscheinwerfer. »Man hat uns mitgeteilt, daß es hier einen unglücklichen Zwischenfall gegeben hat.«

»Hmja, so könnte man es auch ausdrücken. Ich heiße übrigens Shandy, und das hier ist Professor Stott. Ich nehme an, Professor Binks und Dr. Svenson haben Ihnen bereits erklärt, daß wir mitansehen mußten, wie ein Mitglied unserer Gruppe sich in einem Netz verfing, in einen Baum gezogen und dann wieder auf den Boden geworfen wurde. Er wurde außerdem mit einem Stich in den Nakken getötet.«

»Also, das ist ja eine interessante Neuigkeit. Ich bin Sergeant Haverford. Ist das der Mann? Sie haben ihn doch hoffentlich nicht bewegt?«

»Natürlich nicht, er liegt noch genauso da wie nach seinem Sturz. Wir haben nur – ehm – mit einer Taschenlampe unter das Netz geleuchtet.«

»Verstehe. Dann wollen wir mal noch ein paar Handstrahler herholen.«

Zwei von Haverfords Männern traten vor. Die Strahler machten viel aus, jetzt konnte man das getrocknete Blut und die klaffende Wunde deutlich erkennen.

»Das waren Profis«, bemerkte Haverford. »Saubere Arbeit. Wir haben von Dr. Svenson erfahren, daß sein Name Emory Emmerick ist und daß er als Ingenieur bei Ihnen beschäftigt war, um bei der

Einrichtung der Sendestation für das College zu helfen. Kennen Sie Mr. Emmerick schon lange, Professor Shandy?«

»Nein, ich habe ihn erst kennengelernt, als er vorige Woche hier ankam und sich dem Planungsausschuß als zuständiger Ingenieur vorstellte. Ehrlich gesagt waren wir ziemlich überrascht, denn es gibt momentan gar nichts für ihn zu tun, und das wird sicher noch eine ganze Weile so bleiben, bis die Subunternehmer das Fundament gegossen haben. Emmerick schien großen Wert darauf zu legen, trotzdem schon vor Ort die Lage zu sondieren, wie er sich ausdrückte. Wir sind davon ausgegangen, daß er es wohl selbst am besten wissen mußte.«

»Mit ›wir‹ meinen Sie demnach den Planungsausschuß, den Sie eben erwähnt haben? Wer gehört noch dazu?«

»Aus unserer Gruppe hier nur Professor Binks und ich. Dazu kommen natürlich noch ein paar andere Fakultätsmitglieder.«

»Auch Dr. Svenson?«

»Selbstverständlich. Als Präsident des Colleges gehört Dr. Svenson schon von Amts wegen jedem Ausschuß an.«

»Verstehe. Wie gut sind Sie und Ihre Kollegen mit Mr. Emmerick klargekommen?«

»Es ging so, würde ich sagen.«

»Sehr enthusiastisch klingen Sie aber nicht.«

»Das kommt vielleicht daher, daß er sich ein wenig zu sehr mit der Arbeit anderer beschäftigt hat, da er mit der seinen noch nicht anfangen konnte«, erwiderte Peter.

»Wie genau sah das aus?«

»Er hat sich beispielsweise selbst eingeladen, uns heute nacht zu begleiten«, warf Winifred Binks ein. »Mr. Emmerick schien Eulenzählen eher für einen besonderen College-Jux zu halten als für eine ernstzunehmende ornithologische Forschungsarbeit. Schon vor dem fürchterlichen Finale mit den Feuerwerkskrachern hat er viel zu oft und viel zu laut seine Meinung kundgetan und dumme Bemerkungen gemacht, die eindeutig verrieten, daß er von Eulen nicht das geringste verstand. Hab' ich nicht recht, Professor Stott?«

»Es widerstrebt mir zwar, schlecht über einen Verstorbenen zu sprechen, doch bleibt die Tatsache, daß er einen *Aegolius acadicus* mit einem *Aegolius funereus richardsoni* verwechselt hat«, bestätigte Stott in einem Ton, der deutlich seine Mißbilligung verriet. »Da ich selbst nicht zu den Mitgliedern des Planungsausschusses zähle, hatte ich vor dem heutigen Abend nur sehr wenig mit Mr. Emmerick zu tun. Mein erster Eindruck war der, daß seine Bekanntschaft keinen freundschaftlichen Verkehr lohnte.«

»Mit anderen Worten hat Mr. Emmerick es bereits nach so kurzer Zeit geschafft, sich am College Feinde zu machen. Können Sie mir irgendwelche Namen nennen, Professor Shandy?«

»Natürlich nicht.« Peters Geduld begann allmählich nachzulassen. »Emmerick hatte keine Feinde bei uns. Er ist uns lediglich auf die Nerven gegangen. Wir wußten erstens, daß er nicht ewig bleiben würde, und zweitens, daß es im Rahmen unserer Möglichkeiten lag, ihn kurzerhand zu seinen Arbeitgebern zurückzuschicken, wenn er uns zu sehr belästigte, und sie zu bitten, uns jemand anderen zu schicken, der sich um seine eigenen Angelegenheiten kümmern würde, statt ständig seine Nase in unsere Arbeit zu stecken. Genau das hätten wir sicherlich getan, wenn er diesen tragischen Zwischenfall heute nacht überlebt hätte. Eh – da wir gerade von Arbeit sprechen, ich nehme an, Professor Binks hat Ihnen bereits mitgeteilt, daß wir gemeinsam den Baum nach Spuren untersucht haben?«

»Sie hat es erwähnt. Ich nehme an, sie hat damit gemeint, daß Sie mit der Taschenlampe nach oben in die Äste geleuchtet haben.«

»Keineswegs. Wir sind den Baum hochgeklettert und haben mit der Taschenlampe – eh – nach allen Seiten geleuchtet.«

»Sie sind den Baum hochgeklettert?« Haverford war schätzungsweise fünfunddreißig Jahre alt und ungefähr einsfünfundachtzig groß. Er lächelte nachsichtig und schaute auf ihre ergrauenden Häupter herab. »Wie haben Sie das denn angestellt?«

»Nichts einfacher als das.« Winifred Binks griff nach demselben Ast, den sie auch beim ersten Mal benutzt hatte, schwang sich mühelos hinauf und befand sich bereits zehn Meter über ihnen, noch bevor Haverford Zeit genug hatte, mit Grinsen aufzuhören. »Wenn Sie auch hochkommen wollen, Peter«, rief sie nach unten, »bringen Sie am besten einen von den Strahlern mit, damit wir uns diesmal genauer umsehen können.«

Peter streckte die Hand aus. »Sie erlauben, Sergeant?«

»Sie wollen mit ihr da hoch? Einfach so?«

»Das machen wir für gewöhnlich so. Ich darf Sie vielleicht darauf hinweisen, daß Miss – eh – Professor Binks und ich nicht nur geübte Kletterer sind, sondern auch erfahrene Naturkundler. Wir hätten beide sofort ungewöhnliche Veränderungen am Baum erkannt und sorgfältig darauf geachtet, sie nicht noch schlimmer zu machen. Leider konnten wir nicht allzuviel sehen, da wir nicht genug Licht hatten, aber wir haben die Stelle gefunden, wo das Netz durch die Äste gefallen ist, auch wenn uns dies herzlich wenig weiterhilft. Falls Sie selbst hinaufsteigen möchten oder einen Ihrer Männer hochzuschicken gedenken, sind wir gern bereit, Ihnen die Stelle zu zeigen.«

»Vielen Dank, Professor.« Haverford war das Grinsen inzwischen gründlich vergangen. »Ich denke, es wäre am besten, wenn wir zunächst nur eine Wache am Baum zurücklassen und morgen früh mit unseren Spürhunden und ein paar Leitern zurückkommen. Können Sie Ihre Kollegin ohne Hilfe wieder nach unten holen?«

»Kein Problem.« Peter erhob seine Stimme ein wenig. »Sie können wieder runterkommen, Miss Binks. Der Sergeant hat beschlossen, daß er warten will, bis es hell wird.«

Nach weniger als einer Minute stand Winifred Binks wieder vor ihnen. »Damit haben Sie wahrscheinlich eine weise Entscheidung getroffen, Sergeant Haverford, obwohl ich sicher bin, daß Professor Shandy und ich es mit Ihren hervorragenden Strahlern ganz gut geschafft hätten. Ich habe eben ein kleines Stückchen transparenter Angelschnur entdeckt, die an einem der Äste befestigt war.«

Haverford gab einen merkwürdigen Gurgellaut von sich, Professor Stott nickte.

»Das würde Ihre Theorie erhärten, Peter. Professor Shandy«, erklärte er dem Sergeant, »hat nämlich die Hypothese aufgestellt, daß jenes Wesen, von dem wir zunächst hofften, es sei eine Schnee-Eule, in Wirklichkeit nichts weiter war als ein weißes Federbündel, das mit Hilfe eines Mechanismus, der in etwa nach dem Prinzip einer Oberleitung funktionierte, vor uns herbewegt wurde. Eine interessante Theorie, finden Sie nicht, Professor Binks?«

»O ja, höchst interessant. Eine andere Möglichkeit wäre, daß jemand mit einem Köder an einem Stock neben uns her gelaufen sein könnte. Doch es ist sehr schwierig, sich nachts im Wald zu bewegen, ohne ein verräterisches Geräusch zu verursachen, es sei denn, man befindet sich auf einem gut markierten Weg, wie in unserem Fall. Und selbst dort wäre dies so gut wie unmöglich, wenn man in Eile ist. Wir gingen relativ schnell, weil wir uns die vermeintliche Eule natürlich auf keinen Fall entgehen lassen wollten.

Eine Schnee-Eule wäre der absolute Höhepunkt unserer Exkursion gewesen. Wirklich schade, aber es läßt sich nun einmal nicht ändern. Sie haben doch hoffentlich nicht vor, den armen Mr. Emmerick hier bis zum Morgengrauen liegen zu lassen?«

»Nein, nein«, versicherte der Sergeant. »Wir nehmen ihn mit, wenn wir gehen. Erklären Sie mir doch bitte noch einmal die Sache mit dem Netz. Wer von Ihnen war Mr. Emmerick am nächsten, als er sich darin verfing?«

Thorkjeld Svenson, der eine Handvoll Studentenfutter kaute, schluckte und brummte: »Das war ich.«

»Können die anderen das bestätigen?«

»Selbstverständlich können wir das.« Winifred Binks klang, als fände sie Sergeant Haverford ein wenig schwer von Begriff. »Dr. Svenson ist unser Exkursionsleiter, sein Platz ist also immer an der Spitze der Gruppe. Emmerick war darüber unterrichtet worden, bevor wie losgingen, aber entweder hat er diese Regel vergessen oder absichtlich mißachtet. Wenn er nicht plötzlich vorgeprescht wäre – gar nicht auszudenken!«

Haverford stürzte sich auf diese Information wie ein Habichtkauz auf eine Maus. »Einen Moment, Professor Binks. Sie sagten gerade, Dr. Svenson wäre normalerweise ganz vorn gewesen. Wollen Sie damit andeuten, daß er derjenige war, den man in das Netz locken wollte?«

Peter unterdrückte ein Schnauben. Wenn jemand beabsichtigt hätte, Svenson zu fangen, hätte er besser eine Tigergrube ausgehoben.

Winifred Binks hegte anscheinend ganz ähnliche Gedanken, denn sie schüttelte heftig den Kopf. »Ich wollte damit gar nichts andeuten, Sergeant, ich versuche lediglich, die Fakten klarzustellen. Das Netz war groß genug für eine Person. Die Frage ist, ob die Täter – ich gebrauche den Plural, obwohl es natürlich genausogut nur ein Mann oder eine Frau hätte sein können – es auf ein bestimmtes Mitglied unserer Gruppe abgesehen hatten oder einfach nur auf den erstbesten, der sich darin verfing. Sie sehen ja, wieviel abgefallenes Laub sich in dem Netz befindet. Ich kann mich zwar irren, aber dies läßt meiner Meinung nach darauf schließen, daß jemand das Netz auf den Weg gelegt und getarnt hat, damit es keiner von uns entdecken konnte, bevor er darauf trat. Wie allerdings jemand Mr. Emmerick mit Dr. Svenson verwechseln konnte, kann ich mir wirklich nicht erklären.«

»Vielleicht wußten die Täter nicht, wie Dr. Svenson aussieht, sondern nur, daß er die Gruppe anführt«, warf ein anderer Beamter ein.

»Das würde bedeuten, daß wir es mit gedungenen Mördern zu tun haben«, sagte Peter. »Fällt Ihnen spontan jemand ein, der einen professionellen Killer auf Sie ansetzen würde, Präsident?«

»Jeder.«

Svenson übertrieb maßlos. Auch wenn er angsteinflößend wirken mochte, wurde er von vielen bewundert, von einigen verehrt und von einer erstaunlichen Anzahl geradezu geliebt, zu der unter anderem auch Peter Shandy und Daniel Stott zählten. Was sie allerdings beide nie freiwillig zugegeben hätten, weil es ihnen fürchterlich peinlich wäre. In guten und in schlechten Tagen, bei Sonnenschein und Regen, inmitten aller menschlichen Schwächen standen sie in fester brüderlicher Treue zu ihm wie Damon zu Pythias, Roland zu Oliver, Freimaurer zu Freimaurer, Malteser zu Malteser. Die bloße Vorstellung von Svensons Körper in jenem Maschengewirr erschütterte Peter mehr, als ihm guttat. Er wünschte sich, er hätte nicht so leichtfertig von einem mutmaßlichen Mordauftrag gesprochen.

Das Schlimme daran war, daß der tödliche Stich sehr wohl Sinn machte, wenn man davon ausging, daß die Fallensteller geglaubt hatten, daß ihnen Svenson ins Netz gegangen war. Thorkjeld Svensons Ruf als Krieger in der Tradition der Berserker war so weit verbreitet, daß sogar eine Truppe angeheuerter Riesennetzspinnen todsicher gewußt hätte, was ihnen mit diesem Gegner bevorstand. Aber warum dann die Feuerwerkskörper? Warum überhaupt das Netz? Warum der tödliche Stoß mit dem Messer? Wäre es nicht viel einfacher gewesen, sich mit einer Elefantenbüchse in sicherer Distanz auf die Lauer zu legen?

Aufgrund diverser merkwürdiger Zufälle war Peter Shandy inzwischen so etwas wie Balaclava Countys ureigener Gemeindedetektiv geworden. Früher oder später, so flüsterte ihm seine innere Stimme leise zu, würde er bis zum Hals in diesem verteufelten Fall stecken.

Das Problem war, daß die Staatspolizei zwar nichts dagegen hatte, den Fall weiter zu verfolgen, aber nur wenn Polizeichef Ottermole dies ausdrücklich wünschte. Ottermole war jedoch kein Mann, der freiwillig anderen Lorbeeren überließ, mit denen er genausogut sich selbst schmücken konnte. Sobald er herausfand, was geschehen war, würde er darauf bestehen, die Nachforschungen selbst zu übernehmen, und sich dabei voll und ganz auf die Hilfe seiner genialen Mitbürger verlassen. Und wenn Fred Ottermole an geniale Mitbürger dachte, dann dachte er als erstes an Peter Shandy.

Doch noch war es nicht soweit. Momentan hatte er es mit Haverford zu tun, der gerade sagte: »Ich weiß zwar, daß Sie alle lieber zurück nach Hause gehen würden, aber ich würde gern Ihre Aussagen zu Protokoll nehmen, solange die Erinnerungen noch frisch sind.«

»Das ist doch selbstverständlich, Sergeant«, meinte Winifred Binks, an die Haverfords schüchterne Entschuldigung hauptsächlich gerichtet war. »Wir wollten sowieso die ganze Nacht draußen bleiben. Präsident, möchten Sie als erster aussagen?«

»Machen Sie das lieber, Binks, schließlich war Emmerick Ihr Mann.«

Das Leben in freier Natur ist zwar gut für die Seele, dem Teint dagegen eher abträglich. Haverford starrte zuerst auf den jugendlichen, elegant gekleideten Männerkörper, den man inzwischen von seinem Netz befreit und auf die Trage verfrachtet hatte, und dann auf die magere, grauhaarige Frau, deren gegerbtes Gesicht beinahe genauso dunkel war wie ihr schlecht gemachter Hirschlederanzug. »Sie und er sind – eh – äh –?«

Winifred Binks ertrug seine Stotterei mit Fassung. »Präsident Svenson meint damit, daß ich verantwortlich dafür bin, daß Mr. Emmerick zu uns nach Balaclava gekommen ist, Sergeant. Es war meine Idee, hier eine Sendestation aufzubauen.«

»Und auch Binks' Geld«, bellte Svenson.

»Binks? Sie sind – Sie sind doch nicht etwa die verschollene Erbin des Binks-Vermögens?«

Winifred schüttelte den Kopf. »Verschollen war ich noch nie, Sergeant. Man hat sich lediglich lange Zeit nicht für mich interessiert. Das hat sich erst geändert, als die Medien entdeckten, daß mein Großvater tot war und ich sein Geld geerbt habe. Daß ich dadurch interessanter geworden sein soll, wage ich allerdings zu bezweifeln. Ich kann Ihnen leider auch nicht viel mehr sagen, das Wichtigste wissen Sie ja bereits, nur daß Emmerick versucht hat, mich mit sich zu reißen, als er so plötzlich nach vorne gestürmt ist.«

»Wie hat sich das abgespielt?«

»Zuerst ist er die ganze Zeit hinter mir hergegangen. Als er neben mir war, hat er meinen Arm gepackt und versucht, mich nach vorn zu drängen.«

»Hat er dabei etwas gesagt?«

»Ich glaube, er hat so etwas wie ›Kommen Sie mit‹ gesagt. Ich nahm an, er habe sich die kindische Idee in den Kopf gesetzt, die Schnee-Eule als erster zu melden und mich als Zeugin dabei zu haben. Eine Eule muß immer von mindestens zwei Personen identifiziert werden, wissen Sie, das ist bei Eulenzählungen unbedingt zu beachten. Da Mr. Emmerick wußte, daß es auch meine erste Eulenzählung war, hat er offenbar angenommen, daß ich gewillt war, gemeinsam mit ihm die Experten zu übertrumpfen.«

»Haben Sie etwas zu ihm gesagt?«

»Nein. Ich habe ein paar Schritte vorwärts gemacht, um mein Gleichgewicht wieder zurückzugewinnen. Er hätte mich fast umgerissen, als er versuchte, mich nach vorne zu drängen. Ich brauche ja wohl nicht zu sagen, daß ich mit diesem Unsinn nicht das geringste zu tun haben wollte, daher habe ich mich losgerissen und bin wieder an meinen Platz hinter Professor Stott zurückgekehrt. Es ging alles sehr schnell, wissen Sie. Ich bin mir nicht einmal sicher, ob Mr. Emmerick überhaupt gemerkt hat, daß ich nicht mehr bei ihm war. Als er an Dr. Svenson vorbeistürmte, sah ich noch, wie er suchend den Kopf bewegte, als wolle er sich vergewissern, wo ich war. Doch dann wurde er bereits hochgerissen.«

»Einfach so?«

»O ja. Einen Augenblick lang war ich völlig verdattert. Doch dann war mir klar, daß er in eine Falle geraten sein mußte, weil dies die einzige Erklärung war. Ich hörte ihn schreien – wir alle haben ihn gehört –«

»Was hat er gerufen, Professor Binks?« Haverford legte ihr gegenüber inzwischen ein beinahe ehrfürchtiges Verhalten an den Tag. »Können Sie sich daran vielleicht noch erinnern?«

»Nein. Man konnte sein eigenes Wort nicht verstehen, weil die Knallfrösche in dem Moment losgingen. Sie machten einen Höllenlärm, und wir dachten, es würde auf uns geschossen, daher warfen wir uns alle zu Boden, um den Kugeln auszuweichen. Kurze Zeit später – es schien mir wie eine Ewigkeit, doch es waren wahrscheinlich nur ein paar Sekunden – begriff Peter – Professor Shandy –, daß es gar keine Schüsse waren. Inzwischen waren bereits die ersten Raketen abgeschossen worden, daher wußten wir, daß es nur ein Streich sein konnte. Wir nahmen an, daß Mr. Emmerick an allem schuld war, weil er sich die ganze Zeit so albern benommen hatte, was ich, glaube ich, bereits erwähnt habe.«

»Ja, Sie sagten, er habe Sie alle dauernd gestört.«

»Er war eine ausgesprochene Nervensäge. Wir waren sehr verärgert, aber nicht etwa, weil man uns zum Narren gehalten hatte, obwohl sich wohl niemand gern nur so zum Spaß zu Tode erschrekken läßt, sondern vor allem deshalb, weil der Lärm die Eulen vertrieben und unsere Zählung ruiniert hatte. Es war wirklich eine bodenlose Unverschämtheit, egal wer es auch getan hat.«

»Ich bin voll und ganz Ihrer Meinung, Professor Binks. Und was ist dann passiert?«

»Gute Frage. Peter, was ist dann passiert?«

»Nun ja – eh – ein paar von uns begannen, mit Emmerick zu schimpfen, wir nahmen schließlich an, er sei immer noch oben im Baum. Dann schwante mir allmählich, daß der vermeintliche Findling auf dem Weg in Wirklichkeit Emmerick war, der sich in einem Netz verfangen hatte, genau wie Sie ihn vorhin vorgefunden haben. Das wiederum erinnerte mich an den dumpfen Aufprall, den ich in dem Augenblick hörte, als der Höllenlärm losbrach, und ich schloß daraus, daß es Emmerick gewesen sein mußte, der entweder vom Baum gefallen oder heruntergeworfen worden war. Zuerst dachte ich, er bekäme keine Luft mehr, doch dann begriff ich, daß er tot war. Also sind Miss Binks und ich den Baum hochgeklettert, um nach Spuren zu suchen.«

Kapitel 3

Den Baum hochgeklettert?«

Haverfords Stimme war ebenfalls einige Tonlagen höher geklettert. »Der Mann verfängt sich in einem Netz, wird in den Baum gezogen und erstochen. Und Sie klettern so einfach da rauf?« Am Ende überschlug sich seine Stimme.

»Zu diesem Zeitpunkt wußten wir ja noch nicht, daß man ihn erstochen hatte«, sagte Peter. »Der dicke Kragen von Emmericks Pullover scheint das meiste Blut aufgesogen zu haben. Ich habe die Stichwunde erst entdeckt, als Miss Binks und der Präsident schon fort waren, um Hilfe zu holen, und ich und Stott als Wache bei der Leiche zurückblieben. Was die Untersuchung des Baumes betrifft, haben wir vielleicht ein wenig unüberlegt gehandelt, aber ich glaube nicht, daß wir sonderlich leichtsinnig waren. Sie dürfen nicht vergessen, daß inzwischen schon eine geraume Zeit vergangen war. Als die Kracher losgingen, haben wir genauso reagiert, wie die – eh – Täter es zweifellos erwartet haben, indem wir zuerst versuchten, uns vor den vermeintlichen Kugeln in Sicherheit zu bringen, und danach unsere Aufmerksamkeit auf Emmericks Leiche richteten. Wer auch immer oben im Baum war, hatte auf jeden Fall genug Zeit, herunterzusteigen und sich aus dem Staub zu machen, ohne von uns gesehen zu werden.«

»Mit dem Fahrrad«, sagte Winifred Binks.

»Mit welchem Fahrrad? Wie meinen Sie das, Professor Binks? Haben Sie etwas gesehen?«

»Nein, das ist lediglich eine Annahme von mir. Ein Rad ist schnell, läßt sich leicht verstecken, macht keinen Lärm und wäre für einen Weg wie diesen einfach ideal. Ich hätte in so einem Fall ein Fahrrad benutzt. Aber das tue ich eigentlich immer.«

»Tatsächlich?« Das entsprach offensichtlich nicht Haverfords Vorstellungen von einer Multimillionärin, doch er nickte trotzdem. »Da könnte was dran sein. Edwards, schauen Sie sich zusammen mit Andrews mal hier um. Vielleicht können Sie irgendwo Fahrradspuren entdecken.«

Die beiden Männer machten sich mit ihren Handstrahlern auf Spurensuche. Sie fanden zwar keine Fahrradspuren, doch dafür ungefähr sechs Meter von der Eiche entfernt einen Riesenberg schwarzer Plastikfolie, die nagelneu aussah.

»Sehr interessant«, sagte Peter. »Das war heute morgen noch nicht hier.«

»Woher wissen Sie das?« wollte Haverford wissen.

»Der Präsident hat mich gebeten, die ganze Strecke vorher abzugehen und nach etwaigen Hindernissen Ausschau zu halten. Wir mußten uns ja schließlich aus Rücksicht auf die Eulen im Dunkeln bewegen. Sie mögen kein Licht, es stört sie bei der Jagd.«

»Verstehe. Und Sie sind sich ganz sicher, daß hier kein Plastik gelegen hat?«

»Allerdings. Ich bin mehrfach um den Baum herumgegangen. Mächtige alte Eichen wie diese haben oft Löcher, in denen möglicherweise Eulen nisten. Außerdem habe ich den Boden nach Gewöllen abgesucht, diesen kleinen Klumpen aus Fell und Knochenstückchen, die sie herauswürgen, wenn sie eine Maus oder so etwas gefressen haben. Ich hätte so einen großen Plastikhaufen auf gar keinen Fall übersehen und ihn entweder selbst beseitigt oder einen der College-Wachmänner hergeschickt, um ihn wegzuschaffen. Was natürlich nicht heißen soll, daß dieses Zeug nicht doch irgendwo hier gelegen hat, denn ich hätte es natürlich nicht sehen können, wenn es noch aufgerollt unter dem Laub versteckt gewesen wäre.«

»Was meinen Sie mit noch aufgerollt?«

»Nun, es scheint nagelneu zu sein und sieht aus wie die Art Plastikfolie, die normalerweise in Rollen verkauft wird. Gärtner und Landschaftsarchitekten benutzen sie zum Abdecken, zum Schutz gegen Unkraut und als Wärmereflektor. Außerdem bewirkt sie, daß keine Feuchtigkeit in die Erde eindringt, was Ihren Garten unter Umständen in eine Wüste verwandeln kann, wenn Sie nicht aufpassen, aber diesen Vortrag erspare ich Ihnen lieber. Könnten wir das Zeug nicht einfach ausbreiten und uns näher ansehen?«

»Ich denke schon, wenn wir vorsichtig sind.«

Sie achteten sorgfältig darauf, die Folie nicht mit bloßen Händen zu berühren, sondern nur mit Hilfe der Papierservietten, die von

Idunas Verpflegung übriggeblieben waren, einigen herausgerissenen Seiten aus Sergeant Haverfords Notizbuch, Präsident Svensons roter Mütze und allem, was sie sonst noch finden konnten, damit die Oberfläche vor neuen Fingerabdrücken geschützt und mögliche Spuren unversehrt blieben, und breiteten sie vorsichtig auf dem Weg aus. In voller Länge und von Peter abgeschritten, maß die Folie stolze dreißig Meter, was sie allerdings leider keinen Schritt weiterbrachte.

»Vielleicht wurde sie nur benutzt, um das Fahrrad darin einzuwickeln«, mutmaßte einer der Polizisten.

Haverford warf ihm einen tadelnden Blick zu. »Mit Vermutungen ist niemandem gedient. Am besten, wir rollen die Folie wieder zusammen und bringen sie ins Polizeilabor. Vorsichtig, achten Sie darauf, daß Sie dabei keine Blätter oder Zweige aufheben!«

»Was ist mit dem Seil, das an dem Netz befestigt gewesen sein muß?« erkundigte sich Peter.

»Auf dem Boden haben wir nichts gefunden, vielleicht ist es immer noch oben im Baum. Fragen Sie aus einem besonderen Grund, Professor?«

»Mich würde lediglich interessieren, ob es durchgeschnitten wurde oder gerissen ist. Daraus könnten wir schließen, ob Emmerick zufällig gefallen ist oder ob man ihn absichtlich losgelassen hat. Ich habe vergessen nachzusehen, bevor die Leiche weggebracht wurde.«

Haverford hatte anscheinend ebenfalls nicht daran gedacht. »Wir werden es erfahren, wenn wir die Laborberichte erhalten«, meinte er ausweichend. »Vielen Dank, Professor Shandy. Könnten Sie uns jetzt vielleicht sagen, was Sie gesehen haben, Dr. Svenson?«

Er bekam eine Antwort, die aus gerade mal sieben Worten bestand, und mußte daraufhin eine Menge Zeit und Energie für den Versuch opfern, dem Präsidenten die Namen der Personen zu entlocken, die sowohl das Bedürfnis als auch die finanziellen Mittel gehabt hätten, einen bezahlten Killer auf ihn anzusetzen. Als Haverford sich endlich Professor Daniel Stott zuwenden konnte, machte er einen sichtlich mitgenommenen Eindruck. Und als Stott auch noch sagte, er habe nicht mitbekommen, wie Emmerick sich in dem Netz verfangen habe, weil er zu tief in Gedanken versunken gewesen sei, wurde der Sergeant ausgesprochen gehässig. Peters Versuch, ihn davon zu überzeugen, daß Professor Stott tatsächlich die Wahrheit sagte, da er fast immer tief in Gedanken versunken war, traf auf wenig Verständnis. Da jedoch alle übereinstimmend aussagten, Stott habe seinen Platz zu keinem Zeitpunkt verlassen, blieb Haverford nichts anderes übrig, als aufzugeben.

»In Ordnung, das wäre dann wohl alles für heute. Es hat nicht zufällig einer von Ihnen die Absicht, die Stadt zu verlassen?«

»Besser nicht«, knurrte der Präsident. »Müssen schließlich unterrichten.«

»Oh, verstehe. Dann werden wir Sie ja wohl im College finden, falls Polizeichef Ottermole um unsere weitere Mithilfe bitten sollte.«

Peter sagte, er freue sich schon darauf, und man verabschiedete sich voneinander. Die meisten Polizisten gingen wieder dahin zurück, woher sie auch gekommen waren, zwei wurden zur Bewachung des Baumes zurückgelassen. Die Eulenzähler machten sich wieder auf den Weg, um die Eulenzählung fortzuführen, konnten aber nicht einmal ein ausgewürgtes Bällchen Mäusefell finden, und weit und breit war kein Eulenruf zu vernehmen. Nach einer Weile sprach Dr. Svenson das aus, was die Gruppe dachte.

»Zum Teufel mit den Eulen. Wir gehen jetzt nach Hause.«

Niemand sprach, als sie von Winifred Binks zu der Stelle geführt wurden, wo Peters Wagen parkte. Er fuhr automatisch zurück zum College, da die meisten seiner Fahrgäste in dieser Gegend wohnten, stellte dann jedoch fest, daß er sich damit dem einzigen weiblichen Mitglied der Gruppe gegenüber höchst unritterlich verhielt, denn Winifred Binks wohnte schließlich weit außerhalb der Stadt. Um seinen *Fauxpas* zu kaschieren, sagte er: »Ich setze die anderen nur schnell ab, Miss Binks, danach fahre ich Sie zur Station zurück.«

»Das werden Sie schön bleibenlassen«, protestierte Winifred. »Ich werde einen Wachmann bitten, mir die Turnhalle aufzuschließen, und mache es mir auf einer der Matten gemütlich.«

Nach einigem Hin und Her akzeptierte sie schließlich das Ausziehsofa im Arbeitszimmer der Shandys im ersten Stock. Ehrlich gesagt, war Peter nicht nur dankbar, daß ihm die weite Fahrt somit erspart blieb, sondern auch heilfroh, daß er Miss Binks sicher unter seinem Dach wußte, statt draußen auf einem riesigen Areal fernab von jeder Zivilisation. Nachdem es ihm auch noch gelungen war, sie im Zimmer unterzubringen, ohne dabei seine Frau aufzuwekken, kroch er erleichtert in sein Ehebett.

Wenn man bedachte, wie spät es war, hätte Peter eigentlich schlafen müssen wie einer der Steine, über die er die halbe Nacht geklettert war. Doch er lag hellwach im Bett und dachte an die vielen Menschen, die immer noch draußen herumliefen und Eulen zählten. Er hoffte inständig, daß keiner von ihnen dem Phantom ins Netz gegangen war.

Oder den Phantomen. Wie viele Helfer waren wohl nötig gewesen, um diese Operation durchzuführen? Vielleicht war es auch nur eine einzige Person, sie mußte nur stark genug sein. Emmerick nach oben in den Baum zu hieven war sicher die schwierigste Aufgabe gewesen. Vielleicht hatte man ihn nur deshalb so schnell fallen lassen, weil der Netzzieher ihn nicht länger hatte festhalten können? Konnte man daraus schließen, daß der Täter eine Frau oder ein Jugendlicher war? Oder daß der Täter das Netz nur mit einer Hand gehalten hatte, um sein Opfer mit der anderen zu erstechen?

Emmerick war nicht besonders groß gewesen, sogar noch etwas kleiner als Peter, und Peter war beileibe kein Riese. Emmerick war etwa ein Meter siebzig, schätzte er, ungefähr so groß wie Winifred Binks. Allerdings wog er bestimmt zwanzig oder dreißig Pfund mehr als sie, denn ihre zumeist vegetarische Lebensweise hielt sie schlank, auch wenn die Muskeln, die sie ihren Kletterübungen verdankte, sie weitaus kräftiger aussehen ließen, als sie in Wirklichkeit war. Emmerick wirkte nicht sonderlich muskulös, wahrscheinlich wäre er gar nicht in der Lage gewesen, sich großartig zu wehren, selbst wenn er sich nicht in dem Netz verfangen hätte. Leicht zu erstechen, dafür aber vielleicht schwer zu halten.

Und wenn schon? Peter schlief schließlich doch noch ein und hatte einen unangenehmen Traum, in dem Emory Emmerick in Miss Binks' Hirschlederkluft von einem nicht identifizierbaren geistesabwesenden Professor mit einem Elritzenmesser durch die Wälder gejagt wurde. Er wachte mit verquollenen Augen und brummendem Schädel auf und fragte sich, warum die Sonne so hoch stand und Helen nicht neben ihm lag. Dann hörte er sie unten im Haus mit jemandem reden und erinnerte sich wieder.

Es war erst halb neun, wenigstens hatte er nicht den ganzen Morgen verschlafen. Nicht daß es sonderlich schlimm gewesen wäre, schließlich war Samstag, doch er würde jetzt trotzdem aufstehen. Glücklicherweise fühlte er sich nicht gezwungen, Miss Binks beeindrucken zu müssen, denn sie hatte ihn bereits in bedeutend schlechterer Verfassung gesehen. Vier Minuten später saß er unrasiert, aber frisch geduscht und mehr oder weniger ordentlich angezogen unten bei den beiden Frauen, trank seinen ersten Kaffee und kehrte allmählich wieder zu den Lebenden zurück.

Normalerweise machte Peter immer das Frühstück, heute jedoch übernahm Helen das Regiment am Herd. »Soll ich dir ein Ei pochieren, Schatz?« erkundigte sie sich. »Winifred und ich essen auch eins. Pro Person, meine ich natürlich. Vielleicht solltest du besser zwei essen, um dich für den Tag zu wappnen.«

»Warum das?«

»Keine Ahnung, aber es wird sicher nicht lange dauern, bis man dich wieder eingespannt hat. Mich wundert nur, daß Thorkjeld noch nicht angerufen hat, um sich zu beschweren, daß du noch nicht herausgefunden hast, wer Mr. Emmerick erlegt hat. Was für eine absurde Art, jemanden umzubringen! Hältst du es für möglich, daß es sich dabei um einen Streich gehandelt hat, der außer Kontrolle geraten ist?«

»Ein schöner Streich! Jemandem ein Jagdmesser mitten in die *Medulla oblongata* zu bohren.«

»Du kannst nicht mit Bestimmtheit sagen, daß es ein Jagdmesser war. Könnte es nicht sein, daß die Person, die das Netz hochzog, zufällig einen scharfen Gegenstand in der Hand hielt, etwa einen –«

»Stockdegen?« schlug Peter vor.

»Genau! Ich sehe schon, du bist heute wieder einmal in Hochstimmung.«

»Ganz wie du meinst, Liebste. Dürfte ich dich um die Marmelade bitten? Und die Butter?«

»Aber natürlich, mein Herz. Hättest du vielleicht gern auch noch ein Scheibchen Toast als Unterlage?«

»Nach dem Toast wollte ich gerade fragen«, sagte Peter mit dem letzten Rest von Würde, den er in seinem gegenwärtigen Zustand aufbringen konnte. »Ich bitte darum. Um auf die Frage zurückzukommen, warum Emmerick erstochen wurde: Ich würde vorschlagen, wir warten den Obduktionsbericht ab. Verflixt und zugenäht! Ich hätte mir gern den Baum noch einmal angesehen, aber ich befürchte, daß Haverford, oder wer auch immer ihn abgelöst hat, schon längst mit einem ganzen Aufgebot draußen ist. Ich wüßte nur gern, ob schon jemand daran gedacht hat, die Meadowsweet Construction Company davon in Kenntnis zu setzen, daß sie einen ihrer Ingenieure verloren hat.«

»Ist es dazu nicht noch ein wenig früh?« fragte Miss Binks. »Sind die Büros nicht erst ab neun Uhr geöffnet?«

»Ich glaube, das hängt ganz vom jeweiligen Unternehmen ab. Bauarbeiter fangen immer schon recht früh an, vielleicht sind die Büros dort daher auch schon früher besetzt? Wie dem auch sei« – Peter warf einen Blick auf die Küchenuhr –, »es ist schon fast neun, möglicherweise ist ja schon jemand da. Bleibt nur zu hoffen, daß sie samstags morgens überhaupt arbeiten.«

»Aber es ist doch gar nicht deine Aufgabe, dort anzurufen«, protestierte Helen. »Sollten wir das nicht Ottermole überlassen?«

»Finde ich nicht. Wir sind schließlich Kunden von Meadowsweet. Oder etwa nicht? Zumindest Miss Binks. Warum sollte sie daher nicht dort anrufen und ihnen die Nachricht übermitteln?«

»Und du hängst dich oben an den Zweitanschluß und hörst mit, nehme ich an. Iß wenigstens erst deine Eier. Haben Sie eine Ahnung, wer Emmericks Vorgesetzter sein könnte, Winifred?«

»Ich nehme an, Mr. Gyles ist der richtige Ansprechpartner. Er hat damals auch den Kostenvoranschlag für uns gemacht. Es macht mir übrigens wirklich nichts aus, ihn anzurufen, und ich bitte Sie sogar ausdrücklich darum, mitzuhören, Peter, für den Fall, daß ich mich nicht klar genug ausdrücke. Sie wissen ja, was für eine Ignorantin ich bin. Mal schauen, ich bin mir ziemlich sicher, daß die Geschäftsnummer irgendwo in meinem Terminkalender steht. Heutzutage muß man wirklich hervorragend organisiert sein.«

Jetzt wo Winifred Binks eine begüterte Frau, Fakultätsmitglied am College und treibende Kraft hinter der Forschungsstation war, hatte sie sich einen großen Lederbeutel zugelegt, von dem sie sich nur im Notfall trennte. Neben zahlreichen anderen Dingen enthielt dieser Beutel ein dickes Ringbuch, in das Winifred gewissenhaft jede Kleinigkeit eintrug, die sie oder die anderen Personen, die mit dem Projekt zu tun hatten, möglicherweise irgendwann einmal brauchen könnten. Sie fischte das Buch heraus und fuhr mit dem Daumen rasch über das umfangreiche Register.

»Da ist es ja schon. Adressen und Telefonnummern. E-F-G – Golden Apples. Ich muß unbedingt daran denken, dort – J-K-L –, a ja. M wie Meadowsweet. Ich glaube, ich laufe schnell nach oben, richte das Sofa wieder her und telefoniere von eurem Arbeitszimmer aus. Bis ich die Laken abgezogen und Mr. Gyles erreicht habe, haben Sie Ihre Eier gegessen, Peter. Es sei denn, Sie würden lieber warten, bis Sie noch eine Tasse Kaffee getrunken haben?«

»Nein, nein, machen Sie ruhig.«

Peter rechnete damit, daß Miss Binks mit ihrem vornehmen Bostoner Akzent jede Empfangsdame oder Telefonistin, die normalerweise mühelos Anrufer abwimmelte, einschüchtern würde, womit er vollkommen richtig lag. Um drei Minuten nach neun hatte Miss Binks Mr. Gyles an der Strippe und unterrichtete ihn über das Dahinscheiden seines Angestellten. Sie machte ihre Sache ausgezeichnet, wählte genau die richtigen Worte und klang angemessen betroffen. Wer falsch reagierte, war Mr. Gyles.

»Einen Moment, bitte, Miss Binks. Sie sagten, der Name des Mannes sei Emory Emmerick, und unsere Firma habe ihn als den zuständigen Ingenieur zu Ihnen geschickt?«

»Ja.«

»Hätten Sie die Freundlichkeit, sich einen Augenblick zu gedulden?«

»Aber natürlich.«

Peter, der unten mithörte, zog die Augenbrauen hoch und sah Helen erstaunt an.

»Was ist los?« murmelte sie.

»Weiß der Himmel. Vielleicht will er vorher noch schnell eine Sammlung für den Trauerkranz veranstalten. Er scheint ziemlich lange zu brauchen.«

Womit er absolut recht hatte. Es dauerte in der Tat sehr lange, bis Mr. Gyles wieder zurückkam.

»Entschuldigen Sie bitte, daß Sie so lange warten mußten, Miss Binks, aber wir haben hier ein kleines Problem. Der für Sie zuständige Ingenieur heißt Patrick Henry O'Gorman und sollte erst Dienstag in einer Woche zu Ihnen kommen. Wir haben niemanden mit dem Namen Emory Emmerick auf der Gehaltsliste. Ich habe eigens im Personalbüro nachgefragt, aber ein Herr dieses Namens hat noch nie bei uns gearbeitet.«

Kapitel 4

»Aber wer war er dann?«

Das hätte nicht nur Viola Buddley gern gewußt. Seit Winifreds schockierendem Telefonat mit dem Mann von Meadowsweet stellte sich jeder diese Frage, doch bisher war es niemandem gelungen, eine Antwort darauf zu finden. Sofort nachdem er den Hörer aufgelegt hatte, rief Peter zuerst bei Dr. Svenson und danach im Büro der Staatspolizei an, um die merkwürdige Neuigkeit weiterzugeben, dann kutschierte er Winifred Binks mitsamt Fahrrad zurück zur Forschungsstation. Im Moment war sie in ihrem neuen Haus, um sich ihrer Hirschlederkluft zu entledigen, während Peter den beiden Ganztagskräften der Station die Neuigkeiten über Emmerick mitteilte.

Viola Buddley war Empfangsdame, Sekretärin und auch Assistentin, was so gut wie alles umfassen konnte, angefangen vom Abstauben der Ausstellungsstücke bis hin zum Sammeln von Kamillenblüten für Winifreds Tee. Da der Name Viola an eine gertenschlanke, verträumte Person denken ließ, hätten Mrs. Buddleys Eltern wahrscheinlich besser daran getan, ihrer Tochter einen anderen Blumennamen zu geben, beispielsweise Heliantha, dachte Peter. Die dralle junge Dame hatte eine verblüffende Ähnlichkeit mit dem roten, runden, fröhlichen Mr. Sun aus den Geschichten von Thornton Burgess, die seine Volksschullehrerin ihnen immer vorgelesen hatte, wenn sie artig gewesen waren, was in seiner Kindheit noch recht häufig vorkam.

Da ihr Aufgabengebiet in der Hauptsache aus Sekretariatsarbeiten bestand, konnte Peter nicht genau nachvollziehen, warum sie ausgerechnet in Wanderstiefeln und Khaki-Shorts zum Dienst erschien. Und das hautenge grüne T-Shirt mit der Aufschrift »Heute schon einen Baum umarmt?« unmittelbar über ihrem üppigen Busen brachte Violas Engagement für Umweltschutz ein klein wenig zu gewagt zum Ausdruck, doch wenn es Miss Binks nicht störte, daß Viola es im Büro trug, sollte es ihm eigentlich auch egal sein. Die junge Dame besaß außerdem eine Unmenge Sommersprossen, rötlichblondes, widerspenstiges Kraushaar und ein strahlendes Lächeln, das ihr im Moment jedoch gänzlich vergangen war, nachdem sie die Neuigkeit über Emory Emmerick erfahren hatte.

»Die Staatspolizei überprüft gerade, ob er vorbestraft war«, erklärte Peter. »Wenn er nicht identifiziert werden kann, wird man wohl Fotos von ihm an die Presse und ans Fernsehen geben. Es reicht bestimmt nicht, sich einfach nur umzuhören. Wir wissen nicht einmal, woher er kam, und vielleicht war Emmerick gar nicht sein richtiger Name.«

»Mir hat Emory erzählt, er sei aus New Jersey«, sagte Viola.

»Wann hat er das gesagt?«

»Donnerstag abend. Er hat mich ausgeführt, wir waren im ›Bursting Bubble‹. Kennen Sie es?«

»Hmja, könnte man sagen.« Anfang des Jahres hatte Peter mitansehen müssen, wie der einzige und noch dazu recht armselige Nachtclub von Lumpkin Upper Mills zusammen mit den Gebäuden der alten Lumpkiner Seifenfabrik bis auf die Grundmauern abgebrannt war. »Ich habe gehört, das ›Bubble‹ hat drüben im ehemaligen Kegelcenter in der Clavaton Road wieder aufgemacht?«

»Stimmt, und jetzt ist es wirklich spitzenmäßig. Es gibt eine kleine Drei-Mann-Band, und zwei Kegelbahnen sind zu Tanzflächen umgebaut worden. Es ist einfach toll dort, solange es einem nichts ausmacht, schnurgerade hin und her zu tanzen. Emory und ich haben uns hervorragend amüsiert. Ich hatte schon gehofft, es wäre der Beginn einer wunderbaren Freundschaft, aber nachdem Sie mir das jetzt alles erzählt haben, weiß ich wirklich nicht, ob ich traurig oder erleichtert sein soll.«

»Sie wären viel zu schade für ihn gewesen!«

Dieser leidenschaftliche Ausbruch aufgestauter Gefühle stammte von Knapweed Calthrop, Forschungsstipendiat der Station und derzeit Lehrbeauftragter am College. Knapweed schrieb gerade seine Doktorarbeit über das Echte Labkraut und die Krappgewächse, die er persönlich stets *Rubiaceae* nannte. Wie seine Lieblingspflanzen konnte auch er kratzig und stachelig sein, allerdings niemals gegenüber Viola.

Die beiden mußten ungefähr im gleichen Alter sein, vermutete Peter, obwohl man das bei Frauen nie so genau sagen konnte. Emmerick dagegen war bestimmt schon gut in den Dreißigern gewesen, vielleicht sogar noch älter. Warum hatte Viola ihn wohl einem jüngeren Mann vorgezogen? Knapweed sah auf seine unscheinbare Art nicht schlecht aus und war sehr tüchtig, was die *Rubiaceae* betraf.

Aber vielleicht genügte das nicht? Bei genauerem Nachdenken konnte Peter sich durchaus vorstellen, daß die pikaresken Züge, die Emmerick zweifellos besessen haben mußte, wenn er dreist genug gewesen war, sich hier einfach einzuschleichen, und der unbeschwerte Enthusiasmus, mit dem er sich ohne viel Überlegen kopfüber in ein Abenteuer hineingestürzt hatte, ohne zu wissen, was ihn erwartete, die extravagante Viola sicher sehr viel stärker beeindruckt hatten als der Hang ihres Kollegen, auf verrotteten Baumstümpfen zu hocken und über Labkrautrispen zu meditieren. Im Grunde war die *Rubiaceae*-Familie wirklich nicht sonderlich charismatisch, mußte Peter zugeben, auch wenn das Engelsauge auf seine bescheidene Art recht ansehnlich war und das Gemeine Labkraut immer noch mehr Pep hatte als die Gewöhnliche Pechnelke.

Nun ja, so war nun mal das Leben. Peter vermutete, daß er sich allmählich wieder auf den Weg zum College machen sollte, auch wenn er nicht genau wußte, warum. In dieser Woche fanden keine Tutorien statt, und Svenson hatte auch keine Fakultätssitzung einberufen. Trotzdem wurde er das unangenehme Gefühl nicht los, daß er noch etwas erledigen wollte. Hatte er Helen versprochen, sie heute irgendwohin zu fahren? Nein, das war es nicht. Helen, die sowohl Bibliothekarin als auch eine erfolgreiche Schriftstellerin war, hatte sich vorgenommen, an ihrem neuesten Artikel für das Wilson's Library Bulletin zu arbeiten, während Peter sich zuerst von den Strapazen der Eulenzählung erholen sollte, um danach den Rest des Tages mit Korrekturen zu verbringen.

Der Eingangsbereich der Forschungsstation hatte auf beiden Seiten große Panoramafenster, daher konnte Peter genau sehen, wie Winifred Binks aus ihrem Blockhaus trat. Diesmal trug sie eine sorgfältig gebügelte Flanellhose und einen himmelblauen Pullover und sah einer Professorin bedeutend ähnlicher als einer Pionierin. Als sie die Station betrat, fragte sie: »Hätten Sie Lust, eine Tasse Kaffee mit mir zu trinken, Peter?«

Kaffee war in diesem Fall eine etwas irreführende Bezeichnung, denn Winifred stellte ihr Gebräu aus getrockneten Zichorien und Löwenzahnwurzeln her, die sie mit einem Stein und auf einem harten Untergrund gemahlen hatte. Eigentlich konnte er das Angebot ruhig annehmen, dachte Peter, vielleicht würde das gesunde Gebräu seinem Gedächtnis ja wieder auf die Sprünge helfen. Er trank aus einem etwas windschiefen handgetöpferten Becher und lauschte Violas traurigen Erinnerungen darüber, was für ein toller Tänzer Emory doch gewesen sei, als ein rotes 1976er Dodge Sportcoupé, dessen Seiten weiße Streifen zierten und dessen Tür die beeindruckende Aufschrift *ALL-WOECHENTLICHER GEMEINDE- UND SPRENGEL-ANZEYGER FÜR BALACLAVA* trug, auf den Parkplatz schoß.

»Ah«, sagte Winifred. »Unser Freund Mr. Swope in seinem neuen Dienstwagen. Ich habe mich schon gefragt, warum er sich noch nicht gemeldet hat.«

»Grundgütiger, jetzt fällt es mir wieder ein! Ich wollte Cronkite benachrichtigen!« rief Peter. »Swope weiß noch gar nicht, was uns gestern nacht zugestoßen ist, weil er über die Eulenzählung hinter Walhalla berichten sollte.«

Cronkite Swope, Starreporter beim *All-woechentlichen Gemeinde- und Sprengel-Anzeyger für Balaclava*, war seine Nachtruhe noch nie wichtiger gewesen als eine gute Story. Was für ein schreckliches Pech, daß er sich entschlossen hatte, eine Gruppe Studenten zu begleiten, zu der auch zwei von Dr. Svensons hübschen Töchtern gehörten, statt beim Team des Präsidenten zu bleiben und Augenzeuge von Emmericks groteskem Ende zu werden. Höchstwahrscheinlich platzte er vor Wut.

Fehlanzeige, Cronkite war munter und fidel wie ein Fisch im Wasser. »Mann! Das war vielleicht eine Nacht! Ich habe ein tolles Portrait von Gudrun Svenson geschossen, im Profil, als sie gerade zu einer großen Ohreule hochschaute, direkt vor dem Vollmond, mit ein paar kleinen Wolkenfetzen im Hintergrund. Der Chef will es auf die Titelseite setzen.«

»Hmja, vielleicht sollten Sie Ihren Chef kurz anrufen und ihn bitten, die Druckerpressen anzuhalten.« Peter kam sich niederträchtig vor, daß er Swope nicht früher benachrichtigt hatte, nach allem, was sie in der Vergangenheit schon zusammen durchgemacht hatten. »Ich vermute, Sie haben noch nicht gehört, was Emory Emmerick gestern nacht zugestoßen ist?«

»Emmerick? Sie meinen Ihren Ingenieur?«

»Dafür haben wir ihn gehalten, aber anscheinend war er es gar nicht.«

»Höh? Wie meinen Sie das?«

»Laut Mr. Gyles von der Meadowsweet Construction Company war Emmerick weder dort angestellt noch hatte irgend jemand jemals von ihm gehört. Ich wähle deshalb die Vergangenheitsform, weil er gestern nacht jemandem ins Netz gegangen ist.«

»Ins Netz gegangen?«

»Sehr richtig. Haben Sie was zum Schreiben dabei?«

Die Frage erübrigte sich, denn Cronkite Swope hatte seinerzeit den Großen Fernkurs für Journalisten nicht umsonst *summa cum laude* abgeschlossen. »Schießen Sie los, Professor!«

Peter schoß los. Er hatte Emmerick kaum aus dem Baum fallen lassen, als Swope sich bereits ans Telefon gehängt hatte, um bei seiner Zeitung anzurufen und lautstark nach einem Redakteur zu verlangen.

»Hier, Professor.« Er drückte Peter den Hörer in die Hand. »Erzählen Sie es ihnen. Ich muß schleunigst zur Staatspolizei sausen und versuchen, ob ich denen ein Foto abluchsen kann. Verdammter Mist, warum bin ich bloß mit Gudrun gegangen statt mit Ihnen?«

»Sie können ja nicht überall gleichzeitig sein, Cronkite«, tröstete ihn Winifred Binks. »Hier.« Sie kramte in ihrer Riesentasche und fischte eine kleine Kamera heraus. »Zufällig habe ich selbst ein paar Bilder geschossen, und zwar ein paar von Mr. Emmerick im Netz und einige von der Polizei auf der Spurensicherung rund um die Leiche. Es müßten auch noch ein oder zwei dabei sein, wie sie Emmerick auf der Bahre wegtragen. Die Polizei hatte Handstrahler dabei, und ich habe einen hochempfindlichen Film benutzt, weil ich hoffte, ein paar Eulen bei Mondschein fotografieren zu können, daher stehen die Chancen gut, daß wenigstens einige von den Aufnahmen brauchbar sind.«

»Miss Binks, ich liebe Sie!« Swope griff nach der Filmrolle, die sie aus ihrer Kamera genommen hatte, verpaßte ihr einen Kuß, der die Fensterscheiben erzittern ließ, und raste zurück zu seinem Wagen.

»Wow!« Viola Buddley hatte die Kußszene mit unverhohlenem Neid beobachtet. »Wieso hat er Sie geküßt und nicht mich, Professor?«

Miss Binks warf den Kopf leicht zurück und fuhr sich mit den Fingern durch ihr kurzes graues Haar. »Es gibt eben Frauen, die sich vor Männern nicht retten können, meine Liebe, auch wenn Sie sich noch so viel Mühe geben. Noch etwas Kaffee, Peter?«

»Nein danke, ich muß mich unbedingt auf den Weg machen. Ich komme mir vor wie ein Stinktier, daß ich Swope nicht früher benachrichtigt habe, und jetzt habe ich auch noch Gewissensbisse wegen Ottermole.«

»Du liebe Zeit, natürlich, Polizeichef Ottermole muß unbedingt informiert werden. Aber vielleicht hat sich die Staatspolizei bereits mit ihm in Verbindung gesetzt.«

»Das hat seine Frau möglicherweise zu verhindern gewußt.«

Edna Mae Ottermole neigte dazu, ihren Gatten, den sie als eine Art Kreuzung zwischen Sir Lancelot und Eliot Ness zu betrachten schien, ein wenig zu sehr zu bemuttern. Wenn Fred bis nach Tagesanbruch bei seiner Eulenzählgruppe geblieben war, was höchstwahrscheinlich der Fall war, es sei denn, er hatte vorzeitig Wind davon bekommen, was Präsident Svensons Gruppe zugestoßen war, lag er sicher noch schlummernd im Bett, und Edna Mae bewachte seinen Schlaf. Peter beschloß, kurz bei Ottermole anzurufen, bevor er sich auf den Weg machte, und mußte feststellen, daß er mit seiner Vermutung richtig lag.

»Ich hasse es, Fred zu wecken, wenn es nicht furchtbar dringend ist, Professor.«

»Es ist zwar furchtbar, aber nicht dringend. Ich komme später bei Ihnen vorbei, lassen Sie ihn bis dahin ruhig weiterschlafen.«

»Ich glaube, Ottermole weiß noch nichts von Emmericks Schicksal«, sagte Peter zu Miss Binks, nachdem er den Hörer aufgelegt hatte.

»Der Glückliche. Ich befürchte, Sie werden ihn wohl wecken müssen.«

»Dem Protokoll nach hätte er eigentlich die Staatspolizei hinzuziehen müssen.«

»Aber wir konnten unmöglich so lange warten, bis wir ihn gefunden hätten«, protestierte Winifred.

»Ich weiß. Wir haben das Richtige getan. Er hätte es sowieso nicht allein schaffen können. Aber wir müssen ihm unbedingt Bescheid sagen. Der einzige Weg, von der Staatspolizei Informationen über Emmerick zu bekommen, geht nur über Ottermole. Immerhin sieht er aus wie ein richtiger Bulle.«

»Stimmt. Er trägt immer eine perfekt gebügelte Uniform und dann noch die schwarze Lederjacke mit den vielen Reißverschlüssen. Obwohl es heute für die Jacke vielleicht doch ein klein bißchen zu warm ist. Die Luft ist lau und der Himmel leicht verhangen, man könnte fast meinen, der Große Geist rauche gerade seine Friedenspfeife. Zumindest hoffe ich, daß es der Große Geist ist und nicht das Kraftwerk in Clavaton, das mal wieder verrückt spielt. Was will denn der Mann in dem Auto hier? Ach herrje, jetzt hat sich das schreckliche Eichhörnchen wieder in unserem Vogelfutterspender verfangen. Kommen Sie, Viola. Am besten, Sie sprechen mit ihm, Peter. Mit dem Mann, meine ich.«

Winifred eilte hinaus, Viola und Knapweed im Schlepptau. Peter ging zur Tür. »Guten Tag, Sir«, sagte er, »was kann ich für Sie tun?« Sein Gegenüber schien sich für etwas ganz Besonderes zu halten, denn er war geschniegelt und gestriegelt wie ein Dreijähriger beim Derby, auch wenn er augenscheinlich kein Füllen mehr war. Eher um die Fünfzig als um die Vierzig, und wahrscheinlich auf dem Weg zum Golfspielen in irgendeinem Country Club, vermutete Peter.

Der Besucher erwiderte Peters bewundernden Blick mit einem strahlenden Dale-Carnegie-Lächeln. »Ich bin auf der Suche nach unserem Ingenieur. Ist Emory Emmerick zufällig in der Nähe?«

Er blickte suchend zu den großen Fenstern hinüber, die sich über die gesamte Rückwand des Empfangsbereichs erstreckten, und bemerkte das Eichhörnchenrettungskomitee, das gerade mit Winifred an der Spitze in Richtung Lichtung eilte. »Oh, da ist er ja. Warum läuft er denn fort? Würde es Ihnen etwas ausmachen, kurz nach draußen zu gehen und ihm auszurichten, Mr. Fanshaw sei da?«

Peter stellte interessiert fest, daß Mr. Fanshaw sich davon hatte täuschen lassen, daß Winifred von hinten eine gewisse Ähnlichkeit mit dem verstorbenen Mr. Emmerick aufwies. »Sie verfolgen gerade ein Eichhörnchen«, sagte er unverbindlich und griff nach einem Seil, das zufällig nur so herumlag, aber sicher, wie alles andere hier, bei Gelegenheit seinen Zweck erfüllen würde, und knüpfte langsam das eine Ende zu einer Schlinge. »Bei welcher Firma sind Sie denn beschäftigt, Mr. Fanshaw?«

»Bei der Meadowsweet Construction Company natürlich. Sie arbeiten doch hier, oder?«

»Ich denke schon.« Peter probierte die Schlinge aus und befand sie für gut.

»Sehen Sie, ich habe einiges mit Emmerick zu besprechen und nur wenig Zeit. Könnten Sie nicht einfach das Fenster öffnen und ihn rufen?«

»Tut mir leid, Mr. Fanshaw, das wäre zwecklos.«

»Wie meinen Sie das? Er ist doch wohl nicht plötzlich stocktaub geworden?«

»Hmja, könnte man sagen. Sie sind verhaftet, Mr. Fanshaw.«

»Was bin ich?«

Fanshaw war so überrascht, daß er einen Augenblick zu lange wie angewurzelt dastand und sein Gegenüber anstarrte. Peter hatte genug Zeit, ihm die Schlinge überzuwerfen, seine Arme an den Körper zu fesseln und ihm die Füße unter dem Bauch wegzutreten.

Fanshaw trat um sich, stieß mit dem Kopf und versuchte sogar, Peter in die Nase zu beißen. Ein dummer Fehler, denn die Haftcreme seines Gebisses war dieser Belastung nicht gewachsen. Peter war nicht umsonst ein Mann der Rübenfelder, denn als Miss Binks schließlich zurückkehrte und ihm mitteilte, sie habe die restliche Arbeit den anderen überlassen, hatte er den Besucher bereits fein säuberlich zu einem Bündel verschnürt. Er hatte sogar den Zahnersatz gefunden und wieder auf Fanshaws entblößten Kiefer gedrückt, doch leider wurde seine ganze Mühe lediglich mit einem Fluch belohnt.

Winifred Binks war eine Dame der alten Schule und aus diesem Grunde durch nichts zu erschüttern. Sie hob nicht einmal eine Augenbraue, als sie den gefesselten Gefangenen auf dem Fußboden entdeckte.

»Ach herrje, jetzt hat der arme Cronkite schon wieder eine Exklusivmeldung verpaßt. Einen Moment, Peter, irgendwo muß ich noch einen Film haben. Ah, da ist er schon. Wenn wir die Außentür öffnen und das Licht anschalten, könnte es mit der Belichtung klappen, denke ich. Meinen Sie, ein leichter Schlag auf den Hinterkopf könnte den Gentleman veranlassen, sich ein wenig ruhiger zu verhalten, damit mein Bild nicht verwackelt?«

Fanshaw begann zu brüllen: »Das können Sie nicht machen!« Doch ein taxierender Blick von Peter und die Tatsache, daß Miss Binks ihrem Kollegen einen ausgefallenen Messinghammer reichte, den ein großzügiger Spender der Forschungsstation aus bisher unerfindlichen Gründen gestiftet hatte, schien den Gefangenen auf wunderbare Weise zu beruhigen. Er versuchte zwar, den Kopf wegzudrehen, als Miss Binks ihr Foto schoß, doch sie benutzte wieder einen hochempfindlichen Film und ließ sich daher nicht aus der Ruhe bringen.

»Das hätten wir«, sagte sie schließlich. »Ich denke, Cronkite wird sich freuen. Was schlagen Sie vor, was wir als nächstes mit Ihrem Vogel machen, Peter?«

»Am besten, ich nehme ihn mit zu Ottermole, den wollte ich sowieso gerade besuchen. Jammerschade, daß Sie den interessantesten Teil verpaßt haben. Er ist hier hereingeschneit und hat sich als Mr. Fanshaw von der Meadowsweet Construction Company vorgestellt. Er wollte unbedingt etwas mit Emory Emmerick klären.«

»Wie interessant«, meinte Winifred. »Und was genau wollten Sie klären, Mr. Fanshaw?«

»Können Sie Mr. Emmerick nicht endlich holen?« Der Mann hatte sich aufs Bitten verlegt, sein Kampfgeist schien gebrochen.

»Nein, ich fürchte, das können wir nicht. Es tut mir sehr leid, aber ich muß Ihnen mitteilen, daß Mr. Emmerick tot ist. Außerdem hatte er offenbar mit der Meadowsweet Construction Company nicht das geringste zu tun. Woraus wir logischerweise schließen, daß Sie ebenfalls nicht dort arbeiten. Aus genau diesem Grund hat Professor Shandy Sie wohl auch gefesselt. Ist meine Annahme richtig, Peter?«

»In allen Punkten, Miss Binks.«

Fanshaw hatte bis zu diesem Zeitpunkt völlig bewegungslos dagelegen, den Blick auf den Hammer gerichtet. Jetzt reagierte er, als habe man ihm eine Dosis Strychnin verabreicht: Sein Gesicht verfärbte sich purpurrot, sein Rücken bog sich, bis nur noch Kopf und Fersen den Boden berührten. Zum Schluß fiel er in sich zusammen und gab keinen Muckser mehr von sich.

Wortlos beobachteten Peter und Winifred die dramatische Einlage. Nach einer Weile fragte Winifred: »Soll ich jemanden holen, damit er uns helfen kann, ihn ins Auto zu verfrachten?«

Peter schüttelte den Kopf. »Ich glaube, das schaffen wir auch allein. Seine Füße sind gefesselt, wegrennen kann er also nicht, aber mit ein wenig Überredungskunst müßte er eigentlich in der Lage sein, selbst zu laufen, auch wenn er nur kleine Schritte machen kann. Ich wollte sowieso gerade los. Würde es Ihnen etwas ausmachen aufzustehen, Mr. Fanshaw, oder muß ich Sie erst dazu überreden?«

Ohne die Antwort abzuwarten, riß Peter den Gefangenen hoch, stellte ihn auf die Füße, drehte ihn um und ließ ihn in Richtung Tür trippeln. »Kommen Sie auch mit, Miss Binks?«

»Natürlich, das will ich mir auf keinen Fall entgehen lassen. Mr. Fanshaw und ich werden es uns auf dem Rücksitz bequem machen. Wenn wir ihm den Sicherheitsgurt angelegt haben, springe ich kurz noch mal ins Haus und schreibe Viola und Knapweed eine Nachricht. Bei der Gelegenheit könnte ich auch den Hammer holen, meinen Sie nicht? Sie möchten doch sicher nicht Ihre hübschen Sitzpolster mit häßlichen Kugeleinschüssen verschandeln. Wie dumm, daß ich den Hammer nicht eben schon mitgenommen habe.«

»Aber das macht doch nichts, Miss Binks. Ich könnte mir auch vorstellen, daß unserem Polizeichef ein durchgeklopfter Fanshaw lieber ist als ein durchlöcherter.«

Peter stellte erleichtert fest, daß bereits die bloße Erwähnung einer Schußwaffe genügte, um Fanshaw gefügig zu machen. Dabei besaß er gar keine, und die einzige gefährliche Waffe, die er bei sich trug, war ein Taschenmesser mit Horngriff, das ihm sein Vater zum zehnten Geburtstag geschenkt hatte. Er fuhr so schnell nach Balaclava Junction, wie es sein Mut zuließ, und lenkte den Wagen in die Auffahrt vor das schmucke weiße Holzhaus mit den blauen Verzierungen und den ausgesägten Sternmustern in den Fensterläden, in dem Edna Mae und Fred ihr kleines straff geführtes Zuhause hatten. Eine halbe Sekunde später fuhr auch Cronkite Swope vor.

»Hi, Professor! Ich hab' eben hier angerufen, und Mrs. Ottermole hat mir erzählt, Sie seien schon auf dem Weg, da hab' ich mir gedacht, am besten, ich sause auch schnell her und schau mir an, was sich inzwischen getan hat. Der Typ, der für uns die Filme entwickelt, hat gesagt, Ihre Fotos seien toll geworden, Miss Binks. Hey, was haben Sie denn da in Ihrem Wagen?«

»Ein Geschenk für Ottermole«, sagte Peter. »Mit uns spricht Mr. Fanshaw nicht, aber vielleicht redet er ja mit Ihnen. Warum leisten Sie ihm nicht ein wenig Gesellschaft und halten sich bereit, ihm mit dem Hammer eins überzuziehen, falls er irgendwelche Dummheiten versuchen sollte, während ich zur Tür gehe. Hätten Sie Lust, mich zu begleiten, Miss Binks?«

»Mit Vergnügen. Ich habe noch ein Rezept für Sassafraskonfitüre, das Edna Mae gern ausprobieren möchte.« Winifred griff nach ihrer Riesentasche und verschwand mit Peter im Haus, während der begeisterte Swope diverse Nahaufnahmen von dem Mann auf dem Rücksitz machte.

Fred Ottermole war inzwischen aufgestanden, saß in einem bunten Bademantel im Sessel, von seiner hingebungsvollen Gattin mit Kaffee und Jelly-Doughnuts umsorgt, und las seinen vier kleinen Söhnen die Comics aus der Zeitung vor: Ein Sprößling saß auf seinem Schoß, zwei hockten auf den Sessellehnen, und einer übte hinter dem Sessel Handstand. Peter störte die Familienidylle nur ungern, doch leider zwang ihn die Pflicht dazu.

»Tut mir leid, daß ich hier so hereinplatze, Ottermole, aber ich habe draußen im Wagen ein Paket für Sie. Ist Ihr Gefängnis empfangsbereit?«

»Denke schon. Wie viele haben Sie denn letzte Nacht erspäht, Professor?«

Peter konnte sehen, daß Fred darauf brannte, mit seinen Eulenzählergebnissen zu prahlen, aber dazu war jetzt nicht der geeignete Zeitpunkt. »Darüber wollte ich eigentlich mit Ihnen reden, Ottermole. Ich vermute, Sie haben noch nichts von Emory Emmerick gehört?«

»Von welchem Emmerick? Hey, meinen Sie etwa den Kerl, der seit kurzem bei Ihnen in der Forschungsstation arbeitet? Was ist denn mit ihm?«

»Er ist jemandem ins – eh – Netz gegangen. Am besten, Sie ziehen sich rasch an und rasieren sich, Ottermole. Ich glaube, Swope wartet darauf, ein Foto von Ihnen zu machen.«

Kapitel 5

Was glauben Sie, was er jetzt tun wird?« fragte Miss Binks. Gemeinsam mit Peter hatte sie Ottermole dabei geholfen, den angeblichen Mr. Fanshaw ins Dorfgefängnis zu schaffen. Jetzt waren sie auf dem Heimweg mit der Absicht, Helen von ihren literarischen Studien fortzulocken und zu einem Mittagessen im ›Plucked Chicken‹ einzuladen, einem ziemlich gepflegten neuen Restaurant, das Bathsheba Monk und ihre Schwägerin Gert dort eröffnet hatten, wo sich bis vor kurzem ›Betty's Beauty Barn‹ befunden hatte.

»Fanshaw?« erkundigte sich Peter. »Der wird nach seinem Anwalt schreien.«

»Ach herrje!« Miss Binks' ohnehin schon langes Gesicht wurde noch länger. »Ich habe heute um halb zwölf einen Termin mit Mr. Debenham – meinem Anwalt, wissen Sie – und einigen Herren von Großvaters Treuhandgesellschaft in meinem Büro. Das war mir vollkommen entfallen. Verständlicherweise, würde ich sagen, aber sie sind sicher schon längst da und fragen sich, wo ich bleibe.«

»Vielleicht haben sie es auch vergessen«, versuchte Peter sie zu trösten.

»Ganz bestimmt nicht. Anwälte lassen keinen Termin platzen, wenn die Mandantin so reich ist wie ich. Das mag zwar ein wenig zynisch klingen, aber genau das sollte es auch. Könnten wir bei Ihnen zu Hause vorbeifahren, damit ich schnell anrufe und Bescheid sage, daß ich so schnell wie möglich komme? Das heißt, wenn Sie so lieb sind, mich hinzufahren. Vielleicht hat Helen Lust, uns zu begleiten, dann können Sie anschließend zusammen essen gehen. Auf mich brauchen Sie nicht zu warten, Sie wissen ja, wie Anwälte sind.«

Der Gedanke, ihrerseits den Termin abzusagen, kam Winifred Binks überhaupt nicht in den Sinn, stellte Peter fest. Mr. Debenham und die Herren von der Treuhandgesellschaft opferten ihr schließlich ihren Samstag, wo sie doch genausogut draußen Croquet spielen oder zu Hause am Schreibtisch über schweren Rechtsproblemen brüten konnten. Da auch Peter aufgrund seiner Erziehung stets die Pflicht vor das Vergnügen stellte, willigte er ohne Murren ein und fuhr zu dem rosafarbenen alten Backsteinhaus auf dem Crescent, wo er allerdings feststellen mußte, daß seine Frau sich mit einem anderen Mann beschäftigte.

»Freut mich, daß Sie hier sind, Präsident«, log er. »Es hat einige interessante Entwicklungen gegeben. Am besten, Sie tätigen schnell Ihren Anruf, Miss Binks. Sagen Sie den Herren, wir würden uns umgehend auf den Weg machen. Helen, hast du Lust, mit uns zur Forschungsstation zu fahren? Eigentlich wollten wir dich zum Lunch ausführen, aber Miss Binks ist gerade siedendheiß eingefallen, daß sie sich mit ihren Anwälten treffen wollte. Vielleicht könnten wir beide danach ja –«

»Shandy!« brüllte Svenson. »Entwicklungen!«

»Ach so, ja. Kurz gesagt, Emmerick war ein Betrüger. Bei der Meadowsweet Construction Company hat man noch nie etwas von ihm gehört. Als ich Miss Binks heute morgen zurück zur Forschungsstation brachte, ist noch so ein Mensch aufgetaucht. Er nannte sich Fanshaw und behauptete, Emmericks Vorgesetzter zu sein. Als er hörte, daß Emmerick tot ist, wurde er stumm wie ein Fisch, daher haben wir ihn festgenommen und zu Ottermole gebracht.«

»Und ihr habt überhaupt nichts aus ihm herausbekommen?« wollte Helen wissen.

»Keinen Ton. Fanshaw fiel aus allen Wolken, als er von Emmericks Tod erfuhr, darauf verwette ich meine Sonntagsstiefel. Cronkite Swope hat ihn fotografiert, wir werden ein paar Abzüge zur Staatspolizei bringen, vielleicht können die ihn identifizieren. Aber das fällt in Fred Ottermoles Aufgabenbereich. Vielleicht sollten Sie ihn auf dem Revier besuchen und nachfragen, ob er schon etwas herausgefunden hat, Präsident.«

Peter hatte sich bereits mit Officer Dorkin in Verbindung gesetzt und nachgefragt, ob sich die Staatspolizei schon gemeldet habe. Dorkin, der am Schreibtisch die Stellung hielt, während sein Chef ein Nickerchen machte, konnte ihm jedoch nur mitteilen, daß der angebliche Emmerick in der Tat durch einen Stich in den Nacken ums Leben gekommen war, was ihnen auch nicht viel weiterhalf.

Peter hatte den Vorschlag hauptsächlich gemacht, um Svenson loszuwerden, doch er hätte eigentlich wissen müssen, daß sich der Präsident so leicht nicht abschütteln ließ.

»Ich komme mit«, knurrte der Hüne. »Vielleicht schnappen wir noch mehr Betrüger.«

»Das kann ich mir kaum vorstellen«, versuchte Peter ohne viel Hoffnung auf Erfolg einzuwenden.

Am Ende beschloß Helen, zu Hause zu bleiben und an ihrem Artikel zu arbeiten, da ihr Lektor allmählich nervös wurde. Miss Binks merkte schüchtern an, sie hoffe, man werde bald losfahren, da die Herren sich bereits seit einer halben Stunde in der Station die Beine in den Bauch standen. Mr. Sopwith und seine Mannen waren ihr zwar ziemlich gleichgültig, doch sie hatte Mitleid mit ihrem Anwalt. Mr. Debenham hatte sie stets respektvoll behandelt, selbst in Zeiten, als sie noch keinen roten Heller besessen hatte.

Thorkjeld Svenson bot an, sie zu fahren, doch Peter setzte sich energisch zur Wehr. »Auf gar keinen Fall, Präsident. Meine Haare fallen auch so schon schnell genug aus. Lehnen Sie sich lieber zurück, und entspannen Sie sich ein bißchen.«

Als sie endlich die Forschungsstation erreicht hatten, konnte Peter recht gut nachempfinden, wie sich der Fahrer eines Reisebusses am Ende eines harten Arbeitstages fühlen mußte, obwohl dieser Tag gerade erst angefangen hatte. Wenigstens waren die Besucher noch da, genau wie Miss Binks prophezeit hatte. Sie ging raschen Schrittes, aber ohne unnötige Hast in den Empfangsraum und hielt sich nicht lange mit Entschuldigungen auf. Danach wandte sie sich an den jungen Calthrop, der an dem langen Tisch saß und mit einer spitzen Pinzette eine exotische Berg-Flockenblume malträtierte.

»Wo ist Viola?«

»Sie hat gesagt, sie hätte Lust auf einen Spaziergang. Wenn sie zurückkommt, will sie die Regenmesser kontrollieren und die Futterhäuschen für die Vögel auffüllen.«

»Gut, das ist auch nötig. Du liebe Zeit, das schreckliche Eichhörnchen steckt ja schon wieder in dem großen Futterspender fest. Am besten, Sie suchen sie und helfen ihr, das kleine Biest zu befreien, bevor es versucht, allein herauszukommen, und dabei alles in Stücke reißt. Also, Gentlemen, worüber wollten Sie mit mir reden? Ich möchte nicht zuviel von Ihrer Zeit verschwenden.«

»Ah, könnten wir vielleicht in Ihr Büro gehen?«

Der Vorschlag stammte von Mr. Sopwith, der erst vor kurzem von seinem inzwischen pensionierten Vorgesetzten die treuhänderische Verwaltung des riesigen Vermögens übernommen hatte, das der verstorbene Jeremiah Binks seiner Enkelin hinterlassen hatte. Auf Peter wirkte er wie die Sorte Banker, bei denen man eine Goldkette über dem dicken Bauch und die Daumen in den Armlöchern der Weste erwartet. Wie schade, daß er Flanellhosen und ein Sportjackett mit dezentem Karomuster trug. Peter vermutete, daß Sopwith absichtlich in dieser Aufmachung erschienen war, um Miss Binks daran zu erinnern, daß er ihr seinen freien Samstag opferte. Debenham dagegen trug einen dunklen Geschäftsanzug, der den Anzügen glich, die Peter im allgemeinen trug, wenn Arbeitshose und Flanellhemd nicht ganz angebracht waren.

Sopwith hatte ein kleines, mageres, schweigsames Individuum mitgebracht, das einen unvorteilhaften braunen Anzug und eine unauffällige Krawatte trug. Es handelte sich dabei um einen gewissen Mr. Tangent, den Wirtschaftsprüfer der Gesellschaft. Mr. Tangent trug ein Hauptbuch, mehrere Aktenordner und eine jener farbigen Mappen mit Klarsichthüllen, in denen man wichtigen Klienten gern ihre Unterlagen präsentiert. Miss Binks' Mappe war grün, vielleicht aus Rücksicht auf ihr Engagement in Umweltfragen, vielleicht, um die Größe ihrer Erbschaft zu dokumentieren, vielleicht auch aus Respekt für ihren verstorbenen Großvater. Vielleicht aber auch nur, weil zufällig gerade nur eine grüne Mappe im Büro herumgelegen hatte, dachte Peter, der gern alle Seiten eines Problems beleuchtete.

Apropos Büro, Sopwith' Vorschlag, sich in Miss Binks' Büro zurückziehen zu dürfen, zielte eindeutig darauf ab, Dr. Shandy und Präsident Svenson von ihren weiteren Gesprächen auszuschließen. Doch da kannte er Winifred schlecht. Sie setzte sich an den Tisch vor den großen Fenstern, der normalerweise zum Überprüfen der Bauzeichnungen, Präparieren von Objekten für das Museum, Trinken von Löwenzahnwurzelkaffee, Essen von Taglilienpollen-Muffins und diversen anderen Aktivitäten benutzt wurde, und bedeutete den Männern, ebenfalls Platz zu nehmen.

»Bleiben wir doch direkt hier. Warum sollen wir erst unnötig Stühle hin und her schleppen? Dr. Svenson, Sie setzen sich am besten neben mich und leihen mir ein paar Ihrer Finger zum Zählen. Ich bin ein absolut hoffnungsloser Fall, wenn es um rechnerische

Probleme geht. Also dann, Mr. Sopwith, was haben Sie auf dem Herzen?«

»Es geht um Ihr Kapital.«

»Ich dachte immer, daß mit meinen Kapitalanlagen alles in bester Ordnung sei.«

»Im großen und ganzen ist dies auch der Fall«, gab Sopwith zu. »Tangent, zeigen Sie Miss Binks die Aufstellungen.«

Der Buchhalter reichte ihr wortlos die inzwischen geöffnete grüne Mappe. Miss Binks ließ ihren Blick über die Seite mit den Zahlen gleiten und nickte Dr. Svenson zu. »Im großen und ganzen zufriedenstellend, finden Sie nicht auch, Präsident?« meinte sie. »Allerdings gibt es hier ein Objekt, das ich gern sofort abstoßen möchte.«

»Ah ja«, erwiderte Sopwith. »Sie meinen natürlich Golden Apples. Bestimmt erinnern Sie sich, daß ich Ihnen gegenüber vor einiger Zeit erwähnt habe, daß die Firma während der letzten Jahre zwar stabil geblieben ist und eine kleine Dividende ausgeschüttet hat, andererseits ihre Gewinne nicht steigern konnte. Eine sehr bedenkliche Situation, Miss Binks. Ich möchte Ihnen daher raten, Golden Apples unbedingt abzustoßen, bevor das Unternehmen Konkurs anmeldet, und den Erlös in eine Firma zu investieren, die bessere Rendite abwirft.«

»Tatsächlich?« sagte Winifred. »Und an welche Firma hatten Sie gedacht?«

»Nun ja, ich habe mir dieses Problem sorgfältig durch den Kopf gehen lassen. Wenn man bedenkt, daß Golden Apples Nahrungsmittel anbietet und vertreibt, die man als – ah – Naturkost bezeichnen könnte, und wenn man zudem das momentane Interesse für diese Art von gesunder Ernährung in Betracht zieht, würde ich vorschlagen, Ihre Gewinne in ein ähnliches Unternehmen zu reinvestieren, an dem Sie bereits eine relativ kleine Beteiligung haben. Lackovites ist eine jüngere, dynamischere Firma, die Golden Apples während der letzten Jahre weit hinter sich gelassen hat. Zeigen Sie Miss Binks bitte die Zahlen von Lackovites, Tangent.«

Wortlos öffnete der Buchhalter einen seiner Ordner und reichte Winifred Binks eine Bilanz von Lackovites. Sie warf einen kurzen Blick darauf und reichte sie weiter an Svenson.

»Sehr beeindruckend, aber ich vermisse darin einen Aspekt, der Ihnen ebenfalls entgangen zu sein scheint, Mr. Sopwith. Golden Apples haben Sie mir gegenüber schon einmal erwähnt. Daraufhin habe ich mich selbst eingehend mit der Materie beschäftigt. Ich habe festgestellt, daß die Produkte von Golden Apples von Ernährungsexperten aufgrund ihrer herausragenden Qualität und ihres exzellenten Geschmacks hochgeschätzt werden. Verpackung, Vertrieb und Marketing der Produkte sind allerdings sehr verbesserungsbedürftig. Das scheint mir daran zu liegen, daß Golden Apples, um das hohe Qualitätsniveau erhalten zu können, nur einwandfreie Zutaten einkauft, die ihre Betriebskosten in die Höhe treiben und ihre Gewinnspanne schmälern, so daß sie nicht die nötigen Mittel haben, um offensiv am Wettbewerb teilzunehmen. Infolgedessen halten sie zwar ihre Stammkunden, gewinnen jedoch nicht genügend neue hinzu.«

»Genau das habe ich ja auch –«

»Lassen Sie mich bitte zu Ende reden, Mr. Sopwith. Lackovites dagegen kann sich extensive Werbekampagnen leisten und besitzt zudem eine hervorragende Verpackungsabteilung und einen extrem offensiven Vertrieb. Die Firma hat sich das wachsende Interesse an Naturprodukten zunutze gemacht, von dem Sie eben sprachen, und zahlreiche neue Kunden gewonnen, verdankt allerdings ihren Erfolg nur der Tatsache, daß die Menschen leider nur zu oft bereit sind, sich von marktschreierischen Methoden einwickeln zu lassen. Doch inzwischen ist man Lackovites auf die Schliche gekommen und hat herausgefunden, daß ein Großteil der sogenannten magischen Geheimzutaten lediglich aus Maisstärke und Sägemehl besteht. Und selbst das Sägemehl ist von niedrigster Qualität.«

»Aber Miss Binks –«

»Kurz und gut, Mr. Sopwith, die Lackovites-Leute sind nichts als ein Haufen von Opportunisten, die einzig und allein auf das große Geld aus sind. Sie locken zwar neue Kunden an, können sie jedoch nicht halten, weil ihre Produkte erbärmlich schlecht sind, und ich schäme mich in Grund und Boden, daß ich jemals etwas mit dieser Firma zu tun hatte. Ich wünsche daher, daß Sie am Montagmorgen als allererstes sämtliche Lackovites-Aktien, die ich noch besitze, abstoßen, bevor der Marktwert fällt, und jeden Penny davon in Golden Apples investieren.«

»Aber das können Sie doch nicht machen!«

Winifred richtete sich auf und blickte ihn genauso herablassend an wie eine Großherzogin einen unverschämten Lakaien. »Und was sollte mich Ihrer Meinung nach davon abhalten?«

»Es ist unmöglich!«

»Miss Binks, ich glaube, Mr. Sopwith meint damit, daß Golden Apples Ihnen sowieso schon mehr oder weniger gehört«, unterbrach Anwalt Debenham. »Die Firma ist nie in eine Aktiengesellschaft umgewandelt worden, wissen Sie, daher wurde sie auch nie in den Börsenberichten aufgeführt. Vor etwa zwanzig Jahren – das genaue Datum müßte ich erst nachschauen – ist nämlich folgendes passiert: Ein völlig mittelloses Ehepaar namens Compote hat sich mit einer damals ungewöhnlichen Idee an ihren Großvater gewandt. Die beiden wollten eine Firma für Nahrungsmittel gründen, die nur aus natürlichem Anbau stammen und besonders hochwertig und gesund sein sollten. Ich brauche sicher nicht eigens zu erwähnen, daß die Allgemeinheit zum damaligen Zeitpunkt weit weniger an ökologischen Produkten interessiert war als heute und die sogenannte Naturkost meist als Marotte von Spinnern und Eigenbrötlern abgetan wurde.«

Winifred lächelte. »Aber da Großvater selbst ein Spinner und Eigenbrötler war, ist er sofort darauf angesprungen, genau wie es die beiden klugerweise auch erwartet hatten. Obwohl ich sicher bin, daß er die Idee auch ausgezeichnet gefunden hätte, wenn die beiden genauso verrückt gewesen wären wie er selbst, was aber nun einmal nicht der Fall war.«

Mr. Debenham lächelte zurück. »Vielleicht sollte ich Sie daran erinnern, Miss Binks, daß Ihr Herr Großvater zwar ein wenig – ähm – abenteuerlustig gewesen ist, aber dennoch ein hervorragender Geschäftsmann war. Er hat sich nur unter der Bedingung auf die Finanzierung eingelassen, daß er siebzig Prozent der Anteile besaß. Die restlichen dreißig Prozent behielten die Compotes, jedoch unter der Bedingung, daß sie die Möglichkeit hatten, einundzwanzig Prozent zurückzukaufen, falls sie den Hauptanteil an Golden Apples besitzen wollten. Bisher haben sie von diesem Recht allerdings keinen Gebrauch gemacht.«

»Das könnten sie nicht einmal, wenn sie es wirklich wollten«, brummte Sopwith. »Sie haben nämlich nicht genug Geld.«

»Dazu kann ich nichts sagen«, meinte Debenham. »Es gibt allerdings ein anderes Problem, dessen Sie sich bewußt sein sollten, Miss Binks. Sie und die Compotes haben jeweils das Vorkaufsrecht auf die Anteile der anderen Partei, was bedeutet, daß Sie, falls Sie zu verkaufen wünschen, Ihre Anteile zuerst den Compotes anbieten müßten, was natürlich auch für den umgekehrten Fall gilt. Das könnte zu einem Dilemma führen.«

»Dazu sehe ich keinen Anlaß«, sagte Winifred. »Wir brauchen doch lediglich ein wenig frisches Kapital in die Firma zu pumpen, um den Vertrieb von Golden Apples anzukurbeln und die Verpakkung zu verbessern, und können dann selbst ein paar offensive Werbekampagnen starten. In diesem Punkt haben wir einen großen Vorteil gegenüber Lackovites, weil wir nämlich die Wahrheit sagen. Da ich immerhin der Senior-Partner dieser Firma bin, können die Compotes eine Einmischung meinerseits gar nicht ablehnen, oder? Bitte vereinbaren Sie für Anfang nächster Woche einen Termin mit ihnen, Mr. Debenham, und erklären Sie ihnen, daß ich unser neues Verkaufsprogramm mit ihnen absprechen möchte. Hätten Sie vielleicht Zeit, mich zu begleiten?«

»Aber selbstverständlich, Miss Binks. Sie wissen ja, daß Sie bei mir immer an erster Stelle stehen.«

Rechtsanwalt Debenham war Peter bisher eigentlich eher unscheinbar vorgekommen, bis er das Lächeln sah, das er Winifred Binks schenkte. Der alte Kauz war tatsächlich in sie verliebt, verflucht noch eins! Und Winifred Binks errötete prompt, auch wenn sie so tat, als könne sie kein Wässerchen trüben.

»Sehr freundlich von Ihnen. Dann erwarte ich also Ihren Anruf. Und Sie, Mr. Sopwith, kontaktieren mich bitte sofort, nachdem Sie verkauft haben, und teilen mir mit, wieviel wir für die Lackovites-Aktien bekommen haben, damit ich weiß, was ich sonst noch verkaufen muß, um unsere Werbekampagne zu finanzieren. Gibt es sonst noch etwas, über das irgend jemand mit mir reden möchte? Mr. Sopwith? Mr. Tangent?«

Beide schwiegen.

»Mr. Debenham? Peter? Dr. Svenson?«

»Alles erfundene Zahlen.«

Während die anderen sich unterhielten, hatte Thorkjeld Svenson die Lackovite-Bilanz genau studiert und am Rand in seiner erstaunlich kleinen sauberen Handschrift diverse Berechnungen angestellt. Nun zeigte er Mr. Debenham, was er herausgefunden hatte.

»Das darf doch nicht wahr sein!« rief der Anwalt. »Mr. Tangent, wie konnten Sie diese eklatanten Abweichungen übersehen?«

»Ich – ich hatte nicht genug Zeit, alles genau zu überprüfen«, stammelte der Buchhalter. »Mr. Sopwith – ich meine, ich habe den Ordner erst bekommen, als wir unser Büro verließen. Ich hätte doch niemals – ich kann mir gar nicht vorstellen, warum die

Zahlen –« Ein wütender Blick seines Vorgesetzten brachte ihn zum Schweigen.

»Machen Sie sich bitte keine Vorwürfe, Mr. Tangent«, sagte Winifred. »Die Zahlen sind sowieso vollkommen egal, da wir mit Lackovites schon bald nichts mehr zu tun haben werden. Ich hoffe, das überzeugt Sie endlich, Mr. Sopwith, daß ich sehr wohl wußte, wovon ich sprach, als ich die Leute vorhin als einen Haufen Opportunisten bezeichnet habe. Wahrscheinlich wäre die Bezeichnung Schurken noch zutreffender gewesen.«

»Ich – ah –«

»Ja, Mr. Sopwith, ich verstehe Sie sehr gut. Sie sind erst seit der Pensionierung Ihres Vorgängers für die Verwaltung des Treuhandvermögens verantwortlich, und ich bin sicher, Sie mußten eine Unmenge von Papierkram bewältigen, als Sie Großvaters Vermögen auf mich überschrieben haben. Man kann also kaum erwarten, daß Sie jetzt schon mit allen Details vertraut sind. Als nächstes setzen Sie sich am besten gemeinsam mit Mr. Tangent, Mr. Debenham und unserer eigenen Buchhalterin Miss Chilicothe zusammen und überprüfen sorgfältig jeden einzelnen Posten, der zum Treuhandvermögen gehört.«

»Aber das würde mehrere Wochen dauern«, protestierte Sopwith. »Oder noch länger. Vielleicht sogar mehrere Monate. Oder Jahre!«

»Ich bezahle Sie schließlich für Ihre Zeit, Mr. Sopwith«, erwiderte Winifred freundlich. »Ich nehme nicht an, daß Sie es vorziehen würden, wenn ich mit dem Finanzamt Probleme bekäme, bloß weil mir jemand falsche Zahlen untergeschoben hat. Dr. Svenson, ich weiß zwar, daß Ihre Zeit kostbar ist, aber da Sie die Finanzen des Colleges so meisterhaft zu verwalten verstehen und da der Erfolg unserer Forschungsstation momentan von meiner persönlichen Solvenz abhängt, könnten Sie es vielleicht auf sich nehmen, den Vorsitz im Prüfungskomitee zu übernehmen?«

»Mit Vergnügen.«

Selbst wenn er sein liebenswürdigstes Gesicht aufsetzte, sah Svenson immer noch furchteinflößend aus. Sopwith wirkte mehr als verblüfft, Tangent schien sogar zu Tode erschrocken.

Die falschen Zahlen bedeuteten nicht unbedingt, daß die beiden die Bücher frisiert hatten, versuchte Peter sich einzureden. Vielleicht waren sie wirklich unschuldig. Sopwith verdächtigte möglicherweise seinen Vorgänger und befürchtete, die Sache könnte so hohe Wellen schlagen, daß seine Bank das Binks-Vermögen verlieren könnte. Vielleicht war er auch nur ein fauler Mistkerl, der seine Arbeit schlampig ausführte, in der Annahme, daß eine Frau, die nicht an den Umgang mit großen Geldsummen gewöhnt war, sich leicht übers Ohr hauen ließ und alles glaubte, was man ihr erzählte. In diesem Fall hatte er seine Lektion jetzt weiß Gott gelernt. Peter fragte sich, wie viele Überstunden Sopwith und Tangent wohl am Wochenende über dem Konto von Miss Binks brüten würden.

Kapitel 6

Ich befürchte, Mr. Sopwith ist momentan nicht gut auf mich zu sprechen«, meinte Winifred Binks ein wenig schuldbewußt. »Besonders taktvoll war ich ja nicht gerade, oder?«

»Dummköpfe verdienen keinen Takt«, knurrte Svenson.

»Sie haben ihn genau richtig behandelt«, fügte Peter hinzu. »Natürlich ist Sopwith sauer, weil er wie ein Trottel dagestanden hat, aber es ist ja nicht Ihre Schuld, daß er tatsächlich einer ist. Ich vermute, was ihn wirklich aufgeschreckt hat, ist die Tatsache, daß Sie angefangen haben, Ihr Aktienkapital zu verringern. Das Binks-Vermögen ist zweifellos das wichtigste Konto der Bank, und er wird scharfe Kritik ernten, wenn er nicht dafür sorgt, daß dies auch so bleibt. Sie haben bereits ohne Aussicht auf große Gewinne eine beträchtliche Geldsumme in die Forschungsstation gesteckt. Wenn Sie erst einmal anfangen, Golden Apples finanziell zu unterstützen, werden Sie – zumindest vorübergehend – ein weiteres Loch in Ihre Finanzen reißen.«

»Und wenn schon? Meine persönlichen Bedürfnisse sind minimal. Ich brauche für niemanden aufzukommen, also habe ich die Freiheit, mein Geld zu meinem Vergnügen anzulegen. So hat Großvater es immer gehalten, und bei ihm hat es auch funktioniert. Mit Ausnahme seines letzten abenteuerlichen Unterfangens, aber Gott sei Dank bin ich noch nicht senil genug für solche Späßchen. Oder nehme es zumindest an.«

»Sind Sie wirklich sicher, daß Golden Apples eine gute Investition ist?« fragte Peter ein wenig nervös.

»So sicher, wie man überhaupt nur sein kann. Ich bin sämtliche Fragen gemeinsam mit Mr. Debenham und Miss Chilicothe sorgfältig durchgegangen. Wir haben vor, etwa drei Millionen Dollar in die Modernisierung zu investieren. Abschreibungen und so weiter eingerechnet, müßten wir in der Lage sein, den gesamten Betrag innerhalb von fünf bis sechs Jahren wieder einzubringen. Es ist nicht schwer, Golden Apples auf die Sprünge zu helfen, denn die Firma ist bereits auf dem besten Weg. Wir beabsichtigen schließlich nicht, das Geld sinnlos zu verschwenden. Beispielsweise habe ich vor, der Firma eine Menge Werbezeit in unserem Fernsehprogramm zu überlassen, wenn wir erst einmal losgelegt haben. Nicht direkte Werbespots, wissen Sie, sondern subtile Hinweise wie leere Golden Apples-Dosen mit gut sichtbarem Etikett, die wir als Behälter für unsere Wildpflanzen benützen. So etwas ist bei kommerziellen Sendern gang und gäbe, habe ich mir sagen lassen. Peter, Sie haben doch immer so viele wunderbare Ideen, könnten Sie sich nicht vielleicht ein paar hübsche Kampagnen für einen guten Zweck ausdenken?«

»Mit Vergnügen«, versicherte Peter. »Wie lange braucht man übrigens, um ein Eichhörnchen aus einem Futterspender zu befreien?«

»Wie bitte? Ach so, Sie meinen Viola und Knapweed, die hatte ich ganz vergessen. Sie scheinen sich wirklich reichlich Zeit zu nehmen, da haben Sie recht. Mein Gott, sie werden doch wohl niemandem ins Netz gegangen sein?«

»Hoffentlich nicht. Eine andere mögliche Erklärung wäre, daß sie ein gemütliches Nest aus Blättern gefunden haben und sich – eh – ein kleines Schäferstündchen gönnen.«

»Wie scharfsinnig von Ihnen, Peter. Ich muß gestehen, an diese Möglichkeit hatte ich noch gar nicht gedacht. Das liegt wohl daran, daß ich von einer unverheirateten Tante großgezogen wurde, nehme ich an. Vielleicht sollten wir zum Waldrand gehen und uns mit lauter Stimme über die Schönheiten der Natur unterhalten.«

Thorkjeld Svenson hatte anscheinend gegen diesen Vorschlag nichts einzuwenden, er schoß bereits nach draußen und galoppierte auf den Wald zu. Winifred war verblüfft.

»Glaubt er wirklich, daß die beiden in Gefahr sind?«

»Nein«, sagte Peter. »Er hat Angst um sich selbst. Sieglinde Svenson vertritt – eh – kompromißlose Vorstellungen, was Knutschen auf dem Campus betrifft, und die Forschungsstation gehört immerhin auch zum College.«

»Verstehe. Falls Knapweed Viola auf dem Rücken hat, hat Thorkjeld Sieglinde auf dem Hals. Du liebe Zeit, genau wie bei Rabelais! Kommen Sie, wir spielen besser schnellstens Anstandswauwau.«

Sie eilten an dem Futterspender vorbei, wobei sie feststellten, daß er wieder eichhörnchenfrei, immer noch funktionstüchtig, aber leider vollkommen leer gefressen war. Am Waldesrand fanden sie schließlich den Präsidenten, neben einem Baumstumpf hockend, auf dem ein unglücklicher Botaniker thronte, der freudlos an einem Stengel Labkraut schnüffelte.

»Das Eichhörnchen wollte mich beißen«, teilte Knapweed dem Präsidenten gerade mit. »Da habe ich meine Hand weggezogen, und sie hat mich einen Versager genannt. Also habe ich es kurzerhand am Schwanz gepackt und herausgezogen, aber ich wollte ihm nicht weh tun, daher konnte es sich befreien, ist ihr auf die Schulter gesprungen und hat sie ein bißchen gekratzt, da hat sie sofort geschrien, ich hätte es mit Absicht getan. Das Eichhörnchen ist fortgesprungen und den Baum hochgelaufen, und dann hat sie mich – na ja, sie wollte, und ich habe ihr gesagt, ich wollte nicht.«

»Wollte was nicht?« fragte Miss Binks. »Oh, schon verstanden. Ein kleines Schäferstündchen.«

»Ich finde es nun einmal nicht gut, wenn jemand von einem erwartet, daß man sofort – außerdem wollte ich ja wirklich nicht«, murmelte Knapweed mit düsterer Miene. »Ich bin schließlich so gut wie verlobt, verflixt noch mal. Na ja, mehr oder weniger jedenfalls. Der Vater meiner Freundin ist Vertreter für Urnen und Särge und ziemlich puritanisch, da kann ich doch nicht einfach hingehen und mich – aber ich hätte es sowieso nicht getan, weil ich finde, daß so etwas viel zu wichtig ist, nicht wie bei den Eichhörnchen oder irgendwelchen Tieren. Ich will damit nichts gegen Eichhörnchen sagen, dazu kenne ich sie gar nicht gut genug. Vielleicht sind sie ja genauso puritanisch wie Sargvertreter. Aber Viola ist so verdammt – na ja, ich sollte eigentlich nicht schlecht über sie reden. Vielleicht hat sie nur versucht, meine Stimmung zu heben.«

»Hmja«, meinte Peter. »Das hat sie zweifellos. Wo ist sie dann hingegangen?«

»Keine Ahnung. Ich habe zufällig dieses *Galium triflorum* hier entdeckt und versucht, sie damit abzulenken, aber sie hat nur gesagt, ich soll es mir sonstwo hinstecken, und ist wütend davongerauscht.«

»Nun ja, das Leben kann grausam sein«, seufzte Winifred. »Zu einigen Menschen jedenfalls. Warum gehen Sie nicht wieder zurück ins Haus, Knapweed? Es scheint heute einen ziemlichen Zustrom an Besuchern zu geben, wir sollten die Station daher nicht unbeaufsichtigt lassen. Wir können in der Zwischenzeit nachschauen, wo Viola steckt. Ich glaube, wir gehen am besten hier lang.«

Winifred Binks, die Spuren lesen konnte wie ein Indianer, hatte eine kaum erkennbare Veränderung an einem Blatt oder einen schwachen Abdruck im weichen Waldboden entdeckt und tauchte zielstrebig ins Unterholz ein. Unter normalen Umständen wäre es weder ihr noch den Männern in den Sinn gekommen, der jungen Frau nachzuspionieren, doch heute war eben kein normaler Tag.

Es war nicht schwer, der Spur zu folgen, Viola war schließlich keine Indianerin. »Sie ist in Richtung Straße gelaufen«, stellte Winifred fest, nachdem sie etwa eine viertel Meile gegangen waren. »Dem Himmel sei Dank. Inzwischen müßte sie den Wald längst verlassen haben.«

»Urrgh!«

Dr. Svenson hätte seine Meinung nicht deutlicher kundtun können. Die Spurensucher befanden sich inzwischen tatsächlich ganz in der Nähe der Straße, so daß sie bereits den Asphalt zwischen den Bäumen durchschimmern sehen konnten. Doch viel deutlicher sahen sie direkt vor sich ein Szenarium, das Schlimmes ahnen ließ: abgerissene Farnwedel, aufgewühlter Waldboden, abgebrochene Zweige und ein Fetzen aus hellgrünem Baumwollstoff, der an den Dornen eines Brombeerbusches hängengeblieben war.

Winifred war entschlossen, sich nicht aus der Ruhe bringen zu lassen. »Vielleicht ist sie über ein Wespennest im Boden gestolpert und hat sich dann in einer Ranke verfangen, als sie weitergelaufen ist. Das ist mir auch schon einmal passiert, und es ist wirklich nicht angenehm, das kann ich euch sagen. Man kann nur noch wie verrückt herumtanzen, was natürlich genau das Falsche ist. Sehen Sie, hier ist sie durch den Farn gerannt.«

»Dann muß sie dabei aber einen zentnerschweren Felsblock geschleppt haben«, meinte Peter. »Schauen Sie sich bloß mal an, wie tief die Fußabdrücke sind.«

»Viola ist ein kräftiges Mädchen, und sie trägt schwere Stiefel«, insistierte Winifred. »Aus diesen Fußabdrücken läßt sich leider nicht viel erkennen, hier liegen zu viele Kiefernnadeln. Aber sie sehen tatsächlich ein wenig unheimlich aus – sehen Sie, sie führen direkt zur Straße. Ach herrje.«

Die schwarzen Reifenspuren auf dem Straßenbelag erzählten ihre eigene Geschichte. »Jemand muß sie aus dem Wald gezerrt und in einem Auto weggefahren haben, aber warum bloß?«

»Anrufen!« bellte Svenson.

»Ja, die Polizei. Schnell!«

Winifred begann, zurück zur Forschungsstation zu rennen. Diesmal war Peter schneller als sie, er war in seiner Jugend ein hervorragender Läufer gewesen und konnte auch heute noch einen ordentlichen Spurt einlegen, wenn es nötig war. Knapweed saß allein im Empfangsraum und war damit beschäftigt, sein Labkraut in eine Blumenpresse zu legen. Er schaute hoch und machte Anstalten, etwas zu sagen, doch Peter ignorierte ihn und eilte zum Telefon. Inzwischen kannte er die Nummer der Staatspolizei auswendig, und der Officer in der Zentrale erkannte sogar seine Stimme.

»Was ist passiert, Professor Shandy?«

»Ich befinde mich in der Forschungsstation des Balaclava College in der Whittington Road. Wir möchten eine junge Mitarbeiterin namens Viola Buddley als vermißt melden. Sie ist etwa ein Meter siebzig groß, kräftig, schätzungsweise fünfundsiebzig Kilo schwer, trägt Wanderstiefel, Khaki-Shorts und einen zerrissenen grünen Pullover mit der Aufschrift ›Heute schon einen Baum umarmt?‹ auf der Vorderseite. Außerdem hat sie rotblondes Haar und ziemlich viele Sommersprossen. Den Spuren nach zu urteilen, wurde sie während der letzten Viertelstunde nicht weit von hier im Wald gekidnappt und in einem Fahrzeug weggeschafft. Was die Automarke betrifft, habe ich keinen blassen Schimmer. Wir nehmen an, daß die Entführung etwas mit dem Mord an Emory Emmerick gestern nacht zu tun hat. Er hat sich die ganze letzte Woche hier in der Forschungsstation aufgehalten, und Miss Buddley ist am Abend vor seiner Ermordung mit ihm ausgegangen. Bitte informieren Sie die Streifenwagen hier in unserer Gegend. Sobald ich mehr erfahre, werde ich mich bei Ihnen melden.«

Peter hatte sein Telefonat gerade beendet, als der Präsident und Winifred hereinkamen. »Die Staatspolizei ist in Alarmbereitschaft«, teilte er ihnen mit.

»Nicht genug«, bellte Svenson. »Shandy, Auto holen! Binks, hierbleiben!«

»Aber ich –«, begann sie zu protestieren.

»Stellung halten. Telefonanrufe entgegennehmen. Calthrop, Wache halten!«

»Jawohl, Sir!«

Der junge Botaniker versuchte, besonders beherzt zu wirken, zweifellos aus dem Bedürfnis heraus, die nicht sehr glückliche Szene mit dem Eichhörnchen vergessen zu machen. Peter nickte Knapweed ermunternd zu und flitzte zu seinem Wagen, bevor Svenson ihm zuvorkommen und auf dem Fahrersitz Platz nehmen konnte.

Den Reifenspuren auf der Straße nach zu urteilen, hatte der Wagen des Kidnappers, falls es sich tatsächlich um einen solchen handelte, Lumpkinton verlassen und war in Richtung Whittington gefahren. Die Straße war relativ einsam, meilenweit nichts als Wälder, soweit sich Peter erinnerte. »Wir versuchen es einfach«, sagte er. Svenson war ganz seiner Meinung.

Sie begegneten nur wenigen langsam dahinkriechenden Fahrzeugen mit Touristen, die sich an den letzten Resten des leuchtenden Herbstlaubes erfreuten. Inzwischen war davon allerdings nur noch so wenig übrig, daß man ziemlich weit in den Wald hineinsehen konnte. Es war Svenson, der schließlich den smaragdgrünen Fleck entdeckte.

»Anhalten!«

»Grundgütiger!«

Peter fuhr auf den Seitenstreifen, hielt an, steckte sich die Wagenschlüssel in die Tasche und war einige Zeit damit beschäftigt, sich von seinem Sicherheitsgurt zu befreien. Svenson raste bereits wie ein kampflustiger Keiler durch das Gebüsch. Zu seinem maßlosen Bedauern war jedoch weit und breit kein potentieller Gegner in Sicht. Nachdem sie Viola die Augenbinde abgenommen hatten, war diese zwar überglücklich, sie zu sehen, jedoch unfähig, ihrer Freude Ausdruck zu verleihen, da sie immer noch einen Knebel im Mund trug. Beide Stoffstücke stammten vom unteren Teil ihres grünen T-Shirts, von dem inzwischen nur noch ein trauriger Rest übrig war, dafür sah man um so mehr von Viola. Sie hatte sich weder von ihrem Knebel noch von der Augenbinde befreien können, da sie mit Händen und Füßen an einen Baum gefesselt war.

Ein Eschenahorn, wie Peter feststellte. Die Tatsache, daß die Kidnapper einen Baum mit glatter Rinde gewählt hatten, bewies vielleicht, daß sie zumindest einen Funken Mitgefühl für ihr Opfer empfunden hatten, da eine rauhere Oberfläche für Violas mehr oder weniger entblößten Rücken recht unangenehm und möglicherweise auch noch von Ameisen übersät gewesen wäre. Doch vielleicht hatten sie den Eschenahorn auch nur gewählt, weil er günstig gestanden hatte. Peter begann, sich an den Knoten zu schaffen zu machen, und stellte voll Verachtung fest, daß sämtliche Knoten Altweiberknoten waren, die sich leicht lösen ließen.

»Schauen Sie sich das an, Präsident«, sagte er. »Das Seil sieht genauso aus wie die Stücke an Emmericks Netz.«

Der Präsident dachte anscheinend gerade intensiv an Sieglinde, denn er wollte partout nicht schauen. Er knurrte nur ein lautes »Ungh« und machte sich daran, das Unterholz nach möglichen Spuren zu durchforsten.

»Ganz meine Meinung«, fauchte Viola, inzwischen vom Knebel befreit. »Wären Sie wohl so nett, Ihre Sherlock-Holmes-Untersuchungen zu verschieben, bis Sie mir die Hände losgebunden haben, Professor? Falls ich überhaupt noch welche habe.«

»Oh, Verzeihung. So, ist es jetzt besser?«

»Kann ich noch nicht sagen. Meine Hände sind völlig taub.« Sie versuchte, ihre Finger zu bewegen, was ihr recht gut gelang. »Das wird schon wieder, denke ich. Aber ich bin wirklich stinksauer!«

Peter zog sein Flanellhemd aus und half der Entblößten galant hinein. Glücklicherweise hatte er eine Windjacke im Wagen, so daß das Gefühl des Präsidenten für dezente Kleidung nicht allzusehr erschüttert wurde. »Können Sie uns schildern, was passiert ist?« fragte er Viola, nachdem sie beide wieder anstandsgemäß verhüllt waren.

»Ich weiß nur, daß ich durch den Wald gegangen bin. Knapweed und ich wollten das Eichhörnchen befreien, wie Sie sich vielleicht erinnern.«

»Urr«, meinte Svenson ermutigend.

»Na ja, da hat Knapweed plötzlich die Kontrolle über sich verloren. Mein Gott, diese Botaniker! Wenn man ihn so sieht, würde man ihm so was überhaupt nicht zutrauen, ich vermute, das kommt davon, wenn man sich unablässig mit Vögeln und Bienen und Blumen beschäftigt. Jedenfalls habe ich ihm ein oder zwei Ohrfeigen verpaßt und ihm gesagt, er soll sich zum Teufel scheren. Aber nach allem, was passiert ist, hatte ich natürlich keine Lust, allein mit ihm zurück zur Station zu gehen und ihn mir die ganze Zeit vom Leib halten zu müssen, bis Professor Binks wieder zurückkam. Also habe ich beschlossen, einen kleinen Spaziergang zu machen. Ich hab' angenommen, daß mir nichts passieren kann, solange ich mich in der Nähe der Straße aufhalte, was sich leider schon bald als falsch herausgestellt hat. Ich schlendere also nichtsahnend vor mich hin, als sich plötzlich jemand von hinten heranschleicht und mir einen Strumpf über den Kopf stülpt.«

»Einen Strumpf?« fragte Peter.

»Ich weiß auch nicht, was es war. Jedenfalls hat es sich angefühlt wie ein dicker Strumpf, wie man ihn in Wanderstiefeln trägt. Ich habe versucht, das Ding herunterzureißen, aber der Mann – ich nehme mal an, es war ein Mann – hat mich festgehalten. Ich konnte überhaupt nichts machen. Ich erinnere mich nur noch, daß er mir eine Waffe in den Rücken gebohrt hat und gesagt hat, ich soll schön brav sein, wenn ich will, daß mir nichts passiert. Und das wollte ich nun wirklich nicht, also hab' ich aufgehört, gegen sein Schienbein zu treten, und er hat gesagt, ich soll mich gefälligst in Bewegung setzen. Wie haben Sie mich bloß gefunden?«

»Wir haben Kampfspuren im Wald entdeckt und Reifenabdrücke auf der Straße und haben uns – eh – auf die Suche nach Ihnen gemacht.«

»Ein Glück! Ich weiß nicht, was ich getan hätte –« Viola schluckte mehrmals, zog Peters Hemd enger um ihren Körper und sprach weiter. »Jedenfalls hat er mir die Hände gefesselt, mich in den Wagen verfrachtet und ist losgefahren. Er hat mir immer wieder mit der Waffe gedroht und mich gewarnt, bloß keine Dummheiten zu machen.«

»Und es war nur ein einziger Mann?«

»Soweit ich weiß, ja. Vielleicht hat noch jemand auf dem Rücksitz gesessen. Ich konnte ja nichts sehen, weil ich immer noch das Ding über dem Gesicht hatte. Wissen Sie, es könnte eigentlich auch eine Skimaske gewesen sein, die er mir falsch herum aufgesetzt hat. Ich habe einigermaßen gut Luft bekommen, aber ich konnte absolut nichts sehen. Das Ding saß ganz fest auf meinem Gesicht.«

»Würden Sie die Stimme des Mannes wiedererkennen?«

»Bestimmt nicht. Er hatte seine Stimme verstellt, es klang so, als hätte er Murmeln oder so was im Mund.«

»Hat er denn gesprochen? Hat er gesagt, warum er Sie gekidnappt hat?«

»Er hat immer nur gebrüllt: ›Was zum Teufel hat er Ihnen gesagt?‹ Ich hab' gesagt: ›Von wem reden Sie?‹, und er hat gesagt, ich wüßte verdammt gut, von wem er rede, und ich solle gefälligst aufhören, mich dumm zu stellen, sonst würde er mich fertigmachen.

Dann ist mir Emory eingefallen, und ich hab' gefragt, ob er vielleicht den meint, und er hat gesagt, da läg' ich verdammt richtig, und was zum Teufel der Kerl mir nun gesagt hätte. Er sagte: ›Hat er gesagt, wo er es hingetan hat?‹, und ich hab' gesagt, ich wüßte nicht, wovon er redet, und ob er mir nicht freundlicherweise sagen wolle, was zum Teufel er überhaupt meint? So ging es eine Zeitlang hin und her, dann hat er den Wagen angehalten, mich gezwungen auszusteigen und mich in den Wald gebracht und gefesselt, genau wie Sie mich gefunden haben.«

»Aber Sie hatten die – eh – Maske nicht mehr um, als wir Sie gefunden haben«, erinnerte sie Peter. »Was hat er damit gemacht? Konnten Sie sein Gesicht erkennen, als er sie Ihnen abgenommen hat?«

»Nein«, sagte Viola. »Er hat mich zuerst an den Baum gefesselt, dann hat er die Stücke von meinem T-Shirt abgerissen, danach ist er hinter den Baum getreten und hat mir die Maske vom Gesicht gezogen. Ich hab' bloß das Stück von meinem T-Shirt gesehen. Ich hab' noch versucht, den Kopf zu drehen und ihn zu beißen, aber da hat er mich ins Gesicht geschlagen und gesagt, ich soll bloß keinen Unsinn machen. Dann hat er mir den Knebel in den Mund gesteckt und gesagt, daß ich vielleicht mehr Lust hätte zu reden, wenn ich erst mal ein paar Tage ganz allein hier draußen gestanden und über alles nachgedacht hätte. Dann habe ich gehört, wie er durch das Gebüsch gelaufen ist, das Auto angelassen hat und losgefahren ist. Und ich – o Gott! Ich dachte, ich sterbe! Ich hatte furchtbare Angst, irgendein Tier würde kommen und mich – mich – fressen.«

Sie war nahe daran, in Tränen auszubrechen, was Svenson auf keinen Fall zulassen konnte.

»Sie können später weinen. Was hat Emmerick Ihnen gesagt?«

»Er hat mir überhaupt nichts gesagt!«

»Hat er todsicher. Das reinste Waschweib. War oft mit Ihnen zusammen. Arbeit? Hobby? Familie?«

»Ach so, das meinen Sie. Stimmt, Emmerick hat wirklich viel geredet. Ich dachte, Sie meinten irgendwelche Geheimnisse.«

Svenson wartete. Viola zuckte mit den Schultern. »Na ja, chinesisches Essen hat er nicht gemocht, aber er war verrückt nach italienischem Essen. Meinen Sie so was?«

»Weiter.«

»Er hat behauptet, er sei geschieden, und hat mir mehr oder weniger zu verstehen gegeben, daß er keine Lust hätte, noch mal zu heiraten, aber daß er trotzdem an Sie-wissen-schon-was interessiert wäre. Leider hab' ich eine furchtbar neugierige Vermieterin – es ist so gut wie unmöglich, hier in der Nähe eine Wohnung zu finden, daher mußte ich ein Zimmer mieten –, und Emory wohnte im Gasthof drüben in Balaclava Junction, was nicht viel anders ist als eine Klosterzelle, so wie er es mir beschrieben hat, daher hätte es mit uns sowieso nicht geklappt. Was mir ganz recht war, denn so toll fand ich ihn nun auch wieder nicht.«

Peter stürzte sich auf die einzige Information, die wirklich wichtig war. »Im Gasthof, sagen Sie? Ich frage mich, ob Ottermole das schon weiß. Er muß sich das Zimmer unbedingt ansehen. Fahren Sie fort, Miss Buddley, hat Emmerick je mit Ihnen über seine Kollegen bei der Meadowsweet Construction Company gesprochen?«

»Nicht daß ich wüßte. Aber er hat eine Menge Fragen über Professor Binks gestellt.«

»Hat er je einen gewissen Mr. Fanshaw erwähnt?«

»Ob das wohl Chuck ist? Emory hat häufig von einem Mann namens Chuck gesprochen, aber nie seinen ganzen Namen genannt.«

»Jammerschade. Und was hat er über diesen Chuck gesagt?«

»Er hat gesagt, daß Chuck ihm Geld schuldet.«

»Tatsächlich? Und wie kam er dazu, Ihnen das zu erzählen?«

»Wahrscheinlich weil er ein bißchen beschwipst war. Dann hat er gesagt, Chuck sei ein unheimlich netter Kerl und daß er sich um das Geld keine Sorgen macht. Ich hatte den Eindruck, daß es ziemlich viel war, aber vielleicht hat Emory auch nur versucht, mich zu beeindrucken. Müssen wir eigentlich die ganze Zeit hier draußen herumstehen? Es könnte doch sein, daß der Kerl mit der Waffe zurückkommt.«

»Urrgh!« Zum ersten Mal an diesem Tag huschte ein Lächeln über das Gesicht des Präsidenten.

Kapitel 7

Sollen wir Sie zu Ihrer Pension fahren, Miss Buddley?« Peter hoffte, daß sie ja sagen würde, doch die Exgefangene schüttelte den Kopf.

»Lieber nicht. Fahren Sie mich bitte zurück zur Station, wenn es Ihnen nicht zuviel Mühe macht. Ich möchte gern meinen Wagen holen.«

»Sind Sie sicher, daß Sie sich dazu schon stark genug fühlen?«

»Bis wir dort ankommen, habe ich mich bestimmt längst erholt. Ich konzentriere mich einfach darauf, wie schön es sein wird, ein heißes Bad zu nehmen und ein ganzes T-Shirt anzuziehen.«

Für Peter wäre es schön gewesen, nicht schon wieder zur Forschungsstation fahren zu müssen, allmählich wurde es wirklich langweilig. Doch wie gewöhnlich rief die Pflicht, und er mußte gehorchen. Er brachte Viola wohlbehalten ins Haus, und Dr. Svenson eilte schnurstracks zum Telefon. Während er die Staatspolizei darüber informierte, daß man die Vermißte gefunden hatte, und die genauen Umstände des Fundes schilderte, wurde Viola von Winifred Binks mit einer dampfenden Tasse Kamillentee versorgt.

»Trinken Sie das, und dann fahren Sie nach Hause und bleiben dort, bis Sie sich vollständig von Ihrem Schock erholt haben. Um die Station brauchen Sie sich keine Sorgen zu machen, wir schaffen es auch ein paar Tage ohne Sie. Peter, sind Sie so lieb und fahren ihr nach, damit wir auch wirklich sicher sind, daß man sie auf dem Heimweg nicht schon wieder entführt?«

»Aber natürlich.« Genau das hatte Peter sowieso vorgehabt, hatte jedoch erwartet, daß sich der junge Calthrop vielleicht dafür anbieten würde.

Doch Knapweed bekam die Zähne nicht auseinander und schien eher überrascht als bestürzt, als Viola in ihrem zerrissenen Aufzug auftauchte. Peter fragte sich immer noch, welche der beiden Eichhörnchengeschichten er nun glauben sollte, aber vielleicht lag die Wahrheit wie so oft irgendwo in der Mitte. Wenn man Knapweed so in sich zusammengesunken an seinem Arbeitstisch sitzen und lustlos auf seine Blumenpresse starren sah, traute man ihm den verwegenen Mädchenschänder wirklich nicht zu.

Aber man konnte schließlich nie wissen. Peter verschob das Problem auf später und wandte sich Dr. Svenson zu. »Haben Sie der Polizei alles erklärt, Präsident?«

»Allerdings. Sie sind schon unterwegs. Wollen sehen, wo Miss Buddley entführt wurde und wo wir sie gefunden haben. Vielleicht gibt es ja Spuren. Sie bringen sie nach Hause, Shandy. Ich schnorre 'ne Fahrt in der Grünen Minna. Sieglinde findet das bestimmt komisch.«

Peter befürchtete, daß Sieglinde eher einen Wutanfall bekommen würde, war jedoch erleichtert, daß er nicht derjenige war, der die Staatspolizisten begleiten mußte. Er konnte es kaum erwarten, zurück nach Balaclava Junction zu fahren. Er hatte noch mehr Sehnsucht nach einem frischen Hemd als Viola, denn sie trug schließlich seins, und er konnte sie unter den gegebenen Umständen kaum bitten, es ihm zurückzugeben. Er beabsichtigte, Ottermole mitsamt Durchsuchungsbefehl für Emmericks Zimmer im Gasthof abzuholen, bevor ihnen jemand zuvorkommen konnte.

Falls dies nicht längst schon geschehen war. Wie dumm, daß er nicht eher daran gedacht hatte. Hauptsächlich wohl deshalb nicht, weil er gar nicht gewußt hatte, wo Emmerick wohnte, bis Viola es ihm mitgeteilt hatte, vermutete er. Das war vielleicht eine Erklärung, aber noch lange keine Entschuldigung.

Wenn man so viele Kühe gemolken hatte wie Peter, wußte man, daß es wenig Sinn hatte, sich über verschüttete Milch aufzuregen, also versuchte er lieber, sich auf den komischen Vogel zu konzentrieren, der sich selbst Fanshaw nannte. Ob Ottermole es wohl geschafft hatte, ihn zum Reden zu bringen? Der Polizeichef würde sich zwar hüten, einen Gefangenen zu mißhandeln, doch er konnte auch so ganz schön bedrohlich wirken, wenn er mit grimmiger Miene auf sein Opfer herabschaute und immer wieder die diversen Reißverschlüsse seiner schwarzen Lederjacke auf und zu zog. Peter beschloß, daß er Ottermole genausogut jetzt anrufen konnte, solange Viola noch damit beschäftigt war, ihre Nerven mit Kamillentee zu beruhigen und Winifred Binks ihr schreckliches Erlebnis zu schildern.

Als er die Sprache auf Emmericks Zimmer im Gasthof brachte, lachte Ottermole. »Ich bin Ihnen um Längen voraus, Professor. Ellie June Freedom, die Besitzerin des Gasthofs, hat sich bereits vor zwei Stunden bei mir gemeldet. ›Chief Ottermole‹, hat sie mit ihrer schrillen Stimme gesagt, die genauso klingt, als würde 'ne Katze 'ne Gummimaus zum Quietschen bringen, ›ich vermisse einen meiner Gäste. Mr. Emory Emmerick ist nicht zum Frühstück erschienen und hat auch nicht in seinem Bett geschlafen.‹

›Miz Freedom‹, hab' ich zu ihr gesagt, ›am besten, Sie essen sein Frühstücksei selbst. Sie haben nämlich einen Ihrer Gäste verloren.‹

Als sie mich endlich wieder zu Wort kommen läßt, sag' ich ihr, was passiert ist, und sie kriegt direkt 'nen Wutanfall. ›Fred Ottermole‹, sagt sie, ›kommen Sie auf der Stelle her, und holen Sie die Sachen des Verstorbenen ab. Anständige Gäste treiben sich nicht mitten in der Nacht draußen herum und lassen sich in Bäume hochziehen und die Kehle durchschneiden. Hätten Sie wohl die Güte, mir zu sagen, wofür ich eigentlich noch meine Steuern bezahle?‹«

Peter schmunzelte. »Hat sie wirklich ›hätten Sie wohl die Güte‹ gesagt?«

»Worauf Sie Gift nehmen können. Ich hab' mich dazu nicht geäußert, weil sie 'ne Cousine zweiten Grades von der Schwiegermutter von Edna Maes Schwester ist, und ich hab' es für klüger gehalten, mich auf keine Diskussion mit ihr einzulassen, Sie wissen ja, wie so was ist. Jedenfalls mußte ja schließlich früher oder später sowieso jemand Emmericks Zeug abholen, also bin ich hin und hab' es persönlich geholt. Wenn Sie wollen, können Sie jederzeit vorbeikommen und es sich ansehen.«

»Liebend gern. Wer hat die Sachen eingepackt?«

»Das hab' ich selbst übernommen. Mir ist nichts besonders Interessantes aufgefallen, aber man kann schließlich nie wissen.«

»Völlig richtig«, meinte Peter. »Besteht Grund zu der Hoffnung, daß Mrs. Freedom das Zimmer vielleicht noch nicht geputzt und aufgeräumt hat?«

»Das soll wohl 'n Witz sein! Sie ist die ganze Zeit hinter mir hergelaufen, den Staubsauger in der einen Hand und 'nen Eimer mit heißer Seifenlauge in der anderen, und hat mir die Hölle heiß gemacht, damit ich mich beeile, weil sie den Raum desinfizieren und ausräuchern wollte. Es ist mir zwar gelungen, unter das Bett und hinter die Kommode zu schauen, weil ich ihr erzählt hab', ich wollte auch ganz sichergehen, daß nichts von Emmericks Sachen zurückbleibt und die Luft verpestet, aber ich habe weder falsche Bärte noch verräterische Briefe gefunden. Bloß einen dieser Kitschromane, über 'nen bösen Baronet mit 'nem schrecklichen Geheimnis und 'ne wunderschöne verwaiste Gouvernante, die in Wirklichkeit die Erbin eines Riesenvermögens ist, das ein Herzog ihr hinterlassen hat. Edmund hat ein oder zwei Seiten davon gefressen, als ich es hier auf der Wache hatte. Ihm ist speiübel davon geworden.«

»Mhmja«, meinte Peter. »Das kann ich mir lebhaft vorstellen.«

Er blickte rasch hinüber zu Winifred Binks. Auch sie war Waise und seit frühester Jugend von einer strengen Tante erzogen worden. Sie hätte bestimmt eine treffliche Gouvernante abgegeben, und er zweifelte keinen Augenblick daran, daß sie selbst den finstersten Baronet mit dem nötigen Raffinement und mit Selbstsicherheit behandelt hätte, wenn sich ihr diese Möglichkeit je geboten hätte. Wahrscheinlich hätte sie sogar wunderschön sein können, wenn sie es nur versucht hätte.

Die wahre Schönheit von Seele und Verstand besaß sie bereits, zudem verfügte sie über Unmengen von Geld. War es möglich, daß Emmericks plötzliches Ableben etwas mit einem eifersüchtigen Nebenbuhler zu tun hatte? Eigentlich recht unwahrscheinlich, aber man konnte schließlich nie wissen. Peter verabschiedete sich herzlich von der hypothetischen Sirene, nickte dem düsteren Knapweed kurz zu und machte sich auf, um die immer noch sichtlich verstörte Viola zu ihrer Drachenburg zu eskortieren.

Glücklicherweise residierte das in Bedrängnis geratene Burgfräulein im Nachbarort Lumpkin Corners, der mehr oder weniger auf Peters Heimweg lag. Er übergab sie wohlbehalten ihrer Pensionswirtin, stellte fest, daß er allmählich dem Hungertod nahe war, da er seit dem Frühstück nur ein Taglilienpollen-Muffin verzehrt hatte, und erörterte im stillen, ob er nicht vielleicht doch eine Kleinigkeit im ›Plucked Chicken‹ zu sich nehmen sollte.

Nein, er wollte lieber warten, bis er zu Hause war. Er brauchte dringend ein Hemd, er sehnte sich nach der Geborgenheit seiner eigenen Küche, am meisten jedoch sehnte er sich nach Helen. Wie groß war daher seine Enttäuschung, als er Jane Austen allein zu Hause vorfand und den Zettel auf dem Küchentisch las, auf dem ihm mitgeteilt wurde, daß sich seine Gattin oben in der College-Bibliothek befand und für ihren Artikel recherchierte.

Einsam und verlassen machte sich Peter ein Salami-Sandwich, nahm sich eine Flasche Bier aus dem Kühlschrank und trug beides nach oben, um wenigstens etwas Gesellschaft zu haben, während er in ein dunkles braun-graues Flanellhemd schlüpfte, das seiner momentanen Stimmung entsprach, und einen dicken grauen Pullover überzog, um sich ein wenig aufzuwärmen. Inzwischen war es merklich kühler geworden. Dank seiner Ritterlichkeit war er ganz schön durchgefroren, und selbst die Heizung im Wagen hatte gegen seine Gänsehaut nicht viel ausrichten können. Er kritzelte ein Postskriptum auf Helens Zettel und teilte ihr mit, er sei im Kittchen, für den Fall, daß sie Lust bekäme, ihn mit einer heißen Suppe nebst Feile zu erfreuen, und machte sich auf den Weg zum Polizeirevier.

Officer Dorkin, den Peter nur als Budge kannte, aus der Zeit, als dieser noch ein kleiner Junge gewesen war, der den Rasen der Shandys gemäht hatte, war zwar momentan offiziell gar nicht im Dienst, wollte sich das Abenteuer aber auf keinen Fall entgehen lassen. Fred Ottermole und der große getigerte Kater Edmund, der eigentlich Miss Lomax gehörte und um die Ecke wohnte, aber mit Vorliebe seine Zeit mit den Jungs in Blau verbrachte, erwarteten Peter ebenfalls und begrüßten ihn, als sei er einer von ihnen.

»Fanshaw ist mit seinem Anwalt da drin.«

Ottermole wies mit dem Kopf auf die andere Hälfte des Reviers, einem kleinen Raum hinter seinem Büro, der als städtisches Gefängnis diente und Gitterstäbe aus der Zeit des amerikanischen Bürgerkriegs besaß. Die Zellenverriegelungen waren aber erst während der Coolidge-Ära in den zwanziger Jahren angebracht worden. Die innere und äußere Holzverkleidung des kleinen Backsteingebäudes war im Rahmen einer Arbeitsbeschaffungsmaßnahme unter der Schirmherrschaft von Franklin D. Roosevelt frisch gestrichen worden. Daher besaß das Polizeirevier von Balaclava Junction sozusagen eine gewisse historische Bedeutung, auch wenn Fanshaws Anwalt davon nicht sonderlich beeindruckt schien, als man ihn schließlich aus der Zelle ließ.

»Hier würde ich nicht mal einen Hund einsperren«, bemerkte er unwirsch.

»Ich auch nicht«, versicherte Ottermole. »Was haben Sie denn jetzt vor? Wollen Sie versuchen, ihn auf Kaution freizubekommen, oder sollen wir den Kerl ins Bezirksgefängnis überführen lassen?«

»Sie haben nichts gegen Mr. Fanshaw in der Hand, um ihn hier festzuhalten.«

»Und ob wir das haben.« Ottermole tastete nach einem seiner Reißverschlüsse.

Der Anwalt machte einen Riesenschritt zurück. »Das ist Nötigung!«

»Was soll denn das schon wieder heißen? Sie nennen es Nötigung, wenn ich mir ein Taschentuch nehme, damit ich Ihnen nicht ins Gesicht niese?« Der Polizeichef zog in der Tat ein blütenweißes, frisch gebügeltes Leinentaschentuch hervor, das in einer Ecke sein Monogramm aufwies, liebevoll aufgestickt von Edna Mae, ganz in Blau, mit einem kleinen Paar Handschellen darunter. »Tut mir leid, aber liegt am Kater, auch wenn ich es ungern vor Edmund sage. Er ist so sensibel.«

»Das ist mein Mandant auch.« Der Anwalt war ein Kämpfer, entschied Peter, das mußte man ihm lassen. »Warum mußten Sie sämtliche Kinder der Stadt anschleppen, um meinen Mandanten anzustarren?«

»Das waren meine Kinder.«

»Alle siebzehn?«

»Nur die ersten vier«, mußte Ottermole zugeben. »Die restlichen stammen aus meiner Sonntagsschulklasse. Sie haben eine Exkursion gemacht, um zu lernen, was mit Leuten passiert, die herumlaufen und falsches Zeugnis ablegen, wie beispielsweise Ihr sogenannter Mr. Fanshaw da drinnen. Nur zu Ihrer Information: Die Meadowsweet Construction Company beabsichtigt, Fanshaw zu verklagen, weil er sich als Angestellter ihrer Firma ausgegeben hat, sobald wir selbst damit fertig sind, ihn für das zu verklagen, was er sonst noch angestellt hat, beispielsweise Beihilfe zum Mord. Ich habe jedes Recht, ihn in Untersuchungshaft zu behalten, und genau das tue ich auch. Das schreiben Sie sich am besten gleich in Ihre Habeaskorpusakte, Mister!«

»Aber war es denn notwendig, ihm auch noch seinen Gürtel und seine Schuhriemen abzunehmen?«

»Und ob es das war. Irgendwie müssen wir uns schließlich unsere Gürtel und Schuhriemen organisieren. Wenn man an den richtigen Stellen spart, hat man zum Schluß auch ein nettes Sümmchen zusammen. Sehen Sie, wir müssen heute noch eine Menge Arbeit erledigen. Warum kommen Sie nicht morgen gegen Mittag noch mal vorbei und bringen ein paar Portionen chinesisches Essen mit?

Edmund steht tierisch auf Bohnensprossen. Hab' ich nicht recht, mein Guter?«

Ottermole streichelte den imposanten Katerkopf, Edmund streckte eine Pfote vor und fuhr seine Krallen aus. Der Anwalt wollte etwas sagen, Edmund fauchte. Der Anwalt sah das kräftige Katergebiß und bewegte sich rückwärts in Richtung Tür.

»Wir sehen uns noch«, knurrte er.

»Dann ziehen Sie am besten vorher Ihre Schienbeinschoner an, Edmund krallt sich unheimlich gern in Hosenbeine.«

Die Tür wurde zugeschlagen, Fred Ottermole grinste. »Mann, wenn ich nicht selbst Polizeichef wäre, würde ich mich glatt wegen ordnungswidrigem Verhalten verhaften. Schauen Sie sich Emmericks Gepäck ruhig an, Professor, es steht hier neben meinem Schreibtisch. Edmund wird Sie im Auge behalten. Budge und ich überprüfen am besten mal schnell den Gefangenen, vielleicht muß er aufs Katzenklo oder so was. Aber selbst das würde er uns wahrscheinlich nicht verraten, er will nämlich immer noch nicht sprechen.«

»Auch nicht mit seinem Anwalt?«

»Doch, mit dem wahrscheinlich schon. Budge und ich hatten kein Recht zu lauschen, also haben wir den Fernseher eingeschaltet und uns 'ne Zeitlang ein Karambolagerennen angesehen. Es war furchtbar deprimierend. Selbst bei den total demolierten Autos gab es keines, das noch schlimmer aussah als unser Streifenwagen.«

»Hey, Chief, wie wär's, wenn ich mich mit unserem Streifenwagen für das nächste Rennen anmelde, vielleicht gewinne ich ja, und wir kaufen uns von dem Geld 'nen neuen?« erbot sich Budge Dorkin.

»Warum nicht? Das ist unsere einzige Hoffnung. Irgendwas gefunden, Professor?«

»Kann ich noch nicht sagen. Kümmern Sie sich ruhig zuerst um Ihren Gefangenen.«

Ottermole und sein Hilfssheriff verschwanden im Gefängnis, Peter hockte sich auf den Boden und öffnete Emmericks Koffer. Sie waren vollgestopft mit Kleidungsstücken, die Peter für die tägliche Garderobe eines angeblichen Bauleiters reichlich mondän erschienen. Unter anderem entdeckte er einen eleganten türkischen Bademantel mit dem aufgestickten Monogramm eines Luxushotels, auf den Ottermole einen Stapel Papiere gelegt hatte.

Die meisten davon waren Publikationen über das Bauwesen, die zweifellos dem Zweck gedient hatten, Emmericks Rolle glaubhaft zu untermauern. Besonders auffällig war eigentlich nur ein einzelnes Blatt, nicht wegen des Inhalts, denn es handelte sich lediglich um eine Werbung für einen teuren Herrenausstatter, sondern wegen einer Kritzelei am Rand.

Irgend jemand, wahrscheinlich war es Emmerick selbst gewesen, hatte einen Gegenstand gezeichnet, den Helen wohl vornehm als *Compotier*, Mr. Lomax dagegen schlicht und einfach als Kompottschale bezeichnet hätte. Er hatte sie mit grob skizzierten Äpfeln gefüllt und jeden Bleistiftkreis sorgfältig mit einem jener gelben Marker ausgemalt, die Peters Studenten immer benutzten, um die Abschnitte in ihren Lehrbüchern zu kennzeichnen, von denen sie annahmen, daß sie in der nächsten Prüfung vorkommen würden. Peter war von dieser Angewohnheit alles andere als begeistert, zu seiner Zeit hatten Studenten ihre Lehrbücher stets sauber und ordentlich gehalten, um sie am Ende des Semesters zu einem guten Preis weiterverkaufen zu können. Mit dem Geld konnte man dann wiederum selbst dem nächsthöheren Semester die Lektüre abkaufen.

Doch zurück zum eigentlichen Problem. Nach allem, was geschehen war, konnte die Zeichnung einer Kompottschale, noch dazu wenn sie mit Äpfeln gefüllt war, nur eines bedeuten, dachte Peter. Aber was konnte ein Mann, der sich als Mitarbeiter eines Bauunternehmens ausgab, mit einer Naturkostfirma wie Golden Apples zu tun haben, die von einer Familie namens Compote geführt wurde?

Peters verbliebene Nackenhaare begannen zu kribbeln. Wer war dieser Emmerick wirklich gewesen? Konnte es Zufall sein, daß Sopwith seinen freien Samstag geopfert hatte, um Miss Binks' Aktienbeteiligung an Golden Apples zu besprechen, ausgerechnet am Morgen nach dem bizarren Mord an dem Mann, von dem diese Kritzelei höchstwahrscheinlich stammte? Oder daß der komische Vogel, der jetzt nebenan in seinem Käfig saß, ausgerechnet an diesem Tag nach Emmerick gesucht hatte?

Doch man sollte keine voreiligen Schlüsse ziehen. Vielleicht war Emmerick bloß ein zwanghafter Kritzler von Kompottschalen mit goldenen Äpfeln gewesen. Es gab schließlich genug Leute, die eine ausgeprägte Vorliebe für ein bestimmtes Motiv hatten. Peter kritzelte beispielsweise am liebsten dicke Kaninchen. Kaninchen waren nicht schwer, man brauchte nur einen großen Kreis für den Körper und einen kleineren für den Kopf zu zeichnen und Ohren, Schnurrhaare und zwei Punkte für die Augen hinzuzufügen. Manchmal gab er den Tierchen Beine, manchmal auch nicht, je nachdem, in welch kreativer Stimmung er sich gerade befand. Manchmal zeichnete er die Kaninchen auch von hinten, dann ließ er die Augen aus und plazierte ein wuscheliges Schwänzchen an die richtige Stelle.

Helen malte meistens Gänseblümchen auf einer Wiese, über die kleine Sommerwölkchen zogen, oft fügte sie auch noch Schmetterlinge mit dreieckigen Flügeln und langen gebogenen Fühlern hinzu. Gelegentlich malte sie sogar Hummeln, die allerdings für gewöhnlich unverhältnismäßig groß ausfielen, damit auch genug Platz für die großen runden Augen und waagerechten Streifen blieb. Mit den Fühlern mit ihren kleinen verdickten Spitzen und den herabhängenden pelzigen Beinchen gab sich Helen immer besonders viel Mühe. Sie geriet regelrecht in Verzückung, wenn es um Hummeln ging, dachte Peter liebevoll.

Doch dann ermahnte er sich, daß es hier mitnichten um Hummeln, sondern vielmehr um Kompottschalen ging. Aber selbst das sorgfältigste Durchstöbern von Emmericks Habseligkeiten förderte keinerlei weitere Hinweise darauf zutage, daß der Mann ein zwanghafter Kritzler von Kompottschalen gewesen war. Im großen und ganzen schien er kein sehr phantasievoller Männchenmaler gewesen zu sein, denn alles, was Peter sonst noch finden konnte, waren simple Vierecke, Rhomben und gleichschenklige Dreiecke, wie man sie bei einem Bauingenieur auch erwartete, selbst wenn er kein echter Bauingenieur war. Emmerick hatte sie sorgfältig aufgezeichnet und liebevoll ausgemalt, meist sogar mit einer anderen Farbe. So paßte das Gelb der Äpfel in der Schale durchaus ins Bild, vermutete Peter.

Leider fand Peter nur einen roten und einen blauen Stift. Rot und Blau waren auch tatsächlich die Farben, die bei den Vierecken, Rhomben und Dreiecken am häufigsten benutzt worden waren, selbst wenn einige Bildchen rot und schwarz und ein oder zwei blau und schwarz ausgemalt waren. Emmerick hatte möglicherweise den schwarzen Stift zum Niederschreiben seiner Notizen mit auf die Eulenzählexpedition genommen. Es war jedoch recht unwahrscheinlich, daß er auch einen gelben Marker mitgenommen hatte, es sei denn, er hatte ihn aus Versehen eingesteckt, in dem irrigen Glauben, es handle sich um eine Rolle Drops mit Zitronengeschmack.

Peter durchsuchte alles, was Ottermole vom Gasthaus mitgebracht hatte, noch ein weiteres Mal, konnte jedoch keinen gelben Stift finden. Bei keiner der anderen Zeichnungen war diese Farbe benutzt worden. Man konnte daraus schließen, daß Emmerick die Schale mit den goldenen Äpfeln gemalt hatte, bevor er unter falschem Namen nach Balaclava gekommen war, ergo waren die goldenen Äpfel der eigentliche Grund für sein Kommen gewesen. Vielleicht traf diese Schlußfolgerung tatsächlich zu, vielleicht war sie aber auch völlig falsch. Es war dringend erforderlich, Emmericks wahre Identität aufzudecken, bevor man überhaupt anfing, irgendwelche Schlußfolgerungen zu ziehen.

Peter konnte über den Mann lediglich sagen, daß er in bezug auf Kleidung einen sehr teuren, wenn auch etwas extravaganten Geschmack und eine heimliche Leidenschaft für Drops gehabt hatte, obwohl sein Lieblingsgeschmack nicht etwa Zitrone, sondern der von Kräutern gewesen war. Peter förderte nicht weniger als achtzehn Rollen aus den diversen Taschen zutage, wobei die meisten angebrochen und mehr oder weniger leer waren. Emmerick hatte auch eine Flasche Bourbon besessen, ohne Zweifel aus medizinischen Gründen, was Peter wiederum gar nicht extravagant vorkam.

Was seinen Wagen betraf, hatte Emmerick übrigens gelogen. Er war weder Eigentum der Meadowsweet Construction Company noch sein persönlicher Dienstwagen. Die gefundenen Dokumente enthüllten, daß er das Fahrzeug beim Happy-Wayfarer-Autoverleih drüben in Clavaton gemietet hatte, und zwar genau einen Tag, bevor er in der Forschungsstation aufgetaucht war.

Wie Emmerick nach Clavaton gekommen war, ließ sich im nachhinein nur schwer herausfinden, Möglichkeiten gab es jedenfalls mehr als genug. Vielleicht war er per Flugzeug nach Boston oder zum Hartford-Springfield Airport gelangt und hatte von dort aus einen Bus oder ein Taxi genommen. Vielleicht hatte ihn ein gutgläubiger Autofahrer mitgenommen. Theoretisch hätte er sogar ein Motorrad mit Beiwagen für sein Gepäck stehlen können. Oder er hätte sich unbemerkt im Schutze der Dunkelheit von einem düsteren, einäugigen Komplizen mit einer häßlichen Narbe in einem Lastwagen herkutschieren lassen können. Oder man hatte ihn an einem langen Seil von einem Hubschrauber heruntergelassen. Er hätte in seinem kleinen roten Kanu den Connecticut River hochpaddeln und es danach huckepack zum Clavaclammer, dem einzigen befahrbaren Wasserweg in ganz Balaclava County, tragen können, aber das schien Peter nun doch ein wenig unwahrscheinlich.

Der Autoverleiher hatte als Emmericks Wohnsitz New York City eingetragen. Peter nahm an, daß die Staatspolizei neben den anderen Utensilien aus Emmericks Taschen auch seinen Führerschein sichergestellt hatte, bevor er im Krankenwagen abtransportiert worden war. Vielleicht hatte man sogar seinen gelben Marker gefunden. Am besten, Ottermole ernannte Peter Shandy wieder einmal kurzerhand zu seinem Hilfssheriff, damit er befugt war, die Sachen abzuholen, denn es war sicher besser, sie gemeinsam mit den anderen Habseligkeiten aufzubewahren. Es war immerhin möglich, daß man die Sachen schon bald einem Angehörigen, dem Staatsanwalt oder sonst wem aushändigen mußte. Allerdings nicht vor Montag, es sei denn, Ottermole war es schon vorher leid, die Koffer in seinem Büro herumstehen zu haben.

Apropos Ottermole, was taten er und Budge eigentlich so lange in Fanshaws Zelle? Ob sie etwa versuchten, dem Gefangenen ein Flohband zu verpassen? Peter stand auf, strich die Bügelfalten seiner Hose glatt und steckte seinen Kopf in den Nebenraum. Die Zellentür stand sperrangelweit offen, das Badezimmerfenster ebenfalls. Auf der Eisenpritsche, dem einzigen Möbelstück in der Zelle, saßen Fred Ottermole und Budge Dorkin einträchtig nebeneinander. Sie starrten gebannt auf ein Stück Schnur in ihren Händen und schienen in eine Art Fadenspiel vertieft zu sein. Viel Talent hatten sie offenbar nicht. Der Gefangene war nirgends zu sehen.

Kapitel 8

»Was in Dreiteufelsnamen macht ihr beiden Spaßvögel denn da?«

»Höh?« Mit einem Gesichtsausdruck, der so vielsagend war wie ein leeres Vorstrafenregister, schaute Fred Ottermole zu Professor Shandy hoch. »Oh, Sie sind es, Professor. Was ist denn los?«

»Wo ist Fanshaw?«

»Wer?«

»Ihr Häftling, verflucht noch mal.«

»Welcher Häftling?«

»Grundgütiger! Ottermole, wissen Sie eigentlich, was Sie hier machen?«

»Na klar doch, Dame spielen. Machen wir öfter. Ist doch nichts dabei, oder?«

»Das soll ein Damespiel sein?«

»Etwa nicht?« Die Stimme des Polizeichefs verriet einen Anflug von Zweifel. Er starrte auf seine Hände, hakelte an den Fäden, die Budge Dorkin immer noch geduldig und ohne jedes System um ihre völlig verwirrten Finger wickelte. »Menschenskind! Budge, was soll der Quatsch?«

»Höh?«

Der junge Officer hatte genau den gleichen leeren Gesichtsausdruck wie Ottermole. Er hörte auf, weiter zu versuchen, was er bis jetzt versucht hatte, und tat gar nichts mehr. Peter griff beherzt in das Fadengewirr und machte sich daran, die verhedderten Polizistenhände zu befreien.

»Nicht zu glauben! Merkt ihr denn nicht, was mit euch los ist?«

»Höh?«

»Ihr seid hypnotisiert worden, verdammt noch mal! Wacht auf! Abrakadabra! Presto! Na los! Um Himmels willen, kommt endlich wieder zu euch!«

»Höh?« sagte Budge Dorkin.

Fred Ottermole war einen Hauch weniger benebelt. Er versuchte, Peter beim Entwirren der Schnur zu helfen, und schuf dabei einen gordischen Knoten, der nur nach Alexanderart mit Peters Taschenmesser gelöst werden konnte.

Peter hatte die vage Hoffnung gehabt, daß die Durchtrennung des Knotens möglicherweise eine gewisse exorzistische Wirkung haben würde, was leider nicht der Fall war. Ottermole war immer noch reichlich benebelt, Budge schwebte in anderen Sphären. Peter nahm an, daß der Zauber irgendwann von selbst nachlassen würde, aber vielleicht konnte man den Vorgang mit einer Tasse Kaffee beschleunigen.

Das Innere der polizeilichen Kaffeemaschine hatte im Laufe der Jahre eine tiefbraune Farbe angenommen. Peter versuchte, nicht hinzusehen, als er sie über dem Waschbecken, das ebenfalls Spuren der Zeit aufwies, mit Wasser füllte. Er löffelte so viel Kaffee auf den Boden, wie dieser fassen konnte, und stellte die Kanne auf eine Heizplatte, die so aussah, als könne sie unmöglich funktionieren, dies aber erstaunlicherweise dennoch tat. Als die Brühe zur Farbe und Dichte von Melasse eingekocht war, füllte er zwei große Becher damit und trug sie in die Gefängniszelle.

»Herrgott, das ist ja ekelhaft!« Nach ein paar Schlucken klang Ottermole fast wieder normal. »Was haben Sie damit gemacht, Professor? Etwa Batteriesäure reingekippt?«

»Ich habe ihn absichtlich so stark gemacht, in der Hoffnung, Sie endlich aufzuwecken«, erklärte Peter. »Ottermole, können Sie sich überhaupt noch an etwas erinnern?«

»Klar kann ich mich erinnern. Was soll die ganze Fragerei überhaupt? Sie sind hergekommen, um sich die Sachen von diesem Emmerick anzusehen, die wir vom Gasthof hergeholt haben. Ich hab' gesagt, Sie sollten ruhig schon mal anfangen, dann sind Budge und ich – also, wir sind hier reingegangen und –« Er starrte auf das Knäuel auf seinem Schoß, als habe er es nie zuvor gesehen. »Wozu ist denn diese Schnur hier? Warum zum Teufel hocke ich überhaupt hier auf der Pritsche? Wir sitzen doch sonst nie in der Zelle. Das bringt Unglück.«

»Da könnten Sie durchaus recht haben. Ottermole, hören Sie mal genau zu. Sie wissen doch, wer ich bin, oder?«

»Natürlich, verdammt noch mal. Sie sind Lizzie Borden. Was ist heute bloß mit Ihnen los, Professor? Sie benehmen sich verflixt merkwürdig, selbst für Ihre Verhältnisse. Was ist passiert? Sind Sie etwa gestern nacht von 'ner Eule in den Kopf gehackt worden, oder was? Hey, hab' ich Ihnen übrigens schon erzählt, daß unsere Gruppe –«

»Ottermole, halten Sie endlich den Mund und hören Sie mir zu! Heute morgen, als Sie noch zu Hause waren, habe ich Ihnen einen Gefangenen von der Forschungsstation mitgebracht. Er ist dort aufgekreuzt und hat behauptet, er sei Emmericks Vorgesetzter bei der Meadowsweet Construction Company und sein Name sei Fanshaw. Können Sie sich daran erinnern?«

»An Emmerick erinnere ich mich. Das ist doch der Kerl, der letzte Nacht auf der Strecke geblieben ist, als ihr draußen Eulen gezählt habt. Aber was diesen Fanshaw betrifft – wollen Sie mich etwa auf den Arm nehmen, Professor?«

»Ottermole, ich werde mich hüten, Sie auf den Arm zu nehmen. Fragen Sie doch Ihre Frau. Oder Cronkite Swope. Er war auch bei Ihnen zu Hause und ist dann mit hierher aufs Revier gekommen. Er hat sogar fotografiert, wie Sie Fanshaw in die Zelle verfrachtet haben.«

»Tatsächlich? Hat er mich gut getroffen?«

»Keine Ahnung, ich habe die Abzüge noch nicht gesehen. Wichtig ist einzig und allein, daß die Fotos existieren. Sie beweisen eindeutig, daß Sie Fanshaw, falls dies wirklich sein richtiger Name sein sollte, tatsächlich eingelocht haben. Vor einer halben Stunde war er noch hier und hat seinen Anwalt oder jemanden, der sich als sein Anwalt ausgegeben hat, empfangen. Der Anwalt war bereits in Fanshaws Zelle, als ich hier eingetroffen bin. Sie haben es mir selbst erzählt. Sie und Budge saßen mit Edmund draußen im Büro und haben darauf gewartet, daß der Anwalt wieder herauskam.«

»Edmund? Menschenskind, ist Edmund was passiert?«

»Er hat sich wie üblich auf Ihrer Aktenablage zusammengerollt und macht ein Nickerchen. Vergessen Sie Edmund, Ottermole. Versuchen Sie, sich auf das zu konzentrieren, was ich sage. Der Anwalt kam heraus, und Sie hatten einen kleinen Disput über die Unterbringung seines Mandanten mit ihm. Sie haben ihn mit ein paar scharfen Formulierungen in seine Schranken verwiesen.«

»Ach ja? Was hab' ich denn gesagt?«

»Lassen Sie mich bitte zuerst ausreden. Dann haben Sie mir erlaubt, Emmericks Koffer genauer zu inspizieren, während Sie und Budge hier hereingegangen sind, um nach dem Gefangenen zu sehen. Ich habe mich voll und ganz auf die Koffer konzentriert, bis mir plötzlich auffiel, daß Sie und Budge verdammt lange wegblieben und außerdem auffallend leise waren. Also habe ich nachgeschaut und Sie beide allein auf der Pritsche vorgefunden. Sie hielten ein Stück Schnur in der Hand und spielten Abnehmen. Und Sie haben sich dabei verdammt ungeschickt angestellt, möchte ich hinzufügen. Ich habe Sie gefragt, was Sie da machen, und Sie haben geantwortet, Sie würden Dame spielen.«

»Na und? Vielleicht habe ich Ihnen nur ein paar kesse Antworten gegeben.«

»Ottermole, Sie konnten gar keine kessen Antworten von sich geben, Sie waren komplett ausgeklinkt. Der Mistkerl hat Sie und Budge hypnotisiert und in zwei Zombies verwandelt. Aber nur vorübergehend, hoffe ich. Sie scheinen allmählich mehr oder weniger wieder zu sich zu kommen, aber schauen Sie sich nur mal Budge an. Budge, wissen Sie, wer ich bin?«

»Höh?« sagte Budge.

»Da, sehen Sie jetzt, was ich meine, Ottermole? Trinken Sie Ihren Kaffee, Budge. Vielleicht weckt Sie das aus Ihrer Trance. Hier, trinken Sie einen ordentlichen Schluck.«

»Igitt!«

War dies vielleicht der erste Funke seines erwachenden Bewußtseins? Peter überredete ihn zu einem weiteren Schluck.

»Muß das sein?« Die Worte kamen langsam und schwerfällig, aber wenigstens kamen sie.

»Allerdings!« schrie Ottermole. »Das ist ein Befehl, Dorkin.«

Schaudernd gehorchte der junge Polizist. Zuerst blieben seinen Augen noch glasig, dann wurden sie plötzlich wieder klar. »Polizeibrutalität! Meine Mutter liegt mir ständig in den Ohren, ich solle mich um eine Stelle in der Kartonagenabrik bewerben. Da gibt es günstigere Arbeitszeiten, und die Bezahlung ist auch besser. Warum sitzen wir denn hier in der Zelle, Chef? Und wo ist Mr. Fanshaw? Hat der Anwalt ihn auf Kaution freibekommen?«

»Fanshaw?« Ottermoles Gesicht wurde wieder ausdruckslos, was er jedoch heldenhaft zu überspielen versuchte. »Sagen Sie es ihm, Professor.«

Peter sagte es ihm. Budge war entsetzt.

»Wow! Das war ja ein richtiger Meisterverbrecher. Hey, jetzt erinnere ich mich auch wieder! Fanshaw hat so ein glänzendes Ding aus der Tasche genommen und es hin und her pendeln lassen.

Man konnte gar nicht anders als hinsehen, es hat so geglänzt und – ich weiß! Es war eine Goldmünze, eine große Goldmünze mit 'nem Adler darauf. Sie hing an einer Goldkette, die an einem kleinen goldenen Ring befestigt war. Und sie ist immer hin und her gependelt, hin und her, hin und her, hin und her –«

»Budge! Aufwachen!«

»Höh? Oh, ach herrje, Professor, einen Moment lang hatte ich fast das Gefühl, ich würde das Ding wieder – hin und her, hin und her, hin –«

Peter beugte sich nach vorn und gab Dorkin eine kräftige Ohrfeige. »Budge, schlafen Sie bloß nicht wieder ein! Wachen Sie auf, hören Sie mich? Aufwachen, verdammt noch mal!«

»Aua. Okay, Professor, wie Sie meinen. Sehen Sie, schon bin ich hellwach. Wo ist Fanshaw denn hin? Wir müssen ihn unbedingt wieder schnappen. Hin und her –«

»Budge!«

»Trink deinen Kaffee aus«, knurrte Ottermole. »So ein Mist, ich kann mich an nichts erinnern. Wie lange sind wir hier drin gewesen, bevor Fanshaw angefangen hat, dieses Ding hin und her, hin und –«

»Schluß jetzt, Ottermole, Sie schaffen es noch, Budge wieder einzuschläfern«, sagte Peter. »Budge, können Sie diese Frage vielleicht beantworten?«

»Ich glaube, es war unmittelbar nachdem wir hier reingekommen sind. Ich erinnere mich noch, daß er diese – Sie-wissen-schon-was, ich sag' es besser nicht noch mal – in der Hand hielt. Er öffnete die Hand, und es fiel herunter und hat angefangen zu pendeln und – und ich will endlich hier raus.«

»Gute Idee.«

Peter faßte sowohl Dorkin als auch Ottermole am Arm und zog sie von der Pritsche, auf der sie wie festgewachsen gesessen hatten. Fanshaws Befehle wirkten anscheinend immer noch, dachte Peter, obwohl der Zauber gebrochen schien, als die beiden wieder im Büro waren. Ottermole überflog seinen Tagesbericht und fand ihn randvoll mit Einzelheiten über einen gewissen Francis Fanshaw, der von Hilfssheriff P. Shandy verhaftet und ihm übergeben worden war. Bis der Tod von Emory Emmerick geklärt war, hatte besagter Fanshaw in Haft zu verbleiben.

»Okay, Professor, der Bericht ist in meiner Handschrift abgefaßt, mir bleibt also nichts anderes übrig, als Ihnen zu glauben.

Dann kann ich ja genausogut den Rest der Geschichte dazuschreiben. Mit wieviel Ps schreibt man übrigens ›hypnotisiert‹?«

»Ich weiß, wie man es schreibt, Chef.« Budge Dorkin hatte vor kurzem oben auf dem Speicher seiner Großmutter ein Versteck mit Charlie-Chan- und Dr.-Fu-Manchu-Taschenbüchern entdeckt. Er las sie mit dem Ziel, seine polizeilichen Fähigkeiten zu vervollkommnen, und hatte inzwischen in der Tat erstaunlich viel dazugelernt. »Wenn Sie wollen, schreibe ich den Bericht weiter. Soll ich auch erwähnen, daß Mrs. Ottermole Bohnen und Hot dogs gebracht hat?«

»Na klar, warum nicht? Die Öffentlichkeit soll ruhig erfahren, daß wir den Mistkerl ordentlich behandelt haben, obwohl er sich uns gegenüber so unfair und undankbar verhalten hat«, bemerkte Ottermole bitter. »Na egal, ich geh' jedenfalls jede Wette ein, wir sind die einzigen Cops in Balaclava County, die je von 'nem Meisterverbrecher hypnotisiert wurden.«

»Sehen Sie das Ganze einfach als eine weitere Anekdote für Ihre Memoiren, Ottermole«, sagte Peter. »Mal sehen, wie spät es – Herr des Himmels, schon halb sechs! Wo ist der Tag bloß geblieben? Meine Frau ist bestimmt schon aus der Bibliothek zurück.«

»Du liebe Zeit«, rief Budge, »meine Tante Maude kommt ja heute mit ihrem neuen Freund zum Abendessen. Kann ich vielleicht schon nach Hause, Chef? Meine Mutter bringt mich um, wenn ich nicht erscheine.«

»Ich dachte, ihr wärt alle so scharf darauf, unseren Meisterverbrecher zu fangen?«

»Bin ich ja auch, aber meine Mutter –«

»Fanshaw ist sowieso bereits über alle Berge, befürchte ich«, warf Peter ein. »Bestimmt hat dieser Anwalt mit einem Fluchtwagen an der Ecke auf ihn gewartet, während ich Emmericks Habseligkeiten durchsucht habe. Apropos Wagen, Ottermole, Fanshaw mußte seinen an der Forschungsstation stehenlassen, als ich ihn festgenommen habe, und Emmerick muß seinen auch irgendwo hier abgestellt haben. Soweit ich mich erinnere, hat er gestern nachmittag Miss Binks von der Forschungsstation hergefahren, aber ich habe sie erst an Charlie Ross' Tankstelle getroffen, und von dort aus sind wir dann alle gemeinsam zu unserem Waldabschnitt gefahren. Ich war verdammt sauer, als er so urplötzlich erschienen ist, sollte ich hinzufügen. Ich hatte nicht erwartet, daß Emmerick als ungebetener Gast an unserer Eulenzählung teilnehmen würde. Er war nicht nur als Eulenzähler ein hoffnungsloser Fall, wegen ihm mußten wir uns auch noch zu dritt auf den Vordersitz quetschen. Dan Stott und der Präsident haben natürlich den gesamten Rücksitz belegt, wie Sie sich denken können. Hat Mrs. Freedom Ihnen gegenüber Emmericks Wagen erwähnt?«

»Mit keinem Wort, soweit ich mich erinnere«, antwortete der Polizeichef. »Du kannst ruhig nach Hause gehen, Budge. Frank Lomax müßte jeden Moment hier eintrudeln. Am besten, ich rufe Mrs. Freedom kurz an und erkundige mich, was sie zu dem Wagen zu sagen hat.«

Was Mrs. Freedom zu sagen hatte, war kurz und schrill. Sie wußte nicht das geringste über Emmericks Fahrzeug, und damit basta. Sie hatte Gäste zu versorgen. Sie teilte Fred Ottermole mit, er solle sich gefälligst selbst um seine Angelegenheiten kümmern und sie bitte schön nicht von der Arbeit abhalten.

»Das bedeutet, daß der Wagen nicht auf ihrem Parkplatz steht«, deutete Ottermole. »Sonst hätte sie mir bestimmt schon längst die Hölle heiß gemacht, damit ich ihn wegfahre. Mal sehen, was Charlie Ross weiß.«

Charlie war nach Hause gegangen und nahm dort gerade sein Abendessen ein, wie er von einem treuen Adlatus erfuhr, der die Stellung hielt und sich um die Zapfsäulen kümmerte. Auf dem Parkplatz standen mehrere Wagen. Die meisten gehörten Peters Nachbarn, da es auf dem Crescent nur wenige Parkmöglichkeiten gab; es gab nicht einen Wagen, dessen Eigentümer der treue Mitarbeiter nicht nennen konnte.

»Vermute, Sie haben nicht zufällig Lust, ein bißchen herumzufahren und nachzusehen, ob Emmericks Wagen irgendwo an der Straße geparkt steht?« erkundigte sich Ottermole bei Peter. »Ich könnte mich natürlich auch selbst auf die Suche machen, sobald Frank eingetroffen ist. Aber der Streifenwagen macht in der letzten Zeit wieder so scheußliche Geräusche, und ich hatte eigentlich gehofft, ich könnte heute abend mit Edna Mae und den Jungs essen, aber...«

Peter unterdrückte ein Seufzen. »Schon gut, Ottermole. Es macht mir wirklich nichts aus, nach dem Wagen zu suchen.« Das war eine verdammte Lüge. »Ich müßte vorher nur noch schnell telefonieren.«

Peter rief in der Forschungsstation an. Knapweed Calthrop ging an den Apparat und war zwar nicht gerade begeistert, doch zumindest willig, ihm einen Gefallen zu tun. Ja, Mr. Fanshaws Wagen stehe immer noch auf dem Parkplatz. Ja, es sei in der Tat ein grauer 1989er Chevy. Ja, die Nummernschilder seien identisch mit den Angaben, die Professor Shandy ihm gerade vorgelesen habe. Ob der Herr Professor wünsche, daß er mit dem Wagen irgend etwas machen solle?

»Nein, vielen Dank. Ich werde mich selbst darum kümmern.«

Peter wandte sich wieder an Ottermole. »Eine interessante Neuigkeit. Der Rechnung nach zu urteilen, die ich in Emmericks Gepäck gefunden habe, ist der Wagen, mit dem Fanshaw heute morgen zur Forschungsstation gefahren ist, genau derselbe, den Emmerick letzte Woche beim ›Happy Wayfarer‹ in Clavaton gemietet hat.«

»Ach ja? Warum auch nicht? Sie haben schließlich beide für dieselbe Firma gearbeitet, oder?«

»Eh – bei Meadowsweet weiß man davon nichts, aber ich vermute, wir können mit ziemlicher Sicherheit davon ausgehen, daß die beiden in der Tat gemeinsame Sache gemacht haben. Ich dachte dabei lediglich an die Transportfrage. Wie Sie wissen, gibt es keine direkte Bus- oder Bahnverbindung nach Balaclava Junction. Die Taxis von Clavaton sind erstens verdammt teuer und zweitens genauso selten wie Hühnerzähne, doch es sieht ganz so aus, als habe Fanshaw sich eines genommen, es sei denn, es gibt noch einen Komplizen. Am besten, Sie bitten die Polizei, in Clavaton nachzufragen, ob einer der dortigen Taxifahrer gestern oder heute morgen einen Fahrgast hierher befördert hat.«

»Könnte es nicht sein, daß Emmerick Fanshaw gestern irgendwann abgeholt hat?«

»Höchstens in aller Herrgottsfrühe. Er war den ganzen Tag damit beschäftigt, den Leuten in der Forschungsstation auf die Nerven zu gehen, wie ich von Miss Binks erfahren habe, und danach ist er hergefahren und hat ungebeten an der Eulenzählung teilgenommen. Falls er Fanshaw wirklich abgeholt haben sollte, hätte Fanshaw hier irgendwo übernachten müssen, eine Frage, der wir ebenfalls nachgehen sollten.«

»Vielleicht hat er im Gasthof gewohnt, und Emmericks Wagen stand deshalb nicht dort auf dem Parkplatz, als ich da war.«

»Das wäre zwar möglich, aber dort kann er den Wagen nicht übernommen haben. Emmerick ist geradewegs zu Charlie Ross' Tankstelle gefahren, hat Miss Binks abgesetzt, ein Stückchen weiter an der Straße geparkt und ist dann in meinen Wagen umgestiegen. Woher soll Fanshaw gewußt haben, wo er den Mietwagen finden würde? Und wie in aller Welt ist er an die Schlüssel gekommen? Emmerick wußte todsicher nicht, daß er umgebracht werden würde, sonst wäre er vorige Nacht bestimmt nicht herumgehüpft wie ein durchgedrehter Affe. Entweder er hat vorher mit Fanshaw abgesprochen, daß er den Wagen mit den Schlüsseln an der Straße abstellen würde, oder man hat ihm die Schlüssel aus der Tasche genommen, als er oben in dem Baum hing und sich umbringen ließ.«

»Es sei denn, beim Autoverleih hat man ihm einen Zweitschlüssel gegeben«, schlug Ottermole vor.

»Mmja, das könnte natürlich möglich sein, obwohl man dort normalerweise nicht so kulant ist. Vielleicht hat Emmerick sich auch einen Nachschlüssel machen lassen. Haben Sie übrigens schon seine restliche Habe von der Staatspolizei bekommen?«

»Noch nicht, aber jemand hat mir die Liste am Telefon durchgegeben. Mach mal ein bißchen Platz, Edmund. So, da ist sie schon. Tut mir leid wegen der Pfotenabdrücke.«

»Macht überhaupt nichts, das bin ich von unserer Jane schon gewöhnt. Mal sehen: Brieftasche mit Kreditkarten und einem Führerschein, der in New York auf den Namen Emory Emmerick ausgestellt wurde, Bargeld im Wert von – meine Güte! Warum hat er Ihrer Meinung nach wohl zweitausend Dollar bei sich gehabt, wenn er so viele Kreditkarten hatte? Taschenkamm und Spiegel, na ja. Zwei Rollen Kräuterdrops, eine komplett, die andere angebrochen. Ein Taschenkompaß, eine wasserdichte Streichholzschachtel, ein zusammenklappbares Jagdmesser, ein batteriegetriebener Handwärmer, ein Schuppenschaber, ein versenkbares Teleskop, Entsalzungstabletten – wozu hat er das bloß alles mitgenommen? Keinerlei Schlüssel, auch keine Wagenschlüssel. Ich glaube, wir sollten Mrs. Freedom noch einmal anrufen.«

»Das machen Sie dann aber«, sagte Ottermole. »Auf mich ist sie nämlich stinkwütend.«

Peter rief die Dame an. Sein Anruf wurde nicht sehr freundlich entgegengenommen. Selbstverständlich habe Mrs. Freedom den Wagen von Mr. Emmerick gestern morgen noch auf ihrem Parkplatz gesehen. Sie habe immer ein wachsames Auge auf ihren Parkplatz, darauf lege sie großen Wert. Nein, heute morgen habe sie den Wagen nicht gesehen. Warum sollte sie auch? Mr. Emmerick sei schließlich nicht mehr dagewesen, oder? Und werde schließlich auch nicht wiederkommen, oder? Ihre Kellnerin sei heute auch nicht erschienen, doch um Ellie June Freedoms Probleme schere sich ja sowieso keiner. Sie legte auf, ohne sich zu verabschieden, und irgendwie konnte Peter sie sogar verstehen. Ihm war gerade ein völlig neuer Gedanke gekommen.

»Ottermole«, sagte er. »Wie würden Sie Fanshaw beschreiben?«

»Höh? Was meinen Sie mit ›wie‹?«

»Größe, Gewicht, Alter, Teint, Augenfarbe, Kleidung, das Übliche. Würden Sie ihn beispielsweise als groß bezeichnen?«

»Eigentlich nicht. Ich meine, nicht richtig groß. Eher klein als groß, nehme ich mal an. Wie wär's mit durchschnittlich?«

»Hm. Ist er eher kräftig oder schlank?«

»Ach herrje, ich hab' nicht darauf geachtet. Irgendwie dazwischen, finden Sie nicht?«

»Ich glaube, da könnten Sie recht haben, ich kann mich nämlich auch nicht erinnern. War sein Teint hell oder dunkel oder auch irgendwie dazwischen?«

»Na ja – irgendwie, ich weiß es auch nicht. Irgendwie durchschnittlich eben.«

Peter schenkte sich die Frage nach der Augenfarbe. »Können Sie sich an irgendein besonderes Merkmal erinnern?«

»Na ja, er hatte jedenfalls keinen buschigen roten Bart und auch keine lange Narbe im Gesicht, an so was hätte ich mich erinnert, glaube ich. Irgendwie kommt mir alles ziemlich komisch vor, Professor. Jetzt wo ich meine Notizen gelesen habe und so, kann ich mir Fanshaw eigentlich wieder ganz gut vorstellen, aber irgendwie schaffe ich nicht, mich an genaue Einzelheiten zu erinnern. Glauben Sie, das hat was mit der Hypnose zu tun?«

»Das weiß ich nicht, Ottermole, aber mich hat der Kerl nicht hypnotisiert, und ich kann mich auch nicht mehr erinnern. Ich rufe mal Miss Binks an, sie hat schließlich Augen wie ein Luchs.«

Winifred Binks war zu Hause und in der Lage, eine gute Allgemeinbeschreibung von Mr. Fanshaw zu liefern, doch sobald es um Einzelheiten ging, litt auch sie merkwürdigerweise an Gedächtnisschwund. Sie suchte Hilfe bei Knapweed Calthrop, doch er war genauso ratlos wie sie. Winifred fand dieses Phänomen höchst bemerkenswert, und Peter konnte ihr nur zustimmen.

Kapitel 9

Hypnotisiert?«

Die Seemuschel auf der Etagere vibrierte hörbar. Jane Austen, die friedlich auf dem Knie des Präsidenten geschlummert hatte, sprang vor Schreck einen halben Meter in die Höhe und brachte sich schnellstens bei Peter in Sicherheit. Dr. Svenson, der sehr wohl wußte, wie man sich sensiblen Katzendamen gegenüber zu verhalten hatte, entschuldigte sich. »Tut mir leid, Jane. Hätte nicht so brüllen sollen. Aber Gottverdammich, Shandy!«

»Ich bin vollkommen Ihrer Meinung, Präsident. Selbstverständlich erwartet man melodramatische Zwischenfälle dieser Art am allerwenigsten im eigenen Amtsbezirk. Auch ich war ziemlich verblüfft.«

»Und du läßt dich wirklich nicht leicht verblüffen, Darling«, sagte Helen Shandy. »Soll ich dir einen Bumerang mixen?«

»Bleib sitzen, geliebtes Wesen. Das erledige ich schon selbst.«

»Nein, du warst die halbe Nacht auf den Beinen und bist den ganzen Tag herumgelaufen und hast Leute enthypnotisiert. Ich dagegen habe nichts Aufreibenderes vollbracht, als den Kartenkatalog der Bibliothek zu durchforsten.«

Helen stellte ihr Glas, aus dem sie bisher kaum etwas getrunken hatte, zurück auf den Tisch. Wie sie sehr wohl wußte, war ein Balaclava Bumerang ein Getränk, das langsam genossen werden sollte. Ein Bumerang bestand in der Hauptsache aus heimischem Kirschbrandy und heimischem Apfelwein. Nur Kirschen und Äpfel, die in Balaclava County gereift waren, konnten die gewünschte Wirkung hervorrufen, daher waren Bumerangs ausschließlich in ihrer Ursprungsheimat erhältlich. Und selbst dort waren sie nur den wenigen Auserwählten vorbehalten, die erstens in der Lage waren, sich die nötigen Bestandteile zu beschaffen, und zweitens über das Geheimrezept verfügten.

Helens Nachforschungen in den Annalen der Familie Buggins hatten den Verdacht bestätigt, daß der Bumerang eine Erfindung von Belial Buggins, einem Neffen von Balaclava Buggins, dem Gründer des Colleges, gewesen war. Angeblich war Belial außerdem der Vater von Hilda Horsefall, der Gattin von Dr. Svensons Onkel Sven. Dr. Svenson hatte daher inzwischen verständlicherweise eine Art Familieninteresse an dem Getränk entwickelt. Daraus erklärte sich wohl auch seine ausdrückliche Bereitschaft, Peter bei einem zweiten Bumerang Gesellschaft zu leisten. Da die Wirkung von Alkohol auf den menschlichen Körper in direkter Proportion zur Größe desselben steht, hätte Svenson leicht ein halbes Dutzend trinken können, doch er trank grundsätzlich nie mehr als zwei. Der Präsident war sich seiner besonderen Stellung und der Verpflichtung, seinen Schutzbefohlenen stets mit gutem Beispiel voranzugehen, vollstens bewußt. Und falls er es jemals vergessen hätte, wäre sicher seine Gattin zur Stelle gewesen und hätte ihn daran erinnert.

Sieglinde wäre normalerweise ebenfalls unter den Anwesenden gewesen, denn sie und Helen waren eng miteinander befreundet. An diesem Wochenende spielte sie jedoch den Babysitter bei ihren Olafssen-Enkeln, während Tochter Birgit und deren Ehemann Hjalmar außer Haus waren, um einen Preis in Empfang zu nehmen, den ihnen der nationale Himbeerzüchterverein als Auszeichnung für ihre herausragenden Beiträge im Bereich der Himbeerforschung verlieh. Da sowohl Birgit als auch Hjalmar Balaclava-Absolventen und ehemalige Studenten von Peter Shandy waren, hätte dieses Ereignis eigentlich das vorrangige Gesprächsthema sein sollen, doch Peter hatte heute einfach zuviel anderes im Kopf.

»Ich habe Cronkite Swope wegen der Fotos angerufen, die er von Fanshaw gemacht hat, und er sagt, es sei keins dabei, auf dem man sein Gesicht klar erkennen könne. Irgendwie sei es dem Kerl gelungen, seinen Kopf jedesmal von der Kamera wegzudrehen. Und das Unheimlichste an der ganzen Sache ist, daß keiner von uns in der Lage ist, eine genaue Beschreibung von Fanshaw für die Fahndung der Staatspolizei abzugeben, weil wir uns alle nicht erinnern können, wie der Mistkerl wirklich ausgesehen hat.«

Peter schüttelte den Kopf. »Swope ist dazu auch nur eingefallen, daß der Kerl ihn an eine Statistik erinnert. Wie zweiundvierzigeinhalb Prozent der Bevölkerung sozusagen. Er sagte, Fanshaw sähe aus wie das halbe Prozent. Und mich erinnert er irgendwie an den

Mann, der zuerst in den *Neununddreißig Stufen* Tennis spielt und dann später in *Mr. Standfast* wieder auftaucht.« Peter war ein großer Fan von John Buchans Werken. »Der Kerl, bei dem sich immer wieder herausstellt, daß er eigentlich jemand anders ist, wißt ihr. Er hat genauso ein ausdrucksloses, nichtssagendes Gesicht, das gleichzeitig jedem und niemandem ähnlich sieht. Er braucht nur seine Kleidung zu verändern oder sich einen falschen Schnäuzer anzukleben –«

»Meistens brauchen solche Menschen nicht einmal auf Hilfsmittel zurückzugreifen«, meinte Helen. »Sie denken sich nur in die Rolle hinein, und schon klappt alles wie am Schnürchen. Du solltest vielleicht einmal herauszufinden versuchen, ob Buchans Graf von Schwabing während seiner frühen Phase, als er all die unsagbaren Verbrechen beging, die schließlich zu seiner Verbannung aus Deutschland geführt haben, zufällig ein paar uneheliche Söhne gezeugt hat.«

»In diesem Fall könnte Fanshaw höchstens ein Enkel von ihm sein«, meinte Peter. »Außerdem wurden Mitglieder des Adelsstandes nicht verbannt, weil sie uneheliche Kinder zeugten. Er hätte etwas wirklich Schändliches tun müssen, beispielsweise Karten zinken oder einen Fuchs erschießen.«

»Ungh«, knurrte Dr. Svenson. »Klingt mir eher wie ›Der Schatten‹.« Der zweite Bumerang machte Dr. Svenson zwar nicht gerade gesprächig, lockerte jedoch für gewöhnlich seine Stimmbänder ein wenig. »Hatte die Fähigkeit, anderen den Geist zu vernebeln. Männern, meine ich natürlich. Der Geist einer Frau läßt sich nicht vernebeln.«

»Manchmal schon«, klärte ihn Helen freundlich auf. »Bei Winifred Binks kann ich mir eine Vernebelung allerdings auch nicht vorstellen. Und du sagst, sie kann sich ebenfalls nicht erinnern, Peter? Das ist ja richtig unheimlich. Es sei denn, ihr wart alle völlig erschöpft von euren Erlebnissen bei der Eulenzählung.«

»Ottermole war gar nicht in unserer Gruppe«, widersprach Peter. »Obwohl er natürlich die ganze Nacht auf den Beinen war. Aber Budge Dorkin hat gar nicht an der Eulenzählung teilgenommen und kann sich genausowenig erinnern. Bei ihm und Ottermole handelt es sich möglicherweise um posthypnotische Suggestion, was allerdings auf alle anderen Personen nicht zutrifft. Verflixt und zugenäht, es ist so demütigend, feststellen zu müssen, wie leicht sich unsere geistigen Fähigkeiten betäuben lassen.«

»Verwirren, würde ich es nennen«, modifizierte Helen. »Wie bei einem Zauberer, der dem Publikum seinen Hut zeigt, der ganz leer aussieht, und doch ist das Kaninchen, das er gleich herausziehen wird, bereits darin. Was meinst du, benutzt man dazu eigentlich männliche oder weibliche Kaninchen?«

»Ich vermute, man benutzt ausgesprochen dumme Kaninchen, die keine Ahnung haben, was mit ihnen geschieht, denn die Biester sollen ja schließlich nicht anfangen zu quieken, wenn man sie unter den doppelten Boden quetscht. Kannst du das nicht irgendwo nachschlagen? Bibliothekarinnen wissen doch angeblich alles.«

»Mach ruhig weiter so, bring du mich nur vor Thorkjeld in Verlegenheit, damit er mich feuert und ich dann zu Hause deine Socken stopfe. Glaub bloß nicht, daß ich deine chauvinistischen Tricks nicht durchschaue, Peter Shandy. Thorkjeld, haben Sie Lust, noch ein wenig zu bleiben und eine Kleinigkeit mit uns zu essen?«

»Geht leider nicht. Gudrun und Frideswiede kochen heute abend. Wünscht mir lieber viel Glück.«

Dr. Svenson leerte sein Glas und verabschiedete sich. Peter, der inzwischen bemerkt hatte, wie hungrig er war und welch köstlicher Bratenduft aus der Küche herüberzog, machte Anstalten, den Tisch zu decken. Helen verstand den Wink.

»Du Ärmster, du bist sicher völlig ausgehungert. Hast du wenigstens zu Mittag gegessen?«

»Eine verschimmelte Brotkruste und ein Schlückchen Wasser. Brackwasser mit Kaulquappen drin.«

»Köstlich. Kaulquappen sind äußerst nahrhaft, soweit ich weiß. Sollen wir uns die Abendnachrichten anschauen?«

Peter stöhnte. »Lieber nicht. Ich glaube, ich habe für heute genug von Katastrophen. Verflixt, ob es wohl richtig war, Miss Binks heute nacht so ganz allein da draußen zu lassen?«

»Aber Winifred ist doch gar nicht allein, oder? Ich dachte, dieser junge Botaniker genießt das besondere Vorrecht, in ihrem Büro campieren zu dürfen?«

»Man könnte es eher als eine Alternative zur Bezahlung des Minimallohns bezeichnen, wenn du mich fragst. Wir wollen schließlich nicht die ganzen kostbaren Millionen von Grandsire Binks für üppige Stipendien von schmächtigen Akademikern verschleudern. Calthrop wird seine Habilitation von uns bekommen, wenn er so weitermacht, und vielleicht sogar eine Festanstellung als Dozent, falls er sich dessen als würdig erweist. Bisher deutet zwar wenig darauf hin, aber man kann schließlich nie wissen. Miss Buddley behauptet, er habe heute morgen versucht, sich ihr gewaltsam zu nähern.«

Helen hob eine Augenbraue. »Stimmt das denn?«

»Gute Frage, Calthrop zufolge soll Miss Buddley bei der Geschichte tonangebend gewesen sein. Die Episode gipfelte schließlich darin, daß die Dame von dannen stolziert ist und entführt wurde.«

»Peter! Das hast du mir ja noch gar nicht erzählt!«

»Ich bitte vielmals um Verzeihung, mein Herz, aber ich hatte angenommen, der Präsident sei mir zuvorgekommen.«

»Keine sonderlich gute Entschuldigung, wenn du mich fragst. Du weißt doch genau, wie prüde Thorkjeld ist. Er war übrigens noch gar nicht lange da, als du nach Hause gekommen bist. Wir haben uns lediglich über Emory Emmerick unterhalten. Aber was ist aus Miss Buddley geworden? Ist sie immer noch verschwunden?«

»Nein, wir haben sie gefunden.« Peter setzte Helen über die Einzelheiten der Entführung und das Ende der Suche ins Bild. »Sie war ziemlich mitgenommen, immerhin hatte man sie mit einem Fetzen ihres eigenen T-Shirts geknebelt und ihr mit einem anderen die Augen verbunden. Ich mußte ihr mein Hemd leihen, um den Präsidenten nicht noch mehr in Verlegenheit zu bringen.«

»Wie nobel von dir! Ich hoffe, sie besitzt genug Anstand, es dir wieder zurückzugeben. Hat Miss Buddley eine Vorstellung davon, warum sie gekidnappt wurde?«

»Sie ist der Meinung, daß es nur ein Kerl war. Anscheinend glaubt er, Emmerick habe ihr etwas verraten, und versuchte, sie gewaltsam zum Reden zu bringen. Was jedoch nicht funktionierte, da sie keine Ahnung hatte, wovon er sprach. Er wiederum legte ihr Verhalten als Verstocktheit aus, fesselte sie an einen Baum und ließ sie an der Whittington Road zurück, damit sie in Ruhe nachdenken und sich erinnern konnte.«

Helen erschauerte. »Die arme Frau, sie muß ja starr vor Schreck gewesen sein. Geht es ihr inzwischen wieder etwas besser?«

»Sie hat über Ameisenbisse und nervöse Erschöpfung geklagt, ansonsten scheint ihr das Abenteuer nicht sonderlich viel ausgemacht zu haben, wenn man von dem zerrissenen T-Shirt einmal absieht.«

»Weißt du, Peter, ich finde es reichlich sonderbar, daß Miss Buddley rein zufällig genau in dem Moment durch den Wald spaziert oder gestürmt ist, als gerade ihr Kidnapper dort herumstrolchte. Kommt dir das nicht auch ein wenig merkwürdig vor?«

»Die ganze Geschichte kommt mir sogar äußerst merkwürdig vor«, antwortete er. »Man kann daraus eigentlich nur schließen, daß der Kidnapper nicht zufällig strolchte, sondern vielmehr auf der Lauer lag und auf eine günstige Gelegenheit wartete.«

»Aber woher hätte er wissen können, daß sie genau an der Stelle auftauchen würde?«

»Vielleicht hatte er einen kleinen Sender in ihren Wanderstiefeln versteckt. Hältst du es für möglich, daß sich noch ein winziges Stückchen Rübe im Topf befindet?«

»Aber sicher doch, Darling. Darf ich dir noch etwas nachlegen?«

»Ich bitte darum.« Peter holte das Gläschen mit Meerrettichsauce etwas näher zu sich heran und löffelte sich einen Nachschlag auf den Teller. »Im Grunde wäre es sogar möglich, daß Miss Buddley, zumindest aus ihrer Sicht, tatsächlich die Wahrheit sagt, was ihr Abenteuer betrifft. Sie war mit Emmerick befreundet. Er hat sie vorletzte Nacht ins ›Bubble‹ eingeladen. Sie sind die Bowlingbahnen rauf und runter getanzt, hat sie mir erzählt. Falls dieser andere Mensch ihnen nachspioniert hat, konnte er durchaus den Eindruck bekommen, daß Emmerick die Gelegenheit nutzte, um seiner Begleiterin etwas anderes in ihr hübsches muschelförmiges Ohr zu flüstern als süße Nichtigkeiten.«

»Sind ihre Ohren tatsächlich muschelförmig?« Als echte Bibliothekarin ging Helen den Fakten immer gern sofort auf den Grund.

»Nicht ablenken, geliebte Gattin. Vielleicht führen uns diese Überlegungen ja auf die richtige Spur, wie immer die auch aussehen mag. Emmerick muß in eine ziemlich üble Sache verwickelt gewesen sein, glaubst du nicht? Warum hätte sich sonst jemand die Mühe gemacht, ihn umzubringen? Warum man ihn allerdings auf so groteske Weise aus dem Weg geräumt hat, verstehe ich immer noch nicht, aber es gibt sicher eine gute Erklärung dafür.«

»Etwa, daß derjenige, der ihn in dem Netz gefangen hat, sonst keine Möglichkeit hatte, in seine Nähe zu kommen?« schlug Helen vor.

»Grundgütiger, an diese Möglichkeit hatte ich noch gar nicht gedacht! Du meinst, der arme Mensch leidet vielleicht an wahnsinnigem Mundgeruch? Oder er hat eine Allergie gegen Emmericks Schuppen und hätte sich durch seine lauten Niesanfälle verraten, noch bevor er überhaupt eine Chance gehabt hätte, ihm die tödliche Waffe, wie immer sie auch ausgesehen haben mag, in den Leib zu bohren?«

»Genau das meine ich, Liebster. Schließlich ist das die einzig logische Erklärung.«

»Welche von beiden?«

»Das kannst du dir aussuchen«, schloß Helen großzügig. »Obwohl ich, ehrlich gesagt, eher an eine Prothese oder einen verknacksten Fuß gedacht hatte.«

»Womit du natürlich durchaus recht haben könntest. Aber wie konnte ein Mensch mit Prothese oder verknackstem Fuß es schaffen, den Baum herunterzuklettern und sich aus dem Staub zu machen, bevor Winifred und ich ihn erwischen konnten? Warum hat er es nicht vorgezogen, Emmerick aus sicherer Entfernung zu erschießen oder sich in sein Zimmer zu schleichen und seine Zahnpasta mit Strychnin zu versetzen?«

»Vielleicht, weil der Mörder nicht besonders gut zielen konnte und ihm gerade das Strychnin ausgegangen war? Oder weil er einen abgrundtiefen Haß gegen Emmerick hegte und die Befriedigung brauchte, ihm Auge in Auge gegenüberzustehen? Oder in diesem Fall vielmehr Messer in Nacken. Liebster Peter, ich weiß, daß du heute schon so oft zur Station gegondelt bist, daß sie dir bestimmt schon zum Hals heraushängt, aber meinst du nicht auch, wir sollten noch einmal hinfahren und Winifred fragen, ob sie nicht doch lieber bei uns übernachten möchte? Das mag dir vielleicht ängstlich und typisch weiblich vorkommen, aber –«

»Ich bin genauso ängstlich wie du, wenn ich ehrlich sein soll«, gab Peter zu. »Und habe ich je etwas gegen weibliche Intuition einzuwenden gehabt? Sollen wir sofort losfahren?«

»Vielleicht möchtest du vorher noch deinen Nachtisch essen? Es ist allerdings bloß Obst und Käse.«

»Heben wir es für Miss Binks auf.«

»Darling, warum sagst du eigentlich nicht Winifred zu ihr? Es wäre ihr sicher viel lieber.«

»Das weiß ich, Helen. Nur erinnert sie mich leider viel zu sehr an meine Grundschullehrerin. Aber ich werde meine Lenden gürten und versuchen, mich davon nicht einschüchtern zu lassen.«

»Tu das. Du bist doch schließlich ein großer Junge, oder? Komm, wir spülen noch schnell das Geschirr weg.«

Gemeinsam schafften sie es, die Küche innerhalb kürzester Zeit wieder in Ordnung zu bringen. Jane Austen gab ihrem verständlichen Unmut darüber, allein gelassen zu werden, so lautstark Ausdruck, daß sie beschlossen, sie mitzunehmen. Diesmal fuhr Helen, und Peter beschäftigte sich eingehend mit Jane, die eine ausgesprochene Schwäche fürs Autofahren entwickelt hatte. Am liebsten saß sie dabei auf Peters Schulter, ringelte ihren Schwanz um sein Gesicht wie einen gestreiften Schnurrbart und kommentierte die Aussicht.

»Ich vermute, wir hätten besser vorher angerufen, um ihr zu sagen, daß wir kommen«, bemerkte Helen, während sie das Dorf hinter sich ließen und auf die Straße in Richtung Lumpkinton fuhren.

»Dann hätte sie sicher gesagt, wir sollten uns die Mühe sparen«, meinte Peter. »Du weißt doch, wie unabhängig Winifred ist. Na, wie war das für den Anfang?«

»Gut gemacht, Darling. Aber du mußt versuchen, es auch zu sagen, wenn sie es hört. Ich weiß, daß Winifred unabhängig ist, aber draußen auf der Forschungsstation ist sie sehr viel ungeschützter als dort, wo sie vorher gewohnt hat. Und es ist inzwischen schon soviel über das Geld ihres Großvaters geredet worden, daß die Leute allmählich glauben, sie hätte es wie Feuerholz in den Ecken gestapelt. Am besten wäre es wohl, wenn sie sich einen riesigen scheußlichen Wachhund zulegen würde. Oder wenigstens einen kleinen frechen.«

»Sie hat Angst, ein Wachhund könnte die hiesige Fauna verschrecken.«

»Soweit ich sehe, scheint das tatsächlich ihre einzige Angst zu sein. Winifred vertritt die These, daß Angst so ungefähr das Gefährlichste ist, das einem zustoßen kann.«

»Ich glaube, damit hat sie sogar recht.«

»Kann schon sein.« Helen klang ein bißchen gereizt. »Für ihre Freunde ist diese Einstellung jedenfalls verflixt schwierig. Und bei Viola Buddley hat es heute ja auch nicht funktioniert. Die wenigen Male, die ich sie getroffen habe, ist sie mir ausgesprochen furchtlos vorgekommen. Weiß der Himmel, wie sie sich jetzt fühlt! Ich hoffe, du wirst keine Probleme damit haben, deinen Studenten draußen in der Station zu lassen.«

»Das hoffe ich auch, jetzt wo du es – puh! Jane, versuch doch bitte, deinen Schwanz nicht immer in meinen Mund zu stecken. Also, wie ich gerade sagen wollte, jetzt wo du es erwähnt hast. Wir müssen einfach abwarten und sehen, wie sich alles entwickelt. Falls es wirklich nötig sein sollte, können wir immer noch eine Gruppe Studenten als Bodyguards oder Hausmeister einsetzen. Aber dazu müßten wir ihnen zuerst eine Art Schlafbaracke bauen.«

»Zwei Schlafbaracken«, korrigierte Helen. »Eine für die Herren und eine für die Damen der Schöpfung. Du kennst ja Sieglinde.«

»Allerdings. Oder wir erweitern die Sendestation mit ein paar Flügeln. Das wäre wahrscheinlich billiger als ein völlig neues Gebäude, auch wenn mir bei dem Gedanken, mich weiter mit den verfluchten Bauplänen herumschlagen zu müssen, die Haare zu Berge stehen. Sag mal, Helen, was meinst du wohl, wo Emory Emmerick die Chuzpe hergenommen hat, sich als Angestellter der Meadowsweet Construction Company auszugeben? Woher konnte er wissen, daß der echte Ingenieur nicht eines schönen Morgens auftauchen und seine Vorstellung runinieren würde?«

»Die Frage ist meiner Meinung nach leicht zu beantworten. Offensichtlich war Emmerick genauestens darüber informiert, wann der echte Ingenieur bei euch auftauchen würde. Wie er das herausgefunden hat, ist eine Frage, die sich weniger leicht beantworten läßt. Hat man dich und Thorkjeld denn nicht darüber informiert?«

»Nein, mein Herz, bei diesen langwierigen Bauprojekten entwickelt man wohl mit der Zeit eine Art Schicksalsergebenheit. Man ist bereits froh und dankbar, wenn die Arbeit Fortschritte macht, statt auf rätselhafte Weise stillzustehen oder unterbrochen zu werden. Für die genaue Planung und Organisation sind die Personen verantwortlich, die dafür bezahlt werden, den Laden zu schmeißen. Bisher sind die Angestellten von Meadowsweet stets erschienen und haben sich als arbeitswillig und fleißig erwiesen, also haben wir uns mit dem Kleinkram gar nicht erst abgegeben.«

Jane zeigte sich geneigt, von Peters Schulter auf sein Knie zu wechseln. Er war ihr bei ihrem Abstieg behilflich und sorgte dafür, daß sie es sich auf ihrem neuen Platz gemütlich machte.

»Bist du jetzt endlich zufrieden, du kleiner Störenfried? Ich glaube nicht, daß es für einen Betrüger schwer ist, einem Angestellten von Meadowsweet, der Zugang zu den Terminplänen hat, eine Information zu entlocken, die noch nicht mal top-secret ist, Helen. Man lernt jemanden kennen, gibt ein paar Drinks aus, verteilt ein paar Schmeicheleien oder ein bißchen Schmiergeld, das hängt ganz von den Umständen und der betreffenden Person ab. Das würde sogar ich schaffen, wenn ich müßte. Obwohl du zweifellos schneller und effektiver wärst.«

»Das glaube ich auch.« Helen hielt wenig von falscher Bescheidenheit. »Aber warum?«

»Tja, schwer zu sagen. Verdammt. Ich wünschte, wir könnten jetzt einfach in die Station marschieren und Winifred würde uns mit einem geheimnisvollen schwarzen Notizbuch entgegeneilen, in das der verstorbene Emory Emmerick seine chiffrierten Notizen eingetragen hat, und darin einen dicken fetten Hinweis finden.«

»Wie mich das an Franklin Scudder erinnert! Träumen Sie weiter, General Hannay!«

Peter nahm diesen Vorschlag seiner Gattin wörtlich, indem er es Jane gleichtat und einnickte. Er erwachte etwas gestärkter und ausgeruhter genau in dem Moment, als Helen von der Straße abbog und den Wagen auf den Parkplatz der Forschungsstation lenkte.

Sie hatten erwartet, Winifred Binks und Knapweed Calthrop im Haus über einer Tasse Löwenzahnkaffee oder einem Glas mit einem von Winifreds kräftigeren Getränken vorzufinden. Tatsächlich brannte im Empfangsraum noch Licht, und man konnte die beiden am Tisch sitzen sehen, anscheinend völlig vertieft in etwas, das vor ihnen auf dem Tisch lag. Sie schauten auf, als die Scheinwerfer des Wagens sie blendeten. Winifred Binks erhob sich und kam zur Tür. Knapweed folgte ihr auf dem Fuße, den Hammer kampfbereit in der Hand.

Kapitel 10

Na so was, Peter! Haben Sie denn für heute immer noch nicht genug von uns? Und Helen und Jane sind auch mitgekommen! Was für eine nette Überraschung. Schön, euch zu sehen, ich hoffe nur, es ist kein Pflichtbesuch. Sie können den Hammer ruhig wieder weglegen, Knapweed, die Shandys werden uns sicher nicht angreifen. Knapweed und ich haben eine Art Hausfriedensbruch begangen, Peter, auch wenn ich nicht weiß, als was genau man es bezeichnen sollte. Vielleicht als vorsätzlichen Einbruch und bewußtes Eindringen. Wir wußten, daß wir das Auto eigentlich der Polizei überlassen sollten, doch die kamen und kamen nicht. Schließlich konnten wir es nicht mehr aushalten, haben uns Plastiktüten über die Hände gestülpt, um keine Fingerabdrücke zu zerstören, und uns selbst an die Suche gemacht. Und raten Sie mal, was wir hinter dem Fahrersitz gefunden haben? Ein kleines schwarzes Notizbuch! Es scheint in einer Art Geheimschrift verfaßt zu sein, aber vielleicht liegt das auch nur an unserer Unkenntnis. Möchten Sie es mal sehen?«

»Da fragen Sie noch?« sagte Peter. »Vielleicht ist es genau das, worauf wir die ganze Zeit gehofft haben. Haben Sie beim Umblättern der Seiten die – eh – Tüten anbehalten?«

»Das war gar nicht nötig. Knapweed hatte die glorreiche Idee, sie mit der Pinzette umzudrehen, die er immer für das Ordnen seiner botanischen Prachtstücke benutzt. Ich kann damit nicht umgehen, aber er benutzt sie wie ein Chirurg sein Operationsbesteck.«

Der junge Stipendiat errötete. »Reine Gewohnheitssache. Labkraut kann verteufelt aggressiv sein. Aber wenn man es erst mal genauer kennt, ist es eigentlich ganz angenehm im Umgang. Tag, Kätzchen.«

Jane, die sich die ganze Zeit an Knapweeds linkem Hosenbein gerieben hatte, nahm die Begrüßung zum Anlaß, an dem freundlichen Bein hochzuklettern. Der junge Mann stellte den Hammer ab, pflückte die Katze von seiner Jeans und nahm sie vorsichtig auf den Arm. »Jane? So heißt du also? Halt mal einen Moment still, ja? Ich würde gern deine Schnurrhaare zählen.«

»Grundgütiger, Helen, er ist einer von uns!« rief Peter. »Ich sollte Ihnen vielleicht erklären, Calthrop, daß meine Frau und ich ebenfalls die Gewohnheit haben, alles zu zählen. Jane hat haargenau – Entschuldigung, Calthrop, ich möchte Ihnen den Spaß nicht verderben, es selbst herauszufinden.«

»Deine Zählung ist wahrscheinlich sowieso nicht mehr auf dem aktuellen Stand, Darling«, meinte Helen vorsichtig. »Gestern habe ich beim Aufräumen ein einsames Schnurrhaar auf dem Wohnzimmersofa gefunden. Ich weiß gar nicht, warum ich mir überhaupt die Mühe gemacht habe, Mrs. Lomax macht wirklich immer – warum reden wir eigentlich die ganze Zeit über Janes Schnurrhaare? Laß uns lieber einen Blick in das Notizbuch werfen.«

»Versuchen Sie ruhig Ihr Glück«, sagte Miss Binks. »Wir sind nämlich mit unserem Latein am Ende, und Sie sind schließlich eine Expertin, was Schriften betrifft.* Hier, setzen Sie sich. Ist das Licht hell genug?«

»Das Licht genügt vollkommen, aber das hilft mir leider auch nicht weiter. Knapweed, würden Sie bitte die Seiten für mich umblättern? Peter, was hältst du davon? Kurzschrift ist es jedenfalls nicht, oder wenigstens kein System, das mir bekannt ist. Auch keine griechische, arabische oder hebräische Schrift, kein Sanskrit und kein Kyrillisch, kein demotisches Ägyptisch, und Hieroglyphen sind es ganz bestimmt auch keine. Ich denke, wir können ruhig auf das bewährte Verfahren der relativen Häufigkeit für Anfänger zurückgreifen. Ich wünschte nur, ich hätte den fünften Band der *Encyclopaedia Britannica* mitgebracht.«

»Woher hätten Sie wissen sollen, daß Sie ihn brauchen würden?« erkundigte sich ihre Gastgeberin. »Was sollen wir denn jetzt Ihrer Meinung nach tun?«

»Ich glaube, wir sollten das Notizbuch dahin zurücklegen, wo Sie es gefunden haben«, meinte Helen. »Aber vorher kopieren wir es erst mal Seite für Seite durch. Selbstverständlich mit Hilfe von

* Wenn der Wetterhahn kräht, DuMont's Kriminal-Bibliothek Band 1063

Mr. Calthrops Pinzette, damit wir keine Fingerabdrücke zerstören. Tut mir schrecklich leid, daß ich Sie so ans Arbeiten bringe, Mr. Calthrop.«

»Meine Güte, das macht doch nichts, aber warum nennen Sie mich nicht Knapweed? Das tun alle anderen auch. Jedenfalls alle, die überhaupt mit mir reden. Meinen Sie, es wäre möglich, zwei Kopien zu machen? Ich würde mich gern selbst ein bißchen damit beschäftigen, ich habe noch nie versucht, eine Geheimschrift zu knacken.«

»Ich auch nicht«, sagte Winifred Binks. »Eine hervorragende Idee, Knapweed. Je mehr von uns es versuchen, desto größer ist die Wahrscheinlichkeit, daß es einem von uns gelingt. Glauben Sie nicht, Peter?«

Peter wußte nicht, was er glauben sollte und was nicht. Da Knapweed das Notizbuch bereits in die Pinzette genommen hatte und gerade dabei war, es zum Kopierer zu transportieren, sah er wenig Sinn darin, jetzt noch Einspruch zu erheben. Knapweed konnte es sich sowieso jederzeit nehmen und Kopien machen, nachdem Miss Binks zu Bett gegangen war. Peter hatte keine Lust, die ganze Nacht hier draußen mit den Stinktieren und Waschbären zu verbringen und den Leihwagen zu bewachen. Er bezweifelte sehr, daß Fanshaw versuchen würde, sich heimlich herzuschleichen, um damit fortzufahren. Er wäre ein ausgesprochener Dummkopf, wenn er sich noch einmal in die Nähe der Forschungsstation wagen würde, es sei denn, das Notizbuch gehörte ihm und er wollte auf keinen Fall, daß jemand die Notizen entschlüsselte.

»Ich wüßte nur zu gern, wer von den beiden dieses Ding verloren hat«, sagte er zu Miss Binks. »Wir können zwar davon ausgehen, daß Emmerick und Fanshaw gemeinsame Sache gemacht haben, aber woran – eh – zum Teufel haben sie gearbeitet?«

»Gute Frage«, antwortete sie. »Wenn man bedenkt, was Viola heute morgen zugestoßen ist, müssen wir wohl davon ausgehen, daß die Sache noch nicht ausgestanden ist, auch wenn Mr. Emmerick inzwischen nicht mehr unter uns weilt. Was mir am meisten Sorgen macht, Peter, ist die Art und Weise, wie diese Betrüger hier auftauchen. Zuerst schneit Emmerick herein und gibt vor, jemand zu sein, der er in Wirklichkeit gar nicht ist. Dann stirbt Emmerick, Mr. Fanshaw erscheint auf der Bildfläche und weiß anscheinend nicht einmal, daß Emmerick tot ist. Wir schaffen es, ihn sicher hinter Schloß und Riegel zu bringen, da kommt schon wieder jemand und kidnappt Viola. Und schließlich erscheint auch noch dieser Rechtsanwalt und holt Fanshaw aus dem Gefängnis. Ich frage mich allmählich, wie das bloß enden soll!«

»Sie haben vollkommen recht, Winifred.« So, jetzt hatte er es endlich doch noch geschafft! »Ich habe Ihnen zwar erzählt, daß Fanshaw aus dem Gefängnis verschwunden ist, aber nicht, wie. Folgendes ist passiert: Als ich im Gefängnis eintraf, war Fanshaws Anwalt bei seinem Mandanten in der Zelle. Er kam heraus, und Ottermole hatte einen kleinen – eh – Wortwechsel mit ihm, woraufhin der Anwalt verschwand und Ottermole und Dorkin nachschauen gingen, ob Fanshaw vielleicht aufs – eh – kurz seine Zelle verlassen mußte. Ich war die ganze Zeit so sehr damit beschäftigt, Emmericks Sachen durchzusehen, daß ich nicht weiter auf sie geachtet habe. Nach einer Weile schien es mir jedoch im Gefängnis verdächtig still geworden zu sein, daher beschloß ich, lieber kurz nachzusehen. Ich fand die Käfigtür offen, der Vogel war ausgeflogen, und Ottermole und Dorkin saßen zusammen auf der Pritsche. Sie waren in ein Fadenspiel vertieft und glaubten, sie würden Dame spielen.«

»Wie das?«

Peter zuckte mit den Achseln. »Da bin ich völlig überfragt. Wir haben nur herausfinden können, daß Fanshaw sie hypnotisiert hat, indem er eine Goldmünze vor ihren Nasen hin und her pendeln ließ.«

»Das ist ja unglaublich. Sind Sie ganz sicher, daß die beiden nicht nur so getan haben?«

»Daran besteht kein Zweifel. Ich kenne Fred und Budge gut genug, die beiden waren völlig weg vom Fenster. Es hat mich einige Mühe gekostet, sie wieder wach zu bekommen, und ich befürchte, sie stehen vielleicht immer noch unter dem Einfluß einer Art posthypnotischen Suggestion. So etwas halte ich durchaus für möglich. Das Opfer verhält sich tagelang unauffällig und beginnt plötzlich, auf den Händen zu laufen oder Erbsen mit dem Messer zu essen.«

»Ugh! Was für ein abscheulicher Gedanke. Meinen Sie denn, es war richtig, die beiden allein zu lassen?«

»Das habe ich ja gar nicht. Der Officer, der Nachtdienst hat, ist gekommen, und die beiden sind nach Hause gegangen. Budge Dorkin wollte den neuen Freund seiner Tante treffen, und Ottermole hatte vor, wie jeden Abend mit seinen Kindern Räuber und

Gendarm zu spielen. Wir werden einfach abwarten müssen, wie sich die Dinge entwickeln.«

»Genau wie Cronkite Swope mit seinen Fotos.«

»Ein guter Vergleich, Winifred.« Jetzt hatte er es sogar ein zweites Mal geschafft! Diesmal war es schon einfacher gewesen, ihr Name war ihm wirklich sehr viel leichter von den Lippen gekommen. »Ich habe Swope bereits angerufen, aber er hat mir gesagt, daß Fanshaw leider auf keinem einzigen Bild deutlich zu erkennen ist. Entweder er ist unscharf oder hat sich gerade von der Kamera weggedreht.«

»Wie unheimlich!«

»Oder heimlich, je nachdem, wie man die Sache betrachtet. Meiner Meinung nach muß Fanshaw eine Menge Erfahrung in diesen Dingen haben, sonst hätte er nicht diese Geistesgegenwart an den Tag gelegt. Wie läuft's denn so, Calthrop?«

»Ich glaube, ich bin soweit fertig. Ich schau' das Buch zur Sicherheit nur noch mal durch.«

Der Botaniker war immer noch mit dem Pinzettieren von Seiten beschäftigt, die jedoch alle leer waren, erst auf dem letzten Blatt wurde er wieder fündig. Diesmal handelte es sich allerdings nicht um rätselhafte Symbole, sondern um die grobe Skizze einer Schale auf einem Fuß, in der sich einige runde Kritzeleien befanden, die man sehr wohl für Äpfel halten konnte.

»Da schau mal einer an«, rief Peter.

»Was sollen wir uns denn anschauen?« verlangte Helen zu wissen.

»Na das hier!«

Er zeigte auf die Zeichnung, die Knapweed gerade kopiert hatte. Helen rümpfte die Nase.

»Künstlerisch nicht gerade überzeugend, wenn du mich fragst. Gehe ich recht in der Annahme, daß es sich dabei um eine wichtige Symbolik handelt?«

»Es wird dich sicher interessieren, daß Winifred, wie sie heute erst erfahren hat, die Mehrheitsbeteiligung an einer Firma namens Golden Apples hat, die einem Ehepaar namens Compote gehört und von diesem geleitet wird. Was ich besonders interessant finde, ist die Tatsache, daß ich eine ganz ähnliche Zeichnung zwischen Emmericks Papieren gefunden habe.«

»Du meinst, das läßt darauf schließen, daß Emmerick der Besitzer dieses Notizbuchs war?«

»Ich glaube nicht, daß wir zu diesem Zeitpunkt schon ganz sicher sein können, aber wenigstens ist es ein Anhaltspunkt. Gute Arbeit, Calthrop. Kann ich einen Satz Kopien haben?«

Knapweed reichte sie ihm. »Soll ich das Notizbuch wieder dort hinlegen, wo wir es gefunden haben?«

»Wenn Sie so freundlich sein wollen«, erwiderte Peter. »Am besten fassen Sie es nur mit Ihrer Pinzette an, aber das brauche ich Ihnen sicher gar nicht zu sagen.«

»Aber wenn dieser Fanshaw tatsächlich wieder auf freiem Fuß ist, was sollte ihn dann davon abhalten, herzukommen und es sich wiederzuholen?«

»Erstens hat das Büchlein ja wahrscheinlich Emmerick gehört, wie wir aufgrund der Kritzelei annehmen dürfen, also weiß Fanshaw vielleicht gar nichts von seiner Existenz. Und falls dies nicht zutreffen sollte, geht er vielleicht zweitens davon aus, daß es sich unter Emmericks persönlichen Habseligkeiten befindet, die er bisher noch nicht durchsuchen konnte. Ottermole hat einiges aus Emmericks Zimmer im Gasthof geholt, und die Staatspolizei hat im Leichenschauhaus die restlichen Sachen aus Emmericks Taschen genommen. Und falls drittens das Notizbuch wider Erwarten doch Fanshaw gehören sollte und er dafür sogar das Risiko in Kauf nimmt, sich herzuschleichen, um es zu holen, wissen wir mit Sicherheit, daß es sich um etwas sehr Wichtiges handelt.«

»Hey, da haben Sie recht! Vielleicht sollte ich heute nacht Wache halten, für den Fall, daß er aufkreuzt.«

»Lieber Sie als ich, junger Mann. Jetzt, wo wir die Kopien haben, wäre es ja nicht mehr so schlimm, wenn Fanshaw sich das Ding zurückholen würde. Wissen Sie, ich frage mich, ob dieser angebliche Code nicht vielleicht in Wirklichkeit so etwas wie eine Kurzschrift für Ingenieure ist, die Symbole sehen genauso aus, als hätte sie ein Rohrleger ausgearbeitet. Ich werde einen unserer Jungs aus der technischen Abteilung bitten, einen Blick darauf zu werfen.«

»Sie könnten vielleicht auch versuchen herauszufinden, ob es nicht eine Art Computersprache ist«, schlug Winifred Binks vor. »Das ist heutzutage meistens so.«

»Wie wahr!«

Peters Antwort wurde von einem Gähnanfall gestört, der so stark war, daß er ihn unmöglich unterdrücken konnte. Helen reichte ihm seinen berüchtigten Tweedhut und seinen geliebten

Plaidmantel, den er nach ihrer Ankunft auf einem Stuhl abgelegt hatte.

»Komm schon, Liebling, du kannst dich ja kaum noch auf den Beinen halten. Winifred, Sie sind sicher auch todmüde. Hätten Sie nicht Lust, mitzufahren und bei uns zu übernachten? Sie sind auch herzlich eingeladen, Knapweed, wenn es Ihnen nichts ausmacht, auf dem Wohnzimmersofa zu nächtigen.«

»Vielen Dank, Mrs. Shandy. Ich könnte sogar auf einer Hutablage schlafen, wenn es sein müßte, aber ich denke, ich bleibe lieber hier und halte die Stellung, für den Fall, daß etwas passiert. Außerdem erwarten wir morgen Besuch.«

»Sehr lobenswerte Einstellung, Knapweed«, sagte Winifred. »Vielen Dank für das reizende Angebot, Helen, aber wir bleiben heute nacht wirklich besser unter unseren eigenen flauschigen Federbetten. Wir hatten eigentlich schon heute abend eine Pfadfindergruppe aus Lumpkin Upper Mills erwartet, die hier draußen campieren und ihre eigene Eulenzählung durchführen wollte, aber der Führer hat angerufen und gesagt, es sei ihnen doch zu kalt. Im Klartext heißt das wohl, daß die Eltern Angst haben, ihre Sprößlinge ziehen zu lassen, nachdem die Sache mit Emmerick passiert ist.«

»Kann man ihnen kaum verübeln.«

»Ganz meine Meinung. Jedenfalls wollen sie morgen in aller Frühe herkommen. Ich soll ihnen zeigen, was man tun muß, um die Bitterstoffe aus Eicheln herauszuziehen, danach wollen wir sie zusammen über einem Lagerfeuer rösten. Eigentlich sollten sie selbst Eicheln sammeln, aber Knapweed und ich haben heute nachmittag schon einen ganzen Eimer gesammelt, damit es morgen schneller geht. Ohne einen nennenswerten Zwischenfall, wie ich zu meiner Erleichterung sagen kann. Wir haben sie schon geschält und im Bach ausgewaschen.«

»Viola hat vorhin angerufen, um uns mitzuteilen, daß sie sich wieder besser fühlt und morgen für ein Weilchen herkommen könne, falls wir sie bräuchten«, warf Knapweed ein. »Aber wir haben gesagt, wir schaffen es schon allein, daher wird sie sich stattdessen die Haare waschen.«

»Ihr seht also, es ist mehr oder weniger wieder alles beim alten«, sagte Winifred. »Ich würde euch ja gern eine Tasse Kamillentee als Wegstärkung anbieten, aber ihr seht nicht so aus, als ob ihr scharf darauf wäret. Viel Glück mit dem Code oder was immer es auch sein mag, und vielen Dank, daß ihr an uns gedacht habt. Schlaf schön, kleine Jane. Komm bald mal wieder vorbei.«

Peter sagte »Gute Nacht, Winifred«, um in Übung zu bleiben. Jane leckte kurz, aber zärtlich Knapweeds Hand, was ihn sehr beglückte. Helen kramte nach den Wagenschlüsseln und sorgte dafür, daß sie alle sicher nach Hause kamen. Sowohl Peter als auch Jane mußten geweckt werden, als sie auf Charlie Ross' Parkplatz fuhr. Jane machte Anstalten, den kurzen Weg nach Hause zu Fuß zurückzulegen. Helen protestierte.

»Das hast du dir wohl so gedacht, junge Dame. Kommt gar nicht in Frage, daß du mir anfängst, die Straßen unsicher zu machen wie dein Vetter Edmund.«

Edmund war zwar in Wirklichkeit nur ein Vetter um sechs Ekken, aber in Balaclava County war das bereits verwandt genug. Peter beendete die Diskussion, indem er Jane auf den Arm nahm, damit sie ihren Unmut an seinem Mantel auslassen konnte, dem inzwischen sowieso nichts mehr etwas anhaben konnte.

»Jetzt werden wir alle einen schönen, ruhigen Sonntag verbringen«, entschied Helen, als sie hügelan stiegen. »Wir schlafen bis in die Puppen, und ich mache uns ein schönes großes Frühstück, sobald uns nach Essen ist.«

»Schade, daß wir nicht daran gedacht haben, ein paar Eicheln von Winifred zu schnorren«, sagte Peter. »Dann könnten wir im Garten ein Lagerfeuer machen und die Dinger rösten.«

»Wirklich jammerschade, Schatz.« Helen blickte hinauf zum mondlosen, sternlosen Firmament. »Ich befürchte, die Pfadfinder werden morgen auch nicht allzu viele Eicheln rösten, es sei denn, sie setzen sich an das Kaminfeuer in der Forschungsstation. Was immer der Wetterbericht auch vorhergesagt hat, ich bin sicher, wir bekommen morgen einen schlimmen Sturm.«

Wie so oft behielt Helen natürlich recht. Der Sonntagmorgen tat sich äußerst schwer. Der Himmel blieb bleigrau, der Regen schlug wütend gegen die Fenster, trommelte aufs Dach und sickerte zweifellos durch die Schutzwand in den Keller. Doch keiner der drei Shandys ging nachsehen, sie waren alle viel zu sehr mit Faulenzen und Dösen beschäftigt, bis Jane schließlich entschied, daß es Zeit für ein Fresserchen sei, und Helens Verantwortungsgefühl den Sieg davontrug. Peter kam als letzter nach unten. Seine Gattin saß mit einer Tasse Kaffee am Küchentisch, die Würstchen brutzelten in der Pfanne, und eine Schüssel mit Pfannkuchenteig auf der

Anrichte wartete nur darauf, gebacken zu werden. Knapweeds Kopien waren überall verteilt.

»Schon etwas herausgefunden, werte Mrs. Holmes?«

»Leider nicht.« Helen sammelte die Seiten ein, legte sie auf ein Schneidebrett und stellte zur Sicherheit noch eine Dose Katzenfutter darauf. »Ich habe Winifred schon angerufen. Die Pfadfinder kommen nun doch nicht, daher wird sie mit Knapweed zusammen ihr Wohnzimmer tapezieren. Sie hat es die ganze Zeit auf einen Regentag verschoben, und einen verregneteren Tag als heute wird sie schwerlich finden. Sie war schon draußen und hat die Regenmesser kontrolliert, sie zeigten schon anderthalb Zentimeter an. Die beiden hatten auch noch kein Glück mit Emmericks Code. Ich mußte ihr gestehen, daß es uns auch nicht besser gegangen ist. Vielleicht funktioniert mein Verstand besser, wenn ich etwas im Magen habe.«

»Durchaus möglich, mein Herz. Möchtest du, daß ich die Pfannkuchen backe?«

»Nicht, wenn du beabsichtigst, sie in die Luft zu werfen und mit der Pfanne aufzufangen. Du weißt ja, was beim letzten Mal passiert ist.«

»Undank ist der Welt Lohn! Wer hat denn drei Jahre lang gejammert, daß die Decke endlich renoviert werden sollte? Und wer hat schließlich den letzten Anstoß gegeben?«

»Ich gebe ja zu, daß du den letzten Anstoß gegeben hast, aber was war mit dem Herd? Ich habe Mrs. Lomax noch nie so aufgebracht gesehen. Und das war, nachdem wir bereits das meiste von den Kochplatten gekratzt hatten. Schau doch bitte nach, ob die Sonntagszeitung schon gekommen ist, wenn du so darauf brennst, dich nützlich zu machen. Ich hoffe, der Zeitungsjunge hat sie nicht wieder einfach auf die Treppe geknallt und ist weitergeflitzt, wie er es sonst immer macht.«

»Falls er das getan hat, haben wir inzwischen sicher Pappmaché«, meinte Peter ahnungsvoll. »Meine Güte, was für ein Hundewetter! Jane, nimm die Nase aus der Pfanne! Komm lieber mit und hilf Papi bei seinem Kampf gegen die bösen Elemente.«

Jane war anderer Meinung und zeigte ihm ziemlich deutlich, daß ihre vorrangige Aufgabe in der Beaufsichtigung der Würstchen bestand, darum ging Peter allein. Der Schaden war weniger schlimm als erwartet, da die Bostoner Zeitung so dick in Anzeigenteile und Werbebeilagen eingewickelt war, weil jemand die Seiten falsch angeordnet hatte, daß der Teil mit den relativ mageren Nachrichten und Leitartikeln nur zur Hälfte durchnäßt war. Zu seiner großen Verwunderung entdeckte er außerdem eine weit dünnere und noch dazu knochentrockene Zeitung, die in einer Plastikhülle steckte und an der Eingangstür lehnte.

Auf der ersten Seite der letzteren Publikation prangte ein exklusives, hochaktuelles Foto, auf dem zwei gepflegte, gutaussehende Männer in Uniformen der Staatspolizei eine Leiche über einen Waldweg transportierten. Ein weiteres Bild zeigte Polizeichef Ottermole, dank Edna Maes liebevoller Pflege sogar noch besser und gepflegter aussehend als seine Kollegen, bei der Festnahme eines mittelgroßen Mannes, der sein Gesicht von der Kamera abgewandt hatte. Peter warf die nasse Zeitung in den Schirmständer und trug die trockene zurück in die Küche.

»Sieh mal, Helen, der *Gemeinde- und Sprengel-Anzeyger* hat es endlich geschafft, eine Sonntags-Sonderausgabe zu drucken! Ein Meilenstein in der Geschichte der Menschheit! Ottermoles Bild prangt auf der Titelseite.«

»Wann tut es das nicht? Mein Gott, Edna Mae hat bald keinen Platz mehr an ihren Wänden. Bist du auch irgendwo zu sehen?«

»Jessas, hoffentlich nicht. Swope sollte es inzwischen besser wissen.«

»Das halte ich aber für äußerst unfair. Wir haben schließlich auch Wände!«

»Warum hängst du dann nicht das hübsche Bild auf, wo ich auf der Landwirtschaftsausstellung den siebenundzwanzig Pfund schweren Balaclava-Protz in Augenschein nehme, den der alte Kauz aus Outer Clavaton hergeschleppt hat?«

»Ja, richtig, wo du mit dem Rücken zur Kamera stehst und einen Riß hinten in der Hose hast.«

»Aber bloß einen winzig kleinen. Ich saß zufällig bei den Viehgehegen auf einem gesplitterten Holzgatter, an dem ein gelangweiltes Rind herumgeknabbert hatte. Aber du mußt zugeben, daß die Rübe sehr gut getroffen ist.«

»Womit du allerdings recht hast. Bist du so lieb und drehst die Würstchen für mich um? Aber bitte, ohne Theater.« Helen legte zwei weitere Pfannkuchen auf den Stapel, den sie zum Warmhalten in den Backofen geschoben hatte, und gab neuen Teig in die Pfanne. »Am besten, ich brauche alles auf, dann können wir heute nachmittag Crumpets zum Tee essen.«

Bei einem Aufenthalt in Großbritannien hatten Helen und Peter amüsiert festgestellt, daß englische Crumpets den amerikanischen Pfannkuchen so ähnlich waren, daß man den Unterschied kaum bemerkte, und heute war ein guter Tag, um vor dem Kamin stilgerecht britischen High Tea einzunehmen. Sie ließen sich ihr opulentes Frühstück schmecken, lasen sich gegenseitig Ausschnitte aus Cronkite Swopes lebhafter Reportage vor, stellten das Telefon leise, damit sie es nicht mehr klingeln hörten, nachdem sie bereits viel zu viele Anrufe von Nachbarn bekommen hatten, die ebenfalls den *Gemeinde- und Sprengel-Anzeyger* gelesen hatten, und versuchten, nicht über zu viele der unangenehmen Pflichten nachzudenken, die auch sie seit Ewigkeiten auf einen Regentag verschoben hatten.

Zwischendurch nahm sich immer wieder einer von ihnen das Notizbuch vor und brütete über dem Code. Sie hätten zwar die relative Häufigkeit der verschiedenen Buchstaben aus der »Encyclopedia Britannica« oben in der College-Bibliothek erfahren können, doch das hätte einen Gewaltmarsch durch den Regen bedeutet, und dazu war der Tag wirklich zu scheußlich.

Gegen zwei Uhr nachmittags wagte sich Timothy Ames mit seinem Cribbage-Spiel unter dem Regenmantel über den Crescent. Sein Haus lag genau gegenüber, eine Distanz, die bei diesem Wetter gerade noch zumutbar war. Tim und Peter spielten Cribbage. Helen zog sich in die Küche zurück und machte Karamelbonbons, nicht weil sie zusätzliche Kalorien brauchten, sondern weil es genau das Richtige für einen Regentag war. Als sie die kleingehackten Nüsse untergerührt hatte und die Karamelmasse langsam fest wurde, nahm sie sich Knapweeds Kopien noch einmal vor.

Kapitel 11

Peter war mitten im Spiel, als er aus der Küche einen Schrei hörte.

»Donner und Doria! Dreimal verdreiter Deubel! Wie konnte ich nur so blind sein!«

»Entschuldige bitte, Tim, aber ich schaue lieber mal nach, was los ist.« Peter eilte zur Küche. »Was plagt dich denn, geliebtes Weib?«

»Es ist Zahnstocherschrift, das ist alles. Hast du damit als Kind nicht auch herumexperimentiert?«

»In meiner Kindheit hat man sich seine Zahnstocher noch aus abgebrannten Streichhölzern selbst geschnitzt.«

»Und danach in einer kleinen Goldschatulle mit sich herumgetragen, nehme ich an. Komm her, ich zeige dir, wie man es macht.«

»Während Tim im Wohnzimmer sitzt und pfuscht? Ich hole ihn schnell. Es dauert nur eine Sekunde.«

Er ging zurück ins Wohnzimmer, kehrte jedoch nach wenigen Minuten allein zurück. »Tim hat keine Lust, er liest lieber so lange Zeitung. Ihm ist auf dem Weg hierher Regen ins Hörgerät gelaufen, daher ist sein Empfang gestört. Also, was ist mit den Zahnstochern?«

Helen holte ein Päckchen Zahnstocher aus der winzigen Vorratskammer und legte damit geometrische Muster auf den Küchentisch. »Siehst du, das sind alles Symbole aus Emmericks Notizbuch.«

»Oder aus Fanshaws Notizbuch.«

»Egal. Du siehst, daß sie übereinstimmen?«

Peter nickte. Er versuchte zu entziffern, was Helen fabriziert hatte.

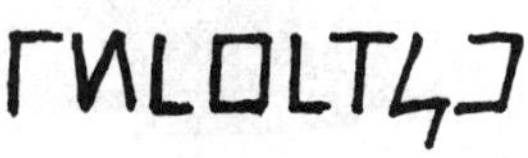

»Funderfön, meine Liebe. Und was jetzt?«

»Jetzt legen wir noch ein paar Zahnstocher dazu. So, das könnte hinhauen. Und hier auch noch einen – verflixt, wenn sie doch bloß nicht immer verrutschen würden. Hier, ich denke, diesen hier schieben wir noch etwas mehr nach unten, und den hier auch noch. Lies mal vor.«

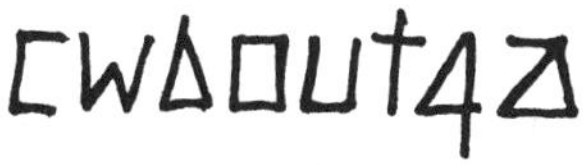

»CWBOUTGA. Und was soll das nun wieder bedeuten?«

»Na ja, ›OUT‹ könnte Knockout bedeuten, wie beim Boxen. Vielleicht will CW mit jemandem aus Georgia kämpfen. Vielleicht finden wir in den restlichen Notizen noch etwas, das uns weiterhilft –«

»Moment mal, könnte das hier nicht der Schlüssel sein?«

Als kleiner Junge hatte Peter immer ausnehmend gern die Bilderrätsel im Familienalmanach entschlüsselt. Er blätterte in den Notizen, bis er die Zeichnung von der Rückseite des Notizbuches gefunden hatte. »Nehmen wir einfach einmal an, das C steht für Compote und GA für Golden Apples?«

»Aber natürlich, Darling! Dann könnte das WB doch für Winifred Binks stehen, oder? Du hast ja gesagt, daß die Firma praktisch ihr gehört.«

»Ihren Anwälten zufolge besitzt sie den Hauptanteil. Somit stünde hier Compote Winifred Binks OUT Golden Apples. Könnte natürlich auch sein, daß das W etwas ganz anderes bedeutet, vielleicht Warnung oder Wurmkur.«

»Oder wollen oder wünschen oder einfach nur warten. Warten würde sogar passen, vielleicht darauf, was Winifred mit ihren Anteilen anfängt.«

»Oder wehklagen, weil man nicht weiß, was sie tun wird. Oder jemand will sie outen oder vielleicht ausbezahlen, damit sie out ist.«

»Sopwith, ihr Vermögensverwalter, behauptet, die Compotes könnten sie gar nicht ausbezahlen, weil ihnen dazu das nötige Kleingeld fehlt.«

»Woher will er das wissen?«

»Er sollte es wissen, liebste Helen, genau das ist nämlich sein Job. Tja, das sieht doch eigentlich schon recht vielversprechend aus, vorausgesetzt, wir machen uns nicht selbst etwas vor. Laß uns einfach weitermachen, wie du eben so schön vorgeschlagen hast. Das geht sicher auch ohne Zahnstocher, oder nicht?«

»Natürlich, man muß nur bei jedem Zeichen einen Strich hinzufügen, weißt du. Neben dem Telefon müßte ein Bleistift liegen, es sei denn, Jane hat wieder damit gespielt.«

»Schon gut, ich habe selbst einen. Was machen wir als nächstes?«

Helen machte feine Striche direkt auf die Kopien. VBOKKCROT. Könnte das bedeuten: Viola Buddley ist okay, aber Knapweed Calthrop ist ein Kommunist?«

»Könnte genausogut bedeuten, daß er schamrot im Gesicht ist, wenn seine Version der Ereignisse am Futterspender stimmt«, meinte Peter. »Aber es könnte natürlich auch ein Schlüsselwort sein, etwa wie Rot für Gefahr oder für Stop? Verflixt und zugenäht, Helen, das ist ja alles fürchterlich kompliziert. Warum konnte der Mistkerl sich nicht etwas verständlicher ausdrücken?«

»Da er seine Notizen chiffriert hat, wollte er offenbar nicht, daß man sie so einfach versteht«, lautete Helens logische Erklärung. »Könnte auch sein, daß es nur Emmericks Stichworte von den Dingen sind, die er Fanshaw bei ihrem Treffen unbedingt erzählen wollte. Oder er hat das Notizbuch im Auto gelassen, weil er wollte, daß Fanshaw es gestern abend beim Abholen des Wagens findet. Aber Fanshaw hat es nicht gefunden, was auch erklären würde, warum er heute morgen aufgekreuzt ist, um mit Emmerick zu sprechen. Ich bin ziemlich sicher, daß Emmerick diese Notizen geschrieben hat, meinst du nicht auch? Er war als einziger in der Lage, Aussagen über Knapweed und Viola zu machen. Fanshaw ist doch bis dahin nie in der Station gewesen, oder?«

»Nach der Geschichte mit Dorkin und Ottermole bin ich mir da nicht mehr so sicher. Er hätte sich schließlich als Pfadfinder verkleiden können. Mich interessiert vor allem, was Emmerick überhaupt in der Station zu suchen hatte. Es sei denn, das FBI oder die CIA hegen den Verdacht, daß unser College mit Hilfe der Sendestation das Land mit subversiven Beiträgen über aktiven Umweltschutz zu überschwemmen gedenkt, statt die Zuschauer mit belanglosem Gerede einzulullen. Womit sie gar nicht mal so falsch lägen.«

»Aber warum sollten sie dann jemanden herschicken, der sich als Ingenieur ausgibt, noch bevor die Station überhaupt fertiggestellt ist, ganz zu schweigen von irgendwelchen Beiträgen für irgendwelche Zuschauer?« gab Helen zu bedenken. »Ich habe zwar schon oft gehört, daß man ganz unten anfangen soll, doch das scheint mir nun doch ein wenig übertrieben. Es sei denn, Emmerick hatte vor, das Fundament mit Bomben zu spicken, damit er das Gebäude später leichter in die Luft jagen konnte.«

»Oder er wollte Wanzen verstecken, damit die Umweltschutzgegner mit Winifreds Strom ihre eigene Propaganda verbreiten konnten? Vielleicht war er kein FBI-Agent, sondern ein ausländischer Spion?«

»Und aus welchem Land soll er gestammt haben?«

»Wer weiß? Vielleicht Obervolta? Vereinigte Industrien?«

»Weißt du was, Peter, mir kommt da ein ganz anderer Gedanke. Kann es nicht sein, daß Emmerick als eine Art Bodyguard fungieren sollte?«

»Und wer soll ihn geschickt haben?«

»Woher soll ich das wissen? Winifred hat immerhin Unmengen von Geld, und ihr komischer Großvater war bestimmt in viele Projekte verwickelt, von denen sie überhaupt noch keine Ahnung hat. Denk doch nur an Golden Apples: Sie hat die Macht, die Compotes zu ruinieren oder berühmt zu machen, dabei hat sie bis gestern nicht mal gewußt, daß sie mit ihnen überhaupt etwas zu tun hat. Sie könnte doch für andere Firmen genauso wichtig sein, meinst du nicht? Warum hat ihr Anwalt sie darüber nicht informiert? Hältst du es für möglich, daß er eigene Interessen verfolgt?«

»Das darfst du mich nicht fragen. Debenham scheint mir ein netter Kerl zu sein. Wir dürfen nicht vergessen, Helen, daß Winifred während der letzten paar Monate eine Menge Informationen zu verdauen hatte. Sie hat keine Übung im Umgang mit den geschäftlichen Problemen. Vielleicht hat sie nicht alles verstanden, was man ihr erzählt hat, vielleicht wollte sie auch einfach nichts mehr hören, bis das Haus endlich fertig und die Station in Bau war. Jetzt, wo sie nicht mehr arm wie eine Kirchenmaus in den Wäldern umherstreift, sondern in Geld schwimmt, ist sie auf einem ganz anderen Dampfer.«

»Und schon beginnt die helfende Hand, das Messer zu wetzen. Du gehst immer so nonchalant mit Metaphern um, Peter. Aber ich weiß, was du meinst, sie sollte sich schnellstens mit ihren Anwälten zusammensetzen und herauszufinden versuchen, wo der Hase wirklich läuft.«

»Keine Sorge, Liebste, ist alles schon arrangiert. Der Präsident trifft sich noch in dieser Woche höchstpersönlich mit Debenham, dem Vermögensverwalter, und einem Haufen Buchhalter. Sie werden Winifreds Angelegenheiten auf Herz und Nieren prüfen, während sie sich die Zeit damit vertreibt, mit den Pfadfindern Eicheln auszuwaschen.«

»Oh. Warum hast du das nicht gleich gesagt? Wo war ich stehengeblieben? Ach so, das müßte ein R sein. Rauh – Fuß, was könnte das wohl bedeuten?«

»Möglicherweise Rauhfußkauz, denke ich. Das nächste Wort wäre dann ›langohrig‹. Säge, Schleier – Sägekauz, Schleiereule, das müssen Emmericks Stichworte für die Eulenzählung sein! Er hat einfach ein paar Namen aufgeschrieben, um Fachwissen vorzutäuschen, konnte aber die Arten nicht auseinanderhalten und hat sich daher komplett lächerlich gemacht.«

»Wie du meinst, Liebling. Was ist ein Bleibweg?«

»Auf dem Weg bleiben, vermute ich. Das ist eine Regel, die wir jedem eintrichtern. Wir wollen nicht, daß Leute vom Weg abkommen und sich verlaufen, vor allem deswegen nicht, weil sie dann immer anfangen zu rufen und die Eulen vertreiben. So ungefähr die einzige Regel, die Emmerick befolgt hat. Doch genau das scheinen seine Mörder auch erwartet zu haben. Sie wußten genau, daß der arme Kerl früher oder später genau unter ihnen aufkreuzen würde, also haben sie ihr verfluchtes Netz ausgebreitet und gewartet. Verflixt noch mal, Helen, je mehr passiert, desto weniger Sinn ergibt alles. Hast du vor, die Karamelbonbons für eine besondere Gelegenheit aufzuheben?«

»Du brauchst dich nur zu gedulden, bis sie fest sind.« Helen nahm ein Küchenmesser und machte einen Probeschnitt. »Ich glaube, man kann sie schon essen. So, das ist für dich, Liebster. Nimm Tim auch ein Stück mit. Ich gehe noch schnell die restlichen Notizen durch und sage dir Bescheid, wenn ich etwas Wichtiges finden sollte.«

Was jedoch nicht der Fall war. Die restlichen Seiten waren nur ein Sammelsurium von Begriffen, die Helen als technische Fachausdrücke identifizierte und die zweifellos dem Zweck gedient hatten, Emmerick als Ingenieur glaubhaft erscheinen zu lassen. Morgen würde sie einen Kollegen aus der technischen Abteilung aufsuchen und sich die genauen Bedeutungen erklären lassen. Besonders wichtig sahen sie nicht aus, aber man konnte schließlich nie wissen. Sie schnitt die Karamelmasse in kleine Stücke, belud einen kleinen Teller damit und trug ihn ins Wohnzimmer. Sie hatte sich gerade in die Zeitung vertieft, als gegen fünf Uhr Tims Schwiegertochter anrief.

»Kommt Dad bald zum Abendessen nach Hause? Es ist so scheußlich draußen, daß Roy ihn lieber abholen möchte, damit er nicht allein zu gehen braucht. Aber sagen Sie ihm bitte nichts davon.«

»Warum kommt ihr nicht einfach her und eßt mit uns zu Abend? Dann könnt ihr anschließend alle zusammen zurückgehen, und er kommt gar nicht auf den Gedanken, ihr könntet ihn bemuttern.«

Es war genug Schmorbraten zum Aufwärmen übrig. Mit einem Paket tiefgefrorener Erbsen konnte sie eine schöne Beilage kreieren und danach die Pfannkuchen aufwärmen, die sie am Nachmittag vergessen hatte zum Tee zu servieren, und das Ganze ›Crêpe à la Shandy‹ nennen. Zum Nachtisch konnten sie die restlichen Karamelbonbons essen.

Laurie erkundigte sich, ob Helens Einladung wirklich ernst gemeint sei und ob sie vielleicht etwas mitbringen könne? Helen sagte, selbstverständlich sei die Einladung ernst gemeint, und wie wäre es mit einem Salat? Laurie sagte, das sei kein Problem für sie. Womit sie anscheinend nicht übertrieben hatte, da sie bereits eine halbe Stunde später gemeinsam mit Tims Sohn Royall im wahrsten Sinne des Wortes ins Haus geweht wurde, da der Wind inzwischen beinahe Orkanstärke erreicht hatte. Roy trug eine große Schüssel, die mit Aluminiumfolie abgedeckt war, und hatte sich eine Flasche unter den Arm geklemmt. Laurie reichte Helen einen sorgfältig eingepackten Teller.

»Das sind Plätzchen«, erklärte sie, als die Dame des Hauses die Köstlichkeiten in Empfang nahm, während ihr Gatte sich um die Regenmäntel kümmerte. »Ich hatte heute nachmittag einfach Lust zu backen. Es war genau der richtige Tag zum Backen.«

»Ich weiß«, sagte Helen. »Ich habe Karamelbonbons gemacht.«

»Oh, lecker! Mit Nüssen?«

»Natürlich. Wir können sie zusammen mit den Plätzchen essen. Oder auch sofort, wenn euch das lieber ist, ich hatte nur gedacht, es wäre nett, zuerst einen kleinen Aperitif einzunehmen. Was hättet ihr denn gern?«

»Wir haben Wein mitgebracht.« Roy zog die Flasche aus einer völlig durchgeweichten Tüte. »Interessanter Jahrgang, ein Sonderangebot aus der Hoddersville Hoochery. Keine Ahnung, wie das Zeug schmeckt.«

»Es gibt nur einen Weg, das herauszufinden. Ich hole schnell den Korkenzieher. Hätten Sie Lust, den Wohnzimmertisch zu decken, Laurie? Für fünf Personen ist unser bescheidener Küchentisch leider etwas zu klein, also können wir genausogut richtig stilvoll essen.«

Noch war keiner von ihnen hungrig, also machten sie es sich vor dem Kamin gemütlich, knackten Hickory-Nüsse und taten sich an Roys Sonderangebot gütlich. Er war zwar nicht gerade überwältigend, aber durchaus trinkbar.

Tim saß in einem der Sessel, Roy und Laurie hatten sich zu seinen Füßen niedergelassen. Eine wirklich interessante Familie, dachte Peter. Tim war so klein, daß Bilbo Baggins' Hobbithöhle für ihn sicher genau richtig gewesen wäre. Er hatte zwar keinen Bart und auch nicht mehr viele Haare auf dem Kopf, und schon gar nicht auf den Füßen, doch dafür waren seine Augenbrauen so buschig, daß sie alles andere wettmachten. Seit Laurie angefangen hatte, sich als Köchin zu betätigen, hatte der alte Herr zwar ein wenig Gewicht zugelegt, doch er war immer noch genauso hager, braun und knorrig wie eine alte Eichenwurzel, und beinahe genauso zäh. Aber eben nur beinahe. Gott sei Dank hatte Roy eine warmherzige Ehefrau heimgeführt.

Roy ähnelte seinem Vater sowohl in charakterlicher Hinsicht als auch in seinen persönlichen Eigenarten, sah jedoch völlig anders aus. Er war ziemlich groß und von kräftigem Knochenbau. Er schlug mehr nach seiner Mutter Jemima, die zu ihren Lebzeiten stets die Zügel fest in der Hand gehalten hatte. Sie war nun schon seit mehreren Jahren tot, und genau in diesem Zimmer hatte Peter damals ihre Leiche gefunden. Durch Jemimas Tod hatte er Helen kennengelernt, wofür er ihr ewig dankbar sein würde. Von dem Sofa, hinter dem Jemima damals gefunden wurde, hatte er sich allerdings getrennt, was er keineswegs bedauerte.

Laurie beugte sich nach vorn, um im Feuer herumzustochern, was einen wahren Funkenregen verursachte. Laurie selbst war auch ziemlich sprühend, klein und dunkel und sehr lebhaft, doch sie konnte genausogut schweigen, wenn es an der Zeit war, eine Gabe, die Jemima leider nicht besessen hatte. Ein Modepüppchen war sie auch nicht, heute abend trug sie beispielsweise ein blaues Sweatshirt mit einem Eisbären darauf, einen weiten Jeansrock, dessen Saum immer noch feucht war, und dicke weiße Socken. Ihre Gummistiefel hatte sie aus Rücksicht auf den Fußboden der Shandys an der Tür ausgezogen. Jemima hätte sie todsicher anbehalten.

Laurie und Roy hatten bei der Eulenzählung eine der Studentengruppen angeführt. Sie hatten mehr Eulen gezählt als jede andere Gruppe, gaben jedoch bereitwillig zu, daß Peters Expertenteam sie sicher um Längen geschlagen hätte, wenn die Sache mit Emmerick nicht passiert wäre. Auch sie hatten den falschen Ingenieur gekannt, da er darauf bestanden hatte, sie in Programmfragen zu beraten, obwohl sie ihn weder darum gebeten hatten noch die Absicht hegten, seine Ratschläge zu befolgen. Sie waren beide Biologen, arbeiteten bereits mit Professor Binks auf der Station zusammen und entwickelten gerade verschiedene Sendungen, für die sie später, sobald die Sendestation erst einmal in Betrieb war, die Verantwortung tragen würden.

Eine Miniserie, die Laurie und Roy sich ausgedacht hatten, sollte von Kapitän Amos Flackley, der sie damals mitten auf dem Ross-Meer auf seinem Schiff getraut hatte, moderiert werden. Alle drei hatten sich inzwischen in Balaclava häuslich niedergelassen. Laurie und Roy unterrichteten am College und paßten nebenbei auf Tim auf, und Kapitän Flackley führte als Hufschmied eine Familientradition weiter. Dem Zauber der Weltenmeere jedoch hatten sie sich nie entziehen können. Ihre Beiträge waren sicherlich phantastisch; Roy besaß hochinteressantes Filmmaterial, Laurie war eine begnadete Drehbuchautorin, und Flackley kannte einen Zoologen, der sich bereit erklärt hatte, ihnen einige seiner Pinguine zu borgen.

Außerdem planten sie einen Beitrag über die Pflege und Ernährung von Schlittenhunden. Dies würde sicher unter Malamute-Fans, zu denen auch Kapitän Flackley zählte und von denen es in Balaclava County erstaunlich viele gab, eine gewaltige Resonanz bewirken. Es gab also genügend Gesprächsmaterial, trotzdem war es nur eine Frage der Zeit, bis sie auf den neuesten Bericht über die bizarren Ereignisse im *Gemeinde- und Sprengel-Anzeyger* zu sprechen kamen. Tim brachte den Stein schließlich ins Rollen.

»Was soll eigentlich der ganze Unsinn mit den Bäumen, Peter? Erst stürzt dieser Idiot, der angeblich unser Ingenieur sein soll, eingewickelt in ein Fischernetz von einem Baum, dann läßt sich Winifred Binks' Hilfskraft kidnappen und an einen anderen Baum fesseln. Um welche Bäume handelt es sich überhaupt?«

»Grundgütiger, Tim, die Frage hat bisher noch keiner gestellt. Also, bei Emmerick war es eine Eiche und bei Miss Buddley ein Eschenahorn.«

»Ach ja? Eichen gibt es auf dem Stationsgrundstück mehr als genug, aber an einen Eschenahorn kann ich mich nicht erinnern. Und auch an keine Weißesche. Ich habe neulich schon einmal darüber nachgedacht. Peter, wir sollten da draußen eine Gruppe Weißeschen pflanzen. Zum Teufel mit dem Eschenahorn, mit dem Holz kann man heutzutage sowieso nichts mehr anfangen.«

»Gute Idee, Tim. Weißeschen sind verdammt schöne Bäume, die leider schon viel zu selten geworden sind. Das Problem ist nur, wo sollen wir sie hinpflanzen? Ein großer Teil des Binks-Besitzes ist flach und relativ sumpfig, wenn man einmal von Woeful Ridge absieht. Aber Weißeschen stehen am liebsten auf Anhöhen.«

»Hört mal zu, Leute«, stöhnte Roy, »können wir die Forstwirtschaft nicht einen Moment vergessen und wieder auf das eigentliche Problem zurückkommen? Wieso wurde Emmerick erst in diesem Netz hochgezogen und dann fallen gelassen wie eine heiße Kartoffel? Haben die den Falschen erwischt, oder ist denen bloß das Seil gerissen?«

»Vermutlich wurde es durchgeschnitten. Aber was das Motiv betrifft, muß ich leider passen«, gestand Peter.

»Gibt es denn keinen einzigen Anhaltspunkt?«

Peter schaute Helen fragend an. »Sollen wir es ihnen sagen?«

»Warum nicht? Die Blätter liegen immer noch auf dem Küchentisch. Ich schlage vor, du machst das Gas unter dem Schmorbraten an, wenn du schon in der Küche bist. Ich weiß zwar nicht, wie es euch ergeht, aber ich bekomme allmählich Hunger.«

»Ich auch«, sagte Roy. »Hickory-Nüsse sind ganz schön anstrengend. Können wir uns irgendwie nützlich machen?«

»Ihr könntet noch eine Flasche Wein aufmachen, wenn ihr Lust habt. Eure Flasche haben wir nämlich schon ausgetrunken. In der Vorratskammer steht noch Burgunder. Wir haben aber auch Apfelwein im Kühlschrank, falls ihr den lieber mögt.«

Außer Tim wollten alle lieber Apfelwein. Tim behauptete, er bekäme von Apfelwein Bauchschmerzen, und nahm daher einfaches Wasser. Helen ging in die Küche, um nach dem Rechten zu sehen, während Peter den Ameses den Zahnstochercode vorführte. Roy kannte die meisten technischen Begriffe und versicherte, soweit er sehen könne, handele es sich wirklich um reine

Fachausdrücke. Laurie war felsenfest davon überzeugt, daß Knapweed Calthrop weder ein Radikaler noch eine Gefahr für andere war, höchstens vielleicht für sich selbst. Er sei immer so sehr mit seinem Labkraut beschäftigt, daß er seine Umgebung nur dann registriere, wenn er förmlich darüber stolpere.

»Mich bemerkt er auch nie«, klagte sie schmollend.

»Das scheue Veilchen Viola schon«, insistierte Roy. »Ich habe oft genug gesehen, wie er sie angestarrt hat.«

»Das bringt uns auf einen interessanten Punkt.« Peter berichtete von der Futterspender-Episode. »Was meint ihr, wer von den beiden lügt denn nun?«

Das Ergebnis der Abstimmung fiel äußerst sexistisch aus. Roy verdächtigte Knapweed, Laurie dagegen Viola. Tim enthielt sich der Stimme. Helen schlug vor, sich lieber an den Tisch zu setzen und das Essen zu genießen, solange es heiß war. Was sie auch taten.

Kapitel 12

Sie verbrachten mehr Zeit über ihrem Schmorbraten, als sie eigentlich vorgehabt hatten, was sich im nachhinein als Segen erwies. Als die drei Besucher sich schließlich auf den Heimweg machten, hatte sich der Sturm nämlich wieder gelegt. Peter brachte sie zur Tür, blieb eine Weile draußen auf der Veranda, um auch ganz sicherzugehen, daß Tim wohlbehalten die andere Straßenseite erreichte, und um seine Lungen mit der klaren, reinen Luft zu füllen. Auf dem Weg, der den Crescent herabführte, lagen heruntergefallene Äste, und überall waren große Pfützen, doch schwerwiegende Schäden konnte er nicht entdecken. Peter ging zurück ins Haus zu Helen.

»Ich glaube, wir sollten Winifred anrufen.«

»Es ist aber schon ziemlich spät, Liebling«, widersprach Helen. »Wahrscheinlich liegt sie längst im Bett.«

»Da könntest du recht haben. Aber verdammt noch mal, ich mache mir einfach Sorgen. Was da heute mit Miss Buddley passiert ist, gefällt mir nicht. Es gefällt mir ganz und gar nicht.«

»Miss Buddley hat es vermutlich auch nicht sonderlich gefallen. Dann ruf Winifred doch schnell an, sonst liegst du nachher wieder die halbe Nacht wach und grübelst. Sie hat ein Telefon im Schlafzimmer und ist klug genug, den Unterschied zwischen Unabhängigkeit und Leichtsinn zu erkennen.«

Miss Binks' Telefonnummer war die gleiche wie die der Forschungsstation, und sie war auch zu Hause. »Keine Sorge, Peter, Sie haben mich nicht geweckt«, versicherte sie. »Präsident Svenson hat mich vor fünfzehn Minuten auch schon angerufen, übrigens zum dritten Mal heute. Er kümmert sich einfach rührend um mich. Und davor habe ich ziemlich lange mit Iduna Stott telefoniert. Heute nachmittag haben Cronkite Swope und Budge Dorkin trotz des Sturms vorbeigeschaut, die beiden sind wirklich echte Kavaliere. Cronkite hat Fotos von Mr. Fanshaws Wagen gemacht, und Budge hat ihn schließlich weggefahren. Später haben mich beide noch angerufen, um mir mitzuteilen, daß sie sicher zu Hause angekommen sind. Ich habe Budge übrigens von dem Notizbuch erzählt, Peter, irgendwie habe ich mich dazu verpflichtet gefühlt. Hoffentlich war das richtig?«

»Natürlich war es das. Es interessiert Sie bestimmt, daß Helen den Code inzwischen geknackt hat.«

»Sehr gut. Ich hatte vor lauter Telefonieren überhaupt keine Zeit, mich darum zu kümmern. Was steht denn in den Notizen?«

Peter schilderte, wie Helen herausgefunden hatte, daß es sich strenggenommen gar nicht um einen Code handelte, und teilte ihr mit, was sie bisher entziffert hatten. Winifred war nicht sonderlich beeindruckt.

»Ich bezweifle keine Sekunde, daß eure Schlußfolgerungen richtig sind, aber ich kann nicht sagen, daß mich das Ergebnis überwältigt. Während unserer kurzen Bekanntschaft hat Emmerick eine ausgesprochene Vorliebe für theatralischen Schnickschnack an den Tag gelegt, chriffrierte Aufzeichnungen passen daher durchaus ins Bild. Ich frage mich immer noch, Peter, ob er nicht einfach nur einem dummen Streich zum Opfer gefallen ist, der auf fatale Weise mißlungen war.«

»Mmja, möglich wäre es schon, aber wie erklären Sie sich die Tatsache, daß jemand ihm ein Messer in den Hals gebohrt hat?«

»Sie haben recht, als Streich kann man das wirklich nicht bezeichnen. Aber vielleicht hat er selbst das Ganze für einen Scherz gehalten, während derjenige, der ihn hochzog, die ganze Zeit geplant hat, ihn umzubringen. Ich weiß es nicht, Peter, ich bin nicht besonders gut im Rätsellösen. Vielleicht fällt mir morgen früh mehr ein. Werden wir das Vergnügen haben, Sie morgen hier bei uns zu sehen?«

»Ja, ich glaube schon. Ich habe zwar den ganzen Vormittag Unterricht und muß um halb fünf zu einer Studentenversammlung, aber wahrscheinlich kann ich mich nach dem Mittagessen eine Weile verdrücken. Wenn es im Wald nicht mehr ganz so naß und Professor Ames nicht allzu beschäftigt ist, bringe ich ihn vielleicht mit. Er spielt nämlich mit dem Gedanken, neue Bäume anzupflanzen.«

»Hervorragend! Daran hatte ich auch schon gedacht. Sie müssen ihn unbedingt mitbringen! Falls es im Wald noch zu naß ist, könnten wir uns zumindest über die verschiedenen Möglichkeiten unterhalten. Gute Nacht, Peter. Ich weiß Ihre Fürsorge wirklich zu schätzen, wissen Sie.«

»Auch wenn Sie sich wünschen, wir würden endlich aufhören, Sie zu bemuttern, und Sie endlich in Ruhe schlafen lassen. Gute Nacht, Winifred.«

Auch Peter legte sich schlafen, in der Erwartung auf einen schönen, klaren Tag nach dem Sturm. Doch im Laufe der Nacht zogen weitere Wolkenfelder auf. Am nächsten Morgen war der Himmel wieder völlig bedeckt, der Wetterfrosch im Fernsehen war alles andere als zuversichtlich und sagte weitere Regenfälle voraus. Peters Studenten wirkten genauso düster wie der Himmel, doch er riß sie schnell aus ihrer Trübsinnigkeit. Er führte zwar kein so strenges Regiment wie der berüchtigte Kapitän Bligh, doch in Professor Shandys Seminaren hatte bis jetzt noch niemand gewagt, sich vor der Arbeit zu drücken.

Trotzdem war er froh, als er gegen Mittag den Unterrichtsraum endlich verlassen konnte. Er floh in die Fakultätsmensa, setzte sich zu Tim und Dan Stott und bestellte das Montagsmenü, was immer es auch sein mochte, und zum Nachtisch ein Stück Pie. Der Student, der sie bediente, fragte gar nicht erst, welche Sorte Pie er wünsche, denn in dieser Jahreszeit bedeutete Pie automatisch Apple Pie, wenn man nicht ausdrücklich auf einer anderen Geschmacksrichtung bestand. Die genauen Bestandteile des Montagsmenüs konnte Peter leider nicht eindeutig identifizieren, aber dafür schmeckte es gar nicht mal schlecht.

Helen kam heute nicht in die Mensa, da sie gemeinsam mit ihrer Freundin Grace Porble, der Gattin des Bibliothekars, zu Mittag aß. Tim konnte ihn leider nicht zur Station begleiten, da einer seiner Studenten einen faszinierenden Dreckklumpen mitgebracht hatte, den sie gemeinsam mit einigen privilegierten Auserwählten unbedingt analysieren mußten. Dan war ebenfalls anderweitig beschäftigt, da er in den Zuchtställen des Colleges ein Seminar über Schweinezucht für Fortgeschrittene abhielt.

»Dann muß ich eben allein gehen«, sagte Peter.

»Genauso entschlossen und resolut hätte sich der ›kleine Frechdachs‹ auch ausgedrückt.« Dan Stott las seinen Enkelkindern, von denen er momentan stolze dreiundzwanzig besaß, ein Urenkelchen wurde in Kürze erwartet, häufig Tiergeschichten vor. »Bon voyage, mein Guter.«

Auf seinem Weg zum Wagen machte Peter einen kleinen Schlenker und schaute kurz im Polizeirevier vorbei, wo er Fred Ottermole antraf, der gerade ein Schinkenbutterbrot mit seinem Freund Edmund teilte.

»Hey, Edmund, jetzt mach aber mal halblang mit dem Schinken. Ich hab' schließlich auch Hunger, weißt du. Tag, Professor. Meine Güte, ich wünschte, Edmund hätte was für Senf übrig. Was das Auto betrifft, die Jungs von der Staatspolizei waren inzwischen hier und haben es auf den Kopf gestellt, aber wir haben nichts gefunden, bloß das schwarze Notizbuch, aber das kennen Sie ja schon, also hat Budge den Wagen wieder zurück zum ›Happy Wayfarer‹ gebracht. Die hätten uns sicher 'ne saftige Rechnung aufgebrummt, wenn wir den Wagen noch länger hierbehalten hätten. Haben Sie übrigens rausfinden können, was die komischen Hühnerspuren in dem Notizbuch bedeuten?«

»Mehr oder weniger.«

Peter gab dem Polizeichef eine kurze Zusammenfassung der Hühnerspuranalyse, ließ ihn total verdattert zurück, holte seinen Wagen und fuhr schnurstracks zur Forschungsstation. Zu seinem großen Erstaunen fand er Winifred Binks schäumend vor Wut vor.

»Keine Ahnung, was heute in die Leute gefahren ist«, schnaubte sie. »Vor einer Weile habe ich Mr. Sopwith wegen der Lackovites-Aktien angerufen, Sie wissen ja, daß ich sie heute abstoßen wollte. Er behauptete, die Börse sei lustlos, was immer er damit auch gemeint haben mag, und daß er es für unklug halte, heute zu verkaufen. Daraufhin habe ich mich mit Präsident Svenson in Verbindung gesetzt. Er sagte, die Börse sei mitnichten lustlos, und Sopwith rede dummes Zeug. Also habe ich Mr. Sopwith wieder angerufen und es ihm ausgerichtet, woraufhin er höchst unangenehm wurde. Ich war gezwungen, ihn zurechtzuweisen.«

»Gut gemacht«, sagte Peter. »Und was ist mit Golden Apples?«

»Das ist auch so eine Sache. Mr. Debenham sollte sich heute morgen als erstes mit den Compotes in Verbindung setzen und ein Treffen vereinbaren. Als ich um elf immer noch nichts von ihm gehört hatte, habe ich ihn angerufen, um nachzufragen, was sich ergeben hat. Er teilte mir mit, daß er wie vereinbart bei Golden Apples angerufen habe, doch die Compotes seien leider nicht zu sprechen gewesen. Er habe eine Nachricht hinterlassen, doch sie hätten ihn bisher nicht zurückgerufen. Daraufhin habe ich selbst dort angerufen, aber mich haben sie bis jetzt auch noch nicht zurückgerufen. Viola führt sich auf wie ein verschrecktes Kaninchen, und Knapweed hockt herum und brütet vor sich hin, so daß ich mittlerweile große Lust verspüre, mich in meine Höhle im Wald zurückzuziehen. Ich werde die Compotes noch einmal anrufen, und zwar jetzt sofort. Würden Sie mich bitte einen Moment entschuldigen?«

»Aber selbstverständlich.«

Peter hütete sich, ihr anzubieten, den Anruf für sie zu erledigen, da Winifred sehr wohl selbst in der Lage war, ihre Angelegenheiten zu regeln. Es war interessant, sie dabei zu beobachten.

»Hallo«, sagte sie gerade, »mein Name ist Winifred Binks. Ich würde gern auf der Stelle entweder mit Mr. oder Mrs. Compote sprechen. Ich habe heute schon mehrfach angerufen, könnten Sie mir also erklären, warum sie immer noch nicht zurückgerufen haben? Sie sind die ganze Zeit draußen in der Fabrik gewesen? Und es gibt keine Möglichkeit, sie dort zu erreichen? Dann schlage ich vor, Sie gehen in die Fabrik und suchen sie. Bitte veranlassen Sie, daß einer der beiden mich umgehend anruft, es ist wirklich äußerst dringend. Meine Telefonnummer kennen Sie ja, ich habe sie Ihnen heute morgen bereits durchgegeben.«

Für alle Fälle gab Winifred sie ein weiteres Mal durch. Sie hatte zu gute Manieren, um den Hörer auf die Gabel zu knallen, doch es fehlte nicht viel daran.

»Peter, ich kann die Compotes einfach nicht verstehen. Man könnte fast meinen, sie würden versuchen, mir aus dem Weg zu gehen, aber warum sollten sie das? Es sei denn, es hat sich eine Katastrophe ereignet, vielleicht hat der Sturm gestern ihre Sojabohnen ruiniert oder was weiß ich. Aber warum hat dieses schnippische kleine Biest nicht genug Grips im Kopf, mich aufzuklären?«

»Weil ihr dazu wahrscheinlich der nötige Grips fehlt, wäre die naheliegendste Erklärung.«

»Dann werde ich dafür sorgen, daß man sie hinauswirft und jemand einstellt, der seine Arbeit besser erledigt als sie. Falls mich die Compotes bis heute abend nicht angerufen haben, werde ich Knapweed bitten, mich hinzufahren. Vermutlich ist es ein wenig zu weit, um mit dem Fahrrad hinzuradeln. Viola, bitte rufen Sie Mr. Sopwith an, und finden Sie heraus, was mit den Lackovites-Aktien passiert ist. Ich habe nicht das Bedürfnis, selbst mit ihm zu sprechen, ich will bloß, daß sich der Mensch auf die Hinterbeine setzt und tut, was man ihm aufträgt.«

Viola richtete ihr aus, Mr. Sopwith telefoniere gerade und werde zurückrufen, sobald er frei sei. Winifred atmete mehrmals tief durch, woraufhin das Feuer in ihren Augen zu einem Glimmern erstarb. »Wie ich sehe, ist Timothy Ames nicht mitgekommen, Peter. Heute scheint wirklich nicht mein Tag zu sein. Was genau will er denn unbedingt mit mir besprechen?«

Genaugenommen konnte man eigentlich nicht sagen, daß Tim das dringende Bedürfnis nach einem Gespräch mit Winifred geäußert hatte, doch Peter schien es wenig ratsam, ihr dies ausgerechnet zu diesem Zeitpunkt mitzuteilen. Er war froh genug, das Thema wechseln und sich über Weißeschen auslassen zu können, und sie war offenbar erleichtert, endlich über etwas anderes als ihre Finanzen reden zu dürfen. Doch auch sie mußte zugeben, daß es viel zu naß war, um draußen nach möglichen Pflanzstellen Ausschau zu halten. Statt dessen holte sie eine große topographische Landkarte, die ihr Großvater einst von seinem Grundbesitz hatte anfertigen lassen, als er allen Ernstes mit dem Gedanken spielte, anstelle von Schulbussen Lamakarawanen einzusetzen, und sie verbrachten eine angenehme Stunde damit, die Karte genauestens in Augenschein zu nehmen.

Winifred kannte jeden Zentimeter des riesigen Geländes und praktisch alles, was darauf wuchs, und sie wußte genau, wo sich welcher Baum befand. Die Entscheidung, was unangetastet bleiben und was im Interesse höherer Ziele entfernt werden sollte, wollte sie jedoch lieber Experten überlassen, behauptete sie jedenfalls.

»Ich brauche sicher nicht zu erwähnen, daß wir uns auch über die Wildblumen Gedanken machen müssen, Peter. Wir sollten überlegen, welche gefährdeten Arten wir hier erfolgreich anpflanzen können. Außerdem glaube ich, daß wir uns darum kümmern sollten, daß die wilden Himbeeren und Brombeeren ertragreicher werden, ohne Kulturpflanzen aus ihnen zu machen. Mag sein, daß ich allzu optimistisch bin, aber halten Sie es nicht auch für möglich, daß Dr. Svensons Tochter und ihr Ehemann uns bei der Bewältigung dieses Problems helfen könnten?«

»Bestimmt sogar. Birgit und Hjalmar brennen nur darauf, für die Station zu arbeiten, obwohl ich bezweifle, daß sie so spät im Jahr noch viel ausrichten können. Was meinen Sie, Calthrop?«

»Die *Rosaceae* gehören nicht zu meinem Spezialgebiet«, knurrte der Botaniker.

»Was in aller Welt ist dem denn über die Leber gelaufen?« fragte Viola.

»Darüber brauchen Sie sich nun wirklich keine Sorgen zu machen«, fauchte Winifred. »Viel lieber würde ich wissen, was Mr. Sopwith über die Leber gelaufen ist. Sie sagten doch, er wolle zurückrufen.«

»Ich weiß. Vielleicht wartet er darauf, daß die New Yorker Börse schließt.«

»Oder daß die Börse in Tokio öffnet. Ich für meinen Teil habe heute genug gewartet. Versuchen Sie Ihr Glück noch mal.«

Viola versuchte. Mr. Sopwith hatte gerade das Büro verlassen.

»Dann rufen Sie jetzt Mr. Debenham an. Ich will wissen, wie man es anstellt, seinen Vermögensverwalter zu feuern.«

Mr. Debenham war mitten im Gespräch mit einem Mandanten und wollte so schnell wie möglich zurückrufen. Peter schaute auf die Uhr und beschloß, daß er die große Explosion lieber nicht miterleben wollte.

»Ich – eh – muß Sie jetzt leider verlassen, Winifred. Die Studentenversammlung fängt gleich an. Rufen Sie mich doch nach sechs zu Hause an, falls noch irgend etwas passieren sollte, über das Sie gern reden möchten.«

»Vielen Dank, Peter. Ich glaube, ich werde auf Ihr Angebot zurückkommen, selbst wenn ich wahrscheinlich bloß über Bankangestellte und Anwälte schimpfen werde, ganz zu schweigen von den Compotes. Das Verhalten dieser Leute ist mir einfach unbegreiflich.«

»Eh – Sie glauben nicht zufällig, daß die Compotes Ihnen vielleicht aus dem Weg gehen, weil sie befürchten, Sie wollten ihnen irgendeine unangenehme Mitteilung machen?«

»Wie kann ich die Leute denn beruhigen, wenn sie nicht mit mir reden wollen?«

»Da haben Sie allerdings recht.«

Peter blickte zuerst hinüber zu Knapweed, der mit finsterer Miene am Tisch hockte und getrocknetes Labkraut sortierte, dann zu Viola, die nervös hinter ihrem Schreibtisch thronte. Zur Begrüßung hatte sie ihm zwar ein flüchtiges Lächeln geschenkt, danach hatte sie sich jedoch sofort wieder hinter ihrem Computer verschanzt und mit hektischen, ängstlichen Bewegungen die Tastatur bearbeitet, als fürchte sie, die Tasten könnten ihr jeden Moment in die Finger beißen.

»Wissen Sie was, Winifred«, sagte er, »wenn Sie bis heute abend nichts von den Compotes gehört haben, sagen Sie mir einfach Bescheid. Dann komme ich morgen früh vorbei und fahre Sie hin.«

»O Peter, das kann ich wirklich nicht annehmen. Sie haben doch Unterricht –«

»Nur im Labor. Das kann meine Assistentin übernehmen, sie freut sich bestimmt über ein wenig Unterrichtspraxis. Falls sich die Compotes melden sollten, fahren wir trotzdem. Sagen Sie ihnen einfach, wir wären gegen halb elf bei ihnen. Ich hole Sie um neun ab, das müßte Zeit genug sein. Die Firma befindet sich in Briscoe, etwa zwanzig Meilen hinter Clavaton, ich habe die Entfernung schon auf meiner Straßenkarte nachgesehen.«

»Das ist wirklich reizend von Ihnen, Peter. Sind Sie sicher, daß Präsident Svenson nichts dagegen hat?«

»Warum sollte er? Es ist doch sozusagen eine interne Angelegenheit, die auch das College betrifft. Also dann, bis morgen.«

Peter hatte sogar noch zehn Minuten Zeit, als er in Balaclava ankam, stellte den Wagen ab, marschierte den Hügel zum Campus hoch, machte diversen Studenten die Hölle heiß und ging nach Hause.

Heute würde es kein romantisches Abendessen mit Helen geben. Sie war Gastreferentin bei der Clavaton Historical Society und kam sicher nicht vor zehn zurück. Peter spielte mit der Idee, ein paar Rühreier in die Pfanne zu schlagen, hielt es jedoch für klüger, lieber ein wenig auszuspannen, bevor er sich auf den Weg zur Fakultätsmensa machte. Er fütterte Jane, mixte sich einen Scotch mit Soda und machte es sich mit der Abendzeitung gemütlich, bis Dr. Svenson auftauchte, um sich einen Bericht über den Fortlauf der Ereignisse geben zu lassen.

»Legen Sie los, Shandy.«

»Die Staatspolizei versucht, etwas über Emmerick herauszubekommen, nichts Neues von Fanshaw, und Goodheart übernimmt morgen früh meinen Unterricht. Ich fahre mit Winifred Binks zu Golden Apples.«

»Warum?«

»Es scheint die einzige Möglichkeit zu sein, um mit den Compotes Kontakt aufzunehmen. Auf Winifreds Anrufe haben sie nicht reagiert, jedenfalls hatten sie noch nicht zurückgerufen, als ich losgefahren bin, was allerdings schon einige Stunden zurückliegt. Und Sopwith weigert sich schlichtweg, die Lackovites-Aktien zu verkaufen. Ich glaube, darüber haben Sie schon mit ihr gesprochen.«

»Ungh. Zwei Punkte gestiegen, weiß der Teufel, wieso. Idealer Zeitpunkt, sie abzustoßen. Verdammter Schwachkopf, sie sollte ihn feuern.«

»Das hatte sie gerade vor, als ich losfuhr. Ich glaube nicht, daß wir uns um Winifreds Durchsetzungsvermögen sorgen müssen, ich habe sie noch nie so wütend erlebt, es war wirklich höchst eindrucksvoll. Kann ich Ihnen etwas zu trinken anbieten?«

»Warum nicht? Zu Hause gibt man mir nichts. Sieglinde hat alles weggeschlossen. Behauptet, ich wäre zu dick.«

»Unsinn. Nichts als pure Muskelkraft. Scotch?«

»Gern.«

Als Peter schließlich mit dem gewünschten Drink und einem Teller mit Brot und Käse aus der Küche zurückkam, hatte Svenson Jane auf dem Schoß, das Abendblatt in der Hand, die Lesebrille auf der Nase und saß gemütlich in Peters Sessel.

»Mein Gott, Präsident, ich sollte Sie wegen böswilliger Entfremdung liebgewonnener Haustiere verklagen.«

»Größere Knie.«

Svenson mochte zwar gelegentlich mit Menschen grob umspringen, Tieren gegenüber verhielt er sich jedoch immer äußerst sanft. Er ließ seinen riesigen Zeigefinger zärtlich über den schwarzen Streifen zwischen Janes zierlichen Öhrchen gleiten, dann griff er zum Käsemesser und schnitt sich ein dickes Stück Cheddar ab. Der Käse war ausgezeichnet, ein Produkt der Molkereiabteilung des Colleges. »Hat Sieglinde mir auch verboten«, murmelte er mit vollem Mund.

»Erinnert mich irgendwie an die Maus, die tanzt, wenn die Katze aus dem Haus ist, doch in Ihrem Fall stimmt es nicht so ganz. Haben Sie schon zu Abend gegessen?«

»Wollte eigentlich hier bei Ihnen schnorren. Wo ist Helen denn?«

»Sie läßt sich feiern. Ich hatte vor, eine Kleinigkeit in der Fakultätsmensa zu essen. Sind Ihre Töchter nicht da?«

»Alle bei Birgit. Ihre Mutter abholen. Ich wäre auch gern mitgefahren, verdammt noch mal! Hatte mal wieder keine Zeit. Das Haupt unter der Propellermütze findet keine Ruhe.«

»Grundgütiger, das weckt Erinnerungen! Ich wurde ins Büro des Schuldirektors befohlen, weil ich meine Propellermütze in der

Schule anhatte. Heutzutage sind die Lehrer froh, wenn ihre Schüler überhaupt noch etwas anhaben.«

Svenson schnitt sich ein weiteres Riesenstück Käse ab. »Hatte viel für sich, die Kleiderordnung damals. Hat die Kinder daran erinnert, wo sie waren und warum sie dort waren. Die Welt geht vor die Hunde, Shandy. Heute müssen sich Kinder Vorlesungen über Drogen anhören, hocken vor dem Fernseher und glotzen Werbung. Erwachsene jammern über Spannungskopfschmerzen, Senkfüße, was weiß ich. Werfen irgendwelche Pillen ein und runter damit! Den Herstellern von dem Teufelszeug sollte man Daumenschrauben anlegen. Diese gottverdammten Lackovites! Habe heute in Yoads Klassen Laboranalysen machen lassen. Das einzige, was bei deren Fraß wirklich gedeiht, ist Darmkrebs. Möchtest du auch ein bißchen Käse, Janie?«

»Sie hat bereits zu Abend gegessen«, sagte Peter. »Womit wir wieder bei unserer Ausgangsfrage wären. Sollen wir sofort losgehen, oder möchten Sie lieber vorher noch einen kleinen Drink?«

»Ich wäre für den Drink. Sieglinde wäre dagegen. Also gehen wir lieber!«

Doch Svenson rührte sich nicht von der Stelle, noch erhob er irgendwelche Einwände, als Peter sein Glas zurück in die Küche trug, um es wieder aufzufüllen.

»Eigentlich ist es nur halbvoll, Präsident. Ich habe bloß einen großen Eiswürfel zusätzlich hineingeworfen, damit es etwas voller aussieht.«

»Ungh.« Svenson leerte das Glas in einem Zug und stellte es weg. »Bin müde, Shandy. Werde wohl allmählich alt. Vielleicht muß ich schon bald den Löffel abgeben.«

»Irgendwann müssen wir alle abtreten. Was Sie brauchen, ist lediglich eine ordentliche Mahlzeit unter Ihren Gürtel. Haben Sie heute mittag was gegessen?«

»Kann mich nicht erinnern. Diese gottverdammten Reporter sind mir den ganzen Tag auf die Pelle gerückt, lauerten auf frische Leichen. Habe ihnen empfohlen, den *Gemeinde- und Sprengel-Anzeyger* zu lesen. Jessas, Ihr Telefon klingelt. Die müssen irgendwie rausbekommen haben, daß ich hier bin. Gehen Sie bloß nicht ran.«

»Ich werde es müssen. Ich habe Winifred gesagt, sie solle mich anrufen, wenn – hallo?«

»Oh, Professor Shandy!« Im ersten Moment konnte Peter die Stimme des Anrufers niemandem zuordnen, aber dann erkannte er Viola Buddley. »Die haben sie entführt! Professor Binks! Sie ist verschwunden!«

Kapitel 13

Wer hat sie entführt? Wo sind sie mit ihr hin? Beruhigen Sie sich doch bitte, Miss Buddley. Oder holen Sie Calthrop ans Telefon. Ist er da?«

»Er liegt auf dem Bo-Boden. Ich glaube, er ist tot.«

»Mein Gott! Hören Sie zu, Miss Buddley, Präsident Svenson und ich werden so schnell wie irgend möglich bei Ihnen sein. Haben Sie schon die Polizei von Lumpkinton angerufen?«

»N-nein.«

»Dann tun Sie das bitte sofort. Schließen Sie alle Türen, bis die Polizei da ist, und machen Sie sich eine Tasse Tee oder sonst irgendwas.«

Thorkjeld Svenson war schon dabei, den Käse in Stücke zu hakken und große Cracker-Sandwiches zu machen, damit sie auf der Fahrt etwas zu essen hatten. Peter nickte, unterbrach die Verbindung und wählte neu.

»Hallo, Mrs. Swope. Ist Cronkite zu Hause? Hier ist Peter Shandy.«

Mrs. Swope stellte keine Fragen, sondern holte in Windeseile ihren Sohn an den Apparat.

»Was ist los, Professor?«

»Sie wohnen doch ganz in der Nähe der Forschungsstation, am besten, Sie fahren umgehend hin. Winifred Binks ist gekidnappt worden. Viola Buddley ist allein mit Calthrop. Vielleicht ist er sogar schon tot. Der Präsident und ich machen uns sofort auf den Weg. Ich habe Miss Buddley gesagt, sie soll umgehend die Polizei von Lumpkinton benachrichtigen, aber Gott weiß, wann die eintreffen.«

»Bin schon unterwegs.«

Peter knallte den Hörer auf die Gabel und griff nach dem Telefonblock. »Swope ist schon unterwegs. Nein, Jane, du kannst diesmal nicht mit. Ich schreibe nur noch schnell eine Nachricht für Helen. Wann kommen Sieglinde und die Mädchen nach Hause?«

»Weiß der Himmel. Gegen neun, hoffe ich.«

»Ich habe Helen gebeten, bei Ihnen zu Hause anzurufen. Verdammt schade, daß ich den Wagen schon weggestellt habe.«

Peter riß seinen Plaidmantel vom Haken und zog ihn sich über, während er versuchte, Svenson zu folgen, der mit Riesenschritten davoneilte. Er hatte noch nicht alle Knöpfe zugemacht, als sie auch schon an Charlie Ross' Tankstelle angekommen, ins Auto gestiegen und auf die Straße gefahren waren. Es wäre zwecklos gewesen, Ottermole zu benachrichtigen, denn die Forschungsstation befand sich außerhalb seines Zuständigkeitsbereichs.

Verflixt, er wünschte, sie hätten genug Zeit gehabt, um ein ordentliches Abendessen zu sich zu nehmen, man konnte schließlich nie wissen, auf was sie sich jetzt wieder einließen. Während des Fahrens kaute Peter ein paar von Svensons Crackern und gönnte sich immer dann einen Biß, wenn er eine Hand vom Lenkrad nehmen konnte. Bei dem Tempo, das er an den Tag legte, war dies nicht sehr oft der Fall. Er hoffte inständig, daß man ihn nicht wegen überhöhter Geschwindigkeit anhalten würde, denn es war den Lumpkintoner Trotteln durchaus zuzutrauen, daß sie ihre Zeit damit verschwendeten, Verkehrssünder zu stoppen, statt sich auf dem schnellsten Wege zur Forschungsstation zu begeben.

Glücklicherweise waren seine Befürchtungen unbegründet. Als er mit quietschenden Reifen auf den Parkplatz fuhr, wartete Swope schon auf sie. Die Polizei von Lumpkinton war natürlich noch nicht eingetroffen. Der Krankenwagen von Clavaton war bereits wieder fort, Swope hatte ihn sofort nach seinem Eintreffen gerufen. Calthrop hatte aus Nase und Ohren geblutet und eine Art Krampfanfall gehabt. Er hatte eine Verletzung am Kopf davongetragen, sein Kopf war geschwollen und sein Gesicht aschfahl gewesen. Der Sanitäter war ziemlich sicher, daß es sich um eine Schädelfraktur handelte.

»Was ist mit Miss Buddley?« fragte Peter.

»Sie ist in Ordnung. Jedenfalls mehr oder weniger. Ich habe ihr literweise Kamillentee eingeflößt. Das hat sie ein wenig beruhigt, bloß daß sie sich dauernd – aber da ist sie ja.«

Viola war inzwischen wieder mehr oder weniger in der Lage, zusammenhängend zu sprechen. Was sie zu sagen hatte, war zwar schrecklich, aber leider nicht besonders hilfreich.

»Knapweed saß wie üblich an seinem Tisch und experimentierte mit seinem Unkraut herum. Professor Binks saß am Schreibtisch und schrieb einen wütenden Brief an Mr. Sopwith. Er hatte sie immer noch nicht zurückgerufen. Ich bin nach draußen gegangen, um nach den Futterspendern zu sehen. Ich war auf dem Weg zurück ins Haus, als plötzlich jemand aus dem Wald gesprungen ist, mich von hinten gepackt hat und mir mit einem Tuch die Augen verbunden hat. Dann wurde ich gegen einen der Ahornbäume am Parkplatz gedrückt und gefesselt.«

»War das derselbe Mann, der Sie gestern auch gefesselt hat?«

»Woher soll ich das wissen? Ich konnte doch nichts sehen! Ich hab' geschrien und um mich getreten und versucht, mich loszureißen, aber es hat alles nichts genutzt. Ich glaube, diesmal waren es mehrere Personen. Sie sind in die Station gelaufen, ich konnte hören, wie der Kies unter ihren Füßen knirschte, und Miss Binks schrie: ›Was fällt Ihnen ein?‹ Es war das erste Mal, daß ich Miss Binks habe schreien hören. Dann hab' ich gehört, wie man sie zum Parkplatz gezerrt hat.«

»Was genau haben Sie gehört?« erkundigte sich Peter.

»Ich habe gehört, wie Professor Binks Geräusche gemacht hat. Es klang wie ›mpf, mpf, mpf‹, als ob ihr jemand den Mund zugehalten hätte. Und ich habe gehört, wie der Kies nach allen Seiten gespritzt ist. Sie hat sich bestimmt nicht ohne Gegenwehr mitnehmen lassen, soviel ist klar.«

»Das kann ich mir lebhaft vorstellen. Sie sagten gerade, es waren mehrere Personen. Wie viele genau?«

»Wenigstens drei, würde ich sagen. Zwei für die Drecksarbeit und einer, der den Wagen gefahren hat. Er muß irgendwo in der Nähe gewartet haben, ich habe gehört, wie er vorgefahren ist, als sie mit ihr nach draußen kamen. Dann haben sie noch eine Weile geflucht und Krach gemacht, während sie versucht haben, sie in den Wagen zu drücken.«

»Sie haben sie nicht verletzt?«

»Ich glaube nicht. Ich hab' gehört, wie jemand gesagt hat: ›Sei vorsichtig, wir wollen doch unsere kostbare Fracht nicht beschädigen.‹ Dann haben sie die Türen zugeschlagen und sind wie der Teufel davongebraust. Der Kies, den sie aufgewirbelt haben, ist mir gegen die Beine geflogen, so nah sind sie gewesen. Es hat nicht weh getan, weil ich meine Stiefel anhatte, aber ich hab' eine Höllenangst ausgestanden.«

»Ungh«, sagte Dr. Svenson. »Und dann?«

»Als sie weg waren, hab' ich versucht, mich loszumachen. Ich vermute, sie hatten nicht genug Zeit, mich ordentlich zu fesseln, jedenfalls habe ich es nach einiger Zeit geschafft, die Fesseln ein bißchen zu lockern, und danach war alles ganz leicht. Ich war stinkwütend auf Knapweed, weil er nicht rauskam, um mir zu helfen, also bin ich ins Haus gestürmt, um ihn zurechtzustauchen, und da hab' ich ihn auf dem Boden liegend gefunden, ganz voll Blut. Ich dachte, ich würde in Ohnmacht fallen, aber ich wußte, daß ich unbedingt Hilfe holen mußte, also hab' ich Sie angerufen. Und dann ist Cronkite gekommen und hat mir Tee zu trinken gegeben – ich glaube, das ist alles, mehr weiß ich auch nicht.«

»Haben Sie die Polizei von Lumpkinton denn nicht benachrichtigt?«

»Das weiß ich nicht. Ich kann mich an nichts mehr erinnern. Vielleicht bin ich doch ohnmächtig geworden. Ich kann es einfach nicht mehr ertragen, dauernd an irgendwelche blöden Bäume gebunden zu werden!«

»Ich habe die Polizei sofort benachrichtigt, nachdem ich den Krankenwagen gerufen habe«, sagte Cronkite. »Sie haben behauptet, es hätte niemand angerufen, aber Sie kennen sie ja. Sie sagten, die Hälfte der Jungs hätte sich zum Abendessen abgemeldet, und sie würden jemanden schicken, wenn sie wieder zurück wären. Bescheuert, nicht?«

»Urrgh!« sagte Svenson. »Welcher Baum war es?«

»Der, um den das Seil hängt«, fauchte Viola, »was macht das schon für einen Unterschied? Für den Rest meines Lebens hab' ich wirklich genug von Bäumen, ich will nur noch weg aus Balaclava County und nie mehr zurückkommen. Ich kündige, und zwar auf der Stelle.«

»Geht nicht. Gibt sonst niemanden, der hier aufpaßt. Werde Ihnen einen Wachmann besorgen. Kündigen Sie, wenn Binks wieder hier ist.«

»Und wie lange wird das dauern? Sie wissen doch nicht mal, wer sie gekidnappt hat, wohin man sie gebracht hat oder was die Kerle mit ihr vorhaben. Sehen Sie doch, was mit Knapweed passiert ist! Die beiden könnten genausogut tot sein!«

»Bah. Verbinden Sie mich mit dem College. Apparat fünf.«

Viola machte Anstalten zu protestieren, überlegte es sich jedoch anders und gehorchte. Was Peter nicht sonderlich überraschte, denn er wußte genau, was der Präsident vorhatte. Viola war gerade im Begriff, sich wieder in einen hysterischen Anfall hineinzusteigern, Grund genug hatte sie schließlich dazu. Sie mit einer kleineren Aufgabe abzulenken würde sie wieder auf den Boden der Normalität zurückbringen, ihr die Möglichkeit geben, sich zusammenzunehmen. Als sie den Anruf durchgestellt hatte, war sie tatsächlich ruhig genug, Peters Vorschlag nachzukommen, sich ein wenig frisch zu machen und ihr Haar wieder in Ordnung zu bringen, auch wenn Peter letzteres im stillen für verlorene Liebesmüh hielt.

Während Viola sich frisch machte, kommandierte Svenson zwei College-Wachmänner zur Forschungsstation ab. Peter fragte sich gerade, was sie wohl als nächstes unternehmen sollten, als ein Streifenwagen der Lumpkintoner Polizei vorfuhr. Zwei uniformierte Beamte kamen herein, inspizierten interessiert die Blutspuren, die Knapweed in der Eingangshalle hinterlassen hatte, stellten diverse überflüssige Fragen, machten einige nutzlose Notizen, schnüffelten ein wenig herum, bedauerten, daß es keine besseren Spuren gab, sprachen Viola ihr Mitgefühl aus, als sie schließlich aus dem Badezimmer heraus kam, erstaunlicherweise sogar noch ein wenig zerzauster als vorher, ließen sich von Cronkite Swope ablichten und verabschiedeten sich wieder.

Sie versprachen zwar, eine Suchmeldung durchzugeben, obwohl sie sich keine allzu großen Hoffnungen auf Erfolg machten, da Viola ihnen weder eine Beschreibung des Fluchtwagens, des Fahrers oder eines anderen Beteiligten mit Ausnahme von Winifred Binks geliefert habe; und letztere befand sich zweifellos entweder in eine Decke eingewickelt unter dem Rücksitz oder im Kofferraum eines geschlossenen Lieferwagens. Ihrer Meinung nach konnte es nur ein Lieferwagen gewesen sein, ansonsten höchstens eine Art Kombi.

»Das Schlimme ist, daß diese Schwachköpfe sogar recht haben«, stöhnte Peter, als das Duo wieder abgefahren war, zweifellos mit dem befriedigenden Gefühl, alle Pflichten erledigt zu haben. »Heiliges Donnerwetter, es muß doch irgendwo einen Anhaltspunkt geben!«

Die Polizisten hatten auf dem Parkplatz nur aufgewühlten Kies und unter dem von Viola als Tatbaum identifizierten schlanken Ahorn nur ein Stück Seil gefunden, genau wie Viola gesagt hatte. Das Seil paßte zu dem Beweisstück, mit dem man sie bei ihrer letzten Entführung gefesselt hatte, doch das hatte nicht allzuviel zu bedeuten. Es stammte von einer ganz normalen Wäscheleine und konnte in jedem Haushaltswarengeschäft erstanden und in jedem Garten entwendet worden sein. Peter fragte sich nur, wo das Tuch hingekommen war.

»Oh, jetzt erinnere ich mich wieder«, sagte Viola. »Ich hab' es mit ins Haus genommen. Es war nur mein Stirnband, ich hatte es um den Kopf geschlungen, und die haben es mir dann über die Augen gezogen. Als ich dann gesehen habe, wie Knapweed in seinem Blut lag, hab' ich versucht, ihn zu – eh – ich glaube, ich habe mir die Hände daran abgewischt.«

»Beruhigen Sie sich, Miss Buddley, ist ja gut. Haben Sie Ihr Stirnband danach in den Mülleimer geworfen?«

»Weiß ich nicht. Soll ich nachsehen?«

»Nein, lassen Sie nur. Ich möchte wirklich nicht sexistisch sein, aber könnten wir Sie überreden, uns etwas Kaffee zu machen? Präsident Svenson und ich haben noch nicht zu Abend gegessen.«

»Aber natürlich. Es macht mir wirklich nichts aus. Aber wir haben nur Kaffee aus Zichorien und Löwenzahn. Die Spezialmischung von Professor Binks.«

»Schon in Ordnung.«

Peter ließ sich auf alle viere nieder und begann, den robusten Bodenbelag im Empfangsraum zu untersuchen. Nach dem gestrigen Regen war er zwar voller Schmutz und Steinchen, doch das Material ließ leider keine klaren Fußspuren erkennen. Auch Cronkite kroch inzwischen auf dem Boden herum, doch sie fanden beide nur einige trockene Blätter einer Labkraut-Untergruppe in der Nähe des großen Tisches und einen billigen Wegwerfkuli unter Professor Binks' Schreibtisch.

»Winifred muß ihn fallen gelassen haben, als man sie gepackt hat«, sagte Peter. »Sie ist viel zu ordentlich, um ihn hier einfach herumliegen zu lassen.«

»Vielleicht gehört er einem der Kidnapper?« schlug Cronkite vor.

Thorkjeld Svenson knurrte verneinend. »Serienmodell. College-Ausstattung. Haben zweihundert Stück gekauft. Sonderangebot. Spare in der Zeit, so hast du in der Not.«

»Hmja.« Peter hatte in der Zwischenzeit Winifreds Schreibtischschubladen untersucht. »Ich kann keinen anderen Kuli finden, also ist es ziemlich wahrscheinlich, daß sie diesen hier benutzt hat. Miss

Buddley, Sie haben vorhin am Telefon erwähnt, daß Miss Binks gerade dabei war, einen Brief an Sopwith zu schreiben.«

»Der liegt noch auf ihrem Schreibtisch.«

Normalerweise hätte Peter nicht im Traum daran gedacht, fremde Briefe zu lesen, doch Taktgefühl war in dieser Situation wirklich fehl am Platz. »Meine Güte, Sie hat kein Blatt vor den Mund genommen. Dieser Brief würde Sopwith als Kidnapper sehr wahrscheinlich machen, wenn er ihn schon gelesen hätte.«

»Im Grunde hätte jeder Miss Binks wegen ihres Geldes kidnappen können«, sagte Cronkite Swope. »Sie ist ja so verteufelt reich.«

»Sie hat einen Großteil ihres Erbteils in die Station investiert«, widersprach Peter. »Das ist inzwischen allgemein bekannt. Das sollten Sie eigentlich am besten wissen, Swope, Sie haben die Artikel schließlich geschrieben.«

»Stimmt, aber viele Leute glauben einfach nicht, was in der Zeitung steht. Außerdem denken sie vielleicht, daß sie in der Zwischenzeit noch sehr viel mehr Geld gemacht hat.«

»Ungh«, sagte Svenson.

Peter verstand, was er meinte. »Angenommen, Winifred hätte tatsächlich seither schon wieder mehr Geld verdient, als sie ausgegeben hat, woher hätte die Unterwelt das wissen sollen?«

Der Präsident schnaubte.

»Schon gut, Präsident, ich habe verstanden. Debenham könnte in Wirklichkeit weit weniger diskret sein, als er vorgibt. Sopwith ist mit größter Wahrscheinlichkeit entweder ein Gauner oder ein Dummkopf oder auch beides, wenn man sieht, wie er sich in der Sache mit Lackovites verhält. Darüber hinaus nehme ich an, daß alle Einzelheiten, die mit dem Binks-Vermögen zu tun haben, in irgendeinen verflixten Computer eingespeist werden, was bedeutet, daß jeder Hacker, der sein Handwerk versteht, sich Zugang dazu verschaffen kann.«

»Soll heißen?«

»Soll heißen, daß wir in Kürze eine Lösegeldforderung auf den Tisch bekommen, falls es sich wirklich um eine stinknormale Entführung handelt. Darum muß auf jeden Fall jemand die ganze Nacht hier in der Station bleiben.«

»Ich jedenfalls nicht«, protestierte Viola lautstark. »Ich bin nicht in der Verfassung, hier herumzuhocken und darauf zu warten, daß jemand einen Ziegelstein mit einer Nachricht durchs Fenster wirft.«

Peter vertrat zwar die Ansicht, daß diese melodramatischen Methoden längst der Vergangenheit angehörten, doch wenn man bedachte, daß diese Typen altmodisch genug waren, dralle junge Damen an Bäume zu fesseln, konnte man wohl tatsächlich nicht sicher sein. »Sie werden vermutlich anrufen«, versuchte er sie zu beruhigen. »Aber wir erwarten wirklich nicht von Ihnen, daß Sie hier die Stellung halten, Miss Buddley. Wen haben Sie denn herzitiert, Präsident?«

»Bulfinch und Mink.« Beide arbeiteten schon lange als Wachmänner auf dem Campus, sie waren fähige, intelligente Männer, die bis hin zu einem Artillerieüberfall ohne mit der Wimper zu zucken mit allem fertig wurden. »Sehen Sie eine Möglichkeit, die Presse herauszuhalten, Swope?«

»Ach herrje, Dr. Svenson. Keine Ahnung. Ich brauche mich jedenfalls im Moment nicht in der Redaktion zu melden, wir fangen erst morgen früh an zu drucken. Aber immerhin war der Krankenwagen hier und hat Calthrop abgeholt, und Calthrop hatte eine Schädelfraktur, daher befürchte ich fast, daß es längst in aller Munde ist. Ich wette, daß die Nachtschwester im Krankenhaus von Clavaton schon bei Tante Betsy Lomax angerufen hat, und was das bedeutet, brauche ich Ihnen sicher nicht zu sagen.«

»Urr.«

»Na ja, ich mußte den Sanitätern schließlich mitteilen, was passiert war«, unterbrach Viola Buddley. »Die haben mir alle möglichen Fragen gestellt, als sei ich diejenige gewesen, die ihn niedergeschlagen hat.«

»Es wäre also ziemlich sinnlos, wenn der *Sprengel-Anzeyger* die Story zurückhalten würde«, fuhr Cronkite fort, »es sei denn, wir erhalten eine Nachricht von den Entführern, in der sie damit drohen, daß sie Miss Binks etwas Furchtbares antun, wenn wir reden. Haben die Kerle Ihnen gegenüber erwähnt, daß Sie schweigen sollen, Viola?«

»Die haben überhaupt nichts zu mir gesagt, die haben mich nur gepackt, mir die Augen verbunden und mich an einen Bau-bau – «

Da sie anscheinend wieder kurz vor einem hysterischen Anfall stand, war es höchste Zeit, das Gespräch abzubrechen. »Swope«, sagte Peter, »warum bringen Sie Miss Buddley nicht nach Hause?«

»Ich kann allein fahren«, protestierte Viola. »Ich bin in Ordnung, ganz bestimmt. Ich brauche meinen Wagen sowieso morgen früh, entweder komme ich damit zur Arbeit, oder ich fahre zu meiner Mutter. Ich weiß es noch nicht, ich nehme mal an, daß ich herkomme. Vielleicht bin ich bis morgen wieder etwas mutiger.«

»So ist es richtig«, lobte Peter. »Warum fahren Sie dann nicht einfach hinter ihr her, Swope, und sorgen dafür, daß sie sicher zu Hause ankommt? Der Präsident und ich bleiben hier, bis Mink und Bulfinch eingetroffen sind.«

»Was soll ich denn nun mit meiner Story machen?«

Peter warf dem Präsidenten einen Blick zu. Svenson stieß einen tiefen Seufzer aus. »Wie früh?«

»Sechs Uhr?« Cronkite klang wieder etwas hoffnungsvoller.

»Wir werden Ihnen Bescheid sagen.«

»Und was mach' ich, wenn ich nach Hause komme und meine Mutter schon alles weiß?«

Bei dieser Frage konnte sich Svenson ein Grinsen nicht verkneifen. »Wenn Ihre Mutter alles weiß, können Sie es auch drucken.«

»Vielen Dank, Präsident! Sind Sie soweit, Viola?«

Miss Buddley griff nach ihrem leuchtend grünen Regencape aus Vinyl und warf es sich über die Schultern. »Ich bin schon seit Stunden fertig. Ich hoffe bloß, daß es nicht genau wie gestern wieder anfängt zu schütten, wenn ich draußen bin.«

»Grundgütiger«, sagte Peter. »Ist mir gar nicht aufgefallen.«

Es mußte schon eine geraume Zeit geregnet haben. Die Wagen auf dem Parkplatz glitzerten vor Nässe, und überall, wo sich tiefe Spuren in den Kies gegraben hatten, bildeten sich kleine Pfützen. Nachdem sie die schlingernden Reifen unter Kontrolle gebracht hatten, fuhren Viola und Swope schließlich mit eingeschalteten Scheinwerfern und wild schlagenden Scheibenwischern von dannen. Die Parkplatzbeleuchtung hatte sich automatisch angeschaltet, als es dunkel wurde, schien jedoch gegen die Nacht nicht viel ausrichten zu können. Peter begann allmählich zu begreifen, wie einsam und abgelegen dieser Ort und wie wenig sättigend sein Abendessen gewesen war. Warum hatte Svenson Mink und Bulfinch nicht gebeten, ihnen ein paar Sandwiches mitzubringen?

Plötzlich fiel ihm ein, daß er vor einiger Zeit eine Tafel Schokolade im Handschuhfach verstaut hatte, und zwar eine Riesentafel zum Sparpreis, genug für ihn und den Präsidenten. Oder zumindest für ihn, der Präsident hatte schließlich bereits den größten Teil des Käses verzehrt. Peter machte eine frische Ladung Löwenzahnwurzelkaffee, warf den Wasserkocher an und ging die Schokolade holen.

Svenson hatte sich in den einzigen Sessel fallen lassen, der groß genug für ihn war, und las gerade das *Amicus Journal*, die Nickelbrille halb auf der Nase. Peter goß zwei große Becher ein, begab sich mit dem seinen an Winifreds Tisch und setzte sich auf ihren Stuhl. Der Ersatzkaffee schmeckte diesmal irgendwie besser, entweder weil er ein besserer Kaffeekocher war als Viola Buddley oder weil er sich langsam an das Zeug gewöhnte. Die Schokolade schmeckte immer noch hervorragend und war auch nicht weich geworden, sie war mit Rosinen und Nüssen gespickt, genau das, was der Arzt einem hungrigen Mann verschreibt, der auf den Anruf eines unbekannten Entführers wartet.

Allmählich wurde er schläfrig. Wie lange mußte er wohl noch auf seine gemütliche eheliche Couch verzichten? Helen war inzwischen bestimmt von ihrem Treffen zurück, trunken vor Ruhm und um ein hübsches Bouquet reicher. Höchstwahrscheinlich wieder Chrysanthemen. Sie hoffte jedesmal, daß ihre Gastgeber ihr keine überreichen würden, doch meist hoffte sie vergebens. Er hätte sie liebend gern angerufen, doch er wollte die Leitung frei halten. Es konnte schließlich sein, daß die Mistkerle ausgerechnet in dem Moment versuchten, mit ihnen Kontakt aufzunehmen.

Kapitel 14

Grundgütiger! Sie meldeten sich tatsächlich! Peter machte einen Riesensatz in die Höhe, als das Telefon läutete, und griff während der Landung nach dem Hörer. Eine merkwürdige, krächzende, leise Stimme traf sein Ohr.

»Professor Binks ist in unserer Gewalt. Wenn Sie unsere Anweisungen genau befolgen, wird ihr nichts geschehen. Unternehmen Sie nichts. Versuchen Sie nicht, uns zu finden, sprechen Sie mit keinem. Gehen Sie einfach nach Hause, und legen Sie sich ins Bett. Wir werden dieselbe Nummer anrufen und weitere Instruktionen geben, wenn wir es für richtig halten.«

»Hören Sie«, Peters Stimme klang wahrscheinlich genauso merkwürdig wie die seines Gesprächspartners. »Vielleicht wird es uns nicht gelingen, die Presse aus der Sache herauszuhalten. Es ist schon etwas durchgesickert.«

»Damit haben wir gerechnet. Kümmern Sie sich nicht darum. Warten Sie einfach.«

»Aber worauf? Warum sollten wir Ihnen überhaupt glauben? Woher wissen wir, ob Miss Binks noch am Leben ist? Ist sie bei Ihnen? Lassen Sie mich mit ihr sprechen.«

Er bekam keine Antwort, doch die Verbindung war nicht abgebrochen. Peter wartete. Endlich vernahm er zu seiner großen Erleichterung Winifreds Stimme.

»Hallo? Ist da jemand?«

»Ich bin's, Peter, Winifred.« Jetzt wußte er ganz sicher, daß auch er merkwürdig klang. »Geht es Ihnen gut?«

»Im großen und ganzen ja. Aber meine Entführer haben mich beauftragt, Ihnen mitzuteilen, daß sie kurzen Prozeß mit mir machen, falls ihre Anordnungen nicht genau befolgt werden. Während ich jetzt spreche, bohrt mir ein Mensch, der große Ähnlichkeit mit meinem Onkel Horatio hat – oder vielleicht auch mit meiner

Tante Annie, das Geschlecht kann ich nicht genau ausmachen –, eine ziemlich eindrucksvolle Schußwaffe in die Rippen.«

»Mein Gott!«

»Machen Sie sich bitte keine unnötigen Sorgen, Peter. Ich habe den Eindruck, daß ich lebend sehr viel wertvoller bin als tot. Falls sie mich zu brutal behandeln, werde ich einfach dafür sorgen, daß man mich erschießt, und auf diese Weise ihre Pläne –«

Die Verbindung wurde plötzlich unterbrochen. Erstaunlicherweise huschte ein Lächeln über Peters Gesicht, als er den Hörer auflegte. »Präsident, gibt es hier irgendwo Schleppkähne?«

»Huh?«

»Ich glaube, wir haben endlich einen Anhaltspunkt. Sagen Ihnen die Namen Horatio und Annie etwas?«

»Jessas, Shandy, was für eine tolle Frau! Heiliges Kanonenrohr, und ob die mir was sagen! Kapitän Horatio Bulwinkle und Schleppkahn Annie Brennan. Binks kann nur den Clavaclammer gemeint haben. Im südlichen Marschland. Da gibt es einen neuen Jachthafen, Wasseraufbereitungsanlage, irgendwas in der Art. Schleppkähne, Lastkähne, Schwimmbagger. Nichts wie los!«

»Wir haben die strikte Order, nichts zu unternehmen.«

»Huh!«

»Ganz Ihrer Meinung, aber wir müssen sehr vorsichtig sein.«

»Muß unbedingt Sieglinde anrufen.«

Svenson griff nach dem Telefon, doch Peter hielt ihn zurück. »Einen Moment, zuerst schauen wir mal nach.«

Peter war ein geschickter Handwerker. Innerhalb von Sekunden hatte er mit Hilfe seines treuen Taschenmessers die Sprechmuschel auseinandergenommen und gefunden, was er suchte. »Meine Vermutung war richtig. Sehen Sie das kleine Ding hier?«

»Herr des Himmels, die haben uns angezapft. Nehmen Sie das verdammte Ding sofort raus.«

»Nein, lieber nicht. Rufen Sie Sieglinde ruhig an, aber sprechen Sie Schwedisch. Bitten Sie Sieglinde, sich mit Helen in Verbindung zu setzen und ihr zu sagen, die Jagd sei angeblasen.«

»Angeblasen?«

»Wir werden bald mehr wissen, hoffe ich. Sagen Sie ihr, falls jemand anruft und nach Ihnen fragt, soll sie sagen, Sie seien auf dem Heimweg, und unbedingt nach der Nummer des Anrufers fragen, damit Sie zurückrufen können. Der Anrufer wird daraufhin einfach auflegen. Sie soll Helen ausrichten, sie soll genau dasselbe tun. Wir müssen verdammt vorsichtig sein, schließlich darf Winifred nichts passieren.«

»Huh!«

»Hmja, da haben Sie natürlich völlig recht. Momentan hat sie Oberwasser, wollen wir nur hoffen, daß es so bleibt.«

Inzwischen hatte Peter das Telefon wieder zusammengebaut. »So, das hätten wir, Präsident. Bestellen Sie Sieglinde viele Grüße von mir, und sorgen Sie dafür, daß sie auf jeden Fall Helen anruft.«

Peter zog sich aus dem Empfangsbereich zurück, während Thorkjeld Svenson seinen Anruf tätigte. Er tat dies nicht etwa aus Diskretion, weil er das Gespräch nicht mithören wollte – er hätte sowieso nichts verstanden, denn die einzigen schwedischen Worte, die er kannte, waren Skol und Smörgasbord. Er wollte lediglich sehen, wie sich das Wetter entwickelt hatte.

Ihm fielen die Metaphern seines Großvaters ein, die immer sehr anschaulich und erdverbunden gewesen waren. Bei ihm hatte es beispielsweise immer ›Mistgabeln und Kuhfladen‹ geregnet, und Peter mußte zugeben, daß die augenblickliche Wetterlage mit diesem Bild ziemlich treffend beschrieben war. Auch wenn er sich das Gegenteil wünschte.

Um seine Fahrtüchtigkeit machte er sich wenig Sorgen, die Schokolade hatte für einen neuen Energieschub gesorgt. Sein Wagen war in Topzustand und während des kurzen Aufenthalts bei Charlie Ross wieder bis obenhin vollgetankt worden. Clavaton war nicht weit entfernt, die Straßen waren gut, obwohl man natürlich nie wissen konnte, ob sie nicht irgendwo unterspült waren. Er war sich nicht sicher, wo der Schwimmbagger eingesetzt war, doch er kannte den Weg zur Clavaclammer Road. Wahrscheinlich brauchten sie nichts weiter zu tun als dem Fluß zu folgen, bis sie so etwas wie einen Schleppkahn sichteten.

Ob das Boot am Kai lag, so daß sie einfach an Bord gehen konnten? Oder ob sie wie Piraten mit einem Dolch zwischen den Zähnen den Fluß durchschwimmen mußten? Aber woher sollten sie die Dolche nehmen? Und wenn es nun doch kein Schleppkahn war? Egal, jedenfalls sah es aus wie ein Schleppkahn, sonst hätte Winifred ihnen den Hinweis nicht gegeben. Was es auch sein mochte, bei strömendem Regen und in pechschwarzer Nacht war es sicher furchtbar schwer auszumachen, besonders wenn sie sich mit Rücksicht auf Winifreds bedrohte Rippen nur mit größter

Vorsicht bewegen konnten. Von ihren eigenen Rippen ganz zu schweigen.

Präsident Svenson beendete das Gespräch mit einem leidenschaftlichen schwedischen Wortschwall. Sieglinde mußte die Worte einfach verstehen, die Bedeutung wäre wohl überall auf der Welt begriffen worden. Welch grausames Schicksal, als einsamer Gatte in stürmischer Nacht dem Ruf der Pflicht folgen zu müssen!

Das galt auch für Mink und Bulfinch, die jeden Moment eintreffen konnten. Peter hielt es für einen Akt der Nächstenliebe, sie mit einer Kanne voll Kaffee zu begrüßen. Winifred würde neue Löwenzahnwurzeln mahlen müssen, wenn sie wieder zurück war. Er hatte gerade den letzten Rest aus dem Behälter genommen, als auch schon Scheinwerfer vor dem Fenster des Empfangsraums aufblitzten, ein Motor verstummte und zwei höchst agile Männer mittleren Alters durch den Regen ins Haus stürmten.

»Wie war die Fahrt?« erkundigte sich Peter.

»Hätte schlimmer sein können.« Purvis Mink war kein Mann großer Worte.

»Beispielsweise Schneesturm und Eisregen gleichzeitig. Es wird die ganze Nacht durchregnen, wir haben während der Fahrt den Wetterbericht gehört. Scheint ganz so, als wäre irgendwo über uns ein Hoch auf ein Tief getroffen.« Alonzo Bulfinch redete gern und viel, wenn er die Gelegenheit dazu bekam, was nicht oft der Fall war, da er bei Cronkite Swopes Tante Betsy wohnte.

Peter hätte Bulfinch gern gefragt, ob Mrs. Lomax ihm schon mitgeteilt hatte, wie es inzwischen um Knapweed Calthrop stand, doch es war sinnlos, die Zeit mit Dingen zu vertun, die er sowieso nicht ändern konnte. Je eher Svenson und er sich auf die Socken machten, desto aussichtsreicher war ihr Unterfangen. Das schlechte Wetter war günstig für sie, in einer Nacht wie dieser rechneten Winifreds Entführer bestimmt nicht mit einem plötzlichen Überfall.

Zumindest versuchte Peter, sich dies einzureden, während er sich bemühte, heruntergefallenen Ästen auszuweichen und Pfützen zu durchpflügen, die groß wie Mühlteiche waren. Seine Scheibenwischer gaben ihr Bestes, doch sie schafften es einfach nicht, das Wasser so schnell abzuwehren, wie es auf die Windschutzscheibe niederprasselte. Auf halbem Wege nach Clavaton mußten sie wegen einer großen Ulme halten, die mitten auf die Straße gestürzt war, doch auch das hielt sie nicht sonderlich lange auf. Der

Präsident stieg kurzerhand aus dem Wagen und schleuderte die Ulme wie einen abgebrochenen Blumenstengel zur Seite. Er war nicht einmal außer Atem, als er zurück in den Wagen stieg.

Wenn die Uhr im Amaturenbrett richtig ging, hatten sie für die Fahrt zur Uferstraße genau eine Stunde und zweiunddreißig Minuten gebraucht. Peter kam es vor wie zwanzig Jahre. Wie Svenson prophezeit hatte, stießen sie schon bald auf die Vorboten großer Veränderungen, auch wenn in dieser Nacht natürlich niemand hier arbeitete. Man konnte verschiedene Silhouetten nautischer Natur ausmachen, die sich an Docks sammelten, die Peter seines Wissens nach nie zuvor gesehen hatte. Vielleicht hatte man die Docks eigens gebaut, um die Flotille von Arbeitskähnen unterbringen zu können. Einige der Schatten besaßen Ankerlichter, die hell genug waren, um jeden, der sich heimlich an Bord schleichen wollte, von seinem Vorhaben abzuhalten, doch wiederum nicht hell genug, um den Namen der Boote lesen zu können.

Peter fuhr an den Docks vorbei, damit sie sich ein Bild von den Örtlichkeiten machen konnten. Es machte nichts, daß er im Schneckentempo fuhr, denn niemand, der auch nur halbwegs bei Verstand war, würde in so einer Nacht schneller fahren. Nachdem sie um eine Ecke gebogen und außer Sichtweite waren, für den Fall, daß sie doch jemand beobachtet hatte, suchte Peter eine Stelle, wo sie den Wagen parken konnten. Er entschied sich für eine Ladeplattform aus Beton hinter einem niedrigen Gebäude an der landeinwärts gelegenen Seite der Straße. Wahrscheinlich handelte es sich um eine Art Depot oder Warenlager, vermutete er, doch er hatte keine Lust, kostbare Zeit damit zu verschwenden, dies herauszufinden.

»Taschenlampe?« knurrte Svenson.

»Im Handschuhfach«, teilte Peter ihm mit. »Die Batterien und das Birnchen sind nagelneu, wir sollten also besser etwas finden, um das Licht abzuschwächen.«

Helen hatte einen Seidenschal im Wagen liegenlassen, es war zwar schade, das hübsche Ding zu ruinieren, doch sie würde es sicher verstehen. Wenn man das dünne Tuch faltete und über den Reflektor wickelte, verwandelte sich der helle Strahl in eine diffuse Lichtquelle, die hell genug war, um zumindest sehen zu können, wohin sie ihre Füße setzten.

»Wir werden das Ding nur im Notfall benutzen«, knurrte Svenson düster. »Kommen Sie!«

Die beiden Männer überquerten vorsichtig die Straße und schlichen um die Docks herum, wobei sie immer wieder auf dem matschigen Boden ausrutschten und durch Pfützen platschten, denen sie nicht ausweichen konnten. Der Regen schlug ihnen in die Augen, rann ihnen über die Gesichter in den Kragen hinab. Es war so scheußlich, daß Peter die Situation fast schon wieder lustig fand; er mußte sich zusammennehmen, um nicht laut loszulachen.

Als sie unten bei den Docks angelangt waren, bemerkten sie erst, wie hoch die Boote lagen und warum dies so war. Der Clavaclammer, normalerweise ein friedlicher Fluß, der gemütlich zwischen grünen Hügeln dahinfloß, hatte sich in die überzeugende Imitation eines reißenden Stroms verwandelt, der bereits bis an die Ränder der Docks hochschlug. »Heiliger Strohsack«, murmelte Peter, »so habe ich ihn noch nie gesehen.«

Schon als Kind hatte sich Peter beim Lesen von *Der Wind in den Weiden* mehr zum Maulwurf als zur Ratte hingezogen gefühlt. Er war ein Mann der Felder und Hecken und wußte mit soviel Wasser auf einmal wenig anzufangen. Er wünschte sich nur inbrünstig, die verflixten Boote würden ihren Tanz auf den Wellen so lange unterbrechen, bis sie deren Namen entziffert hatten.

Einige konnten von vornherein ausgeschlossen werden, beispielsweise die offenen Schuten und Schwimmbagger. Sie sahen nicht so aus, als gäbe es an Bord genug Platz, um eine Dame mittleren Alters zu verstecken, ohne dabei eine Lungenentzündung oder Tod durch Ertrinken zu riskieren. Ein Dock war anscheinend für Vergnügungsdampfer reserviert, schnittige Seejungfern, deren Cockpits mit Planen geschützt und deren Kabinenfenster mit Vorhängen geschmückt waren. Jedes dieser Boote eignete sich hervorragend als Versteck, doch wie paßte das zu Winifreds Hinweis auf den Schleppkahn? Peter und Thorkjeld verschwendeten einige Zeit damit, Namen zu entziffern, mit denen sie aber nichts anfangen konnten, und gingen schließlich weiter.

Endlich erreichten sie drei unförmige Arbeitsboote, die an den Dollborden mit abgenutzten Gummireifen behängt waren. Svenson drückte Peters Schulter mit einer Kraft, die einen kleineren Mann für Wochen außer Gefecht gesetzt hätte. »Welches ist es?« flüsterte er.

Peter zog sich den triefenden Tweedhut tiefer ins Gesicht, um seine Augen vor dem Regen zu schützen, und sah sich die drei Boote genau an. Zwei von ihnen waren mit all den Dingen beladen, die man normalerweise auf Schleppkähnen findet, die Kabinenfenster sahen nackt und schwarz aus und glänzten im Regen. Das mittlere Boot war weit weniger vollgestopft, die Farbe wirkte frischer, die Fenster hatten Vorhänge, die fest zugezogen waren. Es war zwar kein Fünkchen Licht zu sehen, doch Peter hatte das Gefühl, daß es dennoch brannte. Er fühlte sich wie Carruthers, der in Memmert den Schatzsuchern auflauerte, als er die Taschenlampe ausmachte, sich auf den klatschnassen Poller setzte, seine Schuhe auszog und sie sich mit zusammengebundenen Schnürriemen um den Hals hängte. Svenson ahnte, was er vorhatte, und tat es ihm nach.

Die Seiten des Schleppkahns lagen ein gutes Stück über dem Dock, doch es war nicht schwierig, an Bord zu gelangen. Peter stellte sich einfach auf Thorkjelds Schultern und kletterte an Bord. Oben angekommen, fand er eine Strickleiter, warf sie über den Dollbord, und Svenson kletterte empor, wobei er ungefähr aussah wie King Kong beim Erklimmen des Empire State Building.

Leise wie Katzen schlichen sie sich an ihre Beute heran. Es bestand durchaus die Möglichkeit, daß sich außer ihnen niemand an Bord befand. Viel wahrscheinlicher war allerdings, daß sie auf ein harmloses Mitglied der Crew stießen, das gerade einen friedlichen Abend mit seinem Buch, seiner Pfeife, seinem Hund oder seiner Freundin verbrachte, doch dieses Risiko mußte man eben eingehen. Peter versuchte, eine Kajütentür zu öffnen, doch sie war verschlossen. Er trat beiseite und bedeutete Svenson, sein Glück zu versuchen. Thorkjeld lehnte sich mit der Schulter gegen das Schloß und drückte, und schon waren sie drinnen.

»Meine Güte, Peter und Dr. Svenson«, rief Winifred Binks. »Wie schön, daß Sie gekommen sind!«

Einen Moment lang waren die beiden zu beschäftigt, um ihren Gruß zu erwidern. Sofort als sie den Raum betreten hatten, war ein riesiger Mann, der wenig vertrauenerweckend aussah, aufgesprungen und hatte nach seinem M 1-Gewehr gegriffen. Innerhalb von Sekunden hatte Peter ihm das Gewehr entrissen, während es Dr. Svenson gelang, den Wächter zu Fall zu bringen. Leider rollten die beiden auf dem engen Kajütenboden hin und her, während Svenson seinem Gegner den Gürtel abnahm, um ihn damit zu fesseln, so daß es Peter nicht gelang, die Tür zu erreichen, die in einen weiteren Raum führte. Doch genau das wollte er unbedingt, denn sein Gefühl sagte ihm, daß kein halbwegs vernünftiger Entführer Winifred Binks hier mutterseelenallein mit lediglich einem muskelstrotzenden Schwachkopf als Bewacher zurücklassen würde.

Sein Gefühl hatte ihn natürlich nicht betrogen. Peter versuchte immer noch verzweifelt, sich einen Weg vorbei an den tretenden Beinen und gequälten Bizepsen zu bahnen, als auch schon eine Gestalt in besagter Tür auftauchte.

»Grundgütiger!« stieß er hervor.

Schleppkahn-Annie stand leibhaftig vor ihm, eine unförmige Person, die riesige Gummistiefel, einen dicken dunkelgrünen Pullover voller loser Fäden und Löcher und einen reichlich verdreckten schwarzen Rock trug. Ihr Gesicht war rot und wettergegerbt, graues Haar schaute büschelweise unter einem alten Männerfilzhut hervor, der dem Hut ähnlich sah, den Peters Vater immer getragen hatte.

»Was zum Teufel habt ihr Kerle denn hier zu suchen?«

Ihre Stimme lag irgendwo zwischen Quieken und Kreischen. Das brachte das Faß zum Überlaufen. Peter hob das Gewehr und blinzelte freundlich am Lauf entlang.

»Wir machen nur eine kleine Stippvisite«, erwiderte er. »Das ist hier bei uns so Sitte. Unseren Collegepräsidenten Dr. Svenson haben Sie, glaube ich, noch nicht getroffen. Präsident, das ist der angebliche Mr. Fanshaw, von dem ich Ihnen bereits erzählt habe. Nett, Sie wiederzusehen, Mr. Fanshaw, wir hatten uns schon gefragt, wo Sie nach Ihrem raffinierten Ausbruch aus dem Gefängnis abgeblieben waren. Alle Achtung, Ihre Schleppkahn-Annie-Verkleidung ist wirklich sehenswert, nur die Stimme haben Sie leider verpatzt.«

»Ach ja?« Fanshaw versuchte, Peter mit seinem Hypnoseblick zu fixieren. »Vielleicht sind Sie so nett und erzählen mir, was ich falsch gemacht habe?«

»Eine ganze Menge, wenn Sie es genau wissen wollen. Erstens hatte Annie eher eine Baß- als eine Sopranstimme. Zweitens ist es nicht die feine Art, Polizisten zu hypnotisieren, während sie ihren Pflichten nachkommen. Drittens ist die Entführung von reichen Erbinnen selbst in den höchsten Kreisen verpönt. Und viertens haben Sie sich einen Mord aufgeladen.«

»Wie bitte?« Es folgte eine ausgedehnte Pause. »Sie wissen wohl nicht, was Sie sagen.«

»Und ob ich das weiß. Ich rede von dem jungen Botaniker draußen in der Forschungsstation. Sein Name ist Knapweed Calthrop.

Sie haben ihm den Schädel eingeschlagen, als Sie Professor Binks entführten.«

Peter hätte schwören können, daß Fanshaw tatsächlich nicht wußte, was er meinte, was ihn im Grunde nicht wunderte, denn Fanshaw wirkte eigentlich eher wie ein Betrüger und nicht wie ein Mörder. Der Himmel wußte, wie viele Komplizen er hatte und wer die Fäden in der Hand hielt. Dem Riesen, den Svenson gerade gefällt hatte, war es viel eher zuzutrauen, Calthrop niedergeschlagen und die sinnliche Viola grob angefaßt zu haben. Fanshaw konnte mit der gestrigen Baumfesselung sowieso nichts zu tun haben, da er zur fraglichen Zeit im Gefängnis von Balaclava Junction gesessen hatte und damit beschäftigt gewesen war, Ottermole und Dorkin zu hypnotisieren. Der angebliche Anwalt, der auf dem Revier aufgekreuzt war und sicher in Wirklichkeit nur darauf aus gewesen war, Fanshaw mit einem Fluchtwagen zu versorgen, konnte dagegen sehr wohl etwas mit Violas Entführung zu tun haben. Oder vielleicht doch nicht? Peter überlegte, Svenson wurde unruhig.

»Shandy! Aus dem Weg!«

»Eh, natürlich, Präsident. Sie haben ja recht. Winifred, ich muß leider gestehen, daß wir vergessen haben, einen Regenmantel für Sie mitzubringen. Wären Sie so nett, das Gewehr hier zu halten, während ich versuche, die Polizei von Clavaton dazu zu bewegen, hier herauszukommen und die Herren festzunehmen? Sie können ihn ruhig erschießen, falls er versuchen sollte, nach seinen Hypnoseutensilien zu greifen. Ich frage mich nur, wie man dieses Telefon in Gang setzt.«

»Die Anleitung hängt dort an der Wand«, sagte Winifred. »Ich habe sie gesehen, als ich eben auf Mr. Fanshaws Bitte hin mit Ihnen telefoniert habe.«

»Ah ja, schon gefunden. Eigentlich ganz einfach, wenn ich nur richtig an das verflixte Ding herankommen könnte. Präsident, wäre es nicht möglich, den anderen Herrn nach draußen aufs Dock zu bringen, damit wir uns hier drin wenigstens richtig bewegen können? Das würde auch der Polizei einige Arbeit ersparen.«

»Damit werde ich mir wahrscheinlich die Dockarbeitergewerkschaft an den Hals hetzen, aber was soll's?«

Froh über etwas mehr Bewegung, stellte Thorkjeld Svenson den widerstrebenden Schurken auf die Füße und führte ihn im Polizeigriff aus der Kabine, während Peter das Mysterium des Telefonierens von Schiff zu Küste erforschte.

Sie hatten Glück, zufällig patrouillierte gerade ein Boot der Wasserschutzpolizei von Clavaton ganz in ihrer Nähe auf dem Fluß, um die Flut im Auge zu behalten. Minuten später legte es bereits neben dem Schleppkahn an.

Der diensthabende Officer war zwar durchaus bereit, Fanshaw und seinen Komplizen an Bord zu nehmen, doch nicht willens, länger als nötig bei ihnen auf dem Schleppkahn zu bleiben und sich genauere Erklärungen geben zu lassen. Der Fluß wurde immer wilder, und man machte sich inzwischen Sorgen um den Upper-Clavaton-Damm, der zu Zeiten von Ulysses S. Grant erbaut worden war und allmählich Altersbeschwerden aufwies.

Peter sagte, er könne dies gut verstehen, Präsident Svenson und er hätten ohnehin vor, Professor Binks so schnell wie möglich nach Hause zu fahren. Sie würden morgen früh beim Polizeirevier von Clavaton vorbeischauen, falls dies überhaupt machbar sei, und eine detaillierte Aussage machen. Svenson half einem der Officer, den noch namenlosen Komplizen an Bord des Polizeiboots zu hieven, während die beiden anderen Beamten sich um Fanshaw kümmerten, der immer noch sein Schleppkahn-Annie-Kostüm trug, inzwischen um zwei glänzende Handschellen ergänzt.

Fanshaw war nicht willens, sich friedlich zu verabschieden. Peter und Winifred hörten Geräusche wie von einem Handgemenge auf dem Dock, das jedoch nur einen kurzen Moment dauerte. Als Svenson wieder zurück in die Kabine schlüpfte, sah er höchst zufrieden aus. Das Polizeiboot brachte seinen Motor auf Touren und raste den Fluß hoch. Der Schleppkahn wurde von der Wucht des Kielwassers hin und her geworfen, der Wind heulte noch lauter, der Regen prasselte immer heftiger. Es war höchste Zeit, das Schiff zu verlassen.

Kapitel 15

»Was für ein gemeiner, niederträchtiger Mensch!«

Während Peter hinausschaute und den immer größer werdenden Abstand zwischen Schleppkahn und Dock bemerkte, dachte er, daß Winifred ihre Gefühle Fanshaw gegenüber ruhig etwas drastischer hätte ausdrücken können. »Bei dem Handgemenge, das wir oben auf dem Dock gehört haben, muß Fanshaw die Vertäuung von den Pollern weggetreten haben.«

»Aber warum hat er das getan?« wollte Winifred wissen.

»Pure Boshaftigkeit, würde ich sagen. Ich weiß wirklich nicht, welches andere Motiv ihn dazu veranlaßt haben könnte. Ich wundere mich bloß, wieso die Wasserpolizei nichts davon gemerkt hat.«

»Da draußen ist es finster wie in der Rocktasche einer Hexe«, knurrte Svenson. »Denen sind die Regentropfen auf die Augäpfel geprasselt wie Geschosse. Was schert uns schon, warum Fanshaw es getan hat? Wir müssen den Kahn unter Kontrolle bekommen. Sonst sind wir erledigt. Rein mit Ihnen, Binks. Luken dicht machen. Lotsenhaus, Shandy.«

Peter vermutete, daß der Präsident damit das kleine verglaste Gebilde meinte, das sich oben auf der Kajüte befand. Er kämpfte sich die wenigen Stufen hoch, die dort hinaufführten, Svenson dicht auf den Fersen, und benutzte seine Taschenlampe, um das Amaturenbrett zu inspizieren, als Svenson sich zur Seite lehnte und das Licht anschaltete.

»Batterien, Shandy.«

»Oh, vielen Dank, Präsident. Daran hätte ich auch selbst denken können.«

»Allerdings. Wissen Sie, wie man das Ding startet?«

»Nein, aber ich habe in meinem Leben schon so viele landwirtschaftliche Maschinen angeworfen, das hier kann auch nicht schwieriger sein. Wie wäre es, wenn wir hier ziehen? Und dann hier drehen? Grundgütiger, er ist tatsächlich angesprungen. Und was machen wir jetzt?«

»Jetzt lassen Sie mich ran. Genau das Richtige für einen Schweden.«

Peter schluckte. Er konnte seine Panik kaum verbergen, als Svenson nach dem Steuer griff. Die Fahrkünste des Präsidenten waren schon auf dem Highway lebensgefährlich, was würde er erst inmitten von wütenden Stromschnellen anstellen?

Doch er machte seine Sache großartig. Der Schleppkahn bockte zwar weiterhin und wurde auch immer noch hochgeschleudert, doch zumindest gelang es Svenson, das furchtbare Schlingern von einer Seite zur anderen zu stoppen. Außerdem schaffte er es hervorragend, dem zunehmenden Treibgut auszuweichen, das den Fluß verstopfte. Das einzige, was er nicht tat, war leider genau das, was Peter sich am meisten wünschte.

»Eh – Präsident, sollten wir nicht versuchen, zurück zum Dock zu kommen?«

»Geht nicht. Strömung ist zu stark. Sonst saufen wir ab. Wenn wir aufs Land zusteuern, erleiden wir Schiffbruch. Müssen in der Mitte bleiben, weiterfahren, nach einem sicheren Platz zum Anlegen Ausschau halten.«

»Verstehe. Haben Sie schon eine Ahnung, wie lange das dauern kann?«

»Nein. Hören Sie endlich auf, den Kapitän abzulenken. Was zu essen.«

Peter selbst verspürte momentan keinen Hunger, eher das Gegenteil, wenn er ehrlich war. Doch er ließ sich auf keine Diskussionen ein, verließ das Lotsenhäuschen und kämpfte sich zur Kajüte durch. Winifred öffnete ihm die Tür.

»Gibt es in dieser schwimmenden Badewanne auch eine Kombüse?« fragte er zögernd, nachdem er sich das Gesicht abgewischt und seinen tropfnassen Plaidmantel abgelegt hatte.

»Ja, hier drin.« Sie deutete auf den Raum, in den Peter bisher noch nicht gegangen war. »Ich habe zwar den Kessel vollaufen lassen, aber ich hatte Angst, den Herd anzumachen. Vielleicht können Sie herausfinden, wie er funktioniert.«

Die nach vorn gelegene Kombüse war winzig, aber gut bestückt. Man hatte fast den Eindruck, sich auf einer Jacht und nicht auf einem echten Schleppkahn zu befinden, dachte Peter. In der Mitte stand ein schmaler Tisch, mit Bänken an den Seiten, die genausogut als Kojen dienen konnten. Außer dem Herd, der Winifred so eingeschüchtert hatte, gab es eine Arbeitsplatte mit einer kleinen Spüle und fließend Wasser sowie Schränke mit Porzellan, Besteck und diversen Küchenutensilien, außerdem Konservendosen mit Suppen, Fleisch und verschiedenen Instant-Gerichten.

»Wenigstens brauchen wir nicht zu verhungern«, bemerkte er. »Gibt es auch Brot hier?«

»Nein, dafür eine noch fast volle Dose mit Schiffszwieback«, teilte ihm Winifred mit. »Aber ich kann weder Gemüse noch Obst finden, nicht einmal ein Glas Marmelade. Glauben Sie, daß sich Tomatensuppe als Anti-Skorbutmittel eignet?«

»Machen Sie doch eine Büchse auf, wir riskieren es einfach.«

Peter schaute sich den Kombüsenherd genau an, entschied, daß er den tragbaren Camping-Gaskochern nicht unähnlich war, mit denen er sich hervorragend auskannte, und versuchte sein Glück mit einem Streichholz, das er aus einer anderen verschlossenen Dose herausgefischt hatte. Es klappte hervorragend.

»So, das hätten wir, Winifred, Sie können mir jetzt ruhig den Kessel geben. Ich hoffe, daß Trinkwasser aus diesem Wasserhahn kommt, aber vermutlich brauchen wir uns sowieso keine Sorgen zu machen, solange es nur abgekocht ist. Eh – ich sollte noch erwähnen, daß der Präsident sich nicht sicher ist, wann genau er uns an Land absetzen kann. Der extreme Wind und die starke Strömung verursachen – eh – einige Navigationsprobleme. Aber er scheint zu wissen, was er tut.«

»Da bin ich mir ganz sicher.« Winifred durchstöberte immer noch die Schränke. »Schließlich fließt Wikingerblut in seinen Adern. Hätten Sie Lust auf ein wenig Leberpastete als Suppenbeilage? Sie scheint nicht ganz so sehr mit künstlichen Zusätzen belastet zu sein wie das Corned Beef. Aus dem Zwieback könnten wir Sandwiches machen.«

»Klingt hervorragend. Was gibt's zu trinken?«

»Es gibt eine Flasche Whiskey und Unmengen Bier. Oh, und Teebeutel. Ich werde Tee nehmen. Und ein frisch geöffnetes Glas Pulverkaffee, aber keine Milch. Von den unwichtigen Dingen gibt es hier wirklich mehr als genug.«

Was unwichtig war oder nicht, schien eher Ansichtssache. Peter jedenfalls mixte sich einen medizinischen Stärkungstrunk, während Winifred die Suppenkonserve öffnete. »Wir sollten dem Präsidenten etwas zu essen hochbringen, meinen Sie nicht?« schlug sie vor.

»Auf jeden Fall«, stimmte Peter zu. »Suppe, Sandwiches und Kaffee. Den Whiskey lassen wir lieber weg, der könnte sein Wikingerblut zu sehr in Wallung bringen.«

»Ja, da haben Sie wahrscheinlich recht. Darf ich Sie bitten, mir den Topf da drüben zu reichen?«

»Mit Vergnügen.« Es war erstaunlich, wie schnell er seine vorübergehende Abneigung gegen Nahrungsmittel überwunden hatte. Peter entschied, daß sein Magen allmählich seefest wurde. Er hoffte allerdings, daß sie sich möglichst bald wieder in Landratten zurückverwandeln würden, denn das ständige Auf und Ab ging ihm langsam auf die Nerven.

Er wünschte sich, er hätte trotz der verflixten Wanze im Telefon versucht, Helen zu erreichen, als sie noch in der Station waren, aber inzwischen mußte sie eigentlich von Sieglinde benachrichtigt worden sein. Er konnte zwar auch jetzt noch versuchen, mit ihr Kontakt aufzunehmen, doch wozu die Mühe? Wahrscheinlich würde er überhaupt nicht durchkommen, und falls doch, was sollte er ihr erzählen? Daß er in einem aufgemotzten Schleppkahn mit Thorkjeld Svenson als Steuermann einen reißenden Fluß hinunterjagte?

Nicht daß es an Svensons Wikingerkünsten etwas auszusetzen gab, sie waren schließlich noch nicht gesunken, und einen gefährlichen Zusammenstoß hatte es auch nicht gegeben. Jedenfalls bis jetzt noch nicht. Peter öffnete die Dose mit Leberpastete, während Winifred die Suppe rührte, und begann, Sandwiches zu schmieren.

»Gibt es hier irgendwo Senf, Winifred?« Möglicherweise war Senf gut gegen Skorbut.

»Ich glaube schon.« Sie reichte ihm ein halbleeres Gläschen, das oben am Deckel verkrustet war. »Sehr appetitlich sieht es nicht aus. Die Leberpastete übrigens auch nicht.«

»In der Not frißt der Teufel Fliegen.« Peter brach ein Eckchen Zwieback ab und probierte, ob es schmeckte. »Nicht schlecht. Auf jeden Fall besser als gekochter Stiefel.«

»Du meine Güte, dazu wird es hoffentlich nicht kommen. Im Grunde haben wir Glück im Unglück«, erinnerte ihn Winifred, »es könnte durchaus schlimmer sein.«

Peter hoffte inständig, daß dieser Fall nicht eintreten würde. Die Suppe war inzwischen heiß, das Wasser im Kessel kochte. Er funktionierte einen großen flachen Teller zum Tablett um, fand zwei große Becher, füllte einen mit Suppe und den anderen mit starkem schwarzen Kaffee, legte ein paar Zwieback-Sandwiches dazu und deckte das Ganze mit einem Müllbeutel aus Plastik ab, der glücklicherweise sauber war.

»Ich serviere dem Präsidenten schnell sein Nachtmahl. Fangen Sie ruhig schon an zu essen«, sagte er.

Der Wind hatte keineswegs nachgelassen, auch der Regen prasselte noch genauso heftig wie vorher, doch Peter schaffte es dennoch, das Lotsenhäuschen zu erreichen, ohne etwas zu verschütten oder zu verwässern. Svenson schien sich zu freuen, ihn zu sehen, oder aber, was weitaus wahrscheinlicher war, endlich etwas zu essen zu bekommen. Er sang schnell noch den Refrain von »Wir lieben die Stürme, die brausenden Wogen« zu Ende, wobei seine Stimmgewalt sämtliche Fenster erzittern ließ – Schleppkahnfenster mußten außerordentlich stabil sein, schlußfolgerte Peter –, griff nach der Suppe und leerte den Becher nach echter Wikingermanier mit einem einzigen kräftigen Schluck. Peter setzte das Tablett auf den Navigationstisch und machte Anstalten, sich wieder zu entfernen, denn inzwischen war das Knurren seines eigenen Magens fast so laut, daß es den Sturm übertönte.

»Wohin so eilig, Shandy?« verlangte Svenson zu wissen.

»Ich bin dem Hungertod nahe. Ich habe noch nichts gegessen.«

»Urgh.« Svenson warf ihm den leeren Becher zu. »Mehr! Wenn noch was übrig ist«, fügte er rücksichtsvoll hinzu.

»Es gibt noch mehr, aber Sie werden warten müssen, bis ich es aufgewärmt habe. Wir haben eine Kombüse und einen ordentlichen Vorrat an Konserven gefunden. Und an Wasser mangelt es weiß Gott auch nicht.«

Auf dem Rückweg zur Kombüse konnte Peter bequem Svensons Becher ausspülen, er brauchte ihn nur in den Regen zu halten. Winifred saß wie eine echte Lady am Kombüsentisch und war damit beschäftigt, ihre Suppe zu verspeisen. Sie hatte auch für ihn gedeckt und eine kleine Reling am Tischrand improvisiert, damit die Sachen nicht herunterrutschten.

»Na, Peter, was macht unser verwegener Kapitän?«

»Immer noch verwegen und bestens bei Stimme. Er scheint trotz allem einen Riesenspaß zu haben. Er will noch Suppe, aber zuerst werde ich meine eigene essen. Meine Güte, das schmeckt aber gut!«

»Erstaunlicherweise«, stimmte Winifred zu. »Meine Tante hat immer gesagt, Hunger sei der beste Koch. Ich habe versucht, mich zu erinnern, wann genau ich zuletzt gegessen habe, es war wirklich ein langer Tag. Wenn wir mit Spülen fertig sind, würde ich mich gern ein Weilchen hinlegen. Die Bänke in der großen Kajüte – der Fachterminus ist, glaube ich, Salon – lassen sich zu Kojen umfunktionieren. Wenn Sie mögen, können Sie sich auch als erster aufs Ohr legen. Einer von uns sollte wohl besser Wache halten, aber wir können ja abwechselnd schlafen.«

»Uns abwechselnd durchrütteln lassen, meinen Sie wohl.«

Das Boot machte wieder sonderbare Bewegungen: Es ruckte, zitterte und schoß plötzlich nach vorn, als habe ihm eine unsichtbare Riesenhand einen Stoß versetzt. Waren die Seepferde mit dem Präsidenten durchgegangen, ließ er etwa den Motor auf vollen Touren laufen? Nein, Svenson war viel zu vernünftig, um in ihrer Situation ein solches Kunststück zu machen. Peter trank rasch den Rest seiner Suppe, bevor sie aus dem Becher schwappte.

»Ich möchte Sie nicht beunruhigen, Winifred« – er mußte schreien, um die Hölle, die um sie herum losbrach, übertönen zu können –, »aber ich befürchte, der Damm von Upper Clavaton ist soeben gebrochen.«

»Würde mich nicht wundern.«

Irgendwie schaffte es Miss Binks, keinen Tropfen Tee zu verschütten und sogar hin und wieder, wenn die Möglichkeit bestand, die Tasse gefahrlos in Mundnähe zu manövrieren, ohne dabei gegen die Nase zu schlagen, vornehm daran zu nippen.

»Die Strömung ist erstaunlich stark, ich komme mir vor wie bei einer Wildwasserfahrt mit einem Kanu. Jedenfalls stelle ich mir eine Wildwasserfahrt so vor. Ich hatte leider noch nie das Vergnügen, obwohl ich es schon immer einmal ausprobieren wollte. Meinen Sie, Präsident Svenson würde sich freuen, wenn wir ihm unsere Hilfe beim Steuern anböten?«

Der Teekessel schoß durch die Luft, aber Peter fing ihn geschickt auf.

»Nein, ich glaube, daß wir ihn damit eher beleidigen würden. Vermutlich wartet er auf seine Suppe, aber ich habe Angst, den Herd wieder anzumachen. Er könnte sich von der Wand lösen und das Boot in Brand setzen.«

»Dann warten wir einfach, bis sich die Lage wieder beruhigt hat. Ich nehme an, daß die Strömung schwächer werden wird, wenn der Druck nachläßt, den die plötzlich austretenden Wassermassen verursacht haben, meinen Sie nicht?«

»Das will ich verdammt noch mal hoffen. Ungedämmt, sollte ich wohl sagen. Entschuldigen Sie bitte, Winifred.«

»Also wirklich, Peter, nun stellen Sie sich doch nicht so an! Die Tatsache, daß man mich einige Stunden lang entführt hat, bedeutet doch nicht gleich, daß ich keine emanzipierte Frau mehr bin, oder? Auch wenn ich immer noch nicht weiß, warum man mich entführt hat.«

»Ich würde sagen, das liegt eigentlich auf der Hand.«

»Um an Großvaters Geld zu kommen? Nun ja, höchstwahrscheinlich, aber gerade das will mir nicht in den Kopf. Warum haben die Entführer so lange gewartet? Inzwischen habe ich doch eine Menge Geld in die Forschungsstation gesteckt. Wäre es nicht sehr viel logischer gewesen, mich sofort zu kidnappen, als sich herausstellte, daß ich die rechtmäßige Erbin des Vermögens war? Es hat weiß Gott genug darüber in den Zeitungen gestanden«, fügte Winifred bitter hinzu.

»Das stimmt allerdings«, sagte Peter. »Und als Sie Ihre Pläne für das College dargelegt haben, stand noch mehr drin, was natürlich nur recht und billig war.«

Aus den Zeitungsberichten hatten viele Leser entnommen, daß sie ihr gesamtes Vermögen dem Balaclava College übertragen hatte. Im Grunde traf dies sogar zu. Soweit Peter wußte, war das College der einzige Begünstigte.

»Aber die Zahlen, die so skrupellos an die Öffentlichkeit gezerrt wurden, basierten auf den Angaben, die überall zu lesen waren, als die Presse sich über Großvaters letztes verrücktes Experiment ausgelassen hat.« Winifred zuckte mit den Achseln. »Wenn man bedenkt, wie hoch die Kosten für den Bau der Station geschätzt wurden, sah es wirklich so aus, als bliebe mir kaum noch genug zum Leben, was mich weiter nicht gestört hat. Erst als Mr. Debenham und die anderen angefangen haben nachzuforschen, was aus all den angeblich wertlosen Investitionen meines Großvaters geworden war, haben wir nach und nach herausgefunden, wie reich er tatsächlich gewesen ist. Doch zu diesem Zeitpunkt war die Öffentlichkeit Gott sei Dank längst nicht mehr an mir interessiert, und es ist uns glücklicherweise auch gelungen, unsere Entdeckungen geheimzuhalten. Wenn Mr. Fanshaw und die Kerle, mit denen er zusammenarbeitete, also tatsächlich geplant hatten, ein Riesenlösegeld zu verlangen, woher wußten sie, daß ich überhaupt zahlen konnte?«

»Weil Fanshaw und seine Kumpane Ihre finanzielle Lage sehr viel besser kennen als ihnen zusteht.«

»Aber wie sollen sie es erfahren haben?«

»Hmja, diese Frage stelle ich mir auch schon seit geraumer Zeit.«

»Nun, ich frage mich das erst seit dem Moment, als diese Rüpel mir den Sack über den Kopf gestülpt und mich in ihr Auto gestoßen haben. Ich koche jedesmal vor Wut, wenn ich darüber nachdenke, wie die mich behandelt haben.«

Winifred kochte einige Sekunden still vor sich hin und fuhr dann fort: »Ich nehme an, Fanshaw ist der eigentliche Anführer, obwohl ich natürlich keinen Moment lang glaube, daß das sein richtiger Name ist. Oder sind Sie anderer Meinung?«

»Ich bin mir nicht einmal sicher, ob Fanshaw überhaupt ein richtiger Mensch ist. Dazu erinnert er mich viel zu sehr an eine Figur aus den Büchern von John Buchan.«

»Ach ja, Sie denken sicher an den Mann, der in *Mr. Standfast* sein wohlverdientes Ende fand. Meine Tante hat immer große Stücke auf John Buchan gehalten, weil er so hehre Moralvorstellungen hatte. Ich muß zugeben, daß ich seine Bücher eher wegen ihrer Spannung schätzte. Das Leben mit meiner Tante war zwar recht angenehm, aber was Wortgefechte und Spannung anging, bedauerlicherweise eher langweilig. Mit Ausnahme einiger Teegesellschaften. Aber ich gehe davon aus, daß Fanshaw inzwischen sicher hinter Schloß und Riegel sitzt.«

»Wollen wir es hoffen. Seine letzte Aktion oben auf dem Dock gibt mir zu denken. Ich kann mir partout nicht vorstellen, wie er es geschafft haben soll, die schweren Vertäuungen loszumachen, ohne beide Hände frei zu haben.«

»Wollen Sie damit sagen, daß er es geschafft hat, sich aus den Handschellen zu befreien?«

»Houdini konnte es schließlich auch. Man spannt die Muskeln an, während einem die Dinger angelegt werden, glaube ich, und dann entspannt man sie wieder, und schon ist die Sache gelaufen. Oder man hat Freunde bei der Polizei.«

»Das wäre natürlich eine Möglichkeit, daran hatte ich noch gar nicht gedacht. Ich bin in dem Glauben aufgewachsen, die Polizei sei unser Freund und Helfer, Gesetzes- und Ordnungshüter, und ich nehme an, auf die meisten Polizisten trifft dies auch zu. Natürlich gibt es Ausnahmen, wir kennen schließlich die menschliche

Natur. Ich glaube allerdings, daß man einen extrem langen Arm braucht, um einen Beamten der Wasserpolizei dazu zu bringen, im Falle einer plötzlichen Festnahme in einer stürmischen Nacht als Befreier zu fungieren. Obwohl man die ungewöhnliche Wetterlage möglicherweise ausnutzen kann, wenn man intelligent ist und schnell reagieren kann. Was auf Fanshaw sicherlich zutrifft, immerhin hat er sich auch aus dem Gefängnis befreit, indem er zwei Polizisten hypnotisiert hat, während –« Winifred errötete und hielt den Mund.

»Während ein naiver Professor im Nebenzimmer Allotria trieb«, führte Peter ihren Satz zu Ende. »Schon gut, Winifred, meine Schultern sind breit genug, um die Bürde deines langsamen Gehirns zu tragen.«

»Stellen Sie bitte Ihr Licht nicht unter den Scheffel, Peter. Meine Tante hat immer gesagt, daß übertriebene Bescheidenheit eine Form von Prahlerei ist. Wie hätten Sie auch so einen ausgefallenen Trick vorhersehen können? Wenn Sie Fanshaw nicht so schnell in seiner Schleppkahn-Annie-Verkleidung erkannt hätten, wäre es möglicherweise zu einem furchtbaren Unglück gekommen. Ich habe jedenfalls nichts gemerkt, dabei war ich länger mit ihm zusammen, als mir lieb war. Meine Güte, was hätte meine Tante wohl dazu gesagt, wenn sie mich in den Klauen eines Verbrechers gesehen hätte? Wahrscheinlich nicht sehr viel, sie hat stets alles verachtet, was irgendwie einen spektakulären Beigeschmack hatte.«

Winifred war wirklich durch nichts zu erschüttern. Sie stand auf, trug das wenige Geschirr, das sie benutzt hatten, zur Spüle, ließ Wasser in das winzige Becken laufen und begann abzuspülen.

»Ich gehe möglichst sparsam mit dem Wasser um, weil ich nicht genau weiß, wieviel wir haben«, erklärte sie. »Meinen Sie, wir sollten einen Eimer zum Auffangen von Regenwasser nach draußen stellen?«

»Ich wage zu bezweifeln, daß er bei dem Sturm lange genug stehen bleibt, um etwas aufzufangen«, erwiderte Peter düster. »Was mich auf einen anderen angenehmen Gedanken bringt: Ich wüßte nur zu gern, wieviel Benzin noch im Tank ist.«

»Den Gedanken sollten Sie schnellstens wieder vergessen. Hier, trocknen Sie lieber ab.«

Winifred riß einige Lagen Küchenpapier von einer Rolle, die über der Spüle hing, und reichte sie ihm. Peter trocknete Teller und Becher ab und stellte sie zurück in den Schrank, aus dem er sie genommen hatte. An den Regalen waren Sicherheitsleisten angebracht, trotzdem dauerte es eine Weile, bis es ihm gelang, das Porzellan daran zu hindern, sofort wieder herauszufliegen. Doch die vertraute Arbeit wirkte irgendwie beruhigend. Für einen Augenblick gelang es ihm, sich einzureden, er sei zu Hause auf dem Crescent und stünde neben Helen an der Spüle, während Jane gerade sein Hosenbein hochkletterte.

Wahrscheinlich schliefen die beiden schon längst und ahnten nicht einmal in ihren kühnsten Träumen, daß er hier draußen mitten auf dem Clavaclammer oder vielleicht sogar schon auf dem Connecticut herumschaukelte, ohne viel Aussicht auf festen Boden unter den Füßen, bis das Schicksal und Svenson entschieden, daß die Götter ihnen wieder günstig gesinnt waren. Peter hoffte, daß Helen sicher und wohlbehalten von Clavaton nach Hause gelangt war. Wenigstens würde sie seine Zwangslage verstehen, wenn er je die Gelegenheit bekäme, ihr davon zu berichten; es war schließlich noch gar nicht so lange her, daß sie selbst sich zu einer harmlosen Bootsfahrt aufgemacht hatte, die dann in einer hoffnungslosen Lage endete. Von jetzt an würden die Shandys das sichere Ufer bestimmt nie wieder verlassen.

Er stellte den letzten Teller fort und warf das Küchenpapier in den Abfalleimer, der an einer der unteren Schranktüren befestigt war. Inzwischen war der Wellengang nicht mehr ganz so stark. Die Wassermassen, die sie mit ungeheurer Wucht getroffen hatten, als der Damm gebrochen war, schienen sich Gott sei Dank beruhigt zu haben.

»Meinen Sie, wir können den Herd anmachen, ohne daß er uns um die Ohren fliegt? Der Präsident fragt sich bestimmt, wo ich so lange mit seiner Suppe bleibe.«

»Diesmal gehe ich«, sagte Winifred. »Jetzt bin ich an der Reihe.«

»Zweifellos richtig«, sagte Peter, »aber ich bin schwerer als Sie und laufe daher weniger Gefahr, über Bord geweht zu werden. Ruhen Sie sich lieber ein bißchen aus, und danach könnten Sie vielleicht die Kajüte inspizieren. Vielleicht finden wir ja doch noch einen Hinweis auf die wahre Identität von Fanshaw und seinen Komplizen. Selbst wenn wir von diesem verflixten Kahn runter sind, bedeutet das nicht, daß wir die Talsohle durchschritten haben.«

Kapitel 16

Ich weiß«, sagte Winifred. »Sie brauchen mich nicht daran zu erinnern. Hier scheint es übrigens nur Tomatensuppen zu geben.«

»Auf daß uns niemals ein schlimmeres Unheil widerfährt«, erwiderte Peter. »Reichen Sie mir eine, ich mach' das schon.«

Es war immer noch besser, er selbst gab sich mit dem eingeschalteten Herd und dem fliegenden Suppentopf ab und nicht Winifred, obwohl er hoffte, daß alles gutgehen würde. Peter überprüfte noch einmal die Bolzen, mit denen der Herd verankert war, und beschloß, die Suppe in der Kaffeemaschine zu machen, die sie sowieso nicht benutzen würden, da es nur noch einen Rest Pulverkaffee gab.

Da sie sah, daß sie sich nicht weiter nützlich machen konnte, begab sich Winifred in den Salon. Unter den Kojen befanden sich eingebaute Schränkchen, und statt Peters Vorschlag zu befolgen, sich aufs Ohr zu legen, öffnete sie einen der Schränke und zog einen Koffer heraus, den jemand darin verstaut hatte. Peter zwängte sich an ihr vorbei, in einer Hand einen leeren Becher, in der anderen die mit heißer Tomatensuppe gefüllte Kaffeekanne.

Als er auf das Deck trat, konnte er verschwommen erkennen, daß der Fluß sehr viel breiter war als zu Beginn ihrer abenteuerlichen Reise. Peter fand diese Entdeckung reichlich beunruhigend. Waren sie auf den Connecticut hinausgetrieben, oder segelten sie vielleicht sogar durch die Hauptstraße einer überschwemmten Stadt? Peter hatte die unangenehme Vision, der Schleppkahn könne durch die Schaufensterscheibe einer großen Futter- und Getreidehandlung donnern und in einem riesigen Behälter für gehäckseltes Getreide landen. Er wünschte sich inständig, es wäre hell genug, um das Ufer zu sehen, falls es überhaupt eines gab, oder wenigstens einen Anhaltspunkt, der ihnen bei der Bestimmung ihres momentanen Aufenthaltsorts helfen konnte. Andererseits war es vielleicht ganz gut, möglichst wenig zu wissen.

Der Wind war ein wenig abgeflaut, der Regen prasselte nicht mehr ganz so heftig auf ihn nieder wie zuvor. Die Idee mit der Kaffeekanne war geradezu genial, denn er schaffte es bis zum Lotsenhäuschen, ohne auch nur einen Tropfen zu verschütten.

Svenson begrüßte ihn mit einem Knurren. »Hat verdammt lange gedauert. Halten Sie das Steuerrad, muß meine Arme mal ausstrecken. Kurs beibehalten. Jessas, Shandy, das ist vielleicht ein Höllenfluß! Eine Biegung nach der anderen, Gegenströmungen, überall Treibgut.«

»Kann ich mir vorstellen. Gehe ich recht in der Annahme, daß der Damm von Upper Clavaton vor einer Weile gebrochen ist?«

»Hat sich ganz so angefühlt. Riesenschwall, teuflische Strömung. Jetzt ist es wieder ruhiger.«

Peter war verblüfft über Svensons Definition von ›ruhig‹; immerhin war es so laut, daß ihm die Ohren dröhnten. Das Steuerrad in seinen Händen zitterte und bebte wie ein nervöser Ackergaul zur Hornissenzeit. Ihm selbst war auch reichlich mulmig zumute. Dies war wirklich nicht der geeignete Zeitpunkt für ein Debüt als Steuermann, auch wenn der Suppe schlürfende Svenson direkt neben ihm stand und er kaum mehr zu tun brauchte, als das Steuerrad festzuhalten und auf Treibgut zu achten. Davon gab es reichlich, einiges klein genug, um von dem robusten Schleppkahn leicht aus dem Weg geschoben zu werden, anderes dagegen von beeindrukkender Größe. Beispielsweise das schwarze Ungetüm, das sich gerade drohend Steuerbord voraus näherte.

»Grundgütiger!« rief er. »Präsident, ist das da vorn etwa ein Hausdach?«

»Höchstens ein Hühnerstall.«

»Ich höre aber keine Hühner gackern.«

»Wie denn auch?«

Eine vernünftige Feststellung. Peter verstand nicht viel von Schiffahrt und hätte sich nie vorstellen können, wie höllisch laut eine Bootsfahrt sein konnte. Der tuckernde Motor, der heulende Wind, der trommelnde Regen, das unaufhörliche Schlagen der Wellen und des Treibguts gegen den Rumpf ihres Gefährts zwangen sowohl ihn als auch Dr. Svenson zu brüllen, um sich in dem kleinen Lotsenhäuschen überhaupt verständlich machen zu können.

Unten in der Kajüte, die viel tiefer im Wasser lag und von dicken Wänden umschlossen war, weitab vom Wind, war Peter den Lärm nicht richtig gewahr geworden. Dieser hohe, verglaste Ausguck bekam die volle Wucht der Elemente ab. Peter wünschte sich, es wäre nicht so. Ehrfürchtig betrachtete er die verwirrende Vielfalt von Knöpfen und Schaltern auf dem Armaturenbrett mit dem Gedanken, viel zu lernen, wenn er schon einmal die Gelegenheit dazu hatte.

»Wie steht es mit unserem Benzin, Präsident?«

»Weiß der Kuckuck. Anzeiger klemmt. Muß genauso schnell sein wie die Strömung, sonst reagiert der Kahn nicht. Wir könnten ihn nicht mehr steuern, im Notfall nicht mehr reagieren.«

»Eh – hat es denn schon einen gegeben?« Peter war ganz und gar nicht nach Witzen zumute, er konnte sich daher nicht erklären, warum der Präsident in lautes Lachen ausbrach.

»Dauernd. Jetzt gerade, zum Beispiel. Menschenskind, Shandy, passen Sie doch auf!«

Svenson griff mit der Linken ins Steuer, drehte kurz ab und brachte den Schleppkahn wieder auf Kurs. Peter hatte nicht die geringste Ahnung, was überhaupt vor sich ging, und wünschte sich sehnlichst zurück auf sein Rübenfeld. Wenigstens hatten Rüben nicht die Angewohnheit, ständig auf und ab zu schaukeln.

Inzwischen befand sich das schwimmende Haus genau auf ihrer Höhe. Es war tatsächlich ein Haus, Peter konnte die Vorhänge, die durch die zerbrochenen Fensterscheiben nach draußen flatterten und von den Scherben und dem tobenden Wind zerfetzt wurden, genau erkennen. Am Giebel war ein Zaubersymbol angebracht, was wieder einmal mehr bewies, was man von magischen Schutzsymbolen zu halten hatte.

Die Szene erinnerte ihn an Huckleberry Finns Vater, der auf dem schmutzigen Boden seines schwimmenden Hauses den Mississippi hinuntertrieb, umgeben von leeren Whiskeyflaschen und fettigen Spielkarten, ein Einschußloch mitten in seinem nackten Rücken. Peter verspürte das wahnwitzige Bedürfnis, näher heranzusteuern, durch eines der kaputten Fenster ins Innere zu klettern und sich umzusehen. Er war erleichtert, als das Haus endlich an ihnen vorbei war und er nicht länger darüber nachzudenken brauchte, wer oder was wohl dort drinnen in der Falle sitzen mochte.

»Ich fürchte, morgen früh werden viele arme Leute kein Dach mehr über dem Kopf haben.« Er mußte etwas sagen, damit er sich wieder besser fühlte. »Überall liest man, daß Menschen durch Überschwemmungen Haus und Hof verlieren, und sieht in den Nachrichten, wie sie versuchen, die paar Habseligkeiten, die ihnen noch geblieben sind, in Sicherheit zu bringen, aber wenn man auf einmal selbst mitten im –«

»Mund halten, Shandy«, bellte Svenson. »Was macht Binks?«

»Schaut sich gerade Fanshaws Gepäck an und sucht nach Anhaltspunkten.«

»Gut. Runtergehen und helfen!«

Peter war nicht im geringsten beleidigt, auf so barsche Weise seines Postens als Steuermann enthoben zu werden, nahm den leeren Becher und die Kaffeekanne und begab sich wieder unter Deck. Winifred freute sich, ihn zu sehen.

»Präsident Svenson muß ja inzwischen todmüde sein. Wie geht es ihm denn?«

»Er hält immer noch das Ruder fest in der Hand. Ich habe ihn kurz vertreten, damit er seine Muskeln ein wenig entspannen und seine Suppe austrinken konnte, aber er schien von meiner Leistung nicht sonderlich beeindruckt.«

»Ich bin sicher, Sie waren bewundernswert, während Dr. Svenson hier unten bestimmt wenig hilfreich gewesen wäre. Er hätte wahrscheinlich die Suppe verschüttet und den Gasherd in die Luft gejagt«, ergänzte Winifred aufmunternd und zweifellos wahrheitsgemäß. »Ich habe mich ebenfalls nützlich gemacht. Wie Sie vermutet haben, hat unser Mr. Fanshaw viele Seiten.«

»Was haben Sie denn gefunden?«

»Eine faszinierende Sammlung von Pässen, mit Klebeband im Inneren eines der Schränkchen befestigt. Er muß einen Heidenspaß gehabt haben, als er für all die Fotos posiert hat, ich persönlich finde die Aufnahme von ihm als Geisha am hübschesten. In dieser Rolle heißt er Sayonara Atakuku und besitzt angeblich japanische Staatsbürgerschaft. Ich frage mich nur, wie er es schafft, sich zu merken, welche Rolle er gerade spielt.«

»Fanshaw muß einen hervorragenden Fälscher auf der Gehaltsliste haben«, knurrte Peter, während er die zahlreichen Papiere durchsah. »Oder aber er fälscht sie höchstpersönlich, was mich auch nicht sonderlich überraschen würde. Vielleicht verdient er sich nebenbei ein paar Dollar, indem er andere Ganoven mit falschen Papieren versorgt. Einige von den Dingern sehen aus, als wären sie noch nie benutzt worden.«

»Vielleicht ist es auch nur eines seiner Hobbys?«

»Bei dem komischen Vogel würde mich selbst das nicht wundern. Da haben Sie ja großartige Arbeit geleistet, Winifred. Haben Sie sonst noch etwas entdeckt?«

»Ein paar Schnurrbärte und ein Paar Schuhe mit Plateausohlen. Ach ja, der Name des Bootes ist übrigens ›Lollipop‹.«

Peter kicherte. »Die gute alte ›Lollipop‹, wie? Das müßte dem Präsidenten eigentlich gefallen. Auf wessen Namen ist sie zugelassen?«

»Sie werden es kaum glauben. Auf den Namen Commodore George Dewey, mit dazu passendem Bart.«

Peter durchforstete die Pässe. »Aha, hier ist er ja schon. Sieht dem Original ziemlich ähnlich, wenn mich meine Erinnerung nicht täuscht. An viel mehr als den Satz ›Zur Hölle mit den Torpedos, volle Kraft voraus!‹ kann ich mich eigentlich nicht erinnern. Mir gefällt die Kapitänsmütze und die Uniformjacke, haben Sie die zufällig auch gefunden?«

»Nein, aber dafür habe ich ein hautenges Negligé aus grünem Satin mit Spitzenbesatz gefunden. Könnte es vielleicht sein, daß Fanshaw in Wirklichkeit eine Frau ist?«

»Grundgütiger, das wäre sehr gut möglich. Sie haben nicht zufällig gesehen, ob er gestern abend verdächtig ungepflegt um den Mund herum aussah?«

»Peter, was für eine merkwürdige Frage! Ach so, Sie meinen, wenn er ein Mann wäre, hätte er zu dem Zeitpunkt eigentlich schon Stoppeln haben müssen. Was bei Ihnen inzwischen übrigens bereits der Fall ist, wie ich sehe. Nein, daran kann ich mich nicht erinnern, aber das würde doch eigentlich auch nichts beweisen, oder? Manche Männer haben einen weniger starken Bartwuchs als andere, andererseits gibt es Frauen, die wiederum ziemlich behaart sind. Meine Tante besaß beispielsweise im Alter einen kleinen Schnurrbart. Außerdem hätte sich Fanshaw sowieso rasiert, als er sein Schleppkahn-Annie-Kostüm angezogen hat, meinen Sie nicht? Auf den Namen Annie Brennan habe ich übrigens keinen Paß gefunden, aber die Gute hätte sicher auch wenig Lust verspürt, ins Ausland zu reisen, sollte man meinen. Außerdem kann ich mir nicht vorstellen, daß er mit der ›Lollipop‹ den ganzen Weg bis nach Seattle hochgeschippert wäre. Sie vielleicht?«

»Nein, aber Svenson ist da möglicherweise anderer Meinung. Vielleicht wird uns eh nichts anderes übrigbleiben als Meuterei, wenn sich sein Wikingerblut nicht wieder beruhigt oder uns der Treibstoff ausgeht. Glauben Sie, es wird je wieder Tag?«

»Die Erfahrung spricht dafür«, sagte Winifred. »Ich frage mich allerdings, ob der Regen je wieder aufhören wird.«

»Er schien schon ein wenig schwächer geworden zu sein, als ich eben auf Deck war«, konnte Peter sie beruhigen. »Ich kann mich vage erinnern, daß Bulfinch uns in der Station erzählt hat, der Sturm würde sich irgendwann morgen aufs Meer verziehen. Da fällt mir ein, es ist ja schon morgen! Oder sollte es zumindest sein. Sie tragen nicht zufällig eine Armbanduhr? Ich habe meine vergessen.«

»Im Notfall könnte ich die Zeit auch mit Hilfe der Sterne bestimmen, dazu müßte ich sie allerdings sehen. Ich nehme an, es ist etwa zwischen halb drei und drei Uhr. Und ich habe immer noch kein Schläfchen gehalten! Vielleicht werde ich mich jetzt ein bißchen aufs Ohr legen, wenn Sie nichts dagegen haben.«

»Das sollten Sie unbedingt. Gibt es hier irgendwo Decken?« Peter hatte nicht gewagt, den Gasherd in der Kombüse länger anzulassen, als unbedingt nötig war, um das Wasser zu kochen und die Suppe zu erhitzen; inzwischen war die Kälte in die Kajüte zurückgekrochen.

»Ja, es gibt Decken genug, aber wann sie zuletzt gewaschen worden sind, weiß der Himmel. Aber egal, ich habe während meiner Zeit im Walde schon auf Schlimmerem gelegen.«

Winifred legte sich auf die Bank, unter der sie Fanshaws Ausweissammlung gefunden hatte und deckte sich mit einer der Decken zu. Sekunden später hörte Peter sie bereits gleichmäßig und tief atmen, mit einem Lächeln auf ihrem Gesicht. Peter betrachtete sie nachdenklich, griff sich eine der nach Tabak stinkenden Decken und streckte sich auf der Bank gegenüber aus. Als er die Augen wieder öffnete, war aus dem Tosen des Windes ein leises Jammern geworden. Er zog den Vorhang auf, der Regen hatte fast gänzlich aufgehört, und der Himmel war nicht mehr verwaschen schwarz, sondern mittelgrau. Er sprang auf Deck und eilte zum Lotsenhäuschen.

»Präsident, sind Sie –«

»Kaffee?«

»Eh – ja gleich. Liegt sie noch auf Kurs?«

»Urrgh!«

»Aye, aye, Sir. Bin gleich zurück.«

Peter begab sich hurtig nach unten, füllte den Wasserkessel und zündete den Gasherd an. Er öffnete eine Büchse mit etwas Eßbarem, was genau, konnte er nicht sagen – Corned Beef oder eine annehmbare Imitation, vermutete er – und legte dicke Scheiben davon zwischen den Schiffszwieback. Sobald das Wasser zu dampfen begann, goß er zwei Becher Instantkaffee auf, extra stark, und eilte zurück zum Lotsenhäuschen, um das Frühstück, wenn man es denn so nennen wollte, zu servieren.

»Können wir uns jetzt unterhalten, Präsident?«

»Nein.«

Svenson machte sich über das Fleisch und den Zwieback her wie ein ausgehungerter Wolf. Peter nippte vorsichtig an seinem Kaffee und beschloß, sich ebenfalls ein paar Krümelchen zu sichern, solange es noch etwas gab.

Er konnte sich nirgendwo hinsetzen, also blieb er stehen und schaute durch das regennasse Fenster hinaus. Alles war grau, graues Wasser, grauer Himmel, Svensons graues Flanellhemd, sein eisgraues Haar, das ihm an der Stirn klebte – weil es so feucht war, weil er so schwitzte oder beides –, die grauen Stoppeln auf seinen Wangen, sein vor Erschöpfung graues Kinn.

»Mein Gott, Präsident«, rief er, »Sie sehen aus wie der Fliegende Holländer persönlich. Soll ich für Sie weitermachen? Dann könnten Sie ein bißchen nach unten gehen und sich ausstrecken.«

»Kaffee!«

»Hier, nehmen Sie meinen. Ich mache neuen.« Er nahm Svensons leeren Becher, gab ihm dafür seinen eigenen und stieg ein weiteres Mal die schmale Leiter zur Kajüte hinunter. Er hätte sofort eine ganze Kanne kochen sollen. Glücklicherweise hatte sich das Boot soweit beruhigt, daß er gewagt hatte, einen weiteren Kessel voll heißem Wasser auf dem Herd stehen zu lassen, für den Fall, daß Winifred aufwachte und sich Tee machen wollte.

Doch sie schlief immer noch tief und fest. Winifreds abenteuerliche Entführung mußte sie ziemlich mitgenommen haben, doch das war ihm bis jetzt vor lauter Aufregung gar nicht richtig bewußt geworden. Am besten, er ließ sie so lange schlafen, wie es eben ging. Auch Svenson war anzusehen, daß er ohne Pause nicht mehr lange durchhalten würde. Außerdem gingen ihre Zwiebackvorräte allmählich zur Neige, und Peter dachte lieber nicht darüber nach, wie es wohl im Inneren des Tanks aussehen mochte.

Früher oder später mußten sie versuchen, irgendwo anzulegen, es blieb ihnen nichts anderes übrig. Sein kurzes Zwischenspiel als Steuermann hatte ihm bewußt gemacht, daß er für diese Aufgabe nicht der geeignete Mann war. Irgendwie mußten sie den Präsidenten so lange fit halten, bis er einen sicheren Anlegeplatz gefunden hatte. Selbst ein halbwegs sicherer Anlegeplatz würde genügen, am angenehmsten erschien ihm jedoch die Vorstellung, in einer schönen, matschigen Schlammbank steckenzubleiben. Alles war besser als diese Wassermassen überall. Er öffnete eine weitere Dose Corned Beef und schnitt das Fleisch in drei dicke Scheiben, die er jeweils auf einen halben Zwieback legte. Er reinigte die Kaffeekanne und entfernte die Suppenreste der letzten Nacht, füllte die Kanne mit kochendem Wasser, kippte die letzten Reste Instantkaffee hinein und begab sich wieder auf Deck.

»Mehr haben wir nicht«, sagte er, als er sah, wie Svenson beim Anblick der halben Zwiebäcke skeptisch eine Braue hochzog. »Von jetzt an sind wir auf halbe Ration gesetzt. Glauben Sie, es besteht Hoffnung, daß wir irgendwann in naher Zukunft an Land gehen können?«

Svenson, der den Mund voll Fleisch hatte, gab ein undefinierbares Geräusch von sich und wedelte mit seinem Kaffeebecher. Peter stand da und beobachtete, wie er kaute.

»Ich werde den Eindruck nicht los, daß Sie das alles hier irgendwie genießen, Präsident.«

Der Hüne schluckte sein Fleisch herunter und zuckte mit den Achseln. »Warum nicht? Es geht leichter, wenn man Freude an der Arbeit hat. Schaun Sie mal zur Seite. Sehn Sie mal nach, was da ist.«

»Das brauche ich gar nicht, es ist überall nur Wasser. Was zum Teufel soll ich denn sonst dort sehen?«

»Seeschlangen, Nixen, Telegrafenmaste, Straßenschilder, woher soll ich denn das wissen? Shandy, ich weiß nicht mehr, wo wir sind. Ich weiß nicht, wie schnell wir gefahren sind, ich weiß nicht mal, in welche Richtung. Vielleicht sind wir noch auf dem Clavaclammer, aber genausogut könnten wir auf dem Amazonas oder dem Feld irgendeines Farmers sein. Finden Sie einen Anlegeplatz. Finden Sie einen Laternenmast. Finden Sie irgendeinen verdammten Pfahl, an dem wir festmachen können. Und das möglichst schnell. Der Motor fängt an zu stottern. Uns geht gleich der Treibstoff aus.«

Kapitel 17

Peter strengte seine Augen an wie nie zuvor in seinem Leben und starrte in die Richtung, wo er das Ufer des Flusses vermutete. Der Fluß schäumte immer noch aufgrund der starken Gegenströmung, und auch der Regen war wieder heftiger geworden. Wie Svenson es geschafft hatte, sie so weit zu manövrieren, ohne in eine Katastrophe hineinzusteuern, war eine Tat, die nur ein Titan oder ein Zauberer hatte schaffen können; glücklicherweise war Thorkjeld Svenson beides. Wenn er jetzt noch ein einziges weiteres Wunder vollbrachte – war das etwa ein Gebäude dort auf der rechten Seite? Peter fuchtelte wild mit dem rechten Arm.

»Dahin! Hoffe ich jedenfalls.«

Svenson konnte ihn oben in seinem Lotsenhäuschen sowieso nicht hören. Aber vielleicht würde er, so Gott wollte, sein Zeichen verstehen und das Boot in die richtige Richtung steuern.

Der Präsident hatte tatsächlich verstanden, denn der Bug der ›Lollipop‹ drehte ab. Peter signalisierte weiter. Inzwischen sah er die Küste und konnte Objekte ausmachen, die sich bewegten. Grundgütiger, das waren Menschen! Es waren eindeutig Menschen, die Sandsäcke schleppten und auf einen Deich schichteten, den sie am Flußufer errichtet hatten. Gab es irgendwo eine Stelle, an der sie sicher anlegen konnten? Ja, da vorn war ein Hafen, auf dem Wasser tanzten Boote auf und nieder, die an einem Kai festgemacht waren, der zwar momentan unsichtbar war, da er unter Wasser stand, aber offensichtlich den Elementen trotzte.

Sie glitten auf die Boote zu, jedoch viel leiser als zuvor, Svenson hatte entweder den Motor ausgeschaltet oder ließ den Kahn im Leerlauf treiben. Peter ging hinüber zu dem dicken Seil, das der hinterhältige Fanshaw vor Ewigkeiten losgemacht hatte, nahm das Ende mit der Schlinge und machte sich bereit, es über etwas zu werfen, das wenigstens einigermaßen stabil aussah.

Jetzt hatten auch die Leute am Ufer die ›Lollipop‹ entdeckt. Sie winkten, soweit sie nicht zu sehr mit ihren Sandsäcken beschäftigt waren. Peter winkte verzweifelt zurück und hoffte inständig, ihnen damit verständlich zu machen, daß ihr Boot in Schwierigkeiten war. Sie deuteten auf eine bestimmte Stelle, anscheinend ein Pfahl oder Pfosten, Peter deutete ebenfalls dorthin. Svenson hatte begriffen und steuerte geschickt wie ein alter Seebär genau darauf zu. Ein wahrer Teufelskerl! Peter stellte sich so sicher hin, wie es ihm überhaupt möglich war, konzentrierte sich auf seine Erfahrungen als Hufeisenwerfer und landete tatsächlich den perfekten Wurf.

Jemand hinter den Sandsäcken jubelte, doch vielleicht veranstaltete Peter den Riesenlärm auch ganz allein, ihm war so schwindelig vor Erleichterung, daß es ihn nicht einmal interessierte. Die Tür des Lotsenhäuschens öffnete sich, und Svenson trat heraus. Die Jubelrufe verstummten und machten einem ehrfürchtigen Schweigen Platz, als die Füße des Hünen die schmale Leiter herunterstiegen. Svenson trug wieder seine rote Mütze mit dem weißen Bommel, es fehlten nur noch die Doppelaxt und der große blaue Ochse, dann hätte man ihn glatt für den berühmten Holzfäller Paul Bunyan halten können, dachte Peter stolz.

Svenson hielt inne und betrachtete leicht belustigt den Deich aus Sandsäcken. Peter wußte genau, was er dachte. Die Leute hatten so gute Arbeit geleistet, daß es keine Stelle gab, an der ein gestrandeter Seemann hätte hochklettern können. Doch selbst das kümmerte ihn wenig, irgendwie würden sie es schon schaffen. Für den Augenblick reichte es schon, daß sie wenigstens eine einigermaßen sichere Anlegestelle gefunden hatten.

Einer der Zuschauer rief ihnen etwas zu, das Peter nicht verstand, doch Svenson schien es verstanden zu haben, denn er legte die Hände wie einen Trichter um den Mund und brüllte zurück.

»Treibstoff ausgegangen. Die ganze Nacht durchgefahren. Geh' jetzt runter und ruh' mich aus.«

Er bückte sich und verschwand durch die Kajütentür. Peter blieb an Deck und übernahm das Schreien. »Wo sind wir? Immer noch auf dem Clavaclammer?«

»Ja! So gerade noch!«

Sie riefen noch mehr, doch Peter wurde nicht klug daraus. Er war ganz wackelig auf den Beinen, wahrscheinlich von dem vielen Kaffee, den er in sich hineingeschüttet hatte. Er winkte den Leuten bei den Sandsäcken zu und wankte in die Kajüte.

Svenson hätte niemals auf eine der schmalen Kojen gepaßt. Er wickelte sich daher in diverse Decken und streckte sich auf dem Fußboden aus, um dort endlich den Schlaf des Gerechten zu schlafen, den er sich so redlich verdient hatte. Peter zog sich die nassen Stiefel aus, schlich auf Zehenspitzen um den schlafenden Riesen herum und legte sich wieder in die Koje, die er erst vor so kurzer Zeit verlassen hatte. Da auch Winifred immer noch schlief, sah er keinen Grund, warum er sich nicht ebenfalls eine Weile aufs Ohr legen und seine müden Knochen ausruhen sollte.

Irgendwann strömte plötzlich helles Sonnenlicht in die Kajüte. Winifred stand geschniegelt und gebügelt und in bester Stimmung draußen vor der Tür, betrachtete die Flut und trank Tee. Svenson hatte sich aufgesetzt und strich sich über seine stoppeligen Wangen. Peter stellte fest, daß seine eigenen Bartstoppeln juckten.

»Haben Sie bei Fanshaws Sachen zufällig einen Rasierapparat gesehen, Winifred?«

»Ich glaube schon.« Sie kam zurück in die Kajüte und stellte ihren Becher auf ihre Koje. »Wenn Sie vielleicht ein wenig zur Seite rücken könnten, Präsident, damit ich die Schublade aufmachen kann? Vielen Dank. Aha, da ist er ja. Rasierapparat, Rasierschaum und eine Flasche After Shave.«

»Nur was für Weichlinge«, knurrte Svenson. »Gibt's noch Kaffee?«

»Haben wir noch welchen, Peter?«

»Tut mir leid, Präsident. Möchten Sie vielleicht Tee?«

»Nein.«

Svenson legte sich wieder auf den Boden und ordnete seine Dekken neu. Peter nahm den Rasierapparat und den Rasierschaum, verschmähte jedoch das After Shave, um nicht als verweichlicht zu gelten, und begab sich in einen Raum, von dem er annahm, daß es die Bugtoilette sei. Es war ein winziges Kämmerchen, in dem es noch nicht einmal eine Dusche und auch keinerlei Platz für selbige gab. Doch auch das war ihm egal, er war in den letzten Stunden weiß Gott genug geduscht worden.

Er genoß es, endlich die Stoppeln loszuwerden und sich frisch machen zu können, und erinnerte sich plötzlich an die sauberen Kleidungsstücke, die er in Fanshaws Gepäck entdeckt hatte. Er dachte daran, daß er und der Herr der vielen Pässe eigentlich die gleiche Größe hatten, und entschloß sich zu einem Akt der Piraterie. Fanshaws Sachen – saubere Unterwäsche, ein sauberer Pullover, trockene Schuhe und Socken und der Anzug, den Fanshaw getragen hatte, bevor er sich in sein Schleppkahn-Annie-Kostüm geworfen hatte – verbesserten Peters Stimmung enorm. Die Schuhe waren zwar zu weit und die Hosenbeine einige Zentimeter zu lang, doch das waren lächerliche Kleinigkeiten im Vergleich zu dem erlösenden Gefühl, endlich die nassen Sachen ablegen zu können, die ihm am Körper klebten wie Seetang.

Und jetzt mit Helen sprechen. Sie hatte sicher schon in der Forschungsstation angerufen und machte sich bestimmt Sorgen, wo er wohl steckte. Peter versuchte sein Glück mit dem Schiffstelefon, doch es funktionierte nicht. Wahrscheinlich hatte es die Rüttelei übelgenommen, vermutete er. »Verflixt und zugenäht«, machte er seinem Unmut Luft, »ich muß unbedingt an Land und nach einem Telefon suchen.«

»Eine hervorragende Idee.« Winifred war natürlich knochentrocken geblieben, da man sie noch vor Ausbruch des zweiten Sturms gewaltsam an Bord der ›Lollipop‹ gezerrt hatte und sie ihre Nase erst wieder aus der Kajüte gesteckt hatte, nachdem er abgeflaut war. Mit ihrer eleganten grauen Hose, dem hübschen hellbraunen Pullover und ihrem kurzgeschnittenen Haar, das sich in der feuchten Luft sanft zu kräuseln begann, sah die Erbin im Grunde genauso aus wie immer. Kein Fremder hätte ihr angesehen, was für ein grauenhaftes Abenteuer sie gerade durchgestanden hatte.

»Man hat uns eine Leiter heruntergelassen, damit wir über die Sandsäcke hochklettern können, und ein Seil, um das Boot näher heranzuziehen«, berichtete sie. »Ich habe das Seil schon festgemacht, und zwar am Dollbord, jedenfalls nehme ich an, daß das so heißt. Hoffentlich war das richtig?«

»Gut gemacht«, meinte Peter. »Sollen wir?«

»Und was wird aus dem Präsidenten?«

»Er sieht aus, als könnte er noch ein paar Stündchen Schlaf brauchen. Wir lassen ihm eine Nachricht hier. Vorausgesetzt, wir finden etwas zu schreiben.«

Peter kramte in Fanshaws Taschen. Er fand zwar keine Brieftasche und keinen Schlüsselbund, dafür aber einen Kugelschreiber, eine Karte mit Fanshaws Namen und dem der Meadowsweet Construction Company sowie eine prächtige Goldmünze mit einem aufgeprägten Adler, die leider am Rand durchbohrt war und an einer langen Kette hing, die allem Anschein nach ebenfalls aus Gold war.

»Eine Zwanzig-Dollar-Goldmünze!« rief Winifred. »Der Großvater meiner Tante hat so eine Münze immer an seiner Uhrkette getragen. Sie hatte ein Foto von ihm, wie er in einem großen geschnitzten Sessel saß, mit offener Anzugjacke, damit man seine bestickte Weste sehen konnte, und der große goldene Adler ruhte bequem auf seinem stattlichen Bauch. Ob Fanshaw das Ding benutzt hat, um Chief Ottermole und Officer Dorkin zu hypnotisieren?«

»Höchstwahrscheinlich. Es sei denn, er hat eins in jedem seiner Kostüme, was ich nicht glaube. Am besten, wir nehmen die Münze mit, man weiß nie, wozu man so etwas braucht.«

Peter stopfte seine eigene Brieftasche und seine Schlüssel in die geborgten Taschen, schrieb auf die Rückseite der Visitenkarte ›Wir gehen Kaffee suchen‹ und legte sie neben Svensons Kopf auf den Boden. Dann ging er nach draußen und zog an dem Seil, um das Boot in die Nähe der Leiter zu bringen. Er hielt das Boot ruhig, während Winifred ihre Füße auf die Leitersprossen setzte, wartete, bis sie sicher oben auf den Sandsäcken angekommen war, und folgte ihr.

Das Wasser schwappte zwar gegen die unteren Sandsackreihen, doch der Fluß hatte aufgehört zu steigen. Wenigstens diese Stadt würde noch einmal vom Hochwasser verschont bleiben. Einige Schaulustige lehnten an der improvisierten Mauer, wahrscheinlich erschöpft von den Mühsalen der langen Nacht, aber noch zu aufgewühlt, um nach Hause zu gehen und sich auszuruhen. Zwei von ihnen machten Anstalten, Winifred zu Hilfe zu eilen, doch sie war schon auf der anderen Seite, bevor man sie überhaupt erreicht hatte. Peters Abstieg war weit weniger elegant. Der Boden unter seinen Füßen fühlte sich höchst merkwürdig an, er bewegte sich nämlich nicht. Die Zuschauer lächelten die Fremdlinge schüchtern an, anscheinend fiel es ihnen schwer, das Eis zu brechen. Peter lächelte zurück.

»Vielen Dank für das Seil und die Leiter«, sagte er. »Ein herrliches Gefühl, endlich wieder an Land zu sein. Hat es hier viele Schäden gegeben? Allem Anschein nach sind Sie ja noch einmal mit heiler Haut davongekommen.«

Wie immer fand sich jemand, der die Rolle des Gruppensprechers übernahm. »Stimmt, wir haben noch mal Glück gehabt. Wir wußten schon seit langem, daß der verdammte alte Upper-Clavaton-Damm brechen würde, bevor jemand Zeit haben würde, ihn zu flicken, daher hatten wir einen Plan in der Schublade und waren gut vorbereitet. Aber Sie sind in Schwierigkeiten geraten, nicht?«

»Das kann man wohl sagen«, meinte Peter. »Wir waren gerade – eh – zu Besuch beim Eigentümer des Bootes, als plötzlich der Sturm losbrach und es vom Dock riß. Glücklicherweise ist unser drittes Crewmitglied ein erfahrener Seemann. Er hat uns sicher den Fluß heruntermanövriert, keine Ahnung, wie er das geschafft hat, bis wir das große Glück hatten, hier anlegen zu können. Im Moment schläft er. Gibt es hier in der Nähe vielleicht ein Restaurant oder ein Lebensmittelgeschäft, das geöffnet ist, damit wir ein paar Sachen einkaufen können, um ihm ein ordentliches Frühstück zu machen, wenn er aufwacht? Und funktionieren Ihre Telefonleitungen noch? Wir müssen unseren Angehörigen mitteilen, wo wir sind. Eh – wo sind wir überhaupt?«

Sein neuer Bekannter schien diese Frage erheiternd zu finden. »Sie sind hier in Wilverton. Drüben direkt vor Lugitoffs Supermarkt gibt es einen öffentlichen Fernsprecher, und das Golden-Apples-Café war die ganze Nacht geöffnet, um die vielen Helfer zu verpflegen. Dort können Sie eine ordentliche Mahlzeit bekommen, solange Sie nichts gegen Biokost einzuwenden haben.«

»Heiliger Sandsack! Da ist uns der Treibstoff ja genau an der richtigen Stelle ausgegangen.«

»In der Tat«, meinte Winifred. »Sie sagten gerade, das Café hieße Golden Apples. Hat dieses Restaurant zufälligerweise etwas mit der Golden-Apples-Konservenfabrik zu tun, die sich meines Wissens nach irgendwo hier in der Nähe befinden müßte?«

»Stimmt, die ist in Briscoe. Das ist die nächstgelegene Stadt von hier aus, Sie müssen im Dunkeln daran vorbeigefahren sein. Die Hälfte der Einwohner von Wilverton arbeitet da. Ich selbst übrigens auch.«

»Ach ja? Aber heute werden Sie sicher nicht mehr dorthin zur Arbeit fahren, oder?«

»Na klar werde ich das. Bill und Dodie arbeiten wie immer mit der kompletten Belegschaft, nur daß wir heute statt um acht erst um zehn anfangen. Das gehört auch zu unserem Katastrophenplan; uns bleibt genug Zeit, nach Hause zu gehen, uns zu waschen und umzuziehen, und, falls nötig, auch ein paar Stunden Schlaf zu ergattern. Wir greifen nicht oft darauf zurück, nur bei Schneestürmen und Wirbelstürmen oder so, wenn wir Schäden beseitigen müssen oder die Fahrmöglichkeiten schlecht sind. Bill und Dodie haben den Plan selbst ausgearbeitet.«

»Die beiden müssen sehr mitfühlende und findige Menschen sein«, sagte Winifred. »Es handelt sich dabei nicht zufällig um Mr. und Mrs. Compote?«

»Doch, genau um die. Aber hier bei uns nennt sie niemand so. Sie kennen die beiden?«

»Noch nicht, aber ich würde sie gern kennenlernen. Meinen Sie, es wäre möglich, daß ich nachher mit Ihnen zusammen zur Fabrik fahren könnte? Ich wollte die Compotes sowieso diese Woche aufsuchen, und es wäre schade, die Gelegenheit ungenutzt verstreichen zu lassen, wo wir schon einmal in der Nähe sind. Ich heiße übrigens Binks, und dieser Herr hier ist Professor Shandy. Wir arbeiten beide am Balaclava Agricultural College. Vielleicht hätten Sie Lust, mich zu begleiten, Peter? Oder möchten Sie lieber hier bei Präsident Svenson bleiben?«

»Nein, ich würde sehr gern mit zu den Compotes fahren, wenn es diesem Herrn möglich ist, uns mitzunehmen. Meinen Sie, es könnte klappen?«

»Sicher, warum nicht? Aber wie kommen Sie wieder zurück zu Ihrem Boot?«

»Zu Fuß, vielleicht nimmt uns ja einer der Firmenlastwagen mit, vielleicht können wir auch Dr. Svenson bitten, uns in Briscoe abzuholen, wenn er ausgeschlafen und den Tank wieder aufgefüllt hat, irgendwie wird es schon klappen. Eh – wir tragen beide keine Armbanduhr. Wann genau wollten Sie losfahren?«

»Es ist jetzt Viertel nach acht, wir haben also noch genügend Zeit. Normalerweise brauche ich für die Strecke nie länger als fünfzehn Minuten, aber ich dachte, heute nehme ich mir ein wenig mehr Zeit, man kann schließlich nie wissen. Wie wäre es, wenn Sie sich zuerst etwas zu essen organisieren und Ihre Anrufe erledigen und wir uns dann um halb zehn Kirchturmzeit hier wieder treffen? Sie hören die Glocken bestimmt läuten. Ich heiße übrigens Fred Smith.«

»Sehr nett, Sie kennenzulernen, Mr. Smith.« Winifred hielt sehr viel von guten Manieren. »Wir werden pünktlich wieder hier sein, und nochmals vielen Dank. Was meinen Sie, Peter, sollen wir als erstes das Café ausprobieren?« fügte sie hinzu, als sie sich auf den Weg gemacht hatten. »Ich habe Heißhunger auf eine große Portion Müsli und eine Kanne Kamillentee. Und zum Nachtisch einen schönen, saftigen, roten Apfel.«

»Meine Güte, Winifred, ich wußte ja gar nicht, daß Sie so ein Genußmensch sind! Gehen Sie ruhig vor, ich komme gleich nach. Ich würde gern Helen noch anrufen, bevor sie zur Arbeit geht. Bestellen Sie mir ein paar Eier und dazu irgendwas, das lecker aussieht.«

Peter hatte in den Taschen seines geborgten Anzugs einige Münzen entdeckt. Dieser Anruf ging auf Fanshaws Kosten, ein erfreulicher Gedanke, der ihn zumindest ein klein wenig für die überstandenen Qualen entschädigte. Endlich wieder die Stimme seiner Frau zu hören war allerdings weitaus erfreulicher.

»Peter! Geht es dir gut? Wo bist du?«

»In Wilverton, zusammen mit Winifred und dem Präsidenten. Wir sind mit einem Schleppkahn den Clavaclammer heruntergefahren.«

»Ihr seid womit gefahren?«

»Schleppkahn. S wie Sisyphus, C wie Cinchona, H wie Helminthe, L wie –«

»Scheusal! Peter, jetzt red doch bitte Klartext. Welcher Schleppkahn? Was in aller Welt ist denn passiert?«

»Du erinnerst dich vielleicht, daß der Präsident und ich im letzten spannenden Kapitel unserer Abenteuergeschichte auf der Forschungsstation eintrafen und uns von dort aus auf die Suche nach Winifreds Entführern gemacht haben. Sieglinde hat dich doch angerufen, oder?«

»Natürlich hat sie das. Besonders glücklich war sie allerdings nicht. Ich übrigens auch nicht, aber das nur nebenbei. Bist du sicher, daß es dir gutgeht?«

»Ich bin munter und fidel. Und du?«

»Liebling, kannst du nicht endlich aufhören, Witze zu machen, und mir verraten, wie du auf diesen verflixten Schleppkahn gekommen bist, bevor ich einen Schreikrampf bekomme?«

»Vielleicht sollte ich der Vollständigkeit halber erwähnen, daß es sich nicht um einen echten Schleppkahn handelt, sondern um eine aufgemotzte Imitation, die Fanshaw gehört. Er oder einer seiner Kumpane hat in der Station angerufen, als wir noch da waren. Wir haben darauf bestanden, mit Winifred persönlich zu sprechen, und sie hatte die geniale Idee, die Namen Annie und Horatio zu erwähnen. Die Rede ist dabei von Schleppkahn-Annie und ihrer Nemesis, Horatio Bulwinkle, für den Fall, daß du dich vielleicht nicht so weit zurückerinnerst.«

»Was für eine phantastische Idee! Wer außer Winifred wäre darauf schon gekommen?«

»Du beispielsweise. Und da die einzige Stelle, auf der sich hier in der Nähe ein Schleppkahn befinden könnte, der Clavaclammer ist, sind wir sofort hingefahren und haben ihn auch prompt gefunden, bewacht von einem Gorilla und Fanshaw, verkleidet als Schleppkahn-Annie.«

»Du lieber Himmel! Und was habt ihr dann gemacht?«

»Ich habe weiter nichts gemacht, als die Hafenpolizei angerufen, nachdem der Präsident die beiden Halunken außer Gefecht gesetzt hatte. Als die Polizei sie abgeführt hat, muß sich leider das Boot irgendwie losgerissen haben. Wir haben es nicht gewagt, im Dunkeln Land anzusteuern, also sind wir immer weiter flußabwärts gefahren, bis wir schließlich hier gelandet sind. Die nächste größere Stadt ist Briscoe, daher werden Winifred und ich hier zuerst im Golden-Apples-Café, das wahrscheinlich ihr selbst gehört, ohne daß sie eine Ahnung davon hat, unser Frühstück einnehmen und danach Bill und Dodie Compote in ihrem Büro aufsuchen.«

»Und was ist mit Thorkjeld?«

»Er ist immer noch auf dem Boot und gönnt sich eine Mütze voll Schlaf, die er sich wirklich sauer verdient hat. Er hat die ganze Nacht am Steuer gestanden und uns den Fluß heruntermanövriert, wie er das geschafft hat, weiß der Himmel. Rufst du bitte Sieglinde an und sagst ihr, daß ihr Gatte ein wahrer Held ist, auch wenn sie es schon längst weiß. Vielleicht sollte ich dich noch warnen, ich habe nämlich den leisen Verdacht, daß unser Boot deshalb abgetrieben ist, weil Fanshaw der Wasserschutzpolizei entkommen ist und die Vertäuung gelöst hat. Am besten, du nimmst deinen Stockschirm mit, wenn du zur Arbeit gehst, damit du dich gegen sämtliche verkleidete Schurken zur Wehr setzen kannst, die dich entführen wollen.«

»In Ordnung, Schatz. Sonst noch was?«

»Mink und Bulfinch sind wahrscheinlich immer noch in der Station und warten. Es wäre nett, wenn du ihnen Bescheid sagen und sie bitten würdest, die Polizei in Clavaton zu benachrichtigen. Ich könnte mir vorstellen, daß sie herkommen und das Boot beschlagnahmen wollen, obwohl ich ziemlich sicher bin, daß der Präsident es freiwillig wieder zurückfährt, sobald er neuen Treibstoff im Tank hat. Jedenfalls müßten wir alle irgendwann heute nachmittag wieder heil zu Hause ankommen, so Gott will und solange der Fluß nicht austrocknet, was mir reichlich unwahrscheinlich erscheint, wenn ich den momentanen Wasserstand betrachte.«

Helen wollte noch etwas sagen, wurde jedoch von einer aufdringlichen Computerstimme unterbrochen. »Bitte werfen Sie fünfundzwanzig Cent nach.«

»Verdammt!« sagte Peter. »Das war Fanshaws Geld, und ich habe keine Münzen mehr. Paß gut auf dich auf, Helen. Mein Gott, wenn du wüßtest, wie sehr du mir fehlst!«

Es fiel ihm schwer einzuhängen, doch die Aussicht auf ein herzhaftes Frühstück war zumindest ein schwacher Trost. Peter eilte zum Café, wo sich Winifred gerade genüßlich über ein Glas frischgepreßten Karottensaft, den Kamillentee, nach dem es sie so gelüstet hatte, und eine Riesenladung Toast aus verschiedenen Vollkornarten hermachte.

»Ah, da sind Sie ja, Peter. Ich habe Ihnen einen Orangensaft und das Holzfäller-Spezialfrühstück bestellt, also ein großes Omelette mit einer Riesenportion selbstgemachter Bratkartoffeln.«

»Hervorragend.« Er entschied sich für Muffins aus Hafermehl als Beilage und probierte den heißen Kaffee, der wie erwartet nach Zichorien schmeckte.

»Ist er gut?«

»Nicht schlecht. Allerdings nicht so gut wie Ihrer, ich vermisse die gemahlenen Löwenzahnwurzeln. Vielleicht sollten Sie Bill und Dodie darüber aufklären.«

»Darauf freue ich mich schon. Sie müssen unbedingt diese Berberitzenkonfitüre probieren, sie ist einfach köstlich. Ich frage mich, ob sie daran gedacht haben, wilde Holzäpfel dazuzugeben. Kultivierte tun es höchstwahrscheinlich auch. Meine Güte, ich bin ganz aus dem Häuschen, wenn ich daran denke, daß ich mich endlich in aller Ruhe mit meinen Partnern unterhalten kann. Glauben Sie, das Café hat etwas mit der Firma zu tun? Mr. Debenham hat darüber nichts verlauten lassen. Mr. Sopwith auch nicht. Obwohl ich gestehen muß, daß Mr. Sopwith nicht unbedingt meinen Vorstellungen von einem zuverlässigen Vermögensverwalter entspricht, auch wenn ich mir ziemlich sicher bin, daß Präsident Svenson ihn schon ordentlich auf Vordermann bringen wird, wenn sie gemeinsam die Bücher durchgehen.« Winifred lächelte schwach. »Das war wohl keine sehr passende Formulierung.«

»Wer weiß«, meinte Peter. »Es würde mich nicht wundern, wenn er genau das tun würde. Fräulein, wären Sie so nett, ein halbes Dutzend Muffins und einen Liter Orangensaft zum Mitnehmen fertigzumachen? Schinken, Eier und Kaffee holen wir im Lebensmittelgeschäft, Winifred. Ich habe Helen gebeten, in der Station anzurufen und auszurichten, daß es Ihnen gutgeht. Mit der Polizei von Clavaton setzt sie sich ebenfalls in Verbindung. Ich nehme an, sie werden die ›Lollipop‹ beschlagnahmen wollen.«

Winifred kicherte wie ein junges Mädchen. »Hoffentlich nicht mit Dr. Svenson an Bord! Können wir sie denn nicht selbst nach Clavaton zurückbringen?«

»Keine Ahnung, wie man in diesen Fällen üblicherweise vorgeht. Irgendwie werden wir wohl schon wieder zurückkommen. Mein Wagen parkt immer noch draußen an den Docks, zumindest hoffe ich das. Doch das ist im Moment wirklich unser kleinstes Problem. Möchten Sie noch einen Krug Karottensaft oder sonst irgend etwas? Wie wäre es mit dem großen roten Apfel?«

»Falls die Uhr dort drüben richtig geht, bleiben uns noch genau einundzwanzig Minuten, um dem Präsidenten sein Frühstück zu bringen und Mr. Smith zu treffen, ich denke daher, wir sollten uns lieber auf den Weg machen, Peter. Außerdem habe ich den furchtbaren Verdacht, daß ich keinen Cent bei mir habe.«

Peter schmunzelte. »Keine Sorge, wahrscheinlich gehört das Restaurant sowieso Ihnen. So oder so, ich habe genug Geld dabei. Holen Sie sich ruhig Ihren Apfel.«

»Hervorragend. Dann kann ich ihn unterwegs essen. Vielen Dank, Fräulein, das Frühstück war wirklich köstlich. Bei Ihnen möchte ich mich natürlich auch bedanken, Peter. Am besten, ich nehme die Muffins und laufe schnell vor, während Sie die Lebensmittel einkaufen. Ich kann ja schon mal den Kessel aufsetzen.«

Als Peter auf dem Boot eintraf, begann Svenson sich allmählich zu regen und begrüßte ihn mit einem ausdrucksstarken »Urrgh?«

Peter hielt ihm die Einkaufstüte vor die Nase. »Was zu essen.«

»Sieglinde?«

»Ich habe mit Helen telefoniert, sie hat ihr bestimmt längst Bescheid gesagt, daß wir alle in Sicherheit sind. Außerdem hat sie die Wasserschutzpolizei informiert. Ich nehme an, sie wird in Kürze hier eintreffen und das Boot abholen.«

»Treibstoff. Kann sie allein zurückbringen.«

»Eh – das wäre natürlich eine Möglichkeit«, erwiderte Peter vorsichtig. »Wie mögen Sie Ihre Eier am liebsten?«

»Massenweise.«

Rührreier machten am wenigsten Arbeit. Peter gab ein Stückchen von der Butter, die er mitgebracht hatte, in die einzige vorhandene Bratpfanne, schlug ein halbes Dutzend Eier auf, gab einen Schuß Milch dazu und rührte. Als der Wasserkessel, den Winifred aufgesetzt hatte, dampfte, nahm er einen Becher und löffelte Kaffee hinein.

Winifred warf ihm einen besorgten Blick zu. »Ich hoffe, der Präsident will nicht zuviel Kaffee. Ich habe den letzten Wassertropfen, den wir im Tank hatten, in den Kessel gefüllt.«

»Was wohl bedeutet, daß wir das Schiff allmählich verlassen sollten. Geben Sie ihm als erstes die Muffins und den Orangensaft«, schlug Peter vor, während er den Schinken auswickelte. Gott sei Dank war er bereits gekocht, denn in der Pfanne war kein Platz mehr. Er rührte die Eier noch einmal um, arrangierte die kalten Schinkenscheiben mehr oder weniger ästhetisch auf dem größten Teller, den er in der Kombüse finden konnte, entschied, daß die Eier genügend gerührt worden waren, und verteilte sie auf dem Schinken.

»Voilà, monsieur. Bon appétit.«

»Sehr lustig«, knurrte Svenson, den Mund voll Muffins. »Was noch?«

»Für Sie noch drei Muffins. Winifred und ich würden gern den Compotes einen kleinen Besuch abstatten.«

Peter übernahm es, dem Präsidenten ihren Plan zu erläutern, während Winifred großmütigerweise begonnen hatte, die Pfanne mit Küchenpapier und Salz zu säubern, da das einzige Wasser, was ihnen jetzt noch zur Verfügung stand, sich im Fluß befand. Der Präsident nickte.

»Ich komm' mit.«

»Tut mir leid, Käpten, aber Sie werden an Bord bleiben und mit dem Schiff untergehen müssen. Oder auch nicht, was ich aus tiefster Seele hoffe.« Von draußen waren die gedämpften Schläge der Kirchenglocke zu hören. »Die Sturmglocke ruft. Lassen Sie sich Ihre Eier schmecken. Vergessen Sie die Pfanne, Winifred, man erwartet uns auf den Sandsäcken.«

Kapitel 18

Fred Smith war pünktlich. Zwei Minuten später saßen Peter und Winifred schon in seinem Wagen und befanden sich auf dem Weg nach Briscoe. Sie hatten gut daran getan, etwas früher zu fahren, abgebrochene Äste lagen auf den Straßen, überall waren Pfützen. Am schlimmsten waren die Unmengen von Laub, die der Regen in eine nasse, dunkelbraune Masse verwandelt hatte, die genauso glatt war wie Eis, und sogar noch gefährlicher. Es dauerte tatsächlich volle dreißig Minuten, bis sie die häßlichen gelbbraun gestrichenen Betongebäude erreichten, denen höchstwahrscheinlich diverse Verschönerungen bevorstanden, wenn Peter Winifreds Gesichtsausdruck richtig deutete.

»Das war früher mal eine Brauerei«, erklärte Smith. Sehr gesprächig war er bisher nicht gewesen, doch auch seine Fahrgäste hatten kaum etwas gesagt, da sie ihn nicht beim Fahren stören wollten. »Bill und Dodie haben sich die Gegend wegen des Wassers ausgesucht, oben in den Hügeln gibt es nämlich Naturquellen. Warum steigen Sie nicht einfach hier schon aus? Bill und Dodie müßten eigentlich da drin sein, drüben vor dem Haupteingang steht nämlich ihr Kombi. Gehen Sie einfach schnurstracks hinein, und rufen Sie, wenn das Mädchen nicht am Empfang sitzt. Aber passen Sie beim Aussteigen auf.«

»Nochmals vielen Dank, Smith. Es war wirklich nett von Ihnen, daß Sie uns mitgenommen haben.«

Peter stieg als erster aus und hielt Winifred, die emanzipiert genug war, kleine männliche Gefälligkeiten nicht abzulehnen, die Tür auf. Sie freute sich augenscheinlich wie eine Schneekönigin, den Compotes endlich ihre Pläne für Golden Apples unterbreiten zu können. Peter war dabei etwas mulmig zumute. Die Firma war eindeutig die Erfüllung von Bills und Dodies Träumen, ihre eigene Idee, auch wenn die beiden sie nur mit dem Zaster des alten Binks hatten verwirklichen können. Wie würden sie sich wohl fühlen, wenn ihnen urplötzlich ein weiteres Mitglied der Familie Binks ins Haus schneite, mit dem nötigen Kleingeld in der Tasche, das zu machen, was sie selbst durch jahrelange Plackerei und Hingabe nicht hatten erreichen können?

Dabei war es gar nicht Winifreds Verdienst. Er hoffte inständig, daß die Compotes vernünftig genug waren, um einzusehen, daß Winifred ihnen das Angebot niemals machen würde, wenn sie nicht seit so vielen Jahren höchsten Wert auf Qualität und Dienst am Kunden gelegt hätten. Andernfalls würde Winifred ihnen jetzt nämlich keinen roten Heller anbieten, und erst recht nicht die unerschöpflichen Schatztruhen der Binks für sie öffnen und ihnen erlauben, sich nach Herzenslust daraus zu bedienen.

Jedenfalls stand die Stunde der Wahrheit unmittelbar bevor. Winifred rauschte hocherhobenen Hauptes und selbstbewußten Schrittes durch die Tür. Der Empfangsbereich war groß und wirkte ein wenig leer, das einzig interessante Möbelstück war ein reichlich alberner, verzierter Schreibtisch, der möglicherweise das Einweihungsgeschenk von Großvater Binks gewesen war, wie Peter vermutete. Dahinter saß eine relativ junge Dame in einem gelben Overall, die ihn entfernt an jemanden erinnerte, an wen genau, wollte ihm allerdings nicht einfallen. Winifred strahlte sie an wie die gute Fee aus dem Märchen.

»Guten Morgen. Mein Name ist Binks, ich würde gern mit Mr. oder Mrs. Compote sprechen, am besten sogar mit beiden.«

Die Rezeptionsdame erwiderte das Lächeln nicht. »Haben Sie denn einen Termin?«

»Nein, ich war nur zufällig in der Gegend und wollte die Gelegenheit nutzen, ihnen einen kleinen Besuch abzustatten.«

»Ohne Termin können Sie nicht mit ihnen sprechen.«

Da war sie bei Winifred aber an der falschen Adresse. »Unsinn, selbstverständlich kann ich das. Ich nehme an, das da vorn ist ihr Büro.« Sie bewegte sich zielstrebig auf die Tür hinter dem Schreibtisch zu. »Wenn Sie mich nicht anmelden wollen, muß ich es eben selbst tun.«

»Nein! Das dürfen Sie nicht!« Die Frau – Grundgütiger, sie war wirklich ein richtiger Koloß – sprang auf und versperrte Winifred den Weg, indem sie sich mit ausgebreiteten Armen vor der Tür postierte, und begann zu schreien wie am Spieß: »Hilfe! Hilfe! Kommen Sie! Schnell!«

Die Tür wurde von innen aufgerissen. Über der Schulter der Schreienden erschien das Gesicht eines Mannes, ein langes, gebräuntes Gesicht mit einem dichten, rötlichblonden Haarschopf.

»Immer mit der Ruhe, Elvira! Was ist denn bloß passiert?«

»Die will hier einfach rein!«

»Wer will hier rein?«

»Die da!«

»Ich kann niemanden sehen, würden Sie bitte zur Seite treten?«

»Nein! Nein! Nein!«

Ihre Schreie hatten wagnerianische Intensität erreicht. Der Mann, der noch größer war als sie, warf den Besuchern einen Blick zu, der wütend, verwirrt, aber vor allem verlegen war.

»Elvira, was zum Teufel ist bloß in Sie gefahren? Dodie, komm mal schnell! Das Mädchen hat einen Anfall oder so was. Es tut mir schrecklich leid, gnädige Frau!« Er mußte laut schreien, um sich verständlich zu machen, denn die junge Frau brüllte inzwischen wie ein wildgewordener Stier.

Winifred erspähte einen Wasserspender in der Empfangshalle, rannte hin, holte ein Glas mit eiskaltem Wasser und schüttete es mitten in Elviras Gesicht. Die Frau blinzelte, brüllte jedoch unbeirrt weiter. Inzwischen war eine weitere Person, bei der es sich vermutlich um Dodie handelte, hereingestürzt. Sie packte Elvira von hinten bei den Schultern und schüttelte sie wie einen Staubwedel.

»Elvira, Schluß jetzt! Weg von der Tür! Kannst du sie nicht irgendwo einschließen, Bill? Elvira, mein Gott, so hören Sie doch auf!«

Nur mit brutaler Gewalt gelang es den Compotes, ihre rasende Empfangsdame von der Tür zum Büro zu entfernen, was jedoch alles nur noch schlimmer machte. Elvira sprang Winifred an wie eine wütende Tigerin und hätte sie sicher zu Boden geworfen, wenn die Erbin nicht so schnell und behende gewesen wäre. Die Compotes packten sie schließlich bei den Armen und hielten sie fest wie Schraubstöcke. Sie waren beide nicht gerade klein, doch die Furie schleuderte sie umher wie junge Katzen.

»Geben Sie ihr eine Ohrfeige«, keuchte Dodie.

»Mit Vergnügen.« Winifred gehorchte. Doch selbst das hatte nicht den geringsten Erfolg.

Peter stand ein wenig abseits, mischte sich nicht ein und dachte angestrengt nach. Plötzlich dämmerte es ihm. Er griff in Fanshaws Tasche, zog die goldene Kette mit der Goldmünze hervor und begann sie langsam vor Elviras geschwollenem, verzerrtem Gesicht hin und her pendeln zu lassen.

»Konzentrieren Sie sich auf die Münze, Elvira. Hin und her, hin und her, hin und her.«

Widerstrebend, doch sehr bald schon fasziniert, folgten Elviras Augen der glänzenden Münze. Sie hörte auf zu schreien, ihre Muskeln entspannten sich.

»Ganz ruhig, Elvira. Sie werden jetzt sehr müde. Sie wollen nur noch schlafen. Nur noch schlafen.«

Sie sackte in sich zusammen und glitt auf den Boden, ihr Unterkiefer fiel herab, ihre Augen schlossen sich. Sie atmete tief und gleichmäßig. Sie schlief.

»Ja da soll mich doch!« Auch Bill trug einen gelben Overall, er wischte sich mit dem linken Ärmel den Schweiß von der Stirn. »So was Merkwürdiges hab' ich ja noch nie gesehen!«

»Dabei schien Elvira so eine nette Person zu sein«, jammerte seine Frau. »Aber natürlich kennen wir sie nicht allzugut, sie ist erst seit etwa einem Monat bei uns.«

Dodie war einen Kopf kleiner als ihr Mann, doch wenn man ihrem selbstbewußten Gesichtsausdruck Glauben schenken konnte, war sie weder ihm noch sonst jemandem unterlegen. Sie hatte graues Haar, eine schöne reine Haut, rosige Wangen und große blaue Augen. Der gelbe Overall stand ihr hervorragend. Sie sah aus wie jemand, der gern lächelte, doch momentan lag ein besorgter Ausdruck auf ihrem sympathischen Gesicht. »Was in aller Welt ist denn bloß in sie gefahren?«

Peter hielt die Goldkette mit der Zwanzig-Dollar-Münze hoch. »Ich nehme an, das hier ist die Antwort. Die Münze gehört einem Mann, der sich unter anderem Fanshaw nennt. Ihrer Reaktion nach zu urteilen, würde ich sagen, er hat sie damit hypnotisiert und dann als Spionin hier eingeschleust, nachdem er ihr suggeriert hat, Sie unter allen Umständen von Winifred Binks fernzuhalten. Das hier ist übrigens Winifred.«

»Stimmt. Und ich freue mich sehr, Sie endlich kennenzulernen«, sagte die Hauptaktionärin. »Ich nehme an, Sie sind Mr. und Mrs. Compote. Sie werden sich sicher daran erinnern, daß sowohl mein Anwalt als auch ich Sie während der letzten Tage mehrfach angerufen haben, um einen Termin für ein Treffen mit Ihnen zu arrangieren. Ich bin sicher, Sie hatten triftige Gründe, uns nicht zurückzurufen.«

Dodie und Bill tauschten erstaunte Blicke aus. »Ich kann mir das alles nicht erklären. Wir haben Ihre Nachrichten überhaupt nicht erhalten! Sie sind also die Enkelin von Mr. Binks! Wir haben uns schon gefragt, ob wir Sie wohl je kennenlernen würden.«

»Wir hätten uns sicher schon viel früher getroffen, aber ich habe erst letzten Samstag bei einer Unterredung mit meinem Vermögensverwalter erfahren, daß wir überhaupt etwas miteinander zu tun haben. Es interessiert Sie vielleicht, daß ich ihn bereits instruiert habe, Ihrer Firma einen Teil meines Vermögens zukommen zu lassen. Ich kenne und schätze Ihre ausgezeichneten Produkte schon seit langem. Nach einer sorgfältigen Betriebsanalyse bin ich zu dem Schluß gekommen, daß Ihre Firma hervorragend geführt wird, und habe daher beschlossen, Ihnen meine volle Unterstützung zukommen zu lassen. Es war und ist mir eine große Freude, daß wir bereits Geschäftspartner sind.«

»Uns geht es genauso«, sagte Dodie etwas benommen.

Winifred lächelte. »Ich wollte Sie aus folgendem Grund treffen: Ich beabsichtige keineswegs, mich in Ihre Arbeit einzumischen, selbst wenn ich über genügend Sachkenntnis verfügen würde, was sicherlich nicht der Fall ist, aber ich hätte einige Verbesserungsvorschläge, was Vertrieb und Marketing betrifft, die ich Ihnen gern unterbreiten würde. Selbstverständlich würde ich die finanziellen Mittel bereitstellen, die man zur Umsetzung benötigt. Daher habe ich mir auch die Freiheit genommen, mich an Ihrem weiblichen Drachen vorbeizuschmuggeln, und diese unerfreuliche Szene verursacht, wofür ich Sie vielmals um Verzeihung bitte. Aber wahrscheinlich hätte ich Sie nie erreicht, wenn ich es nicht getan hätte. Meinen Sie, wir sollten Elvira auf eine Couch oder so etwas legen?«

»Ich bin geneigt, sie genau da zu lassen, wo sie momentan liegt«, sagte Peter. »Wenn wir versuchen, sie zu bewegen, bevor sie die Möglichkeit hat, sich ordentlich auszuschlafen, laufen wir Gefahr, daß sie noch einen Wutanfall bekommt. Mit Hypnose kenne ich mich nicht besonders gut aus.«

»Also mich haben Sie tief beeindruckt«, sagte Bill. »Ich habe Sie für einen Experten gehalten.«

»Ich hatte lediglich Gelegenheit, zwei Leute zu beobachten, die Fanshaw mit demselben Trick außer Gefecht gesetzt hat. Glücklicherweise trage ich zufällig seinen Anzug, und er ist nicht mehr dazu gekommen, seine Taschen vorher zu entleeren. Ich glaube, wir haben eine Menge zu besprechen. Warum machen wir es uns nicht gemütlich?«

»Sie haben völlig recht. Kommen Sie doch hier herein.«

Dodie führte sie in einen Raum, der wohl ihr Geschäftsbüro war, auch wenn er Peter eher an das gemütliche kleine Wohnzimmer seiner verstorbenen Tante Effie erinnerte. Neben einem Schreibtisch aus Eichenholz, der immer noch die letzten Reste seines ursprünglichen Lacks besaß, bestand die Zimmereinrichtung aus einem Drehstuhl, der höchstwahrscheinlich quietschte, einem Schaukelstuhl aus Ahornholz, einem Sofa mit abgenutztem Chintz-Bezug, einer langhalsigen Schreibtischlampe, einer jener spinnenartigen schwarzen Stehlampen aus Eisen mit vergilbtem Pergamentlampenschirm, wie sie jeder, der sich nichts Eleganteres leisten konnte, in den dreißiger Jahren zu haben pflegte, einigen alten Läufern und einer Unmenge von Fotografien, von denen einige gerahmt, andere dagegen mit Heftzwecken an den Wänden befestigt waren. Es gab sogar einen altmodischen schwarzen Eisenofen nebst Kohleneimer und dampfendem Wasserkessel. Auf dem Läufer vor dem Ofen lag ein Boston-Terrier, der um die Schnauze herum schon grau war und im Schlaf leise schnaufte.

»Tiger ist unser Wachhund«, erklärte Bill. »Fühlen Sie sich bitte wie zu Hause. Winifred, Sie nehmen den Schaukelstuhl, auf dem hat Ihr Großvater immer am liebsten gesessen. Er war ein interessanter alter Kauz, ständig hatte er neue Flausen im Kopf. Wir haben ihn immer furchtbar gern hier gehabt. Mein Gott, wie schön, Sie jetzt bei uns zu sehen, Winifred. Und Sie selbstverständlich auch – eh –«

»Oh, Sie müssen entschuldigen. Das ist Professor Shandy vom Balaclava Agricultural College, ein guter Freund von mir. Ich bin übrigens ebenfalls dort tätig, was Sie wahrscheinlich noch gar nicht wissen«, fügte Winifred gerade mit kindlichem Stolz hinzu, als die Tür aufging und noch eine Frau in einem gelben Overall, der wohl bei Golden Apples zur Standardkleidung gehörte, mit einer Handvoll Briefe ins Zimmer eilte. Sie war zwar nicht mehr jung, bewegte sich jedoch mit der Leichtfüßigkeit eines zehnjährigen Mädchens.

»Auf eine pflichtbewußte Briefträgerin ist immer Verlaß. Bei Regen, bei Schnee, bei Hochwasser, auch wenn sie sich die halbe Nacht um die Ohren geschlagen hat, um den Jungs die Säcke für den Sand aufzuhalten. Hier ist Ihre Post. Ach herrje, ich wußte gar nicht, daß Sie Besuch haben. Haben Sie übrigens schon gesehen, daß Elvira draußen am Empfang ausgestreckt auf dem Boden liegt und lauter schnarcht als Tiger? Vermutlich ist sie die ganze Nacht auf den Beinen gewesen und hat bei der Sandsacktruppe mitgearbeitet, auch wenn es ihr eigentlich gar nicht ähnlich sieht. Sie ist immer so etepetete. Sollten wir sie nicht lieber ins Zimmer holen und auf das Sofa legen?«

»Nein«, sagte Bill. »Wenn sie so erschöpft ist, wollen wir sie lieber nicht stören. Aber vielleicht sollten wir sie mit einer Decke zudecken. Dodie, vielleicht magst du das übernehmen, damit Mae ihrer Arbeit weiter nachgehen kann. Vielen Dank für die Post, Mae. Hoffentlich sind es nicht wieder nur Rechnungen.«

»Mae ist unser guter Geist«, erklärte er, nachdem die Dame wieder gegangen war. »Sie sorgt für uns wie eine Mutter, wirklich eine sehr nette Frau. Sie war von Anfang an bei uns. Schauen Sie mal, Winifred, hier ist ein Brief von Ihrem Anwalt. Haben Sie etwas dagegen, wenn ich ihn jetzt öffne?«

»Nein, ganz im Gegenteil. Ich nehme an, er bittet Sie lediglich schriftlich um einen Termin, da er Sie seit Tagen telefonisch nicht erreichen konnte.«

Bill öffnete den Umschlag mit einem etwas merkwürdig aussehenden Plastikbrieföffner, der ein herziges kleines Mädchen mit einer Schleife im Haar darstellte, das ein noch herzigeres Kätzchen mit einer Schleife um den Hals im Arm hielt. Er bemerkte Peters hochgezogene Augenbraue und grinste.

»Altes Familienerbstück. Meine Großmutter hat es während der Weltwirtschaftskrise bei einer Lotterie im Kino gewonnen und mit nach Hause gebracht. Sie war so versessen auf Ramon Navarro, daß Opa damals sogar versucht hat, ihn wegen Entfremdung der Ehepartnerin zu verklagen. Nanu? Was soll das denn?«

Seine Augen verengten sich zu Schlitzen, seine Kiefermuskeln verspannten sich. »Winifred, hier steht, daß Sie bei uns aussteigen wollen.«

»Wie bitte? Lassen Sie mal sehen.«

Selbst Winifreds gute Erziehung hielt sie nicht davon ab, den Brief an sich zu reißen. »Was soll das denn? Das ist ja eine Unverschämtheit! Was hat er sich dabei wohl gedacht? Peter, Sie waren dabei, Sie haben doch meine Instruktionen gehört. Ich hoffe doch sehr, daß ich mich klar genug ausgedrückt habe?«

»Klarer geht es gar nicht. Winifred hat sich am Samstag morgen mit Debenham, dem langjährigen Anwalt der Familie, und einem

Mann namens Sopwith, dem neuen Treuhänder für das Binks-Vermögen, getroffen«, erklärte Peter den Compotes. »Präsident Svenson und ich waren ebenfalls anwesend. Winifred hat dem College nämlich einen Teil ihres Vermögens gestiftet, damit wir eine Forschungsstation einrichten, zu der auch ein kleiner Fernsehsender gehört. Ihre finanzielle Lage ist daher auch für uns von großem Interesse, ganz zu schweigen von der Tatsache, daß sie eine gute Freundin ist und wir nicht wollen, daß man sie übers Ohr haut.«

»Und?« Bill Compote klang immer noch sehr argwöhnisch.

»Wir sind ihre diversen Beteiligungen durchgegangen, und sie hat Sopwith beauftragt, einige Aktien abzustoßen, die ihr Großvater an einer Firma namens Lackovites besaß, der Name wird Ihnen zweifellos ein Begriff sein, und die Gewinne in Golden Apples zu reinvestieren.«

»Ich habe diese Entscheidung getroffen«, fügte Winifred hinzu, »weil ich die Geschäftsgepflogenheiten beider Firmen eingehend studiert habe und feststellen mußte, daß Golden Apples zwar einen hervorragenden Ruf genießt, was Qualität und Lauterkeit betrifft, jedoch gewisse Schwächen aufweist, was die Verkaufsförderung betrifft, wenn Sie mir meine Offenheit verzeihen, während die Lackovites-Leute ausgezeichnete Verkaufsstrategien entwikkelt haben. Aber da ihre Produkte ungenießbar sind, wollte ich mich auf der Stelle von ihnen trennen. Als ich erfuhr, wie groß meine Anteile an Golden Apples bereits sind, habe ich beschlossen, mich persönlich einzusetzen und eine offensivere Werbung anzukurbeln. Aus diesem Grund habe ich Mr. Debenham beauftragt, ein Treffen mit Ihnen zu arrangieren. Nichts lag mir ferner, als Sie zu bitten, mir meine Anteile abzukaufen, selbst wenn – ehm –«

»Selbst wenn wir das Geld dazu hätten, was wir natürlich nicht haben«, beendete Bill ihren Satz. »Ja, aber wie sollen wir dann diesen Brief verstehen?«

»Das weiß ich auch nicht. Und noch dazu Mr. Debenham! Ich – ich bin erschüttert. Bitte entschuldigen Sie.«

Winifred schniefte und wühlte verzweifelt in sämtlichen Hosentaschen. Dodie reichte ihr eine Schachtel mit Papiertüchern.

»Vielen Dank, Dodie. Es tut mir ja so leid. Wir haben bloß in der letzten Zeit schon so viel – sagen Sie es ihnen, Peter.«

Winifred vergrub ihr Gesicht in einem Taschentuch, Peter räusperte sich und hätte verflucht gern gewußt, was er ihrer Meinung nach erzählen sollte. Nachdem er Bill und Dodie auf ihrem eigenen Grund und Boden getroffen hatte, konnte er sich nur schwer vorstellen, daß sie in üble Machenschaften verwickelt sein könnten. Aber warum sollte er ihnen über den Weg trauen, wenn sich schon so viele andere Menschen als Verräter entpuppt hatten? Er konnte nicht einmal mit Sicherheit sagen, ob Tiger wirklich ihr Hund war.

Doch was sollte der ganze Unsinn? Falls diese beiden Leute die Fäden in der Hand hielten, bestand keinerlei Grund, warum er ihnen etwas verschweigen sollte, das sie sowieso schon wußten. Falls sie es aber nicht wußten, war es nur fair, ihnen endlich die Augen zu öffnen. Auf irgendeine Weise hatten auch sie mit der Sache etwas zu tun, er brauchte nur an die kleinen Zeichnungen in Emmericks Sachen zu denken, ganz zu schweigen von der schlafenden Schönen draußen auf dem Fußboden. Er fing mit Emmerick an.

Einige Minuten später kratzte sich Bill den roten Schopf wie eine Katze, die versucht, einen Floh loszuwerden. »Herr des Himmels! Wollen Sie damit etwa sagen, daß dieser Emmerick quicklebendig war, als er ins Netz ging, und mausetot, als er wieder herunterfiel? Einfach so?«

»Haargenau. Und als wir am nächsten Morgen die Firma, bei der er angeblich beschäftigt war, von seinem Ableben verständigen wollten, stellte sich heraus, daß man ihn dort nicht kannte.«

»Das hat man uns zumindest mitgeteilt.« Es war Winifreds Geschichte, und sie wollte unbedingt mitreden. »Inzwischen bin ich nicht mehr geneigt, noch irgendeinem Menschen Glauben zu schenken. Obwohl es relativ unwahrscheinlich ist, daß die Meadowsweet Construction Company vorgeben würde, Mr. Emmerick nicht zu kennen, nur weil er auf so groteske Weise ermordet wurde. Man hört zwar immer wieder Gerüchte über die unmöglichsten Vorkommnisse in großen Firmen, weil anscheinend alle ihr sogenanntes Image schützen wollen, aber Meadowsweet ist gar keine besonders große Firma.«

»Die Größe ist dabei unwichtig«, sagte Bill. »Hier bei uns in Briscoe ist vor einigen Monaten auch etwas Merkwürdiges passiert.«

»Also wirklich, Bill, ich glaube nicht, daß Winifred die Geschichte über den Eisenwarenladen hören will«, unterbrach Dodie. »Was ist dann passiert, Professor Shandy?«

Peter hätte zwar gern erfahren, was sich in dem Eisenwarenladen zugetragen hatte, doch vor allem wollte er von hier weg und heim nach Balaclava. Er fuhr also fort, unterstützt von Winifreds zahlreichen Einschüben, schilderte Fanshaws Aussehen, seine Verhaftung, die Hypnosevorstellung im Gefängnis sowie die kurze Entführung von Viola Buddley und beschrieb schließlich die Kritzeleien, die darauf schließen ließen, daß auch die Compotes irgendwie mit der ganzen Geschichte zu tun hatten, da er es für angebracht hielt, sie wissen zu lassen, daß auch sie immer noch zu den Verdächtigen zählten. Schließlich berichtete er von Winifreds Entführung, Fanshaws Rückkehr in neuer Verkleidung und dem spannenden Finale, das zu ihrer Höllenfahrt auf dem Clavaclammer und dem heutigen Besuch bei Golden Apples geführt hatte.

»Menschenskind!« sagte Bill, als sie fertig waren. »Wenn das nicht ein Hammer ist! Was werden Sie als nächstes tun?«

»Gute Frage«, sagte Peter. »Wir haben die Polizei von Clavaton benachrichtigt und sie gebeten, herzukommen und den Schleppkahn abzuholen, weil wir dort einige interessante Beweisstücke entdeckt haben, unter anderem diverse falsche Pässe, die Fanshaw sich unter verschiedenen Namen in allerlei Verkleidungen ausgestellt hat. Angenommen, er ist letzte Nacht ein weiteres Mal entkommen, dürfte es ihm eigentlich nicht mehr möglich sein, das Land zu verlassen, wenn er nicht irgendwo noch einen weiteren Stapel Pässe versteckt hat.«

Peter zuckte mit den Achseln. »Aber das macht es auch nicht leichter, ihn aufzuspüren, befürchte ich. Ein Chamäleon wie Fanshaw könnte sich wahrscheinlich sogar in einer Telefonzelle verstecken. Die große Frage ist, ob er tatsächlich der Rädelsführer ist oder nur ein Bandenmitglied. Was den Sinn dieser rätselhaften Vorfälle betrifft, tappe ich allerdings genauso im dunkeln wie Sie.«

Kapitel 19

»Also, ich glaube, ich wüßte da schon eine Antwort.« Bill Compote war stinkwütend. Seine grünen Augen blitzten wie die einer Katze, und er schüttelte seinen rotblonden Schopf, als er sich über seinen Schreibtisch beugte und seinen langen, knotigen Zeigefinger wie eine Pistole auf Winifred richtete. »Haben Sie mit irgend jemandem darüber gesprochen, daß Sie Ihre Lackovites-Aktien verkaufen wollten, Winifred? Vor dem Treffen, meine ich.«

Winifred dachte nach. »Wenn ich recht überlege, ja, es könnte sein, daß ich meine Absicht angedeutet habe. Natürlich habe ich nichts Genaues gesagt. Aber wir hatten in der Forschungsstation viele Besucher, die an Seminaren über Naturkostprodukte teilgenommen haben. Wir haben Erntemethoden, Zubereitung, Nährstoffzusammensetzung und dergleichen besprochen. Unweigerlich kommt man immer zu der Frage, welche Produkte, die auf dem Markt erhältlich sind, qualitativ gut sind und welche nicht, und ich habe die Vorzüge von Golden Apples gegenüber Lackovites immer sehr deutlich herausgestellt. Wie ich bereits sagte, habe ich mich außerdem eingehend über beide Firmen informiert, hauptsächlich, indem ich zu den verschiedenen Geschäften geradelt bin und die Angestellten ausgehorcht habe. Es würde mich nicht wundern, wenn einer der Vertreter von Lackovites davon Wind bekommen hätte, daß ich überall herumgeschnüffelt habe, und man einige meiner Kommentare an ihn weitergegeben hätte. Jeder, der wußte oder vermutete, daß das Binks-Vermögen auch in einigen Lackovites-Aktien steckte, war bestimmt clever genug zu erkennen, daß ich sie irgendwann abstoßen würde. Warum wollen Sie das wissen, Bill?«

»Weil Lackovites mit allen Mitteln und Wegen versucht hat, uns aufzukaufen. Man hat mit allen möglichen schmutzigen Tricks versucht, uns in die Knie zu zwingen, aber wir sind standhaft geblieben und gedenken auch jetzt nicht nachzugeben. Es scheint ganz so, als hätte Lackovites aufgegeben, uns weiter einzuheizen, und sich statt dessen an Sie herangemacht. Das würde auch mehr Sinn ergeben, schließlich sind Sie unsere Hauptaktionärin.«

»Mein lieber Bill«, erwiderte Winifred. »Sie wissen doch hoffentlich genausogut wie ich, daß es allein Ihre harte Arbeit und Ihre eisernen Prinzipien sind, die Golden Apples zu dem gemacht haben, was es heute ist, und daß ich nur aufgrund eines Zufalls etwas mit Ihrem Geschäft zu tun habe. Mit Ihrer Erlaubnis werde ich noch in dieser Woche Mr. Debenham« – sie wand sich vor Verlegenheit –, »ich meine, meinen Rechtsbeistand beauftragen, zwanzig Prozent meiner Holdings auf Sie und Dodie zu überschreiben. Dadurch wären wir beide zu fünfzig Prozent beteiligt, so daß wir als gleichwertige Partner miteinander arbeiten könnten, solange ich in der Lage sein werde, meinen Teil dazu beizutragen. Im Falle meines Ablebens oder meiner Geschäftsunfähigkeit fällt meine Hälfte automatisch an Sie. Es ist mir bewußt, daß ich meine Privilegien als Miss Geldbeutel immer noch aufs gröbste ausnutze, aber ich glaube einfach, daß ich mehr beitragen kann als nur mein Geld, und möchte es unbedingt versuchen. Außerdem will ich auf jeden Fall dabeisein, wenn es zum Zweikampf mit Lackovites kommen sollte.«

»O Winifred!« Dodie fiel der Miss Geldbeutel um den Hals, Bill schüttelte ihr die Hand, Tiger versuchte, auf ihren Schoß zu klettern. Peter stellte fest, daß er selbst strahlte wie ein frischgebackener Vater. Wenn die Compotes Schwindler waren, dann war er der verschollene Dauphin von Frankreich.

»Das wäre also geregelt.« Winifred nickte energisch, um ihre wahren Gefühle zu verbergen, und sorgte dafür, daß Tiger es sich auf ihrem Schoß bequem machen konnte. »Und jetzt möchte ich euch erklären, wie ich mir unsere neue Werbekampagne vorstelle.«

Was sie auch tat, mit klaren, nüchternen Worten schilderte sie ihre Pläne und untermauerte sie mit Fakten und Zahlen. Bill und Dodie hörten ihr so gebannt zu, als habe man sie hypnotisiert, warfen hin und wieder ein Wort ein, wenn es etwas zu klären oder zu erläutern gab. Sie waren hingerissen von Winifreds Vorschlag, im Fernsehprogramm von Balaclava kostenlos für ihre Produkte werben zu dürfen, und ein wenig überwältigt von ihrem Angebot, das Gebiet um die alte Brauerei von Landschaftsarchitekten neu gestalten zu lassen, um Golden Apples ein neues, imposanteres Image zu verleihen.

»Aber das wird ein Vermögen kosten«, warf Dodie ein.

»Das glaube ich nicht. Oder sollte ich mich irren, Peter?«

»Sie haben völlig recht, Winifred. Unser College ist immer darauf bedacht, den Studenten Jobs zu vermitteln. Wir könnten das Ganze in ein Projekt für angehende Landschaftsarchitekten verwandeln und Bäume, Sträucher und Sämlinge verwenden, die wir in unseren eigenen Baumschulen und Gewächshäusern gezogen haben und Ihnen zum Einkaufspreis verkaufen können. Die Gewinne gehen an unseren Stiftungsfonds. Die Studenten werden für einen angemessenen Stundenlohn arbeiten, verschiedene Fakultätsmitglieder werden ihre Leistungen überprüfen und das Ergebnis benoten. Cronkite Swope wird für den *Gemeinde- und Sprengel-Anzeyger* eine fortlaufende Serie schreiben, und Ihre Lokalzeitung wird sicher auch mitziehen. Wenn die Arbeiten beendet sind, veranstalten Sie ein großes Fest, und Winifred wird eine nette kleine Rede halten. Es wird eine wunderbare Werbung für Golden Apples sein und außerdem für die beteiligten Studenten eine gute Starthilfe für spätere Jobs.«

»Natürlich immer vorausgesetzt, daß die Schurken von Lackovites nicht ein paar Stinktiere zu unserer Party schicken.« Als vorsichtiger Yankee war Bill nicht gewillt, den Tag vor dem Abend zu loben. »Ich bin hundertprozentig mit allem, was Sie gesagt haben, einverstanden, Winifred, aber wie kommen wir aus unserer jetzigen mißlichen Lage heraus?«

»Finden Sie das Stinktier, das die Fäden in der Hand hält, und werfen Sie es aus dem Rennen«, sagte Peter. »Es steckt bestimmt ein führender Kopf dahinter, und ich glaube, Sie haben recht mit der Annahme, daß wir ihn bei Lackovites suchen sollten. Was wissen Sie über deren Geschäftsgepflogenheiten?«

»Hauptsächlich, daß die Lackovites-Leute eine Bande von Betrügern sind, aber ich nehme an, das wissen Sie bereits. Winifred hat recht, ohne ihre offensiven Werbekampagnen wäre die Firma längst eingegangen. Dodie und ich reden nicht gern schlecht über Konkurrenten, aber das Beste, was man über Lackovites sagen kann, ist, daß die meisten Produkte, die sie verkaufen, nicht völlig giftig sind.«

»Vorausgesetzt, man ernährt sich nicht zu lange davon«, warf Dodie ein.

Bill schnaubte. »Wenn man das täte, würde man entweder verhungern oder Skorbut bekommen. Lackovites hat übrigens schon Probleme mit der Gesundheitsbehörde, wenn Sie die Wahrheit wissen wollen, auch wenn es der Firma bis jetzt gelungen ist, dies geheimzuhalten. Meiner Meinung nach versuchen sie auch aus genau diesem Grund gerade mit allen Mitteln, sich Golden Apples einzuverleiben. Nicht daß ich uns über den grünen Klee loben möchte, aber wir sind bekannt für unsere erstklassigen Produkte. Die Lackovites-Leute können sich jetzt nur noch retten, indem sie Golden Apples schlucken und unter unserem Namen weitermachen. Es ist anzunehmen, daß sie versuchen werden, uns auf ihr Niveau herunterzuziehen, wenn sie uns erst einmal in der Hand haben. Ich habe den Haufen Vizepräsidenten, den sie uns neulich auf den Hals gehetzt haben, gefragt, warum sie nicht zur Abwechslung mal versuchen, anständige Produkte zu verwenden und Qualitätskontrollen einzuführen, statt sich immer wieder neue Wege auszudenken, gutgläubige Menschen zu betrügen, aber sie haben mich nur ausgelacht. Verflixt und zugenäht, ich würde Golden Apples eher niederbrennen, als untätig zusehen, wie diese Geier darüber herfallen.«

»Und ich würde neben ihm stehen und die Streichhölzer halten«, sagte Dodie. »Wir haben übrigens ebenfalls Nachforschungen über Lackovites angestellt. Soweit wir in Erfahrung bringen konnten, gibt es dort so viele sogenannte Geschäftsführer, die wie aufgescheuchte Hühner überall herumrennen, daß die meisten überhaupt keine Ahnung haben, was die anderen gerade tun. Doch denen scheint sowieso alles egal zu sein, solange der Rubel nur rollt. Wenn ihnen die Kunden weglaufen, starten sie einfach eine neue aufwendige Werbekampagne und preisen irgendein neues Wunderprodukt an.«

»Das aber in Wirklichkeit nichts anderes ist als das alte Zeug in einer neuen Verpackung«, knurrte Bill.

»Völlig richtig, Liebling, aber die Leute mögen nun einmal eingängige Werbung und wollen alles Neue sofort ausprobieren, und die großen Ladenketten reagieren auf dieses Verhalten, indem sie die neuen Produkte in ihr Programm aufnehmen, und so kommt eins zum anderen. Bisher hat es immer gut geklappt, doch inzwischen sind die Kunden nicht mehr ganz so gutgläubig, wie diese Ganoven glauben. Die Erfolgswelle von Lackovites beginnt allmählich abzuebben, und wenn die zigtausend Geschäftsführer immer noch nicht in Panik geraten sind, sollten sie das meiner Meinung nach schleunigst tun.«

»Winifreds Entscheidung, die Aktien abzustoßen, könnte für andere Aktionäre das Signal sein, es ihr nachzutun«, sagte Peter. »Jedenfalls würde Winifreds Finanzspritze für Golden Apples bei Lackovites gravierende Folgen nach sich ziehen, es sei denn, man reißt dort im letzten Moment noch das Steuer herum. Wann könnten Sie beide mit der neuen Verkaufskampagne und der Verbesserung der Verpackung beginnen?«

Bill lächelte. »In etwa zwanzig Minuten. Wir wissen seit langem, woran es bei uns hapert, und haben bereits einen Plan ausgearbeitet, für den Fall, daß wir je überraschend zu Geld kommen sollten. Als erstes wird unser Werbefachmann, den Sie hier vor sich sehen, eine Annonce entwerfen, in der wir mitteilen, daß wir expandieren wollen. Dann werden wir nach geeigneten Vertretern suchen.«

»Die meisten werden wahrscheinlich Frauen sein«, warf Dodie ein. »Unsere Verkaufsleiterin wird ein besonderes Trainingsprogramm durchführen, damit auch alle genau wissen, was sie verkaufen und wie sie es am besten vorstellen. Mit genügend Mitarbeitern und einer effektiven Werbung schafft Janice es sicher, Lackovites innerhalb eines Monats einen schweren Schlag zu verpassen. Was die Verpackung betrifft, haben wir bereits ein Design-Studio gebeten, verschiedene Entwürfe auszuarbeiten. Wollen Sie sie mal sehen?«

Selbstverständlich wollte Winifred. Sie wollte alles sehen, was mit Golden Apples zu tun hatte, bis hin zur Installation. Peter wollte lieber gehen als sehen. Er konnte sich nicht erinnern, je etwas mehr gewollt zu haben, aber andererseits wollte er Winifred nicht allein bei den Compotes zurücklassen. Er wußte selbst nicht, warum, es war einfach so.

»Eh – Winifred, ich will Ihnen nicht in die Parade fahren, aber sollten wir nicht doch allmählich an unsere Rückfahrt denken? Wir wissen nicht, wer in der Station ist und wie es Calthrop geht. Und auch nicht, wo Fanshaw abgeblieben ist, und das ist längst noch nicht alles.« Zu den anderen Dingen, die sie zu klären hatten, gehörte der merkwürdige Brief von Anwalt Debenham, doch wollte Peter nicht zusätzlich Salz in Winifreds Wunden streuen.

Ihre Tante hatte sie gut erzogen, als richtige Binks stellte sie ihre Pflicht über alles. Winifred hob Tiger vorsichtig von ihrem Schoß und übergab ihn Dodie.

»Sie haben recht, Peter, wir müssen uns unbedingt auf die Sokken machen, außerdem haben Bill und Dodie sicher genug zu tun. Ich werde mit Mr. Sopwith noch einmal über die Lackovites-Aktien sprechen, sobald ich zurück bin, und Gott steh ihm bei, wenn er sie immer noch nicht verkauft hat. Wissen Sie was? Ich rufe Sie morgen früh an, Dodie, damit wir einen Termin mit den Verpakkungsleuten und unserer Verkaufsleiterin vereinbaren können, was meinen Sie? Bei der Gelegenheit könnte ich dann auch meinen kleinen Rundgang machen, auf den ich mich schon sehr freue. Es war mir ein ausgesprochenes Vergnügen, meine neuen Partner kennenzulernen. Ich kann Ihnen gar nicht sagen, wie glücklich ich bin, bei Golden Apples mitmachen zu dürfen. Ich bin sicher, daß wir unsere Probleme schon bald lösen werden. Ach herrje, da fällt mir Elvira ein, glauben Sie, daß sie immer noch da draußen liegt und schläft? Wenn sie schon aufgewacht ist, könnte sie uns eigentlich gut ein Taxi rufen. Ich halte es für das beste, zurück zur ›Lollipop‹ zu fahren und nachzusehen, was Präsident Svenson macht. Meinen Sie nicht auch, Peter?«

»Sie brauchen kein Taxi zu rufen«, sagte Bill. »Wir haben heute sowieso eine Lieferung nach Wilverton, hätten Sie vielleicht Lust, in einem unserer Laster zurückzufahren?«

»Wie reizend! Ich wußte gar nicht, daß wir welche besitzen. Sie müssen ja geradezu entsetzt sein über meine Unwissenheit.«

»Aber Sie werden feststellen, daß sie äußerst schnell lernt«, sagte Peter.

Er wurde den Eindruck nicht los, daß Bill es merkwürdig eilig zu haben schien, sie loszuwerden. Aber vielleicht irrte er sich, immerhin waren die Angestellten heute zu spät zur Arbeit erschienen und würden sehr wahrscheinlich ihr normales Tagespensum nicht schaffen, außerdem gab es vielleicht auch noch Sturm- und Flutschäden.

Zudem war es irgendwie verständlich, daß die Compotes ein wenig überwältigt waren, daß Winifred so plötzlich ihr finanzielles Füllhorn über ihren nichtsahnenden Häuptern ausschüttete. Vielleicht fragten sie sich, ob sie genauso verschroben war wie ihr Großvater und ob man sich so ohne weiteres auf sie verlassen durfte. Sicherlich hatte Debenhams Brief sie zusätzlich verwirrt. Man konnte es ihnen nicht verdenken. Peter verabschiedete sich von Dodie und dem alten Terrier und folgte Winifred und Bill nach draußen.

Elvira war verschwunden. Die Decke lag schön ordentlich zusammengefaltet auf dem Schreibtisch, hinter dem eigentlich die wiedererwachte Dame sitzen müßte. Bill knurrte.

»Mae hat sie sicher ins Wohnzimmer gebracht. Na ja, vielleicht besser so. Schadet dem Ruf der Firma, wenn Angestellte sich mitten im Zimmer auf den Boden legen. Ich kann diese Hypnosegeschichte noch immer nicht begreifen. Wie ist es möglich, daß ein völlig Fremder daherkommt und so etwas mit einem anstellt?«

»Das gleiche ist zwei Polizisten namens Ottermole und Dorkin passiert«, sagte Peter. »Sie haben einfach nicht geahnt, was Fanshaw im Schilde führte. Viele Leute glauben, daß man nur willensschwache Menschen hypnotisieren kann, ich glaube jedoch, daß genau das Gegenteil zutrifft. Ich nehme an, Elvira verfügt über eine durchschnittliche Intelligenz?«

»O ja, dumm ist sie weiß Gott nicht. Sie hat sich um die telefonischen Bestellungen gekümmert. Soweit ich weiß, hat sie bis jetzt keinen Fehler gemacht. Außerdem kann sie recht gut mit Kunden umgehen. Ich hoffe bloß, daß die ganze Geschichte ihr nicht das Gehirn vernebelt hat oder so was.«

»Ottermole und Dorkin sind wieder ganz normal. Ich nehme an, bei Elvira wird es genauso sein.«

Danach sagte Peter nicht mehr viel. Winifred hatte zahlreiche Fragen, die die Firma betrafen, und Bill beantwortete sie mit einer Ausführlichkeit, die Peter ziemlich übertrieben vorkam. Er war erleichtert, als sie endlich in Wilverton ankamen und sahen, daß der Schleppkahn immer noch unterhalb der Sandsäcke vertäut war. Thorkjeld Svenson schritt an Deck auf und ab wie der Koloß von Rhodos.

Winifred konnte sich nur schwer von Bill loseisen. Peter ließ sie zurück und kletterte auf die Sandsäcke. »Ahoi, ›Lollipop‹!«

»Hat verdammt lange gedauert«, brüllte Svenson zurück.

»Winifred hatte mit den Compotes viel zu bereden.« Peter versuchte, Svenson alles zu erklären, während er die Leiter hinunterstieg. »Und ich mußte die Sekretärin enthypnotisieren. Ein Glück, daß ich die richtige Ausrüstung bei mir hatte.« Er faßte in Fanshaws Tasche und zog den goldenen Talisman an der Kette heraus. »Schauen Sie nur, Präsident. Hier ist das Vögelchen!«

»Sehr lustig.« Svenson warf einen verächtlichen Blick auf den pendelnden Adler. »Wasserschutzpolizei war hier. Hat mir einen Matrosen dagelassen.«

»Ach ja? Wo ist er denn?«

»Unter Deck. Macht Kaffee. Wollen Sie auch welchen?«

Peter schüttelte den Kopf. »Nein, danke. Ich habe meinen ›Riverboat Spezial‹ immer noch nicht ganz verdaut. Hat man Ihnen auch Treibstoff mitgebracht?«

»Alles startbereit. Ich bringe Sie wieder zurück. Klettern Sie an Bord.«

»Eh – gibt es keine andere Transportmöglichkeit?«

»Hab' mir gedacht, daß Sie das sagen würden«, knurrte Svenson. »Doch. Streifenwagen. Da drüben.«

»Ah. Da Sie ja bereits jemanden haben, der Ihnen beim Kochen zur Hand gehen kann, denke ich, daß Winifred und ich besser den schnelleren Weg wählen.«

»Aloa.«

»Ganz meinerseits. Fröhliches Schleppen.« Unendlich erleichtert sprang Peter wieder von den Sandsäcken und eilte zu dem wartenden Streifenwagen.

Kapitel 20

Ich hoffe, mein Wagen ist nicht weggetrieben.«

Peter wurde zunehmend nervöser, je mehr sie sich Clavaton näherten, denn einige Orte, die keine Sicherheitsvorkehrungen getroffen hatten, sahen nach dem Dammbruch katastrophal aus. »Ein Glück, daß ich weit genug von der Straße weg geparkt habe, auf einer Zementplattform hinter einem Gebäude, das aussah wie ein Lagerhaus, drüben bei den Docks.«

Der Polizist, der sie fuhr, nickte. »Ich glaube, ich weiß, welche Stelle Sie meinen. Höchstwahrscheinlich haben Sie Glück gehabt. Die Uferstraße hat es ziemlich arg erwischt, aber wir könnten den Weg über den Hügel nehmen.«

Der Mann hatte vollkommen recht. Peter hatte sogar daran gedacht, seine Autoschlüssel in Fanshaws Jackentasche zu stecken. Das Innere seines Wagens war trocken geblieben, und der Motor sprang nach ein paar Spotzern mühelos an. Nachdem er Winifred sicher verstaut hatte, dankte Peter ihrem freundlichen Fahrer und schaffte es sogar, die etwas komplizierte Wegbeschreibung zu befolgen und sicher die Straße nach Lumpkinton zu erreichen.

»Zuerst setze ich Sie ab, Winifred. Es sei denn, Sie möchten lieber mit mir nach Balaclava Junction fahren.«

»Vielen Dank für das Angebot, aber es geht nicht. Ich muß unbedingt herausfinden, was in der Station los ist, jetzt wo Knapweed außer Gefecht gesetzt ist und es Viola nicht gutgeht. Vielleicht ist sie heute gar nicht zur Arbeit gekommen. Man könnte es ihr nicht einmal übelnehmen, wenn man bedenkt, was sie mitgemacht hat. Meine Güte, ist das wirklich alles erst gestern passiert? Ich habe das Gefühl, als wären wir einen ganzen Monat weg gewesen.«

»Sind wir das etwa nicht?«

Im Binnenland war die Straße in keinem schlechteren Zustand als sonst, also trat Peter aufs Gas. Er war müde. Gott, was war er müde! Wurde er langsam alt, oder war sein Zustand nur die Folge von zu wenig Schlaf und zu viel Clavaclammer?

Donnerstag hatte er zum letzten Mal normal geschlafen, daran konnte er sich genau erinnern. Freitag früh war er in Topform gewesen, danach hatte er sein übliches Tagespensum mit Bravour bewältigt und sich schon auf die kurze Nacht mit den Eulen gefreut. Er hatte ein herzhaftes Abendessen zu sich genommen und sich voll Tatendrang auf den Weg gemacht, haargenau wie während der letzten zwanzig Oktober, Klemmappe gezückt, Fernglas einsatzbereit, mit der festen Absicht, kein einziges Exemplar der Gattung *Strigiformes* in seinem Zählbereich unregistriert zu lassen.

Als Junggeselle war Peter Shandy ein zwanghafter Zähler gewesen, doch inzwischen verfügte er über zahlreiche andere Möglichkeiten der Freizeitgestaltung. Bis zu jener Freitagnacht hatte er allerdings immer eine heimliche Genugtuung dabei empfunden, wenn er ein hübsches Sümmchen zusammenzählen konnte. Heute jedoch hatte er das deprimierende Endzeitgefühl, eine Eule zuviel gezählt zu haben.

Peter wußte immer noch nicht, wie der Trick mit dem weißen Federbündel funktioniert hatte. Er glaubte zwar nicht, daß dies sonderlich wichtig war, höchstwahrscheinlich war es ihm sogar ziemlich egal, sonst hätte er längst etwas zur Klärung unternommen. Der starke Regen hatte inzwischen sicher sowieso alle Spuren, die es vielleicht einmal gegeben hatte, fortgewaschen. Als er dies Winifred mitteilte, gab sie ihm recht.

»Es würde sowieso nichts ändern. Selbst wenn wir wüßten, wie sie den Eulentrick angestellt haben, würde das Mr. Emmerick nicht wieder zum Leben erwecken. Womit ich nicht sagen will, daß ich ihn vermisse, auch wenn das noch so schrecklich klingt. Selbst dieser Mann hat bestimmt irgend jemandem etwas bedeutet. Es beunruhigt mich allerdings ein wenig, daß wir immer noch nicht wissen, wer er wirklich war.«

»Falls die Polizei es inzwischen nicht herausgefunden hat, kann es nur eine Frage der Zeit sein.«

»Ganz bestimmt! Sie sind mir ein echter Trost, Peter.«

Winifred schwieg. Peter war sich ihres Schweigens bewußt, denn es war so beredt, daß man es schwerlich überhören konnte. Es stand so deutlich im Raum, daß man es regelrecht packen und in einer Kiste verstauen konnte. Da er nicht wußte, was er sagen sollte, wartete er.

»Peter«, sagte Winifred, nachdem sie ausreichend geschwiegen hatte. »Vielleicht halten Sie mich für naiv, wenn ich eine so dumme Frage stelle, aber ist Ihnen auch aufgefallen, daß sich Bill und Dodie, von dem herzlichen Empfang, den sie uns bereitet haben, einmal abgesehen, ziemlich zurückhaltend verhalten haben? Während unseres kleinen Gesprächs hatte ich immer wieder das merkwürdige Gefühl, daß das, was sie sagten, nicht dem entsprach, was sie dachten. Nicht daß ich sie für falsch oder heuchlerisch halte, aber irgendwie – ich weiß auch nicht. Sagen Sie mir bitte, daß ich mir das alles nur einbilde.«

»Mir ist es ganz genauso gegangen. Ich habe mir schon überlegt, wie ich es Ihnen am taktvollsten beibringen könnte.«

»Warum sollten Sie taktvoll zu mir sein? Ich dachte, wir sind Kollegen?«

»Meiner Meinung nach sollte man den Menschen gegenüber, die einem am nächsten sind, ganz besonders taktvoll sein. Wenn Sie wirklich wissen wollen, was ich über die Compotes denke, würde ich sagen, daß sie völlig durcheinander waren. Immerhin sind wir plötzlich unangemeldet hereingeschneit und haben Elvira in Rage versetzt, und dann haben Sie ihnen vollkommen unerwartet den Vorschlag gemacht, sie als gleichberechtigte Partner zu behandeln und ihnen die finanziellen Mittel zufließen zu lassen, auf die sie seit Jahren vergeblich gehofft haben, und schließlich flatterte ihnen auch noch dieser verrückte Brief von Debenham ins Haus. Da die beiden bisher nur mit Ihrem Großvater zu tun hatten, konnte ich mir den Gedanken nicht verkneifen, daß sie vielleicht befürchten, daß Sie – eh –«

»Daß ich genauso ein verrückter Vogel bin? Das kann man ihnen kaum verdenken, oder? Nun ja, ich nehme an, es wird nicht schwer sein, Bill und Dodie davon zu überzeugen, daß wir Binks zwar gelegentlich ein wenig verrückt sind, aber daß man sich auf unser Wort und unser Geld verlassen kann. Natürlich haben sie sich über den Brief aufgeregt, mir ist es ja genauso gegangen. Ich kann einfach nicht glauben, daß Mr. Debenham nach all den Jahren so etwas...«

Winifred schüttelte wütend den Kopf und putzte sich mit einem von Dodies Taschentüchern die Nase. »Ich muß mich auf jeden Fall zuerst mit ihm in Verbindung setzen und die Sache klären, bevor ich irgend etwas anderes in Angriff nehme. Im Moment fühle ich mich wie jemand, der in seinem eigenen Haus aufwacht und feststellt, daß man ihm den Boden unter den Füßen weggezogen hat.«

Woraufhin sie erneut in Schweigen verfiel. Peter unterbrach die Stille nicht. Was sollte er dazu sagen? Wenigstens war Winifred bereit, ihren Anwalt für seinen Verrat zur Rechenschaft zu ziehen. Und Peter Shandy war Teufel noch eins bereit, ihr dabei tatkräftig zur Seite zu stehen. Genau wie Disko Troop haßte er es, wenn er sich in einem Menschen getäuscht hatte – und Debenham hatte er wirklich für eine ehrliche Haut gehalten.

»Wir sind nicht mehr weit von der Station entfernt«, knurrte er nach einer Weile. »Ungefähr hier haben der Präsident und ich Viola an ihrem Baum gefunden. Was meinen Sie, warum wird sie wohl ständig an irgendwelche Bäume gefesselt?«

»Weil sie so viel herumhüpft, vermute ich.« Winifred versuchte, wieder etwas positiver zu klingen. »Viola erinnert einen irgendwie an einen losgerissenen Heißluftballon. Ich hatte selbst schon mehrfach das Bedürfnis, sie irgendwo anzubinden. Ich wüßte nur gern, ob sie heute zur Arbeit erschienen ist.«

»Irgend jemand ist jedenfalls da.«

Auf dem Parkplatz standen zwei Wagen. Peter hätte schwören können, daß der eine ihren Nachbarn, den Porbles, gehörte. Dr. Porble war Helens Chef in der Bibliothek, und seine Frau war eng mit Helen befreundet, also parkte er seinen Wagen direkt neben diesem und eilte ins Haus. In der Tat erspähte er eine vertraute, gern gesehene Gestalt am Schreibtisch, doch es war nicht Helen.

»Sieglinde! Was machen Sie denn hier?«

Helen wäre jetzt auf sie zugelaufen und hätte sie beide herzlich umarmt, doch des Wikingers majestätische Gemahlin ließ sich nur zu einem Hundertwattlächeln und einem huldvollen Nicken ihres goldgekrönten Hauptes herab.

»Thorkjeld hat mich angerufen, nachdem ihr euch auf die Suche nach den Goldenen Äpfeln gemacht habt. Er erwähnte, daß in der Station das Personal knapp würde, daher habe ich mir das Auto der Porbles geborgt und bin hergefahren. Schön, Sie zu sehen, Peter. Und Sie natürlich auch, Winifred. Wo ist denn mein Mann?«

»Irgendwo auf dem Clavaclammer, er bringt den Schleppkahn zurück«, erklärte Peter. »Ich vermute, der Präsident hat nicht zufällig erwähnt, daß er letzte Nacht ein wahres Wunder vollbracht hat, indem er uns heil und gesund in stockfinsterer Nacht den Fluß hinunter manövriert hat, nachdem wir abgetrieben sind und der Damm gebrochen ist? Ohne ihn hätten wir bestimmt Schiffbruch erlitten und wären ertrunken.«

»Nein, davon hat er keinen Ton gesagt. Er hat nur erwähnt, daß er die Segeltour genossen hätte, aber sehr viel lieber bei mir zu Hause gewesen wäre, was ich ihm gern glaube. Wundert mich gar nicht, daß er das Schiff wieder zurückbringt, Thorkjeld ist immer äußerst pflichtbewußt. Außerdem hat er nur selten Gelegenheit zu Bootsfahrten. Purvis Mink und Alonzo Bulfinch sind nach Hause gefahren, um sich ihren wohlverdienten Schlaf zu gönnen, aber Silvester Lomax ist noch hier. Er hat die Vögel gefüttert und nach Schurken gesucht. Bisher hat er zwar noch keinen gefunden, doch er gibt die Hoffnung nicht auf. Silvester ist ebenfalls sehr pflichtbewußt.«

»Das freut mich sehr«, sagte Winifred. »Ich bin sehr froh, Sie zu sehen, Sieglinde. Es ist reizend von Ihnen, daß Sie uns helfen. Viola ist demnach wohl nicht zur Arbeit erschienen?«

»Erschienen ist sie zwar«, sagte die Frau des Präsidenten und verzog dabei kaum merklich die Lippen, »aber ich habe sie auf der Stelle wieder zurückgeschickt, damit sie sich etwas Passenderes anzieht. Shorts zu dieser Jahreszeit sind absurd und führen nur zu Nierenleiden. Außerdem sollte man dicke rote Beine mit Speckwülsten zu keiner Jahreszeit öffentlich zur Schau stellen. Hosen hätte ich noch akzeptieren können. Wenigstens sind sie warm und praktisch, wenn auch nicht gerade schmeichelhaft für kräftig gebaute Frauen, wie ich selbst aus leidvoller Erfahrung und zu Thorkjelds großer Erheiterung weiß. Auch Pullover mit der Aufforderung, Bäume zu umarmen, die eine Nummer zu klein sind und auf bloßer Haut getragen werden, scheinen mir für eine Stätte des Lernens fehl am Platz. Ich habe ihr alles genau erklärt. Viola mag zwar die Richtigkeit meiner Argumentation nicht ganz begriffen haben, doch meine Autorität hat sie eindeutig erkannt. Sagen Sie mir die Wahrheit, Peter, hat Thorkjeld ein ordentliches Frühstück bekommen?«

»Keine Sorge, Sieglinde, wir waren klug genug, ihn gut zu füttern. Er hat einen Polizeibeamten an Bord, der ihm als Kombüsensklave dient. Ist sonst noch etwas vorgefallen, seit Sie angekommen sind?«

»Mr. Debenham hat eine Nachricht hinterlassen und will unbedingt mit Ihnen sprechen, Winifred. Es sind sogar zwei Nachrichten, eine von seiner Sekretärin und eine von ihm. Er hat eben angerufen und schien völlig außer sich. Ich habe ihm versprochen, Sie würden ihn so schnell wie möglich zurückrufen.«

»Worauf Sie sich verlassen können«, erwiderte Winifred grimmig. »Hat er gesagt, ob er den ganzen Tag in seinem Büro erreichbar ist?«

»Er hat mir versichert, daß er sich nicht vom Fleck rühren wird, bis er den Klang Ihrer Stimme gehört hat.«

»In den Genuß wird er sehr bald kommen, allerdings nicht per Telefon. Peter, darf ich mich Ihnen noch einmal aufdrängen?«

»Sie drängen sich mir nicht auf, Winifred. Würden Sie gern etwas anderes anziehen oder sich frisch machen wollen, bevor wir losfahren?«

Winifred warf einen Blick auf ihre arg mitgenommene Hose und den Pullover, dem man ansah, daß sie darin geschlafen hatte. »Gute Idee. Ich werde mich beeilen.«

»Nehmen Sie sich ruhig Zeit. Ich möchte Helen schnell Bescheid sagen, daß wir wieder zurück sind, außerdem würde ich gern erfahren, wie es Calthrop geht.«

»Aber natürlich. Finden Sie heraus, ob er Besuch bekommen darf. Sie sagten doch eben im Wagen, daß er im Krankenhaus von Clavaton liegt. Vielleicht könnten wir kurz bei ihm vorbeischauen, nachdem wir –«

Sie ließ den Satz unvollendet, und Peter verstand nur zu gut, warum. Sieglinde suchte ihm die Telefonnummer des Krankenhauses heraus und schaffte es nach einigem Hin und Her, mit der Intensivstation verbunden zu werden. Calthrop war wieder bei Bewußtsein und konnte bereits Nahrung zu sich nehmen. Seine Vitalfunktionen waren soweit in Ordnung, und man versuchte, anhand diverser Tests die Schwere seiner Kopfverletzungen festzustellen. Zum jetzigen Zeitpunkt war keine Operation notwendig, doch er wurde genau beobachtet. Nur die nächsten Verwandten durften zu ihm.

Das waren gute Neuigkeiten. Peter rief die Polizei in Clavaton an. Der Mann, der sich Fanshaw nannte, war tatsächlich während des Sturms entkommen. Das war eine schlechte Nachricht, doch damit hatte er ja gerechnet. Er wählte die Nummer der College-Bibliothek und fragte nach seiner Frau.

Als es Peter endlich gelungen war, Helen zu versichern, daß er zum Abendessen wirklich und wahrhaftig zu Hause sein würde, selbst wenn es mit dem Teufel zuginge, war Winifred schon wieder unten. Diesmal trug sie statt Hose und Pullover ein elegantes enzianblaues Jackenkleid und hatte sich einen Schal mit Blumenmuster um den Hals geschlungen. Marineblaue Schuhe, Handtasche, Handschuhe und ein Filzhut mit einem kleinen Strauß aus blauen Eichelhäherfedern vervollständigten das Ensemble. Sieglinde war entzückt.

»Ah! So sollte ein würdiges Mitglied unserer Fakultät aussehen. Sie sind eine wahre Zierde für unser College, Professor Binks. Finden Sie nicht, Peter?«

»In jeder Beziehung«, erwiderte er galant. Winifred war zwar keine berauschende Schönheit, doch in dieser Kluft sah sie tatsächlich sehr beeindruckend aus. Vornehm, das war das richtige Wort. Warum trugen nicht mehr Frauen Hüte?

Sich für das Gespräch mit Debenham in Schale zu werfen war ein geschickter Schachzug, wie ihr wohl selbst klar war. Winifred kletterte selbstbewußt in Peters Wagen, legte den Sicherheitsgurt an und setzte sich kerzengerade hin, starrte nach vorn und hielt die neue Handtasche, in der sich zweifellos der fatale Brief befand, mit beiden Händen umklammert. Peter konnte ihr Gesicht nicht sehen, doch er hatte den Eindruck, daß ihre Nasenflügel bebten und ihre Lippen zusammengepreßt waren.

Debenhams langjährige Klientin befand sich fürwahr in einer prekären Lage. Für den Anwalt, der sich viele Jahre lang selbstlos für ihr Erbe eingesetzt hatte, war die Lage allerdings noch sehr viel prekärer. Winifred ausgerechnet zu dem Zeitpunkt zu verlieren, als es sich endlich lohnte, für sie zu arbeiten, war dabei noch lange nicht das Schlimmste. Debenhams Ruf als Anwalt stand auf dem Spiel. Falls bekannt wurde, daß er sich den Wünschen seiner Klientin widersetzt und mit der Lackovites-Bande gegen sie intrigiert hatte, würde er Glück haben, wenn man ihm nicht auf der Stelle seine Lizenz entzog.

Peter hatte Debenham für einen anständigen, vernünftigen Mann gehalten. War dieser Mensch tatsächlich dumm genug gewesen, sich von Schurken wie Emmerick und Fanshaw einwickeln zu lassen? War es ihnen gelungen, ihn davon zu überzeugen, daß Winifred einen furchtbaren Fehler beging, wenn sie die Compotes rückhaltlos unterstützte? Oder glaubte er etwa in seinem Wahn, sie vor ihrer eigenen Torheit schützen zu müssen? Oder hatte er neue, negative Informationen über Golden Apples in Erfahrung gebracht, die er ihr bisher nur noch nicht hatte mitteilen können? War dies der Grund für seine dringenden Anrufe gewesen?

Peter fiel ein anderer Grund ein, der zwar etwas weit hergeholt, aber immerhin möglich war. Wenn Debenham von Winifreds Entführung gewußt hatte, hingegen nicht wußte, daß sie ihren Entführern entkommen war, hatte er vielleicht mit seinen Anrufen nur vortäuschen wollen, daß er von ihrem Verschwinden keine Ahnung hatte.

Der Moment der Wahrheit stand jedenfalls unmittelbar bevor. Winifred rückte ihren Hut zurecht, betupfte sich die Lippen mit einem blaßrosa Pflegestift und fuhr sich zu guter Letzt mit einer Puderquaste über die Nase. Grundgütiger, sie ging wirklich aufs Ganze. Er hielt sich respektvoll ein bis zwei Schritte hinter ihr, als sie in das Büro des Anwalts rauschte, kampfbereit und auf alles gefaßt.

Im Vorzimmer saß ein junger Büroangestellter und suchte juristische Präzedenzfälle in dicken Wälzern. Obwohl sie im Zustand höchster Erregung war, vergaß Winifred ihre guten Manieren nicht.

»Guten Tag, Frank. Sie brauchen nicht aufzustehen, ich werde mich selbst anmelden.«

Doch das war gar nicht nötig. Der Anwalt stürzte ihnen bereits entgegen, sein Gesicht strahlte vor Freude.

»Miss Binks! Kommen Sie doch herein! Was bin ich froh, Sie zu sehen! Aber Sie hätten wirklich nicht eigens herzukommen brauchen, ich hätte doch zu Ihnen kommen können.«

Winifred erwiderte nichts. Peter nahm an, daß sie dazu momentan gar nicht in der Lage war. Sie eilte in Debenhams Büro und nahm Kurs auf den Stuhl direkt vor seinem Schreibtisch. Dies war zweifellos ihr besonderer Stammplatz. Da sie ihm zuvorgekommen war und sich bereits gesetzt hatte, ohne seine Aufforderung abzuwarten, gab sich Debenham notgedrungen damit zufrieden, noch einen zweiten Stuhl für Peter zu holen. Dann begab er sich hinter den Schreibtisch und setzte sich auf seinen Drehstuhl, er wirkte etwas beunruhigt und hatte auch allen Grund dazu.

»Wie schön, daß Sie gekommen sind«, fing er überflüssigerweise wieder an. »Wir müssen uns unbedingt darüber unterhalten –«

Inzwischen hatte sich Winifred wieder unter Kontrolle. Sie hatte ihre Handtasche geöffnet und hielt das fatale Schreiben bereits in der Hand. »Ich weiß sehr wohl, worüber wir uns unterhalten müssen«, unterbrach sie ihn. »Professor Shandy und ich waren zufällig heute morgen bei den Compotes, als deren Post kam. Mr. Debenham, können Sie mir erklären, warum Sie diesen ungeheuerlichen Brief verfaßt haben?«

Mit einer stolzen Bewegung ihrer blaubehandschuhten Hand reichte sie ihm das Schreiben über den Schreibtisch. Mr. Debenham griff nach seiner Lesebrille, rückte sie mühsam zurecht und überflog den Brief. Seine Kinnlade fiel herunter. Er riß sich die Brille von der Nase, rieb sie wie wild an seiner Krawatte, setzte sie sich wieder auf und las das Schreiben erneut.

»Um Himmels willen! Miss Binks, Sie glauben doch hoffentlich nicht, daß ich das geschrieben habe?«

»Wenn Sie es nicht waren, wer war es dann?«

Er öffnete die oberste Schreibtischschublade und nahm einen leeren Bogen Schreibpapier mit aufgedrucktem Briefkopf heraus. »Dies ist mein offizielles Briefpapier, das ich bereits seit siebenunddreißig Jahren benutze. Wären Sie so nett, mit dem Finger über die Schrift zu fahren und mir dann zu sagen, was Sie fühlen? Tun Sie es doch bitte einmal.«

Nach anfänglichem Zögern zog Winifred ihren rechten Handschuh aus und fuhr mit einer Fingerkuppe vorsichtig über den Briefkopf. »Ich fühle viele kleine Unebenheiten.«

»Genau. Gestochen, das heißt, die Schrift ist erhaben. Und jetzt sind Sie bitte so nett und berühren die Schrift auf dem Blatt, das Sie mitgebracht haben.«

Winifred folgte seiner Anweisung, diesmal weniger zögerlich. Schließlich überzog ein unendlich erleichtertes Lächeln ihr Gesicht. »Keine Unebenheiten!«

»Sehr richtig. Würden Sie mir auch noch den Gefallen tun und sich meine Unterschrift ansehen? Hier, nehmen Sie meine Lupe. Ich möchte Sie bitten, den Namenszug mit der Unterschrift auf diesen Rechnungen zu vergleichen, die ich gerade ausgestellt habe. Können Sie irgendwelche Unterschiede feststellen?«

»O ja! Und ob ich das kann! Der Schriftzug auf den Rechnungen sieht fest und entschlossen aus. Aber die Schrift auf diesem Brief wirkt unsicher und zittrig, und das *ham* sieht wirklich merkwürdig aus. Daraus können wir schließen, daß der Briefkopf fotokopiert wurde und daß es sich um eine gefälschte Unterschrift handelt.«

Die dunklen Wolken hatten sich verzogen, Winifred strahlte wieder. »Ich hätte es wissen müssen. Die einzige Entschuldigung für meine Begriffsstutzigkeit, die ich zu meiner Verteidigung anführen kann, ist die Tatsache, daß ich, soweit ich mich erinnere, noch nie einen Brief von Ihnen erhalten habe. Wir haben uns entweder immer persönlich getroffen oder am Telefon unterhalten. Und diese ungeheure Nachricht ausgerechnet in diesem Moment – Sie müssen wissen, Mr. Debenham, in den letzten Tage jagt ein unglaubliches Ereignis das andere. Wir sind allmählich nur noch auf das Schlimmste gefaßt. Können Sie mir jemals verzeihen?«

»Aber meine liebe Miss Binks, ich glaube, Ihnen könnte ich alles verzeihen. Ich bin mir nur zu sehr bewußt, mit wie vielen Schwierigkeiten Sie in der letzten Zeit zu kämpfen hatten. Ich muß gestehen, daß ich mir ernsthaft Sorgen gemacht habe, als ich heute morgen die Station anrief und eine fremde Frau sich meldete.«

»Das war Mrs. Svenson, die Gattin des Präsidenten. Man hat mich nämlich gestern am späten Nachmittag entführt und auf einem Schleppkahn gefangengehalten, der im Clavaclammer-Jachthafen vor Anker lag. Glücklicherweise haben mich Peter und Dr. Svenson befreit, einer meiner Entführer war übrigens jener Mr. Fanshaw, von dem Sie meines Wissens bereits gehört haben, diesmal hatte er sich als Schleppkahn-Annie verkleidet.«

»Herr des Himmels!«

»Das kann man wohl sagen«, stimmte Winifred ihm zu. »Als Fanshaw von der Polizei von Clavaton abgeführt wurde, hat er es irgendwie geschafft, das Boot loszumachen, und wir sind abgetrieben. Da es zu gefährlich war, das Ufer anzusteuern, hat Dr. Svenson das Steuer in die Hand genommen, wie man es wohl nennt, und wir sind die ganze Nacht den Clavaclammer hinuntergejagt, und so sind wir heute morgen auch bei Golden Apples gelandet.«

»Meine Güte, Miss Binks, was wird wohl als nächstes kommen? Wissen Sie was, ich mache Ihnen eine Tasse Tee. Ich habe allerdings nur Teebeutel.«

»Teebeutel sind durchaus akzeptabel, ich nehme Ihr Angebot dankend an.«

Schließlich war es die Geste, die zählte. Mr. Debenham schaltete seinen elektrischen Wasserkocher ein und nahm eine Schachtel Pfeilwurzplätzchen aus der Schreibtischschublade unten links. Die eben noch so gespannte Atmosphäre war einer heimeligen Gemütlichkeit gewichen. Peter gab sich im Geiste einen Tritt, daß er nicht schon viel früher auf die Idee gekommen war, der Brief könnte gefälscht sein; doch auch er hatte nie mit Mr. Debenham korrespondiert. Er trank seinen Tee, aß ein Plätzchen und überließ das Sprechen Winifred.

Mr. Debenham hörte zu, wobei er sich auf seinem Drehstuhl zurücklehnte und die Fingerkuppen beider Hände nach echter Anwaltmanier gegeneinander preßte und von Zeit zu Zeit, wenn von besonders schändlichen Taten die Rede war, mißbilligend den Kopf schüttelte. Schließlich gab er seiner professionellen Meinung Ausdruck. »Miss Binks, so kann das unmöglich weitergehen. Dem muß Einhalt geboten werden.«

»Ich stimme Ihnen voll und ganz zu, Mr. Debenham. Peter, haben Sie einen Vorschlag?«

»Allerdings. Ich bin der Meinung, wir sollten uns auf der Stelle zur Bank begeben und ein paar Worte mit Mr. Sopwith wechseln. Wissen Sie zufällig, ob er die Lackovites-Aktien schon verkauft hat, Debenham?«

»Möglich wäre es. Um halb elf heute morgen hatte er allerdings noch nichts unternommen. Genau darüber wollte ich ja mit Ihnen sprechen, Miss Binks. Meiner Meinung nach erweckt Sopwith' unerklärliches Zögern, Ihre Anweisungen zu befolgen, erhebliche Zweifel daran, ob er wirklich der geeignete Verwalter des Binks-Vermögens ist. Es scheint mir erforderlich, daß wir uns auf der Stelle die Bücher anschauen. Soll ich ihn anrufen?«

»Können wir damit rechnen, daß er sich momentan in seinem Büro aufhält?«

»Da bin ich mir fast sicher.«

»Dann sollten wir lieber Peters Vorschlag befolgen und ihm unverzüglich einen Besuch abstatten.« Winifred zog sich die Handschuhe wieder an und schob ihren Stuhl zurück. »Sie zeigen uns den Weg, Mr. Debenham.«

Kapitel 21

Sie brauchten nicht weit zu gehen. Die Bank, in der Sopwith arbeitete, lag genau um die Ecke, in einem der großen viktorianischen Gebäude aus dunkelroten Ziegeln und grauem Granit, die man so häufig in den Städten Neuenglands findet, denen es gelungen ist, dem Fluch der Modernisierung zu entgehen, und die in Zeiten gebaut wurden, als Banken noch beeindruckend statt anbiedernd sein wollten. Debenham führte sie zu einem Treppenhaus aus poliertem Granit, das neben dem Eingang lag und ein schmiedeeisernes Geländer mit Knäufen und Schmuckplatten aus glänzendem Messing besaß, die in die verschlungenen Ornamente eingearbeitet waren.

Die Büros der Abteilung für Vermögensverwaltung befanden sich im oberen Stockwerk, hinter Eichentüren mit Scheiben aus geätztem Glas. Die Namen der Angestellten waren auf Messingplaketten eingraviert. Mr. Sopwith gehörte die dritte Plakette links. Seine Sekretärin bedauerte, ihnen mitteilen zu müssen, daß Mr. Sopwith sich in einer Konferenz befand.

»Dann holen Sie ihn eben heraus«, sagte Winifred. »Wie kann er in einer Konferenz sein? Ich kann hören, daß er telefoniert.«

»Es ist eine Telefonkonferenz.«

»Sagen Sie ihm, er soll gefälligst auflegen. Nein, warten Sie, ich sage es ihm am besten selbst.« Sie ging auf seine Tür zu.

»Aber Sie können unmöglich ohne vorherigen Termin zu ihm hinein.«

»Selbstverständlich kann ich das. Ich bin ziemlich entschlossen und weiß genau, was ich will.«

Peter begann, nach Fanshaws goldener Münze zu suchen, doch das war gar nicht nötig. Die Sekretärin wußte, wann sie besiegt war, zuckte mit den Schultern und drückte auf einen Knopf an ihrer Gegensprechanlage.

»Miss Binks ist hier und wünscht Sie zu sprechen, Mr. Sopwith.«

Sie hörten ein lautes Schlucken und sahen einen dunklen Schatten, der kurz hinter der Scheibe auftauchte. Dann wurde Mr. Sopwith etwas deutlicher. »Ich bin in einer Minute bei ihr. Bitte sagen Sie ihr, sie soll warten.«

»Ich habe keine Lust mehr zu warten.« Winifreds Stimme war laut und bestimmt. »Mr. Sopwith, öffnen Sie sofort die Tür. Falls Sie es nicht tun, schlage ich das Glas ein.«

»Das sollten Sie nicht tun, Miss Binks«, zischte Mr. Debenham. »Das würde den Tatbestand des Einbruchs erfüllen.«

»Und wie hoch ist die Strafe für Einbruch?«

»Da es sich um Ihre erste Straftat handelt, würden Sie wahrscheinlich für den Schaden und die Gerichtskosten aufkommen müssen und vielleicht noch eine kurze Bewährungsstrafe bekommen.«

»Na, dann nichts wie los.«

Winifred schlüpfte aus einem ihrer neuen Lederpumps, hielt ihn an der Spitze fest und holte genüßlich aus. Das Glas klirrte zufriedenstellend, und sie schob ihre behandschuhte Hand durch das entstandene Loch und griff nach dem Türknauf.

»*Voilà*, meine Herren. Sollen wir? Passen Sie auf, daß Sie nicht in das Glas treten. Mr. Sopwith, was in aller Welt machen Sie denn da oben?«

Die Räume waren lange vor der Zeit eingerichtet worden, als Büros mit Aussicht als Zeichen von Prestige galten. Die Belüftung wurde durch Oberlichter über den Türen und hohe Fenster in den Innenwänden, die in Luftschächte mündeten, gewährleistet. Vor einer dieser archaischen Belüftungsanlagen lag ein umgefallener Stuhl, über dem zwei Beine, die in ehrbarem Bankergrau mit dezenten Nadelstreifen steckten, wild um sich traten. Winifred blickte mit belustigtem Interesse zu ihnen hoch.

»Mr. Debenham, können Sie sich noch daran erinnern, wie Sie meine Tante und mich damals zu einer Vorstellung von ›Iolanthe‹ an der High School begleitet haben? Erinnert Sie das nicht auch an Strephon, der kein richtiger Elf war und sich beklagt, daß er zwar mit der oberen Körperhälfte leicht durch das Schlüsselloch paßt, aber mit der anderen Hälfte auf der falschen Türseite wild strampelnd steckenbleibt? Hören Sie auf, sich zu winden und zu krümmen, Mr. Sopwith, Sie machen damit alles nur noch schlimmer. Peter, wenn Sie bitte den anderen Stuhl herbringen würden« –

während sie sprach, stellte sie den Stuhl, den Sopwith umgestoßen hatte, wieder richtig hin –, »könnten wir ihn gemeinsam packen –«

»Erlauben Sie mir, Ihnen zu helfen, Miss Binks.« Sehr behende für einen Mann seines Alters sprang Anwalt Debenham auf den Stuhl. Peter bestieg den anderen, und gemeinsam griffen sie nach den Beinen in Nadelstreifen. An der Tür stand die entsetzte Sekretärin des Vermögensverwalters und starrte sie an.

»Fertig?« fragte Winifred. »Eins – zwei – drei!«

Sopwith kam zwar nicht ohne Gegenwehr herunter, aber er kam, landete unsanft auf dem Teppichboden und sah seine Retter wütend und undankbar an. »Das ist tätliche Beleidigung! Miss Ledbetter, rufen Sie sofort die Polizei!«

»Aber sie haben doch nur versucht, Ihnen zu helfen, Mr. Sopwith.«

»Mir zu helfen? Mir zu helfen?« Zur allgemeinen Verlegenheit rollte der Vermögensverwalter sich in die Embryonallage, schlug die Hände vors Gesicht und begann laut zu schluchzen. Es dauerte ziemlich lange, bis sie ihn wieder beruhigt hatten. Winifred bedauerte zutiefst, daß sie keinen Kamillentee hatte, Peter empfahl einen ordentlichen Schluck eines alkoholhaltigen Getränks. Die Sekretärin nahm eine Mischung aus Kulis und Stiften aus einem Keramikbecher auf Mr. Sopwith' Schreibtisch, holte eine Flasche Brandy aus einem Aktenschrank und goß den Becher halb voll. Der Brandy half ein wenig, doch es war die Bemerkung von Anwalt Debenham über Strafmilderung aufgrund eines Schuldbekenntnisses, die Sopwith schließlich wieder zum Leben erweckte.

»Eh – ähm. Könnte ich vielleicht noch ein winziges Schlückchen – vielen Dank, Miss Ledbetter. Ich – eh – hoffe, daß Sie keine falschen Schlüsse gezogen haben, was mein kleines – ah – Mißgeschick gerade eben betrifft. Ich hatte nämlich nur einen meiner Asthmaanfälle. Sie treten immer ganz unverhofft auf, urplötzlich, ohne jede Vorwarnung. Nicht wahr, Miss Ledbetter?«

»Um – ah – ja, genau. Einen Moment ist Mr. Sopwith noch fit wie ein Äffchen, und im nächsten Moment fängt er schon an, nach Luft zu schnappen wie ein Fisch auf dem Trockenen. Und dann springt er immer auf einen Stuhl und steckt den Kopf in den Belüftungsschacht, um wenigstens ein bißchen frische Luft zu erhaschen. Und ich muß ihn dann jedesmal wieder herunterziehen.«

»Ugh – er –« Sopwith warf ihr einen unheilvollen Blick zu. »Ja, es ist ein richtiges Spielchen zwischen uns. Miss Ledbetter, haben wir inzwischen den Bericht über den Verkauf von Miss Binks' Lackovites-Aktien erhalten?«

»Die – ihre Lackovites-Aktien, Mr. Sopwith?«

»Die Lackovites-Aktien, das sagte ich doch gerade. Ich habe Ihnen eigens die Anweisung gegeben, den Börsenmakler anzurufen und eine Erklärung zu verlangen, warum sie nicht schon längst verkauft worden sind. Sie sind doch sonst nicht so vergeßlich, Miss Ledbetter.«

»Nein, Mr. Sopwith. Ich vergesse nie etwas.«

Diese Worte klangen nicht so respektvoll, wie ein Vermögensverwalter der alten Schule es von seiner Untergebenen normalerweise erwarten würde. Sopwith wand sich wie ein Aal. Winifred ließ sich die Gelegenheit nicht entgehen.

»Miss Ledbetter, ich habe nicht den Eindruck, daß Mr. Sopwith Asthmasymptome aufweist. Er versucht vielmehr, Sie dazu zu bringen, Ihren Kopf für seine eigenen Fehler hinzuhalten. Und Sie werden die Sache dann ausbaden müssen, wie man so schön sagt. Wenn Sie mit seinen Schurkereien nichts zu tun haben, wäre es eine Beleidigung für Ihr Geschlecht, wenn Sie sich von einem Mann in dieser hinterlistigen und erniedrigenden Weise manipulieren ließen. Außerdem muß ich Sie darauf aufmerksam machen, daß es Sie in eine höchst mißliche Lage bringen würde. Sind Sie also bereit, die Wahrheit zu sagen, oder möchten Sie lieber das Risiko eingehen?«

»Was für ein Risiko?«

»Schwer zu sagen. Bisher wissen wir lediglich, daß während der Eulenzählung eine Person in einem Netz gefangen, auf einen Baum gezogen und dann erstochen wieder heruntergeworfen wurde. Eine weitere Person liegt mit diversen Verletzungen, unter anderem einer Schädelfraktur, im Krankenhaus von Clavaton. Eine dritte Person ist bisher zweimal entführt und jedesmal an einen Baum gefesselt zurückgelassen worden, einmal in einem Wald an einer einsamen Straße und einmal am Parkplatz der Forschungsstation des Balaclava College. Ich selbst wurde gestern ebenfalls entführt und auf einem Schleppkahn gefangengehalten. Danach wurde der Versuch unternommen, mich gemeinsam mit Professor Shandy und unserem College-Präsidenten Dr. Svenson zu ertränken. Es haben sich zudem noch andere Zwischenfälle ereignet, die weniger gewaltsam waren und auf die ich jetzt nicht weiter eingehen möchte.«

»Aber warum?«

»Das ist ebenfalls eine Frage, auf die ich momentan nicht näher eingehen möchte. Allerdings haben wir einen ziemlich sicheren Verdacht, was das Motiv und die Täter betrifft. Mr. Sopwith kann Ihnen da sicher mehr erzählen. Nicht wahr, Mr. Sopwith?«

Es war ein Befehl, keine Frage, doch Mr. Sopwith' Lippen blieben versiegelt.

»Ah«, sagte Winifred. »Scheint ganz so, als wolle Mr. Sopwith lieber auf ein ordentliches Verhör bei der Polizei warten. Werden sie ihn hier in unser aller Beisein ausfragen oder in ihr Vernehmungszimmer schleppen? Wie läuft so etwas für gewöhnlich ab, Mr. Debenham?«

»Eine sehr gute Frage, Miss Binks. Wie Sie wissen, beschäftigt sich meine Kanzlei in der Hauptsache mit Zivilrecht, aber ich kann es leicht herausfinden. Miss Ledbetter, vielleicht sind Sie so freundlich und verbinden mich mit dem Polizeirevier in Clavaton. Bitte erklären Sie den Damen und Herren dort, daß wir hier jemanden haben, der versucht hat, sich durch einen Sprung in den Luftschacht das Leben zu nehmen, um auf diese Weise zu verhindern, für seine etwaigen kriminellen Machenschaften zur Verantwortung gezogen zu werden.«

»Außerdem haben wir hier jemanden, der vorsätzlich und mutwillig eine Tür eingeschlagen hat«, fügte Winifred mit einem kaum merklichen Augenzwinkern hinzu. »Beide Parteien müssen die gerechte Strafe für ihre Untaten erhalten, finden Sie nicht auch, Mr. Sopwith? Wie wäre es, wenn wir, statt hier untätig auf den Schlußakt zu warten, zu Fuß hinüber ins Polizeirevier gehen und uns stellen? Das würde der Bank eine Menge Peinlichkeiten ersparen und möglicherweise den Arm des Gesetzes dazu verleiten, ein ganz klein wenig milder mit uns umzugehen. Was meinen Sie dazu, Mr. Sopwith?«

»Miss Ledbetter, rufen Sie meinen Anwalt.«

»Es tut mir schrecklich leid«, sagte die Sekretärin, »aber ich bin völlig verwirrt. Wen soll ich denn jetzt zuerst anrufen: den Börsenmakler, die Polizei oder den Anwalt?«

»Vergessen Sie den Börsenmakler«, sagte Peter. »Sie wissen doch genau, daß Ihr Chef ihn gar nicht beauftragt hat, die Aktien zu verkaufen. Mr. Debenham kann die Sache selbst in die Hand nehmen, sobald Miss Binks sich für einen neuen Vermögensverwalter entschieden hat. Ich würde vorschlagen, Sie versuchen, den

Anwalt zu erreichen, während Mr. Sopwith sich den Mantel anzieht. Bitten Sie ihn, uns im Polizeirevier zu treffen. Sie kommen selbstverständlich auch mit.«

»Ich? Aber warum denn?«

»Als Zeugin für meine mutwillige Zerstörung«, klärte Winifred sie auf. »Und für Mr. Sopwith' Asthmaanfall. Nun machen Sie schon, Miss Ledbetter. Wir werden uns alle sehr viel besser fühlen, wenn wir unseren Pflichten nachkommen und das Ganze endlich hinter uns bringen.«

Die Sekretärin fuhr sich mit der Zunge über die Lippen. »Sie sagten eben, es sei jemand ums Leben gekommen. Wer war diese Person?«

»Das wissen wir selbst noch nicht genau. Der Mann nannte sich Emory Emmerick und behauptete, als Ingenieur bei der Meadowsweet Construction Company beschäftigt zu sein, aber dort ist er ein Unbekannter. Es wundert mich, daß Sie über den Zwischenfall nichts in der Zeitung gelesen haben.«

»Oh. Doch, ja, ich – ich glaube, ich habe tatsächlich etwas darüber gelesen. Aber ich wußte ja nicht – ich dachte, es wäre nur – ich hole eben meinen Mantel. Oder möchten Sie, daß ich vorher die Polizei rufe, Mr. Sopwith?«

»Nein! Rufen Sie sie nicht.« Sopwith rappelte sich langsam auf und ließ sich auf seinen Drehstuhl fallen. »Rufen Sie niemanden an. Ich werde alles sagen.«

Er trank noch einen Schluck aus seinem Stiftbecher und schauderte, weil der Brandy so scharf schmeckte. Er seufzte, fuhr sich mit den Händen übers Gesicht, nahm ein Taschentuch heraus und wischte sich über die Augen. Sie warteten. Schließlich überwand er sich und sprach.

»Miss Binks, ich schulde Ihnen eine Erklärung.«

»Reden Sie schon.«

»Als erstes möchte ich Ihnen versichern, daß niemand das Binks-Vermögen veruntreut hat. Wenn Sie unsere Bücher durchgehen, werden Sie feststellen, daß alles da ist, bis auf den letzten Penny. Ich mag korrupt sein, aber ich bin kein Dieb.«

»Immerhin etwas. Kommen Sie bitte zur Sache, Mr. Sopwith.«

Er stieß einen herzzerreißenden Seufzer aus und fuhr fort: »Es betrifft Lackovites. Ich – ich war in diesem Punkt nicht ganz ehrlich Ihnen gegenüber.« Er befeuchtete seine Lippen. »Was ich Ihnen am Samstag erzählt habe, stimmt in gewisser Weise. Die Firma hat sich in der Tat sehr schnell etabliert und einen riesigen neuen Markt für Bio-Produkte erschlossen. Wir dürfen diesen Beitrag zur Förderung einer gesunden Ernährung nicht so einfach übergehen, Miss Binks.«

»Was gibt es da zu übergehen, Mr. Sopwith?«

»Äh – ja. Genau das ist das Problem.« Sopwith kaute an seiner Unterlippe, als wolle er überprüfen, ob auch sie einen Beitrag zur gesünderen Ernährung leiste. »Ihre Produkte haben den – äh – hohen Anforderungen nicht immer völlig entsprochen. Infolgedessen kam es zu gewissen – äh – kleineren Problemen. Die Verkaufszahlen sind gesunken, die Verbraucher sind – äh – unzufrieden. Bisher ist es der Firma gelungen, nach außen hin durch – äh – offensive Werbekampagnen und einer – äh – kreativen Buchführung den Schein zu wahren.«

»Sie meinen, die Bücher sind frisiert worden?« fragte Peter.

»Nun ja – äh – wir benutzen in Bankerkreisen diesen Ausdruck nicht gern. Jedenfalls haben gewisse Regierungsbehörden begonnen, sich – äh – dafür zu interessieren. Die Umsätze des nächsten Quartals werden unweigerlich deutliche Verluste aufweisen, was sich zwangsläufig schädlich auf die Aktien von Lackovites auswirken wird. Daher sind die Geschäftsführer auf die Idee gekommen, die angesehene alteingesessene Firma Golden Apples aufzukaufen. Sie müssen wissen, daß man bereits seit längerer Zeit die Möglichkeit einer Übernahme erwogen hatte, mit dem Gedanken, mit Hilfe des ausgezeichneten Rufs von Golden Apples, was Qualität und Service betrifft, das – ähem – leicht angeschlagene Image von Lackovites zu verbessern.«

»Ja, das wissen wir bereits«, sagte Winifred ungeduldig.

»Das wissen Sie schon?«

»Ich hatte doch eben erwähnt, daß wir schon eine ganze Menge wissen, Mr. Sopwith. Aber ich denke, daß Ihre Bestätigung trotzdem ganz nützlich ist. Bitte fahren Sie fort.«

Sopwith räusperte sich. »Die Leute von Lackovites, deren Firmenpolitik offensiv, vielleicht sogar ein wenig zu spontan ist, wollten ihren Plan auf der Stelle in die Tat umsetzen. Doch die Tatsache, daß Ihr Großvater den größten Anteil an Golden Apples besaß und zudem – äh – für die notwendigen Verhandlungen nicht zur Verfügung stand, machte dies unmöglich, es sei denn, man hätte es geschafft, die Vermögensverwalter der Binks-Gelder zu bestechen oder dazu zu bewegen, in ihrem Sinne aktiv zu werden.

Da mein Vorgänger ein Inbegriff an Redlichkeit und Mr. Debenheam ein kluger und unbestechlicher Vertreter der Interessen sowohl des ursprünglichen Eigentümers als auch der späteren Erbin war, konnte dieser Weg nicht beschritten werden. Daher beschloß man abzuwarten.«

»Bis mein Großvater für tot erklärt worden war.«

»Und mein Vorgänger Mr. Allerton in den Ruhestand ging. Wenige Wochen, nachdem ich die Verwaltung des Binks-Vermögens übernommen hatte, wurde Mr. Binks – äh – offiziell für tot erklärt. Wenn Allerton gewußt hätte, wie schnell dies geschehen würde, wäre der alte Kauz bestimmt geblieben, und ich hätte nie eine Chance erhalten«, fügte Sopwith mit einiger Bitterkeit hinzu. »Jedenfalls sahen die Lackovites-Leute jetzt ihre Zeit für gekommen, vor allem, als dann auch noch bekannt wurde, daß die Alleinerbin des Vermögens eine unverheiratete Dame mit – bitte verzeihen Sie mir – exzentrischen Gewohnheiten war, die über keinerlei Erfahrung in Geschäften verfügte. Die Tatsache, daß Sie dem Balaclava Agricultural College so großzügig Geld und Land zur Verfügung gestellt haben, Miss Binks, wurde von Lackovites als ein Akt höchster finanzieller Verantwortungslosigkeit gewertet, was natürlich genau das war, worauf sie gehofft hatten, und Ihr – äh – Interesse an umweltbezogenen Fragen bot den idealen Vorwand. Man ist an mich herangetreten, könnte man sagen.«

»Wer ist man?« wollte Winifred wissen.

»Ah – ich bin nicht bereit, diese Information weiterzugeben.«

»Warum nicht? Nun machen Sie schon, Mr. Sopwith. Ich mag zwar exzentrisch sein, aber ich bin alles andere als dumm. Entweder Sie sagen es uns oder der Polizei?«

»Nun ja – äh – also, um die Wahrheit zu sagen, ich habe ihren richtigen Namen nie erfahren. Sie hat gesagt, ich soll sie Toots nennen, also habe ich das auch – äh – getan.«

»Ach ja? Und wo haben Sie diese geheimnisvolle Toots getroffen? Hier in Clavaton?«

»Um Himmels willen, natürlich nicht! Ich war in Boston. Auf einer – äh – Geschäftsreise. Ich befand mich in einem – äh – Restaurant.«

»Ich vermute, Sie meinen damit eine Kneipe oder Spelunke. Sie hat Ihnen wohl schöne Augen gemacht?«

»Äh – ich vermute, so könnte man es nennen. Sie hat mir sozusagen einen Antrag gemacht.«

»Auf den Sie ohne Zögern eingegangen sind, nehme ich an?«

»Nach den ganzen Anspannungen des Tages habe ich versucht, mich – äh – etwas zu lockern.«

Was bedeutete, daß er betrunken, aber noch bei Bewußtsein gewesen war, schloß Peter. »Können Sie uns diese Toots beschreiben?« fragte er.

»Na ja – äh – sie war – ähem –«

»Ach ja? Ich vermute, sie trug eine Perücke und war – eh – ziemlich gut gepolstert und so weiter, daher hätte sie jedes Alter haben können. Sind Sie sich überhaupt sicher, daß es sich bei Toots um eine Frau handelte?«

»Ganz sicher.« Eine flüchtige Sekunde lang sah Sopwith zufrieden aus wie eine Katze, die sich über den Sahnetopf hergemacht hat. »O ja, absolut sicher.«

»Sind Sie und Toots sich danach nähergekommen?«

»Äh – ja und nein. Das heißt, in Ihrem Interesse bedaure ich sehr, daß ich nie erfahren habe, wer sie wirklich war. Jedenfalls kam es zwischen ihr und mir zu einem – äh – Gespräch, in dessen Verlauf sie mich gefragt hat, was ich beruflich mache, und ich – äh – habe es ihr gesagt. Später ist mir klargeworden, daß sie es die ganze Zeit schon gewußt haben muß und mir – äh – regelrecht aufgelauert hat. Wenn ich wirklich die Wahrheit sagen soll, muß ich zugeben, daß ich sogar dumm genug war, mich auch noch irgendwie geschmeichelt zu fühlen.«

Kapitel 22

Das ist anderen Männern auch schon passiert«, sagte Peter. »Diese moderne Mata Hari hat Sie also dazu gebracht zuzugeben, daß Sie der Vermögensverwalter von Miss Binks sind. Und dann?«

»Wir haben einige Belanglosigkeiten über die Binks-Saga ausgetauscht, wie sie sich auszudrücken pflegte. Dann hat sie mir gestanden, daß sie mit einem der Geschäftsführer von Lackovites befreundet sei, zweifellos hatte sie wohl schon zu diesem Zeitpunkt ihre eigenen Interessen im Sinn. Von diesem Freund habe sie erfahren, daß die Firma – äh – sehr erpicht darauf sei, sich die maßgebliche Beteiligung an Golden Apples zu sichern.«

»Mit anderen Worten, sie wollten die Firma einfach schlucken.«

»Äh – so in etwa. Toots ließ durchblicken, daß es sich für mich sehr wohl als lukrativ erweisen könne, wenn ich Miss Binks in meiner Funktion als Vermögensverwalter dazu bewegen könnte, sich von Golden Apples zu trennen. Sobald sie sich zum Verkauf entschlossen hätte, würde sofort ein williger Käufer zur Stelle sein. Diese Person wäre natürlich ein Strohmann gewesen, und ihre Anteile wären umgehend auf Lackovites übergegangen. Die ausdrückliche Weigerung der Compotes, sich auf Geschäfte mit ihren Konkurrenten einzulassen, mache diese List nötig, sagte man mir.«

»Die beiden hatten mit ihrer Entscheidung vollkommen recht«, sagte Winifred. »Ich halte große Stücke auf die Compotes und freue mich zu hören, daß ich mich nicht getäuscht habe. Hatte Toots' Freund weitere Pläne, was mit meinem Geld geschehen sollte?«

»Ich sollte Sie überreden, die Profite vom Verkauf von Golden Apples in Lackovites zu investieren und außerdem weitere Aktienkäufe zu tätigen. Auf diese Weise hätten die Lackovites-Leute das

Geld zurückbekommen, das sie für den Ankauf benötigten, und weitere Investitionen Ihrerseits – beträchtliche, wie man hoffte – hätten geholfen, die Verluste auszugleichen, die das – äh – Abstoßen der Aktien durch diverse vorübergehend enttäuschte Aktionäre, deren Zahl rapide zugenommen hatte, mit sich brachte. Außerdem hätte man dadurch genügend Zeit gehabt, das angeschlagene Firmenimage durch eine massive Public-Relations-Kampagne, die nach dem Erwerb von Golden Apples gestartet werden sollte, wieder aufzupolieren.«

»Wie menschenfreundlich von mir!«

»Oh, Ihre Interessen wären selbstverständlich ebenfalls gewahrt worden, Miss Binks. Golden Apples hat bisher nicht viele Gewinne abgeworfen, wie Sie selbst wissen, wohingegen die Lackovites-Aktien nach der Übernahme von Golden Apples enorm gestiegen wären. Sie hätten somit beträchtliche Gewinne gemacht. Zum damaligen Zeitpunkt – äh – schien mir diese Überlegung recht sinnvoll.«

»Ach, tatsächlich? Hat Toots Ihnen diesen genialen Plan auseinandergesetzt?«

»Nein, ich glaube, ihre Rolle bestand hauptsächlich darin, mein – äh – Interesse zu wecken. Die Einzelheiten des Plans wurden mir in verschiedenen Gesprächen mitgeteilt, zuerst traf ich einen Junior-Vizepräsidenten von Lackovites namens Emory, später den Senior-Vizepräsidenten Mr. Dewey.«

Peter und Winifred schauten sich an. »Doch nicht zufällig George Dewey?« erkundigte sich Peter. »Etwa meine Größe und Statur, mit Vollbart?«

»Ja, genau. Er war sogar so angezogen wie Sie, wenn ich mich recht entsinne. Kennen Sie ihn?«

»Ich glaube, Miss Binks und ich haben beide Herren kennengelernt. War Emory ein blonder, gesprächiger, reichlich überschwenglicher Mann? Glattrasiert, modisch gekleidet, jünger als Dewey? Stets bereit, jedem mitzuteilen, was er zu tun und zu lassen hatte und wie er es zu tun hatte?«

»Genau. Er hatte eine etwas zu forsche Art und war nicht immer klar in seinen Äußerungen. Ich muß zugeben, daß ich seinetwegen fast nicht auf den Handel eingegangen wäre, da er mir nicht sonderlich vertrauenswürdig erschien. Mr. Dewey war ganz anders, älter, bedeutend verantwortungsbewußter, zurückhaltend im Umgang mit anderen, dabei erfahren und hervorragend informiert.

Mr. Dewey hat mich sehr beeindruckt. Er hat mich vollkommen davon überzeugen können, daß das Arrangement niemandem schaden und allen Beteiligten nützen würde.«

»Er ist ein überzeugender Mann«, sagte Peter. »Und worin bestand Ihre Beteiligung an dem Geschäft?«

»Professor Shandy, ich hoffe inständig, daß Sie nicht etwa annehmen, ich wäre so korrupt gewesen, mich bestechen zu lassen?« Nachdem er sich selbst erniedrigt hatte, versuchte Sopwith auf recht pathetische Weise, wieder zurück auf sein hohes Roß zu steigen. »Ich sollte einhundert Lackovites-Aktien erhalten, sobald es mir gelungen war, Miss Binks zum Verkauf ihrer Golden-Apples-Anteile zu bewegen, und weitere hundert Aktien, sobald das für den Kauf der Firma benötigte Geld in Lackovites-Aktien umgewandelt und an Miss Binks zurückverkauft worden wäre. Weitere Zuwendungen dieser Art hingen davon ab, wie viele weitere Aktien Miss Binks noch erworben hätte. Mit anderen Worten, ich hätte lediglich die Provision eines Verkäufers erhalten. Jedenfalls wurde mir die Sachlage von Mr. Dewey so dargestellt«, fügte Sopwith etwas weniger hochtrabend hinzu, nachdem er den Gesichtsausdruck seiner Zuhörer gesehen hatte.

»Dann haben Sie bisher noch gar nichts erhalten?« fragte Winifred.

»Rein gar nichts«, erwiderte Sopwith bedrückt. »Es gab nur das Gentleman's Agreement mit Mr. Dewey.«

»Verstehe. Dann war meine Entscheidung, die Lackovites-Aktien abzustoßen und den Gewinn in Golden Apples zu investieren, wohl ein schwerer Schlag für Sie.«

»Sie sagen es.«

»Und Ihre mir unerklärliche Weigerung, meine Anordnungen zu befolgen, war in Wirklichkeit nur der verzweifelte Versuch, das vielversprechende Gentleman's Agreement nicht zu brechen.«

»Äh – ähem – «

»Aber dann haben Sie erkannt, daß alles vergebens war, und versucht, sich in den Luftschacht zu stürzen.«

»Nein, so war es nicht.«

Da Miss Ledbetter die ganze Zeit schweigend an der Tür verharrt hatte, waren die Anwesenden etwas überrascht, daß sie sich plötzlich wieder bemerkbar machte. »Er hat sich nur an etwas erinnert. Mr. Allerton, der früher in diesem Büro gearbeitet hat, war nämlich ein leidenschaftlicher Pfadfinder.«

»Aha«, sagte Peter. »Das erklärt natürlich alles.«

»Allerdings. Mr. Allerton war stets auf alles vorbereitet, und zu den Dingen, auf die er besonders vorbereitet war, gehörten Brände. Damals durften die Angestellten noch im Büro rauchen, und es ist oft genug vorgekommen, daß jemand den Inhalt seines Aschenbechers mitsamt brennender Zigarette in den Papierkorb gekippt hat, woraufhin der Papierkorb anfing zu brennen. Meistens hat man das Feuerchen mit einer Tasse kalten Kaffees gelöscht oder mit einem Telefonbuch, einem Mantel oder sonst was erstickt. Aber Mr. Allertons Präventivmaßnahmen gingen weiter. Ihn beunruhigte die Vorstellung, es könnte einmal ein Feuer im Vorzimmer außer Kontrolle geraten, und er und seine Angestellten hätten hier im Büro in der Falle gesessen. Er ließ daher unterhalb der Ventilatoren in den Luftschächten Stahlleitern anbringen und veranstaltete jeden Morgen gymnastische Übungen, damit die Angestellten nicht etwa zu dick oder zu schlapp waren, dort hochzuklettern. Nach Mr. Allertons Pensionierung hörte der Drill auf, und Mr. Sopwith ist seitdem in mehr als einer Hinsicht nicht mehr in Form. Sie haben anscheinend die vielen Extrakalorien vergessen, als Sie versuchten zu fliehen, nicht wahr, Mr. Sopwith?«

»Ich sagte doch bereits, daß ich einen Asthmaanfall hatte!«

»Sie haben viel gesagt, Mr. Sopwith. Sie haben mir beispielsweise aufgetragen, Miss Binks und Mr. Debenham mit jeder Lüge, die mir gerade einfiel, abzuwimmeln, falls sie wieder anrufen und sich nach den Lackovites-Aktien erkundigen sollten.«

»Das kann ich mir lebhaft vorstellen«, schnaufte Winifred. »Mr. Sopwith, Sie sind selbst als Schurke eine Niete.«

»Ich weiß«, murmelte er, jetzt vollends geschlagen.

»Und was sollen wir Ihrer Meinung nach jetzt mit Ihnen anfangen?«

»Mich den Wölfen zum Fraß vorwerfen. Etwas anderes bleibt Ihnen ja wohl kaum übrig.«

»Ich sähe da einige Alternativen. Mr. Debenham, was meinen Sie? Ist es nicht vernünftiger, bei einem Schurken zu bleiben, den man kennt, als sich auf einen Schurken einzulassen, den man noch nicht kennt?«

»Miss Binks, sind Sie etwa bereit, mit Mr. Sopwith weiterhin geschäftlich zu verkehren?«

»Warum nicht? Da ich mich inzwischen mühsam an ihn gewöhnt habe, sehe ich nicht ein, warum ich mich an jemand anderen gewöhnen soll, zumal wir viel wichtigere Probleme anzugehen haben. Außerdem weiß er jetzt, daß er einen miserablen Gauner abgibt, daher halte ich es für sehr unwahrscheinlich, daß er noch einmal versuchen wird, mich zu hintergehen. Wie denken Sie selbst darüber, Mr. Sopwith? Wären Sie bereit, das Binks-Vermögen weiterhin zu verwalten, allerdings ohne faulen Zauber, oder sollen wir Sie lieber in der Forschungsstation einsetzen? Sie könnten dort beispielsweise Eschen für uns pflanzen.«

»Ich würde natürlich lieber hier bleiben, aber geht das überhaupt noch? Miss Ledbetter –?«

»Sie können sich abregen, Mr. Sopwith«, erwiderte die Sekretärin. »Ich werde den Mund halten. Ich kündige sowieso. Ich wollte mir schon immer eine Stelle als Heizungsinstallateurin suchen, aber meine Mutter hat es mir nie erlaubt. Erst jetzt, dank Professor Binks' beflügelndem Beispiel, finde ich endlich den Mut, die Fesseln der Konvention abzuschütteln.«

»Dann – bin ich wirklich aus dem Schneider? Und kann mein Büro behalten? Ach, Miss Ledbetter! Ach, Miss Binks! Morgen früh werde ich sofort wieder die Gymnastikübungen einführen!«

»Eine weise Entscheidung, Mr. Sopwith«, sagte Winifred, »und Ihnen herzlichen Glückwunsch, Miss Ledbetter. Bevor Sie gehen, möchte ich Sie allerdings noch bitten, den Börsenmakler anzurufen und ihm auszurichten, Winifred Binks wünsche, daß er auf der Stelle sämtliche Lackovites-Aktien verkaufe, ganz egal zu welchem Preis. Es ist mir vollkommen gleichgültig, ob dies dem Firmenimage schadet oder nicht, die Schurken haben eine strenge Lektion verdient. Und Ihnen wünsche ich alles Gute für Ihre zukünftige Tätigkeit, Miss Ledbetter. Ich bin sicher, Sie haben die richtige Entscheidung getroffen. Der wichtige Satz ›Nur eines gilt: Dir selbst sei treu!‹ trifft auf Heizungsinstallateure genauso zu wie auf Bankangestellte, meinen Sie nicht auch, Peter?«

»Zweifellos. Erlauben Sie mir, Ihnen ebenfalls meine besten Wünsche für Ihre Zukunft auszusprechen, Miss Ledbetter. Und was Sie betrifft, Sopwith, jetzt, wo Sie wieder auf der richtigen Seite stehen, lassen Sie uns noch einmal kurz auf Toots zurückkommen. War sie eine kräftige, gesunde Frau, großgewachsen und – eh – ziemlich üppig?«

»Ja, so könnte man sie durchaus beschreiben.« Sopwith erinnerte sich sehr lebhaft an die Dame, wie das kurze Aufflackern in seinen Augen verriet.

»Trug sie zufällig Khaki-Shorts und Wanderstiefel?«

»Was für eine merkwürdige Frage, Professor Shandy. Nein, sie trug etwas mit Rüschen, sehr feminin und – äh – enganliegend. Grün, soweit ich mich erinnere. Hellgrün, ungefähr von der Farbe eines nagelneuen Fünfzig-Dollar-Scheins.«

»Und die Farbe harmonierte hervorragend mit ihrem rotblonden Haar?«

»Sehr richtig. Woher wissen Sie das?«

»Grün ist bei Rotschöpfen besonders beliebt. Hatte sie einen blassen oder eher dunklen Teint?«

»Oh, einen dunklen. Sie sah sehr gesund aus, als würde sie den größten Teil ihrer Zeit draußen verbringen. Auf dem Golfplatz, habe ich damals angenommen, oder vielleicht bei der Fuchsjagd. Das war auch einer der Gründe, warum ich mich sofort zu ihr hingezogen fühlte. Außerdem besaß sie eine ausgesprochen herzliche, man könnte sagen überschwengliche Art. Hier in der Bank ist niemand überschwenglich, wissen Sie. Von einem Vermögensverwalter erwartet man, daß er stets eine diskrete Zurückhaltung an den Tag legt und jederzeit Abstand wahrt. Außer am Wochenende natürlich, doch selbst dann müssen wir äußerst vorsichtig sein. Falls die Vizepräsidentin der Vermögensabteilung mich je an einem Sonntag mit den feinen Pinkeln bei der Fuchsjagd erwischen würde, wäre sie schon am nächsten Morgen hier, um die Bücher zu prüfen. Aber ich will mich natürlich nicht beklagen«, fügte Sopwith tapfer hinzu. »Besser ein unterbezahlter, vertrauenswürdiger kleiner Vermögensverwalter als ein verachtungswürdiger, hinterhältiger, steinreicher Handlanger einer korrupten Firma.«

»Eine sehr lobenswerte Einstellung, Mr. Sopwith«, sagte Winifred. »Peter, nach dieser Neuigkeit, die wir gerade erfahren haben, sollten wir besser sofort zur Station fahren.«

»Ganz Ihrer Meinung. Sopwith, Sie kommen am besten gleich mit. Vielleicht brauchen wir Sie als Zeugen. Debenham, könnten Sie uns in Ihrem Wagen nachfahren?«

Debenham konnte später Sopwith wieder zurück nach Clavaton bringen, Peter hatte allmählich die Nase voll davon, den Taxifahrer zu spielen. »Miss Ledbetter, haben Sie die Angelegenheit mit dem Börsenmakler geklärt?«

»Ja, Mr. Shandy. Er sagt, die Lackovites-Aktien seien heute ohnehin schon um acht Punkte gefallen, und der Verkauf der Binks-Aktien könnte ihnen den Rest geben.«

»Hervorragend. Könnten Sie uns vielleicht noch einen letzten Gefallen tun? Wären Sie so nett, in der Balaclava Forschungsstation anzurufen? Falls Mrs. Svenson noch da sein sollte, sagen Sie ihr bitte, wir seien auf dem Weg dorthin. Und Ihnen wünsche ich – eh – fröhliches Installieren.«

Kapitel 23

Der Kombiwagen der Porbles stand immer noch auf dem Parkplatz; Viola Buddleys roter Flitzer stand direkt daneben.

»Das ist ja merkwürdig«, sagte Peter. »Ich frage mich, warum Sieglinde noch hier ist. Ich hätte gedacht, daß sie es nicht erwarten kann, nach Hause zu eilen, um vor der Heimkehr ihres Wikingers noch schnell ein paar Heringe kleinzuhacken.«

»Aber es scheint ihr gutzugehen«, sagte Winifred. »Ich kann sie sehen, sie sitzt an meinem Schreibtisch und trinkt Tee. Jedenfalls nehme ich an, daß es Tee ist. Meine Güte, ist das etwa Viola? Und wer ist die grauhaarige Dame da drüben? Soll ich als erste ins Haus gehen, Peter?«

»Ja, warum nicht? Sopwith, können Sie durch das Fenster etwas erkennen?«

»Nein, ich scheine dummerweise nur meine Lesebrille bei mir zu haben.« Sopwith tastete vergeblich seine diversen Taschen ab. »Wie ärgerlich.«

»Dann können wir genausogut den Damen Gesellschaft leisten. Gehen Sie ganz langsam, und halten Sie den Kopf gesenkt, damit man Ihr Gesicht nicht sofort erkennt.«

Winifred war jetzt im Empfangsraum, begrüßte Sieglinde und machte sich mit der grauhaarigen Dame bekannt. Viola stand, wie Peter durchs Fenster sah, im Hintergrund und blickte selbstgefällig drein. Sie hatte sich tatsächlich umgezogen und trug jetzt ein rüschenverziertes enganliegendes Kleid in dem gleichen Grünton wie ein nagelneuer Fünfzig-Dollar-Schein. Das Zusammentreffen mit ihrem ehemaligen Bekannten konnte man angemessen mit dem Wort elektrisierend beschreiben. Sobald sie das Haus betreten hatten und Sopwith nahe genug war, um Viola zu erkennen, reagierte er, als wäre er mit nackten Füßen auf ein Starkstromkabel getreten.

»Toots!«

»Ach, grüß dich, Malcolm. Was machst du denn hier?« Viola war genauso vom Donner gerührt wie ihr Gegenüber, versuchte dies jedoch mit allen Mitteln zu überspielen. »Hallo, Professor Shandy. Mrs. Svenson kennen Sie ja wahrscheinlich. Und das hier ist meine Vermieterin, Genevieve. Ich habe sie mitgebracht, damit sie uns ein bißchen aushilft.«

»Wie nett von Ihnen«, sagte Peter.

Er sah sich die Vermieterin genau an. Sie trug einen frisch gebügelten schwarzen Rock und ein smaragdgrünes T-Shirt, das sie falsch herum unter einem dunkelroten Pullover angezogen hatte. Sie besaß eine verdächtig üppige Haarpracht, und ihr Gesicht war auffälliger zurechtgemacht, als man es bei einer älteren Dame, deren Füße in Gummistiefeln steckten, erwarten würde. Als sie Anstalten machte aufzustehen, drückte Peter sie unsanft zurück auf den Stuhl, zog ihr die graue Perücke über die Augen, stemmte sein Knie auf ihre gut gepolsterte Brust und packte ihre wild um sich schlagenden Arme mit festem Griff.

»Nicht schlecht, Fanshaw. Halten Sie still, oder ich muß andere Saiten aufziehen.«

»Loslassen! Lassen Sie mich sofort los, verdammt noch mal!«

Fanshaw fluchte und kratzte, Viola sprang in Peters Rücken und versuchte, ihn fortzuziehen. Sopwith stand händeringend da und stieß Protestrufe aus. Winifred und Sieglinde schritten zur Tat.

Peter konnte nicht sehen, was die beiden mit Viola machten, doch es war zweifellos effektiv. Als er Fanshaw endlich mit einer kräftigen Ohrfeige ruhiggestellt hatte, hatten die beiden Damen die junge Frau bereits auf den Boden verfrachtet und mit dem Seil, das die sparsame Winifred von Violas zwei vorangegangenen Fesselaktionen aufbewahrt hatte, wie eine Weihnachtsgans verschnürt. In bewundernswerter Teamarbeit verschnürten sie danach auch Fanshaw. Als Debenham eintraf, war bereits alles überstanden, und die Gefangenen konnten nur noch schreien.

Was sie auch aus Leibeskräften taten. Als sie endlich begriffen, daß sie ihr Spiel verloren hatten, waren sie nur allzu bereit, sich gegenseitig die Schuld in die Schuhe zu schieben. Da beide gleichzeitig brüllten, konnte man kein Wort mehr verstehen. Obwohl die Anwesenden sich nach Kräften bemühten, das saubere Pärchen solange zum Schweigen zu bringen, daß man eine Verständigung mit ihnen versuchen konnte, hatte der Lärmpegel unerträgliche Ausmaße erreicht, als der Streifenwagen der Polizei von Clavaton, in dem auch Thorkjeld Svenson saß, endlich vorfuhr.

Peter lief zur Tür. »Präsident, kommen Sie schnell! Sagen Sie den Polizisten, sie sollen sich beeilen, es gibt Arbeit für sie.«

»Menschenskind, Shandy! Schon wieder Fanshaw?«

»Allerdings. Und auch sein Boss, wenn ich mich nicht irre.«

»Da laus mich doch der Affe!« Svenson war im Nu aus dem Auto gesprungen und ins Haus gerannt. Doch zunächst hatte er nur Augen für eine einzige Person.

»Weib!«

»Gatte!«

Die Svensons ließen sich ausnahmsweise sogar zu einer ziemlich keuschen Umarmung hinreißen, doch sofort danach ging Sieglinde wieder zur Tagesordnung über. Diesmal brauchte sie nicht einmal laut zu werden. Sobald das Pärchen die beiden Polizisten und die ehrfurchtsgebietende Gestalt des Präsidenten erblickt hatte, herrschte nämlich Totenstille.

»Gut, daß Sie hier sind. Wie Sie sehen, gibt es genügend zu tun. Die Person zu meiner Rechten ist übrigens ein Mann, lassen Sie sich durch den Rock nicht täuschen. Er hat viele Namen und eine Menge auf dem Kerbholz. Zu meiner Linken sehen Sie die angebliche Assistentin unserer hochgeschätzten Kollegin Professor Binks. Sie nennt sich zwar Viola Buddley, hört aber auch auf den Namen Toots.«

»Einen Moment noch«, wandte sich Winifred an die beiden Polizisten. »Um Sie nicht noch mehr zu verwirren, sollten wir uns vielleicht kurz vorstellen. Ich bin Professor Binks, und die Dame drüben am Schreibtisch ist Mrs. Svenson, was Sie sicher bereits erraten haben. Die beiden Herren hier sind Präsident Svenson und Professor Shandy, dies hier ist mein Vermögensverwalter Mr. Sopwith, und dieser Gentleman ist mein lieber Freund und langjähriger Anwalt Mr. Debenham. Jetzt können Sie fortfahren, Sieglinde.«

»Vielen Dank, Winifred. Sicher hat mein Gatte, der sehr wohl in der Lage ist, sich klar auszudrücken, wenn er nur will, Sie bereits über die Geschehnisse der vergangenen Tage informiert. Ich möchte daher nicht ausschweifen. Als er mich heute morgen aus Briscoe anrief, hat er unter anderem gesagt, daß sich möglicherweise niemand um die Forschungsstation kümmern würde, darum bin ich hergekommen. Zuerst war ich allein, doch dann erschien

Miss Buddley in einem reichlich unziemlichen Aufzug, woraufhin ich sie wieder nach Hause geschickt habe, um sich etwas Passenderes anzuziehen, was sie leider immer noch nicht getan hat.«

»Ich habe Ihnen doch schon gesagt, daß es das einzige Kleid ist, das ich besitze«, protestierte Viola.

»Das haben Sie, und ich habe Ihren Versuch auch zur Kenntnis genommen, selbst wenn ich das Resultat für beklagenswert und Ihre Beweggründe für wenig glaubhaft halte. Noch weniger glaubhaft erschien mir allerdings die Person, die Miss Buddley mitgebracht und als ihre Vermieterin vorgestellt hat. Mir war klar, daß die beiden erwarteten, daß ich sie allein lassen würde, denn sie planten, sich an unserer verehrten Winifred zu rächen, sobald sie zurückkehrte.«

Einer der Polizisten hatte begonnen, sich Notizen zu machen. Er schaute von seinem Notizbuch hoch. »Woher wußten Sie das, Mrs. Svenson?«

»Die beiden haben sich unterhalten, während ich Kaffee kochte. Wahrscheinlich haben sie geglaubt, ich könnte sie nicht hören, was jedoch völlig absurd war. Sie haben sich zu viel auf ihre eigene Schlauheit eingebildet und alle anderen unterschätzt. Das war ihr großer Fehler. Sie nahmen an, Mr. Debenham würde Winifred zurückbringen, wie er es immer tut, wenn sie in Clavaton ist, und glaubten, daß sie ihn leicht überwältigen könnten. Was natürlich ebenfalls ein Fehler war. Jeder, der Augen im Kopf hat, sieht ihm an, daß er ein überaus kluger Mann ist und den Mut eines Löwen besitzt. Nicht wahr, Winifred?«

»Das habe ich auch immer schon gedacht, Sieglinde.«

Grundgütiger, dachte Peter, jetzt ist sie tatsächlich rot geworden.

»Also«, fuhr Sieglinde fort, »habe ich mich taub gestellt und bin geblieben. Mein Gatte wußte, daß ich zur Forschungsstation fahren würde. Ich nahm an, daß er sofort nach seiner Ankunft in Clavaton bei uns zu Hause anrufen würde. Falls ich nicht dort sein sollte, würde er sicher auf dem schnellsten Weg herkommen, was er ja auch getan hat, und dann hätte ich ihm die beiden überlassen. Es tut dir bestimmt leid, liebster Gatte, daß du den Kampf verpaßt hast, doch laß dir versichern, daß diese beiden Gauner sowieso keine angemessenen Gegner für dich sind. Zudem wäre es unziemlich gewesen, mit einer Frau zu kämpfen, die unmoralische Neigungen und einen schlechten Geschmack hat. Was die zweite Person betrifft, wurde mir sehr schnell klar, daß es sich nur um einen verkleideten Mann handeln konnte. Außerdem habe ich sofort gesehen, daß Sie seinen Anzug tragen, Peter, der Sie übrigens nicht sonderlich gut kleidet. Thorkjeld, hast du daran gedacht, Peters Kleidungsstücke vom Schleppkahn mitzubringen?«

»Das habe ich, Weib. Haben die beiden geredet?«

»Ununterbrochen. Leider hat man nichts verstehen können, weil sie nicht geredet, sondern gebrüllt haben, und zwar gleichzeitig und mit den unflätigsten Schimpfwörtern. Vielleicht können die beiden Polizisten sie jetzt festnehmen und abführen.«

»Den Gefallen tun wir Ihnen gern«, sagte der Mann, bei dem es sich nach den Streifen auf seinem Ärmel zu urteilen um einen Sergeant handelte. »Welcher Straftatbestand?«

»Gute Frage. Welcher Straftatbestand, Peter?«

»Tja, mal überlegen. Der Mann mit den Gummistiefeln wurde am Samstag von Polizeichef Ottermole aus Balaclava Junction als Mr. Fanshaw festgenommen. Unter diesem Namen hatte er sich bei seinem ersten Besuch in der Forschungsstation vorgestellt. Zu diesem Zeitpunkt gab er noch vor, bei der Meadowsweet Construction Company angestellt zu sein und nach einem Mann namens Emmerick zu suchen, der in der vorhergehenden Nacht ermordet worden war, wie Sie sich bestimmt erinnern werden. In Balaclava Junction wird er demnach als entflohener Häftling gesucht. Als Präsident Svenson und ich ihn auf dem Schleppkahn fanden, wo er gemeinsam mit einem Kumpan Professor Binks gefangen hielt, nannte er sich Annie Brennan. Ihre Wasserschutzpolizei hat ihn wegen Entführung festgenommen, doch er ist leider ein zweites Mal entwischt. Haben Sie den anderen Kerl übrigens sicher hinter Schloß und Riegel?«

»O ja. Er behauptet, dieser Bursche hier heiße Dewey.«

»Dann hätten wir also bisher drei Namen und drei Tatbestände. Ich vermute, Sie könnten ihn auch wegen Hochstapelei belangen, oder wie auch immer man das nennen mag, obwohl mir dies fast überflüssig erscheint. Wie wäre es mit versuchtem Mord? Man kann sehr wohl davon ausgehen, daß er gehofft hat, wir würden ertrinken, als er das Boot vom Ufer losmachte. Was zweifellos auch der Fall gewesen wäre, wenn Professor Svenson sich nicht als so ein ausgezeichneter Steuermann erwiesen hätte.«

»Dazu kommt noch Vorbereitung einer Straftat«, fügte Sopwith hinzu. »Ich muß gestehen, daß ich eine Weile gebraucht habe, um seine Verkleidung zu durchschauen, aber damals, als er in einer Angelegenheit an mich herangetreten ist, die ich – äh – momentan lieber nicht näher erläutern möchte, ohne den Rat meines Anwaltes einzuholen, trug er einen Bart. Ich kann ihn inzwischen jedoch eindeutig als jenen George Dewey identifizieren, der damals behauptet hat, einer der Vizepräsidenten von Lackovites zu sein. Die – äh – Dame in seiner Begleitung war ebenfalls an der Vorbereitung der Straftat beteiligt.«

»Wenn ich mich nicht irre, war die – eh – Dame sogar die treibende Kraft«, sagte Peter. »Mr. Sopwith, würden Sie uns freundlicherweise mitteilen, ob Sie an dem Samstagmorgen nach dem Gespräch, in dem Miss Binks Sie beauftragt hat, gewisse Aktien abzustoßen und die Gewinne in eine – eh – andere Gesellschaft zu investieren, von Miss Buddley angehalten wurden, die Pläne Ihrer Kundin unter allen Umständen zu vereiteln?«

»Ähem – äh – dazu möchte ich mich lieber nicht äußern.«

»Das reicht schon. Haben Sie Miss Buddley daraufhin mit dem Wagen ein Stück mitgenommen, als Sie sie allein an der Straße stehen sahen, und dann an einem Baum gefesselt allein zurückgelassen?«

»Sie hat mich dazu gezwungen!«

»Kann ich mir lebhaft vorstellen. Hat sie damit beabsichtigt, sich selbst glaubhaft als unschuldiges Opfer darzustellen, um nicht als Komplizin der Verbrecher entlarvt zu werden, die in der vorhergehenden Nacht in einen Mordfall verwickelt wurden?«

»Ich – äh – habe keine Ahnung.«

»Haben Sie sie damals schon als die Frau erkannt, die Sie vor einiger Zeit in Boston unter dem Namen Toots kennengelernt hatten?«

»Ich hatte meine Brille nicht dabei.«

»In Clavaton haben Sie uns heute nachmittag mitgeteilt, daß Sie von einem gewissen Mr. Emory kontaktiert wurden, nachdem Sie Miss Buddley, die Sie nur als Toots kannten, kennengelernt hatten. Sie hielten ihn für einen Geschäftspartner von Mr. Dewey, richtig?«

»Ich hatte gute Gründe für diese Annahme.«

»Wußten Sie, daß der Herr, der sich Ihnen als Emory vorstellte, sich hier in der Station als Emory Emmerick ausgab und behauptete, Ingenieur der Meadowsweet Construction Company zu sein?«

»Nein!«

»Sie haben ihn also nicht aufgrund der Mitteilungen in der Presse als den Mann identifiziert, der Freitag nacht ermordet wurde?«

»Natürlich nicht, er hat doch mir gegenüber einen anderen Namen benutzt!«

Peter ging nicht näher auf dieses Problem ein, denn Sopwith sah wieder aus, als könne er jeden Moment in Tränen ausbrechen. »Um noch einmal auf Miss Buddley zurückzukommen: Als Sie sich Samstagmorgen hier mit Miss Binks und den übrigen Personen getroffen haben, brachten Sie einen gewissen Mr. Tangent mit, den Sie uns als den für das Binks-Vermögen zuständigen Buchhalter vorstellten. War diese Angabe richtig?«

»Absolut. Er arbeitet seit vielen Jahren in unserer Bank.«

»War er an der vorgetäuschten Entführung von Miss Buddley beteiligt?«

»Nein, Tangent hat mit alldem nicht das geringste zu tun. Folgendes ist passiert« – Sopwith wollte zwar nicht reden, konnte aber anscheinend nicht anders –, »kurz nachdem wir mit meinem Wagen losgefahren waren, kam Miss Buddley aus dem Wald gelaufen und hielt uns an. Sie hat behauptet, sie müsse dringend nach Whittington, und bat mich, sie mitzunehmen. Da Tangent in Whittington wohnt, habe ich mich bereit erklärt, sie mitzunehmen, und Tangent zuerst zu Hause abgesetzt.«

»Weil Sie glaubten, daß Miss Buddley mit Ihnen allein sein wollte, um etwas mit Ihnen zu besprechen, das Ihr gemeinsames Unterfangen betraf?«

»Sie hat mir zu verstehen gegeben, daß ihre Absichten eher – äh – persönlicher Natur waren.«

»Aber Sie wußten doch, was sie wirklich von Ihnen wollte«, sagte der Sergeant.

Das war zuviel für Sopwith. »Ich weigere mich, dieses Verhör weiter über mich ergehen zu lassen, bevor ich nicht mit meinem Anwalt gesprochen habe. Debenham, Sie sind doch Anwalt, können Sie mir nicht beistehen und dieser Nötigung ein Ende bereiten?«

»Ich sehe nicht ganz, worin diese angebliche Nötigung bestehen soll, Mr. Sopwith. Außerdem kann ich Sie sowieso nicht vertreten, da ich bereits die Interessen von Miss Binks vertrete.«

»Aber ich kooperiere doch in ihrem Interesse. Ich habe schließlich freiwillig Informationen geliefert.«

»Das ist immerhin Ihre Bürgerpflicht, Mr. Sopwith. Ich bin sicher, Miss Binks hat nichts dagegen, wenn Sie ihr Telefon benutzen, um Ihren eigenen Anwalt anzurufen.«

»Natürlich nicht«, sagte Winifred. »Telefonieren Sie ruhig, Mr. Sopwith. Je schneller, desto besser, würde ich sagen.«

»Äh – ähem – vielen Dank.« Der äußerst geknickt wirkende Vermögensverwalter schlich zu dem Stuhl, den Sieglinde inzwischen für ihn frei gemacht hatte.

»Und jetzt«, fuhr Winifred energisch fort, »zurück zu den anderen beiden. Wie wäre es, wenn Sie uns endlich Ihren richtigen Namen verraten würden, Mr. Fanshaw? Oder soll ich lieber Miss Atakuku sagen?«

»Halt bloß den Mund, Chuck«, fauchte Viola. »Du sagst denen gar nichts.«

Peter lächelte. »Dann sind Sie also der Kopf der Bande, Miss Buddley. Der Gedanke ist mir bereits bei Ihrer ersten Entführung gekommen, ganz sicher war ich mir dann, als wir heute morgen Ihrer Schwester begegnet sind, die Sie als Sekretärin bei Golden Apples eingeschleust hatten, um alle Nachrichten, die Ihnen gefährlich werden konnten, von den Compotes fernzuhalten. Eine ziemlich hysterische junge Dame, finden Sie nicht? Ich nehme an, deshalb haben Sie sie auch von Fanshaw hypnotisieren lassen.«

Er nahm die Goldmünze und ließ sie an der Goldkette unmittelbar über ihren Köpfen hin und her pendeln. »Sehen Sie mal, Fanshaw, ich habe Ihren kleinen Glücksbringer gefunden. Schauen Sie genau hin, Fanshaw. Schauen Sie genau hin, Miss Buddley. Konzentrieren Sie sich, Fanshaw. Konzentrieren Sie sich, Miss Buddley. Sehen Sie genau hin. Hin und her, hin und her. Sie werden müde, Fanshaw. Entspannen Sie sich, Miss Buddley. Ihre Augenlider werden ganz schwer. Sie wollen nur noch schlafen. Schließen Sie die Augen, schlafen Sie. Sie schlafen tief und fest.«

Grundgütiger! Es funktionierte tatsächlich! Die Augen der beiden Gefangenen fielen zu, sie atmeten tief und regelmäßig. Ob sie ihnen nur etwas vormachten? Peter pendelte vorsichtshalber weiter und redete mit leiser Stimme auf sie ein. Nein, es klappte wirklich. Sieglinde und der Präsident beobachteten seine Vorstellung andächtig, Winifred und Debenham ebenfalls. Auch die beiden Polizisten von Clavaton waren fasziniert, obwohl der Gesichtsausdruck des einen Beamten ein klein wenig Ähnlichkeit mit dem von Ottermole und Dorkin am Samstagmorgen hatte. Peter hielt es für das beste, die nächste Phase anzugehen.

»Können Sie mich hören, Fanshaw?«

»Ja, ich höre Sie.« Die Stimme klang schläfrig, entspannt.

»Wie heißen Sie wirklich?«

»Chuck Smith.«

»Sind Sie mit einem gewissen Fred Smith verwandt, der bei Golden Apples arbeitet?«

»Nein. Hier wimmelt es nur so von Smiths. Ich hasse es, Chuck Smith zu sein. Ich möchte lieber Francis Fanshaw sein. Oder George Dewey, ich möchte lieber –«

»Das genügt. Wir verstehen, was Sie meinen.« Peter hatte keine Lust, die ganze Nacht zuzuhören, wie dieses menschliche Chamäleon sein Rollenrepertoire abspulte. »Erzählen Sie uns, was Freitag nacht passiert ist, Fanshaw. Welche Rolle haben Sie dabei gespielt?«

»Ich bin mit dem Bus von Clavaton nach Hoddersville gefahren. Dann habe ich ein Taxi nach Balaclava Junction genommen und bin zu der Stelle gegangen, wo Emory seinen Mietwagen geparkt hatte. Der Schlüssel lag unter dem Sitz. Es war spät. Ich bin irgendwohin aufs Land gefahren und habe die restliche Nacht im Wagen verbracht.«

»Sonst nichts? Sie hatten mit den Ereignissen bei der Eulenzählung nichts zu tun?«

»Nein, gar nichts.«

»Aber Sie wußten, was dort passieren würde?«

»Nein. Als Viola mich engagiert hat, sagte sie nur, wir würden die Erbin kidnappen und sie versteckt halten, bis sie sich bereit erklärt hätte, ihre Golden-Apples-Aktien zu verkaufen, aber ich habe ihr gesagt, nur ohne Gewalt, ich bin ein Schwindler und Hochstapler, aber kein Schläger. In Ordnung, hat sie gesagt, dann denk dir einen schönen Schwindel aus. Und das habe ich auch gemacht.«

»Geschah dies alles im Auftrag von Lackovites?«

»Ja. Es war ein wunderbarer Schwindel, er wäre die Krönung meiner Laufbahn geworden. Aber Viola hat alles verdorben, indem sie Gewalt angewendet hat. Ich hätte es wissen müssen.«

»Dann hatten Sie Samstagmorgen, als Sie hier aufgetaucht sind, tatsächlich keine Ahnung, daß Emmerick ermordet worden war?«

»Sie hätte gar keine Gewalt anzuwenden brauchen. Ich war wie vor den Kopf geschlagen.«

»Tut mir leid für Sie. Sie sagten eben, Viola habe Sie engagiert. Dann war sie der Boss?«

»Sie hatte die richtigen Beziehungen.«

»Wieviel hat sie Ihnen gezahlt?«

»Es ist unfein, über Geld zu reden. Sie hat von zweihunderttausend Dollar gesprochen, aber vielleicht war es ihr damit auch nicht ernst. Ich traue ihr nicht mehr.«

»Wer war der angebliche Anwalt, der auf dem Polizeirevier aufgekreuzt ist?«

»Violas Bruder Herman. Früher war er auf Postbetrug spezialisiert, aber dann hat er eine Allergie gegen die Briefmarkengummierung bekommen, deshalb setzt sie ihn jetzt für Gelegenheitsarbeiten ein.«

»Warum haben Sie Samstag morgen nach Emmerick gesucht?«

»Das gehörte zu unserem Plan. Sopwith traf sich mit der Erbin. Ich hatte ihn bearbeitet, er tat, was ich wollte. Emmerick hatte hier eine Wanze installiert, ich hatte vor mitzuhören, um sicherzugehen, daß sie die Golden-Apples-Aktien auch wirklich verkauft und statt dessen ihr Geld in mehr Lackovites-Aktien investiert.«

»Dann wären Sie aber enttäuscht gewesen.«

»War ich auch. Viola hat mich angerufen.«

»Wo waren Sie zu diesem Zeitpunkt?«

»Auf dem Schleppkahn. Ich bin hingefahren, nachdem ich die beiden dämlichen Bullen außer Gefecht gesetzt habe. Sie sagte, mein Plan sei gescheitert. Jetzt würde Keech die Erbin entführen und herbringen.«

»Wer ist Keech?«

»Ihr Freund. Sie haben ihn auf dem Boot kennengelernt. Viola steht auf hirnlose Muskelprotze.«

»War er an Emmericks Ermordung beteiligt?«

»Ja. Das hat er mir auf dem Boot erzählt, kurz bevor Sie gekommen sind. Er hat die Eule simuliert. Sie bestand nur aus einem Bündel Federn, das an einer langen Angelleine hing, die er zwischen die Bäume gespannt hatte. Er hat sich zwischen den Büschen versteckt und Ihnen aufgelauert. Emmerick hatte Sachen an, wie sie die Erbin normalerweise trägt, Hose und Damenpullover. Er sollte sie in das Netz locken und bewußtlos schlagen, sobald die Kracher losgingen und Sie in Panik gerieten. Viola wollte sie dann hochziehen. Sie hatten eine schwarze Plastikrutsche gebastelt, die Keech festhalten sollte, während Viola mit der Erbin herunterrutschte. Dann wollten sie sie mit dem Tandem wegschaffen. Emory sollte sich fallen lassen und so tun, als sei er sie, und dabei einen verstauchten Knöchel oder so was vortäuschen, damit die anderen mehr Zeit für die Flucht hatten. Aber dann ist er versehentlich selbst in das Netz geraten.«

»Und Viola saß allein oben im Baum. Dann hat sie ihn erstochen.«

»Sie mußte ihn mundtot machen, bevor er losschreien konnte. Viola wird immer handgreiflich, wenn ihr jemand die Tour vermasselt.«

»Verstehe«, sagte Peter. »Viola, können Sie mich hören?«

»Ich höre Sie.«

»Haben Sie Emmerick erstochen?«

»Ja. Es hat richtig Spaß gemacht.«

»Was haben Sie dann getan?«

»Ihn fallen gelassen, um Sie abzulenken. Die Plastikrutsche heruntergerutscht und dann vom Baum weggezogen. Mit Keech auf dem Fahrrad weggefahren.«

»Hat Fanshaw Ihnen und Keech dabei geholfen, Miss Binks am Sonntag zu entführen?«

»Nein, er war auf dem Boot.«

»Wer hat Knapweed Calthrop niedergeschlagen, Sie oder Keech?«

»Das war ich. Mit einem Stück Feuerholz. Er war ein Spion.«

»Für wen?«

»Für Golden Apples. Meine Schwester Elvira hat es mir gesagt. Die Compotes hatten Angst, daß Binks sie – hey, Moment mal! Was läuft hier eigentlich? Chuck, wach auf! Er hat deine Goldmünze!«

»Höh? Um Gottes willen!« Fanshaw öffnete die Augen und starrte mit ungläubiger Miene die beiden Polizisten an. »Nehmen Sie den Mann sofort fest! Er hat meine Münze gestohlen! Und meinen Anzug!«

»Das hat er keineswegs«, sagte der Polizist, der die Notizen machte. »Ich würde sagen, er hat sich die Sachen lediglich geborgt. Würden Sie das nicht auch sagen, Officer Musgrave?«

»Selbstverständlich, Officer Yerkes. So, Leute, Zeit fürs Abendessen, ihr habt alle einen anstrengenden Tag gehabt, also warum verhaften wir nicht einfach Miss Buddley und Mr. Smith, damit wir alle endlich unsere Ruhe haben? Wollen Sie den beiden ihre Rechte vorlesen, Officer Yerkes?«

»Gern. Dann können Sie sie festnehmen. Mal sehen, bei ihr war es Mord, Überfall, Entführung und Vorbereitung einer Straftat. Bei ihm Entführung, Vorbereitung einer Straftat, Flucht aus Polizeigewahrsam, Behinderung der Polizei bei der Ausübung ihrer Pflicht durch rechtswidrigen Einsatz von Hypnose. Sind damit alle einverstanden?«

»Klingt gut«, sagte Peter. »Was meinen Sie, Winifred?«

»Sehr schön, würde ich sagen. Was meinen Sie, Präsident?«

»Urgh.«

»Ich schließe mich der Meinung meines Gatten an«, sagte Sieglinde.

Sopwith wurde nicht gefragt und hatte auch keine Lust, sich zu äußern. Mr. Debenham stellte eine technische Frage.

»Bitte verzeihen Sie mir meine juristische Haarspalterei, aber da wir uns in Lumpkinton befinden, wäre die Festnahme da nicht Sache der hiesigen Polizei?«

»Ach, die Jungs haben bestimmt nichts dagegen«, sagte Officer Musgrave. »Wir haben hier so eine Art inoffizielles Abkommen in Balaclava County, da die Gefangenen sowieso alle zur Vernehmung zum Clavaton County Courthouse gebracht werden. Wollen Sie Mr. Smith seinen Anzug zurückgeben, Professor Shandy, oder sollen wir ihn in Frauenkleidern mitnehmen?«

»Ich würde mich gern umziehen, wenn Sie so nett wären und mir meine Sachen aus dem Wagen holen würden. Ich plädiere allerdings trotzdem dafür, Mr. Smith und Miss Buddley so mitzunehmen, wie sie sind, einschließlich der Fesseln. Außerdem würde ich vorschlagen, Smith auf keinen Fall seine Münze auszuhändigen.«

»Keine Angst, die konfiszieren wir sowieso als Beweisstück. Hätten Sie vielleicht zufällig einen Briefumschlag für uns, Professor Binks? Okay, dann lese ich Ihnen jetzt Ihre Rechte vor.«

Was er dann auch sehr eindrucksvoll tat, wie alle Anwesenden zugeben mußten. Da die Füße der Gefangenen zusammengebunden waren, trug Präsident Svenson Smith zum Streifenwagen, während sich die beiden Officer um die geifernde, sich windende Viola kümmerten. Smith machte keinerlei Versuch, sich zu wehren. Peter hatte den Verdacht, daß er vorhatte, sich durch ein Geständnis aus der Affäre zu ziehen, ähnlich wie Sopwith, der inzwischen von seinem Rechtsbeistand abgeholt und fortgefahren worden war, um dem Staatsanwalt vorgeführt zu werden, und danach entweder eingelocht oder entlassen wurde, je nachdem.

Der Schläger Keech hatte bereits seine Beteiligung an der gewaltsamen Entführung von Winifred Binks gestanden, wie sie erfuhren, und dabei Viola und Chuck Smith nach Strich und Faden belastet, außerdem hatte er eine genaue Augenzeugenbeschreibung abgegeben, was Violas Mordversuch an Kenneth Compote betraf, denn genau um den handelte es sich bei dem jungen Mann, den sie nur unter dem Namen Knapweed Calthrop kannten.

»Deshalb waren die Compotes heute morgen auch so nervös«, meinte Winifred. Sie hatte keine Lust, ihre Freunde so schnell wieder gehen zu lassen, daher blieben Shandy, die Svensons und Debenham noch ein bißchen und hielten mit Winifred eine kleine Siegesfeier ab, auch wenn es sie noch so sehr heimwärts zog. »Ich denke, wir sollten es ihnen nicht übelnehmen, daß sie versucht haben herauszufinden, was ich mit Golden Apples vorhatte. Der arme Knapweed, der er wahrscheinlich immer für mich bleiben wird, hat wirklich keinen sonderlich guten Spion abgegeben. Mir fällt ein Stein vom Herzen, daß er wieder bei Bewußtsein ist. Morgen schwinge ich mich aufs Rad und bringe ihm ein Sträußchen Labkraut. Die Geschichte mit Viola nimmt ihn möglicherweise arg mit. Ich habe nie genau herausfinden können, ob er nur von ihr fasziniert war oder Angst vor ihr hatte, aber in Herzensangelegenheiten kenne ich mich nun einmal nicht gut aus.«

»Warum starrt Mr. Debenham Sie dann an wie ein Lamm auf der Schlachtbank?« verlangte Sieglinde zu wissen. »Sie sind doch wohl nicht etwa verheiratet, Mr. Debenham?«

»O nein. Ich –« Debenhams ehrliches Gesicht überzog sich mit einer warmen Röte. »Ich bin seit vielen Jahren verwitwet. Doch es trifft tatsächlich zu, daß ich im Laufe der Zeit eine zunehmende Achtung vor dem Mut, den hohen Prinzipien und dem unerschütterlichen Humor meiner Klientin empfunden habe.«

»Drucksen Sie doch nicht herum. Sie lieben sie.«

»Ich – ich nehme an – ich – ja, ich muß gestehen, daß ich sie zutiefst verehre.«

»Oh, Mr. Debenham.« Winifred war ebenfalls errötet. »Aber warum haben Sie denn nie etwas gesagt?«

»Wie konnte ich? Sie, die Alleinerbin eines riesigen Vermögens, und ich, ein verknöcherter alter Anwalt, der lediglich über ein bescheidenes Einkommen verfügt, das er sich durch jahrelange unermüdliche Arbeit im Dienst seiner Klienten erworben hat. Ich hätte es nie über mich gebracht, etwas zu sagen, wissen Sie. Es wäre ein Verstoß gegen mein Berufsethos gewesen.«

»Pah! Berufsethos!« rief Sieglinde. »Was ist so ehrenhaft daran, die arme Winifred ganz allein und schutzlos in der Wildnis leben zu lassen, wo sie Spionen und Ganoven ausgesetzt ist, nur weil ein Rechtsverdreher Angst hat, man könnte ihm unterstellen, auf ihr Vermögen aus zu sein? Seien Sie doch vernünftig, Mr. Debenham. Helfen Sie lieber Winifred dabei, das Geld ihres Großvaters für möglichst viele gute Zwecke einzusetzen. Dann könnten Sie beide glücklich und zufrieden von Ihrem bescheidenen Auskommen leben, und alles wäre gut.«

»Also – also – Gott sei mein Zeuge, dann werde ich es versuchen.« Mit energisch vorgeschobenem Kinn und festem Blick wandte sich Debenham an seine Hauptklientin. »Miss Binks – Winifred – wollen Sie – können Sie – fühlen Sie sich in der Lage, mich Alaric zu nennen?«

Peter nickte Sieglinde zu. Sieglinde nickte Thorkjeld zu. Hier gab es nichts mehr zu tun, sie konnten sich also getrost auf den Heimweg machen.

Nachwort

›Retiarius‹ nannte man in Rom die Sorte Gladiatoren, die für die tödlichen Kämpfe mit dem ›rete‹ – einem Netz – und mit Harpune oder Dreizack und einem Dolch ausgestattet waren. Einen solchen wähnt der gebildete Professor Peter Shandy im nächtlichen Wald von Balaclava County im ländlichen Massachusetts unterwegs, als der angebliche Ingenieur Emory Emmerick, der weniger als eine Minute vorher an ihm vorbeigestürzt war, plötzlich in ein Netz verschnürt und erstochen vor ihm liegt.

Wie man sieht, hat Charlotte MacLeod auch diesmal (»An Owl Too Many«, 1991) keine Mühe, ihre Balaclava-Saga farbig fortzuspinnen. Zum einen erfahren wir nach dem Murmeltier-Tag (»Stille Teiche gründen tief«, DuMont's Kriminal-Bibliothek Band 1046) von einem weiteren ländlich-sittlichen Brauch an der renommierten Landwirtschaftlichen Hochschule von Balaclava, der alljährlichen Eulenzählung. Flächendeckend schwärmen quantitativ wie qualitativ sorgfältigst ausgesuchte Teams durch die Wälder, um möglichst exakt nach Art und Zahl alle Striges der einheimischen Wälder zu erfassen. Und ausgerechnet beim hochkarätigsten, kleinen aber feinen Zählteam um Präsident Svenson ereignet sich der mysteriöse tödliche Zwischenfall.

Zugleich wird die im vorangehenden Roman (»Wenn der Wetterhahn kräht«, DuMont's Kriminal-Bibliothek Band 1063) begonnene Geschichte um Miss Winifred Binks fortgesetzt, die nicht zufällig Mitglied dieser Elitetruppe ist. Sie hatte vor einigen Monaten Professor Shandy und seinem jungen Reporterfreund Cronkite Swope das Leben gerettet, als diese sich plötzlich gezwungen sahen, in den Wäldern von Massachusetts wortwörtlich unterzutauchen. Miss Binks, die, teils auf Baumhäusern, teils in Erdwohnungen, von den Früchten und Wurzeln des Waldes lebte, entpuppte sich als niemand Geringeres als die Enkelin und Alleinerbin eines gewaltigen Vermögens, das ihr exzentrischer Großvater hinterlassen hatte, an das sie aber nicht herankam, weil in einem letzten Anfall extremer Exzentrik besagter Großvater sich hatte tieffrieren lassen, um seiner Auferstehung in einer wissenschaftlich fortgeschritteneren Zeit entgegenzuschlummern. Ein allzu gewissenhafter Richter hatte ihn daraufhin für potentiell lebend erklärt und den Anspruch der Enkelin kostenpflichtig abgewiesen. Seitdem lebte sie völlig mittellos auf dem riesigen Grundstück der Familie ihre Eich- und Erdhörnchen-Existenz, bis ein kleines Erdbeben einen Stromausfall herbeiführte und Großvater vor der Zeit auftaute. Als man das entdeckte, war er übrigens ein wenig grünlich geworden, worauf in unserer Fortsetzung gelegentlich mit aller Diskretion angespielt wird.

Inzwischen ist sie nicht nur unangefochtene Erbin des Binks-Vermögens, sondern auch bereits Mitglied des Lehrkörpers der Landwirtschaftlichen Hochschule von Balaclava: Sie hat die Binks-Ländereien dem College als Außenstation gestiftet, wobei Gebäude und Personal von ihrem Vermögen bezahlt werden. Eine Fernsehstation, die ausschließlich Bildungsprogramme zu Umweltfragen senden soll, wird bald errichtet, doch die neuernannte Professorin, die die heimische Fauna und Flora wie niemand sonst aus eigener Anschauung kennt, lebt bereits dort draußen mit einer Sekretärin und einem Doktoranden als Assistenten.

Daß Peter Shandy, der als Zufallsdetektiv begann (»Schlaf in himmlischer Ruh'«, DuMont's Kriminal-Bibliothek Band 1001) und in der Zwischenzeit der Sherlock Holmes von Balaclava County geworden ist (außer den schon Genannten »...freu dich des Lebens«, »Über Stock und Runenstein«, »Der Kater läßt das Mausen nicht«, Du Mont's Kriminal-Bibliothek Bände 1007, 1019, 1031), einen Fall aufzuklären versucht, über den er wortwörtlich gestolpert ist, versteht sich von selbst, zumal dies unter den Augen des hünenhaften Präsidenten geschah. Die – wie die Auflagenziffern zeigen – zahlreichen Fans von Charlotte MacLeod werden es begrüßen, daß sie in diesem Roman wieder eine angemessene Rolle für den Wikingersproß bereithält, dessen Großvater ein Walfänger und dessen Großmutter ein Mörderwal gewesen sein soll und der – wohl großmütterlicherseits beeinflußt – gern in Nullwortsätzen kommuniziert.

Galt der Angriff des ›retiarius‹ vielleicht gar nicht dem gräßlichen Emory Emmerick, der sich taktlos, aber erfolgreich in dieses

Team gedrängt hatte, obwohl er offensichtlich eine Eule nicht von einem Ufo unterscheiden konnte? Wäre Miss Winifred Binks nicht das geeignetere Objekt einer – dann wohl gräßlich fehlgeschlagenen – Entführung? Da Professor Binks bei ihrem raschen und großen Einsatz für das College noch gar nicht dazu gekommen ist, ihr bzw. ihres Großvaters Geld zu zählen, war der von der Presse hervorgerufene Eindruck, sie habe ihr Vermögen dem College gestiftet, vielleicht falsch, und bei ihr privat ist doch noch einiges zu holen.

Für diese Annahme sprechen jedenfalls die sich auf der einsamen Außenstation geradezu überstürzenden Ereignisse. Es stellt sich nicht nur heraus, daß der – wenn auch ermordete, so dennoch gräßliche – Emmerick eine falsche Identität hatte, sondern die tätlichen Angriffe häufen sich, bei denen die Sekretärin Viola Buddley regelmäßig an Bäume gefesselt wird. Vielleicht trägt ihr T-Shirt die Schuld daran, auf dem in großen Lettern über ihrem üppigen Busen prangt: »Haben Sie heute schon einen Baum umarmt?«

Als Detektiv hat Peter Shandy die Methode, in jeder gegebenen Situation alle Optionen blitzschnell lückenlos durchzuspielen, so absurd sie auch sein mögen. ›Jeder ist verdächtig‹ ist die generelle Devise im Detektivroman, und erst als Professor Winifred Binks tatsächlich entführt ist, verengt sich der Verdacht, und es bleibt nur noch die Frage, ob es sich um eine allgemeine oder eine gezielte Erpressung handelt.

Der – nicht zuletzt durch ihr jahrelanges Überlebenstraining in den Wäldern – reaktionsschnellen und blitzgescheiten Winifred gelingt es, in ihr in Gegenwart der Kidnapper gegebenes telefonisches Lebenszeichen eine Botschaft für Professor Shandy und seinen Präsidenten einzuschmuggeln – eine literarische, versteht sich, eine Anspielung auf populäre amerikanische Kinderbuchgestalten, die, von beiden richtig dekodiert, zu ihrer Befreiung führt.

Daß die extrem aktionistisch gerät, versteht sich von selbst. Schließlich lesen wir einen Roman von Charlotte MacLeod, und die im Text selbst als Eideshelfer herbeizitierten Vorbilder sind die Thriller-Autoren Childers, Buchan und Sax Rohmer sowie der Charlie-Chan-Erfinder Earl Derr Biggers. So läßt sie mittels Dammbruch einen erfundenen Nebenfluß des oberen Connecticut River zum reißenden Strom werden, auf dem nur noch der Wikinger-Walfänger-Killerwal-Sproß Svenson sich zu behaupten vermag, indem er nach stürmischer Nachtfahrt sein Boot praktisch dort festmacht, wo das Geheimnis verborgen ist – in der Nähe einer der Firmen, deren Aktien sich neben vielen anderen in Winifred Binks' Portefeuille befinden.

Das geplante Wirtschaftsverbrechen oder, angenehmer ausgedrückt, die ›kreative Transaktion‹, die von Anfang an geplant war und die vom Aktionismus nur verdeckt wurde, läßt sogar Winifred Binks' Anwalt und ihren Vermögensverwalter verdächtig erscheinen, wie übrigens auch ihre Partner bei der Firma »Golden Apples« durch ihr Verhalten auf Winifred wie Peter höchst verdächtig wirken. Doch diesen Verdacht mag der Leser des amerikanischen Originals nicht zu teilen, hat Charlotte MacLeod dem Gegner der »Golden Apples« doch den sprechenden Namen »Lackovites« gegeben. Man kann es sowohl als ›Mangel an Vitaminen‹ als gleichzeitig auch als ›Mangel an Vitalstoffen‹ übersetzen – und beide Firmen konkurrieren miteinander auf dem Gebiet der biodynamischen, holistischen Vollwertnahrung. Indem Charlotte MacLeod das Skurrile mit dem Aktuellen, das Aktionistische des Thrillers mit der Wirklichkeit der ›feindlichen Übernahmen‹ aus dem täglichen Wirtschaftsteil verbindet, setzt sie ihre ebenso spannende wie zwerchfellerschütternde Saga aus dem heutigen Balaclava Junction, Massachusetts, USA überzeugend fort.

Volker Neuhaus

Miss Rondels Lupinen

Für Lida Wentworth

Die riesigen Gletscher der Eiszeit und der mächtige Atlantik haben so viele malerische kleine Buchten und Spitzen in den Küstensaum von Maine genagt, daß es eigentlich überflüssig ist, sich weitere Orte auszudenken und sie zum Schauplatz von Verbrechen zu machen. Doch da dies der einzige Landbesitz am Meer ist, den sich die Autorin je wird leisten können, hat sie nach Hocasquam und Sasquamahoc auch noch Pickwance und Rondel's Head erfunden und mit imaginären Personen bevölkert. Meer, Felsen und Muscheln sind echt, alles andere ist gesponnenes Seemannsgarn.

Kapitel 1

»Wie zum Kuckuck schafft es diese Frau bloß, daß sie hier überhaupt wachsen?«

Professor Peter Shandy, berühmter Experte für Nutzpflanzenzucht am renommierten Balaclava Agricultural College im ländlichen Massachusetts, der momentan seine Zelte im Bright's Inn in Pickwance irgendwo an der schroffen, felsigen Küste Maines aufgeschlagen hatte, war mehr als verblüfft. Er war aus zwei Gründen hierher gekommen. Der eine war, daß seine Frau es sich in den Kopf gesetzt hatte, verschiedene Jugendfreundinnen einzuladen, um mit ihnen so etwas wie eine verspätete Pyjama-Party zu veranstalten. Nach seinem kleinen Auftritt als Hahn im Korb hatte Peter seiner Gattin und ihren Gästen den Gefallen getan, sich aus dem Staub zu machen, um das gemütliche Beisammensein nicht weiter zu stören, und sich eine passende Bleibe für seine Interimsexistenz als einsamer Gockel gesucht.

Der zweite Grund seines Hierseins war jene Dame, auf die sich die eben gestellte Frage bezog. Helens Busenfreundin Catriona McBogle, die als erste komplett mit Schlafsack und puscheligen Katzenkopfpantoffeln zur Party angereist war, hatte ihn auf die glorreiche Idee gebracht, einen kleinen Abstecher zu Miss Rondels Lupinen zu machen. Währenddessen wollte sie sich mit seiner geliebten, wenn auch mitunter etwas zu geselligkeitsliebenden Helen und weiteren etwas in die Jahre geratenen ›Mädchen‹ vergnügen.

Frances Hodgson Rondel, um die Lupinenexpertin in den Genuß ihres vollen Namens kommen zu lassen, war Professor Shandy freundlich gesonnen und hatte sich sofort bereit erklärt, ihn zu empfangen. Er hatte sie am Morgen getroffen, beinahe völlig verdeckt von den hochmütigen Blütenrispen, die kerzengerade vier, fünf, sechs Fuß oder höher aus einem Meer von feingefingerten, geheimnisvoll grünen Blättern emporschossen. Die Farben der Blüten einfach nur atemberaubend zu nennen, schien Peter so respektlos, als würde man eine Stradivari als Fiedel bezeichnen. Die Skala reichte von strahlendem Weiß, das Peter an die Flügel eines Engels denken ließ, über zarte Rosatöne, unschuldiges Babyblau und ein verwirrend flüchtiges Blaßgelb wie aus dem Federkleid eines Myrtenwaldsängers im Frühling bis hin zu sanftem Apricot, aufdringlich glänzendem Gold, königlichem Lila und wunderbaren Rottönen, zu denen vielleicht ein Tizian fähig gewesen wäre, hätte er seine Farben in dieses nördliche Licht tauchen können.

Peter besaß ein hervorragendes Auge für Farben. Er hatte in seinen Gewächshäusern Hybriden gezüchtet, die ihn als Nutzpflanzenexperten ziemlich berühmt gemacht und ihm eine Menge Geld eingebracht hatten. Doch hier, an diesem kargen, felsigen Teil der Küste von Maine, wurde ihm schlagartig bewußt, daß er Mutter Natur niemals das Wasser würde reichen können.

Doch die ungewöhnlichen farbenprächtigen Riesen wußten noch nicht, mit wem sie es zu tun hatten. Morgen würde er so früh, wie es die Höflichkeit eben erlaubte, mit einsatzbereiten Sammeltaschen zurückkehren. Es war bereits Mitte Juli. Peter waren die stattlichen Leguminosen, für die bestimmte Straßenabschnitte Maines zu recht berühmt waren, schon während der Fahrt aufgefallen. Jetzt war genau der richtige Zeitpunkt, um aktiv zu werden. Und dies war zweifellos der ideale Ort. Mrs. Rondel verstand zwar nicht ganz, was ihn derart in Begeisterung versetzte, hatte ihm jedoch gestattet, nach Herzenslust zu sammeln, nachdem sie sich vergewissert hatte, wer er war, woher er kam und wer ihn zu ihr geschickt hatte.

Mit Erlaubnis der leicht amüsierten Mrs. Rondel hatte Peter bereits mehrere Bodenproben entnommen. Er wollte sie am nächsten Tag so früh wie möglich seinem Freund Professor Ames schicken, damit dieser sie im Collegelabor untersuchen konnte. Als er Mrs. Rondel gefragt hatte, welchen Dünger sie benutze, hatte er als Antwort nur ein rätselhaftes Lächeln erhalten. Er selbst konnte sich übrigens gut vorstellen, daß es sich um ein Gebräu aus gut abgelagertem Hühnermist handelte. Bisher hatte er zwar nur drei Hennen in Rondel's Head entdeckt, doch die waren so groß wie junge Truthähne gewesen, mit flammendroten Kämmen, Federn, die wie die der goldenen Gans aus dem

Märchen glänzten, und dem Ausdruck blasierter Arroganz auf ihren selbstgefälligen Schnabelgesichtern. Er war sogar bereit, jede Wette zu halten, daß sie ausnahmslos Rieseneier mit doppeltem Dotter legten.

Auch Miss Rondel war äußerst bemerkenswert. Sie war schätzungsweise ein Meter fünfundsiebzig groß, trug abgelaufene Turnschuhe und hielt sich kerzengerade. Nur die tiefen Falten in ihrem Gesicht und die dicken Venen auf ihren Handrücken ließen auf ein fortgeschrittenes Alter schließen, wofür es allerdings auch noch einen anderen Hinweis gab. Als er gestern am späten Nachmittag angekommen war, hatte er sich bei Elva Bright, der Besitzerin des Gasthofes, erkundigt, ob sie zufällig die Dame kenne, die hier Lupinen züchtete.

»Selbstverständlich kenne ich sie«, hatte Mrs. Bright erwidert. »Schließlich ist sie mit meiner Großmutter zur Schule gegangen.«

Dabei war Elva, wie sie anscheinend von jedem im Ort genannt wurde, selbst schon mehrfache Großmutter. Dies hatte Peter aus diversen Bemerkungen geschlossen, die sie in seinem Beisein anderen Gästen gegenüber gestern beim Abendessen und heute morgen beim Frühstück gemacht hatte, sowie aus den Fotos, die an der Rezeption standen. Ein weiterer Beweis war die hübsche junge Dame, die etwa sechzehn Jahre zählen mochte und in grellrosa Steghose und dezenter Bluse mit Blumenmuster die Gäste bediente und die Gastwirtin »Gran« nannte.

Miss Rondel mußte daher schon recht betagt sein, auch wenn sie sich noch so gerade hielt und voller Energie steckte. Möglicherweise heiratete man hier ausgesprochen früh. Vielleicht vermischten die Familien sich hier so begeistert, daß jemand bereits *in utero* Großonkel oder Großtante sein konnte. Vielleicht lag es auch am Wasser. Peter genoß den letzten Bissen seines köstlichen Hühnerfrikassee und hielt hoffnungsvoll Ausschau nach Kaffee und Maismehlpudding, die er bereits vor einiger Zeit bestellt hatte, wie er sich vage zu erinnern glaubte.

Er war erst spät zum Gasthof zurückgekehrt, da er nach dem Besuch bei Miss Rondel einen weiten Umweg an der Küste entlang gemacht und immer wieder angehalten hatte, um die heimische Vogelwelt zu beobachten. Als er endlich eingetroffen war, hatten die Gäste schon fast fertig gegessen beziehungsweise gespeist – je nach sozialer Schicht. Außer ihm befanden sich nur noch zwei Männer im Speisesaal. Einer war der gepflegt wirkende alte Herr, der Peter bereits gestern abend aufgefallen war und wieder am selben Tisch in der Ecke saß, der andere, ein ausgesprochen großspuriger Mensch, war kurz nach Peter auf der Bildfläche erschienen. Die Unmengen von benutztem Geschirr auf den Tischen zeugten allerdings davon, daß der Großteil des Abends weit weniger ruhig verlaufen war.

Das Großmaul hatte Peter einen hoffnungsvollen Blick zugeworfen, den dieser jedoch eiskalt hatte abprallen lassen, und sich daraufhin damit zufrieden gegeben, die junge Kellnerin, die den bemerkenswerten Namen Thurzella oder so ähnlich trug, mit seinen Witzen zu beglücken. Sie hatte seine plumpen Späße kommentarlos über sich ergehen lassen und in aller Seelenruhe einen Tisch in seiner Nähe abgeräumt. Schließlich teilte sie ihm mit, daß es in der Küche nur noch eine einzige Portion Hühnerfrikassee gebe und Mr. Flodge sich mit seiner Bestellung beeilen müsse, falls ihm der Sinn nach diesem Gericht stehe, da sie es ansonsten gern selbst essen wolle. Flodge hatte sich daraufhin auf der Stelle das Frikassee bestellt und schlang es jetzt so gierig hinunter, als befürchte er, Thurzella würde es ihm doch noch in letzter Minute unter der Nase wegreißen und selbst verzehren, was Peters Meinung nach einiges über seine Persönlichkeit aussagte.

Der alte Herr in der Ecke hatte seine Kaffeetasse abgesetzt und beobachtete mit offensichtlichem Respekt, wie Flodge Hühnchenfleisch und Erbsen mit der Geschwindigkeit und Effektivität eines gut geölten Roboters in sich hineinschaufelte. Die Portionen im Bright's Inn waren so großzügig, daß man sie fast schon überwältigend hätte nennen können, und Flodge hatte gerade etwa die Hälfte in sich hineingestopft, als er urplötzlich, ohne auch nur einen Laut oder irgendein Zeichen von sich zu geben, nach vorn kippte und mit dem Gesicht im Teller landete.

Mit einer ruckartigen Handbewegung warf er sein Glas auf den Boden. Thurzella ließ ein volles Tablett mit aufeinandergestapelten Tellern fallen, stieß einen schrillen Schrei aus, der einer Opernsängerin Ehre gemacht hätte, und griff beherzt nach dem Haarschopf des unglückseligen Essers, den sie daraufhin prompt in der Hand hielt.

»Granny! Granny! Komm schnell! Jasper Flodge ist mit dem

Gesicht in die Sauce gefallen und jetzt hab' ich ihm auch noch alle Haare ausgerissen!«

»Meine Güte, Thurzella, mach nicht so ein Geschrei, es ist doch bloß ein Toupet. Komm schon, Jasper, reiß dich zusammen, sonst ertrinkst du noch in der Sauce. Und du hör auf, ihn anzustieren, Thurzella. Lauf in die Küche und hol einen Lappen, damit wir die Schweinerei aufwischen können.«

Mrs. Bright ließ das Toupet angewidert auf einen leeren Stuhl fallen, griff nach Flodges Hemdkragen, riß ihn nach oben, so daß sein Träger eine sitzende Position einnahm, und begann, das Gesicht ihres Gastes mit einer Serviette abzutupfen. »Professor, ich möchte Sie wirklich nicht belästigen, aber –«

»Das ist doch selbstverständlich, Mrs. Bright.« Peter war bereits aufgestanden und stand kurze Zeit später neben ihr. »Lassen Sie mich mal sehen.«

Er hatte seine eigene Serviette und sein Wasserglas mitgebracht, feuchtete die Serviette an und strich damit über das saucenverschmierte Gesicht. Die Augen des Mannes waren halbgeöffnet, doch die Lider bewegten sich nicht. Peter versetzte dem ohnmächtigen Flodge einen Schlag zwischen die Schulterblätter und versuchte, mit dem Heimlich-Handgriff einen etwaigen Fremdkörper aus den Luftwegen zu entfernen. Schließlich griff er nach einem der rostfreien Messer, die Mrs. Bright spiegelblank poliert hatte, und hielt es an den offen stehenden Mund. Nicht der kleinste Hauch trübte die glänzende Oberfläche. Peter schaute die Gastwirtin an, und sie erwiderte seinen Blick.

»Ich sollte wohl besser einen Arzt rufen, meinen Sie nicht auch, Professor?«

»Am besten verständigen Sie gleich auch den Constable, falls es hier im Ort einen gibt.«

Während Peter neben dem leblosen Körper stand und überlegte, was in Dreiteufelsnamen er wohl als nächstes tun solle, eilte Mrs. Bright bereits zur Rezeption, wo sich ihr Telefon befand. Thurzella kehrte mit Schrubber, Wassereimer, Besen, Kehrblech sowie einer Rolle Küchenpapier aus der Küche zurück und hatte aus unerfindlichen Gründen auch ein kleines Spülbürstchen mit rosa Griff mitgebracht.

»Ist Ihnen das Frikassee nicht bekommen, Mr. Flodge?«

Sie machte Anstalten, nach seinem nicht sehr appetitlich aussehenden Teller zu greifen, doch Peter hielt sie am Arm fest.

»Fassen Sie den Teller bitte nicht an, Thurzella.«

»Aber warum denn nicht? Von dem vermatschten Ding will er doch bestimmt nicht mehr essen.«

»Nein. Nein, da haben Sie sicher recht, Thurzella. Aber vielleicht sollten Sie sich lieber als erstes um die Glasscherben kümmern, bevor jemand hineintritt.«

Das Mädchen schien ihn weder zu sehen noch zu hören, sie starrte nur auf den Mann, der ihr das Hühnerfrikassee weggegessen hatte. »Er ist tot, oder?« sagte sie schließlich. »Ich habe noch nie jemanden sterben sehen. Es ist schrecklich, finden Sie nicht?«

»Ja, es ist wirklich schrecklich.« Schließlich war sie noch ein halbes Kind. »Vielleicht sollten Sie kurz in die Küche gehen und sich eine Tasse Tee oder so etwas machen? Ich kümmere mich in der Zwischenzeit um die Scherben. Die Tische rühren wir am besten nicht an, bevor die Polizei da war.«

»Aber wieso denn nicht, Professor? Man kann ihn doch nicht einfach so –«

»Ich weiß, was Sie meinen«, sagte Peter, »aber leider dürfen wir nichts – ach du liebe Zeit!«

Es gelang ihm, das Mädchen aufzufangen, bevor sie mitten in die Scherben fiel, und zu einem Stuhl am Nebentisch zu führen, wo sie die unheimliche Gestalt, die bis vor kurzem noch Jasper Flodge gewesen war, nicht mehr sehen konnte. Dann wandte er sich an den schweigenden Herrn in der Ecke.

»Könnten Sie sich bitte einen Moment um die junge Dame kümmern, Sir, während ich die Scherben aufkehre? Sie fühlt sich etwas unwohl.«

»Mir geht es genauso.«

Der Mann stand trotzdem auf, stützte sich schwer auf einen dicken Stock aus Schwarzdornholz und setzte sich mühsam in Bewegung. Peter tat es leid, daß er den armen alten Kauz belästigt hatte. Doch als der Mann Thurzella schließlich erreicht hatte, stellte er sich als recht kompetent heraus. Er ließ sich langsam auf den Stuhl neben ihrem sinken, zog von allen denkbaren Objekten ausgerechnet ein zierliches kleines viktorianisches Riechfläschchen aus blauem Glas hervor und hielt es dem jungen Mädchen, das offensichtlich im Begriff war, jeden Moment ohnmächtig zu werden, unter die Nase.

»Es hat meiner Mutter gehört«, erklärte er ein wenig verlegen. »Und vorher ihrer Mutter. Da ich selbst zu gelegentlichen

Schwindelattacken neige, mit deren Ursachen ich Sie lieber nicht langweilen möchte, trage ich es immer bei mir. Tief einatmen, Thurzella, dann haben Sie gleich wieder einen klaren Kopf.«

Die junge Frau gehorchte, hustete, nieste und begann zu weinen. Der Mann reichte ihr ein Taschentuch aus feinem Leinen, sorgfältig gebügelt und blütenweiß wie die Brust einer Schneegans. »Immer mit der Ruhe, bald fühlen Sie sich besser. Vielleicht holt Ihnen der freundliche Herr ein Glas Wasser?«

Auf den Tisch an der Kasse hatte jemand einen Aluminiumkrug und ein Tablett mit sauberen Kelchgläsern gestellt. Peter eilte zu dem Tisch und schüttelte vorsichtig den Krug, um festzustellen, ob sich noch Wasser darin befand. Es war zwar nicht mehr viel, aber es würde ausreichen. Er füllte eines der Gläser und brachte es Thurzella.

Sie schluchzte immer noch in das wunderschöne Taschentuch. Der ältere Herr verhielt sich vernünftigerweise ruhig und ließ sie weinen. Er nahm das Glas in Empfang und reichte es der jungen Frau mit der gleichen altmodischen Förmlichkeit, die er bereits mit dem Taschentuch und dem Riechsalz an den Tag gelegt hatte. Thurzella schluckte mehrere Male, putzte sich die Nase, wischte sich die Tränen ab, nahm das Wasserglas und führte es ungeschickt an die Lippen. Doch es schien zu funktionieren. Als Elva Bright ihre Telefonate beendet hatte und wieder zu ihnen stieß, war ihre Enkelin bereits damit beschäftigt, unter Flodges Tisch umherzukriechen und den letzten verirrten Scherben mit Staubfeger und Kehrblech zu Leibe zu rücken, während Peter beherzt den Besen schwang.

Die Gastwirtin war entsetzt. »Geben Sie mir bitte sofort den Besen, Professor! Es ist zwar reizend von Ihnen, daß Sie uns helfen wollen, aber als zahlender Gast ist es wirklich nicht Ihre Aufgabe, hier an meiner Stelle den Boden zu kehren! Es war übrigens gar nicht so einfach, jemanden zu erreichen, aber gleich kommt der Krankenwagen von The Narrows und holt ihn ab. Dr. Bee hat versprochen, daß er sich Jasper sofort ansieht, wenn er dort eintrifft. Der Doktor meint, daß es höchstwahrscheinlich ein Herzinfarkt war, was mich bei Jaspers Lebenswandel nicht sonderlich überraschen würde. Daher denke ich, wir können ihn ruhig soweit herrichten, daß er wieder halbwegs präsentabel aussieht. Er fände es bestimmt furchtbar, mit total verschmiertem Gesicht und Erbsen in den Ohren ins Krankenhaus gebracht zu werden.«

»Und ohne Haare«, fügte der alte Herr mit todernster Miene hinzu. »Haben Sie Flodges – äh – Haushälterin schon erreicht?«

»Oh, er hatte schon seit mindestens fünf Monaten keine mehr. Die letzte fand es dort zu ruhig, besonders im Winter, was man ihr meiner Meinung nach kaum verdenken kann. Deshalb hat Jasper auch regelmäßig hier bei uns gegessen. In der letzten Zeit ist er ziemlich vom Pech verfolgt worden. Ach, was rede ich da überhaupt, wo der arme Mann hier tot auf seinem Stuhl sitzt. Thurzella, möchtest du nicht lieber nach Hause gehen? Deine Mutter macht sich bestimmt schon Sorgen, wo du bleibst.«

»Nein, bestimmt nicht. Sie ist mit Dad bei Tante Sara Ann. Onkel Ira hat nächste Woche Geburtstag, weißt du, und Tante Sara hat für ihn einen Stapel Kassetten mit Greta Garbo-Filmen gekauft. Heute abend ist er mit den Jungs aus der Fabrik kegeln, daher hat Tante Sara Ann meine Eltern zur Sneak Preview eingeladen. Sie ärgern sich bestimmt schwarz, wenn sie rausfinden, was sie verpaßt haben. Kann ich nicht heute nacht hier bei dir schlafen, Grammy?«

»Nein, Thurzella. Du weißt genau, daß dein Vater sich immer wahnsinnig aufregt, wenn du nicht in deinem Bett liegst, wenn er mit deiner Mutter nach Hause kommt.«

»Aber ich hab' Angst, im Dunkeln allein nach Hause zu gehen.«

»Eh –« Peter räusperte sich. »Hat sie weit zu laufen? Ich könnte sie schnell mit dem Wagen heimbringen.«

»Kommt gar nicht in Frage, Professor, es ist wirklich nur ein Katzensprung. Wenn einer von Ihnen so freundlich ist, hier zu warten, bis der Krankenwagen kommt, hole ich einfach schnell meine Taschenlampe und begleite sie.«

»Das kann ich übernehmen«, sagte der ältere Herr. »Ich tauge inzwischen ohnehin nur noch zum Warten. Vielleicht möchte Professor – entschuldigen Sie bitte, Sir, aber ich habe Ihren Namen nicht verstanden.«

»Shandy. Ich unterrichte am Balaclava Agricultural College in Massachusetts. Gehen Sie ruhig, Mrs. Bright, ich bleibe hier und leiste dem Herrn Gesellschaft. Falls Sie überhaupt Wert auf Gesellschaft legen, Mr. –«

»Withington. Claridge Withington. Ich habe früher auch eine Weile unterrichtet. Gehe ich recht in der Annahme, daß Sie der Professor Shandy sind, der die Portulica Purple Passion gezüchtet hat? Ganz zu schweigen von der berühmten Riesenrübe, dem Balaclava Buster.«

»Hmja, das könnte man wahrscheinlich sagen, obwohl eigentlich mein Freund Professor Ames den größten Teil der Arbeit geleistet hat. Aber sind Sie vielleicht zufällig der Claridge Withington, der für den *Lupinenboten* schreibt?«

»Ach herrje, Sie wollen doch damit nicht etwa sagen, Sie hätten schon einmal etwas von mir gelesen?«

»Natürlich, ich lese stets Ihre Artikel. Meine Frau übrigens auch, ich glaube, Sie haben sie sogar schon ein oder zweimal zitiert. Sie ist die Kuratorin der Sammlung Buggins in Balaclava und hat bereits eine Menge über die Familie Buggins veröffentlicht.«

»Helen Marsh Shandy, aber natürlich! Eine Frau, die ich zutiefst bewundere, wenn Sie mir die Bemerkung erlauben. Aber wie man so schön sagt, die Welt ist klein. Ihre Gattin ist nicht zufällig ebenfalls hier zu Besuch?«

»Nein, sie vergnügt sich mit ein paar alten Freundinnen, und ich habe Order, mich rar zu machen.«

Peter verspürte wenig Lust, in Gegenwart einer langsam steif werdenden Leiche ein belangloses Gespräch zu führen, auch wenn die Situation in seinen Morgenseminaren bisweilen durchaus vergleichbar war. Er überlegte, ob man Jasper Flodge nicht lieber auf den Serviertisch legen solle, um etwaige Schwierigkeiten beim Transport in den Krankenwagen zu vermeiden. Doch es hatte wenig Zweck, diese Bedenken jetzt zu äußern, da er ohnehin nichts tun konnte, es sei denn, Mr. Withingtons Stock entpuppte sich als Falttrage. Was Peter nach allem, was bereits passiert war, nicht sonderlich überraschen würde.

Auf jeden Fall schien The Narrows, wo immer es sich auch befand, nicht weit vom Gasthof entfernt zu sein, wenn Mrs. Bright davon ausging, daß der Krankenwagen noch vor ihrer Rückkehr hier eintreffen würde. Es sei denn, sie hatte vor, noch kurz bei Sara Ann vorbeizuschauen und sich einen der Filme anzusehen. Peter hatte bei einem früheren Besuch die Erfahrung gemacht, daß die Bevölkerung von Maine ein klein wenig unberechenbar war.

»Und was hat Sie zu uns geführt, Professor Shandy?« erkundigte sich Withington. »Pickwance hat zwar einige treue Fans, zu denen auch ich zähle, aber man kann den Ort wohl kaum als Touristenmagnet bezeichnen.«

»Was an sich schon Grund genug für einen Besuch wäre«, sagte Peter. »Aber eigentlich bin ich hergekommen, weil unsere gemeinsame Freundin Catriona McBogle meinte, ich könnte mich vielleicht für Miss Rondels Lupinen begeistern.«

»Aber natürlich, die Lupinen! Ich konnte sie mir zwar während der letzten Jahre aus naheliegenden Gründen nicht mehr ansehen, aber ich erinnere mich lebhaft daran, wie wunderschön sie waren. Sind sie immer noch genauso großartig wie früher?«

Woher zum Henker sollte Peter Shandy das wissen? »Es sind die schönsten Exemplare, die ich je im Leben zu Gesicht bekommen habe. Wissen Sie zufällig, welches Düngemittel Miss Rondel benutzt?«

»Keine Ahnung, da kann ich Ihnen leider nicht weiterhelfen. Düngemittel gehören nicht zu meinen Spezialgebieten. Vermutlich ist es irgendeine Art von tierischem Dung. Frances Rondel hält nicht viel von Substanzen, die nicht von Mutter Naturs Gabentisch stammen. Wenn ich mich recht erinnere, hatte sie früher immer eine Kuh. Frederica, so hieß das Tier, war ein ausgesprochen hübsches Exemplar und konnte erstaunlich melodiös muhen. Ich habe sogar einmal etwas über Frederica zu Papier gebracht, allerdings ging es dabei nicht um die – äh – Enderzeugnisse, wenn ich es einmal so ausdrücken darf. Das erinnert mich übrigens an Wordsworth. ›Im Leben ist alles wohl bestellt, selbst was nutzlos scheint, befruchtet die Welt‹. Sind Sie vertraut mit den Werken von Wordsworth, Professor?«

Peter war mit den Werken von Wordsworth recht gut vertraut. Darüber hinaus kannte er auch die Werke von Henry Wadsworth Longfellow. Es wäre grausam gewesen, dem armen Withington zu gestehen, daß er und Helen seine kleinen Ergüsse nur lasen, weil es ihnen diebischen Spaß machte, herauszufinden, wer von ihnen die meisten geklauten oder falsch angewandten Zitate und Anspielungen fand.

»Ich habe noch nie mit einer Narzisse getanzt, falls Sie das meinen. Ich nehme an, Sie leben schon lange hier in Pickwance, Mr. Withington?«

»Eigentlich lebe ich nicht wirklich hier, ich bin eher so etwas wie ein Sommerleiden, um es einmal im wenig schmeichelhaften Idiom der Einheimischen auszudrücken. Ich kann die Winter von Maine inzwischen nicht mehr ertragen und reise daher normalerweise wieder ab, wenn der Herbst sich dem Ende neigt. Elva Bright sorgt stets dafür, daß ich mich wohlfühle, sie hat mir sogar ihr Empfangszimmer zur Verfügung gestellt, um mir das Treppensteigen zu ersparen. Ansonsten vertreibe ich mir die Zeit mit den Klatschgeschichten der Leute. Wahrscheinlich weiß ich inzwischen mehr über Pickwance als die Einheimischen. Ich möchte Ihnen nicht zu nahe treten, Professor Shandy, aber wußten Sie, daß man hier in diesem Gebäude einst Menschen isoliert hat?«

Kapitel 2

Peter unterdrückte ein Gähnen. »Sie meinen, hier wurden zänkische Hausdrachen und aufsässige Schulkinder eingesperrt?«

Withington quittierte den schlaffen Witz mit einem leisen Lachen. »Nicht ganz. Sie befinden sich vielmehr im ehemaligen Seuchenhaus von Pickwance. In der sogenannten guten alten Zeit wurden hier die infizierten Dorfbewohner untergebracht. Seeleute brachten exotische Krankheiten aus fremden Häfen mit, wissen Sie, kehrten heim und steckten ihre Frauen und Freundinnen an. Und auf einmal bekamen dann alle möglichen Leute Mumps und Masern oder dergleichen. Die Pocken waren besonders gefürchtet, aber die meisten Todesopfer forderte die Tuberkulose. Eine Zeitlang diente das Seuchenhaus auch als Sanatorium, bis man die Krankheiten schließlich durch Impfen in den Griff bekam. Die Luft hier soll angeblich besonders gut für Menschen mit Lungenleiden sein, und in der Hoffnung auf ein Wunder kamen viele Patienten den weiten Weg von Boston und New York. Manchmal wurden ihre Hoffnungen sogar erfüllt, wie ich gehört habe.«

Withington streckte sein lahmes Bein aus, was ihm einige Schmerzen zu bereiten schien. »Jetzt wo einige der alten Krankheiten, die man bereits für ausgerottet hielt, wieder zurückkehren, was vor allem der Tatsache zu verdanken ist, daß Kinder sich vor dem Essen und nach dem Besuch des stillen Örtchens nicht ordentlich die Hände waschen, bitte verzeihen Sie mir den etwas schulmeisterlichen Ton, könnte es durchaus sein, daß man früher oder später an Elva herantritt und sie bittet, wieder Patienten aufzunehmen. Worauf sie sicher nicht sonderlich erpicht sein wird, wenn man bedenkt, welches Martyrium sie mit ihrem verstorbenen Ehemann durchgemacht hat.«

Peter nahm an, daß sein Gegenüber an dieser Stelle ein höfliches Geräusch von ihm erwartete, ließ es dann jedoch bei einer fragend hochgezogenen Braue bewenden. Für seinen Gesprächspartner war dies Ermunterung genug.

»Eine tragische Geschichte. Jean-Luc war Franzose, ein echter Held der Resistance, der von den Nazis verhaftet und gefoltert, aber, soweit ich gehört habe, nie gebrochen wurde. Irgendwie ist es seinen Freunden gelungen, ihn zu befreien und ins Ausland zu schmuggeln, und zwar in einem amerikanischen Truppentransporter, der verwundete und verstümmelte Soldaten zurück in die Heimat brachte. Ich habe zwar keine Ahnung, was ihn nach Pickwance verschlagen hat, ob er vielleicht hoffte, hier Verwandte zu treffen – Sie wissen ja, daß hier in Maine viele französischstämmige Menschen leben. Vielleicht hat er auch nur ein Versteck gesucht, in das er kriechen konnte, um seine Wunden zu lecken.«

Wieder veränderte der alte Herr die Lage seines Beines, diesmal nahm er dazu beide Hände zu Hilfe. »Lange Rede, kurzer Sinn: Eines Tages tauchte er also in Pickwance auf. Damals hatten die Brights das alte Seuchenhaus schon seit geraumer Zeit zu einem Gasthof umgebaut. Elva gehört bereits zur vierten Generation von Gastwirtinnen. Zu dieser Zeit war sie ungefähr so alt wie Thurzella heute und verrichtete auch in etwa die gleiche Arbeit, half ein bißchen beim Servieren und wischte hin und wieder Staub an den besonders auffälligen Stellen. Sie war ein ausgesprochen hübsches Mädchen, und Jean-Luc Mercier de L'Avestant Portallier, hoffentlich habe ich nichts vergessen, war ein recht gutaussehender Mann, auch wenn er etwas hager und ausgemergelt war. Er war fünfunddreißig, und sie kam frisch von der High School, daher ist es kaum verwunderlich, daß die beiden sich ineinander verliebten. Auch wenn Jean-Luc nach seinen Erlebnissen in der Folterkammer offensichtlich nur noch eins kannte, nämlich Kinder zeugen, was er dann auch binnen kurzem tat.«

»Ach herrje«, sagte Peter aus purer Verlegenheit und weil er nicht unhöflich erscheinen wollte.

»So schlimm war es nun auch wieder nicht. Jean-Luc hatte nämlich Geld, vermutlich stammte es aus einer Erbschaft, vielleicht war es auch eine Art Rente. Entweder hatte er zu Hause in Frankreich keine Verpflichtungen oder die Brights zogen es vor, lieber keine Nachforschungen über sein Vorleben anzustellen. Jedenfalls heirateten die beiden gerade noch rechtzeitig und lebten genauso glücklich und zufrieden miteinander wie die meisten anderen Paare auch. Vielleicht sogar noch glücklicher, aber genau weiß ich es auch nicht. Jean-Luc hatte ein Händchen für Finanzen, er las regelmäßig das *Wall Street Journal* und spekulierte an der Börse.«

»Erfolgreich?«

»Könnte man sagen. Nach ein paar Jahren war er bereits in der Lage, seine Schwiegereltern in bar auszuzahlen, sehr zum Kummer von Elvas Bruder, der zwar nie einen Finger gekrümmt hatte, jedoch in der freudigen Erwartung lebte, den Gasthof nach dem Dahinscheiden der Eltern zu erben. Aber die beiden alten Leutchen machten ihm einen Strich durch die Rechnung und gönnten sich in Florida eine schöne Zeit, indem sie Jean-Lucs Geld wieder unter die Leute brachten. Und als sie schließlich hochbetagt starben, wurden sie von Petrus sicher freundlich aufgenommen.«

»Hmja. Und was wurde aus Jean-Luc?«

»Er schaffte es, eine zweite Tochter zu zeugen und für seine Frau und die beiden Mädchen ein hübsches Nest zu bauen, bevor seine Gebrechen ihm den Garaus machten. Er hinterließ Elva den Gasthof schuldenfrei und sicherte damit ihren Lebensunterhalt. Ich kann mir nicht vorstellen, daß die Unterhaltung und Führung eines so kleinen Betriebes übermäßig viel Zeit oder Geld kostet.«

Aber hoppla, dachte Peter, sah jedoch keinen Grund, Withington aufzuklären, solange er noch so in Fahrt war.

»Wahrscheinlich hat Elva im großen und ganzen gar kein schlechtes Leben. Beide Mädchen haben gut geheiratet und meines Wissens auch relativ wohlgeratene Kinder. Michele, die älteste, lebt ganz in der Nähe. Ihr Mann leitet eine Sägemühle, und sie webt Stoffe, die sich, soweit ich gehört habe, in diversen Kunstgewerbeläden inklusive ihrem eigenen ganz gut verkaufen. Wahrscheinlich wird Michele das Gasthaus irgendwann übernehmen, aber genau kann man so etwas natürlich nie wissen. Therese, die jüngere, ist daran sicher nicht interessiert. Sie ist Psychologin, hat einen bekannten Anwalt geheiratet und lebt in Portland. Die beiden kommen recht häufig her. Wenn Sie das Wochenende hier verbringen, lernen Sie Therese und ihren Mann vielleicht sogar noch kennen.«

Withington legte noch einen Zahn zu, wahrscheinlich, weil er verhindern wollte, daß Peter sagte, er werde schon früher abfahren. »Aber vielleicht übernimmt auch Thurzella oder sonst jemand aus der Enkelgeneration den Gasthof. Wer es auch ist, er wird den Namen Bright bestimmt fortleben lassen, genau wie es auch Elva getan hat. Das gehört einfach dazu.«

Peter fand die Familiensaga der Brights allmählich ein klein wenig ermüdend. »Ich frage mich, warum sie so lange braucht«, meinte er schließlich. »Ich dachte, es sei nur ein Katzensprung von hier.«

»Bitte fühlen Sie sich nicht verpflichtet, meinetwegen hier zu bleiben.«

Withington klang dabei so, als sei Professor Shandy der herzloseste Rüpel, den man sich überhaupt vorstellen konnte, wenn er es fertigbrächte, einen armen gehbehinderten redseligen alten Mann mutterseelenallein mit einer langsam erstarrenden Leiche zurückzulassen. Womit der alte Langweiler im Grunde sogar recht hatte. Peter war zutiefst erleichtert, als die Türe endlich aufging und Mrs. Bright in den Speisesaal eilte.

»Tut mir leid, daß es so lange gedauert hat. Thurzella war völlig außer sich, sie nimmt sich immer alles furchtbar zu Herzen. Ich mußte Sara Ann anrufen und sie bitten, Michele und Bob heimzuschicken. Ich brauche wohl nicht zu erwähnen, daß sie genau hören wollten, was passiert war, Sie wissen ja, wie so etwas ist. Ich bin Ihnen beiden wirklich sehr dankbar, daß Sie hiergeblieben sind. Ich komme jetzt ganz gut allein zurecht, wenn Sie möchten, können Sie sich also ruhig zurückziehen. Hier haben Sie Ihr Riechfläschchen wieder, Claridge. Thurzella hat vergessen, es Ihnen zurückzugeben. Ihr Taschentuch wasche ich morgen.«

Sie verstaute die Taschenlampe in der Schublade unter der Theke und griff nach dem Telefon. »Ich rufe die lahmen Enten in The Narrows noch mal an und versuche herauszufinden, warum sie immer noch nicht hier sind. Immerhin bezahlt Pickwance jedes Jahr eine Menge Geld für den Notdienst. Möchte einer von Ihnen vielleicht eine Tasse heiße Schokolade oder einen Ingwertee? Für Kaffee ist es wahrscheinlich ein bißchen spät.«

»Für mich nichts, danke«, sagte Peter, bevor Withington wieder loslegen konnte. »Aber ich setze gern Wasser auf, wenn Sie etwas trinken möchten.«

»Nein, Michele hat darauf bestanden, daß ich mich hinsetze und eine Tasse Tee trinke, um mich wieder zu beruhigen, aber leider hat es nicht viel geholfen. Ich fürchte, ich werde eine schlaflose Nacht verbringen. Ah, da kommen sie ja endlich. Jetzt habe ich mich die ganze Zeit umsonst aufgeregt, aber so geht das ja meistens. Tut mir leid, daß ich Sie mit hineingezogen habe, aber wie gesagt, ich bin Ihnen wirklich dankbar für Ihre Unterstützung.«

»Wir haben doch gar nichts getan«, meinte Peter.

»Aber wir haben uns näher kennengelernt«, fügte Mr. Withington höflich hinzu. »Bleibt nur zu hoffen, daß unser nächstes Gespräch unter weniger makabren Umständen stattfindet, Professor Shandy.«

Peter unterdrückte den unfeinen Wunsch, daß es kein nächstes Mal geben möge, und beschloß, sich aus dem Staub zu machen. Doch dies war leichter gesagt als getan. Inzwischen war eine stämmige junge Frau mit einem kleinwüchsigen älteren Mann hereingekommen. Beide trugen saubere weiße Kittel über einem Overall und T-Shirt, blockierten die Tür zum Speisesaal mit einer fahrbaren Trage, einem Sauerstoffgerät und allerlei anderen Apparaten, für die es in diesem Fall allerdings keinerlei Verwendung mehr gab, da inzwischen außer Zweifel stand, daß Jasper Flodge auch mit größter Anstrengung nicht mehr wiederzubeleben war und seine unsterbliche Seele sich längst auf dem Weg in ein besseres Leben befand. Oder auch nicht, man konnte schließlich nie wissen.

Dennoch ließ sich das ungleiche Paar nicht davon abhalten, dem Dahingeschiedenen die Manschette des Blutdruckmeßgerätes um den schlaffen Arm zu legen und eine Sauerstoffmaske aufs Gesicht zu stülpen. Währenddessen ließen sie sich von Mrs. Bright genau schildern, was vorgefallen war. Die Gastwirtin beschrieb den Vorfall so detailliert wie möglich, wobei Mr. Withington mehrfach seine Beobachtungen beisteuerte. Nachdem beide Sanitäter den Toten mit dem Stethoskop abgehorcht und das Blutdruckmeßgerät genau überprüft hatten und weder eine Herztätigkeit noch einen Puls feststellen konnten, entfernten sie beides wieder und erklärten den alten Jas für mausetot.

»Wir können nichts mehr tun, außer ihn zu Dr. Bee bringen, damit der ihn auseinandernehmen kann«, sagte der Mann, dessen Name Albert Soundso war. »War Jas nicht irgendwie mit den Rondels verwandt?«

»Soweit ich weiß, war er das nicht«, sagte Mrs. Bright. »Aber er hat es andere gern glauben gemacht. Sie kannten Jasper besser als ich und wissen daher, wie sehr er immer damit angegeben hat, sobald sich die Gelegenheit bot. Bei mir hat er diesen Unsinn wohlweislich gar nicht erst versucht. Außerdem lebt von den Rondels nur noch Miss Fran, und man kann kaum erwarten, daß sie sich an den Kosten der Beerdigung beteiligt, falls Sie darauf hinaus wollten.«

»Er sieht schrecklich blau im Gesicht aus«, sagte die junge Frau, deren Namen Cynthia Irgendwas war. »Findest du nicht auch, Al? Er ist doch nicht etwa an seinem Essen erstickt, Elva? Sie sagten eben, er hätte ziemlich schnell gegessen.«

Claridge Withington unterbrach sie. »Elva war zu dem Zeitpunkt in der Küche. Aber ich war hier und saß an einer Stelle, von der aus ich Mr. Flodge recht gut sehen konnte. Ich kann Ihnen versichern, daß er sein Essen tatsächlich erstaunlich schnell heruntergeschlungen hat. Thurzella könnte Ihnen dies auch bestätigen, wenn sie hier wäre, und vielleicht auch Professor Shandy, obwohl er möglicherweise gerade in dem Buch las, das er bei sich hatte.«

»Dann ist Jas vielleicht tatsächlich erstickt. Haben Sie den Heimlich-Handgriff angewendet?«

»Professor Shandy hat ihn angewendet, aber ich glaube, daß Jas zu diesem Zeitpunkt bereits tot war.«

»Stimmt das, Professor? War er da schon tot?«

»Er hatte keinen Puls und atmete nicht mehr. Ich habe übrigens zufällig von meinem Buch aufgesehen, als Mr. Flodge noch aß, und gesehen, wie er vornüber fiel. Doch ich habe nichts bemerkt oder gehört, was darauf hinweisen würde, daß er erstickt sein könnte. Er hat nur eine heftige Handbewegung nach rechts gemacht und sein Wasserglas heruntergeschlagen. Alles geschah innerhalb weniger Sekunden.«

»Also ich würde sagen«, meinte Elva, »wenn Jasper wirklich erstickt wäre, hätte er sich bestimmt an den Hals gefaßt und irgendein Geräusch von sich gegeben, meinen Sie nicht auch? Aber Thurzella sagt, er sei urplötzlich nach vorn gekippt, mit dem Gesicht mitten im Teller gelandet und habe sich nicht mehr geregt. Wir mußten ihm die Sauce vom Gesicht wischen.«

»Dann war es wahrscheinlich ein Aneurisma oder eine von diesen plötzlichen massiven Koronarblutungen«, meinte Albert. »Hat vielleicht eine Zeitbombe mit sich in der Brust herumgeschleppt und nichts davon gewußt. Doch es gibt schlimmere Todesarten als mit vollem Magen mitten im Leben abzutreten.«

»Sie glauben doch wohl nicht, daß ihn jemand vergiftet hat?« Cynthia wollte dem Vorfall anscheinend unbedingt eine dramatische Note verleihen, vielleicht als Kompensation dafür, daß sie das Sauerstoffgerät nicht hatte einsetzen können. »Ich habe neulich abends mit meinem Mann einen Spionagefilm in der ›Late Show‹ gesehen, und der Kerl, der von den anderen Typen geschnappt wurde, hat zum Schluß eine Zyanidkapsel geschluckt, die er die ganze Zeit hinter einem seiner Weisheitszähne versteckt hatte. Er fiel sofort tot um, genau wie Sie es bei Jasper beschrieben haben.«

»Jasper hatte keine Backenzähne mehr und auch nicht mehr allzu viele Schneidezähne. Der Dummkopf hat sie alle verloren, weil er so große Angst vor dem Zahnarzt hatte.«

Peter war erstaunt, wie emotional die Stimme der Gastwirtin mit einem Mal klang. Aber vielleicht erinnerte sich Mrs. Bright gerade an Jean-Luc in der Folterkammer und stellte sich vor, was wohl passiert wäre, wenn ihr zukünftiger Gatte damals eine tödliche Kapsel hinter einem seiner Weisheitszähne versteckt gehabt hätte.

»Außerdem hatte er keinen Grund«, fuhr Mrs. Bright fort, »sich hier oder sonstwo umzubringen.«

»Darüber hinaus stellt sich die Frage«, fügte Withington hinzu, der ebenso wie Cynthia mit seinen Hypothesen noch nicht am Ende war, »wie Jasper Flogde an eine derartige Kapsel hätte gelangen können. Die Dinger hat man schließlich nicht ohne weiteres im Medizinschränkchen herumliegen. Meinen Sie nicht auch, Elva?«

»Ich pflege meine Nase nicht in die Medizinschränkchen meiner Mitmenschen zu stecken, daher kann ich dazu nichts sagen.« Die Gastwirtin war anscheinend am Ende ihrer Geduld angelangt, was man ihr kaum verübeln konnte. »Al, können Sie und Cynthia Jasper nicht einfach auf die Trage packen und wegschaffen? Ich weiß nicht, wie es den übrigen geht, aber ich bin fix und fertig. Haben Sie alles, was Sie für die Nacht brauchen, Professor?«

»Ja, vielen Dank. Gute Nacht, alle miteinander.«

Peter hatte zwar noch keine Lust, sich zurückzuziehen, beschloß aber dennoch zu gehen. Er hoffte nur, daß Withington Takt genug besaß, sich ebenfalls zu verabschieden, bevor der armen erschöpften Frau gänzlich die Nerven durchgingen. Er ertappte sich dabei, daß er eine Art Solidarität mit Mrs. Bright zu verspüren begann. Sie erinnerte ihn ein wenig an seine Großmutter Shandy, obwohl er natürlich viel zu höflich war, ihr dies zu sagen. Er war gerade die halbe Treppe hochgestiegen, als ein Mann mit beträchtlichem Bierbauch das Foyer betrat. Er trug eine billige dünne Nylonjacke und eine Baseballkappe, die nicht ganz ausreichte, um seine Glatze zu verbergen, und mit dem in diesen Breiten anscheinend allgegenwärtigen Logo eines Tierfutterherstellers bedruckt war.

»Hallo, sind Sie das, Elva?«

Peter wäre sich unhöflich vorgekommen, wenn er nicht reagiert hätte. »Mrs. Bright ist momentan – eh – ziemlich eingespannt.«

Der Mann sah nicht aus, als sei er auf Zimmersuche, und gehörte auch wohl kaum zu den Hotelgästen. Wenn man Withington Glauben schenkte, war es Elva erst vor kurzem gelungen, eine sechsköpfige Gruppe loszuwerden, und bis zum übernächsten Wochenende erwartete sie anscheinend keine neuen Gäste. Die Zimmervermietung, so hatte Withington ihm mitgeteilt, war für sie ohnehin nur eine kleine Nebeneinnahme. Das meiste Geld verdiente sie anscheinend mit dem gutgehenden Restaurant, daher konnte es ihr auch ziemlich gleichgültig sein, ob die Zimmer belegt waren oder nicht. Ständig Betten neu zu beziehen und anspruchsvolle Touristen mit den unterschiedlichsten Bedürfnissen zufriedenzustellen, brachte einen beträchtlichen Arbeitsaufwand mit sich und kaum etwas ein. Jedenfalls hatte ihr geschwätziger Stargast genau dies während des letzten Teils seines Gesprächs mit Peter Shandy behauptet, kurz bevor Cynthia und Albert erschienen und ihm allmählich der Gesprächsstoff ausging.

Der Mann mit der Kappe gab sich mit Peters Antwort nicht zufrieden. »Ach ja? Man hat mir aber erzählt, sie wolle mich sprechen.«

»Oh. Dann sind Sie wohl der Sheriff. Oder der – eh –«

»Constable. Wo ist sie denn?«

»Im Speisesaal.«

Warum Peter sich verpflichtet fühlte, wieder nach unten zu gehen und den Constable persönlich zum Schauplatz des Geschehens zu führen, konnte er später immer noch herausfinden. Dabei war die Erklärung eigentlich ganz einfach. Vor einigen Jahren hatte er seine unangenehmste Nachbarin als Folge eines furchtbaren Streiches, den er unglückseligerweise selbst eingefädelt hatte, in seinem Haus tot hinter dem Sofa vorgefunden. Auf inständiges Bitten von Balaclavas noch furchtbarerem College-Präsidenten Thorkjeld Svenson hin hatte er versprochen, den Mörder von Jemima Ames zu fangen, ohne das College in die Schlagzeilen zu bringen oder noch schlimmeren Folgen auszusetzen, und hatte den Befehl des Präsidenten notgedrungen ausgeführt, um nicht in der Luft zerrissen und danach zu Tode getrampelt zu werden. Seitdem sah man in ihm so etwas wie den inoffiziellen, unbezahlten, häufig überarbeiteten und jederzeit einsetzbaren Meisterdetektiv von Balaclava Junction.

Mit einem Mal schoß ihm ein furchtbarer Gedanke durch den Kopf. War Jasper Flodges Tod wirklich durch ein unschuldiges kleines geplatztes Gefäß verursacht worden? Oder war er etwa die Folge eines tödlichen Komplotts, in das jetzt auch P. Shandy irgendwie hineingeraten war, nur weil er zu lange auf seinen Maismehlpudding gewartet hatte, den er übrigens nie bekommen hatte, wie ihm gerade bewußt wurde.

Während er den Constable in den Speisesaal führte, erwog Peter in Windeseile alle denkbaren Methoden, die dazu führen konnten, daß ein Mann mittleren Alters, der sich offensichtlich bester Gesundheit erfreute, urplötzlich tot über einer halben Portion köstlichen Hühnerfrikassees zusammenbrach. Pflanzliche Gifte konnte man getrost ausschließen, entschied er. Dank ihrer tückischen Angewohnheit, unbemerkt im Verdauungstrakt zu lauern, bis keine Hoffnung auf Rettung mehr bestand, wirkten sie zwar zuverlässig und ließen kaum Rückschlüsse auf den Täter zu, doch bevor sie ihrem Opfer den Garaus machten, verursachten sie meist diverse äußerst auffällige und ebenso abscheuliche Symptome. Wenn der Tod schließlich eintrat, dann eher infolge einer langsamen Lähmung als eines plötzlichen Zusammenbruchs.

Vielleicht hätte eine durch das Ohr oder die Nase in das Gehirn eingeführte Stricknadel eine ähnliche Wirkung haben können, wenn man sie heftig genug hineingestoßen und wieder herausgezogen hätte, doch wer hätte dies bewerkstelligen können? Auf keinen Fall der gehbehinderte Withington, der mehrere Tische entfernt gesessen hatte. Und auch der zwar geschmeidigen, aber empfindsamen Thurzella war so etwas kaum zuzutrauen. Shandy selbst kam nicht in Frage, und Mrs. Bright auch nicht, da sie den Speisesaal erst betreten hatte, als Flodge bereits tot war.

Ob möglicherweise eine Kugel aus einem Luftgewehr durch ein offenes Fenster in unmittelbarer Nähe des Opfers in den Raum und dann in Flodges Körper eingedrungen war? Für einen erstklassigen Scharfschützen war so etwas sicher ein Kinderspiel, doch die Kugel hätte bestimmt zuerst ein Loch im Fliegenfenster und dann ein zweites in Flodge hinterlassen. Vielleicht ein Todesstrahl aus dem All? Höchst unwahrscheinlich, obwohl man sich heutzutage eigentlich nie ganz sicher sein konnte. Oder ein Fluch? Vielleicht war Miss Rondel eine mächtige Dorfhexe und Flodge ein verhaßter Verwandter, der versucht hatte, sich das alte Haus unter den Nagel zu reißen. Ganz zu schweigen von dem bemerkenswerten Lupinensamen, den Shandy einzuheimsen gedachte, allerdings nur, wenn er die Erlaubnis von Miss Rondell erhielt und damit nichts Gesetzwidriges tat. Die Angelegenheit schien wirklich höchst kompliziert zu sein.

Doch sicher konnte der bisher mehrfach erwähnte, wenngleich immer noch durch Abwesenheit glänzende Dr. Bee auf alle Fragen eine klare, eindeutige Antwort geben, sobald er die Leiche untersucht hatte. Dann wäre Mrs. Bright wieder aller Sorgen ledig; irgend jemand würde die Aufgabe übernehmen, Jasper Flodges Hab und Gut aufzuteilen, und Peter Shandy konnte endlich zu seiner Helen zurückkehren, eine Auswahl Lupinensamen im Handschuhfach und ein fröhliches Lied auf den Lippen. Wahrlich die beste Lösung, die man sich nur wünschen konnte.

Kapitel 3

Doch noch stand Peter im Speisesaal und betrachtete nachdenklich die verhüllte Gestalt auf der Trage, während der Constable, dessen Name Frank Soundso war, sich von Elva Bright schildern ließ, wie es zu dem traurigen Zwischenfall gekommen war, mit zahlreichen Fußnoten von Claridge Withington, Ausschmückungen von Cynthia und Albert und einigen wenigen Erklärungen von Peter selbst. Frank quittierte jede Äußerung mit einem Knurren, dann zog er das Laken fort und sah sich die Leiche genau an.

»Affenschande. Jammerschade um das Frikassee.« Er legte das Laken wieder zurück. »Er gehört dir, Al. Am besten nimmst du ihn gleich mit.«

»Ist das alles?« Cynthia hielt offenbar nicht viel von Franks Vorstellung, die im Vergleich zu allem, was sie bisher in der »Late Show« zu Gesicht bekommen hatte, wenig eindrucksvoll ausfiel. »Wollen Sie denn nicht nach Spuren suchen?«

»Wozu?«

»Woher soll ich das wissen? Alle ungeklärten Todesfälle müssen genau untersucht werden. Und das ist doch wohl Ihre Aufgabe, oder?«

»Nur wenn es sich nicht vermeiden läßt. Vielleicht schalte ich ja auch die Staatspolizei ein.«

»Und die Stadt kann mal wieder dafür aufkommen«, schnaubte Al. »Du erinnerst dich ja wohl noch, was passiert ist, als der letzte Constable sein Budget überzogen hat.«

»Ist mir schnurzegal.« Cynthia ließ sich nicht beirren. »Sie müssen unbedingt was unternehmen, Frank.«

»Ich weiß, was ich tun muß, aber zuerst muß ich herausfinden, woran er gestorben ist.«

»Aber bis dahin sind alle Spuren weg.«

»Falls es überhaupt je welche gegeben hat.« Albert verlor allmählich die Geduld, was Peter ihm irgendwie nicht verdenken konnte. »Cynthia hat sich in den Kopf gesetzt, daß Jas an einer Zyanidkapsel gestorben ist – wie irgendein Heini, den sie im Film gesehen hat.«

»Das hab' ich überhaupt nicht gesagt«, brauste seine Kollegin auf. »Ich hab' nur gesagt, daß es verdammt merkwürdig ist, wenn jemand urplötzlich einfach tot umfällt, und das hat mich an den Spion in dem Film erinnert.«

»Es gibt nur eine Methode, um das herauszufinden.« Frank zog erneut das Laken fort und öffnete den Mund des Toten, so weit es ging. »Schnuppern Sie einfach mal.«

»Was, ich?«

»Allerdings. Sie wollen es ja schließlich auch wissen.«

»Da hat er recht, Cynthia«, Withington war ganz aufgeregt. »Zyanid riecht wie Bittermandeln, zumindest steht es immer so in den Kriminalromanen. Ich habe neulich noch gelesen, daß –«

Niemand hörte ihm zu. Peter, Elva, Albert und Frank starrten alle auf Cynthia. Sie errötete, warf das Haar nach hinten und beugte sich über den Toten.

»Meine Güte!« Sie richtete sich auf und machte einen Schritt nach hinten. Ihr Gesicht war jetzt kalkweiß. »Es riecht wirklich nach Bittermandeln. Versuch du mal, Al.«

»Ich glaube, du spinnst.« Trotzdem beugte sich auch Al über Flodge. »Herr des Himmels, Frank, sie hat recht. Nenn mich einen verdammten Lügner, wenn es nicht stimmt.«

»Das warst du doch immer schon.« Doch der Constable wußte, worin seine Pflicht bestand, jedenfalls bis zu einem gewissen Punkt, und erfüllte sie auch. »Stimmt tatsächlich. Will sonst noch jemand schnuppern?«

Claridge Withington war der einzige, der noch wollte. Er machte eine Riesenshow daraus, fuchtelte mit seinem Stock herum und stolperte über die Räder der fahrbaren Trage. Der Constable mußte über die Leiche hinweggreifen und ihm mit starker Hand behilflich sein, und als sich der alte Herr schließlich über den Toten beugte, fiel Peter auf, daß seine Bewegungen merkwürdig steif waren. Wahrscheinlich trug der arme Teufel irgendeine Art Korsett. Als er sich schließlich über den Toten beugte, wirkte sein Schnuppern recht halbherzig, und während er sich wieder aufrichtete, spiegelte sein Gesicht ausgesprochenen Ekel wider.

»Ich glaube, ich bin nicht ganz der Richtige für diese Art von Spurensuche. Riecht tatsächlich nach Mandeln, daran besteht gar kein Zweifel. Meinen Sie, man sollte – ähm – nein, vielleicht doch lieber nicht.«

»Was sollte man nicht?«

»Hinter seinen Zähnen nach den Resten einer Kapsel suchen, wollte ich nur sagen. Tut mir leid, daß mir die Idee überhaupt gekommen ist.«

»Mir auch.« Cynthia hatte eindeutig das Interesse an der Spurensuche verloren. »Falls« – sie schluckte – »es irgendwas in ihm drin geben sollte, wird Dr. Bee es bestimmt finden, meinst du nicht auch, Al?«

»Ist anzunehmen. Jetzt wird der gute alte Jas jedenfalls todsicher nichts mehr schlucken. Komm, wir wollen schließlich nicht, daß Elva die ganze Nacht auf den Beinen ist.«

»Eh –« Peter hatte ebensowenig Lust wie die übrigen Anwesenden, die Angelegenheit weiter in die Länge zu ziehen, doch eine wichtige Frage war noch ungeklärt. »Ich möchte Ihre Geduld nicht unnötig strapazieren, aber halten Sie es für möglich, daß Mr. Flodge vielleicht Amaretto getrunken oder Salzmandeln gegessen hat, bevor er ins Restaurant kam?«

Elva Bright schien mit einem Mal durchzudrehen. Vielleicht war ihr schallendes Gelächter vorwiegend hysterischer Natur, und nach allem, was sie an diesem Abend durchgemacht hatte, konnte man ihr ein oder zwei kleine Aussetzer kaum verdenken. Als sie keinerlei Anstalten machte, sich wieder zu beruhigen, zog Withington erneut das Riechsalz seiner Großmutter hervor und hielt ihr das offene Fläschchen unter die Nase, woraufhin sie beinahe einen Erstickungsanfall bekam.

»Nehmen Sie endlich das blöde Ding weg«, keuchte sie, als sie wieder einigermaßen Luft bekam. »Wenn Sie schon etwas tun wollen, dann sollten Sie lieber Jasper in die Hosentasche greifen. Am besten übernehmen Sie das, Frank, Sie sind schließlich unser Constable.«

»Momentan tut es mir verdammt leid, daß ich gewählt worden bin. Ein zweites Mal lasse ich mich bestimmt nicht aufstellen.«

»Ihr Problem, wenn Sie zu feige sind, die Hosentaschen eines Toten zu durchsuchen.«

Sie ging zur Trage, blieb stehen, schob zunächst ihre Hand

unter das Kinn des Verblichenen, schloß seinen weit offen stehenden Mund und begann dann mit ihrer Suche. Genau dreißig Sekunden später zog sie eine kleine Glasflasche aus einer der Taschen. »So, das hätten wir. Hier habt ihr eure Zyanidkapsel.«

Cynthia faßte sich als erste wieder. »Na so was! Mandelextrakt, nicht? Meine Mutter braucht das Zeug immer für ihre Makronen. Sie wollen doch damit nicht etwa sagen, daß Jasper Flodge das Zeug getrunken hat?«

»Warum nicht? Soweit ich weiß, haben während der Prohibition viele Männer literweise Konzentrat getrunken. Frauen übrigens auch. Vanille, Zitrone, Pfefferminz, alles, was ihnen in die Hände fiel. Klar, daß Jasper Bittermandelextrakt nehmen würde, er war verrückt nach allem, was nach Mandeln schmeckte.«

Die Lippen der Gastwirtin verzogen sich zu einem grimmigen Lächeln. »Als Jasper nach dem Tod meines Mannes herausfand, daß ich keine mittellose, hungernde Witwe sein würde, wie viele vermutet hatten, hat er versucht, mir ein bißchen den Hof zu machen. Ich habe ihn dazu nicht ermutigt, aber leider kann man es sich als Gastwirtin nicht leisten, unhöflich zu sein. Ich erinnere mich noch genau, wie er eines Abends mit einer Schachtel Marzipankonfekt vor der Tür stand. Es sah aus wie verschiedene Gemüsesorten und war auch so gefärbt, sie wissen bestimmt, was ich meine. Angeblich sollte es für mich und die Mädchen sein, aber Jasper ließ sich einfach aufs Sofa fallen, schaute sich irgendeine dumme Fernsehsendung an und aß dabei alles auf, bis auf eine Marzipankartoffel, die ihm unser alter Rex irgendwie aus der Hand stiebitzte. Rex hat immer geklaut wie ein Rabe, wenn er die Gelegenheit dazu hatte. Aber sentimental wie ich bin, vermisse ich ihn natürlich trotzdem.«

Diesmal galt der Anflug eines Lächelns auf Elva Brights Gesicht ihrer eigenen Schwäche und der Erinnerung an ihren Hund, der schon vor langer Zeit in die ewigen Jagdgründe eingegangen war.

»Kurz und gut, als Jasper mal wieder wegen Trunkenheit am Steuer verhaftet worden war, stellte ihn der Richter vor die Wahl, entweder nüchtern zu bleiben oder ins Gefängnis zu wandern. Woraufhin Jasper ein Riesentheater machte und angeblich schlagartig mit dem Trinken aufhörte.«

»Trotzdem hat er immer noch die halbe Zeit gut getankt«,

warf Albert ein. »Ich hab' mich oft gefragt, wie er das wohl hingekriegt hat.«

»Ganz einfach. Er hatte ständig die kleine Flasche mit Mandelextrakt in der Tasche und hat immer wieder einen Schluck daraus getrunken, wenn er sich unbeobachtet fühlte. Ich habe es oft genug gesehen, aber natürlich nie etwas gesagt. Würde mich nicht wundern, wenn Jasper auch heute abend davon getrunken hätte, als Thurzella in der Küche war und sein Essen holte. Ich weiß selbst nicht, warum ich nicht schon früher darauf gekommen bin. Wahrscheinlich werde ich allmählich alt. Momentan fühle ich mich so elend, daß ich nichts dagegen hätte, wenn ihr mich zusammen mit Jasper wegtragen würdet.«

»Aber wer würde dann das Frühstück für Professor Shandy und mich machen?« Withington besaß trotz seiner Falten ein ausgesprochen charmantes Lächeln. »Sie sind schlicht und einfach erschöpft, Elva. Morgen früh sieht die Welt wieder ganz anders aus.«

Im Speisesaal würde höchstwahrscheinlich gähnende Leere herrschen, dachte Peter zynisch, es sei denn, Dr. Bee schrieb in den Totenschein, daß Jasper eines natürlichen Todes gestorben war. Die Leute aßen verständlicherweise nicht gern in einem Restaurant, in dem Gäste aus unerklärlichen Gründen tot über ihrem Teller zusammenbrachen.

Es wäre wirklich jammerschade, wenn Mrs. Brights Restaurant durch Jasper Flodges Tod ruiniert würde, doch Peter Shandy sah keine Möglichkeit, ihr zu helfen. Er war nur zufällig hier und verspürte nicht die geringste Lust, sich in den Fall hineinziehen zu lassen. Er verabschiedete sich ein letztes Mal und begab sich nach oben.

Als der Tag anbrach und die ersten Sonnenstrahlen ins Zimmer fielen, schlief Peter noch. Als er sich schließlich aus dem Bett gehievt, geduscht, rasiert, sich eine Freizeithose und ein sauberes blaues Hemd angezogen hatte und in den Speisesaal hinunterging, war es fast halb neun. Den Tellerbergen auf den inzwischen verlassenen Tischen nach zu urteilen, mußte der Raum während der letzten zwei Stunden brechend voll gewesen sein.

Thurzella war wieder in Aktion, heute trug sie eine schwarze Steghose und eine schlichte weiße Bluse mit dazu passendem zurückhaltenden Gesichtsausdruck. Die wenigen noch verbliebenen Gäste, samt und sonders Männer mit den Mützen des

Tierfutterkonzerns, bombardierten sie mit Fragen. Doch Thurzella antwortete nur: »Es tut uns wirklich sehr leid«, füllte unermüdlich Kaffeetassen und räumte das schmutzige Geschirr ab. Als sie Peter die bestellten Pfannkuchen brachte und ihm unter ehrerbietigem Schweigen den Sirupkrug reichte, spürte er wieder Hoffnung für die junge Generation in sich aufkeimen.

Im Gegensatz dazu hätten der älteren Generation ein oder zwei Stunden Unterweisung in gutem Benehmen sicher gutgetan. Die Teilnehmer an der spontanen Totenwache, wenn man die Versammlung denn so nennen konnte, wollten offensichtlich Jasper begraben, nicht ihn preisen. Da Peter die Feinheiten des ländlichen Maine-Dialektes nicht beherrschte, entgingen ihm zwar viele Nuancen, doch er verstand recht gut, worum es ging. Flodge konnte regelrecht mit Geld um sich werfen, wenn es um sein Vergnügen und seine persönliche Bequemlichkeit gegangen war, sobald es sich jedoch um die Bezahlung normaler Rechnungen und Dienstleistungen handelte, bot sich ein gänzlich anderes, ausgesprochen düsteres Bild. »Ein richtiger Geizhammel«, lautete das einhellige Urteil, das man über den gerade erst Verschiedenen fällte. Als Peter schließlich seine Pfannkuchen gegessen hatte, war er der festen Überzeugung, daß jeder in diesem Dorf, mit Ausnahme des Pastors vielleicht, es als seine Bürgerpflicht ansah, Jasper Flodge abgrundtief zu hassen.

Zwei Männer, die entweder Brüder waren oder zumindest hätten sein können, fielen ihm besonders auf. Der eine schimpfte wie ein Rohrspatz, während der andere düster über seiner leeren Tasse brütete. Der Redselige warf schließlich Geld auf den Tisch und schob seinen Stuhl nach hinten.

»Mach schon, Ev, das ganze Gerede bringt uns ohnehin nicht weiter. Wir müssen versuchen, an das Erbe heranzukommen.«

»Hoffentlich hat der Kerl sich nicht vorher noch irgendeinen miesen Trick ausgedacht, seinen Zaster doch noch mitzunehmen«, sagte ein dritter Mann, der anscheinend keine Lust verspürte, schon zu gehen. »Ich würde dem Schwein sogar zutrauen, daß er alles in Asbesttüten gestopft und fertiggestellt hat. Okay, Jungs, wir sehen uns dann bei der Beerdigung. Würde mich nicht wundern, wenn verdammt viele Leute kämen.«

»Die alle sichergehen wollen, daß er auch wirklich in seinem Sarg liegt«, sagte ein weiterer Mann.

»Pah! Der Mistkerl braucht überhaupt keinen Sarg. Der war so tief gesunken, daß er schon halb in der Grube steckte.«

Damit war das allgemeine Signal zum Aufbruch gegeben, und die Begräbnisgäste verschwanden einer nach dem anderen. Peter lehnte eine weitere Tasse Kaffee dankend ab und legte das Geld für sein Frühstück auf den Tisch. Von dem üblichen Unsinn, alles auf die ins Unendliche wachsende Zimmerrechnung setzen zu lassen, hielt man hier vernünftigerweise nichts. Elva Brights Motto lautete »bar auf die Theke«, und damit hatte sie verdammt recht. Als Peter in Richtung Tür ging, gesellte sich Thurzella zu ihm.

»Professor, tut mir leid, daß Sie sich das ganze üble Gerede über einen Toten anhören mußten, auch wenn es Jasper Flodge war. Nur gut, daß meine Großmutter in der Küche war, sie hätte sich sonst bestimmt geärgert. Obwohl es wirklich die reine Wahrheit war.«

Thurzella schien sich ein wenig von ihrem Schock erholt zu haben. Sie begann sogar zu kichern, fing sich jedoch rasch wieder, griff nach ihrem Tablett und eilte aus dem Speisesaal. Nettes Mädchen, dachte Peter wieder. Er kramte in seinen Taschen, um sicherzugehen, daß er weder Brieftasche, Autoschlüssel noch die Tütchen für den Lupinensamen oben im Zimmer vergessen hatte, und wollte sich gerade auf den Weg machen, als Elva Bright mit einem riesigen gläsernen Deckelkrug in jeder Hand durch die Schwingtüren auf ihn zustürzte.

»Professor, ich belästige Sie wirklich nur ungern, aber wenn Sie ohnehin zu Fran Rondels Haus fahren, wären Sie dann vielleicht so nett, diese beiden Krüge mitzunehmen? Sie brauchen ihr nur zu sagen, sie möge sie bitte mit Brunnenwasser füllen, dann weiß sie Bescheid. Und – äh – bevor Sie gehen, legen Sie ihr bitte unauffällig diesen Umschlag hier auf den Küchentisch oder an irgendeine andere Stelle, wo sie ihn nicht übersehen kann. Versuchen Sie aber bitte auf keinen Fall, ihn ihr so zu geben, dann würde sie ihn nämlich gar nicht erst annehmen. Ich hoffe, ich mache Ihnen damit keine allzu großen Umstände.«

»Ganz im Gegenteil, Mrs. Bright, ich freue mich, daß ich Ihnen den Gefallen tun kann. Ich wußte gar nicht, daß es auf Miss Rondels Grundstück eine Quelle gibt.«

»Sie ist auch nicht ohne weiteres zu sehen. Die Quelle liegt zwischen Büschen versteckt irgendwo hinter dem Haus. Miss

Fran wird darauf bestehen, die Krüge selbst zu füllen, Sie können sich also die Mühe sparen, ihr Ihre Hilfe anzubieten. Sie ist wahnsinnig stur, wenn es um ihre Quelle geht, was man ihr natürlich kaum verdenken kann.«

Elva Bright ging nicht weiter auf die Gründe für Miss Frans ungewöhnliches Verhalten ein. »Vielen Dank, Professor Shandy, ich weiß Ihre Hilfe zu schätzen. Und vergessen Sie bitte den Umschlag nicht.«

»Auf gar keinen Fall, Mrs. Bright. Meine Frau hat mich in dieser Hinsicht hervorragend erzogen.«

Peter nahm die leeren Krüge und fragte sich im stillen, warum die Gastwirtin wohl soviel Aufhebens um ein paar Liter von Miss Rondels Quellwasser machte. Ihren Gästen wollte sie es bestimmt nicht servieren, die Menge reichte nicht einmal für eine einzige Runde im Speisesaal. Vielleicht wußte Mrs. Bright etwas über ihren eigenen Brunnen, das sie den Gästen lieber verschwieg, und wollte sichergehen, daß sie zum persönlichen Gebrauch nur wirklich gutes Wasser benutzte.

Aber vielleicht wollte sie gar kein Wasser, sondern etwas ganz anderes, was möglicherweise auch erklärte, warum Miss Rondel so verdammt viel Wert darauf legte, keine Fremden in die Nähe der angeblichen Quelle zu lassen. In dem Umschlag befanden sich außer Papiergeld auch einige Münzen, das konnte Peter genau fühlen. Andererseits ging es ihn wirklich nichts an, wenn zwei ältere Damen auf dem Lande nebenbei ihre eigene kleine Schwarzbrennerei betrieben. Er verstaute die Krüge sicher hinten im Wagen, sorgte dafür, daß sie nicht gegeneinander klirren würden, wenn er die Landstraße verließ, und legte den Umschlag so neben sich auf den Beifahrersitz, daß er ihn beim Aussteigen auf keinen Fall übersehen konnte.

Als er seinem Wagen ein wenig Zeit zum Warmwerden gönnte, sah er seinen redseligen Freund vom Vorabend aus dem Gasthof humpeln. Da Withington erwähnt hatte, daß er Miss Rondels Lupinen seit Jahren nicht mehr gesehen hatte, hielt Peter es zwar für einen Akt der Nächstenliebe, den alten Mann einfach mitzunehmen, hatte jedoch keine Lust, den edlen Gedanken in die Tat umzusetzen. Erstens war der Pfad, den Miss Rondel als ihre Auffahrt bezeichnete, so uneben und steil, daß er beschlossen hatte, den Wagen unterhalb des Hauses zurückzulassen und lieber zu Fuß hochzugehen, als einen seiner Stoßdämpfer zu ruinieren oder eine gebrochene Feder zu riskieren. Withington war gar nicht in der Lage, die Steigung zu schaffen, und Peter Shandy verspürte keinerlei Bedürfnis, die menschliche Plaudertasche huckepack hügelauf zu tragen.

Zudem hatte er eine äußerst wichtige Mission zu erfüllen. Samen von den unterschiedlich gefärbten Lupinensorten zu sammeln, die Tütchen zu beschriften und Miss Rondel Informationen darüber zu entlocken, wie es ihr gelungen war, die üppigen Pflanzen unter so ungünstigen Bedingungen zu züchten, würde sicher den ganzen Morgen in Anspruch nehmen – vielleicht sogar noch länger. Und er konnte sich lebhaft vorstellen, daß die Quasselstrippe Withington jede Unterhaltung im Keim erstickte. Daher winkte er lediglich freundlich, fuhr los und beruhigte sein Gewissen damit, daß er Miss Rondel auf jeden Fall bitten konnte, ihm einige Blüten zu geben, die er dem alten Herrn mitbringen könne.

Den Gedanken, einen Strauß für Helen mitzunehmen, mußte er leider verwerfen, auch wenn Miss Rondel wahrscheinlich nichts dagegen gehabt hätte. Die Lupinen waren einfach schon viel zu weit und hätten ihre Blüten bestimmt längst abgeworfen, bevor er zu Hause angekommen war, zumal er keine Ahnung hatte, wie lange das gänzlich weibliche Bacchanal in seinem Heim noch dauern würde. Er hatte bei seinem gestrigen Besuch zahlreiche Farbfotos gemacht und beabsichtigte, heute noch weitere Schnappschüsse zu machen, damit Helen wenigstens einen Eindruck von der Blütenpracht bekam, die ihr entgangen war.

Außerdem würde er bestimmt irgendwann wieder herkommen. Helen und er fuhren ziemlich regelmäßig nach Maine, seit sie die Freundschaft mit Helens alter Freundin Catriona McBogle und seinem ehemaligen Kommilitonen Guthrie Fingal wieder aufgefrischt hatten. Pickwance lag genau wie Sasquamahoc an der Küste, nur ein wenig weiter nördlich. Er würde Helen nach seiner Rückkehr anrufen und versuchen, auf möglichst taktvolle Weise herauszufinden, wie weit die Party gediehen war. Falls die Prognose ungünstig ausfiel, hatte er einen guten Grund, den Gasthof morgen früh zu verlassen und sich ein oder zwei Nächte bei Guthrie einzuquartieren.

Er wußte selbst nicht genau, warum er sich so merkwürdig fühlte. Vielleicht lag es daran, daß er von Helen getrennt war.

Vielleicht aber auch daran, daß Jasper Flodge gestern abend tot zusammengebrochen war, kurz nachdem Peter gerade genau das gleiche Gericht gegessen hatte. Vielleicht war es eine Mischung aus beidem.

Peter war wirklich alles andere als zimperlich. Er war auf dem Land aufgewachsen und hatte mitangesehen, wie Tiere geschlachtet wurden. Er war dabei gewesen, als ein Onkel von ihm unter einen Traktor geriet und zu Tode gequetscht wurde, er war sogar unter das Fahrzeug gekrochen, um die Leiche herauszuziehen, während Männer, die älter und stärker waren als er, die schwere Maschine hochgestemmt hatten, um ihm genug Bewegungsfreiheit zu geben. Als ein Knecht einen Teil seines Beins verlor, weil seine Motorsäge außer Kontrolle geraten war, hatte er sein Hemd zerrissen und daraus einen Knebelverband gemacht. Seit er die Rolle des inoffiziellen Privatdetektivs von Balaclava Junction übernommen hatte, waren ihm diverse Leichen in den unterschiedlichsten Situationen begegnet. Selbst wenn man die Sauce mit in Betracht zog, gehörte der Fall Jasper Flodge eindeutig zu den unblutigsten und war aller Wahrscheinlichkeit nach nicht einmal auf eine Gewalttat zurückzuführen.

Dr. Bees Urteil müßte eigentlich vorliegen, wenn Peter ins Gasthaus zurückkam. Seine Diagnose lautete höchstwahrscheinlich Alkoholleber, Arterienverkalkung und ausgeprägte Widerlichkeit. Was es auch sein mochte, Peter Shandy würde es nicht geheuer sein. Er würde seinen Lupinensamen holen, Elva Brights Krüge zurückbringen, möglicherweise zum Abendessen und Frühstück bleiben, damit sie nicht dachte, er hätte Angst vor ihrer Kochkunst, aber das war dann auch alles. Er hatte nicht die Absicht, noch einen weiteren Tag in Pickwance zu verbringen, nein, das wollte er auf gar keinen Fall.

Kapitel 4

Peter war froh, daß er hart geblieben und Withington nicht mitgenommen hatte, denn der Weg hinauf zu Miss Rondels Haus war weit schlimmer, als er ihn in Erinnerung hatte. Wahrscheinlich war er gestern viel zu sehr von den unglaublichen Lupinen fasziniert gewesen, um alles richtig zu registrieren. Heute bestand sein Hauptinteresse darin, den versprochenen Lupinensamen so professionell wie möglich zu sammeln und anschließend nach Sasquamahoc und in andere südliche Orte zu schaffen. Er parkte den Wagen an der nächstbesten Stelle, die sich ihm bot, achtete sorgsam darauf, daß er niemanden behinderte, denn vielleicht war er ja nicht der einzige, der hier seine Krüge mit Quellwasser füllen wollte, überprüfte, ob er seine Samentütchen, einen Filzstift und den Umschlag seiner Gastwirtin bei sich trug, und griff nach der Umhängetasche aus Leinen, die ihm schon auf vielen Expeditionen gute Dienste geleistet hatte.

Inzwischen sah die Tasche arg ramponiert und ziemlich widerlich aus, denn sie war über und über bedeckt mit Schmutzspritzern, Grasflecken und Spuren von Substanzen, über die er lieber nicht genauer nachdachte. Doch das störte ihn nicht weiter. Ein Mann der Rübenfelder stand über diesen Bagatellen. Wenn er sich recht erinnerte, hatte Miss Rondels sackartiges Gewand gestern auch nicht allzu verführerisch ausgesehen. Er ergänzte seine Ausrüstung durch Elva Brights Krüge und wappnete sich für das anstrengende Erklimmen des felsigen Hangs.

Er konnte von Glück sagen, daß er den Wagen unten abgestellt hatte, denn ein Stückchen weiter stieß er auf einen geparkten Pickup, ein relativ großes blausilbernes Gefährt, dessen Rücksitz eine Kappe mit Tierfutterreklame zierte. Genau das richtige Fahrzeug für das unebene Terrain, doch Peter konnte sich nicht vorstellen, daß es Miss Rondel gehörte, und schloß daher messerscharf, daß sie bereits Gesellschaft hatte. Seltsamerweise verstimmte ihn die Vorstellung, daß er nicht in den Genuß ihrer vollen Aufmerksamkeit kam.

Quod erat absurdum. Erwachsene Männer ließen sich nicht von so unwichtigen Kleinigkeiten aus der Fassung bringen. Oder doch? Irgendwo über ihm ertönte ein tiefer Baß, vielleicht war es auch ein sprechendes Walroß, und ließ das Himmelsgewölbe erzittern.

»Schon gut, dann werde ich es eben tun. Aber es wird Ihnen todsicher nicht gefallen!«

Das Gebrüll war ein Affront gegen die Lupinen, die friedlich von Blüte zu Blüte summenden Bienen und das ferne Meeresrauschen, an einem Tag, der eigentlich paradiesisch ruhig hätte sein sollen. Wer drohte da mit was? Und warum würde es Miss Rondel todsicher nicht gefallen?

Eine Lawine aus eiergroßen Kieselsteinen prasselte den Hang hinab. Peter brachte sich ohne lange Überlegungen hinter einem Fels in Sicherheit. Gerade noch rechtzeitig, um einem Kieselsteingeschoß zu entgehen, das ihn sicher getroffen hätte, wenn er auch nur eine Sekunde länger gezögert hätte. Stattdessen prallte es auf eine Birke, die etwa 20 Fuß entfernt stand, und verursachte dabei ein Geräusch, das Peter schmerzhaft zusammenzucken ließ. Es folgten weitere Steine und Geräusche in Schnellfeuermanier, dann stürmte ein Elchbulle von einem Kerl vorbei, eine fleckige Kappe auf dem Kopf, die ursprünglich einmal rot gewesen sein mochte und das allgegenwärtige Tierfutterlogo trug. Es war genau derselbe übellaunige Bursche, den er noch vor kurzem in Elva Brights Speisesaal zusammen mit dem Mann gesehen hatte, der Jasper Flodges Eigentum einklagen wollte.

Es ging ihn nichts an, und er wollte auch nicht in irgendeine Sache hineingezogen werden, die möglicherweise mit dem mandelduftenden Abgang des besagten Jasper Flodge zu tun hatte, doch seine Gedanken machte er sich natürlich trotzdem. War Frances Hodgson Rondel vielleicht wirklich mit Flodge verwandt und erbberechtigt, falls es denn überhaupt etwas zu erben gab? Hatte der verärgerte Besucher versucht, sie zu überreden, Flodges Schulden unter vier Augen zu begleichen, um dadurch die Gerichtskosten zu sparen? Und hatte sie ihm mitgeteilt, er solle sich seinen Prozeß sonstwo hinstecken, und ihn hochkant aus dem Haus geworfen?

Peter rief sich noch einmal ins Gedächtnis, daß er persönlich nichts, aber auch gar nichts mit der Sache zu tun hatte, und kletterte weiter, wobei er mit Genugtuung feststellte, daß zahlreiche Pflanzen bereits so weit verblüht waren, daß man die Samenstände leicht entfernen konnte, und hin und wieder stehenblieb, um dies auch zu tun. Angeblich bevorzugten Lupinen einen kompostreichen Boden, daher konnte er sich einfach nicht erklären, wie derart verwöhnte Pflanzen, die noch dazu eine gigantische Größe erreicht hatten, auf diesem kargen Boden überhaupt wachsen, geschweige derart gedeihen konnten. Die einzig logische Erklärung bestand darin, daß Miss Rondel sie wie verrückt düngte, doch dafür konnte er keinerlei Anzeichen entdekken. Wirklich jammerschade, daß Timothy Ames nicht hier war!

Als Peter schließlich die Anhöhe bezwungen hatte, fühlte er sich wie der Jüngling, der mitten in Schnee und Eis ein Banner mit einem merkwürdigen Emblem vor sich hertrug und das Bedürfnis verspürte, laut »Excelsior!« zu rufen.

Peter gelang es, dieses Bedürfnis mannhaft zu unterdrücken. Erstens konnte er nicht höher steigen, zweitens stand Miss Rondel direkt vor ihm auf ihrer Türschwelle und hängte gerade ein Handtuch an die Wäscheleine. Vielleicht hätte sie sein Verhalten befremdlich gefunden und ihre Erlaubnis zum Lupinensamensammeln daraufhin kurzerhand widerrufen. Während er langsam auf sie zuging, griff sie nach der alten Wäscheklammer, die sie bis jetzt zwischen den Lippen gehalten hatte – genau wie es Peters Großmutter früher immer getan hatte, wie er sich zu seiner eigenen Überraschung mit schmerzhafter Sehnsucht erinnerte – und begrüßte ihn mit der Gelassenheit einer geborenen Aristokratin.

»Guten Morgen, Professor. Wie ich sehe, hat Elva Ihnen die Krüge zum Auffüllen mitgegeben. Sind Sie wohl so nett und stellen sie einfach im Haus auf den Küchentisch? Ich brauche nur noch ein paar Minuten.«

Sie nickte in Richtung der offenen Tür und bückte sich, um das nächste feuchte Wäschestück aus dem Korb zu nehmen. Der Korb war aus rosa Plastik, stellte Peter mißbilligend fest. Ein handgefertigter Weidenkorb wäre ihm lieber gewesen, abgenutzt und dunkel geworden im Laufe der Zeit. Es gelang ihm, beide Krüge mit seiner linken Hand festzuhalten, während er mit der rechten in seiner Hosentasche nach dem Umschlag fischte, den Mrs. Brights ihm für Miss Rondel mitgegeben hatte.

Im Inneren des Hauses fand er jedoch sämtliche Erwartungen bestätigt. Miss Rondels Küche sah zwar nicht haargenau so aus wie die seiner Großmutter, aber der allgemeine Eindruck war identisch. Peter hätte schwören können, daß er das Muster wiedererkannte, das immer noch leicht durch die in fünfzig Jahren angesammelte Bohnerwachsschicht des gut gepflegten Linoleums durchschimmerte. Er wußte noch genau, wie sich die flachen, harten Sofakissen anfühlten, die auf dem arg mitgenommenen Eisengestell in der Ecke lagen, wenn man sich dagegen lehnte. Die handgestrickte alte Wolldecke, die darauf lag, hatte allerdings die falsche Farbzusammenstellung, und auch die dreifarbige Glückskatze, die es sich darauf bequem gemacht hatte und sich hin und wieder geistesabwesend den linken Hinterlauf leckte, paßte nicht zu seinen Erinnerungen.

Der alte Rascal war ein brauner Tigerkater gewesen, und sein Lieblingsplatz war die geflochtene Matte vor der schwarzen Specksteinspüle gewesen. Die gesamte Familie Shandy war immer vorsichtig um ihn herumgegangen. Peter hatte schon seit Ewigkeiten nicht mehr an Rascal gedacht. Doch er hatte den zerzausten alten Tyrannen geliebt. Eigentlich liebte er ihn immer noch, wie er sich eingestehen mußte. Im Grunde war es natürlich absurd, Gefühle an ein Tier zu verschwenden, das bereits vor vierzig oder mehr Jahren das letzte seiner neun Leben ausgehaucht hatte.

Der Tisch stimmte mehr oder weniger, stand genau mitten im Zimmer, so daß eine Farmersfrau von allen Seiten bequem daran arbeiten konnte. Die stämmigen, an einigen Stellen etwas lädierten Beine waren in einem ehemals apfelgrünen Farbton lakkiert, die unbehandelte Arbeitsplatte war sauber geschrubbt, mit Dellen und Hubbeln. Hin und wieder konnte man kleine abgerundete Knötchen in der Maserung erkennen. Der gußeiserne Herd übertraf sogar Peters Erwartungen. Den elektrischen Toaster und den Wasserkocher auf dem Regal daneben empfand er zwar als ziemlichen Stilbruch, doch er konnte Miss Rondel nicht verdenken, daß sie keine Lust hatte, selbst während der heißen Sommertage ihren Herd anzuwerfen.

Peter stellte Mrs. Brights Krüge wie versprochen auf den Tisch und schob den Umschlag unter den ersten Krug, wo Miss

Rondel ihn unmöglich übersehen konnte. Er wollte gerade wieder nach draußen gehen, als er ein neu wirkendes aufgezogenes Stück Malerleinwand bemerkte, das auf dem Sitz eines grün gestrichenen Holzstuhls direkt am Tisch stand.

Peter Shandy war auf seine Weise durchaus kulturbeflissen. Er wußte eine Menge über die unterschiedlichsten Arten von Kultur, solange diese Vorsilben wie Agri-, Horti- oder auch Eß- und Trink- besaßen. Kultur in Reinform allerdings ließ ihn normalerweise kalt, besonders wenn sie in Galerien hing, man wie ein Schaf in einer Herde daran vorbeigeführt wurde und so tun mußte, als fände man alles überaus faszinierend. Meistens fand Peter das, was er sah, wenig interessant. Er war kein Fan der Minimalisten, Kubisten, Post-post-Impressionisten oder sonst irgendwem mit der Endung -isten, er mochte nicht einmal die Realisten. Wenn er nicht wußte, was der Künstler mit seinem Werk ausdrücken wollte, langweilte er sich. Und wenn er erkannte, was er sah, fragte er sich meist, warum der Künstler sich überhaupt die Mühe gemacht hatte. Bisher hatte er einen positiven Eindruck von Miss Rondel, warum also sollte er dieses angenehme Gefühl zerstören? War sie etwa eine Amateurmalerin, die ihr Herz der Freizeitmalerei verschrieben hatte?

Nein, das paßte eigentlich nicht zu ihr. Peter wußte zwar, daß es unfein war, seine Nase in die Angelegenheiten fremder Leute zu stecken, doch mit einem Mal war der Geist von Rikki-Tikki-Tavi in ihm erwacht und gewann die Oberhand. Er brauchte doch nur den Stuhl ganz vorsichtig ein klein wenig nach hinten zu kippeln, um nur ja nicht zu riskieren, daß das Bild – Grundgütiger! Er warf den letzten Rest von Anstand über Bord, zog den Stuhl so weit zurück, daß er einen guten Blick auf das Bild werfen konnte, und stand da wie ein hypnotisiertes Kaninchen. Er war immer noch völlig sprachlos, als Miss Rondel hereinkam, um nach ihm zu sehen.

»Professor, ist Ihnen vielleicht – oh!«

Sie war wütend, auch wenn sie versuchte, es nicht zu zeigen. Peter ließ sogar das völlig kalt. Et in arcadia Shandy. Auch er hatte in Arkadien geweilt und weilte immer noch dort. Nur leider noch nicht lange genug. Er hatte das Gefühl, irgend etwas sagen zu müssen.

»Dieses –« Nein, so ging es nicht. Er machte einen neuen Anlauf. »Ich – eh – haben Sie dieses Bild gemalt?«

»Nein.« Inzwischen konnte man ihr die Wut deutlich anmerken.

»Wer hat es denn gemalt?«

»Das darf ich Ihnen nicht sagen.«

»Aber es ist ein richtiges – meine Güte!«

»Wollen Sie damit etwa sagen, daß Ihnen dieses Bild gefällt?«

»Ja, genau das wollte ich damit sagen.« Peter hatte sich wieder ein wenig gefangen. »Ich möchte mich für meine Indiskretion entschuldigen, Miss Rondel, obwohl es mir ehrlich gesagt nicht leid tut, daß ich einen Blick auf dieses Kunstwerk riskiert habe. Dieses Bild – es ist – ich weiß auch nicht, was es ist, aber es – es drückt etwas aus, das mich sehr berührt.«

»Sie überraschen mich, Professor Shandy.«

»Ich bin selbst völlig verblüfft. Normalerweise bemerke ich Bilder überhaupt nicht. Alles, was ich über Kunst weiß, paßt auf einen Stecknadelkopf. Warum mich dieses Bild hier so fasziniert, kann ich mir auch nicht erklären. Ich weiß nur eines: Ich muß es unbedingt haben.«

»Tatsächlich?« Miss Rondel hatte sich wieder etwas beruhigt und betrachtete ebenfalls interessiert die Leinwand. Nach einer geraumen Weile antwortete sie ihm. »Tja, vielleicht läßt sich da doch etwas machen. Zufällig befinden sich momentan noch einige andere Bilder des Künstlers hier in meinem Haus. Ich habe sie noch niemandem gezeigt und hatte dies auch nicht vor, aber wenn Sie möchten, mache ich bei Ihnen eine Ausnahme. Unter einer Bedingung allerdings: Sie dürfen mit niemandem in der Stadt oder im Gasthof darüber sprechen.«

»Großes Ehrenwort, Miss Rondel. Ich habe ohnehin vor, wieder abzufahren, sobald ich die Lupinensamen eingesammelt habe, die Sie mir freundlicherweise überlassen wollen.«

»So schnell schon? Das ist aber schade. Dann werfen Sie am besten gleich einen Blick auf die Bilder. Wenn Sie mir bitte folgen würden.«

Sie öffnete die Tür zu einem kleinen Eßzimmer, das aussah, als würde es nur selten genutzt, und zog die Jalousie hoch, die den Raum vor dem grellen, vom Meer widergespiegelten Sonnenlicht schützte. »So, da sind sie. Was halten Sie davon?«

Peter betrachtete völlig fasziniert die ungerahmten Gemälde, die an den Wänden lehnten. Insgesamt waren es vielleicht zehn, und auf allen waren einfache Szenen dargestellt, Meer, Felsen, Himmel, Felder, Lupinen. Nein, keine Lupinen. Irgend etwas anderes. Farben. Formen. Nein, auch keine Formen. Peter konnte sich einfach keinen Reim auf das machen, was er sah, doch er konnte den Blick einfach nicht davon abwenden.

Keines der Bilder war wirklich hübsch. Einige vermittelten Peter ein Gefühl der Verstörung, besonders das mit den kräftigen langen Farbstrichen, die aus dem starrem Granit emporschossen. Durch eine Art optische Magie erinnerten einige Lupinen in den unterschiedlichsten Rottönen, die in einem kleinen Fleckchen Erde hoch oben auf dem felsigen Rand einer Klippe wuchsen, an ein Portrait von Thorkjeld Svenson, nicht wie er aussah, sondern wie er sich gefühlt haben mußte, als er vor einigen Wochen wieder einmal mit seinen mächtigen Arbeitspferden, den Balaclava Blacks, beim jährlichen Wettbewerb für Gebrauchtpferde von Balaclava County einen seiner Triumphe gefeiert hatte.

Dies war ein Bild für junge Menschen, entschied Peter, daher sollte es auch im College hängen. Wenn ein Bild tatsächlich mehr sagte als tausend Worte, dann sagte dieses Vexierbild mehr als viele Millionen. Allein dadurch, daß sie täglich daran vorbeigingen, konnten Studenten verdammt viel mehr lernen als vom Gefasel einiger ihrer umständlichen Dozenten. Zu Miss Rondels und seiner eigenen Verwunderung brach er in herzliches Lachen aus.

Falls es stimmte, daß Miss Rondel und Elva Brights Großmutter tatsächlich zusammen zur Schule gegangen waren, war sie vielleicht alt genug, um einiges von der seligen Königin Victoria gelernt zu haben. Momentan war sie offensichtlich, um einen vielzitierten Ausspruch der verstorbenen Monarchin zu verwenden, keineswegs erfreut.

»Wenn ich mir die Bemerkung erlauben darf, Professor Shandy, ich kann zwar in einigen der Bilder einen gewissen künstlerischen Wert erkennen, aber lächerlich habe ich bisher noch keines davon gefunden. Sie sehen anscheinend etwas, das mir verborgen bleibt.«

»Um so erstaunlicher, daß Sie die Bilder dann überhaupt in Ihrem Haus aufbewahren.«

»Eigentlich nicht. Ich habe einfach nur genügend Platz, das

ist alles. Es wäre schade, wenn die Bilder irgendwo in einer Scheune vergammeln würden.«

»Das wäre sogar ein Verbrechen. Hat der Künstler denn nie in Erwägung gezogen, in einer Galerie auszustellen?«

»Oh nein, ganz bestimmt nicht. Er würde sich wahrscheinlich freuen, wenn sie irgendwo verkauft werden könnten, nehme ich an, aber dann fänden die Leute sicher heraus, wer sie gemalt hat, was wiederum zu Schwierigkeiten führen würde. Sie wissen ja, wie die Menschen sind. In Ihrem Fall gehe ich natürlich davon aus, daß Sie –«

Miss Rondels Stimme erstarb. Peter überlegte, ob er noch einen zweiten Umschlag hätte mitbringen sollen, und nahm den Faden vorsichtig wieder auf.

»Eh – angenommen, der Künstler wäre tatsächlich bereit, die Bilder zu verkaufen, welche – eh – Preisvorstellung hätte er – eh – wohl Ihrer Meinung nach?«

»Ach Gott, darüber habe ich mir noch nie Gedanken gemacht. Der Künstler wahrscheinlich auch nicht. Vielleicht könnten Sie einen Vorschlag machen?«

»Hmja, nehmen wir beispielsweise das Bild in der Küche. Nehmen wir einmal an, mein Anfangsgebot beliefe sich auf tausend, danach könnten wir immer noch weiter verhandeln. Ich wäre auch bereit, etwas mehr zu zahlen, wenn –« Auch er beherrschte die Kunst, einen Satz wirkungsvoll auszublenden.

Wenn es sein mußte, war Peter sogar bereit, noch beträchtlich höher zu gehen. Seine berühmte preisgekrönte Rübenart, die in allen kühleren Klimazonen als Balaclava Riesenprotz bekannt war, brachte ihm immer noch genügend Tantiemen ein, genau wie die hübsche Petunienart Helen's Fancy, die Veilchenart Muntere Sieglinde und diverse andere gärtnerische Triumphe, zu der vielleicht bald auch die Rondel Lupine gehören würde. Sollte sein Experiment glücken, würde er Francis Rondel selbstverständlich am Gewinn beteiligen. Sie sah aus, als würde sie bestimmt noch lange genug leben, um ein kleines Zubrot genießen zu können, auch wenn sie laut Elva Bright auf die hundert zuging.

Was das Bild betraf, das ihn derart verzaubert hatte, konnte sich Peter vorstellen, daß er bereit war, ziemlich lange zu feilschen. Außerdem begann er allmählich, sich auch für einige der anderen Bilder zu erwärmen, und hatte keine Lust, sich direkt am Anfang selbst zu überbieten. Doch er hatte sich offenbar bereits verraten, denn Miss Rondel schaute ihn aus leicht zusammengekniffenen Augen an.

»Haben Sie eben tausend *Dollar* gemeint, Professor? Tausend *amerikanische* Dollar?«

»Ja, genau das habe ich gemeint. Ich habe zwar noch nie ein Gemälde gekauft, aber ich war mit meiner Frau auf einigen Ausstellungen, und die Preisspanne zwischen tausend und zweitausend Dollar scheint durchaus – eh – üblich zu sein. Es tut mir wirklich leid, daß ich Sie in die Sache mit hineinziehe.«

»Oh, es macht mir nicht das geringste aus, Ihnen behilflich zu sein, falls es Ihnen wirklich ernst ist. Sind Sie wirklich sicher, daß Sie die Bilder kaufen wollen?«

»So sicher, daß ich Ihnen auf der Stelle eine Anzahlung dalasse, wenn Sie möchten. Ich kann Ihnen zwar nur einen Scheck schreiben, aber ich kann ihn als Barscheck ausstellen, wenn Sie mir sagen, wo ich hier eine Bank finde. Oder ich könnte meine Frau anrufen und sie bitten, einen bankbestätigten Scheck, eine Geldanweisung oder sogar Bargeld mitzubringen, falls Ihr – eh – Protegé dies vorzieht. Sie kennen unsere Freundin Catriona McBogle aus Sasquamahoc? Sie ist momentan bei uns zu Besuch, wie ich Ihnen, wenn ich mich recht erinnere, gestern schon mitgeteilt habe. Helen kann mit ihr zusammen nach Maine kommen. Ich hätte gern, daß meine Frau sich die Bilder auch ansieht, wenn es Ihnen nichts ausmacht, sie uns ein zweites Mal zu zeigen.«

»Und was passiert, wenn Mrs. Shandy sie nicht schön findet?«

»Sie wird sie schön finden.«

Grundgütiger, jetzt gab es kein Zurück mehr. Vergessen war der ganze Unsinn, den er sich noch vor kurzem selbst weisgemacht hatte. Von wegen nichts wie weg von Pickwance, sobald er die Lupinen ihres Samens beraubt hatte! Was war bloß in ihn gefahren? Normalerweise machte es Peter wenig Freude, Gegenstände zu erwerben. Die Dekoration ihres gemeinsamen Heims überließ er, wenn möglich, am liebsten Helen. Aber Teufel noch eins, dieses unglaubliche Bild mußte er einfach haben, und vielleicht auch noch zwei weitere, selbst wenn er, was für ein furchtbarer Gedanke, hier für den Rest des Sommers herumhängen mußte, bis dieses neurotische Genie, wer immer es auch sein mochte, sich endlich entschloß, mit ihm über seine Kunstwerke zu verhandeln.

Kapitel 5

Also nichts wie auf zu den Lupinen und zum Teufel mit den pessimistischen Gedanken. Peter warf sich die Umhängetasche über die Schulter, griff nach seinen sammelbewährten Plastiktütchen und machte sich an die Arbeit. Er hatte noch nie in seinem Leben eine solche Farbenvielfalt gesehen, allerdings waren die Unterschiede oft so subtil, daß er ein völlig neues Farbschema erfinden mußte, während er von einer stattlichen Pflanze zur nächsten ging und sich jede Nuance sorgfältig notierte. Er konnte nur hoffen, daß er sich auch später im Treibhaus noch in seinen umfangreichen Improvisationen zurechtfinden würde.

Einige Exemplare waren völlig verblüht, so daß er die ursprüngliche Farbe der Blüten nicht mehr feststellen konnte und die kleinen Tütchen mit einem Fragezeichen versehen mußte, nachdem er den Samen vorsichtig darin verstaut hatte. Er war nicht sonderlich in Eile, legte hin und wieder ein Päuschen ein, um sich einen kleinen Revierkampf mit einer Biene oder einem Schmetterling zu liefern oder sich die Zeit mit Miss Rondels übergewichtiger Katze zu vertreiben, die herausgekommen war, um nachzusehen, was vor sich ging. Ein Blauhäher veranstaltete einen Riesenspektakel, weil jemand gewagt hatte, in sein Territorium einzudringen, hielt jedoch den für Blauhäher typischen Sicherheitsabstand ein. Ein Zaunkönig, der mehr als dreimal so klein war, verhielt sich bedeutend kühner, indem er auf der Spitze eines Dornenstrauchs herumturnte und weniger als sechs Fuß von der Nase der fetten Katze entfernt lautstark seinen Unmut kundtat. Irgendwie fühlte sich Peter an die Nachbarin erinnert, die zu Hause auf dem Crescent Tür an Tür mit ihnen wohnte.

Er verlor jedes Zeitgefühl, was ihn jedoch nicht weiter störte. Irgendwann aß er die Sandwiches, die Mrs. Bright ihm mitgegeben hatte, und spülte sie mit einem großen Glas Quellwasser hinunter, das Miss Rondel ihm nach draußen gebracht hatte. Es war in der Tat Wasser, wie er interessiert feststellte, und ganz hervorragendes dazu. Peter kannte die unterschiedlichsten Arten von Quellwasser, er war inzwischen sogar eine Art Fachmann geworden, und verlieh dem Rondel's Head-Produkt spontan die Bestnote und noch fünf Sterne zusätzlich für perfekte Ausgewogenheit.

Irgendwie bestand ein Zusammenhang zwischen dem Wasser und dem Gemälde, das wohl für alle Zeiten sein Lieblingsbild sein würde, selbst wenn er es, was der Himmel verhüten möge, niemals mehr zu Gesicht bekam. Das Wasser war nicht nur von bester Qualität, sondern enthielt außerdem etwas schwer Faßbares, das man zwar nicht schmecken, aber eindeutig spüren konnte. Er bedauerte, nicht ebenfalls einen Krug zum Auffüllen mitgebracht zu haben, denn er ahnte, daß Mrs. Bright nicht bereit sein würde, ihm von ihrem Wasser etwas abzugeben, und konnte es ihr nicht einmal verdenken.

Nachdem er seine Kehle sozusagen im Sinne der neuenglischen Transzendentalisten geölt und seine Kräfte wieder aktiviert hatte, sammelte er weiter Lupinensamen. Er hatte Childe Hassams idyllisches Bild von Celia Thaxter in ihrem Garten am Meer gesehen und sich gewünscht, einen ähnlich angenehmen, entspannten Nachmittag zu verbringen. Doch nun fragte er sich, ob Hassam wohl auch das Bedürfnis verspürt hätte, einen Mann zu malen, der kopfüber, mehr oder weniger an den Zehennägeln hangelnd, an der Spitze einer zwanzig Fuß hohen steilen Granitklippe baumelte, unter der ein felsiger Abgrund gähnte. Und alles nur, um von ein paar Lupinen, die es irgendwie geschafft hatten, sich in einer Handvoll Erde in einer Felssspalte einzunisten, die braun gewordenen Blütenstände abzubrechen. Diese band er dann aus Sicherheitsgründen in seinen Hemdzipfel, um beim Hinaufklettern auch mit den Händen nach Halt suchen zu können.

Inzwischen kam die Flut und warf ihre Gischtvorhänge gegen die Felsen. Peters Hosenbeine waren ziemlich durchnäßt, als er endlich den steilsten Teil der Klippe überwunden hatte. Doch auch das störte ihn nicht im geringsten. Er wäre ohne zu zögern sofort wieder hinuntergestiegen, um noch mehr Samen zu sammeln, wenn es noch mehr gegeben hätte. Er konnte sich immer noch nicht erklären, wie es möglich war, daß die Pflanzen hier so hervorragend wuchsen und gediehen, obwohl die Lebensbedingungen auf den ersten Blick extrem ungünstig erschienen. Er deutete dies auch Miss Rondel gegenüber an, als er ihr dafür dankte, daß sie ihm erlaubt hatte, den Tag in ihrem Garten zu verbringen, und schaffte es sogar, als kleine Stärkung für die Heimfahrt noch ein Glas Wasser zu schnorren.

Sie lächelte nur und dankte Professor Shandy ihrerseits für die vielen Tütchen mit gemischtem Lupinensamen, die er ihr mitgebracht hatte. Sie hatte ausdrücklich gesagt, er könne sich die Mühe sparen, sie zu ordnen, da sie ohnehin nur vorhabe, sie am Straßenrand auszusäen, genau wie es die inzwischen fast legendäre Hilda »Lupine« Hamlin vor so vielen Jahren erstmals in der Umgebung von Christmas Cove getan hatte. Sie erwarte zwar nicht, daß ihre Pflanzen so prächtig würden wie die der berühmten Hilda, doch im Frühjahr würden sie sicher hübsch aussehen. Was die Bilder betraf, versprach sie, von sich hören zu lassen.

Damit ließ sie ihn auf höfliche, aber bestimmte Weise wissen, daß es Zeit war zu gehen. Peter rückte den Riemen seiner Umhängetasche so zurecht, daß er etwas bequemer auf seinem Schlüsselbein ruhte, nahm die beiden gefüllten Wasserkrüge, die Miss Rondel ihm reichte – wie erwartet hatte er die Quelle nicht einmal von fern zu Gesicht bekommen –, und stapfte zurück zu seinem Wagen.

Der blausilberne Pickup war verschwunden. Peter hatte ihn völlig vergessen, er fiel ihm erst wieder ein, als er den leeren Parkplatz sah, das gleiche galt für den finsteren Gesellen, der vorhin den Weg hinuntergestürmt war und Miss Rondel etwas zugerufen hatte, das sehr nach einer Drohung geklungen hatte.

Peter wäre es lieber gewesen, wenn er sich gar nicht erst erinnert hätte. Der Tag war so schön und friedlich verlaufen, daß es ihm leid tat, ihn mit der Erinnerung an das melodramatische Gebrüll eines reizbaren Hinterwäldlers zu verderben. Er hatte gestern abend im Gasthof schon genug Melodram erlebt und fragte sich, ob Mrs. Bright inzwischen erfahren hatte, woran Jasper Flodge nun tatsächlich gestorben war, ärgerte sich jedoch gleichzeitig über seine Neugier. Er verstaute den Lupinensamen vorsichtshalber im Kofferraum und stellte die nun verschlossenen Wasserkrüge hinten im Wagen auf den Boden, wobei er sie sorgsam in mehrere Ausgaben des *All-woechentlichen Gemeinde- und Sprengelanzeygers für Balaclava* einwickelte, damit sie nicht aneinanderstießen und auf der katastrophalen Straße, die jetzt vor ihm lag, zerbrachen.

Er hatte sich schon die ganze Zeit gefragt, wie er Miss Rondel auf angemessene Weise für ihren Lupinensamen danken konnte. Am besten ließ man wahrscheinlich einen Bagger und ein paar Fuhren Sand kommen und den Weg zum Haus ordentlich planieren. Doch vielleicht gefiel der alten Dame alles genau so, wie es war? Zumindest hielt es Schaulustige ab, die sonst vielleicht zum Haus hochgefahren wären und dort im Garten campiert hätten. Hier auf dem Land pflegte man sicher nicht ohne Grund zu sagen: »Was nicht kaputt ist, soll man auch nicht reparieren.«

Peter erinnerte sich an seinen ersten Besuch in Maine. Damals hatte er das echte Maine erlebt, wie es die Touristen, die zum Einkaufen nach Kittery und Freeport kamen, niemals kennenlernten. Er hatte das Gefühl gehabt, an einem völlig anderen Ort zu sein, und obwohl er damals wie heute nicht in der Lage war, die Unterschiede genau zu definieren, spürte er sie ganz deutlich. Das Bild, für das er sich so brennend interessierte, hatte genauso damit zu tun wie der unbekannte Künstler, der es geschaffen hatte, und das Wasser aus Miss Rondels geheimnisvoller Quelle. Es war ein unbekanntes Terrain für Peter, kein feindliches, so hoffte er, es war einfach – ein besseres Wort fiel ihm nicht ein – anders. Er mußte höllisch aufpassen, daher fuhr er vorsichtig um die Felsen und durch die Querrinnen, bis seine Reifen wieder auf den vertrauten, langweiligen Asphalt rollten und er der gelben Linie bis zum Gasthof folgen konnte.

An der Rezeption war weit und breit niemand zu sehen, was Peter nicht verwunderte, denn es war fast Abendbrotzeit und Mrs. Bright war sicher in der Küche und hatte alle Hände voll zu tun. Da er sie jetzt auf keinen Fall stören wollte, begab er sich hinter die Empfangstheke und stellte die beiden Krüge darunter, damit niemand darüber stolperte. Seine Hosenbeine waren von dem inzwischen getrockneten Salzwasser ganz steif, und wahrscheinlich hatte sein vollbrachtes Tagwerk dazu geführt, daß er aussah und roch wie ein alter Wikinger. Trotzdem fühlte er sich merkwürdigerweise kein bißchen müde, doch aus Hygienegründen und Rücksicht auf seine Mitmenschen wollte er auf jeden Fall möglichst schnell unter die Dusche und seine Kleidung wechseln, bevor er sich in den Speisesaal wagte.

Peter nahm sich zum Umkleiden viel Zeit. Das Gefühl des Andersseins hatte er verloren oder zumindest vorübergehend verlegt. Als er sich schließlich halbwegs gesäubert hatte und in eine einigermaßen vorzeigbare Freizeithose, ein sauberes kurzärmeliges Hemd und ein leichtes Jackett geschlüpft war – auf eine Krawatte hatte er bewußt verzichtet, da dies ihm nun wirklich zu vornehm erschien – fühlte er sich wieder frisch und präsentabel. Genau der richtige Moment, um Helen anzurufen.

In den Zimmern gab es kein Telefon, doch die kluge Mrs. Bright oder vielleicht auch der verstorbene Jean-Luc hatte statt dessen in der Lobby eine Nische mit einem öffentlichen Fernsprecher eingerichtet, der zweifellos auch den Zweck erfüllte, die Gäste davon abzuhalten, das Telefon in der Rezeption zu benutzen. Peter zog die Tür hinter sich ins Schloß und fischte eine Handvoll Münzen aus der Tasche. Innerhalb von Sekunden hatte er seine Gattin am Apparat.

»Oh, Peter, ich hatte gehofft, daß du anrufen würdest. Hast du die Lupinen schon gesehen?«

»Ich kam, sah und siegte. Die Lupinen sind noch viel überwältigender, als Catriona behauptet hat. Und ich habe von jeder verflixten Farbvariante Samen gesammelt.«

»Liebling, du bist einfach unschlagbar.«

»Dem kann ich kaum widersprechen. Nett, daß du es auch bemerkt hast. Was ich noch sagen wollte, geliebte Psyche aus den Regionen, die man auch Feenreich nennt, hast du Lust, zweitausend Dollar in deine Strumpfhose zu stopfen und so schnell wie möglich mit Catriona herzuschweben?«

»Peter, du meinst doch nicht etwa jetzt auf der Stelle?«

»Morgen würde auch noch reichen. Oder vielleicht sogar übermorgen, wenn es sich nicht anders machen läßt.«

»Aber was ist denn los? Peter Shandy, du willst mir doch wohl nicht etwa schonend beibringen, daß man dich wegen Diebstahls von Lupinensamen ins Gefängnis geworfen hat und ich die Kaution für dich hinterlegen soll?«

»Beruhige dich, Liebste. Mein Gewissen ist rein wie frisch gefallener Schnee. Wahrscheinlich noch reiner, wenn man bedenkt, wie viele Schadstoffe sich heute in einer einzigen Schneeflocke befinden. Ich kann getrost der ganzen Welt ins Gesicht blicken, denn ich habe niemandem, weder Mann noch Frau, Unrecht getan. Meinen Informanten zufolge ist Miss Rondel zwar uralt, aber ich habe trotzdem den Eindruck, daß sie mir in einem fairen Zweikampf haushoch überlegen wäre. Wir haben uns übrigens auf Anhieb blendend verstanden. Sie hat mir nicht nur freie Hand mit ihren Lupinen gelassen, sondern mir außerdem Wasser aus ihrer unsichtbaren Quelle zu trinken gegeben und mir einen vertraulichen Blick auf das erlaubt, das ich mit dem eben erwähnten Geld zu erstehen und dir zu schenken gedenke.«

»Ist es eine alte Kutschlaterne?«

»Nein, und auch kein eiserner Rehbock für unseren Rasen. Du wirst es noch früh genug sehen. Tu mir bitte nur den Gefallen und sag niemandem, auch nicht Catriona, etwas davon, bis du Gelegenheit hattest, dir selbst ein Urteil zu bilden. Ich kann dir nach bestem Wissen und Gewissen versichern, daß der Handel absolut korrekt ist, aber die Umstände scheinen etwas merkwürdig, und ich möchte nichts unnötig gefährden.«

»Das klingt ja wunderbar spannend! Und was soll ich Cat erzählen?«

»Sag einfach, daß ich dahinsieche, weil ich meine Gattin so lange nicht gesehen habe, und zu schwach bin, allein nach Hause zu fahren. Oder daß ich dich unbedingt hier haben möchte, damit du dir die Lupinen noch ansehen kannst, bevor sie völlig verblüht sind. Die zweite Erklärung klingt möglicherweise plausibler.«

»Die erste schmeichelt dafür dem weiblichen Ego mehr. In Ordnung, Schatz. Ich komme, sobald ich kann. Audrey ist übrigens bereits fort, sie hat heute morgen einen Anruf bekommen und erfahren, daß Maud Silver wieder einen ihrer Anfälle hatte. Maud Silver ist ihre Katze. Sie leidet fürchterlich unter verschluckten Haarballen, weil sie immer wieder versucht, das alte Bärenfell von Audreys Mann zu verschönern, indem sie es nach Kräften putzt. Das Ding haart wie der Teufel, aber Sam erlaubt nicht, daß Audrey es ausrangiert. Sein Großonkel Otis hat nämlich anno irgendwann das Leben seiner Großtante Margaret gerettet, indem er das Biest erlegte, als sie zusammen mit Mary Roberts Rinehart im Glacier Park campierten. Das grauenhafte Ding ist sozusagen ein Familienerbstück. Die arme Maud kann einem wirklich leid tun, aber du weißt ja, wie diese Familien sind.«

»Die einzige Familie, von der ich nichts erfahre, ist die unsere«, nörgelte Peter ein wenig. »Hast du eine Vorstellung, wie wir das kleine Problem lösen können, über das wir sprachen, bevor unser Gespräch zu Maud Silvers Haarballen abdriftete?«

»Aber selbstverständlich. Verzeih mir, Liebling. Momentan sind Cat und Iduna Stott gerade im Garten und pflücken Beeren für das Erdbeerfest, das Iduna morgen für die Freunde und Förderer der Bibliothek veranstaltet, und ich stehe hier in der Küche und bereite das Abendbrot vor. Dan Stott kommt am Freitag von seiner Schweinezüchterkonferenz zurück, wo er einen Vortrag zu halten hat. Ich nehme stark an, daß Iduna es kaum erwarten kann, das gemästete Kalb für die Heimkehr des verlorenen Gatten zu rösten, sobald sie ihrer Pflicht beim Erdbeerfest Genüge getan hat. Wäre dir Donnerstag früh genug?«

»Donnerstag paßt mir hervorragend.«

Ein Tag Verschnaufpause sollte Miss Rondel genügend Zeit geben, um ihrem mysteriösen Protegé für den Verkauf der Bilder zu erwärmen, dachte Peter. Wahrscheinlich aß sie gerade zu Abend, daher ließ er sie besser momentan in Ruhe und rief sie als erstes morgen früh an. Was er mit dem Rest des Tages anfing, würde sich noch zeigen.

Die Plauderei über Essen erinnerte ihn daran, daß es höchste Zeit für die nächste Nahrungsaufnahme war, doch er konnte sich einfach nicht vom Telefon loseisen und unterrichtete Helen zuerst noch kurz über Jasper Flodges Dahinscheiden, da sie ohnehin davon erfahren würde, wenn sie herkam, bis ein Geräusch am anderen Ende der Leitung darauf schließen ließ, daß besagte Freundinnen nebst Erdbeeren heimgekehrt waren. Er wünschte ihnen alles erdenklich Gute für den hoffentlich erfolgreichen Abend und legte den Hörer auf.

Die Telefonzelle war von einem Schreiner gebaut worden, der sein Handwerk verstand, denn Peter konnte sich nicht erinnern, auch nur einen Ton von außen gehört zu haben, nachdem er die Tür geschlossen hatte. Irritierend war allerdings, daß er immer noch nichts hörte, denn inzwischen befand er sich wieder draußen. Es war doch längst Zeit zum Abendessen, die Gäste mußten eigentlich schon eingetrudelt sein. Oder war es möglich, daß er viel länger telefoniert hatte, als ihm bewußt war, und sie schon gegangen waren? Er beschleunigte seine Schritte und betrat den Speisesaal.

Höchstwahrscheinlich ging seine Uhr falsch. Sie zeigte bereits zehn nach sieben. Am Sonntag war er ungefähr um die gleiche Zeit hergekommen, und der Speisesaal war brechend voll gewesen. Gestern abend war er beinahe eine Stunde später eingetroffen, die Gäste waren bereits fort gewesen, doch an den noch nicht abgeräumten Tischen hatte man deutlich gesehen, daß ebensoviel Betrieb wie am Vorabend geherrscht hatte. Heute dagegen saß nur ein einziger Gast einsam und allein an einem Tisch in der Ecke, es war Withington, wie konnte es auch anders sein. Alle anderen Tische waren nicht nur leer, sondern sogar in Erwartung etwaiger Gäste frisch gedeckt. Besagte Gäste mußten entweder erstaunlich früh dagewesen sein oder waren gar nicht erst erschienen. Thurzella empfing Peter, als sei er ihr seit langem verloren geglaubter reicher Erbonkel.

»Oh, Professor Shandy, wir hatten schon Angst, Sie würden nicht mehr kommen. Dabei hat Großmutter Unmengen von Roastbeef mit Yorkshire Pudding vorbereitet und –« Sie atmete lange und tief ein. »Möchten Sie ihr Fleisch blutig oder medium? Oder möchten Sie vielleicht lieber etwas anderes essen?«

»Roastbeef klingt hervorragend. Und Yorkshire Pudding habe ich schon seit Ewigkeiten nicht mehr gegessen. Irgendwie zwischen blutig und medium wäre mir am liebsten, wenn es sich machen ließe.«

»Kein Problem«, versicherte Thurzella. »Wir richten uns da ganz nach den Wünschen unserer Gäste. Bis jetzt hat sowieso noch keiner – es ist noch genug da, wollte ich sagen. Dazu gibt es Röstkartoffeln, frische Erbsen und Salat mit Dressing nach Wunsch. Und wie wär's mit einem Teller Fischsuppe als Vorspeise? Außerdem haben wir auch noch Schokoladenkuchen als Nachtisch. Wenn Sie möchten, können Sie auch Eiscreme dazu haben. Ich selbst mag ihn allerdings am liebsten ohne alles.«

»Ich auch.«

Peter war nicht sonderlich überrascht über den akuten Gästemangel, doch Thurzella tat ihm verdammt leid, ganz zu schweigen von Elva Bright. Die Neuigkeit von gestern abend hatte sich also inzwischen herumgesprochen. Und verständlicherweise aß kaum jemand gern in einem Restaurant, in dem ein Nachbar tot über seinem Teller zusammengebrochen war.

Daran würde sich so lange nichts ändern, bis aus offizieller Quelle verlautet war, woran Jasper Flodge gestorben war. Ob man der Erklärung Glauben schenken würde, war eine andere Sache. Falls er eines natürlichen Todes gestorben war, würde es sicher trotzdem ein paar Leute geben, die behaupteten, der Bericht sei aus dunklen und eigennützigen Beweggründen gefälscht worden. Falls es kein natürlicher Tod gewesen war, konnte Elva Bright ihr Restaurant genausogut schließen und nach Florida umsiedeln, wenn kein Wunder geschah.

Peter beschloß, das sinkende Schiff nicht zu verlassen. »Dann nichts wie los, Thurzella. Allerdings hätte ich statt des Tellers lieber nur eine Tasse Fischsuppe. Eine Sauce Vinaigrette für den Salat, und den Kuchen bitte ohne Eiscreme. Meine Frau behauptet, ich sei viel zu dick.«

»Das stimmt doch gar nicht, Professor. Ich finde, Sie sind genau richtig.«

Wenigstens sah die junge Kellnerin nicht mehr ganz so verloren aus. Sie rannte in die Küche und kam in Windeseile zuerst mit der Fischsuppe und einem Korb mit heißen Brötchen und kurz darauf mit Peters Salat zurück. Als sie das dritte Mal erschien, um seine leere Tasse abzuräumen und das bestellte Roastbeef nebst zusätzlicher Sauce in einer etwas angestoßenen, aber ansonsten hübschen kleinen bayrischen Sauciere brachte, hatte ein weiterer Gast den Weg ins Restaurant gefunden.

Diesmal trug der Mann keine rote Kappe, außerdem hatte er sich anscheinend gewaschen und trug ein sauberes Hemd mit Schottenkaro. Dennoch hätte Peter sein düsteres Gesicht sogar im vollsten Bazaar Kairos und im unwirtlichsten Teil Tasmaniens sofort wiedererkannt. Es erfüllte ihn daher nicht gerade mit Freude, daß sich der Miesepeter ausgerechnet an den Nebentisch setzte, so daß Peter seinen finsteren Blicken schutzlos ausgeliefert war. Thurzella jedoch schien überglücklich, daß noch ein weiterer Tisch besetzt war.

»Hallo, Evander. Wo hast du denn heute abend deinen Bruder gelassen?«

Der Mann hatte also tatsächlich einen Namen. Evanders Antwort war eine Kombination aus Achselzucken und Knurren. »Was gibt's denn zu essen?«

»Roastbeef?«

»In Ordnung.«

Thurzella begab sich ohne weitere Fragen in die Küche und versorgte auch den neuen Gast mit Fischsuppe und einem Korb mit frischen Brötchen. Der Salat wurde weder erwähnt noch gebracht. Evander, wer immer er auch sein mochte, widmete sich seiner Fischsuppe, verstaute sie zügig, aber ohne unnötige Hast oberhalb seines kurzen, buschigen Bartes und legte zwischendurch immer wieder eine Pause ein, um ein Brötchen mit Butter zu bestreichen, sich eine Gräte aus dem Mund zu fischen oder um Peter Shandy finster anzustarren. Gegen seine Tischmanieren war nichts einzuwenden, im Vergleich mit denen des verstorbenen Jasper Flodge waren sie sogar geradezu makellos, selbst wenn Evander bei größerer Konkurrenz möglicherweise nicht ganz so gut abgeschnitten hätte.

Seit Peter in den Speisesaal gekommen war, hatte er deutlich gespürt, daß Claridge Withington darauf brannte, mit ihm zu sprechen. Ihre Blicke hatten sich ein oder zweimal getroffen, und Peter hatte dem alten Herrn zwar freundlich zugenickt, jedoch bewußt einen Tisch gewählt, der so weit entfernt stand, daß jede Unterhaltung mühsam gewesen wäre, doch ein simples Nicken genügte dem alten Herrn offenbar nicht. Dabei verhielt sich Peter immer noch bedeutend freundlicher als Evander, wie er den Fremden inzwischen notgedrungen nannte, da Thurzella seinen Nachnamen nicht erwähnt hatte.

Evander saß mit dem Rücken zu Withingtons Tisch, doch möglicherweise strafte er ihn nicht bewußt mit Mißachtung. Vielleicht wollte er den Eingang des Restaurants im Auge behalten, weil er erwartete, daß sein Bruder früher oder später auftauchen und nach ihm suchen würde. Vielleicht blickte er Peter auch nur deshalb so finster an, weil er zufällig genau gegenüber saß und in diesem Raum das einzige Ziel darstellte, auf das er seine finsteren Blicke lenken konnte. Diese Vorstellung tröstete ihn ein wenig.

Das Roastbeef mundete wirklich vortrefflich. Peter spießte das letzte Stückchen Yorkshire Pudding auf seine Gabel und teilte Thurzella mit, daß er zu seinem Schokoladenkuchen eine Tasse Kaffee zu trinken gedenke. Wahrscheinlich würde er keinen Bissen mehr essen können, wenn er ihn nicht mit etwas Flüssigem herunterspülen konnte. Vielleicht sollte er sich auf den Kuchen vorbereiten, indem er aufsprang und mehrfach um den Tisch joggte, damit das Roastbeef sich etwas setzen konnte, doch aus irgendeinem Grund hatte er wenig Lust, den Gedanken in die Tat umzusetzen.

Aus Gründen der Höflichkeit hätte Peter sich eigentlich mit seiner Kaffeetasse an Withingtons Tisch begeben müssen, um ihm Gesellschaft zu leisten. Die unermüdliche alte Plaudertasche hatte vielleicht tatsächlich Neuigkeiten zu verkünden oder zumindest eine Vermutung, was Jasper Flodges plötzliches Ableben betraf. Und da Peter ohnehin ein oder zwei Tage hier festsaß, sprach nichts dagegen, sich in Maßen gesellig zu verhalten. Doch nach der Entdeckung der unglaublichen Bilder war er nicht mehr in der Stimmung für Trivialitäten und stocherte in seinem Kuchen herum, um den Moment der Wahrheit noch ein bißchen vor sich herzuschieben. Trotzdem gab es ihm einen Stich, als er plötzlich feststellen mußte, daß er überflüssig geworden war.

Kapitel 6

Eine große, breitschultrige, brünette Frau, die nach Peters Schätzung zwischen vierzig und fünfzig Jahre alt sein mochte, stürmte ins Restaurant. Sie war gekonnt zurechtgemacht und elegant gekleidet, ganz in Schwarz, mit einigen belebenden Rotakzenten. Sie trug eine Handtasche aus Wildleder von der Größe einer Aktentasche, vielleicht war es sogar eine Aktentasche, und eilte schnurstracks auf Withingtons Tisch zu.

»Hallo, Claridge, lange nicht gesehen. Ich dachte mir schon, daß ich dich hier finden würde. Was kannst du mir denn heute abend Feines empfehlen?«

»Wie wäre es mit meiner bescheidenen Gesellschaft? Wie geht es dir, Lucivee? Du siehst wie immer aus wie das blühende Leben. Setz dich doch zu mir. Ich rufe die Kellnerin.«

»Nur keine Hektik, die kommt schon von selbst. Ich habs nicht eilig mitm Essen. Ich habe in Bangor noch Kaffee getrunken. Warum ist es denn hier so gähnend leer?«

»Gute Frage. Wenigstens wirst du problemlos ein Zimmer bekommen.«

»Warum sollte ich mir ein Zimmer suchen? Ich habe schließlich den Schlüssel zu meinem Haus in der Tasche.«

»Zu deinem – du meinst sicher Jaspers Haus?«

»Wenn ich ›mein Haus‹ sage, dann meine ich es auch. Du glaubst doch wohl nicht, daß ich dämlich genug war, mir das Haus entgehen zu lassen? Alles notariell festgelegt. Weiß Gott, in welchem Zustand es sich inzwischen befindet. Ich wollte mir nur vorsichtshalber ein ordentliches Essen gönnen, bevor ich hingehe und es mir ansehe.«

Die Frau machte nicht einmal den Versuch, leise zu sprechen, sie stellte ihre Ansprüche und wollte, daß es die ganze Stadt hörte. Kein Problem. Peter bemerkte, daß die Küchentür einen Spalt weit offen stand. Elva Bright ließ sich anscheinend kein

Wort entgehen. Selbst der finstere Evander wirkte mit einem Mal weniger finster, und als sein Bruder auftauchte, verzerrte sich sein Mund sogar zu einer Art Grinsen.

Der Abend schien sich zu einer richtigen Wiedersehensparty zu entwickeln. Der Bruder ließ sich sogar zu einer persönlichen Begrüßung hinreißen. »N'abend, Lucivee. Muß 'ne Ewigkeit her sein, daß wir uns gesehen haben.«

»Wie schade aber auch. Nur keine Angst, du wirst mich in nächster Zeit noch oft genug sehen, Fred. Wenn Jasper erst tief genug unter der Erde ist, daß er sich nicht wieder hochgraben kann, mach ich mich dran, den Nachlaß zu regeln. Wer ist denn die Kleine? Eine von Elvas Kindeskindern?«

»Genau. Ihre Enkelin. Sie heißt Thurzella.«

»Das paßt zu ihr. Okay, Thurzy, falls das der Duft von Roastbeef ist, der mir da in die Nase steigt, könntest du mir dann bitte das blutigste Stück bringen, das ihr habt, und zwar mit der üblichen Beilage. Bring es hier an Claridges Tisch. Komm doch auch her, Fred, und leiste uns Gesellschaft.«

»Danke für das freundliche Angebot, aber ich möchte bei Evander bleiben. Für mich bitte auch eine Portion Roastbeef, Thurzella.«

Urplötzlich herrschte wieder Hochbetrieb. In einem Ort von der Größe Pickwances breitete sich offenbar jede Neuigkeit aus wie ein Lauffeuer. An der Tür tauchten immer neue Gesichter auf. Nachdem man sich vergewissert hatte, daß keiner der Anwesenden nach dem Genuß des Essens vornüberkippte, wagten sich ein paar Neugierige herein und bestellten Kaffee und Kuchen. Einige wenige riskierten sogar ein ganzes Abendessen. Wahrscheinlich als Entschuldigung, um länger bleiben zu können, mutmaßte Peter. Lucivee Flodge, wenn dies wirklich ihr voller Name war, schien ein richtiger Magnet zu sein.

Auch Peter interessierte sich dafür, wie das kleine Drama wohl weitergehen würde. Er bedauerte sehr, daß er so lange gezögert hatte, sich zu Withington an den Tisch zu setzen und ihn über Jaspers Tod und die Rolle, die der Mandelextrakt dabei möglicherweise gespielt hatte, auszuhorchen. Er ließ sich von Thurzella Kaffee nachgießen und lehnte sich zurück, um ihn ein wenig abkühlen zu lassen. Lucivee war alles andere als schüchtern, und das gespannte Schweigen, das über der ganzen Versammlung lag, schien ihr genauso wenig auszumachen wie die zahlreichen Blicke, die unablässig zu ihrem Tisch wanderten. Auch Withington genoß es, im Mittelpunkt der Aufmerksamkeit zu stehen, und stand der trauernden Witwe in nichts nach.

»Und was hast du die ganze Zeit gemacht, seit wir uns das letzte Mal gesehen haben, Lucivee?«

»Ach, alles mögliche. Du kennst mich doch, Claridge. Ich bring' es nicht fertig, zu Hause herumzuhocken und Däumchen zu drehen. Eine Frau mit einem Diplom in Betriebswirtschaft und einem abgeschlossenen Jurastudium hat das heutzutage nicht mehr nötig. Eins muß man Jasper lassen, er hat nie einen Hehl daraus gemacht, daß ich bedeutend mehr auf dem Kasten hatte als er, wenn es ums Geschäftliche ging. Er ist immer zu mir gekommen und hat mich um Rat gefragt. Und jetzt gehört sein ganzer Krempel mir, und du kannst mir getrost glauben, daß sich daran auch nichts ändern wird.«

Da Elva Bright keine Ausschankgenehmigung hatte, nahm Peter an, daß Lucivee sich anderswo hatte vollaufen lassen, bevor sie hergekommen war. Falls sie wirklich eine so clevere Anwältin war, wie sie behauptete, hätte sie eigentlich wissen müssen, daß es unklug war, in der Öffentlichkeit derart den Mund aufzureißen. Entweder war sie betrunkener, als sie aussah, oder sie wollte, daß jeder hörte, was sie zu sagen hatte. Falls dem so war, hatte sie zweifellos ihr Ziel erreicht, denn sämtliche Anwesenden saßen mit gespitzten Ohren da, ließen sich keine einzige Silbe entgehen und warteten nur darauf, die Beine in die Hand zu nehmen und schleunigst jedem, der sich dafür interessierte, das gerade Gehörte brühwarm mitzuteilen. Heute abend würde es in dem alten Städtchen hoch hergehen, darauf hielt er jede Wette.

Ah, jetzt kam die große Szene. Endlich war man bei den letzten Momenten in Jasper Flodges Leben angelangt. Peter, der es sich auf seinem Zuschauerplatz gemütlich gemacht hatte, hörte zu seinem Entsetzen, daß Claridge Withington vielsagend seinen Namen erwähnte. Der alte Herr beabsichtigte anscheinend, ihn in der Schlußszene mitwirken zu lassen.

»Frag doch Professor Shandy, er hat alles mitangesehen, von Anfang bis Ende. Er hat sogar die Sauce von Jaspers Gesicht gewischt. Das stimmt doch, nicht wahr, Professor? War das nicht eine grausame Art, die Welt zu verlassen?«

»Eh –« Verflixt und zugenäht, warum mußte dieser Kerl ihn

unbedingt mit hineinziehen? »Wir wissen doch noch gar nicht, woran er gestorben ist. Oder liegt schon ein – eh – Bericht vor?«

»Allerdings. Sie werden Ihren Ohren nicht trauen, wenn sie das hören. Erinnern Sie sich noch an den Geruch von Bittermandeln, den Sie auf den Mandelextrakt in Jaspers Tasche zurückführten, während ich die Theorie vertrat, es könne auch Zyanid gewesen sein? Dr. Bee glaubt, daß es in der Tat eine Zyanidvergiftung war.«

Und Peter stand vor versammelter Mannschaft da wie ein Idiot. Dieser selbstgefällige alte Mistkerl! Peter verspürte den plötzlichen Drang, Withingtons Gesicht in seine Schokoladencremetorte zu drücken. Den Tod eines Menschen zu benutzen, um sich selbst in Szene zu setzen, war einfach geschmacklos, wirklich egal, was für ein Mistkerl Flodge auch gewesen sein mochte.

Aber warum regte er sich überhaupt so auf? Sollte sich der alte Claridge ruhig aufblasen wie ein Truthahn. Wahrscheinlich hatte er dazu nicht oft Gelegenheit. Peter sagte, was er zu sagen hatte.

»Wie in Dreiteufelsnamen ist er denn an Zyanid gekommen?«

»Dr. Bee behauptet, Jasper habe in eine dieser Kapseln gebissen, die Agenten immer hinter ihren Backenzähnen verstecken, für den Fall, daß sie enttarnt werden. Woher die Kapsel stammte, können wir nur vermuten.«

Peter konnte sich ziemlich genau vorstellen, wie Withingtons Vermutungen aussahen, denn der alte Schnüffler hatte nicht nur ein äußerst selbstgefälliges Grinsen aufgesetzt, sondern noch dazu den Kopf vielsagend in Richtung von Elva Brights Küche gedreht. Jetzt wurde der arme Jean-Luc aus dem Grab geholt und abgestaubt, damit die Klatschmäuler weiter die Köpfe zusammenstecken konnten.

Eigentlich konnte man sich einen ähnlichen Plot durchaus vorstellen: Alter Widerstandskämpfer bewahrt Zyanidkapseln als Erinnerung an die guten alten Zeiten auf, schließlich hatten ja auch viele Soldaten scharfe Handgranaten aus dem Krieg mit nach Hause gebracht und auf ihren Kaminsims gestellt, damit ihre Verwandten sie bewundern und die Kinder damit spielen konnten. Die Geschichte machte sogar irgendwie Sinn, wenn man bedachte, in welcher Verfassung Jean-Luc laut Withington zu der Zeit gewesen war, als er der schönen Wirtstochter den Hof gemacht und ihr Herz gewonnen hatte. Er mußte gewußt haben, wie schlimm es um ihn stand. Wahrscheinlich hatte er oft unter schlimmsten körperlichen und seelischen Qualen gelitten. Vielleicht hatte er wenigstens ein kleines bißchen Trost aus dem Wissen geschöpft, daß er zumindest die Möglichkeit hatte, freiwillig aus dem Leben zu scheiden, falls die Schmerzen unerträglich wurden.

Doch ein Mann, der stark genug gewesen war, sogar grausamste Foltern zu ertragen, hätte sicher keinen Außenstehenden in sein tödliches Geheimnis eingeweiht. Aber vielleicht hatte Elva Bright irgendwann nach dem Tod ihres Mannes die Kapsel erwähnt? Möglicherweise hatte sie das übermächtige Bedürfnis verspürt, sich einem verständnisvollen Zuhörer mitzuteilen, und Withington war zufällig ihr einziger Ansprechpartner gewesen. Falls die Kapsel je existiert hatte, mutmaßte Peter, konnte Withington im Grunde nur davon wissen, weil er auf eigene Faust ein wenig herumgeschnüffelt hatte. Da der Mann seit Jahren hier Stammgast war, hatte er inzwischen vielleicht den Status eines Verwandten auf Besuch angenommen. Möglicherweise ließ man ihn daher gelegentlich auch bedenkenlos längere Zeit allein, beispielsweise wenn Elva Besorgungen zu erledigen hatte und niemand da war, um für sie einzuspringen. Ein geborener Schnüffler wie Withington hatte so einer Versuchung sicher nicht widerstehen können.

Außer Withington schien sich niemand übermäßig dafür zu interessieren, wie Jasper Flodge an das tödliche Gift gekommen war. Statt dessen wollte jeder wissen, warum er beschlossen hatte, sich ausgerechnet zu diesem Zeitpunkt und an diesem Ort das Leben zu nehmen. Fred sprach schließlich das aus, was offenbar alle Anwesenden beschäftigte.

»Teufel noch eins, wenn ich gewußt hätte, daß er vorhatte, sich umzubringen, wär' ich hergekommen und hätte ihm geholfen. Was hat der Mistkerl sich bloß dabei gedacht?«

»Das kann ich euch sagen!«

Lucivee Flodge war aufgesprungen, ihre Augen funkelten und ihre Wangen waren so rot wie das Revers ihrer Kostümjakke. »Er hat es nur getan, um mir eins auszuwischen. Jasper wollte immer hoch hinaus. Er hat sich mit Verbrechern angelegt und versucht, sie übers Ohr zu hauen, aber dabei ist er aufgeflogen. Urplötzlich dämmert es ihm, daß die Typen ihn über kurz oder lang umlegen werden. Und was macht unser lieber Jasper? Er weiß, daß er geliefert ist und keinen Ausweg mehr hat, also beschließt er, ihnen zuvorzukommen. Und zwar mit einem dramatischen Abgang an einem Ort, wo es todsicher Zeugen gibt und das Urteil von vorneherein feststeht.«

»Aber was hat das alles mit dir zu tun, Lucivee? Menschenskind, schließlich ist es doch bestimmt schon – laß mal überlegen – sechs oder sieben Jahre her, seit Jasper dich hat sitzenlassen.«

»Von wegen sitzenlassen! Jetzt hör mir mal gut zu, Fred Wye: Ich habe Jasper verlassen, nicht er mich. Und zwar als er angefangen hat, seine Flittchen mit nach Hause zu bringen und bei uns übernachten zu lassen, und ich sollte dann morgens auch noch aufstehen und Frühstück machen. Ich habe ihn immer vor diesen Verbrechern gewarnt, aber er wollte ja nicht hören. Als der dämliche Kerl endlich gemerkt hat, daß er wirklich in der Klemme saß, hat er sich eingeredet, alles wäre meine Schuld. Und deshalb muß ich jetzt die Sache ausbaden.«

»Wie das?«

»Der Kerl hat mich reingelegt, du begriffsstutziger Hinterwäldler. Am Tag unserer Hochzeit habe ich Jasper dazu gebracht, eine Lebensversicherung über hunderttausend Dollar abzuschließen. Mit mir als Begünstigter, versteht sich. Zuerst hat er noch zwei- oder dreimal eingezahlt, aber als die erste Verliebtheit verflogen war, hat er aufgehört. Aber ganz so dämlich, wie er dachte, war ich nun auch nicht. Von da an habe nämlich ich die Beiträge eingezahlt, weil ich mir denken konnte, daß ihn früher oder später jemand umbringen würde. Genau aus diesem Grund habe ich mich auch nicht von ihm scheiden lassen. Und jetzt hat sich der verfluchte Hurensohn dünne gemacht und mich um meine hunderttausend Dollar gebracht, weil Versicherungsgesellschaften bei Selbstmord nicht zu zahlen brauchen. Gott, das ist so widerlich, daß ich am liebsten ausspucken würde!«

»Aber bitte nicht hier in meinem Lokal.« Elva Bright war so schnell aus der Küche geeilt, daß sie nicht einmal genug Zeit gehabt hatte, die Schürze auszuziehen. »Wir führen hier einen vorbildlichen Gasthof, wie Sie sehr wohl wissen, und ich wäre Ihnen dankbar, wenn Sie mir helfen würden, daß dies auch weiterhin so bleibt. Jasper Flodge war vielleicht kein besonders netter Mensch, aber ich habe ihn seit meiner Kindheit gekannt, wir sind sogar zusammen zur Schule gegangen, und ich sehe keine Veranlassung, warum man sein Andenken nach seinem Tod in den Schmutz ziehen sollte. Ich muß zugeben, daß er auch hier nicht sonderlich beliebt war, trotzdem war er unser Gast, und wenn Sie unbedingt schlecht über ihn sprechen wollen, dann tun Sie es bitte woanders. Falls noch jemand etwas essen möchte, sollte er besser schleunigst bestellen. Die Küche schließt in fünfzehn Minuten. Möchten Sie morgen Ihr Frühstück etwas früher, Professor Shandy? Sie wollten doch morgen abreisen, nicht wahr?«

»Eh – ja, ursprünglich wollte ich das tatsächlich, aber ich habe meine Pläne geändert und würde gern noch bleiben, wenn ich Ihnen nicht zu sehr zur Last falle. Nach meinem Besuch bei Miss Rondel habe ich mit meiner Frau telefoniert. Sie waren, glaube ich, zu dem Zeitpunkt gerade in der Küche und hatten alle Hände voll zu tun. Meine Frau möchte mit Catriona McBogle herkommen und eine Nacht hier verbringen. Die beiden haben für morgen schon etwas vor, daher können sie erst Donnerstag kommen, wenn es Ihnen recht ist.«

»Haben Sie ihr von Jasper erzählt? Ich möchte nicht, daß Mrs. Shandy herkommt, es von irgendeinem Fremden erfährt und sich fragt, was ich meinen Gästen wohl ins Essen mische.«

Deutlicher hätte sie es den Anwesenden nicht zeigen können. Peter versuchte erst gar nicht, sein Lächeln zu unterdrücken. »Keine Sorge, Mrs. Bright. Helen ist über alles im Bilde. Sie spricht Ihnen ihr Mitgefühl aus und freut sich darauf, Sie kennenzulernen. Falls Sie mich also noch ein paar Tage lang ertragen können –«

»Ich würde mich freuen, wenn Sie beide so lange wie möglich bleiben könnten. Wahrscheinlich habe ich eben ein bißchen barsch geklungen, aber wie Sie sich vorstellen können, waren die letzten beiden Tage ziemlich anstrengend für mich. Ich fürchte, ich bin am Ende meiner Kraft. Ich weiß wirklich nicht, wie ich es ohne Thurzella geschafft hätte. Sie kann wirklich sehr fleißig sein, wenn sie will, das muß man ihr lassen.«

»Werden Sie trotzdem morgen Frühstück servieren?« erkundigte sich jemand.

»Ich denke schon. Sie dürfen bloß nichts Ausgefallenes erwarten.«

»Ach ja? Dann gibt es also keinen Schinken mit Papierhöschen und keine Doughnuts mit Kaviarfüllung?« Fred schob seinen Stuhl nach hinten und gab der Gastwirtin einen herzlichen Klaps auf die Schulter. »Ich denke, wir sind ausnahmsweise auch mit der einfachen Version zufrieden. Komm, Evander, laß uns nach Hause gehen, damit Elva endlich die Beine hochlegen kann. Dann bis morgen früh, Elva.«

Fred Wye schien ein ganz netter Kerl zu sein, dachte Peter. Nur schade, daß sein Bruder ihm so unähnlich war. Aber wenigstens starrte Evander nicht mehr so düster vor sich hin, als er sein Essen bezahlte und Fred nach draußen folgte. Er rang sich sogar ein kurzes Nicken ab, auch wenn man unmöglich erkennen konnte, wem es galt.

Die Brüder schienen beträchtlichen Einfluß zu besitzen, denn jetzt standen auch andere auf und verabschiedeten sich. Elva begab sich zu ihrer Kasse, legte die Schürze ab und machte sich daran, Geld in Empfang zu nehmen und Wechselgeld herauszugeben. Thurzella räumte im Eiltempo die Tische ab. Die einzigen, die sich an dem Massenexodus nicht beteiligten, waren Claridge Withington und Lucivee Flodge. Besagte Dame hatte sich wieder zu ihm gesetzt, verdrehte sich gerade den Hals nach Thurzella und verlangte frischen Kaffee von der ohnehin überforderten jungen Kellnerin.

Wäre Peter dreißig Jahre jünger und ungebunden gewesen, hätte er Thurzella angeboten, ihr beim Abräumen zu helfen, doch da dies nicht der Fall war, reihte er sich in die Schlange vor der Kasse ein, bezahlte seine Rechnung wie alle anderen auch, begab sich nach oben und vermied bewußt, Blickkontakt mit Withington aufzunehmen, damit dieser sich nicht etwa ermutigt fühlte, ihm mit einem Verdauungsschwätzchen auf die Nerven zu gehen.

Lucivee Flodge hatte Peter mehrere interessierte Blicke zugeworfen, als er noch am Tisch gesessen hatte, so daß er heilfroh war, als er endlich laut und deutlich die baldige Ankunft seiner Gattin ankündigen konnte. Er hoffte inständig, nie in die Fänge einer Pantherfrau zu geraten, schon gar nicht an einem Tag, den er kopfüber von den Klippen hängend mit dem Sammeln von Lupinensamen verbracht hatte. Nicht, daß er je eine Pantherfrau getroffen hatte, doch der große P. J. Wodehouse hatte einem seiner leidgeprüfteren Helden ein Weib auf den Hals gehetzt, das Lucivee Flodge auf geradezu frappierende Weise ähnelte, wie er sich schaudernd erinnerte.

Er war durchaus bereit, Wodehouses Negativurteil zu akzeptieren, was die Gefährlichkeit von Pantherfrauen betraf. Doch an Mrs. Flodges Mär von Jaspers angeblichen Selbstmord glaubte er keine Sekunde. Daß jemand beim Herunterschlingen seines Hühnerfrikassees Selbstmord beging, weil er die Auszahlung seiner Lebensversicherung verhindern wollte, deren Beiträge seine angebliche Gattin bezahlt hatte, schien ihm allzu weit hergeholt.

Auch der wissenden Miene von Claridge Withington war nicht zu trauen, entschied Peter, als er endlich in seinem Zimmer war und genügend Muße hatte, über alles nachzudenken. Es schien einfach absurd, daß ein Mann mit zwei kleinen Töchtern, die er über alles liebte, das Risiko eingegangen war, ein tödliches Gift offen im Haus herumliegen zu lassen. Aber vielleicht hatte sich der verstorbene Jean-Luc einfach nicht von seinem Kriegssouvenir trennen können? Peter hatte keine Ahnung, was die Haltbarkeit von Zyanidkapseln anging, doch er fragte sich ernsthaft, ob ein Gift, das ein halbes Jahrhundert alt war, noch so schnell und effektiv wirkte.

Er konnte verstehen, warum die romantische Geschichte vom heldenhaften Franzosen vor allem Withington so faszinierte. Ein Mann mit seiner Intelligenz, der in seiner Bewegungsfreiheit derart eingeschränkt war, mußte sicher häufig auf seine Phantasie zurückgreifen, um sich nicht zu langweilen. Jean-Luc war aus vielerlei Gründen ein idealer Held für den geistig beweglichen, aber körperlich behinderten Stammgast. Außerdem bestand natürlich die Möglichkeit, daß Withington einfach nur ein gemeiner alter Mistkerl war, dem es Freude machte, anderen Schwierigkeiten zu bereiten. Körperbehinderte waren schließlich nicht automatisch Heilige, warum sollten sie also nicht genau so viele menschliche Schwächen aufweisen wie ihre oft höchst unangenehmen gesunden Mitmenschen?

Peter zog das Hemd aus, das er zum Dinner getragen hatte, und hängte es vorsichtig auf einen Bügel. Da er einen Tag länger blieb als geplant, würde er es einfach morgen noch einmal tragen. Vielleicht sollte er kurz nach Sasquamahoc fahren und versuchen, sich von Guthrie ein oder zwei frische Hemden zu borgen. Die Fahrt dauerte weniger als zwei Stunden, und auf die Weise hatte er wenigstens etwas zu tun, während er auf Helen wartete. Er konnte Guthrie zum Mittagessen einladen, und zwar in das Restaurant, in dem man Tacos mit Muschelfüllung bekam, und wäre dann pünktlich zum Abendessen wieder im Gasthof.

Doch bevor er losfuhr, wollte er noch schnell Miss Rondel anrufen und ihr mitteilen, daß er Donnerstag nachmittag seine Gattin mitbrachte, damit auch sie einen Blick auf die Bilder werfen konnte. Noch besser wäre es allerdings, auf dem Weg zu Guthrie einen kurzen Abstecher nach Rondel's Head zu machen, der alten Dame ein kleines Geschenk zu bringen und sich sein Lieblingsbild noch einmal anzusehen. Vielleicht konnte Mrs. Bright ihm verraten, was Miss Rondel gut gefiel und wo er es kaufen konnte, falls sie nicht gerade zu sehr mit den Frühstücksbestellungen beschäftigt war. Vielleicht hatten Elvas Gäste ja inzwischen eingesehen, daß es völlig ungefährlich war, in diesem Gasthof zu essen. Nach Lucivees Behauptung, ihr Gatte habe sich das Leben genommen, und der Rückendeckung, die Elva von Fred Wye und seinem Bruder erhalten hatte, ganz zu schweigen von Peters eigenem bescheidenem Beitrag und der Tatsache, daß heute abend niemand ums Leben gekommen war, hatten die Gäste vielleicht eingesehen, daß es völlig ungefährlich war, im Gasthof zu essen.

Zumindest bestand die Hoffnung. Als Peter sich die Schlafanzughose anzog, hatte er eine Vision, wenn auch keine sonderlich angenehme. Er sah eine Frau mittleren Alters in der Küche eines Restaurants stehen. Sie hatte eine Pinzette in der Hand, mit der sie vorsichtig einen kleinen runden Gegenstand festhielt. Zuerst betupfte sie ihn mit einem Wattestäbchen, das sie vorher in grüne Lebensmittelfarbe getaucht hatte, dann blies sie ihn trocken. Schließlich ließ sie das Kügelchen, das nun einer frischen grünen Erbse zum Verwechseln ähnlich sah, in einer Portion Hühnerfrikassee verschwinden.

Kapitel 7

Das Gift konnte tatsächlich nur im Frikassee gewesen sein. Peter versetzte seinem Kopfkissen einen verärgerten Knuff und legte sich ins Bett. Eigentlich hätte sich die Lebensmittelfarbe in der Sauce auflösen müssen. Vielleicht hatte sie das sogar, aber da Flodge sein Essen so hastig hinuntergeschlungen hatte, war ihm die merkwürdig gefärbte Erbse natürlich nicht aufgefallen.

Was für eine hirnverbrannte, idiotische Idee. Peter knuffte sein Kopfkissen noch ein bißchen, versuchte verzweifelt, sich vorzustellen, wie Dan Stott mit seinem grünen flachen Filzhut eine nicht enden wollende Schweineherde durch ein Gatter trieb, zählte vierhundertsiebenunddreißig Ferkel, ging dann über zu Schafen, langweilte sich, versuchte sein Glück mit Kühen, stellte sich vor, er müsse sie melken, füllte zweihundertdrei imaginäre Milchkannen. Er schlummerte schließlich sanft ein, als er gerade überlegte, was in Dreiteufelsnamen er mit der ganzen Milch anfangen sollte, und träumte von einer merkwürdig gefärbten Erbse, die eine komplizierte Reise durch die Windungen von Jasper Flodges Eingeweiden machte.

Erst zu der Zeit, als er eigentlich schon hatte aufstehen wollen, schlief er endlich richtig tief. Er wachte ungefähr eine Stunde später als geplant wieder auf, ein wenig gereizt und mit verquollenen Augen. Selbst nach dem Duschen und Rasieren fühlte er sich kaum besser. Er ärgerte sich, daß er vergessen hatte, noch ein Ersatzhemd einzupacken. Sein linker Schuh hielt ihn eine Weile zum Narren, weil er sich dummerweise unter dem Patchworkquilt versteckt hielt, das Peter während der anstrengenden Nacht irgendwann mit dem Fuß auf den Boden befördert hatte. Schließlich ging er nach unten, in der sicheren Erwartung, den Speisesaal geschlossen und keinen Tropfen Kaffee mehr vorzufinden.

Falsch geraten. Thurzella war schon mit Kaffeekanne und Saftkrug zur Stelle, bevor er überhaupt Zeit gehabt hatte, sich zu setzen. Einen Moment lang bedauerte Peter, daß sie ihm keinen Grund gegeben hatte, finster vor sich hin zu starren. Doch als die belebende Wirkung des Kaffees einsetzte, fühlte er sich wieder besser und beschloß, sich außer den Eiern mit Speck auch noch ein oder zwei Pfannkuchen zu gönnen. Zum Teufel mit den Kalorien, er würde einfach den Wagen noch weiter von Miss Rondels Haus entfernt parken und alles wieder abarbeiten, indem er zu Fuß zum Haus hochkletterte. Vielleicht entdeckte er unterwegs sogar die magische Quelle und konnte sich ein Schlückchen von dem köstlichen Wasser gönnen.

Das Frühstück war im übrigen keineswegs vorüber, mehrere Tische waren noch besetzt, und allmählich erkannte er auch die einzelnen Gesichter. Einige der Gäste nickten ihm zu, ein oder zwei grüßten ihn auf die traditionelle Weise der Bürger von Maine.

»Mo'n.«

»Mo'n.«

Fred bedachte ihn mit einem herzlichen »Mo'n«, Evander dagegen warf ihm einen finsteren Blick zu und setzte sich so hin, daß er genau in Peters Sichtlinie saß. Peter nickte kurz in ihre Richtung, um anzudeuten, daß er sich freute, wenn man ihn grüßte, aber keinen Deut darum scherte, wenn man es nicht tat, und widmete sich seinen Spiegeleiern. Als Thurzella zurückkam, um seine Kaffeetasse aufzufüllen, erkundigte er sich, ob ihre Großmutter zu beschäftigt sei, um ihm eine Minute ihrer kostbaren Zeit zu schenken.

»Im Moment brät sie gerade mit einer Hand Speck und Pfannkuchen mit der anderen«, lautete die entmutigende Antwort des Mädchens. »Handelt es sich um etwas Wichtiges?«

Peter schüttelte den Kopf. »Eigentlich nicht. Ich dachte nur, es sei vielleicht eine gute Idee, Miss Rondel ein kleines Geschenk mitzubringen, um ihr auf diese Weise dafür zu danken, daß sie mir gestern erlaubt hat, ihren Lupinensamen zu sammeln. Aber ich habe nicht den leisesten Schimmer, worüber sie sich wohl freuen würde.«

»Oh, da gehen Sie am besten zu meiner Mutter in den Laden. Mum weiß bestimmt was, sie hat eine Menge toller Sachen und ist eine gute Freundin von Miss Fran. Miss Fran hat ihr übrigens das Weben beigebracht. Ich schau mal rasch nach, ob Ihre Pfannkuchen schon fertig sind.«

Thurzella trug heute eine pflaumenblaue Strumpfhose und ein lavendelfarbenes Sweatshirt, das vorn mit rosa und blauen Lupinen bestickt war. Die Trauerphase war offensichtlich vorbei – sic transit Jasper Flodge. Peter fragte sich, ob die Lustige Witwe heute morgen wohl ebenfalls zum Frühstück erschienen war. Doch die einzige Person, die er gut genug kannte, um sie danach zu fragen, war Claridge Withington, und Peter verspürte so früh am Tag keine Lust auf eine Lektion in Dorfgeschichte. Die exzentrischen Taten von Mrs. Flodge gingen ihn ohnehin nichts an, daher hielt er den Blick starr auf seinen Teller gerichtet, um dem von Withington auszuweichen, aß sein Frühstück relativ schnell und verließ den Speisesaal.

Den Laden fand er mühelos, denn in einem kleinen Ort wie Pickwance gab es nicht viele Straßen, in denen man suchen konnte. »Michele Cluny, Weberin« stand auf einer nicht sonderlich großen, aber geschmackvoll gestalteten Karte im Schaufenster, und die Besitzerin schien ein echtes Talent zu sein. Peter hatte im Native Arts Department in Balaclava schon viele handgewebte Stoffe gesehen und war daher durchaus in der Lage, die Qualität der wunderschönen Tunika zu erkennen, die Mrs. Cluny über ihrer Steghose trug, die an die ihrer Tochter erinnerte. Die Hose stand ihr hervorragend, sie und Thurzella waren annähernd gleich groß und ähnelten sich wie ein Ei dem anderen. Oder wie zwei Erbsen.

Verflixt und zugenäht, warum mußte er ausgerechnet an Erbsen denken? Weder Mutter noch Tochter wiesen die geringste Ähnlichkeit mit Erbsen auf. Beide hatten dunkles Haar, dunkle Augen, rosige Wangen, die kein bißchen geschminkt aussahen, und waren so rank und schlank, wie man es sich nur wünschen konnte, wenn man mit der Kochkunst von Elva Bright aufgewachsen war. Beide hatten keine Ähnlichkeit mit der Gastwirtin, wahrscheinlich kamen sie eher auf Jean-Luc.

Peter eiste seine Gedanken von Jean-Lucs Nachkömmlingen los und versuchte sich vorzustellen, wie die Tunika, die ihre Besitzerin so hervorragend kleidete, seiner Frau wohl stehen würde. Wahrscheinlich paßte sie nicht so gut zu Helens blondem Haar, blauen Augen und blassem Teint. Doch er ging jede Wette ein, daß Helen hier trotzdem mühelos Sachen finden würde, die ihr gefielen. Sehr viele Sachen. Teure Sachen. Aber es lag ihm fern, der Dame seines Herzens einen Besuch in diesem Laden zu mißgönnen, immerhin hatte er selbst auch etwas gefunden, das er unbedingt kaufen wollte. Aber momentan ging es um Miss Rondel. Er begab sich zur Theke.

»Eh – mein Name ist –«

»Professor Shandy! Meine Tochter hat mir schon von Ihnen erzählt, sie sagt, Sie seien der netteste Gast, den sie je bedient hat.«

Michele Clunys Lächeln wirkte herzlich und offen, das von Peter dagegen schüchtern und verlegen. »Dann übt sie diesen Beruf sicher noch nicht sehr lange aus. Sie hat mich zu Ihnen geschickt, damit Sie mir helfen – eh – ein Geschenk für eine Dame auszuwählen. Miss Rondel war so nett, mir gestern zu erlauben, Lupinensamen auf ihrem Grundstück zu sammeln, wie Thurzella Ihnen sicher bereits mitgeteilt hat. Ich möchte mich gern mit einem kleinen Geschenk erkenntlich zeigen, habe aber keine Ahnung, was ihr gefallen könnte. Thurzella meinte, Sie könnten mir vielleicht weiterhelfen.«

In dem kleinen Laden schien es unzählige hübsche Dinge zu geben, in der Hauptsache handgewebte Kleidungsstücke, Schals, Schürzen, Tischtücher und Objekte, die Peter nicht genau identifizieren konnte – Helen hätte dies sicher kein Problem bereitet. Es gab auch eine Auswahl geschmackvoller kleiner Gegenstände und Töpferwaren, die auf anspruchsvolle Touristen mit Kreditkarten zugeschnitten waren, außerdem diverse Gläser mit Konfitüren, Gelees, eingelegten Früchten sowie eine Auswahl an Plätzchen. Letztere gehörten möglicherweise zu Elva Brights lukullischen Kreationen, vermutete Peter, vielleicht sicherte sie sich damit einen kleinen Nebenverdienst, wenn das Gasthaus einmal nicht ganz so gut lief. Während Peter sich noch über die Preise wunderte, dachte Michele über seine Frage nach.

»Etwas Handgewebtes kommt für Miss Fran nicht in Frage, sie hat nämlich die meisten dieser Sachen selbst gemacht. Auf Schnickschnack legt sie keinen Wert, und was ihre Ernährung betrifft, ist sie äußerst wählerisch. Aber sie hat eine ausgesprochene Schwäche für Mutters Plätzchen und Konfitüren. Was halten Sie davon, wenn ich Ihnen einen hübschen Korb zusammenstelle? Wieviel wollten Sie denn ausgeben?«

Peter zuckte mit den Achseln. »Darüber habe ich noch gar nicht nachgedacht. Suchen Sie einfach etwas Nettes aus. Da fällt mir gerade ein, daß ich gestern, als ich in Miss Rondels Küche ging, weil ich einen kleinen – eh – Auftrag Ihrer Mutter zu erfüllen hatte, einen zerbrochenen Krug auf dem Tisch liegen sah. Meinen Sie, sie würde sich über einen neuen freuen? Vielleicht einen von denen, die Sie im Schaufenster stehen haben?«

»Wie hat der Krug ausgesehen?«

Michele Cluny schien mühsam nach Worten zu suchen, und Peter wunderte sich, daß eine so unwichtige Mitteilung eine derart heftige Reaktion auslösen konnte. Er versuchte verzweifelt, sich zu erinnern, wie die Scherben ausgesehen hatten.

»Hmja, die Scherben wirkten – eh – eher unauffällig. Der Krug muß aus Ton gewesen sein, Porzellan war es jedenfalls nicht, und er war auch nicht sonderlich groß. Die Farbe war ein ziemlich häßliches Gelb, mit einem dunkelbraunen Streifen, wenn ich mich recht erinnere. Schade, daß meine Frau nicht dabei war, sie kennt sich in diesen Dingen besser aus als ich.«

»Thurzella hat mir erzählt, daß Mrs. Shandy morgen nachkommt. Wie schön.«

Mrs. Cluny lächelte immer noch, doch es war ihr nicht ernst. Sie ging zum Schaufenster und nahm einen etwa zwanzig Zentimeter großen Krug heraus, der nach oben hin schmal zulief, in einem weichen, hellen Braunton glasiert war und ein zart eingeritztes Muster aus Lupinenblättern und Blüten aufwies. »Ist die Größe ungefähr richtig? Er gehört zu meinem Betsy Love-Sortiment und kostet fünfundsiebzig Dollar zuzüglich Steuern.«

Michele Clunys Stimme klang irgendwie vorwurfsvoll. Fiel es ihr schwer, sich von dem Krug zu trennen? Peter beschloß, sich nicht aus der Ruhe bringen zu lassen.

»Ja, genau so etwas hatte ich mir vorgestellt, ich glaube, er wird Miss Rondel auch gefallen.«

»Bei dem Preis sollte er es besser auch. Na ja, vielleicht ist es wirklich Zeit, daß sie endlich einen neuen bekommt. Man sagt schließlich, daß ein Krug so lange zum Brunnen geht, bis er bricht –« Mrs. Cluny zuckte mit den Achseln. »Betsy Love ist wirklich eine wunderbare Künstlerin.«

»Würde es Ihnen etwas ausmachen, mir den Krug netterweise auch noch – eh – einzupacken?«

»Ganz und gar nicht.«

Das war eine Lüge, oder zumindest nicht ernst gemeint. Warum machte es der Frau nur soviel aus, ihm diesen Krug zu verkaufen? Konnte Betsy Love etwa keinen neuen machen? Man hätte eigentlich erwarten sollen, daß eine Geschäftsfrau sich freute, so früh am Tag schon einen so guten Schnitt zu machen. »Dann möchten Sie sicher den Korb mit den Plätzchen und Konfitüren nicht mehr, Professor?«

»Doch, doch.« Hatte sie Angst, daß er nicht genug Geld dabeihatte? »Vielleicht haben Sie ja noch einen größeren Korb, in den wir einfach alles – eh – hineinstopfen? Falls der Krug Miss Rondel nicht gefällt, kann sie sich wenigstens an den Plätzchen freuen.«

»Oh, ich bin sicher, daß er ihr sehr gut gefallen wird.« Michele Cluny fand langsam ihre Fassung wieder, wickelte die diversen Objekte sorgsam in meerblaues Seidenpapier und legte sie vorsichtig in den Korb, den Krug stellte sie in die Mitte. »Ich habe Miss Fran zu Weihnachten ein paar Becher mit dem gleichen Muster geschenkt, und sie benutzt sie dauernd. Wie lange werden Sie und Ihre Frau hier bleiben?«

»Bis jetzt haben wir vor, lediglich eine Nacht hier zu verbringen. Aber das kann ich noch nicht mit Sicherheit sagen. Ich könnte mir vorstellen, daß meine Frau große Lust hat, Ihrem Geschäft einen kleinen Besuch abzustatten, bevor wir wieder fahren. Ist der Laden morgen geöffnet?«

»Oh ja, den ganzen Tag von neun bis halb sechs. Freitags und samstags haben wir bis sieben auf, das sind hier die wichtigsten Tage. Sonntags ist das Geschäft allerdings geschlossen. Es ist der einzige Tag, den mein Mann und ich ungestört allein miteinander verbringen können. Früher war es unser Familientag, aber inzwischen gehen die Kinder meist eigene Wege.«

»Ist das Restaurant im Gasthof geöffnet?«

»Oh ja. Normalerweise ist es Mutters bester Tag. Eine Witwe aus der Nachbarschaft kommt sonntags, montags und dienstags und hilft ihr beim Kochen. Anfang der Woche nimmt sie sich immer ein oder zwei Tage frei, um ein bißchen Luft zu haben und Einkäufe zu erledigen. Normalerweise hat Mutter mehrere Kellnerinnen, auf die sie zurückgreifen kann, aber eine verbringt momentan ihre zweiten oder dritten Flitterwochen, ich weiß es auch nicht genau, und die andere hat sich vorige Woche das Handgelenk gebrochen, als sie versucht hat, ihren Rasenmäher anzuwerfen. Daher muß die arme Thurzella mehrere Schichten übernehmen und hat überhaupt keine Freizeit mehr, aber wir haben vor, eine ihrer Cousinen aus Portland herzuholen, damit sie ihr ein bißchen Arbeit abnimmt. Man kann noch lange nicht jeden als Bedienung in einem Landgasthaus nehmen, wissen Sie. Die Leute hier mögen es nicht, wenn Fremde ihr Essen anfassen.«

Michele merkte sofort, daß sie etwas Falsches gesagt hatte, preßte die Lippen zusammen, konzentrierte sich auf ein kleines grünes Ästchen, das sie am Henkel des Korbes befestigte, und schob den Korb schließlich über die Theke zu ihrem Kunden hin. »Das macht achtundneunzig Dollar und vierzehn Cents, inklusive Steuer.«

Peter trug für eventuelle Notfälle stets eine gefaltete Hundertdollarnote in einem Geheimfach seiner Brieftasche bei sich. Ein wenig verunsichert durch die wechselhafte Behandlung, die ihm hier zuteil wurde, kramte er in seiner Brieftasche und reichte ihr den Geldschein. Michele händigte ihm schweigend das Restgeld von einem Dollar sechsundachtzig aus und zwang sich zu einer letzten höflichen Geste.

»Vielen Dank für Ihren Besuch, Professor. Genießen Sie den Rest Ihres Aufenthaltes und bestellen Sie Miss Fran viele Grüße von mir.«

»Mach ich. Vielen Dank für Ihre Hilfe.«

Peter kam sich ein bißchen vor wie der Osterhase persönlich, als er Miss Rondels Geschenke zu seinem Wagen trug. Er stellte den bändergeschmückten Korb neben sich auf den Boden und ließ den Motor an, immer noch reichlich verwirrt über Miss Clunys merkwürdige Reaktion bei der Erwähnung des zerbrochenen Kruges. Nun ja, schließlich ging es ihn nichts an, er hoffte nur, daß sein Geschenk der alten Dame gefiel. Es war nur verständlich, daß man an einigen Gegenständen hing, wenn man seit Jahren an sie gewöhnt war.

Michele hatte von Miss Rondel Weben gelernt, und ihre ehemalige Lehrerin fertigte sogar Waren für ihren Laden an. Höchstwahrscheinlich standen die beiden sich also sehr nahe. Vielleicht war der Krug ein altes Familienerbstück, das der letzte Überlebende in Ehren gehalten hatte. Vielleicht hatte die alte Dame es sogar Michele versprochen? Oder Michele sah in dem zerbrochenen Krug das erste Anzeichen dafür, daß ihre alte Freundin allmählich abzubauen begann. Oder sie fürchtete, daß jemand oder etwas den Krug mutwillig zerstört hatte.

Peter hatte nicht vergessen, was Evander gestern morgen gerufen hatte: »Dann werde ich es eben tun. Aber es wird Ihnen todsicher nicht gefallen!« Es war dem finsteren Kerl bestimmt nicht entgangen, daß Peter den Satz, der sehr wie eine Drohung geklungen hatte, mitangehört hatte. Hatte er deshalb im Restaurant so düster vor sich hingestarrt? Bedeuteten die Scherben eine Warnung und verhießen noch bedeutend Schlimmeres? Peter trat aufs Gaspedal und fragte sich sorgenvoll, was er wohl am Ziel seiner Fahrt vorfinden würde.

Doch er traf nur auf eine quicklebendige Miss Rondel, die vor ihrem Haus auf einem Mäuerchen saß und sich mit den drei größten und hübschesten Hennen unterhielt, die Peter je zu Gesicht bekommen hatte. Ihre Kämme und Kehllappen leuchteten scharlachrot, und ihr Gefieder glänzte rotgolden in der Sonne. Die Augen in ihren freundlichen Hühnergesichtern blitzten wie Edelsteine mit Cabochonschliff. Peter war als kleiner Junge beim Eiersammeln oft genug in die Knöchel gepickt worden, so daß er die Gattung nicht allzusehr schätzte, doch hier hatte er Exemplare vor sich, die kennenzulernen sich lohnte, wie er sich eingestehen mußte.

Miss Rondel hatte drei Eier in ihrer Schürze, alle ähnlich gefärbt wie der Krug, den er ihr mitgebracht hatte. Sie hatten ungefähr die Größe von Adlereiern, zumindest stellte sich Peter Adlereier so vor, auch wenn er wahrscheinlich nie die Möglichkeit haben würde, in einen Horst zu klettern, um seine Hypothese zu verifizieren. Jammerschade, daß Dan Stott nicht hier war. Dan war zwar kein großer Geflügelfreund, doch die drei Superhennen hätten sicher sogar den leidenschaftlichsten Schweinefan beeindruckt. Nachdem er mit den Lupinensamen soviel Glück gehabt hatte, überlegte Peter, ob er nicht auch noch versuchen sollte, die alte Dame zu überreden, ihm ein paar Eier zu überlassen. Einen Hahn konnte er nirgends entdecken, offensichtlich gehörten Miss Rondels Hennen nicht zu dieser Sorte Mädchen. Schließlich verwarf er die Idee wieder, da ihm die Frage nach den Bildern auf der Seele brannte.

Ah, Miss Rondel hatte ihn entdeckt und war nicht angewidert zurückgewichen. Ganz im Gegenteil, sie schien sich sogar über seinen Besuch zu freuen.

»Guten Morgen, Professor Shandy.«

»Guten Morgen, Miss Rondel. Ich komme nur vorbei, um Ihnen ein – eh – kleines Dankeschön für Ihre Freundlichkeit zukommen zu lassen und Ihnen mitzuteilen, daß ich morgen meine Frau mitbringen werde. Sie kann es kaum erwarten, sich die Bilder anzusehen.«

Die alte Dame reagierte auf diese Neuigkeit mit einem kurzen Nicken. »Ich habe gestern abend mit dem Künstler Kontakt aufgenommen. Es hat eine Weile gedauert, bis er begriffen hat, wovon ich sprach, aber es sieht ganz so aus, als sei er mit dem Verkauf einverstanden, falls Sie Ihre Meinung inzwischen nicht geändert haben. Wann würde es Mrs. Shandy Ihrer Meinung nach denn zeitlich passen?«

»Meine Frau und Catriona wollen so früh wie möglich aufbrechen und müßten eigentlich zwischen zwölf und eins in Sasquamahoc eintreffen. Ich werde sie dort erwarten und sofort herbringen. Was halten Sie von halb vier, damit wir noch ein wenig Luft haben, falls doch noch etwas dazwischenkommt?«

»Das paßt mir ausgezeichnet, ich habe ohnehin keine anderen Pläne für den Nachmittag. Aber es ist Ihnen hoffentlich klar, daß ich keinerlei Befugnis habe, Ihnen etwas zu verkaufen, bis ich dem Künstler Ihr Angebot unterbreitet habe und er sich einverstanden erklärt hat?«

»Selbstverständlich, das ist völlig in Ordnung. Wir haben ohnehin vor, die Nacht hier zu verbringen, der Künstler hat also genug Zeit, sich zu entscheiden.«

»Ein Tag mehr oder weniger macht mir ohnehin nichts aus, Professor. Vielen Dank für den wunderschönen Korb, verzeihen Sie bitte, daß ich ihn mir jetzt noch nicht anschaue. Ich würde mir die Überraschung gern bis zum Abendessen aufsparen.«

Miss Rondel hatte das Seidenpapier nicht einmal berührt, und Peter war klar, daß er entlassen war. Er verabschiedete sich, ging zu seinem Wagen und machte sich auf nach Sasquamahoc.

Gar kein schlechter Tag für einen Ausflug. Es gab genügend Federwolken am Himmel, die das gleißende Sonnenlicht abmilderten. Er freute sich darauf, Guthrie zu sehen, aber noch mehr freute er sich, daß das unbekannte Genie einverstanden war, mit ihm zu verhandeln. Peter war etwas enttäuscht, daß er heute keine Gelegenheit gehabt hatte, einen Blick auf sein Bild zu werfen, doch morgen war schließlich auch noch ein Tag, und es wäre zweifellos unhöflich, wenn nicht sogar unverschämt, Miss Rondel schon wieder um einen Gefallen zu bitten.

Eigentlich gab es keinen Grund, warum Peter nicht einfach

seine Zahnbürste einpackte und die Nacht bei Guthrie verbrachte, statt an zwei aufeinanderfolgenden Tagen den ganzen Weg hin und zurück zu fahren, doch er hatte einfach keine Lust dazu. Guthries Junggesellenhaushalt war alles andere als einladend, sein Haus sah nicht nur unaufgeräumt, sondern auch furchtbar leer aus, nachdem der ganze unglaubliche Kitsch verschwunden war, von dem Guthrie sich schleunigst getrennt hatte, nachdem seine Ehe, wenn man sie denn als solche bezeichnen konnte, sich mit einem Riesenknall in Luft aufgelöst hatte. Catriona versuchte zwar ständig, ihn zu überreden, sich eine Putzfrau zuzulegen, die ein- oder zweimal die Woche vorbeischaute, doch Guthrie konnte immer noch nicht ertragen, daß ein weibliches Wesen sein Haus betrat, was man ihm nach allem, was er durchgestanden hatte, nicht verdenken konnte.

Peter hätte sich liebend gern bei Catriona einquartiert, doch da sie nicht da war, um ihm ein üppiges Frühstück mit Eiern und Bratkartoffeln zuzubereiten, kehrte er lieber zu Elva Bright zurück und ließ sich im Restaurant verwöhnen. Das war ohnehin das Beste, was er tun konnte, vorausgesetzt, es brach nicht wieder jemand tot im Speisesaal zusammen, und es gelang ihm, den Fängen von Claridge Withington zu entgehen, was nach Lucivee Flodges Rückkehr in die Stadt leichter als vorher war.

Die Fahrt verlief reibungslos, und Peters Stimmung war hervorragend. Er freute sich auf seinen alten Freund Guthrie Fingal, mit dem er während des ganzen Studiums an der Landwirtschaftsschule das Zimmer geteilt hatte. Als das Abschlußexamen näherrückte, war Peter mehr denn je der festen Überzeugung, daß Guthrie irgendwelche Tolkienschen Ents in der Ahnenreihe haben mußte. Guthrie hatte sich im Hauptfach auf Waldbau und Forstkultur spezialisiert, war nach Maine zurückgekehrt und hatte eine Dozentenstelle in der Forsthochschule von Sasquamahoc angenommen. Da es ihm in Sasquamahoc gefiel, hatte er die Angebote von anderen, bedeutend berühmteren Institutionen abgelehnt. Jetzt war er seit einiger Zeit Präsident des ehrwürdigen Colleges. Und dies würde er zweifellos so lange bleiben, bis der himmlische Förster ihn mit den Wurzeln aus dem Leben zog und in seine ewigen Wälder einpflanzte.

Es war gerade Mittag, und Peter begann trotz des üppigen Frühstücks allmählich wieder hungrig zu werden, als er in den

Hof des Colleges fuhr. Guthrie war sicher entweder in seinem Büro oder draußen im Wald und unterhielt sich mit irgendeinem Baum. Ersteres stellte sich als richtig heraus. Guthrie sprang von seinem Präsidentenstuhl auf, dessen gepolsterte Armlehnen seit Peters letztem Besuch mit Isolierband geflickt worden waren, und schloß seinen alten Freund herzlich in die Arme.

»Was zum Teufel machst du denn hier, du Fleck in der Landschaft? Ich dachte, du würdest unser College erst morgen heimsuchen. Wo ist Helen? Und wo ist Cat?«

»Da bin ich leider überfragt. Helen hat angedeutet, daß sie mit dem Bus nach Boston wollten. Angeblich trachten sie danach, eine dieser schrecklichen Lasterhöhlen wie Filene's Basement oder Aquarium auzufsuchen, vielleicht sogar beide. Oder keine von beiden. Die Wege der Frauen sind unerforschlich.«

Peter verkniff sich den Zusatz »Wer wüßte das besser als du«, doch Guthrie nahm ihm das Wort aus dem Mund. »Das brauchst du mir wirklich nicht zu sagen. Wie kommt es übrigens, daß Helen dich frei herumlaufen läßt?«

»Ich bin sozusagen geschäftlich hier. Gestern habe ich den ganzen Tag mit dem Entsamen der Lupinen in Rondel's Head verbracht. Weißt du, wo das ist?«

»Und ob ich das weiß, Teufel noch eins. Cat hat mich oft genug mit ihren Geschichten von der geheimnisvollen Alten genervt, die seit zweihundert Jahren mutterseelenallein in ihrem Haus zusammen mit drei französischen Hennen und einem Rebhuhn in einem Birnbaum lebt und keinen Tag älter wird. Sie hat mich gebeten, mit ihr hinzufahren, wenn die Lupinen blühen, aber irgendwie schaffe ich es nie rechtzeitig. Vermutlich hat Cat dich auf diese Miss Rondel angesetzt?«

»Hat sie, und du kannst dir gar nicht vorstellen, was du bisher verpaßt hast. Die Tatsache, daß Cats Tip ungefähr zur selben Zeit kam wie Helens Wink mit dem Zaunpfahl, daß ich mich besser verdünnisieren sollte, bevor sich die Adlerinnen sammelten, war möglicherweise Zufall, vielleicht aber auch nicht. Ich wohne zur Zeit in einem hübschen kleinen Gasthof namens Bright's Inn. Schon mal dagewesen?«

»Hab' davon gehört. Soll angeblich ein tolles Restaurant besitzen. Übrigens tauchte der Name gestern abend irgendwo auf, wenn ich mich recht erinnere. Ich glaube, es war in der Zeitung. Ich hatte keine Zeit, mich näher damit zu befassen, weil wir hier ein Sommerakademie eingerichtet haben und ich einen albernen Vortrag mit dem Titel ›Der Ohrenkneifer – Unser Freund und Helfer‹ oder so ähnlich halten mußte. Ich habe schon so viel darüber geschwafelt, daß ich die halbe Zeit vergesse, worüber ich eigentlich reden soll. Hast du Lust, heute abend einen Gastvortrag zu halten?«

»Um nichts in der Welt, mein Lieber. Ich fahre lieber zurück zu meinem Gasthof und lasse mir mein Abendessen schmecken. Apropos Essen, was hältst du davon, wenn wir uns so schnell wie möglich in das Restaurant begeben, in dem man diese köstlichen Tacos mit Muschelfüllung bekommt?«

»Heißt das, ich bin eingeladen?«

»Allerdings, es ist mir sozusagen eine große Freude.«

»Was ist denn mit dir los? Bist du plötzlich religiös geworden oder so?«

»Erspar mir deine infantilen Scherze, Dummkopf. Du verbringst eindeutig zuviel Zeit mit Ohrenkneifern. Nehmen wir deinen oder meinen Wagen?«

Kapitel 8

Nachdem sie den offiziellen Teil des Wiedersehens hinter sich gebracht hatten, gingen die beiden geistreichen Gelehrten zur Diskussion ihrer jeweiligen Fachgebiete über. Präsident Fingal sprach voll Leidenschaft über die gefräßigen Larven des Nordamerikanischen Fichtenwicklers, während die Fadenwürmer oder Nematoden Professor Shandy redselig machten. An der Holzameise und dem Japanischen Käfer hingegen ließen beide kein gutes Haar und an dem berüchtigten Rüsselkäfer schon gar nicht.

Wie so oft weckte der intensive geistige Austausch den Appetit auf solidere Nahrung. Als sie in Edna's Diner ankamen, einem urigen kleinen Bistro in Squamasas, malerisch auf einem Kai direkt über dem Wasser gelegen, bestellten sich beide eine Riesenportion von Ednas Tacos mit Muscheln, dazu hausgemachtes Rootbeer und eine Extraportion Krautsalat.

Edna hatte ihre eigenen Vorstellungen, wie anständige Tacos zu schmecken hatten. Sie gab ein wenig Sauce tartare in den Teig, ersparte damit dem Gast die Mühe, selbige später auf die Muscheln zu gießen, und schenkte sich den üblichen exotischen Firlefanz wie kleingeschnittene Salatblätter und Tomaten. Ihre Gäste wollten Muscheln essen, und genau die bekamen sie auch: tagesfrische Bivalven, gerade erst ausgelöst und saftig, mit Maismehl bestäubt und anschließend nicht zu kurz und nicht zu lange in hochwertigem Öl gebacken und heiß aus der Friteuse serviert. Guthrie und Peter unterbrachen ihren faszinierenden wissenschaftlichen Disput, bis ihr Hunger gestillt war und eine freche Silbermöwe sich mit den traurigen Resten ihrer Mahlzeit davongemacht hatte. Dann bestellten sie Kaffee, nahmen ihn mit nach draußen auf die Felsen, streckten die Beine aus und machten es sich bequem.

Die Vorstellung, es sich auf einem Felsen bequem zu machen,

mag zunächst befremdlich erscheinen, doch die Felsen an der Küste Neuenglands sind freundliche Felsen, zumindest zu den Sitzflächen der Neuengländer. Einst von den Gletschern der Eiszeit fallen gelassen, im Laufe der Zeit von Wind und Wellen geschliffen und poliert, zerklüftet, verwittert und von der Sonne gewärmt, schienen sie Peter und Guthrie zum Räkeln und Entspannen nach dem Essen geradezu ideal. Doch der Genuß würde wohl nicht sehr lange vorhalten, wenn die dunklen Wolken, die Peter während der ganzen Fahrt hierher verfolgt hatten, sich weiter so bedrohlich zusammenballten.

»Verflixt noch mal!« Peter zerdrückte seinen Kaffeebecher, beschwerte ihn mit einem Stein und warf ihn geschickt in einen etwa fünf Meter entfernt stehenden Abfallbehälter. »Hoffentlich bekommen wir morgen keinen Regen. Helen und Cat wollen morgen früh ziemlich zeitig aufbrechen.«

»Tatsächlich? Cat hat sich noch gar nicht bei mir gemeldet. Ich fahr gelegentlich zu ihr rüber und sehe nach, ob Andrew die Monster auch vorschriftsmäßig versorgt.«

Mit Monster meinte Guthrie Carlyle und Emerson, zwei imposante Maine-Coon-Katzen, die ungefähr so groß waren wie Luchse, mit ihren üppigen Halskrausen, buschigen Schwänzen und dem langen Fell aber noch größer wirkten. Andrew, Catrionas streitsüchtiges altes Faktotum, gab zwar vor, die Biester zu hassen – er haßte grundsätzlich alles, egal ob Mensch, Tier, Mineral oder das Leben im allgemeinen – doch in Wirklichkeit liebte er die beiden abgöttisch. Er konnte es nicht ausstehen, wenn ihm jemand ins Gehege kam, machte allerdings bei Professor Fingal eine Ausnahme, da dieser ihm gegenüber nie arrogant auftrat und sich sogar bereitwillig für ein Schwätzchen zu ihm gesellte, wenn Andrews angebliche Chefin nicht da war.

Andrews Stellung zu der Person, die ihn eingestellt hatte und bezahlte, konnte man zwar in seinen Grundzügen als Lehnsverhältnis bezeichnen, doch es war nicht immer ungetrübt. Die beiden gerieten sich häufig in die Haare, und die angebliche Lehnsherrin ging aus den Streitereien mit ihrem alten Gefolgsmann längst nicht immer siegreich hervor.

Was Guthrie Fingals Beziehung zu Catriona betraf, fragten sich sowohl Peter als auch Helen, ob wohl in absehbarer Zukunft etwas passieren würde, da Guthrie inzwischen wieder ein Junggesellendasein führte. Momentan schien er zwar erfreut zu sein, daß Cat früher als erwartet zurückkam, aber auch verärgert darüber, daß sie sich nicht die Mühe gemacht hatte, ihm rechtzeitig Bescheid zu sagen. Was immer sich auch zwischen den beiden entwickelte, die Shandys waren ziemlich sicher, daß bestimmt nicht nur eitel Sonnenschein herrschen würde.

Catriona, die inzwischen eine recht bekannte Verfasserin von Kriminalromanen geworden war, hatte sich angewöhnt, phasenweise mutterseelenallein mit ihrer Schreibmaschine in ihrem alten Backsteinhaus zu hausen und spannende Geschichten zu erfinden, konnte aber ebensogut wochenlang rastlos umherreisen, um ihrem Verlag einen Gefallen zu tun und den Verkauf ihrer Werke noch mehr anzukurbeln. Ein- oder zweimal im Jahr besuchte sie eine der vielen sogenannten Mystery Writers Conventions, auf denen sich Krimiautoren ihren Fans präsentierten und mit anderen schreibenden Leidensgenossen und -genossinnen austauschten. In der letzten Zeit hatte sie außerdem mehrere kleine Privatreisen mit Freundinnen unternommen, beispielsweise mit Helen Shandy, Iduna Stott und einigen anderen Damen, die sie seit Jahren kannte und schätzte.

Guthrie Fingal war das genaue Gegenteil. Er blieb am liebsten zu Hause oder in seinem Wald, hatte wenig Phantasie und fuhr nur weg, wenn es sich zu beruflichen Zwecken nicht vermeiden ließ, doch selbst dann versuchte er immer noch, sich irgendwie herauszuwinden. Aufgrund ihrer unterschiedlichen Lebensstile hatte Catriona nicht die geringste Ahnung, was in ihrer Heimatstadt vor sich ging, während Guthrie durch seine Buschtrommeln so hervorragend auf dem Laufenden gehalten wurde, daß er immer genau über alles informiert war, was sich in seinem unglaublich großen Territorium abspielte. Peter war daher ziemlich erstaunt, als er feststellte, daß er der Überbringer und nicht der Empfänger der schockierenden Neuigkeiten aus Pickwance war.

Er hatte jedoch kaum den Namen des Toten ausgesprochen, als Guthrie ihn bereits unterbrach. »Jasper Flodge? Ein echter Kotzbrocken, herausgeputzt wie ein Pfau, mit Pomadenhaar und stechenden kleinen Schweinsäuglein? Der hat hier in den letzten siebendunddreißig Jahren oder so jedes Wettessen gewonnen.«

»Das klingt sehr nach ihm«, sagte Peter. »Er schaufelte gerade Mrs. Brights Hühnerfrikassee in sich hinein, als wäre er ein Heizer auf einem Mississippidampfer, als er urplötzlich vornüber kippte und mit dem Gesicht in seinem Essen landete. Und das war's dann, er war sofort tot.«

»Dem verdammten Kerl weine ich keine Träne nach«, schnaubte sein Freund. »Du weißt ja selbst, daß ich normalerweise kein rachsüchtiger Mensch bin, Pete, aber in diesem Fall freut es mich, daß der Mistkerl seine gerechte Strafe bekommen hat. Flodge war das gottverdammte Stinktier, das mich und das College in den völlig unsinnigen Streit um das Waldstück verwickelt hat, das uns die Nichte der Tochter unseres Gründers vererbt hatte – ich glaube jedenfalls, daß es seine Nichte war. Nette alte Dame, ist fast hundert Jahre alt geworden. Ich habe ab und zu bei ihr vorbeigeschaut und ein paar Kleinigkeiten für sie erledigt, ihr Zeitschriften gekauft, Obst von den Collegebäumen gebracht, manchmal auch ein paar Süßigkeiten oder eine Flasche Portwein, wenn es ihr nicht gut ging. Ein bißchen mit ihr zusammengesessen und ihrer Katze die Kletten aus dem Schwanz geschnitten, vielleicht auch hin und wieder im Haus etwas repariert. Du kennst ja diese alten Häuser, ständig ist irgendwas kaputt.«

Guthrie betrachtete nachdenklich mehrere Krähenscharben, die nebeneinander auf einer felsigen, von der Flut noch nicht erreichten Landzunge hockten. Peter wartete geduldig darauf, daß er mit seiner Geschichte fortfuhr.

»Jedenfalls ist sie dann irgendwann gestorben. Als es Zeit war, die Hinterlassenschaft zu regeln, ist plötzlich dieser bescheuerte Flodge mit einem gefälschten Familienstammbaum aufgekreuzt und hat getönt, er sei der Großneffe ihres Cousins und der rechtmäßige Erbe, was natürlich erstunken und erlogen war. Er behauptete einfach, ich hätte die alte Dame unter Druck gesetzt, sie besoffen gemacht, als sie nicht ganz bei sich war, und sie dann gezwungen, das Testament zu schreiben, was ich natürlich nie im Leben getan hätte, wie du dir vorstellen kannst. Er hat nur Schlechtes über mich erzählt und versucht, mich überall madig zu machen. Er ist sogar zur Collegeverwaltung gegangen, weil er mich beruflich ruinieren wollte. Natürlich war kein Wort von dem ganzen Mist wahr. Bei der Vorverhandlung hatte er keine Chance, aber zufällig war der Richter ein entfernter Verwandter von mir, ein Vetter um sechs Ecken oder so ähnlich. Wie du weißt, bin ich mit der Hälfte der Bevölkerung hier irgendwie verwandt. Daher gab es anschließend Gerede. Ich brauche wohl kaum zu betonen, daß es weder dem College noch mir sonderlich dienlich war.«

»Du hättest den Mistkerl wegen Rufmordes drankriegen sollen.«

»Ach was. Das hätte bestimmt auch nichts genützt. Du weißt doch genausogut wie ich, Peter, daß immer etwas hängen bleibt, wenn jemand mit Dreck beworfen wird. Und wir waren beileibe nicht die einzigen, die er mit seinen Gemeinheiten erfreut hat. Du wirst es kaum glauben, aber manchmal hatte er mit seiner Masche sogar Erfolg.«

»Dann hatte Flodge sicher eine Menge Feinde.«

»Worauf du dich verlassen kannst. Jeder, der den Kerl kannte, hat ihn gehaßt wie die Pest. Würde mich nicht wundern, wenn bei seiner Beerdigung Cheerleader antanzen. Wenn ich das Gefühl habe, daß es den ganzen Energieaufwand wert ist, kreuze ich vielleicht auch auf und brülle mit. Falls jemand auf die Idee kommen sollte, anläßlich der Beerdigung einen Bus zu chartern, könnte er ihn sicher mühelos füllen.«

Jetzt war Guthrie nicht mehr zu stoppen. Er unterhielt Peter mit der Schilderung diverser Schandtaten, die Jasper verbrochen hatte. Einige grenzten ans Lächerliche, andere waren ausgesprochen bösartig, und alle vergrößerten den Personenkreis, der mehr als genug Gründe hatte, mit dem Namen Jasper Flodge nur Unangenehmes zu verbinden. Soweit Guthrie wußte, befanden sich weder Elva Bright noch ihr verstorbener Gatte oder sonst jemand aus ihrer Familie auf der Liste der Opfer und Geschädigten. Vielleicht war Flodge clever genug gewesen, wenigstens seine direkten Nachbarn mit seinen dunklen Machenschaften zu verschonen. Catriona hatte bei Guthrie den Eindruck erweckt, daß Miss Frances Rondel, die mit weltlichen Gütern nicht sonderlich gesegnet war, in der Gegend seit langem großen Einfluß besaß und daß nicht einmal Flodge riskiert hätte, sich mit ihr anzulegen. Peter dachte nach.

»Vielleicht weißt du auch etwas über zwei Männer, möglicherweise Brüder, die in der Stadt ebenfalls eine wichtige Rolle zu spielen scheinen. Ich habe sie im Restaurant des Gasthofs gesehen, wahrscheinlich gehören sie zu den Stammgästen. Ich erinnere mich zwar nicht an den Nachnamen, aber einer heißt Fred und der andere Evander.«

»Von den beiden habe ich tatsächlich schon gehört. Sie besitzen eine Turmalinmine. Du weißt ja, daß es in Maine erstklassigen Turmalin gibt. Fred ist der Intelligentere, glaube ich, außerdem ist er politisch ziemlich engagiert und einflußreich hier in Maine, auch wenn man ihm das auf den ersten Blick nicht zutraut. Ich habe übrigens noch nie gehört, daß jemand ein schlechtes Wort über Fred Wye gesagt hat, und das will schon was heißen. Über den anderen Knaben weiß ich nicht sehr viel. Wahrscheinlich arbeitet er auch in der Mine. Er scheint seinem Bruder sehr nahe zu stehen, aber das ist auch schon alles, was ich dir sagen kann. Fred ist überall sehr beliebt, aber wenn der Name Evander fällt, zucken die Leute nur mit den Achseln und wechseln das Thema. Jemand aus dem Ort hat mir erzählt, daß Evander bei Auseinandersetzungen leicht aufbraust und man ihn besser nicht provoziert, weil man nie weiß, wie er reagiert. Aber ich glaube kaum, daß du von ihm irgend etwas zu befürchten hast.«

Peter schüttelte bedauernd den Kopf. »Er scheint etwas gegen mich zu haben, obwohl ich selbst nicht weiß, was ich ihm getan habe. Wenn er ins Restaurant kommt, setzt er sich immer so hin, daß ich ihn unmöglich übersehen kann, und starrt mich während des ganzen Essens wütend an.«

»Ach herrje. Hast du denn irgendwas gesagt, was ihn sauer gemacht haben könnte?«

»Absolut gar nichts. Es könnte höchstens sein, daß Wye wütend ist, weil ich gestern morgen auf dem Weg zu Miss Rondels Haus gesehen habe, wie er den Abhang herunterstürmte und dabei schrie, er würde etwas tun, was ihr bestimmt nicht gefallen würde. Vielleicht ist es ihm unangenehm, daß ich den Satz mitangehört habe, obwohl ich natürlich keine Ahnung habe, worum es ging.«

»Tja, bei so jemandem kann man nie wissen. Vielleicht bleibst du heute nacht besser hier. Möglicherweise finde ich irgendwo im Haus noch ein paar saubere Laken.«

»Danke für die Einladung, aber ich habe Mrs. Bright versprochen, daß ich nach dem Abendessen zurück sein werde. Ich komme morgen wieder her, um Helen abzuholen, und dachte, wir könnten vielleicht gemeinsam zu Mittag essen, bevor ich mit ihr zum Gasthof fahre. Sie will sich unbedingt die Lupinen ansehen – oder wenigstens das, was von ihnen noch übrig ist. Außerdem haben wir uns für den Tag einiges vorgenommen«, erwiderte Peter ein wenig ausweichend.

Er brachte es nicht übers Herz, Guthrie zu beichten, daß er sich unsterblich in ein Gemälde verliebt hatte. Außerdem hatte er die abergläubische Befürchtung, daß sich die Bilder auf der Stelle in Luft auflösen würden, sobald er sie erwähnte.

»Wir wollen nur eine Nacht bleiben«, fuhr er fort. »Aber vermutlich werden wir auf dem Rückweg bei Catriona vorbeischauen. Vielleicht könnten wir uns dann treffen?«

»Oh, ich kann mir durchaus vorstellen, euch ein paar Minuten meiner kostbaren Zeit zu opfern.« Guthrie schaute auf seine Uhr und sprang plötzlich auf, als habe sich der Felsen in glühendheiße Lava verwandelt. »Tut mir leid, Pete, aber ich muß unbedingt zurück. Ich habe in haargenau zwölfeinhalb Minuten irgendeinen blödsinnigen Termin. Dann sehen wir uns also morgen?«

»Ich denke schon, aber es hängt alles davon ab, wie früh Helen und Catriona aufbrechen und wie oft sie während der Fahrt Rast machen. Ich werde wahrscheinlich gegen Mittag hier eintreffen. Miss Rondel erwartet uns gegen halb vier, daher kann es sein, daß ich Helen einfach nur ins Auto packe und sofort wieder losbrause. Würde mich nicht wundern, wenn wir auf der Rückfahrt eine Nacht in Sasquamahoc verbringen, es sei denn, Catriona hetzt uns Carlyle und Emerson auf den Hals. Wir könnten zu deinem Seminar kommen und Stimmung für die Ohrenkneifer machen.«

»Das hast du dir wohl so gedacht. Ich dulde in meinen Seminaren keine derben Zoten. Außerdem ist der Kurs bis dahin sowieso zu Ende, und der nächste fängt Gott sei Dank erst übernächste Woche an.«

Sie erreichten das College in der vorletzten Minute. Peter stieg in seinen Wagen und machte sich auf den Heimweg nach Pickwance. Er hatte es nicht sonderlich eilig und legte daher einen kleinen Zwischenstopp ein, als er an einer umgebauten Scheune ein Schild mit der Aufschrift »Antiquariat« erspähte, und erlaubte sich, nach Herzenslust in den Regalen zu stöbern. Peter interessierte sich für Romane des frühen zwanzigsten Jahrhunderts, hatte für moderne Lyrik nicht viel übrig, dafür aber eine ausgesprochene Schwäche für altmodische Verse, je kitschiger, desto besser. Eine gute Stunde später verließ er die

Scheune siebenundsechzig Dollar ärmer mit einer Tragetasche voller Schätze.

Außer zwei Büchern von Holman Day, nach denen er schon lange gesucht hatte, besaß er nun auch die gesammelten Mr.-Glencannon-Erzählungen von Guy Gilpatric und einige weitere unbezahlbare Wälzer, zudem hatte er eine Art Sammelalbum ausgegraben, das eine edle Seele aus den ausgeschnittenen Lyrikseiten zusammengestellt hatte, die regelmäßig auf der letzten Seite des *Boston Sunday Globe Magazines* erschienen waren, als Boston noch das kulturelle Zentrum des Universums war, und die Bürger Neuenglands sich an unsterblichen Epen wie »Des Diakons Meisterwerk« und »Ein kleiner Käfer findet seinen Weg« ergötzen konnten. Peters Großmutter Shandy hatte einen ganzen Schuhkarton mit solchen Gedichten besessen, war jedoch leider nie dazu gekommen, sie zu ordnen und einzukleben. Als die Farm verkauft und der Haushalt aufgelöst wurde, war irgendeine übereifrige Person hingegangen und hatte die Schuhschachtel einfach weggeworfen, bevor Peter es hatte verhindern können. Er hatte insgeheim immer seine Großtante Bedelia in Verdacht, diese Untat begangen zu haben. Sie war eine wahre Ordnungsfanatikerin und faßte eine Zeitung nur an, um damit ein Feuer im Herd anzuzünden oder die Seiten auf ihrem frisch gebohnerten Linoleum auszubreiten, damit niemand darauf herumtrampeln konnte. Er fragte sich, wo Großtante Bedelia wohl jetzt ihre Zeitungen ausbreitete. Höchstwahrscheinlich auf dem Weg, der mit guten Vorsätzen gepflastert war, entschied er.

Als Peter den Buchladen verließ, sahen die Wolken, die sich bereits zusammengebraut hatten, als er und Guthrie sich die Sitzflächen auf den sonnenbeschienenen Felsen gewärmt hatten, wirklich bedrohlich aus. Er hatte kaum genug Zeit, seinen neuesten Fund neben dem Lupinensamen im Kofferraum zu verstauen, als der Himmel auch schon seine Schleusen öffnete. Dies war kein typisches Sommergewitter, bei dem der Regen eine Weile niederprasselte, eine Pause einlegte und dann wieder prasselte, sondern ein wirklich starker Dauerregen, so daß sich Peter zu sorgen begann, ob die Bauern in der Gegend wohl ihr Heu bereits eingebracht hatten.

Es war lange her, daß Peter selbst an einem dieser verzweifelten Wettläufe gegen die Naturgewalten hatte teilnehmen müssen, die das Leben auf einer kleinen Farm mit ein wenig zusätzlichem Pfeffer und Ingwer würzten. Er hatte momentan nicht übel Lust, mit der Mistgabel draußen auf irgendeinem Feld zu stehen und sich nützlich zu machen, doch entweder war das erste Heu hier in der Gegend bereits eingefahren, oder man war bisher noch nicht dazu gekommen, es zu mähen. Außerdem benutzte heutzutage sicher niemand mehr Mistgabeln. Er schaltete die Scheibenwischer an und fuhr nach Pickwance, dankbar, daß er nicht auf einer ungepflasterten Straße hinter einem mit Holz beladenen Laster herzockeln mußte, der auf dem Weg in eine Sägemühle war und hinten einen dieser schrecklichen großen Stammgreifer trug, die ihn immer an die Überreste eines *Tyrannosaurus rex* erinnerten.

Peter fuhr ganz gern im Regen, besonders auf wenig befahrenen Nebenstrecken, wenn er die Straße mehr oder weniger ganz für sich allein hatte. Es dauerte tatsächlich ziemlich lange, bis er einen anderen Wagen zu Gesicht bekam, und der stand mit geöffneter Kühlerhaube am Straßenrand und wurde von einem Mann, von dem momentan nur das jeansbekleidete Hinterteil zu sehen war, eingehend inspiziert. Der Ort war für eine Panne denkbar ungünstig. Das letzte Haus, an das Peter sich erinnern konnte, hatte er kurz nach der Bücherscheune gesehen, und es schien auch so bald kein anderes zu kommen. Er hielt neben dem Wagen an und drehte das Fenster herunter.

»Kann ich Ihnen irgendwie helfen?«

Der gestrandete Fahrer richtete sich auf und schüttelte sich den Regen aus den Augen. »Sie haben nicht vielleicht zufällig ’ne Benzinpumpe übrig?«

»Nein, aber ich kann Ihnen gern eine besorgen, wenn Sie mir sagen, wo.«

»Ich will Ihnen aber keine Umstände machen.«

Das war mal wieder typisch für die Leute aus Maine, dachte Peter. Der Mann wollte auf keinen Fall in der Schuld eines anderen stehen. Peter konnte ihn sogar recht gut verstehen, denn auch er fühlte sich anderen gegenüber nicht gern zu Dank verpflichtet. Trotzdem schlüpfte er in seinen Regenmantel und setzte sich den ausgebeulten Tweedhut auf, den er für alle Fälle auf den Rücksitz geworfen hatte, stieg aus seinem Wagen und beugte sich über den Motor, wie es das Protokoll verlangte. »Darf ich mir Ihr Fahrzeug mal ansehen?«

»Machen Sie mit der Karre, was Sie wollen, Mister.« Der

Mann starrte Peters Auto mit einer Mischung aus Ehrfurcht und Verachtung an. »Sind Sie etwa Automechaniker?«

»Nein, aber ich habe schon ziemlich viele kranke Traktoren behandelt.«

Die Kiste befand sich in einem bedauernswerten Zustand. Peter sichtete auf Anhieb mindestens vier mögliche Ursachen für die Panne, ohne auch nur besonders gesucht zu haben, und es gab bestimmt noch mehr. Der Wagen war nicht etwa vernachlässigt, er war auch innen nicht sonderlich schmutzig, sondern litt schlicht und einfach an Altersschwäche. Peter hatte zwar einen Werkzeugkasten in seinem Auto, wollte sich jedoch nicht auf gut Glück an der Rostlaube zu schaffen machen, denn er befürchtete, der ganze Schrotthaufen könnte unter seinen Händen in sich zusammenfallen. Er richtete sich auf und wischte sich die Hände an einem der großen bunten Stofftaschentücher ab, die er aus alter Gewohnheit immer bei sich trug, selbst bei Hochzeiten und Beerdigungen, es sei denn, Helen filzte ihn vorher und zwang ihn, ein weißes mitzunehmen.

»Ich sehe zwar das Problem, aber in diesem Regen können wir leider nichts ausrichten. Wohin wollten Sie denn?«

»Nur ein Stück weiter nördlich, an die Küste. Der Ort heißt Pickwance.«

»Das trifft sich ja hervorragend, genau dahin will ich nämlich auch. Ich wohne im Bright's Inn. Ich habe heute einen Freund in Sasquamahoc besucht und bin jetzt auf dem Rückweg.«

»Na so was! Als ich das Nummernschild aus Massachusetts gesehen habe, dachte ich schon, Sie wären einer von den Touristen. Dann haben Sie also Verwandte in Sasquamahoc?«

Peter entschied, daß sein alter Zimmerkumpan aus Collegetagen durchaus als Familienmitglied durchgehen konnte. »Kennen Sie vielleicht zufällig Guthrie Fingal von der Forstwirtschaftsschule?«

»Ja, wir sind uns mal begegnet. Ich habe einen Neffen, der dort studiert hat. Scheint'n guter Mann zu sein. Ich heiße übrigens Tilkey.«

»Und mein Name ist Shandy. Sie sind doch wohl nicht zufällig verwandt mit Eustace Tilkey aus Hocasquam, dem Kapitän der *Ethelbert Nevin*?«

»Bin ich, aber es erfüllt mich nicht gerade mit Stolz. Kennen Sie Eustace?«

»In gewisser Weise ja. Meine Frau hat an einer seiner Bootstouren teilgenommen und Wale beobachtet.« Und wäre Teufel noch eins beinahe nicht lebend wiedergekommen, dachte er und wand sich bei der schmerzlichen Erinnerung.* »Sollten wir Ihren Wagen nicht besser irgendwohin bringen, wo er sicher ist? Haben Sie so etwas wie ein Abschleppseil dabei?«

»Nein, aber einen Vetter mit Abschleppwagen. Wenn Sie mich zu einem Telefon fahren, kann ich ihn anrufen. Dann kommt er und holt die Karre ab, sobald er Zeit hat. Ich hole nur schnell noch die guten Kleider aus dem Kofferraum, sonst gibt es in dem Auto nichts, was man stehlen könnte. Die Karre selbst ist völlig wertlos. Nur ein Schrotthaufen, den mein Junge zusammenmontiert hat. Ich wollte meine Frau nicht ohne Wagen zurücklassen, deshalb hat sie jetzt unseren Pick-up. Sie hätte mitkommen können, aber sie wollte nicht. Kann ich ihr nicht mal verdenken, wenn ich ehrlich sein soll, aber ich wollte mir das Spektakel auf keinen Fall entgehen lassen.«

»Dann sind Sie auf dem Weg zu irgendeiner – eh – Veranstaltung?«

»Kann mal wohl sagen. Und ich habe vor, jede Minute davon zu genießen. Ich will Ihnen aber nicht Ihre schönen Sitze naß machen.«

»Machen Sie sich da mal keine Sorgen, meine Frau sorgt immer dafür, daß wir ein paar alte Handtücher im Wagen haben. Ich mache mich nämlich auch häufig schmutzig. Hier, legen Sie das einfach auf den Sitz. Was gibt es denn so Aufregendes in Pickwance?«

Die Frage erübrigte sich eigentlich. Guthrie Fingals Idee mit dem gecharterten Bus war vielleicht gar nicht so dumm. Wenn Jasper Flodge erst sicher unter die Erde gebracht worden war und der Jubel nachgelassen hatte, konnte Mr. Tilkey sich einen Platz reservieren und mit dem Bus nach Hause fahren.

* »Wenn der Wetterhahn kräht«, DuMonts Kriminal-Bibliothek Bd. 1063

Kapitel 9

Der Mann konnte wirklich von Glück sagen, daß Peter angehalten hatte. Sie mußten fast vier Meilen fahren, bis sie endlich eine Tankstelle sichteten, an der es einen öffentlichen Fernsprecher gab, der auch funktionierte. Tilkey faßte sich kurz, denn er hatte nur einen Vierteldollar und war verständlicherweise nicht erpicht darauf, seinem Retter unnötig auf der Tasche zu liegen. Zudem sah der Tankwart nicht so aus, als würde er jemandem, der nicht zu seinen Stammkunden zählte, auch nur eine Dollarnote wechseln. Peter beschloß, seinen Tank ein wenig aufzufüllen, obwohl es gar nicht nötig war, und zwar nicht nur, um dem griesgrämigen Kerl zu zeigen, daß sie keine Geizhälse waren, sondern auch, um ihn zu zwingen, hinaus in den Regen zu gehen, wozu er offensichtlich nicht die geringste Lust hatte. Nachdem sie ihre Mission soweit erledigt hatten, machten sich Shandy und sein neuer Bekannter wieder auf den Weg.

Tilkey war auf seine Art kein schlechter Begleiter, gesellig genug, um die Eintönigkeit der langen Fahrt vergessen zu machen, aber kein Schwätzer. Wenn er sprach, dann vor allem über Traktoren und Hackfrüchte. Beide Themen stießen verständlicherweise bei Peter auf großes Interesse. Als sie schließlich Pickwance erreichten, war Peter ziemlich in Fahrt und beschrieb gerade in den glühendsten Farben den Anbau von Rüben. Erst in diesem Moment wurde Tilkey bewußt, neben wem zu sitzen er die Ehre hatte.

»Ach du liebes Lottchen! Sie sind doch wohl nicht etwa der berühmte Professor Shandy vom Balaclava Agricultural College? Von Ihnen habe ich schon viel gehört.«

Peter zuckte mit den Schultern. »Was immer man Ihnen auch erzählt hat, glauben Sie bloß kein Wort davon. Beabsichtigen Sie auch, die Nacht im Bright's Inn zu verbringen?«

»Nicht, wenn ich meine Verwandten ausnutzen kann. Ich habe zwei Vettern um ein oder zwei Ecken, die allein im Haus ihrer Vorfahren leben. Kennen Sie zufällig die beiden Wye-Brüder?«

»Ja, aber ich wußte nicht, daß sie Brüder waren, bis Guthrie Fingal es mir heute mittag eröffnete. Sie meinen doch Fred und Evander, nicht wahr? Ich habe sie im Speisesaal gesehen, ich glaube, sie gehören zu Mrs. Brights Stammgästen.«

»Wundert mich gar nicht. Wahrscheinlich werde ich heute abend auch dort essen, wenn ich bis dahin nicht verhungert bin. Die beiden Jungs brauchen dringend eine Frau im Haus. Meine Frau predigt ihnen alle Nase lang, daß sie sich eine Haushälterin zulegen sollen, aber Evander befürchtet, daß sie auf die Idee kommen könnte, ihn heiraten zu wollen, obwohl das bestimmt keiner halbwegs vernünftigen Frau einfallen würde. Und Fred hat immer noch nicht verwunden, daß ihn seine Frau sitzengelassen hat. Sie hat außer seinem Bruchband alles mitgehen lassen, und alles bloß wegen diesem verdammten Scheißkerl – aber was rede ich mir da wieder zusammen, ich höre mich ja schon an wie ein altes Klatschweib. Nur gut, daß meine Frau das nicht gehört hat, sie behauptet nämlich immer, Männer würden viel mehr tratschen als Frauen.«

»Das behauptet meine Frau auch«, meinte Peter. »Möchten Sie lieber sofort zu Ihren Vettern fahren oder zum Gasthof und dort auf sie warten?«

»Die wissen noch gar nichts von ihrem Glück, weil ich vergessen habe, anzurufen und Bescheid zu sagen. Wahrscheinlich wäre es wohl wirklich das Beste, sofort zum Haus zu fahren.«

»Und was tun Sie, wenn die beiden nicht da sind?«

»Das wäre nicht weiter tragisch, ich weiß ja, wo der Schlüssel versteckt ist. Lassen Sie mich einfach irgendwo hier raus, Professor. Ich habe Ihnen schon genug Umstände gemacht. Von hier aus kann ich gut zu Fuß gehen.«

»Es macht mir wirklich nicht das geringste aus, Mr. Tilkey. Ich habe ohnehin nichts Besonderes vor. Im Grunde versuche ich nur, die Zeit totzuschlagen, während ich auf meine Frau warte, und die kommt erst morgen. Es wäre doch Blödsinn, wenn Sie draußen im Regen herumliefen und klatschnaß würden. Wo wohnen die beiden denn?«

»Tja, wenn Sie sicher sind, daß es Ihnen auch wirklich keine

Umstände macht, dann fahren Sie jetzt am besten geradeaus bis zur Kirche und dann rechts ab den Hügel hoch. Es ist das große gelbe Haus mit dem Kuppeldach. Keine Sorge, die Straße ist gepflastert.«

Peter nickte. Wenn jemand in Maine ein großes gelbes Haus mit Kuppeldach besaß, bedeutete dies, daß die Familie einst recht betucht gewesen sein mußte. Heutzutage baute niemand mehr solche Häuser, und damals, als die aufwendigen Dächer bei den Reichen in Mode waren, konnten sich nur wenige derartige Extravaganzen leisten. Früher war man in Maine vor allem durch Holzhandel und Schiffsbau reich geworden. Peter hatte keine Ahnung, wieviel der Abbau von Turmalin brachte, und er hielt es für unhöflich, sich näher danach zu erkundigen.

Der Regen hatte kein bißchen nachgelassen, als sie schließlich das Städtchen Pickwance erreichten. Jetzt begann der Verkehr wieder stärker zu werden. Fußgänger, die sich unter ihre Schirme duckten, überquerten die Hauptstraße und schienen eher darauf bedacht, den Pfützen auszuweichen, als von einem Auto plattgefahren zu werden, dessen Fahrer durch einen Schwall schmutzigen Wassers, das von einem entgegenkommenden Fahrzeug gegen die Windschutzscheibe geschleudert wurde, vorübergehend seiner Sicht beraubt wurde. Peter hatte die Scheibenwischer auf Höchststufe geschaltet und fuhr im Schrittempo, bis er die Kirche entdeckte. Es war ein für die Gegend typisches weiß gestrichenes Gebäude aus Holzschindeln mit einem bescheidenen Turm, der nicht nur eine Glocke enthielt, sondern auch noch Platz bot für eine Turmuhr mit schwarzem Ziffernblatt und goldenen Zahlen, sowie für eine Wetterfahne in Form eines Banners.

»Hier müssen wir abbiegen«, erinnerte ihn Tilkey reichlich spät, doch Peter fuhr ohnehin sehr langsam, weil er auf einen völlig durchnäßten Spaniel wartete, der sich nicht entscheiden konnte, ob er trotz der vielen Pfützen die Straße überqueren sollte. Zu guter Letzt hob der genervte Mensch am anderen Ende der Leine den Hund auf und trug das zappelnde, jaulende Wesen auf die andere Straßenseite, so daß Peter endlich abbiegen konnte.

Im Geschäftsviertel standen die Häuser eng zusammen, doch als sie die steil ansteigende Straße hochfuhren, wurde der Abstand zwischen den Gebäuden zusehends größer. Schließlich erreichten sie ein großes gelbes Haus mit einem Kuppeldach, das einsam und stolz auf der Spitze des Hügels thronte, umgeben von einigen Hektar Rasen oder etwas, das zumindest so aussah und aus irgendwelchen Grünpflanzen bestand, die durch Mähen kurz gehalten werden konnten. Hier und da standen Ziersträucher, die dringend einen Rückschnitt benötigten, bedauerlicherweise aber keinen bekamen.

Das Haus der Familie Wye mochte zwar nicht ganz dem Status eines Herrenhauses entsprechen, doch es fehlte nicht viel. Die früheren Eigentümer hatten das Gebäude anscheinend gut in Schuß gehalten, doch inzwischen waren erste Zeichen des Verfalls kaum zu übersehen. Eine verfluchte Schande für so ein schönes Haus. Peter konnte nichts sehen, das darauf schließen ließ, daß die Brüder Wye zu Hause waren, doch Tilkey ließ sich dadurch nicht aus der Ruhe bringen. Er dankte Peter dafür, daß er ihn mitgenommen hatte, nahm seinen in Plastikhaut gehüllten Sonntagsanzug vom Rücksitz, verabschiedete sich mit einer Kopfbewegung und begab sich zielstrebig zum Nebeneingang des Hauses. Wahrscheinlich versteckten sie dort den Schlüssel. Peter wartete lange genug, um sicherzugehen, daß sein Passagier nicht mehr im Regen stand, und fuhr zum Gasthof.

Die Temperatur war gefallen, zwar nicht drastisch, aber anscheinend genug für jemanden wie Mrs. Bright, die in dem kleinen Raum, der als Lobby, Rezeption und Wohnzimmer diente, im offenen Kamin ein Holzfeuer angezündet hatte. Für die Gäste, die keine Lust hatten, sich schon in ihre möglicherweise allzu kühlen Zimmer zurückzuziehen, hatte sie die Korbstühle einladend in die Nähe des Kamins gerückt. Peter ging nach oben, um sich den Regenmantel auszuziehen, sich ein wenig frisch zu machen und ein oder zwei kleine therapeutische Schlückchen aus der Scotchflasche zu nehmen, die er aus medizinischen Gründen auf die Reise mitgenommen hatte. Wie erwartet wirkte das Schlafzimmer, das er bisher als angenehm und gemütlich empfunden hatte, heute eher deprimierend und feucht. Er nahm ein Buch zur Hand, das er endlich zu lesen gedachte, obwohl er ahnte, daß es todlangweilig sein würde, und ging wieder hinunter in die Lobby.

Eigentlich hätte er es wissen müssen. Kaum hatte er es sich in einem der Korbsessel gemütlich gemacht, die winzige Tischlampe angeknipst und den Schirm so gedreht, daß er sehen konnte, was er las, als er von einem menschlichen Wesen angesprochen wurde, das er für eine Wolldecke gehalten hatte, die jemand achtlos aufs Sofa geworfen hatte.

»Seien Sie gegrüßt, Professor Shandy. Elva hat mir erzählt, daß Sie in Sasquamahoc waren, um dort Freunde zu besuchen. Ich hoffe, der Regen hat Ihnen nicht den ganzen Tag verdorben.«

Peter war nicht gerade erfreut über die Störung, aber was zum Teufel sollte er tun? Wahrscheinlich war es immer noch angenehmer, sich von Claridge Withington zu Tode langweilen zu lassen, als von einem Autor, der in der Lage war, noch kompliziertere Sätze zu bauen, als sie Mark Twain so genial in seiner Erzählung »Die Schrecken der deutschen Sprache« aufs Korn nahm. Er legte das gerade erst geöffnete Buch wieder fort, stählte sich für das kleinere Übel und beantwortete so höflich wie ohne Überwindung möglich die ihm gestellte Frage.

»Nein, der Regen hat erst angefangen, als ich schon auf dem Heimweg war. Ich habe mit einem Freund zu Mittag gegessen, der an der Forstwirtschaftsschule arbeitet.«

Withingtons Augen blitzten auf. Er schälte sich aus seiner Wolldecke und zwang sich mühsam, so aufrecht wie möglich zu sitzen. »Das wird doch wohl nicht zufällig Präsident Fingal gewesen sein? Ich hatte vor einigen Jahren anläßlich eines Kolloquiums über Nutzung und Mißbrauch der Wälder von Maine, an dem auch ein Freund von mir mitwirkte, die Ehre, mich mit ihm unterhalten zu dürfen. Ich brauche nicht eigens zu erwähnen, daß ich selbst lediglich als interessierter Zuhörer dort war, aber anschließend gab es Kaffee und die üblichen Erfrischungen, was mir die Möglichkeit gab, den Präsidenten wissen zu lassen, wie sehr mich seine scharfsinnigen, sachlichen Bemerkungen beeindruckt hatten.«

Die in Wirklichkeit wahrscheinlich kurz, bissig und gelegentlich vielleicht sogar höhnisch gewesen waren, nahm Peter an. Er gab zu, daß besagter Freund in der Tat Guthrie Fingal sei, woraufhin er von Withington detailreich über alles unterrichtet wurde, was dieser seinerzeit zu Fingal gesagt und jener geantwortet hatte, auch wenn dies sicher bedeutend weniger gewesen war, als Withington sich jetzt zu erinnern glaubte. Der alte Herr äußerte wortreich die Hoffnung, daß Peter doch bitte Präsident

Fingal beim nächsten Treffen seine besten Grüße ausrichten und ihm zu verstehen geben möge, daß er, Withington, zu seinen größten Bewunderern zähle, und erkundigte sich dann eingehend und angelegentlich danach, ob die beiden geschätzten Wissenschaftler ihr gemeinsames Mahl denn auch genossen hätten und vielleicht vorhätten, sich in Bälde erneut zu treffen.

»Davon gehe ich aus.« Peter beschloß, Withington die gewünschte Information lieber sofort zu geben, damit er sie ihm nicht umständlich aus der Nase ziehen mußte. »Vielleicht sehe ich ihn sogar schon morgen. Meine Frau kommt nämlich mit ihrer Freundin Catriona McBogle nach Sasquamahoc. Ich werde sie gegen Mittag bei Catriona abholen und dann mit ihr herkommen. Vielleicht hat Mrs. Bright Ihnen gegenüber bereits erwähnt, daß Mrs. Shandy die Nacht hier im Gasthof verbringen wird.«

»Damit sie sich Miss Rondels Lupinen ansehen kann«, ergänzte Withington. »Ich hoffe sehr, daß der Sturm sie nicht gänzlich zerstört hat. Wenn die Wettervorhersage stimmt, soll das Unwetter bis morgen früh aufs Meer gezogen sein, Sie müßten also eigentlich für die geplante Fahrt schönes Wetter haben. Und Mrs. Shandy und ihre berühmte Freundin ebenfalls.«

Withington lächelte gnädig, als habe er persönlich das Wetter für die besonderen Bedürfnisse seiner neuen Bekannten maßgeschneidert. »Ich hatte letzten Sommer die große Freude, Miss McBogle in Orono im Rahmen eines Symposiums sprechen zu hören, zu dem mich ein anderer Gast dieses Gasthofs mit dem Wagen mitgenommen hatte. Ein ziemlich prominenter Gast, wenn ich mir die Bemerkung erlauben darf. Vielleicht hatten Sie und Mrs. Shandy bereits das Vergnügen, Alexandria Baxter kennenzulernen? Sie spielte die Rolle der Lizzie Borden in dem Stück *Die Mörderin*. Ich werde nie den atemberaubenden Moment vergessen, als sie die Axt packte und mit der Fingerkuppe das frischgeschliffene Blatt berührte. Ich bekomme noch heute eine Gänsehaut, wenn ich an das kaum merkliche geheimnisvolle Lächeln auf ihrem Gesicht denke. Miss Baxter ist natürlich incognita nach Orono gefahren, sie wollte Miss McBogle nicht die Show stehlen, obwohl der lange schwarze Schleier, der ihr Gesicht verbarg, so manchen neugierigen Blick auf sich zog.«

»Kann ich mir vorstellen«, sagte Peter. »Eh – Miss Baxter hatte nicht zufällig ihre Axt dabei?«

Mrs. Brights Stargast ließ sich die Frage durch den Kopf gehen und beantwortete sie mit einem kurzen leisen Lachen. »Nein, hatte sie nicht, sehr zu meinem Bedauern, wie ich gestehen muß. Ich würde mich allerdings nicht wundern, wenn bei dem großen Ereignis morgen früh ein oder zwei Äxte mit von der Partie wären.«

»Ach ja?« Peter versuchte erst gar nicht, sein Gähnen zu unterdrücken. Die lange Fahrt, das gleichmäßige Trommeln des Regens gegen die Fenster und die hypnotische Wirkung der brennenden Holzscheite im Kamin hatten sich eindeutig gegen ihn verschworen und taten alles, um ihn zum Einschlafen zu verführen. »Welches große Ereignis denn?«

Ihm war es eigentlich schnurzegal, doch Withington war völlig fassungslos. »Gütiger Himmel, Professor, jetzt sagen Sie bloß, Sie wissen noch nicht, daß Jasper Flodge morgen beerdigt wird? Seine ihm angetraute Gattin, damit meine ich Lucivee, hat dafür gesorgt, daß er schnellstmöglich unter die Erde kommt. Angeblich soll sie bereits einen tonnenschweren Grabstein erstanden haben, der halb so groß wie der Cadillac Mountain ist, um auch ganz sicherzugehen, daß er nicht wieder herauskommt. Die Beerdigung findet morgen früh um Punkt neun statt. Da Sie sozusagen dabei waren, als er gestorben ist, möchten Sie sicher auch an der Trauerfeier teilnehmen, bevor Sie wieder nach Sasquamahoc fahren.«

Peter fragte sich inzwischen ernsthaft, warum in Dreiteufelsnamen er eben noch geglaubt hatte, ein kleiner Plausch am Kamin mit dem geschwätzigen alten Unhold sei gemütlicher als ein einsamer, kalter Abend allein oben in seinem Zimmer. Er fand die Vorstellung, bei der besagten Trauerfeier aufzutauchen, höchst abstoßend. Das wenige, das er von Jasper Flodge gesehen hatte, als dieser noch unter den Lebenden weilte, hatte ihm nicht sonderlich zugesagt, ihm beim Sterben zuzusehen war ein Schock gewesen, und alles, was danach passiert war, der reinste Alptraum.

Jasper hatte sich mit seinen Schandtaten so viele Feinde gemacht, daß einige seiner Opfer ihm sicher liebend gern eine Zyanidkapsel unters Essen gemischt hätten. Doch wer außer Elva Bright oder ihrer hübschen Enkelin hätten Zugang zu so einer Kapsel gehabt? Aber wären sie wirklich dumm genug gewesen, den Mord ausgerechnet in ihrem eigenen Haus in Szene zu setzen?

Daß Flodge sich selbst umgebracht hatte, um die Pläne seiner Frau zu durchkreuzen und sie um die Lebensversicherung zu bringen, schien Peter allzu unglaubwürdig. Es sei denn, Flodge hatte gewußt, daß er ohnehin bald sterben mußte, doch so hatte er absolut nicht ausgesehen. Oder er war so verwirrt gewesen, daß er sich für unsterblich gehalten hatte und davon ausgegangen war, er könne sich mit Zyanid umbringen und danach wieder von den Toten auferstehen. Die Möglichkeit, daß der Mann völlig durchgeknallt war, konnte man natürlich nicht so einfach von der Hand weisen. Peter erinnerte sich an einen Zwischenfall während seiner Collegezeit, als ein Kommilitone zuerst eine Handvoll Barbiturate geschluckt hatte und sich dann für den Nachmittag mit einem Mädchen im Kino verabredet hatte.

Vielleicht hatte Flodge die gleiche Unfähigkeit besessen, Handlungen und deren Folgen miteinander zu verknüpfen, was seine Neigung zu Gemeinheiten anderen gegenüber erklären würde. Offenbar war ihm völlig gleichgültig gewesen, wer dabei zu Schaden kam, er selbst inbegriffen. Falls er sich wirklich in eine ausweglose Situation manövriert hatte, wie seine Frau behauptete, hatte er vielleicht ähnlich wie Tom Sawyer nur den Wunsch gehegt, *vorübergehend* tot zu sein. Oder die geniale Idee gehabt, sich eine Substanz unter sein Essen zu mischen, die ihn krank machen sollte, um anschließend Elva Bright nach Herzenslust verklagen zu können, und dabei das falsche Gift erwischt.

Zum Teufel mit all den aberwitzigen Theorien. Was brachte es schon, über eine Situation nachzudenken, die Peter Shandy nicht das geringste anging? Es war schon schlimm genug, daß dieser abscheuliche Withington versuchte, ihm die Beerdigung schmackhaft zu machen. Falls er nur darauf aus war, mit dem Auto mitgenommen zu werden, tat er gut daran, sich einen anderen Dummen zu suchen.

»Tut mir leid, Mr. Withington.« Peter wußte, daß er kurzangebunden und unhöflich klang, aber es war ihm egal. »Meine Pläne für morgen kann ich leider nicht mehr ändern, um die Zeit werde ich bereits unterwegs sein.«

Wenn er den Gasthof vor neun verließ, war er zwar schon gegen halb elf in Sasquamahoc, aber eine bessere Entschuldigung fiel ihm momentan nicht ein. Zumindest verstand er jetzt, warum der gestrandete Tilkey sich so diebisch darauf freute zuzusehen, wie man Jasper Flodge unter die Erde brachte. Vielleicht hatte auch er zu den Opfern gehört. Peter beschloß, Guthrie danach zu fragen. Andererseits sprach einiges dafür, sich die Frage zu verkneifen. Peter hatte inzwischen die Nase gestrichen voll von Flodge und seinen Gemeinheiten.

Höchste Zeit, das Thema zu wechseln. Da ihm sonst nichts einfiel, begann Peter, lang und breit seine Fahrt nach Sasquamahoc und wieder zurück zu schildern und mit so vielen Ausschmückungen zu versehen, daß Withington gar nicht erst zu Wort kam. Er begann mit dem kurzen Besuch bei Miss Rondel, ging über zu den Tacos mit Muschelfüllung, arbeitete sich durch die Bücherscheune bis zu seinem Treffen mit Tilkey und zum Wye-Haus vor und landete schließlich im Bright's Inn.

Falls irgendein zufälliger Bekannter gewagt hätte, Peter in dieser Manier vollzuquatschen, wäre er entweder in einen Stupor gefallen oder hätte sich bereits vor zwei Kapiteln aus dem Staub gemacht. Doch Withington hing völlig fasziniert an seinen Lippen, sog jedes Wort in sich auf und konnte anscheinend nicht genug bekommen. Ab und zu gab er sogar ein aufgeregtes Wimmern von sich, wie ein Terrier auf der Jagd nach einer besonders saftigen Ratte, hin und her gerissen zwischen der Angst, auch nur eine Silbe zu verpassen, und der Enttäuschung, keine Gelegenheit zu haben, selbst den ein oder anderen Satz einzuwerfen.

Da Peter daran gewöhnt war, vor Studenten zu reden, konnte er die Geschichte ziemlich in die Länge ziehen. Doch irgendwann hat alles ein Ende. Er hatte gerade seinen letzten Satz zu Ende gesprochen, als Withingtons großer Moment gekommen war.

»Der Mann, den Sie mitgenommen haben, kann nur Schuyler Tilkey gewesen sein. Er hat schon mehrfach mit den Wye-Brüdern hier im Gasthof gegessen. Sie sind Vettern.«

»Zweiten Grades«, ergänzte Peter.

»Ach ja? Das überrascht mich aber. Das war mir gar nicht bekannt. Zweiten Grades, sind Sie da wirklich sicher?«

Warum diese triviale Information, die einen zufälligen Bekannten betraf, Withington derart aus dem Konzept brachte, konnte Peter sich beim besten Willen nicht erklären. Er versuchte, sich vorzustellen, wie Withington sämtliche Einzelheiten auf eine rosa oder vielleicht auch eine grüne Karteikarte eintrug, die er dann sorgfältig in einer Schublade seines Unterbewußtseins verstaute, um sie bei Gelegenheit hervorzuziehen und während eines seiner langweiligen Redemarathons einem bedauernswerten Menschen um die Ohren zu hauen. Peter empfand tiefes Mitleid mit Withingtons nächstem Opfer, wer immer diese Person auch sein mochte.

Doch sein Inkubus war immer noch nicht bereit, klein beizugeben. »Ich nehme an, daß Sky, wie ihn hier jeder nennt, wegen der Beerdigung gekommen ist. Nach allem, was Jasper seinem Vetter zweiten Grades angetan hat, will er sich das große Ereignis bestimmt auf keinen Fall entgehen lassen. Ich spreche natürlich von Fred.«

»Nicht von Evander?« Peter warf den Namen des anderen Bruders nur ein, um nicht vor Langeweile einzuschlafen. Eine Unbedachtheit, die er sofort bereute, denn jetzt war Withington natürlich nicht mehr zu stoppen.

»Oh, sogar Jasper Flodge hätte nicht den Mumm gehabt, sich mit Evander anzulegen. Vielleicht sollte ich Sie warnen, Professor Shandy, mit Evander Wye ist nämlich nicht gut Kirschen essen. Ich weiß nicht, ob Präsident Guthrie es bereits erwähnt hat –«

»Ja, hat er.«

Schon wieder ein falscher Zug. Falls Peter Shandy gehofft hatte, dem endlosen Redeschwall seines Gegenübers über einen Mann, mit dem er bisher nicht ein einziges Wort gewechselt hatte und den er auch in Zukunft nicht anzusprechen gedachte, zu entgehen, hatte er sich gewaltig geirrt. War Withington in Wirklichkeit der alte Seefahrer aus der Ballade von Coleridge, dem niemand entrinnen konnte, oder vielleicht sogar der tote Albatros, mit dem der besagte Seefahrer für den Rest seines Lebens geschlagen war? Peter wünschte sich, der Bursche mit dem überlauten Instrument käme vorbei, damit er sich wenigstens über etwas anderes ärgern konnte.

Kapitel 10

Oh, dann hat er Ihnen sicher auch erzählt, wie Evander versucht hat, Jasper mit dem Wiesenmäher zu überfahren?«

»Nun ja, das kann man ihm ja wohl kaum verdenken, finden Sie nicht?«

Peter hätte liebend gern gewußt, wovon Withington und er im Moment sprachen. Er konnte sich übrigens tatsächlich vorstellen, daß es unter gewissen Umständen reizvoll sein konnte, jemanden mit einem Motormäher zu jagen. Sein Gesprächspartner schien die Begebenheit von einem anderen Standpunkt aus zu betrachten.

»Nur weil Jasper ihn als Waschlappen bezeichnet hat? Ich will nicht kleinlich erscheinen, Professor, aber wenn ich ehrlich sein soll, finde ich Evanders Reaktion wirklich ein wenig überzogen.«

»Ein jeder nach seiner Fasson«, sagte Peter. »Man sollte nicht vergessen, daß man mit einem Wiesenmäher kaum große Geschwindigkeiten erreichen kann, es sei denn, man fährt einen steilen Abhang hinunter, was eher für den bedauernswerten Fahrer unangenehm wäre. Ich widerspreche Ihnen nur ungern, Mr. Withington, aber Mr. Wyes kleiner Scherz scheint mir kaum mehr als eine – eh – symbolische Geste gewesen zu sein.«

Das brachte Withington ziemlich aus der Fassung. Der Mann war so verdattert, daß er dreißig Sekunden lang keinen Ton von sich gab. Alles, was er danach noch herausbringen konnte, war die Frage: »Ist Präsident Fingal ebenfalls dieser Ansicht?«

»Ich werde versuchen, morgen eine offizielle Stellungnahme von Guthrie einzuholen. Grundgütiger, ist es schon so spät?« Peter hievte sich aus seinem Korbsessel. »Ich muß unbedingt meine Frau anrufen, bevor sie sich Sorgen macht, wo ich wohl abgeblieben bin.«

Helen war nicht zu Hause, was Peter nicht sonderlich überraschte. Er versuchte sein Glück bei den Stotts und fand sie tatsächlich dort. Dem ohrenbetäubenden Lärm im Hintergrund nach zu urteilen, half sie gerade ihrer Freundin Iduna, Catriona und etwa zweihundert weitere weibliche Wesen mit Tee zu versorgen. Helen versicherte ihm, daß es nur einige große, starke, selbstbewußte Damen aus der Nachbarschaft seien und die unmäßige Schwelgerei bald zu Ende sein werde, so daß sie und Catriona pünktlich ins Bett kämen und bereits in ihr Fahrzeug klettern konnten, wenn die erste Lerche sich jubilierend in die Lüfte erhob. »Und falls dich wieder nach Tortillas mit Muschelfüllung gelüsten sollte, laß bitte eine Nachricht an Cats Tür, damit wir wissen, wo wir dich finden können.«

Peter versprach dies hoch und heilig, fügte noch einige liebevolle Gattenworte hinzu und legte auf. Als er von der Telefonzelle aus die ersten Gäste ins Restaurant gehen sah, gab ihm sein Magen zu verstehen, daß er gegen ein kleines Abendessen nicht das geringste einzuwenden habe. Peter trug das Buch, in das er immer noch keinen Blick geworfen hatte, zurück in sein Zimmer, nahm einen Zahnputzbecher aus dem winzigen Bad und mixte sich einen kleinen Aperitif, den er so langsam wie möglich trank, um Withington genug Zeit zu lassen, sich in seine Stammecke zurückzuziehen.

Eigentlich hatte Peter vorgehabt, sich allein an einen der kleineren Tische zu setzen, doch zu seinem großen Bedauern mußte er feststellen, daß Schuyler Tilkey und die Wye-Brüdern bereits dort Platz genommen hatten und sein ehemaliger Reisegefährte ihn mit einer freundlichen Handbewegung aufforderte, auf dem vierten Stuhl Platz zu nehmen. Es wäre unhöflich gewesen, die Einladung abzulehnen, vielleicht sogar gefährlich, denn es hätte Evander möglicherweise in Wut versetzt und entsprechende Aktionen nach sich gezogen. Also fügte er sich demütig in sein Schicksal.

»Guten Abend, Professor, nett, Sie zu sehen«, wurde er von Tilkey begrüßt. »Meine Vettern kennen Sie ja schon. Ich heiße übrigens Sky, für den Fall, daß ich es noch nicht erwähnt habe. Das hier ist Fred, und das Evander.«

»Guten Abend«, sagte Peter. »Ich bin Peter Shandy.«

»Er ist Professor am Balaclava Aggie«, ergänzte Tilkey.

»Tatsächlich?« Fred Wye schien echtes Interesse an näheren Einzelheiten zu haben, doch da tauchte bereits Thurzella mit gezücktem Blöckchen auf und gab eine dramatische Rezitation der aktuellen Spezialitäten zum besten, die in der Hauptsache aus verschiedenen Varianten fangfrischen Schellfischs bestand, den man gedünstet, ausgebacken, mit Käse und Tomaten, fritiert oder zerkleinert in Form von Fischsuppe bestellen konnte. Peter entschied sich für die gedünstete Variante, Fred für die gebackene und Schuyler für die fritierte, da seine Frau, die ständig behauptete, daß er zu dick sei, glücklicherweise nicht da war, um ihn daran zu hindern. Außerdem bestellten alle drei Fischsuppe als Vorspeise.

Evander sagte zwar kein Wort, doch Thurzella brachte auch ihm eine Portion Fischsuppe in einer dicken weißen Tasse, deren oberen Rand ein blauer Streifen zierte. Dann flitzte sie los, um einen Korb mit warmem Maismehlbrot und eine Riesenschüssel mit Salat zu holen, aus der sie sich nach Belieben bedienen konnten, und versicherte ihnen, das Hauptgericht sei sozusagen bereits auf dem Weg. Der immer noch schweigsame Evander aß alles auf, was er vorgesetzt bekam, legte hin und wieder eine kleine Pause ein, um Peter einen düsteren Seitenblick zuzuwerfen, zeigte aber ansonsten weder Zeichen von Feindseligkeit noch von Angriffslust. Nach einer Weile entschied Peter, sich auf ein Gespräch mit ihm einzulassen.

»Ich habe gehört, daß Sie eine Turmalinmine besitzen.«

Evanders Blick wurde wieder finster, doch Fred war durchaus geneigt, ein wenig über das ungewöhnliche Familiengeschäft zu plaudern. Seine Informationen waren so klar und präzise, daß Peter fragte, ob er wohl regelmäßig Führungen für Schulklassen veranstaltete. Fred gab zu, daß dies in der Tat zutreffe, und ging so weit vorzuschlagen, der Professor möge doch auch einmal vorbeikommen und sich die Mine anschauen, falls er nichts Besseres zu tun habe, auch wenn es dort nicht allzuviel zu sehen gebe.

Peter reagierte mit einer ausgewogenen Mischung aus Interesse und Bedauern, dankte Fred für seine freundliche Einladung und gestand, daß er dummerweise nicht wisse, ob ihm dazu noch genügend Zeit bliebe, da er seiner Frau bereits versprochen habe, mit ihr Miss Rondel zu besuchen und in Michele Clunys Lädchen vorbeizuschauen, und da sie leider nur bis morgen abend bleiben würden.

»Das ist aber schade.« Doch Fred Wye hatte die Enttäuschung bald verschmerzt und wandte sich an seinen Vetter. »Ich habe neulich Ed Whitbread von der Staatsanwaltschaft an der Tankstelle getroffen. Er sagt, es sei wirklich Zyanid gewesen.«

»Tatsächlich? Hat Ed auch gesagt, wo das Zeug herkam?«

»Teufel auch, natürlich nicht. Ed Whitbread würde es sowieso nicht wissen. Und wenn er es wüßte, würde er es bestimmt niemandem verraten. Meine Güte, was schneit uns denn da ins Haus?«

Anscheinend war der Blitz in den Speisesaal eingeschlagen, jedenfalls war dies Peters erster Eindruck, und er hatte das Gefühl, daß es den anderen Gästen ebenso ging. Lucivee Flodge rauschte mit beschwingten Schritten und glänzenden Augen in den Speisesaal, unter jedem Arm eine Flasche Champagner. Sie war von Kopf bis Fuß in Schwarz gehüllt. Bekanntlich gibt es verschiedene Arten von Schwarz, und Lucivee trug die ausgefallenste Variante. Eine schwarze Seiden-Stretchhose, ein Top aus schwarzem Satin, das mit glänzenden Ziermünzen besetzt war und einen Ausschnitt besaß, den man nur als jenseits des äußerst Gewagten bezeichnen konnte. Ihr tizianrotes Haar schmückte ein riesiger schwarzer Reif mit unzähligen falschen Diamanten. Alles in allem konnte man sich des Eindrucks nicht erwehren, die lustigste Witwe der Welt vor Augen zu haben.

Peters zweiter Eindruck war, daß die ausladend gebaute Dame entweder eine wahre Meisterin des positiven Denkens sein mußte oder aber daß sie vergessen hatte, den Spiegel zu Rate zu ziehen, als sie sich in ihre Stretchhose gezwängt hatte. Doch das war eindeutig ihr Problem und ging ihn nichts an. Er wandte den Blick ab und widmete sich ganz seinem Salat.

»Die sieht nicht aus, als ob es viel Sinn machte, ihr eine Beileidskarte zu schicken, wenn ihr mich fragt«, knurrte Sky. »Das ist doch wohl die trauernde Witwe, oder?«

»Behauptet sie jedenfalls«, meinte Fred. »Sagt, sie hätten sich nie scheiden lassen, obwohl sie seit sechs Jahren nicht mehr zusammengelebt haben und Jasper nach ihr noch diverse andere Frauen hatte. Unter anderem auch meine, der verdammte Mistkerl.« Er wurde rot, warf Peter einen verlegenen Blick zu und rammte seine Gabel in ein Stück Gurke.

Bright's Inn hatte zwar keine Ausschankgenehmigung, aber anscheinend hatte niemand etwas dagegen, wenn die Gäste selbst Wein oder Bier mitbrachten. Lucivee Flodge war inzwischen an Claridge Withingtons Tisch angelangt und bestellte mit Riesentamtam Eis für ihren Champagner und genügend Gläser für sämtliche Gäste. Der grüne Plastikeimer und die ziemlich gewöhnlichen kleinen Saftgläser, die von einem jungen Mädchen gebracht wurden, das wohl die Enkelin aus Portland sein mußte, da sie genauso aussah wie Thurzella und eine rosa Steghose trug, schienen allerdings nicht ganz dem zu entsprechen, was Lucivee sich erträumt hatte, doch sie mußte sich wohl oder übel damit abfinden.

Wie es aussah, versprach die Party eher ein Reinfall als ein rauschendes Fest zu werden, denn es war ziemlich offensichtlich, daß die meisten Anwesenden es reichlich geschmacklos fanden, eine Champagnerparty in einem Raum zu feiern, in dem vor gerade einmal zwei Nächten der Mann, den sie morgen früh unter die Erde bringen würden, dahingeschieden war.

Das neue Mädchen ging mit einem Tablett voller Gläser durch den Saal und bot den etwa zwanzig anwesenden Gästen Champagner an. Die Wye-Brüder lehnten ab, Peter ebenso. Sky Tilkey wäre vielleicht schwach geworden, wenn er allein gewesen wäre, dachte Peter, doch er wollte offenbar seine Verwandten nicht blamieren. Auch wenn die Leute Jasper Flodge nicht gemocht hatten und den Grund für die kleine Feier nicht kannten, waren sie eindeutig der Meinung, daß es unschicklich sei, auf einem Grab zu tanzen, in dem der Tote noch nicht einmal lag. Als das Mädchen das Champagnertablett zu Lucivees Tisch zurückbrachte, standen fast genauso viele Gläser darauf wie am Beginn ihrer Runde.

Von seinem Platz aus konnte Peter zufällig genau sehen, wer den Raum betrat. Als er eine Frau undefinierbaren Alters hereinkommen sah, die früher einmal hübsch gewesen sein mochte und ein blaues Jackenkleid trug, das ebenfalls schon bessere Tage erlebt hatte, reagierte er zunächst gleichgültig, begann sich jedoch schon bald für die Unbekannte zu interessieren. Sie wirkte unsicher und schaute sich suchend nach der Kellnerin um, damit diese ihr einen Platz zuweisen konnte.

»Grundgütiger«, rief er. »Ich kenne diese Frau! Sie führt Nachbarn von uns in Balaclava den Haushalt.«

»Ach ja? Und was tut sie sonst noch?«

Fred Wye, der die Frau ebenfalls genau beobachtete, hatte ihm diese Frage gestellt. Doch seine Stimme und sein Gesichtsausdruck besaßen eine Intensität, die Peter irgendwie beunruhigend fand.

»Ich glaube, sie war anfangs für die Schlafsäle im College zuständig und hat in ihrer Freizeit für einige Fakultätsmitglieder geputzt, unter anderem auch für die Enderbles. Die beiden sind nicht mehr die Jüngsten und leben genau gegenüber von uns auf dem sogenannten Crescent. Als Mary sich vor einigen Monaten das Handgelenk brach und jemanden suchte, der als Vollzeitkraft bei ihr einspringen konnte, ist Mrs. Howard bei ihnen eingezogen. Sehr ruhige Person, aber äußerst fleißig, Mary und John lassen nichts auf sie kommen. Außerdem kann sie hervorragend mit Tieren umgehen – Johns Spezialgebiet ist die hiesige Fauna. Die beiden haben eine Menge Tiere, unter anderem ein uraltes Kaninchen, das besonders sorgsam betreut werden muß. Soweit ich weiß, hat sie auch noch einen Nebenjob in einem Hundesalon, wäscht und trimmt Hunde, und hat neulich sogar der Gattin unseres Präsidenten geholfen, die Mähnen der Balaclava Blacks für den jährlichen Wettbewerb der Arbeitspferde zu flechten, sozusagen das wichtigste Ereignis des Jahres in Balaclava County. Ich glaube, ich sollte sie begrüßen.«

»Dann bestellen Sie ihr mal viele Grüße von Fred.«

Die Worte des Minenbesitzers klangen wie ein Zischen. Thurzella führte Mrs. Howard gerade zu einem kleinen Tisch ganz in der Nähe der vier Männer. Peter fiel auf, daß die Frau den Kopf gesenkt hielt. Ihr Gesicht war blaß, und ihre Lippen waren so fest aufeinandergepreßt, daß sie aussah, als würde sie jeden Moment in Tränen ausbrechen. Er fragte sich, ob er sie in diesem Zustand nicht lieber in Ruhe lassen sollte, doch dann wäre er sich wie ein Schurke vorgekommen. Er stand auf und ging hinüber zu ihrem Tisch.

»Guten Abend, Mrs. Howard.«

»Na so was, Professor Shandy, was für eine Überraschung. Wohnen Sie hier im Gasthaus?«

»Ja, ich bin wegen der berühmten Lupinen hergekommen. Ich bin schon seit Sonntagabend hier. Meine Frau kommt morgen mit Catriona McBogle nach, einer Freundin, die gerade bei uns zu Besuch ist. Kennen Sie Catriona schon?«

»Nur ganz flüchtig, aber sie scheint wirklich nett zu sein. Ich hatte in der letzten Zeit im Hundesalon eine Menge zu tun. Flohsaison, wissen Sie.«

Ihre Stimme war hell und ziemlich sanft, doch das kurze Lachen, das sie ausstieß, klang hart wie der Schrei eines Raben. Peter begann sich schon zu fragen, ob er ihr vielleicht lästig war, doch dann fiel ihm ein, daß er ihr eine Botschaft übermitteln sollte. »Eh – Fred Wye hat mich gebeten, Sie von ihm zu grüßen. Er sitzt dort drüben.«

»Ja, ich habe ihn schon gesehen. Würden Sie ihm bitte sagen –« Oh Gott, sie würde doch nicht etwa zu weinen anfangen? »Sagen Sie ihm – sagen Sie ihm einfach, daß ich ihm alles verzeihe, was er mir – oh Gott, steh mir bei! Warum bin ich bloß hergekommen?«

Die Frau sah aus, als würde sie jeden Moment in Ohnmacht fallen oder in einen hysterischen Schreikrampf ausbrechen, daher beschloß Peter, sie besser allein zu lassen. Als er zurück zu seinem Tisch ging, warf ihm Fred Wye einen Blick zu, den er nicht ignorieren konnte. Peter sagte, was er zu sagen hatte.

»Sie hat mir – eh – aufgetragen, Ihnen zu sagen, daß sie Ihnen alles verzeiht.«

»Das darf doch wohl nicht wahr sein!« Fred sprang mit blitzenden Augen von seinem Stuhl auf. »Dann bestellen Sie ihr gefälligst von mir –«

»Eh – ich scheine uns alle in eine peinliche Lage gebracht zu haben. Darf ich vorschlagen, daß ich mich einfach wieder zurückziehe und Sie persönlich mit Mrs. Howard – eh –«

»Sie können ruhig sitzen bleiben. Wenn diese Hexe mir etwas zu sagen hat, soll sie gefälligst rüberkommen und es mir ins Gesicht sagen. Rück auf, Evander, und organisiere uns noch einen Stuhl. Wenigstens wir sollten uns wie erwachsene Menschen verhalten, auch wenn sie vergessen zu haben scheint, wie man sich benimmt. Bitte holen Sie sie zu uns an den Tisch, Professor.«

Was für eine unangenehme Situation! Peter dämmerte allmählich, daß die unscheinbare graue Maus Fred Wyes verschwundene Frau sein mußte, die damals mit Ausnahme seines Bruchbandes alles mitgenommen hatte, was nicht niet- und nagelfest gewesen war, und sich mit Jasper Flodge davongemacht hatte. Wie in Dreiteufelsnamen war es möglich, daß sie ausgerechnet in Balaclava Junction gelandet war und dort Spaniels und Setter von Flöhen befreite und hinter dem alten inkontinenten Kaninchen der Enderbles herputzte? Im Grunde geschah es ihm ganz recht, warum hatte er auch unbedingt den Gentleman spielen müssen? Er ging also zu Mrs. Howard und überbrachte ihr die Einladung ihres Gatten in einer etwas gemäßigteren Version.

Mrs. Howard, falls dies tatsächlich ihr richtiger Name sein sollte, hielt sich wacker. Wie ein Roboter ging sie mit totenbleichem versteinertem Gesicht zu Freds Tisch und nahm auf dem Stuhl Platz, den Evander für sie geholt hatte. Keiner regte sich, keiner sprach ein Wort, bis endlich Thurzella erschien und wie üblich artig die Spezialitäten des Hauses aufsagte.

»Nur Fischsuppe, bitte.«

Und selbst die würde sie bestimmt nicht aufessen können. Peter bedauerte, daß er seine Whiskeyflasche oben gelassen hatte, und er erkundigte sich, ob Mrs. Howard vielleicht vorher Lust auf eine Tasse Tee oder Kaffee habe. Sie votierte für Tee, was er für einen kleinen Schritt in die richtige Richtung hielt.

Vielleicht glomm immer noch ein Fünkchen Liebe in Freds Herz. Zumindest war er rücksichtsvoll genug, die Frau mehrmals an ihrem heißen Tee trinken zu lassen, bevor er zum Angriff überging. »Okay, Iolanthe, vielleicht bist du so nett und erzählst mir, was genau du mir verzeihen willst, nachdem du mein Konto leergeräumt hast und mit Jasper Flodge durchgebrannt bist.«

»Wie kannst du es wagen, so etwas zu sagen!«

Jetzt war sie wütend. Ihre Wangen glühten, und ihre Blicke bohrten sich wie zwei Laserstrahlen in seine Augen. »Du weißt haargenau, was du mir angetan hast, du – übertünchtes Grab, inwendig voller Unflat!«

»Wovon sprichst du überhaupt?«

»Ich spreche von den neun jungen Mädchen, die du erst verführt und dann fallengelassen hast.«

»Spinnst du? Welche neun Mädchen?«

»Die Mädchen, die du zuerst geschwängert und dann schmählich im Stich gelassen hast. Du hast nicht mal genug Geld geschickt, damit sie die armen Würmchen ordentlich ernähren konnten. Du brauchst gar nicht erst zu versuchen, mich anzulügen, Fred Wye. Vater hat mir die Briefe gezeigt, und die Frau von der Staatsanwaltschaft war auch da und hat nach dir gesucht, weil du nicht bezahlt hast.«

»Jetzt hör mir mal zu, Iolanthe, das ist doch völliger Schwachsinn. Laß uns mal ganz von vorn anfangen. Ich weiß nur eins: Ich bin mit Evander und Sky zum Camp gefahren, um zu angeln, und als ich zurückkam, warst du weg. Ich hätte eigentlich wissen müssen, daß dein verrückter Vater mal wieder seine Hand im Spiel hatte. Was waren das für Briefe?«

Iolanthe trank noch einen Schluck Tee und atmete tief ein. »Du warst erst einen Tag weg, und ich hatte gerade unsere Pflanzen gegossen. Die Gardenie, mit der ich mir so viel Mühe gegeben habe, fing endlich an zu blühen, und ich habe mich riesig gefreut, als ich eine neue Knospe fand, die ich dir hätte zeigen können, wenn du zurückgekommen wärst. Ich kann mich so genau an alles erinnern, weil es der letzte wirklich glückliche Moment in meinem Leben war.«

Sie drehte ihre Teetasse auf der Untertasse hin und her und rang um das letzte bißchen Fassung, das ihr noch geblieben war. »Ich wollte gerade die Gießkanne neu füllen, als Vater ohne anzuklopfen hereinstürzte, wie es so seine Art ist. Er war völlig außer sich vor Wut.«

»Wie üblich. Und was dann?«

»Er – ich weiß nicht, ob ich das wirklich – er – er hat mir einen Brief vorgelesen. Er war von einem Mädchen, mit dem du dich heimlich getroffen hattest – ein siebzehnjähriges Mädchen, das in einem Kirchenchor gesungen hat, Vater kannte sie, weil er einmal dort gepredigt hat. Sie hat Vater angefleht, bei dir ein gutes Wort für sie einzulegen, weil sie krank und bettelarm sei, ihre Eltern sie aus dem Haus geworfen hätten und sie sich an niemanden wenden könne. Und weil sie Angst habe, daß ihr Baby – dein Baby, Fred – sterben würde, wenn es nicht bald ein Dach über den Kopf und etwas zu essen bekäme. Es war der herzzerreißendste Brief, den ich je im Leben –«

»Alles erstunken und erlogen! Wie kann ein Mensch nur so was erfinden! Und der alte Teufel hat natürlich jedes Wort geglaubt, weil er mich schon am ersten Tag, an dem wir uns getroffen haben, nicht ausstehen konnte, wie du verdammt genau weißt. Würde mich nicht wundern, wenn er den verfluchten Brief selbst geschrieben hätte.«

»Das hat er bestimmt nicht, denn zehn Minuten später kam die Frau von der Staatsanwaltschaft vorgefahren und hat nach dir gesucht. Sie hatte sogar einen Haftbefehl dabei. Vater hat ihr die Briefe vorgelesen, einen nach dem anderen, wie Moses die Gesetzestafeln. Und dann hat er aus vollem Hals angefangen zu beten und mich gezwungen, auf die Knie zu fallen und Buße zu tun, weil ich dem Willen meines Vaters zuwidergehandelt und einen Hurenbock geheiratet habe. So hat er dich genannt, und er hatte recht damit. Er hat gesagt, ich soll dich auf der Stelle verlassen und nie mehr wiedersehen, weil die Sünden des Gatten stets auf die Gattin zurückfallen und ich auf immer und ewig in der Hölle brennen müßte, wenn ich auch nur eine weitere Nacht in diesem Haus verbrächte. Und die Frau stand die ganze Zeit neben ihm, hat sich alles angehört und zustimmend genickt. Ich hätte sie am liebsten geohrfeigt.«

»Warum zum Teufel hast du es denn nicht getan? Wer soll diese Briefe denn geschrieben haben?«

»Das weiß ich auch nicht. Der einzige Name, an den ich mich erinnere, ist Muriel Flodge. Sie war auch diejenige, die an Vater geschrieben hat.«

»Flodge? Hochinteressant!« Fred schnaubte. »Weißt du was, das überrascht mich überhaupt nicht. Und kurze Zeit später galopiert Jasper Flodge rein zufällig auf seinem weißen Gaul ins Haus und behauptet, er wolle dich aus den Klauen des verfluchten Hurenbocks retten und in ein exotisches Paradies entführen, wo du für den Rest deines Lebens mein Geld verprassen kannst.«

»Nein, Fred. Es war völlig anders. Jasper ist tatsächlich gekommen, das stimmt, nachdem diese schreckliche Frau weg war und Vater endlich aufgehört hat, mich mit seiner Beterei zu quälen und Jasper mir angeboten hatte, mit ihm zu gehen und ihm den Haushalt zu führen, aber erst sollte ich für meine schrecklichen Sünden büßen, mein stolzes Haupt demütig unter das Joch beugen und mein Herz von jeglichem Gefühl, das ich als Frau noch für dich empfand, reinigen und zu seinen Gunsten auf meine Erbschaft verzichten. Aber ich sagte ihm, daß ich das niemals tun würde, weil ich dich liebe und ewig lieben werde, egal was du auch getan hast, selbst wenn ich dich in diesem Leben niemals wiedersehen würde.«

Daraufhin brach sie zusammen, verbarg ihr Gesicht in ihrer Serviette und zitterte wie Espenlaub. Peter hätte Mrs. Howard, so wie er sie kannte, auf etwa vierzig Jahre geschätzt, doch inzwischen wurde ihm klar, daß diese Frau höchstens Ende zwanzig sein konnte, und Fred Wye war auch nicht viel älter. Ohne den buschigen Bart sah er vermutlich sogar ziemlich attraktiv aus. Evander mußte demnach der ältere Bruder sein, und Schuyler Tilkey ein Fossil von etwa fünfundvierzig. Wahrscheinlich hielten sie Professor Shandy für Methusalem höchstpersönlich.

Keiner sprach. Alle saßen unbeweglich da, versuchten, die weinende Frau nicht anzusehen, und waren erleichtert, als sie sich die Tränen abwischte, ein letztes Mal schniefte und mit ihrer Geschichte fortfuhr. »Schließlich sagte Vater, ich sei nicht mehr seine Tochter und bräuchte nicht zu denken, daß ich auch nur einen roten Heller von dem Geld sehen würde, das Tante Prunella mir hinterlassen hat, und stürmte unter Ausstoßen aller möglichen Kirchenbannformeln davon. Ich war völlig fertig. Ich wußte nicht, was ich tun sollte, und auch nicht, wohin ich gehen sollte. Meine Beine gaben unter mir nach, ich bin auf den Boden gefallen, die Gießkanne noch in der Hand, und habe angefangen zu weinen. Genau wie jetzt.«

»Kann ich verstehen.«

Ausgerechnet Evander brach das Schweigen. Anscheinend überraschte es ihn selbst am meisten, denn er preßte die Lippen fest zusammen und konzentrierte sich darauf, Gräten in seinem Schellfisch zu orten. Vielleicht hatten die wenigen freundlichen Worte sie etwas getröstet, jedenfalls klang Iolanthes Stimme ein winziges bißchen sicherer, als sie weitersprach.

»Ich weiß nicht, wie lange ich so dagelegen habe. Ich kann mich nur noch daran erinnern, daß Jasper Flodge seinen Kopf zur Tür hereinsteckte und fragte, ob jemand zuhause wäre. Ich wollte nicht, daß er mich so sieht, daher bin ich aufgestanden und habe mich zusammengerissen, so gut ich konnte, und ihm gesagt, er solle hereinkommen. Die ganze Zeit mußte ich immer nur an die arme kleine Muriel Flodge denken, ich glaube, das erste, was ich gesagt habe, war ›Ist sie Ihre Schwester?‹«

Jasper wußte sofort, was ich meinte. Er hat mir erzählt, Muriel sei nur eine entfernte Cousine, die er nicht sonderlich gut kenne, deshalb hätte er auch nicht daran gedacht, sie rechtzeitig vor Fred Wye zu warnen. Du kannst dir vorstellen, wie ich mich gefühlt habe, als er das sagte. Er hat mir den Brief gezeigt, den sie ihm geschrieben hatte, und mir gestanden, er hätte geweint, als er ihn gelesen habe.«

»Ich bin zutiefst gerührt.«

So leicht gab Fred sich nicht geschlagen. Iolanthe wäre sicher lieber bei den Enderbles gewesen und hätte die Windeln des alten Kaninchens gewechselt. Peter wäre am liebsten selbst dort gewesen, denn er hatte nicht damit gerechnet, beim Abendessen schon wieder eine Seifenoper erleben zu müssen. Leider fiel ihm auf die Schnelle keine plausible Ausrede ein, um den Tisch zu verlassen und dem Theater zu entgehen. Es war zu spät, um jetzt noch einzugreifen, er konnte höchstens noch so tun, als gehöre er nicht dazu, und seinen Teller leer essen, obwohl es ihm reichlich schwer fiel, keinen Kommentar zu dem Brief abzugeben, den Flodge angeblich von seiner sogenannten Cousine bekommen hatte.

Fred war nahe daran zu platzen. »Was zum Teufel hat der Kerl bloß damit bezweckt?«

Iolanthe hatte immer noch genug Energie, um zu kontern. »Jedenfalls hat er mich nicht angebrüllt, und du solltest das auch nicht. Jasper hat ungefähr dasselbe gesagt wie Vater, nur netter und ohne die ganze Beterei. Er meinte, je eher ich ginge, desto besser, und bot an, mir zu helfen. Ich habe vergessen, was er sonst noch gesagt hat, aber ich wußte, daß ich fort mußte, denn es war nicht mehr mein Haus. Er schlug vor, ich solle nach oben gehen und packen, er würde mich dann nach Portland bringen. Dort wüßte er eine kleine Pension, in der ich bleiben könne. Ich bräuchte ihm nur das Sparbuch zu geben und ein Dokument zu unterschreiben, dann würde er als Verwalter eingesetzt und könne alles für mich regeln. Also habe ich ihm die Unterlagen vom Sparkonto gegeben, das auf uns beide lief –«

»Um Gottes willen! Was Besseres ist dir nicht eingefallen?«

»Was sollte ich denn machen? Ich habe noch nie im Leben eigenes Geld besessen, bloß das, was du mir immer als Haushaltsgeld gegeben hast. Vater hat immer gesagt, Frauen seien Männern völlig unterlegen und wir sollten uns ihrer größeren Klugheit unterordnen. Und nachdem wir geheiratet hatten, hast du alles in die Hand genommen, Fred, das weißt du selbst am besten. Jasper sagte, da mein Name in dem Sparbuch stünde, sei es völlig in Ordnung, wenn ich Geld von dem Konto nehmen würde. Ich wollte zuerst nicht, aber Jasper hat mir klar gemacht, daß ich schließlich von irgend etwas leben müsse. Ich wußte nicht mal, wie man Geld abhebt, also hat er das für mich erledigt. Auf der Fahrt nach Portland haben wir angehalten, und er ist in eine Bank gegangen und hat ein paar Blankoschecks geholt. Er hat mich gefragt, ob ich etwas essen wolle, aber ich wollte nicht, also sind wir weitergefahren, bis wir schließlich an einem großen alten Haus angekommen sind. Jasper ist hineingegangen und mit einer Frau herausgekommen. Und dann hat er meinen Koffer nach oben getragen und mir gezeigt, wie man den Scheck für die Miete schreibt, und gesagt, wir bräuchten jetzt noch mehr Geld, ich sollte noch einen Scheck ausfüllen und zur Bank zu bringen. Dann ist er gegangen. Er sagte, er würde in einer Woche wiederkommen, um nach mir zu sehen, aber er ist nie wiedergekommen.«

»Und was hast du gemacht?«

»Die erste Zeit habe ich nur in meinem Zimmer gesessen und geweint. Es war furchtbar, Fred. Ich wollte dir schreiben, dich anrufen, nicht um mit dir zu reden, ich wollte nur deine Stimme hören und wissen, wo du warst. Aber ich wußte, daß ich auf keinen Fall schwach werden durfte, weil ich sonst auf der Stelle zu dir zurückgekehrt wäre und auf ewig der Hölle anheimgefallen wäre. Wenn es ganz schlimm war, bin ich einfach nach draußen gegangen und so lange herumgelaufen, bis ich so müde war, daß ich nicht mehr denken konnte.«

»Hast du denn gegessen?«

»Das weiß ich nicht mehr, Fred. Wahrscheinlich habe ich das, manchmal jedenfalls, sonst wäre ich sicher verhungert. Ich kann mich erinnern, daß ich versucht habe, mich zum Schlucken zu zwingen und immer diesen dicken Kloß in der Brust gespürt habe. Ich glaube, ich bin erst richtig aufgewacht, als es Zeit war, einen neuen Scheck auszufüllen, um die Miete für mein Zimmer zu bezahlen, und die Bank mir mitteilte, das Konto sei leer. Zuerst habe ich gedacht, ich sei verrückt geworden, aber dann habe ich begriffen, daß die Frau von der Staatsanwaltschaft es abgehoben hat, um den armen Mädchen zu helfen. Ich wußte, daß sie es dringender nötig hatten als ich – wenigstens dachte ich das damals – aber es brachte mich in eine schreckliche Lage. Ich mußte meinen Verlobungsring verkaufen, sonst hätte die Vermieterin mich rausgeworfen.«

»Wie meinst du das, deinen Verlobungsring? Meine Güte, Iolanthe, du hast doch genug Schmuck mitgenommen, als du abgehauen bist. Wo ist denn das ganze Zeug hin?«

»Ich habe überhaupt nichts mitgenommen! Ich mag vielleicht dumm sein, aber eine Diebin bin ich bestimmt nicht! Außer meinem Verlobungsring und meinem Trauring hatte ich nichts dabei. Es ist alles oben in meiner Kommode, in der linken

Schublade, wo es immer war. Ich habe nur ein paar Kleidungsstücke mitgenommen. Das war für mich kein Diebstahl, und ich mußte schließlich was anzuziehen haben. Mein ganzer Lebensinhalt warst du, und als Jasper sagte, ich soll gehen –«

»Verdammt noch mal, verstehst du denn nicht, Iolanthe«, Fred kämpfte immer noch um Fassung. »Das bedeutet, daß Jasper in unser Haus eingebrochen ist und unseren Schmuck und unser ganzes Geld gestohlen hat!«

Kapitel 11

Dann muß Jasper den Schmuck wohl gestohlen haben, wenn du ihn nicht gefunden hast. Ich erinnere mich noch daran, daß er meinen Türschlüssel an sich genommen hat, als er meine Koffer holen kam. Für mich sah es aus, als habe er ihn weggeworfen, aber vielleicht hat er auch nur so getan als ob. Als der Mietscheck zurückkam, habe ich ihm geschrieben, aber als Antwort nur einen Brief von jemandem bekommen, dessen Name mir völlig unbekannt war. Darin stand, Mr. Flodge sei auf Geschäftsreise und man könne nicht sagen, wann er zurückkomme. Das war das letzte, was ich von Jasper gehört habe, bis ich diese Woche die *Country Record* aufschlug und die Todesanzeige sah. Ich habe sie vor etwa einem Jahr abonniert, weil ich so schreckliches Heimweh hatte. Eigentlich war die Beerdigung nur ein Vorwand, um zurückzukommen, in Wirklichkeit wollte ich dich sehen. Ich dachte, ich hätte mich inzwischen mit allem abgefunden und wäre abgeklärt genug, um mich nicht lächerlich zu machen.«

Iolanthe griff wieder nach ihrer Serviette und betupfte ihr Gesicht. »Als ich damals feststellen mußte, daß ich völlig mittellos war und keinerlei Rücklagen hatte, wußte ich, daß ich etwas unternehmen mußte, und das hat mich schließlich aus meiner Lethargie gerissen. Da ich keine Ausbildung habe, mußte ich wohl oder übel alles annehmen, was sich mir bot. Zuerst habe ich Doughnuts verkauft, dann habe ich in einem Supermarkt die Regale aufgefüllt, aber das hat mir finanziell so wenig gebracht, daß ich davon kaum leben konnte.«

»Verdammter Mist!« Der Kampf zwischen Wut und Mitleid war fast entschieden. »Wenn ich gewußt hätte, daß es dir so mies ging –«

»Aber ich habe es geschafft. Und wenigstens habe ich auf diese Weise viel gelernt. Irgendwann ist mir eingefallen, daß eine Cousine meiner Mutter in Balaclava County lebt. Sie hat Vater immer gehaßt, daher dachte ich, vielleicht hilft sie mir. Ich bin im Bus hingefahren, und sie hat mir einen Job in einer Süßwarenfabrik besorgt. Die Arbeit war schrecklich monoton, und mein Rücken hat von der Fließbandarbeit die ganze Zeit so weh getan, daß ich schließlich kündigen mußte. Also bin ich wieder auf Hausarbeit umgestiegen und habe seitdem davon gelebt. Ich arbeite sehr gern bei den Enderbles, die beiden sind unheimlich nett, und die Tiere sind süß, selbst wenn sie ständig Dreck machen. Aber wenn ich an unser wunderschönes Zuhause denke, oh Fred, du hast mir ja so gefehlt! Und die ganze Zeit bin ich mir wie ein furchtbare Sünderin vorgekommen, nur weil ich so viel an dich gedacht habe.«

»Warum zum Teufel hättest du denn nicht an mich denken dürfen? Du bist schließlich meine Frau, Iolanthe! Dieser gottverdammte verlogene Schweinehund! Er hat uns drei Jahre lang die Hölle auf Erden beschert, nur um sich zu bereichern. Wenn Jasper Flodge nicht schon tot wäre, würde ich ihn auf der Stelle umbringen. Am besten ißt du jetzt was Richtiges. Soll Elva deine Fischsuppe noch mal aufwärmen? Oder möchtest du lieber ein Stück Pie? Du hast doch Elvas Pie immer so gern gegessen.«

»Oh Fred!«

Eigentlich hätte der Held jetzt die Heldin an seine starke Brust drücken müssen. Fred machte tatsächlich Anstalten, genau dies zu tun, obwohl die Blicke aller Anwesenden auf ihn gerichtet waren, doch dann erstarrte Iolanthe plötzlich zur Salzsäule.

»Fred, guck mal da hinten!« flüsterte sie. »Da ist die Frau!«

»Welche Frau?«

Die Frage erübrigte sich. Lucivee Flodge hatte ihren Haarreif abgelegt und versuchte gerade, still und heimlich das Lokal zu verlassen, was wohl das Dümmste war, das sie sich bisher geleistet hatte.

»Meinst du damit, daß sie die Frau ist, die behauptet hat, für die Staatsanwaltschaft zu arbeiten? Iolanthe, bist du dir ganz sicher?«

»Absolut sicher. Meinst du, ich könnte dieses Gesicht je vergessen? Sie hat die ganze Zeit dagestanden, mich angestarrt und angegrinst und genickt, während Vater sich über deine Greueltaten und die drohende Verdammnis ausgelassen hat. Wer ist sie, Fred?«

»Angeblich heißt sie Lucivee Flodge und behauptet, Jaspers Frau zu sein. Verdammt noch mal! Ich kann es nicht glauben! Neun kleine Mädchen soll ich geschwängert haben? Von allen verfluchten Lügen, die mir je im Leben zu Ohren gekommen sind, ist das wohl die – laß mich los, Iolanthe, ich habe mit diesem verfluchten Miststück ein Hühnchen zu rupfen!«

»Bitte, Fred, nicht hier. Sonst wirst du am Ende noch verhaftet.«

Peter konnte nicht länger an sich halten. »Eh – nicht daß ich mich einmischen wollte, es geht mich schließlich nichts an, aber ich an Ihrer Stelle würde dieser Frau nicht allein gegenübertreten. Sie ist so gerissen, daß Sie bestimmt den kürzeren ziehen würden. Sie würde Ihnen wahrscheinlich unter irgendeinem Vorwand einen Prozeß anhängen, schlimmstenfalls könnten Sie sogar im Gefängnis landen. Ich halte es für das Beste, wenn Sie sich so schnell wie möglich einen guten Anwalt nähmen.«

»Oh ja, tu das bitte, Fred«, bettelte Iolanthe. »Ich könnte es nicht ertragen, wenn du ihretwegen noch mehr Probleme bekämest.«

Fred dachte einen Moment nach und zuckte dann mit den Achseln. »Okay, Schatz, wenn du es möchtest. Dann sollten wir auf dem Nachhauseweg noch kurz bei Matt Barrett vorbeischauen.«

»Bei der Gelegenheit könnten wir uns auch nach dem Geld erkundigen, das Tante Prunella mir hinterlassen hat und das Vater mir immer noch vorenthält. Das würde uns vielleicht ein bißchen über den Verlust der Sachen hinweghelfen, die Jasper uns gestohlen hat.«

»Das glaube ich auch. So, und jetzt iß deine Suppe auf, und dann machen wir uns auf den Weg. Sky, würde es dir und Evander was ausmachen, wenn wir den Wagen nähmen und schon vorausführen?«

»Ich bringe die beiden später gern nach Hause«, sagte Peter. »Übrigens kommt meine Frau morgen auch, Mrs. Wye. Ich kann sie anrufen und sie bitten, alles, was Sie noch brauchen, von den Enderbles mitzubringen. Wenn es Ihnen recht ist, kann sie auch schon Mrs. Lomax Bescheid sagen, damit sie sich nach jemand anderem umschaut, der sich in Zukunft um den Haushalt kümmern kann.«

»Oh, das wäre wirklich wunderbar.« Iolanthe sah mit einem Schlag zwanzig Jahre jünger aus. Sie hielt sich mit einer Hand an ihrem Ehemann fest und löffelte mit der anderen gehorsam ihre Suppe. »Siehst du, Fred, ich habe alles aufgegessen. Haben wir noch Lebensmittel im Haus oder soll ich Elva bitten, uns Brot und ein paar Eier fürs Frühstück mitzugeben?«

»Genau wie früher? Mein Gott, ist das schön, daß du wieder da bist, Iolanthe. Haben wir noch was zu essen im Haus, Evander?«

»Ein halbes Glas Pulverkaffee und ein paar alte Cracker, aber der Supermarkt ist noch offen. Wenn ihr mir sagt, was wir brauchen, kann ich gleich einkaufen gehen.«

Für Evanders Verhältnisse war dies ein ziemlich langer Monolog. Iolanthe lächelte ihren Schwager an und schüttelte den Kopf.

»Schon in Ordnung, Evander. Ich erledige das, während Fred mit Mr. Barrett redet.«

»Brauchst du Geld?«

»Nein, ich habe gestern meinen Lohn bekommen. Das klingt bestimmt komisch aus meinem Mund. Bitte bleiben Sie doch sitzen, Professor Shandy. Wie wäre es, wenn Sie und Ihre Frau auf ein Täßchen Tee bei uns hereinschauen würden, bevor Sie zurück nach Balaclava fahren? Ist das Haus sehr unordentlich, Fred?«

»Könnte sehr viel schlimmer sein. Wir machen alle sechs Monate gründlich sauber.«

»Na ja, notfalls könnten wir uns auch raus auf die Terrasse setzen, wenn es nicht regnet. Komm, Liebling. Ich möchte endlich nach Hause.«

Hand in Hand in den Sonnenuntergang. Ein richtiges Happy End, genau wie der Cowboy und die schöne Tochter des Ranchers in den Western, die Peter und seine Freunde immer so mitgerissen hatten, wenn sie als Kinder auf den billigen Plätzen im alten Kino gesessen hatten. Er konnte fast noch das Popcorn riechen. Evander und sein Vetter machten übrigens noch keinerlei Anstalten aufzubrechen. Wahrscheinlich wollten sie Fred und Iolanthe genug Zeit geben, nach Hause zu fahren und es sich gemütlich zu machen, wie es sich gehörte.

Während Evander und Sky auf ihren Kaffee warteten, bat Peter Thurzella, ein Stück Pie für ihn zu reservieren, und ging zum Telefon, um seiner Frau die neuesten Folgen der Seifenoper zu erzählen. Er fühlte sich inzwischen pudelwohl in der altmodischen Telefonkabine, führte ein R-Gespräch und plauderte mindestens eine Viertelstunde mit Helen. Dann fiel ihm sein Pie wieder ein und er trug Helen auf, den Enderbles schonend beizubringen, daß sie in ihrem Haushalt mit größeren Veränderungen rechnen müßten. Er hoffte nur, daß Mrs. Lomax ohne allzu große Schwierigkeiten jemanden finden würde, dem es nichts ausmachte, Kaninchenköttel vom Wohnzimmerteppich zu entfernen.

Es war Rhabarber-Pie, typisch für diese Jahreszeit, die Kruste war vielleicht ein wenig dick geraten, aber ansonsten war nichts daran auszusetzen. Auch die Gesellschaft war ganz angenehm, Evander sagte zwar nichts, brütete aber auch nicht düster vor sich hin. Schuyler Tilkey sprach über Kartoffelanbau und einen hypochondrischen Heuwender, den er einst besessen hatte, beides Themen, die Peter brennend interessierten, ganz im Gegensatz zu dem endlosen Monolog, mit dem Withington ihn überschütten würde, wenn er die Gelegenheit hätte.

Als Peter und die anderen schließlich aufbrachen, saß Withington immer noch allein in seiner Ecke. Seit der Szene mit Lucivee Flodge hatte sich keiner zu ihm gesellt, und die Gläser mit Champagner standen immer noch unberührt und hörten allmählich auf zu moussieren, so daß er schließlich Thurzella zu verstehen gab, sie solle sie abräumen. Es schien zwar unhöflich zu sein, einfach wortlos fortzugehen, doch was sollte Peter ihm sagen? So nickte er ihm zum Abschied bloß zu und schloß sich seinen neuen Bekannten an.

Eines der Highlights von Pickwance, die Peter bisher noch nicht entdeckt hatte, war eine kleine, schäbige, aber anscheinend äußerst beliebte Billardkneipe in einer Seitenstraße, die von der Ecke abzweigte, an der sich Micheles Laden befand. Schuyler Tilkey war inzwischen der Gesprächsstoff ausgegangen, und Evander hatte immer noch nichts gesagt, doch es war ein bißchen früh, um Iolanthe und Fred bei ihrer Wiedersehensfeier zu stören. Peter hatte nichts dagegen, mit den beiden Vettern einzukehren und sich die Zeit mit Poolbillard zu verkürzen.

Peter und Tilkey waren ziemlich gut, aber Evander war ein wahrer Zauberkünstler. Er steckte sie beide mühelos in die Tasche und mehrere andere dazu. Als niemand mehr mit ihm spielen wollte, legte er ein bravouröses Solo hin, das alle Anwesenden zutiefst beeindruckte und in ehrfürchtiges Staunen versetzte. Alle drei befanden sich in einer angenehm jovialen Stimmung, als Peter seine beiden Passagiere schließlich vor dem großen gelben Haus auf dem Hügel absetzte, zurück zum Gasthof fuhr und auf Zehenspitzen in sein Zimmer schlich, für den Fall, daß Withington ihm wieder sprungbereit unter der Wolldecke in der Lobby auflauerte.

Doch alles ging glatt. Peter schlief den Schlaf des ehrlich Ermüdeten, und als er wieder wach wurde, war der Morgen so wunderschön, daß es ihn nicht gewundert hätte, wenn Aurora persönlich vorbeigeflogen wäre. Thurzellas ebenso hübsche Cousine half heute wieder aus, beide Mädchen trugen rosa Steghosen und Tops mit Rosenmuster, selbst Aurora hätte keine bessere Gewandung wählen können. Sie empfahlen ihren Gästen Waffeln mit Ahornsirup. Wie hätte Peter Shandy diesem verlokkenden Angebot widerstehen können?

Die Waffeln waren knusprig, der Schinken war noch knuspriger, der Orangensaft gut gekühlt, der Kaffee gerade heiß genug. Sicher hatte sich die Lerche bereits in die Lüfte erhoben, und die Hügel waren taubenetzt. Er mußte unbedingt daran denken, nach Lerche und Tau Ausschau zu halten, doch das hatte noch Zeit. Peter genoß jeden Bissen seines Frühstücks, nahm dankend an, als man ihm frischen Kaffee anbot, lehnte jedoch die dritte Waffel bedauernd ab, weil seine Hose sich bereits unangenehm um seine Taille zu spannen begann. Er mußte unbedingt nach draußen und einen Spaziergang von ein oder zwei Meilen machen, bevor er sich auf die Fahrt nach Sasquamahoc machte.

Aber was würde passieren, wenn Helen und Catriona bereits ganz früh eintrafen und er nicht da war, um sie zu begrüßen? Vielleicht sollte er doch zuerst nach Sasquamahoc fahren und seinen kleinen Verdauungsspaziergang dort machen. Mit dem Gefühl, kompetent, entscheidungsfreudig und aus dem Schneider zu sein, wischte sich Peter den Sirup von den Lippen, bezahlte und bat Thurzella, ihrer Großmutter einen guten Morgen von ihm zu wünschen, da sie zweifellos zu sehr mit ihren kulinarischen Geheimnissen beschäftigt war, um mit den Gästen zu plaudern.

Peter fühlte sich gestärkt und für alles gewappnet, was das Schicksal für ihn bereit hielt, wobei es sich durchaus wieder um Tacos mit Muschelfüllung handeln konnte, natürlich nur, wenn Helen die kaum merkliche Rundung über seinem Gürtel nicht bemerkte. Vielleicht konnte er auch unterwegs irgendwo anhalten und sich einen etwas weiteren Gürtel kaufen, mutmaßte er, doch dieser Trick schien ihm dann doch reichlich unmännlich, außerdem würde sich Helen davon ohnehin nicht täuschen lassen.

Und wenn schon! Elva Brights Kochkünste hatten sicher während der langen Trennung auch bei Fred Wye ihre Spuren hinterlassen, trotzdem schien Iolanthe nicht das geringste bemerkt zu haben und hatte sich mit keinem Wort beklagt. Für sie war ihr Mann einfach ihr Mann und damit basta. Man konnte nur hoffen, daß Helen Marsh Shandy ebenso empfand, wenn sie erfuhr, wieviel Geld ihr Gatte für ein Stück bemalte Leinwand auszugeben bereit war, bloß weil er es unbedingt haben wollte, auch wenn er den Grund selbst nicht wußte. Was das Bild betraf, befand er sich in einer ähnlichen Lage wie Parzival (oder war es Galahad?) auf der Suche nach dem Heiligen Gral, er hatte eine Vision, die ihn und sein Scheckheft magisch nach Rondel's Head zog. Peter wünschte sich, es wäre schon halb vier und er und Helen wären dabei, den beschwerlichen Weg zu Miss Rondels verzaubertem Eßzimmer hochzusteigen.

Sie hatten gestern abend verabredet, daß er Schuyler Tilkey auf dem Rückweg nach Sasquamahoc mitnehmen würde. Falls Tilkey nicht um acht Uhr im Gasthof auftauchte, würde er wohl bei den Wyes frühstücken, um Iolanthes Gefühle nicht zu verletzen, und dort warten, bis Peter ihn irgendwann im Laufe des Morgens abholte. Es schien ihm noch etwas früh, um die Familienidylle zu stören. Im Grunde hatte er viel mehr Lust, einen kleinen Abstecher nach Rondel's Head zu machen, aber Miss Rondel hätte dies vielleicht weniger gut gefunden und möglicherweise sogar die Verhandlungen mit ihm abgebrochen. Er beschloß, die wenigen Seitenstraßen des Ortes ein wenig näher zu erkunden und endete schließlich rein zufällig genau vor dem Haus der Wyes.

Heute sah das große alte Haus schon bedeutend weniger verloren aus. Die Fenster waren geöffnet, die große Eingangstür stand einladend offen, über dem Verandageländer hingen Teppiche zum Auslüften, auf der Fensterbank stand ein Steinkrug mit Feldblumen. Evander war draußen und jätete das Unkraut auf einigen Staudenbeeten, auf denen die Zierpflanzen nur mit Glück überlebt hatten. Peter hätte am liebsten Nachbarschaftshilfe geleistet und sich am Unkrautjäten beteiligt, doch die Leute im Inneren des Hauses hatten ihn anscheinend schon gehört und eilten nach draußen, um ihn zu begrüßen.

Schuyler Tilkey trug wieder seine Reisekleidung, die alte Jeans und Flanellhemd, und hatte sich den Beerdigungsanzug in seiner Plastikhülle über den Arm gehängt. Fred trug Skys Reisetasche und einen alten Apfelausstecher aus Gußeisen, der anscheinend als Geschenk für Mrs. Tilkey gedacht war. Iolanthe erkundigte sich, ob Professor Shandy Lust auf eine Tasse Kaffee hätte, bevor er sich auf den Weg machte. Peter bedankte sich für die nette Einladung, sagte, er habe bereits viel zu viel Kaffee getrunken und müsse unbedingt schleunigst los, da Helen und Catriona geplant hätten, bei Sonnenaufgang aufzubrechen, was ihnen zwar höchstwahrscheinlich nicht gelungen war, aber man konnte schließlich nie wissen.

Dann überbrachte er diverse Nachrichten von den Enderbles und Mrs. Lomax, die allesamt völlig entgeistert gewesen waren, sich jedoch sehr gefreut hatten, daß Mrs. Howard auf so romantische Art und Weise zu Mrs. Wye mutiert war. Sie hofften, daß sie ihre Freunde in Balaclava Junction trotzdem nicht vergessen werde, man Mr. Wye möglichst bald kennenlernen dürfe und daß Mrs. Wye sich keine Sorgen um die Tiere mache, denn die Nichte von Mrs. Lomaxs verstorbenem Gatten studiere Tiermedizin und müsse sich unbedingt noch in diesem Sommer ihr Studiengeld verdienen. Sie sei gern bereit, Hausarbeiten zu verrichten und kein bißchen abgeschreckt von den Problemen, die ein betagtes inkontinentes Kaninchen mit sich bringe.

Mary Enderble hatte ein paar von Mrs. Wyes Sachen gepackt und Mrs. Shandy mitgegeben. Der Rest komme nach, sobald Mary ihn ordentlich verstaut habe, was sehr bald sei, denn ihrem Handgelenk gehe es dank Mrs. Wyes Hilfe schon sehr viel besser. So verging dann doch eine halbe Stunde, bevor sich Peter nebst Fahrgast und Apfelentkerner endlich auf den Weg machen konnte. Selbst Evander machte eine Bewegung, die man als Abschiedswinken hätte auslegen können. Zumindest entschied sich Peter zum Schluß für diese Interpretation und verwarf die Hypothese, daß Evander vielmehr versucht habe auszuholen, um ihm einen Felsbrocken in die Windschutzscheibe zu schmettern.

Die Fahrt verlief glücklicherweise völlig reibungslos. Tilkey war an diesem Morgen offenbar wenig gesprächig. Er sagte kaum etwas, das sie nicht bereits am Vorabend besprochen hatten, gab allerdings einige interessante Kraftausdrücke für Iolanthes Vater von sich. Peter konnte ihm nur von Herzen recht geben, auch wenn er den alten Bibelverdreher noch nie getroffen hatte und auch keine Lust dazu verspürte.

Doch Tilkey hatte auch eine gute Nachricht. Er informierte Peter, daß er kurz vor ihrer Abfahrt zu Hause angerufen und erfahren habe, daß der Schrotthaufen, den sein Sohn unverständlicherweise als Auto bezeichnete, durch irgendein Wunder wieder fahrtüchtig sei und in der Werkstatt, in die sein Vetter ihn mit dem Abschleppwagen verfrachtet hatte, darauf warte, abgeholt und bezahlt zu werden. Diese Nachricht war in der Tat höchst erfreulich, bedeutete sie doch, daß ihn Peter nur irgendwo auf demselben Highway abzuliefern hatte, auf dem er Tilkey ursprünglich aufgelesen hatte, und ihm nur eine gute Reise zu wünschen brauchte, statt ihn zu irgendeiner gottverlassenen abgelegenen Farm zu fahren und ein oder zwei Stunden damit zu verschwenden, durch den Irrgarten aus Landstraßen zu mäandern, die angeblich Abkürzungen zum Highway waren, sich jedoch allesamt als Umweg entpuppten.

Es dauerte nicht lange, bis sie die Werkstatt erreicht und sich auf typisch neuenglische Weise voneinander verabschiedet hatten. Sky Tilkey griff nach Reisetasche und Begräbnisanzug und sagte: »Vielen Dank, daß Sie mich mitgenommen haben.« Peter gab ihm den Apfelentkerner, den Sky im Wagen vergessen hatte, und sagte: »Keine Ursache«, woraufhin sie sich als gute Freunde trennten.

Während der Ex-Fahrgast mutig vorwärtsschritt und sich für die Rechnung des Automechanikers wappnete, ließ Peter den Wagen wieder an und fuhr Richtung Highway. Da er keinen Beifahrer mehr hatte, dem das Herz vor Angst in die Hose fallen konnte, drückte er ordentlich auf die Tube, denn er befürchtete, daß Helen und ihre Freundin tatsächlich noch vor Sonnenaufgang aufgestanden waren. Vielleicht saßen sie ja schon in Catrionas zweihundert Jahre alter Küche, aßen Krapfen und fragten sich, wo in Dreiteufelsnamen er bloß blieb.

Kapitel 12

Natürlich war Peter aufgrund seiner sorgenvollen Überlegungen viel zu früh in Sasquamahoc. Guthrie hatte bis Mittag im College zu tun. Da Peter wenig Lust verspürte, in Guthries Seminar zu sitzen und ihn nervös zu machen oder vor Catrionas Haustür zu hocken und Däumchen zu drehen, suchte er nach einer Hacke und begann, Kletten auszumachen. Seine heimliche, wenn auch wahrscheinlich eitle Hoffnung bestand darin, durch die Entfernung der lästigen Pflanzen den beiden Maine-Coon-Katzen einen guten Dienst zu erweisen, so daß ihre buschigen Schwänze und Hosen klettenfrei bleiben würden, wenn der Herbst nahte.

Sobald der erste Frost kam, trockneten die rosagrünen Kügelchen, die im Spätsommer so hübsch aussahen, und nahmen einen häßlichen Braunton an. Die unzähligen kleinen Strahlen erstarrten zu gemeingefährlichen kleinen Angelhaken, die nur darauf warteten, sich in langem, weichem Katzenfell zu verfangen, so daß man ihnen nur noch mit einer Stickschere, begleitet gleichermaßen von Flüchen der Katzen wie der Menschen, zu Leibe rücken konnte.

Vielleicht verknüpften Carlyle und Emerson ebenso wie ihre berühmten Namensgeber Ursache und Wirkung miteinander, vielleicht war es auch purer Zufall, jedenfalls erfreuten sie Peter damit, daß sie ziemlich oft an ihm vorbeistrichen, als wollten sie nachsehen, wie weit er sei. Möglicherweise suchten sie nur Gesellschaft, vielleicht hofften sie aber auch, mit seiner Hilfe ein kleines Lebewesen zu finden, das sie jagen konnten. In diesem Fall verschwendeten sie allerdings ihre Zeit, denn Peter zauberte nur Wurzeln hervor, die steil nach unten wuchsen, als wollten sie irgendwo enden, wo es beträchtlich heißer war als in Sasquamahoc.

Für einen Sonntag war dies eine ziemlich schweißtreibende,

schmutzige Arbeit, und Peter sah alles andere als nett und adrett aus, als Catrionas energiesparende Rumpelkiste in den Hof tukkerte, doch Helen gab ihm trotzdem einen Kuß.

»Was ist los, Liebster? Hast du sonst nichts zum Spielen gefunden? Sei ein braver Junge, bring das Häckchen weg und wasch dir Gesicht und Hände. Wohin wollt ihr zwei Männer uns denn zum Mittagessen entführen? Oder haben wir dazu gar nicht mehr genug Zeit? Wann sollen wir bei Miss Rondel sein?«

»Erst um halb vier. Wir haben also ungefähr eine Stunde, siebenunddreißig Minuten und vierzehn Sekunden Zeit zum Trödeln, es sei denn, der Zeiger der Sonnenuhr dort drüben irrt sich gewaltig.«

»Bist du dir bei den vierzehn Sekunden auch ganz sicher? Wir wollen die alte Dame schließlich nicht warten lassen.«

»Vertrau mir, Geliebte. Wir sollten allerdings Guthrie Bescheid sagen, daß wir unsere Expedition starten. Willst du ihn kurz anrufen, Catriona, während ich mich säubere?«

Catrionas langes kastanienbraunes Haar hatte sich wie so oft gelöst. Sie versuchte verzweifelt, es wieder hochzustecken, und sprach durch einen Walroßbart aus Haarnadeln. »Wie wär's, wenn wir mit Kochtöpfen bewaffnet rüber zum College gingen und ihm etwas vortrommelten? Oder macht man das nur während einer Sonnenfinsternis, um das Riesenwinterlieb davon abzuhalten, die Sonne zu verschlingen?« Sie spuckte die letzte Haarnadel aus und rammte sie in ihren Knoten. »Schon gut, ich ruf ihn an. Hast du die Katzen gefüttert, Peter?«

»Natürlich nicht. Als ich ankam, leckten sie sich schon die Schnurrbarthaare und rülpsten diskret hinter ihren Pfoten. Ich habe daher angenommen, daß entweder Guthrie oder dein Faktotum dies bereits erledigt hätten. Vielleicht sogar beide.«

»Würde mich nicht wundern, die beiden sind unglaublich verfressen. Ihr schrecklichen Biester habt mich bestimmt keine Sekunde vermißt.«

Die Arme voller Katzen, eilte die angebliche Hausherrin zum Telefon. Peter zog sich ins Badezimmer im unteren Stock zurück, in dem es ein wunderbares altes Porzellanwaschbecken gab, das sogar groß genug war, um einer Maine-Coon-Katze darin ein Flohbad zu verpassen, falls es denn jemanden gab, der sich dies zutraute. Er kehrte feucht, aber unverkennbar er selbst, wieder zurück, gerade rechtzeitig, um Guthrie Fingal dabei zu überraschen, wie er Helen umarmte.

»Aha! Es heißt nicht umsonst, daß der Ehemann es immer als letzter erfährt. Planst du etwa, mir meine Frau auszuspannen?«

»Oh, du bist schon hier, Peter? Okay, wenn du darauf bestehst, tu ich dir gern den Gefallen. Wir sollten uns übrigens schnellstens auf den Weg machen. Ich habe schon angerufen und reserviert, Millie hat versprochen, uns einen Felsen freizuhalten.«

»Hervorragende Idee«, sagte Catriona. »Hast du übrigens heute morgen die Katzen gefüttert?«

»Aber selbstverständlich. Ich habe ihnen um halb sieben ihr erstes und um viertel vor zehn ihr zweites Frühstück serviert. Was ist denn los, betteln sie schon wieder?«

»Tun sie, aber diesmal bekommen sie nichts. Seid endlich still, ihr Monster. Wenn ihr schön brav seid, bringt Mami jedem von euch eine leckere Muschel mit. Fertig, Helen?«

»Absolut. In welchem Wagen fahren wir?«

»In unserem«, sagte Peter in einem Ton, der keinerlei Widerspruch duldete.

Weder Guthries heruntergekommene alte Möhre mit Vierradantrieb noch Catrionas kleiner Blechkasten hatten für einen Sohn der Felder, der schon seit Äonen gegen Kletten Krieg führte, auch nur den geringsten Reiz. Peter hegte den leisen Verdacht, daß seine Frau und ihre Freundin ebenso dachten, nachdem sie den ganzen langen Morgen eingeklemmt in Catrionas Winzling verbracht hatten, doch er wußte, daß Helen viel zu höflich und Catriona viel zu stur war, um zuzugeben, wie erschöpft sie waren.

Also kletterten die vier in den bequemen Wagen der Shandys, machten es sich auf den gepolsterten Sitzen bequem, holten sich ihre Muscheltacos, nahmen sie mit auf die Felsen, verzehrten sie und waren glücklich und zufrieden. Bis Peter zufällig auf die Uhr schaute und einen Fluch ausstieß, woraufhin alle zum Auto zurückhasteten. Peter und Helen überließen ihre beiden Passagiere den Krallen von Carlyle und Emerson und fuhren auf dem schnellsten Weg nach Rondel's Head.

Sie kamen fast auf die Sekunde pünktlich an. Frances Rondel hatte wohl schon auf sie gewartet, denn sie kam ihnen auf halbem Weg entgegen, als sie noch den Hügel erklommen, und drückte ihr Bedauern aus, daß Mrs. Shandy nicht schon früher gekommen war, bevor der Regen den letzten Lupinen den Garaus gemacht hatte. Helen fand wie immer die richtigen Worte und wählte genau den richtigen Zeitpunkt, um zum geschäftlichen Teil ihres Besuches überzugehen.

»Es macht Ihnen doch hoffentlich nichts aus, durch die Küche ins Haus zu gehen?«

Die Frage war rein rhetorisch. Miss Rondel wartete die Antwort gar nicht erst ab, sondern führte sie gleich durch den dunklen, engen Flur in die helle Küche. Als Peter den leeren Stuhl sah, auf dem zuvor das Bild gestanden hatte, spürte er einen Moment lang Panik in sich aufsteigen, doch es bestand kein Grund zur Sorge. Sämtliche Bilder befanden sich wohlbehalten im Eßzimmer, und auf dem Kaminsims, direkt neben einem trübseligen Kranz aus Echthaar unter einer Glasglocke, prangte seine große Liebe.

»Oh, Peter!«

Was hätte Helen auch sonst sagen können? Peter griff wortlos nach der Hand seiner Gattin. Dann standen sie beide wie gebannt da, bis Miss Rondel den Zauber brach.

»Wie besprochen habe ich Ihre Nachricht weitergegeben, Professor Shandy. Ich muß allerdings gestehen, daß es nicht leicht war, den Künstler davon zu überzeugen, daß Sie sich ernsthaft für die Bilder interessieren und wirklich eines oder sogar mehrere davon kaufen wollen. Die Summe, die Sie angegeben haben, schien ihm angemessen. Ich hoffe nur, Sie haben Ihre Meinung inzwischen nicht geändert.«

»Oh nein, natürlich nicht! Wo denken Sie hin! Was hältst du für angemessen, Helen?«

Helen schüttelte den Kopf. »Das ist schwer zu sagen. Man könnte genausogut versuchen, ein Preisschild an einen Mondstrahl zu hängen. Weißt du was, Peter, ich schenk dir das Bild. Ich habe immer noch das Geld, das ich für mein Buch über die Wetterfahnen von Praxiteles Lumpkin bekommen habe, und ich kann mir keine bessere Möglichkeit vorstellen, es zu investieren.«

Miss Rondel wirkte mit einem Mal etwas verstört. »Professor, ich hatte Sie so verstanden, daß Sie eintausend Dollar dafür bezahlen wollten.«

»Peter, du Geizhals!« rief Helen.

»Na ja, woher soll ich wissen, was man für ein Bild bezahlt?

Ich habe noch nie zuvor ein Bild gekauft, das Angebot war lediglich als eine Art – eh – Einstieg gemeint. Dasselbe hat Dan Stott für das große Ölgemälde von Balaclava Belinda und ihren neun Ferkeln bezahlt.«

»Liebster, man beurteilt ein Gemälde doch nicht nach der Anzahl der Ferkel, die darauf zu sehen sind. Das Bild, das Dan und Iduna gekauft haben, ist eine naturgetreue, zweifellos hübsche Darstellung einer preisgekrönten Sau und ihrer Sprößlinge und stammt von einem Künstler, der sein Handwerk versteht. Aber das hier sind echte Kunstwerke. Miss Rondel, Peter behauptet, die Bilder seien noch nie öffentlich gezeigt worden. Ist das wirklich wahr?«

»Ja, das stimmt. Dann glauben Sie also im Ernst, daß der Künstler Talent hat?«

»Talent ist wohl kaum das richtige Wort. Würde es Ihnen etwas ausmachen, wenn wir uns die Bilder etwas genauer ansähen?«

»Nein, nehmen Sie sich ruhig soviel Zeit, wie Sie brauchen. Ich bin allerdings beim Brotbacken, und mein Teig geht gerade, wenn Sie mich also bitte entschuldigen würden, ich muß unbedingt wieder in die Küche. Falls Sie Fragen haben, finden Sie mich dort.«

»Ich frage mich, wie viele dieser Kostbarkeiten wir uns leisten können«, bemerkte Helen, als sie wieder mit Peter allein war. »Ich will ja nicht maßlos erscheinen, aber dir ist doch wohl bewußt, daß dies hier die Chance deines Lebens ist?«

»Hmja, der Gedanke ist mir auch schon durch den Kopf gegangen«, gab Peter zu. »Siehst du sonst noch etwas, das dir besonders gut gefällt? Ich hatte mir gedacht, wir könnten die Landschaft, falls es sich denn um eine solche handelt, ins Wohnzimmer hängen. Es sei denn, du siehst etwas, das dir noch mehr zusagt. Weißt du was? Laß uns einfach beide kaufen. Es wäre doch nett, etwas Lebhafteres ins Schlafzimmer zu hängen, oder?«

»Allerdings. Wir könnten auch ein Bild für unser Eßzimmer gebrauchen, und das kleine hier würde sich hervorragend über dem Katzenkorb machen.« Helen lachte herzlich. »Am liebsten würde ich alle nehmen, aber wo sollen wir sie unterbringen? Außerdem wäre es eine Schande, wenn wir sie uns alle wegschnappten, bevor sonst jemand einen Blick darauf werfen kann. Sie müssen unbedingt ausgestellt werden. Peter, es ist nicht fair, daß ein Künstler dieses Kalibers unbekannt bleibt. Hat Miss Rondel denn gar keine Andeutung gemacht, um wen es sich handeln könnte? Meinst du, sie hat sie am Ende sogar selbst gemalt?«

»Daran habe ich zuerst auch gedacht, aber ich kann es mir eigentlich nicht vorstellen. Ich glaube nicht einmal, daß sie sich viel daraus macht. Ich hatte den Eindruck, daß sie für jemanden die gute Fee spielt, der psychisch zu labil ist, um einen Mißerfolg zu ertragen, oder auf andere Weise gefährdet ist.«

»Wie meinst du das?«

»Weiß ich selbst nicht so genau. Ich könnte mir beispielsweise vorstellen, daß unser Genie von lauter Kunstbanausen umgeben ist, denen es Spaß macht, alles, was sie nicht verstehen, zu verspotten, herunterzumachen oder gar zu zerstören.«

»Das klingt durchaus plausibel. Leute, die über Ferkel nicht hinaussehen können. Ihr Pech ist unser Glück. Gibt es sonst noch etwas, ohne das dir dein Leben nicht mehr lebenswert erscheint?«

»Ich durfte als erster wählen, jetzt bist du dran. Wie findest du beispielsweise diese rosa Lupinen?«

»Wunderschön, aber – ich weiß nicht so recht. Ein bißchen fad für meinen Geschmack. Ah, aber da ist ein Bild, mit dem ich gut leben könnte!«

»Was ist es denn? Vielleicht ein Sonnenuntergang?«

»Natürlich nicht, Dummerchen. Es ist eine Henne, die ein Ei legt.«

»Wer hätte das gedacht. Und wo ist das Ei?«

»Selbstverständlich noch in der Henne. Gefällt es dir nicht?«

»Doch, wenn ich es mir recht überlege, gefällt es mir sogar sehr.«

Peter begann allmählich zu begreifen. Das Bild stellte nicht einfach nur eine schlichte Bauernhenne dar, die ihrer Bestimmung folgte, sondern die *Empfindung* einer Henne beim Eierlegen. Jetzt dämmerte ihm auch, warum diese Tiere immer so enorm stolz auf ihre Leistung zu sein schienen. Das Modell war zweifellos eine von Miss Rondels hübschen goldenen Hennen gewesen und nicht etwa eine dieser armseligen Kreaturen, die auf Hühnerfarmen in viel zu engen Käfigen freudlos dahinvegetierten und nichts anderes zu picken hatten als bedauernswerte Artgenossen.

Es war ein fröhliches, triumphales Bild. Es erinnerte Peter an den Farmer, der ein Straußenei in sein Hühnerhaus legte und darunter ein Schild hängte, auf dem stand »Schaut euch das hier an, Mädels, und gebt euer Bestes«. Das Gemälde war eine leuchtende Apotheose des Hennentums. Es zeigte eine Henne, die alles gab.

»Du hast wirklich eine hervorragende Wahl getroffen, Helen«, sagte er. »Die Henne müssen wir auf jeden Fall haben.«

Jetzt hatte also jeder von ihnen ein Bild. Doch dann entdeckte Helen ein Lupinenbild, dem sie einfach nicht widerstehen konnte. »Was hältst du von diesem Bild, Peter? Erinnert dich das nicht an Thorkjeld Svenson?«

»Wollen wir denn überhaupt etwas, das uns an Thorkjeld Svenson erinnert?« Peter schaute es sich noch einmal genau an. »Ehrlich gesagt hatte ich schon bei meinem letzten Besuch beschlossen, daß dieses Bild auf meiner Wunschliste an zweiter Stelle steht. Aber ich bin strikt dagegen, es über unser Bett zu hängen.«

»Keine Sorge. Ich dachte eher an unser Eßzimmer.«

»Ganz wie du meinst.« Peter war bereits zu seinem neuesten Liebling weitergegangen, dem größten Bild von allen. »Das hier ist Oliver Wendell Holmes Beschreibung eines Turnerbildes, Helen. ›Im Vordergrund güldner Staub, das Sonnenlicht gelb wie Laub‹. Am liebsten würde ich auf der Stelle hineinsteigen und Heu machen.«

»Kann ich gut verstehen, Liebster, es ist wirklich ein wunderschönes Bild. Aber vergiß bitte nicht, daß es viel zu groß für unser kleines Haus ist. Wo sollten wir es hinhängen?«

»Wer spricht denn von unserem Haus? Ich könnte mir durchaus vorstellen, es dem College zu stiften.«

»Oh. Das ist natürlich etwas anderes. Man könnte es in der Bibliothek über dem Kamin aufhängen, wo im Moment noch das fürchterliche Porträt von Präsident Simms prangt, das irgendein umherziehender Schildermaler um 1927 verbrochen hat.«

»Als Alternative würde sich anbieten, es in meinen Seminarraum zu hängen, damit ich mir nicht immer nur die Mandeln meiner Studenten anschauen muß. Die Morgenseminare tendieren gelegentlich dazu, ein klein wenig unästhetisch zu sein, wenn das ganze verdammte Pack schlaftrunken hereinwankt und sich in trauter Eintracht die Seele aus dem Leib gähnt.

Meinst du, fünftausend Dollar wären zu plebejisch für ein Bild dieser Größe?«

»Ich würde es eher als aristokratisch bezeichnen. Mal sehen, was Miss Rondel sagt, wenn sie mit Brotkneten fertig ist.«

Man hätte fast meinen können, Miss Rondel habe gelauscht, denn wie auf Knopfdruck erschien sie plötzlich an der Tür. »Haben Sie noch Fragen?«

»Ja«, sagte Peter. »Wir hätten gern gewußt, ob Sie fünftausend Dollar für dieses große Gemälde mit dem Heufeld für einen angemessenen Preis halten.«

»Ob ich – Professor Shandy, ist das Ihr Ernst?«

»Selbstverständlich. Wir würden es gern dem Balaclava Agricultural College stiften, an dem wir beide tätig sind. Meine Frau ist die Kuratorin der Sammlung Buggins.«

»Ja, das weiß ich. Ich besitze Ihre Geschichte der Familie Buggins, Mrs. Shandy, und auch Ihr wunderbares kleines Buch über Praxiteles Lumpkin, meine Bekannte Catriona McBogle hat mich darauf aufmerksam gemacht. Ich nehme an, Sie wissen, was Sie tun, aber ich muß schon sagen, daß mir fünftausend Dollar reichlich großzügig erscheinen für ein Stück bemalte Leinwand, das nicht einmal groß genug ist, um eine Heumiete abzudecken.«

»Machen Sie sich keine Sorgen«, sagte Helen. »Ich kann Ihnen versichern, daß es ein echter Schnäppchenpreis ist. Ich würde mir nur wünschen, daß Sie Ihren Bekannten oder Ihre Bekannte überreden könnten, die Werke zu signieren. Die Leute möchten immer gern wissen, wie ein Künstler heißt, und Sie können sich vorstellen, wie peinlich es für eine Bibliothekarin ist, sagen zu müssen, daß sie es selbst nicht weiß.«

Das sah sogar Miss Rondel ein. »Ach herrje, daran habe ich noch gar nicht gedacht. Aber hat dieser Mr. Whistler aus Lowell, Massachusetts, seine Gemälde nicht immer mit einem Schmetterling signiert? Vielleicht könnte man in diesem Fall ebenfalls ein Symbol benutzen?«

»Warum nicht?« meinte Peter. »Vielleicht einen Kartoffelkäfer? Oder eine Venusmuschel, die den Kopf aus der Schale steckt?«

Helen bedachte ihn mit einem vielsagenden Blick. »Ignorieren Sie meinen Mann einfach, Miss Rondel. Sie würden ihn sonst nur ermutigen weiterzumachen.«

»Was Insekten betrifft, finde ich persönlich Kartoffelkäfer ganz hübsch«, erwiderte Miss Rondel, ohne eine Miene zu verziehen. »Venusmuscheln sind allerdings weniger mein Fall. Ich bin gern bereit, dem Künstler Ihren Vorschlag mit dem Kartoffelkäfer zu unterbreiten, falls Sie dies wünschen. Ich denke nicht, daß es viel Mühe macht, sie im Nachhinein hinzuzufügen. Allerdings müßten Sie dann noch einmal wiederkommen und die Bilder abholen, wenn sie fertig sind. Ich habe keine Ahnung, wie lange ein Kartoffelkäfer zum Trocknen braucht.«

»Ich gehe nicht davon aus, daß er sehr lange braucht, Miss Rondel. Uns genügt schon ein ganz kleines Exemplar. Falls der Künstler ein anderes Symbol bevorzugt oder vielleicht lieber seine Initialen benutzen möchte, ist uns das ebenfalls recht. Was würden Sie davon halten, wenn wir Sie morgen früh vom Gasthof aus anrufen und herausfinden, wann es Ihnen am besten paßt?«

»Einverstanden. Ich werde auf jeden Fall da sein, ich bin in letzter Zeit meistens zu Hause. Haben Sie inzwischen entschieden, welche Bilder Sie kaufen möchten?«

»Ja, das haben wir.« Peter griff nach seinem Scheckbuch. »Eh – auf wen soll ich den Scheck ausstellen?«

»Meine Güte, schon wieder ein Problem. Kann ich Ihnen das ebenfalls morgen sagen?«

»Selbstverständlich. Hier, ich schreibe kurz die Beschreibung der Bilder auf, die wir ausgewählt haben, und die Summe, die wir zu zahlen bereit sind, damit es nicht zu Mißverständnissen kommt.«

»Sehr aufmerksam von Ihnen, Professor. Ich scheine keine sehr gute Geschäftsfrau zu sein. Darf ich Ihnen ein Glas Wasser anbieten?«

»Eine wunderbare Idee. Wir würden uns sehr freuen.«

Peter wußte, daß Helen sich fragte, warum er wegen eines simplen Glases Wasser so viele Worte verlor. Sie wunderte sich noch mehr, als Miss Rondel mit dem Krug, den Peter ihr geschenkt hatte, das Haus verließ, nachdem sich ihre beiden Gäste an den Küchentisch gesetzt hatten.

»Wo geht sie hin?« murmelte Helen. »Hat sie keinen Wasseranschluß im Haus?«

»Wenn ich mir die Messingarmaturen über dem Waschbekken ansehe, denke ich mir, daß sie durchaus einen Wasseranschluß hat. Aber ihr Trinkwasser holt sie sich trotzdem lieber irgendwo da draußen von ihrer Quelle, die sie vor der übrigen Welt versteckt hält. Ich habe schon davon getrunken, es schmeckt erstaunlich gut.«

»Interessant. Vermutlich hält sie den Ort geheim, damit die Leute nicht herkommen, alles niedertrampeln und zur Plage werden.«

»Hmja, aber ich glaube, daß sie mit der Quelle nebenbei auch ein bißchen Geld verdient. An dem Tag, als ich den Lupinensamen gesammelt habe, hat mir die Gastwirtin zwei Krüge zum Füllen mitgegeben. Dazu einen Umschlag, den ich diskret hier auf dem Küchentisch deponieren sollte. Bei der Gelegenheit habe ich ja mein Bild erst entdeckt. Es stand auf dem Stuhl, auf dem du gerade sitzt. Als Miss Rondel sah, daß ich mich ernsthaft dafür interessierte, hat sie mich gefragt, ob ich noch andere sehen wollte. Und auf diese Art und Weise, meine Liebste, wird Geschichte gemacht.«

»Würde mich nicht wundern, wenn du recht hättest«, gab Helen zu. »Verflixt noch mal, ich wollte, sie würde uns den Namen des Künstlers verraten. Ich würde liebend gern eine Monographie über die Bilder schreiben, jetzt, wo sich das Buch über die Wetterfahnen so gut verkauft, aber wie kann ich das, wenn ich nicht mal seinen Namen weiß? Oder ihren Namen, es könnte ja auch genausogut eine Frau sein. ›Der Kartoffelkäfermaler‹ klingt übrigens gar nicht mal so übel. Jede Wette, daß Catriona einen Krimi daraus machen würde, meinst du nicht? Am besten sagen wir weder ihr noch Guthrie etwas davon und bringen die Bilder erst heil nach Hause. Ist dir eigentlich bewußt, daß du jetzt etwas angefangen hast, was nicht mehr zu stoppen ist, Liebling?«

»Ich würde eher sagen, der Kartoffelkäfer hat etwas angefangen. Ah, da kommt Miss Rondel ja schon. Mach ein möglichst durstiges Gesicht.«

Kapitel 13

Der neue Krug schien Miss Rondel zu gefallen, denn sie lächelte, als sie ihn auf den Tisch stellte. »Wie Sie sehen, kann ich Ihr Geschenk gut gebrauchen, Professor Shandy. Ich dachte, ich würde den alten vermissen, er stammte noch von meiner Urgroßmutter, aber vielleicht war es Zeit für etwas Neues.«

Wenn Frances Rondel wirklich so alt war wie Elva Brights Großmutter, dann hatte ihre Familie aus diesem Krug wirklich alles herausgeholt, was es herauszuholen gab, dachte Peter. Er beobachtete interessiert die kleine Zeremonie, die Miss Rondel um das Wassereinschenken veranstaltete. Nachdem sie den Krug genau auf die Mitte des Tisches gestellt hatte, ging sie in ihre Speisekammer und holte drei schwere alte Glaskelche, außerdem drei abgenutzte, aber perfekt gebügelte Servietten und drei kleine Porzellantellerchen mit einem Goldrand, der im Laufe der Zeit beinahe völlig verblaßt war. Sie plazierte die drei Kelche in einer Reihe vor dem Krug, stellte vor ihre Gäste und sich selbst einen Teller mit einer Serviette auf den Tisch, ging zurück zur Speisekammer, holte einen weiteren Porzellanteller mit vier riesigen Plätzchen und bot das Gebäck zuerst Helen und dann Peter an. Schließlich schenkte sie Wasser ein und reichte ihnen die Kelche.

Peter fragte sich, ob Miss Rondel ein Tischgebet zu sprechen oder ein geheimnisvolles Ritual durchzuführen gedachte, doch sie sagte nur: »Die Plätzchen habe ich heute morgen gemacht. Hoffentlich mögen Sie Ingwer und Melasse. Und jetzt schildern Sie mir bitte, was sich im Gasthof zugetragen hat, Professor Shandy. Ich weiß bisher nur, daß Jasper Flodge an einer Blausäurevergiftung gestorben und mit dem Gesicht in Elva Brights Hühnerfrikassee gefallen ist. Und daß er tatsächlich mit dieser Frau verheiratet war, die sich immer so wichtig macht. Sie werden mich wahrscheinlich für eine schreckliche alte Klatschbase halten, aber man weiß halt gern, was in seiner Heimatstadt vor sich geht, und Sie scheinen mir der einzige objektive Beobachter hier zu sein.«

Wie konnte er ihre Bitte ablehnen? Peter trank einen Schluck Wasser und suchte nach Worten. »Das Gasthaus war in der Tat der – eh – Brennpunkt des Geschehens, und da ich dort Gast bin, war ich notgedrungen irgendwie mit in die Sache verwikkelt. In einen Großteil davon, jedenfalls.«

»Das Tohuwabohu begann ungefähr um die Zeit, als Sie dort eintrafen, nicht wahr?« soufflierte Miss Rondel.

»So scheint es jedenfalls. Wie Sie sich zweifellos erinnern, habe ich Sie am vorigen Montag besucht und Sie gebeten, mir ein paar Bodenproben und Ihren Lupinensamen zu überlassen, was Sie mir netterweise gestatteten. Nach meinem Besuch hier – Grundgütiger, ist das alles wirklich erst vier Tage her? – bin ich auf direktem Wege zum Gasthof gefahren. Zu diesem Zeitpunkt war es bereits später, als ich dachte. Im Speisesaal war nur noch eine Person, ein gewisser Claridge Withington.«

»Ja, ich kenne Claridge. Er ist seit Jahren Stammgast im Bright's Inn.«

»Das hat er mir auch erzählt. Jedenfalls hatte ich mir Hühnerfrikassee bestellt und hatte bereits zu essen begonnen, als ein ziemlicher Koloß, der einen Business-Anzug und eine schrille Krawatte trug, mit Riesentamtam hereingerauscht kam. Als er feststellte, daß nur noch eine Portion Hühnerfrikassee übrig war, auf das die Kellnerin bereits ein Auge darauf geworfen hatte, verlangte er sofort danach und schaufelte es in einem solchen Tempo in sich hinein, als befürchte er, sie könne ihm den Teller jeden Moment wegreißen. Urplötzlich kippte er dann vornüber, ließ die Gabel fallen, machte mit der rechten Hand eine Art Greifbewegung und war schon tot, bevor die anderen Anwesenden auch nur begriffen hatten, was los war. Es war ein furchtbarer Anblick. Mir hat das arme Mädchen leid getan, das uns bediente.«

»Thurzella Cluny, Elvas jüngste Enkelin. Sie ist ein wahrer Engel. Kommt aus einer wirklich großartigen Familie, Jean-Luc ist bestimmt stolz auf sie, wo immer er auch sein mag. Ein so großer Geist und so wenig Zeit. Aber ich will nicht abschweifen. Jasper war also tot. Und was passierte dann?«

Da Helen die Geschichte auch noch nicht kannte, erzählte Peter alles haarklein. Er wiederholte, was er von Withington erfahren hatte, allerdings nicht mit sämtlichen langweiligen Details. Er beschrieb die makabre Szene im Speisesaal, als sie darauf gewartet hatten, daß der Krankenwagen die Leiche abholte. Er erzählte von Lucivee Flodges erstem Auftritt im Restaurant, ihrer Wut über den angeblichen Selbstmord ihres Mannes und von ihrer abenteuerlichen Theorie, daß Flodge sich umgebracht hätte, um sie um ihre Versicherungssumme zu bringen. Wahrscheinlich hatte sie die Beiträge weiter eingezahlt, weil sie hoffte, daß Jasper ihr den Gefallen tun würde, eines Tages vor einen vollbeladenen Lastwagen zu laufen.

Als Peter schließlich seinen Bericht mit einer genauen Schilderung von Lucivees geschmacklosem Versuch beendete, eine Champagnerparty zu schmeißen, um ihre Witwenschaft zu feiern, war sein Glas leer und seine Kehle trocken. Miss Rondel griff nach ihrem neuen Krug und goß ihm ein frisches Glas Wasser ein.

»Was für eine dumme Frau. Elva sagt, ihr richtiger Name sei Lucy Veronica, obwohl der Spitzname eigentlich besser zu ihr paßt. Lucivee ist hier bei uns ein anderer Name für Luchs. Stammt aus dem Französischen, von *loup cervier*, wissen Sie. Ich habe gehört, daß sie gemeinsam mit Jasper die arme kleine Iolanthe Wye ins Unglück gestürzt haben soll. Stimmt das, Professor?«

»Sieht ganz so aus. Iolanthe hat sie erkannt, als sie versuchte, sich aus dem Speisesaal zu schleichen. Sie war die Frau, die bei ihr auftauchte und sich als Mitarbeiterin der Staatsanwaltschaft ausgegeben hatte. Ich will nicht vorgreifen, Miss Rondel, aber ich glaube, die Wyes wollen Anzeige gegen sie erstatten.«

»Das ist auch ihr gutes Recht. Dann kommt wenigstens etwas Gutes aus der ganzen üblen Sache heraus. Waren Sie dabei, als die beiden sich versöhnt haben, Professor?«

»Ich saß sozusagen in der ersten Reihe. Ich habe bei der ganzen Geschichte übrigens auch eine kleine Nebenrolle gespielt.«

Peter schilderte, wie er gestern auf der Heimfahrt von Sasquamahoc einen gestrandeten Fahrer mitgenommen hatte, der sich als Vetter der Wye-Brüder entpuppte und auf dem Weg zur Beerdigung war, nicht etwa, um den Mistkerl, der Freds Ehe ruiniert hatte, zu betrauern, sondern um mitanzusehen, wie er seine wohlverdiente Strafe bekam. Peter beschrieb das erste Treffen der beiden Eheleute, versuchte zu verhindern, daß es sich allzusehr wie eine Seifenoper anhörte, und präsentierte seinen Zuhörerinnen statt dessen ein viktorianisches Melodram. Dies schien ganz nach Miss Rondels Geschmack zu sein, denn sie bot ihm das letzte Plätzchen und ein weiteres Glas Wasser an.

»Ich kann einfach nicht begreifen«, warf Helen ein, »daß Mrs. Wye, die wir alle als Mrs. Howard kannten, seit mehreren Monaten ausgerechnet bei unseren lieben Freunden und Nachbarn, den Enderbles, arbeitete. Was für ein merkwürdiger Zufall!«

»Manche Menschen würden es als Fügung bezeichnen«, korrigierte Miss Rondel sanft.

Helen trug es mit Fassung. »Damit haben sie wahrscheinlich sogar recht. Wer kann sich da schon sicher sein. Für John und Mary war sie ein wahrer Segen, aber sie sah immer so – traurig aus, als habe sie einen schweren Verlust erlitten. Ich hatte sie schon für eine Witwe gehalten.«

»Und hier haben alle geglaubt, sie wäre mit Jasper Flodge durchgebrannt und auf die schiefe Bahn geraten.« Es war das erste Mal, daß Peter Zeuge wurde, wie Miss Rondel auch nur annähernd die Stimme erhob. »Was für eine schreckliche, grausame Geschichte! Dabei hätte jeder, der auch nur halbwegs bei Verstand war, es kommen sehen müssen. Schließlich hat dieser alte Bibelverdreher ihr vom Tag ihrer Geburt an eingetrichtert, alle Frauen wären hirnlose, sündhafte Kreaturen. Gegen die Kombination eines scheinheiligen Alleswissers wie Absalom Bliven mit einem Gauner wie Jasper Flodge hatte die arme Iolanthe natürlich keine Chance. Die Bibel hat recht, der Buchstabe tötet wirklich. Aber wenigstens hat sie nicht zwanzig Jahre auf dem Kopf im Fluß zubringen müssen, wie die Fee, nach der sie benannt ist. Wahrscheinlich hätte es wirklich noch schlimmer kommen können.«

Helen quittierte die letzte Bemerkung mit einem wohlwollenden Lächeln. »Eins würde mich interessieren, Miss Rondel. Wenn Mr. Bliven wirklich so selbstgerecht und fanatisch ist, wieso hat er dann seine Tochter nach einer Fee aus einer Operette von Gilbert und Sullivan benannt? Oder war es die Idee seiner Frau?«

»Nein, ganz sicher nicht. Die Ärmste hat nicht einmal gewagt, eine eigene Meinung zu haben, ganz zu schweigen davon, sie auch noch zu äußern. Sie ist an einer Gallenblasenruptur gestorben, was nicht weiter verwunderlich ist. Aber um auf Ihre Frage zurückzukommen, Absalom Bliven hatte eine Tante namens Prunella, die einen Holzbaron heiratete und ziemlich viel Geld erbte. Eine wirklich nette Frau. Als sie zu alt war, um selbst zu fahren, hat sie sich immer von ihrem Angestellten in einem großen alten Packard, der früher ihrem Mann gehört hatte, nach Pickwance bringen lassen. Ich habe mich immer sehr gefreut, sie zu sehen, wir mochten sie alle sehr gern. Sie hatte das bezauberndste Lachen, das man sich vorstellen kann, ein bißchen wie das erste Plätschern von Wasser, wenn sich in der Schneeschmelze der nahende Frühling ankündigt. Prunella hat den Namen für die Kleine ausgesucht. Sie war eine leidenschaftliche Verehrerin von Gilbert und Sullivan, wie Sie sicher schon vermutet haben, obwohl ich persönlich mir auch vorstellen könnte, daß sie es teilweise getan hat, um Absalom eins auszuwischen. Sie war der Meinung, daß er weder als Pastor noch als Neffe viel taugte, aber ihr Mann war tot und ihr einziger Sohn im Krieg gefallen, daher hatte sie sonst niemanden mehr. Und Familie ist nun einmal Familie. Absalom Bliven hatte natürlich keine Lust, sich wegen eines Säuglings mit seiner reichen Tante anzulegen. Er glaubte natürlich, er würde Prunellas Geld erben. Es war ein ziemlicher Schlag für ihn, als sie schließlich starb und er herausfand, daß sie alles Iolanthe vermacht hatte, und zwar so gut abgesichert, daß er keine Chance hatte, sich auch nur einen einzigen Penny davon unter den Nagel zu reißen.«

»Bisher hat er sehr gut zu verhindern gewußt, daß seine Tochter etwas davon bekommt«, sagte Peter.

Miss Rondel war überrascht. »Aber wie ist das möglich? Es sei denn, er hat irgend etwas manipuliert, was ihm durchaus zuzutrauen wäre. Und seine Bosheit und Sturheit rechtfertigt er dann mit scheinheiligem Geschwätz.«

»Hmja, ich fürchte, diesmal hat er es nicht ganz so leicht. Mr. Bliven wird nämlich sehr bald ein Schreiben von einem Anwalt erhalten, das er so schnell nicht vergißt. Fred Wye wirkte gestern abend im Gasthof ziemlich wütend, als die Rede auf das unterschlagene Erbe kam, nachdem er und seine Frau die diversen Mißverständnisse endlich aufgeklärt hatten.«

»Das wurde auch langsam Zeit. Ich habe mir über diese Ehe

schon ziemlich viele Sorgen gemacht. Iolanthe war so ein unschuldiges Mädchen und so unendlich verliebt in Fred. Fred ist ein lieber, anständiger Kerl, aber er hatte immer schon die Neigung, schnell aufzubrausen. Und sofort danach tat es ihm dann schon wieder leid. Der arme Junge, er hat es wirklich knüppeldick abbekommen. Und Iolanthe hat endlich gelernt, auf eigenen Füßen zu stehen, was ihr wahrscheinlich nie gelungen wäre, wenn man sie nicht hinaus in die Welt geschickt hätte, wo sie mutterseelenallein für sich selbst sorgen mußte. Vielleicht wird jetzt endlich alles gut. Die beiden sind noch jung genug, um eine Familie zu gründen, was ich ihnen sehr wünschen würde. Fred wird den Rest seines Lebens damit verbringen, Iolanthe auf Händen zu tragen, und sie wird die glücklichste Frau in ganz Maine sein. Bitte bestellen Sie den beiden, daß ich fest mit ihrem Besuch rechne.«

»Gern. Mrs. Howard – eh – Mrs. Wye hat uns gebeten, auf eine Tasse Tee vorbeizuschauen, bevor wir abreisen. Sie konnte es anscheinend kaum erwarten, sich wieder um Fred und das Haus zu kümmern. Meinen Sie, sein Bruder wird weiter dort wohnen?«

»Was Evander tut, kann man nie so genau voraussagen, aber ich sehe eigentlich keinen Grund, warum er nicht dort bleiben sollte. Es gibt keine anderen Geschwister, das Haus und die Mine gehören beiden Brüdern zu gleichen Teilen, und die beiden standen sich schon immer sehr nahe. Ich weiß nicht, was während der letzten Jahre aus Fred geworden wäre, wenn Evander ihm nicht den Rücken gestärkt hätte.«

»Das hätte ich gar nicht gedacht. Ich hatte eher den Eindruck, daß Fred der Stärkere wäre.«

»Da sind Sie nicht der erste, doch sie sind beide ziemlich zähe Burschen. Evander ist allerdings bei weitem unabhängiger, Fred braucht unbedingt jemanden, den er lieben kann und der ihn ebenfalls liebt. Iolanthes angeblicher Betrug hat ihm schwer zugesetzt, ich könnte mir sogar vorstellen, daß er nie wieder einer Frau vertraut hätte. Ihn mit Lucivee Flodge in Zusammenhang zu bringen, scheint mir mehr als absurd.«

»Mir erscheint die ganze Geschichte reichlich bizarr«, sagte Helen. »Kaum zu glauben, daß ein mieser kleiner Gauner so viel Leid verursachen konnte, nur weil er eine Heiratsurkunde gefälscht hat.«

»Jasper hat die Urkunde ebensowenig gefälscht wie die Vollmacht.« Miss Rondels Stimme klang absolut überzeugt. »Er war ein schlimmer Junge, das habe ich schon gemerkt, als er bei mir die dritte Klasse besuchte, aber er hatte nie viel Phantasie. Er war gar nicht scharfsinnig genug, um sich eine derart komplizierte Verschwörung auszudenken. Und selbst wenn er es geschafft hätte, die Dokumente hätte er trotzdem nicht fälschen können. Der Grund dafür ist simpel: Er konnte weder lesen noch schreiben. Jasper Flodge war ein absoluter Analphabet. Er war nicht einmal in der Lage, seinen eigenen Namen zu schreiben, er kritzelte einfach irgend etwas Unleserliches.«

»Grundgütiger!« sagte Peter. »Wie ist er denn damit durchgekommen?«

»Genau wie viele andere auch. Analphabet zu sein bedeutet noch lange nicht, dumm zu sein, wissen Sie. Bei Jasper war es meiner Meinung nach eine Mischung aus Dyslexie und Faulheit. Zahlen konnte er lesen, er hatte ein gutes Gedächtnis und war auch nicht auf den Kopf gefallen, obwohl man ihn wohl am ehesten als gerissen bezeichnen konnte. Die meisten Leute haben von seiner Störung nichts bemerkt. Er behauptete einfach, er hätte seine Brille vergessen oder etwa ähnliches, und bat irgend jemanden, ihm vorzulesen, was er wissen wollte. Aber eine Lehrerin kann man nicht so leicht täuschen.«

»Wie viele Schüler aus leidvoller Erfahrung bestätigen können«, stimmte Peter zu. »Dann halten Sie Lucivee für die Drahtzieherin?«

»Nein, bestimmt nicht. Vielleicht unterschätze ich sie, aber meiner Meinung nach besitzt auch Lucivee nicht den Scharfblick, die Logik und die nötige Selbstkontrolle, um sich einen so komplizierten Schwindel auszuhecken. Wir müssen uns klarmachen, Professor, daß der Erfolg vollständig auf dem psychischen Druck basierte, den das ewige Predigen des Vaters auf seine Tochter Iolanthe ausübte. Immerhin hat er ihr eingeredet, jeder Frau, die sich dem Willen Gottes nicht unterwerfe, drohe Hölle und Verdammnis.«

»Womit wohl eher der Wille Absalom Blivens gemeint war«, warf Helen ein.

»Sehr richtig. Absalom war absolut gegen Iolanthes Heirat mit Fred Wye. Was niemand verstanden hat, denn Fred war und ist ein zuverlässiger Mann mit festen Prinzipien, der fähig und willens war, Iolanthe ein weit besseres Leben zu bieten, als sie bisher gewohnt war. Ob Absaloms Abneigung etwas damit zu tun hat, daß Fred als guter Geschäftsmann nie zulassen würde, daß Absalom sich an dem Erbe seiner Tochter bereichert, kann man wohl nur vermuten, aber ich war nicht die einzige, die im Hinblick auf diese Frage eine ziemlich zynische Sichtweise vertrat. Jedenfalls hat sich Iolanthe zum ersten Mal in ihrem Leben gegen ihren Vater aufgelehnt und einfach den Mann geheiratet, den sie liebte. Wahrscheinlich hatte sie ziemliche Schuldgefühle, auch wenn es ihr nicht bewußt war, weil sie gegen die Prinzipien verstoßen hatte, die man ihr ein Leben lang eingetrichtert hatte. Meinen Sie nicht auch, Mrs. Shandy?«

»Bitte nennen Sie mich doch Helen. Ja, ich bin ganz Ihrer Meinung. Iolanthe wäre nicht normal, wenn sie sich nicht irgendwie schuldig gefühlt hätte. Und das würde auch erklären, warum sie Jaspers schmutzigen Lügengeschichten überhaupt glauben konnte. Die ganze Geschichte klingt fast so, als stamme sie aus einem Schauerroman. Gibt es hier jemanden, der Sheridan Le Fanu liest?«

Miss Rondel zuckte mit den Achseln. »Lucivee Flodge bestimmt nicht.«

»Dann sollten wir uns allmählich nach einer dritten Person umsehen«, sagte Peter, »die den ganzen Schwindel sorgfältig geplant hat, bei der Durchführung jedoch keine aktive Rolle spielte.«

Ihre Gastgeberin wirkte ein wenig belustigt. »Das ›wir‹ war wohl rein rhetorisch gemeint, Professor. Wirklich jemmerschade, daß Sie nicht da sein werden, um uns als Experte zur Seite zu stehen. Catriona hat mir einige Ihrer Fälle geschildert, besonders die erstaunliche Geschichte mit den Wetterfahnen.*«

»Glauben Sie bloß nie, was eine Romanschriftstellerin Ihnen erzählt. Man braucht nur die Anhaltspunkte und Spuren zusammenzutragen und auszuwerten. Aber einfach so zum Spaß sollten wir uns den Fall doch noch einmal genau ansehen. Fred Wye erwähnte gestern abend, und zwar bevor Iolanthe dort auftauchte, daß sein Freund Ed Whitbread, wer immer das sein mag –«

* »Wenn der Wetterhahn kräht«, DuMonts Kriminal-Bibliothek Bd. 1063

»Der Assistent des Gerichtsmediziners.«

»Vielen Dank. Also, er sagte, Whitbread habe ihm mitgeteilt, daß bei Jasper Flodge Zyanidvergiftung als offizielle Todesursache festgestellt worden sei, wie wir bereits wissen, allerdings gibt es noch keinen Hinweis darauf, wie ihm die Substanz verabreicht wurde. Es gab einiges Gerede darüber, daß Elva Bright die einzige Person gewesen sei, die Gelegenheit gehabt hätte, sein Hühnerfrikassee zu vergiften, doch es fehlt jedes Motiv. Außerdem hat Mrs. Bright einen so tadellosen Ruf, daß man ihr so etwas nie zutrauen würde.«

»Das will ich doch schwer hoffen! Weiter sind die Ermittlungen noch nicht gediehen?«

»Nein, anscheinend kauft die Polizei Lucivee Flodge die Selbstmordtheorie ab. Die Beamten haben sich die Bankauszüge und einige Geschäftsunterlagen angesehen, die sie ihnen zur Verfügung gestellt hat. Sieht ganz so aus, als sei Jaspers Kredit tatsächlich erschöpft gewesen, so daß er allen Grund zur Verzweiflung hatte. Man ist sogar bereit, Mrs. Flodges lächerliche Theorie, Jasper hätte sie um die Versicherungssumme bringen wollen, als Motiv für den Selbstmord zu akzeptieren. Sie kann beweisen, daß sie die fälligen Beiträge eingezahlt hat. Als sie mit ihren reizenden Ausführungen fertig war, schien man einhellig der Meinung zu sein, daß jemand, der dumm genug war, sich mit dieser Person einzulassen, tatsächlich lieber einen schnellen Tod gewählt hätte, als vor ihr zu Kreuze zu kriechen und sie um Geld zu bitten.«

»Das wundert mich gar nicht.«

Miss Rondel hatte ihre locker gefalteten Hände auf den Tisch gelegt. Peter fiel auf, daß die Finger keinerlei Anzeichen von Arthritis wie Knoten oder Deformationen zeigten, wie man sie bei Menschen ihres Alters sonst häufig sehen konnte. »Die Selbstmordtheorie kommt den Leuten ganz recht, wissen Sie. Hier bei uns passiert zwar auch hin und wieder ein Mord, genau wie überall sonst im Land, aber die meisten Fälle lassen sich schnell aufklären. Betrunkene fangen einen Streit an, und plötzlich greift einer nach dem Messer. Ein Ehemann kommt nach Hause und erwischt seine Frau mit einem anderen im Bett, schnappt sich sein Gewehr und schießt. Einfache, brutale Verbrechen, Mord aus Leidenschaft, schlimm genug, aber immerhin nachvollziehbar.«

Sie faltete ihre Serviette wieder auseinander, strich mit den Fingern über den Rand und schien in der vertrauten Bewegung des Webens Trost zu finden. »Gift ist lautlos und heimtückisch. Ein Mensch kann daran sterben, ohne zu wissen, woran oder wie. Er weiß nicht, wer ihm das Gift verabreicht hat, er merkt nicht einmal, daß er es schluckt. Die Vorstellung ist äußerst beunruhigend, daher ist es ein ziemlicher Schock, wenn ein Mensch, den man kennt, an einem Ort vergiftet wird, den man immer für sicher gehalten hat. Ich kann mir zwar nicht vorstellen, daß Lucivee Elva einen Gefallen tun wollte, als sie behauptete, Jasper habe sich selbst vergiftet, aber ohne sie hätte der Gasthof wahrscheinlich schließen müssen.«

»Der Meinung bin ich auch.«

Peter beschrieb, wie er das Restaurant am Abend nach Jasper Flodges dramatischem Ableben vorgefunden hatte. Er erzählte von Elvas unberührtem wunderbarem Braten und schilderte, wie Thurzella den Tränen nahe war und wie die Gäste plötzlich wieder ins Lokal geströmt waren, nachdem Lucivee behauptet hatte, Jasper Flodge habe sich umgebracht, um ihr, seiner Gattin, eins auszuwischen. Die simple Tatsache, daß niemand nach dem Genuß des Bratens gestorben war, hatte die Leute davon überzeugt, daß mit dem Essen im Gasthof genau wie sonst alles in bester Ordnung war. Das Melodram am vorigen Abend hatte vor einem vollen Haus stattgefunden, daher bestand kein Grund zur Sorge, daß die Gäste heute abend ausbleiben würden.

»Aber die Wyes werden sicher nicht kommen«, prophezeite Helen. »Iolanthe wird Fred bestimmt das leckerste Essen vorsetzen, das man sich überhaupt vorstellen kann.«

»Und er wird ihr alles über den Prozeß erzählen, den sie gegen Absalom Bliven wegen Erbschleicherei führen werden«, fügte Peter hinzu. »Fred hat gestern abend angedeutet, daß er außerdem beabsichtigt, Ansprüche auf den Nachlaß von Jasper Flodge geltend zu machen, um so seine Chancen zu wahren, etwas von dem Schmuck und dem Geld zu retten, das Flodge gestohlen hat. Würde mich nicht wundern, wenn Fred noch einen Schritt weiter ginge und gegen Lucivee Anzeige wegen gemeinschaftlicher Ausführung einer Straftat erstatten würde.«

»Trotzdem wissen wir immer noch nicht, wer die ganze Sache angezettelt hat«, meinte Miss Rondel. »Das stört mich am meisten. Ich habe mein ganzes Leben in dieser Stadt verbracht und dachte immer, ich wüßte alles über die Leute hier und könnte einschätzen, zu welchen Taten und Untaten sie fähig sind. Und dann kommt plötzlich eine Situation wie diese und schlagartig ist alles anders. Jasper Flodge war ein frecher kleiner Junge, und er wurde auch nicht sympathischer, als er erwachsen wurde. Ich kann mir nur allzu gut vorstellen, daß er bereitwillig mitgemacht hat, als es darum ging, Fred Wye um sein Geld zu bringen und Iolanthes Leben zu zerstören, nur weil sie ein ideales Opfer war. Aber ich kann mir absolut nicht vorstellen, daß Jasper Selbstmord begangen hat. Er war viel zu sehr von sich selbst überzeugt, er war sicher, daß er sich aus allem herausschwindeln konnte, wenn er in Schwierigkeiten geriet. Und was die Zyanidkapsel betrifft, hätte er nicht einmal gewußt, wo man so etwas bekommt. Die Dinger werden schließlich nicht in der Drogerie verkauft, wie wir wissen.«

»Eh – jemand meinte, Elva Brights Ehemann hätte sie möglicherweise als eine Art Souvenir aus Kriegszeiten aufbewahrt.«

»Ach ja? Ich kann mir sehr gut vorstellen, von wem diese Theorie stammt. Der arme Claridge Withington hatte noch nie eine eigene Meinung, er plappert immer nur nach, was er irgendwo aufgeschnappt hat, ohne darüber nachzudenken, was er von sich gibt. Lucivee Flodge scheint es darauf anzulegen, sich so unbeliebt wie überhaupt möglich zu machen. Ich frage mich, ob sie nur wütend ist, weil Jasper Flodge mittellos starb, oder ob sie uns etwas vorspielt, um die Aufmerksamkeit von seinen Schwarzgeldern abzulenken. Ich glaube, es ist nicht ungewöhnlich für Unternehmer, Gelder an den offiziellen Büchern vorbeilaufen zu lassen. Ich kann mir sehr gut vorstellen, daß Jasper sich bereitwillig auf einen derartigen Betrug eingelassen hätte, aber jemand hätte die Bücher für ihn umschreiben müssen, genauso wie er jemanden brauchte, um diese ungeheuren Briefe über Fred Wye zu verfassen. Wahrscheinlich war dies die eigentliche Verbindung zwischen ihm und seiner Frau, falls Lucivee tatsächlich mit ihm verheiratet war. Sie war sicher die einzige, der er vertraut hat.«

Miss Rondel goß sich den letzten Rest Wasser aus dem Krug ein. »Was die Geschichte betrifft, daß Elva Jean-Lucs Zyanidkapsel behalten hat, kann ich Ihnen versichern, daß es sich um blanken Unsinn handelt. Das Allerletzte, was Jean-Luc gewollt hätte, wäre eine Erinnerung an all das, was er in Europa erdulden mußte, ganz zu schweigen von einem tödlichen Gift, das vielleicht zufällig in die Hände eines seiner Familienmitglieder fallen könnte. Er liebte Elva und die Kinder aus tiefstem Herzen. Sie waren sein Leben, seine einzige wirkliche Hoffnung auf Unsterblichkeit.«

Jetzt zitterte ihre Stimme sogar ein wenig, das erste Anzeichen von Schwäche, das Peter bei ihr bisher wahrgenommen hatte. »Ich bin zutiefst bestürzt über die Ereignisse. Ich habe sogar schon erwogen, mich der Bundespolizei anzuvertrauen, aber dazu sind sicher eindeutigere Beweise erforderlich, als ich sie liefern könnte. Wahrscheinlich bleibt mir nichts anderes übrig, als zu Hause zu bleiben, mich auf meine Webarbeit zu konzentrieren und darauf zu warten, wann die nächste Bombe einschlägt. Aber ich möchte Ihnen mit meinen düsteren Gedanken nicht den Tag verderben. Ich werde dem Künstler Ihren Vorschlag mit den Kartoffelkäfern unterbreiten und morgen früh auf Ihren Anruf warten.«

Kapitel 14

Was für ein Tag!« Helen ließ sich auf den Beifahrersitz fallen und fächerte sich mit den Händen Luft zu. »Ich habe das Gefühl, als hätte man mich ausgewrungen und zum Trocknen aufgehängt. Erst diese unglaublichen Bilder, dann Wasser aus einer heiligen Quelle aus den Händen der Hohepriesterin. Oder geht am Ende noch die Phantasie mit mir durch?«

Peter suchte den richtigen Schlüssel aus seinem Schlüsselbund heraus und steckte ihn in das Zündschloß. »Woher soll ich das wissen? Ich dachte immer, Bibliothekarinnen wären an solche Dinge gewöhnt.«

»Das habe ich auch bisher gedacht, aber diese Frau ist völlig anders. Weißt du zufällig, wie alt sie ist?«

»Hmja, sie ist mit Mrs. Brights Großmutter zur Schule gegangen.«

»Du meinst Mrs. Bright vom Gasthaus?«

»Richtig. Falls Withingtons Geschichte stimmt, hat Mrs. Bright, die in Wirklichkeit Madame Soundso heißt und einen höchst aristokratisch klingenden französischen Nachnamen besitzt, der so lang ist, daß ich ihn wieder vergessen habe, einen Helden der französischen Resistance geheiratet, der aus Frankreich herausgeschmuggelt wurde, nachdem ihn die Nazis verhaftet und gefoltert hatten, und nur noch ein psychisches Wrack war. Das muß schätzungsweise um 1945 gewesen sein, sie war damals erst süße sechzehn, und er war zwanzig Jahre oder mehr älter als sie und wollte unbedingt nachholen, was er bisher in seinem Leben versäumt hatte. Ihr erstes Kind kam einige Monate zu früh zur Welt, könnte man sagen, aber alles verlief reibungslos. Jean-Luc, so scheint man sich einig zu sein, war ein netter Kerl, besaß ein ererbtes Vermögen und war ein geborener Geschäftsmann. Er vergötterte seine Frau und seine Kinder. Falls ich mich nicht gewaltig irre, ist Michele, seine älteste

Tochter, so um die Vierzig. Und ihre Mutter, die ungefähr wie vierzig aussieht, ist in Wirklichkeit mindestens sechzig. Demnach müßte Miss Rondel eigentlich schon auf die Hundert zugehen, meinst du nicht?«

»Ehrlich gesagt, finde ich es völlig unmöglich, ihr Alter zu schätzen«, meinte Helen. »Man hat den Eindruck, als sei sie schon immer da gewesen, völlig zeitlos, wie ein Fels. Ihrer geraden Körperhaltung und den kraftvollen Bewegungen nach zu urteilen, könnte man sie für sechzig bis siebzig halten, wenn da nicht das merkwürdige Gefühl wäre, Mutter Erde persönlich gegenüberzustehen. Wie machen die Leute das hier bloß?«

»Indem sie zeitlebens aktiv und allseits interessiert bleiben und die richtigen Gene haben, eine bessere Erklärung fällt mir auch nicht ein. Übrigens ist Miss Rondel von Beruf Weberin.«

»Das hätte ich eigentlich sofort sehen müssen. Was sollte sie auch anderes sein? Höchstens vielleicht Spinnerin?«

»Oder Atropos, die den Faden durchschneidet?«

»Das würde Miss Rondel nie tun, dazu ist sie viel zu nett. Was webt sie denn Schönes?«

»Sie hat Michele das Weben beigebracht, und Michele hat einen Laden im Dorf, in dem sie ihre gemeinsamen Arbeiten verkauft. Ich wollte ihn dir ohnehin morgen früh zeigen, auch wenn wir bisher schon genug Geld ausgegeben haben.«

»Pah, Humbug! Wir wissen doch, daß du es genießt, gelegentlich fürstliche Großzügigkeit walten zu lassen. Außerdem teilen wir uns die Kosten für die Bilder.«

»Sagt wer?«

»Sage ich, wenn du's unbedingt wissen willst. Ich weiß nicht, wie du darüber denkst, aber im Nachhinein tut es mir leid, daß wir nicht auch noch das Portrait von Miss Rondel genommen haben.«

»Welches Portrait von Miss Rondel?«

»Schatz, du hast es zehn geschlagene Minuten lang unentwegt angestarrt. Das kleine Bild mit der verdrehten alten Zeder, die aus dem Felsen herauswächst.«

»Das soll ein Portrait von Miss Rondel gewesen sein?«

»Aber selbstverständlich. Es sieht genauso aus wie sie. Damit meine ich natürlich ihr Wesen, nicht ihr Aussehen. Ich wollte schon etwas in der Richtung sagen, als wir im Eßzimmer waren, aber dann schien es mir doch ein bißchen zu persönlich.

Miss Rondel möchte sich möglicherweise nicht von dem Bild trennen und der Künstler vielleicht auch nicht. Ich würde es jedenfalls auf keinen Fall hergeben, wenn es mir gehörte.«

»Wenn es dir wirklich so gut gefällt, fragen wir sie morgen danach. Vielleicht überläßt sie uns ja noch einen Kartoffelkäfer.« Peter warf einen Blick auf die Uhr im Armaturenbrett. »Grundgütiger, ist es wirklich schon so spät? Ich hatte ja keine Ahnung, daß wir so lange dort waren. Du mußt ja halb verhungert sein!«

»Oh, ich werde versuchen, bis zum Gasthof durchzuhalten. Ziehen wir uns zum Abendessen um?«

»Kommt ganz darauf an. Du hast doch hoffentlich daran gedacht, eine Baseballkappe mit Tierfutterreklame und ein sauberes Flanellhemd mitzubringen?«

»Parbleu, ich vergaß! Ist die Etikette hier so streng?«

»Nicht unbedingt. Mrs. Bright ist recht tolerant, was die Kleiderordnung betrifft. Ihre Enkelin, die als Serviererin bei ihr arbeitet, liebt enge Hosen und weite Tops. Je nachdem, wie ritterlich man sich gerade fühlt, könnte man ihren Stil als Prinz-Eisenherz-Look bezeichnen. Ich weiß wirklich nicht, wohin das alles noch führen wird, anscheinend rast die Welt in einem Handkarren auf den Abgrund zu.«

»Na und? Was gut genug für Marie Antoinette war, ist auch gut genug für mich. Ist die Enkelin hübsch?«

»Alle jungen Mädchen sind hübsch, ganz egal, wie idiotisch sie sich anziehen. Sie heißt übrigens Thurzella. Du wirst sie ja selbst bald kennenlernen, dann kannst du dein eigenes Urteil fällen.«

»Wie Ihr meint, Euer Hochwohlgeboren. Bleibt mir noch Zeit, mich kurz zu duschen? Ich fühle mich nach der langen Fahrt und den Muscheltacos ein wenig unfrisch.«

»Fürwahr, Weib, wir können selbstverständlich nicht zulassen, daß Ihr im Zustand fortgeschrittener Unfrische der versammelten Gesellschaft beiwohnt. Würde sich ein Wäschekorb in diesem Gefährt befinden, könnte ich Euch darin ungesehen in Eure Kemenate schmuggeln. Möchtest du dich vor den Sitz kauern und im Auto warten, bis ich einen passenden Korb aufgetrieben habe?«

»Die Antwort auf diese Frage ist ein eindeutiges Nein. Die alte Möhre, in der Cat herumgurkt, kommt einem Wäschekorb gefährlich nahe. Ich zupfe mir nur schnell meinen Schleier zurecht und eile zur Treppe. Du hast doch hoffentlich nicht vergessen, meine Reisetasche aus Cats Wagen zu nehmen?«

»Wo denkst du hin? Sie befindet sich im Kofferraum, und ich werde sie bereitwillig für dich nach oben tragen. Wenn das keine Gattentreue ist!«

»Mehr kann man von seinem Mann wirklich nicht verlangen. Dieses blaue Hemd steht dir übrigens hervorragend, Peter. Hast du noch genügend Wäsche zum Wechseln? Soll ich nach dem Essen ein paar Sachen für dich waschen? Bei dem Wetter müßten sie eigentlich morgen früh wieder trocken sein.«

»Meinst du, es lohnt sich noch? Wir fahren doch morgen schon nach Hause, oder?«

»Gute Frage. Wie lautet die Antwort?«

»Warum warten wir nicht einfach ab und sehen morgen weiter?«

»Schon verstanden. Ich kümmere mich um deine Hemden. Dem Himmel sei Dank für pflegeleichte Wäsche. Wie lautet unsere Zimmernummer?«

»Drei. Die Treppe hoch, am Ende des Flurs links abbiegen. Hier hast du den Schlüssel.«

Helen eilte von dannen. Peter schloß den Kofferraum auf, vergewisserte sich, daß dem Lupinensamen nichts fehlte, und nahm die Reisetasche seiner Frau heraus. Sie war aus einem geblümten Gobelinstoff und nicht größer als die Handtaschen, die viele Frauen mit sich herumtragen. Darin befanden sich wahrscheinlich wie üblich Nachthemd, Morgenmantel, Pantoffeln, frische Unterwäsche, Kosmetikartikel, ein bequemer Rock nebst Bluse, ein schlichtes, hübsches Kleid mit dazu passenden Schuhen, außerdem höchstwahrscheinlich ein Abendkleid und für alle Fälle auch noch eine Federboa. Und alles sah makellos sauber und glatt aus, wenn sie es herausnahm. Helen Marsh Shandy war zweifellos die genialste Taschenpackerin von ganz Balaclava County – höchstwahrscheinlich sogar die weltbeste Taschenpackerin überhaupt, obwohl sie natürlich den Vorteil hatte, eine sehr kleine Konfektionsgröße zu besitzen.

Helen hatte die Tür für Peter aufgelassen und war bereits halb ausgezogen, als er ihr die Tasche reichte. »Hervorragend. Offenbar bekommt man in diesen Breiten als Gast kein Duschhäubchen. Gott sei Dank habe ich für alle Fälle selbst eins mitgebracht. Du kannst ruhig schon in den Speisesaal gehen, ich komme gleich nach.«

»Mitnichten, Verehrteste. Ich werde an Eurer Seite ausharren, oder würde dies zumindest tun, wenn die Dusche ein wenig geräumiger wäre. Aber in dieser Naßzelle hat außer einer normalgroßen Person nur noch ein kleiner Frosch Platz. Da Bright's Inn keine Ausschankgenehmigung besitzt, kann ich den Abend eigentlich auch mit einem kleinen Aperitif aus meinen Privatvorräten beginnen. Möchtest du auch ein Schlückchen?«

»Nein, danke. Ich versuche, mich zu beeilen.«

Helen war beim Duschen und Ankleiden ebenso effektiv wie beim Packen. Sie war bereits geduscht, gekämmt, geschminkt und fertig angezogen, als Peter seinen Drink ausgetrunken und kurz über die Ereignisse des Tages, vor allem das Gespräch mit Miss Rondel, nachgedacht hatte. Seine Gattin hatte sich in eine reiseerprobte cremefarbene Hemdbluse mit passendem Rock geworfen und trug dazu helle Ledersandalen.

Es war sicher ungewöhnlich, daß eine Frau wie Miss Rondel zwei wildfremden Menschen, von denen sie einen gerade erst kennengelernt hatte, so vorbehaltlos ihr Vertrauen schenkte. Helen hatte natürlich von Anfang an einen Stein im Brett, weil sie eine langjährige Freundin von Catriona McBogle war, mit der anscheinend auch Miss Rondel irgendwie bekannt war. Da Catriona nach Jahren des Umherwanderns in ihre Heimat zurückgekehrt war und den alten Familiensitz in Sasquamahoc wieder bezogen hatte, sahen sich die beiden möglicherweise recht häufig. Spätestens nach ihrem letzten Abenteuer, als sie gemeinsam mit Helen und einer anderen Freundin mit dem Boot hinaus aufs Meer gefahren waren, um Wale zu beobachten, hatte Catriona sicher auch die Shandys erwähnt. Außerdem hatten sämtliche Zeitungen und Fernsehnachrichten in Maine über den Fall berichtet. Es gab da noch bedeutend mehr, das Cat hätte erzählen können, und als professionelle Geschichtenerzählerin ließ sie sich eine derartige Gelegenheit sicher nicht entgehen.

Auf die eine oder andere Weise mußte Frances Hodgson Rondel also schon eine Menge über Professor Shandys merkwürdige Berufung gehört haben. Ihr Geständnis, an einem Punkt angekommen zu sein, wo sie das Leben in ihrem vertrauten Dorf nicht mehr verstand, war im Grunde ein Hilferuf gewesen, auch wenn es ihr vielleicht nicht bewußt war. Möglicherweise war sie selbst schockiert gewesen, daß sie vor Fremden so offen über ihre Probleme gesprochen hatte. Vielleicht hatte Peter sie beleidigt, weil er nicht sofort darauf eingegangen war. Was auch immer der Grund sein mochte, sie hatte die Tür, die sie selbst geöffnet hatte, verdammt schnell wieder zugeschlagen.

Peter wußte nicht, was er denken sollte, und war auch nicht sicher, ob er es wissen wollte. Drachentöten gehörte nicht unbedingt zu seinen Lieblingsbeschäftigungen. Er war ein ganz gewöhnlicher Akademiker mittleren Alters, der sich von seiner Lehrtätigkeit ausruhen wollte und wenig Lust verspürte, mit einem Speer bewaffnet für andere in den Kampf zu ziehen. Trotzdem mußte er zugeben, daß ihn das Geheimnis von Rondel's Head interessierte. Er spülte sein Whiskeyglas aus, stellte es auf die winzige Ablage über dem mit grünlichen Streifen verfärbten weißen Porzellanwaschbecken und führte seine Frau zum Speisesaal.

Anscheinend hatte bis vor kurzem noch großer Betrieb geherrscht. Wie er befürchtet hatte, waren sie so spät gekommen, daß nur noch wenige Gäste da waren. Claridge Withington hockte allein an seinem Tisch in der Ecke. Evander Wye saß auf der anderen Seite des Raumes und kehrte allen den Rücken zu. Ein Pärchen, an das Peter sich vage erinnerte, ging gerade hinaus, und eine Touristengruppe machte sich mit unterschiedlichem Geschick über ihre Hummer her. Alle hatten sich rot-weiß karierte Stoffservietten umgebunden. Elva Bright duldete offenbar keinen modernen Schnickschnack wie Papierservietten oder, Gott bewahre, Plastiklätzchen. Thurzella schwirrte mit einem großen Aluminiumtablett durch die Gegend und sammelte schmutziges Geschirr von den gerade erst verlassenen Tischen ein. Sie war mehr als erfreut, ihre Last absetzen zu dürfen und die Shandys zu einem frisch gedeckten Tisch zu führen.

»Wie schön, daß Sie kommen konnten, Mrs. Shandy. Schade, daß Sie nicht etwas früher hier waren. Der Hummer ist inzwischen alle, aber es ist noch was von unserem köstlichen Lammcurry da. Es ist ein Rezept meiner Urgroßmutter. Sie hatte es von einem Schiffskoch, der es aus Indien mitgebracht hat. Aber wenn Sie Angst haben, der Curry könnte Ihnen vielleicht zu scharf sein, kann meine Großmutter Ihnen auch gern eine lekkere kleine Makrele braten.«

»Wir haben kein bißchen Angst vor dem Lammcurry Ihrer Großmutter«, versicherte Helen. »Zumindest ich nicht. Wie steht's mit dir, Peter?«

»Wer nicht wagt, der nicht gewinnt. Schlimmstenfalls bekommt man Blähungen oder ein bißchen mehr Speck um die Taille. Wenn es irgendwie möglich ist, hätten wir allerdings auch gern einen kleinen Salat. Und ich würde gern einen Eistee dazu trinken. Wäre das auch nach deinem Geschmack, Helen?«

»Absolut. Sie machen den Tee doch mit Zitrone, nicht? Und er ist doch hoffentlich nicht vorgesüßt?«

»Wo denken Sie hin? Daran würde Gran nicht mal im Traum denken, sie macht ihn immer ganz frisch, und unsere Gäste können ihn nach ihrem eigenen Geschmack süßen. Ich bin sofort wieder da, ich muß nur schnell das schmutzige Geschirr wegbringen.«

»Die ist ja richtig niedlich«, bemerkte Helen, nachdem sich die Schwingtür zur Küche hinter dem Mädchen geschlossen hatte. »Ist das Thurzella?«

»Richtig geraten.«

»Und der Mann da hinten in der Ecke, der die ganze Zeit versucht, Blickkontakt mit dir aufzunehmen, ist Mr. Withington, der Vielredner?«

»Schon wieder mitten ins Schwarze getroffen. Und der Mensch, der uns den Rücken zudreht, ist Iolanthes Schwager Evander. Entweder ist er sauer oder er will Fred und Iolanthe heute abend taktvollerweise allein lassen. Normalerweise sitzt er immer so, daß er mir finstere Blicke zuwerfen kann. Zumindest bis gestern abend, als sein Vetter Schuyler Tilkey, das ist der Mann, den ich von der Straße aufgelesen habe, mich gebeten hat, bei ihnen am Tisch Platz zu nehmen. Ah, da kommt ja auch schon unser Curry. Vielen Dank, Thurzella. Wenn er so schmeckt wie er duftet, muß er absolut köstlich sein.«

»Das ist er auch, Professor, das können Sie mir ruhig glauben. Bon appetit, wie mein Großvater immer sagte. Das klebrige Zeug in dem Schälchen ist Mums selbstgemachtes Mangochutney. Falls es Ihnen schmeckt und Sie Lust haben, etwas davon mit nach Hause zu nehmen, Mrs. Shandy, könnten Sie vielleicht ein Glas in Mums Laden kaufen. Rufen Sie ruhig nach mir, wenn Sie noch etwas brauchen, ich decke nur noch schnell die Tische fürs Frühstück.«

»Ich glaube, wir sind bestens versorgt«, sagte Helen. »Peter, reichst du mir bitte das Chutney?«

Elva Brights Lammcurry war erstklassig, genau richtig auf den westlichen Gaumen abgestimmt, ohne dabei an Geschmack einzubüßen. Micheles Mangochutney war die ideale Ergänzung. Im Speisesaal kehrte allmählich wieder Ruhe ein. Die gesättigten Hummeresser wuschen sich gerade die Butter ab und rieben ihre Hände mit den Zitronenscheiben sauber, die in den grünen Fingerschalen schwammen. Währenddessen versuchten sie herauszufinden, wer noch genug Platz für ein Dessert hatte, oder ob es klüger war, sich auf den Heimweg zu machen, bevor es so dunkel war, daß sie ihr Motel nur noch mit Schwierigkeiten finden konnten. Die kluge Thurzella löste das Dilemma, indem sie ihnen *bon voyage* wünschte, wie es ihr verstorbener Großvater zweifellos auch getan hätte, und ihnen ein halbes Dutzend Zukkerplätzchen in einer Plastiktüte reichte, damit sie auf der Fahrt etwas zu knabbern hätten. Auf Kosten des Hauses, verstand sich.

Evander Wye wartete, bis die Touristen weg waren, legte sein Geld auf den Tisch und begab sich zur Tür, wobei er es schaffte, gleichzeitig ein finsteres Gesicht aufzusetzen und den Shandys kurz zuzunicken, als er an ihrem Tisch vorbeikam. Sie lächelten und nickten ebenfalls, konnten allerdings nicht erkennen, ob er ihre Höflichkeit registrierte. Er schien nicht in Eile zu sein und hatte die Tür noch nicht erreicht, als Lucivee Flodge in den Raum stürzte.

Peter nahm an, daß die lustige Witwe wieder schnurstracks zu Claridge Withingtons Tisch marschieren würde, doch dann sah er, daß Withington diesmal ein Buch mitgebracht hatte und rechtzeitig sein Gesicht darin vergrub, bevor der inzwischen unwillkommene späte Gast auf die Idee kommen konnte, sich zu ihm zu gesellen. Peter rechnete fast damit, daß Lucivee dem Mann das Buch aus der Hand schlagen und seine ungeteilte Aufmerksamkeit einfordern würde, doch sie blieb mitten im Raum stehen und setzte sich dann an einen der Tische, die Thurzella gerade für die Frühstücksgäste gedeckt hatte.

Auch an diesem Abend trug sie das elegante schwarze Kostüm, das sie bei ihrem ersten Auftritt im Gasthaus angehabt hatte. Die Aktentasche aus Leder hatte sie ebenfalls wieder mitgebracht. Peter schloß daraus, daß sie den Tag in Portland oder

Augusta verbracht hatte, um sich über das Vermögen zu informieren, das Jasper Flodge ihr hinterlassen hatte und an das sie anscheinend so fest glaubte. Als Thurzella mit einer weiteren Ladung Geschirr zurückkam, winkte Lucivee sie an ihren Tisch.

»Können Sie mir wohl die Speisekarte bringen?«

Thurzella schüttelte den Kopf. »Das ist eigentlich gar nicht nötig, wir haben sowieso bloß noch Lammcurry. Es sei denn, Sie mögen gebratene Makrele.«

»Ist das alles? Und was ist mit den Hummerschalen da drüben? Da hat doch offenbar jemand Hummer gegessen, oder? Warum kann ich keinen Hummer haben?«

»Weil Sie nicht vorher angerufen und reserviert haben wie die anderen und uns mitgeteilt haben, daß und wann Sie Ihren Hummer essen möchten. Außerdem ist es sowieso zu spät, meine Großmutter räumt schon die Küche auf und bereitet die Brötchen fürs Frühstück vor.«

»Na, das ist ja toll. Dann bringen Sie mir halt Ihren Curry. Meine Güte, bin ich froh, daß ich bald wieder in Portland sein werde.«

»Ich auch«, murmelte Thurzella, als sie die Gläser der Shandys mit Eistee auffüllte. »Hoffentlich zieht sie heute abend nicht schon wieder so eine Show ab. Großmutter ist bald soweit, daß sie ihr eins mit der Pfanne überbrät. Granny ist alles, was sich hier in den letzten Tagen abgespielt hat, unendlich peinlich. So etwas hat es hier noch nie gegeben.«

»Aber es ist doch nicht ihre Schuld«, meinte Helen. »Peter, glaubst du nicht, daß du mit Mrs. Bright reden solltest?«

»Damit sie mich mit der Bratpfanne verprügelt? Meine Großmutter reagierte immer äußerst unwirsch, wenn man sie beim Backen störte.«

»Ich meine doch nicht jetzt sofort, du Dummerchen. Außerdem glaube ich kaum, daß wir heute abend wieder eine theatralische Glanzleistung geboten bekommen. Das Publikum ist zu klein.«

Kapitel 15

Elva Bright war anscheinend mit ihren Brötchen fertig. Sie hatte sich das Haar glattgestrichen und die Schürze ausgezogen und trug wieder ihren Trauring und einen weiteren Goldring mit aufwendiger Fassung und einem erbsengroßen Diamanten. Als sie in ihrem schlichten weißen Kleid durch die Schwingtür trat und zum Tisch der Shandys kam, wirkte sie sehr eindrucksvoll.

»Thurzella sagt, Sie wollten mich sprechen, Professor.«

Damit hatte Peter nicht gerechnet. Lucivee Flodge verfolgte den Auftritt der Gastwirtin mit großem Interesse, was eher dagegen sprach, hier und jetzt auf bestimmte heikle Themen zu sprechen zu kommen. Er schob seinen Stuhl nach hinten und erhob sich.

»Ich möchte Ihnen meine Frau vorstellen. Helen, das ist Mrs. Bright, ihr verdanke ich, daß mein Aufenthalt hier so angenehm ist.«

»Nett, Sie kennenzulernen, Mrs. Shandy. Ich bin sehr froh, daß der Professor sich bei uns wohlfühlt. Schön, daß Sie auch kommen konnten. Nur schade, daß Sie uns so bald wieder verlassen müssen. Ich habe gehört, Sie seien eine Freundin von Catriona McBogle.«

»Ja, Cat und ich kennen uns schon ewig. Sie hat mich gerade erst bei uns zu Hause in Massachusetts besucht, wie Ihnen mein Mann vielleicht schon erzählt hat. Ihr Curry war übrigens köstlich.«

»Freut mich, daß es Ihnen geschmeckt hat. Thurzella hat Ihnen sicher schon berichtet, daß es sich um ein altes Familienrezept handelt. Vielleicht mögen Sie noch eine Kugel Zitronensorbet, um sich ein wenig abzukühlen?«

»Klingt verlockend. Und Sie machen tatsächlich all die lekkeren Sachen selbst?«

»Ich habe eine Hilfe, die mich manchmal ablöst. Sie wohnt ganz in der Nähe. Und Thurzella kocht auch schon sehr gut, wenn sie sich ein bißchen Mühe gibt. Bright's Inn war schon zu Lebzeiten meiner Großeltern ein Familienbetrieb.«

»Und Sie haben wahrscheinlich noch nie daran gedacht, sich zur Ruhe zu setzen.«

»Oh Gott, wo denken Sie hin? Ich würde mich bestimmt schrecklich langweilen. Ich bin in diesem Gasthof geboren und werde hier wohl auch eines Tages sterben. Aber jetzt hole ich Ihnen erst mal Ihr Sorbet.«

»Einen Moment, Elva.« Lucivee Flodge war aufgestanden, nahm etwas aus ihrer Aktentasche und eilte zum Tisch der Shandys, wo Mrs. Bright noch stand. »Zuerst will ich Ihnen etwas zeigen.«

Es war ein alter, vergilbter, ehemals schwarzweißer Schnappschuß mit umgeknickten Ecken, auf dem ein kleines Mädchen und ein kleiner Junge auf einer ungepflasterten Straße zu sehen waren. Der Junge trug ein paar Bücher an einem Lederriemen, am Arm des Mädchens hing ein kleiner Weidenkorb.

»Ach du meine Güte, wo haben Sie das denn ausgegraben?« fragte die Gastwirtin. »Das bin ja ich, als ich noch mit Jasper zur Schule ging. Wir müssen damals etwa zwölf Jahre alt gewesen sein. Er hat mich oft von der Schule nach Hause gebracht und meine Bücher getragen, weil er wußte, daß bei uns immer ein leckeres Mittagessen auf dem Tisch stand. Eins muß man Jasper lassen, er wußte immer genau, wo es etwas Gutes zu holen gab. Wenn man nicht höllisch aufpaßte, luchste er einem den eigenen Anteil auch noch ab. Daran hat sich auch später nicht viel geändert, finden Sie nicht auch?«

»Sie sollten es ja wohl wissen«, antwortete Lucivee. »Sie waren schließlich eine Zeitlang äußerst gut mit ihm bekannt.«

»Jasper und ich haben uns unser ganzes Leben lang gekannt, wie Ihnen zweifellos bekannt ist. Was Sie allerdings mit ›äußerst‹ meinen, ist mir nicht ganz klar. Falls Sie sich aus irgendeinem Grund mit mir anlegen wollen, Lucy Veronica, oder wie immer Sie auch heißen mögen, spucken Sie es am besten gleich aus. Ich habe die Nase gestrichen voll von Ihren dramatischen Auftritten. Na los, immer frei von der Leber weg, damit wir es hinter uns haben.«

»Oh, eigentlich ist es gar nicht so wichtig. Ich dachte nur, es würde Ihre Freunde interessieren, wie ähnlich Thurzella ihrem Großvater sieht.«

»Woher wollen Sie das wissen? Sie haben doch Thurzellas Großvater noch nie zu Gesicht bekommen.«

»Und ob ich das habe. Ich war sogar mit ihm verheiratet. Kommen Sie schon, Elva, seien Sie doch ehrlich. Jeder wußte, daß Ihre Eltern es so verdammt eilig hatten, Sie unter die Haube zu bringen, daß ihnen sogar ein abgewrackter tattriger Franzose recht war. Zu dem Zeitpunkt hatte bei Ihnen aber schon der Storch angeklingelt, nicht? Und der arme Jean-Luc war natürlich nicht der glückliche –«

»Verlassen Sie auf der Stelle mein Haus!«

Die schallende Ohrfeige, die Elva Bright Lucivee Flodge angedeihen ließ, war wahrscheinlich bis nach Sasquamahoc zu hören. An der Stelle, wo Elvas schwere Ringe die Haut aufgeritzt hatten, zeigten sich ein paar Tröpfchen Blut. Lucivee stand sekundenlang wie vom Donner gerührt da und raste dann zum Telefon neben der Kasse.

»Ich rufe auf der Stelle die Staatspolizei an!«

»Sie können anrufen, wen immer Sie wollen, aber nicht von meinem Telefon aus. Verschwinden Sie auf der Stelle aus meinem Haus, und lassen Sie sich hier nie wieder blicken!«

»Wenn Sie versuchen, mich daran zu hindern, werde ich dafür sorgen, daß Sie Ihre Konzession verlieren.«

»Raus mit Ihnen!«

»Sie sind meine Zeugen!«

»Raus mit Ihnen!«

Der Gesichtsausdruck, mit dem Elva Bright auf Jasper Flodges Witwe zuging, hätte eine ganze Armee in die Flucht schlagen können. Peter, Helen und Thurzella hatten sich hinter sie gestellt. Selbst Withington hatte sich hochgehievt, so daß er halb aufrecht saß, und suchte nach seinem Stock. Lucivee verschwand.

»Ich weiß selbst nicht, was in mich gefahren ist.«

Nachdem der Moment der Wahrheit vorüber war, ließ sich Elva Bright auf einen Stuhl fallen und saß da wie ein Häufchen Elend, die Ellbogen auf den Tisch gestützt, das Gesicht in den Händen vergraben. »Was in aller Welt hätte Jean-Luc wohl dazu gesagt?«

»Thurzella«, sagte Peter leise, »gibt es in der Küche irgendeine Art von Alkohol? Brandy, Sherry, Likör?«

»Verstehe. Einen Moment. Oh, hallo, Evander.«

Thurzella verschwand und war bereits mit einem winzigen Glas und einer Flasche Grand Marnier zurückgekehrt, bevor die Küchentür zu schwingen aufgehört hatte. Peter nahm die Flasche und goß großzügig ein, woraufhin Helen das Gläschen nahm und der Gastwirtin an die Lippen hielt.

»Hier, nippen Sie mal. Es wird Ihnen gut tun.«

Mrs. Bright nippte, hustete, griff nach einer sauberen Serviette, tupfte sich das Gesicht ab, nippte ein zweites Mal und hustete erneut. »Sei so lieb und gieß mir ein Glas Wasser ein, Thurzella. Was war mit Evander Wye?«

»Nichts Besonderes, Großmutter. Ich habe bloß gesehen, wie er hereinkam und sofort wieder verschwunden ist. Vielleicht wollte er draußen telefonieren. Soll ich mal nachschauen?«

»Schaden kann es nichts. Du weißt ja, wie er ist, wenn er eine seiner Launen hat. Ich habe für heute nacht mehr als genug erlebt.«

»Ich gehe schon«, sagte Peter. Er schaute sich um, konnte jedoch niemanden entdecken.

»Vielen Dank, Professor«, sagte Elva. »Tut mir leid, daß ich Sie in die Sache mit hineingezogen habe. Aber als ich gehört habe, wie diese Teufelin über meinen Gatten gesprochen hat, als wäre er kein richtiger Mann gewesen, und sogar angedeutet hat, daß Jasper und ich etwas miteinander – oh Gott, mir fehlen die Worte. Jean-Luc Mercier de L'Avestant-Portailler braucht weder von mir noch von sonstwem verteidigt zu werden. Er war der beste Ehemann, den man sich vorstellen kann, und seinen beiden Töchtern ein wunderbarer Vater, solange wir das Glück hatten, mit ihm zusammen zu sein, und die beiden können Ihnen dies jederzeit bestätigen. Thurzella kommt übrigens tatsächlich auf ihren Großvater, wie ich nicht ohne Stolz sagen darf, und ihre Mutter ebenfalls. Meine andere Tochter schlägt mehr nach meiner Familie, aber dafür kann sie natürlich nichts. Egal, ob ich mein Haus schließen muß oder nicht, wenn diese Hexe je wieder versuchen sollte, einen Fuß in mein Haus zu setzen, wird sie es bitter bereuen. Bist du sicher, daß du eben Evander gesehen hast, Thurzella?«

»Wenn es nicht Evander war, dann war es wohl ein Gespenst.«

»Jetzt fang du nicht auch noch an, Unsinn zu reden. Ich habe schon genug Probleme, ohne daß Claridge hingeht und überall herumposaunt, in unserem Haus würde es spuken.«

Withington hatte inzwischen seine Ecke verlassen und sich durch den Raum geschleppt. Er lehnte sich gegen die Theke am Eingang und sah beleidigt aus. »Elva, wie können Sie so etwas sagen? Das würde ich doch niemals tun!«

»Und ob Sie das würden, man braucht Sie nur auf die Idee zu bringen. Aber ich würde sofort wissen, wer das Gerücht ausgestreut hätte, also nehmen Sie sich in acht, mein Lieber. Außerdem wollte ich Ihnen sowieso noch sagen, daß es mir ganz und gar nicht gefällt, wie meine Privatangelegenheiten überall im Rondel County breitgetreten werden. Was halten Sie davon, sich zur Abwechslung mal in Ihr Schlafzimmer zurückzuziehen und vielleicht ein Buch zu lesen oder fernzusehen statt sich das erstbeste Opfer zu schnappen, das hier durch die Tür kommt, und ihm alles über Lucivee Flodges letzte Schandtat zu erzählen? Wenn ich hier fertig bin, bringe ich Ihnen noch ein Eggnog aufs Zimmer.«

»Einem Mann in meinem Zustand bleibt wohl nichts anderes übrig, als sich mit dem zufriedenzugeben, was man ihm gibt. Daher vielen Dank, Elva, und gute Nacht zusammen.«

Es war kein sehr eleganter Abgang. Withington bewegte sich weder so schnell noch so anmutig wie ein Krebs. Die vier blieben in stillschweigendem Einvernehmen im Speisesaal zurück, bis sie einigermaßen sicher sein konnten, daß Withington außer Hörweite war. Thurzella war geistesgegenwärtig genug, in die Küche zu laufen und noch ein paar Gläser zu holen.

»Trinken Sie doch auch ein Schlückchen, Mrs. Shandy. Es hilft gegen den schlechten Geschmack, den das alles hinterlassen hat. Hier ist Ihr Glas, Professor. Darf ich auch ein Schlückchen haben, Gram?«

»Natürlich. Aber laß es ja nicht zur Gewohnheit werden.«

»Ich weiß. Alkohol ist ein guter Diener, aber ein schlechter Herr.«

»Und laß dir deine Klugheit nicht zu Kopfe steigen. Wenn du sonst nichts mehr zu tun hast, könntest du jetzt eigentlich gut die Spülmaschine ausräumen.«

»Darf ich dann morgen früh ein bißchen später kommen?«

»Ich kann wahrscheinlich eine Stunde ohne dich auskommen, wenn du dich mal richtig ausschlafen möchtest. Alles in allem warst du wirklich recht fleißig. Ich hoffe, ich habe dem armen Claridge eben nicht zu sehr zugesetzt, aber manchmal geht er mir einfach auf die Nerven. Wahrscheinlich werde ich auf meine alten Tage unleidlich. Wo mögen wohl die vielen Polizisten bleiben, die Lucivee mir auf den Hals hetzen wollte, damit sie mich ins Gefängnis schleppen?«

»Wahrscheinlich hat sie nur Dampf abgelassen.« Helen fand wie immer die richtigen Worte, wenn es darum ging, Wogen zu glätten. »Erzählen Sie uns doch ein bißchen über Ihren verstorbenen Mann, Mrs. Bright. Er muß ja ein bemerkenswerter Mensch gewesen sein.«

»Das kann man wohl sagen.«

Auf derart taktvolle Weise ermuntert, begann die Gastwirtin zu erzählen und erholte sich dabei von der schmerzlichen Auseinandersetzung, die sie zum ersten Mal in ihrem Leben dazu gebracht hatte, einen Gast ihres Hauses zu beleidigen. Sie sprach über ihren geliebten Jean-Luc, von seiner Fürsorglichkeit und tiefen Zuneigung zu seinen beiden geliebten Töchtern, von den wunderbaren Männern, die sie geheiratet hatten, von den Enkeln, in denen ihr heldenhafter Gatte weiterlebte, auch wenn es ihm nicht vergönnt gewesen war, sie zu sehen. Sie berichtete von seiner Großzügigkeit gegenüber der Stadt, von den Menschen, deren Leben er durch sein leuchtendes Beispiel bereichert hatte. Als Constable Frank schließlich mit einigen Soldaten der Nationalgarde im Schlepptau erschien, hatten die vier Personen im Speisesaal Lucivees Drohung, die Staatspolizei einzuschalten, längst vergessen.

»Ich habe gehört, Sie hätten hier heute abend eine kleine Auseinandersetzung gehabt«, sagte der Constable. »Wären Sie wohl so nett, uns zu schildern, wie es dazu kam?«

»Aber natürlich. Lange Rede, kurzer Sinn: Lucivee Flodge hat mich eine Hure genannt und ich habe ihr dafür eine Ohrfeige gegeben.«

»Sie hat Sie eine – da hört ja wohl alles auf! War sie betrunken?«

»Das dürfen Sie mich nicht fragen, Frank. Falls sie betrunken war, hatte sie den Alkohol jedenfalls nicht von mir, wie Sie sehr wohl wissen. Gestern abend ist sie hier mit zwei Flaschen Champagner hereingeplatzt, aufgedonnert wie eine Diva, und hat versucht, Jaspers Beerdigung zu feiern, aber niemand wollte mitfeiern. Vielleicht war sie aufgebracht, weil ich keinen Hehl daraus gemacht habe, daß ich derartige Umtrunke in meinem Speisesaal nicht schätze. Ich kann es mir auch nicht erklären, aber sie benimmt sich reichlich merkwürdig, seit sie hier in der Stadt aufgetaucht ist.«

»Und wann genau ist sie hier aufgetaucht, Mrs. Bright?« fragte einer der Männer der Nationalgarde, dessen Name Gilbert war und dessen Onkel Evon sich gelegentlich im Gasthaus ein bißchen nützlich machte, wenn er gerade Lust dazu verspürte.

»Vorgestern, mitten beim Abendessen, genauer kann ich es Ihnen auch nicht sagen. Sie war möglicherweise schon eine ganze Weile in der Stadt, bevor sie zu uns kam. Claridge Withington weiß wahrscheinlich mehr. Er ist in seinem Zimmer, falls Sie sich mit ihm unterhalten möchten.«

»Vielleicht später«, sagte Sergeant Gilbert. »Gehe ich recht in der Annahme, daß dieser gewisse Jasper, den Sie eben erwähnten, der Mann ist, der in die Zyanidkapsel gebissen hat und hier im Speisesaal gestorben ist?«

»Ja. Er saß dort drüben an dem Tisch. Frank weiß schon alles darüber. Könnten wir jetzt vielleicht darauf zu sprechen kommen, warum Sie hier sind?«

»Selbstverständlich. Sie sind wahrscheinlich müde. Warum schildern Sie nicht einfach selbst, wie es zu dem – eh – Zwischenfall gekommen ist?«

»Nun ja, Lucivee – eigentlich heißt sie ja Lucy Veronica, aber sie nennt sich nicht so – erschien vor einer Weile hier und war anscheinend ziemlich angetrunken. Sie hatte ein altes Foto mitgebracht, das sie beim Herumstöbern in Jaspers Haus gefunden hatte. Sie behauptet, das Haus gehöre ihr, und sucht darin nach all dem Geld und den Dokumenten, die er ihrer Meinung nach irgendwo versteckt haben muß. Auf dem Bild waren Jasper und ich auf dem Nachhauseweg von der Schule zu sehen. Ich muß damals etwa zwölf gewesen sein.«

Elva Bright holte tief Luft. »Ich habe versucht, ihr klarzumachen, genau wie ich es jetzt auch bei Ihnen tue, daß Jasper mich nur aus einem einzigen Grund beachtet hat. Er wußte nämlich, daß er von meiner Mutter etwas Leckeres zu essen bekam, wenn er meine Bücher trug. Bei sich zu Hause bekam er lediglich ein Glas Wasser und vielleicht eine Scheibe Brot mit Melasse, wenn seine Mutter ihren großzügigen Tag hatte, was nicht oft der Fall war und was man ihr kaum verdenken konnte. Der alte Flodge stand meistens an irgendeiner Rennbahn und versuchte, irgendeinem armen Kerl, der dumm genug war, ihm zu glauben, alte Schindmähren anzudrehen. Die meiste Zeit ist es ihm sogar gelungen, Jasper hatte seine schlauen Tricks nicht von ungefähr – der Apfel fällt nicht weit vom Stamm. Aber das interessiert Sie sicher gar nicht.«

»Interessieren tut es uns schon«, sagte der andere Soldat der Nationalgarde, der Armand hieß und dessen Cousine Lurline manchmal in Micheles Laden aushalf. »Aber wir sind heute ziemlich spät dran. Was wollte Mrs. Flodge mit dem Schnappschuß, Mrs. Bright?«

»Ich kann ihr ungeheuerliches Betragen immer noch nicht fassen. Thurzella, Micheles jüngste Tochter, Sie kennen sie ja – war auch hier und deckte gerade die Tische für das Frühstück. Lucivee fing an, sie mit dem Foto zu vergleichen, und behauptet, sie sähe genauso aus wie Jasper als Junge, was natürlich purer Unsinn war. Dann hat dieses Flittchen auch noch gewagt, mir mitten ins Gesicht zu sagen, daß jeder in Pickwance wüßte, daß meine Eltern mich mit dem erstbesten Kerl verheiratet hätten, der bereit war, mich zu nehmen, weil ich angeblich von Jasper schwanger gewesen wäre und sie einen Skandal verhindern wollten.«

»Aber ich dachte immer, Ihr Mann sei ein Adliger oder so was gewesen.«

»Das war er auch, und er war der edelste Mensch, den man sich vorstellen kann. Ich gebe zu, daß Jean-Luc und ich nicht viel Zeit verloren haben, und ich habe mich dessen nie geschämt. Aber daß diese impertinente Person daherkommt und nach all den Jahren so eine unverschämte Lüge in die Welt setzt – das konnte ich einfach nicht ertragen, also habe ich ausgeholt und ihr eine Ohrfeige verpaßt, damit sie endlich ihr Schandmaul hielt. Falls Sie mich deswegen verhaften wollen, tun Sie es bitte.«

»Mrs. Flodge hat uns am Telefon berichtet, Sie hätten ihr einen Schlag mit einer Waffe versetzt und ihr dabei eine stark blutende Wunde zugefügt.«

»Tatsächlich?« Elva hielt ihre linke Hand hoch und präsentierte den Männern ihren schweren goldenen Trauring und den Verlobungsring mit dem eindrucksvollen Diamanten in der aufwendigen, wenn auch etwas zu breiten Fassung. »Ich bin Linkshänderin, wie Frank Ihnen bestätigen kann. Diese beiden Ringe hat mein Mann mir zu unserer Hochzeit geschenkt. Ich ziehe sie eigentlich nur aus, wenn ich Teig knete oder Fische ausnehme. Wie Sie sehen, ist der Stein ziemlich groß und der Ring sitzt ein bißchen locker. Wahrscheinlich ist er nach unten verrutscht und hat sie an der Wange getroffen.«

»Es war wirklich nur ein Kratzer«, betonte Helen. »Mein Mann und ich waren anwesend, als es passierte. Wir haben ein oder zwei Tröpfchen Blut gesehen, sonst nichts.«

»Können Sie die Angaben Ihrer Frau bestätigen, Mr. – eh?«

»Shandy«, sagte Peter. »Ich bin schon seit Sonntag abend hier. Meine Gattin ist erst heute eingetroffen, und Mrs. Bright kam aus der Küche, um sie zu begrüßen. Wir haben ein wenig geplaudert, als Mrs. Flodge plötzlich mit dem Foto in der Hand an unserem Tisch auftauchte und Mrs. Bright beleidigte, genau wie sie es gerade geschildert hat. Es war das dritte Mal seit Flodges Tod, daß Mrs. Flodge sich hier im Gasthaus unbeliebt machte, und der heutige Auftritt war wohl einfach zuviel für Mrs. Bright. Ehrlich gesagt hatte ich selbst nicht übel Lust, der Dame eine Ohrfeige zu verpassen. Ihnen wäre es wahrscheinlich genauso gegangen, wenn Sie die theatralischen Auftritte miterlebt hätten.«

»Aber Sie haben sich nicht aktiv an den Handgreiflichkeiten beteiligt?«

»Selbstverständlich nicht! Das Ganze dauerte ohnehin nur wenige Sekunden. Mrs. Bright wurde von dieser Frau aufs Äußerste provoziert und war über ihre eigene Reaktion zutiefst verstört. Sie hat ihr wirklich nur eine – eh – geknallt.«

»Können Sie das bestätigen, Mrs. Shandy?«

»Natürlich. Wie mein Mann bereits sagte, es war wirklich nur eine Frage von Sekunden. Mrs. Flodges Benehmen war unverzeihlich. Sie hätte sich bei Mrs. Bright entschuldigen müssen, statt ihr die Polizei auf den Hals zu hetzen.«

»Da war sie offenbar anderer Meinung. Und was ist dann passiert?«

»Mrs. Bright hat Mrs. Flodge aufgefordert, ihr Haus zu verlassen und nie wieder zu betreten.«

»Hat sie sie angebrüllt oder zur Tür hinausgedrängt, irgend etwas in der Art?«

»Keineswegs. Mrs. Bright hatte sich inzwischen wieder völlig unter Kontrolle, sie hat ihr lediglich gesagt, sie solle gehen. Mrs. Flodge schrie sie an und drohte damit, daß sie dafür sorgen werde, daß man ihr die Konzession entzöge. Mrs. Bright sagte nur noch einmal ›Raus mit Ihnen‹, woraufhin Mrs. Flodge tatsächlich ging.«

»Waren Sie beide die einzigen Zeugen?«

»Nein«, sagte Peter. »Thurzella war noch dabei, außerdem auch Claridge Withington, den Sie vielleicht kennen. Ich glaube, er ist so etwas wie ein Stammgast, kommt jeden Sommer her und wohnt hier im Haus – wie lange schon, Mrs. Bright?«

»Viel zu lange, habe ich allmählich den Eindruck. Ich müßte mal in meinen alten Gästebüchern nachschauen. Als Claridge anfangs herkam, war er noch bei guter Gesundheit, seither geht es ihm jedes Jahr schlechter, und inzwischen erwartet er mehr Aufmerksamkeit, als ich Personal und Zeit habe. Das traurige Ergebnis ist, daß er sich ständig in die Angelegenheiten anderer Leute einmischt und seine Nase tiefer hineinsteckt, als vielen von uns lieb ist. Ich sage am besten gleich, daß er ziemlich eingeschnappt war, nachdem Lucivee gegangen war.«

»Und warum war er das?« fragte Armand.

»Weil ich ihm in aller Deutlichkeit mitgeteilt habe, daß es mir nicht paßt, daß er jeden, der ihm zufällig über den Weg läuft, mit Einzelheiten aus meinem Privatleben überschüttet. Außerdem habe ich ihm zu verstehen gegeben, daß es mir lieb wäre, wenn er sich möglichst schnell in sein Zimmer zurückzöge, was ihm wohl auch nicht gefiel. Da fällt mir ein, daß ich versprochen habe, ihm ein Eggnog zu bringen. Am besten, ich mache es, solange Sie noch hier sind und mir dabei zusehen können, damit Sie auch sicher sein können, daß ich keine Zyanidkapsel hineinwerfe.«

Kapitel 16

»Würde es Ihnen etwas ausmachen, die Kaffeemaschine anzuwerfen, wenn Sie schon in der Küche sind?«

Constable Frank, der bisher auf einem der Stühle gesessen hatte, die Mütze bis tief über die Augen gezogen, so daß man nicht erkennen konnte, ob er wach war oder döste, hatte sich aufgerichtet und beteiligte sich wieder an dem Gespräch. »Vielleicht schärft es unser Urteilsvermögen.«

Elva Brights Urteilsvermögen war bereits scharf genug, und ihre Zunge ebenfalls. »Ich hoffe doch sehr, daß Sie die Angelegenheit bald klären, damit ich endlich in Ruhe schlafen kann. Ich betone noch einmal, daß ich es für völlig undenkbar halte, daß Jasper Flodge sich selbst umgebracht hat, ganz gleich, in welchen Schwierigkeiten er auch gesteckt haben mag. Dazu hing er viel zu sehr am Leben. Außerdem hat er sich zeitlebens aus jeder brenzligen Situation herauslügen können. Das fing schon an unserem ersten Schultag an, als er meinen Griffel klaute und behauptete, ich hätte ihn absichtlich in einem Loch im Fußboden verschwinden lassen. Er hätte blind auf sein Glück vertraut, selbst wenn seine Lage noch so ausweglos gewesen wäre.«

Sie ging in Richtung Küche. »So, und jetzt mache ich frischen Kaffee. Ich würde mich freuen, wenn Sie und Ihre Frau auch mitkämen, Professor Shandy. Natürlich nur, wenn Sie nicht zu erschöpft sind.«

Peter und Helen merkten, daß Mrs. Bright Wert darauf legte, daß Zeugen anwesend waren, die eindeutig auf ihrer Seite standen. Sie konnten daher unmöglich ablehnen.

Die Küche war makellos sauber. Thurzella war nirgends zu sehen, doch auf der blank gescheuerten Arbeitsfläche lag ein Zettel mit der Nachricht »Bis morgen früh, Gran. Ich habe zwei Doughnuts für Daddys Lunchpaket mitgenommen.«

»Ein liebes Kind. Mrs. Shandy, nehmen Sie doch bitte den

Hocker, sonst haben wir leider keine Sitzgelegenheit hier. Ich nehme an, Sie haben zu dieser nachtschlafenden Zeit keine Lust mehr auf Doughnuts? Es ist auch noch ein bißchen von dem Zitronensorbet übrig, außerdem haben wir auch noch Madeleines. Mein Mann hat mir beigebracht, wie man sie macht.«

»Eine Madeleine wäre wunderbar.«

Peter nahm auch eine, doch die anderen Männer wollten lieber Doughnuts. Constable Frank war inzwischen hellwach und bereit, mit der Gastwirtin Tacheles zu reden.

»Ich verstehe absolut nicht, warum Sie ständig auf der Mordtheorie herumreiten, Elva. Verdammt noch mal, Sie schaden sich damit doch bloß selbst, und die Polizei geht doch auch von Selbstmord aus.«

Sergeant Gilbert nickte zustimmend. »Mrs. Flodges Theorie ist durchaus einleuchtend. Sie behauptet, daß Flodge in eine dubiose Immobiliengeschichte verwickelt war, versucht hat, die falschen Leute übers Ohr zu hauen, sein ganzes Geld verloren hat und sich dann mit der Mafia angelegt hat. Sie meint, er habe gewußt, daß die Gangster ihn früher oder später umbringen würden, und beschlossen, ihnen zuvorzukommen, bevor irgendein Killer ihn erledigen konnte, und sich noch eine letzte Genugtuung verschafft, indem er sie um die Versicherungssumme brachte, für die sie seit der Trennung Beiträge gezahlt hatte.«

Doch Elva gab nicht auf. »Erinnern Sie mich lieber nicht daran. Sofort nachdem sie hier in der Stadt angekommen war, ist Lucivee in meinen Speisesaal gerauscht und hat ein Riesentrara darum gemacht, daß Jasper sie angeblich um ihr Geld betrogen habe. Wenn sie so sehr darauf versessen ist, jeden glauben zu machen, daß Jasper völlig mittellos gestorben ist, warum sucht sie dann wie verrückt nach irgendwelchen verborgenen Schätzen? Würden Sie vielleicht die Freundlichkeit besitzen, mir diese Frage zu beantworten?«

»Wirklich eine interessante Frage, Mrs. Bright«, sagte Sergeant Armand, »aber deswegen sind wir nicht hier. Ich denke, wir sollten uns jetzt lieber anhören, was Mr. Withington zu sagen hat, Frank. Und dann sollten wir uns die schweren Verletzungen von Mrs. Flodge ansehen. Sie verbringt doch sicher die Nacht hier in Pickwance, oder?«

»Davon würde ich ausgehen«, erwiderte Elva. »Ich glaube, sie hat eine Wohnung in Portland, aber es scheint mir reichlich unwahrscheinlich, daß sie heute nacht dort schläft, vor allem jetzt, wo sie wieder mal eine Entschuldigung gefunden hat, hier Unheil anzurichten. Höchstwahrscheinlich ist sie in Jaspers Haus, es ist ganz in der Nähe, nur eine Straße weiter. Frank kann es Ihnen zeigen. Sie behauptet stolz, das Haus gehöre jetzt ihr, obwohl es alles andere als ein Prachtstück ist. Kommen Sie danach wieder hierher zurück?«

»Das weiß ich noch nicht«, sagte Gilbert. »Wenn ich Ihnen einen guten Rat geben darf, Mrs. Bright, würde ich mich an Ihrer Stelle morgen früh als erstes mit meinem Anwalt in Verbindung setzen. Mrs. Flodge hat wahrscheinlich vor, Sie wegen Körperverletzung anzuzeigen. Aber so, wie sie sich Ihren Angaben nach in Ihrem Lokal aufgeführt hat, könnten Sie Ihrerseits Anzeige wegen Rufmord, Hausfriedensbruch oder was weiß ich erstatten. Es wäre sicher keine schlechte Idee, Ihren Anwalt zu bitten, ihr einen geharnischten Brief zu verpassen, und dann in Ruhe abzuwarten. Es spricht einiges dafür, daß sie schnell einen Rückzieher macht, weil sie sonst eine Menge Probleme bekommt.«

»Mir ist es lieber, sie hat die Probleme und nicht ich. Aber jetzt sollte ich endlich den Eggnog machen, deswegen sind wir schließlich hier in der Küche. Und jetzt lassen Sie mich besser nicht mehr aus den Augen. Was ich eben über Claridge Withington gesagt habe, war durchaus ernst gemeint. Er ist sehr wohl in der Lage, irgendeinen Unsinn anzustellen, bloß damit's weiter rundgeht.«

Sie schlug ein Ei auf und fügte Milch, Muskat und einen Löffel Sherry hinzu. »Der arme Kerl, wahrscheinlich hat er sonst nichts, was ihm Spaß macht. Hier, nehmen Sie den Eggnog einfach mit. Mir ist im Moment nicht nach Gesellschaft zumute. Gute Nacht, Mrs. Shandy. Und Ihnen wünsche ich natürlich auch eine gute Nacht, Professor Shandy. Wir sehen uns dann morgen früh, wenn mich die Herren hier nicht abgeführt haben.«

»Sie ist wirklich eine ziemlich starke Persönlichkeit, findest du nicht?«

Helen hatte vor dem Abendessen lediglich genug Zeit gehabt, ihr Mehrzweckkleid und die Schuhe auszupacken. Jetzt holte sie das Versäumte nach, hängte das wenige, das sie mitgebracht hatte, auf Kleiderbügel und ließ alles hinter einem Chintzvorhang verschwinden, der als Schrankersatz diente. Ihre Unterwäsche legte sie in eine Schublade und ihren Kamm und die Kosmetiksachen auf den bestickten Läufer auf der Frisierkommode.

»So, das wäre geschafft. Wo sind die Sachen, die ich waschen soll?«

Peter musterte seine Frau amüsiert. »Ich dachte, du wolltest morgen abreisen?«

»Habe ich das gesagt?« Helen wühlte in dem Koffer, den Peter inzwischen immer mehr zu einem Wäschekorb zweckentfremdet hatte, und begann, das Waschbecken im Badezimmer mit dem Inhalt zu füllen. »Das Hemd, das du gerade anhast, muß ich unbedingt auch waschen. Es sieht aus, als hättest du es die ganze Woche getragen.«

»Ich trage es erst seit gestern. Ich wollte eigentlich eins von Guthrie borgen.«

»In Guthries Hemden würdest du glatt ertrinken. Ein Glück, daß Mrs. Bright hier einen Wäscheständer hingestellt hat. Du wolltest doch nicht zufällig heute noch duschen, oder?«

»Darf ich aus deiner Formulierung schließen, daß der Wäscheständer sich in der Naßzelle befindet?«

»Meine Güte, bist du aber schlau. Du hast mir übrigens furchtbar gefehlt.«

»Hmja, wir könnten vielleicht ein kleines Duett spielen, falls du daran gedacht hast, zwei Klaviere einzupacken.«

»Was für eine reizende Idee. Ich wußte doch gleich, daß ich etwas vergessen hatte. Was hast du denn mit der anderen Socke gemacht?«

»Helen, ist die Socke denn wirklich so wichtig für das Thema, das wir gerade erörtern?«

»Falls wir sie nicht finden, wirst du dich morgen früh wahrscheinlich nicht sonderlich gut fühlen, wenn du zum Frühstück mit einem besockten und einem nackten Fuß erscheinst.«

»Glaubst du das im Ernst? Hältst du mich für so modebewußt? Besteht die Krönung meines Lebenswerkes darin, als Beau Brummell von Pickwance Berühmtheit zu erlangen? Wahrscheinlich wirst du mir morgen unablässig damit in den Ohren liegen, daß ich mir endlich eine Baseballkappe mit Tierfutterreklame zulegen soll. Am besten sogar eine mit angenähtem Geweih und der Aufschrift ›Hier kommt der Elch‹. Aha, da haben wir ja die vermaledeite Socke. Anscheinend habe ich sie als Lesezeichen benutzt, den Grund kann ich dir momentan leider auch nicht sagen. Was in Dreiteufelsnamen geht eigentlich da unten vor?«

Vielleicht lag das kastenförmige zweistöckige graue Schindelhaus mit dem Mansardgiebeldach, das seit mindestens einem halben Jahrhundert oder noch länger als Bright's Inn bekannt war, ein wenig nach hinten versetzt zu den übrigen Häusern an der Hauptstraße, weil das Gebäude ursprünglich ein Pesthaus gewesen war, falls Withingtons Geschichte stimmte. Die drei breiten Granitstufen, die zum Eingang führten, schlossen unmittelbar an den Bürgersteig an, wie man es in einer Region erwarten würde, wo im Winter mit starken Schneefällen zu rechnen ist und niemand mehr Schnee schaufeln will als unbedingt nötig. Auf jeder Seite war ein etwa zwei Meter breites Stück unbepflanzt geblieben, und ein gepflastertes Gäßchen, das breit genug war, um zwei Fahrzeugen Platz zu bieten, solange keines von beiden ein Truck war, führte um den Gasthof herum zu einem Parkplatz, der bis zu zwanzig Fahrzeuge faßte.

Die breiten Streifen neben dem Haus und die schmalen Wege, die von der Gasse aus zu den Stufen führten, waren mit einer dicken Schicht aus eigroßen Kieseln aufgefüllt, die unzählige Gezeiten poliert hatten, und ein weißgestrichener, dreißig Zentimeter hoher Holzzaun sorgte dafür, daß sie genau dort blieben, wo sie hingehörten. Das Geräusch, das Peter und Helen hörten, war das Knirschen von Schritten auf den Kieselsteinen.

»Klingt, als hätte der Constable seinen Wagenschlüssel verloren«, kicherte Helen. »Meinst du nicht, du solltest runtergehen und ihm suchen helfen?«

»Ich meine, du solltest dir deine frivolen Bemerkungen schenken und entweder dein Kleid wieder anziehen oder alles andere ablegen. Ich persönlich würde vorschlagen, daß du –«

»Pst! Ich glaube, sie sagen gerade, daß sie den Professor fragen wollen. Warum steckst du nicht einfach kurz den Kopf raus und siehst nach, was los ist? Kann man das Fliegengitter hochschieben?«

»Ich glaube, es ist mit ein paar rostigen Haken befestigt. Meine Güte, die sind ja völlig unbeweglich – so, jetzt hab' ich es. Ich muß nur aufpassen, daß ich das Ding nicht fallen lasse und dem Constable den Schädel damit zertrümmere. Diese alten Holzrahmen sind verdammt schwer.«

Nachdem er sich vergewissert hatte, daß die oberen Haken immer noch fest genug saßen, um als Scharniere zu dienen, drückte Peter den unteren Teil des Fliegenfensters vorsichtig so weit nach vorne, daß er sehen konnte, was sich unten vor dem Haus abspielte. Der Wagen der Staatspolizei parkte immer noch am Straßenrand. Sergeant Gilbert saß auf dem Fahrersitz, hatte die Tür weit geöffnet und sprach in ein Mikrophon, das er in der Hand hielt. Frank marschierte auf dem Bürgersteig auf und ab und scheuchte Fußgänger fort, die Anstalten machten, stehenzubleiben und Maulaffen feil zu halten. Sergeant Armand befand sich innerhalb des Lattenzauns. Er schien etwas Schwarzes zu bewachen, das unmittelbar hinter der von Peter aus rechten Ecke des Gebäudes auf dem Boden lag. Als Frank ein Auto heranwinkte, leuchtete mitten im Schwarz etwas Rotes im Scheinwerferlicht auf. Peter zog den Kopf ein und hakte das Fliegenfenster wieder fest.

»Zieh dich schnell wieder an, Helen. Ich glaube, es ist Lucivee Flodge.«

»Peter, nein! Du willst doch nicht etwa sagen, daß sie –«

»Irgendwas ist mit ihr. Vielleicht ist sie nur ohnmächtig geworden. Mrs. Bright meinte ja, daß sie ziemlich viel getrunken hatte.«

Helen befürchtete Schlimmeres. Peter auch. Eine Betrunkene, die ein Haus ganz in der Nähe hatte, war höchstens ein lästiges Problem für den Constable oder einen hilfsbereiten Nachbarn, der wußte, wo der Haustürschlüssel versteckt war. Doch wenn ein Angehöriger der Staatspolizei über Funk Meldung machte, bedeutete dies, daß er und sein Partner mit der Situation nicht fertig wurden oder es von vorneherein gar nicht erst versuchten. Beispielsweise, wenn es sich um einen schweren Unfall oder um Mord handelte.

Da Helen bereits sein Hemd eingeweicht hatte, zog sich Peter einen leichten Pullover über sein Unterhemd. »Ich gehe nach unten.«

»Dann komme ich mit. Hast du den Zimmerschlüssel?«

»Ja, in der Tasche. Aber am besten nimmst du deine Handtasche trotzdem mit. Bist du warm genug angezogen, für den Fall, daß wir noch irgendwohin müssen?«

»Wohin beispielsweise?«

»Weiß der Geier.«

Helen nahm die blaßblaue Strickjacke, die sie eben erst in der Schublade verstaut hatte, griff nach ihrer Handtasche, wie Peter vorgeschlagen hatte, und gab ihrem Gatten einen Kuß. »Die arme Mrs. Bright! Hoffentlich ist es nichts Schlimmes.«

Das hing ganz davon ab, wie man schlimm definierte, dachte Peter. Die Eingangstür stand offen, und sie traten hinaus auf die oberste Treppenstufe. Gilbert wies sie mit einer Handbewegung an, nicht weiter zu gehen, und nickte weiter in sein Mikrophon. Als sich ihre Augen an das Mondlicht gewöhnt hatten, konnten sie Lucivee deutlich sehen. Sie lag weder in einer Blutlache, noch ragte ein Messer aus ihrem Rücken, und man konnte auch kein Einschußloch oder irgendwelche Spuren sehen, die auf einen Kampf schließen ließen. Die Frau, die vor kaum mehr als einer Stunde Elva Bright auf so unverschämte Weise beleidigt hatte, schien ganz entspannt auf den Steinen zu ruhen. Ihr teures schwarzes Kostüm war weder zerknittert noch zerrissen, und auch ihre Frisur wirkte tadellos. Die Aktentasche, die sie bei sich gehabt hatte, lag ungeöffnet neben ihrer linken Hand. Sie war mit dem Gesicht nach unten gefallen, man konnte nur einen Teil ihrer linken Wange sehen und eine große, häßliche Wunde an ihrer Schläfe.

»Meine Güte!« Helen wickelte sich enger in ihre Strickjacke. »Mrs. Brights Diamant ist dafür jedenfalls nicht verantwortlich.«

Die Verletzung sah eher aus, als habe eine zornentbrannte Mrs. Bright mit einem Stein zugeschlagen. Peter hatte den Eindruck, daß den anderen ähnliche Gedanken durch den Kopf gingen, und wünschte, es wäre nicht so. »Wo ist Mrs. Bright?« fragte er.

Gilbert, der sein Gespräch beendet hatte und wieder auf den Bürgersteig zurückgekehrt war, sagte es ihm. »Sie ist mit Mr. Withington im Foyer. Wir wären Ihnen sehr dankbar, wenn Sie und Ihre Frau sich wieder ins Haus begäben und ihr Gesellschaft leisten würden. Wir haben Order, niemanden hinein und hinaus zu lassen, bis die Mordkommission hier ist.«

»Die Mordkommission?«

Eigentlich logisch. Lucivee war zweifellos tot und hatte sich schließlich erst vor kurzem wegen schwerer Körperverletzung an die Polizei gewandt. Peter und Helen begaben sich pflichtbewußt zurück ins Foyer. Heute abend brannte kein Feuer im Kamin. Elva Bright und ihr in Ungnade gefallener Gast saßen so weit wie möglich voneinander entfernt in zwei Korbsesseln. Mrs. Bright trug immer noch ihr weißes Baumwollkleid. Withington hatte sich in einen dicken Morgenmantel gehüllt und war in seine Hausschuhe geschlüpft, trug dazu aber noch Anzughose und Socken. Ausnahmsweise schwieg das Orakel, schien allerdings wieder lebhafter zu werden, als die Shandys sich nebeneinander auf das kleine Sofa setzten.

»Was für ein schrecklicher Schock. Nachdem wir – eh – uns getrennt hatten, habe ich eine Weile vor dem Fernseher zugebracht. Dann bekam ich zu meiner großen Überraschung Besuch von Frank Webber und zwei sympathischen jungen Herren von der Bundespolizei. Leider war ich ein ziemlich langweiliger Zeuge.«

Was Peter sich lebhaft vorstellen konnte. Er zog Helen ein wenig näher zu sich heran und wappnete sich für das Unabänderliche. Withington arbeitete sich erwartungsgemäß Silbe für Silbe durch seine Zeugenaussage vor, bis er wieder bei seinem Fernseher angelangt war.

»Ich suchte eine Sendung, die einigermaßen interessant war – ich habe eine dieser Fernbedienungen, müssen Sie wissen, daher ist es ganz leicht – als urplötzlich, wer hätte das gedacht, die Männer erneut bei mir hereinschneiten und wissen wollten, ob ich gesehen hätte, wie jemand draußen herumgeschlichen sei, während sie gemeinsam mit Ihnen und unserer verehrten Gastwirtin in der Küche weilten.«

Er warf Mrs. Bright einen beleidigten Blick zu. »Ich erklärte meinen Besuchern, daß ich nichts bemerkt hätte, weil ich zum fraglichen Zeitpunkt ferngesehen hätte. Ich trage beim Fernsehen nämlich Kopfhörer, müssen Sie wissen, damit der Lärm niemanden stört. Ich bemühe mich stets, mich so rücksichtsvoll wie möglich zu verhalten. Soweit meine Gebrechlichkeit dies zuläßt«, fügte er mit einem weiteren verletzten Seitenblick auf Mrs. Bright hinzu, was sich jedoch als Zeitverschwendung herausstellte, da sie ihn nicht einmal bemerkte. »Bitte entschuldigen Sie meinen Aufzug, Mrs. Shandy. Der Polizist bestand darauf, daß ich Mrs. Bright hier Gesellschaft leiste, damit sie ein wachsames Auge auf mich werfen kann. Es ist höchst ungewohnt für einen bresthaften Menschen wie mich, zum Kreis der Verdächtigen gezählt zu werden.«

Mrs. Bright schien aus ihrer Erstarrung zu erwachen. »Hören Sie endlich auf, sich wichtig zu machen, Claridge. Sie sitzen hier nur deshalb, damit Sie aufpassen, daß ich mich nicht heimlich aus dem Staub mache, und das wissen Sie haargenau. Was ist da draußen überhaupt los, Professor?«

»Hmja, das weiß ich selbst nicht. Sergeant Gilbert hat mit jemandem über Funk gesprochen, mehr kann ich auch nicht sagen. Ich nehme an, er hat einen Krankenwagen gerufen und – eh – was man üblicherweise in solchen Fällen tut. Man hat uns gleich wieder fortgeschickt. Wir sollen hier im Haus auf weitere Instruktionen warten. Hat man Ihnen das auch gesagt?«

»So ungefähr. Ich war noch in der Küche und habe Vorbereitungen für das Frühstück getroffen. Anscheinend gibt es immer noch etwas, was man im Eifer des Gefechts vergessen hat. Ich war gerade in der Vorratskammer und habe nach einem zusätzlichen Krug Ahornsirup gesucht, den ich weggestellt hatte, aber partout nicht finden konnte, als Jemmy Gilbert hereingestürmt kam, als sei der Teufel persönlich hinter ihm her. Er wollte wissen, ob ich jemanden gesehen oder gehört hätte, der sich in der Einfahrt oder auf dem Parkplatz zu schaffen gemacht hätte. Ich sagte, daß ich davon höchstwahrscheinlich gar nichts mitbekommen hätte. Erstens kommen hier ständig Jogger vorbei, und zweitens ist die Vorratskammer absolut schalldicht. Dann habe ich Jemmy gefragt, was denn los sei. Er hat mir mitgeteilt, daß draußen in der Auffahrt eine Frau liegt, und mich gebeten, mit ihm zu gehen und sie mir anzusehen.«

»Das war bestimmt ein ziemlicher Schock für Sie«, meinte Helen.

»Er hat das Faß endgültig zum Überlaufen gebracht, das kann ich Ihnen sagen. Ich habe sofort vermutet, daß es Lucivee Flodge ist. Wahrscheinlich ist sie nach Hause gegangen, hat sich noch ein paar Drinks gemacht und hat dann beschlossen, wieder herzukommen und sich mit mir anzulegen, hat aber ein bißchen zu tief ins Glas geschaut und ihre Kräfte überschätzt und ist zusammengebrochen, bevor sie das Gasthaus erreicht hat.«

»Wäre das denn möglich? Wohnt sie in Ihrer unmittelbaren Nachbarschaft?«

»Oh ja, nur eine Straße weiter, praktisch Rücken an Rücken

mit dem Gasthof. Sie braucht im Grunde nur durch ihren Garten und über den Parkplatz zu gehen. Jedenfalls wollte Jemmy Gilbert, daß ich mit ihm nach draußen gehe und sie mir ansehe. Es war tatsächlich Lucivee, genau wie ich gedacht hatte. Sie trug immer noch das schwarze Kostüm mit dem roten Revers, das Sie ja auch gesehen haben. Ich bat Jemmy und Armand, sie umzudrehen, damit ich ihr Gesicht richtig sehen konnte, aber sie meinten, das verstieße gegen die Vorschriften und sie müßten dazu weitere Instruktionen einholen. Also hat Jemmy mich wieder ins Haus gebracht und Claridge geholt, damit er mich bewacht. Was ist denn los mit Lucivee, Professor? Ist sie immer noch nicht zu sich gekommen?«

Kapitel 17

Peter mußte sich zwingen, Helen nicht anzusehen. »Man hat uns auch nur bis zur Treppe vorgelassen, Mrs. Bright. Wir konnten nicht viel sehen. Hätten Sie etwas dagegen, wenn ich das Kaminfeuer anmachen würde? Meine Frau zittert vor Kälte.«

Vielleicht zitterte sie auch aus einem anderen Grund, aber sie spielte auf jeden Fall mit. »Ich hätte wissen müssen, daß die Strickjacke allein nicht warm genug ist. Peter hat mir erzählt, daß Ihre Tochter wunderschöne handgewebte Sachen verkauft, und versprochen, mir morgen ihren Laden zu zeigen.«

In einer Situation, an der man ohnehin nichts ändern kann, ist ein unverfängliches Gespräch manchmal durchaus tröstlich. Mrs. Bright war dankbar, daß sie endlich das Thema wechseln konnte, und ging sofort darauf ein. So gut es ging, vertrieben sie sich die Zeit vor dem Treibholzfeuer mit den vielfarbigen Flammen, bis sie von dem Geheul einer Polizeisirene und blauen Lichtblitzen wieder aufschreckt wurden. Diesmal widerstand keiner der Versuchung, zum Fenster zu gehen, doch Mrs. Bright tat genau das, was Peters Mutter zweifellos auch getan hätte: Sie zog anstandshalber die Vorhänge zu und ließ nur einen schmalen Spalt zum Durchspähen offen.

Lucivee Flodge war tot. Daran bestand kein Zweifel mehr, denn ihr Körper verschwand in einem langen Plastiksack, wurde auf eine Trage gelegt, die durch die offene Hecktür in den Polizeikrankenwagen geschoben wurde. Als die Türen wieder geschlossen waren und der Krankenwagen vorsichtig losfuhr, hörte Peter die Gastwirtin murmeln: »Der Herr sei uns gnädig.« Er griff nach ihrem Arm, führte sie zurück zu ihrem Sessel und legte ein weiteres Stück Treibholz ins Feuer.

Dann warteten sie wieder, während die Männer draußen anscheinend erfolglos zwischen den Kieseln herumstocherten.

Nach etwa fünfzehn Minuten, die ihnen jedoch wie eine Ewigkeit vorkamen, betrat Jemmy Gilbert wieder das Foyer.

»Mrs. Bright, würde es Ihnen etwas ausmachen, für ein oder zwei Minuten mit mir in die Küche zu gehen?«

Es machte ihr eine Menge aus, aber sie hielt sich wacker. »Was wollen Sie denn von mir, Jemmy? Sie sind doch wohl nicht schon wieder hungrig?«

»Nein, noch nicht.« Er war mindestens genauso nervös wie die Gastwirtin, konnte es allerdings weniger gut überspielen. »Also der – der diensthabende Officer«, er versuchte verzweifelt, das Wort Mordkommission zu vermeiden, »also er dachte, wir sollten mal nachprüfen, ob es wirklich möglich ist, daß jemand durch die Gasse laufen kann, ohne daß man etwas von ihm hört.«

»Ich habe Ihnen doch eben schon gesagt, daß ich in der Vorratskammer war.«

»Ja, das weiß ich. Aber jetzt sollen wir zusammen in die Vorratskammer gehen, und Sie sollen so ziemlich das machen, was Sie heute abend auch gemacht haben, während ich versuche herauszufinden, ob man hört, wenn draußen jemand vorbeigeht.«

»Das ist doch Unsinn. Man braucht doch bloß die Schuhe auszuziehen und auf Socken zu laufen, wenn man nicht gehört werden will.«

»Genau das habe ich auch gesagt, aber Detective Blake meint, daß nicht jeder Zeit hat, sich die Schuhe auszuziehen. Wir sollen es als Teil unserer Ermittlungsarbeit betrachten.«

»Da es ja ohnehin niemanden interessiert, was ich von dieser Art der Ermittlung halte, bringen wir es am besten möglichst schnell hinter uns.«

Claridge Withington war nicht sonderlich begeistert von seiner Rolle als passiver Zuhörer, daher räusperte er sich ziemlich lautstark. »Ähem! Und was sollen wir anderen machen, Officer?«

»Ich möchte, daß Sie genau da bleiben, wo Sie gerade sind. Es kommt gleich jemand und nimmt Ihre Aussagen auf.«

»Ah ja, unsere Aussagen. Das wird sicher eine interessante Erfahrung, meinen Sie nicht auch, Professor?«

Withington hätte am liebsten gleich wieder losgelegt, doch Jemmy Gilbert machte keine Anstalten, ihm zuzuhören. Er war bereits mit Elva Bright auf dem Weg zur Speisekammer, bevor

Withington Zeit hatte, sich ein zweites Mal zu räuspern. Peter bat ihn mit einer Handbewegung, leise zu sein.

»Am besten, wir geben keinen Mucks von uns und spitzen die Ohren.«

Der Grund leuchtete ihm zwar selbst nicht ein, doch es war immerhin eine Möglichkeit, die alte Quasselstrippe vorübergehend mundtot zu machen. Da Mrs. Bright nicht mehr da war, konnten sie eigentlich genausogut einen Blick nach draußen riskieren und herausfinden, was genau sich dort abspielte. Peter ging zu einem der Fenster, zog ohne viel Federlesens den Vorhang auf und schaltete die Tischlampe aus, damit sich ihre Augen an die Dunkelheit gewöhnen konnten.

Sehr viel war nicht zu sehen. Ein gutaussehender Sergeant mit Stiefeln machte den Anfang und lief gut hörbar die Straße hinauf und hinab. Der zweite Beamte trug Turnschuhe. Man konnte seine Schritte zwar hören, doch nur, wenn man genau darauf achtete. Eine Gastwirtin, die in ihrer Speisekammer verzweifelt nach Ahornsirup suchte, hätte ihn höchstwahrscheinlich nicht gehört. Der Dritte im Bunde war ein mutiger Mann, der in dünnen schwarzen Socken seinen Auftritt absolvierte. Hätte er sich nicht zufällig den Zeh gestoßen und »Aua« gerufen, hätte ihn wahrscheinlich niemand gehört.

Damit war dieser Teil der Ermittlungsarbeiten abgeschlossen. Peter versetzte den Vorhang hastig wieder in den Zustand, in dem Elva Bright ihn zurückgelassen hatte, knipste die Lampe an und ging zurück zu dem kleinen Sofa, um seine geliebte Gattin zu trösten, nachdenklich in die Flammen des Kaminfeuers zu starren und sich zu fragen, warum er nicht ein oder zwei Arme voll Treibholz von Rondel's Head mitgebracht hatte. Es hatte mehr als genug davon auf den Klippen gelegen. Anschließend hätte er einen Umschlag auf dem Tisch deponieren können, so daß Miss Rondel nicht gedacht hätte, er nutze ihre kurze Bekanntschaft schamlos aus, um ihr Treibholz zu klauen.

Es war langweilig, untätig herumzusitzen und darüber nachzudenken, wann zum Teufel die Gesetzeshüter endlich aufhörten, draußen herumzurennen, und begannen, die Verdächtigen in die Mangel zu nehmen. Helen hatte den Kopf auf seine Schulter gelegt und war eingeschlafen. Peter war froh, daß sie endlich Gelegenheit hatte, sich ein wenig zu erholen.

Nach dem anstrengenden Tag mußte sie völlig erschöpft sein,

immerhin war sie schon unterwegs gewesen, als die Frühaufsteher unter den Vögeln gerade erst mit dem Würmersuchen anfingen. Außerdem hatte sie eine lange Fahrt hinter sich und nur bei den seltenen Pausen Gelegenheit gehabt, sich ein wenig zu rekeln, dann hatte sie mit Catriona und Guthrie ein Picknick veranstaltet, war nach Pickwance gekommen und sofort in den Strudel der Ereignisse geraten. Helen gehörte dringend ins Bett.

Und er ebenfalls, verflixt und zugenäht! Wie in Dreiteufelsnamen hatte er es bloß geschafft, sie beide in diese furchtbare Situation zu bringen? Er überlegte, ob es eine Möglichkeit gab, alles Catriona McBogle in die Schuhe zu schieben, doch da konnte er auch genausogut das Schicksal dafür verantwortlich machen. Man mußte das Leben halt nehmen, wie es war. Peter konnte sich zwar nicht erinnern, wann ihm selbst ebenfalls die Augen zugefallen waren, doch plötzlich saß Elva Bright wieder in ihrem Sessel, und ein großgewachsener Mann, der große Autorität zu besitzen schien, zog einen Stuhl an den Rand der kleinen Gruppe, so daß ihn alle sehen konnten, als er zu sprechen begann.

»Tut mir leid, daß Sie so lange warten mußten. Wahrscheinlich wissen Sie inzwischen alle, daß wir es mit einem ziemlich ernsten Problem zu tun haben.«

Das brauchte er ihnen wirklich nicht zu sagen, doch selbst Withington äußerte sich dazu nicht. »Ich bin Detective Drake von der Staatspolizei, falls es Sie interessiert. Anhand von Papieren, die wir in der Aktentasche fanden, gehen wir davon aus, daß die Frau, die Sergeant Gilbert und Sergeant Armand heute abend vor dem Gasthof gefunden haben, eine gewisse Lucy V. Lach ist, von Beruf Rechtsanwältin, wohnhaft Robinwood Road in Portland. Kann jemand diese Angaben bestätigen? Mrs. Bright?«

Die Gastwirtin zuckte zusammen, als habe sie einen galvanischen Schlag erlitten, doch ihre Stimme klang ruhig und konzentriert. »Die Adresse ist mir nicht bekannt, aber sie steht wahrscheinlich im Telefonbuch von Portland. Es liegt dort drüben auf der Theke. Das V steht für Veronica, das kann ich mit Bestimmtheit sagen, auch wenn es sicher nicht von Bedeutung ist. Lach könnte ihr richtiger Name sein, hier hat sie sich jedenfalls Lucivee Flodge genannt.«

»Warum Flodge? Ist sie irgendwie mit Jasper Flodge verwandt, dem Mann, der hier vorigen Dienstag gestorben ist?«

»Das trifft den Nagel so ziemlich genau auf den Kopf. Vor etwa sechs Jahren kam sie ungefähr jedes Wochenende her und wohnte bei Jasper, in dem Haus genau hinter dem Gasthof. Manchmal haben die beiden hier gegessen, aber ich muß zugeben, daß ich mich nie sonderlich viel mit ihr beschäftigt habe. Jasper hatte immer irgendeine Frau im Schlepptau, nach ihr kamen noch viele andere. Die Beziehung mit Lucivee hat etwa ein Jahr gedauert, aber ich habe mich erst wieder an sie erinnert, als sie Donnerstag abend hier hereinschneite und behauptete, Jaspers Witwe zu sein. Soll ich Ihnen das Telefonbuch holen?«

»Nein, bleiben Sie ruhig sitzen. Ich wollte nur sichergehen, daß wir über die richtige Person sprechen. Als Sie sie neulich abends wiedersahen, haben Sie sie da eindeutig als die Frau erkannt, die vor sechs Jahren mit Mr. Flodge zusammenlebte?«

»Oh ja. Lucivee hat sich nicht sehr verändert, und sie war auch kein Mensch, den man leicht verwechseln konnte. Ich hatte in der Küche zu tun, als sie hereinkam, aber ich habe jemanden im Speisesaal herumschreien hören und glaubte, die Stimme zu kennen. Ich habe hinausgespäht, um sicherzugehen. Sie trug dasselbe rotschwarze Kostüm wie heute abend. Sie hatte immer schon eine Vorliebe für Schwarz.«

»Was war mit ihrer Handtasche?«

»Ich glaube nicht, daß sie eine Handtasche bei sich hatte. Ich habe nur eine Aktentasche oder etwas in der Art gesehen. Aber vielleicht war es auch eine Handtasche. Mr. Withington kann Ihnen da vielleicht besser weiterhelfen, er hat ein ausgezeichnetes Erinnerungsvermögen. Woran ist sie denn gestorben, hat man es schon feststellen können?«

»Ich nehme an, diese Frage können Sie wohl am besten beantworten, Mrs. Bright.«

Die bunten Flammen tanzten immer noch hinter dem Kaminschirm, doch die Temperatur im Zimmer schien um zwanzig Grad gefallen zu sein. »Wie meinen Sie das?«

»Okay, Mrs. Bright. Unseren Informationen zufolge haben Sie Mrs. Flodge heute abend mit einer Waffe angegriffen und sie gewaltsam von Ihrem Grundstück entfernt.«

»Diese Information haben Sie aus einem Telefongespräch mit Mrs. Flodge, wenn ich mich nicht irre.«

»Ja, das war der Name der Anruferin.«

»Und welche Spuren von Körperverletzung haben Sie gefunden, als sie die Leiche umgedreht haben? Hatte sie vielleicht einen kleinen Kratzer auf der rechten Wange?«

»Kann schon sein. Aber sie hatte außerdem eine schwere Verletzung an der linken Schläfe, die ihr wahrscheinlich mit einem der draußen herumliegenden Steine zugefügt wurde. Wir glauben, die Tatwaffe bereits gefunden zu haben, aber wir werden es erst mit Bestimmtheit wissen, wenn wir den Stein auf Blutspuren, Haare und Gewebe untersucht haben. Und natürlich auf Fingerabdrücke. Wir benötigen Fingerabdrücke von allen Anwesenden.«

»Die können Sie gerne haben. Sie sagten, der Schlag auf die Schläfe sei tödlich gewesen?«

»Genau wissen wir das erst, wenn der Autopsiebericht vorliegt.«

»Verstehe. Können Sie mir vielleicht sagen, wie groß der Stein war?«

»Ich glaube, die Fragen sollte ich stellen, Mrs. Bright.«

»Dann würde ich vorschlagen, die Anwesenden schildern zu lassen, was sich hier wirklich abgespielt hat. Sie waren alle hier im Speisesaal, haben genau gesehen, was ich mit Lucivee Flodge gemacht habe, und waren seitdem die ganze Zeit mit mir zusammen.«

Withingtons Räuspern wurde allmählich langweilig. »Entschuldigen Sie bitte, Elva. Mich haben Sie weggeschickt, wie Sie sich vielleicht erinnern werden.«

»Erst nachdem Lucivee das Gasthaus verlassen hatte, und keinen Moment früher. Thurzella war noch hier, und der Professor und Mrs. Shandy ebenfalls.«

»Wer ist Thurzella?« fragte der Detective.

»Und wie buchstabiert man den Namen?« erkundigte sich Armand, der im Hintergrund Protokoll geführt hatte.

»Genau so wie man ihn spricht«, erwiderte Mrs. Bright ein wenig spitz. »Und Thurzella ist meine Enkelin, Detective Drake. Sie hilft mir in diesem Sommer im Restaurant.«

»Wohnt sie hier bei Ihnen im Gasthof?«

»Nein, am Ende der Straße, in dem großen weißen Haus neben der Kirche. Meine Tochter Michele ist mit Bob Cluny verheiratet, dem Leiter des Sägewerks. Ich habe Thurzella nach

Hause geschickt, kurz nachdem Lucivee stinkwütend abgerauscht ist. Vorher hatte sie mir noch angedroht, mich geschäftlich zu ruinieren, aber das hätte sie ohnehin nicht geschafft, genausogut hätte sie behaupten können, sie wolle nach Rom gehen und Papst werden. Aber auch sonst hätte es mich nicht weiter erschüttert, wenn man bedenkt, was in der letzten Zeit alles passiert ist.«

»Wieso sind Sie so sicher, daß Mrs. Flodge den Fall verloren hätte? Stand Ihre Existenz denn nicht auf dem Spiel?«

»Das glaube ich kaum. Irgendwie hätte ich es schon geschafft.« Mrs. Bright bewegte ihre rechte Hand, und der große Diamant, in dem sich das Kaminfeuer spiegelte, funkelte eindrucksvoll. »Der Gasthof ist mein Hobby, nicht mein Lebensunterhalt. Um wieder auf Thurzella zurückzukommen, ich bin mit ihr bis zur Eingangstür gegangen und habe auf der Treppe gewartet, bis ich sicher sein konnte, daß sie heil zu Hause angekommen war. Zu diesem Zeitpunkt lag ganz bestimmt noch keine Leiche im Gäßchen. Thurzella hätte daran vorbeigehen müssen, und wir hätten sie auf jeden Fall beide gesehen. Thurzella entgeht so leicht nichts.«

»Warum haben Sie sie denn schon so früh weggeschickt?«

»Weil sie mit ihrer Arbeit fertig war und ihre Eltern sie zu einer vertretbaren Zeit zurückerwarteten. Das würde Ihnen sicher genauso gehen, wenn Thurzella zufällig Ihre Tochter wäre.«

»Hm. Und Mr. Withington haben Sie ebenfalls fortgeschickt.«

»Ich habe ihm nahegelegt, sich auf sein Zimmer zurückzuziehen. Sie dürfen nicht vergessen, daß ich kein junges Mädchen mehr bin und eine ziemlich anstrengende Woche hinter mir habe. Außerdem ist Jasper Flodge in meinem Speisesaal gestorben und seine angebliche Frau hat mich seither mit ihren diversen Auftritten auf Trab gehalten. Da war sie also wieder, verleumdete mich und meine Töchter in meinem eigenen Haus und log mir frech ins Gesicht. Ich kenne Claridge Withington schon seit langem und wußte aus Erfahrung, daß er diese unverschämte Lüge wie ein Schwamm aufsaugen und es gar nicht abwarten können würde, sie möglichst schnell weiterzuerzählen.«

»Das ist unfair, Elva!«

»Nein, ist es nicht. Tut mir leid, Claridge, ich weiß, daß es nicht sehr nett ist, wenn ich vor Fremden so über Sie spreche, aber ich habe die Nase gestrichen voll davon, wie Sie sich über meine Familie das Maul zerreißen. So geht es schon, seit Sie das allererste Mal gekommen sind, und es wird höchste Zeit, daß ich es Ihnen endlich sage.«

Withington zog ein sorgfältig gebügeltes Taschentuch heraus und putzte sich dramatisch die Nase. »Ich danke Ihnen für Ihre Offenheit, Elva. Ich hatte keine Ahnung, daß Sie mich so abstoßend und unerträglich finden. Ich war dumm genug zu glauben, daß ich nach all den Jahren sozusagen zur Familie gehörte.«

»Jetzt fangen Sie bloß nicht wieder an, uns das arme bedauernswerte Opfer vorzuspielen, Claridge Withington. Mein Mann war schon schwer krank, als ich ihn kennenlernte, und es ging ihm verdammt viel schlechter, als es Ihnen je gegangen ist oder gehen wird. Er hat nie auch nur ein Wort über seine Schmerzen verloren, aber das können Sie gar nicht wissen. Er war ja längst tot, als Sie zum ersten Mal herkamen, auch wenn Sie ständig behaupten, Sie wären mit ihm eng befreundet gewesen. Und da Sie sich ja sonst so gern in seinem Ruhm sonnen, können Sie genausogut endlich anfangen, sich ein Beispiel an ihm zu nehmen.«

»Oh, aber das habe ich doch schon in vielerlei Hinsicht getan, auch wenn dies wohl kaum der geeignete Zeitpunkt zu sein scheint, dies zu erklären. Da Sie hier die Fragen stellen, Detective Drake, glauben Sie, daß ich Ihnen irgendwie helfen kann?«

»Das weiß ich noch nicht.« Der Detective klang ebenfalls so, als sei er am Ende seiner Geduld angelangt. »Zuerst bräuchte ich noch Mrs. Brights Zeugenaussage für die Unterlagen. Sie werden sie anschließend unterschreiben müssen, Mrs. Bright, daher versuchen Sie bitte, so klar und präzise wie möglich zu sein. Wären Sie so freundlich, mit Sergeant Gilbert und mir in den Speisesaal zu gehen? Die anderen kommen später auch noch an die Reihe. Sergeant Armand bleibt an der Tür stehen, falls es irgendwelche Probleme geben sollte.«

Elva Bright preßte ihre Lippen zu einem schmalen Strich zusammen und folgte Detective Drake in den Speisesaal. Peter warf Armand einen Blick zu, zuckte mit den Achseln und legte ein paar Scheite Treibholz nach.

Kapitel 18

Die Besprechung im Speisesaal dauerte nicht lange. Elva Brights Gesicht sah noch genauso versteinert aus wie zuvor.

»Jetzt wollen sie mit Ihnen sprechen, Mrs. Shandy.«

Das war alles, was die Gastwirtin sagte. Helen zog die Augenbrauen hoch, strich ihren Rock glatt und begab sich in den improvisierten Vernehmungsraum. Da sie erst am späten Nachmittag angekommen war, wußte sie natürlich kaum etwas und faßte sich anscheinend mehr als kurz. Das Gespräch dauerte kaum zehn Minuten.

»Würden Sie bitte als nächster hineingehen, Mr. Withington?«

»Tatsächlich? Ich dachte schon, ich käme als letzter an die Reihe.«

Trotz seines Einspruchs hielt Withington seinen Spazierstock bereits gezückt, um sich auf das beschwerliche Aufstehen vorzubereiten, seit Elva Bright das Zimmer verlassen hatte. Er hievte sich schneller als gewöhnlich aus seinem Sessel und verschwand mit der für seinen Zustand größtmöglichen Eile im Speisesaal.

Entweder hatte man den Frauen Sprechverbot erteilt oder sie hatten schlichtweg nichts mehr zu sagen. Helen streichelte Mrs. Brights Hand und lächelte ihr kameradschaftlich zu. Die Gastwirtin erwiderte das Lächeln, doch es kostete sie einige Mühe. Schließlich lehnte sie sich in ihren Weidensessel zurück und schloß die Augen. Wahrscheinlich war sie völlig erschöpft.

Withington würde für seine Mitteilungen sicher einige Zeit brauchen. Peter stellte sich schon auf weitere Langeweile ein, doch das Warten war weit weniger schlimm als erwartet, vor allem, weil er es schaffte, ungefähr zehn Minuten lang einzudösen. Dem selbsternannten Orakel gelang es, den Beamten zweiundzwanzig Minuten und dreizehn Sekunden lang auf die Nerven zu gehen. Withington sah überaus zufrieden aus, als er wieder auf der Bildfläche erschien, bog um die Ecke und begab sich auf sein Zimmer, ohne sich von den anderen zu verabschieden.

Jetzt war nur noch Peter Shandy übrig. Er wußte ziemlich genau, was Drake fragen würde, und hatte schon alle Antworten parat. Natürlich entwickelte sich das Gespräch nicht ganz so wie erwartet, doch im großen und ganzen hatte er richtig gelegen. Als man ihn danach fragte, erklärte er, warum er nach Pickwance gekommen war und was er hier getan hatte. Er sah keinen Grund, die Bilder zu erwähnen, die er und Helen zu kaufen gedachten, schilderte dafür aber lang und breit, wie er auf Miss Rondels Grundstück Lupinensamen gesammelt hatte und was er sich von den Zuchtversuchen in den Treibhäusern des Balaclava Agricultural College versprach.

Nachdem er seine Glaubwürdigkeit unter Beweis gestellt hatte, befragte man ihn nach den näheren Umständen von Jasper Flodges Tod, dem Besuch der Frau, die von sich behauptete, Flodges rechtmäßig angetraute Gattin zu sein, ihrem geschmacklosen Auftritt am Abend vor der Beerdigung und der völlig grundlosen und unmotivierten Attacke, die sie kurz vor ihrem eigenen Tod heute abend gegen Elva Bright geritten hatte.

»Das gibt doch alles keinen Sinn«, sagte Drake. »Warum hat Mrs. Flodge sich Ihrer Meinung nach heute abend derart aufgeführt, Professor Shandy? War sie vielleicht einfach nur wütend, weil ihre Party ins Wasser gefallen war?«

»Ich glaube, es war sehr viel mehr«, erwiderte Peter. »Mrs. Flodge mag vielleicht eine fähige Anwältin gewesen sein, dazu kann ich nichts sagen, aber als Person wirkte sie auf mich ziemlich unkonzentriert und wirr. Am ersten Abend hat sie beispielsweise Withington gegenüber damit geprahlt, daß sie Jasper Flodges Haus und sein ganzes Vermögen geerbt habe. Einige Minuten später stand sie plötzlich auf und verkündete lautstark vor allen Gästen, Jasper Flodge habe nur deshalb im Beisein von Zeugen Selbstmord begangen, weil er sie um die Versicherungssumme bringen wollte, für die sie seit Jahren die Beiträge entrichtet habe – wahrscheinlich in der stillen Hoffnung, daß ihn jemand um die Ecke bringen würde, bevor sie zu alt war, das Geld zu verprassen. Er muß übrigens ein ganzes Stück älter gewesen sein als sie, doch das tut wohl nichts zur Sache.«

»Das kann man nie wissen«, meinte der Detective. »Hat sie etwas über das Motiv für den angeblichen Selbstmord gesagt?«

»Sie behauptete, er habe Probleme mit der Mafia gehabt. Er habe sein ganzes Geld in irgendein zwielichtiges Geschäft gesteckt und sollte aus dem Weg geräumt werden, weil er nicht in der Lage war, seine angeblichen Schulden zu bezahlen. Keine Ahnung, ob die Geschichte stimmt oder nicht. Danach hat sie wohl die ganze Zeit in seinen Sachen herumgestöbert, in der Hoffnung, irgendeine Art von Vermögen zu finden, schien dabei aber nicht sonderlich erfolgreich zu sein. Wenn Sie meine Meinung hören wollen, mit der ich natürlich völlig falsch liegen könnte, hat sie heute abend einsehen müssen, daß Flodge tatsächlich mittellos war, und beschlossen, diese unerfreuliche Tatsache mit ein wenig Erpressung zu kompensieren.«

»Aber warum Mrs. Bright? Was hätte sie denn von ihr bekommen können?«

»Eine Menge, falls Withingtons Geschichte auch nur halbwegs stimmt. Er behauptet, der verstorbene Jean-Luc Mercier de L'Avestant-Portallier, so lautet Mrs. Brights vollständiger Familienname, obwohl sie verständlicherweise aus Geschäftsgründen ihren Mädchennamen weiterbenutzt, sei ein wohlhabender Mann gewesen. Angeblich hat er nicht nur eine Art Einkommen aus Frankreich bezogen, wo er im Zweiten Weltkrieg in der Résistance kämpfte, sondern sein Geld zudem so geschickt in Aktien angelegt, daß er und seine Frau schon bald in der Lage waren, ihren Eltern den Gasthof abzukaufen und in ein äußerst erfolgreiches Unternehmen zu verwandeln.«

»Wie das? Seine Frau sagt, er sei schwerbehindert gewesen.«

»Geistig war er völlig in Ordnung. Er wußte, daß er nicht alt werden würde, und konzentrierte sich aus diesem Grunde darauf, seine Frau und die beiden gemeinsamen Kinder finanziell abzusichern. Beide Töchter sind glücklich verheiratet, haben nette Kinder und interessante Berufe. An der Übernahme des Gasthofes sind sie vermutlich nicht interessiert. Ich halte es für wahrscheinlicher, daß ihn eine der Enkelinnen weiterführen wird, doch auch das tut eigentlich nichts zur Sache. Ich wollte damit lediglich sagen, daß Mrs. Bright wahrscheinlich recht hatte, als sie sagte, das Gasthaus sei nur ihr Hobby.«

»Und wie kommen Sie auf Erpressung?«

»Was Lucivee Flodge vorhatte, war ziemlich offensichtlich.

Sicher hat Mrs. Bright Ihnen bereits erklärt, warum sie der Frau eine Ohrfeige gegeben hat.«

»Sie gab als Grund an, Mrs. Flodge habe ein Foto herumgezeigt, mit dem sie beweisen wollte, daß Mrs. Flodges angeblicher Gatte der Vater von Mrs. Brights Kindern gewesen sei. Hört sich das etwa nach Erpressung an?«

»Meiner Meinung nach gibt es dafür nur zwei Erklärungen. Entweder Mrs. Flodge war völlig übergeschnappt oder sie wollte Mrs. Bright auf diese Art zwingen, ihr Geld zu geben, um einen Skandal zu verhindern.«

»Glauben Sie, Mrs. Bright hätte die Frau eher umgebracht als ihr Geld zu geben?«

»Ich glaube nichts dergleichen und möchte dies noch einmal in aller Deutlichkeit betonen. Es gab nicht den geringsten Grund für einen Skandal. Mrs. Bright schämt sich kein bißchen dafür, daß sie schon schwanger war, als sie ihren Mann heiratete. Nach allem, was ich gehört habe, war es eine Liebesheirat, und an der tiefen Zuneigung der beiden Partner hat sich auch später nichts geändert. Er war ein wunderbarer Ehemann und Vater und ein geachtetes Mitglied der Gemeinde. Schade, daß es nicht mehr Männer wie ihn gibt.«

»Aber Sie scheint nichts dagegen zu haben, daß dieser Withington hier herumlungert.«

»Er wohnt jedes Jahr einige Monate als Pensionsgast in einem ihrer Zimmer. Dafür sind Gasthäuser schließlich da, oder nicht? Ich könnte mir vorstellen, daß sie ihn ursprünglich als Pensionsgast aufgenommen hat, weil sie aufgrund seiner Behinderung das Gefühl hatte, Jean-Luc sei wieder da. Leider ist Withington nicht aus dem Holz geschnitzt, aus dem die Helden sind, und dies scheint mit zunehmendem Alter und zunehmender Behinderung nicht besser geworden zu sein. Vermutlich fällt es einer gutherzigen Frau schwer, einem Stammgast ein Zimmer zu verweigern, nur weil er so eine Nervensäge ist, daß sie seine Gegenwart kaum erträgt. Ich kann mir absolut nicht vorstellen, daß sie Withingtons Suppe vergiften würde, um ihn loszuwerden. Was die Lügengeschichte betrifft, Jasper Flodge sei der Vater von Elva Brights Kindern gewesen, und den Versuch, Thurzella Cluny als Beweis dafür zu benutzen, so kann ich dazu nur sagen, daß es nicht stimmt.«

Drake war nicht sehr glücklich über diese Wendung des Gesprächs. »Wieso können Sie da so sicher sein, Professor Shandy? Soweit ich weiß, haben Sie ihn doch nur gesehen, als er mit dem Gesicht in einem Teller Hühnerfrikassee lag.«

»Ganz im Gegenteil. Ich saß an einem Tisch ganz in seiner Nähe, wo ich genau sehen konnte, wie er aß. Es war so ein faszinierendes Schauspiel, daß ich meine Augen kaum abwenden konnte. Ich bin sicher, daß Flodge nicht einmal gemerkt hat, daß ich ihn anstarrte, er war viel zu sehr damit beschäftigt, wie ein Wolf sein Essen herunterzuschlingen. Ich habe noch nie jemanden so schnell so viel essen sehen. Als er vornüber kippte, nahm ich an, er habe sich an etwas verschluckt, doch er gab keinen Ton von sich. Thurzella, die zufällig gerade den Nebentisch abräumte, versuchte ihn an den Haaren hochzuziehen, riß ihm aber statt dessen nur das Toupet ab. Das war zuviel für sie, also habe ich ihn aufgerichtet und versucht, die Sauce abzuwischen. Dabei habe ich festgestellt, daß er tot ist.«

»Und was geschah dann?«

»Mrs. Bright benachrichtigte die Polizei und den Krankenwagen. In der Zwischenzeit blieben Withington und ich bei dem Toten. Ich hatte also Gelegenheit genug, seine Gesichtszüge genau zu studieren. Er hatte nicht die geringste Ähnlichkeit mit Thurzella. Und auch nicht mit ihrer Mutter. Die beiden sehen sich nämlich so ähnlich, daß man sie für Zwillinge halten könnte. Ich bin sicher, daß Mrs. Bright ein Foto von ihrem Mann hat. Sie sagt, daß Michele und Thurzella ihm sehr ähneln. Jean-Luc, wie sie ihn nennt, muß ein attraktiver Mann gewesen sein, selbst in seinem erbarmungswürdigen Zustand.«

»In Ordnung, Professor, das läßt sich nachprüfen. Wie lange dauerte es, bis der Krankenwagen eintraf?«

»Sehr viel länger, als mir lieb war. Mindestens eine halbe Stunde, wenn nicht mehr. Mrs. Bright hat sogar noch einmal angerufen, um herauszufinden, warum er bloß so lange brauchte.«

»War sie die ganze Zeit mit Ihnen zusammen?«

»Nein, sie brachte Thurzella nach Hause und blieb lange genug, um den Eltern des Mädchens zu erzählen, was passiert war. Aber sie war bereits einige Zeit zurück, als der Krankenwagen endlich eintraf.«

»Ach ja. Woher hatte Flodge Ihrer Meinung nach das Zyanid?«

Peter schüttelte den Kopf. »Da muß ich leider passen. Wußten Sie übrigens, daß Flodge die Angewohnheit hatte, Mandelextrakt zu trinken?«

»Wie bitte? Warum zum Teufel sollte er so etwas trinken?«

»Um seinen Alkoholpegel aufrecht zu erhalten, wie Mrs. Bright und der Fahrer des Krankenwagens einstimmig erklärten. Angeblich ist er so oft wegen Trunkenheit am Steuer belangt worden, daß man ihm eine längere Haftstrafe und Führerscheinentzug auf Lebenszeit angedroht hat, wenn er nicht endlich die Finger vom Alkohol läßt. Er hat anscheinend seinen eigenen Kompromiß gefunden, indem er eine kleine Flasche mit Mandelextrakt bei sich trug und gelegentlich ein Schlückchen davon trank, wenn er sich unbeobachtet fühlte.«

»Warum ausgerechnet Mandelextrakt? Normalerweise ist es doch immer Vanille- oder Zitronenextrakt.«

»Flodge hatte eine ausgesprochene Vorliebe für Mandeln. Mrs. Bright sagte, er habe Mandeln in jeder Form gegessen: ganz, gehackt, gerebelt, auf Pasteten, als Marzipankartoffel, ganz egal wie. Nachdem wir festgestellt hatten, daß er nach Bittermandeln roch, habe ich seine Taschen durchsucht und tatsächlich eine Flasche mit einem Rest Mandelextrakt gefunden. Ich habe das Glas nicht berührt und die Flasche genau an der Stelle gelassen, wo sie sich befand. Ich nehme an, man hat sie im Polizeilabor untersucht, aber genau weiß ich es natürlich auch nicht.«

»Ich werde das nachprüfen lassen«, sagte Drake. »Wahrscheinlich war tatsächlich nur Mandelextrakt in der Flasche. Blausäure wirkt nämlich so schnell, daß man kaum genug Zeit hat, die Flasche wieder zu schließen und zurück in die Tasche zu stecken. Und im Hühnerfrikassee war die Substanz offenbar nicht.«

»Das glaube ich auch nicht. Flodge bekam die letzte Portion, die noch da war. Ich selbst habe die zweitletzte gegessen und keinen Schaden davongetragen, wie Sie sehen.«

»In Ordnung, Professor. Ich glaube, das ist momentan alles. Übrigens kommen Sie mir irgendwie bekannt vor. Haben wir uns schon mal getroffen?«

»Ich glaube, wir – eh – sind uns vor ungefähr einem Jahr in Hocasquam begegnet.«

»Teufel auch, jetzt erinnere ich mich wieder. Sie sind der

Freund von Guthrie Fingal, der ihm geholfen hat, die Wetterfahne vom College wiederzufinden.«

»Ich war nur einer unter vielen«, meinte Peter bescheiden.

»Da ist Guthrie aber anderer Meinung. Ihre Frau und diese Miss McBogle, die so verrückte Bücher schreibt, waren auch in die Sache verwickelt, wenn ich mich richtig erinnere.«

»Stimmt. Catriona hat uns übrigens gerade besucht und ist heute mit meiner Frau zurück nach Maine gefahren. Helen und ich wollten uns eigentlich morgen wieder auf den Heimweg machen, aber ich fürchte, wir müssen unsere Pläne ändern, oder irre ich mich?«

»Es wäre mir in der Tat lieber, wenn Sie noch etwas länger bleiben könnten, falls es Ihnen nicht allzuviel ausmacht.«

»Gern, wenn wir Ihnen damit irgendwie weiterhelfen können. Wir rufen einfach zu Hause an und sagen der Nachbarin, die sich um unsere Katze kümmert, daß wir noch ein oder zwei Tage bleiben.«

»Es wird wohl mehr als nur ein oder zwei Tage dauern«, gab Drake zu bedenken. »Da Sie ein Freund von Guthrie sind, will ich Ihnen ganz ehrlich sagen, daß ich über die Situation alles andere als glücklich bin. Zwei Todesfälle in einer Woche, beide am gleichen Ort, das ist schwer zu verkraften, selbst wenn es sich in dem einen Fall um Selbstmord handelt und der andere ein Unfall gewesen sein könnte oder zumindest als solcher getarnt war. Junge Leute sind heutzutage ziemlich unberechenbar, zumindest einige. Nehmen wir beispielsweise diese Theresa oder wie sie heißt.«

»Thurzella.«

»Okay, Thurzella. Sie hätte durchaus zurückkommen können, nachdem Mrs. Flodge ihre Großmutter und ihre Mutter derart beleidigt hatte, und sie mit einem Stein erschlagen können.«

»Das kann ich mir nicht vorstellen«, sagte Peter. »Und noch weniger kann ich mir vorstellen, daß Mrs. Bright etwas mit den Morden zu tun hatte.«

»Wieso sind Sie da so sicher, Professor?«

»Nennen wir es einfach Instinkt. Ich will damit nicht sagen, daß sie nicht in der Lage wäre, unter bestimmten Umständen jemanden umzubringen, beispielsweise wenn ein Gangster, der mit einem Messer bewaffnet ist, ihre Enkelin vergewaltigen will. Aber heimlich Gift in ein Essen zu mischen, das man selbst zubereitet hat, und dann einem Gast des Hauses im Speisesaal zu servieren, wäre nicht nur niederträchtig, sondern auch dumm. Und Mrs. Bright ist keines von beiden.«

»Aber sie hat Mrs. Flodge tätlich angegriffen.«

»Tätlich angegriffen ist dafür wirklich nicht das richtige Wort. Sie hat Mrs. Flodge eine Ohrfeige gegeben, und zwar mit gutem Grund. Falls irgend jemand je eine Ohrfeige verdient hat, dann diese unverschämte Person. Wie meine Frau Ihnen sicher gesagt hat und Sie wahrscheinlich selbst bereits gemerkt haben, war der brutale Übergriff, von dem Mrs. Flodge bei ihrem Anruf in ihrer Dienststelle gesprochen hat, nichts weiter als ein winziger Kratzer, der durch den Stein in Mrs. Brights Ring verursacht wurde. Das kann leicht passieren, sagt meine Frau. Die Finger eines Menschen verändern sich nämlich, sie können ein wenig anzuschwellen oder schrumpfen, je nachdem, was man gerade tut, was man gegessen hat, wie warm oder kalt es ist, wie spät es ist, ob gerade Vollmond ist oder was weiß ich. Bei Frauen fällt dies meist eher auf als bei Männern, weil sie viel häufiger Ringe tragen. Daher kann es sein, daß man einen Ring, der normalerweise genau paßt, unter bestimmten Umständen nicht mehr vom Finger bekommt, wenn der Finger auch nur ein kleines bißchen dicker ist als sonst, daher tragen die meisten Leute ihre Ringe bewußt etwas lockerer. Und genau deshalb kam es zu dem Kratzer in Mrs. Flodges Gesicht.«

»Sehr wissenschaftlich, Professor. Aber was ist mit dem Stein, mit dem sie erschlagen wurde?«

Kapitel 19

Das ist ein anderes Problem«, sagte Peter. »Sind Sie ganz sicher, daß die Verletzung, an der Mrs. Flodge gestorben ist, sich auf der linken Seite ihres Kopfes befindet?«

»Ja, absolut sicher.«

»Der Kratzer, der von dem Ring stammte, befand sich aber auf der rechten Seite?«

»Und?«

»Mrs. Bright ist zufällig Linkshänderin. Daher kam es auch zu der Verletzung mit dem Ring. Ehe- und Verlobungsringe werden bei uns normalerweise an der linken Hand getragen, was ich Ihnen sicher nicht eigens zu erläutern brauche. Mrs. Bright stand genau vor Mrs. Flodge, als sie ihr die Ohrfeige gab, der Kratzer befand sich also logischerweise auf der rechten Wange. Um dem Opfer den tödlichen Schlag versetzt haben zu können, müßte sie entweder genau hinter Mrs. Flodge oder rechts von ihr gestanden haben.«

»Sie hätte den Stein genausogut werfen können.«

»Aber nur wenn sie Mrs. Flodge draußen vor dem Gasthaus gesehen, einen großen Stein griffbereit im Haus gehabt, unbemerkt das Fliegenfenster geöffnet und den schweren Stein so geschickt und kraftvoll geworfen hätte, daß sie unter den ungünstigen Lichtverhältnissen ihr Opfer genau an der richtigen Stelle getroffen hätte.«

Drake wollte Einspruch erheben, doch Peter schnitt ihm das Wort ab. »Außerdem war Mrs. Bright der unerfreuliche Zwischenfall unendlich peinlich. Sofort nachdem sie sich zu der Ohrfeige hat hinreißen lassen, hat sie sich zutiefst geschämt, derart die Kontrolle verloren zu haben. Selbst wenn sie die Gelegenheit gefunden hätte, unbemerkt nach draußen zu schleichen und Mrs. Flodge mit einem Stein zu erschlagen, kann ich mir beim allerbesten Willen nicht vorstellen, daß sie zu einer solchen Tat fähig gewesen wäre. Dazu ist sie viel zu sehr Dame.«

»Verdammt noch mal, Mrs. Flodge ist tot. Irgend jemand muß sie ja wohl umgebracht haben.«

»Selbstverständlich, da sind wir völlig einer Meinung. Allerdings würde ich vorschlagen, anderen Spuren nachzugehen.«

»Welchen beispielsweise?«

»Vielleicht sollten Sie versuchen herauszufinden, ob es Zeugen gibt, die irgend etwas, und sei es auch noch so unbedeutend, beobachtet haben, nachdem Mrs. Flodge wütend, aber so gut wie unversehrt den Gasthof verlassen hat. Wie ich bereits erwähnte, war Mrs. Bright zu diesem Zeitpunkt am Boden zerstört. Der Gasthof besitzt keine Ausschankgenehmigung, aber ich dachte mir, daß es vielleicht in der Küche Sherry oder Likör zum Kochen gab, und bat Thurzella, ihrer Großmutter etwas zu trinken zu holen. Auf dem Weg zur Küche sah sie zufällig nach draußen ins Foyer und sagte: ›Hallo, Evander‹.«

»Evander? Sie meinen doch wohl nicht zufällig Evander Wye, Freds Bruder, der in der Turmalinmine arbeitet?«

»Ich kenne sonst niemanden, der Evander heißt. Er gehört zu Mrs. Brights Stammgästen.«

»Er war auch schon ein paar Mal Gast in unserem Gefängnis, falls Sie davon noch nicht gehört haben sollten. Was wollte er denn?«

»Keine Ahnung. Mrs. Bright bat Thurzella, ihn zu fragen, was er wolle. Also ging sie hinaus ins Foyer, aber es war keiner mehr da. Die Tür nach oben war verschlossen, außerdem qietscht sie immer wie wahnsinnig, wenn ich sie auf dem Weg zu meinem Zimmer aufmache. Ich kann mir kaum vorstellen, daß er nach oben gegangen sein könnte, ohne daß ich ihn gehört hätte. Theoretisch besteht natürlich die Möglichkeit, daß Thurzella halluziniert hat oder daß der Geist von Evanders Urgroßvater, der angeblich im Seuchenhaus gestorben ist, hier herumspukt. Wenn es wirklich Evander Wye war, muß er ziemlich gut zu Fuß sein, um sich so schnell aus dem Staub machen zu können, daß ich ihn verpaßt habe. Ich habe hinter der Theke und in der Telefonkabine nachgesehen und mich auch sonst sorgfältig umgeschaut, weil es Mrs. Bright zu beunruhigen schien, daß Evander dort auftauchte, obwohl das Restaurant bereits geschlossen war.«

»Das kann ich sogar verstehen«, meinte der Detective. »Ich habe einiges über Evander gehört, als ich noch Streife fuhr. Manchmal wurde er nach ein paar Drinks über den Durst ganz schön übermütig. Gibt es außer der Eingangstür noch eine andere Möglichkeit, das Haus zu verlassen?«

»Nicht durch die Küche. Er hätte durch den Speisesaal gehen müssen, wo wir ihn bestimmt gesehen hätten. Aber ich kenne mich in dem Haus nicht besonders gut aus. Withingtons Zimmer befindet sich zwar im Erdgeschoß, aber ich glaube nicht, daß es einen Ausgang nach draußen hat. Wye hätte natürlich mühelos aus einem der Fenster springen können, sie liegen nicht sonderlich hoch. Aber dazu hätte er das Fliegengitter aufhaken und offen lassen müssen. Außerdem hätte man sicher gehört, wenn er unten auf den Kieseln angekommen wäre. Falls er wirklich hier gewesen ist, muß er die Eingangstür benutzt haben.«

Drake nickte. »Davon haben die anderen bisher noch nichts gesagt. Am besten unterhalte ich mich auch noch mit Thurzella. Obwohl ich mir kaum vorstellen kann, daß Bob Cluny sehr erfreut wäre, wenn ich jetzt noch bei ihm hereinschneie und sie aufwecke. Kommt sie morgen früh ins Gasthaus?«

»Ich glaube schon, weiß aber nicht genau, wann. Ihre Großmutter hat ihr erlaubt, richtig auszuschlafen, damit sie sich ein bißchen von dem schrecklichen Abend heute erholen kann. Ich könnte mir vorstellen, daß halb zehn eine gute Zeit ist, dann sind die meisten Frühstücksgäste fort. Falls es überhaupt Gäste gibt. Ich habe keine Ahnung, welche Auswirkungen die Ermordung von Mrs. Flodge auf Mrs. Brights Restaurant hat. Merkwürdigerweise hat ausgerechnet Mrs. Flodge mit ihrem Gekasper Mrs. Bright herausgepaukt, nachdem Flodge den Löffel abgegeben hatte.«

»Was Sie nicht sagen! Wie das?«

»Hmja, einen Tag nach seinem Tod fuhr ich nach Rondel's Head, um dort Lupinensamen zu sammeln, wie Sie bereits wissen. Ich kam gegen Abend zurück, machte mich ein wenig frisch und ging nach unten, wo ich feststellte, daß Withington und ich die einzigen Gäste waren. Zuerst dachte ich, meine Armbanduhr ginge nach und ich sei viel zu spät dran, doch das war nicht der Grund. Normalerweise hätte um diese Zeit Hochbetrieb geherrscht, daher schloß ich, daß es ein Problem gab. Die arme Thurzella war buchstäblich den Tränen nahe, als sie meine Bestellung entgegennahm. Dann schneite urplötzlich Lucivee Flodge herein. Sie kam gerade aus Portland oder behauptete dies zumindest, setzte sich zu Withington an den Tisch und fing ein lebhaftes Gespräch mit ihm an. Ein oder zwei Personen wagten sich aus reiner Neugier doch noch herein, und kurze Zeit später war das Restaurant genauso voll wie sonst. Da stand Mrs. Flodge plötzlich auf und verkündete lauthals, Jasper habe Schwierigkeiten mit der Mafia gehabt und sich bewußt vor Zeugen das Leben genommen, weil er sie um ihre Versicherungssumme bringen wollte.«

»Die beiden müssen ja ein merkwürdiges Paar abgegeben haben«, meinte Drake. »Flodge scheint ein unangenehmer Zeitgenosse gewesen zu sein.«

»Oh, Flodge war ziemlich widerwärtig, wenn alles stimmt, was ich während der letzten Tage gehört habe. Guthrie Fingal hat mir von den Problemen erzählt, die Flodge ihm vor einigen Jahren eingebrockt hat, und gestern abend hat sich hier ein richtiges Melodram abgespielt, zu dessen Opfern eine unschuldige Frau gehörte, deren Leben man fast zerstört hätte. Es wird Sie interessieren, daß es sich dabei unter anderem um einen Fall schweren Diebstahls handelt, von dem die Polizei noch nichts weiß. Heute abend ist es für eine umfassende Schilderung der Einzelheiten zu spät, aber wenn Sie wollen, können wir uns gern morgen darüber unterhalten.«

»Und ob ich das will. Hatte Mrs. Bright etwas mit diesen Fällen zu tun?«

»Nein, aber der Zwischenfall trug sich gestern abend hier im Speisesaal zu, und sie kam aus der Küche, um das Happy End mitzufeiern.«

»Sie würden uns also davon abraten, sie als Hauptzeugin festzunehmen?«

»Damit würden Sie meiner Meinung nach einen schwerwiegenden Fehler begehen. Mrs. Bright ist in dieser Stadt hoch geachtet. Man kann ihr nichts, aber auch gar nichts nachweisen, Sie werden sie daher unmöglich festhalten können und Sie können froh sein, wenn Ihnen danach nicht auch noch eine fette Klage auf Schadensersatz ins Haus steht. Ich würde vorschlagen, Sie lassen heute nacht einen Posten hier und fangen mit den Ermittlungen an, wenn es hell wird und Sie sehen können, was Sie tun.«

Der Detective seufzte. »Ich wollte, ich wüßte, was ich als nächstes tun soll. Aber wenigstens brauchen wir uns nicht mehr damit zu beschäftigen, wie Flodge ums Leben gekommen ist. Heute nachmittag hat Mrs. Flodge unserem Lieutenant ein Tagebuch und mehrere Briefe übergeben, die sie unter den Habseligkeiten ihres Mannes gefunden hatte. Daraus ist einwandfrei zu ersehen, daß Flodge finanziell am Ende war, seine Schulden nicht begleichen konnte und deshalb unter Druck gesetzt wurde. Er hatte vor, sich umzubringen, weil er keine Lust hatte, untätig herumzusitzen und auf einen gedungenen Mörder zu warten.«

»Das ist ja hochinteressant«, sagte Peter. »Und wer hat das Tagebuch geführt?«

»Oh, er selbst. Es ist einer dieser Vormerkkalender, in denen man sich jeden Tag Notizen und dergleichen machen kann. Mrs. Flodge hat seine Handschrift identifiziert. Außerdem hat sie die Echtheit seiner Unterschrift anhand der Heiratsurkunde und zweier Briefe, die er ihr geschrieben hat, nachgewiesen.«

»Dann sollten Sie mit Ihren Ermittlungen an genau dieser Stelle ansetzen. Ich würde Ihnen vorschlagen, alle Unterlagen, die Mrs. Flodge Ihnen gegeben hat, zusammenzupacken, vor allem den Terminkalender mit den handgeschriebenen Notizen, damit nach Rondel's Head fahren und sie Miss Frances Rondel zeigen.«

»Sie meinen die alte Dame mit den Riesenlupinen? Was hat die denn mit Flodge zu tun?«

»Sie hat meiner Frau und mir gestern nachmittag erzählt, daß sie Jasper unterrichtet hat, als er noch ein Kind war. Anscheinend war er in vielen Punkten recht schlau, doch er hat nie Lesen und Schreiben gelernt. Er war entweder ein hoffnungsloser Legastheniker oder schlichtweg faul. Meistens konnte er die anderen mit seinem phänomenalen Gedächtnis, seiner Bauernschläue und seiner Schlagfertigkeit täuschen. Seine Frau behauptete, sie hätte jahrelang seinen Papierkram erledigt, selbst als sie längst genug davon hatte, ihm und den Damenbekanntschaften, die er nachts mit nach Hause brachte, morgens das Frühstück zu servieren, und sei schließlich zurück nach Portland gezogen.«

»Herr des Himmels! Dann sind die Briefe und das Tagebuch also nichts anderes als Fälschungen?«

»Ich bin relativ sicher, daß sowohl Miss Rondel als auch jeder gute Handschriftenexperte Ihnen dies bestätigen wird«, erwiderte Peter. »Mrs. Flodge muß seit dem Ableben ihres Gatten einen Großteil ihrer Zeit damit zugebracht haben, einen hübschen Stapel Beweismaterial zusammenzustellen. Ich bezweifle allerdings sehr, daß sie ahnte, daß sie selbst ebenfalls in Gefahr schwebte. Sie schien ihrem Gatten recht ähnlich zu sein, verschlagen und anmaßend, aber längst nicht so intelligent, wie sie selbst dachte. Würde mich nicht wundern, wenn Sie herausfänden, daß beide ihre Befehle von einer dritten Person erhielten, die klug genug war, sich im Hintergrund zu halten. Dieser Drahtzieher hat ihnen wahrscheinlich die Rollen eingebleut, die sie zu spielen hatten, und als Lohn für seine kluge Planung den Löwenanteil der Beute eingestrichen. Aber das sind natürlich nur Vermutungen. Und von der Geschichte, die Mrs. Flodge sich über die Mafia zusammengesponnen hat, glaube ich kein einziges Wort.«

»Was macht Sie da so sicher, Professor?«

»Das ewig gleiche Muster. Der Modus operandi, wenn Sie so wollen. Guthrie Fingal hat mir einiges über Flodges Methoden erzählt. Die Sache mit den Wyes, die gestern abend hier im Gasthof ihren Höhepunkt fand, und Mrs. Flodges mißlungener Versuch, heute abend Mrs. Bright zu erpressen, stimmen in vielen Punkten überein. In beiden Fällen ging es um einen großen Batzen Geld, der sich im Besitz der jeweiligen Familie befand und an den man heranzukommen gedachte, indem man eine verwundbare Person unter Druck setzte. Vielleicht hat Mrs. Flodge die Instruktionen ihres Auftraggebers mißverstanden oder war der irrigen Ansicht, sie könne mit Mrs. Bright allein fertig werden. Vielleicht hat man sie auch bewußt in eine tödliche Falle gelockt. Aber auch das ist natürlich rein hypothetisch. Tatsache ist, daß jemand auf sie gewartet hat, um sie zum Schweigen zu bringen, als sie zurück zum Gasthof kam oder dorthin gelockt wurde. Warum ausgerechnet ein Stein als Tatwaffe benutzt wurde, müssen Sie und und Ihre Kollegen herausfinden.«

»Momentan bin ich nicht in der Verfassung, irgend etwas herauszufinden«, stöhnte Detective Drake. »Meine Güte, ich kann nicht mal mehr klar denken. Gibt es sonst noch Morde, von denen Sie mir erzählen möchten?«

»Allerdings. Wenn Jasper Flodge sich selbst umgebracht hat,

bin ich Draculas Großmutter. Er stolzierte in den Speisesaal wie ein Pfau, tat so, als gehöre ihm der ganze Laden, kommandierte Thurzella herum und wollte wissen, was es zu essen gab. Es war schon ziemlich spät, im Restaurant hatte offensichtlich Hochbetrieb geherrscht, man war kurz davor zu schließen, und die Küche war zu diesem Zeitpunkt bereits so gut wie aufgeräumt. Flodge schien keine Lust auf Hühnerfrikassee zu haben, bis Thurzella ihm mitteilte, daß nur noch eine Portion übrig sei, die sie selbst gern essen würde. Daraufhin wollte er sie natürlich unbedingt haben.«

»Netter Mensch.«

»Das kann man wohl sagen. Guthrie hat übrigens erwähnt, daß Flodge seit Jahren bei den hiesigen Landwirtschaftsausstellungen sämtliche Wettessen gewonnen hat. Wohl kaum ein Hobby, das man bei einem Genie des Verbrechens erwarten würde. Vielleicht hat Flodge ja mit der Zyanidkapsel Russisch Roulette gespielt, aber davon hat man ihm wirklich nichts angemerkt.«

»Sehr interessant.« Die Bemerkung wurde durch ein herzhaftes Gähnen ein wenig verzerrt. Peter konnte den Mann gut verstehen.

»Tut mir leid, daß ich Ihre Selbstmordtheorie zerstört habe. Ich bin genauso erschöpft wie Sie, und meine Frau ist schon in aller Herrgottsfrühe aufgebrochen und war den größten Teil des Tages unterwegs. Sie muß unbedingt ins Bett.«

»Ich habe Mrs. Shandy bereits gesagt, daß sie ruhig auf ihr Zimmer gehen kann, wenn sie möchte.« Drake klang ein wenig beleidigt.

»Sie wollte Mrs. Bright nicht allein lassen. Und Sie wissen ebenso gut wie ich, daß Mrs. Bright nicht aufgibt, bevor nicht das letzte Gewehr abgefeuert ist und der Rauch sich verzogen hat.«

»Da könnten Sie recht haben. Die arme Frau, sie steckt wirklich in Teufels Küche. Eigentlich sollte ich kein Mitleid mit Tatverdächtigen haben, aber ein Cop ist auch nur ein Mensch. Haben Sie schon irgendwas für morgen vor?«

»Ich habe meiner Frau versprochen, daß ich ihr morgen früh Michele Clunys Laden zeige, und später sind wir bei Fred Wye und seiner Frau zum Tee eingeladen. Außerdem würden wir gern irgendwann im Laufe des Tages Miss Rondel besuchen, aber wir können es sicher so einrichten, daß wir nicht gleichzeitig mit Ihnen dort sind.«

»Sie sind wirklich sehr nett, Professor. Dann sehen wir uns vielleicht morgen früh.«

Kapitel 20

Am nächsten Morgen würde im Gasthaus wohl alles mit einiger Verzögerung stattfinden. Peter und Helen wurden zwar beide wie üblich schon früh wach, gaben jedoch vor zu schlafen, um die anderen nicht zu stören, und dösten immer wieder ein, bis es allmählich lächerlich wurde. Sie kamen erst gegen neun nach unten in den Speisesaal und stellten erstaunt fest, daß Elva Bright höchstpersönlich an ihren Tisch trat, um die Bestellung aufzunehmen. Sie hatte ihr übliches freundliches Wirtinnenlächeln aufgesetzt, doch es wirkte ein wenig verkrampft.

»Guten Morgen zusammen. Ich hoffe, Sie haben trotz allem einigermaßen gut geschlafen. Sicher wundern Sie sich, mich hier zu sehen, aber heute kocht meine Hilfe Gladys, und ich übernehme die Bedienung.«

»Wo ist denn Ihre hübsche Enkelin?« erkundigte sich Helen.

»Jeanine ist gestern nachmittag zurück nach Portland gefahren. Ihre Eltern sind hergekommen und haben sie wieder abgeholt, was mich unter den gegebenen Umständen sehr erleichtert hat. Schade, daß Thurzella nicht auch mitgefahren ist, es hätte meinem anderen Schwiegersohn eine Fahrt erspart. Bob und Michele waren nämlich auch der Meinung, Thurzella habe ein bißchen Ruhe nötig, bis die ganze Angelegenheit hier geklärt ist, was ich gut verstehen kann. Wenn ich könnte, würde ich am liebsten auch von hier verschwinden. Aber das ist schließlich nicht Ihr Problem. Darf ich Ihnen meine Buchweizenküchlein mit Blaubeerensirup empfehlen? Es ist ein Spezialrezept von mir. Nur aus Blaubeeren, mit einer Zitronenscheibe und einer Prise Zimt gekocht. Falls Sie es lieber süß mögen, können Sie noch ein bißchen Ahornsirup dazugeben.«

»Klingt hervorragend«, sagte Peter. »Was sagst du dazu, Helen?«

»Sind die Pfannkuchen eher groß oder klein?«

»Da richten wir uns ganz nach unseren Gästen. Wir führen alle Größen, von Kinderportion bis Wagenrad.« Sie schien diesen Spruch schon oft aufgesagt zu haben, aber das dazugehörige strahlende Lächeln verschwand danach sofort wieder von ihrem Gesicht.

»Dann hätten wir gern zwei kleine Pfannkuchen, und dazu Orangensaft und Kaffee, bitte.«

»Auch Würstchen? Sie sind hausgemacht.«

»Gut, aber nur eins. Man kann Ihnen wirklich schwer widerstehen, Mrs. Bright. Peter, meinst du nicht, wir sollten schnell Miss Rondel anrufen, während wir auf die Pfannkuchen warten? Sie erwartet bestimmt, daß wir uns bei ihr melden.«

»Gute Idee. Ich kümmere mich darum. Meine Pfannkuchen machen Sie am besten ein bißchen größer, Mrs. Bright. Und für mich bitte auch ein Würstchen. Mach dir keine Sorge, Helen, wir werden es wieder abtrainieren, wenn wir die Klippe erklimmen, die Miss Rondel als ihre Auffahrt bezeichnet.«

Mrs. Bright war schon auf dem Weg zur Küche, als sie sich noch einmal umdrehte. »Ich sollte Sie wohl besser warnen, Professor. Es kann gut sein, daß Ihnen im Foyer jemand auflauert. Heute morgen waren ziemlich viele Reporter hier, was vermutlich zu erwarten war. Die ersten kamen schon gegen sechs, als ich noch nicht mal richtig angezogen war. Ich mußte das Fenster zur Straße öffnen und ihnen zurufen, sie müßten leider warten und bräuchten nicht etwa mit einem kostenlosen Frühstück zu rechnen. Dann habe ich Gladys angerufen. Sie kam auf der Stelle, die gute Seele. Gladys hat Kaffee gemacht, den wir den Leuten dann angeboten haben, aber ich hatte nicht die geringste Lust, mich mit dummen Fragen löchern zu lassen. Glücklicherweise hörte Claridge den Lärm und stand auf. Er war uns eine echte Hilfe, das muß man ihm lassen. Er hat sich dann um die Reporter gekümmert, wahrscheinlich ist er immer noch draußen mit ihnen zugange. Weiß der Himmel, was er ihnen noch erzählt, aber inzwischen ist mir ohnehin alles egal.«

Es waren immer noch einige unbekannte Gesichter da, alles Presseleute. Sie saßen an den Tischen im Speisesaal, einige verzehrten das Frühstück, das Mrs. Bright ihnen gemacht hatte und für das sie auch würden bezahlen müssen, die übrigen tranken Kaffee auf Rechnung des Hauses. Peter ertappte sich bei dem

Gedanken, daß der Speisesaal ohne die Wye-Brüder irgendwie leer wirkte.

Withington saß in einem der Korbsessel und fühlte sich sichtlich wohl. Direkt neben ihm stand ein kleiner Tisch, auf dem ein Tablett mit Frühstücksresten prangte. Eine junge Frau mit einem Notizblock auf den Knien leistete ihm Gesellschaft, während ein Fotograf seine Kamera auf ihn gerichtet hielt. Er zog eine ziemliche Schau mit der Morgenzeitung ab und deutete auf eine Schlagzeile mit der Meldung MORDEPIDEMIE IM ALTEN SEUCHENHAUS, ZWEI TOTE IN EINER WOCHE. Hervorragende Werbung für das Gasthaus, dachte Peter zynisch.

Der uniformierte Beamte am Eingang ließ niemanden ohne Polizeimarke oder Presseausweis durch, und die Schaulustigen auf dem Bürgersteig wußten dazu eine Menge zu sagen. Beim ersten Mal war Elva Brights Gasthaus durch den unerwarteten Auftritt von Lucivee Flodge gerettet worden, doch es war ziemlich unwahrscheinlich, daß sie auch dieses Mal ungeschoren davonkommen würde, zumal gerade Lucivee das zweite Opfer war. Zwei makabere Todesfälle so kurz nacheinander konnten selbst den treuesten Gästen das Essen abgewöhnen.

Mit etwas Glück und Geschick gelang es Peter, durch das Foyer zu gehen und sich in die Telefonkabine zu begeben, ohne daß ihn die Reporterin und der Fotograf belästigten. Miss Rondel wartete in der Tat bereits auf Professor Shandys Anruf und klang ein klein wenig verärgert, weil er sich erst so spät meldete. Peter bat um Verzeihung und gab als Entschuldigung an, Helen und er seien erst in den frühen Morgenstunden ins Bett gekommen. Vielleicht wußte Miss Rondel ja noch nicht, daß Jasper Flodges Witwe letzte Nacht unmittelbar vor dem Gasthaus umgebracht worden war?

Sie nahm die Neuigkeit relativ gelassen auf. »Ach du liebe Zeit, die arme Elva tut mir leid. Diese dumme, törichte Person, aber manche lernen es leider nie. Würden Sie bitte Elva von mir ausrichten, daß sie mich wissen lassen soll, ob ich ihr irgendwie helfen kann? Wo ist Thurzella?«

»In Portland, bei ihrer Cousine. Ihr Vater hat sie gestern abend hingefahren.«

»Bob Cluny ist ein vernünftiger Mann. Ein junges Mädchen sollte sich nicht mit so schrecklichen Dingen belasten. Wir übrigens auch nicht, aber Erwachsene sind bei solchen Dingen härter im Nehmen, denke ich. Haben Sie und Ihre Frau immer noch vor, heute nachmittag bei mir vorbeizuschauen?«

»Wenn Sie uns noch sehen wollen.«

»Aber selbstverständlich. Ich habe schon alles vorbereitet. Der Künstler hat grünes Licht für unsere Transaktion gegeben. Ich nehme an, wir brauchen eine Quittung oder so etwas? Ich kann Michele fragen, sie weiß, was man da machen muß. Sie ist doch nicht etwa auch nach Portland gefahren?«

»Davon hat Mrs. Bright nichts gesagt. Ich habe den Eindruck, daß die Familie versucht, die ganze Geschichte so weit wie möglich herunterzuspielen. Ich wollte eigentlich heute morgen mit meiner Frau Michele Clunys kleinen Laden besuchen. Aber da fällt mir ein, daß sie ja vielleicht beschlossen hat, ihr Geschäft heute gar nicht zu öffnen.«

»Kann ich mir nicht vorstellen«, erwiderte Miss Rondel. »Sie ist viel zu klug, um einem Zwischenfall, der zwar höchst bedauerlich ist, mit der Familie Bright jedoch nur am Rande zu tun hat, eine Bedeutung beizumessen, die ihm nicht zukommt.«

Dies schien Peter eine ziemliche Untertreibung zu sein, doch er hatte keine Lust, die Angelegenheit mit Miss Rondel zu erörtern. »Wann paßt es Ihnen am besten?« schien ihm zu diesem Zeitpunkt die vernünftigste Frage.

»So gegen Mittag? Ich könnte vielleicht einen kleinen Lunch vorbereiten, wenn Ihre Frau nichts dagegen hat.«

»Das hat sie ganz sicher nicht, und ich würde mich auch sehr freuen. Allerdings sollte ich erwähnen, daß Mrs. Brights Köchin gerade unser Frühstück in Angriff genommen hat. Machen Sie sich also bitte keine Umstände.«

»Bei mir gibt es ohnehin immer nur kleine Portionen. Bestellen Sie Michele schöne Grüße von mir. Und richten Sie ihr aus, daß die restlichen Schals fertig sind, sie kann sie abholen, sobald sie Zeit hat. Dann bis heute mittag.«

Miss Rondel legte auf, ohne sich mit langen Verabschiedungen aufzuhalten. Peter spähte aus seiner Kabine und mußte zu seinem Schrecken feststellen, daß Withington gerade einen Fotografen auf ihn aufmerksam machte. Es blieb ihm daher nichts anderes übrig, als ein gedankenverlorenes Gesicht aufzusetzen und möglichst zielstrebig weiterzugehen, nachdem er die Kabine verlassen hatte.

Was gar nicht so einfach war, wie er bald feststellen mußte. Der Fotograf war bereits zur Stelle, als Peter aus der Kabine trat, und hielt ihm die Kamera direkt vor die Nase, während die Reporterin ihn mit Fragen bombardierte. Peter war diese Situation nicht fremd. Er wußte, daß Einschüchterungen keinen Sinn hatten und man sich seinen Ärger besser nicht anmerken ließ. Am besten behielt man einen kühlen Kopf und ließ sich nicht aus der Ruhe bringen.

»Tut mir leid, Miss. Ich bin nur wegen der Lupinen hier. Mr. Withington ist über alles, was hier geschieht, bestens informiert. Er kann Ihnen daher sehr viel besser Auskunft geben als ich. Meine Frau und mein Frühstück warten im Speisesaal auf mich, Sie müssen mich daher leider entschuldigen.«

Der diensthabende Polizist reagierte verständnisvoll und ließ Peter als einzigen in den Speisesaal. Mrs. Bright hatte anscheinend von der Küche aus alles beobachtet. Als sie ihn kommen sah, war sie sofort mit den Buchweizenpfannkuchen zur Stelle. Helen bekam kleine, Peter wie gewünscht große, dazu gab es einen Krug mit dunkellila Sirup und frischen Kaffee.

»Das sieht zwar köstlich aus, aber wahrscheinlich hätten wir es besser nicht bestellt«, meinte Peter, als er sich setzte. »Miss Rondel hat uns nämlich zum Mittagessen eingeladen.«

Die Lippen der Gastwirtin zuckten belustigt. »Da machen Sie sich mal keine Sorgen. Miss Fran hält nicht viel von üppigen Mahlzeiten. Sie können von Glück sagen, wenn Sie einen Löwenzahnsalat und ein Glas Wasser bekommen. Apropos Wasser, wären Sie wohl so lieb und bäten sie, meine Krüge wieder aufzufüllen, Professor? Wenn es Ihnen nicht zuviel Mühe macht?«

»Kein Problem, Mrs. Bright. Wir haben gestern bei ihr auch von dem Wasser getrunken. Ich habe Helen auf der Heimfahrt von der versteckten Quelle auf Miss Rondels Grundstück erzählt. Schade, daß man das Wasser nicht bis hierher zu Ihrem Gasthof leiten kann, Mrs. Bright.«

»Oh. Sagen Sie so etwas lieber nicht, Professor. Und erwähnen Sie es um Himmels willen nicht in Gegenwart von Miss Fran. Jetzt wo Jasper Flodge tot ist, wird der armen Miss Fran hoffentlich keiner mehr damit in den Ohren liegen, daß sie ihm ihr Grundstück verkaufen soll.«

»Grundgütiger! Warum sollte sie denn so etwas tun?«

»Das ist genau der springende Punkt. Sie hatte es ja auch gar nicht vor. Aber er hatte sich nun mal in den Kopf gesetzt, das alte Farmhaus abreißen zu lassen und ein riesiges Hotel auf Rondel's Head zu errichten. Ein sogenanntes Erholungscenter. Das hätte natürlich bedeutet, daß unsere Stadt die Quelle an einen Haufen Fremde verloren hätte, aber das interessierte Jasper nicht die Bohne. Es ist wirklich schrecklich, wenn man einen Menschen sein Leben lang kennt und immer wieder versucht, nachsichtig mit ihm zu sein, und dann plötzlich so etwas Schreckliches hört, und sich eingestehen muß, daß dieser Mensch durch und durch niederträchtig ist und sich daran nie etwas ändern wird. Aber ich will Sie nicht mit meinem Geschwätz langweilen. Am besten, ich gehe zurück in die Küche und helfe Gladys bei den Vorbereitungen für das Mittagessen, falls überhaupt Gäste kommen. Essen Sie heute abend hier bei uns?«

»Ich denke schon«, sagte Helen. »Wahrscheinlich werde ich zur Abwechslung früh zu Bett gehen, aber momentan kann ich es kaum erwarten, mir den Laden Ihrer Tochter anzusehen. Peter hat mir erzählt, daß es dort die wunderbarsten Sachen zu kaufen gibt.«

»Da fällt mir ein, daß ich Miss Rondel versprochen habe, Mrs. Cluny auszurichten, daß die Schals fertig sind und nur noch abgeholt zu werden brauchen. Ich habe ihr nicht angeboten, die Sachen mitzunehmen, weil ich nicht wußte, was die beiden für – eh – Arrangements miteinander getroffen haben.«

»Das ist auch nicht nötig«, meinte Mrs. Bright. »Michele fährt bestimmt lieber selbst hin. Sie sitzt furchtbar gern mit Miss Fran zusammen und unterhält sich mit ihr übers Weben. Das war schon immer so. Seit sie alt genug war, um allein mit dem Fahrrad hinzufahren, hat sie Miss Fran besucht, sooft sie Gelegenheit dazu hatte, und sich dort ein Glas Wasser aus dem alten gelben Krug einschenken lassen. Einige Leute hier denken, daß es an dem Krug lag. Was Jasper Flodge sicher zum Brüllen gefunden hätte, wenn er sein Ziel erreicht hätte, aber –« Sie hielt mitten im Satz inne. »Was rede ich wieder für einen Unsinn! Ich sollte lieber meine Arbeit tun, statt herumzuschwatzen wie ein alter Papagei. Sind Sie sicher, daß ich Ihnen nicht doch noch etwas Leckeres bringen soll?«

»Ganz sicher«, sagte Helen. »Das Frühstück war köstlich, aber jetzt sollten wir uns doch besser die Zähne putzen und losfahren. Erinnern Sie sich noch an die französischen Märchen von Frau Gans und der schwarzen Katze aus der Green Street? Als sie einmal Blaubeerkuchen gegessen haben?«

Helen hatte die Begabung, immer genau das Richtige zu sagen. Einen Moment lang erhellte ein strahlendes Lächeln Mrs. Brights Gesicht. »Und ob ich mich erinnere! Mein Mann hat den Mädchen immer die Geschichten von Mrs. Goose vorgelesen, als sie noch klein waren, zuerst auf Englisch und dann auf Französisch. Sie waren völlig verrückt nach Madame l'Oye. Ihm haben sie zu verdanken, daß sie zweisprachig sind. Und glücklicherweise haben sie es mit ihren Kindern ganz genauso gehalten. Ich selbst habe die Sprache leider nie richtig gelernt, aber Jean-Luc und ich haben uns trotzdem wunderbar verstanden. Nein, Professor, stecken Sie Ihr Geld wieder weg. Dieses Frühstück geht auf Kosten des Hauses. Ich wünsche Ihnen einen schönen Tag. Wir sehen uns, wenn Sie wieder zurück sind.«

»Vielen Dank, das ist wirklich sehr nett von Ihnen«, erwiderte Peter. »Ich hoffe, daß ich Ihnen endlich auch einen schönen Tag wünschen kann. Es wird allmählich höchste Zeit, daß sich alles zum Guten wendet.«

»Momentan scheint Hoffnung das einzige zu sein, was mich noch aufrecht hält. Warum so furchtbare Dinge geschehen müssen, ist mir einfach unbegreiflich, aber kommt Zeit, kommt Rat, wie es so schön heißt. Das hat meine Tante Verbena oft gesagt. Sie hat uns immer auf dem Akkordeon vorgespielt, wenn wir sie besucht haben. Ihre Stimme klang zwar wie das Pfeifen einer Lokomotive, aber sie hat schrecklich gern gesungen, und wir haben nie versucht, sie daran zu hindern. Es wäre wahrscheinlich ohnehin hoffnungslos gewesen. Tante Verbena war keine Frau, die sich kampflos geschlagen gab.«

»In diesem Punkt sind Sie Ihrer Tante ziemlich ähnlich«, sagte Helen.

Die Presseleute waren inzwischen alle verschwunden. Withington saß allein im Foyer, geduldig wie ein Reiher, der nur darauf wartet, daß zufällig ein armer Fisch in Reichweite seines Schnabels schwimmt. Die Shandys konnten aus Gründen der Höflichkeit nicht an ihm vorbeigehen, ohne kurz mit ihm zu plaudern und sich lobend darüber auszulassen, wie gut er sich mit der Presse geschlagen hatte. Doch schon bald beriefen sie sich auf ihre blauen Zähne, die unbedingt geputzt werden mußten, und den dringenden Termin, den sie unbedingt einhalten mußten, und eisten sich wieder los. Als sie mit frisch geputzten und mit Zahnseide gepflegten Zähnen wieder nach unten kamen und ihm ein strahlendes Lächeln schenken wollten, war Withington anscheinend in seinem Sessel eingeschlafen. Sie weckten ihn nicht und verabschiedeten sich auch nicht von ihm.

Als Peter und Helen in Micheles Laden traten, fanden sie die Meisterweberin im Gespräch mit einer Kundin vor. Sie bedachte ihre neuen Kunden mit dem üblichen rituellen Nicken und Lächeln und ließ sie in Ruhe in den Regalen herumstöbern. Helen war völlig in ihrem Element und hatte in Nullkommanix eine hübsche Krawatte für Peter, einen Satz Tischsets für die Stotts und ein merkwürdiges Kleidungsstück für Catriona herausgesucht, das entweder eine Jacke, eine Weste oder etwas war, das Peters Großmutter als Überwurf bezeichnet hätte. Doch das war erst die Spitze des Eisberges. Als der Stapel auf der Theke immer höher und Michele Clunys Lächeln immer breiter wurde, begann Peter allmählich die Geduld zu verlieren.

»Was in aller Welt willst du denn bloß mit all den Sachen anfangen?«

»Unseren Freunden und Verwandten zu Weihnachten schenken, Schatz. Meinst du, deiner Nichte Alice würde dieser Angoraschal gefallen? Er ist zwar wunderschön und unglaublich weich, aber Angora haart leider immer ziemlich stark.«

»Bei sechs Chihuahuas im Haus kann Alice ein paar Haare mehr bestimmt gut brauchen«, meinte Peter. »Kauf den Schal ruhig. Möchtest du denn nicht auch für dich selbst etwas kaufen?«

»Da fragst du noch? Bist du so lieb und hältst einen Moment meine Tasche? Ich muß unbedingt dieses himmlische Kostüm anprobieren. Ich habe noch nie eine so erlesene Farbkombination bei dieser speziellen Webart gesehen. Ist das Ihr Werk, Mrs. Cluny?«

»Miss Fran hat den Stoff gewebt, und ich habe das Kostüm gemacht. Falls es Ihnen nicht paßt, könnte ich Ihnen ein anderes genau nach Ihren Maßen nähen. Es sei denn, Sie finden etwas, das Ihnen noch besser gefällt.«

Doch es gab nichts, das Helen noch besser gefiel. Außerdem paßte das Kostüm wie angegossen, es schien eigens für sie und niemand anderen gemacht worden zu sein. Es lag Peter Shandy fern, sich zwischen seine Gattin und deren Kreditkarte zu drängen, er ermunterte sie sogar, auch den hübschen Schal zu nehmen, der zu dem Kostüm gehörte, und schlug vor, ihr die Sachen zum nächsten Murmeltiertag zu schenken.

»Wie reizend von dir, Liebling. Ich könnte sie gut beim Freudenfeuer tragen. Murmeltiertag ist bei uns in Balaclava ein sehr wichtiges Fest«, erklärte Helen der verblüfften Michele Cluny, die genauso beeindruckt aussah wie die meisten Verkäufer, die zufällig Zeugen der glücklicherweise eher seltenen Einkaufsräusche der Shandys wurden.

Das Wort »Murmeltier« aktivierte aus irgendeinem Grund Peters Gedächtnis. »Ich soll Ihnen von Miss Rondel ausrichten, daß die Schals fertig sind und abgeholt werden können, sobald Sie die Zeit dazu finden. Helen und ich sind heute zum Essen bei ihr eingeladen, und sie hat uns gebeten, gegen Mittag bei ihr zu sein. Was meinst du, Liebste, sollten wir uns nicht langsam auf die Socken machen? Es ist schon halb zwölf.«

Kapitel 21

Ein Glück, daß du dich in dem Laden so gut unter Kontrolle hattest«, bemerkte Peter, als er seinen mühevoll errungenen Lupinensamen in die äußerste Ecke des Kofferraums schob, um Platz für Helens unzählige Päckchen und Tüten zu schaffen. »Wenn wir die Bilder auch noch untergebracht haben, ist der Wagen randvoll.«

»Mach dir keine Sorgen, Schatz. Fast alles, was ich gekauft habe, läßt sich platzsparend zusammendrücken. Mit Ausnahme meines Kostüms, aber das legen wir einfach oben auf die Bilder. Michele Clunys Preise sind zwar gepfeffert, aber das Kostüm ist jeden Penny wert. Es gehört zu den Kleidungsstücken, die man jahrelang immer wieder anziehen kann, ohne sich daran satt zu sehen.«

Typisch Helen, dachte Peter. Für sie war ein Kleidungsstück erst eingetragen, wenn sie es mindestens zwei oder drei Jahre lang häufig angezogen hatte. Doch momentan hatte sie anderes als ihre Garderobe im Kopf.

»Peter, was hat Mrs. Bright deiner Meinung nach heute morgen gemeint, als sie das mit dem Krug gesagt hat?«

»Ich hatte mich schon gefragt, wann du wohl darauf zu sprechen kommen würdest. Was meinst du wohl, wie alt Mrs. Bright ist?«

»Schwer zu sagen. Wenn ich eben nicht ihre Tochter gesehen hätte, würde ich sagen, kaum älter als vierzig. Und wenn ich Thurzella nicht kennen würde, hätte ich Mrs. Cluny höchstens auf etwa dreiundzwanzig geschätzt. Heiratet man hier eigentlich extrem früh oder wie erklärst du dir das?«

»Falls Withington die Wahrheit sagt, hat Mrs. Bright mit sechzehn geheiratet, aus – na ja, technischen Gründen sozusagen. Soweit ich gehört habe, haben beide Töchter das College besucht und daher wahrscheinlich erst geheiratet, als sie schon zwanzig oder noch älter waren. Und um das Ganze noch interessanter zu machen, hat mir Mrs. Bright auch noch erzählt, daß Miss Rondel zusammen mit ihrer Großmutter die Schulbank gedrückt hat.«

»Das kann doch nur ein Witz sein.«

»Sie würde niemals Witze über Miss Rondel machen. Selbst bei der vorsichtigsten Schätzung müßte Miss Rondel inzwischen mindestens neunzig Jahre oder noch mehr auf dem Bukkel haben, aber sieh sie dir doch an! Gelenkig wie eine Katze und taufrisch wie eine Rose.«

»Wahrscheinlich meinst du die kleinen alten Buschröschen, deren Blütenblätter von Anfang an welk und faltig aussehen. Aber sie duften sehr viel stärker als die neuen Hybriden, und sie sind unglaublich langlebig. Wann sehen wir diesen mysteriösen Krug endlich? Hat dein Freund Withington dir denn noch alles Wissenswerte darüber erzählt?«

»Nein, erstaunlicherweise hat er ihn bisher mit keinem Wort erwähnt. Ich selbst kann dazu nur sagen, daß besagter Krug ein ganz gewöhnliches irdenes Artefakt war, gelb mit braunen Streifen, wie man sie vor Jahren in fast jedem neuenglischen Farmhaus finden konnte. An dem Tag, als ich den Lupinensamen gesammelt habe, sah ich zufällig die Scherben eines dieser Krüge auf Miss Rondels Küchentisch. Als ich Mrs. Cluny am Mittwoch davon erzählte, hat sie völlig die Fassung verloren.«

»Peter Shandy, das glaubst du doch selbst nicht! Eine Frau wie Mrs. Cluny verliert niemals die Fassung. Sie ist die Ruhe in Person.«

»Wie du meinst. Dann hat sie also nicht die Fassung verloren. Aber sie hat sie nur mit Mühe bewahrt. Wärst du mit dieser Formulierung einverstanden?«

»Sicherlich, Liebling, die Formulierung sei dir erlaubt. Gehe ich recht in der Annahme, daß du mit dieser etwas umständlichen Umschreibung andeuten willst, daß der Krug dazu benutzt wurde, Wasser aus der verborgenen Quelle zu holen? Und daß Miss Cluny im Gegensatz zu ihrer Mutter glaubt, der Krug besitze gewisse geheimnisvolle Kräfte, die sich auf das Wasser übertragen? Vergleichbar mit denen des Jungbrunnens, den der legendäre Ponce de Leon niemals fand, weil er dummerweise an der falschen Stelle suchte. Erinnert mich an Kipling.«

»Tatsächlich?«

»Allerdings. Hast du ›Venus Annodomini‹ gelesen?«

»Merkwürdigerweise habe ich das tatsächlich. Du beziehst dich nicht vielleicht zufällig auf den Satz: ›Sie hatte sich so sehr an ihre Jugend gewöhnt, daß sie sich nicht von ihr trennen konnte‹?«

»Der Vollständigkeit halber könnte man noch einen anderen Satz hinzufügen. ›Sie war so unvergänglich wie die Berge. Nur nicht ganz so grün‹«, schlug Helen vor. »Das würde erklären, warum Mrs. Bright so jung aussieht, aber widerlegen, daß nicht das Gefäß die geheimnisvolle Wirkung besitzt, sondern das Wasser. Sie ist alt genug, um es besser zu wissen. Was hältst du von der ganzen Sache?«

»Nun ja, falls der Krug wirklich verzaubert gewesen sein sollte, habe ich dummerweise fünfundsiebzig Dollar plus Steuern an einen unverzauberten vergeudet und ihn Miss Rondel als Ersatz für ihren zerbrochenen geschenkt. Weißt du, Helen, es ist durchaus möglich, daß die Quelle in Rondel's Head eine hohe Konzentration an Mineralien besitzt, die möglicherweise für hervorragendes Wachstum und extreme Langlebigkeit verantwortlich sind. Dies würde auch erklären, warum die Menschen hier alle so gesund aussehen, warum Miss Rondels Lupinen so riesig sind, obwohl sie an einer Stelle wachsen, an der sie normalerweise überhaupt nicht überleben könnten, und warum ihre Hennen Eier so groß wie Straußeneier legen. Kein Wunder, daß sie leicht belustigt wirkte, als ich Bodenproben mitnahm, statt das Wasser zu untersuchen. Dein Gatte ist ein Hornochse, Liebste.«

»Ganz wie du meinst, Schatz. Ich persönlich finde dich eher süß. Was wird sie uns wohl zum Mittagessen kredenzen?«

»Wahrscheinlich ein einsames Salatblatt und eine Schwarzaugenbohne.«

»Klingt realistisch. Andererseits habe ich so eine Ahnung, daß Mrs. Wye uns bestimmt einen eindrucksvollen High Tea servieren wird. Stell dir bloß vor, daß sie die ganze Zeit genau gegenüber von uns auf dem Crescent gewohnt hat und wir nicht einmal wußten, wer sie war.«

»Algernon wird sie vermissen«, sagte Peter.

»Und sie ihn zweifellos auch. Aber wahrscheinlich ist sie überglücklich, endlich wieder in ihrer eigenen Küche stehen zu können, nach allem, was sie hat durchmachen müssen. Kannst du dir vorstellen, wie ihre Kindheit ausgesehen haben muß? Diesem heuchlerischen Unhold von Vater ausgeliefert, der sie auf Schritt und Tritt mit glühendem Schwefel und kaltem Wasser überschüttete und ihr ständig mit Hölle und Teufel drohte? Er hat sie *bestohlen*, Peter! Er hat ihr nicht nur ihr rechtmäßiges Erbe vorenthalten, er hat sogar versucht, ihr Leben zu stehlen. Der Kerl ist keinen Deut besser als Jasper Flodge.«

»Zur Strafe sollte er von wilden Hilfspfarrern zu Tode gepredigt werden.«

»Wie kannst du es wagen, mir ein Zitat von Sydney Smith aufzutischen, wenn ich gerade stinksauer bin? Der Mann ist wie ein wildes Tier.«

»Davon sind die Wälder voll, Geliebte.«

»Was soll denn das schon wieder bedeuten? Du glaubst doch wohl nicht, daß Fred Wye seine Frau verstoßen wird?«

»Nein, das kann ich mir beim besten Willen nicht vorstellen. Er müßte jetzt eigentlich wissen, wie gefährlich es ist, jemanden vorschnell zu verurteilen. Ich dachte eher an Evander.«

»Ist das der Bruder, der sich vollaufen läßt und dann einen Streit vom Zaun bricht?«

»Er hat nur diesen einen Bruder, soweit ich weiß. Ich kenne zwar keine Einzelheiten, aber in der Stadt erzählt man sich, daß mit Evander Wye nicht gut Kirschen essen sei. Ich habe noch mit niemandem darüber gesprochen, Helen, und ich hoffe, du wirst es auch nicht. Dienstag morgen, als ich nach Rondel's Head gefahren bin, um Lupinensamen zu sammeln, habe ich eine merkwürdige kleine Szene beobachtet. Ich habe meinen Wagen unten am Weg geparkt, und ein Stück weiter oben stand ein blauer Pick-up. Als ich daran vorbeiging, habe ich oben am Haus einen Mann rufen hören ›Dann werde ich es eben tun, aber es wird Ihnen todsicher nicht gefallen‹.«

»Ach herrje.«

»Dann flog etwas an meinem Ohr vorbei und prallte gegen den Stamm einer Gelbbirke. Ich hatte keine Lust, dem Mann als Zielscheibe zu dienen, daher habe ich mich hinter dem großen Felsblock versteckt, der dir gestern vielleicht aufgefallen ist, und gewartet, bis er weg war. Als er an dem Felsblock vorbeikam, konnte ich ihn genau sehen. Es war der Mann, der mir schon beim Frühstück im Speisesaal aufgefallen war. Als er weg war, habe ich mir die Birke genauer angeschaut. Es war ein Stein, ein glattes Granitstück von der Größe einer Walnuß, das so tief in den Baum eingedrungen war, daß ich beim Versuch, es zu entfernen, die Klinge meines Taschenmessers abgebrochen habe.«

»Oh, Peter! Dann muß er ja furchtbar hart geworfen haben. Aber er hat nicht absichtlich auf den Baum gezielt, oder?«

»Wenn ich bedenke, daß ich unmittelbar nach dem ersten Treffer einen zweiten Knall gehört habe und auf dem Rückweg einen weiteren Baum mit einem Steingeschoß vorfand, das genauso tief eingedrungen war und sich ungefähr auf der gleichen Höhe befand wie das erste, bin ich fast versucht zu sagen, daß es sehr wohl absichtlich gewesen sein muß. Ich kann dir die beiden Bäume gleich zeigen, wenn du magst.«

»Und Thurzella hat Evander im Foyer gesehen, unmittelbar nachdem Mrs. Bright mit Mrs. Flodge aneinandergeraten war und sie aufgefordert hatte, das Haus sofort zu verlassen. Kurze Zeit später wurde Mrs. Flodge mit einem Stein getötet, der ebenfalls nicht viel größer war als eine Walnuß. Macht dich das nicht stutzig, Peter?«

»Natürlich macht es das. Ich habe mich sogar schon gefragt, ob ich nicht vielleicht wichtige Informationen zurückhalte, weil ich der Polizei nichts von dem Zwischenfall erzählt habe. Aber Mittwoch habe ich mit den Wyes zu Abend gegessen. Ich habe gesehen, wie Evander sich als erster auf Iolanthes Seite gestellt hat. Dann hat er mit Fred, ihrem gemeinsamen Vetter und mir noch Poolbillard gespielt, und wir haben uns recht gut verstanden. Wenn jemand werfen und zielen kann, heißt das noch lange nicht, daß er ein Mörder ist. Verflixt noch mal, Helen, ich hätte den Baum genauso gut treffen können. Ich hätte sogar Lucivee Flodge treffen können, wenn sie mir im falschen Moment in die Schußlinie gelaufen wäre. Das kann sogar ein Kind, es muß nur einigermaßen werfen und zielen können. Selbst jemand, der normalerweise sogar ein Scheunentor verfehlt, kann Glück haben und zufällig den absoluten Treffer landen. Ich kann doch unmöglich mit so einer Story zur Polizei rennen.«

»Ich verstehe dich, Schatz. Aber meinst du nicht, du solltest den Zwischenfall wenigstens Miss Rondel gegenüber zur Sprache bringen? Nach allem, was ich bisher gesehen habe, scheint sie hier in der Stadt eine ziemliche Autoritätsfigur zu sein.«

»Ich werde es mir durch den Kopf gehen lassen. Aber am besten bringen wir es erst zur Sprache, wenn wir das mit den Bildern geregelt haben.«

»Und unsere Schwarzaugenbohne verspeist haben. Es ist deine Entscheidung, Liebling. Wie unangenehm, daß wir kein Geschenk für die Gastgeberin haben. Außer eine Tasche voller Geld.«

Peter begann zu lachen, und Helen tat es ihm nach. Sie lachten immer noch, als sie sich an den beschwerlichen Aufstieg machten, nahmen sich jedoch nicht die Zeit, nach Steinen in Birkenstämmen Ausschau zu halten, da sie ohnehin ein wenig spät dran waren. Miss Rondel empfing sie am Ende des Weges, setzte die Henne ab, die sie auf dem Arm gehalten hatte, und führte sie ins Haus.

»Pünktlich wie die Maurer, wie ich sehe. Und Sie sind wirklich sicher, daß Sie die Bilder kaufen wollen?«

»Und ob«, sagte Peter, »völlig sicher. Helen, du hast doch alles Nötige mitgebracht?«

»Ich habe zehn Schecks über je tausend Dollar dabei. Das schien mir für eine derartige Summe die einfachste Lösung zu sein. Ich brauche sie nur noch einmal in Ihrer Gegenwart zu unterschreiben, Miss Rondel, dann können Sie sie entweder selbst einlösen oder dem Künstler geben. Falls die Gesamtsumme über zehntausend liegen sollte, müssen wir den Rest halt irgendwie zusammenkratzen.«

»Falls die Summe über zehntausend liegen sollte, wird die Person, die ich vertrete, höchstwahrscheinlich der Schlag treffen.« Miss Rondel beging nicht den Fauxpas, über ihren eigenen Witz zu lachen, doch ihre Stimme klang fröhlich. »Sie haben ja gar keine Ahnung, was für ein Wunder Sie mit Ihrer spontanen Begeisterung für die Werke eines völlig unbekannten Künstlers bewirkt haben. Und mit der Summe, die Sie allein für das Vergnügen zu zahlen bereit sind, diese Bilder in Ihrem Haus aufzuhängen. Das Geld selbst ist eigentlich gar nicht so wichtig wie die Tatsache, daß Sie bereit sind, so viel dafür zu bezahlen. Sie haben damit einem Menschen, der sich seit langem mit Selbstzweifeln und Depressionen herumquält, ungeheuren Aufschwung gegeben. Mit Geld kann man viel verändern, wissen Sie, und Sie haben mit Ihrem Geld jemanden aufgerüttelt, der einen ordentlichen, gut gezielten Tritt brauchte, um endlich aktiv zu werden.«

Jetzt lachte Miss Rondel doch. »Ich rede ziemlichen Unsinn, aber ich hoffe, Sie haben mich trotzdem verstanden. Und jetzt lassen Sie uns zum geschäftlichen Teil übergehen. Ich soll Ihnen mitteilen, daß Ihr Angebot viel zu hoch ist und Sie die vier Bilder, die Sie sich ausgesucht haben, für die Summe von fünftausend Dollar haben können, was mir persönlich immer noch äußerst großzügig erscheint. Ich würde Ihnen den guten Rat geben, den Vorschlag ohne große Diskussion anzunehmen – zum Wohle aller Beteiligten, wobei ich nicht zuletzt auch an mich denke. Ich glaube nicht, daß mir die Rolle als Agentin auf Dauer gefällt. Aber warum gehen wir nicht einfach ins Eßzimmer? Ich dachte, Sie hätten vielleicht Lust, Ihr Mittagessen zwischen den Bildern einzunehmen.«

»Eine hervorragende Idee. Und was für ein wunderschöner Tisch!« rief Helen. »Ihr Geschirr gefällt mir sehr.«

»Frühes Versandhaus, Sears Roebuck. Setzen Sie sich am besten hierher, Professor, damit Sie Ihr Lieblingsbild gut im Blick haben.«

Das Essen war nicht ganz so spartanisch, wie Elva Bright prophezeit hatte. Peter fand es etwas einschüchternd, umgeben von derartigen Meisterwerken ein halbes feinzerhacktes Ei auf einem Salatbett zu verzehren. Er bezweifelte stark, ob er die andere Hälfte unter diesen Umständen überhaupt geschafft hätte. Miss Rondels Superhennen nahmen ihre Aufgabe anscheinend überaus ernst.

Miss Rondel hatte das Eigelb mit feingehacktem frischem Schnittlauch und einem Hauch Zitronenmelisse vermischt und mit einem Dressing verfeinert, das Peter noch von seiner Großmutter zu kennen glaubte. Dazu gab es selbstgebackenes Vollkornweißbrot und Wasser aus der angeblichen Wunderquelle. Peter konnte sich nichts Köstlicheres vorstellen.

Immer wenn er das Bild anschaute, das er sein eigen nennen würde, sobald Helen ihr feingehacktes Vogel-Rock-Ei verzehrt und die Schecks unterschrieben hatte, fühlte er sich wie ein stolzer Vater, der schon bald sein erstes Kind aus dem Krankenhaus nach Hause tragen durfte. Zumindest kam es ihm so vor. Aber eigentlich fühlte er sich noch mehr an das Gefühl erinnert, das er verspürt hatte, nachdem er viele lange Monate mit der sorgsamen Pflege von Rübensetzlingen verbracht hatte und schließlich die Früchte seiner Arbeit ernten konnte. Damals war ihm die Zucht des ersten Balaclava Buster, *Brassica napobrassica balaclaviensis*, geglückt. Inzwischen diente seine Riesenrübe überall dort, wo man Rüben kannte und liebte oder auch nur einigermaßen schätzte, Millionen Kühen und Paarhufern als Futtermittel. Peter hätte das Mahl am liebsten noch mehr in die Länge gezogen. Er spürte, daß es Helen ebenso ging. Auch Miss Rondel schien ihren Besuch zu genießen.

»Mir ist da eben ein Gedanke gekommen, Miss Rondel«, meinte Helen, als sie den richtigen Zeitpunkt für gekommen sah. »Vielleicht ist Ihr mysteriöser Schützling nach dem Verkauf der Bilder eher bereit, seine Werke in einer renommierten Galerie auszustellen. Eine von Catrionas Freundinnen besitzt eine Galerie, vielleicht könnten Sie sich einmal alle zusammensetzen und sich darüber unterhalten, wie es sich am besten bewerkstelligen läßt. Cat hat mir erzählt, daß sie Sie gern besuchen würde, bevor sie ihr nächstes Buch anfängt.«

»Das würde mich sehr freuen. Der Verkauf der Bilder scheint bei unserem Künstler tatsächlich einiges bewirkt zu haben. Die Vorstellung, seine Werke auszustellen, erscheint ihm nicht mehr ganz so furchterregend, eine Einstellung, die ich nur unterstützen kann. Je schneller ich aus diesem Geschäft aussteigen kann, desto besser. Michele und ich haben viele neue Ideen und wir brauchen dieses Zimmer hier unbedingt als Arbeitsraum. So, wollen wir nun zum geschäftlichen Teil kommen? Haben Sie etwas mitgebracht, worin wir die Bilder einpacken können?«

»Daran habe ich leider nicht gedacht«, sagte Helen. »Cat und ich sind einfach spontan losgefahren. Ich habe nicht im Traum damit gerechnet, daß wir hier Bilder kaufen würden.«

»Macht nichts, ich habe ein paar alte Bettlaken vom Gasthof, die Elva mir mal gegeben hat. Michele und ich benutzen sie im Arbeitsraum als Staubschutz. Sie können gern ein paar leihen und bei Ihrem nächsten Besuch wieder mitbringen, was hoffentlich recht bald sein wird.«

»Das ist wirklich sehr nett von Ihnen.«

Helen unterschrieb bereits die Schecks. Miss Rondel nahm sie mit einem Nicken in Empfang und ging die Laken holen, während Helen den Tisch abräumte und Peter die von ihnen ausgewählten Bilder von der Wand nahm. Miss Rondel kehrte mit den Tüchern zurück, machte sich ans Einpacken der Bilder und legte dabei wie erwartet großes Geschick an den Tag.

»Und jetzt möchte ich, daß Sie mir genau erzählen, was sich in Pickwance abgespielt hat. Ich habe gehört, Iolanthe Wye sei wieder zu Hause. Ihren Vater sollte man ins Gefängnis stecken. Und Sie beide sind heute nachmittag bei ihr und Fred zum Tee eingeladen?«

»Stimmt genau. Ich glaube, sie erwartet uns so gegen drei.«

»Gut, dann haben wir ja genug Zeit. Kommen Sie doch mit in die Küche, dann kann ich die Sachen schnell abspülen, während wir uns unterhalten. Nein, nein, ich brauche wirklich keine Hilfe. Das Porzellan stammt noch von meiner Mutter. Wenn etwas davon zu Bruch geht oder beschädigt wird, ist es mir lieber, wenn ich selbst daran schuld bin.«

Kapitel 22

Miss Rondel stellte unzählige Zwischenfragen, daher dauerte es eine geraume Zeit, bis sie die ganze Geschichte erzählt hatten. Als das Geschirr gespült war, die Bilder im Kofferraum der Shandys verstaut waren und sie die Neugier ihrer Gastgeberin befriedigt hatten, war es bereits nach halb zwei. Helen und Peter bedankten sich erneut und machten Anstalten, sich zu verabschieden, doch Miss Rondel schien andere Pläne zu haben.

»Oh nein, ich komme mit. Warum setzen wir uns nicht zusammen auf den Rücksitz und unterhalten uns weiter, Helen?« Miss Rondel benutzte inzwischen ihre Vornamen, was Peter und Helen bei ihr natürlich aus naheliegenden Gründen nicht taten. »Peter kann fahren. Ich denke, ich bleibe zum Abendessen bei Elva. Jemand wird mich schon heimfahren.«

Ihre Absicht war offensichtlich. Sie wollte vor der ganzen Stadt demonstrieren, daß es nach wie vor völlig ungefährlich war, in Elva Brights Gasthof zu essen. Miss Rondel machte sich nicht die Mühe, ihr verblichenes Baumwollkleid zu wechseln, ihre Frisur in Ordnung zu bringen oder die vielen anderen Dinge zu erledigen, die Frauen normalerweise unbedingt tun müssen, bevor sie sich in Gesellschaft begeben. Warum sollte sie auch? Sie wußte, wer sie war, und das genügte ihr. Zu guter Letzt griff sie nach einer handgewebten Tragetasche und schloß die Tür ab, für den Fall, daß Touristen sich hierher verliefen.

»Früher brauchte hier niemand seine Tür abzuschließen«, bemerkte sie. »Aber heutzutage kann man nie wissen. Manchmal habe ich das Gefühl, daß ich schon viel zu lange lebe und mich eigentlich von dieser Welt verabschieden sollte. Aber es gibt immer noch so viele Dinge, die ich vorher machen möchte. So, Helen, und jetzt erzählen Sie mir alles über Ihre Arbeit am Familienarchiv der Buggins. Ich hatte einen Großonkel, der eine Buggins geheiratet hat. Sie hieß Bethseda.«

»Bethseda Elvira.« Helen wußte zwar alles Wissenswerte über Bethsedas Vorfahren, doch kaum etwas über ihre Ehe. Sie unterhielt sich mit Miss Rondel über Ahnenforschung, bis sie Pickwance erreichten und vor dem Haus der Wyes auf dem Hügel anhielten. Iolanthe und Fred standen schon auf der Veranda und warteten darauf, die Shandys zu begrüßen. Als sie sahen, daß Miss Rondel mitgekommen war, wirkten sie überrascht und sichtlich stolz.

»Miss Fran, wie lieb, daß Sie uns besuchen kommen!«

Iolanthe Wye sah schon wieder mindestens fünf Jahre jünger aus. Ihr Haar fiel in weichen Locken, ihr Gesicht war dezent geschminkt. Sie trug ein rüschenbesetztes rosa Kleid, das wohl zu den Kleidungsstücken gehörte, die sie bei ihrer überstürzten Flucht zurückgelassen hatte und die Jasper Flodge offenbar nicht für stehlenswert gehalten hatte. Am Ringfinger ihrer linken Hand prangte ein Goldring mit einem rosafarbenen Turmalin. Sie bemerkte Helens bewundernden Blick und lächelte.

»Den hat Fred mir zu unserem ersten Hochzeitstag geschenkt. Ich habe ihn vor etwa einer Stunde wiedergefunden, als ich die Speisekammer aufräumte. Ich hatte ihn an dem Morgen ausgezogen, weil ich Plätzchenteig ausgerollt habe, und ihn sicherheitshalber in einem Marmeladenglas deponiert. Und genau dort lag er drei Jahre später immer noch und wartete nur darauf, endlich herausgenommen und getragen zu werden.«

»Sie bekommt bald einen noch viel schöneren, wenn sie entschieden hat, was ihr am besten gefällt«, sagte Fred.

»Ich brauche gar keinen anderen Ring, Liebling. Dieser hier ist mir unendlich viel wert.«

Vielleicht hätte Iolanthe am liebsten ganz für sich allein ein paar Tränen der Rührung vergossen, aber dazu war sie eine zu gute Gastgeberin. »Ich habe Eistee gemacht. Falls jemand lieber heißen Tee möchte, kann ich auch schnell den Kessel aufsetzen. Fred und ich dachten, Sie würden an so einem wunderschönen Tag vielleicht gern hier draußen auf der Veranda sitzen. Außerdem hatte ich noch keine Zeit, unser Wohnzimmer auf Vordermann zu bringen. Es dauert bestimmt eine Ewigkeit, bis das Haus wieder so ist, wie es sein sollte. Ich weiß auch nicht, was dieser große Tolpatsch hier die ganze Zeit gemacht hat, als ich weg war.«

»Ununterbrochen darauf gewartet, daß du zurückkommst.« Fred Wye versetzte seiner Gattin einen etwas unschicklichen kleinen Klaps, fing einen Blick von Miss Rondel auf und errötete. »Ich nehme an, man erwartet von mir, daß ich jetzt mit dem Teewagen anrolle. Okay, bin schon unterwegs.«

»Kann ich helfen?« Peter wurde es langsam unangenehm, untätig herumzustehen.

»Klar, Pete. Kommen Sie mit. Sie können alles aufheben, was ich zerdeppere.«

»Bringt den großen Lehnstuhl für Miss Fran mit«, rief Iolanthe den Männern nach.

»Aber das ist doch nicht nötig«, protestierte Miss Fran. »Ich sitze viel lieber in eurem Korbschaukelstuhl. Ich erinnere mich noch daran, daß ich in genau diesem Stuhl gesessen habe, als Fred noch einer meiner Schüler war und seine Mutter noch lebte.«

»Wahrscheinlich haben Sie ihr all die schrecklichen Sachen erzählt, die ich in der Schule ausgefressen habe.« Fred war ausgesprochen aufgekratzt. »Kommen Sie, Pete, nichts wie weg, bevor die Frauen sich endgültig gegen uns verbünden.«

Die beiden Männer gingen zusammen ins Haus. Iolanthe gelang es, den Blick von ihrem Mann loszueisen und sich wieder Miss Rondel zuzuwenden. »War er wirklich so ein ungezogener Junge, Miss Rondel?«

»Er war einfach schrecklich! Fred war der einzige Schüler, mit dem ich nicht fertig geworden bin. Ich kann gar nicht aufzählen, was er alles angestellt hat. Sobald ich ihm den Rücken zudrehte, machte er irgendeinen Unfug und brachte die Klasse zum Lachen. Aber wenn ich mich umdrehte, saß er da, als könne er kein Wässerchen trüben. Ich konnte beinahe sehen, wie ihm Engelsflügel aus den Schultern sprossen. Einmal brachte Fred einen langhaarigen Hamster mit und ließ ihn genau in dem Moment laufen, als der Schuldirektor zusammen mit dem Schulrat zur Tür hereinkam. Ich glaube, das war der Tag, an dem ich endgültig beschloß, daß es höchste Zeit für meine Pensionierung war.«

»Haben Sie Ihre Entscheidung je bereut?« fragte Helen.

»Nie. Ich wollte immer schon mehr Zeit für meine Webarbeit

haben. Ich bin froh, daß ich damals sofort gehandelt habe, daher sollte ich Fred eigentlich dankbar dafür sein, daß er mich zu diesem Schritt gezwungen hat. Wenn er ein wenig mehr wie sein älterer Bruder gewesen wäre, hätte ich es wahrscheinlich nicht übers Herz gebracht zu gehen. Wo ist Evander eigentlich, Iolanthe?«

»Er arbeitet in der Mine. Er wird bestimmt enttäuscht sein, daß er Sie verpaßt hat. Es ist komisch, ich kann mir einfach nicht vorstellen, daß Fred der Frechdachs und Evander der Musterschüler gewesen sein soll.«

»Das kann ich sogar verstehen, aber ich kann Ihnen versichern, daß Fred ein kleiner Teufel war und Evander ein wahrer Engel.«

Helen Shandy war überrascht. Das paßte so gar nicht zu dem, was Peter ihr über den Mann erzählt hatte, der Steingeschosse in Bäume bohrte. »Hat Evander nie einen Hamster mit zur Schule gebracht?«

»Evander hätte dem Tier in diesem Fall wahrscheinlich vorher beigebracht, stramm zu stehen und die Fahne zu grüßen«, antwortete Miss Rondel. »Er war mit Abstand das intelligenteste Kind, das ich je unterrichtet habe. Es war ein richtiges Privileg. Der Junge hat mit Begeisterung gelernt. Ich mußte mir ständig besondere Aufgaben für ihn ausdenken, damit er etwas zu tun hatte. Leider war das der schlimmste Fehler, den ich je im Leben gemacht habe.«

»Wieso das denn?«

»Sie wissen ja, wie Kinder sind. In den Augen seiner Mitschüler war Evander ein Streber. Natürlich haben sie mir gegenüber kein Wort davon verlauten lassen, aber außerhalb des Klassenzimmers haben sie den armen Jungen gepiesackt und ihn Waschlappen und Lehrers Liebling genannt. Die Jungen haben weniger laut getönt, weil sie wußten, daß Evander Wye ihnen haushoch überlegen war, falls es zu einer echten Auseinandersetzung kommen sollte, doch die Mädchen waren gnadenlos. Ich nehme an, das kam daher, daß er geistig schon viel zu weit war, um sich körperlich von ihnen angezogen zu fühlen. Worte können grausame Waffen sein, und Evander war ein sensibler Junge und fühlte sich schrecklich verletzt. Er wurde immer einzelgängerischer und entwickelte sich zu einem – ich glaube, heute bezeichnet man so jemanden als Macho. Schließlich brach er die Schule ab, arbeitete in der Mine und fing an, seine Abende in Billardkneipen zu verbringen. Dabei hätte er mit seinem brillanten Verstand soviel machen können. Aber bitte erwähnen Sie das Fred gegenüber nicht. Er liebt seinen Bruder, und es schmerzt ihn, daß Evander so wenig aus seinen Fähigkeiten macht.«

Das Klirren von Silber gegen Glas und leises Fluchen kündigten die Ankunft des Teewagens an. Es war ein überaus eindrucksvolles Exemplar aus Mahagoniholz mit aufwendigen Schnitzereien, für das mancher Sammler viktorianischer Möbel seinen kleinen Finger gegeben hätte. Peter und Fred hoben ihn unversehrt über die Schwelle, und Iolanthe wappnete sich für ihre Rolle als Gastgeberin.

Neben einem riesigen Kristallkrug mit Eistee gab es üppige Erdbeeren mit Stielen und eine Schüssel mit braunem Zucker zum Hineinstippen, warme Buttermilchplätzchen, süße Butterstückchen mit eingestempelten Gänseblümchen, und zwei Sorten Konfitüre in Gläsern auf einem silbernen Ständer, mit einem praktischen Griff in der Mitte zum Weiterreichen. Außerdem lockten kleine Biskuitkuchen mit Zitronencremefüllung und ein unglaublich eleganter Schokoladenschichtkuchen mit Mokkaglasur und Walnußhälften. Die Gäste konnten sich wirklich nicht beklagen.

Fred klappte mehrere kleine Beistelltische auf und plazierte sie an strategisch wichtigen Stellen. Iolanthe verteilte die üppig mit Gold und Malereien verzierten Porzellanteller, die bestickten Leinenservietten, die glänzend polierten silbernen Kuchengabeln und die langstieligen Löffel für den Eistee. Der Tee wurde in Kristallkelchen gereicht, die mit einem Zweig Minze und einem Zitronenstückchen am Rand dekoriert waren. Fred ging mit dem riesigen Krug von einem Gast zum anderen und goß Tee ein, weil er nicht wollte, daß Iolanthe sich anstrengte. Während Peter sich Erdbeeren, ein Plätzchen und ein Biskuitküchlein vom Servierwagen nahm, konnte er sich den Gedanken nicht verkneifen, wie schade es doch war, daß der längst verstorbene Doktor Samuel Johnson nicht mit von der Partie war. Er hätte diese Teeparty bestimmt genossen.

Während der Teewagen seine Runde machte, wurde das Gespräch zunehmend oberflächlicher und beschränkte sich schließlich in der Hauptsache auf nichtssagende Feststellungen wie

»Was für ein wunderbarer Tag!«, »Das sind die leckersten Erdbeeren, die ich in diesem Jahr gegessen habe.«, »Wie in aller Welt haben Sie es geschafft, daß die Plätzchen so locker geworden sind, Iolanthe?« und »Ich weiß zwar, daß es unverschämt ist, aber könnte ich vielleicht noch ein Biskuitküchlein haben?« Als man schließlich den Schokoladen-Mokka-Walnußkuchen in Angriff nahm, konnte selbst Miss Rondel nicht widerstehen und ließ sich ein winzig kleines Stückchen reichen.

Ein Sperling und eine Spottdrossel kamen herbeigeflogen, um nachzuschauen, was es Gutes zu essen gab, und erhielten gleich ein halbes Plätzchen, das einer der Gäste nicht mehr essen konnte, weil er schlichtweg zu satt war. Man bot weitere Köstlichkeiten an, doch alle waren rundum zufrieden. Diejenigen, deren Gürtel zu eng saß, lockerten ihn ein wenig. Man erwog einen kleinen Verdauungsspaziergang im Garten zur Verbrennung überflüssiger Kohlehydrate, doch niemand wollte mit gutem Beispiel vorangehen. Alle fühlten sich wie verzaubert und wollten die wunderbare Stimmung nicht zerstören. Niemand freute sich daher, als eine lange, glänzende, teuer aussehende, schwarze Limousine langsam die Einfahrt in Richtung Haus hochfuhr. Fred Wye reagierte sogar ausgesprochen verärgert.

»Was zum Teufel hat das denn schon wieder zu bedeuten? Wahrscheinlich jemand von der Mine. Ich wollte eigentlich gerade anfangen, ein bißchen aufzuräumen.«

»Ich mach' das schon«, sagte Iolanthe. »Geh lieber nachschauen, wer es ist.«

»Peter und ich könnten doch –«

Weiter kam Helen Shandy nicht. Die Limousine legte noch einen Zahn zu und kam in einem Kieselschauer vor der Treppe zum Stehen. Der Fahrer des Wagens schoß wütend aus seinem Gefährt.

»Oh Gott!« stöhnte Iolanthe. »Es ist Vater.«

Fred stellte sich mit gespreizten Beinen und verschränkten Armen auf die oberste Treppenstufe, wie Horatius bei der Verteidigung der Tiberbrücke. Er sprach kein Wort, aber man hätte ihn ohnehin nicht gehört, selbst wenn er es versucht hätte.

Iolanthes Vater war ein kräftiger Mann, großgewachsen, breitschultrig und mit einer donnernden Stimme gesegnet, die zu seiner Erscheinung paßte. Er war in voller Fahrt, was er sagte, machte zwar wenig Sinn, war jedoch unüberhörbar. Er fuchtelte mit einem Blatt Papier vor der Nase seines Schwiegersohnes herum. Fred wich nicht von der Stelle. Sobald sich die Gelegenheit bot, brüllte er zurück.

»Hören Sie sofort auf zu schreien und verschwinden Sie von meinem Grundstück, oder ich rufe die Polizei und lasse Sie verhaften!«

»Untersteh dich! Wie kannst du überhaupt wagen, in diesem Ton mit mir zu reden? MIT MIR! Was soll diese bodenlose Unverschämtheit überhaupt bedeuten? Antworte mir gefälligst, wenn du dich traust!«

»Und ob ich mich traue! Falls das der Brief ist, den Matt Barrett auf meinen Wunsch an Sie geschickt hat, dürfte eigentlich kein Zweifel am Inhalt des Schreibens bestehen. Iolanthe erstattet Anzeige gegen Sie wegen Veruntreuung des Vermögens, das sie von ihrer Großtante geerbt hat, von dem Sie wahrscheinlich unter anderem den Straßenkreuzer gekauft haben, in dem Sie hier angerollt sind. Es sei denn, Sie haben in der Zwischenzeit noch jemanden übers Ohr gehauen. Wir erstatten gemeinsam Anzeige gegen Sie wegen unrechtmäßiger Bereicherung und seelischer Grausamkeit gegen Ihre Tochter, Zerstörung unserer Ehe und allem, was Matt sonst noch einfällt, und dafür, daß Sie gemeinsam mit diesem Mistkerl Jasper Flodge versucht haben, unser Vermögen an sich zu reißen und unser Leben zu ruinieren. Was Ihnen beinahe sogar gelungen wäre, Sie verfluchter Verbrecher!«

»Ich bin nur meiner Pflicht als treusorgender Vater und verantwortungsbewußter Geistlicher nachgekommen und habe versucht, meine Tochter aus den Fängen eines notorischen Sünders zu befreien, um sie vor den Flammen der Hölle zu bewahren.«

»Und ihr damit die Hölle auf Erden bereitet, Sie bösartiger alter Mistkerl. Sie haben sie einer Gehirnwäsche unterzogen, von dem Tag an, als sie geboren wurde. Und sie in einen Nervenzusammenbruch getrieben und ihr gesamtes Geld gestohlen. Es war Ihnen völlig egal, ob ihre Tochter verhungert wäre oder nicht. Was für ein treusorgender, liebevoller Vater Sie doch sind, Sie verfluchter Pharisäer! War das in deinem Sinne, Iolanthe?«

»Ganz und gar, Fred. Ich schäme mich, diesen elenden Heuchler zum Vater zu haben.«

»Richte nicht, Tochter, auf daß du nicht gerichtet wirst.«

»Du bist hier derjenige, der gerichtet wird, Vater. Und verurteilen wird man dich auch. Du hast Fred und mir drei Jahre Höllenqual beschert, und jetzt bekommst du selbst einen kleinen Vorgeschmack darauf, wie es ist, wenn einem der Boden unter den Füßen weggezogen wird. Fred hat völlig recht. Du hast dich an Tante Prunellas Geld bereichert.«

»Als Erbschaftsverwalter steht mir ein jährliches Gehalt zu.«

»Zum Teufel mit Ihnen«, sagte Fred. »Seit Iolanthe volljährig ist, steht Ihnen kein einziger Cent mehr zu. Damals lief Ihr Amt als Erbschaftsverwalter aus, aber sie haben wohl vergessen, ihr gegenüber diese Kleinigkeit zu erwähnen, oder?«

»Was mich betrifft, so habe ich nur meine Pflicht erfüllt. Sie hätte sowieso nichts verstanden. Frauen sind intellektuell gar nicht in der Lage, komplizierte finanzielle Zusammenhänge zu begreifen.«

Das war zuviel für Miss Rondel. »Ganz im Gegenteil, Mr. Bliven. Frauen sind Männern intellektuell absolut ebenbürtig, nicht nur was das Begreifen komplizierter finanzieller Zusammenhänge betrifft, sondern auch was die Entlarvung von Schwindlern angeht. Falls man mir Gelegenheit geben sollte, vor Gericht gegen Sie auszusagen, werde ich dies mit Freuden tun. Normalerweise bin ich kein rachsüchtiger Mensch, aber ein niederträchtiger Schurke, der sich als Mann Gottes ausgibt, in Wirklichkeit aber mit dem Teufel im Bunde steht, muß ernten, was er gesät hat.«

»Das sagen Sie mir, Miss Rondel? Mir, einem Mann der Kirche?«

»Sehr richtig. Ihnen, einem Heuchler und Halunken. Warum haben Sie sich mit Jasper Flodge zusammengetan und beschlossen, die Ehe Ihrer Tochter zu zerstören, als ihr Mann ein paar Tage angeln gefahren war? Vermutlich hat es Ihnen nicht gepaßt, daß Sie bald die Kontrolle über Iolanthes Erbe verlieren würden. Fred Wye ist ein guter Geschäftsmann, es war nur eine Frage der Zeit, wann er beginnen würde, sich die rechtliche Lage genauer anzusehen. Er hätte sicher bald herausgefunden, daß Sie Ihre Tochter seit geraumer Zeit hintergingen und das Vermögen, das ihr zustand, geplündert hatten. Hätte er die Wahrheit herausgefunden, hätten Sie die Kontrolle über das Vermögen verloren, und wären möglicherweise sogar im Gefängnis gelandet.«

»Lächerlich!«

»Ganz im Gegenteil. Sie sind ein eitler, selbstsüchtiger Mann, Mr. Bliven, und ein Tyrann noch dazu. Sie konnten den Gedanken nicht ertragen, daß Ihre Tochter das ganze Geld für sich allein haben sollte, wo Sie selbst kaum noch genug zum Leben hatten. Sie mußten Ihre Kanzel verlassen, weil die Leute genug hatten von Ihren ewigen Phrasen und Einschüchterungen, und können jetzt keine neue Anstellung mehr finden. Da Sie außerdem ein ziemlich dummer Mensch sind, sahen Sie keinen Ausweg aus der Grube, die Sie sich selbst gegraben hatten – bis Sie sich schließlich mit Jasper Flodge einließen. Jeder hier wußte von Jaspers Gemeinheit und Verschlagenheit, aber Sie haben in ihm wahrscheinlich die Antwort auf all Ihre Gebete gesehen. Sie kamen also mit ihm ins Geschäft. Als Gegenleistung dafür, daß er Ihnen half, Iolanthe von ihrem Ehemann zu trennen, damit Sie das arme Mädchen ein für allemal um das Erbe ihrer Großtante prellen konnten, durfte Jasper sich alles nehmen, was er heraustragen konnte, bevor Fred zurückkehrte. Und den Diebstahl schoben Sie dann Iolanthe in die Schuhe. So war es doch, oder etwa nicht?«

»Ich sehe keinen Grund, mich gegen eine derartig lächerliche Anschuldigung eines aufdringlichen, senilen alten Weibes zu verteidigen.«

»Ihre Beschimpfungen helfen Ihnen jetzt auch nicht mehr, Mr. Bliven. Ich bin davon überzeugt, daß eine so geschickt eingefädelte Tat nur das Werk von zwei Wölfen im Schafspelz sein konnte.«

»Miss Rondel, jetzt gehen Sie wirklich zu weit. Ich verlange von Ihnen, daß Sie diese Behauptungen beweisen.«

»Dummes Zeug. Jetzt fangen Sie bloß nicht damit an! Ihre Rolle bestand darin, Iolanthes Liebe zu Fred zu vergiften, indem Sie ihr mehrere Briefe vorlasen, die angeblich den Beweis enthielten, daß er neun erfundene junge Mädchen geschwängert haben sollte und schuftig genug war, sie und ihre neun erfundenen unehelichen Kinder im Stich zu lassen. Die Briefe stammten natürlich allesamt aus Ihrer Feder.«

»Das ist nicht wahr. Sie sind mit der Post gekommen.«

»Alle neun auf einmal am selben Tag? Versuchen Sie bloß nicht, sich damit herauszureden, daß Jasper sie geschrieben hätte. Jasper konnte nämlich weder lesen noch schreiben.«

»Er –«

Damit hatte sie ihm den Wind aus den Segeln genommen. Wahrscheinlich war es das erste Mal in seiner Laufbahn, daß ihm nichts mehr einfiel. Miss Rondel packte die Gelegenheit beim Schopf.

»Danach sind Sie wie geplant vorgegangen, haben Ihre Tochter mit Ihren Phrasen und Drohungen überschüttet und so lange eingeschüchtert, bis sie nicht mehr wußte, was sie tat. Sie war so aufgewühlt und verletzt, daß sie sofort aufgab, als Jasper Flodge auftauchte, ihr mit seinen Lügen zusetzte und ihr versprach, sie zu beschützen und ihr dabei zu helfen, ihren grausamen Gatten zu verlassen und ein neues Leben anzufangen. Nachdem Jasper Iolanthe dazu gebracht hatte, eine gefälschte Vollmacht zu unterschreiben, und sich ihr Sparbuch und ihren Hausschlüssel angeeignet hatte, setzte er sie einfach in einer Pension in Portland ab und kam zurück, um ihren Schmuck zu stehlen.«

Sie hielt inne und wartete auf eine Reaktion, die jedoch ausblieb. »Mich würde wirklich interessieren, Mr. Bliven, wann Ihnen bewußt wurde, wieviel Ihr Komplize bei der ganzen Sache für sich herausschlug. Haben Sie beschlossen, Jasper Flodge zu vergiften, weil Sie schließlich dahinterkamen oder weil er versuchte, Sie zu erpressen, ihm noch mehr Geld zu geben?«

Kapitel 23

Ich habe Jasper Flodge bestimmt nicht vergiftet!« Bliven war ins Schwitzen geraten, sein gestärkter weißer Kragen begann die Form zu verlieren, und seine Stimme zitterte. »Ich weigere mich, diese lächerliche Befragung noch weiter über mich ergehen zu lassen. Iolanthe, du bist nicht länger meine Tochter!«

»Das ist das Netteste, was ich je von dir gehört habe. Ich wünschte mir nur, es wäre wirklich wahr.«

Iolanthe drehte ihrem Vater den Rücken zu und begann, die gebrauchten Teller auf den Teewagen zu stapeln. Fred und die Shandys eilten ihr zu Hilfe. Miss Rondel stand einfach da und fixierte den entlarvten Schurken, bis er wie ein begossener Pudel die Verandastufen hinabgeschlichen und wieder in sein teures Auto gestiegen war, das er mit dem Vermögen, das er so treulos verwaltet hatte, erstanden hatte.

»Es tut mir furchtbar leid, daß wir Sie in die ganze Sache mit hineingezogen haben.«

»Das macht doch nichts«, sagte Peter. »Wir freuen uns, daß wir hier waren und Ihnen ein wenig Rückendeckung geben konnten. Irgend etwas mußte ja passieren, und da ist es immer besser, man bringt es rasch hinter sich. Jetzt steht Ihnen jedenfalls keine unangenehme Konfrontation mehr bevor.«

»Den siehst du erst bei der Verhandlung wieder.« Fred legte den Arm um seine Frau. »Nun lächele doch bitte wieder, Liebling. Ich hoffe, du hast nichts dagegen, wenn ich Matt Barrett bitte, einen Haftbefehl zu erwirken.«

»Das würde ich sehr begrüßen. Mach genau das, Schatz. Obwohl ich es Matt am liebsten selbst sagen würde.«

»Dann laß uns doch einfach zusammen hingehen. Möchte noch jemand ein Stück Kuchen, bevor ich alles wieder in die Küche rolle?«

Helen Shandy sprach als erste. »Ich wollte, ich könnte, aber wahrscheinlich müssen Sie mich ebenfalls wegrollen, wenn ich noch einen weiteren Bissen zu mir nehme. Außerdem erwartet uns Mrs. Bright zum Abendessen. Wie wir es schaffen sollen, auch nur das geringste zu essen, ist mir zwar mehr als schleierhaft, aber es ist unser letzter Abend und wir wollen sie auf keinen Fall enttäuschen.«

»Schade, daß Sie nicht noch ein bißchen länger bleiben können«, sagte Iolanthe.

»Oh, wir kommen bestimmt zurück. Auf dem Rückweg zeigen wir Catriona McBogle unsere große Entdeckung, und das sollte eigentlich einige Resonanz finden. Sie haben doch nichts dagegen, Miss Rondel?«

»Mich dürfen Sie da nicht fragen, Helen. Die Bilder gehören jetzt Ihnen. Ich freue mich, daß sie Ihnen gefallen. Es ist höchste Zeit, daß sie jemand anschaut. Ist nicht genau das der Sinn und Zweck eines Bildes?«

»Wer hat die Bilder denn gemalt, Helen?« erkundigte sich Fred.

»Das kann Miss Rondel Ihnen besser sagen als ich, aber ich bin mir nicht sicher, ob ihr gerade danach ist, Fred. Ich weiß nur, daß hier in diesem Ort ein hochbegabter Künstler lebt, und Peter und ich hatten das Glück, vier wunderbare Bilder zu einem geradezu lächerlichen Preis erstehen zu können.«

»Tatsächlich? Ich bin zwar kein neugieriger Mensch, aber ich wäre Ihnen sehr dankbar, wenn Sie mir zumindest andeutungsweise sagen könnten, was Sie dafür bezahlt haben.«

»Fred!« Seine Frau schnappte nach Luft. »So was fragt man doch nicht!«

»Es interessiert mich einfach. Ich habe noch nie jemanden getroffen, der ein Gemälde gekauft hat. Wieviel kostet so ein Bild – wenigstens ungefähr?«

»Zwischen ein paar Dollars und mehreren Millionen, je nachdem, wie gut es ist und was die Käufer zu zahlen bereit sind. Es gibt in den Museen und Privatsammlungen viele Bilder, für die ich persönlich keinen Pfennig bezahlen würde, aber diese hier sind etwas ganz Besonderes. Doch das ist eine lange Geschichte. Peter hat sie entdeckt und sofort gesehen, wie großartig sie sind, dabei interessiert er sich normalerweise gar nicht für Kunst. Wir hätten gern mehr bezahlt, doch dem Künstler erschien unser Angebot zu hoch, falls Sie sich das vorstellen können. Am Ende haben wir alle vier für nur fünftausend Dollar bekommen.«

»Das nennen Sie billig?«

»In diesem Fall ist es sogar spottbillig. Sobald der Künstler erst einmal mit einer Galerie zusammenarbeitet, werden sich die Preise für seine Bilder wahrscheinlich verdoppeln. Wenn die Kunsthändler in New York ein Talent wie dieses entdecken, ist so gut wie alles möglich.«

»Wer hätte das gedacht. Sind Sie so nett und helfen mir, das Ding durch die Tür zu hieven, Pete? Falls Sie sich zu so etwas überhaupt noch herablassen, jetzt wo Sie unter die Kunstsammler gegangen sind. Wenn das die Jungs in der Billardkneipe erfahren!«

»Verraten Sie es Ihnen besser nicht. Sie halten mich sonst bestimmt noch für einen Weichling.«

»Ganz im Gegenteil. Sie werden alles versuchen, um möglichst schnell auch eins von den Bildern zu ergattern, bevor die Preise steigen. Ich übrigens auch. Sie haben nicht zufällig eins von den Bildern dabei?«

»Doch, aber sie sind alle verpackt und unter Helens Weihnachtseinkäufen begraben. Es würde wer weiß wie lange dauern, sie auszupacken und wieder zu verstauen. Sie können sich die Bilder ansehen, wenn Sie uns besuchen. Ich weiß, daß die Enderbles Iolanthe schrecklich vermissen werden, und sie wird sich vielleicht auch freuen, die beiden und ihre kleinen Ungeheuer wiederzusehen, so lange sie nicht wieder hinter Algernon herräumen muß. Ich komme nur ungern auf das leidige Thema zurück, Fred, aber es gibt einen Punkt, in dem Ihr ehemaliger Schwiegervater, wenn wir ihn einmal so nennen wollen, tatsächlich die Wahrheit sagt, und ich muß zugeben, daß mir das zu denken gibt.«

»Und mir erst. Ich kann mir nicht mal vorstellen, daß dieser fürchterliche Mensch je die Wahrheit sagen könnte.«

»Es hat mit den Briefen über Ihre angeblichen – eh – Verfehlungen zu tun, die Jasper Flodge so umsichtig verschwinden ließ und vernichtete, nachdem sie ihren Zweck erfüllt hatten. Ich weiß nicht, ob Iolanthe in der psychischen Verfassung war, sie sich genauer anzusehen, nachdem ihr Vater fortgegangen war und bevor Jasper eintraf, aber immerhin besteht die Möglichkeit, daß sie einen Blick darauf geworfen hat. Die Briefe waren höchstwahrscheinlich handgeschrieben. Jasper hat sie nicht verfaßt, da er Legastheniker war. Bliven hätte es nicht gewagt, denn seine Tochter hätte seine Schrift mit Sicherheit erkannt, egal wieviel Mühe er sich auch gemacht hätte, sie zu verstellen. Viele Menschen glauben zwar, das sei ganz leicht, aber es klappt fast nie. Und schon gar nicht, wenn der Schreiber ein Mann mittleren Alters ist, der versucht, die Schrift von neun unverheirateten jungen Frauen nachzuahmen.«

»Vielleicht war es Jaspers Frau?«

»Kann sein, daß sie ein oder zwei Briefe geschrieben hat. Sie lebte damals noch mit Jasper hier in Pickwance, glaube ich, doch sie hat den größten Teil der Woche in Portland verbracht. Ich bezweifle keine Minute lang, daß sie die Vollmacht gefälscht hat, mit der Jasper Iolanthes Konto leergeräumt hat. Aber ich kann mir nicht vorstellen, daß Mrs. Flodge sämtliche Briefe geschrieben haben soll. Sie war so eine extravagante Persönlichkeit, daß sie bestimmt extreme Schwierigkeiten hatte, ihre Handschrift zu verstellen.«

»Wollen Sie damit sagen, daß noch eine vierte Person darin verwickelt war?«

»Genau so scheint es, Fred. Miss Rondel mag anderer Ansicht sein, aber ich kann mir einfach nicht vorstellen, wie in Dreiteufelsnamen Mr. Bliven Flodge das Gift verabreicht haben soll. Ich war im Speisesaal, als Flodge starb, wie Sie ja wissen, ich hatte sozusagen die ganze Zeit einen Logenplatz. Kann sein, daß Mr. Bliven einen verrückten Zahnarzt gefunden hat, der Flodge anästhesierte und ihm einen hohlen Zahn einpflanzte, der darauf programmiert war, eine tödliche Dosis Blausäure abzugeben, sobald der Mann den letzten Bissen Hühnerfrikassee im Mund hatte, aber glauben kann ich es nicht. Ich würde Ihnen gern helfen, die Sachen fortzuräumen, wenn ich nur wüßte, wo sie hingehören.«

»Das ist doch nicht nötig, Pete. Iolanthe wird jeden Moment hier sein und nachschauen, was uns so lange aufhält. Und welchen Schluß können wir aus Ihren Überlegungen ziehen?«

»Seit drei Tagen zerbreche ich mir schon den Kopf darüber, wer Jasper Flodge wohl ermordet haben könnte. Haben Sie wirklich vor, einen Haftbefehl gegen Iolanthes Vater zu erwirken?«

»Mir bleibt wohl nichts anderes übrig. Es ist weniger das Geld, Pete. Aber ich kann einfach nicht ertragen, was er Iolanthe angetan hat. Ich muß allerdings zugeben, daß ich gern etwas von dem vielen Geld zurückbekommen würde, das ich ausgegeben habe. Ich habe nämlich lange versucht, Iolanthe ausfindig zu machen, nachdem Jasper Flodge hier einige Monate später mit einer anderen Frau im Schlepptau auftauchte. Der alte Bock, sechzig Jahre alt und immer noch ein Schürzenjäger. Wenn er zwanzig Jahre jünger gewesen wäre, hätte ich ihn einfach zusammengeschlagen. Er hat doch tatsächlich behauptet, er hätte Iolanthe zum Flughafen von Portland gefahren, damit sie mit ihrem Vetter Willie nach Boston fliegen konnte. Dabei hat sie überhaupt keinen Vetter namens Willie und furchtbare Angst vor dem Fliegen. Jasper wußte, daß er log, und ich auch, aber genutzt hat es mir nichts.«

Fred Wye schnaubte wie ein Wildpferd. »Ich habe sogar versucht, mit meinem Schwiegervater zu reden, aber das war das Dümmste, das ich je getan habe. Er ist über mich hergefallen, hat mich als Kinderschänder beschimpft und mir mit der Polizei gedroht. Ich mußte machen, daß ich wegkam, sonst wäre ich ihm wahrscheinlich an die Gurgel gegangen. Jedenfalls schien er nicht zu wissen, wo sie war. Oder wollte es nicht wissen, was ich ihm sogar glaube. Ich habe Detektive engagiert, aber auch das hat mich keinen Schritt weitergebracht. Ich habe sogar eine Zeitlang einen auf Jasper angesetzt, aber das hat mir nur ein weiteres Loch in mein Bankkonto gerissen. Sie können mir glauben, Pete, wenn Evander sich nicht so um mich gekümmert hätte, wäre ich entweder verrückt geworden oder hätte mich umgebracht. Aber was zum Teufel rede ich da überhaupt, schließlich ist jetzt alles gut und wir sind wieder zusammen. Iolanthe fragt sich bestimmt schon, wo wir so lange bleiben. Wirklich jammerschade, daß Sie morgen schon abreisen. Ah, da kommt meine bessere Hälfte ja schon und sieht nach dem Rechten.«

Die bessere Hälfte zupfte ihren Gatten am Ohrläppchen und gab ihm ein Küßchen auf die Wange. »Was treibt ihr beiden denn hier so lange? Wir hatten schon befürchtet, ihr hättet euch in der Küche verirrt. Ich störe eure Herrenrunde nur ungern, aber Miss Rondel wird langsam unruhig.«

»Wahrscheinlich möchte sie zum Gasthof und Mrs. Bright einen kurzen Besuch abstatten, bevor sie sich auf den Heimweg macht«, erklärte Peter. »Fred und ich haben gerade vereinbart, daß wir uns unbedingt möglichst bald in Balaclava Junction treffen sollten. Algernon vermißt Sie bestimmt sehr, Iolanthe.«

»Das süße alte Kaninchen. Ich würde gern weiter mit den Enderbles in Kontakt bleiben. Sie werden dir sicher auch gefallen, Fred. Sie waren wirklich sehr nett zu mir.«

Peter spürte, daß er die beiden Eheleute jetzt lieber allein lassen sollte, und begab sich daher wieder auf die Veranda. Er versicherte Miss Rondel, daß sie losfahren würden, sobald sich ihre Gastgeber voneinander losgeeist hätten und nach draußen kämen, um sich von ihnen zu verabschieden. Schließlich kamen sie tatsächlich, verlegen, ein wenig zerzaust und nicht gänzlich abgeneigt, ihre Gäste zu entlassen. Alle betonten, was für ein angenehmer Nachmittag es doch gewesen sei und daß man sich bald wieder treffen solle, bis Miss Rondel schließlich entschieden auf den Wagen der Shandys zuging und die Teegesellschaft beendete.

»Das war wirklich schön.« Miss Rondel sprach aus, was alle fühlten. »Ich hoffe, Fred und Iolanthe haben bald ein Kind, ich finde es immer so schade, wenn alte Familien aussterben. Iolanthe war noch ein Baby, als ihre Mutter starb. Claire war eine geborene Howard. Ihre Schwester Margaret kam her, um zu helfen, aber als sie erst einmal erkannte, auf was sie sich eingelassen hatte, brannte sie mit einem Vertreter für Lexika durch. Absaloms Schwester Virginia lebte schon die ganze Zeit im Haus, sie hat sich dann um Iolanthe gekümmert, aber dummerweise tauchte noch ein Vertreter auf. Inzwischen war Iolanthe fast mit der High School fertig, und Virginia hatte die Nase gestrichen voll von Absaloms Schikanen, also ist sie ebenfalls durchgebrannt, und keiner hat es ihr übel genommen.«

»Dann blieb Iolanthe ganz allein mit ihrem Vater zurück?« sagte Helen.

»Ja, aber sie hat immer ziemlich viel Zeit mit ihrer Großtante verbracht. Prunella war mit dem Besitzer einer Installationsfirma verheiratet und nach seinem Tod eine steinreiche Frau ohne eigene Kinder. Absalom hätte sie nur zu gern möglichst schnell unter die Erde gebetet, aber sie konnte ihn nicht ausstehen und hat ihn nie in ihr Haus gelassen. Sie war klug genug, Iolanthe kein Geld zu geben, als sie noch lebte, aber sie hat ihr immer hübsche Kleider aus Versandhauskatalogen bestellt.

Wenn es nach dem Geschmack ihres Vaters gegangen wäre, hätte sie in Sack und Asche herumlaufen müssen. Doch dank Prunella war sie das bestangezogene Mädchen in ihrer Klasse.«

»Und wahrscheinlich auch das hübscheste.«

»Ganz bestimmt. Die Jungs wären ihr samt und sonders nachgelaufen, wenn sie nur Gelegenheit dazu gehabt hätten. Aber natürlich hat Absalom alle davongejagt. Er hatte schon einen Mann für Iolanthe ausgesucht, irgendeinen Schwächling namens Heber Soundso – es gibt ja Menschen, deren Nachnamen sich niemand merken kann –, der furchtbare Katzenmusik auf der kaputten alten Orgel fabrizierte und vor seinem geliebten Herrn Pastor auf den Knien rutschte. Absalom hatte sich wohl vorgestellt, daß seine Tochter und ihr erbärmlicher Gatte schön brav zu Hause bleiben und für ihn schuften würden, während er mit vollen Händen das Geld ausgeben konnte, das ihm Prunella seiner Meinung nach hinterlassen würde. Aber eines Abends nahm irgendein netter Mensch Fred Wye zum Gemeindefest mit, bei dem Iolanthe die Gäste bediente, und schon war's passiert.«

Helen lächelte. »Wie lange hat es gedauert, bis Fred ihr einen Heiratsantrag machte?«

»Ich weiß es zwar nicht ganz genau, aber drei Wochen später trug sie bereits seinen Ring, und innerhalb von sechs Monaten waren sie verheiratet. Wenn es nach Fred gegangen wäre, hätten sie noch früher geheiratet. Doch Prunella, die schon seit einiger Zeit krank war, starb ein paar Tage, nachdem sie die Verlobungsanzeige in die Zeitung gesetzt und ein kleines Fest gegeben hatte, zu der sie sowohl Margery als auch Virginia eingeladen hatte, um sicherzugehen, daß Absalom nicht kommen würde. Natürlich wollte Iolanthe das Andenken ihrer Großtante mit einer angemessenen Trauerzeit in Ehren halten und vermutlich auch ihre Aussteuer zusammenstellen. Bei der Hochzeit machten sie es genauso, Virginia war die Brautjungfer und Margerys Mann war der Brautführer. Die Hochzeit fand hier im Haus statt, und der Methodistenpfarrer traute das Paar. Ich wollte Ihnen nur ein paar Hintergrundinformationen geben, denn ich sehe, daß Sie im Begriff sind, sich mit den Wyes anzufreunden. Ich dachte, am besten erfahren Sie gleich die ganze Geschichte, bevor Sie zu viele andere Versionen hören. Ich hoffe, ich lebe noch lange genug, um das Baby zu sehen.«

Wenn man die durchschnittliche Lebenserwartung der Menschen hier in dieser Gegend bedachte, die Mordopfer einmal ausgenommen, sah Peter keinen Grund, warum die Wyes sich vorschnell in das Abenteuer der Elternschaft stürzen sollten. Aber es war Zeit, daß er auf das eigentliche Thema zu sprechen kam.

»Vielleicht sollten sie anfangen, das Wasser aus Ihrer Wunderquelle zu trinken.«

Er wünschte, er hätte etwas weniger Provozierendes gesagt, aber Miss Rondel nahm es ihm anscheinend nicht übel. »Ein sehr vernünftiger Vorschlag, Peter. Ich werde dafür sorgen, daß Iolanthe gleich morgen einen Krug erhält. Nicht etwa, daß ich meiner Quelle besondere Heilkräfte zuspreche, aber es gibt Leute, die daran glauben – oder wenigstens so tun als ob. Ich hoffe nur, Elva erwartet nicht von mir, daß ich zum Abendessen bleibe.«

Inzwischen hatten sie den Gasthof erreicht, und Peter hielt vor der Eingangstür an. »Warum hüpft ihr beiden nicht einfach nach draußen, und ich fahre den Wagen hinters Haus?«

»Nein«, sagte Miss Rondel. »Wir fahren mit und gehen durch den Hintereingang ins Haus. Ich möchte Elva gern sehen, aber ich möchte auf keinen Fall nach dem üppigen Nachmittagstee noch etwas essen. Außerdem sitzt Claridge Withington bestimmt wieder im Foyer oder im Speisesaal, und ich habe keine Lust, mich mit ihm zu unterhalten.«

»Kann ich gut verstehen«, brummte Peter. »Er ist genauso unterhaltsam wie ein schmerzender Zahn.«

»Er ist sehr viel schlimmer als ein schmerzender Zahn. Er hat einmal etwas getan, das ich ihm niemals verzeihen werde.«

»Grundgütiger! Er wird doch wohl nicht – eh –« Peter kam ins Schwimmen. Die Vorstellung von Miss Rondel in den Armen eines lüsternen Claridge Withington war mehr, als er ertragen konnte. Doch es sollte noch schlimmer kommen.

»Sie werden mich vielleicht für verrückt halten, aber es war einfach – ach herrje, ich kann so etwas nicht gut erzählen. Michele hatte mir einige Sachen gebracht, die ich benötigte, das Ganze liegt einige Jahre zurück, wissen Sie, und hatte Claridge im Wagen mitgenommen. Damals konnte er noch besser laufen als heute und wollte unbedingt die Lupinen sehen. Ich habe ihm einen Gartenstuhl unten am Abhang aufgestellt, und er schien ganz zufrieden zu sein, allein dort zu sitzen, während Michele und ich uns im Haus aufhielten und das Geschäftliche regelten. Nach einer Weile hielt ich es für höflich, Claridge ein Glas Wasser zu bringen, also ging ich mit dem Krug in der Hand den Hügel hinunter. Da sah ich ihn sitzen, er hatte ein Schießgummi um die Finger gewickelt, riß Samen aus den Lupinenblüten und beschoß damit die Schmetterlinge. Ich sah zwei Trauermäntel, einen wunderschönen gelben Schwalbenschwanz, einen Monarch und einen Perlmutterfalter, die alle tot auf dem Boden lagen.«

Peter hätte fast die Kontrolle über den Wagen verloren.

Das Ende der Verbrecherjagd war nicht sonderlich aufregend. Withington konnte natürlich nicht wegrennen. Er konnte weder die äußerst effektive Schleuder und den kleinen Vorrat eigroßer Steine noch die Zeugin wegdiskutieren, die eigentlich nur mit dem Handy ihren Gatten im Billardsaal hatte erreichen wollen, statt dessen aber aufgrund eines technischen Fehlers mitangehört hatte, wie ein alter Trottel aus dem Gasthof versucht hatte, irgendeine verheiratete Frau zu überreden, ihn draußen vor dem Haus auf der dunklen Seite der Einfahrt zu treffen. Zufällig lag Withingtons Schlafzimmerfenster auf dieser Seite des Hauses. Als die Nachbarin später die vielen Polizisten dort sah, dachte sie sich, ihre Entdeckung könne vielleicht von Interesse sein.

Noch erhellender waren die Aussage des Architekten, der das Erholungscenter beschrieb, das Withington in Rondel's Head zu erbauen gedachte, nachdem er Miss Rondel erst einmal aus dem Weg geschafft hatte, und die sorgfältigen Aufzeichnungen, mit denen er jeden Schritt festgehalten hatte, der ihr Ableben beschleunigen sollte. Ganz zu schweigen von dem Testament, mit dem er seine wahre Identität als ihr einziger lebender Verwandter und Alleinerbe enthüllte. Das Testament sollte am Nachmittag des dritten Tages nach der Beerdigung entdeckt werden, und zwar unter ihrer Winterunterwäsche in der untersten Schublade ihrer Kommode. Ein echter Profi dachte eben an alles.

Der Roman über das perfekte Verbrechen, den Withington sich ausgedacht hatte und in dem ein Superhirn seine Untaten hinter der Fassade eines netten alten Opas verbarg, zu dem jeder kam, der Rat und Trost brauchte, war so unglaublich langweilig, daß die Detektive und Handschriftenexperten, die sich notgedrungen damit beschäftigen mußten, wahrscheinlich regelmäßig wachgerüttelt und mit starkem Kaffee bei Laune gehalten werden mußten. Ein kurzes Überfliegen des handgeschriebenen Textes ergab, daß alles Wichtige vorhanden war, von den frühen Versuchen des perfekten Verbrechers, Guthrie Fingal zu ruinieren, nur um für den weit komplizierteren Plan zu üben, der später bei Fred und Iolanthe Wye so hervorragend geklappt hatte, bis die unausweichliche Beseitigung des rebellischen Handlangers alles ruiniert und sie bedauerlicherweise wieder zusammengeführt hatte. Wenigstens konnte Mr. Superhirn stolz darauf sein, mit welch kaltblütigem Geschick er die Zyanidkapsel mitten in Jaspers Hühnerfrikassee geschossen hatte.

Withington hatte dem geplagten Paar noch weitere Unannehmlichkeiten zugedacht, war jedoch leider noch nicht dazu gekommen, sie in die Tat umzusetzen. Constable Frank und einige Männer von der Bundespolizei packten schließlich das Beweismaterial schön ordentlich zusammen und verfrachteten Mr. Superhirn vorübergehend in eine anheimelnde kleine Zelle des hiesigen Gefängnisses. Withington sollte dort bleiben, bis ein dauerhafter Aufenthaltsort für ihn gefunden war.

Withington gebärdete sich immer noch anmaßend, als man ihn abführte. Entweder plante er eine hochdramatische Flucht oder versetzte sich in den Wahn, den verwirrten Staatsanwalt mit seiner brillanten Selbstverteidigung zu verblüffen und den Gerichtssaal frei wie ein Schmetterling zu verlassen, umgeben von jubelnden Geschworenen, wunderschönen Abenteuerinnen, die nichts anderes im Kopf hatten, als ihm ihre Telefonnummern in die Brusttasche seines Jackets zu stecken, und Pressemitgliedern, die ihm Mikrophone unter die Nase hielten und ihn überflüssigerweise baten, etwas zu sagen.

Was die anderen betraf, die mit diesem Fall in Zusammenhang standen, nahm die Gerechtigkeit alles in allem in erstaunlich kurzer Zeit ihren Lauf. Peter, Helen, Miss Rondel, Mrs. Bright und Thurzella wurden von der Staatspolizei gebeten, ihre Aussage zu Protokoll zu geben. Inzwischen war es kurz vor acht, und alle Beteiligten inklusive Miss Rondel freuten sich auf das Essen, das Mrs. Bright für sie vorbereitet hatte. Verständlicherweise wählten sie einen Tisch, der so weit wie möglich von dem entfernt lag, an dem Claridge Withington so lange zum lebenden Inventar gehört hatte.

Als das Essen serviert wurde, kam Elva höchstpersönlich aus der Küche und setzte sich zu ihnen an den Tisch. Thurzella machte es einen Riesenspaß, ihre Großmutter zu bedienen, als sei sie eine ganz gewöhnliche Touristin. Die Gastwirtin war todmüde, doch unendlich erleichtert, daß man den unangenehmen Fall endlich geklärt hatte.

»Jetzt wissen wir wenigstens, wie die Blausäure in Jaspers Essen gekommen ist. Das muß man sich mal vorstellen! Da sitzt dieser Claridge Withington eiskalt in seiner Ecke und schießt die Kapsel mit einem Gummi quer durch den Raum. Vielleicht traue ich mich irgendwann wieder, Hühnerfrikassee auf die Speisekarte zu setzen, ohne Angst haben zu müssen, wieder einen Toten im Haus zu haben. Ich hoffe inbrünstig, daß es hier nicht noch mehr ungeklärte Fälle gibt.«

»Eh –« Peter blickte nervös von der Gastwirtin zu Miss Rondel. »Es gibt noch eine Sache, die mir sehr zu schaffen macht, auch wenn es mich eigentlich gar nichts angeht.«

Elva Bright seufzte. »Nur Mut, Professor. Fragen Sie einfach, und bringen Sie es hinter sich.«

»Hmja, es war an dem Morgen, als ich den Lupinensamen gesammelt habe. Als ich auf das Haus zukam, stürmte Evander Wye den Weg herunter und rief über seine Schulter: ›Dann werde ich es eben tun. Aber es wird Ihnen todsicher nicht gefallen.‹ Es klang ziemlich – eh –«

Miss Rondel lächelte nur. »Evander wirkt manchmal ein bißchen einschüchternd, wenn man ihn nicht kennt. Ich hatte ihm vorgeschlagen, er solle etwas über seine Schulzeit zu Papier bringen. Übereifrig wie ich bin, dachte ich, es könnte wie eine Art Katharsis wirken. Ihn ein wenig von der Wut befreien, die sich in ihm aufgestaut hat. Doch er hatte längst ein ganz anderes Ventil gefunden.«

»Etwa Bäume mit Steinen zu bewerfen?«

»Ach herrje! Hat er etwa schon wieder damit angefangen? Dabei habe ich ihm doch so oft gesagt – Elva, ich glaube, du hast einen neuen Gast.«

Die Gastwirtin schaute sich nicht einmal um. »Thurzella, geh und sag ihm, daß wir geschlossen haben.«

Ihre Enkelin kicherte. »Es ist Evander Wye.«

»Wenn man vom Teufel spricht! Kommen Sie, Evander, nehmen Sie sich einen Stuhl, und setzen Sie sich zu uns. Möchten Sie etwas essen?«

Er schüttelte den Kopf. »Ich habe schon zu Haus gegessen. Ich wollte eigentlich nur – ach was soll's, ich geb's Ihnen einfach.«

Peter und Helen saßen nebeneinander, und Evander legte ein rechteckiges Objekt, das ungefähr so groß wie ein Buch war, vor ihnen auf den Tisch. Es war in ein Stück weißes Papier eingewickelt, das offenbar früher einmal eine Doughnuttüte gewesen war. Helen entfernte die improvisierte Verpackung und enthüllte einen Rahmen aus dunklem Buchsbaumholz, der wiederum in einer Plastikhülle steckte. Darin befand sich ein kleines Wunder. Die Farbe war noch nicht ganz trocken, und das Motiv war nichts weiter als eine kleine unbefestigte Straße, ein flechtenüberzogener Granitfelsen und etwas Verschwommenes, das nicht eindeutig zu identifizieren war.

»Und doch ist alles da«, wunderte sich Helen. »Das Meer, die Quelle, die Klippe, Miss Rondel, das Haus, die Hühner – und Peter. Er ist auch auf dem Bild. Und Sie ebenfalls, Evander.«

Manchmal werden sogar Bibliothekarinnen von ihren Gefühlen überwältigt. Helen schob ihren Stuhl nach hinten, umarmte den errötenden, verlegen grinsenden Künstler und küßte ihn mitten aufs Kinn, weil sie nicht höher reichte. Sofort entschuldigte sie sich.

»Tut mir schrecklich leid. Normalerweise benehme ich mich nicht so, wenn ich jemanden erst kurze Zeit kenne.«

»Macht doch nichts«, sagte Evander. »Mich stört das nicht. Kommen Sie, Miss Fran, ich fahre Sie nach Hause und hole die anderen Bilder ab, die Sie schon die ganze Zeit loswerden wollten. Iolanthe will sie ins Wohnzimmer hängen. Wir haben da ein Loch im Putz, das man nicht sehen soll.«

»So ist das, wenn man reich und berühmt ist«, sagte Peter. »Danke für das Bild.«

»Danke fürs Kaufen. Lassen Sie mich vorher wissen, wenn Sie das nächste Mal kommen, dann bringe ich Ihnen bei, wie man Pool spielt.«

»Wer könnte das besser als Sie? Keine Sorge, Evander, wir sehen uns bestimmt bald wieder. Wir kommen und füllen unsere Wasserkrüge auf, wenn Miss Fran nichts dagegen hat.«

»Nicht das geringste.« Frances Rondel lächelte, und das Gesicht, das Peter Shandy jetzt sah, gehörte einer jungen Frau, die vor Schönheit und Gesundheit strahlte. »Aber Sie dürfen niemandem erzählen, woher Sie das Wasser haben. Die Leute kommen manchmal auf die merkwürdigsten Ideen.«

Nachwort

Seit dem Roman »Wenn der Wetterhahn kräht« (DuMonts Kriminal-Bibliothek Band 1063) aus dem Jahre 1989 hat die Autorin Charlotte MacLeod die Gewohnheit entwickelt, sich als Catriona MacBogle Kurzauftritte in den eigenen Romanen zu erfinden. Mit ihren zwei Katzen, nach den im alten Neuengland kultisch verehrten Denkern Carlyle und Emerson benannt, lebt sie in einem großen Haus in Maine. Einsiedlerische Schreibphasen dort wechseln, wie wir im vorliegenden Band von 1994 (»Something in the Water« im Original) erfahren, mit Reisen, Lesereisen zwecks noch besserer *promotion* ihrer äußerst erfolgreichen Romane und regelmäßig besuchten Krimi-Kongressen – 1992 wurde das Urbild auf der nach dem Autor und Kritiker Anthony Boucher benannten Boucher Conference, kurz Bouchercon, in Toronto besonders geehrt. Diesmal ist sie von Maine nach Massachusetts gereist, um mit anderen Schul- und Collegefreundinnen einige Tage im Hause der Shandys in Balaclava zu verbringen. Helen Shandy und ihre alten Freundinnen sind dabei so aufgeregt wie Schulmädchen, die zum erstenmal bei einer Freundin übernachten dürfen, so daß Ehemann Peter, Professor für Nutzpflanzenzucht an der renommierten Landwirtschaftlichen Hochschule von Balaclava, es vorzieht, angesichts dieser geballten Weiblichkeit das Weite zu suchen. Catriona MacBogle verdankt er auch das Reiseziel – die Wunderlupinen der ehemaligen Lehrerin und jetzigen Weberin Frances Hodgson Rondel, die an Größe, Farb- und Leuchtkraft alle Artgenossinnen weit in den Schatten stellen. Vielleicht schlummert in ihren Samen ein weiteres der Rüben- und Blumenzuchtpatente, denen Professor Peter Shandy beträchtliche Nebeneinkünfte zusätzlich zu seinem Professorengehalt verdankt. Und nicht nur die Lupinen sind außerordentlich – Ms Rondel nennt auch die prächtigsten Hühner, die Shandy je gesehen hat, ihr eigen – ihnen traut man nur Jumbo-Eier mit doppeltem Dotter zu. Und die Besitzerin selbst, die einst mit der Großmutter einer Großmutter zur Schule gegangen sein soll, sieht eher wie sechzig als wie fast hundert aus oder – besser noch – alterslos wie Mutter Erde, wie beide Shandys befinden, als Helen nachgekommen ist. Liegt es vielleicht doch am Wasser des geheimnisvollen Rondelschen Brunnens, um den in der Gegend soviel mysteriöses Wesen gemacht wird? Sollten die Spanier den Jungbrunnen nur aus Versehen in Florida gesucht und verfehlt haben, weil er am andern Ende der Vereinigten Staaten in Maine auf sie wartete?

Doch bis zu Helens improvisierter Reise überstürzen sich die Ereignisse. Peter hat mit freundlicher Erlaubnis der Grundstückseignerin Lupinensamen in säuberlich beschrifteten Tüten gesammelt und verbringt den Abend friedlich in einem kleinen Hotel, das einige Fremdenzimmer, auch für Dauer-Feriengäste, mit einem in der Umgegend renommierten Restaurant verbindet. Shandy ist einer der letzten Gäste des Tages, da er auf dem Rückweg noch die einheimische Vogelwelt beobachtet hat; außer ihm ist noch ein alter Dauergast – der sich schnell als fürchterliche Nervensäge entpuppen wird – und ein unangenehm lauter Vertretertyp anwesend, der sich die letzte Portion Hühnerfrikassee gesichert hat, das er nun mit erschreckender Geschwindigkeit in sich hineinschaufelt. Plötzlich sinkt er mit dem Kopf in seinen Teller, und die sechzehnjährige Kellnerin, die Enkelin der Köchin und Besitzerin, verliert vollends die Nerven, als sie den Gast bei einem Rettungsversuch skalpiert zu haben scheint. Jedenfalls hält sie plötzlich seine Haare entsetzt in der Hand – ein Toupet, wie die erfahrenere Großmutter sie belehrt. Jasper Flodge ist tot, und wenn er nicht Opfer eines sehr plötzlichen natürlichen Todes geworden ist, hat der erfahrene Amateurdetektiv Peter Shandy soeben seinen achten Mordfall von einem Logenplatz aus beobachtet.

Diesmal bedarf es keines wutschnaubenden und morddrohenden Präsidenten Svenson, um ihn mit Ermittlungen zu betrauen. Wenn ihm auf Seite vier ein Mordfall sozusagen frei Haus geliefert wird, um Ernst Blochs Diktum, der Detektivroman falle mit der Leiche ins Haus, abzuwandeln, kann Shandy nicht widerstehen, und es sind jetzt nicht nur die Lupinen und sein Studienfreund Guthrie Fingal von der Forstakademie, die ihn seinen Aufenthalt verlängern lassen. Zwar war der so plötzlich Verblichene so unbeliebt, daß etwaige Beerdigungsgäste nur nachsehen wollen, ob er auch wirklich tot ist, ja, daß auf seiner Beerdigung mit jubelnden kurzberockten Mädchen als Cheerleader gerechnet werden muß, dennoch hinterläßt gerade der Giftmord – Zyanid, wie sich bald herausstellt – ein tiefes Gefühl der Verunsicherung. Ein Toter, der beim Essen sozusagen dramatisch den Löffel abgibt, ist jedem Restaurant abträglich, und so ermittelt Peter unter anderem, um der so äußerst sympathischen Elva Bright zu helfen. Sie hätte ihr Lokal wohl schließen müssen, wäre nicht gleich am nächsten Tag eine unvermutete Witwe aufgetaucht, die den Toten lauthals des öffentlich begangenen Selbstmordes bezichtigt, um sie um den Erlös aus seiner Lebensversicherung zu bringen. Jeder glaubte, Jasper und Lucy V. – vertraulich Lucivee genannt – Flodge seien längst geschieden, nun reklamiert sie sein dubioses Erbe.

Charlotte MacLeod liebt es, auf das Burleske ihrer Handlungen selbst hinzuweisen. Diesmal gelingt es Shandy in einer scheinbaren Nebenhandlung, die sich dann als wichtiger Strang der Haupthandlung erweisen wird, ein hoffnungslos entfremdetes Ehepaar wieder zusammenzuführen. Peter selbst erinnert es teils an die sentimentalen Schlüsse der Western seiner Kindheit, die er und seine Freunde von der Stehgalerie aus ausgebuht hatten, teils an soap operas aus dem Fernsehen, aber auch wieder ans viktorianische Melodram – es fällt der Name des viktorianischen Vorläufers im Krimi-Genre, Sheridan LeFanu: Durch eine Intrige, in der sich jeder Ehepartner als hilfloses Opfer des anderen sah, entzweit, saß Fred Wye von allem Besitz entblößt im ehelichen Haus, während sie sich, ebenfalls von allen Mitteln entblößt, als Dienstmagd verdingen mußte, zumal ihr Vater, ein Sektenprediger von der Hölle-und-Schwefel-Fraktion, jede Versöhnungsgeste von ihrer Seite strikt verbot. So hatte Peter Shandy Iolanthe Wye als Haushalthilfe Mrs Howard in Balaclava kennengelernt, wo sie sich rührend um die Probleme des alt und inkontinent gewordenen Lieblingskaninchens von Professor Enderble, dem Spezialisten für die einheimische Fauna, kümmerte. Diese Bekanntschaft mit Fred und Iolanthe Wye gibt ihm die Position, sie gleichsam zu einem Sühnetermin zusammenzubringen, bei dem dann die scheußliche Intrige ans Licht kommt, die niemand anderer als die Flodges gesponnen haben. Nur – beiden ist nach einhelliger Meinung aller, die sie kennen, eine solche Perfidie viktorianischen Ausmaßes nicht zuzutrauen, ebensowenig wie der Entwurf des Plans, mit dem Shandys Freund Fingal Guthrie von der Forstakademie betrogen werden sollte – dafür sind beide nicht intelligent genug. Aber wer ist das kriminelle Mastermind, der geniale Planer, dessen Marionette die Flodges sind?

Auch der neueste Balaclava-Roman bietet wieder das, was der um eine ganze Generation jüngere Erfolgsautor und Kritiker William L. DeAndrea an Charlotte MacLeods Werk gerühmt hat: gute Clues, exzentrische Charaktere, Situationen dicht am Unglaublichen, eine sich überstürzende Handlung und viel, viel Gelegenheit zum Lachen.

Volker Neuhaus

Aus für den Milchmann

Für Sara Ann Freed
und die »Wonder Workers«

Kapitel 1

Hallo, Pete. Gehst du Gassi mit der Katze?«
Professor Shandy, international berühmter Herrscher der Rübenfelder, konnte sich nur mit Mühe zurückhalten, nicht mit den Zähnen zu knirschen. Seit jenem denkwürdigen Tag, an dem die Shandys sich ein übermütiges Tigerkätzchen zugelegt hatten, stellte Professor James Feldster ihm diese alberne Frage heute zum fünfhundertsiebenundachzigsten Mal. Peter wußte es genau, denn er hatte mitgezählt.

Seither war einige Zeit vergangen. Aus dem niedlichen kleinen Fellknäuel war eine zierliche Katzendame geworden, die genau die richtige Größe besaß, um sich auf einem einladenden Schoß oder Peters Lieblingssessel zusammenzurollen. Sie besaß ein überaus hübsches Fell mit eleganten Streifen in fein abgestuften Grautönen, die durch vier strahlend weiße Pfötchen und einen schneeweißen Latz noch schöner zur Geltung kamen. Man hatte sie nach einer anderen zierlichen Dame benannt, die vor langer Zeit gelebt hatte, aber unvergessen geblieben war. Eine Stippvisite der heutigen Jane Austen galt bei den Nachbarn auf dem Crescent als besondere Gunst, allerdings mit einer Ausnahme: Jims Gattin Mirelle konnte Katzen nicht ausstehen und schien sich auch aus Menschen nicht sonderlich viel zu machen.

Jim Feldster allerdings gehörte zu Janes ersten Eroberungen. Sie hatte ihn so gut abgerichtet, daß er stets lange genug an der Auffahrt der Shandys stehenblieb, um seiner kleinen Freundin genügend Zeit zu geben, an seinen ausgeblichenen Jeans hochzuklettern und das rosa Näschen in die ausgebeulte weiße Jacke zu stecken, die er immer anhatte, und nachzuschauen, welche Insignien er denn diesmal für sein abendliches Logentreffen trug. Was es auch war, es schepperte. Jims Insignien schepperten immer, selbst wenn Jane nicht da war, um ihre Nachforschungen anzustellen.

Obwohl Jim Feldster in seinen Melkschuhen fast zwei Meter maß, gehörte er nicht zu den Personen, die in der Menge auffielen. Doch er verdiente aus zwei Gründen besonderen Respekt. Erstens war er am Balaclava College der unübertroffene Experte für die Grundlagen der Milchwirtschaft und unterrichtete sein Fach seit siebenunddreißig Jahren stets mit derselben unerschütterlichen Hingabe. Zweitens gehörte er unzähligen Bruderschaften an und kannte mehr Losungen, Rituale und Geheimzeichen als jeder andere engagierte Logenbruder in Balaclava County. Vielleicht sogar noch mehr als sämtliche Logenbrüder Nordamerikas. Oder der gesamten Galaxie, falls die seit langem bekannten provokativen Theorien der Quantenphysiker und Science-Fiction-Autoren tatsächlich stimmten. Aber was sprach eigentlich dagegen?

Peter fand derartige gelehrige Spekulationen nicht uninteressant, vor allem wenn er gegen Abend allein über die riesigen Rübenfelder des College wanderte, was er gelegentlich ohne besonderen Grund zu tun pflegte. Jim Feldster hielt sicher weder Quantentheorie noch Rübenfelder für sonderlich nachdenkenswert, dachte er. Warum sollte er auch? Schließlich wußte Professor Feldster mehr als irgendein anderer über Milchwirtschaft. Er hatte sich die Mühe gemacht, unzählige geheimnisvolle Rituale und Handzeichen zu erlernen, und sich das Recht erworben, an den geeigneten Orten und zu den geeigneten Zeiten soviel zu scheppern, wie es ihm paßte. Das war schon mehr als genug Denkstoff für einen vernünftigen Professor.

Jim blieb lange genug stehen, um Jane beim Pfotenlecken zuzusehen, wobei sie sich jeder ihrer putzigen Katzenzehen ausgiebig widmete. Da Reinlichkeit zu den wichtigsten Grundlagen der Milchwirtschaft zählte, belohnte Professor Feldster seine kleine Freundin mit einem rituellen Streicheln zwischen den Ohren, und schepperte dann entschlossen weiter zu seinem geheimen Rendezvous. Wäre Jane ein Kater, dachte Peter, hätte Jim dem intelligenten kleinen Tier sicher schon längst ein paar geheime Pfotenzeichen beigebracht. In Balaclava County war es immer noch Usus, weiblichen Wesen den Zugang zu geheimen Bruderschaften zu verwehren, auch wenn dies nicht dem allgemeinen nationalen Trend entsprach. Daher setzte man hier auch noch alles daran, die geheimen Riten und Zusammenkünfte ausschließlich brüderlich zu gestalten.

Bisher hatten die Damen von Balaclava County übrigens wenig Lust gezeigt, die Barrikaden zu stürmen. Helen Shandy war der Ansicht, daß sie ihre Kräfte daran gar nicht erst verschwenden wollten, da sie genug Besseres zu tun hatten. Wahrscheinlich hatte sie recht. Immerhin war sie Bibliothekarin, und Bibliothekarinnen wußten schließlich alles. Was auch immer der Grund war, Bruder James Feldster wäre sicher der Letzte, der einem weiblichen Wesen, das sich brüderlich betätigen wollte, freiwillig einen Logenplatz angeboten hätte.

Nicht daß Professor Feldster dem weiblichen Geschlecht im allgemeinen abhold wäre. Viele seiner besten Seminarteilnehmer gehörten dem weiblichen Geschlecht an, und er hatte auch noch nie eine Kuh getroffen, der er nicht zugetan gewesen wäre. Der Grund für sein hartnäckiges Festhalten an der letzten Bastion männlicher Stärke lag einzig und allein in seinem Überlebenstrieb. Jeder Mann und sogar jede Frau, die das Pech hatten, auch nur fünf Minuten mit Mirelle Feldster verbringen zu müssen, konnte sehr gut verstehen, warum ihr Gatte Mitglied in so vielen Logen war und grundsätzlich kein Treffen ausließ.

Normalerweise war Jim um diese Zeit auf dem Weg zu Charlie Ross' Garage. Peter und er parkten beide ihren Wagen dort. Auf dem Crescent, wo die Shandys, die Feldsters und diverse andere Fakultätsmitglieder in Häusern lebten, die dem College gehörten und an die hiesige akademische Elite vermietet wurden, war es mehr oder weniger unmöglich zu parken. Doch heute war dummerweise Mirelles Bridgeabend, was bedeutete, daß sie den Wagen nahm. Jim würde wahrscheinlich unterwegs von einem seiner Logenbrüder im Wagen mitgenommen werden.

Im Grunde war es Peter schnurzegal, wie Mr. oder Mrs. Feldster den heutigen Abend gestalteten. Doch sämtliche Crescent-Bewohner wußten unweigerlich über alles Bescheid, was sich dort abspielte, ob sie nun wollten oder nicht. Und was der Crescent wußte, wußten bald auch die Einwohner von Balaclava Junction, nicht zuletzt deshalb, weil Mirelle Feldster unermüdlich die Buschtrommel rührte. Allerdings gab sie sich redlich Mühe, die Informationen nach Kräften zu verzerren, zu verdrehen, maßlos zu übertreiben und in den düstersten Farben auszumalen.

Peter und Helen Shandy gehörten zu Mirelles ganz besonderen Zielscheiben, obwohl sie ein unauffälliges Leben führten.

Sie zankten sich nicht, feierten keine wilden Partys, erhoben ihre Stimmen nicht einmal, wenn sie unterschiedlicher Meinung waren, mähten regelmäßig den Rasen und hüteten sich, Hand an die wunderschönen Blautannen zu legen, die dem kleinen roten Backsteinhaus bereits lange vor der Geburt der heutigen Bewohner Schatten gespendet hatten. Mirelle hatte einen regelrechten Aufstand gemacht und verlauten lassen, die Shandys sollten bloß nicht wagen, auch nur ein Zweiglein der kostbaren Bäume anzurühren, bis ihr allmählich gedämmert hatte, daß die beiden nicht einmal im Traum daran dachten, den geliebten Bäumen auch nur eine einzige Nadel zu krümmen. Daraufhin hatte sie ihre Taktik geändert und überall herumposaunt, die Shandys seien von allen guten Geistern verlassen, weil sie die großen, ungepflegten, gefährlichen alten Bäume einfach stehen ließen, obwohl sie den Feldsters die Aussicht völlig ruinierten.

Ohne die schützenden Bäume hätte die notorisch nörgelnde Nachbarin ungehindert in das Schlafzimmer der Shandys blikken können, in dem Peter und Helen vor dem Zubettgehen stets vorsorglich die Vorhänge zuzogen. Mirelle hatte die unangenehme Angewohnheit, urplötzlich mit gezücktem Fernglas zwischen den Blaufichten aufzutauchen. Wenn man sie dabei erwischte, beobachtete sie angeblich nur das nächtliche Treiben der Fledermäuse.

Ihr größtes Problem schien darin zu bestehen, daß es so wenig über die Shandys zu berichten gab, selbst wenn sie willens war, aus jeder Mücke einen Elefanten zu machen. In der letzten Zeit hatte sie es als persönlichen Affront aufgefaßt, daß Helen Marsh Shandy so viel billiges Lob für ihr albernes Buch über die Familie Buggins einheimste, die, laut Helen, nicht nur das College, sondern ganz Balaclava County gegründet hatte. (Was übrigens völlig der Wahrheit entsprach, doch das stimmte Mirelle auch nicht freundlicher.) Ganz zu schweigen von dem Haufen Lügen, den Helen über den alten Säufer Praxiteles Lumpkin und seine sogenannten Wetterfahnen erfunden hatte. Am allerschlimmsten machte ihr allerdings die unverschämte Art zu schaffen, mit der Helen sich praktisch an dem Tag, als sie ihren Fuß auf den Campus gesetzt hatte, einen Gatten an Land gezogen hatte. Doch sie hatte das bekommen, was sie verdiente. Schließlich wußte jeder, daß Peter Shandy schon immer ein mehr als seltsamer Kauz war.

Und so weiter und so fort. Die Gerüchte, die Mirelle zu jeder Tages- oder Nachtzeit in die Welt setzte, waren Ausgeburten der oft fehlerhaften Verknüpfungen zwischen ihrem fiebrigen Hirn und ihrer gespaltenen Zunge. Entweder entstand aus diesen Hirngespinsten viel Geräusch um nichts oder ein winziger Windhauch im Wasserglas. Peter und Helen merkten in den meisten Fällen nichts von der einseitigen Fehde ihrer Nachbarin. Und falls doch, fanden sie das Ganze in der Regel eher amüsant.

Jim war eigentlich ein ganz netter Kerl. Manchmal saßen er und Peter am selben Tisch in der Fakultätsmensa. Die Shandys hätten Jim gelegentlich gern zu einer Tasse Kaffee eingeladen, doch da dies bedeutete, daß sie Mirelle anstandshalber mit einladen mußten, erschienen ihnen zufällige Begegnungen auf neutralem Boden weit weniger riskant. An diesem Abend wünschte Peter seinem Nachbarn ein fröhliches Logentreffen und akzeptierte Jane Austens Vorschlag, noch einen kleinen Spaziergang um den Crescent zu machen.

Mit Jane herumzuschlendern bedeutete meistens, daß ihr menschlicher Begleiter geduldig warten mußte, bis sie ihre Krallen an einem geeigneten Baumstamm geschärft hatte oder einem Eichhörnchen, das genau so groß war wie sie, nachgejagt war, um es daran zu erinnern, welcher kleine, graupelzige Vierbeiner hier das Sagen hatte. Doch alles in allem war Jane keine Draufgängerin, sondern ein liebenswürdiges kleines Bündel, das kleine Freundlichkeiten wie zärtliche Streicheleinheiten oder Komplimente wegen ihrer hübschen Schnurrhaare durchaus schätzte, sich jedoch stets so schnell wie möglich auf ihren Lieblingsplatz in Peters Armbeuge zurückzog, wenn ein Nachbar Anstalten machte, sie hoch zu nehmen.

Als sie am Haus der Porbles vorbeigingen, konstatierte Phil Porble, seines Zeichens College-Bibliothekar und Helens nomineller Vorgesetzter, daß Peter und Jane ihn an Samuel Johnson und dessen Kater Old Hodge erinnerten, die immer gemeinsam losgezogen waren, um Austern zu kaufen. Peter erwiderte, daß Austern damals sicher verdammt viel preiswerter gewesen seien als heute. Jane behielt ihre Gedanken zu diesem Thema nach üblicher Katzenmanier für sich.

An diesem Abend lag schon mehr als nur ein Hauch von Herbst in der Luft. Hier in Balaclava County hatten die Blätter bereits begonnen, sich zu verfärben. Die Studenten waren damit beschäftigt, ihr Gepäck in die Schlafsäle zu tragen. Morgen früh würden sie sich für die verschiedenen Kurse einschreiben. Peter und seine Kollegen würden noch in allerletzter Minute Änderungen an ihren Lehrplänen vornehmen und den neuen Tutoren letzte aufmunternde Ratschläge geben, wie sie es anstellen mußten, eine Horde Erstsemester so lange wach zu halten, daß sie einem ihre volle und ungeteilte Aufmerksamkeit schenkten.

Jane hatte genug vom Spazierengehen. Als sie und Peter das Haus der Enderbles auf der gegenüberliegenden Seite des Crescent erreichten, war sie bereits an Peters Hosenbein hochgeklettert und hatte es sich auf seinem Arm bequem gemacht. Dabei gähnte sie ungeniert, wie kleine Katzendamen es zu tun pflegen, ohne sich die Mühe zu machen, dabei ihr kleines rosiges Mäulchen zu bedecken. Janes Gähnen schien ansteckend zu sein, denn John Enderble, Professor emeritus für die hiesige Fauna, folgte ihrem Beispiel.

»Solltest du nicht lieber ins Haus gehen?« fragte seine stets besorgte Frau Mary, einer der wenigen Menschen, denen Jane erlaubte, sie auf den Arm zu nehmen. »Du weißt, daß du morgen die Sendung der Ameses über den Kohlweißling moderieren mußt.«

»Vorausgesetzt, wir finden einen Schmetterling, meine Liebe. Und einen Kohl.«

»Also wirklich, John! Was du immer redest! Sagen Sie ihm, daß er ins Bett gehen soll, Peter.«

Peter tat ihr den Gefallen. »Gehen Sie ins Bett, John. Immerhin sind Sie ein berühmter Fernsehstar. Denken Sie an Ihre Fans.«

Peter machte übrigens keine Witze, Professor emeritus John Enderble war in der Tat recht prominent. Bereits wohlbekannt aufgrund seiner Bücher *»Unsere Freunde, die Reptilien«, »Das Leben der Säugetiere in Höhlenbauten«, »Das unverstandene Nagetier«* und diverser anderer sowohl informativer als auch unterhaltsamer Bücher erreichte und faszinierte John inzwischen durch den Sender WEED ein völlig neues Publikum. Das Balaclava Agricultural College besaß nämlich einen eigenen öffentlichen Sender, der sich ausschließlich mit ökologischen Themen beschäftigte und von Professor Winifred Binks-Debenham geleitet wurde. Sie hatte das immense Vermögen ihres verstorbenen Großvaters geerbt und kannte sich mit erdbewohnenden

Säugetieren noch besser aus als Professor Enderble, da sie selbst mehrere Jahre lang in einer Erdhöhle gelebt hatte.*

John war zwar nicht abgeneigt, noch ein paar Höflichkeiten auszutauschen, doch Jane hatte Marys telepathische Nachricht empfangen und unterbrach das Treffen abrupt, indem sie von Peters Arm heruntersprang und heimwärts rannte. Hinter einem Tuff Purpurglöckchen in einer neuen Farbschattierung, mit der Peter gerade experimentierte, legte sie eine kurze Pause ein, hielt sich jedoch streng an die Sauberkeitsregeln, die sie als Katzenbaby in der Sandkiste der Enderbles gelernt hatte, und war danach willens, sich zum Schlafen zurückzuziehen.

Ganz im Gegensatz zu ihrem Herrchen. Peter konnte nicht widerstehen, das kleine Kämmerchen aufzusuchen, das er als sein Arbeitszimmer bezeichnete, und dort noch letzte Hand an seine Notizen zu legen. Dabei wußte er genau, daß er alles vergaß, sobald er zur ersten Vorlesung antrat, und schlicht und ergreifend wieder genau das sagte, was sie wissen mußten. Und wie immer würde man ihm gebannt zuhören. Professor Shandys Kurse waren schwierig, er ließ häufig Klausuren schreiben und zensierte härter als ein neuenglischer Granitblock, doch seine Studenten ließen sich keine einzige Stunde entgehen.

Kurze Zeit später kam Helen aus ihrem Arbeitszimmer nach unten und stattete ihm einen Besuch ab, was gar nicht so einfach war, denn die Zimmer in dem alten Backsteinhaus waren ausgesprochen klein. Doch die Shandys waren schließlich keine Riesen und mochten das Haus, wie es war. Helen schlug vor, vor dem Zubettgehen eine Tasse Kamillentee zu trinken, doch Peter hatte einen besseren Vorschlag.

Vor einigen Tagen hatte Winifred Binks-Debenham ihnen einen Krug mit einem Bio-Getränk geschenkt, das sie höchstpersönlich aus Holunderbeeren, Kartoffelschalen und allerlei anderen merkwürdigen Zutaten kreiert hatte. Alte Gewohnheiten wurde man bekanntlich nur schwer los. Winifred hatte es nicht über sich gebracht, ihre primitive und höchst illegale Distillerie auszurangieren. Sie hatte die Vorrichtung aus einem alten Kessel und einem rostigen Blechtrichter konstruiert, den sie während ihres Hobbit-Daseins in einem ausgebrannten Keller-

* »Wenn der Wetterhahn kräht«, DuMonts Kriminal-Bibliothek Bd. 1063

loch gefunden hatte. Winifreds Kreationen fielen immer anders aus, schmeckten jedoch stets ausgezeichnet. Diesmal glaubte Peter einen Hauch von Holunderbeeren zu identifizieren, Helen erkannte eine Spur von Wildkirsche, und den Löwenzahn schmeckten sie beide. Es war genau das richtige Getränk nach einem hektischen Tag.

Nachdem sie hinter geschlossenem Vorhang ihre üblichen Rituale durchgeführt hatten, wobei ihnen herzlich egal war, ob Mirelle Feldster draußen auf der Lauer lag oder nicht, gaben sich Helen und Peter endlich der ehelichen Ruhe hin.

Jane wanderte ein paar Mal über die friedlich ruhenden Körper, fand schließlich ein bequemes Plätzchen in Helens Kniebeuge, putzte sich etwa eine Minute lang hektisch den Hinterlauf, schnurrte ihren Menschen ein kleines Schlaflied, entspannte sich und entschwand schließlich ins Land der Träume, in dem brave Katzen auf Mäusejagd gehen.

Shandys und Katze schlummerten ruhig und friedlich, bis der Nachttischwecker zwei Uhr siebenundvierzig anzeigte und draußen die Hölle losbrach. Peter schoß hoch wie eine erschrokkene Waldschnepfe und kämpfte verzweifelt mit seinem Morgenmantel. Helen knipste ihre Leselampe an und machte ihren Gatten sanft darauf aufmerksam, daß es vielleicht einfacher wären, wenn er den Bademantel richtig herumdrehen würde. Da ihm dies einleuchtete, folgte er ihrem Rat, versuchte es erneut und hatte Erfolg.

»Alles klar. Ich schaue am besten mal nach, was zum Teufel da los ist. Hört sich an wie Mirelle Feldster, findest du nicht? Warum zum Henker kreischt die Frau denn so?«

»Wer weiß? Gehst du schon nach unten, Peter? Ich komme gleich nach.«

Helen hatte wenig Lust, Mirelle Feldster ausgerechnet in einem rosa Chiffonnachthemd entgegenzutreten. Während das Geheul ihrer Nachbarin und das Trommeln gegen die Haustür immer heftiger wurden, fuhr sie sich mit dem Kamm durch ihre kurzen blonden Locken, legte ein wenig Lipgloss auf und schlüpfte in das leicht gewagte Negligé, das Peter ihr aus irgendwelchen Gründen geschenkt hatte. Warum sollte sie Mirelle nicht die Gelegenheit geben, ihren Bridgefreunden pikante Details über die unanständige Unterwäsche einer unzüchtigen Universitätsbibliothekarin zu verklickern.

Doch merkwürdigerweise schien Mirelle Helen nicht einmal zu bemerken. Sie war voll und ganz mit Kreischen beschäftigt. Unter beträchtlichem Einsatz seiner Stimme gelang es Peter schließlich, ihr die eigentliche Kerninformation zu entlocken. Anscheinend war Jim immer noch nicht von seinem Logentreffen heimgekehrt. Mirelle hatte gehofft, er habe vielleicht auf dem Nachhauseweg bei den Shandys vorbeigeschaut.

Was für ein schwachsinniges Geschwafel! Normalerweise neigte Peter Shandy wirklich nicht dazu, zu nachtschlafender Zeit mit einer Nachbarin um die Wette zu brüllen. Aber heute nacht wünschte er Mirelle mitsamt ihrer gemeinen Anspielungen, ihrer rechthaberischen Art, ihrer Aufdringlichkeit, ständigen Herumschnüffelei, Neugier und Verlogenheit zum Teufel und gab ihr dies ziemlich deutlich zu verstehen.

»Natürlich ist Jim nicht hier! Gottverdammich, Mirelle, mußt du denn unbedingt den ganzen Crescent aufwecken? Was sollen die Nachbarn sagen?«

Die Frage erübrigte sich. Peter wußte verdammt gut, was die Nachbarn sagten, und konnte es ihnen nicht verdenken. Mirelle Feldsters dramatische Ausbrüche waren nichts Neues, aber soweit er sich erinnern konnte, hatte sie sich noch nie derart hysterisch gebärdet. Vielleicht hatte sie dazu bisher auch nie Grund gehabt. Soweit Peter wußte, war Jim noch nie so lange weggeblieben. Peter seufzte, zügelte seine Wut und übernahm zähneknirschend die Rolle, die er vor vielen Jahren übernommen hatte, als man ihn zum Sherlock Holmes von Balaclava gekürt hatte.

»Wann genau bist du nach Hause gekommen, Mirelle?«

Sie hatte sich inzwischen ein wenig besser unter Kontrolle und benahm sich wie ein schmollendes Kind. »Viertel vor elf. Eigentlich wollten wir noch weiterspielen, aber Coralee mußte natürlich mal wieder nach Hause zu ihrem Anrufbeantworter. Du weißt ja, wie Coralee ist.«

Peter kannte Coralee Melchett und bedauerte dies von ganzem Herzen. Sie war die Gattin des einzigen Arztes in der Stadt, der gleichzeitig auch College-Arzt war, hauptsächlich weil sein Vater und Großvater diese Position vor ihm bekleidet hatten. Zudem hatte ihr Vater eine kleine, aber hervorragende Kette von Fachgeschäften für Damenmode in der Gegend ins Leben gerufen, so daß Coralee es für ihre moralische Pflicht hielt, sich standesgemäß zu kleiden und verächtlich auf ihre Nachbarn herabzublicken, mit Ausnahme einiger weniger Auserwählter, allen voran Mirelle Feldster. Peter zeigte sich unbeeindruckt.

»Dann hast du also bis jetzt unten gesessen und auf Jim gewartet?«

Er hatte anscheinend ihren wunden Punkt erwischt. »Warum sollte ich das? Jim wartet auch nie auf mich. Was natürlich nicht bedeuten soll, daß ich ständig auf Achse bin. Du weißt ja selbst, daß das nicht stimmt. Der Mensch muß ja schließlich ab und zu mal vor die Tür, oder?«

»Das tut nichts zur Sache. Meinst du nicht, wir sollten uns endlich wie vernünftige Menschen unterhalten? Ich habe Jim gegen sieben an unserem Haus vorbeigehen sehen. Er ist kurz stehen geblieben, um mich zu grüßen und die Katze zu streicheln, und dann weitergegangen. Ich dachte, er wäre auf dem Weg zu Charlie Ross, um seinen Wagen abzuholen. Aber da habe ich mich offensichtlich geirrt. Du warst zu diesem Zeitpunkt schon mit dem Wagen zu deinem Bridgeabend gefahren, nicht wahr?«

»Der Wagen gehört mir genausogut wie ihm. Ich habe ja wohl das Recht, alle Jubeljahre auch mal damit zu fahren, oder?«

Da es auf dem Crescent weithin bekannt war, daß Mirelle sehr viel mehr Zeit im Auto verbrachte als in ihrem Haus, schenkte sich Peter die Antwort. »Dann hatte Jim wohl vor, sich von einem seiner Logenbrüder mitnehmen zu lassen«, meinte er. »Weißt du zufällig, zu welcher Gruppe er gestern abend gegangen ist?«

»Ich habe völlig den Überblick verloren, was diese albernen Treffen angeht.« Mirelle dachte einen Moment lang mit düsterer Miene nach und kam dann zu dem Schluß, daß es höchstwahrscheinlich die Feuerflitzer gewesen waren. »Sie treffen sich normalerweise im Spritzenhaus in Lumpkinton. Warum Jim sich bei dem weiten Weg überhaupt die Mühe macht, kann ich mir ohnehin nicht erklären. Sie könnten sich doch genausogut hier im Spritzenhaus von Balaclava Junction treffen.«

»Nur ist es dort so eng, daß das Löschfahrzeug kaum hineinpaßt, ganz zu schweigen von einer größeren Versammlung. Außerdem wohnen außer Jim sämtliche Feuerflitzer in Lumpkinton, und das Spritzenhaus hat einen bequemen Saal und eine eigene Parkmöglichkeit für die alte Handpumpe, die sie zu besonderen Anlässen durch die Straßen ziehen, wie du sehr wohl weißt.«

Allmählich kam Peter in Fahrt. »Wenn du dir die Zeit genommen hättest, ruhig nachzudenken, Mirelle, wäre dir vielleicht eingefallen, daß Elver Butz, einer von Jims Logenbrüdern, seit einigen Wochen jeden Tag mit seinen Helfern hier auf dem Campus ist und die Elektroleitungen in den Schweineställen erneuert. Da du gestern das Auto für deinen Bridgeabend nehmen wolltest, hat Jim wahrscheinlich Elver gebeten, ihn mitzunehmen. Für die Hinfahrt wäre somit gesorgt gewesen, allerdings hätte ihn später noch jemand zurück nach Hause fahren müssen. Die logischste Erklärung wäre, daß Butz ihm angeboten hat, bei ihm zu übernachten und ihn morgen früh wieder herzubringen, wenn er mit seinen Männern zur Arbeit erscheint. Das wäre doch sehr vernünftig, oder nicht? Ich kann wirklich nicht verstehen, warum du dich dermaßen aufregst.«

Mirelle war nicht sehr beeindruckt. »Na toll, jetzt bin ich auch noch an allem schuld. Und warum hat Jim dann nicht angerufen und mir gesagt, daß es spät wird?«

»Vielleicht hat er es ja versucht, und du warst nur noch nicht zu Hause?«

»Dann hätte er doch wohl später noch mal anrufen können, oder?«

Peter war schon wieder im Begriff loszupoltern. »Jetzt hör mir mal zu, Mirelle, du hast mir doch eben selbst erzählt, daß du normalerweise nie aufbleibst und auf Jim wartest. Wahrscheinlich bist du nach Hause gekommen und sofort zu Bett gegangen, hast zwei oder drei Stunden fest geschlafen und bist dann aufgewacht, weil du auf der Bridgeparty zuviel Kaffee getrunken hast. Dann bist du aufgestanden und ins Bad gegangen, hast Jims Schnarchen nicht gehört« – auf dem Crescent wußte jeder, daß die Feldsters getrennte Schlafzimmer hatten, wie auch immer die Erklärung lauten mochte – »und bist aus allen Wolken gefallen, als du gesehen hast, daß Jim immer noch nicht da war.«

»Das ist ja wohl egal«, schmollte Mirelle. »Er hätte trotzdem anrufen müssen.«

»Warum hätte er das tun sollen? Er wußte doch, daß du den Abend mit deinen Bridgefreunden verbringen wolltest. Er wußte außerdem, daß es von Lumpkinton nach Balaclava Junction ein Ferngespräch ist, und wollte vielleicht die Telefonrechnung von Butz nicht unnötig in die Höhe treiben. Und ein R-Gespräch kam schließlich nicht in Frage, weil er verdammt genau wußte, daß du es aus Wut gar nicht erst annehmen würdest.«

»Dann soll ich jetzt also nach Hause gehen und den Rest der Nacht vor Angst kein Auge mehr zutun, oder was?«

»Es ist zwar schon drei Uhr morgens, aber vermutlich hast du noch genügend Zeit, um dich völlig verrückt zu machen, falls dir der Sinn danach steht. Aber genausogut kannst du dir auch eine Tasse Kamillentee machen und dich wie jeder andere vernünftige Mensch wieder ins Bett legen. Wenn du nicht schlafen kannst, liest du eben ein bißchen. Ich kann dich gern nach Hause bringen, aber ich fürchte, es würde dir nicht gefallen, wenn die Nachbarn uns mit nackten Beinen in unseren Bademänteln zusammen sähen, also werde ich hier vor der Tür stehen bleiben und aufpassen, daß die Kobolde dich nicht zu pakken bekommen, bevor du sicher in dein Haus gelangt bist.«

»Wie überaus reizend von dir. Ich hätte mir eigentlich denken können, daß von dir keine Hilfe zu erwarten war, Peter Shandy.«

»Da hast du ausnahmsweise einmal völlig recht. Gute Nacht, Mirelle.«

Wenn es nicht ausgerechnet die nervtötende Mirelle Feldster gewesen wäre, hätte sich Peter zumindest die Zeit genommen, die Staatspolizei anzurufen, um sich zu erkundigen, ob es gestern abend auf der Straße von Balaclava nach Lumpkinton möglicherweise einen Unfall gegeben habe. Vielleicht hätte er sogar seinen Wagen bei Charlie geholt und wäre langsam mit angeschaltetem Fernlicht die Strecke abgefahren, die Elver Butz wohl genommen hatte, auch wenn es wahrscheinlich wenig genutzt hätte. Aber falls Jim Feldster tatsächlich in einen Unfall verwickelt gewesen war, hätte man sicher inzwischen versucht, seine Frau zu benachrichtigen.

Vielleicht hatte Mirelle die ganze Show nur aus purer Langeweile abgezogen. Vielleicht hatte sie mit dem Briefträger auf den Putz gehauen und wollte auf diese Weise davon ablenken. Vielleicht hatte sie Jim mit den Insignien der Feuerflitzer erwürgt oder ihn die Kellertreppe hinuntergestoßen, weil sie sein Geschepper nicht mehr ertragen konnte. Noch wahrscheinlicher war jedoch, daß Jim die Chance, ein paar Stunden länger von Mirelle weg zu sein, genutzt hatte, wie es jeder vernünftige Mann an seiner Stelle auch getan hätte.

Die Eingangstür der Feldsters wurde geöffnet und wieder verschlossen. Mirelle hatte das Außenlicht brennen lassen. Die Zwergohreule, die sich in der höchsten Blautanne häuslich eingerichtet hatte, machte eine abfällige Bemerkung über rücksichtslose Menschen, die mitten in der Nacht einfach ihr Nest verließen und anständige Eulen bei der Jagd störten. Helen hatte während der ganzen Zeit kein Wort gesagt und einfach nur bewegungslos dagestanden. Als sie sah, daß die Vorstellung zu Ende war, nahm sie Jane Austen auf den Arm, setzte sie vorsichtig auf ihre Schulter und ging voran in Richtung Bett.

Kapitel 2

»War das heute nacht nur ein Traum oder Wirklichkeit?« Helen Shandy griff nach der Kaffeekanne und schüttelte sie vorsichtig. »Wahrscheinlich reicht es gerade noch für eine Tasse. Möchtest du sie haben?«

»Wir teilen sie uns.« Peter hielt ihr seine Tasse hin. »Zur Beantwortung deiner ersten Frage kann ich nur sagen, daß *ich* bestimmt nicht geträumt habe. Falls ich Lust dazu gehabt hätte, wäre Mirelle Feldster sicher nicht darin vorgekommen. Die Frau ist schlimmer als die Beulenpest. Etwas freundlicher formuliert könnte man sie auch als verrücktes Huhn bezeichnen, aber das wäre eine Beleidigung für die armen Hühner, die immerhin sehr nützliche Tiere sind.«

»Außerdem sind sie hübsch«, fügte Helen hinzu. »Besonders als Küken, wenn sie herumrennen und Piep Piep rufen. Und was wäre Ostern ohne ihre Eier?«

»Gute Frage«, sagte Peter. »Was steht übrigens heute auf deinem Plan?«

»Mehr als genug. Glaubst du, wir sollten wegen Jim Feldster irgend etwas unternehmen?«

»Ihn freundlich grüßen, wenn er als müder Krieger heimkehrt, würde ich sagen.«

Helen schnaubte. »Sich wieder ins eheliche Schlachtgetümmel stürzt, meinst du wohl. Ich bin froh, daß ich mich den ganzen Morgen im Bugginsraum verbarrikadieren kann und nicht zwischen die Fronten gerate. Hast du Lust, mich gegen Mittag zu entführen und zur Mensa zu eskortieren?«

»Aber mit Vergnügen, meine Süße! Keine zehn Pferde werden mich davon abhalten, gegen Mittag bei dir zu sein. Nicht viele Akademiker haben das Glück, eine bildhübsche Blondine ausführen zu können, die Piep Piep ruft. Grundgütiger, ist es wirklich schon so spät? Ich sollte mich lieber auf die Socken machen und ins Gewächshaus eilen, bevor sich meine Strauchbohnen an der schwarzäugigen Susanne vergreifen. Au revoir, bis bald, holde Gattin.«

Peter hatte bis zu seiner Verabredung mit Helen so viel zu tun, daß er keine Zeit hatte, sich weiter mit Jim Feldsters merkwürdigem Verschwinden zu beschäftigen. Helen dagegen nutzte die Zeit, um sich über alles bestens zu informieren. Bibliothekarinnen sind immer auf dem laufenden, selbst wenn sie den ganzen Morgen eingepfercht zwischen sechs Generationen der Familie Buggins verbringen müssen. Ihre morgendlichen Recherchen ergaben, daß Professor Feldster immer noch nicht in den Kuhställen aufgetaucht war und im Bereich Nutztierhaltung allmählich das große Chaos ausbrach. Wenn man dem letzten welterschütternden Gerücht Glauben schenken durfte, hatte der große Professor Daniel Stott, Sultan der Schweine und Beherrscher der Bullen, sogar beschlossen, höchstpersönlich Jims Veranstaltungen zu übernehmen, falls sich herausstellen sollte, daß tatsächlich eine Katastrophe stattgefunden hatte und kein geeigneter Ersatz gefunden werden konnte.

Professor Stott hatte sich sogar bereit erklärt, Mrs. Feldster anzurufen. Doch seine Freundlichkeit wurde mit einem verbalen Vulkanausbruch belohnt, in dessen Verlauf die Angerufene im Affentempo wie eine wildgewordene Springbohne von einer Emotion zur anderen hüpfte und sich von der wütenden Furie in die weinende Witwe und wieder zurück verwandelte. Da übermäßige Schnelligkeit nicht zu Professor Stotts besonderen Stärken gehörte, verlor er völlig den Faden und entschuldigte sich schließlich mit der plausiblen Erklärung, er werde dringend von den College-Kühen gebraucht und dürfe sie nicht warten lassen.

Helen hielt die Behauptung für übertrieben, daß jeder am College Professor Feldster schmerzlich vermissen würde, falls ihm wirklich etwas zugestoßen war. Sie konnte sich durchaus vorstellen, daß der eine oder andere Kollege ihm übel wollte. Die bloße Tatsache, daß Feldster, der normalerweise die Zuverlässigkeit in Person war, plötzlich ohne einsichtigen Grund fehlte, sorgte schon dafür, daß in der Fakultätsmensa die wildesten Spekulationen angestellt wurden. Und längst nicht alle Äußerungen waren von der Milch der frommen Denkungsart durchtränkt. Weder Peter noch Helen hielten viel von den Spötteleien über den scheppernden Kuhhirten, daher aßen sie schweigend ihr Mittagessen und hielten sich aus den ungezügelten Mutmaßungen heraus.

Strenggenommen stand der Speisesaal nur Fakultätsmitgliedern offen, doch jeder, der irgend etwas mit dem College zu tun hatte und sich zufällig gerade auf dem Campus befand, wurde gastfreundlich aufgenommen. Heute gehörte Elver Butz zu diesem Personenkreis, stellte Peter fest.

Elver war ein ruhiger, zurückhaltender Mann, der nur sprach, wenn es sich nicht vermeiden ließ. Das bedeutete nicht, daß Elver nicht gern in Gesellschaft war, es lag eher daran, daß er nicht das Geringste zu sagen hatte, sofern es sich nicht um die tieferen Geheimnisse und Feinheiten des Verlegens von Elektroleitungen handelte. Leider wurde seine Begeisterung für Schalter und Regulierwiderstände nicht von allen Menschen geteilt. Selbst seinen Assistenten wurde es gelegentlich zu viel. Heute saß Elver allein am Tisch. Wahrscheinlich hatten seine Männer Lunchpakete dabei oder waren auf die glorreiche Idee gekommen, sich am Hot-Dog-Stand ein Würstchen zu holen.

Helen überraschte dies nicht. Sie teilte Peter im Flüsterton mit, daß Elver seine Helfer immer schon nach kurzer Zeit wieder verlor, weil sie sein Schweigen einfach nicht ertrugen. Peter hob eine Augenbraue und bat um die Rechnung. Helen stellte fest, daß Elver fertig gegessen hatte und seine Zähne mit einem Zahnstocher traktierte. Anscheinend sann er darüber nach, ob er seinen letzten Kaffee austrinken sollte oder nicht. Die Shandys verließen den Speisesaal, trödelten ein wenig unter einem Ahorn herum, der ihnen sehr gelegen kam, zeigten einander die rötesten Blätter und warteten, bis Elver dahergeschlendert kam. Er kaute immer noch nachdenklich an seinem Zahnstocher.

Elver war ein kräftiger Mann mit hellem Teint und blauen Augen. Wahrscheinlich war sein inzwischen ergrautes Haar ursprünglich blond gewesen. Er hatte vor einiger Zeit verschiedene Arbeiten im Haus der Shandys erledigt und hatte anscheinend nichts dagegen, von einem Ehepaar gegrüßt zu werden, das seine Rechnungen pünktlich beglich und ihn nicht zu langen Gespräche zwang. Er schien sich sogar ein wenig zu freuen, daß sie ihn überhaupt bemerkten. Peter grüßte angemessen freundlich, bedauerte innerlich, keinen Handschlag mit Geheimzeichen anbringen zu können, und kam sehr schnell auf den Punkt.

»Das war ja wirklich komisch mit Ihnen und und Jim Feldster gestern abend. Komisch natürlich nicht im üblichen Sinn. Ich war zufällig mit unserer Katze draußen – Sie erinnern sich sicher an Jane –, als Jim mit den Insignien der Feuerflitzer vorbeikam. Er schien nicht in Eile zu sein und blieb stehen, um Jane zu streicheln. Daraus schloß ich, daß er wahrscheinlich mit Ihnen verabredet war und Sie ihn mit dem Wagen nach Lumpkinton mitnehmen wollten.«

Elver dachte einen Moment nach und rang sich schließlich eine Antwort ab. »Exakt.«

»Sie wohnen doch in Lumpkinton, nicht? In der Nähe der alten Seifenfabrik, wenn ich mich recht erinnere.«

»Exakt.«

»Dann haben Sie ihn also freundlicherweise zu dem Logentreffen mitgenommen und ihm danach angeboten, die Nacht bei Ihnen zu verbringen, weil er keine Transportmöglichkeit nach Hause hatte?«

»Nöh.«

»Eh – gab es dazu einen besonderen Grund?«

»Exakt.«

»Meine Frau und ich sind sozusagen seine nächsten Nachbarn, wären Sie vielleicht bereit, uns den Grund zu nennen?«

»War nicht da.«

»Meinen Sie damit, daß er nicht zu dem Treffen gekommen ist?«

»Exakt.« Ganz gegen seine Gewohnheit wurde Elver gesprächig. »Ich war auf dem Weg zum Spritzenhaus und hatte schon die Fenster runtergekurbelt, um Jim mit unserer Losung und unserem geheimen Händedruck zu begrüßen, wissen Sie.«

»Sind Sie schnell gefahren?«

»Nöh, ganz langsam. Ich habe versucht, mich zu erinnern, welche Hand wir uns insgeheim geben. Dann habe ich Jim gesehen. Er ging ziemlich schnell und war gar nicht mehr so weit vom Spritzenhaus weg. Da kreuzte plötzlich ein großer grauer Lincoln auf, wirklich ein schöner Wagen, komplett elektronisch.« Seine normalerweise glanzlosen blauen Augen schienen plötzlich zu sprühen und spiegelten die tiefe Bewunderung eines wahren Kenners komplexer Kabelverbindungen wider. »Den Fahrer konnte man nicht sehen, aber er hat auf der Beifahrerseite das Fenster runtergelassen. Jim hat den Kopf reingesteckt, und dann hab ich nur noch gesehen, wie die Tür aufging und Jim einstieg. Da hab ich mir gedacht, daß Jim jetzt wohl keine Mitfahrgelegenheit mehr braucht, und bin allein weitergefahren.«

»Haben Sie gesehen, ob Jim eine Losung gegeben hat oder etwas in der Art?«

»Nöh. Hat einfach nur die Tür zugeschlagen und weg war er.«

»Und zu dem Treffen ist er nicht gekommen?«

»Nöh.«

»Das klingt aber gar nicht nach Jim Feldster.«

»Exakt.«

»Hat Mirelle sich mit Ihnen dieserhalb in Verbindung gesetzt?«

Elver Butz dachte einen Moment lang nach. »Nöh. Sie ist wirklich eine nette Frau. Jim sollte ihr keinen Kummer machen.«

Helen und Peter starrten sich an. »Nette Frau? Mirelle Feldster?«

»Exakt. Und hübsch dazu.« Elver Butzs Augen strahlten noch mehr. »Ich habe voriges Frühjahr für sie gearbeitet. Sie war sehr nett zu mir.«

Der Glanz in Elvers Augen erlosch wieder, als er zwei Männer bemerkte, bei denen es sich anscheinend um seine momentanen Assistenten handelte. Er gab eine Art Grunzlaut von sich und entfernte sich, um mit ihnen zur Ferkelscheune der Schweinezuchtstation zu gehen. Der eine Mann war groß und blond wie Elver, der andere kleiner und dunkelhaarig. Elver sprach mit keinem von beiden, soweit die Shandys sehen konnten, und sie richteten auch das Wort nicht an ihn.

»Tja, das war tatsächlich das erste Kompliment für Mirelle Feldster, das ich je gehört habe. Besonders hilfreich war es allerdings nicht.« Helen starrte den drei Elektrikern nach, als trügen sie die Schuld an Jim Feldsters mysteriösen Verschwinden. »Wen könnte Jim kennen, der so einen großen ausgefallenen Wagen hat? Hast du vor, Mirelle davon zu erzählen?«

Peter schüttelte den Kopf. »Ich habe noch eine Stunde Zeit bis zu meinem nächsten Seminar. Am besten gehe ich als erstes zur Polizeistation und unterhalte mich kurz mit Fred Ottermole.«

»Was versprichst du dir davon? Außer einem netten Besuch bei Edmund und Fred, natürlich.«

»Man kann nie wissen. Fred hat ein gutes Auge für ausgefallene Wagen, und so viele graue Lincoln Towncars gibt es hier in der Gegend schließlich auch nicht.«

»Dann überlasse ich dich deinem Schicksal. Bis später, Schatz. Laß dich nicht von Fred in die Zelle sperren.«

Anfangs hatten Professor Shandy und Chief Ottermole einander nicht sonderlich gemocht. Peter hatte den Polizeichef für einen übereifrigen jungen Esel gehalten und Fred den Professor für eine Nervensäge erster Güte. Doch im Laufe der Zeit waren sie ganz allmählich Freunde geworden und hatten ein Band zwischen Stadt und College geknüpft, das sich bisher in Notzeiten als erstaunlich stabil erwiesen hatte.

Peter hatte Fred bei mehreren Stadtratsversammlungen den Rücken gestärkt, wenn es um die vieldiskutierte Frage ging, ob der einzige Streifenwagen der Stadt nicht endlich durch ein Fahrzeug ersetzt werden könne, das nicht nur durch Draht und positives Denken zusammengehalten wurde. Bisher hatten Fred und Peter leider immer verloren. Vor zwei Monaten hatte die alte Klapperkiste schließlich dem Faß die Krone aufgesetzt, indem sie ausgerechnet an der Kreuzung Main Street und Buggins Row ihren Geist aufgab und sich in ihre rostigen Bestandteile auflöste.

Der dadurch ausgelöste Stau war immer noch ein heiß diskutiertes Gesprächsthema an den Abendbrottischen von Balaclava Junction. Der rasende Reporter vom *All-woechentlichen Gemeinde- und Sprengel-Anzeyger für Balaclava* verfaßte seitdem unermüdlich Artikel, in denen er Chief Ottermoles Arbeit in den höchsten Tönen lobte. Die sturen Neinsager dagegen, die dem Polizeichef schnöde ihre Hilfe versagten, bedachte er mit bitteren Vorwürfen und forderte sie auf, dem armen Mann endlich das durchaus erschwingliche und dringend notwendige Gefährt zu finanzieren. Leider ohne viel Erfolg. Bisher hatte es zwar eine Menge Gerede gegeben, doch die Stadtväter hatten noch keinen einzigen Cent lockergemacht. In der Hoffnung, sie zu beschämen und auf diese Weise zur Aufgabe ihrer ablehnenden Haltung zu zwingen, war Fred Ottermole in der letzten Zeit dazu übergegangen, seine Runden auf dem Rad seines ältesten Sohnes zu drehen.

Die Ein-Mann-Kampagne hatte gemischte Reaktionen hervorgerufen. Einige Bürger standen dem Problem ihres Polizeichefs wohlwollend gegenüber, andere empfanden nur noch Verachtung für einen Mann, der sich derart lächerlich machte. Eine dritte Fraktion hielt das Fahrrad für eine geniale Idee und fragte sich, wozu ein Provinznest wie Balaclava Junction überhaupt einen Streifenwagen brauchte. Freds hübsche Frau, Edna Mae, war geteilter Meinung, was das Fahrrad betraf. Einerseits fand sie es ein klein wenig demütigend, daß ein gestandener Mann auf einem Kinderfahrrad herumstrampelte. Andererseits mußte sie zugeben, daß die sportliche Betätigung sich auf die Taille ihres Mannes ziemlich vorteilhaft auswirkte.

Peter Shandy mochte und respektierte Mrs. Ottermole. Als er sich der Polizeistation näherte und sie ihm mit einem leeren Lunchkorb am Arm entgegenkam, blieb er stehen. Er bedauerte nur, daß er keinen Hut trug, an dessen Krempe er tippen konnte. »Guten Tag, Edna Mae. Was gibt's Neues an der Fahrradfront?«

Edna Maes Lachen wirkte resigniert. »Ich sollte mich wohl besser nicht in die Stadtpolitik einmischen, aber ich finde es ziemlich erbärmlich, daß man Fred nicht wenigstens einen halbwegs fahrbaren Untersatz zugesteht. Was ist, wenn er nun jemanden verhaften und ins Gefängnis bringen muß? Soll er etwa ein Taxi rufen? Oder den Festgenommenen auf den Gepäckträger schnallen? Können Sie mir das verraten?«

»Das ist sicher ein wichtiger Punkt«, meinte Peter. »Aber wie ich Ihren Gatten kenne, wird ihm sicher etwas einfallen. Ich bin überzeugt, daß er eine Festnahme auch unter diesen ungewöhnlichen Umständen mit Würde und Anstand meistern wird. Ist Fred noch in seinem Büro?«

»Ja. Ich habe ihm gesagt, daß ich es für ausgesprochen unvernünftig halte, sich mit vollem Magen aufs Rad zu schwingen. Meinen Sie nicht auch, er sollte wenigstens warten, bis sich sein Mittagessen ein wenig gesetzt hat, Professor?«

»Da kann ich Ihnen nur recht geben. Hat Fred übrigens Ihnen gegenüber eine graue Limousine erwähnt, in die Professor Feldster in der Nähe des Spritzenhauses eingestiegen sein soll?«

»Ach, Sie wissen es noch nicht? Ich dachte, inzwischen hätte es jeder hier im Ort gehört. Es muß gestern abend so um die Abendbrotzeit passiert sein. Budge Dorkin hatte Dienst, damit Fred nach Hause konnte, um mit uns gemeinsam zu Abend zu essen. Budge hatte sozusagen einen Logenplatz. Er sagt, es sei ein grauer Lincoln gewesen, nicht neu, aber trotzdem ziemlich eindrucksvoll. Budge ist aufgefallen, daß die Scheiben dunkel getönt waren. Und zwar so dunkel, daß man von außen nichts erkennen konnte. Aber von innen sieht man alles, sagt Budge.«

»Hat Budge sich das Kennzeichen aufgeschrieben?«

»Dazu hatte er keine Zeit. Es ging alles ganz schnell. Professor Feldster kam vorbei, der Lincoln hielt an, jemand riß ihn ins Innere des Wagens, schlug die Tür zu, und schon brauste der Wagen davon. Budge nahm an, es sei einer der Logenbrüder des Professors gewesen, der für Halloween übte. Die denken sich jedes Jahr irgendwelche dummen Scherze aus, wissen Sie.«

»Das war alles? Oder wäre alles gewesen, wenn Jim Feldster heute morgen wie üblich bei den Ställen erschienen wäre. Hier ist aber auch immer was los, nicht wahr? Dann mache ich mich wohl besser auf den Weg und bestelle Fred, daß er es mit dem Fahrradfahren nicht übertreiben soll. War schön, daß wir uns getroffen haben, Edna Mae.«

Eine vorbildliche Frau und Mutter, doch ein fremdes Nummernschild wäre ihr sicher nicht aufgefallen. Peter hoffte, daß Budge Dorkin, ein recht intelligenter junger Bursche, wenigstens einen kurzen Blick auf den Fahrer des ominösen Lincoln erhascht hatte.

Im Grunde wußte Peter gar nicht, was er hier überhaupt wollte. Eigentlich müßte er in seinem Zimmer im College sein und sich auf sein Seminar um zwei Uhr vorbereiten, doch irgendwie ging ihm Jim Feldster nicht aus dem Kopf. Er bedauerte fast, daß er letzte Nacht so ruppig mit Mirelle Feldster umgegangen war, doch er hatte keine Lust, heute wieder mit ihr konfrontiert zu werden. Vielleicht brachte ein kleiner Plausch mit Ottermole mehr Licht in die Sache. Oder auch nicht. Aber da er nun schon mal hier war, sollte er sein Glück auch versuchen.

Er schaute auf seine Armbanduhr und legte noch einen Schritt zu. Die Polizeistation bestand aus einem kleinen Raum mit einem unberechenbaren hölzernen Drehstuhl und einem abgenutzten Schreibtisch, auf dem ein Drahtkorb für eingegangene Post stand. Edmund, der selbsternannte Polizeikater, lag mit Vorliebe auf den wenigen Briefen, die täglich eintrudelten, und sann darüber nach, wo Chief Ottermole wohl diesmal die

Doughnuts versteckt hatte. Wenn man ihn während seiner Meditationen störte, konnte er äußerst ungehalten werden und aus lauter Unmut sogar seine Krallen ausfahren, doch niemals gegenüber dem Polizeichef oder distinguierten Besuchern wie Peter Shandy. Hinter dem Büro befand sich das Gefängnis, eine winzige Zelle, die etwa zwei Drittel des Zimmers einnahm und trotzdem kaum mehr als ein Kabuff war. Ansonsten gab es nur eine lächerlich kleine Toilette und eine Ecke neben der Tür, die fast gänzlich mit einem wackeligen Tisch zugestellt war, auf dem eine Kaffeemaschine und einige mit braunen Flecken verzierte Tassen standen.

Fred hatte vor kurzem sämtliche Wände in einem lebhaften Blauton gestrichen. Die Farbe hatte er preiswert in einem Baumarkt gekauft, weil er den Schmutz und die düstere Atmosphäre einfach nicht länger ertragen konnte. Er hatte die Farbe selbst bezahlt und die ganze Arbeit allein erledigt, trotzdem hatten einige Bürger ihm vorgeworfen, er würde teure Farbe an Trunkenbolde und Verbrecher verschwenden. Einige von ihnen waren der Meinung, daß man Polizisten nicht besser behandeln sollte als ihre Gefangenen, sie hätten nun mal kein Anrecht auf ein glückliches Leben und damit basta. Es erübrigte sich zu sagen, daß genau diese Leute am lautesten protestierten, wenn es um das Streifenwagenproblem ging, und als erste ein Riesentrara veranstalteten, wenn sie selbst die Hilfe der Polizei benötigten oder dies zumindest glaubten.

Fred Ottermole befolgte offensichtlich Edna Maes Rat, das Essen ein bißchen sinken zu lassen, wenn auch nicht ganz so, wie Edna Mae es sich vorgestellt hatte. Das Fahrrad seines Sohnes lehnte hinter seinem Schreibtisch an der Wand, wo es gute Aussichten hatte, nicht geklaut zu werden. Ottermole und Edmund teilten sich gerade ein riesengroßes Stück Schokoladentorte. Edna Mae hätte sicher einen Anfall bekommen, wenn sie ihren Gatten dabei erwischt hätte, wie er selbst den Schokoladenteil aß und Edmund mit der Sahne fütterte. Der imposante Kater nickte Professor Shandy kurz zu und fuhr fort, sich die Sahne von den Schnurrhaaren zu lecken.

»Meine Güte, Ottermole«, wies Peter ihn zurecht. »Fällt Ihnen nichts Besseres ein, als dem Tier dieses Zeug zu geben?«

Der Polizeichef von Balaclava zuckte mit den Achseln. »Ach, zum Teufel, wir haben schließlich nur neun Leben. Richtig, Edmund? Was verschafft mir denn die Ehre, von einem berühmten Mitglied der Fakultät besucht zu werden, Professor? Ich dachte, Sie müßten heute arbeiten?«

»Dachte ich auch. Falls Sie es genau wissen wollen: Ich weiß selbst nicht genau, warum ich hier bin. Sie kennen doch Professor Feldster, oder?«

»Klar. Der lange Lulatsch, der Milchwirtschaft unterrichtet, nicht? Als ich noch klein war, haben wir ihn immer den Milchmann genannt, weil er jeden Abend ein Kännchen Milch mit nach Hause nahm. Meine Kinder nennen ihn immer noch so. Was ist denn mit Professor Feldster?«

»Ich hatte gehofft, Sie könnten mir das sagen.« Während Fred und sein vierbeiniger Freund die letzten Reste ihres süßen Snacks verputzten, versuchte Peter den Grund seines Kommens zu erklären. »Gestern abend stand ich zufällig draußen vor dem Haus und unterhielt mich ein wenig mit Edmunds Freundin Jane, als Jim Feldster scheppernd wie üblich sein Haus verließ und stehenblieb, um guten Abend zu sagen. Ich nahm an, er wäre auf dem Weg zu einem seiner Treffen. Er gehört jeder Loge in diesem Land an, die keine Frauen aufnimmt.«

Der Polizeichef schnaubte. »Kann man ihm wohl kaum verübeln, oder? Seine Frau kreuzt hier mindestens sechs Mal die Woche auf und macht einen Riesenaufstand wegen irgendeiner lächerlichen Kleinigkeit. Kein Wunder, daß er es zu Hause nicht aushält. Er macht, glaube ich, auch bei den Feuerflitzern mit, das sind die Jungs, die am 4. Juli mit der alten Handpumpe durch die Straßen ziehen.«

»Ich weiß. Sie erinnern damit an die Zeit, als noch in jedem Haushalt Ledereimer standen, damit die Bürger im Falle eines Brandes die Feuerwehr unterstützen konnten. Keine Ahnung, was für gestern abend geplant war. Wahrscheinlich die Poolhalle abbrennen, eine Wasserschlacht veranstalten oder irgend etwas in der Art.«

Ottermole gähnte. »Können Sie mir nicht einfach klar und deutlich sagen, was los ist, Professor? Ich muß gleich meine Runde drehen.«

Kapitel 3

Peter lächelte. »Danke, daß Sie mich daran erinnern. Ich werde mir natürlich auf keinen Fall entgehen lassen, Ihnen zum Abschied zuzuwinken. Doch nun zu den *res gestae*. Haben Sie irgend etwas Neues über den grauen Lincoln mit den getönten Fenstern herausgefunden, der Jim Feldster gestern abend mitgenommen hat?«

»Nee.« Fred warf einen prüfenden Blick auf seine Uniform und verzog das Gesicht. »Menschenskind, Edmund, mußtest du mir unbedingt das ganze klebrige Zeug auf die Jacke schmieren? Edna Mae bringt mich um.«

»Wie unangenehm«, sagte Peter. »Nehmen Sie doch einfach ein Handtuch und versuchen Sie, es abzureiben. Das heißt, falls Sie ein Handtuch haben. Ich habe mich eben mit Elver Butz unterhalten. Er sagt, er habe Jim gestern abend nach Feierabend in seinem Lieferwagen zum Logentreffen in Lumpkinton mitnehmen wollen, doch der große Lincoln sei ihm zuvorgekommen. Elver hatte schon das Fenster heruntergekurbelt, um Jim mit dem geheimen Handzeichen zu grüßen, als der Wagen plötzlich anhielt und Jim aufnahm. Der Lincoln brauste davon, und Elver war ziemlich verdutzt.«

»Ach ja?« Ottermole bearbeitete die Schlagsahne inzwischen mit einem Taschentuch, das Edna Mae liebevoll mit zwei kleinen blauen Handschellen bestickt hatte. »Und was ist die Pointe?«

Peter schüttelte den Kopf. »Keine Ahnung. Ich weiß nur, daß Jim quicklebendig und scheppernd den Crescent heruntermarschierte, als ich ihn zuletzt gesehen habe. Gegen halb drei Uhr in der Frühe tauchte plötzlich eine völlig hysterische Mirelle Feldster bei uns auf und trommelte wie verrückt gegen die Tür. Sie schrie immer wieder, Jim sei nicht nach Hause gekommen, und wollte, daß ich im Schlafanzug losziehe und ihn suche.«

»Meine Güte! Und wie haben Sie reagiert?«

»Ich muß gestehen, daß ich sie nicht ernst genommen habe. Ich nahm an, Jim wäre über Nacht in Lumpkinton geblieben. Wahrscheinlich bei einem seiner Logenbrüder, weil seine Frau den Wagen mitgenommen hatte und er keine Mitfahrmöglichkeit mehr gefunden hatte. Dann hätte er heute morgen bequem mit Elver Butz zurückkommen können. Ich war felsenfest davon überzeugt, Jim heute morgen pünktlich wie immer auf dem Campus anzutreffen. Aber er kam nicht, zur allgemeinen Verwunderung der Abteilung Nutztierzucht und des gesamten College. Es wäre sinnlos, Sie zu bitten, die Geschichte diskret zu behandeln, denn inzwischen weiß sicher jeder in der Stadt Bescheid. Aber ich hielt es trotzdem für angebracht, Sie offiziell zu informieren.«

»Da haben Sie verdammt recht. Wirklich nett von Ihnen, Pete. Aber ich habe trotzdem keine Lust, mir ein Bein auszureißen oder irgendwas Voreiliges zu tun. Was halten Sie davon, wenn wir erst mal abwarten? Bis morgen, so gegen Mittag, sagen wir mal. Wir sollten dem Professor Gelegenheit geben, seinen Rausch auszuschlafen, falls er versackt ist. Und seine Frau hat dann auch genug Zeit, ihre Zunge ein bißchen zu schonen.«

»Eine überaus humane Einstellung, Ottermole. Ich kenne Jim Feldster, seit ich hier in Balaclava lebe, aber ich habe ihn während der ganzen Zeit noch nie betrunken oder auch nur beschwipst gesehen. Und er hat auch noch nie ein Logentreffen verpaßt. Man kann zwar nicht behaupten, daß wir enge Freunde sind, aber wir sind gute Nachbarn, soweit dies unter den besonderen Umständen möglich ist.«

Fred kicherte. »Ich weiß genau, was Sie meinen. Jedesmal wenn Mirelle hier aufkreuzt und mir mit einem ihrer dämlichen Probleme in den Ohren liegt, schau ich danach kurz bei mir zu Hause vorbei und gebe Edna Mae einen dicken Kuß.« Er grinste ein wenig verlegen, zog ein weiteres blütenweißes Taschentuch mit blauen Handschellen hervor und wischte sich die Schokoladenreste vom Mund. »Was meinst du, Edmund? Willst du hier aufpassen, während ich die Schokoladentorte abarbeite, oder hast du Lust mitzukommen?«

Peter hielt es für angebracht, ebenfalls zu seiner Arbeit zurückzukehren. Doch vorher sah er Ottermole noch dabei zu, wie er sich sein Handy an den Gürtel schnallte, ein Schild mit der

Aufschrift »Bin um drei zurück« an die Tür hängte und auf sein Zweirad stieg. Edmund hatte beschlossen mitzukommen und saß in einem weich ausgepolsterten Korb, der an der Lenkstange befestigt war. Das Kissen im Korb war ebenfalls mit blauen Handschellen bestickt. Kater und Bulle genossen anscheinend die Gesellschaft des anderen. Peter fragte sich, was Jane wohl davon hielt, in einem Körbchen durch die Gegend kutschiert zu werden, warf einen Blick auf seine Armbanduhr, entschied, das Experiment auf später zu verschieben, und eilte zu seinem Seminarraum.

Wie immer am ersten Tag des Semesters schien der Strom der Studienanfänger kein Ende zu nehmen. Peter beantwortete geduldig alle Fragen. Er hatte gehofft, gegen sechs zu Hause zu sein, doch als er endlich erschöpft ins Haus wankte, war es bereits viertel vor sieben. Peter freute sich schon darauf, sich als erstes zur Stärkung einen kleinen Balaclava Bumerang zu mixen, vielleicht auch einen für Helen, falls sie die schützenden Wände des Bugginsraumes inzwischen verlassen hatte. Danach gedachte er aus ein oder zwei Konservendosen ein Abendessen zu zaubern. Als er die Tür öffnete, hörte er zu seinem Verdruß, daß Helen sich mit einer anderen Frau unterhielt. Doch dann erkannte er die Stimme und gesellte sich zu ihnen.

»Catriona! Was für eine nette Überraschung!«

Catriona McBogle, Helens Jugendfreundin und Liebling unzähliger Krimifans von Boston bis Tokio nebst einiger Städte dazwischen, ließ sich normalerweise nur selten aus ihrem zweihundert Jahre alten Haus in Maine herauslocken. Die meisten Menschen wußten nicht einmal von der Existenz des winzigen Provinznestes, und die wenigen Eingeweihten waren nicht sonderlich erfreut über ihre prominente Mitbürgerin oder behaupteten dies zumindest, weil sie befürchteten, neugierige Touristen könnten ihre hübschen Sträßchen mit Abfall verunzieren.

Helen und Peter hatten Catriona noch vor kurzem in Maine besucht. Damals hatte sie verkündet, sie wolle einen Wassergraben um ihr Haus anlegen, die Zugbrücke hochziehen und sich so lange hinter ihren meterdicken Wänden verschanzen, bis das Buch fertig wäre, das sie schon vor drei Monaten hätte anfangen sollen. Normalerweise stand Catriona wie alle rothaarigen großgewachsenen Frauen mit Yankee-Gesicht zu ihrem Wort. Was mochte sie veranlaßt haben, ihre Meinung so schnell zu ändern?

Es gab nur einen Weg, dies herauszufinden, und Peter schlug ihn sofort ein. »Was führt dich in unsere Gefilde, wenn ich mir die Frage erlauben darf?« fiel er mit der Tür ins Haus.

»Ich bin vom Himmel gefallen, lieber Peter. Aber Spaß beiseite. Eigentlich bin ich hergekommen, um mich von euch aufmuntern zu lassen. Bis jetzt hast du mir allerdings herzlich wenig geholfen.«

»Gib mir wenigstens eine Chance, verflixt noch mal, ich bin schließlich gerade erst nach Hause gekommen. Was ist denn schief gelaufen in deiner Schreibwerkstatt?«

»Das ist genau mein Problem, Peter. Nichts ist gelaufen. Absolut gar nichts. Ich habe an meinem Schreibtisch gesessen, bereit, all das auszuspucken, was meine lieben Leser interessiert, und urplötzlich wurde mir klar, daß meine Phantasie vom Winde verweht ist. Ich bin völlig verzweifelt. Ich brauche unbedingt einen anständigen Plot für mein Buch.«

»Das dürfte doch kein Problem sein. Immerhin hast du schon wer weiß wie viel geschrieben. Kannst du nicht einfach einen deiner Romane vom Regal nehmen, abstauben und recyceln? Das wäre doch sicher nicht ungewöhnlich, oder?«

»Ja, stimmt, und nein, kann ich nicht. Es wäre genauso, als würde man unablässig denselben Fußboden schrubben, und du weißt ja, was für eine schreckliche Hausfrau ich bin. Ich weiß nicht mal, wo Persilla den Schrubber versteckt, wenn sie nicht damit schrubbt. Ich bin völlig ausgebrannt, Peter. Fix und fertig mit der Welt. Total kaputt. Ich gehöre auf den Schrottplatz. Besser noch stünden mir ein Paar gezackter Klauen, hinhuschend auf dem Grunde stiller Meere.«

»Hör endlich auf, Cat«, unterbrach Helen sie mit ihrer strengsten Bibliothekarinnenstimme. »Du brichst mir noch das Herz. Peter, hältst du es nicht für eine eine gute Idee, Cat einen – «

»Balaclava Bumerang zu mixen? Du nimmst mir das Wort aus dem Mund, Schatz. Was hältst du davon, Catriona? Dir ist hoffentlich bewußt, daß ich dieses Getränk ausschließlich zu medizinischen Zwecken verwende?«

»Selbstverständlich. Was meinst du wohl, warum ich hergekommen bin? Was natürlich nicht bedeutet, daß die Stunden, die ich mit Euch verbracht', lieb' Herz, nicht kostbarer als alle Perlen wären. Selbst wenn ihr nicht willens wäret, mir Erste Hilfe zu leisten.«

»Am reinen Glanz will ich die Perle kennen«, murmelte Helen.

»Doch ihren Namen kann ich dir nicht nennen«, vollendete Catriona.

»Ganz wie du meinst, Catriona.« Peter reichte dem unerwarteten Gast eine exotische Mischung, die vor Vitaminen strotzte und als Standardmedizin gegen alle Übel von Schwindel bis Schweinepest galt, wenn man sie nur mit dem gebührenden Respekt und der richtigen Diskretion schluckte. »Probier mal, ob es dir so schmeckt.«

Catriona nahm das Glas dankend in Empfang und hob es, um einen halbherzigen Toast auszubringen. »Augen zu und runter mit dem Zeug! Mach dich auf einiges gefaßt, Magen. Könnte es sein, daß ihr zufällig auch noch etwas Eßbares in eurem Haus habt? Fragt mich nicht, was ich möchte, gebt mir einfach, was da ist. Es sei denn, ihr habt keine Lust, eine Jungfer in Nöten vor dem sicheren Hungertod zu bewahren. Aber vielleicht finde ich ja früher oder später auch auf dem Grunde stiller Meere etwas Schmackhaftes.«

»Zweifellos. Du schaffst alles, wenn du es dir erst mal in den Kopf gesetzt hast«, meinte Helen. »Fahr deine gezackten Klauen ruhig wieder ein. Peter hat ohnehin vor, uns mit seinen göttlichen Omelettes zu beglücken. Mit vielen guten Zutaten und leckeren Füllungen. Er trinkt nur noch schnell sein Glas aus. Nicht wahr, Liebling?«

»Dein Wunsch sei mir Befehl, Mond meiner Wonne. Am besten mache ich euch zuerst eine kleine Käseplatte mit Crackern. Dann könnt ihr schon den ärgsten Hunger stillen, während ich mir noch den Kopf darüber zerbreche, welche Pfanne ich sonst immer für die Omelettes nehme.«

»Eine geniale Idee, Peter. Ich wußte doch, daß dir etwas einfallen würde. Sollen wir mitkommen und dich anfeuern?«

»Ich könnte schon mal anfangen, den Tisch zu decken«, murmelte Catriona, den Mund voll Käse und Cracker. »Zu mehr bin ich in meiner momentanen Verfassung nicht in der Lage.«

»Pah, Humbug!« meinte Helen. »Schweig still und sei schön. Gut Ding will Weile haben. Morgen früh fühlst du dich sicher besser und du bist wieder die charmante alte Cat, die wir kennen.«

»Woher willst du das wissen, Schlaukopf? Du wirst nicht dasein, um mich zu sehen.«

»Und ob ich das werde. Catriona McBogle, ich lasse auf keinen Fall zu, daß du in pechschwarzer Nacht die weite Strecke nach Sasquamahoc fährst. Noch dazu mit einem Balaclava Bumerang im Magen! Und damit basta.«

»Ach ja? Dann erwartest du wohl von mir, daß ich mich an den Straßenrand stelle und per Anhalter fahre? Findest du nicht, daß ich für solche Kapriolen zu alt bin?«

»Nein, das finde ich nicht, und jetzt hör endlich auf mit dem Quatsch. Du wirst dich bequem auf die wunderschöne Schlafcouch oben im Arbeitszimmer betten und einen wunderschönen Traum haben, in dem du einen reichen alten Knacker mit einem leckeren, exotischen Trank vergiftest. Natürlich erst, nachdem er dir all sein weltliches Hab und Gut vermacht hat. Und keiner kommt dir auf die Schliche.«

»Aber mir fällt nichts Leckeres oder Exotisches ein. Das ist ja gerade mein Problem!«

»Mach dir keine Sorgen, das kommt alles ganz von selbst. Was rede ich mir überhaupt den Mund fusselig? Du fühlst dich im Moment einfach nicht gut.« Helen nahm ihre alte Freundin in den Arm, achtete darauf, daß dabei nicht allzu viele Crackerkrümel auf den Boden fielen, und führte Catriona ins Wohnzimmer, damit Peter ungestört in der Küche hantieren konnte. Sie hatten schon lange vor, den winzigen Raum umzubauen, waren aber bisher nicht dazu gekommen. »Komm, setz dich zu mir. Ich erzähl dir den neuesten Tratsch aus der Nachbarschaft.«

»Um was geht es denn dabei?«

»Das wissen wir selbst nicht so genau. Hoffentlich gipfelt die Geschichte nicht in einer Katastrophe.«

»Warum sollte sie das?« Catriona wurde allmählich wieder etwas munterer.

»Weil Mirelle Feldster es sich in den Kopf gesetzt hat.«

»Mirelle Feldster ist der männermordende Piranha von nebenan, wenn ich mich recht erinnere.«

»Als männermordend würde ich sie nicht gerade bezeichnen, obwohl sicher genug Personen deine Meinung teilen«, antwortete Helen nach kurzem Nachdenken. »Sie schlägt ihre Zähne nämlich genauso gern in Frauen. Heute morgen stand sie jedenfalls gegen halb drei hier auf der Matte, schrie wie am

Spieß, hämmerte gegen die Tür und gebärdete sich, als wäre ein Haufen Riesenskorpione hinter ihr her. Ich bin sicher, daß man sie in der gesamten Nachbarschaft hören konnte, wahrscheinlich sogar im Haus von Präsident Svenson. Ein Wunder, daß Thorkjeld nicht hergekommen ist. Wenn es irgendwo Streit gibt, will er normalerweise immer mitmischen. Wie dem auch sei, Mirelle stand in einem grauenhaften lila Satinnachthemd vor dem Haus und wollte wissen, ob ihr Gatte mit mir und Peter eine Orgie feierte.«

»Hat sie das so gesagt?«

»Nein«, gab Helen zu, »aber angedeutet. Die Frau hat eine Phantasie wie eine Jauchegrube. Jim war natürlich nicht hier bei uns. Und das hat Mirelle auch genau gewußt. Sie wollte sich bloß nicht die Gelegenheit entgehen lassen, eine bühnenreife Szene hinzulegen.«

»Was hast du der Dame denn erzählt?«

»Nichts. Kein einziges Wort. Ich habe im Schatten gelauert und Peter alles überlassen. Er hat sie nicht gerade mit Samthandschuhen angefaßt, wie ich zugeben muß. Aber das kann man ihm unter den gegebenen Umständen kaum verdenken.«

»Habt ihr herausgefunden, was sie wirklich wollte?«

»Ihr Mann Jim war von seinem Logentreffen nicht nach Hause gekommen.«

»Herr des Himmels, in welcher Loge ist der komische Kerl denn?«

»In jeder Loge und jedem Verein, den du dir vorstellen kannst, mit Ausnahme der Pfadfinderinnen und der Kleinen Tierfreunde. Jim wird nur Mitglied in Vereinen, die keine Frauen aufnehmen, was einerseits verwerflich, andererseits aber auch ziemlich nachvollziehbar ist. Anscheinend fing der ganze Ärger gestern damit an, daß Mirelle das Auto haben wollte, weil sie damit zu ihrem Bridgeclub fahren wollte. Jim mußte sich daher eine Mitfahrgelegenheit suchen. Ein Logenbruder, der zufällig momentan im College arbeitet, bot sich an. Das Treffen selbst sollte im Spritzenhaus in Lumpkinton stattfinden, wo die Feuerflitzer, so heißt die Gruppe, eine antike Handpumpe horten und ihre Versammlungen abhalten.«

»Tatsächlich?« Entweder wirkte sich das Zusammensein mit ihren Freunden oder der Balaclava Bumerang therapeutisch auf Catrionas Zunge aus. »Dann galoppierte Bruder Feldster also mit der Handpumpe hinter dem Feuerwehrdalmatiner durch die Seitenstraßen von Lumpkinton? Meine Güte! Das hätte ich gern gesehen!«

»Du hast nicht viel verpaßt«, wurde sie von Helen getröstet. »Die Handpumpe wird der Öffentlichkeit nur am 4. Juli präsentiert.«

»Und was machen die Feuerflitzer in der übrigen Zeit?«

»Höchstwahrscheinlich herumsitzen und mit Streichhölzern spielen. Aber zurück zu den Feldsters. Peter nahm logischerweise an, Jim würde die Nacht bei dem Logenbruder verbringen, der ihn im Wagen mitgenommen hatte, und heute mit ihm zurückkommen. Daher sagte er zu Mirelle, sie solle sich nicht lächerlich machen. Allerdings mit anderen Worten, woraufhin sie wutschnaubend davonrauschte.«

»Und das nennst du eine Katastrophe?« schnaubte Catriona verächtlich. »Ehrlich gesagt, Helen, bin ich nicht sonderlich beeindruckt.«

»Das war ja auch nur der Anfang«, versicherte Helen ihrem Gast. »Ich fand es schon letzte Nacht merkwürdig, daß Mirelle sich plötzlich derart um den Verbleib ihres Mannes sorgte. Normalerweise läßt sie nämlich nie ein gutes Haar an ihm. Soweit wir wissen, hat sie noch nie etwas Nettes über ihn gesagt. Merkwürdigerweise ist Jim heute morgen tatsächlich weder zu Hause noch im College aufgetaucht. Dabei ist er in all den Jahren, die er schon in Balaclava lebt, jeden Morgen pünktlich wie die Maurer im Stall bei seinen Kühen gewesen. Wir wissen nicht, was wir davon halten sollen.«

»Aha, langsam wird es interessant. Wann hast du ihn denn zuletzt gesehen?«

»Das weiß ich nicht, Catriona. Irgendwann gestern, nehme ich an. Normalerweise läuft er uns dauernd über den Weg, aber gestern war so ein hektischer Tag, daß ich mich nicht mehr erinnern kann.«

»Kannst du dich wenigstens erinnern, wie der Mann aussieht?«

»Sparen Sie sich Ihren Sarkasmus, Gnädigste. Natürlich weiß ich das. Er sieht aus wie eine wandelnde Bohnenstange. Jim gehört zu diesen großgewachsenen, hageren Menschen, die ununterbrochen essen können und trotzdem kein Gramm zunehmen. In der Mensa verdrückt er regelmäßig zwei Portionen und geht später noch mal zurück und bestellt sich Kaffee mit einer Extraportion Sahne und ein Riesenstück Kuchen. Ich weiß, daß er sogar seine Cornflakes und Gott weiß was sonst noch alles mit Sahne ißt, weil ich immer sehe, wie er täglich seine Sahne in einem niedlichen Zinkkännchen mit Bügelverschluß nach Hause trägt. Niemand nimmt ihm diese Marotte übel, aber seinen Spitznamen hat er weg. Er heißt hier bei allen nur der Milchmann. Man ist sich einig, daß er eigentlich ein ganz netter Kerl ist, aber sehr viel mehr kann man kaum über ihn sagen.«

»Hm. Habt ihr zufällig ein Foto von ihm?«

»Gute Frage. Ich glaube, im College-Jahrbuch vom vorigen Jahr gibt es ein Gruppenfoto mit den Leuten von der Abteilung für Nutztierzucht und ein paar Kühen. Moment, ich hol es schnell.«

Als Bibliothekarin hatte Helen dafür gesorgt, daß jede Notiz im Haus sorgsam abgeheftet war und sämtliche Bücher an ihrem Platz im Regal standen. Sie brauchte genau sechzehn Sekunden, um das Jahrbuch zu finden und an der richtigen Stelle aufzuschlagen. Zwei Sekunden später starrte Catriona mit nachdenklicher Miene auf den größten Mann der Gruppe.

»Ich habe diesen Mann schon mal gesehen, da bin ich ganz sicher. Entweder ihn oder seinen Zwillingsbruder. Hat er einen?«

»Keine Ahnung«, gestand Helen. »Wahrscheinlich hat Jim irgendwo Verwandte. Das haben ja wohl die meisten Menschen, aber er hat sie uns gegenüber noch nie erwähnt. Er ist ohnehin nicht sehr gesprächig, es sei denn, es geht um Kühe, Ställe oder Scheunen. Vielleicht hätten wir bessere Nachbarn sein sollen, immerhin wohnen wir schon seit einer Ewigkeit nebeneinander, aber Mirelle gehört zu der Sorte Frauen, die einen mit Haut und Haar vereinnahmen. Sie liebt es, andere zu kontrollieren und zu dominieren, und wird ziemlich unangenehm, wenn man sie daran hindert. Glücklicherweise sind Peter und ich viel zu beschäftigt, um uns auf ihre Spielchen einzulassen. Und Jim hat seine Logenbrüder, daher haben wir uns nicht verpflichtet gefühlt, unser nachbarschaftliches Verhältnis auszubauen. Ich würde allerdings schrecklich gern wissen, wem dieser graue Lincoln gehört.«

»Ich auch«, sagte Catriona. »Was ist denn mit dem grauen Lincoln?«

In der Zwischenzeit hatte Helen entweder gehört oder durch Osmose oder Clairvoyance in Erfahrung gebracht, was die Leute sich über Professor Feldsters mysteriöses Verschwinden erzählten. Einige munkelten was von Entführung, andere von Gedächtnisverlust. Wieder andere hielten das Ganze für einen dummen Streich. Helen spulte sämtliche Hypothesen herunter wie ein Nachrichtensprecher. Catriona genoß jede Einzelheit und brannte darauf, mehr zu erfahren.

»Und du bist ganz sicher, daß der Mann Feldster heißt, Helen?«

»Ich kann dazu nur sagen, daß Peter Jim seit ihrem ersten Treffen vor ungefähr dreißig Jahren als James Feldster kennt, und auch alle anderen Fakultätsmitglieder kennen ihn nur unter diesem Namen. Ganz zu schweigen von seinen unzähligen Logenbrüdern. Wie kommst du darauf, daß er anders heißen könnte?«

Catriona schüttelte den Kopf. »Keine Ahnung. Hast du noch mehr Fotos von ihm?«

»Mal nachdenken. Ja, es gibt ein Bild von ihm zusammen mit Professor Stott. Es muß vor drei Jahren beim Fakultätspicknick aufgenommen worden sein. Ich habe einen Abzug geklaut und halte ihn in Ehren, weil es so eine perfekte Darstellung von Überfluß und Mangel ist. Verstehst du, was ich meine?«

Catriona warf einen Blick auf den Schnappschuß und fing an zu kichern. »Das ist ja wohl kaum zu übersehen! Hast du dir schon mal vorgestellt, was für einen stattlichen Eber Professor Stott abgeben würde, wenn er zufällig in einem Schweinestall das Licht der Welt erblickt hätte?«

»Ein jeder hat sein Kreuz zu tragen«, sagte Helen. »Ich geh besser schnell nachschauen, wie Peter mit den Omelettes zurechtkommt. Manchmal verliert er dabei ein bißchen die Kontrolle.«

Doch Peter hatte alles wunderbar unter Kontrolle. Das Omelette, der Salat, der Weißwein, das frische Brot aus Mrs. Mouzoukas College-Bäckerei, das Obst aus den College-Gärten und die Melasseplätzchen zum Nachtisch, der Haselnußkaffee, der das Mahl abrundete, waren köstlich und ließen nicht das geringste zu wünschen übrig. Als die drei Freunde schließlich beschlossen, zu Bett zu gehen, hatte Catriona McBogle ihre düsteren Gedanken von gezackten Klauen und einsamem Meeresgrund endgültig abgeschüttelt. Sie lag ungefähr eine Stunde lang hellwach auf dem Couchbett und machte sich im Kopf Notizen über eine antike Handpumpe, die irgendwo an der Küste von Maine aus einem kleinen Museum verschwunden war, und einen Kurator, der für seine Übellaunigkeit bekannt war und jetzt tot auf dem Boden lag, einen Feuerwehrhelm auf dem Kopf und einen Ledereimer neben seiner wächsernen Hand. Schließlich fiel sie in einen traumlosen Schlaf. Am nächsten Morgen machte sie sich rasch fertig, hopste fröhlich die Treppe hinunter und trällerte ein Lied, das von einem wunderschönen Frühlingstag und frisch erblühten Veilchen handelte.

»So ein Quatsch«, erwiderte die Frau des Hauses in aller Herzlichkeit. »Wenn du Veilchen sehen willst, mußt du ungefähr bis Mitte April nächstes Jahr warten. Falls sie überhaupt erblühen. Hast du vor, von hier aus direkt nach Hause zu fahren?«

»Vielleicht nicht ganz direkt«, meinte Catriona ausweichend. »Ich möchte noch ein klein wenig recherchieren, wenn ich schon mal hier in der Gegend bin. Aber ich möchte möglichst bald an meinen Schreibtisch. Ich habe nämlich einen Plot für meinen Roman!«

»Ach ja? Und was ist aus den gezackten Klauen tief unten auf dem Meeresgrund geworden?«

»Oh, für die finde ich wahrscheinlich früher oder später noch irgendeine Verwendung. Was hältst du davon, wenn ich euch beide zum Frühstück in die Fakultätsmensa einlade?«

Peter schüttelte den Kopf. »Daraus wird leider nichts. Nichtmitglieder der Fakultät dürfen bei uns nicht bezahlen. Außerdem habe ich schon den Teig für die Waffeln gemacht.«

»Oh. Kein Problem, ich bin flexibel. Aber niemand kann mir vorwerfen, daß ich es nicht versucht habe.«

Catriona setzte sich an den Frühstückstisch, breitete die Serviette auf ihrem Schoß aus und wartete in königlicher Manier darauf, sich bedienen zu lassen. Zum Plaudern blieb wenig Zeit. Catriona erzählte den Shandys schnell noch die wichtigsten Neuigkeiten über ihren gemeinsamen Freund Guthrie Fingal, Peter verteilte die letzten Waffeln, und Helen verstaute die klebrigen Teller im Geschirrspüler. Dann versicherten sie einander, daß sie unbedingt aufbrechen müßten. Helen und Peter erklommen den Hügel zum College. Catriona nahm den unteren Weg und begab sich zu dem Parkplatz, auf dem sie ihr altes, unansehnliches Gefährt abgestellt hatte, warf den Motor an und fuhr davon, voller Zuversicht und Selbstvertrauen, wenn auch in die völlig falsche Richtung.

Kapitel 4

Catriona merkte bereits nach kurzer Zeit, daß sie sich total verfahren hatte, ließ sich jedoch nicht aus der Ruhe bringen. Irgendwo würde sie früher oder später schon ankommen. Merkwürdigerweise fand sie die beiden Fotos von Professor Feldster, die Helen ihr gestern abend gezeigt hatte, bedeutend spannender als ihre momentane Ortung. Trotzdem war ihr unbegreiflich, wie man sich derart für eine Person interessieren konnte, die man noch nie im Leben gesehen hatte. Sie wußte nur, daß sich irgendwo im komplizierten Labyrinth ihres Gehirns eine kleine Tür geöffnet hatte und etwas herausgesprungen war, das sie nicht genau erkennen konnte. Es versuchte mit aller Macht, auf sich aufmerksam zu machen, indem es eine winzige Flagge schwenkte und immer wieder schrie: »Hierher! Hierher!«

Während sie noch über dieses interessante Phänomen nachdachte, fiel ihr beiläufig ein, daß sie seit geraumer Zeit ihren Bezinstand nicht mehr überprüft hatte. Sie warf einen Blick auf die Benzinuhr und entschied, sich schnellstens nach einer Tankstelle umzusehen, bevor sie mit leerem Tank irgendwo in der Wildnis liegenblieb. Ihre arme alte Klapperkiste war zwar beileibe kein Bezinfresser, doch auch sie benötigte natürlich ein handfesteres Treibmittel als Glaube und Hoffnung. Sie hielt die Augen offen und wurde schon bald durch ein Schild mit der Aufschrift »Texaco« belohnt.

Dummerweise standen bereits zwei andere Wagen neben der einsamen Zapfsäule. Der Lautstärke nach zu urteilen, saßen in beiden Fahrzeugen Verwandte des freundlichen Tankwarts, die sich seit Ewigkeiten nicht gesehen hatten. Aber was machte das schon? Catriona hatte schließlich noch fast den ganzen Tag vor sich. Irgendwie würde sie die richtige Straße früher oder später schon finden. Aber vielleicht war es doch besser, Helen und Peter anzurufen, bevor sich diese Hoffnung als trügerisch herausstellte. Doch ihre Freunde waren natürlich im College. Sie erwischte nur den Anrufbeantworter und versicherte diesem, daß alles in Ordnung sei und es ihr gut gehe. Als sie von dem öffentlichen Fernsprecher zurückkam, sah sie, daß zu den endlich wieder vereinten Verwandten noch diverse verloren geglaubte Freunde gestoßen waren. Statt wütend zu werden und sich über die lange Warterei zu ärgern, griff sie nach der Zeitung, die sie gestern irgendwo auf dem Weg zu den Shandys gekauft hatte, als sie noch zu niedergeschlagen gewesen war, sie zu lesen.

Jetzt erinnerte sie sich auch wieder, daß ihr Blick zufällig auf das Foto eines alten Mannes gefallen war, das sie ganz kurz aus ihrer Niedergeschlagenheit gerissen hatte. Er hatte sie irgendwie an die Köpfe von Mount Rushmore erinnert, auch wenn Kragen und Krawatte die eindrucksvolle Wirkung etwas abschwächten. Jetzt hatte sie Zeit genug und versenkte sich, wie es Schriftsteller gelegentlich zu tun pflegen, ganz und gar in den Text unter dem Bild. Als sie mit Tanken an der Reihe war, mußte der Tankwart sie zweimal ansprechen, um ihre Aufmerksamkeit zu erregen.

»Möchten Sie vielleicht ein bißchen weiter vorfahren, Ma'am?«

»Oh. Natürlich. Entschuldigen Sie bitte.«

Sogar als sie den Motor abstellte und ihr Portemonnaie zückte, grübelte Catriona noch darüber nach, warum sie das Bild eines völlig Fremden in einer Bostoner Zeitung so sehr beschäftigte. Normalerweise akzeptierte sie einfach die unzähligen möglicherweise interessanten Treibholzstückchen aus dem endlosen Meer des kollektiven Unterbewußtseins, in das sie als Kriminalautorin ihren stets bereiten Eimer zu tauchen pflegte. Entweder zog sie ihn dann tropfend und randvoll mit allem, was die persönliche Alchemie benötigte, wieder empor, oder sie fand darin nichts weiter als ein wenig abgestandenes Wasser und eine verärgerte Kaulquappe. Doch sogar Kaulquappen konnten mitunter nützlich sein. Catriona bezahlte, verließ die Tankstelle und hielt eine halbe Meile weiter unter einem großen Ahorn an, um fern von Tankwarten, die den Ölstand ihres Wagens messen wollten, ungestört ihre Zeitung zu Ende zu lesen.

Der Artikel auf der Titelseite bestand nur aus wenigen Absätzen, wurde jedoch auf Seite zwölf fortgesetzt und füllte dort fast die ganze Seite. Das Gesicht unter der Schlagzeile gehörte einem gewissen Forster Feldstermeier, einem zwar weltberühmten, aber nur selten abgelichteten Milchmagnaten, dessen bloße Namensnennung seit Jahrzehnten bei sämtlichen Milchbauern und Molkereibesitzern des Landes Ehrfurcht und Bewunderung auslöste. Feldstermeier war anscheinend gerade mit weit über Neunzig in die ewigen Weidegründe eingegangen. Laut Zeitungsbericht hatte er zeitlebens die Öffentlichkeit gescheut und als Greis mehr oder weniger das Leben eines Einsiedlers geführt. Dennoch war ein Mann seines Kalibers aufgefallen, sei es wegen seiner ungewöhnlichen Größe von über zwei Metern oder wegen seiner außergewöhnlichen Verdienste im Bereich der modernen Milchwirtschaft.

Wenn man dem Verfasser des Artikels glauben konnte, waren die Feldstermeier-Nachkommen samt und sonders männlichen Geschlechts und ebenfalls so ungewöhnlich groß, daß sie ihr eigenes Basketball-Team hätten aufstellen können, wenn ihnen der Sinn danach gestanden hätte. Doch dies war anscheinend nicht der Fall. Außerdem waren sie auffallend clanbewußt, richteten sich seit eh und je in allem nach ihrem Patriarchen, ließen keine Zitze ungemolken und glaubten aus vollstem Herzen daran, daß anständige Arbeit auch anständige Dollars einbrachte. Die besten Jobs reservierten die Feldstermeiers daher vorsorglich für sich selbst sowie für ihre zahlreichen Söhne, Cousins und Neffen.

Es gab keine weiblichen Nachkommen in der direkten Linie. Es waren die Gattinnen der Feldstermeiers, die gelegentlich in den Klatschspalten als Sponsorinnen und Veranstalterinnen von Wohltätigkeitsbazaren von sich reden machten, meist mit hehren Mottos wie »Milch für hungrige Kinder« oder »Hilfe für heimatlose Katzen«. Für die Katzen hatten sie eigens ein Sterilisations- und Kastrationsprogramm ins Leben gerufen, das auf der Prämisse basierte, daß satte Katzen mit glänzendem Fell ohne lästige Nachkommen angenehmere Hausgenossen waren und leichter an Katzenfreunde vermittelt werden konnten als ihre bedauernswerten Artgenossen. Anscheinend waren sämtliche Feldstermeierfrauen ihren ehrenwerten Gatten würdige Partnerinnen, doch Catriona entschied, ähnlich wie Gellett Burgess in seinem lustigen Reim von der lila Kuh, daß es in jedem Fall besser war, nur eine zu sehen als eine zu sein.

Catrionas visuelles Gedächtnis war übrigens überdurchschnittlich gut. Die Ähnlichkeit zwischen Feldstermeier und Feldster war ihr sofort aufgefallen, und jetzt, wo sie beide Gesichter kannte, war sie sich vollends sicher. Falls Magnat und Milchmann wirklich miteinander verwandt waren, erklärte dies vielleicht, warum ein bislang noch Namenloser den grauen Lincoln über die Hauptstraße von Balaclava Junction gelenkt hatte. Der Fahrer oder die Fahrerin hatte möglicherweise nach dem Professor gesucht, um ihm mitzuteilen, daß sein Onkel, Bruder oder Cousin tot war, und ihn zur Trauerfeier im engsten Familienkreis mitgenommen. Es war zwar reichlich unhöflich, daß man nicht daran gedacht hatte, auch Mirelle mitzunehmen, doch nach allem, was die Shandys gesagt hatten, konnte man die Entscheidung verstehen.

Ob der Reporter, der über den Tod von Forster Feldstermeier berichtete, alle Fakten richtig darlegte, konnte Catriona natürlich nicht beurteilen. Journalisten neigten bei illustren Familien oft zu Übertreibungen, besonders wenn es sich um sehr wohlhabende Familien handelte. Aber was ging das alles Catriona an? Eigentlich sollte sie sich lieber Sorgen um ihr zunehmend gespannteres Verhältnis zu ihrer Lektorin machen. Die arme Frau wurde langsam ungemütlich, da immer mehr Zeit verstrich und Catrionas Muse nach wie vor ziellos im Meer des Unbewußten umherwatete.

Sie faltete die Zeitung so, daß sie nicht mehr in das Gesicht von Forster Feldstermeier blicken mußte, und ließ den Wagen wieder an. Sie wußte immer noch nicht, wo sie war oder in welche Richtung sie fahren mußte, doch die Erfahrung hatte sie gelehrt, auf ihr Geschick zu vertrauen. Sicher gab es irgendwo in der Nähe eine Bibliothek. Mit ein wenig Glück fand sich vielleicht unter den Nachschlagewerken ein Personenlexikon oder ein »Who's Who«, in dem man ungefähr die gleichen Informationen über amerikanische Industriemogule nachlesen konnte, wie Debretts sie schon seit so langem für den britischen Hochadel zusammentrug.

Wer suchet, der findet. Catriona kutschierte ungefähr eine Stunde lang durch schmutzige Industriegebiete, hübsche Vororte und merkwürdige Provinznester, in denen sie handgeknüpfte Teppiche, bunte Patchworkdecken oder antike Butterfässer hätte erstehen können, wenn ihr der Sinn danach gestanden hätte.

Doch dann fand sie genau das, wonach sie die ganze Zeit gesucht hatte.

Für Menschen, die Bücher lieben, sind Bibliotheken stets ein Genuß. Catriona hatte außerdem noch eine besondere Schwäche für die typischen Neuenglandhäuser aus rotem Backstein und grauem Granit, die schon seit hundert Jahren im Dienste des Lesers ihre literarische Aura verströmten. Diese Bibliothek war ein wahres Schmuckstück. Die dicke Eichentür wurde von zwei großen verzierten Granitschalen mit leuchtend roten Geranien und wildem Wein flankiert. Der wilde Wein sah aus, als habe er schon den ganzen Sommer versucht, die Schale zu dominieren. Doch anscheinend gab es jemanden aus der Bibliothek, der dies bisher erfolgreich verhindert hatte, so daß die Kletterpflanze ihren Willen erst bekommen würde, wenn der unbarmherzige Frost auch der letzten Geranie den Garaus gemacht hatte.

Anscheinend wurde die Bücherei gut geführt, dachte Catriona. Genau der richtige Ort, um eine relativ aktuelle Ausgabe der Werke zu finden, für die sie sich interessierte. Sie stellte ihren Wagen auf dem Parkplatz hinter dem Gebäude ab, griff nach ihrer Handtasche und der Zeitung mit dem Artikel über Forster Feldstermeier und betrat das Gebäude.

Sie hatte sich nicht getäuscht. Alles sah genau so aus, wie sie es sich vorgestellt hatte, fühlte sich richtig an und roch genau richtig. Catriona ging schnurstracks zu den Nachschlagewerken, ohne daß man ihr sagen mußte, wo sie standen. Ihre instinktive Verbundenheit mit Büchern und Bibliothekarinnen machte dies überflüssig. Sie fand das gesuchte Buch, setzte sich damit an den nächstbesten Tisch und begann ihre Recherchen. Innerhalb kürzester Zeit war sie über die Familie Feldstermeier bestens informiert. Sie wußte, wer die Vorfahren waren, woher sie stammten, wo sie sich niedergelassen hatten, und kannte alle pedantisch zusammengetragenen Details, mit denen pflichtbewußte Wissenschaftler ihre Nachschlagewerke so gern überfrachten.

James, elf Jahre jünger als sein jüngster Bruder und höchstwahrscheinlich ein unerwarteter Spätankömmling, hatte entweder vergessen oder vergeblich versucht, sich fortzupflanzen, denn über ihn gab es so gut wie keine Information. Erwartungsgemäß wurde vor allem über Forster Feldstermeier geschrieben. Die Rangordnung unter den Brüdern hatte von Anfang an festgestanden. Vater und Großvater waren eiserne Verfechter des

Erstgeburtsrechts gewesen, und Forster hatte sein Recht, von diesem Familienprivileg Gebrauch zu machen, nie in Frage gestellt. Seine Brüder anscheinend ebenfalls nicht. Franklin und George waren von dem Tag an, als ihr Vater ihrem ältesten Bruder die Fackel übergeben hatten, Forsters treue Berater gewesen, glücklich und zufrieden, dem Bruder dienen zu dürfen, der aufgrund von Geburt und Begabung am besten geeignet war, die Familienfackel nicht erlöschen zu lassen.

Selbst wenn nur ein Bruchteil der Informationen stimmte, mußte Forster Feldstermeier das perfekte Vorbild gewesen sein. Durch seinen Scharfsinn, seinen Mut und seine enorme Zielstrebigkeit hatte er den bescheidenen kleinen Molkereibetrieb der Familie in ein international renommiertes, erstklassiges Großunternehmen verwandelt. Forster schien instinktiv gewußt zu haben, wann es vernünftiger war, sich zurückzuhalten, und wann er bedenkenlos vorpreschen konnte. Er war haarsträubende Risiken eingegangen und siegreich daraus hervorgegangen und schien dennoch niemals in seinem Leben auch nur einen einzigen Kunden oder Konkurrenten übers Ohr gehauen zu haben. Außerdem hatte er niemals sein Wort gebrochen oder auch nur ein Wort gesagt, das nicht ernst gemeint war.

Forster Feldstermeier hatte seine Angestellten, auch wenn es noch so aufwendig gewesen war, genauso fair behandelt wie seine Kunden. Er war sich zwar immer bewußt gewesen, wer er war, doch er vergaß nie, was er seinen Untergebenen schuldete. Er wußte zu würdigen, daß sie Tag für Tag auf seinen Weiden, in seinen Molkereibetrieben und in den großen Fabriken arbeiteten und eine erstaunliche Vielzahl von Milchprodukten herstellten, die überall im In- und Ausland verkauft wurden, und ihm war bewußt, daß all diese Menschen von ihm abhängig waren. Er hatte schon früh die Weisheit besessen, seinen Angestellten Einrichtungen wie gut geführte Cafeterias zur Verfügung zu stellen, Krankengeld zu zahlen und betriebseigene Kindertagesstätten für ihre Kleinkinder ins Leben zu rufen.

Zu Weihnachten sorgte Forster dafür, daß jeder unter seiner Führung eine hübsche Karte bekam, die er höchstpersönlich unterschrieb, dazu einen Scheck mit Extrageld für zwei Wochen und ein Früchtebrot in einer Blechdose, die zur Erinnerung an die Quelle all dieser Vergünstigungen mit der attraktiven Abbildung einer zufriedenen Kuh verziert war. Was die Feldstermeier-Kühe von ihm erhielten, wurde nicht erwähnt. Wahrscheinlich waren sie glückliche Kühe, und zweifellos ging es ihnen besser als den meisten anderen Rindviechern.

Doch auch Erfolg und Reichtum schützten den Milchmagnaten nicht vor Schicksalsschlägen. Zu Forster Feldstermeiers großem Schmerz überlebte er, der Älteste, die beiden Brüder, die ihn so tatkräftig unterstützt und ihm während ihres leider allzu kurzen Lebens unermüdlich zur Seite gestanden hatten. Franklin erlag an seinem siebzigsten Geburtstag einem schweren Herzinfarkt. George, ein leidenschaftlicher Bergsteiger, war in der Schweiz bei einem Besuch der dortigen Tochtergesellschaft auf tragische Weise ums Leben gekommen. Bei dem Versuch, das Angenehme mit dem Nützlichen zu verbinden, war er anscheinend bei einer Bergwanderung tödlich verunglückt, als er einen unbedachten Schritt nach hinten tat, um die herrliche Aussicht besser genießen zu können.

Es wurde nicht erwähnt, von welcher Alp er gefallen war. Noch vager waren die Informationen zu James, dem jüngsten und blassesten der vier Geschwister. Nirgendwo stand, ob er seinen Brüdern in die Ewigkeit vorangegangen oder gefolgt war oder noch lebte. War es möglich, daß Professor Jim Feldster, der seit so vielen Jahren auf dem ausgetretenen Pfad zwischen den Kuhställen des Balaclava Agricultural College und seinen unzähligen Logentreffen wandelte, der mysteriöse James Feldstermeier war, dem jetzt das gesamte Familienvermögen zugefallen war?

Catriona wußte nicht, was sie denken sollte. Das Ganze kam ihr total lächerlich vor, doch so war es schließlich mit den meisten Dingen. Wenigstens war es bei den zahlreichen Nachkommen sicher nicht schwierig, einen geeigneten Kronprinzen zu finden, der die Stelle des Verblichenen einnehmen konnte. Sie verstaute den Zeitungsartikel und die Notizen, die sie sich gemacht hatte, sorgfältig in ihrer geräumigen Handtasche, auch wenn sie den Grund selbst nicht wußte, stellte das Buch zurück an seinen Platz im Regal und wandte sich mit einer Frage an die zuständige Bibliothekarin. »Kann man hier irgendwo ein halbwegs anständiges Sandwich bekommen?«

Die Bibliothekarin half ihr gern weiter. »Um die Ecke im Shoemaker's Last oder im Singing Shrimp. Kann es sein, daß ich Sie schon irgendwo gesehen habe? Waren Sie vielleicht zufällig mal beim Jahrestreffen der Amerikanischen Bibliotheksgesellschaft – mein Gott, das ist doch nicht möglich! Sagen Sie bloß, Sie sind Catriona McBogle!«

»Wenn es Ihnen lieber ist, streite ich es ab«, erwiderte Catriona bescheiden. »Wahrscheinlich haben wir uns dort tatsächlich gesehen, aber Sie wissen ja, wie so etwas ist. Bei diesen Veranstaltungen trifft man immer so viele Bibliothekare und Autoren, daß man sich unmöglich alle Gesichter merken kann, selbst wenn die Leute Namensschildchen tragen.«

»Ich weiß, Miss McBogle, es war eine richtige Massenveranstaltung. Aber Sie haben damals mehrere Bücher für mich signiert. Eins für mich, eins für den Geburtstag meiner Mutter, eins für die Bibliothek und eins für meinen Vetter Fred. Er verschlingt alles, was Sie schreiben, und liegt mir ständig damit in den Ohren, ich soll ihm mehr bringen. Und jetzt sind Sie tatsächlich hier in unserer unbedeutenden kleinen Bücherei! Haben Sie gefunden, wonach Sie gesucht haben?«

»Ja, habe ich, vielen Dank. Die Abteilung mit den Nachschlagewerken ist übrigens ausgezeichnet. Ich wollte eigentlich nur ein paar guten Freunden einen Gefallen tun.«

»Wohnen Ihre Freunde hier in der Nähe? Möglicherweise kenne ich sie ja zufällig?«

Catriona lachte. »Die Frage kann ich leider nicht beantworten. Ich habe mich nämlich total verfahren und weiß seit zwei Stunden nicht mehr, wo ich bin.«

»Das ist ja schrecklich!«

Die Frau klang, als sei die Bibliothek für Catrionas kleines Mißgeschick verantwortlich. Catriona beeilte sich, sie von jeglicher Schuld freizusprechen. »Machen Sie sich keine Sorgen, ich verfahre mich ausgesprochen gern. Ich treffe dabei immer so nette Leute. Würden Sie mir eher den Shoemaker oder den Shrimp empfehlen?«

»Ich weiß wirklich nicht, was ich sagen soll, Miss McBogle. Ich kann vor lauter Aufregung gar nicht mehr richtig denken. Ich persönlich mag den Shrimp lieber. Es sieht dort ein bißchen so aus wie in einem englischen Tearoom. Zu den Spezialitäten gehören Shrimpsbrötchen und Shrimps mit Sahnesauce auf Toast. Der Shoemaker ist eher auf Sandwiches mit Hackfleisch oder Roastbeef spezialisiert. Das Essen ist in beiden nicht schlecht. Im Shoemaker's Last habe ich wegen des Namens nur immer die Assoziation, daß ich Schuhsohlen bekomme, wenn ich ein Stück Fleisch bestelle.«

»Kann ich gut verstehen«, meinte Catriona mitfühlend. »Hätten Sie Lust, im Shrimp einen Happen mit mir zu essen?«

Catriona war Fremden gegenüber normalerweise nicht so aufgeschlossen, doch bei Bibliothekarinnen fühlte sie sich immer sofort wie zu Hause, ganz gleich wie alt sie waren oder wie sie aussahen. Bisher hatte sie noch nie eine getroffen, die unfreundlich oder schlecht informiert gewesen wäre. »Gibt es jemanden, der Sie hier ein Stündchen lang vertreten könnte?«

»Doch, das ließe sich machen. Wir sind zu fünft, aber die anderen bringen mich um, wenn sie erfahren, daß ich ganz allein mit Ihnen losgezogen bin.«

»Was halten Sie denn davon, wenn ich schnell ein paar Sandwiches hole und wir alle gemeinsam ein kleines Picknick hier im Büro veranstalten? Momentan scheinen nicht viele Leute hier zu sein, die Bücher ausleihen wollen.«

»Nein, die kommen immer schubweise um halb drei, wenn wir uns am liebsten wegschleichen würden, um eine Tasse Tee zu trinken. Wissen Sie was? Ich hole die Sandwiches. Was hätten Sie denn gern?«

Catriona war klug genug, das Angebot der Bibliothekarin anzunehmen, und zierte sich nicht lange. »Sandwich mit Shrimps klingt gut. Am liebsten wäre mir Graubrot mit Salat und einem kleinen Klacks Majonnaise. Und eine Tasse Tee, aber nur, wenn Sie sowieso welchen machen.«

»Mit Milch oder Zitrone?«

»Schwarz, aber nicht zu stark. Wie heißen Sie eigentlich?«

»Belinda Beaker. Ist das nicht ein scheußlicher Name?«

»Ganz und gar nicht. Ich finde ihn sogar ausgesprochen nett. Vielleicht klaue ich ihn mir irgendwann mal.«

Inzwischen tauchten an den Türen neugierige Gesichter auf. Catriona wußte, was man von ihr erwartete. Nachdem Belinda Beaker sie mit den anderen bekannt gemacht hatte, ging man gemeinsam in das Büro, während der jüngste und agilste Mitarbeiter loslief, um die Sandwiches zu holen.

Catriona nahm bereitwillig auf dem Stuhl Platz, den man ihr höflich anbot. Sie signierte ein Exemplar ihres neuen Romans »Die Leiche im Kohlenkeller« für eine pensionierte Mitarbeiterin, die im Rollstuhl saß und Catriona McBogles Geschichten bei weitem therapeutischer fand als alles, was ihr die Ärzte verschrieben.

Als die Shrimps schließlich kamen, kochte das Teewasser schon. Die Sandwiches schmeckten hervorragend, und der Tee hatte genau die richtige Stärke. Die Bibliotheksleiterin belud einen Pappteller mit Schokoladenplätzchen, die sie für ihren Bridgeclub gebacken hatte, bevor ihr eingefallen war, daß sämtliche Damen gerade eine Diät machten. Sie hatte daher das Gebäck kurzentschlossen mit in die Bibliothek gebracht, um ihre Kollegen und Kolleginnen, die zum Zunehmen keine Zeit hatten, damit zu erfreuen.

Einer Frau von Catriona McBogles Größe und Bauart konnten ein paar Extrapfunde egal sein. Sie aß genüßlich ein paar Plätzchen und ließ sich bereitwillig überreden, die übrigen als Wegzehrung mitzunehmen. Der kleine Zwischenstopp hatte ihr gut gefallen, und ihre Gastgeber baten sie, möglichst bald wiederzukommen. Anscheinend nahmen sie an, sie wüßte inzwischen, wo sie war. Catriona hatte immer noch keine Ahnung, wie sie fahren mußte. Sie wagte jedoch auch nicht zu fragen, weil sie vor diesen netten Leute nicht als eine komplette Idiotin dastehen wollte, die selbst mit einer genauen Wegbeschreibung nichts anfangen konnte. Immerhin war es erst kurz vor drei, so daß sie den Weg nach Norden noch finden konnte, ohne durch den Berufsverkehr aufgehalten zu werden. Vorausgesetzt, es gelang ihr herauszufinden, wo Norden war. Nachdem Helens und Peters hypothetische Sorgen beschwichtigt waren, hatte sie es ohnehin nicht mehr ganz so eilig, nach Hause an ihren Schreibtisch zu kommen.

In Sasquamahoc, Maine, hatte sich vor einiger Zeit im Haus des Präsidenten der dortigen Forstwirtschaftsschule eine Katastrophe ereignet. Der Präsident war eben jener Guthrie Fingal, der mit Peter in Collegetagen das Zimmer geteilt hatte und den seit einiger Zeit eine zusehends enger werdende Freundschaft mit Catriona verband. Er leitete das College für Forstwirtschaft, das nur einen Katzensprung von Catrionas malerischem alten Farmhaus entfernt lag. Die Heimsuchung des Präsidenten begann mit einem Rohrbruch, der zu einer Überflutung führte, die einen Kurzschluß auslöste. Dieser wiederum setzte die Holzbalken des Hauses in Brand, und da wegen des Rohrbruchs dummerweise kein Löschwasser zur Verfügung stand, war das

Chaos perfekt. Guthrie war daraufhin für die Dauer der akuten Krise zu Catriona gezogen.

Krisen können sich manchmal ziemlich lange hinziehen, besonders, wenn das Opfer es richtig anstellt. Catriona wußte immer noch nicht genau, was sie davon hielt, Guthrie als Dauergast bei sich zu beherbergen. Momentan war es recht angenehm zu wissen, daß er da war, um die Katzen zu füttern und die Post in Empfang zu nehmen. Ihrer Meinung nach hatte sie sich einen kleinen Erholungsurlaub redlich verdient. Sie hatte schon viel zu lange an ihrem Schreibtisch gehockt, kein Wunder, daß sie einen ausgewachsenen Hüttenkoller bekommen hatte. Als sie zur nächsten großen Kreuzung kam, ignorierte sie die auffälligen gelben Streifen, die ihr zeigten, wo die richtige Straße weiterging, und wählte in Erinnerung an Robert Frosts Gedicht von den beiden Wegen, die durch den Wald führen, spontan die weniger einladende Straße.

Sie hätte es besser nicht getan, wie ihr sehr bald bewußt wurde. Die Straße war schmal, kurvenreich, voller Schlaglöcher und wurde zusehends schlimmer. Catriona spielte schon mit dem Gedanken, zu wenden und wieder zurückzufahren, doch es gab so viele unberechenbare Senken und Steigungen, daß sie es nicht wagte. Es war unwahrscheinlich, aber immerhin möglich, ausgerechnet im entscheidenden Moment auf einen anderen Idioten zu treffen, der sie nicht rechtzeitig sah und ihr von vorn oder hinten in den Wagen krachte. Bisher hatte sie allerdings noch kein einziges menschliches Wesen gesehen, weder zu Pferd oder zu Fuß noch in einem der Schlaglöcher. Doch die Straße wurde sicher gelegentlich genutzt, und sie hatte keine Lust auf einen Unfall. Um sich ein wenig zu aufzumuntern, griff sie in die Plastiktüte, die ihr die Bibliothekarin mitgegeben hatte, und tröstete sich mit einem Schokoladenkeks.

Irgendwie kam ihr die Straße unheimlich vor, falls man dies von einer Straße überhaupt sagen konnte. Catriona hatte das mulmige Gefühl, daß die Dornenzweige jeden Moment aus dem Gestrüpp am Straßenrand herausschnellen könnten, um sie zu packen. Sie beschleunigte ihren kleinen Wagen noch ein wenig mehr und schaute immer häufiger nervös in den Rückspiegel. Zuerst sah sie nur Dornengestrüpp, wohin sie auch blickte, doch schließlich erreichte sie einen ziemlich eindrucksvollen Grat, der an beiden Seiten steil abfiel, und bemerkte unten in der

Tiefe etwas, das in dieser gottverlassenen Einöde völlig fehl am Platze schien. Es war eindeutig zu groß und viel zu elegant.

Catriona fuhr langsamer und trat mit aller Kraft auf die Bremse. Auf dem weichen Boden neben der Straße waren tiefe Reifenspuren zu sehen. Hier mußte sich die eindrucksvolle graue Limousine durch das Gestrüpp gepflügt haben, bevor sie kopfüber in die Tiefe gestürzt war. Soweit Catriona sehen konnte, war die Talfahrt von einem Haufen mächtiger Granitblöcke aufgehalten worden. Ein Felsblock war sogar noch größer als der Lincoln.

Der Wagen schien auf seiner Schnauze zu stehen. Catriona parkte am rechten Straßenrand, wo es nicht ganz so steil bergab ging, und überquerte die Straße, um auf der anderen Seite nach Fußspuren zu suchen. Es war nichts zu sehen. Doch wer ließ ein derart wertvolles Fahrzeug ohne triftigen Grund kopfüber in einem Steinbruch zurück?

Vielleicht war der Fahrer noch im Inneren seines Fahrzeuges eingeklemmt? Auch wenn es noch so unangenehm war, konnte kein Mensch bei dieser Vorstellung achselzuckend seiner Wege gehen, als wäre nichts geschehen. Catriona trug wie jeder vernünftige Bürger von Maine strapazierfähige Schuhe und eine Hose aus unverwüstlichem Lodenstoff. Sie knöpfte ihre dicke Strickjacke zu, verfluchte ihre puritanische Ethik, und kletterte den Abhang hinunter.

Kapitel 5

Bist du schon da, Helen?«

Die Eingangstür des kleinen roten Backsteinhauses auf dem Crescent überstand Peter Shandys temperamentvolle Behandlung auch diesmal unbeschadet. Helen Shandy erschien oben an der Treppe.

»Ja, Liebling, ich bin schon da. Allerdings auch erst seit fünf Minuten. Ich habe gerade den Anrufbeantworter abgehört. Catriona bedankt sich für den Besuch und sagt, wir sollten uns keine Sorgen machen. Weswegen sagt sie nicht. Für Cat ist das ziemlich untypisch, wenn du mich fragst.«

»Was hast du anderes erwartet, Schatz? Sie weiß doch, daß wir heute abend zum Empfang beim Präsidenten gehen. Wir haben es erwähnt, als sie hier war. Zumindest glaube ich, daß wir das haben. Hat sie sich nicht sogar darüber lustig gemacht und angekündigt, daß sie gar nicht erst versuchen wird, heute abend anzurufen, weil wir ohnehin bis in die Puppen zechen?«

»Wahrscheinlich hast du recht. Ich kann mich nicht mehr erinnern. Cat kennt Sieglinde Svenson inzwischen ziemlich gut. Sie weiß genau, daß an Zechen nicht zu denken ist, wenn die Gattin des Präsidenten die Zügel in der Hand hält. Warum willst du denn den schrecklichen alten Anzug anziehen? Ich dachte, du wolltest heute den schönen neuen tragen, den du vor zwei Monaten gekauft hast.«

»Den zu kaufen du mich überredet hast, meinst du wohl. Und was passiert, wenn ich ihn mit Fischsauce bekleckere?«

»Das glaubst du doch selbst nicht. Peter, ich weiß zwar, daß du alle neuen Kleidungsstücke immer erst ein paar Jahre im Kleiderschrank läßt, damit sie richtig abgehangen sind, bevor du sie trägst, aber der heutige Abend ist etwas ganz Besonderes.«

»Das sagst du immer. Wahrscheinlich soll ich mich nur in Schale schmeißen, weil du einen neuen Designertraum erstanden hast, den du der versammelten Mannschaft vorführen möchtest, und nicht willst, daß ich wie ein abgetakelter Landstreicher hinter dir hertrabe.«

»Wie kommst du bloß auf die Idee? Eigentlich wollte ich das nette alte blaue Spitzenkleid tragen, das ich bei unserer Hochzeit anhatte. Und dazu vielleicht die Perlen, die du mir zu diesem Anlaß geschenkt hast, um dich sanft daran zu erinnern, daß unser zehnter Hochzeitstag dräut.«

»Dann darf ich dich meinerseits sanft daran erinnern, mein Juwel, daß wir uns momentan im Monat September befinden. Wenn mich meine Erinnerung nicht täuscht, haben wir im April geheiratet.«

»Sehr richtig, Schatz. Ich dachte nur, es könnte nicht schaden, wenn ich möglichst früh anfange, dich daran zu erinnern.« Helen sprach weiter, während sie ins Badezimmer ging. »Ich wünschte nur, Cat hätte eine etwas weniger lakonische Nachricht hinterlassen.«

Peter folgte ihr auf dem Fuße und entledigte sich dabei seiner Kleidungsstücke. »Warum machst du dir Sorgen? Cat ist eine erwachsene Frau, falls dir das noch nicht aufgefallen sein sollte.«

»Es ist mir tatsächlich aufgefallen. Ich weiß auch nicht, warum sie mir nicht aus dem Kopf geht. Ich habe einfach ein ungutes Gefühl, das ist alles.«

»Bei einer McBogle ist alles möglich. Was diese Frau wirklich braucht, ist ein Auto, das nicht an chronischen Hicksern und Reifenkrankheiten leidet«, brummte Peter. »Muß ich den Anzug wirklich anziehen?«

»Ja, das mußt du, Liebling. Was hältst du übrigens davon, den Kongregationalisten einen deiner älteren und engeren Anzüge für das Herbstfest zu spenden? Ich glaube, sie wollen einen Basar veranstalten und mit dem Erlös ein neues Kirchendach bezahlen.«

»Ich hatte bisher immer den Eindruck, die Kirche hätte bereits ein Dach. Aber vielleicht sollten wir einen Wohltätigkeitsbasar veranstalten, um mit dem Geld ein neues Dach für Catrionas Wagen zu kaufen. Hättest du Lust, ein kleines Schlückchen Whiskey mit mir zu trinken, um dich für die bevorstehenden Festivitäten zu wappnen?«

»Das Dach von Cats Auto ist das einzige an der alten Rostlaube, das noch einigermaßen in Ordnung ist. Und was deine zweite Frage betrifft, muß ich leider dankend ablehnen. Ich habe nicht vor, die Gäste mit einer wehenden Alkoholfahne zu begrüßen. Das Kirchendach leckt übrigens wie ein Schweizer Käse, wenn ich mir die Bemerkung erlauben darf.«

»Schweizer Käse lecken nicht, Liebste.«

»Möglicherweise doch, wenn man versucht, sein Dach damit zu decken«, erklärte Helen. »Was bedauerlicherweise niemand tut. Die Kirchenmäuse würden sich über Käseschindeln sicher tierisch freuen. Edna Mae Ottermole organisiert das Herbstfest und hat mich gebeten, ihr tatkräftig beizustehen. Sie hat sogar Flugblätter drucken lassen, die Fred im Fahrradkorb mitnehmen und unterwegs verteilen soll.«

Peter schüttelte den Kopf. »Das sollte er lieber unterlassen, wenn ihm etwas an seinem Sheriffstern liegt. Als Angestellter der Stadt darf er sich nicht für die Interessen einer bestimmten Gruppe einsetzen. Er könnte damit eine wahre Revolution auslösen. Die Baptisten und die Methodisten werden ihm todsicher sofort aufs Käsedach steigen, ganz zu schweigen von den Swedenborgianern und den Monophysiten.«

»Ich glaube nicht, daß wir dazu genug Monophysiten hier in der Stadt haben«, widersprach Helen.

»Dann sollten wir vielleicht noch ein paar herholen. Wie kommst du eigentlich auf die Monophysiten?«

»Du hast sie zuerst erwähnt, Liebling. Keine Ahnung, warum sie dir eingefallen sind. Aber ich muß zugeben, daß es ein ungewöhnliches Wort ist, das man normalerweise in Gesprächen selten benutzt. Machst du mir bitte den Reißverschluß zu?«

»Darf ich ihn nach dem Ball auch wieder aufmachen?«

»Ich werde darüber nachdenken und dir rechtzeitig Bescheid sagen. Meinst du, Mirelle erscheint auch auf dem Empfang?«

»Um Fragen über ihren abtrünnigen Gatten zu beantworten?« Peter knöpfte sein makellos weißes Hemd zu und warf einen besorgten Blick auf die Krawattenstange. »Was meinst du? Die graue paßt doch eigentlich ganz gut zu dem Anzug, oder?«

»Wenn Harry Goulson dich so sieht, bietet er dir glatt eine Nebentätigkeit als Sargträger an.«

Wie fast jedem in Balaclava Junction, dachte Helen amüsiert. Sie hatte eine Schwäche für ihren jovialen Nachbarn, der nicht mochte, wenn man ihn als »Bestattungsunternehmer« bezeichnete, weil es ihm zu geschäftsmäßig und städtisch klang. »Leichenbestatter« gefiel ihm verständlicherweise noch weniger. »Bestatter« dagegen war schon für Harry Goulsons Vater und dessen Vater gut genug gewesen. Es war kurz und knapp und gab den Leuten das Gefühl, daß es sich um jemanden handelte, der pflichtbewußt war, dem man vertrauen konnte und der dafür Sorge trug, daß die sterbliche Hülle des Verblichenen zur letzten Ruhe gebettet wurde, während die unsterbliche Seele bereits unterwegs zu ihrem endgültigen Bestimmungsort war, wo immer dies auch sein mochte. Harry Goulson maßte sich nicht an, der Entscheidung des Engels an den Pforten des Paradieses vorzugreifen.

Die Goulsons hatte man selbstverständlich genau wie alle anderen prominenten Bürger der Stadt zu Svensons Empfang eingeladen. Ob Harry tatsächlich erschien, war eine Frage der höheren Gewalt. Es konnte durchaus sein, daß er noch in letzter Minute in ein Trauerhaus gerufen wurde. Seine Gattin Arabella dagegen kam auf jeden Fall, da sie für die Rubrik »Notizen aus der Provinz« des *All-woechentlichen Gemeinde- und Sprengel-Anzeygers für Balaclava* verantwortlich war. Dank einer besonderen Verfügung der Veranstalterin Sieglinde Svenson gehörte Helen Marsh Shandy zu den auserwählten Damen, die sich gemeinsam mit der Dame des Hauses um die Gäste kümmern durften, daher beschäftigte sie sich auch so intensiv mit dem Halsschmuck ihres Gatten.

»Hier, Liebling, nimm doch die hübsche dunkelrote Krawatte mit dem graugrünen Paisleymuster. Wenn ich dazu mein grünes Chiffonkleid trage, können wir im Partnerlook auftreten.« Helen war bereits dabei, das zarte Gewebe von seiner schützenden Hülle zu befreien. »Wir sollten einen Zahn zulegen. Sieglinde möchte, daß die Damen ihrer Wahl fünfzehn Minuten früher als alle anderen in vollem Ornat eintreffen. Man kann schließlich nie wissen. Grace Porble weiht übrigens heute ihr neues apricotfarbenes Satinkleid ein.«

»Ach nein.« Peter überlegte immer noch, ob er die hübsche Krawatte nun tragen sollte oder nicht, und betrachtete sie, als sei sie ein bizarres Objekt aus einer anderen Welt. »Und was gedenkt Phil Porble zu tragen?«

»Ein herablassendes Lächeln, nehme ich an«, meinte Helen. »Was ist denn los mit dir, Jane? Sag bloß, du hast dein Abendessen schon verputzt! Oder habe ich etwa vergessen, dich zu füttern? Noch einen Moment Geduld, mein armes kleines Hascherl, dann bekommst du was ganz Feines von Mami. Nun beeil dich doch ein bißchen mit der Krawatte, Peter. Und vergiß nicht, die guten schwarzen Schuhe anzuziehen.«

»Welche Schuhe trägt Phil denn? Warum habe ich bloß nicht daran gedacht, ihn zu fragen?«

»Meine Güte! Was seid ihr Männer doch umständlich! Ist mein Reißverschluß zu?«

»Bis zum Anschlag. Du siehst übrigens umwerfend aus. Geh lieber schnell die Katze füttern, bevor ich mich vergesse.«

»Komm mit, Jane. Männer sind Monster. Falls du mich suchst: Ich bin unten und schrubbe die Küche.«

»Das lobe ich mir. Arrivederci.«

Genau sieben Minuten später waren sie bereit, sich in die Feierlichkeiten zu stürzen. Jane war gestreichelt und gefüttert, Helen hatte ihr ein Schüsselchen mit Hühnchen hingestellt, Peter war makellos gewandet und krawattiert, und Helen sah bildschön aus in dem grünen Chiffonkleid mit der hübschen handgewebten Stola, die sie im Sommer in einem kleinen Laden in Maine gekauft hatte.

Auch diesmal unterschied sich der Empfang beim Präsidenten nicht wesentlich von den Empfängen der vergangenen Jahre. Das alte Farmhaus auf der Hügelspitze hinter dem College, das aus diversen Gründen Walhalla genannt wurde, befand sich dank der kundigen Herrschaft Sieglinde Svensons in Topzustand. Heute waren die geräumigen Wohnzimmer im vorderen und hinteren Bereich des Hauses mit atemberaubend schönen Blumenarrangements aus Spätblühern und dekorativem Blattwerk geschmückt. Die Damen waren elegant, und der Alkoholgehalt der Bowle war gerade richtig, um die Gäste leicht anzuheitern, aber nicht zu berauschen. Das Essen war von Mrs. Mouzouka, der Leiterin des Fachbereichs Hauswirtschaft, und ihren Studenten und Studentinnen zubereitet worden und schmeckte einfach köstlich. Absolutes Highlight war natürlich das wunderbare Smörgasbord, das Mrs. Svenson höchstpersönlich zubereitet hatte, unterstützt von denjenigen ihrer sieben schönen Töchter, die das elterliche Nest noch nicht verlassen hatten.

Über Mangel an Gesprächsstoff konnte sich keiner beklagen, auch wenn an diesem Abend ein Thema besonders im Mittelpunkt stand. Niemand hatte auch nur die geringste Idee, wo der verschwundene Experte für Milchwirtschaft abgeblieben war, doch jeder hatte seine eigene Theorie. Im übrigen wurde von sämtlichen Anwesenden registriert, daß Mirelle Feldster sich nicht unter den Gästen befand. Einige waren ehrlich genug, aus ihrer Erleichterung darüber keinen Hehl zu machen. Andere, die Jim Feldsters scharfzüngige Gattin weniger intensiv verabscheuten, tauschten schuldbewußte Blicke aus und fragten sich, ob man nicht vielleicht mit etwas Gebäck oder einer Topfpflanze bei ihr vorbeischauen oder sie wenigstens kurz anrufen sollte.

Unter der geladenen Elite befanden sich auch Dr. Melchett, der ohne seine schwarze Arzttasche irgendwie nackt wirkte, und seine Gattin Coralee, die sich im Gegensatz zu ihrem Gemahl so sehr in Schale geworfen hatte, daß es für beide reichte. Sie trug ein Gewand, das bisher noch nie jemand an ihr gesehen hatte und wahrscheinlich auch nie wieder sehen würde, da es höchstwahrscheinlich schon am nächsten Tag zurück ins väterliche Hauptgeschäft in Hoddersville wanderte. Normalerweise zog sich Coralee bei gesellschaftlichen Anlässen mit ihrer Freundin Mirelle in irgendeine Ecke zurück und tratschte mit ihr über die Anwesenden. Doktor Melchett machte indes seine übliche Runde und bewies wieder einmal, wie gut er mit seinen Patienten umzugehen verstand, vor allem wenn sie jung, hübsch und weiblichen Geschlechts waren. Wenn Jim Feldster dagewesen wäre, hätte er sich bestimmt wie immer in eine möglichst weit von seiner Frau entfernte Ecke verzogen, sich seinem am Smörgasbord üppig beladenen Teller gewidmet und dabei ein wachsames Auge auf das warme Buffet geworfen. Doch an diesem Abend war alles anders.

In Walhalla galt das unumstößliche Gesetz, daß alles, was Sieglinde Svenson tat, wohlgetan war. Sie hatte sich bestimmt etwas dabei gedacht, als sie Helen Shandy und Grace Porble gebeten hatte, gemeinsam mit ihr die Gäste zu empfangen, wohlwissend, daß die Shandys und die Porbles die nächsten Nachbarn der Feldsters waren. Eigentlich hätten Helen und Grace als erste trostspendend an Mirelles Tür erscheinen müssen, wie es das Campusprotokoll vorsah. Doch nachdem Peter in der Nacht, in der Jim verschwunden war, derart aus der Rolle gefallen war, hatte Helen verständlicherweise von einem Höflichkeitsbesuch abgesehen. Sie wußte genau, daß Mirelle sich die Gelegenheit, sie nach allen Regeln der Kunst zu brüskieren, nicht entgehen lassen würde.

Da Grace Porble Helens engste Freundin unter den Gattinnen der Fakultätsmitglieder war, hätte Mirelle sie gnadenlos über denselben Kamm geschoren und ihr die gleiche Behandlung angedeihen lassen. Also war auch Grace nicht bei ihr vorstellig geworden. Natürlich wußte jeder auf dem Crescent von Mirelles peinlichem nächtlichen Auftritt, da sämtliche Anwohner an ihren Fenstern gehangen hatten, um sich nur ja kein Wort entgehen zu lassen. Danach hatten sie es ihren engsten Freunden und Freundinnen erzählt. Diese wiederum hatten es jedem aufgetischt, der es hören wollte, was bedeutete, daß inzwischen drei Fünftel der Bevölkerung von Balaclava County bestens Bescheid wußte.

Phil Porble war der einzige aus der Viererbande, der die Situation irgendwie amüsant fand. Er war es auch, der nach dem dritten Glas Bowle die Idee hatte, gemeinsam mit seiner Frau und den Shandys Mirelle Feldster einen Anstandsbesuch abzustatten, sobald Helen und Grace die ihnen zugewiesenen Pflichten erfüllt hatten. Man würde die Situation souverän meistern, indem man ihr ein Tablett mit Köstlichkeiten und eines von Graces herrlichen Blumenarrangements vom Buffet-Tisch überreichte. Sie konnten das Fest zwar nicht vor halb elf verlassen, doch Mirelle war bekanntermaßen eine Nachteule und blieb stets bis in die Puppen auf.

Höchstwahrscheinlich hatte sie den Abend einsam und allein vor dem Fernseher verbracht, einen alten Film gesehen, sich selbst bemitleidet und voll Bitterkeit an ihre fröhlich feiernden Nachbarn gedacht. Wie ihre Gefühle für Jim inzwischen aussahen, wagte sich niemand vorzustellen.

Das Fest neigte sich dem Ende zu, und die Musiker, die im Lauf des Abends die Gäste immer wieder mit dezenter Hintergrundmusik unterhalten hatten, rundeten ihr Programm mit einem ziemlich lauten »Good Night, Ladies« ab. Helen und Grace wählten die Gaben für Mirelle aus, reichten ihren Gatten das mit Köstlichkeiten beladene Tablett und ein Riesenblumenbouquet zum Tragen, verabschiedeten sich herzlich von den Svensons und fragten sich, ob und wie die vorübergehend gattenlose Mrs. Feldster sie wohl aufnehmen würde.

Jedenfalls hofften sie alle, daß Mirelles Gattenlosigkeit nur vorübergehend war, allen voran Peter Shandy. Irgendwann zwischen Hering und Nachtisch hatte Präsident Svenson ihn in eine Ecke gedrängt und in einer Tonlage mit ihm gesprochen, die als Flüstern gedacht gewesen war, aber mehr an das Knurren eines Grizzlys erinnerte, der gerade jemanden in Sonntagsstaat verspeiste.

»Wie, Shandy?«

Peter wußte sofort, was gemeint war, und beantwortete auch das knappe »wann« und »wo«, mit dem sich der Präsident nach Jim Feldsters Verbleib erkundigte, nach bestem Wissen und Gewissen. Bei »wieso« und »mit wem« mußte er allerdings passen, auch wenn der Präsident deutlich verlauten ließ, er wolle die verfluchte Antwort sofort haben und nicht erst, wenn die Abteilung für Nutztierzucht das Vieh von den Herbstweiden hole. Untätig herumzusitzen und darauf zu warten, daß sich die Kühe von selbst molken, sei Schwachsinn, und warum zum Henker habe Shandy sich noch keinen Schlachtplan zurechtgelegt? Überhaupt sei völlig unverständlich, warum er den Fall nicht schon längst gelöst habe. Peters Einwände, immerhin habe er bisher kaum Zeit zum Luftholen gehabt, ganz zu schweigen davon, daß das Semester gerade angefangen habe, ließ er nicht gelten. Jetzt sofort mußte gehandelt werden, Kreuzdonnerwetter und basta.

Peter blieb nichts anderes übrig als zuzustimmen. Zum einen war es unhöflich, dem Präsidenten beim Empfang im eigenen Haus zu widersprechen, zum anderen war Svenson doppelt so groß wie er. Außerdem mußte sich Peter stillschweigend eingestehen, daß er während der letzten Jahre diverse knifflige Fälle, die mit dem College zu tun gehabt hatten, erfolgreich gelöst hatte und Lust auf neue Herausforderungen verspürte. Noch bevor Dr. Svenson in die Rolle des Gastgebers zurückschlüpfte, überlegte Peter bereits, wie er seine beruflichen Pflichten vorübergehend auf den vielversprechenden Knapweed Calthorp abwälzen konnte. Der junge Dozent unterrichtete mittlerweile Botanik am College und wurde zunehmend routinierter. Solange man Knapweed erlaubte, sich ab und zu in die Büsche zu schlagen und sich seiner Lieblingspflanze, dem Gemeinen Labkraut, zu widmen, war er sicher gern bereit, Professor Shandys Seminare so lange zu übernehmen, bis sie Professor Feldster aufgetrieben hatten.

Calthrop war bei der Eröffnung des Empfangs kurz aufgetaucht, hatte sich jedoch recht bald wieder zurückgezogen und etwas von dringenden Recherchen für seine Doktorarbeit gemurmelt. Doch das machte nichts, Peter konnte Calthrop morgen früh immer noch die nötigen Instruktionen geben. Momentan lag ihm vor allem die Überbringung des Versöhnungsgeschenks am Herzen, denn Phil Porble hatte ihm tückischerweise die Verantwortung für den sicheren Transport von Walhalla zum Hause der Feldsters übertragen. Da Mirelle ihm verständlicherweise nicht freundlich gesonnen war, hoffte er inständig, sie würde ihn nicht mit Cremetörtchen bombardieren und seine elegante Paisley-Krawatte ruinieren.

Keiner der vier Abgesandten rechnete ernsthaft mit einem freundlichen Empfang, sie zweifelten sogar daran, daß Mirelle sie überhaupt empfangen würde. Auf dem Weg hügelabwärts machten sie zwar Witze über siedendes Öl und ähnlichen Mumpitz, doch es war ihnen dabei nicht sonderlich lustig zumute. Als sie sich dem Hause der Feldsters näherten, murmelte Phil Porble: »Laßt, die ihr eingeht, alle Hoffnung fahren.« Da seine Sicht durch den riesigen Blumenstrauß ziemlich eingeschränkt war, hatte er den flotten kleinen Cadillac Seville noch nicht bemerkt, der gegen alle Crescent-Regeln rücksichtslos vor dem Haus parkte und anderen Wagen den Weg versperrte.

»Wir kommen bestimmt ungelegen«, murmelte Grace Porble. Sie warf einen sehnsüchtigen Blick auf ihr eigenes Haus und versuchte, sich nicht anmerken zu lassen, daß sie am liebsten auf der Stelle dorthin geflüchtet wäre. Doch sie konnte die anderen unmöglich im Stich lassen, also raffte sie ihr wallendes apricotfarbenes Satinkleid zusammen und marschierte tapfer weiter. Helen versuchte indes verzweifelt, ihr grünes Chiffongewand, das sich im inzwischen aufgekommenen Wind wie ein Segel blähte, unter Kontrolle zu bekommen. Die beiden Gabenträger bildeten wie zwei mittelalterliche Gefolgsmänner die Nachhut.

Phil Porble verschwand von den Knien bis zu den Augäpfeln hinter der gigantischen floralen Kreation seiner Gattin. Peter bedauerte zutiefst, daß er kein ähnliches Tarngeschenk trug, beispielsweise einen Pfauenbraten, der mit dem aufgefächerten Schwanzgefieder des verblichenen Tieres geschmückt war. Doch für Pfauenbraten war es jetzt zu spät. Außerdem wurden in der

Geflügelabteilung des College keine Exoten gezüchtet, sondern nur Hühner, Puten, Enten und Gänse, und die hätten ihm in der momentanen Situation kaum genützt. Inzwischen stellte sich die Frage, wer von ihnen gleich an der feldsterschen Tür klingeln würde, und es sah ganz so aus, als bliebe die unangenehme Aufgabe entweder an Grace oder Helen hängen. Wie sich bei näherer Betrachtung herausstellte, hatte keiner von ihnen je Hand an den Klingelknopf gelegt, und das Bedürfnis, dies jetzt nachzuholen, hielt sich in Grenzen. Doch die Pflicht rief, und Helen beschloß, sich zu opfern. Sie hob die Hand, um ihre Absicht in die Tat umzusetzen, hielt jedoch inne.

Es war noch nicht sonderlich kalt, und Mirelle hatte die Fenster an der Frontseite des Hauses ein kleines Stück hochgeschoben. Die vier Abgesandten vor der Tür konnten daher mühelos hören, daß im Hause gesprochen wurde. Eine tiefe, gebieterische Männerstimme gab Mirelle den anscheinend abschließenden Rat, die Ohren steif zu halten und kühlen Kopf zu bewahren, bis sich die unerträgliche Lage wieder entspannt habe. Sie habe zwar schreckliche Angst ausstehen müssen, sich jedoch bisher wacker gehalten, und man erwarte von ihr, daß sie weiterhin durchhalten werde. Mirelle schien wie gebannt zuzuhören. Helen beschloß, lieber zu klingeln, bevor Mirelle einen Schwächeanfall bekam oder der Besucher, wer immer er auch sein mochte, beim Verlassen des Hauses die heimlichen Lauscher entdeckte.

Die Tür wurde sofort geöffnet. Mirelle trug ein langes lila Hauskleid aus Samt und eine Halskette aus Gold- und Silberplättchen, die bei jeder Bewegung leise klimperten. Phil Porble, der jeder Situation gewachsen war, trat über die Schwelle, überreichte der Dame des Hauses demonstrativ den riesigen Blumenstrauß und untermalte seinen Auftritt mit ein paar mitfühlenden Worten im Namen der Svensons. Peter präsentierte seiner Nachbarin das mit Leckereien beladene Tablett.

Mirelle wirkte auffallend nervös, erklärte sich überwältigt von der nachbarlichen Fürsorge und bedankte sich in den höchsten Tönen bei den abwesenden Svensons für die ihr erwiesene Großzügigkeit. Sie wollte die unerwarteten Gäste gerade mit ihrem Besucher bekanntmachen, doch das schien dem großgewachsenen blonden jungen Mann nicht zu passen. Er war ziemlich kräftig und erinnerte Peter sehr an Elver Butz, obwohl er einen Maßanzug und handgefertigte Schuhe trug und keinen Kautabak in der linken Wange hatte. Der große Unbekannte nutzte die Ankunft der Viererbande, um sich höflich, aber schnell aus dem Staub zu machen.

Kapitel 6

Catriona fand ihre Kletterpartie schwieriger als erwartet. Die tiefen Furchen, die der Wagen auf seinem Weg nach unten hinterlassen hatte, waren zwar hilfreich, dennoch kostete der Abstieg ziemlich viel Kraft. Inzwischen war sie so weit unten, daß sie die Wagenmarke erkennen konnte. Das Fahrzeug, dessen man sich auf so brutale Weise entledigt hatte, war tatsächlich ein Lincoln, und zwar eine ziemlich neue Limousine mit dunkel getönten Scheiben. Catriona drehte sich um, blickte auf den Abhang, den sie gerade heruntergeklettert war, und stellte erschrocken fest, wie steil und lang er war. Ein leichterer Wagen, etwa ihr eigener, wäre sicher nur noch ein Schrotthaufen, und falls sich ein Insasse darin befunden hätte, wäre dieser jetzt entweder erheblich verletzt oder tot. Den Lincoln konnte man nur noch mit schwerem Gerät aus den riesigen Felsblöcken heben. Stabile Fahrzeuge vertrugen anscheinend eine ganze Menge, jedenfalls wirkte der Lincoln erstaunlich unbeschädigt. Sogar die Fensterscheiben schienen noch intakt zu sein. Sie mußte einfach näher an den Wagen herangehen.

Die letzten paar Meter rutschte Catriona nur noch, verhedderte sich in Wurzeln, stolperte nach vorn und kam erst zum Stehen, als sie den Unglückswagen erreichte und sich auf dem Heck abstützen konnte. Jetzt konnte sie endlich einen Blick in das Innere des Fahrzeugs werfen. Die Rückbank war leer, doch auf dem Beifahrersitz war eine Gestalt zu erkennen. Es war ein Mann, der anscheinend leblos in seinen Sicherheitsgurten hing.

Wie entsetzlich. Die Beifahrertür konnte nicht von außen geöffnet werden, da sie durch einen Felsbrocken versperrt wurde, und die hintere Tür war abgeschlossen, wie Catriona feststellte. Sie arbeitete sich daher auf die linke Seite des Fahrzeugs vor und verfluchte die naiven Technokraten, deren geniale Ideen sich in tödliche Fallen für hilflose Passagiere verwandeln konnten. Sie suchte nach etwas, womit sie das Fenster einschlagen konnte, doch dann kam ihr die Idee, daß die Fahrertür vielleicht gar nicht verschlossen war.

Richtig geraten. Für Krimifans, ganz zu schweigen von den Verfassern ihrer Lektüre war der Fall damit sonnenklar. Die Tat war genau geplant und mit großer Sorgfalt ausgeführt worden. Wer immer den Wagen gefahren war, hatte ihn mit eingelegtem Gang und laufendem Motor weiterrollen lassen und sich durch einen kühnen Sprung in Sicherheit gebracht, bevor das Vorderrad den Abhang berührte. Das Gewicht des Wagens und die Schwerkraft hatten den Rest besorgt, der Lincoln war in die Tiefe gestürzt und mit voller Wucht unten aufgeschlagen. Höchstwahrscheinlich war der Benzintank so gut wie leer. Ein voller Tank hätte möglicherweise eine Explosion verursacht, die zu einem Waldbrand hätte führen können. Und dem Täter war sicher nicht daran gelegen, irgend jemanden auf die traurigen Überreste des teuren Fahrzeug und den toten Passagier aufmerksam zu machen.

Leider war die Fahrertür so verkeilt, daß sie sich keinen Zentimeter bewegen ließ. Doch das Fenster war ganz heruntergelassen. Der Fahrer war anscheinend kein Risiko eingegangen und hatte unbedingt verhindern wollen, daß er mit seinem Beifahrer, der immer noch bewegungslos auf dem Armaturenbrett lag, gemeinsam in der Schlucht endete. Catriona schlängelte sich durch das offene Fenster, den einzigen Zugang und wahrscheinlich auch einzigen Notausgang, ins Innere des Wagens, hievte sich über das Lenkrad, an den in sich zusammengefallenen Airbags vorbei, und machte sich darauf gefaßt, jeden Moment eine Leiche zu berühren.

Doch soweit Catriona feststellen konnte, war der Mann gar nicht tot. Es war zwar schrecklich, aber irgendwie erinnerte er sie an Forster Feldstermeier.

Konnte das sein? Der Mann war zwar nicht mehr jung, aber sicher weit unter Neunzig. Seine Hände und Wangen waren kühl, aber nicht starr und eisig. Der Ärmste befand sich in einer höchst ungemütlichen Lage, denn er hing in seinem Gurt über dem Sitz, und sein Kopf baumelte unmittelbar über dem Armaturenbrett. Unbequemer ging es wirklich nicht, aber warum hatte er den breiten Gurt, der ihn wie eine Fliege im Spinnennetz festhielt, nicht geöffnet und sich befreit?

Vermutlich war er dazu gar nicht imstande. Entweder er war zu erschöpft, stand unter Drogen oder hatte einen schweren Schock erlitten. Irgendwie mußte Catriona es allein schaffen. Sie zerrte an dem Gurtverschluß, als würden die nächsten Sekunden über Leben oder Tod des Mannes entscheiden. Was durchaus möglich war, Gott allein wußte, wie lange der arme Kerl schon hier hing. Sie versuchte, einen klaren Kopf zu bewahren, und schließlich gelang es ihr tatsächlich, das Gewicht des schlaffen Körpers mit ihrem eigenen Körper abzufangen und den Verschluß zu lösen. Aber was sollte sie jetzt tun? Lebte der Mann wirklich noch, oder hatte sie sich getäuscht? Sie versuchte zuerst, seinen Puls zu fühlen, fuhr dann mit der Hand unter seine Tweedjacke und betete, daß sein Herz noch schlagen möge.

Der Mann schepperte.

»Oh Gott!« Catriona riß erschrocken die Hand zurück. Hatte man dem armen Teufel etwa eine Bombe umgeschnallt?

Was für ein Quatsch. Es handelte sich bestimmt nicht um einen Terroranschlag, denn es wäre unsinnig, ein bombenbewehrtes Opfer hier abzuladen, wo es von niemandem gefunden wurde. Catriona biß die Zähne zusammen und versuchte erneut, irgendein Lebenszeichen festzustellen.

Der Mann stöhnte.

War es möglich, daß er in dieser unbequemen Lage einfach nur geschlafen hatte? Da sie sich nicht anders zu helfen wußte, versetzte sie ihm einen Klaps auf die linke Wange. Als er daraufhin ein leises Stöhnen von sich gab, schlug sie etwas fester zu.

»Nun wachen Sie schon auf. Sagen Sie doch endlich was!«

»Hand-pum-pe.«

»Was?«

»Hand-pum-pe.«

Zumindest hörte es sich an wie Handpumpe. Der Mann war heiser und sprach undeutlich, vielleicht hatte er sich die Stimmbänder wund geschrien, als er um Hilfe gerufen hatte. Außerdem hatte er bestimmt seit einer Ewigkeit nichts getrunken. Vielleicht war sein Mund so trocken, daß er nicht mehr sprechen konnte, genau wie der alte Seemann mit der ausgedörrten Kehle in der Ballade von Coleridge. Catriona schoß eine Zeile aus dem Gedicht durch den Kopf.

»Ich biß mir in den Arm, ich saugte das Blut, und schrie Ein Segel! Ein Segel!« Iih! Blieb nur zu hoffen, daß der Mann die Ballade nie gelesen hatte.

Er mußte unbedingt etwas trinken. Catriona fiel ein, daß sie noch fast eine ganze Thermosflasche mit Trinkwasser in ihrem Wagen hatte. Guthrie lag ihr ständig damit in den Ohren, daß man auf gar keinen Fall ohne lebensnotwendige Objekte wie Kompaß, Fahrtenmesser, Schaufel, Notflagge, Streichhölzer, Studentenfutter, eine Kerze in einer Blechdose, einem Beutel Billigkatzenstreu und einer Thermoskanne Wasser losfahren durfte. Schließlich konnte man nie wissen, ob man sich nicht irgendwann in einer Notlage befand und dringend etwas brauchte, das man dummerweise vergessen hatte, nur weil ein fürsorglicher Freund einen nicht erinnert hatte. Am besten kletterte sie schnell wieder hoch und holte das Wasser. Es sei denn, hier unten war irgendwo ein Fluß oder ein Bach. Aber ob man das Wasser überhaupt trinken konnte?

Konnte sie ihren Findelmann überhaupt allein lassen? Er war inzwischen in sich zusammengesackt, lag hilflos unten auf dem Boden und sah aus, als würde er jeden Moment wieder das Bewußtsein verlieren. Catriona packte ihn an den Schultern und schüttelte ihn. Schon wieder dieses unheimliche Scheppern. Sie riß beherzt seine Jacke auf und fand die Ursache des merkwürdigen Geräusches. Es war eine glänzende Messingkette mit Kupferanhängern, die aussahen wie winzige Feuerwehrhelme und altmodische Löscheimer aus Leder. Der große Anhänger in der Mitte sollte offenbar eine Handpumpe darstellen.

Der Mann, der sich selbst schlicht Jim Feldster nannte, hatte also gute Gründe gehabt, gestern abend nicht nach Hause zu kommen. Catriona hoffte, er würde noch einmal »Handpumpe« sagen, doch er gab keinen Ton von sich. Er schien statt dessen vergeblich zu versuchen, seine Arme und Beine wieder funktionstüchtig zu machen. Doch auch dazu war er anscheinend zu schwach. Catriona machte sich unterdessen an den Türen zu schaffen und versuchte erneut, wenigstens eine zu öffnen. Als es auch diesmal nicht klappte, schlängelte sie sich durch das Fenster auf der Fahrerseite nach draußen und streckte ihrem Patienten beide Hände entgegen, um ihn aus dem Auto zu ziehen. Leider stellte er sich dabei wenig geschickt an, doch schließlich hatte sie es geschafft und ihn befreit. Um ihm den Aufstieg zu erleichtern, suchte sie einen Stock, auf den er sich stützen konnte. Er hatte immer noch kein weiteres Wort von sich gegeben, folgte ihr jedoch langsam durch das Geröll, wobei sich seine langen Beine als vorteilhaft erwiesen, auch wenn er so geschwächt war, daß er nach ein paar Schritten immer wieder ausruhen mußte.

Als sie endlich oben ankamen, waren sie völlig erschöpft. Catriona hatte gerade noch genug Kraft, um die Wasserflasche aufzuschrauben, die Guthrie ihr für etwaige Notfälle aufgedrängt hatte. Sie gönnte sich selbst nur einen Pappbecher voll und reichte Feldster die Flasche. Er leerte sie in einem Zug. Catriona hielt es für keine gute Idee, ihm auch schon den Beutel mit Studentenfutter zu geben, doch der arme Mensch war bestimmt halb verhungert, daher hielt sie ihm die Tüte mit Schokoladenplätzchen hin. Ihr Schützling aß sämtliche Plätzchen und schüttete sich sogar die letzten Krümel aus dem Beutel in den Mund. Dann rollte er sich auf dem Rücksitz ihres Wagens zusammen, nachdem er es abgelehnt hatte, sich anzuschnallen, was Catriona irgendwie verstehen konnte, und schlief sofort ein.

Catriona überlegte, was sie als nächstes tun sollte. Sie mußte unbedingt ein Telefon finden und Helen und Peter mitteilen, daß sie Jim Feldster gefunden hatte, daß er noch lebte und sogar etwas gegessen hatte, doch wo gab es in dieser gottverlassenen Wildnis ein Telefon? Alles war einzig und allein die Schuld von Robert Frost und S. T. Coleridge. Wenn sie die andere Straße gewählt hätte, hätte sie jetzt nicht den Albatros am Hals.

Andererseits wäre Professor Feldster ohne sie vielleicht schon in ein paar Stunden tot gewesen. Genau wie C. G. Jung glaubte auch Catriona McBogle nicht an Zufälle. Selbst diese schreckliche Straße führte sicher irgendwo hin, tröstete sie sich.

Sie biß die Zähne zusammen und fuhr weiter. Jetzt tat es ihr leid, daß sie ihre Plätzchen so selbstlos verschenkt hatte, sich keine Landkarte gekauft hatte oder wenigstens an der Tankstelle nach dem richtigen Weg erkundigt hatte. Doch das war reines Wunschdenken. Sie hatte seit Ewigkeiten keine Tankstelle gesehen, und ein funktionstüchtiger Fernsprecher war auch nirgends in Sicht.

Außer Schlaglöchern und Bodenwellen schien es hier nichts zu geben. Catriona wagte nicht, den Wagen zu beschleunigen, denn die hereinbrechende Dämmerung machte die Straße noch heimtückischer. Sie konnte nur hoffen, daß der Mensch, der den grauen Lincoln so effektiv aus dem Verkehr gezogen hatte, nicht ausgerechnet jetzt auf die Idee kam, zurückzukehren und sich die traurigen Überreste genauer anzusehen.

Es war völlig dunkel und schon fast acht Uhr, als sie endlich an eine Kreuzung mit richtigen Schildern kam. Sie stieß einen tiefen Seufzer der Erleichterung aus. Die Schilder zeigten in verschiedene Richtungen, aber Catriona kannte keinen der Orte. Was nicht besagte, daß sie keine guten Reiseziele waren, denn der Ort des Schreckens, den sie vor kurzem verlassen hatten, war sicher kaum zu übertreffen. Catriona versuchte, ihren Fahrgast zu fragen, ob ihm einer der Namen bekannt vorkam, doch er gab nicht einmal ein Stöhnen von sich.

Aber das war auch nicht nötig. Sie hatte nämlich einen Laden mit Tankmöglichkeit und Imbißstube erspäht. Es gab sogar eine Telefonzelle, die ein zufriedener Kunde gerade mit einem Hot Dog in der Hand und einem Lächeln auf den Lippen verließ. Catriona hielt neben der Zapfsäule an, bat den jungen Menschen, der hier anscheinend die Alleinverantwortung für alles trug, vier Portionen auf den Grill zu werfen, ganz egal, was es auch war, begab sich zum Telefon und wählte die Nummer der Shandys, die sie glücklicherweise auswendig wußte.

»Hallo«, sagte sie, nachdem sie das nötige Kleingeld eingeworfen hatte. »Bist du das, Helen?«

Es war zwar Helens Stimme, doch Catriona fiel siedendheiß ein, daß der Körper ihrer besten Freundin natürlich an diesem Abend im Hause des Präsidenten weilte. Aber sie konnte schlecht bei der Auskunft anrufen und nach der Nummer von Walhalla fragen. Noch weniger konnte sie dem Anrufbeantworter der Shandys eine Geschichte erzählen, die sich anhörte, als habe sie eine Ladung Aquavit oder etwas ähnlich Wirksames aus einem Wikingertrinkhorn zu sich genommen.

Catriona verspürte das Bedürfnis, sich ordentlich auszuweinen, riß sich jedoch im letzten Moment zusammen. Schließlich nutzte es niemandem, wenn sie sich jetzt gehenließ. Leider konnte sie nicht verhindern, daß ihr ein kleiner Schluchzer entfuhr, als sie dem Anrufbeantworter mitteilte, sie werde es später noch einmal versuchen.

Sie beschloß, sich ihre Tränen und ihr Kleingeld aufzusparen, bis die Shandys wieder zu Hause waren. Da dies noch einige

Stunden dauern konnte, suchte sie sich besser möglichst bald eine Unterkunft für die Nacht. Aber zuerst mußte sie unbedingt etwas essen. Sie ging in den Laden, um nachzusehen, wie weit die Hamburger waren. Sie dufteten wie Manna, brauchten aber noch ein paar Minuten, und Catriona verspürte wenig Lust, in einer ihr unbekannten Gaststätte beziehungsweise Imbißstube halbrohes Fleisch zu verzehren, auch wenn die Theke relativ sauber aussah und die Kaffeemaschine vertrauenserweckend wirkte. Der Himmel allein wußte, wie lange das Getränk schon vor sich hinbrühte. Trotzdem nahm sie zwei Plastikbecher, ließ ihren eigenen Kaffee schwarz und goß in den zweiten soviel Sahne, daß es für zwei oder drei Portionen gereicht hätte.

Sie brachte ihrem Schützling den Sahnebecher nach draußen und kehrte in den Laden zurück, wo sie auf das Essen wartete und schlückchenweise ihren Kaffe schlürfte. Nebenbei erstand sie eine Zeitung, eine Landkarte, mehrere Flaschen Fruchtsaft und eine Handvoll Schokoriegel für etwaige Notfälle. Als dies erledigt war, bat sie die Person am Grill, von der sie immer noch nicht wußte, ob sie nun männlichen oder weiblichen Geschlechts war, ihr auf der gerade gekauften Landkarte zu zeigen, wo genau sie sich momentan befand. Der oder die Befragte überlegte eine Zeitlang, gab ihr die gewünschte Information und packte die Hamburger und Hotdogs in eine Pappschachtel.

»Oh, danke«, sagte Catriona. »Jetzt brauchen Sie mir nur noch zu sagen, ob es hier in der Gegend ein halbwegs nettes Motel gibt.«

»Klar doch, gibt es. Sehen Sie das Schild da vorn? Das mit dem Pfeil? Biegen Sie einfach an dem Pfeil links ab und fahren Sie immer weiter, bis Sie das Motel sehen. Das Licht brennt die ganze Nacht. Sie können es gar nicht verfehlen. Meine Mutter arbeitet halbe Tage da. Es ist wirklich ein nettes Motel. Sagen Sie einfach an der Rezeption, Fentriss habe Sie geschickt.«

»Vielen Dank, Fentriss. Soll ich für das Benzin extra bezahlen oder für alles zusammen?«

»Wie Sie mögen. Sie können auch mit Ihrer Kreditkarte bezahlen, wenn Sie wollen.«

Gar keine schlechte Idee. Es war sicher vernünftig, das wenige Bargeld, das sie noch bei sich hatte, zusammenzuhalten. Immerhin mußte sie auch noch das Motel bezahlen. Sie reichte Fentriss ihre Kreditkarte und überlegte, ob es wirklich so klug war, ihren richtigen Namen zu benutzen. Doch was sollte schon passieren? Im Moment zählte einzig und allein, daß der letzte Feldstermeier-Bruder noch lebte und schepperte.

Das Motel war genau da, wo Fentriss gesagt hatte. Es war zwar nicht gerade berauschend, doch für eine Nacht ließ es sich durchaus ertragen. Catriona bat um zwei nebeneinander liegende Zimmer und erklärte, das Hörgerät ihres Bruders sei kaputt, so daß sie sich nur noch durch Klopfzeichen an der Wand miteinander verständigen könnten. Die Dame an der Rezeption reagierte verständnisvoll, und Catriona brachte das Essen und ihren frisch adoptierten Bruder in das eine und ihre kleine Reisetasche mit dem Notwendigsten in das andere Zimmer.

Der Mann, bei dem sie sich jetzt ganz sicher war, daß es sich um den verlorenen Feldstermeier handelte, verschlang die Hamburger, Hot Dogs und Tunfischsandwiches mit einer Gier, die erst abflaute, als er alles verzehrt hatte, was sich nicht bewegte. Catriona gab sich mit einem Hamburger, einem halben Sandwich und einem Becher Kaffee zufrieden. Zu ihrer großen Verwunderung räumte ihr Schützling danach brav alles auf und verstaute die Reste fein säuberlich in der Transportbox, die er in den Abfalleimer warf. Daraufhin begab er sich zielstrebig ins Badezimmer.

Catriona hielt es für angebracht, den Mann jetzt allein zu lassen. Sie legte seinen Zimmerschlüssel auf den Waschtisch, nahm Zeitung, Landkarte, eine Flasche Apfelsaft und einen Schokoladenriegel für etwaige nächtliche Hungeranfälle an sich und trug alles nach nebenan, wo sich bereits ihr bescheidenes Gepäck befand.

Kurze Zeit später konnte sie durch die dünne Wand hören, daß die Dusche angestellt und nach einiger Zeit wieder abgestellt wurde. Kurze Zeit später ließ ein hörbares Quietschen darauf schließen, daß ihr Findling sich ins Bett gelegt hatte.

Als leises Schnarchen zu ihr herüberdrang, konnte Catriona davon ausgehen, daß alles in Ordnung war. Sie ging kurz nach draußen und überprüfte, ob er seine Tür abgeschlossen hatte. Er hatte abgeschlossen. Überhaupt schien er die ganze Zeit genau das Richtige zu tun, merkwürdig war nur, daß er nicht sprechen konnte oder wollte. Doch auch das würde sich zweifellos ändern und war sicher nur eine Frage der Zeit.

Kapitel 7

Ich hoffe, wir kommen nicht ungelegen«, sagte Helen, nachdem der Fahrer mit seinem Cadillac davongefahren war und Mirelle die unhandlichen Geschenke der Svensons verstaut hatte. »Du bist sicher völlig außer dir vor Sorge.«

»Es geht schon.«

Mirelle sprühte zwar nicht gerade vor Lebensfreude, aber es sah auch nicht so aus, als würde sie jeden Moment zusammenbrechen. Auf dem Empfang hatte jemand erzählt, Mirelle habe sofort Gladys im »Curl and Twirl Beauty Shop« angerufen und sich einen Termin geben lassen, als sich herausgestellt hatte, daß Jim tatsächlich verschwunden war. Daß sie ihren Termin wahrgenommen hatte, war nicht zu übersehen. Als sie damals in den sechziger Jahren als junge Ehefrau nebst College-Sweater und Aussteuer nach Balaclava Junction gekommen war, hatte sie noch rötlichblondes Haar gehabt. Inzwischen hatte ihr Haar eine Färbung angenommen, die man in der Jägersprache wohl als lohfarben bezeichnet hätte. Außerdem war es so oft gefärbt und dauergewellt worden, daß man ihre Kopfhaut sehen konnte.

Doch Mutter Natur hatte wie so oft für gerechten Ausgleich gesorgt. Oben war es etwas weniger geworden, dafür um die Hüften etwas mehr. Trotzdem konnte man Mirelle nicht als dick bezeichnen, denn sie hielt ihr Lebendgewicht gut in Schach, indem sie die gesamte Hausarbeit allein erledigte und sich brennend für ihre Mitmenschen interessierte. Das behaupteten jedenfalls Grace Porble und einige andere Damen. Genau wußte Helen es auch nicht, denn sie hatte während der ganzen Zeit als Nachbarin der Feldsters noch nie einen Fuß in deren Haus gesetzt.

Helen und Peter waren schon mehrfach von den Feldsters eingeladen worden. Mirelle veranstaltete nämlich einmal im Jahr eine Gartenparty und borgte sich zu diesem Anlaß Tische und Stühle aus der Fakultätsmensa. Nach dem Fest ließ sie eine Gruppe bedauernswerter Arbeiter aus der für Gebäude und Grundstücke zuständigen Abteilung kommen, die alles aufräumen und saubermachen mußten.

Als sie jetzt das Haus zum ersten Mal von innen sah, verstand Helen auch, warum einer vorbildlichen Hausfrau wie Mirelle die Vorstellung, unerwartete Gäste in ihr Heim zu lassen, ein Graus war. Der Flur war mit strahlend weißem Teppichboden ausgelegt, und Helen fragte sich, warum Mirelle noch keine Messingständer mit roten Plüschseilen aufgestellt hatte, um etwaige Besucher von den zerbrechlichen Objekten fernzuhalten, die überall herumstanden. Ein komplettes Service für zwölf Personen aus grüngoldenem Minton-Porzellan stand in einer hübschen offenen Vitrine, und ein eindrucksvolles Spode-Kaffeeservice zierte einen zerbrechlich wirkenden Beistelltisch. Wo man sich auch hinwandte, überall stand Porzellan: Figuren von Royal Doulton, Schwäne von Lenox, Porzellandöschen von Limoges, makellos saubere Schaustücke, erlesen, zerbrechlich und sündhaft teuer. Es war einfach grauenhaft.

Die Shandys und Porbles wagten sich kaum zu bewegen und blieben wie auf Kommando stehen. Mirelle zuckte mit keiner Wimper.

»Wollt ihr euch nicht setzen? Was darf ich euch zu trinken anbieten? Ihr braucht doch bestimmt was, um den Geschmack von der scheußlichen Bowle loszuwerden, die es dort immer gibt. Ich habe einen hervorragenden Moët & Chandon, falls ihr Lust auf Champagner habt. Ich hatte ihn eigentlich für Florian kaltgestellt, aber er war wieder so in Eile. Das ist er immer. Außerdem würde er nie im Leben etwas trinken und dann noch Auto fahren. Diese ganze Sippschaft ist schrecklich engstirnig, wenn es um das Einhalten von Regeln geht.« Sie zuckte mit den Achseln. »Was soll man machen? Diese Verwandten!«

Phil Porble interessierte sich brennend für alles, was möglicherweise etwas mit dem College selbst, den College-Gebäuden oder den Personen, die dort arbeiteten, zu tun hatte, ließ sich die Gelegenheit, Informationen aus anderen herauszukitzeln, nicht entgehen. »Meinen Sie damit Ihre eigenen Verwandten oder Jims?« erkundigte er sich.

»Jims, natürlich.«

»Das wundert mich aber sehr, Mirelle. Ich hatte immer den

Eindruck, daß Jim als Kind von einem älteren Ehepaar aufgenommen und großgezogen wurde. Soweit ich weiß, hatten die beiden einen Bauernhof und brauchten jemanden zum Kühemelken.«

»Jim wollte, daß man das glaubte, Phil. Mein Jimmy ist alles andere als der primitive Bauer, für den er sich immer ausgibt. Er ist ein richtiges Spielkind. Er ist nie erwachsen geworden und hat auch keine Lust dazu. Deshalb ist er ja auch in so vielen Logen. Habt ihr das ganze schwachsinnige Gefasel etwa geglaubt? Daß er am liebsten auf dem Melkschemel sitzt, neben sich eine süße kleine Kuh, die ihn verzückt anstiert? Daß er eine Dose Melkfett in der Overalltasche hat und mit dem Milchstrahl auf die Scheunenkatze zielt? Das ist doch nichts als ein Riesenhaufen Kuhmist! Wer außer mir möchte sonst noch Champagner?«

Helen schaute Peter an, Peter schaute Grace an, Grace war schon dabei, Phil anzusehen. Mirelle hatte an diesem Abend eindeutig schon mehrere Gläser geleert. Phil zog eine Augenbraue hoch, Grace zuckte mit den Achseln. »Nun, wenn ihr alle Champagner trinkt, will ich mich gern anschließen. Wie ist es mit dir, Helen?«

»Warum nicht? Wir müssen ja schließlich nicht mit dem Wagen nach Hause. Ich habe mich den ganzen Abend so intensiv um die Gäste gekümmert, daß ich nicht mal Gelegenheit hatte, die Bowle zu probieren. Dir ist es wahrscheinlich genauso ergangen, Grace.«

Grace nickte. Schließlich bekamen sie alle Champagner in hauchdünnen Glasflöten. Keiner zerbrach eine, vielleicht weil die Gläser so klein waren, daß kaum etwas hineinpaßte, vielleicht aber auch, weil Mirelle auf dem Weg aus der Küche die Flasche halb ausgetrunken hatte und der Rest für fünf Personen nicht genug war. Aber auch wenn sich fast nichts in ihren Gläsern befand, konnten die Gäste kaum so unhöflich sein und sofort gehen, nachdem sie ausgetrunken hatten. Phil Porble, der dafür bekannt war, Gespräche immer in Gang zu halten, versuchte weiter sein Glück.

»Was wir gerade über Jims Facettenreichtum erfahren haben, finde ich hochinteressant, Mirelle. Ich persönlich habe ihn immer für den Archetyp eines neuenglischen Farmers gehalten.«

»Da sind Sie nicht der einzige.« Mirelle goß den letzten Champagnerrest in ihre Flöte und leerte sie in einem Zug. »Ich verstehe diesen Mann schon seit Jahren nicht mehr. Manchmal frage ich mich, ob er total durchgeknallt ist, aber dann macht er wieder was Verrücktes und lacht sich innerlich kaputt, obwohl man ihm nicht das geringste anmerkt. Jim hat es faustdick hinter den Ohren. Manchmal macht er mir sogar richtig angst.«

»Wie meinst du das?« erkundigte sich Grace. »Du willst doch sicher nicht damit sagen, daß er dich – «

»Nein, natürlich nicht, aber manchmal habe ich den Eindruck, daß er gern würde.«

»Was gern würde?« Peter hatte inzwischen die Nase so gestrichen voll, daß er alle Höflichkeit vergaß.

»Das versuche ich ja gerade zu sagen. Ich weiß es selbst nicht. Es würde mich nicht im geringsten wundern, wenn sich herausstellt, daß er zum Flughafen gefahren ist und sich einen Flieger nach Brasilien gechartert hat. Wahrscheinlich hat er es nicht für nötig befunden, mir Bescheid zu sagen.«

»Oh, so etwas würde Jim bestimmt nie tun«, widersprach Helen. »Erstens wäre es außerordentlich teuer, ein Flugzeug nach Brasilien zu chartern. Oder sonstwohin, wenn man bedenkt, was man heute für ein Ticket hinblättern muß. Es sei denn, man ist mit einem Piloten verheiratet oder so etwas.«

»Das würde Jim nicht abhalten. Er könnte sich jederzeit ein Flugzeug kaufen und von hier zu den Fidji-Inseln fliegen. Er kann es sich leisten.«

Phil Porble konnte diese Bemerkung nicht unwidersprochen im Raum stehen lassen. »Wie kommen Sie denn darauf, Mirelle? Nein, Grace, du brauchst dein Gesicht gar nicht zu verziehen. Ich bin nicht neugierig, es interessiert mich nur. Wir wohnen seit Jahren neben Jim und wissen von ihm nur, daß er ein hervorragender Dozent ist und erstaunlich vielen Logen angehört. Und jetzt stellt sich plötzlich heraus, daß er alle möglichen Geheimnisse hat. Oder sollte ich besser sagen unerschöpfliche Mittel? Oder beides? Was sollen wir davon halten? Mirelle, Sie glauben doch nicht etwa, daß Jim sich einfach aus dem Staub machen würde, ohne auch nur mit einem Wort zu sagen, was er vorhat?«

Die Frage kam zu einem ungünstigen Zeitpunkt. Die halbe Flasche Champagner und alles, was sie vielleicht schon vor dem

Erscheinen ihres eindrucksvollen mysteriösen Besuchers genippt hatte, zeigte allmählich seine Wirkung. Mirelle gähnte wie ein Alligator, machte nicht einmal den Versuch, die Hand vor den Mund zu halten, und lallte, sobald sie zu sprechen versuchte. Es war eindeutig Zeit, sich zu verabschieden, doch ihre Gastgeberin schien keine Lust zu verspüren, schon Schluß zu machen.

»Jim sagt nie was, Phil. Er haut einfach ab, tut, was er will, und schert sich den Teufel um mich. Woher soll ich wissen, wo er ist? Mit mir spricht er bloß über Kühe, sonst nichts. Ich habe die Nase so gestrichen voll von den blöden Viechern, daß ich schon nervös werde, wenn ich sehe, wie einer von diesen verdammten Studenten seinen Hamburger ißt. Moment, ich hol schnell neuen Champagner.«

»Für uns nicht, vielen Dank.«

Die Porbles und Shandys sprachen gleichzeitig, obwohl sie dies gar nicht beabsichtigt hatten. Sie hatten alle vier dieselbe Entschuldigung: Sie mußten am nächsten Tag arbeiten.

»Dann eben nicht«, teilte Mirelle ihren unerwarteten Gästen mit und drapierte sich malerisch auf einer viktorianischen Chaiselongue mit Schnitzereien in Traubenform und rosenbesticktem Polster. Helen Shandy, die ihr gegenüber auf einem ähnlich gemusterten Sessel saß, konnte sich vorstellen, daß Mirelle als junges Mädchen ausgesprochen hübsch gewesen sein mußte. Wahrscheinlich war sie Cheerleader in der High School gewesen und Homecoming Queen irgendwo an einem kleinen College. Doch momentan wirkte sie alles andere als attraktiv. Das lila Gewand war an den Beinen hochgerutscht, ihre Lider waren auf Halbmast, und ihr Gesicht hatte einen dunkelroten Farbton angenommen. Wie schade, daß sie ihre einstige Schönheit für ein Zimmer mit kostbaren Staubfängern und zuviel Champagner geopfert hatte.

Es war Zeit zu gehen. Als Mirelle merkte, daß sich ihre Besucher zurückzogen, winkte sie ihnen lässig zu, ohne auch nur den Versuch zu machen, sich aufzusetzen und ihr Kleid glattzustreichen. Die Freunde gingen allein zur Tür, vermieden auf dem Weg tunlichst jeden Kontakt mit den teuren Nippsachen und achteten sorgfältig darauf, daß die Eingangstür auch zu war, nachdem sie das Haus verlassen hatten.

Wie alle Häuser auf dem Crescent besaß auch das Haus der Feldsters einen kleinen Vorgarten mit einem Backsteinweg, der von den Eingangsstufen zur Straße führte. Als die Shandys und Porbles das Grundstück verlassen hatten, blieben sie stehen, um sich kurz zu unterhalten, wie es unter Freunden üblich ist.

»Sie schläft bestimmt auf der Chaiselongue ein und ist morgen früh steif wie ein Brett«, meinte Grace besorgt. »Wir hätten sie nach oben in ihr Bett bringen sollen, Helen.«

»Da bin ich anderer Meinung, Grace. So betrunken ist sie gar nicht. Sie wird vielleicht ein bißchen schlafen, aber dann rappelt sie sich bestimmt wieder auf und zieht sich ihr Nachthemd an. Außerdem ist es ihr Haus, und sie kann darin tun und lassen, was sie will. Aber ihr Flur ist einfach unglaublich. Ich weiß zwar nicht, ob es bei euch genauso ist, aber ich war bis heute noch nie in diesem Haus. Ich habe ihr nur einmal einen Brief gebracht, den der Postbote versehentlich bei uns eingeworfen hatte. Und den hat sie an der Küchentür in Empfang genommen. Ich kann mich nicht mehr erinnern, ob sie mich damals hereingebeten hat. Ich war auf dem Weg zur Arbeit und ohnehin ein bißchen in Eile. Bestimmt hat sie deshalb überall erzählt, ich wäre arrogant.«

»Und seitdem weinen Sie sich Nacht für Nacht die Augen aus dem Kopf, stimmt's?« fragte Phil.

»Genau. Die Ärmste!« Helen lachte. »Sie ist bestimmt arm. Allein in dem einen Zimmer steht Porzellan im Wert von Tausenden von Dollars herum. Ich hatte eine Heidenangst, daß ich aus Versehen mit meinem Rock eins von ihren niedlichen kleinen Höckerchen umwerfe. Wie hält Jim es nur all die Jahre mit dem ganzen teuren Krimskrams aus, ohne durchzudrehen?«

»Wahrscheinlich bekommt er jedesmal eins aufs Haupt, wenn er auf den schönen weißen Teppich tritt«, spottete Peter. »Wenn das alles ist, was den armen Kerl zu Hause erwartet, kann ich gut verstehen, warum er sich immer aus dem Staub macht. Möglicherweise sind ihm die Figürchen einfach zuviel geworden. In so einer Situation bricht man entweder aus oder macht sich rar und wartet, daß die Frau ausbricht. Und versucht, dabei möglichst wenig Porzellan zu zerschlagen. Was sicher sehr in Mirelles Sinn ist, denn sie scheint ihre Sammlung zu lieben. Eigentlich können einem die beiden nur leidtun. Aber im Grunde geht uns ihr Leben nichts an. Sie können schließlich mit ihrem Geld tun und lassen, was sie wollen.«

»Sie haben sicher verdammt viel mehr Geld, als wir uns überhaupt vorstellen können«, meinte Phil. »Jim verdient beileibe nicht genug, um ihr den ganzen teuren Kram zu kaufen. Jammerschade, daß der Mensch mit dem teuren Cadillac nicht lange genug geblieben ist, um uns vorgestellt zu werden. Oder wir ihm, sollte ich wohl besser sagen. Mirelle brannte förmlich darauf, das war ihr deutlich anzusehen. Schade, daß sie nicht gesagt hat, ob er wirklich ein Verwandter oder vielleicht doch nur ein Versicherungsagent ist.«

»Wahrscheinlich finden wir das heraus, sobald Mirelle wieder nüchtern ist«, sagte seine Frau. »Ich habe ihn zuerst für einen von Jims Logenbrüdern gehalten, aber dazu war er zu gut angezogen.«

»Außerdem hat er nicht gescheppert.« Helen konnte sich die Bemerkung einfach nicht verkneifen.

»Sehr richtig«, stimmte Grace zu. »Ich persönlich habe die Theorie, daß es ein entfernter Verwandter ist, der sich Sorgen um Jim macht, aber Mirelle nicht sonderlich mag. Das ganze Gefasel von Jims angeblichem Reichtum war sicher auf den Champagner zurückzuführen. Meinst du nicht auch, Phil?«

»Da ich Mirelle bisher noch nie besoffen erlebt habe, kann ich mich dazu nicht äußern. Ich neige jedoch dazu, dir zuzustimmen, meine Liebe. Sicher hast du wie so oft völlig recht. Ich wollte dir übrigens schon die ganze Zeit sagen, daß du heute abend wundervoll aussiehst, auch wenn man als Ehemann bekanntlich keine Komplimente machen sollte. Was halten Sie davon, Helen?«

»Ich liebe Komplimente und denke, daß vor allem Ehemänner sie viel öfter machen sollten. Grace sieht immer toll aus, aber heute abend hätte sie fast Sieglinde in den Schatten gestellt. Wenn das kein Kompliment ist!«

»Sehr gut. Ich würde Ihnen gern ebenfalls ein Kompliment machen, Helen, wenn es nicht gegen die Regeln verstieße, persönliche Empfindungen in professionelle Beziehungen einfließen zu lassen. Was haltet ihr davon, wenn wir uns dreimal gen Walhalla verbeugen und heimwärts ziehen?«

»Einverstanden«, sagte Peter. »Dann bis morgen früh.«

Sieglinde Svensons Versuch, ein wenig Sonnenschein in Mirelles düstere Stimmung zu bringen, war etwas anders verlaufen, als sie sich vorgestellt hatte. Graces wunderschönes Blumenarrangement stand immer noch vor der Tür. Die mitgebrachten Leckereien hatte Mirelle in die Küche getragen, als sie den Champagner geholt hatte, aber wahrscheinlich kurzerhand in die Tiefkühltruhe gestopft, statt sie ihren Gästen anzubieten.

Die beiden Ehepaare machten sich auf den Weg zu ihren jeweiligen Häusern, die einen gingen nach links, die anderen nach rechts. Alle konnten es kaum erwarten, ihre Partygewänder abzulegen und endlich ins Bett zu schlüpfen.

Jane erwartete Helen und Peter an der Haustür und gab auf die ihr eigene subtile Art zu verstehen, daß sie noch schnell zu den Purpurglöckchen mußte. Peter erbot sich, an der Tür auf sie zu warten, während Helen schon ins Haus ging. Kurze Zeit später tauchten sie beide wieder auf, Jane sichtlich erleichtert, Helen ziemlich verwirrt.

»Catriona hat uns eine merkwürdige Nachricht auf den Anrufbeantworter gesprochen. Komm mal mit und hör es dir an, Peter.«

Jane kam ebenfalls mit, doch ihre Reaktion auf das unterdrückte Schluchzen ging in dem lauten Klingeln des Telefons unter, das plötzlich einsetzte und alle drei erschrocken zusammenzucken ließ.

Kapitel 8

Während Catrionas geheimnisvoller Passagier sicher in seinem Bett lag und schlief – jedenfalls hoffte sie dies inständig –, war seine Retterin hellwach. Sie hatte dem Anrufbeantworter der Shandys versprochen, nochmals anzurufen, wenn sie davon ausgehen konnte, daß die beiden wieder zu Hause waren. Also griff sie nach dem Telefon, wählte und wartete darauf, daß jemand an den Apparat ging.

Peter hob schon beim ersten Klingeln ab. »Cat? Wir haben gerade deine Nachricht gehört. Was ist denn passiert? Bist du heil und gesund wieder zu Hause angekommen?«

»Noch nicht. Ich bin immer noch in Massachusetts.« Sie sprach so leise, daß man sie gerade noch verstehen konnte. »Ich habe unterwegs jemanden aufgelesen.«

»Bist du verrückt? Wen hast du denn aufgelesen?«

»Es handelt sich um einen Milchmann, der in einem völlig demolierten Wagen eingesperrt war und seit dem Abend, als ihr das kleine Encounter mit eurer Nachbarin hattet, nichts gegessen und getrunken hatte. Dämmert es euch allmählich?«

»Grundgütiger! Wo bist du?«

»Irgendwo zwischen Gehenna und einem Ort namens Beamish. Ich habe einen kleinen Zwischenstop in der dortigen Bibliothek eingelegt, mit den Angestellten ein Krabbensandwich gegessen und dann genau wie Robert Frost die andere Straße genommen. Fragt mich nicht, warum, ich konnte einfach nicht anders. Ich bete nur, daß der arme Kerl die Nacht überlebt.«

»Hättest du ihn nicht besser in ein Krankenhaus gebracht?«

»Das habe ich nicht gewagt. Was man mit ihm gemacht hat, war barbarisch, anders kann ich es nicht ausdrücken. Irgend jemand will euren Milchmann partout aus dem Weg räumen. Hier ist er wenigstens in Sicherheit. Ich habe ein Nachtquartier für uns gefunden. Zwei Nachtquartiere, um genau zu sein. Der

Mann ist übrigens nicht gerade gesprächig. Was ich gut verstehen kann, immerhin hat er zwei Tage lang hilflos in seinem Sicherheitsgurt gehangen. Das einzige, was er bisher gesagt hat, war ›Handpumpe‹. Zweifellos ein hochinteressantes Thema, aber leider nicht für mich.«

»Schon gut, Catriona. Trotzdem klingt die Geschichte reichlich unwahrscheinlich. Warum sollte jemand einem harmlosen Professor für Milchwirtschaft so etwas Schreckliches antun?«

»Lieber Peter, liest du denn keine Zeitungen?«

»In der letzten Zeit nicht. Mir fehlt die Zeit.«

»Dann hör mal gut zu. Montagmorgen, also vor zwei Tagen, ist ein weltberühmter Milchmagnat namens Forster Feldstermeier gestorben. Er war der älteste von vier Brüdern. Zwei sind schon vor ihm gestorben. Übrig ist nur noch James, der jüngste Bruder, dessen momentanen Aufenthaltsort keiner kennt. James kommt anscheinend blendend mit Kühen aus und interessiert sich nicht die Bohne für den Familienbetrieb. Trotzdem ist er jetzt aufgrund einer alten Familientradition das neue Clanoberhaupt, ob er will oder nicht. Und damit Herr und Meister über den ganzen internationalen Kram. Es sei denn, und jetzt hört genau zu, er stirbt vorher. In diesem Fall kommt der nächste Verwandte dran und übernimmt den Laden.«

»Catriona, du phantasierst. So etwas gibt es nicht im wirklichen Leben.«

»Dann erklär mir mal, wie es möglich ist, daß ich meine Phantasien auf der anderen Seite der Wand schnarchen hören kann? Stopfen sich Phantasievorstellungen etwa mit Hamburgern, Hot Dogs und Thunfisch-Sandwiches voll und lassen einen dafür bezahlen? Wärt ihr wohl so nett, mir diese Fragen zu beantworten? Außerdem hat er alle meine Plätzchen verkimmelt und sich fast eine Gallone Wasser auf einmal runtergekippt. Er war nicht nur halb verhungert, er war auch völlig ausgetrocknet.«

Ein Klicken in der Leitung ließ darauf schließen, daß Helen es leid war, sich mit Peter den Hörer zu teilen, und nach unten gegangen war und den zweiten Apparat aktiviert hatte.

»Cat, hast du tatsächlich Jim Feldster gefunden?«

»Feldster, Feldstermeier, ganz egal, wie man die Rose nennt, liebe Helen, der Duft bleibt gleich. Ich weiß sehr wohl, wen ich heute nachmittag aus dem völlig demolierten Lincoln gezogen habe.«

»Und er kann nicht sprechen?«

»Nein, aber schnarchen. Das zählt doch wohl auch, oder?«

»Er ist bestimmt todmüde. Ist er verletzt? Wie geht es ihm?«

»Danach zu urteilen, was er heute abend verdrückt hat, würde ich sagen, es geht ihm gut. Jedenfalls scheint er den Magen eines Krokodils zu haben. Das einzige, was ich an äußerlichen Verletzungen sehen konnte, war ein Bluterguß am linken Handgelenk. Er ist mir aufgefallen, als euer Milchmann seinen dritten Hot Dog runtergeschlungen hat. Könnt ihr euch vorstellen, daß er möglicherweise Drogen nimmt?«

»Ich kann es mir zwar nicht vorstellen, aber man kann bekanntlich nie wissen«, erwiderte Helen. »Was meinst du, Peter?«

Peter konnte sich beim besten Willen nicht erinnern, daß Jim Feldster je in seinem Leben Drogen, Tränke oder auch nur Medikamente angerührt hätte. Höchstens Melkfett, und das wird bekanntermaßen exklusiv an gewissen Teilen des Unterbaus von Kühen eingesetzt. Jim hatte es gelegentlich benutzt, weil seine Hände während der Wintermonate oft trocken und rissig waren. Er hatte dabei allerdings weniger sein eigenes Wohlergehen als das seiner vierbeinigen Schützlinge im Sinn gehabt.

Catriona versuchte mühsam, ein Gähnen zu unterdrücken, was jedoch kläglich mißlang. »Das ist zwar alles hochinteressant, Peter, aber meinst du nicht, wir sollten möglichst schnell entscheiden, was wir mit Professor Feldster beziehungsweise Feldstermeier tun sollen? Hältst du es für eine gute Idee, ihn irgendwo in der Nähe des Campus zu verstecken?«

»Wir könnten Winifred Binks-Debenhams altes Hobbitloch reaktivieren«, bot Helen an.

»Das kannst du vergessen«, sagte Peter. »Das ist für Jim viel zu klein. Außerdem würde er bestimmt darauf bestehen, seine Kühe mitzunehmen. Gibt es denn keinen Unterschlupf in deiner Nähe, Catriona? Du hast dich doch vor kurzem noch beklagt, du hättest nichts, worüber du schreiben kannst – «

»Soll ich etwa über einen flüchtigen Milchmann schreiben, der möglicherweise ein Millionär ist?«

»Warum nicht?« wollte Helen wissen. »Und falls sich herausstellen sollte, daß er doch nur ein einfacher Kuhhirte ist, macht das auch nichts, in Maine gibt es schließlich massenweise Kühe. Wer weiß, vielleicht wäre es ja der Anfang einer wunderbaren Freundschaft?«

»Für wen?«

»Meine Güte, Catriona, wir versuchen doch nur, dir zu helfen. Du bist doch nicht allein, und Guthrie würde es bestimmt nichts ausmachen, wenn du einen weiteren Gast in deinem Riesenhaus beherbergst, oder? Es ist ja nur für ein paar Tage. Bis wir herausgefunden haben, was für Jim das Beste ist.«

»Darüber muß ich zuerst nachdenken.«

Catriona war zu müde, um zu sagen, was sie dachte. Wahrscheinlich war es besser so. »Ich muß Guthrie ohnehin gleich noch anrufen. Wir haben vereinbart, daß ich morgen früh bis elf zu Hause sein soll. Ich weiß zwar nicht mehr genau warum, aber es wird mir sicher wieder einfallen. Ich ruf euch gleich noch mal an.«

Mitten im Gespräch mit Freunden einfach aufzulegen, war zwar nicht besonders höflich, aber Catriona tat es trotzdem. Als sie Guthries Stimme hörte, hätte sie am liebsten sofort losgelegt, doch er kam ihr zuvor.

»Wie läuft es denn, Cat?«

»Schlecht. Ich habe den vierten Feldstermeier am Hals. Aber sag keinem ein Wort davon, außer den Shandys, die wissen schon Bescheid.«

»Was soll ich den Shandys sagen?« wollte Guthrie wissen. »Ich habe keine Ahnung, wovon du sprichst. Oder wovon ich spreche, wenn man es genau nimmt.«

Sie erzählte es ihm.

Weder Catriona noch Guthrie konnten auf andere Vorfahren als Highland-Schotten zurückblicken, doch es machte beiden Heidenspaß, kanadisches Französisch miteinander zu sprechen. In dem Maße, in dem ihr Wortschatz wuchs, wurde er durch Schullatein aufgepeppt und durch deutsche, portugiesische, isländische und diverse andere fremdsprachige Brocken ergänzt. Inzwischen war kein Mensch mehr in der Lage, ihr privates Patois zu sprechen oder auch nur zu verstehen, was ihnen mehr als recht war. Normalerweise benutzten sie es nur zum Spaß, aber manchmal, beispielsweise jetzt, war es für wichtige Mitteilungen ziemlich praktisch.

»Well, so? Maximus schemozzle, n'est-ce pas? Quando heimlich arrivederci maminka?«

Sie stimmten mehrsprachig darin überein, daß Helen und Peter recht hatten, was Jim Feldster betraf. Es wäre unverantwortlich, wenn nicht sogar grausam, einen Mann in seinem Zustand zurück nach Balaclava zu bringen und ihn mit der Harpye allein zu lassen, die er törichterweise geheiratet hatte, bevor er ihr wahres Gesicht kannte. Ganz zu schweigen davon, ihn als lebende Zielscheibe für weitere Anschläge herumlaufen zu lassen, die verbrecherische Anwärter auf den Feldstermeierschen Molkereithron möglicherweise gegen ihn planten. Man mußte ihn zumindest so lange unter die schützenden Fittiche nehmen, bis er wieder etwas Erbaulicheres zu sagen wußte als »Handpumpe«.

Nach mehreren weiteren teuren Ferngesprächen mit den Shandys und Guthrie wußte Catriona, was sie zu tun hatte. Zuerst einmal mußte sie ein paar Stunden schlafen. Morgen früh gegen halb vier würde sie dann den Professor ins Auto packen und auf dem schnellsten Weg nach Portsmouth, New Hampshire, fahren. Dort erwartete Guthrie sie bereits. Sie würden vorsichtshalber die Wagen tauschen, für den Fall, daß jemand sie und den stummen Professor verfolgt hatte. Sie rechneten zwar alle vier nicht ernsthaft mit dieser Möglichkeit, wollten jedoch kein unnötiges Risiko eingehen.

Guthries Bereitschaft, bei der Aktion mitzumachen, war geradezu selbstlos. Wie sein ehemaliger Zimmergenosse in Collegezeiten Peter Shandy steckte auch er zu Semesterbeginn bis über beide Ohren in Arbeit. Die Fahrt von der Forstwirtschaftsschule in Sasquamahoc nach Portsmouth kostete ihn zwei Stunden Zeit, selbst wenn es ihm gelingen sollte, dem morgendlichen Stoßverkehr zu entgehen und zügig voranzukommen.

Nach dem Wagentausch mußte er in der alten Klapperkiste seiner kühnen Hauswirtin wieder zurückfahren. Guthrie hatte von der Rostlaube schon wenig gehalten, als Catriona sie gekauft hatte. Dummerweise hatte sie ihn damals nicht vorher um Rat gefragt. Jetzt stand die verdammte Karre sozusagen im letzten Herbstlaub und war weniger vertrauenerweckend als je zuvor.

Guthrie neigte dazu, seine Gespräche und Gedanken mit Baummetaphern auszuschmücken, was durchaus nachvollziehbar war, denn er war schließlich der Präsident einer Forstwirtschaftsschule. Er teilte zwar die Auffassung von Joyce Kilmer, daß kein Gedicht so schön sein könne wie ein Baum, doch das hielt ihn nicht davon ab, sich gelegentlich durch Wordsworths Zeilen von der ausladenden Kastanie, unter der einst die Dorfschmiede stand, anrühren zu lassen oder die flüchtige Neigung zu verspüren, sein Herz an eine Trauerweide zu hängen. Catriona vermeinte einen Hauch von Trauerweidenstimmung in seiner Stimme zu vernehmen, dankte ihm etwas herzlicher für seine Hilfe, als sie eigentlich vorgehabt hatte, und wünschte ihm schöne Träume. Danach bat sie an der Rezeption darum, früh genug geweckt zu werden, gönnte sich eine entspannende warme Dusche und kletterte in das Bett, nach dem sie sich sehnte, seit sie den scheußlichen Abhang hinuntergeklettert war und sich den Albatros an den Hals geholt hatte.

Catriona war so übermüdet, daß sie Probleme mit dem Einschlafen hatte. In Gedanken durchlebte sie immer wieder den furchtbaren Moment, als sie sich durch das Fenster ins Innere der demolierten Luxuslimousine geschlängelt hatte. Sie war wirklich darauf gefaßt gewesen, eine Leiche vorzufinden. Die Erinnerung war so quälend, daß sie die Dunkelheit nicht länger ertragen konnte. Also schaltete sie die Leselampe wieder an, nahm die Zeitung, die sie vor kurzem zusammen mit den Hot Dogs gekauft hatte, überflog sämtliche Seiten und fragte sich, warum der verstorbene Forster Feldstermeier nirgendwo erwähnt wurde. Schließlich dämmerte ihr, daß es sich um ein lokales Wochenblatt handelte, das noch aus der vergangenen Woche stammte und längst überholt war.

Trotzdem las sie alles, was sie finden konnte, sogar die Kontaktanzeigen, von denen einige wirklich amüsant waren. Für das Kreuzworträtsel benötigte sie ganze vier Minuten. Schließlich schlief sie doch noch ein, während das Licht brannte und die Zeitung, die sie noch in der Hand hielt, häßliche Flecken aus Druckerschwärze auf das schöne blaue Nachthemd machte, das Helen Shandy ihr als Nicht-Geburtstagsgeschenk verehrt hatte.

Nach Catrionas Anruf waren die Shandys übereinstimmend der Meinung, daß sie dringend einen Schluck von Winifred Binks-Debenhams biologischem Hausgebräu brauchten.

»Sollen wir schnell bei Mirelle vorbeischauen und ihr mitteilen, wo sich ihr abhanden gekommener Gatte befindet?« fragte Helen.

»Nach all dem Champagner checkt sie das bestimmt nicht mehr.«

»Vielleicht doch, wenn du ihr sagst, daß er gemeinsam mit Cat in einem Motel eingecheckt hat.«

»Welch reizend schmutzige Phantasie du hast. Apropos schmutzig. Hast du mir nicht versprochen, ich dürfte dir später den Reißverschluß aufmachen?«

Peter schenkte Helen einen lüsternen Blick, den sie lüstern erwiderte. »Ich habe lediglich gesagt, ich würde es mir überlegen. Was ich getan habe. Kommst du mit nach oben?«

Nach einem interessanten kleinen Zwischenspiel entstieg Helen später im Schlafzimmer ihrem inzwischen geöffneten grünen Chiffonkleid und stellte fest, daß irgendein Idiot Heringssauce auf ihren Ärmel hatte tropfen lassen. Dafür war Peters Krawatte unbetropft davongekommen. Als Peter sie mit dem nötigen Respekt über die Krawattenstange hängte, die er irgendwann von irgend jemandem zu Weihnachten bekommen hatte, ging Helen zum Fenster, um wie üblich den Vorhang zuzuziehen. Doch dann lächelte sie und ließ es bleiben.

»Ich glaube nicht, daß Mirelle heute abend noch genug Energie hat, um Vögel zu beobachten. Komm her, Jane. Du schläfst heute auf Papis Bettseite. Die arme Mirelle. Glaubst du, daß sie mit den schrecklichen Porzellanfiguren ihre Kinderlosigkeit zu kompensieren versucht?«

Peter knurrte. »Ich persönlich habe den Eindruck, daß Mirelle lieber Porzellan als Kinder hat. Die Figürchen sind bares Geld wert, sie sind ihr persönlicher Besitz, und sie kann damit machen, was sie will. Das klingt vielleicht zynisch, aber wen zum Teufel stört das schon? Mach Platz, Jane. Wie zum Henker schafft es eine mittelgroße Katze bloß, zwei Drittel eines Doppelbetts für sich in Anspruch zu nehmen?«

»Mit Selbstbewußtsein, tief begründet und liebevoll gepflegt.«

»Jetzt tischt mir meine Frau mitten in der Nacht Milton auf«, sagte Peter. »Das hat man davon, wenn man mit einer Bibliothekarin ins Bett geht.«

»Ich hoffe, du weißt es zu schätzen.« Helen war so müde, daß sie kaum noch sprechen konnte. Ein paar Minuten später waren alle drei eingeschlafen. Die Tatsache, daß Jane sich auf dem Bett breit machte und sehr viel mehr Platz in Anspruch nahm, als ihr zustand, kümmerte ihre beiden Menschen keinen Deut.

Kapitel 9

Als Catriona die Person an der Rezeption gebeten hatte, sie am nächsten Morgen zu wecken, hatte sie nicht ernsthaft damit gerechnet, daß man ihrer Bitte nachkommen würde. Falls momentan überhaupt jemand da war, hatte er entweder ihre Nachricht nicht erhalten oder kümmerte sich nicht darum. Doch Catriona war ohnehin rechtzeitig wach. Ein anderer Gast hatte nämlich um halb fünf das Motel in einem Wagen mit äußerst reparaturbedüftigem Auspuff verlassen und noch dazu sein Radio bis zum Anschlag aufgedreht. Die Geräusche, die es von sich gab, hatten Catriona an wilde Paviane erinnerte, die ein Rudel heulender Schakale mit Kokosnüssen bombardierten. Danach hatte sie jede Hoffnung auf weiteren Schlaf aufgegeben.

Sie brauchte nicht lange, um sich reisefertig zu machen, da sie nur saubere Unterwäsche und das heidefarbene Tweedkostüm mithatte, das sie immer trug, wenn sie unterwegs war. Sie schlüpfte in ihr Kostüm, schlang sich einen Schal um ihr widerspenstiges Haar, klopfte laut gegen die Wand des Nachbarzimmers und hoffte inständig, daß sie ihren angeblich tauben Bruder nicht ausgerechnet im Bett oder Bad überraschte. Sie öffnete die Tür und spähte ins Zimmer. Erleichtert stellte sie fest, daß Professor Feldster bereits aufgestanden sowie fertig geduscht und angezogen war und nur darauf wartete, nach draußen geführt zu werden. Sein Hemd war sauber, er mußte es noch in der Nacht ausgewaschen und zum Trocknen aufgehängt haben. Seine Hose und seine Tweedjacke sahen nicht viel schlimmer aus, als man es bei einem zerstreuten Professor ohnehin erwartet hätte. Er hatte anscheinend versucht, sich von den Zweigen, Kletten und Blättern zu befreien, die gestern bei der anstrengenden Kletterpartie in der steilen Schlucht an seiner Kleidung hängengeblieben waren. Auch jetzt gab er keinen Laut von sich und zeigte keinerlei Anzeichen von Schmerz oder Erleichterung. Er folgte ihr brav zum Wagen, setzte sich auf die Rückbank und zuckte nur kurz zusammen, als Catriona ihm half, seinen Sicherheitsgurt anzulegen, und die Tür schloß.

Für die beiden Zimmer hatte sie schon im voraus gezahlt. Motelmanager gingen bekanntlich bei ihren Gästen keinerlei Risiko ein und holten sich daher lieber sofort, was ihnen zustand. Catriona hatte gestern abend von dem Mann an der Rezeption erfahren, daß es im Motel zwar kein Restaurant gab, dafür aber einen sehr netten Truck Stop drüben an der Schnellstraße. Dort bekam man rund um die Uhr etwas zu essen. Dank der Wegbeschreibung und der neuen Landkarte gelang es ihr sogar, sowohl die Schnellstraße als auch das Restaurant mühelos zu finden. Sie parkte zwischen zwei weißen Autos, ging ins Haus, um ihre Bestellung aufzugeben, behielt dabei aber ihren Passagier durch das Fenster gut im Blick, um sofort eingreifen zu können, falls er Anstalten machte, ziellos herumzuirren. Doch nichts dergleichen geschah, und sie kehrte bald darauf mit einem vollbeladenen Plastiktablett zum Wagen zurück.

Mehrere Tassen starken Kaffees und Spiegeleier auf Muffins gaben ihnen neue Kraft. Der Tank des kleinen Autos war anscheinend immer noch fast voll. Nachdem sie die Muffins gegessen und den Kaffee getrunken hatten, ließ Catriona ihren Fahrgast selbst den Gurt anlegen. Es dauerte eine Weile, doch schließlich hatte er es geschafft.

Vielleicht war dies ein günstiges Omen. Catriona war mit guten und schlechten Omen groß geworden. Sie stellte erleichtert fest, daß sie nach Norden und nicht nach Süden fuhren, auch wenn sie nicht mehr genau wußte, warum das eine besser war als das andere. Der Frühnebel war immer noch so dick, daß die Reklametafeln, Fast-Food-Restaurants und langen Asphaltstreifen ganz geheimnisvoll aussahen.

Wahrscheinlich war es einfacher, auf dem Highway unterwegs zu sein als auf einer der einspurigen Landstraßen, an die sie normalerweise gewöhnt war, dachte sie. Zumindest brauchte man sich hier nicht um entgegenkommende Fahrzeuge zu kümmern. Doch als der starke Kaffee anfing zu wirken und sie wieder klar denken konnte, schienen ihr entgegenkommende Wagen mit einem Mal gar nicht mehr so wichtig.

Angenommen, man hatte eine wichtige Person im Wagen. Angenommen, jemand wollte diese Person entführen, um dafür

Lösegeld zu kassieren, oder sie sogar umbringen. War es da nicht viel leichter, jemanden auf dem Highway zu verfolgen, den Wagen mit dem gesuchten Opfer zu überholen und den richtigen Moment abzuwarten, um loszuschlagen oder zu schießen? Wie verhielt sich eine nervöse Fahrerin in dieser Situation?

Schriftsteller verfügen naturgemäß über eine ausgeprägte Phantasie. Doch eine überreizte Phantasie, noch dazu hochgeputscht mit Koffein, kann zum Fluch werden, wenn man versucht, ein potentielles Mordopfer in Sicherheit zu bringen.

Catrionas alte Rostlaube wies nicht nur unzählige Beulen und Kratzer auf, sondern war auch mit allem möglichen Plunder vollgestopft. Catriona nahm sich immer wieder vor, den Wagen auszumisten, doch wie es bei Besitzern von alten Autos häufig der Fall ist, wurde die Säuberungsaktion immer wieder aufgeschoben. Sie wühlte in ihrem chaotischen Kofferraum herum und förderte mehr zutage, als sie erwartet hatte, vor allem einen jener kaffeewärmerähnlichen Baumwollhüte: Beim Angeln konnte man Fliegen an ihm befestigen, man konnte in ihm Beeren oder Blumen sammeln, mit ihm in der Hand konnte man eine eiserne Pfanne vom Feuer nehmen und manches andere nützliche tun; wovon Guthrie Fingal oder sie selbst das meiste auch schon ausgiebig in der Praxis erprobt hatten. Sie stülpte den nicht mehr ganz sauberen Hut Professor Feldster auf den Kopf und setzte ihm eine von Guthries Billigsonnenbrillen auf die Nase, was ihn nicht weiter zu stören schien.

Der Fahrer des weißen Wagens rechts neben ihnen kam mit einem großen Becher heißen Kaffees nach draußen. Er schien seinen Augen nicht zu trauen, als er den Professor mit Mütze und Sonnenbrille erblickte. Immerhin war die Sonne noch nicht einmal aufgegangen, und in Hollywood befanden sie sich schließlich auch nicht. Und auch nicht in New York.

Catriona starrte ihn drohend an. Der Mann wandte schnell den Kopf ab und widmete sich demonstrativ seiner Morgenzeitung. Normalerweise hätte sie sich darüber gewundert, daß er bei diesen Lichtverhältnissen überhaupt lesen konnte, doch momentan war sie viel zu sehr damit beschäftigt, darüber nachzudenken, wie sie sich ebenfalls unkenntlich machen konnte.

Sie zog ihre Jacke aus, stopfte sie unter den Beifahrersitz und fand einen ausgeblichenen grünen Pullover, mit dem ihre Katzen Emerson und Carlyle sich bereits mehrfach fädenziehend auseinandergesetzt hatten, dazu ein Kopftuch, das sie schon vor Jahren hätte wegwerfen sollen. Jetzt kam es ihr gerade recht. Mehr konnte sie momentan leider nicht tun, doch man sollte die Hoffnung schließlich nie aufgeben.

Es war immer noch nicht fünf, und um diese Zeit waren nur wenige Autos auf den Straßen. War das gut oder schlecht? Catriona eilte erneut ins Restaurant, kaufte noch vier Doughnuts für etwaige Notfälle, lief zum Wagen, setzte sich hinter das Steuer und versuchte, den Wagen anzulassen. Merkwürdigerweise sprang er sofort an. Sie beschloß, auch dies als gutes Omen zu verstehen, verließ den Parkplatz und fuhr zurück auf die Straße.

Das kleine Auto benahm sich ungewöhnlich gesittet. Als sie wagte, den Blick kurz von der Straße und dem Rückspiegel zu lösen, stellte sie erstaunt fest, daß ihre Geschwindigkeit 65 Meilen betrug. Noch ein gutes Omen? Nein, wahrscheinlich war diese bemerkenswerte Leistung auf das zusätzliche Gewicht von Professor Feldster zurückzuführen. Schließlich hatte er sich, seit sie ihn gefunden hatte, fast unablässig mit Kalorien vollgestopft.

Es überraschte sie daher nicht, daß der Professor Symptome von Unbehagen zu manifestieren begann. Der Tag war immer noch nicht richtig angebrochen, und die Straße war relativ leer. Catriona hielt am Straßenrand an, schaute sich aufmerksam nach potentiellen Feinden um, konnte niemanden entdecken und befreite daraufhin den Professor von seinem Gurt. Sie hoffte nur, daß er nicht spurlos verschwinden oder in die Kugel eines verborgenen Scharfschützen laufen würde. Doch er befriedigte nur ein natürliches Bedürfnis, kletterte zurück in den Wagen, schnallte sich ohne fremde Hilfe an und vergewisserte sich, daß seine Tür ordentlich verschlossen war. Catriona vermutete, daß er über kurz oder lang wieder einschlafen würde, und behielt recht.

Sie fuhr zügig weiter und hielt sich etwa vier Autolängen hinter den Rücklichtern ihres Vordermannes. Die beiden trüben Scheinwerfer des nachfogenden Wagens schienen sich mit dieser Geschwindigkeit ebenfalls zufrieden zu geben. Gelegentlich zog ein Fahrzeug auf die linke Fahrbahn und überholte sie alle drei.

Catriona überlegte, ob sie den Professor nicht doch zu einem Arzt bringen sollte. Vielleicht war sein enormes Schlafbedürfnis auf eine Kopfverletzung zurückzuführen, aber vielleicht war es auch nur eine normale Reaktion auf all das Schreckliche, das er durchgemacht hatte. Guthrie wüßte bestimmt Rat, auch wenn er eher auf kranke Bäume als Menschen spezialisiert war. Catriona stellte überrascht fest, wie sehr sie sich freute, ihren frischgebackenen Hausgenossen wiederzusehen. Es war angenehm, ihn um sich zu haben. Sie hatte in der letzten Zeit ohnehin zu viele einsame Abende verbracht, an denen sie sich eingestanden hatte, daß sie vielleicht doch mehr Gesellschaft brauchte als zwei große Maine-Coon-Katzen.

Doch Guthrie war noch weit, und wenn sie sich nicht sofort auf das Fahren konzentrierte, würden weder sie noch Professor Feldster ihn so bald zu Gesicht bekommen. Ohne es zu bemerken, war sie an ihrem Vordermann vorbeigefahren. Sie schaute in den Rückspiegel und sah, wie eine mittelgroße weiße Limousine wie ein Torpedo auf sie zuschoß. Sollte sie versuchen zu entkommen oder einfach hoffnungsvoll ihr Geschick in die Hände ihres Schöpfers legen?

Noch bevor sie die Vor- und Nachteile erwägen konnte, befand sich das weiße Auto neben ihr. Sie wartete nervös darauf, daß jemand versuchen würde, sie zu erschießen, und entspannte sich erst wieder, als der weiße Wagen in der Ferne verschwand. Würde er ganz normal weiterfahren oder ihnen hinter einer Reklamewand auflauern? Sie würde es bald genug herausfinden, wahrscheinlich früher, als ihr lieb war. Was in Gottes Namen tat sie hier überhaupt?

Schwitzen wie verrückt. Sie drosselte die Geschwindigkeit auf 55 Meilen, holte tief Luft, versuchte, sich ein wenig zu beruhigen, und stellte schon bald fest, daß sie sich ein wenig besser fühlte. Der Verkehr wurde dichter, die morgendlichen Pendler füllten die Spuren, was sie jedoch weniger störte, als sie erwartet hatte. Sie ließ den Tacho wieder auf 60 steigen, und hielt weiter Ausschau nach dem weißen Wagen. Doch als er eine halbe Stunde später immer noch nicht aufgetaucht war, ging sie davon aus, daß ihr die Phantasie einen Streich gespielt hatte. Sie entspannte sich noch ein klein wenig mehr, mußte dann jedoch zu ihrem Schrecken feststellen, daß ein leuchtend roter Wagen, der genauso groß war wie ihrer, sich an ihre Stoßstange heftete.

Sie fing gerade an, wieder in Panik zu geraten, als sie feststellte, daß der Fahrer nur versuchte, die nächste Abfahrt zu nehmen, und Angst vor der Kurve hatte. Catriona fuhr etwas schneller, hupte kurz, um dem Fahrer Mut zu machen, und blokkierte die Abfahrt gerade lange genug, daß die furchtsame Seele heil die Schnellstraße verlassen konnte. Dann fuhr sie einfach weiter, ohne sich um das Hupkonzert, das Gebrüll und die Flüche der anderen Autofahrer zu kümmern. Es machte einer Frau nichts aus, sich von anderen beschimpfen zu lassen, wenn sie eine gute Tat vollbracht hatte. Vielleicht war ja heute kein guter Tag für Entführungen. Zutiefst erleichtert atmete sie erneut mehrfach tief durch. Dann fuhr sie beherzt weiter, bis sie endlich auf den Parkplatz rollte, den sie und Guthrie als Treffpunkt ausgemacht hatten.

Kapitel 10

Guthrie Fingal, die gute Seele, erwartete sie bereits. Er saß in seinem verkratzten, harzverschmierten Jeep und starrte düster in eine leere Plastiktasse. Doch sobald er seine Lieblingsklapperkiste erblickte, grinste er wie ein Honigkuchenpferd, sprang aus dem Jeep und rannte auf Catriona zu, um sie nach echter Maine-Manier kraftvoll an sein Herz zu drücken.

»Alles in Ordnung, Cat? Ist die Fahrt glatt verlaufen?«

»Mehr oder weniger. Bis Portsmouth gab es kaum Verkehr. Wer ist denn der junge Mann, den du mitgebracht hast?«

»Oh, pardon. Hubert, Sie kennen doch Miss McBogle, oder? Die Dame, die in dem großen Backsteinhaus am Ortsausgang wohnt. Hubert ist einer meiner besten Studenten, Cat. Er fährt deinen Wagen zurück nach Sasquamahoc. Ich dachte, du hast vielleicht Lust, dich ein bißchen auszuruhen. Immerhin bist du gestern den ganzen Tag gefahren.«

Catriona wollte gerade wieder ihre Krallen ausfahren, beschloß dann jedoch, friedlich zu bleiben. Sollte Guthrie doch ruhig gelegentlich seine Macho-Seite herauskehren. Anscheinend steckte in jedem Mann ein kleiner Tarzan, der es genoß, sich mit den Fäusten auf die Brust zu trommeln. Zumindest galt dies für die Männer in Maine. Sie riß sich das häßliche Kopftuch herunter, schleuderte den alten Pulli nach hinten zu dem übrigen Prüll, schlüpfte wieder in ihre solide graue Jacke und knöpfte sie bis oben hin zu, um die Kaffeeflecken auf ihrer weit weniger soliden Bluse zu verbergen.

»Das ist wirklich sehr nett von Ihnen, Hubert. Mein Wagen fährt und verfügt über vier funktionstüchtige Reifen. Lassen Sie sich von dem Gequietsche und Geknatter nicht ins Bockshorn jagen.«

Wahrscheinlich errötete Hubert, hielt sich jedoch wacker. Er sagte, er habe keine Angst, egal wie schlimm der Wagen auch sein mochte, denn sein eigener sei mit Sicherheit in einem weit schlechteren Zustand. Er machte einen halbherzigen Versuch, die beiden 20-Dollar-Scheine abzulehnen, die sowohl Präsident Guthrie als auch Miss McBogle ihm zustecken wollten, nahm die Wagenpapiere an sich, steckte dabei geistesabwesend auch die beiden Banknoten ein und verließ den Parkplatz als glücklicher junger Mann.

»Mach dir keine Sorgen, Cat«, sagte Guthrie. »Hube ist der beste Fahrer, den wir haben. Und das will was heißen. Alle Jungs hier stoßen sich an den Autos ihrer Väter die Hörner ab. Hast du Hunger? Möchtest du etwas essen?«

»Da fragst du noch? Haben wir denn dazu genug Zeit?«

»Nein, aber das sollte uns nicht abhalten. Ich habe auf dem Weg hierher kurz angehalten und Doughnuts und Muffins gekauft. Der Mensch, der mich bedient hat, war außerdem so nett, meine große Thermoskanne zu füllen. Wir können also während der Fahrt gemütlich essen und trinken. Was macht dein neuer Freund?«

»Er ist nicht mein Freund. Außerdem hat er einen Namen. Einen etwas zu berühmten, wenn man es recht bedenkt. Vielleicht sollten wir ihn einfach weiter Jim nennen. Eigentlich könnte ich eine Toilette brauchen, aber wir warten damit besser, bis wir zu einer richtigen Raststätte kommen. Er muß vielleicht auch mal, und du könntest ihn begleiten.«

»Meine Güte, dem armen Kerl scheint es ja ganz schön mies zu gehen.«

»Eigentlich nicht. Er hat sich im Motel ganz gut helfen können, ich habe gehört, daß er geduscht hat. Außerdem hat er wohl auch das Hemd gewaschen, das er die ganze Zeit anhatte, denn heute morgen sah es wieder sauber aus.«

»Eure Zimmer lagen nebeneinander?« Guthrie versuchte, möglichst sachlich zu klingen, was ihm jedoch nicht gelang. Catriona zuckte mit den Achseln.

»Anders ging es nicht. Ich habe dem Mann an der Rezeption weisgemacht, Jim wäre mein tauber Bruder und wir könnten uns nur durch Klopfzeichen an der Zwischenwand verständigen, und mein lieber Bruder würde die Vibrationen durch seine Fußsohlen wahrnehmen. Mir ist nichts anderes eingefallen. Und ich hatte wenig Lust, die ganze Nacht an seinem Bett zu wachen und ihn zu betütern. Schließlich kenne ich ihn kaum.«

»Wenn du mich fragst, hättest du deinen Freund Jim am besten sofort zur nächsten Polizeiwache gebracht und dort gelassen.«

Catriona zog ein Gesicht. »Ich wußte genau, daß du das sagen würdest. Erstens hatte ich keine Ahnung, wo ich eine Polizeiwache finden würde. Und zweitens wollte ich nicht den ganzen Feldstermeier-Clan am Hals haben, der sich just bereit machte, seinen Patriarchen zu begraben. Besonders nicht, wenn einer von ihnen ein Mörder ist.«

Guthrie schüttelte den Kopf. »Schwer zu glauben, daß dein tauber Bruder etwas mit Intermilk zu tun haben soll.«

»Wenn du wüßtest! Du erinnerst dich vielleicht noch, wie ich gejammert habe, weil mir nichts eingefallen ist für mein Buch, das ich schon längst hätte schreiben sollen. Als Helen mir von Professor Feldster erzählte, hatte ich plötzlich eine Idee für einen Plot. Nachdem ich Helen und Peter verlassen hatte, habe ich angehalten, um zu tanken und die Zeitung zu lesen, die ich am Vortag gekauft hatte. Es stand ein Riesenartikel über Forster Feldstermeiers Tod darin, mit einem Foto, das mich an den verschwundenen Milchmann von Balaclava erinnerte. Daraufhin habe ich beschlossen, ein bißchen zu recherchieren.«

»Und das war gestern morgen?«

»Ja. Helen und Peter mußten in aller Herrgottsfrühe in ihrem College sein. Ich bin dann auch gefahren. Später habe ich noch eine schöne alte Bibliothek mit hervorragenden Nachschlagewerken gefunden und eine Menge über die Familie Feldstermeier erfahren, besonders über James. Und unmittelbar danach bin ich auf diese fürchterliche Straße geraten und habe unseren verschwundenen Professor mehr tot als lebendig in seinem Gurt hängend gefunden. Wenn das keine Fügung des Schicksals war, weiß ich es auch nicht.« Catriona brauchte einen Moment, um ihre Stimme wieder unter Kontrolle zu bekommen. »Und wenn ich nicht völlig schief gewickelt bin, ist Helens und Peters Nachbar ein Bruder des verstorbenen Forster Feldstermeier. Und zwar der jüngste von drei Geschwistern und der einzige, der sich aus dem Familienbetrieb nichts gemacht hat. Aber so völlig aus der Art geschlagen ist er auch wieder nicht, denn immerhin hat er einen Lehrstuhl für Milchwirtschaft inne. Jim unterrichtet nämlich am Balaclava College, mußt du wissen. Du hast ihn bestimmt schon mal getroffen, er bleibt immer vor dem Haus stehen und unterhält sich mit Jane Austen.«

»Ja, den kenne ich tatsächlich. Das ist doch dieser komische Experte für Geheimzeichen, nicht? Und du glaubst wirklich, daß er zum erlauchten Feldstermeier-Clan gehört?«

Kapitel 11

Jane war am nächsten Morgen als erste wach. Sie hatte ihre kleinen Tricks, wenn es darum ging, ihre Menschen daran zu erinnern, daß die Weckdienste feinsinniger Katzen mit den gebührenden Streicheleinheiten und sanften Koseworten belohnt werden mußten. Doch selbst Koseworte genügten nicht, wenn die innere Katze der äußeren Katze signalisierte, daß sie dringend eine geschmackvoll zubereitete Schüssel Katzenfutter *du jour* und ein kleines Tellerchen mit fettreduzierter Milch zum Nachspülen benötigte. Und zwar beides auf ihrem Spezialtablett und an einer Stelle, an der die tolpatschigen Menschen nicht darüber stolperten.

Normalerweise verlangte und bekam Jane außerdem noch einen besonderen Leckerbissen, etwa ein Häppchen Rührei oder einen Klacks von dem Hüttenkäse, den Helen und Peter gern auf ihrem morgendlichen Toast verstrichen. Heute morgen mußte Jane allerdings mehr als einmal auf ihre Katzenrechte pochen, denn ihre Menschen waren nicht in ihrer gewohnten Form.

Erstens waren sie nicht so ausgeschlafen und aktiv wie sonst, der Empfang und die darauffolgenden Ereignisse hatten sie doch bedeutend mehr geschlaucht als erwartet. Heute hatten sie furchtbar viel zu tun und nicht genug Zeit, um alles zu schaffen. Als Jane ihre Milch aufgeschleckt und sich die Schnurrhaare geputzt hatte, war Peter endlich soweit, in sein Arbeitszimmer im College zu eilen und sich mit Knapweed Calthrop zu treffen.

»Hör dir das mal an!« rief Helen. Sie hatte das kleine Radio in der Küche angeschaltet, um den Wetterbericht zu hören, und plötzlich den Namen Feldstermeier vernommen.

» – der letzte seiner Generation … führt angeblich ein bescheidenes, zurückgezoges Leben als Professor an einem unbekannten College in Neuengland … steht mit einem Schlag an der Spitze eines gigantischen internationalen Molkereiimperiums. Er braucht nur in Gegenwart seiner Familie eine Mitteilung zu verlesen, die einer seiner Urahnen hinterlassen hat. Solange der neue Firmenboss, der gleichzeitig auch Vorstandsvorsitzender ist, nicht gefunden ist und die notwendigen Formalitäten erledigt werden, kann der verstorbene Forster Feldstermeier nicht bestattet werden. Und keiner weiß, wo James Feldstermeier sich momentan aufhält!«

Der Korrespondent ließ ein ominöses Räuspern vernehmen. »Das einzige Foto, das die Presse bisher finden konnte, wurde vor etwa fünfzig Jahren auf dem Familiengut aufgenommen und zeigt James im Alter von sechs Jahren auf dem Rücken einer Kuh. Es folgt der Wetterbericht. Ein Hochdruckgebiet zieht weiter nach – «

»Grundgütiger!« stöhnte Peter. »Jetzt stürzt der Himmel ein, und Catriona kann es dem König nicht einmal sagen, weil er nicht zuhört.«

Er warf einen Blick auf seine Armbanduhr und stöhnte erneut. Nur noch vier Minuten bis zu dem vereinbarten Treffen mit dem jungen Calthrop. Jetzt kam er doch noch zu spät. Er gab Helen einen hastigen Kuß und trabte davon.

Helen war nicht in Eile. Sie beendete mit Janes Hilfe ihr Frühstück und räumte die Küche auf. Sie überlegte gerade, wo sie wohl ihre Aktentasche hingelegt hatte, als sie zufällig aus dem Fenster schaute und Grace Porble erblickte. Sie trug etwas in der Hand, das in Aluminiumfolie eingewickelt war, und stieg gerade die Hintertreppe zum Haus der Feldsters hinauf.

Grace war wirklich ein Schatz. Wahrscheinlich brachte sie Mirelle frischgebackene Plätzchen oder Muffins, nicht aus einem besonderen Grund, sondern einfach nur, weil sie ihrer Nachbarin etwas Gutes tun wollte. Sie trug das leichte beigefarbene Kostüm, das sie jedes Frühjahr und jeden Herbst getragen hatte, solange Helen sich erinnern konnte. Trotzdem sah sie großartig darin aus. Jetzt klopfte sie an die Tür. Keine Reaktion. Merkwürdig war nur, daß die Tür aufschwang, als Grace klopfte. Normalerweise schloß Mirelle die Hintertür immer zweimal ab und hatte den Schlüssel in der Tasche, wenn sie auch nur einen Schritt aus dem Haus tat, selbst wenn sie morgens mit einer Tasse Kaffee draußen auf der Veranda saß. Wenn man wußte, was ihr so wert und teuer war, schien das zwanghafte Abschließen weit weniger lächerlich. Irgendwie hatte Helen ein ungutes Gefühl, als sie beobachtete, wie Grace ins Haus ging, ohne wie üblich an der Schwelle von Mirelle abgewimmelt zu werden.

Wahrscheinlich würde sie ihr kleines Mitbringsel auf den Küchentisch legen, eine kleine Notiz auf einer ihrer Visitenkarten dazulegen – Grace war die einzige Frau im Ort, die stets Visitenkarten bei sich trug – und wieder herauskommen, sorgfältig darauf bedacht, die Tür hinter sich zuzuziehen. Mirelle war anscheinend doch betrunkener gewesen, als sie gestern abend angenommen hatten. Vielleicht war sie nach draußen getorkelt, um ein bißchen Luft zu schnappen und wieder einen klaren Kopf zu bekommen, und hatte vergessen, die Tür abzuschließen, als sie zurück ins Haus gegangen war.

»Ich werde noch ein richtiges altes Klatschweib«, teilte Helen Jane mit. »Jetzt fange ich auch schon an, meinen Nachbarn nachzuspionieren – oh mein Gott!«

Grace war wieder draußen auf der Veranda, krümmte sich über das hüfthohe Geländer und tat etwas, das Helen bei ihr niemals erwartet hätte. Ohne nachzudenken, rannte Helen durch die beiden Gärten zu ihr.

»Grace, was ist denn passiert?«

»Komm lieber nicht hier hoch!«

Helen ließ sich nicht abschrecken. Sie eilte in die Küche ihrer Nachbarin, schnappte sich ein Geschirrtuch, füllte das erstbeste Glas, das sie finden konnte, mit Wasser und lief damit wieder nach draußen. »Hier, Grace. Spül dir den Mund damit aus. Wo ist denn Mirelle?«

»Da drin.« Grace machte eine Kopfbewegung zum Haus. »Ich habe sie gesucht, weil ich ihr Plätzchen bringen wollte.«

Sie würgte wieder. Helen nahm allen Mut zusammen und ging noch einmal ins Haus. Als sie zurückkam, war sie weiß wie die Wand. »In der Küche ist ein Telefon, Grace. Ich rufe den Wachdienst an. Du bleibst am besten hier draußen und wartest, bis einer der Männer kommt.«

Zuerst wählte sie vor lauter Aufregung die falsche Nummer. Sie biß die Zähne zusammen und versuchte es erneut. Gott sei Dank, diesmal hatte sie Silvester Lomax am Apparat. Im Hintergrund röhrte ein Motor.

»College-Wachdienst.«

»Silvester, hier ist Helen Shandy. Ich bin bei den Feldsters. Es ist etwas Schreckliches passiert, bitte kommen Sie sofort.«

Sie legte auf, ohne auf eine Antwort zu warten. Was genau passiert war, wußte sie nicht. Sie hatte nur eine grausige Gestalt in einem lila Gewand auf einem der Gobelinstühle sitzen sehen, die Hände um die Lehnen aus Walnußholz verkrampft. Und auf dem weißen Teppich vor Mirelle Feldsters Füßen waren große dunkelrote Flecken.

In Balaclava verbreiteten sich Neuigkeiten blitzschnell. Silvester Lomax war heute noch schneller. Wahrscheinlich war er gerade damit beschäftigt gewesen, den College-Rasen zu mähen, und hatte sein Handy dabeigehabt. Er raste mit hochgezogenem Mähwerk den Hügel hinab, parkte die Maschine neben der Hintertreppe und war mit einem Satz auf der Veranda. Weniger als eine Minute später tauchte bereits sein Bruder Clarence in einem der College-Pickups auf.

»Was ist los, Helen? Sind Sie okay, Grace?«

Grace war alles andere als okay. Helen hatte sie überredet, sich auf einen der Liegestühle zu setzen, doch sie war nicht in der Lage zu sprechen. Sie hatte die Augen geschlossen und umklammerte mit einer Hand immer noch das Geschirrtuch. Helen übernahm das Reden und versuchte, so gut es ging zu erklären, was sie gesehen hatte. Sie wünschte sich sehnlichst, Peter wäre bei ihr, und war gleichzeitig ein klein wenig erleichtert, daß er nicht da war.

Die Lomax-Brüder waren keine großen Redner. Sie sagten nur: »Wir holen besser Fred Ottermole. Er wird sicher bald hier sein.«

»Und wie bald wird das sein?« Helen wußte nicht, wieviel sie noch ertragen konnte. Doch sie hätte sich denken können, daß der Polizeichef und der Wachdienst des College sämtliche Zeitpläne genau kannten. Drei Minuten später schoß Fred Ottermole bereits mit seinem Fahrrad den Crescent hoch. Er war eng befreundet mit den Lomax-Brüdern, es würde also keine Konkurrenzkämpfe geben. Fred Ottermole hatte im Laufe der Jahre von Peter Shandy eine Menge über Polizeiarbeit gelernt und kam sofort zur Sache.

»Was ist das Problem, Helen?«

»Mirelle. Sie ist da drin.« Helen konnte nur auf das Haus zeigen, keine zehn Pferde hätten sie in die Nähe des grauenhaften Tableaus im Wohnzimmer gebracht. »Es ist furchtbar, Fred.«

Der Polizeichef verschwand im Inneren des Hauses, und Helen sagte: »Würde einer von Ihnen so nett sein, Mrs. Porble nach Hause zu bringen und Dr. Porble Bescheid zu sagen? Sie hat Mirelle gefunden. Am besten bleibt jemand bei ihr, bis sie nicht mehr unter Schock steht. Und Fred wird wahrscheinlich wollen, daß Sie Dr. Melchett bitten, herzukommen und Mirelle zu untersuchen.«

Clarence Lomax sagte, er werde sich gern um beides kümmern. Er nahm Graces Arm und half ihr vorsichtig aus dem Liegestuhl. Sie protestierte zwar schwach, schien jedoch froh zu sein, von einem starken Arm die Treppe hinuntergeführt zu werden.

»Soll ich Sie in meinem Pickup nach Hause fahren, Mrs. Porble?«

»Nein, nein, Clarence. So schlecht geht es mir Gott sei Dank nicht. Mir ist nur ein bißchen komisch. Ein Spaziergang wird mir sicher guttun.«

»Ich komme gleich nach, Grace.« Helen sah sie prüfend an, um festzustellen, ob sie wirklich in der Lage war, den kurzen Fußweg zurückzulegen. Chief Ottermole kam mit käsigem Gesicht aus dem Haus. »Was ist denn hier passiert, Helen?«

»Keine Ahnung, Fred. Ich weiß nur, daß Grace vor ein paar Minuten hergekommen ist, in der Hand einen Teller mit – was weiß ich, Plätzchen oder Muffins, nehme ich an. Sie wollte sie Mirelle zum Frühstück bringen. Wir hatten beide Schuldgefühle, weil wir uns seit Jims Verschwinden nicht genug um sie gekümmert haben. Außerdem ist sie in der Nacht, als Jim nicht nach Hause gekommen ist, mit Peter aneinandergeraten. Sie wissen ja, wie so etwas ist.«

»Allerdings. Man kann machen, was man will, es ist immer verkehrt.«

»Ich stand also eben in meiner Küche und füllte Janes Wassernapf. Ich wollte mich gerade fertig für die Bibliothek machen, als ich zufällig aus dem Fenster schaute und Grace die Verandatreppe hochsteigen sah. Sie balancierte ihren Teller mit einer Hand, damit sie mit der anderen an die Tür klopfen konnte. Doch als sie zu klopfen anfing, schwang die Tür von selbst auf. Grace hat bestimmt sofort gemerkt, daß etwas nicht stimmte, weil Mirelle sonst immer alles tausendmal abschließt, und ist ins Haus gegangen. Ich hatte kaum Zeit, Janes Tellerchen abzusetzen, da war sie auch schon wieder draußen auf der Veranda, hing über dem Geländer und erbrach sich.«

Fred Ottermole nickte mitfühlend.

»Ich bin hergelaufen, so schnell ich konnte. Sie meinte, ich sollte auf keinen Fall ins Haus gehen, aber ich habe es trotzdem getan. Können Sie sich vorstellen, daß ich bis gestern nacht nach dem Empfang noch nie einen Fuß in dieses Haus gesetzt hatte? Zuerst habe ich ein paarmal ihren Namen gerufen, aber sie hat nicht geantwortet. Irgendwie hat es merkwürdig gerochen. Richtig unangenehm. Ich ahnte, daß etwas Furchtbares passiert sein mußte, und folgte dem Geruch bis in das Wohnzimmer auf der Vorderseite des Hauses, in dem wir gestern abend gesessen hatten. Als ich Mirelle schließlich fand, saß sie in sich zusammengesunken auf einem ihrer Gobelinstühle. Sie hielt die Armlehnen fest umklammert. Ihre Hände waren sauber, soweit ich sehen konnte, aber ihr Gesicht und das lila Gewand, das sie gestern abend anhatte, waren voller Blut. Und an ihren Füßen war der Teppich voller Blut. Ich kann mir gar nicht vorstellen, wie man den je wieder sauber kriegen soll.«

»Wollen Sie lieber noch ein bißchen warten, bis wir weitersprechen?«

»Nein, ist schon gut. Ich weiß, daß ich Unsinn rede. Es war wirklich ein furchtbarer Schock. Aber wer rechnet schon damit, daß jemand mitten im – «

»Schon in Ordnung, Helen. Atmen Sie ein paarmal tief durch, dann geht es Ihnen bestimmt besser. Wann haben Sie Mirelle zuletzt lebend gesehen?«

»Gegen elf gestern abend, nach dem Empfang. Grace und ich haben uns um die Gäste gekümmert, und Mrs. Svenson bat uns, Mirelle einen Blumenstrauß und etwas Gebäck zu bringen. Als wir zum Haus kamen, parkte ein Cadillac Seville vor der Tür und blockierte die Einfahrt. Und ein Mann, den Mirelle Florian nannte, verließ gerade das Haus.«

»Ein Cadillac Seville?« Einen kurzen Moment lang ähnelte Fred Ottermoles Gesichtsausdruck dem des spartanischen Knaben mit dem gestohlenen Fuchs unter seinem Gewand, der lieber an den Bißwunden des Tieres starb, als sich zu verraten. »Welches Baujahr?«

»Keine Ahnung. Tut mir leid. Aber Peter weiß es vielleicht.«

»Hm. Und woher kam dieser Florian?«

»Gute Frage. Ich kann dazu nur sagen, daß wir eine Männerstimme hörten, die keiner von uns kannte, als wir den Weg zum Haus hochkamen. Der Mann riet Mirelle, die Ohren steif zu halten und kühlen Kopf zu bewahren. Als Phil klingelte, verschwand dieser Florian mehr oder weniger auf der Stelle, ohne Mirelle Gelegenheit zu geben, uns miteinander bekannt zu machen. Davon abgesehen weiß ich nur, daß der Mann groß gewachsen war und mich entfernt an Jim Feldster erinnerte. Allerdings war er kräftiger gebaut und sehr viel eleganter angezogen. Er war so gut angezogen, daß man es kaum merkte, wenn Sie wissen, was ich meine.«

Ottermole knurrte. »Klingt ganz so, als wär es ein reicher Verwandter von Jim, falls der überhaupt welche hat. Fühlen Sie sich stark genug, mir zu zeigen, wie sich das Ganze gestern abend abgespielt hat?«

Helen holte noch einmal tief Luft, nickte tapfer und folgte Fred ins Wohnzimmer.

Silvester Lomax blieb als Wache draußen zurück, um zu verhindern, daß jemand unbefugt das Haus betrat. Doch es wäre niemandem in den Sinn gekommen, daß er das Haus bewachte. Als er auf seinem Rasenmäher aufgetaucht war, waren überall auf dem Crescent neugierige Gesichter an den Fenstern erschienen, während man Freds Ankunft nicht einmal bemerkt hatte. Er war diskret mit dem Rad an der Hintertür der Feldsters erschienen. Selbst die neugierigsten Nachbarn verloren spätestens jetzt jedes Interesse, als sie sahen, daß Silvester begann, die Forsythiensträucher am Gartenweg zu schneiden, als wäre dies der einzige Grund für sein Kommen. Falls man sich überhaupt etwas dabei dachte, dann höchstens, daß Mirelle ihren momentanen Zustand als Strohwitwe nutzte, um die Gartenarbeiten erledigen zu lassen, die Jim ständig vernachlässigte. Zweifellos würde Clarence Lomax gleich wieder auftauchen und seinem Bruder helfen, die abgeschnittenen Zweige auf den Truck zu laden.

Der Teppichboden im Flur und im Wohnzimmer war so strahlend weiß, daß der Kontrast mit den Blutflecken besonders scheußlich aussah. Vor dem Gobelinstuhl, auf dem Mirelle immer noch saß, war das Blut in den Teppich gesickert und bildete eine große Lache. Mirelles Pantoffeln waren vollgesogen mit

Blut. Helen überlegte, ob die Totenstarre inzwischen eingesetzt hatte oder vielleicht schon vorüber war. Doch es war nicht an ihr, die Leiche zu berühren und dies herauszufinden. Das mußte Fred Ottermole übernehmen. Er war schließlich der Polizeichef. Sie war Bibliothekarin.

War es möglich, daß Mirelle Feldster seelenruhig dagesessen und zugesehen hatte, wie sie langsam ausblutete? Konnte es sein, daß sie keinen Finger gerührt hatte, um die Blutungen zu stillen? Sahen ihre Hände daher so sauber aus, während ihr ganzer Körper voller Blut war? Das Blut war sicher nicht in einem plötzlichen Schwall aus ihrem Körper herausgeschossen, es sei denn, unter dem lila Gewand befand sich irgendwo eine tiefe Wunde. Wahrscheinlich war es langsam aus dem Körper gesikkert, solange das Herz unter den gut gepolsterten Rippen weitergepumt hatte. Das würde Dr. Melchett klären müssen. Sie durften die Lage der Leiche nicht verändern, bis er sie gesehen hatte und die üblichen Fotos gemacht worden waren.

So präzise wie möglich beschrieb sie Fred, wo sie am vorigen Abend gesessen hatten, was sie getrunken und wann sie die zwar gebeugte, aber eindeutig unversehrte Mirelle auf ihrer Chaiselongue sitzend verlassen hatten.

»Es wundert mich nur, daß Präsident Svenson noch nicht hier ist«, sagte sie, um wenigstens etwas zu sagen. »Vielleicht hat nur noch niemand daran gedacht, ihm Bescheid zu sagen.«

Eine dumme Bemerkung. Vor Thorkjeld Svenson konnte man nichts geheimhalten. Er würde schon wissen, wann es an der Zeit war, sich zu zeigen. Fred dachte laut darüber nach, ob er nach Fingerabdrücken suchen sollte oder nicht, um zu zeigen, daß er auf Draht war.

»Ich glaube, das erübrigt sich«, meinte Helen. »Mirelle war eine perfekte Hausfrau. Wie Sie sehen, hat sie selbst in dem Zustand, in dem sie sich gestern abend befand, noch die Champagner-Gläser weggeräumt. Wahrscheinlich hat sie auch noch gespült und den Küchentisch abgewischt. Mit dem ganzen Porzellan sieht es hier aus wie in einem Museum.« Sie fand die Vorstellung, sich in einem Museum zu befinden, irgendwie beruhigend. Vielleicht gelang es ihr sogar, sich einzureden, daß auch die Gestalt auf dem Gobelinstuhl nur ein Exponat war.

Fred ging es offenbar ähnlich. »Das ist wirklich ein Museum, nicht? Was halten Sie von den Sachen?«

Helen schüttelte den Kopf. »Das weiß ich selbst nicht, Fred. Momentan wage ich kaum zu atmen, um nur ja nichts zu zerbrechen. Ist Ihnen klar, daß diese zerbrechlichen Porzellanfigürchen ein Vermögen wert sind? Weit mehr, als die Feldsters in all den Jahren an Miete für das Haus gezahlt haben.«

»Heiliger Bimbam!«

»Die College-Mieten sind natürlich nicht besonders hoch. Schade, daß man die Häuser nicht kaufen kann. Peter und ich haben schon oft darüber nachgedacht.«

»Finden Sie es nicht irgendwie komisch, daß ein Mann wie Jim Feldster so lebt? Jemand, der den ganzen Tag in den Ställen verbringt und abends zu seinen Logentreffen geht? Das ist doch – wie die Faust aufs Auge.«

»Oh, ich glaube kaum, daß Jim viel Zeit in diesem Zimmer verbringt. Er hat wahrscheinlich irgendwo im Haus ein eigenes Arbeitszimmer, meinen Sie nicht?«

»Wir können ja mal nachsehen.« Fred drehte sich um und ging voraus, blieb jedoch plötzlich wie angewurzelt stehen.

»Jessas Maria! War ich das etwa?«

Er zeigte auf den umgestürzten Beistelltisch und die zerbrochenen Porzellanfiguren, die bisher durch Mirelles Stuhl und das lange Gewand verdeckt gewesen waren.

»Nur keine Panik, Fred. *Sie* haben das sicher nicht getan. Sie hätten gehört, wie das Tischchen umgefallen wäre, und gemerkt, wenn sie auf die Figuren getreten wären. Außerdem hätten Sie es knirschen hören. Und ich hätte es auch gehört.«

Kapitel 12

Allmählich geriet Helen selbst in Panik, doch sie wehrte sich mit aller Kraft dagegen. Die Vorstellung, daß in diesem Moment jemand mit einem blutverschmierten Messer oben unter einem Bett oder in einem der Schränke auf sie wartete, war äußerst unangenehm. Glücklicherweise zog Fred eine völlig andere Schlußfolgerung.

»Haben die Feldsters einen Hund oder eine Katze oder so was?«

»Nicht einmal einen Goldfisch, soweit ich weiß.« Helen versuchte immer noch vergeblich, ihre Angst niederzukämpfen. »Ich bin sicher, daß hier gestern abend kein zerbrochenes Porzellan lag. Ganz zu schweigen von einem umgefallenen Beistelltisch. Und der Gobelinstuhl stand auch nicht mitten im Zimmer. Übrigens kann ich nicht verstehen, warum Mirelles Hände ganz sauber sind, jedenfalls soweit ich sehen kann, während der Rest – ich finde es einfach merkwürdig. Ich wünschte nur, Peter wäre hier.«

»Das wünsche ich mir auch. Was ich noch sagen wollte, Helen, ich weiß ja, daß Sie mit den Porbles befreundet sind, und ich will nicht, daß Sie sauer auf mich sind, aber könnten Sie sich vielleicht – haben Sie vielleicht – ach, verdammt!«

»Was wollen Sie denn überhaupt sagen, Fred?«

»Na ja, ich dachte eben nur nach. Mal angenommen, aber wirklich nur mal angenommen, Grace und Phil sind gestern abend, nachdem Sie die Feldsters verlassen hatten, nach Hause gegangen. Und dann ist Grace heimlich zurückgekommen, als Phil eingeschlafen war. Mirelle war noch auf, und die beiden haben Krach bekommen, und – «

»Fred Ottermole, das glauben Sie doch wohl selbst nicht! Grace Porble würde nie im Dunkeln herumschleichen und ihre Nachbarn ermorden. Sie sollten besser aufhören, die Schundromane zu lesen, die Budge Dorkin immer ins Polizeirevier schmuggelt, wenn er Dienst hat und niemanden findet, den er verhaften kann. Wie kommen Sie bloß auf so einen schrecklichen Unsinn? Edna Mae hat dieses Gerücht hoffentlich nicht in die Welt gesetzt, oder?«

Der arme Fred war völlig niedergeschmettert und entschied, daß es an der Zeit war, das Haus zu durchsuchen, während Helen überlegte, ob sie kurz bei den Porbles anrufen sollte. Sie war auf dem Weg zu ihrem eigenen Haus, als Peter den Hügel hinuntergerannt kam.

»Was ist passiert, Helen? Phil Porble behauptet, Grace habe ihm erzählt, Mirelle Feldster sei ermordet worden, aber keiner dürfe davon erfahren. Melchett hat Grace ein Beruhigungsmittel verabreicht.«

»Gut«, sagte Helen. »Vielleicht gibt er mir auch eins. Es stimmt tatsächlich, Peter. Ich kann es selbst kaum glauben.«

Nachdem Peter seinen Arm um Helens Schulter gelegt hatte, fühlten sich ihre Knie nicht mehr ganz so zitterig an. Auf die Frage, wo Mirelle sei, konnte sie ihm sogar eine vernünftige Antwort geben.

»Im Wohnzimmer, mitten in einer Blutlache. Es ist grauenhaft, Peter. Die arme Grace hat den Schock ihres Lebens bekommen.«

»Wie das?«

»Ich stand in der Küche und wollte gerade in die Bibliothek, als ich sie die Treppe zum Hintereingang der Feldsters hochsteigen sah. Sie hatte etwas in der Hand, das in Folie eingepackt war. Ich nahm an, es sei etwas, das sie Mirelle zum Frühstück bringen wolle, ganz nach unserem neuen Motto ›Laßt uns nett zu Mirelle sein‹. Zuerst fand ich es amüsant, doch dann sah ich, daß die Tür aufging, ohne daß Mirelle dahinter stand.«

»Stand denn überhaupt jemand dahinter?«

»Nein, das war ja gerade das Merkwürdige. Grace wartete eine Weile, um zu sehen, ob Mirelle vielleicht doch noch kam. Dann ist sie ins Haus gegangen und hat die Tür hinter sich offen gelassen. Wenige Sekunden später kam sie wieder auf die Veranda gelaufen, beugte sich über das Geländer und erbrach sich. Ausgerechnet Grace!«

»Und was hast du getan?«

»Ich bin sofort zu ihr gerannt, um nachzusehen, was los war.

Grace wollte nicht, daß ich ins Haus ging, aber ich konnte natürlich nicht zulassen, daß sie das alles allein durchsteht. Gott sei Dank ist es mir gelungen, mein Frühstück bei mir zu behalten und von Mirelles Küche aus den Wachdienst anzurufen. Die Lomax-Brüder kamen sofort, und danach erschien auch sehr schnell Fred Ottermole auf seinem Fahrrad.«

»Grundgütiger! Wer ist denn sonst noch da?«

»Momentan nur Fred und Silvester. Clarence hat Grace nach Hause gebracht. Er sollte Phil und Dr. Melchett Bescheid sagen. Wahrscheinlich hat er auch Thorkjeld angerufen. Oh, Peter, ich fühle mich schrecklich.«

»Am besten sinkst du nicht ausgerechnet jetzt in Ohnmacht. Ich spüre nämlich, wie die Erde bebt.«

Ob sie wirklich bebte, als der hünenhafte Wikinger den Crescent hinaufdonnerte, war eine Frage, die niemand richtig beantworten konnte. Daß Dr. Svenson in der Lage war, einen Wirbelsturm, einen Samum oder eine Tsunami zu entfachen, stand außer Zweifel. Auch daran, daß der furchtlose Präsident diese Unwetter nur verursachte, wenn ein wirklich triftiger Grund dafür vorlag, stand außer Zweifel. An diesem Morgen war er nicht milde gestimmt.

»Loslegen, Shandy.«

Peter warf seiner Frau einen Blick zu. Helen seufzte und berichtete, diesmal in möglichst knapper Form. »Dr. Melchett hat sich anscheinend zuerst um Grace Porble gekümmert. Vielleicht sollten Sie ihn abfangen, bevor er – «

Sie wollte noch »alles durcheinander bringt« hinzufügen, doch Svenson war bereits auf dem Weg zu den Porbles. Sekunden später kam er mit Melchett zurück. Er hatte den Arzt in Gorillamanier am Oberarm gepackt und schleifte ihn zum Haus der Feldsters. Peter gab Helen einen flüchtigen Kuß und wies mit dem Kopf vielsagend auf ihr eigenes Haus. Helen eilte ins Haus, um ihren Fotoapparat zu holen. Ihr Gatte würde ihn sehr bald brauchen, auch wenn er es jetzt noch nicht wußte. Sie sah nach, ob noch Filme in der Kameratasche waren, und bat Fred, Peter die Sachen zu bringen. Dann nahm sie Jane Austen auf den Arm, um ein wenig Gesellschaft zu haben, und ging nach oben, um sich ein wenig hinzulegen. Sie hatte für den Moment alles getan, was sie tun konnte. Ob es richtig oder falsch war, würde sich zeigen.

* * *

Für den gerade am Tatort eingetroffenen Peter gab es kein Zurück mehr, auch wenn die tote Mirelle in ihrem blutdurchtränkten Gewand und den blutnassen Pantoffeln das letzte war, das er freiwillig so schnell nach dem Frühstück zu sehen wünschte. Als er sich mit Melchett, Ottermole und Präsident Svenson in das vollgestopfte Wohnzimmer gezwängt hatte, war es dort so eng, daß die Leiche kaum noch Platz hatte. Sekundenlang wußte niemand, wie es weitergehen sollte. Schließlich nahm Melchett ein Sofakissen, warf es auf eine der Blutlachen, zupfte seine Hosenbeine an den Knien ein wenig höher und kniete sich auf das Kissen. Aus Gründen, die den übrigen Anwesenden verborgen blieben, hielt er dabei das Stethoskop einsatzbereit in der Hand.

»Heben Sie die Frau aus dem Sessel, Ottermole, und legen Sie sie auf den Teppich«, befahl er.

Peter hatte schon oft überlegt, aus welchem Material das Gehirn des Arztes wohl bestehen mochte. »Moment mal, Melchett. Ich habe hier den Fotoapparat meiner Frau. Bevor irgend jemand die Leiche anrührt oder sonst etwas verändert, müssen wir einige Fotos machen. Stimmt's, Ottermole? Wir wollen schließlich nicht, daß der Coroner oder sonstwer Dr. Melchett später peinliche Fragen stellt.«

»Jessas, nein«, knurrte Svenson drohend. »Schlecht für's College. Wenig Worte, wenig Probleme. Kein Krankenwagen, Melchett, kein Blaulicht, keine Sirenen, gar nichts.«

Peter war klar, daß Melchett bis zu diesem Zeitpunkt nicht einmal im Traum daran gedacht hatte, irgend jemanden kommen zu lassen. »Wie Sie meinen, Präsident Svenson. Treten Sie mal zurück, Ottermole, damit Professor Shandy genug Platz zum Fotografieren hat. Es sei denn, Sie wollen den jungen Mann vom *Gemeinde- und Sprengel-Anzeyger* kommen lassen. Er ist Profi-Fotograf.«

Aus Thorkjeld Svensons Kehle drang ein Geräusch, das Peter stark an ein frühstückendes Krokodil erinnerte. Melchett müßte eigentlich wissen, daß es ein fataler Fehler wäre, Cronkite Swope, den rasenden Reporter vom *All-woechentlichen Gemeinde- und Sprengel-Anzeyger für Balaclava*, darüber zu informieren, daß die Frau des verschwundenen Professors James Feldster unter mysteriösen Umständen in ihrem eigenen Wohnzimmer ums Leben gekommen war.

Andererseits war Swope vernünftig genug, unter gar keinen

Umständen eine Bombe auf dem Collegegelände platzen zu lassen, ohne vorher Präsident Svensons Erlaubnis einzuholen. Melchett gab den Versuch auf, sein Profil so in Szene zu setzen, daß sein Doppelkinn auf dem Foto nicht sichtbar war, und zog sich in den Hintergrund zurück. Peter Shandy machte die Aufnahmen, die Melchetts Kopf aus der Schlinge des amtlichen Leichenbeschauers ziehen sollten.

Das Gesicht, das Peter auf Helens Film bannte, bot einen schaurigen Anblick. Es war fast bis zu den Augäpfeln blutverkrustet, die Nasenlöcher waren verstopft, das so oft dauergewellte und gefärbte Haar pappte in scheußlichen Klumpen zusammen oder klebte an der blutverschmierten Stirn und den Wangen der Toten. Das lila Gewand, in dem Mirelle noch gestern mit ihrem Champagnerglas in der Hand geglänzt hatte, war blutgetränkt. Die Frau mußte ungeheuer viel Blut verloren haben. Selbst Präsident Svenson fiel es einen Moment lang schwer, ein Gefühl der Übelkeit zu unterdrücken.

Dr. Melchett hatte sich wieder gefaßt und strotzte förmlich vor Selbstbewußtsein. »Das ist in der Tat kein schöner Anblick. Wirklich jammerschade. Mirelle war so eine attraktive Frau, als sie jünger war. Ich kann leider noch nicht sagen, was hier passiert ist. Es bleibt uns nichts anderes übrig, als den Autopsiebericht abzuwarten. Vielleicht ist es gar nicht so schlimm, wie es aussieht. Eine Wunde sehe ich jedenfalls nicht, aber in diesem Fall hätte schon eine oberflächliche Verletzung genügt, um eine massive Blutung hervorzurufen. Mirelle hat nämlich seit ihrer Phlebitis vor zwei Jahren Coumadin genommen.«

»Urgh!« sagte Svenson.

»Sehr richtig, Präsident Svenson. Wie Sie alle wissen, ist Coumadin ein starkes gerinnungshemmendes Medikament, dessen Einnahme sorgfältig überwacht werden muß. Mirelle war nicht immer so vorsichtig, wie sie hätte sein sollen. Wenn Jim zu Hause war, hat er wahrscheinlich darauf geachtet, daß sie die Tabletten vorschriftsmäßig genommen hat. Aber wenn er nicht da war oder wenn sie anfing zu trinken – « Melchett zuckte wieder mit den Achseln. »Dann hätte sie leicht ihre ganze Wochenration auf einmal schlucken können. So etwas gehört zu den Dingen, die einfach nicht passieren dürfen, aber was soll man machen? Am Ende wird doch wieder uns Ärzten der schwarze Peter zugeschoben.«

Er warf einen Blick auf seine Armbanduhr und spreizte sich wie ein Pfau. »So, ich muß wieder zu meinen Patienten. Ich werde dem Krankenhaus sagen, sie sollen einen möglichst unauffälligen Wagen schicken. Ich bin sicher, daß der Leichenbeschauer meine Diagnose teilen wird. Das Ausstellen des Totenscheins ist reine Formalitätssache, Präsident. Ich kann Goulson sagen – «

Thorkjeld Svenson stieß sein lautestes Zischen aus. »Nichts da, Melchett. Das mache ich selbst. Gehen Sie und vergiften Sie weiter Ihre Patienten. Und kein Wort zu irgend jemandem.«

Kapitel 13

Blöder Lackaffe.« Svenson schäumte immer noch vor Wut über Melchetts Wichtigtuerei.

»Sie nehmen mir das Wort aus dem Mund«, sagte Peter Shandy.

Ottermole blieb, bis das neutrale, unauffällige Fahrzeug des Coroners eintraf und Mirelles Leiche diskret abholte. Danach kam er sich überflüssig vor. »Wenn Sie beide jetzt übernehmen wollen, kann ich endlich meine Runde machen. Die halbe Stadt ist sauer, wenn ich nicht bald auftauche und sämtliche Onkel und Tanten, Omas und Katzen und den Lieblingsgoldfisch beschütze. Dafür ist die andere Hälfte sauer, wenn ich meine Zeit damit verplempere, auf dem Rad rumzugondeln, statt auf dem Revier zu sein und rauszufinden, wer den Lieblingsgoldfisch abgemurkst hat. Ich kann es keinem recht machen. Glauben Sie bloß nicht, daß es hier auch nur einen Menschen gibt, der sieht, daß ich bloß versuche, das Beste aus allem zu machen, und dem egal ist, wo ich bin, solange ich meine Arbeit tue.«

»Wollen Sie meinen Wagen leihen?« bot Svenson an.

Ottermole verzog das Gesicht. »Nein, danke. Ich glaube, ich bleibe lieber bei meinem Rad. Mit vier Kindern und ’ner Hypothek am Hals kann ich es mir nicht leisten, schon wieder mein Leben zu riskieren. Das Auto ist schrottreif. Aber Sie können mir gern einen Ihrer Balaclava Blacks mit ’nem Wagen leihen.«

»Arrgh!«

Dr. Svenson machte es nichts aus, daß dem Polizeichef seine schreckliche alte Rostlaube nicht gefiel, es ging ihm selbst meistens genauso. Doch wenn jemand Witze über seine Balaclava Blacks machte, reagierte er äußerst empfindlich. Die wunderbaren Arbeitspferde kamen in seiner Wertschätzung unmittelbar nach seiner wunderschönen Frau, seinen sieben wunderschönen Töchtern und seinen zahlreichen ebenfalls wunderschönen Enkelkindern. Danach folgten seine Schwiegersöhne, mit einer halben Länge Abstand oder mehr, je nachdem, wie gut sie mit den Pferden umgehen konnten. Studenten oder Studentinnen, die das Glück hatte, auf einem Kartoffelfeld auch nur kurz einen Pflug führen zu dürfen, vor den ein Balaclava Black gespannt war, konnten zeitlebens stolz darauf sein. Einmal waren es sogar zwei gleichzeitig gewesen, siamesische Zwillinge, die vor vierzehn Jahren ihre Abschlußprüfung mit summa cum laude bestanden hatten. Inzwischen hatten sie sich als Züchter von Doppelnarzissen, Doppelstockrosen und vielen anderen völlig neuen Doppelzüchtungen einen Namen gemacht. Svenson beantwortete Ottermoles Frage mit einem verächtlichen Schnauben.

»Warum nehmen Sie nicht das ganze Gespann?«

»Jammerschade, daß Sie das nicht ernst meinen.« Ein verschmitztes Lächeln überflog das Gesicht, das Edna Mae Ottermole für das attraktivste Männergesicht in ganz Balaclava County hielt. »Wie wär's, Präsident? Wir könnten den großen Wagen nehmen, den Sie immer beim jährlichen Zugpferdwettbewerb einsetzen, und damit durch die Stadt fahren. An die Seiten hängen wir Transparente mit der Aufschrift ›Die Zeit der Pferde und Buggys ist vorbei. Kauft Chief Ottermole endlich einen Streifenwagen‹.«

Präsident Svenson schnaubte wieder, diesmal allerdings weniger grimmig. »Gute Idee, schlechter Zeitpunkt. Nerven Sie mich damit ein andermal. Gehen Sie jetzt.«

Merkwürdigerweise waren sich der College-Präsident und der Kleinstadtcop wohl gesonnen. Peter erinnerte sich noch gern an den turbulenten Abend, an dem Ottermole zuerst mehrere Verbrecher dingfest gemacht und dann den Präsidenten angefeuert hatte, als dieser mit Hilfe von Geweihen und Elefantenstoßzähnen einen wahren Titanenkampf mit seinem Gegner ausfocht. Ottermole hatte auf einem mit dem Tartan der Buchanans bezogenen Sofa gethront und zutiefst bedauert, daß er kein Popcorn dabeihatte und seine Kinder nicht zusehen konnten.*

Svenson vergaß nie einen Gladiator, der an seiner Seite gekämpft hatte. Ottermole, der seinen neuen Streifenwagen be-

* »Der Kater läßt das Mausen nicht«, DuMonts Kriminal-Bibliothek, Band 1031

kommen würde, wenn die Zeit dafür reif war, bestieg sein Rad mit neuem Schwung und raste davon. Präsident Svenson hatte seine Macht zufriedenstellend demonstriert und kehrte in sein Büro zurück. Peter blieb allein auf dem blutdurchtränkten Teppich in dem mit Porzellan vollgestopften Zimmer zurück.

Ohne Mirelle wirkte das Zimmer trotz der riesigen Sammlung gespenstisch leer. Peter fragte sich, wie viele Figürchen wohl zertreten worden waren, als der zierliche Beistelltisch umgefallen war.

Möglicherweise hatte Mirelle das Malheur selbst verursacht, als sie zurückgekommen war, um das Wohnzimmer aufzuräumen, nachdem sie die Champagnerflöten in die Küche gebracht hatte. Vielleicht war sie etwas unsicher auf den Beinen gewesen, gegen den Tisch gestoßen, und der Tisch war umgestürzt. Bei dem Versuch, eine ihrer kostbaren Schäferinnen zu retten, war Mirelle auf eine andere Figur getreten und hatte sich dabei fürchterlich geschnitten.

Peter dachte an die Schnittwunden, die er selbst im Laufe seines Lebens an den Händen gehabt hatte. Selbst kleine Wunden konnten sehr stark bluten. Doch Mirelles Hände waren sauber gewesen. Dafür war ihr Gesicht blutverschmiert gewesen, obwohl keinerlei Verletzung zu sehen war. Mirelles Hände konnten das Blut nicht verschmiert haben. Aber wessen Hände waren es dann gewesen?

Vielleicht hatte sie sich die Hände gewaschen, bevor sie sich auf den Stuhl gesetzt hatte und verblutet war? Möglicherweise lagen irgendwo blutgetränkte Servietten oder Papiertücher.

Peter sah sich die Toilette im Erdgeschoß an, die Mirelle sicher als ihr stilles Örtchen bezeichnet hätte. Alles war blitzblank. Im Kosmetikeimer lagen mehrere lavendelfarbene Papiertücher, doch Blutflecken waren darauf nicht zu sehen.

Auch im ersten Stock fand er nur Beweise dafür, daß Mirelle eine geradezu perfekte Hausfrau gewesen war. Falls sie tatsächlich ermordet worden war, hatte der Mörder sicher das Haus nicht nach Wertgegenständen durchsucht. Keine einzige Schublade stand offen, sämtliche Türen waren verschlossen.

Wenn er weiter herumstand wie ein ausgestopfer Emu, würde er den Fall nie lösen. Er konnte zumindest die Porzellanscherben zusammenkehren und wegräumen, bevor sich jemand daran verletzte. Er suchte in Mirelles Küche nach dem Schrank, in dem sie ihre Putzutensilien aufbewahrte, fand einen Stapel Tragetaschen sowie Besen und Kehrblech und trug alles ins Wohnzimmer. Er machte sich nicht die Mühe, auf etwaige Fingerabdrücke zu achten, denn er hatte sich die Sohlen von Mirelles Pantoffeln genau angesehen, als er die Fotos gemacht hatte, und außer Blut nichts gefunden. Was nicht weiter verwunderlich war. Sie hatte soviel Blut verloren, daß die Lache fast die Hälfte des Bodens bedeckte. Das Zimmer war so mit Möbeln zugestellt, daß man nur ein oder zwei Schritte tun mußte, um vom Sofa zum Stuhl zu gehen. Selbst wenn sie schon Blut an den Füßen gehabt hatte, bevor sie zum Sessel gegangen war, machte dies keinen Unterschied, denn die rote Flut hatte sich bestimmt über die Fußabdrücke ergossen und sie unkenntlich gemacht.

Aber irgend jemand war auf die Porzellanscherben getreten, die von dem umgestürzten Beistelltisch gefallen waren. Alle drei Etagen waren mit kleinen Figürchen vollgestellt gewesen, doch sie waren neben der Sockelleiste auf den dicken weichen Teppich gefallen und hätten eigentlich nicht zerbrechen können. Vielleicht war der Tisch zufällig umgefallen, doch als Peter sich die Scherben genauer ansah, war er sicher, daß jemand kurz, aber heftig auf die fragilen Gegenstände getreten war. Und zwar mit voller Absicht. Dabei mußte er genau neben der Wand gestanden haben, denn die Scherben lagen nicht etwa mitten auf dem Boden. Jetzt brauchte man nur noch die Schuhe oder Stiefel des Übeltäters zu finden. Nichts leichter als das. Man brauchte schließlich nur in jeden Schuhschrank von Balaclava Junction zu schauen.

Weder Ottermole noch Svenson hatten auch nur mit einem Wort angedeutet, daß sie die Staatspolizei einschalten wollten, was er durchaus verstehen konnte. Svenson wollte das College so weit wie möglich aus den Schlagzeilen heraushalten. Ottermole wollte verhindern, daß die komischen Kerle in ihren schikken Uniformen und schönen glänzenden Wagen sich in ihrem Ruhm sonnten, falls es denn Ruhm zum Sonnen gab. Peter war dies recht, er wollte endlich fertig werden, den Fall lösen und zurück zu seinen Studenten.

Er fegte die ehemaligen Kostbarkeiten, die jetzt nur noch teure Scherben waren, so sorgfältig wie möglich zusammen. Dann hängte er Mirelles Handfeger und Kehrblech mit größter Vorsicht zurück an ihre jeweiligen Haken, als habe er keine

Lust, das Gespenst zu erzürnen, das vielleicht bereits hier herumgeisterte und nur darauf aus war, Verderben über die miesen Typen zu bringen, die den wunderschönen weißen Teppich ruiniert und die süßen kleinen Entchen und Häschen kaputtgemacht hatten.

Peter befand sich wirklich in einer ziemlich heiklen Situation. Er kam zu dem Schluß, daß es besser sei, die Scherben an einem sicheren Ort aufzubewahren, damit sie nicht abhanden kamen oder versehentlich weggeworfen wurden. Vielleicht brauchte man sie ja noch, um sie mit den Resten an den Schuhen des Täters zu vergleichen. Der sicherste Ort, der ihm einfiel, war das altmodische Marmeladenregal ohne Marmelade in seinem eigenen Keller.

Während er die Scherben einsammelte und sorgfältig verstaute, fragte er sich, wie es Catriona und Jim an diesem Morgen wohl ging. Das Zimmer hier jedenfalls sah aus wie der Schlachthof des College und war für einen Mann, der unter Schock stand, sicher nicht der geeignete Ort.

Kapitel 14

In Catriona McBogles frisch erweitertem Haushalt in Sasquamahoc war alles in bester Ordnung. Nachdem sie kurz vor neun Uhr morgens zu Hause angekommen waren, hatten Catriona und Guthrie auf dem Ausziehsofa im Arbeitszimmer ein Bett für Professor Feldster beziehungsweise Feldstermeier gemacht. Danach hatten sich alle drei in ihre jeweiligen Betten zurückgezogen und sich nach der langen Fahrt ein wohlverdientes Nickerchen gegönnt.

Catriona hatte felsenfest vor, sich eine Stunde lang schlaflos und seufzend hin und her zu wälzen, und trug zu diesem Zweck eines ihrer langärmeligen, hübsch bestickten und üppig mit Spitzen verzierten Nachthemden, die sie in einem Dessous-Laden in Freeport erstanden hatte, kurz nachdem Guthrie in ihr zweitschönstes Schlafzimmer gezogen war. Sie hatte sich das Gesicht gewaschen, die Zähne geputzt und war mit dem Vorsatz ins Bett gestiegen, sich den Kopf zu zerbrechen. Drei Minuten später war sie fest eingeschlafen. Sie wachte erst wieder auf, als der Hühnerhof-Pavarotti, der zur Farm ganz in der Nähe gehörte, sein Mittagskikeriki schmetterte. Wahrscheinlich hätte er damit sogar die Toten auf dem Friedhof im alten Teil der Stadt aufwecken können, wenn er es darauf angelegt hätte.

Obwohl Catriona den Hahn nie persönlich kennengelernt hatte, dachte sie an ihn wie an einen guten Bekannten, und hoffte sehr, daß er nicht irgendwann in einem Suppentopf endete. Als sie versuchte aufzustehen, mußte sie feststellen, daß sie links von Carlyle und rechts von Emerson daran gehindert wurde. Die beiden Maine-Coon-Katzen hatten es sich auf der Steppdecke bequem gemacht und verspürten anscheinend keine Lust, ihr Frauchen kampflos ziehen zu lassen.

Catriona warf einen Blick auf den Nachttischwecker und stellte zu ihrer großen Überraschung fest, daß die Zeiger irgendwie auf elf Uhr gewandert waren. Sie griff nach ihrem Morgenmantel, schüttelte etliche Katzenhaare ab, suchte einige Minuten nach ihren Pantoffeln, fand sie schließlich und begab sich angemessen verhüllt und beschuht nach unten.

Belebender Kaffeeduft erfüllte die Küche. Guthrie erwartete sie bereits. Er hatte schon die Katzen gefüttert und nach draußen gelassen, damit die Häher sie beschimpfen konnten. Zu Catrionas großen Verwunderung stand James Feldstermeier am Herd. Er trug eins von Guthries Flanellhemden, warf mit dem Geschick eines erfahrenen Holzfällercamp-Kochs Pfannkuchen in die Luft und schaffte es sogar, daß sie jedesmal genau in der Eisenpfanne von Catrionas Großmutter landeten. Eigentlich war es eher Zeit zum Mittagessen, doch Catriona mußte zugeben, daß Frühstücken irgendwie gemütlicher war.

Für die Dame des Hauses war bereits gedeckt. Während Guthrie ihr noch den Stuhl zurechtrückte, warf der stumme Koch einen großen Pfannkuchen in die Luft und ließ ihn mitten auf ihrem Teller landen.

»Wo zum Teufel haben Sie das denn gelernt?« wollte sie wissen.

Er antwortete nicht und sah sie auch nicht an. Er goß neuen Teig in die Pfanne, wartete, bis die Blasen sich beruhigt hatten, machte ein paar gekonnte Bewegungen mit seinem Handgelenk und warf ihr noch einen Pfannkuchen zu. Sie bestrich den ersten mit Butter und Sirup und biß versuchsweise hinein. Er schmeckte hervorragend, und sie sagte es auch. Ihr neuer Mieter buk und warf weiter, bis der gesamte Teig aufgebraucht war. Erst dann setzte er sich zu ihnen und aß, was die anderen nicht mehr geschafft hatten.

Was nicht bedeutete, daß Feldstermeier den Tisch hungrig verlassen mußte. Sein Appetit war noch genauso gesegnet wie am Vortag, als er die Schokoladenplätzchen der Bibliothekarin verdrückt hatte. Doch er sagte weiterhin kein einziges Wort. Guthrie versuchte erst gar nicht, den Professor zum Sprechen zu bringen, ließ sich jedoch lobend über die Pfannkuchen aus und erzählte ein oder zwei Anekdoten über berühmte Pfannkuchenwender, die er persönlich kannte. Feldstermeier schien nicht zuzuhören, verließ den Tisch jedoch erst, als Guthrie mit seinen Pfannkuchen und Anekdoten fertig war und sich aufmachte, um zur Forstwirtschaftsschule zu eilen.

Catriona ging wieder nach oben und zog sich richtig an, weil sie es unter diesen Umständen für angebracht hielt. Normalerweise hätte sie sich in ihrer üblichen Morgenkluft, Nachthemd und Morgenmantel, in ihr Arbeitszimmer zurückgezogen, und zwar so lange, bis irgend jemand oder etwas sie beim Schreiben störte, was normalerweise früher oder später immer der Fall war. An manchen Tagen kam sie gar nicht zum Arbeiten, jedenfalls nicht zu der Art von Arbeit, die sie als solche definiert hätte. Alles ließ darauf schließen, daß auch dies so ein Tag war.

Als sie in Cordhose und Sweatshirt nach unten ging, fand sie den selbsternannten Koch am Spülbecken vor. Das Geschirr war bereits gespült, das Abtropfbrett war sauber, und der neue Chef eines internationalen Molkereikonzerns stand wie ein Schaf da, das darauf wartete, von einem Hütehund in die Knöchel gezwickt zu werden, damit es sich endlich in Bewegung setzen konnte. Es war gut zu wissen, daß Feldstermeier sich in der Küche nützlich machen konnte, doch Catriona wäre verdammt wohler gewesen, wenn der Mann endlich gesprochen hätte. Die Aussicht, den ganzen Tag in Gesellschaft einer stummen menschlichen Statue zu verbringen, war wenig erbaulich. Wahrscheinlich mußte man ihn auf Trab halten und darauf warten, daß er sich den großen Zeh stieß und »Aua« sagte. Was es auch war, jede Äußerung von ihm war besser als dieses unheimliche Schweigen.

Um nicht grübelnd herumzusitzen, führte sie Feldstermeier durch das Haus und zeigte ihm sämtliche Zimmer, in der Hoffnung, wenigstens einen Funken von Interesse in ihm zu wecken. Doch er zeigte keinerlei Regung.

Catriona lebte in einer ländlichen Gegend etwas abseits der Durchgangsstraße. Seit sie nach Sasquamahoc zurückgekehrt war, hatte sie so viel mit ihrer Arbeit zu tun gehabt, daß ihr keine Zeit geblieben war, sich um ihre Nachbarn zu kümmern. Sie konnte sich nicht einmal an den Namen der Familie erinnern, der die Farm mit den dunkelgrünen Fensterläden gehörte, auch wenn sie gelegentlich beim Vorbeifahren freundlich nickte, winkte oder hupte, wenn sie jemanden sah, der gerade Post in den Kasten legte oder heraussnahm.

Jetzt bedauerte sie, daß sie sich nicht die Mühe gemacht hatte, ihre Nachbarn besser kennenzulernen. Catriona mochte andere Menschen, manchmal sogar Leute, die niemand sonst ertragen konnte. In Massachusetts hatten sie und Ben in einem

Vorort von Boston gewohnt, hatten überall Freunde gehabt, engen Kontakt zu den Nachbarn gepflegt, waren eingeladen worden und hatten selbst eingeladen. Sie hatten sich gemeinsam in der Gemeinde engagiert, und Catriona hatte sich sogar zweimal ins Kuratorium der Leihbücherei wählen lassen.

Doch dann war schlagartig alles anders geworden, als Catriona den Anruf von Bens verzweifelter Sekretärin bekam und das Gefühl hatte, ihr Leben würde mitten entzweigerissen. Ihre Freunde hatten sich rührend um sie gekümmert, und ihre Unterstützung war für sie sehr wichtig gewesen. Eine Zeitlang war sie in ihrem gemeinsamen Haus geblieben, doch sie wußte genau, daß sie die einsamen langen Winter nicht ertragen würde. Dank Bens Vorsorge und dank der Verlage, die ihre Arbeit ernst nahmen, auch wenn die Romane ihrer Erfolgsautorin alles andere als ernst waren, konnte Catriona McBogle im Grunde ohne größere finanzielle Probleme leben, wo sie wollte. Aber wo sollte sie hinziehen? Sie hatte sich nicht entscheiden können, bis sie zufällig eines Tages eine Freundin besuchte, die sich mit Numerologie beschäftigte. Die Hellseherin, die an diesem Tag ebenfalls bei der Numerologin zu Gast war, sagte Maine.

In dem Moment fiel es Catriona wie Schuppen von den Augen. Als Kind hatte sie oft die Sommerferien in Maine verbracht und war mit dem Fahrrad immer wieder an dem alten Backsteinhaus vorbeigefahren, von dem ihr Onkel Clewitt behauptete, daß es darin spuke. Angeblich wurde es vom Geist einer Witwe heimgesucht, die ihr Wohnzimmer mit einem Rudel Schlittenhunde geteilt hatte. Sonntags nachts hatte sie den Tieren bei Vollmond auf einer singenden Säge Kirchenlieder vorgespielt. Onkel Clewitt behauptete, er sei einmal in einer mondhellen Oktobernacht an dem Haus vorbeigegangen und habe die Hunde einträchtig im Chor »Wer hat die schönsten Schäfchen«/»Mitten im Leben sind wir vom Tod umfangen« heulen hören.

Catriona war zutiefst enttäuscht, als ihr Vater ihr erzählte, was für ein fürchterlicher Lügner Onkel Clewitt sei. Trotzdem hatte sie sich auf ihrem Kalender immer alle Vollmondnächte, die auf einen Sonntag fielen, genau notiert. Doch als sich nie etwas gerührt hatte, war sie zu dem bitteren Schluß gekommen, daß Onkel Clewitts Mond in Wirklichkeit wohl schwarz gebrannter Whiskey gewesen war. Ihr Vater meinte, das sei bei Clewitt eben so, wenn er an Schwarzgebrannten käme.

Trotz der frühen Enttäuschung über die nicht existenten Gespensterhunde hatte Catriona das alte Backsteinhaus gekauft. Es war sogar relativ preiswert gewesen, und sie war mit ihrer Schreibmaschine, unzähligen Bücherkisten, ihrem gesamten Hab und Gut und zwei kleinen Maine-Coon-Kätzchen eingezogen. Inzwischen wohnten sie schon eine ganze Weile dort, und Catriona hatte ihre Entscheidung keine Sekunde lang bereut, auch wenn sie Unmengen an Geld in das alte Gemäuer hatte stecken müssen und ihr ständig Rechnungen von Klempnern, Schreinern, Maurern und Gärtnern ins Haus flattern. Doch damit mußte man rechnen, wenn man ein altes Gebäude aus einer Laune heraus erstand.

In Sasquamahoc brauchte sie sich nicht ständig zusammenzureißen, was ihr das Leben bedeutend erleichterte. Da sie hier keinen kannte, brauchte sie auch niemanden einzuladen. Daß Miss McBogle Schriftstellerin war, kümmerte die Leute nicht, da es in Maine von Schriftstellern wimmelte. Momentan sah es ganz so aus, als habe Catriona die richtige Wahl getroffen. Ob dies wirklich stimmte, würde die Zukunft zeigen.

Plötzlich wurde ihr bewußt, daß sie am Ende des Rundgangs wieder in der Küche angelangt waren und sie dringend frische Luft brauchte. Statt Jim einfach zurückzulassen wie einen der großen Granitblöcke, die wahrscheinlich immer noch den grauen Lincoln bewachten, reichte Catriona ihm die unförmige Mütze, die er gestern auf der Fahrt nach Sasquamahoc getragen hatte. »Kommen Sie«, sagte sie, »Lassen Sie uns doch ein bißchen spazieren gehen. Nur hinter das Haus. Wir gehen nicht weit.«

Wie recht sie doch hatte. Sie gingen in der Tat nicht weit. Catriona McBogles neuer Untermieter weigerte sich nämlich hartnäckig, den Ort zu verlassen, an dem er etwas zu essen bekommen konnte. James Feldstermeier stand stocksteif mitten in der Küche und starrte gebannt auf die Keksdose. Catriona blieb nichts anderes übrig, als den Deckel abzunehmen und ihm die Dose zu reichen.

Was sollte sie bloß mit diesem Mann anfangen?

Doch dann fiel ihr das Telefon ein. Wenn sie ohnehin nicht arbeiten konnte, wollte sie wenigstens ihre Zeit so angenehm wie möglich gestalten.

* * *

Als Peter durch die Kellertür ins Haus kam, hörte er Helens Stimme genau über sich in der Küche. Normalerweise war sie um diese Zeit immer in der Bibliothek. Wer rief sie wohl während ihrer regulären Arbeitszeit zu Hause an? Egal, es war ohnehin ein völlig verkorkster Morgen. Peter legte die wahrscheinlich nutzlose Tragetasche mit dem möglicherweise nützlichen Beweismaterial in den Marmeladenschrank und ging mit leeren Händen nach oben.

Helen hatte es sich gerade erst neben dem Telefon bequem gemacht, als ihr Gatte plötzlich im Zimmer auftauchte wie der Teufel im Kasperletheater.

»Moment, Cat. Er ist gerade hereingekommen. Ich gebe dich weiter, wenn es dir nichts ausmacht. Ich schaue schnell noch bei Grace Porble vorbei, und dann nichts wie weg in die Bibliothek. Es ist Catriona, Peter. Ich habe ihr von Mirelle erzählt. Am besten sprichst du mit ihr. Sie sagt, es sei wichtig.«

Gab es etwas, das noch wichtiger war als ein potentieller Mord? Plötzlich schien alles so verdammt wichtig zu sein, daß man nicht mehr wußte, wo einem der Kopf stand. Helen reichte ihm den Hörer. Peter nahm ihn zögernd in Empfang.

»Hallo, Catriona. Was ist passiert?«

»Gute Frage«, sagte Catriona, die immer noch zu verwirrt war über ihre neueste Entdeckung, um die Nachricht von Mirelles Tod richtig begreifen zu können. »Vielleicht interessiert es dich, daß der graue Lincoln mit den getönten Scheiben nie mehr als Folterkammer für hilflose Milchmänner eingesetzt werden kann.«

»Da hol mich doch der Teufel! Wie hast du das denn herausgefunden?«

»Ich habe so meine Methoden, Shandy. Ehrlich gesagt bin ich eigentlich durch Zufall darauf gestoßen. Unser alter Freund Feldstermeier ist nicht gerade der unterhaltsamste Gast, den ich je zu bewirten versucht habe, falls euch das interessiert. Ich wollte einen kleinen Spaziergang ums Haus mit ihm machen, aber er hat nur Schlafen und Essen im Sinn, daher habe ich ihm seinen Willen gelassen. Das bedeutet aber leider auch, daß ich in der Nähe bleiben muß, falls er plötzlich durchdreht oder es ihm schlechter geht, daher habe ich beschlossen, die nette Bibliothekarin in Beamish anzurufen. Ich habe mich dafür bedankt, daß sie sich so nett um mich gekümmert hat, obwohl ich ihren ganzen Zeitplan durcheinandergeworfen habe, und dann kamen wir miteinander ins Gespräch. Du weißt ja, wie es einem so geht.«

»Zu zweit geht es noch besser.«

»Ganz wie du meinst. Jedenfalls hat sie gesagt, ich sei hoffentlich nach unserer kleinen Party sicher nach Hause gekommen, woraufhin ich ihr eine sorgsam gereinigte Fassung meines Abenteuers auf der kleinen Straße gegeben habe, die an dem tiefen Abgrund vorbeiführt, und da ist sie ausgerastet. Die meisten Leute in Beamish meiden anscheinend diese Straße wie die Pest oder einen Haufen tollwütiger Klapperschlangen. Nur die wirklich Durchgeknallten trauen sich auch nur in die Nähe. Ausgerechnet vorige Nacht war jedoch eine Bande Rowdys in einem alten Pickup dort. Sie haben an der Stelle angehalten, wo man den großen Lincoln eingeklemmt zwischen den Felsblöcken sehen konnte. Dann haben sie das Bier, das sie mitgebracht hatten, getrunken und die leeren Flaschen gegen die Bäume geschleudert. Doch das war nicht aufregend genug. Nachdem sie also das ganze Bier ausgetrunken hatten, sind sie in die Schlucht geklettert und haben versucht, die Wagenfenster mit dicken Granitsteinen einzuschlagen. Dann rannte ein Idiot zum Truck, kam mit einem Gewehr zurück, das er außerhalb der Jagdsaison eigentlich gar nicht bei sich haben dürfte, und ballerte wild drauflos. Gott sei Dank hat jemand den Krach gehört und die Bundespolizei gerufen. Daraufhin machte sich ein Streifenwagen mit Sirenengeheul auf den Weg. Doch die Straße ist in einem so schrecklichen Zustand, wie ich aus eigener Erfahrung nur bestätigen kann, daß sie nur sehr langsam vorankamen. Sie mußten äußerst vorsichtig fahren, um nicht neben dem Lincoln unten zwischen den Felsblöcken zu landen. Das gab den Idioten genug Zeit, Benzin zu holen und über den Lincoln zu schütten, eine Lunte zu legen und anzuzünden. Dann sind sie schnell wieder in ihren Truck geklettert und haben sich aus dem Staub gemacht.«

»Grundgütiger«, sagte Peter. »War von dem Wagen danach noch etwas übrig?«

»Nur das Nummernschild, behauptet Belinda Beaker. So heißt die Bibliothekarin in Beamish nämlich, falls ich es noch nicht erwähnt habe. Man nimmt an, daß der Wagen von Royal Rentals, einem Autoverleih in Hoddersville, gestohlen wurde.

Vielleicht kann Chief Ottermole mehr darüber herausfinden. Belindas Mann ist Mitglied der Freiwilligen Feuerwehr. Sowohl die Polizei als auch die Feuerwehr waren im Einsatz, aber sie konnten kaum noch etwas ausrichten, nur die Straße absperren, die Schaulustigen vertreiben und das Feuer in Schach halten, damit es sich nicht weiter ausbreitete. Belinda fand es merkwürdig, daß ihr Mann vier Champagnerflaschen fand, die in einiger Entfernung vom Wagen lagen. Sie lagen nebeneinander, keine davon war zerbrochen, in einer befand sich sogar noch ein kleiner Rest Champagner. Diese Flaschen sind natürlich ziemlich dick und stabil. Müssen sie ja wohl auch.«

»Interessant«, sagte Peter. »Hat er sich die Marke gemerkt? War es eine gute Sorte?«

»O ja, die allerbeste und sündhaft teuer, sagt jedenfalls Feuerwehrmann Beaker.«

»Moment mal, Catriona. Man hat also teuren Champagner gefunden, aber so wie du sie beschrieben hast, waren die Rowdys ja wahrscheinlich nicht einmal in der Lage, eine derartige Flasche zu entkorken. Die Jungs in dem Pickup wollten wahrscheinlich nur ihren Spaß haben, oder was man so unter Spaß versteht, und sich mit ihren Six-Packs die Kehle ölen. Aber vier sündhaft teure Champagnerflaschen, die fein säuberlich in der Nähe einer großen teuren Limousine liegen, sind ja wohl ein etwas anderes Kaliber, sollte man denken.«

»Kommt ganz darauf an, wie man anders definiert.«

»Nun ja, es scheint zwar makaber, aber vielleicht hat derjenige, der Jim Feldster in die gottverlorene Schlucht gebracht hat, sein Opfer für tot gehalten und beschlossen, seinen schlecht erledigten scheußlichen Auftrag mit ein paar Flaschen Kribbelwasser zu feiern, die er eigens zu diesem Zweck mitgebracht hatte. Das sind natürlich alles nur Vermutungen. Du weißt mehr darüber als ich, du warst schließlich dort, aber es geschehen wirklich die merkwürdigsten Dinge.«

»Das kann man wohl sagen«, meinte Catriona. »Helen hat mir eben erzählt, Jims Frau sei verblutet. Das muß ja furchtbar für euch gewesen sein. Am furchtbarsten natürlich für Mirelle Feldster. Aber du wolltest etwas über teuren Champagner sagen?«

»Ja. Nach dem Empfang beim Präsidenten gestern abend hat Mirelle das Zeug nur so in sich hineingeschüttet. Anscheinend hatte sie es von dem arabischen Scheich in dem Cadillac Seville. Sie gab uns ein winziges Schlückchen davon ab, und trank alles andere selbst. Ich hätte gern ein oder zwei Gläschen mehr davon bekommen, aber sie schien keine Lust zu haben, es mit uns zu teilen.«

»Die arme Frau. Ich erinnere mich noch, wie Helen mich mal anläßlich einer Lesung zum Nachmittagstee mit den anderen Fakultätsgattinnen geluchst hat. Mirelle brüstete sich damit, sie sei früher mal Cheerleader und Homecoming Queen an irgendeinem kleinen College gewesen. Aber als ich sie kennenlernte, war sie alles andere als eine Schönheit, sondern nur eine Frau, die ihren Zenit längst überschritten hatte und sich auf ihren Bridgepartys mit Süßigkeiten vollstopfte. Und teuren Champagner in sich hineinschüttete, wenn ich dich richtig verstanden habe.«

Es folgte eine längere Pause. Schließlich seufzte Catriona und fragte: »Bist du noch da, Peter?«

»Entschuldigung, Cat. Ich habe nur nachgedacht. Helen hat dir ja von dem Riesentheater erzählt, das Mirelle hier vor unserer Tür veranstaltet hat, als sie merkte, daß Jim nicht nach Hause kam. Mirelle war außerdem eine hervorragende, wenn auch ziemlich riskante Fahrerin, die mehr Zeit auf der Straße als zu Hause verbrachte. Und jeder hier auf dem Crescent weiß, daß die Feldsters während der letzten fünfundzwanzig Jahre oder noch länger nichts miteinander verband, das man auch nur entfernt als eine Beziehung bezeichnen könnte, auch wenn es den meisten hier ziemlich egal war. Verstehst du, was ich damit sagen will?«

»Das würde ich wahrscheinlich, wenn ich dort leben würde, wo ihr lebt.«

»Es müssen mindestens zwei Personen beteiligt gewesen sein«, sagte Peter. »Die Täter brauchten einen zweiten Wagen, um darin wegzufahren, nachdem sie den Lincoln in die Schlucht gestürzt hatten. Um wieviel sollen wir wetten, daß die Fahrerin des Lincoln genau die Person war, die hier alles zusammengeschrien hat, nachdem sie ihren Gatten mitsamt Auto entsorgt hatte?«

»Aber warum hat man sie dann auch umgebracht?«

»Das kann ich noch nicht sagen, Cat. Vielleicht kann Jim uns weiterhelfen. Wie geht es ihm überhaupt?«

»Ich dachte schon, du würdest nie fragen. Er scheint sich ein wenig erholt zu haben. Er sagt zwar immer noch keinen Ton, aber er fängt an, sich hier und da im Haus nützlich zu machen. Er scheint sehr ordentlich zu sein und ist ein ausgezeichneter Koch, auch wenn er bis jetzt nur Pfannkuchen gemacht hat, aber dabei war er ziemlich eindrucksvoll. Die Pfannkuchen waren geradezu göttlich. Und jetzt darfst du dich endlich auch nach meinem Befinden erkundigen.«

»Okay«, sagte Peter. »Es ist schließlich deine Telefonrechnung. Wie geht es dir, Cat?«

»Miserabel ist wahrscheinlich das *mot juste* für meinen momentanen Zustand.«

Der Seufzer, den Catriona dabei ausstieß, war laut und deutlich zu hören. »Mir tut der Mann wirklich leid, und ich mache mir große Sorgen um ihn, Peter, aber ich habe auch so schon genug am Hals. Ich habe nicht mal Zeit, an mein Buch zu denken, weil ich ununterbrochen meinen Albatros mit Plätzchen füttern muß. Wenn er doch bloß reden würde! Du hast deine Seminare, und Guthrie ist auch nicht da. Es ist sicher furchtbar rücksichtslos von mir, aber kannst du mir nicht irgendeinen Rat geben? Vielleicht sollten wir einfach die Köpfe zusammenstecken. Möglicherweise fällt uns dann ja eine Lösung ein.«

»Hm ja, vielleicht beruhigt es dich etwas, daß Präsident Svenson mich beauftragt hat, Jim tot oder lebendig zurück in die Kuhställe zu schaffen, am liebsten natürlich letzteres. Es ist sonnenklar, daß unbedingt etwas geschehen muß. Und zwar bald. Was hältst du davon, wenn ich einfach zu dir komme und Jim abhole?«

»Wann könntest du denn aufbrechen?«

»Sobald ich die Autoschlüssel gefunden habe.«

»Peter, du bist ein Engel! Kann ich dir irgendwie helfen?«

»Setz dich einfach auf ein weiches Kissen und aktiviere deine Phantasie. Du hast schon mehr als genug getan. Habt ihr euch Jims Sachen mal angesehen, so daß wir sicher sein können, daß er wirklich Jim Feldster mit oder ohne Meier ist?«

»Haben wir. Guthrie hat sämtliche Taschen durchsucht, aber der arme Kerl hatte nichts bei sich. Die Kleidungsstücke haben keine Etiketten, und die Brieftasche scheint weg zu sein. Vielleicht hat sie irgendwo im Auto gelegen, er hing ja mehr oder weniger mit dem Kopf nach unten in seinem fürchterlichen

Spinnennetz, als ich ihn fand. Ich habe nicht daran gedacht, mich genauer umzusehen. Ich kann nur sagen, daß der Mann hier in meinem Haus ganz genauso aussieht wie seine Brüder. Die Zeitungen sind ja voll davon. Ihr würdet ihn natürlich sofort erkennen. Wann wolltest du noch mal losfahren?«

»Sobald du aufgelegt hast. Soll ich noch irgend etwas mitbringen?«

»Ja, ein paar Kleidungsstücke. Die Sachen, die er anhatte, als ich ihn fand, sind draußen im Schuppen. Ich kann mir nicht vorstellen, daß er sie je wieder tragen will. Momentan hat er Sachen von Guthrie geliehen, aber die passen ihm nicht besonders. Kann Jim überhaupt in sein Haus?«

»Wenn man bedenkt, in welchem Zustand es sich befindet, will er das vielleicht gar nicht. Er könnte eine Zeitlang bei uns oder den Porbles wohnen, aber ganz in der Nähe gibt es auch eine Pension, in der er bleiben könnte. Das College hat jemanden abgestellt, der das Haus rund um die Uhr bewacht. Doktor Svenson möchte die Staatspolizei aus der Sache heraushalten, wenn es sich irgendwie machen läßt.«

»Kann ich verstehen. Die Feldstermeiers wollen die Sache sicher auch nicht an die große Glocke hängen, falls sie wirklich etwas damit zu tun haben. Aber ich habe noch gar nicht gefragt, wie es dir geht, Peter. Ist es nicht zu anstrengend für dich, herzufahren und am gleichen Tag wieder zurückzufahren? Es schlaucht einen ganz schön, besonders wenn man einen Passagier hat, der alle zwanzig Minuten geatzt werden muß. Wenn es dir zuviel ist, heute abend wieder zurückzufahren, können wir dir ein Feldbett in die Küche stellen. Ist Helen damit einverstanden, daß du so kurzfristig wegfährst?«

»Aber sicher doch, daran ist sie gewöhnt. Bis später, Cat. Wenn alles glatt läuft, bin ich in etwa vier Stunden bei dir.«

»Ich mache dir was Warmes zu essen. Hoffentlich ißt Jim nicht vorher schon alles auf.«

»Gib Guthrie einen Kuß von mir, und laß dir von ihm auch einen geben.« Peter legte auf, bevor Catriona noch etwas sagen konnte. Als erstes rief er Fred Ottermole an, um ihn auf den neuesten Stand zu bringen und ihm Catrionas Information über den Autoverleih in Hoddersville weiterzugeben. Fred war erstaunt, als er hörte, daß man Jim gefunden hatte, und versprach, sofort bei Royal Rentals anzurufen.

Als nächstes wählte Peter Präsident Svensons Privatnummer. »Ich dachte, ich teile Ihnen besser mit, daß ich mich gleich aufmache, um den verlorenen Cowboy zurückzuholen. Er ist bei Catriona McBogle in Maine. Später mehr davon. Gibt es noch Neuigkeiten, die ich wissen müßte, bevor ich losfahre?«

»Mir egal. Halten Sie mich auf dem laufenden.«

»In Ordnung.« Peter vergewisserte sich, daß er den Schlüssel zum Feldster-Haus hatte, traf Silvester Lomax an, der als Wächter dort postiert war, und packte schnell einen von Jims Anzügen, ein sauberes Hemd und einen Satz frische Unterwäsche zusammen. Bevor er zu Charlie Ross ging, um sein Auto zu holen, machte er noch einen kleinen Abstecher in die Bibliothek. Er wollte sich eigentlich nur ganz kurz verabschieden, doch ihr letzter Kuß dauerte so lange, daß Phil sie auf frischer Tat ertappte.

»Sieh mal einer an, zwei Turteltauben! Verschwendet man so seine kostbare Arbeitszeit als Bibliothekarin?«

»Das müssen Sie gerade sagen«, war Helens wenig unterwürfige Antwort. »Sie und Grace haben doch hier zwischen den Regalen Ihre ganzen vorehelichen Schmusestunden verbracht. Sie brauchen gar nicht erst zu versuchen, sich herauszureden, Grace hat es mir nämlich höchstpersönlich erzählt.«

Peter hatte keine Lust, sich auf weitere Diskussionen einzulassen, nahm die kleine Reisetasche, die er für Jim gepackt hatte, ließ sich von Helen noch einen kleinen Kuß auf den Weg geben und ging zu seinem Wagen. Wie immer hatte Charlie den liebevoll gepflegten Wagen vollgetankt und reisefertig gemacht. Peter gab Charlies Gefolgsmann zwanzig Dollar und fuhr los.

Da er genügend Stoff zum Nachdenken hatte, fand er die Fahrt gar nicht so langweilig. Catrionas Klagen darüber, daß ihr Schützling ihr die Haare vom Kopf fraß, ließen sehr darauf schließen, daß es sich tatsächlich um Jim Feldster handelte. Peter hatte oft genug gesehen, wie er sich in der Fakultätsmensa mehrfach nachgenommen hatte, und sich gefragt, warum in Dreiteufelsnamen dieser hagere Mann bei Mrs. Mazoukas ausgezeichneter Küche einfach nicht dicker wurde. Ganz zu schweigen von der Sahne, die Jim jeden Abend in seinem Eimerchen mit nach Hause nahm.

Peter war ein guter Fahrer. Er hatte schon als Junge auf Traktoren und Mähdreschern Erfahrungen gesammelt. Er war diese

Strecke schon mehrfach gefahren, seit er und Guthrie die alten Bande, die in den vielen Jahren nach ihrer Collegezeit lockerer geworden waren, wieder gefestigt hatten. Um so mehr, seit Helens langjährige Freundin Catriona McBogle das alte Haus in der Nähe der Forstwirtschaftsschule gekauft hatte. Im Gegensatz zu Catriona McBogle wußte er genau, wie er fahren mußte und wie er sein Ziel am schnellsten erreichte.

Peter hatte sich schon oft über die verrückte Vorliebe der Schriftstellerin für wenig befahrene Straßen lustig gemacht. Doch angesichts ihrer letzten Aktion würde er seine Haltung zweifellos überdenken müssen. Wie viele Frauen hätten wohl den Mut aufgebracht, ganz allein in die tückische Schlucht zu klettern? Sicher gab es auch nicht viele Männer, die dies gewagt hätten, wenn man ehrlich sein sollte.

Peter hoffte, daß Catriona einige Berichte über die Feldstermeier-Dynastie, die sie so fasziniert hatten, aufbewahrt hatte. Das bedeutete nicht, daß er ihr nicht glaubte, es fiel ihm einfach nur verdammt schwer, seine persönliche Einschätzung des Mannes, den er seit dreißig Jahren als Kollegen und Nachbarn kannte, völlig umzukrempeln. Schade, daß er sich nie die Mühe gemacht hatte, ihn richtig kennenzulernen. Wahrscheinlich beschränkte er sich ohnehin am besten auf seine Rübenfelder, da wußte er wenigstens Bescheid.

Er bedauerte zutiefst, daß Helen keine Zeit gehabt hatte, ihn zu begleiten. Vier Stunden Fahrt konnten schnell eintönig werden, wenn man ganz allein auf dem Highway unterwegs war. Hoffentlich hielt Catriona ihr Versprechen und setzte ihm tatsächlich etwas Warmes zum Essen vor. Und hoffentlich hatte sie daran gedacht, den Kochtopf mit einem Vorhängeschloß zu sichern, bevor Jim Feldster sich über den Inhalt hermachen konnte.

Er kam recht zügig voran. Endlich in Sasquamahoc angekommen, war er froh, sich ein wenig ausruhen und die Füße unter Catrionas Küchentisch ausstrecken zu können. Gott sei Dank hatte sie tatsächlich gekocht. Es gab Möhreneintopf mit warmem Maisbrot und als Nachtisch ein riesiges Stück Apple-Pie. Peter wunderte sich, daß Jim nirgends zu sehen war, doch dann machte er es sich auf dem Stuhl bequem, auf dem er immer saß, wenn er bei Catriona zum Essen eingeladen war, griff nach seinem Besteck und kam zur Sache.

»Wo ist denn dein Stargast, Catriona?«

»Im Gästezimmer. Er schläft immer noch ziemlich viel. Du hast doch nicht etwa vor, auf dem Absatz kehrtzumachen und mit ihm zurückzufahren? Möchtest du dich vielleicht auch ein bißchen hinlegen?«

Peter hob die Hand, um anzudeuten, daß er noch kaute, und schüttelte den Kopf. »Darüber werde ich nachdenken, wenn ich fertig gegessen habe. Dieser Eintopf schmeckt einfach großartig.«

»Bedien dich, solange du noch die Chance dazu hast.«

Catriona nahm sich ein Stückchen Maisbrot, um Peter beim Essen Gesellschaft zu leisten.

»Wo sind eigentlich die Zeitungsartikel, von denen du uns erzählt hast?« erkundigte er sich, nachdem er den größten Teil seines Nachtischs gegessen hatte.

»Hatte mir schon gedacht, daß du dich dafür interessieren würdest.«

Catriona reichte ihm einen Stapel Zeitungen, in denen er mehr oder weniger genau das fand, was sie ihm bereits am Telefon berichtet hatte. Es stand sogar etwas über den jüngsten Bruder von Forster Feldstermeier darin, einen geheimnisvollen Mann, der beschlossen hatte, an einem unbedeutenden kleinen College irgendwo im Nordosten zu unterrichten, statt seinen rechtmäßigen Platz in der berühmten Familie einzunehmen. Doch das war längst nicht alles. Peter aß noch ein Stück Pie und gönnte sich eine zweite Tasse Kaffee, bevor er weiterlas.

»Hast du das Jim schon gezeigt?« fragte er.

Catriona zuckte mit den Achseln. »Ich habe es versucht, aber er hat nicht reagiert. Er hat zehn Sekunden lang mit leerem Blick auf die Blätter gestarrt und sich dann suchend im Zimmer umgesehen, in der Hoffnung, irgendwo noch etwas zu essen zu finden. Irgendwie komisch, finde ich. Bist du ganz sicher, daß du nicht doch ein Nickerchen halten möchtest?«

»Ich traue mich nicht. Wahrscheinlich hättest du dann außer einem Albatros auch noch einen Rip van Winkle am Hals. Ich sollte besser aufstehen und ein bißchen im Garten herumlaufen, um mich zu entspannen. Dein Telefon läutet.«

»Ich weiß. Das ist bestimmt meine Lektorin. Sag ihr, ich sei nach Seattle gefahren.«

»Das kann doch nicht dein Ernst sein!«

»Du bist mir ein schöner Freund!« Catriona stieß einen abgrundtiefen Seufzer aus und verließ das Zimmer. Zum Trost nahm sie sich schnell noch ein Stück Maisbrot.

Peter stellte das schmutzige Geschirr ins Spülbecken, ließ als Zeichen seines guten Willens ein wenig Wasser darüber laufen und ging nach draußen in den Garten. Der Tag war viel zu schön, um ihn im Haus zu vertrödeln. Er bemerkte eine altmodische Doppelschaukel mit erstaunlich bequemen Holzsitzen und machte es sich auf dem einen gemütlich. Emerson und Carlyle, die auf der anderen Seite saßen, machten keinerlei Anstalten, ihren Platz zu verlassen, und schienen auch nicht das Bedürfnis zu haben, auf den Schoß des Gastes zu springen. Vielleicht war es besser so, Maine-Coon-Katzen waren immerhin außergewöhnlich groß.

Die Sonne war angenehm warm, die Äpfel an dem Baum, an dem die Schaukel befestigt war, hatten rote Bäckchen und dufteten genau so, wie Äpfel duften sollten. Peter döste ein bißchen ein, nur ganz kurz, aber gerade lange genug. Er verließ die allzu verführerische Schaukel, machte ein paar Reck- und Streckübungen, die er von den Katzen abgeschaut hatte, und wanderte hinter das Haus, um nachzusehen, wie Catrionas Staudenbeete aussahen.

Sie sahen hervorragend aus, was vor allem auf Peters zahlreiche kostenlose Ratschläge und die vielen Pflanzen, die er Catriona geschenkt hatte, zurückzuführen war. Emerson schien nach Höherem zu streben, er ignorierte den Professor einfach und widmete sich seiner Katzenphilosophie. Carlyle war geselliger und hatte nichts dagegen, den Fremdenführer zu spielen, solange Peter sich keine unzulässigen Freiheiten herausnahm. Die beiden hatten gerade einen hübschen kleinen Spaziergang um die Blumenrabatten hinter sich und kamen wieder zurück zur Eingangstür, als Jim Feldster lächelnd nach draußen trat.

»Hi, Pete. Gehst du Gassi mit ... «

Weiter kam er nicht. Peter griff die Gelegenheit sofort beim Schopfe. »Sehr richtig, Jim, ich führe die Katze aus. Wie geht es dir?«

Anscheinend nicht besonders gut. Das Lächeln verschwand, das Gesicht wirkte ausdruckslos, der Mund war geöffnet, doch es kam kein Wort über die Lippen. Jetzt hieß es handeln.

»Schön, dich zu sehen, Jim. Du hast mich sofort erkannt,

nicht? Aber das war ja auch zu erwarten, schließlich sind wir schon seit Ewigkeiten Nachbarn. Ich bin Pete, wie du eben richtig bemerkt hast. Pete Shandy, von nebenan.«

Feldster zeigte ein weiteres kleines Lebenszeichen, starrte auf die Blumen, den Apfelbaum, die beiden großen Katzen und schließlich auch auf Peter.

»Du, Pete? Und ich – wer bin ich? Und wo bin ich? Sind wir tot?«

»Nein. Wir besuchen nur Catriona. Du erinnerst dich doch sicher an Catriona, Helens Freundin aus Maine?«

»Warum?«

»Weil sie dein Leben gerettet hat.«

»Tatsächlich?« Jim klang so, als kümmere ihn das wenig. Vielleicht war es ihm wirklich egal. »Ist sie tot?«

»Nein, sie ist quicklebendig. Und wir auch. Komm schon, Jim, wie wär's, wenn wir uns hier auf die Schaukel setzen und ein bißchen plaudern?«

»Plaudern? Kann ich denn sprechen?«

»Im Moment sprichst du ganz normal. Wie kommst du denn darauf, daß du nicht sprechen kannst?«

»Sind wir wirklich nicht tot?«

»Glaub' mir, Jim, du bist genauso lebendig wie eh und je.«

Was immer das bedeuten mochte. Peter faßte Jim vorsichtig am Ellenbogen und schob ihn Richtung Schaukel. »Meine Großeltern hatten auch so eine Schaukel«, sagte er, weil ihm nichts Besseres einfiel.

»Sind sie tot?«

»Ja, aber das heißt trotzdem nicht, daß du auch tot bist. Hast du das verstanden, Jim? Wir beide leben noch, vergiß das nicht. Du hast einfach in der letzten Zeit eine Menge durchgemacht, das ist alles.«

»Durchgemacht?« Jim schien ziemlich lange nachzudenken. Er versuchte, den Arm zu bewegen, den Peter nicht festhielt, und stellte erleichtert fest, daß er nicht abfiel. Peter ließ den anderen Arm los. Auch er fiel nicht ab.

»Viel durchgemacht, sagst du. Tut mir deshalb alles so weh?«

»Ja, Jim. Genau das ist der Grund. Magst du mir davon erzählen?«

»Wovon denn? Ich habe Hunger.«

Es war das albernste Gespräch, das Peter je geführt hatte. Er wollte Jim dazu bringen, über sein schreckliches Erlebnis im Lincoln zu sprechen, doch er wagte es nicht. Das »Ich habe Hunger« konnte nur eine Ausflucht sein, auch wenn Jim sicherlich nicht bewußt abzulenken versuchte. Er konnte seine Erinnerungen noch nicht ertragen, vielleicht würde er es nie können. Man würde abwarten müssen. Momentan gab es nur einen kleinen Strohhalm, an dem Peter sich festhalten konnte. Jim hatte ihn erkannt, und auch wenn die beiden Nachbarn nur wenig verband und Jim die Katze der Shandys besser kannte als ihre Besitzer, war dies immerhin ein Anfang.

Kapitel 15

Es gab keinen langen Abschied. Peter wußte, daß Catriona darauf brannte, ihre gute Tat so schnell wie möglich wieder loszuwerden. Als sie Jim in seinem eigenen schlichten grauen Anzug und Hemd sah und ihn laut und verständlich sprechen hörte, auch wenn er nur »Hübsche Katzen« sagte, packte sie rasch einen Picknickkorb mit Reiseproviant für ihn und Peter, überreichte ihn lächelnd und wünschte den beiden eine angenehme Heimfahrt.

Peter war zwar nicht sicher, ob man in Jims Fall noch von Heim sprechen konnte, doch er schwieg. Als die beiden Männer und der Picknickkorb sicher im Wagen verstaut waren, der Motor bereits lief und sie ihre Sicherheitsgurte angelegt hatten, riß Jim plötzlich die Beifahrertür auf und stieß die Frage »Waren Sie diese Frau?« hervor.

Bevor Catriona Gelegenheit hatte, ja zu sagen, war die Tür wieder zu. Jim brach in Tränen aus, und Peter wußte nicht, was er machen sollte. Er reichte ihm schweigend die Schachtel mit Papiertüchern, die Helen immer griffbereit im Wagen liegen hatte, und fuhr wie geplant los. Es war besser, den Mann mit den Worten allein zu lassen, die er sich auch bei besserer Gelegenheit nicht hatte von der Seele reden können. Schließlich gab es ja auch noch Telefon und Post.

Peter wußte, daß es etwa zwanzig Meilen weiter eine Tankstelle gab. Am besten tankten sie, solange es noch ging. Seit dem Abschied von Catriona hatten weder er noch sein Passagier auch nur ein einziges Wort gesagt. Auch an der Tankstelle faßte er sich kurz. »Volltanken. Normal, bitte«, war alles, was er sagte. Dann fiel ihm ein, daß sie einiges an Proviant an Bord hatten, und er fragte Jim: »Hast du Lust auf ein Sandwich?«

»Nein, danke, ich bin nicht hungrig.«

Schade, daß Catriona das nicht hören konnte. Sie hätte ihren

Ohren nicht getraut. »Möchtest du vielleicht noch kurz austreten, bevor wir weiterfahren?«

»Nein.«

»Soll ich den Mund halten und dich in Ruhe lassen?« fragte er, während er wieder losfuhr.

Endlich reagierte sein Fahrgast. »Was hast du gesagt? Tut mir leid, Pete, ich glaube, ich bin momentan kein besonders angenehmer Beifahrer. Ich weiß einfach nicht, was ich sagen soll. Mein Kopf funktioniert nicht richtig. Glaubst du, daß ich langsam verrückt werde?«

»Nein, Jim, das glaube ich nicht. Kannst du dich an irgend etwas erinnern, was in den letzten drei oder vier Tagen passiert ist?«

»Wie – was meinst du damit?«

»Na ja, beispielsweise an das letzte Mal, als du mit mir gesprochen hast. Das war vor drei Tagen, Montagabend. Du wolltest zu deinem Logentreffen und warst auf dem Weg zu den Feuerflitzern in Lumpkinton. Kannst du dich daran noch erinnern?«

»Stimmt, wir wollten mit der alten Handpumpe losziehen! Ja, daran erinnere ich mich. Du warst draußen vor dem Haus und hast die Katze Gassi geführt. Jane! Sie hat sich sogar von mir streicheln lassen.«

»Das erlaubt sie noch lange nicht jedem.« Vielleicht war es gar nicht so schwierig, wie Peter befürchtet hatte. »Stimmt genau, Jim. Wohin bist du danach gegangen?«

»Den Crescent herunter. Mirelle wollte mal wieder den Wagen haben. Ich dachte, daß Elver Butz mich vielleicht mitnehmen könnte.«

»Großartig, Jim. Erinnerst du dich auch noch, was du danach gemacht hast?«

»War es etwa irgend etwas Verrücktes?« Feldster wurde wieder nervös.

»Keine Sorge, Jim. Es ist zwar etwas Verrücktes passiert, aber das war nicht deine Schuld. Elver hat mir erzählt, er habe dich die Maine Street heruntergehen sehen, in Richtung Spritzenhaus, wo er dich treffen wollte. Bist du schnell oder langsam gegangen?«

»Schnell, glaube ich. Ich wollte Elver nicht warten lassen.«

»Aber zu dem Zeitpunkt fuhr er noch hinter dir her, oder?«

»Wenn er es sagt, wird es wohl stimmen.«

»Du hast dich nicht umgedreht und nach seinem Lieferwagen Ausschau gehalten?«

»Nein. Ich bin einfach weitergegangen.«

»Hat jemand versucht, dich zu stoppen, bevor Elver dich einholen konnte?«

Keine gute Frage. »Ich – da war ein Auto. Ein großes, graues Auto. Es hat mich überholt und – ich – danach kann ich mich an nichts erinnern!«

Es dauerte eine Weile, bevor er wieder in der Lage war zu sprechen. Peter überlegte, ob ein Sandwich vielleicht hilfreich wäre, doch Jim fing sich auch so wieder.

»Tut mir leid, Pete. Irgendwie kommt es mir vor, als sei ich tot gewesen oder so. Ich war irgendwie – nirgendwo. Weißt du, was passiert ist?«

»Ich weiß eine ganze Menge, dank Catriona McBogle.«

»Ist das die Frau, bei der wir waren?« Zum ersten Mal verriet die Stimme des Passagiers echte Wärme. »Und woher weiß sie das alles?«

»Weil sie dir das Leben gerettet hat, wenn du es genau wissen willst. Einen Tag nach deinem Verschwinden war sie bei uns zu Besuch und hat in unserem Haus übernachtet. Gestern morgen hat sie sich auf den Heimweg gemacht. Wie üblich hat sie sich total verfahren. Eine kleine Macke von ihr, die sie selbst nicht zu stören scheint. Sie nennt es ›Fügung des Schicksals‹, und ich fange allmählich an, ihr zu glauben.

Jedenfalls ist sie irgendwo am Ende der Welt auf einer einsamen Nebenstraße gelandet. Eigentlich war es keine Straße, sondern eher ein breiter Weg. Voller Steigungen und Unebenheiten, ein Schlagloch nach dem anderen und völlig gottverlassen. Dann sah sie etwas, das überhaupt nicht in die Landschaft paßte. Sie befand sich oben auf einem Grat, der an beiden Seiten steil abfiel. Sie fuhr im Schneckentempo weiter und hielt vorsorglich nach einem entgegenkommenden Auto Ausschau, denn für zwei Wagen war kein Platz.

Doch glücklicherweise war weit und breit niemand zu sehen, und sie hielt an, um nachzusehen, was das große graue Objekt unten in der Schlucht war und wie es dorthin gekommen war. Es war sehr steil und ziemlich tief. Sie traute ihren Augen nicht, als sie feststellte, daß es eine Lincoln-Limousine war. Sie hatte sich kopfüber in den Felsbrocken verkeilt. Das hintere Ende des

Fahrzeugs ragte in die Luft, und im Inneren des Fahrzeuges fand sie dich.«

»Mich? Mein Gott, wie ist das möglich?«

»Gute Frage, Jim. Ich hatte gehofft, du könntest es mir erklären. Kennst du jemanden, der dir nach dem Leben trachten könnte?«

»Höchstens Mirelle. Sie ist manchmal furchtbar wütend auf mich. Aber sie würde nie im Leben einen Lincoln für mich ruinieren. Wahrscheinlich macht sie mir wie üblich die Hölle heiß, wenn ich zurückkomme. Falls ich überhaupt zu ihr zurückgehe.«

»Darüber würde ich mir jetzt noch keine Gedanken machen.«

Peter wollte erst über Mirelle reden, wenn es sich nicht mehr vermeiden ließ. Erleichtert stellte er fest, daß Jim sich bedeutend mehr für Catriona und den Lincoln zu interessieren schien. Hatte er seinen Sicherheitsgurt getragen? Hatte er den Wagen selbst gefahren?

»Auf keinen Fall«, teilte ihm Peter mit. »Du hingst in deinem Becken- und Schultergurt über dem Beifahrersitz. Catriona sagt, du hättest ausgesehen wie eine Fliege im Spinnennetz. Zuerst hielt sie dich für tot, doch sie hat dich natürlich trotzdem aus dem Gurt befreit und versucht, dich aus dem Wagen zu ziehen. Dabei hat sie gemerkt, daß du noch lebtest. Du hast praktisch die ganze Zeit kopfüber gehangen. Kein Wunder, daß du dich die letzten beiden Tage ein bißchen benebelt gefühlt hast. Nicht viele Männer hätten eine derartige Tortur überlebt.«

»Erzählst du mir auch die Wahrheit, Pete?«

»Selbstverständlich. Wenn der graue Lincoln derselbe war, der dich mitgenommen hat, ist man wahrscheinlich mit dir sofort zu der Stelle gefahren, an der Catriona dich gefunden hat, und hat dich dort in dem Wrack zurückgelassen, in der Hoffnung, du würdest verhungern oder an Austrocknung sterben. Catriona sagt, du seist in einem jämmerlichen Zustand gewesen, als sie dich aus dem Wagen befreit und den Abhang hochbugsiert habe. Kann auch sein, daß du Catriona hochgeschoben hast, sie weiß es selbst nicht mehr so genau. Wahrscheinlich habt ihr euch gegenseitig geholfen. Es ist ein Wunder, daß du unter den Bedingungen überhaupt überlebt hast.«

»Und sie wußte nicht mal, wer ich war? Das ist ja wirklich unglaublich!«

Jim klang gleichzeitig ehrfürchtig und erfreut, vor allem aber erfreut. Peter entschied, sich ein klein wenig weiter vorzuwagen.

»Catriona hat sich allerdings denken können, wer du warst«, sagte er. »Hattest du in letzter Zeit Kontakt zu deiner Familie?«

»Mit welcher Familie? Wie meinst du das?«

»Würde es dir etwas ausmachen, mir deinen richtigen Namen zu verraten, Jim? Könnte es sein, daß du in Wirklichkeit Feldstermeier heißt?«

»Oh Gott! Warum zum Teufel müssen wir ausgerechnet darüber reden?«

»Weil du so schnell wie möglich die ganze Wahrheit erfahren solltest und es anscheinend an mir hängenbleibt, dich aufzuklären. Auch wenn ich ganz und gar nicht der Richtige dafür bin. Kurz und gut, dein ältester Bruder ist genau an dem Tag gestorben, an dem du gekidnappt wurdest.«

»Forster soll tot sein? Das ist doch Unsinn. Er wird unsere ganze verdammte Familie überleben, inklusive Enkel und Urenkel.«

»Sieht leider nicht so aus, wenn die Berichte in den Medien der Wahrheit entsprechen. Anscheinend kann die Familie ihn jedoch nicht beerdigen lassen, weil sein einziger noch lebender Bruder zuvor im Beisein aller Verwandten den Verhaltenskodex verlesen muß, den der erste Feldstermeier, der je Fuß auf amerikanischen Boden setzte, aufgestellt und niedergeschrieben hat. Dann muß er seine Unterschrift unter die des verstorbenen Familienoberhauptes setzen und sich dadurch bereit erklären, die Führung der Familie zu übernehmen, mit sämtlichen Pflichten und Rechten. Ich fürchte, deine Familie ist auf der Suche nach dir, Jim.«

Jim stöhnte. »Warum hat sie mich nicht einfach in dem Lincoln gelassen?«

»Also wirklich, Jim. Das kann doch nicht dein Ernst sein.«

»Ach nein? Kannst du dir vorstellen, was es heißt, der ungewollte Nachkömmling einer Lawine zu sein?«

»Nein, wahrscheinlich nicht«, gab Peter zu. »Erzähl mir, wie es war.«

»Später – vielleicht. Wie wäre es mit dem Sandwich, das du mir vor einiger Zeit angeboten hast?«

Sie hatten die Tankstelle erst vor etwa einer halben Stunde verlassen. Peter war noch kein bißchen hungrig. Er wollte zwar unbedingt mehr über die Lawine erfahren, doch sie hatten noch etwa drei Stunden Fahrt vor sich, und er hatte keine Lust, sich jetzt schon auf etwas einzulassen, das sich als schwierig herausstellen konnte. Er fuhr auf die Standspur, griff nach dem Picknickkorb und öffnete die Thermoskanne.

»Möchtest du auch einen Schluck Kaffee, Jim?«

»Klar.«

»Wie trinkst du ihn denn gerne?«

»Ganz egal. Am liebsten mit Zucker und Sahne, wenn welche da ist.«

Es war welche da. Catriona hatte ein kleines Glas mit Sahne gefüllt und ein paar von den handlichen kleinen Zuckertütchen dazugelegt, wie sie Leute gern in Restaurants mitgehen ließen. Peter hatte kein Interesse an Sahne. Er trank seinen Kaffee schwarz, seit Helen ihm vorgeschlagen hatte, seine Sonntagshose in der Änderungsschneiderei in Hoddersville erheblich weiter machen zu lassen.

Es war ein hervorragendes Picknick. Es gab vier hartgekochte Eier, Catriona vertrat die Ansicht, daß man immer beim Ei anfangen sollte. Außerdem hatte sie ein großzügiges Stück Cheddar und ein Paket Cracker eingepackt. Es gab Äpfel und eine Tafel Halbbitterschokolade. Die Sandwiches waren mit dicken Fleischscheiben belegt, die von einem Braten stammten, den Guthrie am Vortag zubereitet hatte. Jim starrte die vier Bratensandwiches mit einem Gesichtsausdruck an, wie ihn Romeo gehabt haben mochte, als er zum ersten Mal seine Julia sah, bevor sie einander offiziell vorgestellt worden waren. Was nie geschehen war, soweit er sich erinnerte. Peter hatte das ungute Gefühl, daß sein Beifahrer plante, alle vier Brote allein zu futtern. Kein Wunder, daß Catriona bei der Entdeckung, daß sie sich einen menschlichen Bandwurm eingehandelt hatte, in Panik geraten war.

Heldinnen hatten es schwer. Sie konnten ihre Arbeit nie richtig erledigen, weil ihnen immer irgendein Mann in die Quere kam und sie davon abhielt. Peter beschloß, sich wenigstens ein Sandwich zu sichern, denn dies war wahrscheinlich seine letzte Chance. Er bot Jim einen zweiten Becher Kaffee an, bemerkte, daß Jims erstes Sandwich bereits auf dem Weg durch die verschlungenen Pfade seines Verdauungstraktes war, und überredete ihn, die hartgekochten Eier zu kosten. Jim verschlang alle vier mit je einem Bissen, als wären sie Erdnüsse.

Höchste Zeit, das Picknick wieder zu beenden, damit sie später nicht völlig ohne Verpflegung dastanden. Peter aß sein Sandwich auf und stellte den Korb so auf die Rückbank, daß man ihn nur mit Mühe erreichen konnte. Dann fuhr er vorsichtig zurück auf den Highway, ohne abzuwarten, ob Jim schon soweit war. Er deutete zaghaft an, daß sie ja bald wieder anhalten konnten. Jim sagte nichts, warf jedoch einen ängstlichen Blick auf den Korb, um sich zu vergewissern, daß er genauso sicher verstaut war wie vorher. Als er sah, daß alles in Ordnung war, schien er sich sogar mit der in Aussicht gestellten Fortsetzung des Picknicks auszusöhnen. Er drehte den Beifahrersitz in eine bequemere Position und machte sich bereit für ein kleines Nickerchen.

Peter ließ ihn eine Zeitlang schlummern. Allmählich wurde ihm klar, daß Söhne von Lawinen verdammt viel mehr Bedienung erwarteten als Söhne der Felder, und er mußte sich eingestehen, daß ihm dies mißfiel. Er drückte auf den Knopf, der den Beifahrersitz wieder in Normalposition brachte.

»Gut geschlafen, Jim? Du wolltest mir doch noch etwas über die Lawine erzählen.«

»Habe ich das gesagt?« Jim machte Anstalten, wieder einzuduseln, doch das ließ Peter nicht zu.

»Allerdings. Wenn auch vielleicht nicht mit genau denselben Worten. Ich dachte, Catriona hätte vielleicht schon mit dir gesprochen. Sie interessiert sich sehr für deine Familie. Sie hat alles gelesen, was sie über Forster Feldstermeier finden konnte.«

»Das verstehe ich nicht, Peter. Sie hat auf mich gewirkt wie eine ganz vernünftige Frau.«

»Bist du da nicht eine Spur zu sarkastisch?«

»Kann schon sein. Was spricht dagegen?«

»Keine Ahnung, Jim. Vielleicht hast du Lust, mich aufzuklären. Du hast dich doch vorhin selbst als den ungewollten Nachkömmling einer Lawine bezeichnet. Das war kurz nachdem jemand versucht hat, dich auf eine besonders ungewöhnliche Weise ins Jenseits zu befördern. Möchtest du darüber nicht sprechen?«

»Pete, ich weiß, daß du nur versuchst, mir zu helfen. Aber ich bin nicht sicher, ob ich will, daß mir jemand hilft.«

»Hm ja, ich vermute, das mußt du selbst entscheiden, Jim. Wir werden noch mindestens drei Stunden hier in diesem Auto sitzen, vielleicht noch länger, falls du beschließt, daß du nicht zurück zum Crescent willst.«

»Gibt es denn einen Grund, der dagegen spräche?«

Verflixt und zugenäht! Warum hatte er bloß den Mund nicht gehalten? Er hätte wenigstens warten können, bis sie die restlichen Sandwiches gegessen hatten. Jetzt blieb ihm nichts anderes übrig, als mit der Wahrheit herauszurücken.

»Es gibt da etwas, Jim – « Es hatte keinen Zweck, er brachte es einfach nicht über die Lippen.

»Was ist denn passiert, Pete? Doch nicht etwa ein Brand in den College-Ställen?«

»Nein, die Ställe stehen noch. Jedenfalls standen sie noch, als ich heute morgen losgefahren bin. Es ist – oh, verdammt! Es ist Mirelle.«

»Was ist mit ihr?«

»Sie ist tot, Jim.«

»Sonst nichts?«

»Ist das denn nicht genug?«

»Und ob das für mich genug ist. Hat sie jemand umgebracht?«

»Mein Gott, Jim, ist das alles, was du wissen willst?«

»Was gibt es denn sonst noch zu wissen? Ich möchte dem Kerl, der es getan hat, wer auch immer es ist, nur die Hand schütteln.«

Wie sollte man auf so etwas reagieren? »Ich möchte dir einen Rat geben, Jim. Ich glaube nicht, daß es klug ist, diese – eh – Einstellung in den Ställen zu äußern. Und auch sonst nirgends, es sei denn, du bist scharf darauf, ins Gefängnis zu kommen.«

»Gefängnis? Keine Sorge. Mein Bruder – «

»Dein Bruder ist tot, Jim. Du mußt diesen Familienpakt oder wie immer das Ding heißt unterschreiben, damit die Beerdigung endlich stattfinden kann. Sie mußte verschoben worden, wie ich dir bereits gesagt habe. Erinnerst du dich?«

»Nein. Das ist ja großartig. Dann hat Forster also tatsächlich den Löffel abgegeben. Und Mirelle ist ebenfalls tot. Sind jetzt etwa hier herum alle tot?«

Jims Geist schien sich wieder zu verwirren, dachte Peter. Vielleicht war es eine verspätete Reaktion auf irgendeine Droge, die man ihm injiziert hatte, bevor man ihn in dem Lincoln zurückgelassen hatte. Oder verstellte er sich nur? War das ganze Theater nur eine sorgfältig geplante Farce gewesen?

Peter Shandy starrte den Mann mittleren Alters an, der neben ihm im Wagen saß und seit drei Jahrzehnten sein nächster Nachbar war. Ein Dozent, der unzählige hoffnungsvolle Milchmänner, Milchfrauen, Melker, Melkerinnen, Molkereifachmänner und -frauen auf den richtigen Pfad gebracht hatte und stets gepflegt, aber nie übertrieben gekleidet war. Wer zum Teufel war dieser Mann? Hatte Peter einen furchtbaren Fehler gemacht, als er nicht sofort zur nächsten Polizeistation gefahren war, nachdem er Jim in sein Auto verfrachtet hatte?

Kapitel 16

Nein, das würde Peter Shandy niemals tun. Wenn Thorkjeld Svenson Wind davon bekam, daß Peter versuchte, das College hinter seinem Rücken in einen öffentlichen Skandal zu verwickeln, würde er ihm bei lebendigem Leibe die Haut abziehen und sie anschließend nach alter Wikingertradition an die Kirchentür nageln. Alles weitere erübrigte sich damit automatisch, so daß Peter darüber gar nicht erst nachzudenken brauchte. Am besten, er fuhr einfach weiter. Falls Jim Fragen hatte, würde Peter sie ihm beantworten.

Eine Frage hatte er bereits gestellt, warum also nicht damit weitermachen? »Keine Sorge, Jim. Sonst ist niemand gestorben. Und du bist auch nicht tot. Catrionas Recherchen haben ergeben, daß dein Bruder Feldster über neunzig war. Seine Zeit war einfach abgelaufen. Was Mirelle betrifft, weißt du sicher genauso viel wie ich, wenn nicht sogar mehr. Man hat sie auf einem Stuhl im Wohnzimmer gefunden, mitten in einer Blutlache. Das Blut ist in den Teppich gesickert und dort getrocknet. Melchett mußte natürlich eine Autopsie in die Wege leiten. Er sagte, er habe sie mit Coumadin behandelt, einem gerinnungshemmenden Medikament, und du hättest immer aufgepaßt, daß sie die richtige Dosis einnahm. Stimmt das?«

»Wenn du damit meinst, daß ich Mirelle ihre Tabletten gegeben habe, weil sie keine Lust hatte, sich selbst darum zu kümmern, solange sie jemanden hatte, den sie damit auf Trab halten konnte, ja, dann stimmt es. Ich habe mich oft gefragt, warum ich mir überhaupt die Mühe gemacht habe. Sie ist also verblutet, und ausgerechnet auf dem scheußlichen weißen Teppich, den sie sich unbedingt von Forsters Geld kaufen mußte. Ha! Das geschieht den beiden recht!«

»Wie soll ich das verstehen?«

Jim zuckte mit den Achseln. »Da gibt es nicht viel zu verstehen. Ich lasse nur ein bißchen Dampf ab. Ich habe dazu so selten Gelegenheit, daß ich einfach der Versuchung nicht widerstehen kann.«

»Du hast deinen Bruder offenbar nicht sonderlich gemocht. Aus irgendeinem besonderen Grund?«

»Woher soll ich wissen, warum ich ihn nicht mochte? Es hat schon angefangen, als ich noch ganz klein war. Vielleicht weil er der große Superstar war und ich nur ein bedeutungsloser Niemand? Kann schon sein. Als ich zehn war, war Forster in meinen Augen schon uralt und mit einer millionenschweren Erbin verheiratet, deren Stammbaum noch länger war als ihre Nase. Praktisch leitete er damals bereits die Firma. Als Kind sah ich ihn einmal im Monat für maximal dreißig Sekunden, wenn er mit einem Riesenblumenstrauß für seine Mutter aufkreuzte, die zufällig auch meine Mutter war, auch wenn sie dies lieber nicht an die große Glocke hängte. Im Vorbeigehen sagte er: ›Hi, Jimmy, wie geht's denn so?‹ und beachtete mich nicht weiter. Hin und wieder schickte er mir ein Paket mit irgendeinem teuren Spielzeug, das eine seiner Sekretärinnen ausgesucht hatte. Als ich acht wurde, hat Forster mir sogar ein Pony gekauft. Aber das Reiten haben mir die Stallburschen beigebracht. Dabei habe ich mir nichts sehnlicher gewünscht, als einmal mit meinem großen Bruder zusammenzusitzen, wenn auch noch so kurz, und mich mit ihm zu unterhalten wie mit einem richtigen Menschen.«

Peter wußte nicht, was er sagen sollte, und versuchte auszuweichen. »Dann war Forster also sehr viel älter als du. Wäre es taktlos, dich zu fragen, wie alt dein Vater war, als Forster zur Welt kam?«

»Keine Ahnung, Peter. Ich weiß nur, daß er spät geheiratet hat und versucht hat aufzuholen. Meine Mutter war sehr viel jünger als er. Aber es war damals nichts Ungewöhnliches, wenn ein reicher alter Mann eine schöne junge Frau heiratete und an der Schwelle zum Greisenalter mit ihr eine Familie gründete. Aber Vater war bis zum Schluß gut drauf, nur an mich hat er sich leider nicht erinnert. Er hat mich immer für eines seiner Enkelkinder gehalten, aber wahrscheinlich war ihm zu dem Zeitpunkt ohnehin alles schnurzegal.«

Jim sah verbittert aus. »Meine Mutter war genauso. Sie hat drei schmucke Söhne geboren und großgezogen, alle drei großgewachsen und gutaussehend, zwei davon taten alles, was Forster wollte. Forster ließ sich von keinem etwas sagen. Er war der junge Gott der Familie, die aufgehende Sonne. Als mein Vater starb, ließ er Forster, Franklin und George an sein Bett treten. Daß ich auch noch im Zimmer war, hat er nicht einmal bemerkt. Daher habe ich mich heimlich davongeschlichen, mir mein Pony geholt und bin ausgeritten. Meine Mutter hat mir deswegen anschließend die Hölle heiß gemacht. Mutter hatte ihre eigenen Bestrafungsrituale. Sie stand da wie eine Marmorstatue – sie war immer in Weiß gekleidet, im Sommer genauso wie im Winter – und hat mir eingebläut, daß ein Feldstermeier niemals etwas Ungehöriges täte, ganz egal in welcher Situation er sich befände. Ich konnte förmlich die Eiszapfen aus ihrem Mund fallen hören. Ich kann mich an die Strafpredigt noch genau erinnern, ich weiß noch jedes Wort, das sie gesagt hat. Aber ich kann mich nicht daran erinnern, daß sie mir je einen Gutenachtkuß gegeben oder mir eine Geschichte vorgelesen hat. Sie war immer viel zu sehr damit beschäftigt, gute Taten für andere zu vollbringen.«

»Und wer hat sich um dich gekümmert?« fragte Peter, weil er das Gefühl hatte, etwas sagen zu müssen.

»Oh, ich bin nicht etwa vernachlässigt worden, ganz im Gegenteil. Zuerst hatte ich eine Kinderfrau, dann eine Gouvernante, später einen Privatlehrer, und dann haben sie mich in ein sündhaft teures Internat gesteckt. Dort gab es eine Reihe von Lehrern, die versucht haben, meinen Kopf mit Zeug vollzustopfen, das mich nicht die Bohne interessiert hat.«

»Was hättest du dir denn gewünscht?«

»Ich wußte schon mit zwölf, was ich wollte. Damals habe ich nämlich damit angefangen, die Sommerferien in einer der Farmen zu verbringen, die zu unserem Familienbetrieb gehörten. Alle wußten, wer ich war, daher konnte ich mehr oder weniger tun, was ich wollte. Mein größter Wunsch war, möglichst alles über Milchwirtschaft zu lernen, nicht aus Büchern, sondern in den Ställen und auf den Weiden.«

So aufgekratzt hatte Peter ihn schon lange nicht mehr erlebt. »Du kennst ja meine Doktorarbeit über Milchwirtschaft. Das war das einzig wirklich Wichtige, das ich je geschrieben habe. Aufgrund dieser Arbeit habe ich meinen Doktortitel bekommen und auch meinen Job in Balaclava. Und es war einzig und allein meine Arbeit, diesmal hat keiner hinter mir gestanden und versucht mir einzureden, daß ich Unsinn schreibe, obwohl ich wußte, daß jede Zeile stimmte. Und jetzt kommst du und sagst mir, ich soll mich in Forsters Zimmer setzen und mit Tausenddollarscheinen um mich werfen, weil ich jetzt der neue Leitwolf bin.«

»Jetzt aber mal halblang, Jim. Ich will dir ganz bestimmt nicht in deine Angelegenheiten hineinreden. Ich versuche lediglich, mich wie ein guter Nachbar zu verhalten, verdammt noch mal.« Peter dachte einen Moment über das nach, was er gerade gesagt hatte, und mußte über sich selbst lachen. »Kannst du mir sagen, worüber wir uns überhaupt streiten? Möchtest du vielleicht noch ein Sandwich?«

»Ah, warum nicht?« Jim grinste verlegen. »Ich dachte schon, ich hätte sie alle verkimmelt.«

»Vielleicht hast du das sogar.« Peter fuhr auf den Seitenstreifen und inspizierte Catrionas Picknickkorb. »Nein, wir haben Glück. Es sind immer noch zwei da, und ein großes Stück Käse. Damit werden wir spielend fertig. Ist noch Kaffee da?«

»Ich glaube schon.« Jim schüttelte die Thermoskanne, nickte und goß sich und Peter noch einen Pappbecher voll ein. »Wahrscheinlich sollten wir sparsam damit umgehen. Bis zum nächsten Melken kann es eine Weile dauern. Soll ich dir ein Stück Käse abschneiden?«

Peter schüttelte den Kopf. »Nein, jetzt noch nicht, wir haben schließlich noch ein ganzes Stück Fahrt vor uns. Du hast mir übrigens noch gar nicht gesagt, wo du hin willst.«

»Das weiß ich selbst noch nicht. Sind wir noch in Maine, Pete?«

»Ja, sind wir, aber nicht mehr lange. Nehmen wir einmal an, rein theoretisch, versteht sich, du wolltest mit deiner Familie Kontakt aufnehmen. Wie müßten wir dann fahren?«

»Wir würden die Autobahn nach Massachusetts nehmen, bis zu den Berkshires fahren und dann an der Tankstelle links abbiegen.«

»An irgendeiner bestimmten Tankstelle?«

»Ich sage dir Bescheid, wenn wir da sind, es sei denn, ich bin doch zu feige dazu. Ich habe furchtbare Angst, Pete. Keine Ahnung, warum.«

»Das kann ich gut verstehen«, sagte Peter. »Ich wüßte eine Menge Gründe. Immerhin hat irgend jemand gerade eine Menge

Geld und Mühe investiert und sich wahrscheinlich sogar selbst dabei in Gefahr gebracht, weil er versucht hat, dich umzubringen. Ist so etwas schon einmal vorgekommen?«

»Nicht daß ich wüßte. Mirelle hat mir zwar ständig damit gedroht, aber sie hat es nie ernsthaft versucht. Sie wußte, daß Forster ihr sofort den Geldhahn zudrehen würde, sobald sie irgend etwas Dummes machte.«

»Forster scheint ein richtiger Autokrat gewesen zu sein.«

»Soweit würde ich nicht gehen, Peter. Er wußte halt immer, was für alle und jeden das Beste war. Außerdem hatte er immer recht. Wenn Forster jemandem einen guten Rat gab und man ihn nicht befolgte, dann war man für sein Leben selbst verantwortlich. Nach dem Motto: Wie man sich bettet, so liegt man. Eine zweite Chance gab es nicht. Forster war strikt gegen Scheidungen in der Familie, aber ich muß zugeben, daß er alles versuchte, um den armen schwarzen Schafen das Leben erträglicher zu machen.«

»Wie meinst du das, wenn ich mir die Frage erlauben darf?«

»Na ja, nehmen wir Mirelle und mich. Sie war hübsch und temperamentvoll, und ich habe sie vor allem deshalb geheiratet, weil meine liebe Mutter der Meinung war, die arme kleine Mirelle würde so gar nicht in das Feldstermeier-Ambiente passen. Womit sie übrigens verdammt recht hatte. In der Beziehung waren wir uns ziemlich ähnlich, denn ich habe auch nie in diese verdammte Familie gepaßt. Wir wollten beide keine Kinder. Mirelle wollte keine, weil sie ihr Leben genießen wollte, wie ich sehr schnell herausfand, und ich bin der Meinung, daß es ohnehin schon mehr als genug Feldstermeiers auf dieser Welt gibt. Ich hatte meinen Job in Balaclava und meine Logenbrüder, ich brauchte meine Familie nicht und lehnte es ab, mich aushalten zu lassen. Aber Forster war ein verfluchter Philanthrop. Statt uns in Ruhe unseren ehelichen Kleinkrieg führen zu lassen, hat er mich für meine Verdienste im Bereich der Milchwirtschaft gelobt und Mirelle regelmäßig Geld überwiesen. Keine Riesensumme, aber genug, um ihr die Befriedigung zu geben, jeden Monat ihren Scheck einlösen zu können. Das Geld hat sie dann für Friseurbesuche und Ausflüge nach Boston verschwendet.«

»Und für Porzellanfigürchen?«

»Gott ja, ihre Schätze. Mirelle fand alles toll, was nutzlos und teuer war. Wahrscheinlich hältst du mich für kalt und gefühllos, weil mich ihr Tod wenig berührt, aber wir haben schon seit langem nichts mehr füreinander empfunden, Pete. Sie hatte natürlich ihre kleinen Affären nebenher, von denen ich nichts wissen durfte, aber das war mir ohnehin total egal. Die Männer sind ihr hinterhergelaufen. Sie war sehr hübsch, als sie jung war, und im Grunde sieht sie – sah sie – immer noch gut aus. Erinnerst du dich noch an den Hornochsen, den Sieglinde Svenson gefeuert hat? Angeblich wegen moralischer Verfehlungen mit einer Studentin. Damals ist Mirelle gerade noch mal mit einem blauen Auge davongekommen. Ich hätte Balaclava bestimmt verlassen müssen, wenn die ganze Wahrheit herausgekommen wäre. Und dann gab es noch diesen Bob Soundso, der schließlich im Gefängnis gelandet ist. Sie hatte wirklich ein gutes Händchen, das muß man ihr lassen. Auch in der letzten Zeit hat sie sich mit irgendeinem Kerl getroffen. Ich glaube, er kam aus Worcester. Mir ist aufgefallen, daß sie ziemlich viel gefahren ist.«

»Weißt du zufällig, wie der Mann heißt?«

»Nein, aber das kann ich bestimmt herausfinden. Einige meiner Logenfreunde sind richtige Spürhunde. Aber wir sind natürlich zu absolutem Stillschweigen verpflichtet und dürfen über nichts sprechen, was die Loge betrifft.«

»Und um welche Loge handelt es sich?«

»Tut mir leid, Pete. Ich bin zu absolutem Stillschweigen verpflichtet.« Jim klang, als sei es ihm ernst. »Eigentlich darf ich selbst das nicht sagen, aber ich glaube, daß ich dir einiges schulde.«

»Vielen Dank. Ich würde mich übrigens gern für dein Vertrauen revanchieren, auch wenn ich nicht weiß, ob du mit der Information etwas anfangen kannst. Sicher ist es nichts Wichtiges, vielleicht habe ich es auch schon erzählt. Es betrifft den Abend vor Mirelles Tod. Wir waren wie üblich alle auf dem Empfang beim Präsidenten. Mirelle ist nicht erschienen, weil sie es für unziemlich hielt, denn du warst schließlich immer noch verschwunden. Auf dem Heimweg sind Helen und ich zusammen mit den Porbles zu ihr gegangen, und ein junger Mann, den Mirelle Florian nannte, verabschiedete sich gerade von ihr. Er war sehr gut angezogen und fuhr einen Cadillac Seville. Sagt dir das irgend etwas?«

»Das war wahrscheinlich mein Neffe Florian. Er ist Forsters ältester Sohn und möglicherweise ein bißchen weniger verkorkst als die meisten meiner Neffen. Forster war tot, und ich war verschwunden – wahrscheinlich hat er gehofft, sie könnte ihm ein paar Informationen geben. Ich wüßte nicht, warum er sich sonst ausgerechnet diesen Abend ausgesucht hätte, um bei uns zu erscheinen.«

»Hat er euch öfter besucht?«

»Vielleicht hat er ab und zu bei Mirelle vorbeigeschaut, wenn ich nicht zu Hause war. Ich bin nicht oft zu Hause, ich verbringe die meiste Zeit im College und in meinen verschiedenen Logen. Wir engagieren uns ehrenamtlich in vielen Bereichen, weißt du, und wir nehmen unsere Verpflichtungen ziemlich ernst. Jedenfalls einige von uns. Was hat Florian denn zu euch gesagt?«

»Überhaupt nichts. Er hat sich sofort aus dem Staub gemacht, wahrscheinlich aus Angst, sie könnte uns vorstellen. Ich dachte einen Moment lang, es sei Elver Butz.«

»Das wird Florian sicher nicht besonders freuen, wenn ich es ihm erzähle.« Jim schien sich über die Verwechslung köstlich zu amusieren. Peter war immer noch vorsichtig.

»Dann wirst du also mit ihm reden? Dann habt ihr doch mehr Kontakt miteinander, als es den Anschein hat?«

»Nicht ganz. Ich habe von unserem Vater Anteile an unserem Betrieb geerbt. Obwohl ich mich nicht rühre, scheine ich meine verfluchte Familie doch nicht loszuwerden. Einmal im Jahr oder so brauchen sie meine Unterschrift auf verschiedenen Dokumenten, damit alles reibungslos abläuft. Es ist sozusagen ein förmliches, altmodisches Gentlemen's Agreement. Ich habe Forster immer wieder gesagt, daß er mich genausogut abschreiben kann, weil ich sowieso keine Lust habe, bei dem Spiel mitzuspielen. Doch er hat mir immer nur sein übliches strahlendes Lächeln geschenkt, das er so meisterhaft beherrschte, und mir versichert, daß ich immer ein geliebtes Familienmitglied bleiben würde, ganz egal, was ich auch tue. Nichts wie Taubenpisse, wenn du mich fragst. Eine Zeitlang habe ich es sogar mit Beschimpfungen versucht, aber sie sind alle an ihm abgeprallt, daher habe ich es gelassen. Wenn es eines gibt, das ich in diesem Leben gelernt habe, Pete, dann ist es, daß man gegen das System nicht ankommt.«

»Ach ja?« Peter konzentrierte sich auf die Schilder, um die Autobahn nach Massachusetts nicht zu verpassen. »Eigentlich müßten wir schon ziemlich nah an der Autobahn sein, oder?«

»Es ist nicht mehr weit«, stimmte Jim zu. »Vielleicht sollten wir tatsächlich hinfahren, falls es dir nichts ausmacht, eine geballte Ladung meiner Verwandtschaft abzubekommen. Du kannst mich aber genausogut irgendwo absetzen, wo es dir am besten paßt, und ich lasse mich von jemandem aus der Firma abholen.«

Peter ignorierte den zweiten Vorschlag. »Nach der Tankstelle links, hast du gesagt?«

»Wir müssen wahrscheinlich eine Stunde länger fahren als nach Balaclava. Bist du sicher, daß dir das nichts ausmacht, Pete?«

»Kein Problem.« Peter wußte inzwischen selbst nicht mehr, ob es ihm etwas ausmachte oder nicht. Am besten, er fuhr einfach weiter. »Dann ist euer Familiensitz ja gar nicht so weit vom College entfernt.«

»Kommt ganz darauf an, wie man es sieht. Es ist ziemlich abgelegen. Man braucht eine Meute Spürhunde, um es zu finden, wenn man sich mit den vielen komplizierten Kurven und Seitenwegen nicht auskennt. Die Feldstermeiers waren schon immer versessen auf ihre Privatsphäre. Das war übrigens einer der Gründe, warum sie nicht ertragen konnten, wenn Mirelle da war. Ich habe vergessen, was die anderen sechshundert Gründe waren, aber ich denke, einige meiner lieben Verwandten werden sie mir schon wieder ins Gedächtnis rufen.«

Danach schwiegen sie beide. Inzwischen war es dunkel geworden, und Peter war ziemlich müde. Er mußte sich aufs Fahren konzentrieren und neue Schimpfwörter für gedankenlose Fahrer erfinden, die ihr Fernlicht anhatten, obwohl es keinen verdammten Grund dafür gab. Er war so sehr mit verbalen Neuschöpfungen beschäftigt, daß er richtig aufschreckte, als Jim plötzlich rief: »Links nach der Tankstelle.«

»Du meinst, da gibt es wirklich eine Straße?« Peter wünschte sich, es gäbe wenigstens eine Ampel, doch da dies nicht der Fall war, schaltete er einfach den linken Blinker an und wartete, bis zwei Sattelschlepper und ein schrottreifer alter Chevy vorbeigebraust waren und sie unbehelligt abbiegen konnten. »Und wohin jetzt, Jim?«

»Zuerst geradeaus und dann die nächste Straße links, und danach an dem großen Findling rechts ab. Ich sage dir, wie du fahren mußt.«

Jammerschade, daß sie Catriona McBogle nicht mitgenommen hatten, dachte Peter. Diese Art zu fahren hätte ihr sicher gefallen. Zumindest war diese Straße in recht gutem Zustand und weniger abschüssig als diejenige, die sie in Sasquamahoc erwischt hatte. Er passierte den Findling mit besonderer Vorsicht, denn seit er vom Highway abgebogen war, hatte es keine Straßenlaterne mehr gegeben. Inzwischen war der Himmel pechschwarz, und Peter hoffte inständig, daß die Irrfahrt bald zu Ende sein würde.

Er überlegte schon, ob er vielleicht einen Urschrei ausstoßen sollte, als eine Kuh im Scheinwerferlicht auftauchte. Keine echte, sondern eine hervorragende Imitation. Man hatte zwar nicht gerade »Feldstermeier Farms« auf ihre Rippen und Lenden gepinselt, doch Peter konnte es sozusagen im Geiste lesen.

»Sind wir hier richtig, Jim?« war alles, was ihm bei der Kuh einfiel, obwohl die Frage eigentlich ziemlich überflüssig war.

»Man kann es kaum verfehlen, oder? Fahr einfach die Auffahrt hoch. Immer weiterfahren, bis Schrotkugeln auf unsere Windschutzscheibe hageln.«

»Wie du meinst, Bruder. Was ist das denn? Das Pförtnerhäuschen?«

In Wirklichkeit wußte Peter sehr wohl, was er vor sich hatte. Er hatte es hier mit einem dieser Familienstammsitze zu tun, die ständig angepaßt und weiterentwickelt wurden. Was in den zwanziger Jahren des 19. Jahrhunderts als einfaches Bauernhaus aus Holz begonnen hatte, war innerhalb der folgenden Jahrzehnte immer weitergewachsen. Hier war ein Flügel angebaut worden, dort eine neue Scheune hinzugekommen, und schließlich hatte man ein imposantes dreistöckiges Herrenhaus durch einen überdachten Weg mit dem ursprünglichen Gebäude verbunden. Und so weiter und so fort, die Familie war stetig größer geworden und hatte sich an ihrem alten Stammplatz immer weiter ausgebreitet, wenn man einmal von gelegentlichen Ausnahmen absah, beispielsweise dem schwarzen Schaf der Familie, das sich schon seit so langer Zeit schlicht und einfach James Feldster nannte.

Es wäre sicher interessant zu zählen, wie viele Familienmitglieder jetzt dort lebten, dachte Peter. Vielleicht ein anderes Mal, wenn er nicht ganz so erschöpft war. Im Moment näherte sich ihnen ein kräftiger junger Mann, der einen weißen Overall trug. Auf dem rechten Ärmel war in geschmackvollem Grasgrün der Schriftzug *Feldstermeier Farms* aufgestickt.

»Tut mir leid, Sir, aber Sie befinden sich hier auf einem Privatgrundstück.«

Peter schaute Jim hilfesuchend an. Jim warf sich in die Brust.

»Wem sagst du das, Junge. Ich bin immerhin hier geboren. Hol jemanden, der den Wagen wegfährt, und bestell demjenigen, der inzwischen die Tür öffnet, daß Jim wieder da ist. Und beeil dich, wir haben nämlich Hunger.«

»Ähem – schon verstanden, Sir!«

Der Mensch im Overall schoß wie eine Rakete davon. Peter und der verlorene Sohn begaben sich zur Eingangstür des Herrenhauses, die genau im richtigen Moment weit aufgerissen wurde.

»James! Wie schön, daß du da bist! Wer ist denn –?«

»Das ist Professor Shandy, ein Kollege von mir. Wer schmeißt den Laden denn momentan?«

»Kommt ganz darauf an. Ich nehme an, du. Jedenfalls spätestens dann, wenn alle erfahren haben, daß du wieder da bist. Ich hoffe, daß du diesmal bei uns bleibst. Wir brauchen dich, James.«

Kapitel 17

Die Frau, die ihnen geöffnet hatte, war entweder eine Verwandte oder eine Hausangestellte mit besonderen Privilegien. Sie sah aus, als sei sie ungefähr in Jims Alter, vielleicht war sie sogar seine Sandkastenliebe. Peter war bereit, alles zu glauben, was man ihm erzählte.

»Seit Forsters Tod herrscht hier bei uns ziemlicher Betrieb«, sagte die Frau. »Alle Zimmer sind mit Gästen belegt. Aber du solltest ohnehin in Forsters Zimmer schlafen, Jimmy. Du hast ein Recht darauf, und Forster, der Herr habe ihn selig, braucht es sowieso nicht mehr. Und was Professor Shandy betrifft – meine Güte, Professor! Sie sind doch nicht zufällig *der* Professor Shandy? Der Mann, der den Balaclava Buster erfunden hat?«

Peter wußte nie, wie er in solchen Momenten reagieren sollte. »Na ja, eigentlich habe ich ihn nur gezüchtet, Mrs. – eh – «

»Nennen Sie mich einfach Agnes. So nennen mich alle. Sie sind also der große Shandy! Ich hätte nie gedacht, daß ich Sie eines Tages persönlich kennenlernen würde! Wie schade, daß Forster das nicht mehr erleben kann. Ich kann Ihnen gar nicht sagen, wie oft er sich gewünscht hat, den Schöpfer der Brassica napobrassica balaclaviensis einmal zu treffen! Und dabei sind Sie nicht mal ein alter Mann. Jedenfalls nicht das, was ich alt nennen würde. Wissen Sie eigentlich, wie viele Tausende und Abertausende von Kühen überall auf der Welt Sie mit dieser Rübe glücklich gemacht haben, Professor Shandy? Und wie viele Farmer! Wir sind seit Tagen todunglücklich, kann ich Ihnen sagen. Dem Himmel sei Dank, daß er Sie geschickt hat, das wird sicher vielen neuen Mut geben. Ich hoffe, Sie haben vor, eine Weile mit Jim hierzubleiben. Er ist jetzt hier der Hausherr, wissen Sie. Kommt doch bitte rein und macht es euch bequem. Wo ist dein Gepäck, Jim?«

»Vergiß es, Aggie«, brummte Jim. »Wir haben lediglich einen Picknickkorb dabei, und selbst der ist nur geliehen. Meinst du, wir können noch ein Häppchen zu essen bekommen?«

So ging es also zu bei den Reichen und Mächtigen. Es war nicht ganz so, wie Peter es sich vorgestellt hatte, aber wann war es das schon? Er wünschte sich sehnlichst, er könnte Helen wissen lassen, wo er war und daß er die Nacht auf Jims Ahnensitz verbringen würde. Ihm fiel ein Stein vom Herzen, als Agnes einen lebhaften kleinen Mann, den sie Curtis nannte, damit beauftragte, Professor Shandy nach oben auf sein Zimmer zu bringen und nachzuprüfen, ob sein schnurloses Telefon auch funktioniere. Der Professor habe das Zimmer direkt neben Mr. James, erklärte Curtis. Früher sei es der Ankleideraum von Mr. Forster gewesen, aber zum Schluß habe man es umfunktionieren müssen. Es sei Mr. Forster nämlich so schlecht gegangen, daß ständig ein Pfleger in seiner Nähe hätte sein müssen.

Das schnurlose Telefon funktionierte einwandfrei. Curtis reichte es Peter mit einer eleganten kleinen Verbeugung und verschwand in dem Zimmer, das jetzt Mr. James gehörte. Curtis hatte ein sauberes, glatt rasiertes Gesicht, und sein Scheitel war wie mit dem Lineal genau anderthalb Zentimeter neben der Mitte gezogen. Seine Kleidung, die aus einer grauen Hose, einem weißen Hemd, einem schwarzen Jackett und einer graugestreiften Krawatte bestand, entsprach zweifellos genau dem, was ein gepflegter Kammerdiener zu tragen pflegte.

Doch mit derartigen Feinheiten kannte Peter sich ohnehin nicht aus. Die einzigen Kammerdiener, die er je gesehen hatte, stammten aus alten Schwarzweißfilmen, in denen Adolphe Menjou die Hauptrolle gespielt hatte. Helen war angemessen beeindruckt, als sie erfuhr, wo er war und daß er von Adolphe Menjou bedient wurde. Noch während er sprach, schwirrte Curtis wieder ins Zimmer, beladen mit einer Smokingjacke, schwarzer Hose, blütenweißem Hemd, schwarzen Seidensocken und schwarzen Lackschuhen. Er teilte ihm höflich mit, in zehn Minuten werde Dinner serviert. Bevor Peter protestieren konnte, wurde seine schwarze Krawatte von einem Experten gebunden.

Merkwürdigerweise paßten ihm die Kleidungsstücke wie angegossen. Mit seinen eher kurzen Beinen und breiten Schultern hätte Peter auf keinen Fall irgendwelche Kleidungsstücke tragen können, die Jim gehörten. Wie war es möglich, daß man ihn so schnell in einen Feldstermeier-Klon verwandelt hatte? Vielleicht gab es in diesem großartigen Gebäude einen Raum, der als eine Art Kleiderkammer diente und überzählige Anzüge enthielt, die man zu Besuch weilenden Berühmtheiten wie dem Züchter des Balaclava Buster leihen konnte? Wahrscheinlich wurden die Feldstermeier Farms ohnehin nur von Prominenten besucht.

»Fertig, Pete?«

Das war Jim. Er kam aus dem ehemaligen Schlafzimmer seines Bruders und trug den gleichen Anzug wie Peter Shandy. Peter hatte Jim schon mehrfach im Smoking gesehen, wenn er auf dem Weg zu einem seiner feierlicheren Logentreffen war, allerdings noch nie ohne Abzeichen. Normalerweise trug er immer etwas um den Hals, das schepperte. Diesmal schepperte er nicht. Irgendwie beunruhigend, aber er mußte sich halt damit abfinden.

»Fertiger geht es nicht, Jim«, sagte er. »Am besten, du gehst vor, ich folge dir auf dem Fuße und halte mich an deinen Rockschößen fest.«

»Das würde dir so passen. Komm, bringen wir den ganzen Quatsch möglichst schnell hinter uns. Ein Glück, daß wenigstens das Essen einigermaßen gut sein wird.«

In dem geräumigen Salon befanden sich sechzehn Personen. Jedenfalls nahm Peter an, daß es sich um einen Salon handelte, wahrscheinlich gab es in derartigen Gebäuden immer mindestens einen Salon. Als die Anwesenden die beiden Neuankömmlinge kommen sahen, wurden die Türen zum Eßzimmer weit geöffnet, und eine großgewachsene alte Dame mit einer langen, spitzen Nase wies ihnen ihre Plätze an.

Die Männer waren zum größten Teil noch recht jung, wie Peter feststellte, und allesamt blond, großgewachsen und von aristokratischem Gebaren. Unter den Frauen gab es einige, die bedeutend älter waren. Peter nahm an, daß die Damen mit den meisten Perlen die Witwen von Forster, George und Franklin waren. Daß Mirelle nicht anwesend war, wurde nicht kommentiert. Die restlichen älteren Damen waren möglicherweise Cousinen oder Tanten, vielleicht aber auch Jims Schwestern. Jim hatte nie erwähnt, ob er Schwestern hatte oder nicht, doch er hatte bis heute nachmittag ohnehin über seine Familie nie ein Wort verloren. Selbst wenn es den potentiellen weiblichen

Nachkommen verwehrt sein mochte, im Familienbetrieb eine besondere Funktion auszuüben, bedeutete dies offenbar nicht, daß sie von den Mahlzeiten ausgeschlossen waren.

Für das Vorstellen der einzelnen Personen blieb keine Zeit, was Peter nicht sonderlich störte, denn er hätte die Anwesenden ohnehin nicht voneinander unterscheiden können. Für ihn sah ein Feldstermeier wie der andere aus, zumindest in den eleganten, aber langweiligen Smokingjacken. Doch er war sich einigermaßen sicher, daß er Mrs. Forster identifiziert hatte. Sie mußte die Nestorin im schwarzen Spitzenkleid sein, die ihnen die Plätze zugeteilt hatte und sich jetzt am gegenüberliegenden Kopfende des Tisches niederließ.

Peter fiel auf, daß die älteren Damen alle ähnliche Kleider trugen, entweder schwarz, grau oder dunkellila, von hervorragender Qualität und äußerst strapazierfähig. Obwohl sie zweifellos auch andere Schmuckstücke besaßen, hatten sie heute abend alle schlichte Perlenketten und dezente Diamantbroschen angelegt. Anscheinend zollten sie damit dem verstorbenen Patriarchen ihren Respekt, auch wenn niemand übermäßig zu trauern schien, wozu sicherlich auch kein Grund bestand. Forster Feldstermeier hatte ein langes, erfülltes Leben gehabt. Er hatte sich die ewige Ruhe redlich verdient.

Jim präsidierte am Kopfende, wahrscheinlich zum ersten Mal in seinem Leben, und meisterte die ungewohnte Situation mit mehr Selbstbewußtsein und Sicherheit, als Peter ihm je zugetraut hätte. Vielleicht machten Kleider wirklich Leute, vielleicht hatte er auch genug Übung durch die unzähligen Logentreffen, an denen er immer so unermüdlich teilgenommen hatte. Oder die schwere Prüfung, die immer noch andauerte, hatte ihm völlig neue Einsichten vermittelt. Jim entschuldigte sich für sein spätes Kommen, erklärte mit einfachen, ehrlichen Worten, daß er aufgehalten worden sei, und stellte dann seinen Freund Peter vor.

»Ich nehme an, ihr wißt bereits alles Wissenswerte über den berühmten Balaclava Buster, der in der Viehzucht neue Maßstäbe gesetzt hat«, begann er. »Aber ich bin nicht sicher, wie viele der Anwesenden den hervorragenden Wissenschaftler kennen, der ihn gezüchtet hat, daher hielt ich es für eine gute Idee, ihn mitzubringen. Sein Name ist Peter Shandy, und ich darf mit Stolz behaupten, daß er ein Kollege von mir am Balaclava Agricultural

College und außerdem mein nächster Nachbar ist. Hast du Lust, kurz aufzustehen, damit man dich richtig sehen kann, Pete?«

»Eigentlich nicht.«

Doch Peter kannte das Protokoll. Er richtete sich halb auf, lächelte verlegen und blickte flüchtig in die Runde. Dann stand er vollends auf, hielt eine flammende Zweiminutenrede über die unermüdliche Arbeit und Inspiration, mit der Professor James Feldster, der in der Welt der Milchwirtschaft unter diesem Namen überall bekannt war, unzählige Studenten geprägt und zu erfolgreichen Experten ausgebildet hatte, und setzte sich wieder. Niemand applaudierte, da es sich unter den gegebenen Umständen nicht ziemte, doch viele sahen aus, als hätten sie es gern getan. Einige Familienmitglieder stellten Fragen, die das Gespräch belebten, bis das Hauptgericht abgeräumt worden war. Schließlich wurden die Desserts gebracht und auf dem langen Tisch verteilt, woraufhin die Konversation sich wieder auf die Familienangelegenheiten verlagerte.

Peter saß zwischen Mrs. Forster und Mrs. Franklin. Es war Mrs. Franklin, die schließlich ins Fettnäpfchen trat. »Wieso hast du deine Frau eigentlich nicht mitgebracht, James? Mirelle ist doch hoffentlich nicht krank?«

»Nein, krank ist sie ganz sicher nicht.«

Jim biß genüßlich in eine üppige Cremeschnitte, die zu allem Überfluß auch noch dick mit hausgeschlagener Schlagsahne bestrichen war, legte Kuchengabel und Dessertlöffel beiseite, tupfte sich die Lippen mit der Serviette ab und beantwortete Mrs. Franklins Frage.

»Sie ist nämlich tot.«

Die Anwesenden waren wie vom Donner gerührt, einige der Frauen schnappten nach Luft. Mrs. Forster beschloß, die Angelegenheit am besten selbst in die Hand zu nehmen. »Mein Gott, James, du hast dich wirklich seit Ewigkeiten nicht gemeldet. Wie lange ist sie denn schon tot?«

»Keine Ahnung. Ich bin noch nicht dazu gekommen, mich darum zu kümmern.«

»Ich glaube, ich verstehe nicht ganz?«

»Ich auch nicht«, sagte James Feldstermeier. »Du, Pete?«

»Wer kann so etwas schon verstehen? Ich werde Ihnen alles berichten, was ich weiß, Mrs. Feldstermeier. Aber ich muß Sie warnen, es ist kein geeignetes Thema für den Essenstisch.«

»Meine Güte! Was ist denn passiert?«

»Ihr Hausarzt nimmt an, daß sie an einer massiven Blutung gestorben ist. Er glaubt, daß sie aus Versehen ein blutverdünnendes Medikament überdosiert habe, doch es besteht auch die Möglichkeit, daß jemand ihr etwas angetan hat.«

»Das kann ich mir nicht vorstellen!«

»Im Fernsehen hat man darüber nichts gebracht«, meinte Florian.

»Das wird man auch nicht«, versicherte Peter. »Jedenfalls nicht, solange Präsident Svenson seinen Willen durchsetzen kann. Und das ist meistens der Fall.«

Jim räusperte sich. »Ich weiß, daß ihr euch Sorgen wegen der Unterzeichnung des Familienvertrags macht, und möchte daher die Sache so schnell wie möglich hinter mich bringen. Ich stimme mit Peter überein, daß auch das nicht das richtige Thema ist, um ein Mahl zu beschließen, aber ich hatte sonst keine Gelegenheit, über Forsters Beerdigung zu reden. Hast du dich mit Mirelle bei eurem kleinen Treffen gestern abend darüber unterhalten, Florian?«

Ein cleverer Schachzug. Peter fragte sich, wie dieser Mensch so viele Jahre lang die Rolle eines blassen Langweilers hatte spielen können. Vielleicht war es wirklich eine Fassade gewesen und Mirelle hatte ausnahmsweise einmal die Wahrheit gesagt, als sie über die Peter-Pan-Neigungen ihres Mannes gesprochen hatte.

»Ach ja?«

Der kräftigste, blondeste und hübscheste Vertreter des Feldstermeier-Clans, der etwa vierzigjährige Mann, den Peter, Helen und die Porbles sekundenlang zu Gesicht bekommen hatten, bevor er in seinen Cadillac gesprungen und davongebraust war, widmete sich ausgiebig der Fingerschale aus grünem Glas, die vor ihm auf dem Tisch stand.

»Ich bin kurz bei ihr vorbeigefahren, weil Mutter es mir nahegelegt hatte, vor allem wegen der merkwürdigen Gerüchte, die uns zu Ohren gekommen waren. Einer unserer Farmer behauptete, du wärst wie vom Erdboden verschluckt gewesen. In dieser Situation schien uns ein Besuch bei deiner Frau das Richtige zu sein.«

»Herr des Himmels!« Jim sprang auf. »Habt ihr mich etwa die ganze Zeit beobachten lassen?«

»Was denkst du denn? Die Familie ist schließlich für dich verantwortlich, ob es dir gefällt oder nicht. Jedenfalls schien Tante Mirelle sich über meinen Besuch zu freuen. Sie war ziemlich niedergeschlagen. Weniger weil du weg warst, hatte ich den Eindruck, sondern eher weil sie nicht zum Empfang des Präsidenten konnte. Sie konnte ja schlecht ohne dich gehen. Vielleicht habe ich sie aber auch völlig falsch eingeschätzt. Außerdem hast du ja nicht gerade alles stehen und liegen lassen, als du vom Tod deines Bruders erfahren hast, nicht, Onkel James?«

»Es war ein wenig anders, als du denkst, Florian. Ich hatte überhaupt keine Ahnung von Forsters Tod. Falls man versucht hat, mich in irgendeiner Form zu benachrichtigen, habe ich diese Nachricht nie erhalten.« Er ließ sich wieder auf seinen Stuhl fallen, stützte die Ellbogen auf den Tisch und legte den Kopf in seine Hände. »Erzähl du es ihnen, Pete. Ich bringe es nicht fertig.«

»Und warum nicht?«

Florian war anscheinend Forsters ältester Sohn und daher nach seinem Onkel der nächste in der Erbfolge. Zweifellos hatte man ihn seit seiner Geburt wie eine Art Kronprinz behandelt, ebenso wie seinen Vater vor mehr als neunzig Jahren. Aber Florian hatte lange auf seine Krone warten müssen. Wahrscheinlich hatte er seine Position für sicher gehalten, seit sein Vater erste Anzeichen gezeigt hatte, sich mit den Kühen zur Ruhe zu begeben. Und jetzt tauchte plötzlich dieses Irrlicht von Onkel auf und machte ihm seine Rolle streitig. Forsters Lieblingssohn blieb nichts anderes übrig, als tapfer zu grinsen und seine herbe Enttäuschung herunterzuschlucken. Es tat beinahe weh mitanzusehen, wie ein so schönes, kraftvolles Wesen um Fassung rang.

Auch Peter fiel es nicht leicht zu sprechen. Zuerst kam er sogar ins Schwimmen.

»Am besten fange ich bei meiner Katze an. Sie hat nämlich eine Schwäche für Jim. Heute ist Donnerstag, nicht? Montag abend gegen sieben Uhr verließ Jim sein Haus. Wir wohnen unmittelbar nebeneinander, müssen Sie wissen. Ich stand vor unserer Tür, und Jim blieb stehen, um unsere Katze zu streicheln. Er sagte, er sei auf dem Weg zu einem Logentreffen. Mirelle habe den Wagen genommen, um zu ihrem Bridgeabend zu fahren, und er hoffe, von einem Logenbruder im Auto mitgenommen zu werden.

Danach habe ich Jim an diesem Abend nicht mehr gesehen. Aber das ist erst der Anfang der Geschichte. Gegen zwei Uhr Dienstag morgen stand Mirelle plötzlich vor dem Haus und schlug gegen die Tür. Sie war völlig hysterisch, weinte und schrie, Jim sei nicht nach Hause gekommen, und wollte, daß ich nach ihm suche. Ich muß zugeben, daß ich weniger enthusiastisch reagiert habe, als sie erwartet hatte, und wir sind uns in die Haare geraten. Aber das tut nichts zur Sache.

Es stellte sich heraus, daß verschiedene Augenzeugen gesehen hatten, wie Jim die Hauptstraße hinunterging, und zwar in Richtung Spritzenhaus. Elver Butz, einer seiner Logenbrüder, wollte ihn dort treffen und im Wagen mitnehmen. Bevor er die Gelegenheit dazu hatte, tauchte ein großer grauer Lincoln auf, hielt an, ließ Jim kaum genug Zeit zum Einsteigen und brauste mit ihm davon.«

Jetzt kam der unangenehme Teil. »Jim erschien am nächsten Tag nicht im College, was äußerst untypisch für ihn ist. Inzwischen wissen wir, daß er die ganze Nacht und den folgenden Tag in dem Lincoln verbracht hat und mit dem Kopf nach unten in den Sicherheitsgurten hing, ohne zu essen und zu trinken. Es deutet alles darauf hin, daß man ihm bereits am Montag, unmittelbar nachdem er in den Wagen gestiegen war, irgendeine Droge gespritzt hat, um ihn bewußtlos zu machen. Dann fuhr man mit ihm zu einer verlassenen Straße, sorgte dafür, daß der Wagen einen steilen Abgrund hinunterstürzte, wo er mit der Schnauze zwischen großen Felsblöcken landete, und ließ Jim dort allein zurück, mit der Absicht, ihn dort sterben zu lassen.«

»Wie furchtbar!«

Das war eine der in Spitze gehüllten Damen. Peter wußte nicht, welche, und da es ohnehin nichts zur Sache tat, fuhr er mit seiner Erzählung fort. »Als ich Dienstag abend nach Hause kam, stellte ich fest, daß eine alte Freundin meiner Frau, Catriona McBogle, bei uns zu Besuch war. Sie war auf dem Heimweg nach Maine und wollte die Nacht bei uns verbringen. Zu diesem Zeitpunkt wimmelte es in den Medien schon von Berichten über Forster Feldstermeier, wie Sie sicher wissen.«

»Was sicher nicht in Forsters Sinn war, und wir hätten auch lieber unsere Ruhe gehabt.« Dieser Satz stammte eindeutig von Mrs. Forster.

»Hm ja. Ich verstehe Ihre Haltung. Jedenfalls kaufte Miss McBogle eine Zeitung und war ganz fasziniert von den unglaublichen Erfolgen Ihres Mannes. Sie schreibt Kriminalromane, wie Sie sicher wissen. Sie wollte mehr über Mr. Feldstermeier herausfinden und ging daher in eine öffentliche Bibliothek.«

»Tatsächlich? Wie merkwürdig.«

»Sie hielt es für eine hervorragende Idee. Wenn Sie Miss McBogle kennen würden, würden sie es verstehen. Sie verfährt sich ständig, hat den schlechtesten Orientierungssinn, den man sich überhaupt vorstellen kann, und verläßt sich hundertprozentig auf das, was sie als Fügung des Schicksals bezeichnet. In Wirklichkeit ist es natürlich nichts als purer Zufall, wenn Sie mich fragen, aber bei ihr scheint es trotzdem irgendwie zu funktionieren. Die Bibliotheksangestellten haben eine kleine Party für sie veranstaltet, und danach fuhr sie weiter nach Maine. Dachte sie jedenfalls. Irgendwie geriet sie dann auf eine gottverlassene Nebenstraße und wußte nicht, wie sie wieder zurückfinden sollte, daher ist sie einfach immer weitergetuckert. Schließlich befand sie sich auf einem Grat, der jäh zu einer Schlucht abfiel, und bemerkte plötzlich unten in der Tiefe etwas, das sie zunächst für eine Art Silo hielt. Dann erinnerte sie sich an den grauen Lincoln, der seit Jims Verschwinden in Balaclava Stadtgespräch war. Catriona vermutete, daß dies der Wagen sein könne, der Jim mitgenommen hatte, und beschloß, hinunterzuklettern und nachzuschauen, ob vielleicht jemand darin eingeklemmt war. Catriona McBogle ist eine außergewöhnliche Frau, wie Jim Ihnen ebenfalls versichern kann. Möchtest du von hier an weitererzählen, Jim?«

»Das kann ich gar nicht, Pete. Ich erinnere mich an nichts.«

Also mußte Peter Shandy der versammelten Familie Feldstermeier schildern, wie Catriona Jim aus dem Lincoln befreit hatte und wie sich das merkwürdige Paar aus der Schlucht auf die Straße hochgearbeitet hatte. Er beschrieb die Mühen, die sich Catriona mit dem stummen, halbtoten Mann gegeben hatte, von dem sie so gut wie nichts wußte und den sie in seinem jämmerlichen Zustand kaum erkannt hatte. Erst vor wenigen Stunden war Peter nach Maine gefahren, um Jim zurück nach Massachusetts zu holen, und wie schließlich die Zauberworte ›Gehst du Gassi mit der Katze?‹ gefallen waren.

»Dann haben ihn also ein paar harmlose kleine Worte aus seinem Schockzustand geholt.« Die Äußerung stammte von der gesprächigen Mrs. Franklin. »Und dann hat er auch noch erfahren müssen, daß seine Frau tot ist und vielleicht sogar – ermordet wurde? Das kann ich einfach nicht glauben!«

Sie stand mit dieser Auffassung nicht allein da, wie Peter bemerkte. Es überraschte ihn kaum, daß auch Florian seine Zweifel hatte.

»Hat dein Freund nicht eben gesagt, daß diese Miss McBogle Kriminalromane schreibt?«

Jim warf Peter einen hilfesuchenden Blick zu. Was blieb seinem Freund anderes übrig, als ihm beizustehen? »Das ist richtig. Catrionas Bücher sind sogar ziemlich erfolgreich. Falls Sie sich fragen sollten, ob die ganze Geschichte nicht vielleicht nur eine Ausgeburt ihrer Phantasie ist, kann ich Sie schnell eines Besseren belehren. Wie Sie wissen, waren die Medien voll mit Berichten über Forster Feldstermeier. Alle wußten nur Gutes über ihn zu sagen, versteht sich. Aber über Jim hat niemand berichtet. Und zwar nur deshalb nicht, müssen sie wissen, weil die entscheidenden Leute beschlossen hatten, keinerlei Sensationsberichte an die Öffentlichkeit dringen zu lassen, bevor Jims Verschwinden und das schreckliche Ende seiner Frau geklärt sind.«

»Das haben Sie aber schön gesagt, Professor Shandy.«

»Vielen Dank, Mr. Florian. Falls Sie Lust haben, die Sache mit Präsident Svenson zu diskutieren, kann ich gern ein persönliches Treffen für Sie arrangieren. Und falls Sie sich gern ansehen möchten, was die Person angerichtet hat, die ihm die Droge injiziert hat, wird Jim sicher gern bereit sein, seinen Arm freizumachen und Ihnen den scheußlichen Bluterguß zu zeigen. Der Täter konnte entweder nicht mit Spritzen umgehen, oder es war ihm schlichtweg egal. Ich würde allerdings vorschlagen, damit noch ein wenig zu warten, immerhin haben wir gerade ein köstliches Abendessen zu uns genommen, für das ich mich an dieser Stelle ausdrücklich bedanken möchte. Wenn Sie mich jetzt entschuldigen würden? Ich möchte gern die Kleidungsstücke, die Sie mir freundlicherweise geborgt haben, wieder gegen meine eigenen umtauschen und zurück nach Balaclava fahren.«

»Pete, du kannst unmöglich heute abend noch fahren«, protestierte Jim. »Du hast schließlich den ganzen Tag hinter dem Steuer gesessen.«

Mrs. Forster war sicher nicht außer sich vor Freude, ihren abtrünnigen Schwager auf dem Stuhl des Patriarchen sitzen zu sehen, doch sie verhielt sich absolut ladylike. »Wir hoffen alle, daß Professor Shandy zumindest die Nacht hier bei uns verbringt, James. Ich bin Ihnen sehr dankbar für Ihre Sorge um das Wohlergehen meines Schwagers und Ihre Rücksicht auf unsere Gefühle. Und ich glaube nicht, daß ein Mann Ihres Alters um diese Zeit noch auf ihm unvertrauten Straßen unterwegs sein sollte.«

Sogar Florian konnte dem Kollegen seines Onkels das Recht auf Nachtruhe nicht absprechen, zumal er jetzt ohnehin nicht mehr das Zepter in der Hand hielt. Peter gestand sich selbst ein, daß er tatsächlich wenig Lust hatte, jetzt noch hundert oder mehr Meilen im Dunkeln zu fahren, auch wenn er sich mit dem Bild vom alten Tattergreis, das Mrs. Forster von ihm zu haben schien, nicht ganz identifizieren konnte. Als man sich den Getränken zuwandte, gab er sich endgültig geschlagen und ließ sich einen kleinen Cognac geben, wie er in seinem ganzen Leben noch keinem begegnet war. Während die wärmende Flüssigkeit in einer Relation von ungefähr zwei Dollar pro Schluck seine erwartungsvolle Kehle hinunterrann, entschied er, daß Opulenz durchaus etwas für sich hatte.

Kapitel 18

Peter war nach dem harten Tag derart erschöpft, daß er sich so schnell wie möglich aus der geborgten Edelgarderobe schälte und sich zur Ruhe begab. Das Bett war weicher als sein eigenes, außerdem sehnte er sich nach Helen. Doch er wollte nicht klagen, in seinem übermüdeten Zustand wäre wahrscheinlich schon ein einfacher Schlafsack auf ein Stück Jägerzaun gelegt das Paradies auf Erden gewesen.

Er hatte zwar vorgehabt, noch eine Weile über die Ereignisse des Tages nachzudenken, doch Morpheus kam ihm zuvor. Als Peter erwachte, fühlte er sich so erholt und frisch, wie er sich seit der Nacht vor Jim Feldsters Entführung nicht mehr gefühlt hatte. Der Brandy mußte eine ganz besondere therapeutische Wirkung besitzen. Schade, daß er das Rezept nicht hatte. Winifred Binks-Debenham, seine Lieblingsschwarzbrennerin, wüßte wahrscheinlich, wie sie ein annehmbares Faksimile aus Rohrkolben und Kletten oder ähnlichen Zutaten herstellen konnte. Er mußte unbedingt daran denken, sie darauf anzusprechen.

Aber alles zu seiner Zeit. Peter bedauerte, daß er keine Wäsche zum Wechseln mitgenommen hatte. Er würde sich ganz schön abgerissen vorkommen, wenn er das vornehme Herrenhaus in dem verschwitzten Hemd und der verknitterten Hose verließ, die er gestern getragen hatte. Aber wenn seine Kleidung schon nicht sauber war, konnte wenigstens ihr Träger sauber und gepflegt sein. Er stieg in die Dusche und nutzte die Gelegenheit weidlich. Erleichtert stellte er beim Verlassen der Duschkabine fest, daß einer dieser flauschigen, kuscheligen Bademäntel, wie er sie von seinen seltenen Besuchen in echten Luxushotels kannte, für ihn bereitlag. Es gab auch einen Elektrorasierer und einen Naßrasierer. Peter wählte letzteren und stellte fest, daß es ein guter alter Rasierhobel war, wie sein Vater immer zu sagen pflegte. Als er schließlich aus dem Badezimmer trat, frisch rasiert und in den eleganten Bademantel gehüllt, war er kaum überrascht, als er seine Kleidung, von der Krawatte bis hin zu den Socken, frisch gewaschen, gebügelt und reisefertig auf seinem Bett vorfand.

Sogar seine Schuhe waren so sorgfältig poliert, daß man sich darin spiegeln konnte. Peter schaute sich nervös um, ob der allgegenwärtige Kammerdiener nicht vielleicht irgendwo auf ihn lauerte. Am besten beeilte er sich mit seiner Toilette, bevor Curtis oder wer immer heute Morgenschicht hatte, hereinstürzte, um ihm die Zähne zu putzen, die Schuhriemen zuzubinden und nachzusehen, ob er sich auch hinter den Ohren gewaschen hatte. Er war gerade fertig, als Curtis tatsächlich auftauchte, allerdings erst, nachdem er sich vor der Tür diskret geräuspert und höflich angeklopft hatte.

»Guten Morgen, Professor Shandy. Mr. James hofft, daß Sie gut geschlafen haben. Er würde sich sehr freuen, wenn Sie ihm im kleinen Frühstückszimmer der Familie Gesellschaft leisten, sobald es Ihnen genehm ist.«

»Sie meinen, jetzt sofort?«

»Nur, wenn es Ihnen jetzt schon beliebt, Sir. Möchten Sie, daß ich Sie nach unten begleite?«

»Vielen Dank, aber ich glaube, ich finde mich schon allein zurecht. Sie brauchen mir nur einen Plan zu zeichnen und mir ein oder zwei Spürhunde zu leihen.«

Curtis gestattete sich ein kurzes Lächeln. »Falls Sie es vorziehen, allein auf die Pirsch zu gehen, Sir, darf ich Ihnen den Rat geben, unten an der Treppe nach rechts und danach immer geradeaus zu gehen, bis Ihnen der Duft frischen Kaffees in die Nase steigt. Das Frühstückszimmer befindet sich auf der linken Seite. Mr. James ist bereits dort.«

»Vielen Dank für die freundliche Auskunft. Und vielen Dank, daß Sie sich so nett um meine Garderobe gekümmert haben.«

Peter nahm nicht an, daß Curtis persönlich bei der Reinigung die Hand im Spiel gehabt hatte, diese Arbeiten wurden sicher von sechs bis acht Dienstboten erledigt, die eigens für Waschen und Bügeln eingestellt worden waren und ständig alle Hände voll zu tun hatten. Doch er fragte nicht weiter und machte sich auf den Weg zum Frühstücksraum, denn er war ziemlich hungrig. Curtis hatte ihm den Weg gut beschrieben, Peter fand den Raum mühelos, zum einen, weil mehrere Rechauds auf einer

Anrichte standen, zum anderen, weil das Frühstückszimmer so groß war, daß man es unmöglich übersehen konnte. Außerdem duftete es tatsächlich eindeutig nach Kaffee.

Grundgütiger, da war auch schon James, gleichzeitig merkwürdig fremd und doch völlig vertraut in einer abgetragenen, aber hervorragend geschnittenen Tweedjacke und passender Kniebundhose. Dazu trug er handgestrickte Argyle-Socken und derbe Lederschuhe, schwer genug, um ein Neun-Meter-Boot daran festzumachen.

»Morgen, Pete. Komm her und setz dich, wenn du nicht vorher im Trog stöbern möchtest. Nimm dir, was immer dir gefällt, und schrei laut, wenn dir etwas fehlt. So mache ich es jedenfalls immer.«

Seit wann? War dies wirklich der gleiche alte Jim Feldster, den man all die Jahre lang auf dem Campus für farblos und langweilig gehalten hatte? Ganz sicher erinnerte nichts mehr an das menschliche Wrack, das aus der zerstörten Limousine herausgekrochen war, völlig unter Schock gestanden hatte und vielleicht nie mehr gesprochen hätte, wenn ihm nicht ein Teufelsweib namens Catriona McBogle geholfen hätte, die er nicht einmal kannte.

James Feldstermeier war jedenfalls nicht länger der fleißige alte Milchmann, der abends die Kuhställe verließ oder scheppernd den Crescent herunterging, um ein paar Stunden mit seinen zahlreichen Logenbrüdern zu verbringen; und Peter sollte sich möglichst bald an diesen Gedanken gewöhnen. Die Ereignisse der letzten Nacht ließen keinen Zweifel daran, daß Jim in der Tat der rechtmäßige Erbe eines internationalen Unternehmens war. Ob er sich nun weigerte, die ihm zustehende Position anzunehmen, und zurück zu seinen Ställen ging, als sei nichts geschehen, würde sich noch zeigen. Momentan war Peter nicht willens, auch nur einen Nickel dafür oder dagegen zu wetten.

Als Peter das Eßzimmer betrat, hatte sich nur Jim dort aufgehalten. Doch während er sich noch seiner ersten Portion widmete, Jim verspeiste unterdessen bereits die zweite oder dritte, vielleicht war es auch schon die vierte oder fünfte, kamen andere Personen herein und begaben sich ohne viel Federlesens ans Büffet. Anscheinend richtete man sich bei den Feldstermeiers noch nach den üblichen Farmzeiten, auch wenn keiner der Anwesenden aussah, als müsse er hart arbeiten, und schon gar nicht als Farmer.

Die Familienmitglieder verhielten sich ihrem neuen Patriarchen und dessen Freund gegenüber äußerst ehrerbietig. Es war wohl allen ein kollektiver Stein vom Herzen gefallen, als James gestern abend den Familienvertrag unterzeichnet hatte. Selbst Florian, der in seiner Kniebundhose, die Jims Hose recht ähnlich sah, eine hervorragende Figur machte, hatte es aufgegeben, sich gegen seinen Onkel aufzulehnen. Da die Tatsachen nun einmal nicht zu ändern waren, versuchte er auf überzeugende Weise, sich ihm gegenüber nett und verbindlich zu verhalten.

Forsters Begräbnis war auf halb zehn in der Familienkapelle angesetzt. Außenstehende waren nicht eingeladen. Peter hatte gehofft, man würde ihm einen kleinen Wink mit dem Zaunpfahl geben und ihm so die Möglichkeit geben, nach Hause zu fahren, bevor die Feier begann. Doch nichts dergleichen geschah. Dann kam ihm die Idee, daß Jim vielleicht mit ihm zusammen nach Balaclava fahren wollte, um mit Präsident Svenson über seine Arbeit in den Ställen und seine Seminare zu sprechen, Mirelles Beerdigung zu arrangieren und zu entscheiden, was mit dem Haus geschehen sollte.

Doch wie üblich nahmen die Dinge einen völlig anderen Lauf, als Peter geplant hatte. Jim überredete ihn, an der Trauerfeier in der Kapelle, an Forsters Beisetzung im Familiengrab und an dem danach stattfindenden Leichenschmaus teilzunehmen. Unter den gegebenen Umständen konnte man ihm die Bitte kaum abschlagen. Peter gab sich damit zufrieden, Helen eine Nachricht auf den Anrufbeantworter zu sprechen, und begab sich zum zweiten Mal ans Frühstücksbuffet.

Merkwürdigerweise begannen die Matronen, die sich inzwischen am Tisch versammelt hatten, lang und breit über Mirelles Beerdigung zu sprechen. Da sie die Haltung ihres verstorbenen Patriarchen zum Thema Scheidung kannten, waren seine Witwe, ihre beiden Schwägerinnen und alle anderen Anwesenden außer James der Meinung, Mirelle stehe ein ordentliches Familienbegräbnis zu. Schließlich gab James sich geschlagen, da er gegen die Argumente, mit denen man ihn zu überreden versuchte, nichts vorbringen konnte. Immerhin war Mirelle tatsächlich all die Jahre seit ihrer Hochzeit seine rechtmäßige Ehefrau gewesen, und er hatte bis zu ihrem Dahinscheiden im selben Haus mit ihr gewohnt, auch wenn er sich tragischerweise zum Zeitpunkt ihres Todes gegen seinen Willen an einem anderen Ort aufgehalten hatte.

Man war sich einig, daß nur die nächsten Angehörigen zu Mirelles Beerdigung eingeladen werden sollten. Das hieß natürlich, daß nur Mitglieder der Familie Feldstermeier anwesend sein würden, denn Mirelle hatte nie irgendwelche Verwandten erwähnt. Vielleicht hatte sie sich ihrer Verwandtschaft auch nur geschämt. Aus Rücksicht auf Jims Gefühle wurde darauf nicht näher eingegangen.

Die Trauerfeier würde so kurz wie bei einem solchen Anlaß möglich gehalten werden. Peter war leider noch nicht in der Lage, genauere Angaben darüber zu machen, wann Mirelles Leichnam freigegeben werden würde. Es war daher wenig sinnvoll, schon ein genaues Datum festsetzen, schon aus Rücksicht auf die Familie. Immerhin hatte es gerade erst die größten Schwierigkeiten mit der Organisation von Forsters Beerdigung gegeben.

So kam eins zum anderen, und die Diskussion ging immer weiter, bis schließlich jemand auf die Uhr sah und feststellte, daß es schon fast neun war. Die Personen, die wie James und Florian in lässiger Kleidung zum Frühstück erschienen waren, eilten nach oben in ihre Zimmer, um sich umzuziehen. Peter war erleichtert, daß er für die lange Fahrt einen guten grauen Anzug gewählt hatte, auch wenn es natürlich nicht der neue Anzug war. Trotzdem war er davon überzeugt, daß es nicht einmal ein Problem gegeben hätte, wenn er in einem alten Overall aufgekreuzt wäre. In diesem Fall hätte Curtis sicher in Sekundenschnelle genau die richtige Kleidung herangeschleppt.

Da es nichts mehr für ihn zu tun gab, stellte sich Peter unten an die Treppe und wartete darauf, daß die anderen herunterkamen. Niemand hatte sich sonderlich in Schale geworfen. Die Damen trugen einfache Tageskleidung und dezenten Schmuck, die Herren ähnliche Anzüge wie Peter. Als sich die Familie versammelt hatte, ging man mehr oder weniger geschlossen vom Haus zur Kapelle und nahm schweigend auf den harten Holzbänken Platz, während Mrs. Francis auf der einfachen Orgel hinter dem Altar einige ruhige kurze Stücke von Weber spielte.

Auf dem Weg zur Kapelle hatten James und Florian sich in aller Freundschaft darauf geeinigt, daß Forsters Sohn und nicht sein Bruder die Trauerrede halten solle. Jim würden die Erinnerungen an Feldster sicher nicht sonderlich bewegen, doch einige Clanmitglieder hätten sie durchaus zu Tränen rühren können, wenn man denn in dieser Familie zu Gefühlsausbrüchen geneigt hätte. Florian sprach einfühlsam und liebevoll über seinen Vater. James hatte das ausdruckslose, steinerne Gesicht aufgesetzt, das Catriona so verstörend gefunden hatte, und hielt den Blick starr auf etwas gerichtet, das außer ihm niemand sah. Schließlich sprach der Geistliche – Peter hatte keine Ahnung, welcher Konfession er angehörte, doch das tat wahrscheinlich ohnehin nichts zur Sache – ein kurzes Gebet und wünschte dem Verstorbenen, er möge in Frieden ruhen. Dann war die Feier zu Ende.

Wer sich dazu in der Lage fühlte, folgte den acht kräftigen Sargträgern einen kleinen Hügel hinauf zur Familiengruft. Das Grab war ausgehoben und auf altmodische Weise mit Tannenreisig umrahmt. Nachdem der Sarg langsam in die Erde hinabgelassen worden war, warfen einige Trauergäste eine Handvoll Erde in das offene Grab. Andere hatten Arme voller Blumen aus ihren Gärten mitgebracht, die sie später auf das zugeschüttete Grab streuen wollten, um den traurigen Anblick der nackten Erde zu mildern.

Schon in wenigen Tagen würde Forster Feldstermeiers Grab üppig bepflanzt werden, mit winterharten Chrysanthemen, Bodendeckern und Stauden, die im nächsten Frühjahr und Sommer blühen würden. Wahrscheinlich würde Peter Shandy den Friedhof in all seiner Blütenpracht nicht mehr sehen, und auch nicht das große Haus, das mit jedem Fenster und jeder Tür Gastlichkeit ausstrahlte, oder die Witwen mit ihren Spitzenkleidern und Perlen. Aber was machte das schon? Forster Feldstermeier befand sich längst in einer anderen Welt, und Peter glaubte nicht, daß die Anwesenden den Leichenschmaus weniger genießen würden, nur weil ihr Ehrengast Peter Shandy nicht länger unter ihnen weilte.

Es war kaum vorstellbar, daß jemand nach dem üppigen Frühstück überhaupt noch hungrig sein konnte. Doch nachdem die Beerdigung überstanden war, blieben alle zum Leichenschmaus, auch Peter Shandy. Warum, wußte er selbst nicht. Er versuchte, seine Gier damit zu entschuldigen, daß er immerhin noch eine lange Fahrt vor sich hatte.

Doch das stimmte eigentlich gar nicht. Jim hatte ihm versichert, Balaclava Junction sei kaum mehr als hundert Meilen von hier entfernt, also nur etwa zwei Stunden Fahrt, je nach Verkehrsaufkommen und Zustand der Straßen. Peter wußte immer noch nicht, ob er allein oder mit Jim zurückfahren würde, und fragte sich, wann er das Thema wohl anschneiden könnte, ohne unhöflich zu wirken. Er hatte angenommen, er könne Jim einfach beiseite nehmen und direkt fragen, doch leider wurde das neue Familienoberhaupt unablässig von Angehörigen umlagert, die ebenfalls unbedingt mit ihm sprechen wollten.

Jim ließ die spontane Fragestunde erstaunlich gelassen über sich ergehen. Er lächelte und nickte und warf häufig sogar eigene Bemerkungen ein. Peter hatte ihn noch nie so umgänglich erlebt, nicht einmal, wenn er mit Jane Austen Nettigkeiten ausgetauscht hatte. Die graue Maus hatte eine bemerkenswerte Metamorphose durchlaufen.

Doch das Leben des Milchmanns hatte sich auch grundlegend geändert. James Feldstermeier war nicht mehr der einsame kleine Junge, der von allen übersehen wurde. Jetzt war er der König der Tafelrunde, der Hahn im Korb, der Hecht im Karpfenteich. Doch er war kein junger Mann mehr. Konnte er den Druck ertragen, den die Leitung eines riesigen internationalen Unternehmens wie das der Feldstermeiers mit sich brachte? Würde der Tag kommen, an dem er sich verzweifelt wünschte, wieder in den College-Ställen bei seinen Kühen zu sein? Und wie würde Thorkjeld Svenson dann reagieren? Jim hatte so viele tüchtige junge Leute ausgebildet, daß man die Besten wie Sahne abschöpfen und sicher bald einen Nachfolger oder eine Nachfolgerin finden könnte. Für einen ehemaligen alten Professor war dann sicher kein Platz mehr.

Doch jetzt war nicht die richtige Zeit für düstere Zukunftsvisionen. Nachdem man dem verstorbenen alten Patriarchen die letzte Ehre erwiesen hatte, entspannte sich die Stimmung zusehends. Entferntere Verwandte und wichtige Firmenangehörige trafen mit ihren Partnern ein. Florian hatte die Aufgabe übernommen, die Gäste mit Mr. James bekannt zu machen. Die neuen Trauergäste erwarteten zweifellos, daß auch sie etwas zu essen bekamen. Sie schlossen sich der langen Schlange an, die sich inzwischen wie zufällig gebildet hatte, und warteten darauf, dem neuen Familienoberhaupt vorgestellt zu werden. Die

Schlange bewegte sich dank Florians effizienter Hilfe erstaunlich schnell vorwärts.

Peter betrachtete den nicht enden wollenden Strom von neuen Gästen zunächst mit Unruhe und dann mit echter Panik. Wie konnte er Jim bloß lange genug von der Herde absondern, um ihn zu fragen, ob er mit ihm zurück nach Balaclava fahren wollte? Noch schlimmer war, daß sich seinetwegen ebenfalls eine kleine Schlange gebildet hatte. Die unermüdliche Aggie, die dem schwarzen Schaf der Familie bei seiner Ankunft Tür und Tor geöffnet hatte, war dafür verantwortlich. Sie hatte nämlich verlauten lassen, daß Peter Shandy, der Vater des berühmten Balaclava Buster, anwesend sei.

Allmählich wurde es Peter zuviel. Er hatte die Nase gestrichen voll von dem endlosen Buffet und dem ganzen Prunk und Pomp, auch wenn am Anfang alles sehr interessant gewesen war. Jetzt konnte er hören, wie ein Harfenist im Bankettsaal – oder wie auch immer der Raum von den Feldstermeiers genannt wurde – sein Instrument stimmte. Peter wünschte sich, er könne Curtis zu fassen bekommen. Das Familienfaktotum würde sicher wissen, wie er herausfinden konnte, ob Jim nun mitkam oder nicht. Peter hatte allerdings immer mehr den Eindruck, daß der neue Clan-Fürst wenig Lust hatte, sich von seinen Gästen zu trennen. Er selbst wollte nur noch nach Hause, und zwar so schnell wie möglich.

Für Jim fing das Leben noch einmal ganz von vorn an, doch seine ehemalige Gattin war immer noch tot, und Thorkjeld hatte Peter beauftragt herauszufinden, wer sie ermordet hatte und warum er es getan hatte. Der Ehemann gehörte diesmal ausnahmsweise nicht zum Kreis der Verdächtigen, denn Jim war dank Catrionas Aussage über jeden Verdacht erhaben. Schon Stunden vor Mirelles Tod war er nie weiter als drei Meter von Catriona oder ihren Lebensmittelvorräten entfernt gewesen. Es gab daher eigentlich keine zwingenden Gründe, Jim zurück nach Balaclava zu bringen, selbst wenn die Feldstermeiers sich bereit erklärt hätten, ihn gehen zu lassen.

Die Schlangen lösten sich auf, und die Anwesenden bildeten kleine Grüppchen und unterhielten sich angeregt miteinander. Die Witwen und ihre Töchter, falls es denn ihre Töchter waren, verhielten sich freundlich und zuvorkommend. Das Dienstpersonal kümmerte sich rührend um die Gäste. Sicher arbeiteten die Köche und Köchinnen im Küchentrakt unter Hochdruck an der Vorbereitung eines riesigen Abendessens, nachdem die kleineren Mahlzeiten hinter ihnen lagen. Als Jim sich umdrehte, um sich von jemandem zu verabschieden, ergriff Peter die Gelegenheit beim Schopf.

»Jim, nur eine ganz kurze Frage. Kommst du mit nach Balaclava? Ich muß gleich los.«

»Oh, Pete! Nein, jetzt bestimmt noch nicht. Das hier ist fast so gut wie ein Logentreffen.«

Peter hätte fast gefragt »Und warum schepperst du dann nicht?« Doch eine derartige Bemerkung war in solch illustrer Runde sicher nicht angebracht, daher behielt er sie für sich. »Dann verschwinde ich möglichst bald und mache mich auf den Heimweg. Du findest sicher jemanden, der dich hinfährt, oder?«

»Natürlich, kein Problem. Aber warum bleibst du nicht noch eine Nacht hier? Jemand kann deinen Wagen morgen früh nach Balaclava fahren. Wir nehmen dann unseren Helikopter und sind in fünfzehn Minuten da.«

Die Vorstellung, in einem Helikopter nach Hause zu fliegen, war zwar sehr verführerisch, aber Peter blieb eisern. »Was soll ich Thorkjeld erzählen?«

»Ich werde mit Svenson sprechen, sobald ich meine Entscheidung getroffen habe.«

Das würde sicher ein denkwürdiges Treffen. Der ehemals so unscheinbare und langweilige Milchmann Auge in Auge mit dem Behemoth, und noch dazu in dessen eigener Höhle.

»Tut mir wirklich leid, daß ich mich von deiner Familie nicht mehr verabschieden kann, Jim. Es war ein eindrucksvoller Besuch, und ich bin froh, daß ich ein wenig helfen konnte, aber die Show scheint noch lange nicht vorbei zu sein. Sieht ganz so aus, als hättest du noch bis morgen früh alle Hände voll zu tun. Morgen höchstwahrscheinlich auch noch. Und wer weiß, was dich sonst noch alles erwartet? In der Zwischenzeit werde ich versuchen, dem Präsidenten bei der Suche nach Mirelles Mörder zu helfen, was immer das bedeuten mag. Ich nehme an, du hast nichts dagegen, wenn ich dein Haus auf dem Crescent betrete?«

Eigentlich war die Frage gar nicht nötig, denn das Haus gehörte dem College. So war es immer gewesen, und so würde es immer sein. So stand es in den Urkunden, die ein weitblickender College-Leiter vor vielen Jahren erstellt hatte, als er vorschlug, ein großes Stück brachliegendes Land auf dem Collegegelände zu nutzen, um Häuser für Mitglieder der Fakultät darauf zu errichten. Die Mieten waren erschwinglich, und es wurde sorgsam darauf geachtet, daß die Häuser stets in gutem Zustand waren, so daß sich die Dozenten und Professoren ein gemütliches Heim darin einrichten konnten. Was würde aus dem Haus werden, in dem Mirelle und Jim so lange nebeneinander hergelebt hatten?

Peter verkniff sich die Frage, denn er wollte nicht aufdringlich wirken. Jim Feldster hätte die Frage vielleicht nicht gestört, aber James Feldstermeier mußte sich um weit wichtigere Angelegenheiten kümmern. Gerade traf eine neue Delegation hoher Tiere aus den verschiedensten europäischen Ländern ein. Florian spielte den Adjutanten und gab mit einem subtilen Blick zu erkennen, daß sein Onkel sich vielleicht ein wenig mehr um seine Gäste kümmern sollte.

Jim hatte kaum Zeit zu murmeln »In Ordnung, Pete, alles klar«, bevor sein Pflichtgefühl ihn zwang, weiter Hände zu schütteln, Beileidsbezeugungen entgegenzunehmen und höfliche Lügen von sich zu geben, indem er behauptete, wie sehr er sich doch freue, daß all diese berühmten und wichtigen Personen den langen Flug nicht gescheut hätten, um seinem verstorbenen Bruder Forster Florian Feldstermeier die letzte Ehre zu erweisen.

Kapitel 19

Peter sang während der ganzen Fahrt alte Balladen, die er von seinen Großeltern kannte, und modernere Lieder, die seine Mutter früher auf dem Klavier gespielt hatte, während die Familie sich um sie versammelt hatte und fröhliche, wenn auch nicht sonderlich wohlklingende Geräusche von sich gegeben hatte. Zwischendurch verkürzte er sich die Zeit aber auch mit College-Songs, Kinderliedern und Trinkliedern, die seine Mutter nie und nimmer über die Lippen gebracht hätte. Er fand es selbst nicht sonderlich geschmackvoll, nach einem Besuch in einem Trauerhaus »Halleluja, laßt uns bechern« zu trällern, doch er trällerte dennoch unverdrossen weiter. Die Erleichterung, die er verspürte, als er die Luxuswelt der Feldstermeiers hinter sich gelassen hatte, mußte dem Gefühl ähneln, das Sisyphus gehabt hätte, wenn man ihm erlaubt hätte, seinen Felsblock irgendwo zu parken und unbeschwert spazieren zu gehen.

Peter fragte sich, wie Jim wohl mit den ausländischen Würdenträgern auskam. Es hatte ihn angenehm überrascht, wie bereitwillig Mr. James, wie sein ehemaliger Nachbar dort von allen genannt wurde, wieder in den Schoß seines Clans zurückgekehrt war. Immerhin hatte er sich all die Jahre sogar strikt geweigert, auch nur seinen richtigen Familiennamen zu tragen. Angeblich machten Kleider ja Leute. Ob ihm die maßgeschneiderten Tweed- und Kammgarnstoffe und eleganten Smokings möglicherweise ein ganz neues Selbstbewußtsein gaben? Vielleicht hatte aber auch die Tatsache, daß Mr. James jetzt als neuer Herrscher auf dem Familienthron saß, frische Farbe in sein Gesicht gebracht und seinen Schritten neuen Schwung verliehen?

Wie lässig hatte Jim die Nachricht von Mirelles Tod aufgenommen, und wie selbstverständlich hatte er Catriona McBogles Gastfreundschaft und Fürsorge akzeptiert. Vielleicht war sein merkwürdig unterkühltes Verhalten darauf zurückzuführen, daß er von Fremden aufgezogen worden war, die zwar alles für ihn getan hatten, weil sie dafür bezahlt wurden, ihn aber ohne mit der Wimper zu zucken wieder verlassen hatten, um genau dasselbe für die verwöhnten Kinder einer anderen Familie zu tun. Falls überhaupt, hatten wahrscheinlich nur wenige dieser zweifellos fähigen Personen daran gedacht, dem Kind, das sie zurückgelassen hatten, gelegentlich eine Geburtstagskarte oder ein kleines Geschenk zukommen zu lassen.

Es war schon ein merkwürdiges Gefühl, einen Menschen jahrelang als festen Bestandteil seiner vertrauten Umgebung zu kennen und dann plötzlich im Leben dieser Person eine wichtige Schlüsselrolle zu spielen, selbst wenn es nur für kurze Zeit war. Peter bezweifelte immer mehr, daß Jim nach Balaclava zurückkehren würde. Schade, daß aus dem Flug mit dem Helikopter nichts geworden war, dachte er wehmütig. Die Mutation vom Milchmann zum Magnaten hätte sicher viele Leute vom Sockel gehauen, vor allem diejenigen, die ihn immer für einen alten Langweiler gehalten hatten. Sie hätten sich bestimmt verwundert die Augen gerieben, wenn sie gesehen hätten, wie Professor Feldster, der normalerweise jeden Morgen zu Fuß vom Crescent ins College kam, sich als Professor Feldstermeier von einem lärmenden Kasten mit einem Propeller auf dem Dach zu seinen Seminaren fliegen ließ, als wäre es das Selbstverständlichste von der Welt.

Aber das Leben war nun einmal voller Überraschungen, wie Peter selbst schon bald am eigenen Leibe erfahren sollte. Nachdem er wie üblich seinen Wagen unten an Charlies Werkstatt geparkt hatte, ging er den Crescent hinauf. Doch bevor er die Eingangstreppe zu seinem Haus erreicht hatte, blieb er wie vom Donner gerührt stehen. Die Septemberschatten fielen jeden Abend ein wenig früher, und Peter hatte eigentlich erwartet, das Haus der Feldsters in Dunkelheit gehüllt vorzufinden, bewacht von einem unerschütterlichen Lomax, der im Liguster lauerte. Genau das Gegenteil war der Fall. Offenbar waren sämtliche Lampen im Haus angeschaltet, denn jedes Fenster war hell erleuchtet, und im Inneren des Hauses hüpfte eine stämmige kleine Person in schwarzen Leggings wie Spucke auf der heißen Herdplatte herum.

»Da hol mich doch der Teufel!«

Peter war so fassungslos, daß er bewegungslos stehenblieb

und starrte, bis die Haustür seines eigenen Hauses geöffnet wurde und Helen erschien, um ihn zu begrüßen.

»Falls Sie der Scharlatan sind, der von Tür zu Tür zieht und den Leuten Schlangenöl andrehen will, Mister, kann ich nur sagen: Wir kaufen grundsätzlich nichts an der Tür. Was sollte das denn, einfach die ganze Nacht wegbleiben und sich in Fleischtöpfen wälzen? Du weißt sehr wohl, daß Fleischtöpfe dir nicht bekommen.«

»Pah, Humbug. Küß mich, Tallulah Baby, aber bitte keine Vorwürfe. Ich bin nur noch ein Schatten meines normalen attraktiven und feschen Selbst, und zwar aus gutem Grund. Was um alles in der Welt geht da nebenan vor?«

»Ich habe die Theorie, daß es sich um einen heulenden Derwisch handelt. Die Dame wurde heute am frühen Nachmittag in einem Taxi aus Claverton herkutschiert. Das berichten jedenfalls meine Späher. Seitdem rödelt sie ununterbrochen im Haus herum. Sie behauptet, sie sei Mirelles Schwester. Was ich übrigens keinen Moment lang bezweifle. Hast du schon gegessen?«

»Sie belieben zu scherzen, Madam. Ich habe in den letzten sechsundzwanzig Stunden mehr gegessen als in meinem ganzen Leben und hoffe, daß ich nie wieder etwas zu essen brauche. Ich habe das Buffett, das dem Mittagessen nach der Beerdigung folgte, dem wiederum ein mindestens zweistündiges üppiges Frühstück vorausging, fluchtartig verlassen. Das Frühstück wurde in siebenundfünfzig verschiedenen Rechauds angeboten, und bei jedem einzelnen wurde ich genötigt, bitte ordentlich zuzugreifen, um nicht möglicherweise beim Gewaltmarsch zur Kapelle einen Schwächeanfall zu erleiden. Von Haus zu Kapelle waren es immerhin ungefähr hundert Schritte. Vermutlich hat mir jemand einen Picknickkorb mit Reiseproviant ins Auto gelegt. Ich traue mich nur nicht nachzusehen. Besitzen wir übrigens ein Rechaud?«

»Nein, tun wir nicht. Und ich muß gestehen, daß ich es bisher auch noch nie vermißt habe. Dafür haben wir ein Fondue-Set. Du weißt schon, so einen Topf, den man mit flüssigem Käse füllt und auf eine Kerze stellt. Und lange Gabeln, mit denen man Brotstücke in den flüssigen Käse tunkt, wobei einem immer das Brot von der Gabel rutscht. Ich glaube, man kann zum Tunken auch andere Sachen nehmen, aber ist es wirklich der Mühe wert?«

»Gute Frage«, sagte Peter. »Woher haben wir das Fondue-Ding eigentlich?«

»Weiß der Himmel«, sagte Helen. »Warum schenken wir es nicht Edna Mae Ottermole? Sie sammelt ungeliebte Geschenke, für einen Bazar zugunsten des Balaclava-Junction-Streifenwagenfonds. Haben dich die vielen Rechauds so erschöpft?«

»Nicht zu vergessen die zweistündige Fahrt mit vollem Magen«, erinnerte sie Peter. »Man hat mir zwar angeboten, noch eine Nacht dort zu verbringen und mich morgen im Helikopter der Feldstermeiers zurückzufliegen, aber ich habe der Versuchung mannhaft widerstanden. Wie du dir vielleicht denken kannst, mein Herz, sind die Stunden mit dir wie kostbare Perlen für mich.«

»Tatsächlich? Und was hast du mit den Austern gemacht?«

»Sie in einem Moment der Zerstreutheit gegessen, befürchte ich. Es war am Ende so schlimm, daß ich ein Wiener Schnitzel nicht mehr von einer Verdauungsstörung unterscheiden konnte. Was gar nicht so abwegig ist, wenn ich es mir recht überlege. Aber wo wir einmal beim Thema sind: Du hast nicht zufällig ein Täßchen mit abgestandenem Tee und ein Stück trocken Brot oder ein Haferküchlein herumliegen?«

»Ich dachte immer, trocken Brot gäbe es nur im Gefängnis, und Hafer sei das, was einen sticht. Ach herjeh, ich bin schon genauso schlimm wie das nette Zweitsemester, das mir die Bücherkartons trägt. Wilfred heißt er. Der kann auch kein Wortspiel auslassen. Aber es ist gut zu wissen, daß es immer noch ein paar Studenten gibt, deren Wortschatz aus mehr als fünfzig Wörtern besteht. Sein Vater ist übrigens Seehundtrainer.«

»Was du nicht sagst. Weiß Dan Stott schon davon?«

»Keine Ahnung, Liebling. Du könntest ihn fragen, wenn du magst. Aber ich denke, es wäre das beste für dich, wenn du dich an den Küchentisch setzt und ich dir ein Schüsselchen mit Cornflakes mache. Oder Cracker mit Milch. Ich habe früher immer leidenschaftlich gern Cracker mit Milch gegessen. Keine Ahnung, warum ich es schon so lange nicht mehr gemacht habe.«

»*Tout lasse, tout casse, tout passe*, wie deine Freundin Catriona sagen würde. Zumindest könnte ich mir vorstellen, daß sie es sagt. Aber bei Catriona kann man nie ganz sicher sein. Hast du mit ihr gesprochen, seit ich ihr Jim abgenommen habe?«

»Ja. Sie hat während des Abendessens hier angerufen. Das heißt, es wäre das Abendessen gewesen, wenn Jane und ich uns nicht für pochierte Eier entschieden hätten, die eher frühstückig sind. Aber wir hielten es für wenig sinnvoll, noch länger zu warten, weil wir nicht sicher waren, wann du zurück sein würdest. Du hast uns übrigens schrecklich gefehlt, falls du danach fragen wolltest. Catriona wollte übrigens wissen, wann du gedenkst, dich heilig sprechen zu lassen.«

»Da ich nicht scheintot bin, reicht es nicht einmal für einen Scheinheiligen.«

»Ich glaube, sie meint es ernst. Wie denkst du denn nun darüber?«

»Ich habe dazu keine Meinung. Es sei denn, du willst, daß ich wirklich tot bin. Dann lege ich mich in ein Rübenfeld, wo ich niemandem im Weg bin. Ich würde mich langsam zersetzen und in meinem eigenen Saft schmoren.«

»Hör auf, Peter, das ist ja ekelhaft! Ich pochiere dir jetzt ein Ei. Oder möchtest du lieber zwei?«

»Zwei Eier sind immer besser als eins, es sei denn, es handelt sich um faule Eier. Wo ist denn Jane?«

»Ich glaube, sie hat sich oben im Arbeitszimmer unter der Couch verkrochen. Sie ist zufällig in den Garten der Feldsters geschlendert, oder wie immer wir ihn jetzt nennen sollen, und die Frau, die dort wie verrückt herumputzt, hat sich aus dem Fenster gehängt und gemeinerweise einen Eimer Wasser über Jane gekippt. Schmutziges Wasser, wohlgemerkt. Jane und ich waren zutiefst beleidigt. Ich wäre gern mit ihr unter die Couch gekrochen, um sie wieder zu beruhigen, aber der Platz reicht nicht für uns beide. Ich hoffe nur, daß die Frau nicht allzu lange bleibt.«

»Man kann sie ja mal fragen. Was machen die Eier?«

»Sie tun, was sie können. Steckst du bitte ein oder zwei Scheiben von dem leckeren Roggenbrot, das Iduna gebacken hat, in den Toaster? Und hol dir bitte einen Teller. Du bist hier nicht bei den Feldstermeiers, nur damit du es weißt. Was hast du denn mit deiner Wäsche gemacht?«

»Sie sauber wieder angezogen, selbstverständlich. Es gibt dort Lakaien. Sie schwitzen die ganze Nacht im Keller über den Waschtrögen. Vermute ich jedenfalls. Möglicherweise sind es aber auch Heinzelmännchen. Falls es Heinzelmännchen sind, soll man ihnen ein Schälchen Milch hinstellen, habe ich gehört, aber da dort die ganze Zeit ein Mensch namens Curtis herumwuselt, der sich um alles kümmert, brauchte ich nichts zu tun. Du hättest mich gestern abend mit meinem Smoking und meiner schwarzen Fliege sehen sollen. Ich war der Beau des Balls. Wenn es einen Ball gegeben hätte, was die besonderen Umstände leider nicht zuließen. Was meinst du, wie ich in Knickerbockers aussehen würde?«

»Ausgebeult. Reich mir mal bitte deinen Teller, die Eier sind fertig. Wie kommst du denn plötzlich auf Knickerbocker?«

»Es klingt hübscher als Kniebundhosen.«

»Darauf hätte ich natürlich auch selbst kommen können. Einen Moment lang hast du mich wirklich zum Grübeln gebracht. Jetzt sag bloß nicht, Jim Feldster läuft neuerdings in Knickerbockers herum.«

»Wie du willst, dann sage ich es eben nicht. Du würdest dich wundern, wenn du sehen könntest, wie dieser Mann aufblüht, seit er seine alten maßgeschneiderten Tweed-Bundhosen wieder anhat. Hoffentlich trägt er sie morgen auch. Ich kann mir Präsident Svensons Gesichtsausdruck lebhaft vorstellen, wenn Jim aus dem Helikopter steigt und aussieht wie Gene Sarazen in einem Golfturnier vor fünfzig Jahren.«

»Peter, das ist doch nicht dein Ernst! Wo hast du unsere Kamera hingelegt? Du solltest ein paar Fotos machen, bevor Cronkite Swope uns zuvorkommt. Sagt Jim dir Bescheid, wann er kommt?«

»Nicht daß ich wüßte. Er war ziemlich vage, als ich ihn fragte. Er wirkte fast ein wenig herablassend, womit ich ihm nicht unterstellen will, daß es Absicht war. Seine Verwandtschaft scheint ihn als neues Familienoberhaupt sehr ernst zu nehmen, und die Rolle ist ihm wie auf den Leib geschrieben. Ich hatte den Eindruck, daß die ganze Sippe eine neue Vaterfigur braucht, besonders die drei Witwen, auch wenn es noch so lächerlich klingt.«

»Ich finde das ganz und gar nicht lächerlich, Peter. Wenn diese Leute den größten Teil ihres Lebens damit verbracht haben, das zu tun, was Forster für das Beste hielt, ist es ihnen wahrscheinlich am liebsten, wenn alles so weitergeht wie bisher.«

»Hm ja, da könntest du recht haben. Die Stimmung hatte tatsächlich starke feudale Anklänge. Es interessiert dich vielleicht, daß der junge Mann, dem wir bei Mirelles Champagnerparty begegnet sind, tatsächlich Florian heißt.«

»Was du nicht sagst. Ist er nett?«

»Weiß ich nicht. Er sieht aus, als habe er von Geburt an die Rolle des Kronprinzen gespielt. Zuerst war er ein bißchen aufmüpfig, aber er scheint ein begnadeter Diplomat zu sein. Bestimmt weiß er eine Menge mehr über den Familienbetrieb als Jim. Er bleibt weiterhin Kronprinz, auch wenn er gern regierender Monarch geworden wäre. Allerdings hat er ab jetzt sicher sehr viel mehr Bewegungsfreiheit als zu Forsters Lebzeiten. Wahrscheinlich ist die neue Situation für ihn gar nicht so schlecht.«

Helen sah die Sache etwas anders. »Wie wird Jim sich wohl so ganz allein fühlen? Immerhin ist jetzt keiner mehr da, der ihm helfen kann. Catriona ist ein bißchen gluckenhaft, sie glaubt, er hätte Wahnsinnsprobleme mit seiner neuen Rolle.«

»Und wie fühlt Guthrie sich, nachdem Jim weg ist?«

»Es klang ganz so, als sei er heilfroh, ihn endlich los zu sein«, erwiderte Helen. »Irgendwie kann ich ihn sogar verstehen. Guthrie und Catriona haben in den letzten drei Monaten zusammen gelebt, Riesenfortschritte miteinander gemacht und sich hervorragend verstanden. Ich kann mir nicht vorstellen, daß Catriona und Jim Feldstermeier miteinander ausgekommen wären, auch wenn Jim beim Abschied geweint hat.«

»Vielleicht hat er nur wegen seines alten Teddybärs geweint«, sinnierte Peter. »Jim hat mir während der Fahrt zu seinem Familienstammsitz ziemlich viel erzählt. Anscheinend hat er als Kind nie richtige Mutterliebe erfahren. Er war der jüngste von vier Söhnen, und zwar ein richtiger Nachkömmling. Sein Vater hat ihn immer für eins seiner Enkelkinder gehalten und hat ihn nicht mal mit den anderen an sein Totenbett gerufen.«

»Peter, das kann doch nicht wahr sein!«

»Ach, ich weiß nicht. In einem derart riesigen Haus, in dem dauernd irgendwelche Verwandten ein und aus gehen, kann ich mir das durchaus vorstellen. Wahrscheinlich ist es ein bißchen wie in einer riesigen Bruderschaft mit allen möglichen Ritualen. Gestern abend haben sie mich sogar mit der richtigen Dinner-Kleidung ausstaffiert, damit ich die Lakaien nicht blamiere. Und stell dir vor, die Sachen haben gepaßt wie angegossen. Anscheinend gibt es in dem Haus einen Riesenkleiderschrank mit Garderobe in allen Größen, für den Fall, daß jemand zu Besuch kommt und nicht angemessen gekleidet ist.«

»Woher wissen sie, daß es dem Besucher paßt?«

»Das darfst du mich nicht fragen. Ich habe dir ja bereits von Curtis erzählt. Curtis ist für die Herrenmodenabteilung verantwortlich. Anscheinend auch für alles andere, soweit ich sehen konnte. Er hat übrigens auch die uralten Knickerbockers von Mr. James aus der Versenkung geholt. Würde mich nicht wundern, wenn er auch die ersten Stiefelchen und den ersten Beißring von Baby James irgendwo aufbewahrt hat, für den Fall, daß sein Herr und Meister gedenkt, sich wieder zu verheiraten und seinen eigenen Kronprinzen zu zeugen.«

»Dazu ist es wohl ein bißchen spät, findest du nicht?« meinte Helen.

»Mich mußt du da nicht fragen. Ich habe aber auch nichts bemerkt, das darauf schließen ließe. Aber er hat erwähnt, daß die männlichen Feldstermeiers dazu neigen, spät zu heiraten und Frauen zu wählen, die jung genug sind, um ihre Töchter oder sogar Enkelinnen zu sein. Es ist ziemlich erstaunlich, was man mit Geld alles schafft.«

»Das funktioniert heute bestimmt nicht mehr«, protestierte Helen. »Welche Frau würde wohl freiwillig ihren Opa heiraten?«

»Eine junge Dame aus gutem Hause, die sich zusammennehmen muß, um nicht von oben herab auf die weniger Glücklichen herabzublicken, soweit ich das in der kurzen Zeit feststellen konnte. Außerdem wäre es natürlich nicht ihr *leiblicher* Großvater! Ist noch Tee in der Kanne?«

»Ein kleines bißchen, aber das bekommst du nicht. Sonst liegst du wieder die ganze Nacht wach und wälzt dich hin und her. Du bist ohnehin völlig überdreht, wie dein liebes altes sündhaft teures Kindermädchen sagen würde, wenn du denn eins gehabt hättest.«

»Da irrst du dich. Jim hat mir versichert, daß Kindermädchen weder lieb noch alt sind. Sie kreuzen in ihrer Tracht auf, lassen die armen Kinder stramm stehen und bläuen ihnen ein, daß sie auf keinen Fall aus der Fingerschale trinken dürfen. Sobald die Kleinen das Fingerschalenprinzip geschnallt haben, verschwindet das Kindermädchen. Es begibt sich zu irgendwelchen anderen lernbedürftigen kleinen Kindern, und statt dessen erscheint eine Gouvernante. Wenn das Kind ein Junge ist, folgt nach der Gouvernante ein Privatlehrer, und kurz danach stecken die Eltern ihren bedauernswerten Sprößling in eine exklusive Privatschule, wenn sie es nicht zufällig vergessen.«

»So läuft das also? Da haben wir ja ein Riesenglück, daß wir nicht mit einem silbernen Löffel im Mund geboren wurden. Hat man das auch mit Jim gemacht?«

»Nicht ganz. Jim sagt, er habe als Junge seine Sommerferien immer auf einer der Farmen verbracht, die zum Familienbetrieb gehören. Dort hat er bei den Milchbauern gelebt und in den Ställen mitgeholfen. Im zarten Alter von zwölf Jahren hatte er bereits alles Wissenswerte über die Grundlagen der Milchwirtschaft gelernt und wußte genau, daß er dieses Fach später einmal unterrichten wollte. Anscheinend hat sich Jim in seinem ganzen Leben vor allem mit Milchwirtschaft und geheimen Grußritualen beschäftigt. Was er als Familienpatriarch mit diesen beiden Fertigkeiten anfangen soll, darfst du mich nicht fragen. Ich würde ziemlich lange nachdenken müssen.«

Helen nickte. »Kann ich mir lebhaft vorstellen. Er wird sich auch wegen seines Hauses etwas einfallen lassen müssen, ob er will oder nicht.«

»Mir fällt da gerade auch etwas ein, geliebtes Herz. Wollen wir nicht tanzen?«

Kapitel 20

»Entschuldigen Sie bitte, gnädige Frau. Sind Sie zufällig diejenige, mit der ich heute nacht das Bett geteilt habe?«

Peter war schon ziemlich früh wach, gut gelaunt und voller Energie. Helen war schon vor ihm aufgestanden, wie er mit einigem Bedauern feststellte. Sie befand sich in der Küche, hatte sich zum Schutz ihres Tweedkostüms eine Schürze umgebunden und zog gerade ein Blech voller Plätzchen aus dem Backofen. »Was bist du doch für ein Teufelsweib!« sagte er, nachdem er sie fertig geküßt hatte und endlich die Zeit fand, Jane Austen die üblichen morgendlichen Streicheleinheiten zukommen zu lassen. »Schreckst du denn vor nichts zurück? Nur weil ich das kalorienträchtige Frühstück bei den Feldstermeiers erwähnt habe, brauchst du doch nicht herumzuhüpfen wie ein arbeitsloser Osterhase, der versucht, neue Kunden zu werben. Entdeckst du plötzlich deine Berufung zur Superhausfrau? Ernähre ich dich und Jane nicht gut genug? Soll ich schnell zu den Feldstermeiers fahren und das ganze Spielchen wiederholen?«

Helen schüttelte den Kopf. »Nein, danke. Heute nicht. Mir ist nur dieser kleine Putzteufel, der sich nebenan eingenistet hat, eingefallen. Und dann wurde mir klar, daß Mirelle ja nie die Gelegenheit hatte, die leckeren Plätzchen zu essen, die Grace Porble ihr gebacken hatte. Daher hielt ich es für eine gute Idee, ihrer Schwester ein paar zu machen, jetzt wo wieder jemand dort ist, der sie sich schmecken lassen kann. Oder auch nicht, aber das muß sie selbst entscheiden. Angeblich ist sie nur hier, um zu helfen. Hat sie jedenfalls Grace Porble erzählt.«

»Wobei will sie denn helfen?«

»Oh, beim Abstauben der Nippsachen. Vielleicht hat sie es auch auf Mirelles schönste Dessous abgesehen. Sie hat nur gesagt: ›Ich bin Mirelles Schwester und bin hier, um zu helfen.‹ Dann ist sie abgerauscht und hat angefangen, mit dem Staubwedel herumzuwirbeln wie ein Truthahn mit einem schweren Anfall von Drehschwindel. Grace behauptet, daß sie beim Wirbeln unablässig summt, und vermutet, daß sie ein Roboter von einem der schnelleren Asteroiden sein könnte. Vielleicht hätte ich ihr lieber überbackene Eisenspäne oder etwas in der Art zubereiten sollen. Übrigens hat sie sich bis jetzt noch nicht dafür entschuldigt, daß sie das schmutzige Putzwasser über Jane geschüttet hat. Ich hatte ursprünglich vor, ihr die kalte Schulter zu zeigen und sie total zu schneiden, als ich sah, was sie tat, aber das wäre nicht besonders nett gewesen. Immerhin hat sie gerade ihre Schwester verloren. Daher habe ich ihr statt dessen Plätzchen gebacken.«

»Verstehe. Und warum bekomme ich keine Plätzchen?«

»Eine sehr gute Frage, Liebling. Greif zu und iß so viele, wie du Lust hast. Ich stelle mich dann hinter dich, und zwar mit gezücktem Maßband und Badezimmerwaage.«

»Wie reizend von dir, Helen. Beabsichtigst du heute noch zur Bibliothek zu gehen oder bleibst du lieber zu Hause und hältst einen Schirm über Jane Austen, falls Ms. Blitzeblank keine Plätzchen mag?«

»Ich hoffe doch sehr, daß sie *meine* mag«, sagte Helen. »Außerdem ist es dringend nötig, daß ihr eine nette Nachbarin kurz erklärt, was hier Usus ist und was nicht. Wie du weißt, gehört Grace Porble nicht zu den Frauen, die schlecht über andere reden, aber man konnte deutlich merken, daß sie Mirelles Schwester nicht leiden kann. Aber sie hat es ihr natürlich nicht ins Gesicht gesagt.«

»Ah. Hat Grace zufällig erwähnt, wie lange die Schwester zu bleiben gedenkt?«

»Wahrscheinlich bis zur Beerdigung, nehme ich an. Was hast du denn heute noch vor? Du hast doch heute keine Seminare, oder?«

»Nein, in diesem Semester nicht. Dafür sitzt mir der Präsident im Nacken. Außerdem muß ich mit Ottermole reden und mich mit Cronkite Swope kurzschließen. Natürlich nur, wenn ich ihn finden kann. Cronk weiß meist über alles Bescheid, was gerade passiert ist oder als nächstes passieren wird. Falls sich etwas Ernsthaftes ergeben hat, dann würde ich es gern erfahren. Ich nehme an, du hast während meiner Abwesenheit nicht mit dem Präsidenten gesprochen?«

»Ich habe ihn kaum gesehen. Er steckt immer noch bis zum Hals in Arbeit, und es gab nichts Weltbewegendes, das ich ihm hätte mitteilen können. Ich hätte ihm höchstens mein Mitgefühl aussprechen können«, fügte Helen nach kurzem Überlegen hinzu. »Aber mein eigentliches Mitgefühl gilt Sieglinde, denn sie muß ihn schließlich ertragen.«

»Unsinn. Du weißt sehr wohl, Geliebte, wer von den beiden in Walhalla das Sagen hat. Was hältst du davon, mich heimlich in einem netten kleinen Restaurant zum Mittagessen zu treffen? Vorausgesetzt natürlich, daß mich die Tussi im Tutu nicht vorher überfällt.«

»Liebend gern. Ich denke, wir sollten Jane lieber im Haus lassen. Katzen sind unberechenbar.« Helen nahm die zierliche kleine Katzendame auf den Arm und knuddelte sie ausgiebig. »Arme Jane! Hat die böse Tante im Tutu dich mit Dreckwasser übergossen? Wenn sie es noch mal macht, gehen wir alle drei rüber, fahren die Krallen aus und kratzen sie ganz feste. Weißt du zufällig, wo es preiswerte Kratzhändchen gibt, Peter?«

»Tut mir schrecklich leid, Ma'am, aber wir verkaufen nur Rüben. Könnte ich Sie vielleicht für einen wunderschönen Schweden erwärmen?«

(Professor Shandy meinte damit *die Brassica campestris*, die Gelbe oder Schwedische Kohlrübe, eine große Rübensorte, die zuerst in England eingeführt wurde und später nach Schweden gelangte. Wahrscheinlich wurde sie von dort um 1781 nach Amerika importiert, wo sie seither der Einfachheit halber ›Schwede‹ genannt wird.)

Helen sprang nicht darauf an. »Nein, vielen Dank. Warum sollte ich mich für einen großgewachsenen blonden Mann nordischer Abstammung begeistern, wo ich doch schon einen waschechten Yankee habe? Noch dazu mit einer kahlen Stelle auf dem Kopf, weil sein Gehirn so groß ist! Kannst du mir diese Frage beantworten?«

»Wie könnte ich das? Ich bin völlig sprachlos.«

»Was äußerst selten ist. Aber früher oder später fällt dir bestimmt etwas ein. Wie wäre es mit einem kleinen Kuß, damit ich bis zum Mittagessen durchhalte?«

»Okay, wenn du darauf bestehst! Dein Wunsch sei mir Befehl, meine Wunderschöne.«

»Meine Güte, war das angenehm«, bemerkte Helen, als

sie wieder Zeit zum Luftholen hatte. »Das sollten wir öfter tun.«

»Ganz meiner Meinung. Jane wird wahrscheinlich keinen Anstoß daran nehmen.«

»Aber Dr. Porble. So, jetzt muß ich mich aber wirklich auf die Socken machen. Paß auf dich auf. Wir sehen uns dann im Speisesaal.«

Peter hatte ursprünglich nicht vorgehabt, als erstes zum Haus der Feldsters zu gehen. Eigentlich wollte er Cronkite Swope zu packen bekommen, bevor der rasende Reporter von Balaclava sich wieder auf die Jagd nach der nächsten aufregenden Lokalstory machte. Doch eigentlich konnte er genausogut zuerst das Nächstliegende erledigen. Helen hatte nämlich vergessen, der Schwester der Toten die Plätzchen zu bringen.

Peters erster Gedanke war, die Plätzchen wie geplant abzuliefern, sein zweiter war, sie selbst zu essen. Er würde sich ganz schön lächerlich vorkommen, wenn er nebenan mit einem Willkommensgeschenk aufkreuzte, das die Dame gar nicht haben wollte. Er setzte das professionelle, aber dennoch verbindliche Gesicht auf, das er normalerweise bei Semesteranfang den neuen Studenten präsentierte, ging mit festem Schritt über den Backsteinpfad, der von seinem Haus zum Bürgersteig führte, und bog nach links auf den Weg zum Nachbarhaus.

Der Staubsauger lief auf Hochtouren. Ebenso das Radio und der Fernseher, vor dem Mirelle so viele entspannte Stunden verbracht hatte. Wer immer diese junge Frau war, sie nutzte anscheinend alles, was es in diesem Haus zu nutzen gab. Peter tat das einzige, das er unter diesen Umständen tun konnte. Er ging zum Sicherungskasten und schraubte die Hauptsicherung heraus.

»Was fällt Ihnen denn ein?« kreischte die Dame erbost.

»Ich unterbreche Ihr Konzert nur ungern«, erklärte Peter, »aber es war leider die einzige Möglichkeit, mir Gehör zu verschaffen. Ich heiße Shandy. Meine Frau und ich wohnen im Nebenhaus. Gehe ich richtig in der Annahme, daß Sie Mirelle Feldsters Schwester sind?«

»Ihre jüngere Schwester. Ich wohne hier. Das ist jetzt mein Haus.«

Hochinteressant. Peter fragte sich, ob Mirelles kleine Schwester vielleicht ebenfalls ein Borderline-Fall war, der in einigen

Bereichen gut funktionierte, ansonsten jedoch in einer Phantasiewelt lebte, die man beliebig formen und manipulieren konnte, bis sie den eigenen Vorstellungen entsprach. Vielleicht legte die Frau auch nur Wert darauf, reizend auszusehen. Jedenfalls trug sie einen Overall, auf dem große rosa Schweine zu sehen waren, die durch ein Feld mit lila Gänseblümchen trotteten und Picknickkörbe auf ihren Köpfen balancierten. Peter war sich nicht sicher, was er davon halten sollte.

Die Schwester, die Mirelle durchaus ähnlich sah, begann unmittelbar vor Peters Füßen ihren Mop zu schwingen. Zweifellos wollte sie ihm damit klarmachen, daß er doch bitte verschwinden möge, doch dazu hatte er noch keine Lust.

»Wie lange sind Sie schon hier, wenn ich fragen darf?«

»Seit gestern.« Sie wischte mit dem Mop über die Spitze von Peters linkem Schuh. »Also, es ist ja furchtbar nett von Ihnen, bei mir vorbeizuschauen, aber ich habe hier eine Menge zu tun. Wenn Sie etwas mit mir im Sinn haben sollten, Sie wissen schon, was ich meine, dann können Sie das getrost vergessen. Und es wäre schön, wenn Sie Ihre ekelhafte Katze in Ihrem eigenen Garten lassen würden. Ich kann die Viecher nicht ausstehen. Mir wird schon schlecht, wenn ich sie nur sehe. Die Tür ist da vorn.«

»Vielen Dank.«

Peter hatte nicht das Bedürfnis, sich auf eine lautstarke Auseinandersetzung mit dieser Teufelin einzulassen. Sie war Mirelles Schwester, daran bestand kein Zweifel. Sie schien tatsächlich zu glauben, sie hätte ein Anrecht darauf, im Haus ihrer gerade erst verstorbenen Schwester zu wohnen. Warum sie dies dachte, obwohl doch eigentlich Mirelles Gatte hier wohnte, war ihm nicht ganz klar. Doch er nickte ihr nur kurz zu und verließ das Haus wieder, ohne weiter als bis zur Küchentür vorgedrungen zu sein.

Der diensthabende Wachmann in der Wachstation auf dem Campus war an diesem Morgen Alonzo Bulfinch. Lonz, wie er gemeinhin genannt wurde, war seit vielen Jahren mit den Lomax-Brüdern befreundet. Er wohnte als Untermieter bei Mrs. Betsy Lomax, die noch besser über alles informiert war, was in Balaclava Junction vorging, als Helen Shandy. Mrs. Lomax hatte den Vorteil, daß sie bei den Enderbles, den Stotts, den Porbles und den Shandys putzte. Außerdem war sie ungefähr mit der Hälfte der Einwohner von Balaclava Junction und etwa einem Drittel der Bevölkerung von Lumpkinton verwandt, und die Zahl der Frauenhilfsverbände und Damenclubs, denen sie angehörte, konnte sich durchaus mit der Zahl von Jim Feldsters Bruderschaften messen. Ob er diese Art der Freizeitgestaltung als Chef des riesigen Milchimperiums beibehalten würde, würde sich noch zeigen.

Alonzo war ein geselliger Mensch und begrüßte Peter so herzlich, als sei er ein lieber Verwandter, den er seit ewigen Zeiten nicht gesehen hatte. Er bot ihm einen Stuhl an und hätte ihn gern mit einem riesigen Stück Erdnußkrokant beglückt, das er und Betsy am Vorabend gemeinsam gemacht hatten, doch Peter lehnte dankend ab und erklärte, er habe in der letzten Zeit zu viele Süßigkeiten gegessen, und Helen mache bereits hämische Bemerkungen. Dann nahm er auf dem angebotenen Stuhl Platz und trank aus Geselligkeit eine Tasse schwarzen Kaffee mit. Nachdem der Höflichkeit Genüge getan war, kam er sofort auf den Punkt.

»Ich war ein paar Tage weg und muß zugeben, daß ich ziemlich überrascht war, als ich gestern abend nach Hause kam und eine mir unbekannte Frau im Haus der Feldsters sah, die behauptet, Mirelles Schwester zu sein. Als sie heute morgen immer noch da war, bin ich rübergegangen, um Näheres herauszufinden. Sie hat mir versichert, das Haus gehöre jetzt ihr. Sie lebe jetzt dort und gedenke dies auch weiterhin zu tun. Können Sie mir Näheres über sie sagen?«

»Kann ich.« Alonzo öffnete ein großes Buch und zeigte auf die letzten Einträge. »Da ist sie schon. Perlinda Tripp. Sie hat gesagt, sie sei Mirelle Feldsters Schwester, und es gab keinen Grund, ihr nicht zu glauben. Sie sieht Mrs. Feldster jedenfalls ziemlich ähnlich.«

»Wie ist sie hergekommen?« fragte Peter.

»Mit einem Taxi aus Claverton. Sie hatte bloß zwei Koffer bei sich, die so gut wie nichts wogen, und eine große Tragetasche. Ich habe angeboten, auch die zu tragen, aber das hat sie abgelehnt. Ich dachte, daß sie vielleicht ein paar Sachen von ihrer Schwester einpacken wollte, um sie mit nach Hause zu nehmen. Sie hat mir auch noch ein Schriftstück gezeigt, das ihr angeblich das Recht gibt, als Erbberechtigte und Testamentsvollstreckerin zu fungieren, da sie die einzige noch lebende Angehörige ihrer Schwester sei. Behauptet sie jedenfalls.«

»Woher hat sie denn so schnell von Mirelles Tod erfahren?« fragte Peter.

»Oh Mann!« Alonzo erbleichte. »Das ist mir gar nicht aufgefallen. Der Präsident zerreißt uns todsicher in der Luft, wenn die undichte Stelle hier bei uns war.«

Kapitel 21

Am Anfang seiner Reporterlaufbahn beim *All-woechentlichen Gemeinde- und Sprengel-Anzeyger für Balaclava*, der damals noch ein unbekanntes Wochenblättchen gewesen war, hatte man Cronkite Swope als Fotograf eingestellt. Seine Hauptqualifikation hatte darin bestanden, dünn genug zu sein, um in das winzige Kämmerchen hineinzupassen, von dem sein neuer Chef behauptete, es sei eine Dunkelkammer. Inzwischen war der *Sprengel-Anzeyger* eine florierende Tageszeitung, ein Erfolg, zu dem nicht zuletzt Cronkite beigetragen hatte. Jetzt hatte der Starreporter eigene Leute, die ihm alle unangenehmen Arbeiten abnahmen. Er verfügte sogar über ein richtiges Labor, in dem eine Vollzeitkraft unermüdlich damit beschäftigt war, die unzähligen Filme der verschiedenen Fotografen zu entwickeln. Doch wenn er die Zeit dazu fand, entwickelte Cronkite Swope seine eigenen Filme am liebsten immer noch selbst. Da Peter Shandy dies wußte und die Aufnahmen von der toten Mirelle Feldster niemandem geben wollte, dem er nicht absolut vertrauen konnte, hatte er beschlossen, die Negative dem Starentwickler des *Sprengel-Anzeygers* anzuvertrauen.

Er war sicher, daß Swope ohne Shandys ausdrückliche Erlaubnis jeden daran hindern würde, auch nur einen Blick auf die Bilder zu werfen. Doch es hatte natürlich nicht in seiner Absicht gelegen, dem jungen Mann Magenbeschwerden zu bereiten. Vielleicht hätte er für ein derartig abschreckendes Motiv lieber doch keinen Farbfilm nehmen sollen. Schwarzweiß wäre möglicherweise weniger belastend für die Psyche des jungen Mannes gewesen. Doch für diese Überlegungen war es jetzt zu spät.

»Swope, wenn Sie sich wieder einigermaßen gefangen haben, wären Sie dann bitte so nett, mir zu sagen, wie Sie sich erklären, daß Mirelle Feldster die ganze Zeit seelenruhig im Sessel sitzen geblieben ist, während sie verblutete? Hätte sie nicht wenigstens versuchen können, sich irgendwie zu helfen? Schauen Sie sich ihre Hände an. Sie sind völlig sauber, während der Rest aussieht, als käme er gerade aus dem Schlachthof. Verstehen Sie, was ich meine?«

»Meine Güte, ist mir übel.« Cronkite sah richtig grün aus. »Es ist wirklich ekelhaft.« Er gönnte seinem Verdauungstrakt noch einen Moment der Entspannung und fuhr dann mutig fort. »Vielleicht bin ich ja verrückt, Professor, aber ich finde, es sieht ganz so aus, als habe jemand einen Malerpinsel und einen Eimer voll Blut genommen und ihr damit das Gesicht vollgeschmiert. Dann hat er das Blut über ihr Kleid und den Boden geschüttet, dabei aber aufgepaßt, daß nichts auf die Lehnen kam, weil er den Stuhl nicht ruinieren wollte.«

Peter starrte auf seine Farbfotos und schüttelte verwundert den Kopf. »Heiliger Strohsack! Darauf wäre ich nie gekommen!«

»Das kommt daher, daß Sie meine Mutter nicht kennen. Letzte Weihnachten haben wir alle zusammengelegt, um ihr endlich die Clubgarnitur fürs Wohnzimmer zu kaufen, von der sie schon seit fünfzehn Jahren schwärmt. Jetzt hat sie die Möbel, aber wir dürfen nicht darauf sitzen, weil sie Angst hat, wir könnten die Polster schmutzig machen. Frauen sind manchmal ganz schön verrückt, wenn es um ihre Möbel geht, finden Sie nicht? Sehen Sie sich doch mal all die Nippsachen an, die Mrs. Feldster auf dem wackeligen kleinen Tisch aufgestellt hat. Mit all dem Porzellan hätte sie glatt ein Geschäft aufmachen können. Und was macht man mit all dem Zeug? Entweder es steht herum und setzt Staub an oder man verbringt sein halbes Leben damit, die verdammten Dinger sauberzuhalten.«

»Hmja, da könnten Sie recht haben. Die arme Frau. Ihre Schwester ist jetzt dabei, das Haus auf Hochglanz zu bringen, wissen Sie das schon?«

»Ich hatte keine Ahnung, daß Mrs. Feldster überhaupt eine Schwester hat.«

»Wir auch nicht. Aber merkwürdigerweise ist sie hier bereits aufgekreuzt, bevor Mirelles Tod bekannt gegeben wurde. Sie haben sie nicht zufällig interviewt?«

»Ich sagte doch schon, daß ich gar keine Ahnung von ihrer Existenz hatte. Ehrlich!«

»Entschuldigung. War nicht so gemeint«, sagte Peter. »Wahrscheinlich suche ich nur verzweifelt nach irgendeinem Anhaltspunkt. Gibt es sonst noch Neuigkeiten?«

»Na ja, gestern abend bei den Schülerschachturnieren. Einige von diesen Schülern sind übrigens ziemlich talentiert. Balaclava Junction hat zwei erste Plätze und einen zweiten gemacht. Auf der Heimfahrt war ich kurz bei der Feuerwehr von Lumpkinton. Die Jungs fragen sich immer noch, was wohl aus Jim Feldster geworden ist. Er gehört schon seit Ewigkeiten zu den Feuerflitzern. Man munkelt etwas von einem großen grauen Lincoln, in den Jim an dem Abend, als das letzte Treffen stattgefunden hat, entweder eingestiegen oder nicht eingestiegen sein soll. Kommt ganz drauf an, wer die Geschichte erzählt. Sie klingt jedesmal verrückter. Inzwischen geht sogar das Gerücht um, man habe in den Wäldern irgendwo in der Nähe von Beamish seine Leiche gefunden.«

»Tatsächlich?«

»Wer weiß? Obwohl Beamish ziemlich weit weg von Lumpkinton ist und Jim nie gern gereist ist, soweit ich weiß. Wie denken Sie darüber, Professor?«

Peter hätte am liebsten überhaupt nicht gedacht. »Hat jemand die Leiche gesehen?«

»Ach du liebe Zeit, das weiß ich nicht. Irgend jemand hat was von einem völlig ruinierten Auto erzählt. Angeblich soll man dort auf einem der unzähligen kleinen Seitenwege Fußabdrücke von einer Frau gefunden haben.«

»Ich hoffe, Sie tragen nicht zu diesen Gerüchten bei. Sie wissen ja, wie wild Präsident Svenson wird, wenn der Ruf des College auch nur angetastet wird. Vielleicht sollten Sie mal bei ihm im Büro vorbeischauen …«

Peter hielt inne. Was sollte der ganze Unsinn? Warum hörte er sich Cronkites Spekulationen über Jim Feldsters bizarres Verschwinden an, obwohl er doch genau wußte, daß der ehemalige Milchmann gesund und munter war und längst zum Generaldirektor und Patriarchen der Feldstermeier-Dynastie aufgestiegen war? Jim hatte bereits in Übereinstimmung mit Florian und den Treuhändern – in seinem Fall die gesamte Familie Feldstermeier – beschlossen, die Medien einfach zu ignorieren und die Pressemeute heulen zu lassen, so laut sie wollte. Nach ein oder zwei Tagen Gejaule würden sie sich schon einen neuen saftigen Knochen suchen, über den sie herfallen konnten.

Konnte man dieses Prinzip nicht auch hier am College einführen? Früher oder später kam die Geschichte ohnehin ans Licht, warum ging er also nicht sofort zum Präsidenten, berichtete ihm alles und ließ ihn entscheiden, wie es weitergehen sollte. Peter machte eine Kopfbewegung in Richtung Verwaltungsgebäude.

»Kommen Sie, Swope. Irgendwann plaudert bestimmt jemand. Ich halte es daher für das Vernünftigste, wenn wir mit dem, was wir schon wissen, zum Präsidenten gehen, ihm alles erzählen und dann so schnell wie möglich wieder verschwinden. Sind Sie bereit? Wenn ja, dann nichts wie los!«

»Jetzt sofort?« Cronkites Stimme klang mit einem Mal zwei Oktaven höher und sehr viel schriller als gewöhnlich.

»Warum nicht? Reißen Sie die Augen nicht so auf, Swope. Er wird Sie schon nicht fressen.«

»Und wenn doch?«

»Ganz bestimmt nicht. Wie heißt es doch so schön: ›Wer nicht wagt, der nicht gewinnt‹.«

»Okay. Ich bedaure nur, daß ich nur ein Leben habe, das ich meinem Herausgeber opfern kann. Was sollen wir King Kong denn auftischen?«

»Alles, was er wissen sollte. Und was Sie wissen sollten.«

Und was genau war das? Während Peter den murrenden Swope über den Campus zum Verwaltungsgebäude scheuchte, grübelte er darüber nach, warum zum Teufel er sich auf diese Sache überhaupt eingelassen hatte und wie seine Überlebenschancen wohl standen. Aber vielleicht war es ja halb so schlimm. Er konnte beispielsweise Jim Feldsters wahre Identität enthüllen und mit Svenson Mutmaßungen darüber anstellen, ob Jim Feldstermeier wohl seine alte Tätigkeit in den Ställen wieder aufnehmen würde oder nicht.

Auch über Mirelles Schwester und mögliche Erbin würde man reden müssen. Sie hielt sich immerhin nach Mirelles Tod und Jims Verschwinden für die rechtmäßige Besitzerin des Hauses. Doch dies konnte sie nur werden, wenn sie innerhalb der nächsten Wochen ein Fakultätsmitglied ehelichte. Ihre Chancen standen nicht gut, wenn Peter Shandy seine Kollegen richtig einschätzte. Die einzigen Junggesellen, die momentan in Frage kamen, waren ein paar Studenten Anfang Zwanzig, wenn man den Milchwirtschaftsexperten mit dazurechnete, der sein halbes

Leben über seine katastrophale Ehe gejammert hatte und sicher keine Lust verspürte, denselben Fehler ein zweites Mal zu machen.

War es denkbar, daß Mirelle Selbstmord begangen hatte, durch eine entweder zufällige oder absichtliche Überdosierung des Gerinnungshemmers, den Melchett ihr verschrieben hatte? Es waren zweifellos schon merkwürdigere Dinge passiert, auch wenn Peter spontan nichts Passendes einfiel. Inzwischen waren sie im Verwaltungsgebäude angekommen. Peter tastete nach den scheußlichen Ergebnissen seines ersten Ausflugs ins Reich der medizinischen Fotografie und bereitete sich innerlich darauf vor, die Höhle des Löwen zu betreten.

Peter mochte die Wutanfälle und das Gebrüll seines Vorgesetzten noch so dramatisch finden, im Grunde waren er und Thorkjeld Svenson enge Freunde. Jedenfalls soweit es das strenge akademische Protokoll zuließ, wobei akademisch in der Hauptsache das war, was Sieglinde Svenson darunter verstand. Momentan war Mrs. Svenson nicht anwesend. Als Gattin des College-Präsidenten hatte sie viele Aufgaben und Pflichten zu erfüllen, die leider nur selten gewürdigt wurden, da die Personen, die davon profitierten, meist kaum etwas davon bemerkten. Wahrscheinlich war es sogar besser, daß Sieglinde Svenson sich nicht im Büro ihres Gatten befand, dachte Peter, als er den Umschlag mit den Fotos hervorzog und den Inhalt auf dem Schreibtisch seines Vorgesetzten ausbreitete.

»Heiliges Kanonenrohr!« Svenson rückte mit seinem Drehstuhl ein Stück nach hinten, während sein Gesicht Schock und Ekel spiegelte.

Er hatte die ermordete Mirelle Feldster zwar am Morgen nach dem Empfang gesehen, doch irgendwie sahen die Fotos noch schlimmer aus.

»Was?«

Präsident Svenson war kein Mann großer Worte. Peter wußte, daß er eine detaillierte Schilderung der letzten beiden Tage erwartete.

»Als wir Mittwoch abend nach dem Empfang zum Haus der Feldsters kamen, verabschiedete sich Mirelle gerade von einem großgewachsenen, imposanten Mann, der einen spezialangefertigten Cadillac Seville fuhr und Florian hieß. Inzwischen weiß ich, daß es sich bei dem Besucher um Florian Feldstermeier handelte, den Sohn des Milchmagnaten Forster Feldstermeier. Sie haben sicher in den vergangen Tagen die Nachrufe auf ihn gelesen. Die Zeitungen waren voll davon.«

»Und?«

»So leid es mir tut, Präsident Svenson, aber Sie werden sich wahrscheinlich schon sehr bald nach einem neuen Dozenten für Milchwirtschaft umsehen müssen.«

»Urrgh!«

»Ich weiß. Ich bedauere es selbst sehr, aber das Leben geht oft seltsame Wege. Der Mann, den wir über dreißig Jahre lang als Jim Feldster kannten und schätzten, ist nämlich in Wirklichkeit James Feldstermeier, der jüngste und der letzte noch lebende von Forsters drei Brüdern und daher der rechtmäßige Herr des Familienschlosses und König des riesigen Intermilk-Imperiums.«

»Urrgh!«

»Das kann man wohl sagen«, meinte Peter zustimmend. »Und wir schauen dabei alle in die Röhre.«

»Heiliger Bimbam, Professor!« Cronkite Swope, der bisher damit beschäftigt gewesen war, wohlklingende Schlagzeilen zu erfinden, erbleichte. Ihm schwante Schreckliches. »Sie wollen doch damit nicht sagen – das darf doch nicht wahr sein!«

»Ist es aber, und vergessen Sie das bloß nicht.«

»Und Sie meinen, Präsident Svenson will nicht, daß der *Sprengel-Anzeyger* diese tolle Story – «

»Tut mir leid für Sie, Swope, aber so ist es nun einmal. Und so wird es auch bleiben, bis wir Ordnung in das Chaos gebracht haben, falls uns dies je gelingen wird. Richtig, Präsident?«

»Urf!«

Cronkite Swope war zutiefst enttäuscht. »Ganz wie Sie meinen, Euer Ehren.«

Peter fuhr mit seinem Bericht fort. »Das Ganze ist eine ziemlich komplizierte Saga, und fragen Sie mich bitte nicht, wie sie ausgehen wird. Nur eins ist absolut sicher: Wir müssen verdammt gut aufpassen, sonst haben wir am Ende die ganze verflixte Rechtsabteilung von Intermilk auf den Fersen, die Milchkannen voller Strafandrohungen über uns ausgießt. Ich kann Ihnen eine kurze Zusammenfassung der bisherigen Ereignisse geben, aber es darf nichts davon an Uneingeweihte weitergegeben werden, eine Haltung, die Jim sicher teilen würde.«

»Ungh!«

»Ich könnte es selbst nicht besser ausdrücken. Sie wissen ja inzwischen, daß Jim sich mit den Feuerflitzern treffen wollte, aber niemals dort ankam, und daß seine Frau mitten in der Nacht schreiend vor unserem Haus auftauchte und verlangte, ich solle ausziehen, um nach ihrem verirrten Gatten zu suchen. Ich weigerte mich, vor allem deshalb, weil ich die Nase voll hatte von Mirelles Allüren. Außerdem wußte ich genau, daß sie das Auto benutzt hatte, weil sie keine Lust hatte, die halbe Meile zu ihren Bridgefreundinnen zu Fuß zurückzulegen. Ich ging davon aus, daß Jim die Nacht in Lumpkinton verbringen und am nächsten Morgen mit Elver Butz wieder auftauchen würde, was sich jedoch als falsch herausstellte.«

Svenson nickte. Er kannte die Geschichte mit Elver Butz schon. Peter fuhr fort. »Ich bin nicht sonderlich stolz auf mein Verhalten, aber es hätte keinen Sinn gemacht, mitten in der Nacht nach Jim zu suchen. Wie sich später herausstellte, hatte man ihn entführt. Er wurde in eine Limousine gezerrt, unter Drogen gesetzt, an einen gottverlassenen Ort mitten in der Wildnis von Beamish gebracht, falls Sie wissen, wo das ist. Dann stürzte man ihn mit dem Wagen, wahrscheinlich war es derselbe graue Lincoln, mit dem man ihn entführt hatte, als er auf dem Weg zu Elver war, in eine Schlucht.«

»Polizei?«

Die Frage klang wie der Schuß aus einer Haubitze. Da Peter wußte, wie sehr der Präsident es haßte, seinem College Negativschlagzeilen zu bescheren, beeilte Peter sich, ihn wieder zu beruhigen.

»Es ist alles in Ordnung. Der Beamish-Fall ist sozusagen zu den Akten gelegt worden, ohne daß die Staatspolizei davon Wind bekommen hat. Sie wissen von dem Wagen in der Schlucht und auch, daß er von einem Autoverleih in Hoddersville stammte, aber bevor sie die Gelegenheit hatten, den Fall genauer zu untersuchen, wurde der Wagen von Vandalen zerstört.«

Kapitel 22

Die ersten Tage des Wintersemesters sind immer hektisch, doch momentan hatte der Präsident nur Ohren für das, was Peter Shandy zu sagen hatte.

Er schilderte, wie Catriona McBogle unverhofft bei den Shandys hereingeschneit war, wie sie zufällig den Zeitungsbericht über den kürzlich verstorbenen Neunzigjährigen gelesen hatte, der so viele Jahre lang der Kopf der berühmten Feldstermeier Farms gewesen war, und in einer Bibliothek in einer Stadt, an deren Namen sie sich kaum erinnern konnte, weiterrecherchiert hatte. Weiterhin berichtete er, wie sie auf die fürchterliche Straße geraten war, die Limousine in der Schlucht entdeckt und schließlich Forster Feldstermeiers einzigen noch lebenden Bruder gefunden hatte, der hilflos, halb verhungert und halb verdurstet, ohne Hoffnung auf Rettung kopfüber in seinen Sicherheitsgurten hing.

Die Geschichte ging natürlich weiter, doch Peter beschloß, nicht alles zu erzählen. Besonders die Dinge, die ihm James Feldstermeier während der langen Fahrt von Maine anvertraut hatte, nachdem er wieder Herr seiner Stimme war und keine Angst mehr hatte zu reden, behielt er diskret für sich. Die Vertraulichkeiten waren nur für das Ohr seines Nachbarn bestimmt gewesen, neben dem er so viele Jahre lang gewohnt hatte und dessen Freund er erst geworden war, als die Zeit des Abschiednehmens gekommen war.

Cronkite Swope brütete über diversen Einzelheiten, die Peter erzählt hatte. »Sie saßen also zu viert bei der Frau des Milchmanns und tranken Champagner, während ihr Mann um sein Leben kämpfte. Daraus könnte man eine gute Story machen. Darf ich wirklich nicht darüber schreiben?«

»Nej!« knurrte Svenson.

Swope kannte zwar außer »Smörgasbord« kein Wort Schwedisch, doch er konnte unschwer interpretieren, was der Präsident meinte. Peter reagierte etwas gemäßigter.

»Falls Sie denken, wir hätten zügellos gefeiert, während der arme Jim in den Seilen hing, Swope, sind Sie schief gewickelt. Wir sind direkt vom Empfang zu Mirelle gegangen, waren müde und wollten nur noch ins Bett. Aber sie wollte unbedingt, daß wir bleiben und mit ihr ein Glas Champagner trinken, und wir dachten, daß uns ein Viertelstündchen schon nicht umbringen würde. Keiner von uns hatte das Haus je betreten, seit die Feldsters eingezogen waren, auch wenn Ihnen das noch so merkwürdig vorkommen mag. Wir waren ziemlich sprachlos, als wir den schneeweißen Teppich und die unzähligen Gänschen und Hündchen aus Porzellan sahen. Wir haben uns ganz vorsichtig gesetzt und sind bald wieder gegangen, nachdem Mirelle jedem von uns ein winziges Glas Champagner serviert hatte.«

»Was war es denn für ein Glas?« Crokite Swope hatte sich anscheinend in den Kopf gesetzt, für den Tag, an dem er die Geschichte endlich bringen durfte, alles Zitierbare aus dem Gespräch herauszuholen, was nur herauszuholen war, auch wenn es noch so dürftig ausfiel.

»Helen hat es als Flöte bezeichnet, und es bestand kein Grund, ihr zu widersprechen«, sagte Peter. »Was starren Sie mich denn da so intensiv an, Swope?«

»Die Fotos. Finden Sie es nicht merkwürdig, daß Mrs. Feldster ausgerechnet so gesessen hat? Mitten im Zimmer, als würde sie irgend jemandem eine Audienz gewähren? Standen die Stühle auch schon so, als Sie mit den Porbles da waren?«

Peter ließ sich von Swope die Bilder geben und fischte seine Brille aus seiner Brusttasche. »Nein, Swope, da haben sie ganz anders gestanden. Der Stuhl, auf dem sie hier sitzt, stand zu dem Zeitpunkt am Fenster, wenn ich mich richtig erinnere. Phil Porble hat darauf gesessen und nur darauf gewartet, das Schiff bei der nächsten Gelegenheit zu verlassen. Als wir unseren Champagner ausgetrunken hatten, war Mirelle bereits beim dritten oder vierten Glas. Sie lag auf dem komischen Sofa, das Sie im Hintergrund sehen. Davor stand ein dreiteiliger Beistelltisch voller Porzellanhäschen, der anscheinend umgestoßen wurde, nachdem wir weg waren. Ein Tischbein und ein Teil des zerbrochenen Porzellans sind auf dem Bild noch zu sehen. Meiner Meinung nach hat jemand mit Absicht darauf herumgestampft und die Scherben in den Teppich getreten, aber das ist natürlich nur eine Theorie.«

»Ungh.« Das war die erste Äußerung, die Dr. Svenson seit einer geraumen Zeit gemacht hatte. »War sie besoffen?«

»Ich würde sagen, sie war ziemlich angetüddelt, aber nicht richtig blau. Verflixt noch mal! Ich würde wirklich gern wissen, warum sie ausgerechnet auf dem unbequemen Stuhl mitten im Zimmer gesessen hat. Haben Sie eine Erklärung dafür, Präsident?«

»Nein. Sie haben die Fotos gemacht.«

»Das stimmt, und es hat mich soviel Überwindung gekostet, daß ich über das, was ich sah, gar nicht nachgedacht habe. Haben Sie während der letzten beiden Tage zufällig mit Ottermole gesprochen? Ich wüßte gern, ob der Autopsiebericht schon vorliegt und ob der Leichenbeschauer mit Melchetts Theorie übereinstimmt.«

»Fragen Sie ihn.«

»Es wird mir nichts anderes übrigbleiben. Ich werde mich auf Sie berufen, wenn es Ihnen recht ist.«

»Argh.«

Das Gespräch war beendet. Svenson brütete bereits über dem nächsten Punkt seines übervollen Terminkalenders. Shandy und Swope verließen das Büro, ohne daß der Präsident sie auch nur eines Blickes würdigte.

»Wohin gehen wir jetzt?« fragte Swope.

»Gute Frage. Sollten Sie nicht eigentlich schon längst irgendwo anders sein?«

»Heißt das, Sie wollen mich loswerden, Professor?«

»Wenn ich ehrlich sein soll, ja. Ich muß unbedingt den Autopsiebericht lesen, und dann möchte ich Melchett einige Fragen stellen, die er sicher in Ihrem Beisein nicht gern beantworten würde, auch wenn er es normalerweise noch so sehr genießt, seinen Namen im *Sprengel-Anzeyger* zu lesen. Ich habe den Verdacht, daß er vielleicht bei seiner Untersuchung etwas Wichtiges übersehen hat, aber lassen Sie das um Himmels willen niemanden wissen.«

»Großes Ehrenwort. Er ist in der letzten Zeit ohnehin ziemlich gereizt. Als meine Mutter ihn neulich angerufen hat, um mit ihm über einen Wechsel in Großvaters Medikamenten zu sprechen, hat er ihr fast den Kopf abgerissen.«

»Na ja, Melchett müßte so Ende Sechzig sein. Wahrscheinlich hat er Angst vor dem Alter. Aber mal was ganz anderes: Falls Sie ein bißchen Zeit übrig haben, könnten Sie doch eigentlich einen Artikel über die College-Ställe schreiben.«

»Toll! Über den Milchmann?«

»Aber Sie dürfen ihn erst nach Rücksprache mit mir und Präsident Svenson veröffentlichen. Und zwar genau in dieser Reihenfolge. Vertrauen Sie mir einfach, Swope.«

»Klar doch, Professor. Danke.« Swope schoß davon wie eine Rakete.

Peter ging in sein Büro, rief bei der Polizei an und erfuhr, daß er bitte eine Nachricht hinterlassen sollte, falls es nicht dringend sei. Für dringende Fälle schlug der Anrufbeantworter vor, doch bitte Chief Ottermoles Privatnummer anzurufen. Peter vermutete, daß der Polizeichef sich gerade auf seiner Runde abstrampelte, und rief statt dessen in der Praxis von Dr. Melchett an, wo er von einem anderen Anrufbeantworter eine ähnliche Nachricht erhielt. Der Arzt war sicher noch im Krankenhaus von Hoddersville. Peter hinterließ seine Telefonnummer auf beiden Anrufbeantwortern und vertiefte sich in ein neues Lehrbuch über das Klonen von Zellkulturen.

Er lernte eine Menge interessanter Dinge, bevor Melchett ihn höchstpersönlich zurückrief und zum Mittagessen einlud.

Seine plötzliche Herzlichkeit Peter gegenüber war anscheinend darauf zurückzuführen, daß Mrs. Melchett außer Haus weilte. Doch sie hatte einen Auflauf vorbereitet, einen fertig angemachten Salat im Kühlschrank hinterlassen, einen Früchtekompott und einige Makronen auf die Anrichte gestellt und die Kaffeemaschine soweit vorbereitet, daß man sie nur noch einzuschalten brauchte. Der Tisch in der Eßecke war für zwei Personen gedeckt. Melchett erklärte, er bringe manchmal Kollegen mit, wenn die Dame des Hauses wichtige Termine habe.

Die wichtigen Termine bedeuteten meist, daß Mrs. Melchett für eine Verkäuferin einspringen mußte, die gerade mit Migräne im Bett lag, oder in einem der sieben Konfektionsläden, die ihr Vater in verschiedenen Städten aufgebaut hatte, noch schnell ein Kleid für eine verzweifelte zukünftige Braut ändern mußte. Für die Geschäfte war ihr Bruder verantwortlich, seit er sein Marketing-Studium am College absolviert hatte und sich mit viel Enthusiasmus und Erfindergeist in die Arbeit gestürzt hatte.

Laut Helen wartete Mrs. Melchett ungeduldig auf den Tag, an dem ihr Vater endlich in Pension ging und ihr Bruder zu sehr mit seinem neuesten Computer beschäftigt war, um sich den Kopf über neue Modestile zu zerbrechen. Dann würde sie einmal im Monat nach New York fliegen und alle Top-Designer der führenden Modehäuser um sich scharen. Man würde vor Ehrfurcht erstarren, wenn man mit ihr zusammentraf. Die Ladenkette war zwar all die Jahre erfolgreich gewesen, doch als Verkäuferin genoß sie natürlich nicht dasselbe Prestige wie als Arztgattin, jedenfalls nicht in Balaclava County. In New York dagegen …

Während Mrs. Melchett ihr Verkaufstalent in den Geschäften ihres Vaters vervollkommnete, spielte ihr Mann den hingebungsvollen Gastgeber. Er stellte die Salatschüssel neben Peters Ellbogen und die heiße Auflaufform vor sich selbst auf den Tisch und bemerkte lächelnd, er wolle seinen Gast schließlich bedienen und nicht etwa dessen Brandwunden versorgen. Der Witz war weder neu noch originell, doch Peter rang sich trotzdem ein Lächeln ab, denn das Essen schmeckte wirklich hervorragend.

Während Melchett sich selbst bediente, bemerkte Peter vier frische rote Kratzer auf seiner Hand. »Ich wußte gar nicht, daß Sie eine Katze haben«, sagte er.

»Haben wir auch nicht. Meine Frau hat einen Zwergspitz, aber den hat sie Gott sei Dank heute mitgenommen.« Er sah, daß Peter auf seinen zerkratzten Handrücken starrte. »Ach so, Sie meinen das hier? Es ist mir zwar ein wenig peinlich, aber ich habe mir eben die Hand am Ofenrost verbrannt, als ich den Auflauf herausgenommen habe. Aber es ist wirklich nicht der Rede wert.«

Nachdem Peter anstandshalber eine Weile schweigend gekaut und geschluckt hatte, kam er schließlich auf den eigentlichen Grund seines Besuches zu sprechen. »Wie Sie sich vielleicht schon gedacht haben, Melchett, bin ich im Auftrag von Präsident Svenson hier. Er will unbedingt wissen, was Sie von dem Autopsiebericht des Leichenbeschauers halten. Er bedauert, daß er Sie heute mittag nicht persönlich treffen konnte, doch Sie können sich ja sicher vorstellen, wie hektisch es momentan im College zugeht. Der Tropfen, der das Faß sozusagen zum Überlaufen gebracht hat, ist Mirelles Schwester. Sie ist einfach in das

Feldster-Haus eingezogen, in der irrigen Meinung, daß es jetzt ihr gehöre. Ich weiß noch nicht, ob der Präsident sich selbst darum kümmert oder jemand anderen damit beauftragen wird.«

Melchett zuckte mit den Achseln, um seinem Gegenüber klarzumachen, daß seine eigenen Verpflichtungen mindestens genauso wichtig waren wie die von Präsident Svenson und er keinen Lakai wie Peter hatte, der die Laufarbeit für ihn erledigte. Peter entschied, daß dies der richtige Moment war, um die Fotos hervorzuholen, die er an dem Morgen gemacht hatte, als Grace Porble die blutüberströmte Mirelle Feldster tot in ihrem Wohnzimmer gefunden hatte.

»Vielleicht möchten Sie sich die Bilder einmal ansehen, Melchett. Sie haben ja schließlich die Aufnahmen überwacht.«

Melchett hatte natürlich nichts dergleichen getan, doch vielleicht konnte man ja selbst einem Arzt seine bittere Medizin ein wenig versüßen. Peter zog die unappetitlichen Farbfotos aus dem braunen Umschlag, in dem er sie aufbewahrte, und reichte sie seinem Gastgeber.

»So, da sind sie. Leider sind die Aufnahmen erschreckend gut geworden. Aber Sie sind sicher durch Ihren Beruf ziemlich abgestumpft.«

»Abgestumpft ist man nie, Shandy. Abgehärtet vielleicht, aber es ist trotzdem nicht leicht, besonders wenn man das Opfer seit langem kennt.«

Der Arzt schien tatsächlich großen Widerwillen gegen die Bilder zu empfinden. Die blutbeschmierte Leiche auf dem Gobelinstuhl traf ihn wohl ziemlich hart.

»Wissen Sie, Shandy, zum ersten Mal in meiner langen ärztlichen Laufbahn bin ich wirklich betroffen. Ich dachte immer, ich würde Mirelle Feldster ziemlich gut kennen. Zugegeben, sie war in vielerlei Hinsicht eine schwierige Patientin, aber ich hätte nie gedacht, daß sie etwas so unglaublich Wahnwitziges tun würde. Möglicherweise ist sie nach Jims melodramatischem Verschwinden völlig ausgeklinkt.«

Er stieß einen Seufzer aus. »Ich kann das alles nicht verstehen. Ich war mir ziemlich sicher, daß sie mit dem Gerinnungshemmer, den ich ihr verschrieben hatte, umgehen konnte. Ich dachte, ich wüßte alles über das Medikament, aber …«

Melchett starrte auf die Bilder und schien den Anblick kaum ertragen zu können. Peter konnte ihn nur allzu gut verstehen.

»Ich weiß nicht, was ich sagen soll, Shandy. Ich habe das gleiche Medikament schon vielen meiner Patienten verschrieben, und die Behandlung war bisher immer erfolgreich. Ich kann mir das Ganze nur so erklären, daß Jim Mirelle die Tabletten hingelegt hat, aber vergessen hat, ihr zu sagen, wie viele sie nehmen sollte. Oder sie hat sie absichtlich – aber das ist einfach undenkbar.«

Der Arzt stand auf und schüttelte den Kopf wie ein Schwimmer, der gerade aus dem Wasser steigt. »Tut mir leid, Shandy, ich hätte nicht so viel reden sollen. Meine Nachmittagssprechstunde beginnt in genau fünfzehn Minuten, und ich muß noch einiges erledigen, bevor meine Patienten kommen. Vielen Dank, daß Sie gekommen sind, ich habe Ihre Gesellschaft sehr genossen.«

Für Melchett war der Besuch eindeutig beendet, doch so leicht ließ Shandy sich nicht abschütteln. »Eh – Präsident Svenson möchte unbedingt den Autopsiebericht sehen. Könnten Sie mir vielleicht Ihr Exemplar borgen, damit ich es für ihn kopieren kann?«

»Wie? Ich habe den Bericht selbst noch nicht gesehen. Ottermole hat mir versichert, er sei mit der Morgenpost gekommen, aber ich hatte noch keine Zeit, zu ihm zu gehen und mir den Brief zu holen. Vielleicht könnten Sie das für mich übernehmen? Dann könnten Sie auch gleich eine Kopie für Svenson machen.«

Melchetts wichtigtuerische Art gefiel ihm zwar nicht, doch da das Polizeirevier ohnehin auf Peters Besuchsliste stand, dankte er dem Arzt für das Essen und verabschiedete sich.

Als Peter das kleine Polizeirevier betrat, stellte er fest, daß Fred Ottermole den Rat seiner Frau, nach dem Essen seinem Magen ein wenig Ruhe zu gönnen, sehr genau befolgte. Noch ein klein wenig mehr Ruhe, und er hätte genauso friedlich gedöst wie Edmund, der es sich auf seinem Lieblingsplatz, im Korb mit der eingegangenen Post auf Ottermoles Schreibtisch, bequem gemacht hatte.

Beide öffneten die Augen und richteten sich auf, und beide entspannten sich sofort wieder, als sie Peter erkannten. Edmund begann, seinen linken Vorderlauf zu lecken. Fred leckte genüßlich den letzten Krümel von Edna Maes Meatloaf Sandwich von seiner Oberlippe und sagte: »Ich hatte Sie schon erwartet. Haben Sie noch was über den Kerl mit dem Cadillac rauskriegen können, der Mirelle in der Mordnacht besucht hat?«

»Florian Feldstermeier? Was ist denn mit ihm?«

»Er hat den Lincoln von Royal Rentals geklaut.«

»Wie bitte?«

»Mr. Royal, das ist der Besitzer des Autoverleihs, sagte, der Mann habe sich am Samstag seine Autos angesehen und hätte sich dabei besonders für den Lincoln interessiert. Hat behauptet, seine Tante bräuchte 'nen Wagen, weil sie zu Besuch kommen wollte. Angeblich wollte sie unbedingt ein Auto, das gleichzeitig bequem und vollautomatisch sein sollte.« Freds sympathisches Gesicht nahm einen wehmütigen Ausdruck an. Das Fahrrad seines Sohnes lehnte immer noch hinter seinem Schreibtisch an der Wand. »Er hat gesagt, er würde Montag wiederkommen. Was er wohl auch getan hat. Allerdings war er vor Mr. Royal da. Wahrscheinlich hat er den Wagen kurzgeschlossen und ist dann damit los. Royal hat erst gemerkt, daß ein Wagen fehlte, als er Montagabend abschließen wollte. Er hat den Diebstahl sofort der Polizei in Hoddersville gemeldet, aber zu dem Zeitpunkt parkte der Wagen wahrscheinlich schon mit der Schnauze nach unten in der Schlucht.«

»Woher wollen Sie wissen, daß es Florian Feldstermeier war?«

»Anhand der Beschreibung, die Helen mir gegeben hat – groß, kräftig, blond, blaue Augen. Um die Fünfzig.«

»Aber diese Beschreibung trifft auf Hunderte von Männern zu.«

»Stimmt, aber Royal Rentals ist ein vornehmer Laden, der nur Luxuswagen vermietet. Mr. Royal sagte, daß einige seiner Kunden so stinkreich sind, daß sie es nicht nötig haben, sich fein anzuziehen. Er hält den Kerl für steinreich, weil er eine Windjacke und ganz gewöhnliche Arbeitsstiefel getragen hat. Da ist mir wieder eingefallen, daß Helen erzählt hat, der Cadillac-Mann wäre so gut angezogen gewesen, daß man es gar nicht gemerkt hätte.«

»Genial«, sagte Peter. Das war es tatsächlich. »Es gibt da nur einen ganz kleinen Haken. Florian Feldstermeier hat nämlich das gesamte Wochenende am Totenbett seines Vaters verbracht, was diverse Feldstermeiers bezeugen können.«

»Mist«, sagte Ottermole völlig niedergeschmettert.

»Macht nichts. Ist das hier der Autopsie... Aua!« Peter riß seine Hand fort, mehr erschrocken als verletzt, obwohl es tatsächlich weh tat. Edmund hatte ihm mit den Krallen ein paar häßliche Kratzer versetzt und starrte ihn immer noch wütend an, mit zurückgelegten Ohren und peitschendem Schwanz.

»Edmund! Bist du bescheuert?« schrie Fred. »Alles in Ordnung, Peter? Jesses, das tut mir wirklich leid.«

»Schon in Ordnung. Es war meine Schuld. Entschuldigung, Edmund, ich hätte nicht versuchen sollen, den Umschlag unter dir wegzuziehen, ohne dich vorher um Erlaubnis zu fragen.«

Die roten Kratzer, die er sich durch sein unhöfliches Verhalten eingehandelt hatte, bluteten zwar nicht, taten aber trotzdem weh. Peter wußte, daß der große Kater ihm weit schlimmere Wunden hätte zufügen können, wenn er gewollt hätte. Er sprach beruhigend auf das Tier ein, woraufhin sich Edmunds Schwanz wieder beruhigte und seine Ohren wieder ihre normale aufrechte Position annahmen. Schließlich hob der Kater sogar das Kinn, um sich versöhnlich kraulen zu lassen. Als Peter ihm jetzt zu verstehen gab, daß er sich gern den besagten Umschlag nehmen würde, erhob sich der Kater ohne Murren und stieg elegant aus dem Korb.

Ottermole schüttelte immer noch verständnislos den Kopf. »Die einzige Person, bei der er so was je gemacht hat, war Mirelle Feldster.«

»Wahrscheinlich, weil sie keine Katzen mochte«, sagte Peter, dem es peinlich war, mit seiner unüberlegten Bewegung einen Katerangriff provoziert zu haben. Trotzdem konnte er nicht verstehen, warum das Tier sich derart gereizt aufgeführt hatte. Er richtete seine Aufmerksamkeit auf den Umschlag mit dem Absender des Coroners. Er war noch verschlossen. »Haben Sie ihn denn noch nicht gelesen?«

»Nein. In den Dingern steht immer so viel Fachchinesisch, daß ich lieber warte, bis einer der Ärzte ihn mir übersetzt.«

»Verstehe. Ich mache eine Kopie davon und übersetze ihn für Sie«, sagte Peter.

Er verließ die Polizeistation und ging schnurstracks zur Bibliothek. In einer vom Hauptlesesaal abgetrennten Nische standen mehrere Kopiergeräte, die von den Studenten genutzt werden konnten, doch Helen hatte im Buggins-Raum einen eigenen Kopierer. Auf genau den hatte Peter es abgesehen.

»Seid gegrüßt, schönste Elfe.« Helen war gerade dabei, Ordnung in einen Karteikasten zu bringen, schaute hoch, um zu sehen, wer der Besucher war, und drehte ihr Gesicht in die optimale Kußposition. »Wo hast du denn die ganze Zeit gesteckt?«

»Bei Fred Ottermole. Du wirst es nicht glauben, aber vorher habe ich mit Melchett höchstpersönlich in dessen Hause zu Mittag gegessen. Mrs. Melchett hatte dringende Termine.«

»Höchstwahrscheinlich mußte sie die neuesten Badeanzüge und Abendroben anprobieren. Aber wieso warst du ausgerechnet bei Dr. Melchett? Liebling, du bist doch nicht etwa krank?«

»Mir fehlt gar nichts. Außer meiner Gattin, wenn sie fern von mir ist. Das Essen war übrigens gar nicht so schlecht.«

»Was gab es denn?«

»Einen erstaunlich leckeren Auflauf und einen Salat. Den Rest habe ich vergessen. Kleingeschnittenes Obst und Plätzchen aus Weizenkeimen und Sauermilch, glaube ich. Irgend etwas in der Richtung jedenfalls. Mrs. Melchett scheint eine recht gute Köchin zu sein.«

»Wie du meinst, Liebling.«

»Warum grinst du denn so?«

»Zufällig weiß ich, daß sie ihre Menüs bei Mrs. Mouzouka kauft und dann bei Bedarf aufwärmt. Seit wann bist du denn mit Dr. Melchett so dick befreundet, daß ihr zusammen speist?«

»Bin ich ja gar nicht. Wir haben die gleiche förmliche Beziehung wie eh und je. Ich dachte bloß, er hätte vielleicht schon die Ergebnisse des Autopsieberichts von Mirelle Feldster, aber er sagte, er habe sie nicht. Ich habe den Brief daraufhin bei Fred abgeholt und versprochen, ihm eine Kopie zu machen. Genau das wollte ich gerade tun. Ist das Ding geölt, geschmiert und einsatzbereit?«

»Es brennt nur darauf, dir zu Diensten zu sein, allerdings nur, wenn du mir den Bericht vorher zeigst.«

»Das hatte ich ohnehin vor, aber wir sollten möglichst schnell lesen, sonst steigt uns Melchett noch aufs Dach. Vielleicht interessiert es ihn aber auch gar nicht. Er faselt ständig von dem Gerinnungshemmer, den er ihr verschrieben hat, und versucht sich und der Welt weiszumachen, Jim hätte Mirelle absichtlich eine zu hohe Dosis von dem Zeug hingelegt, bevor er sich in Luft auflöste.«

»Glaubst du, Dr. Melchett hat Angst, daß er selbst aus Versehen etwas falsch gemacht haben könnte?« erkundigte sich Helen.

»Alles ist möglich, besonders wenn der behandelnde Arzt ein alter Truthahn ist, der lieber mit geschwellter Brust herumstolziert und beruhigend auf die Patienten einschwatzt, statt ordentlich zu arbeiten. Gibst du mir mal den Brieföffner?«

»Überlaß das ruhig mir, ich bin äußerst geschickt im Öffnen von Briefen.«

Helen schlitzte den Umschlag auf, legte den Brieföffner beiseite, entfaltete das Schreiben und begann zu lesen. Peter schaute ihr über die Schulter und stellte dabei fest, wie wunderschön diese Schulter doch war, bis sein Blick auf auf eine Zeile fiel, bei der es sich seiner Meinung nach nur um einen Irrtum handeln konnte.

Kapitel 23

Nachdem sie den Bericht gelesen und kopiert hatte, sagte Helen: »Peter, hast du die Fotos mitgebracht?«

»Ach herrje! Ich hatte gehofft, du würdest nicht danach fragen. Sie gefallen dir bestimmt nicht.«

»Das habe ich auch nicht erwartet.« Helen nahm die Bilder, die Dr. Melchett so aus der Fassung gebracht hatten, und versuchte, sich nichts anmerken zu lassen. Es gelang ihr nicht sonderlich gut. »Nur gut, daß ich keine Zeit für mein Mittagessen hatte. Irgendwie hatte ich gehofft, es wäre weniger schlimm. Immerhin habe ich Mirelle ja gesehen, kurz nachdem sie – aber – puh, ist das scheußlich!«

Peter legte seinen Arm um sie. »Ich weiß, Liebes. Komm, wir gehen zu Melchett. Die frische Luft wird dir guttun. Du hast nicht zufällig das Original auf dem Kopierer liegen lassen?«

»Ich muß doch sehr bitten! So schlimm ist es Gott sei Dank noch nicht. Hier hast du Umschläge für die beiden Kopien. Obwohl Thorkjeld eigentlich gar keine braucht. Er weiß immer schon alles, bevor es passiert. Oh verflixt, ich scheine heute zwei linke Hände zu haben. Bist du so lieb und machst es für mich?«

Peter faltete die beiden Kopien zusammen und verstaute sie in ihren Umschlägen, steckte auch das Original wieder in seinen Umschlag und schob alle drei Umschläge in die Innentasche seiner Jacke. Er durfte sie auf keinen Fall irgendwo auf dem Campus verlieren. Immerhin bestand die Möglichkeit, daß ein nichtsahnender Studienanfänger sie fand, überall im College herumzeigte und eine allgemeine Panik heraufbeschwor.

Der kurze Spaziergang tat den Shandys gut. Das Haus der Melchetts war ohnehin einen Besuch wert. Wie viele alte Häuser in Neuengland strahlte es eine heitere Gelassenheit aus, die ihresgleichen suchte. Den Großteil der Arbeit hatte der Urgroßvater des momentanen Besitzers verrichtet. Er war nicht nur ein begabter Zimmermann, sondern auch der erste Arzt in der Familie gewesen. Darüber hinaus war er diversen anderen Tätigkeiten nachgegangen, wie es in der damaligen Zeit üblich war.

Sein erster Patient hatte ihm als Honorar für seine ärztliche Kunst ein Pferd verehrt, das häßlich wie die Nacht war und an Rotz litt. Die Nachbarn hatten sich ins Fäustchen gelacht über den jungen Spund, der sich für einen Arzt hielt. Doch Melchett hatte das Pferd kuriert, gestriegelt und hochgepäppelt und danach seine Hausbesuche jahrelang hoch zu Roß absolviert. Er hatte Zähne gezogen – bei Mensch und Pferd gleichermaßen –, Abszesse gespalten und Geburtshilfe geleistet. Er war in stockfinsterster Nacht losgeritten, um die Folgen von Kneipenschlachten zu nähen, gebrochene Beine zu schienen oder am Bett alter kranker Damen zu wachen, deren Schmerzen mehr durch die Gegenwart des Arztes als durch seine Medizin gelindert wurden.

Sein Sohn war aufs College gegangen und hatte in kürzester Zeit alles gelernt, was er wissen mußte. Er war ein erfolgreicher Arzt geworden und hatte sich für seine Patientenbesuche einen schmucken kleinen Einspänner zugelegt. Sein Enkel hatte den alten Einspänner gegen eine nagelneue Kutsche eingetauscht, die manchmal muckte und nicht mit Hafer, sondern mit Benzin gefüttert wurde. Melchetts Vater fuhr zuerst einen Packard und später ein Oldsmobile. Der momentane Melchett legte sich alle drei Jahre ein neues Auto zu, machte nur selten Hausbesuche, und auch nur dann, wenn die Leidenden so reich oder prominent waren, daß es sich lohnte.

Leider starb die Familie nunmehr aus. Melchett der Vierte und seine Gattin hatten keine Nachkommen, was sie jedoch wenig zu stören schien. Angeblich beabsichtigten sie, ihren Familiensitz irgendwann dem College zu vermachen. Über den späteren Zweck hatte man sich noch keine Gedanken gemacht, klar war nur, daß der Name Melchett eines Tages gut lesbar, mit dem gebührenden Pomp und selbstverständlich möglichst dekorativ das Gebäude zieren sollte. Momentan verarztete Dr. Melchett gerade eine Patientin und durfte nicht gestört werden. Peter reichte der Arzthelferin den Autopsiebericht. Die Dame war weder jung noch alt, angemessen, aber unauffällig gekleidet und höflich, ohne dabei anbiedernd zu wirken. Offensichtlich hatte Mrs. Melchett sie höchstpersönlich ausgewählt.

»Das hätten wir, Süße«, sagte Peter nach vollbrachter Übergabe zu Helen. »Und wohin jetzt?«

»Meinst du, Mrs. Mouzouka hat noch was von ihrer berühmten Zitronenbaiser-Pie?«

Die Zitronenbaiser-Pie war wie immer fabelhaft. Doch genau wie Großtante Beulah leider nicht fabelhaft genug, um die Gedanken der Shandys lange von dem merkwürdigen Autopsiebericht abzulenken. Als sie die Fakultätsmensa verließen, sagte Peter: »Ich glaube, ich statte Dan Stott eine kurze Stippvisite ab und frage ihn, was er von dem Bericht hält. Du brauchst nicht mitzukommen, wenn du nicht magst.«

»Ich möchte aber mitkommen«, meinte Helen. »Wir wissen beide, welche Folgen das alles für das College haben könnte. So können wir wenigstens alle gemeinsam mit dem sinkenden Schiff untergehen.«

»Oh, ich glaube nicht, daß es dazu kommt. Also dann, bringen wir es so schnell wie möglich hinter uns.«

Die Abteilung für Nutztierzucht muhte, quakte und wieherte ziemlich genauso wie sonst, doch die Ställe wirkten ohne den langen Lulatsch im weißen Kittel mit seinen weißen Leinenschuhen irgendwie leer. Man fragte sich unwillkürlich, was Jim Feldstermeier wohl gerade tat. Helen faßte den gemeinsamen Gedanken in Worte. »Wie mag es wohl Jim gehen?«

»Wahrscheinlich versucht er gerade, den Hubschrauber zu melken«, antwortete Peter geistesabwesend. »Hoffentlich ist Dan Stott überhaupt in seinem Büro.«

»Bestimmt. Laut Iduna hält er nach dem Essen immer ein kleines Nickerchen an seinem Schreibtisch.«

»Das überrascht mich nicht. Folge mir, geliebtes Herz, hier geht es zu den Elefanten.«

Professor Stott befand sich genau da, wo sie ihn vermutet hatten. Er saß mit geschlossenen Augen zurückgelehnt auf seinem riesigen Drehstuhl, und um seine Lippen spielte ein seliges Lächeln. Dabei grunzte und schnaufte er leise und zufrieden, wie es wahrscheinlich auch ein besonders edler Eber tun würde.

»Ein Bild für die Götter«, murmelte Helen entzückt. »Das würde kein Maler so perfekt hinbekommen. Mit Ausnahme von Rosa Bonheur vielleicht. Jammerschade, daß wir ihn wecken müssen.«

Doch das war gar nicht nötig. Personen, die einen Großteil ihrer Zeit mit großen Wiederkäuern verbringen, scheinen die Gegenwart ihrer Schützlinge auf mysteriöse Weise zu spüren, wie Stott selbst einmal treffend bemerkt hatte. Zwar waren Peter und Helen alles andere als große Wiederkäuer, doch die mysteriöse Verbindung schien trotzdem zu funktionieren. Der Mann auf dem Drehstuhl öffnete zuerst das eine und dann das andere Auge und sah, daß es gut war. Er wuchtete sich hoch und teilte ihnen mit sanften, freundlichen Worten mit, wie sehr er sich freue, Besuch von zwei lieben alten Freunden zu bekommen.

»Tut mir leid, Dan, aber wir sind leider nicht zum Vergnügen hier«, sagte Peter. »Wir stören Ihre kleine Verdauungsmeditation wirklich nur sehr ungern. Eh – Sie haben doch hoffentlich keinen empfindlichen Magen?«

»Soll ich aus dieser Frage ein gewisses Interesse an meinem Verdauungssystem ableiten?«

»So könnte man es ausdrücken. Aber Spaß beiseite, da Sie und Iduna nicht auf dem Crescent wohnen, haben Sie vielleicht von den – eh – Ereignissen an unserem Ende des Campus noch nichts gehört.«

»Haben diese Ereignisse vielleicht im weitesten Sinne etwas mit dem merkwürdigen Verschwinden meines geschätzten alten Kollegen Jim Feldster und dem plötzlichen Ableben seiner Gattin zu tun?«

»Haben sie, aber ich sollte besser vorher erwähnen, daß der Präsident aus diversen guten und verständlichen Gründen die ganze unschöne Geschichte möglichst unter Verschluß halten möchte. Gut sind die Gründe eigentlich nicht, wenn man ehrlich sein soll, aber verständlich allemal. Sie haben von Mirelle Feldsters Tod gehört, aber möglicherweise haben Sie noch nicht gehört, daß zunächst vieles auf Mord schließen ließ. Inzwischen scheint diese Frage geklärt, aber selbst wenn man Mirelle nicht umgebracht hat, ist in der Nacht etwas wirklich Scheußliches mit ihr passiert.«

Peter kramte in seiner Rockinnentasche und zog das Päckchen Fotos und den Autopsiebericht hervor. »So hat Grace Porble sie an dem Morgen nach dem Empfang beim Präsidenten gefunden. Sie wollte Mirelle ein paar Plätzchen bringen, die sie natürlich aus naheliegenden Gründen nicht mehr essen konnte.«

»Herr des Himmels!«

Ob es die abscheulichen Farbfotos waren, die Stott zu diesem Ausruf veranlaßten, oder die Tatsache, daß Mirelle die leckeren Plätzchen nicht mehr hatte essen können, war nicht ganz klar, doch er wirkte ziemlich schockiert. Da er nicht zu unüberlegten Schlüssen neigte, schaute er sich jedes Foto lange an, obwohl alle ziemlich ähnlich aussahen. Dann steckte er sie mit größter Sorgfalt wieder zurück in den Umschlag und widmete sich dem Autopsiebericht. Er las ihn langsam und konzentriert, achtete dabei auf die Interpunktion und schüttelte schließlich nachdenklich den Kopf. »Es wurden große Mengen von Coumadin im Blut nachgewiesen?«

Doch plötzlich geriet er ins Stocken, schob die Lesebrille auf die Nasenspitze und schaute die Shandys an, als habe ihn gerade der Blitz getroffen.

»Das ist ja unerhört! Hier steht ja – hier steht – ich kann es nicht glauben! Kennt denn die menschliche Verderbtheit keine Grenzen?«

»Das habe ich mich auch schon oft gefragt«, sagte Peter. »Halten Sie das für möglich? Daß es sich tatsächlich um Schweineblut handeln könnte?«

»Oh ja«, versicherte Stott. »Ich habe ähnliche Tests schon oft gemacht. Genau wie mein Freund, der County Coroner. Was ich erstaunlich finde, um es etwas weniger pejorativ auszudrücken, ist die Tatsache, daß jemand diese arme Frau – ob sie nun lebendig oder tot war, läßt sich ja wohl nicht mehr feststellen – absichtlich auf einen ihrer Stühle setzte, mitten im Wohnzimmer, einen Malerpinsel und einen Eimer Schweineblut nahm, das wahrscheinlich von einem frisch geschlachteten Eber stammte, und ihr Gesicht damit einschmierte. Falls Sie noch einen zusätzlichen Test brauchen, um ganz sicher sein zu können, kann ich ihn gern für Sie durchführen.«

»Aber was ist mit dem Blut auf dem Teppich?« fragte Helen. »Es sah aus, als sei der Körper völlig ausgeblutet.«

»Ganz im Gegenteil, Helen. Die Untersuchungen haben ergeben, daß das Blut auf der Kleidung, auf dem Körper und auch auf dem Teppich identisch war. Alles Schweineblut. Falls es eine Wunde gegeben hätte, wäre der Blutverlust tatsächlich sehr groß gewesen. Und bei der nachgewiesenen Menge Coumadin hätte es wahrscheinlich auch sehr lange gedauert, bis es geronnen wäre. Der Coroner hat keine äußeren Verletzungen gefunden. Die Todesursache ist laut Autopsiebericht eindeutig: Mirelle starb an inneren Blutungen. Wie kommen Sie also darauf, daß es kein Mord war?«

»Sie hat wegen ihrer Venenentzündung Coumadin genommen und – «

»Mirelle? Venenentzündung? Wer hat das behauptet?«

»Jim hat es mir erzählt«, sagte Peter.

Stott schüttelte den Kopf.

»Und Dr. Melchett. Er hat ihr das Mittel verschrieben.«

»Ach ja? Tatsächlich?« Stott schaute wieder in den Autopsiebericht und las ihn sorgfältig Zeile für Zeile noch einmal. »Hier steht nichts von Venenentzündung. Außer ein bißchen Übergewicht und einer leicht vergrößerten Leber aufgrund exzessiven Alkoholgenusses war Mirelle Feldster kerngesund, als sie starb.«

»Warum hat Jim ihr denn dann Coumadin gegeben?«

»Manchmal kommt es vor, daß ein Freund einem anderen hilft.«

»Sie meinen, Melchett hat Mirelle ein Placebo verschrieben?«

Stott gönnte sich einen Augenblick der Erheiterung. »Jim liebt Logen, aber zufällig waren Melchett und ich vor einigen Jahren auch Logenbrüder. Tja, das waren noch Zeiten. Trotzdem darf ich über das, was ich weiß, natürlich nicht sprechen. Melchett wird sich schon äußern, falls dies nötig sein sollte.«

»Aber das hat er schon«, argumentierte Helen. »Als er Donnerstag morgen Mirelles Leiche untersucht hat. Da hat er Peter erzählt, es sei Coumadin gewesen.«

»Und heute beim Mittagessen hat er es ebenfalls gesagt«, meinte Peter.

»Vielleicht hat sie ja inzwischen tatsächlich Coumadin genommen, aber meine Lippen müssen dennoch verschlossen bleiben, meine lieben Freunde. Und jetzt muß ich Belinda besuchen. Sie ist wieder trächtig und daher ein wenig reizbar. Falls ihr euch die Inkubatoren ansehen wollt, die Elver Butz für uns angeschlossen hat, könnt ihr gern mitkommen.«

Belinda von Balaclava hatte jedes Recht, launisch zu sein, wenn ihr danach war. Die siebzehn quirligen Wonneproppen, die sie als errötende Braut vor einigen Jahren geworfen hatte, hatten sie, ihren kühnen Beschäler Balthazar von Balaclava und vor allem Professor Daniel Stott schlagartig berühmt gemacht. Immerhin hatte er dreißig Jahre lang unermüdlich an der Züchtung des perfekten Ferkels gearbeitet. Mit Belindas Sprößlingen war ihm der ganz große Wurf gelungen, und seither galt er als unangefochtener Star unter den Schweinezüchtern. Das erfolgreiche Kleeblatt Belinda, Balthazar und Stott war inzwischen legendär.

Nicht alle von Belindas zahlreichen Sprößlingen waren perfekt, doch die meisten verfehlten dieses Ziel nur um Haaresbreite. Doch auch die unvollkommenen Ferkel fanden reißenden Absatz und ließen die Herzen der ambitionierten Schweinezüchter höher schlagen. Solange die Bauern sich eng an die von Professor Stott und Präsident Svenson entwickelten Zuchtkriterien hielten und ihre Tiere viermal im Jahr von einem qualifizierten Tierarzt untersuchen ließen, konnten sie die Tiere vom College kaufen und zusehen, wie sie zu stolzen Erzeugern neuer glücklicher Ferkel heranwuchsen.

»Und wohin jetzt?« fragte Helen, als Peter sie zur windwärts gelegenen Seite der Schweineställe führte. »Vielleicht sollte ich doch einen kleinen Anstandsbesuch bei unserer neuen Nachbarin machen.«

»Willst du dir das wirklich antun? Nachdem sie Schmutzwasser über Jane gekippt hat und sie aufs übelste beschimpft hat? Und mich heute morgen hinauskomplimentiert hat?«

»Von Wollen kann gar nicht die Rede sein. Ich dachte nur, es sei vielleicht nötig. Nach allem, was mit Mirelle passiert ist, habe ich keine Lust auf eine neue Schlachthausszene. Das gibt doch Sinn, oder?«

»Was hier noch Sinn ergibt, darfst du mich wirklich nicht fragen, Helen. Mir fällt nichts weiter ein, als die Suppe weiter kochen zu lassen und abzuwarten, was daraus wird. Sollen wir Grace Porble mitnehmen?«

»Dazu ist es zu spät. Sie ist mit dem Claverton Garden Club nach Boston gefahren. Sie haben einen Bus für eine Besichtigungstour gemietet und bleiben bis Sonntagabend. Grace hatte keine große Lust zu fahren, aber Phil hielt es für besser. Er dachte, der kleine Ausflug würde sie auf andere Gedanken bringen.«

»Warum hast du mir das nicht früher gesagt, verflixt noch mal? Dann hättest du auch mitfahren können.«

»Nein, das hätte ich nicht. Ich bin eine berufstätige Frau und muß für den Lebensunterhalt einer halben Katze aufkommen, das weißt du doch. Außerdem will ich da sein, wo du bist.«

»Aus irgendeinem besonderen Grund?«

»Allerdings, Liebling, einem sehr wichtigen sogar. Die Nächte werden allmählich kühler, und du weißt ja, wie kalt meine Füße immer sind, wenn du nicht da bist, um sie zu wärmen.«

»Jetzt weiß ich endlich, was ich dir bedeute. Nichts weiter als ein Paar warme Ersatzsocken.«

»Das ist nicht alles, Peter. Vergiß nicht, daß du himmlische Waffeln backen kannst. Apropos, Catriona möchte unbedingt das Rezept.«

»Von wegen. Frauen haben in der Küche nichts zu suchen. Sie müssen sich um die Schweine kümmern und den Traktor schmieren. Was ist bloß aus den guten alten Tugenden geworden?«

»Das kann ich dir leider nicht beantworten, Liebling. Damals war ich noch nicht auf der Welt.«

»Sehr lustig. Also los, wenn wir den Hausbesuch wirklich machen wollen, sollten wir ihn möglichst schnell hinter uns bringen.«

Inzwischen waren sie nicht mehr weit von ihrem eigenen Haus entfernt, und Helen sagte: »Nur eine Sekunde, ja? Ich laufe nur schnell rein und schminke mir die Lippen.«

»Warum das? Hast du etwa vor, die Frau zu küssen?«

»Anscheinend hast du wieder einmal eine deiner komischen Stimmungen. Meinst du, wir sollten ihr nicht doch eine kleine Aufmerksamkeit mitbringen?«

»Ich hätte da eine hervorragende Idee, Helen. Warum fährst du nicht schnell raus in den Wald und gräbst einen schönen fetten Giftsumach für sie aus? Damit sie sich möglichst lange an uns erinnert.«

»Klingt gar nicht so übel. Hallo, Jane. Tut mir leid, Schätzchen, aber du kannst leider nicht mitkommen.«

Peter brummte leise vor sich hin und wünschte sich, er wäre an Janes Stelle.

Helen kümmerte sich um ihre Lippen, steckte den Stift zurück in sein Gehäuse und machte Anstalten, das Haus wieder zu verlassen. Doch Jane geriet ihr zwischen die Füße, und Peter mußte seine Damen trennen und die kleinere und pelzigere von beiden vorsichtig wieder ins Haus verfrachten. Jane schien diese Behandlung nicht zu goutieren und verhielt sich ganz so, als wolle sie ihre Menschen an dem Besuch hindern. Doch auch ohne Katzenerlaubnis mußte das Banner von Balaclava hochgehalten werden, daher wanderten Helen und Peter festen Schrittes zu der Haustüre, die noch bis vor kurzem den Feldsters gehört hatte, und klingelten.

Kapitel 24

Da sieh mal einer an! Ich habe mich schon gefragt, wie lange es wohl dauert, bis mir jemand ein Ei vor die Tür legt. Ihr seid wohl extrem gastfreundlich hier, wie?«

Die Frau hielt sich wahrscheinlich für witzig. Helen tat so, als bemerke sie Perlinda Tripps ziemlich offenkundigen Sarkasmus nicht. »Wir bemühen uns zwar, gute Nachbarn zu sein, aber wir haben leider nur wenig Zeit. Sie sind wohl Mrs. Tripp?«

»Miz Tripp.«

»Ganz wie Sie wollen. Darf ich Ihnen meinen Mann, Professor Shandy, vorstellen.«

»Wir kennen uns bereits. Und was sind Sie, wenn ich fragen darf?«

»Ich bin Dr. Shandy.«

»Ach, was sind wir vornehm! Wollen Sie reinkommen oder draußen bleiben?«

»Wir können ohnehin nur ganz kurz bleiben. Wir müssen nach Hause zu unserer Katze.«

»Wie kann man sich nur so ein Viech zulegen? Sorgen Sie bloß dafür, daß sie hier wegbleibt. Ich habe heute den ganzen Nachmittag an dem großen Fleck auf dem Wohnzimmerteppich herumgeschrubbt.«

»Wie nett von Ihnen.«

»Wie meinen Sie das? Warum soll das nett von mir sein? Es ist doch schließlich mein Teppich, oder?«

Peter räusperte sich. »Eh – nein, ist es nicht, wenn ich ganz ehrlich sein soll. Alles, was hier im Haus auf irgendeine Art befestigt ist, und dazu zählt auch ein fest verlegter Teppichboden, gehört automatisch zum Gebäude und darf ohne Zustimmung des Eigentümers nicht entfernt werden. Aber vielleicht könnten Sie versuchen, eine Art Handel mit dem College zu machen, falls Sie zu den Vermächtnisnehmern gehören.«

»Wovon zum Teufel reden Sie überhaupt? Dieses Haus gehört mir. Mir ganz allein.«

»Ms. Tripp, es tut mir leid, aber ich muß Ihnen mitteilen, daß man Sie anscheinend völlig falsch informiert hat. Dieses Gebäude gehört seit dem Tag, an dem es gebaut wurde, zum Campus. Solange es steht, wird sich daran nichts ändern. Es ist und bleibt Eigentum des Balaclava Agricultural College, wird nur an Mitglieder der Fakultät vermietet und kann nicht verkauft werden. Soweit ich weiß, sind Sie kein Fakultätsmitglied. Die Tatsache, daß Sie die Schwester von Professor Feldsters – so lautet sein Name in den College-Akten – verstorbener Gattin sind, gibt Ihnen noch lange nicht das Recht, die Stelle Ihrer Schwester einzunehmen.«

»Das hat Florian mir aber anders erklärt.«

»Welcher Florian?« brauste Peter auf. Was für ein Spiel spielte diese Frau überhaupt?

»Wie meinen Sie das? Wollen Sie damit sagen, Sie kennen Florian nicht?« fuhr sie ihn an. »Er ist Jim Feldsters Neffe, wie Sie sehr wohl wissen sollten, Sie sind doch angeblich so klug. Jim hat Florian vor seinem Tod das Haus überschrieben.«

»Das ist barer Unsinn. Jim hätte weder Florian noch sonstwem das Haus überschreiben können, weil er es genau wie wir alle hier lediglich gemietet hat. Und ich kann mir nicht vorstellen, daß er nach Mirelles Tod weiterhin hier in diesem Haus wohnen möchte.«

»Ich habe es Ihnen doch gerade gesagt, meine Güte. Jim ist tot! Florian hat es mir selbst erzählt. Und jetzt will Florian mir das Haus überschreiben. Können Sie das nicht in Ihren dämlichen Schädel bekommen, Mister Professor?«

»Ich habe Sie sehr wohl verstanden, aber Sie irren sich. Jemand hält Sie zum Narren. Wie lange kennen Sie diese Person, die sich Florian nennt, denn schon?«

»Das geht Sie einen feuchten Kehricht an. Machen Sie, daß Sie wegkommen, oder ich rufe die Polizei.«

»Das können Sie gerne tun. Die Telefonnummer lautet 101–2233, und der hiesige Polizeichef heißt Ottermole. Falls er nicht da sein sollte, fragen Sie einfach nach Officer Dorkin, und berufen Sie sich auf Professor Shandy.«

»Warum sollte ich?«

»Das wird sich noch zeigen. Vielleicht sollte ich Sie warnen, im Polizeirevier gibt es nämlich eine Katze, die ziemlich groß ist und – eh – sehr genau weiß, was sie tut.«

»Na, das ist ja toll! Jetzt hetzt ihr sogar eure gottverdammten Katzen auf mich. Aber wenn ihr glaubt, mich auf die Weise kleinzukriegen, habt ihr euch gewaltig geschnitten. Ich rühre mich nicht von der Stelle, bis ich bekommen habe, was mir von Rechts wegen zusteht.«

»Dann sollten wir diese Diskussion besser vertagen, da wir jetzt offenbar nicht weiterkommen«, sagte Helen so nüchtern wie möglich. »Ich hoffe, Sie haben genügend Vorräte an Bord, um sich lange genug über Wasser zu halten, Ms. Tripp. Sie sind sicher müde von der ganzen Putzerei. Es tut mir leid, daß Sie auf einen Scherzbold hereingefallen sind, der sich einen Spaß daraus macht, Lügen zu verbreiten und andere in Schwierigkeiten zu bringen. Gibt es noch etwas, das Sie heute abend brauchen?«

»Ach, vergessen Sie es einfach, *Doktor* Shandy. Sie brauchen gar nicht erst versuchen, sich bei mir einzuschleimen. Ich habe Sie durchschaut, darauf können Sie Gift nehmen. Wir sehen uns vor Gericht.«

Niemand hat es gern, wenn ihm die Tür vor der Nase zugeschlagen wird. Helen bildete da keine Ausnahme, doch irgendwie tat ihr diese lächerliche Frau leid. Sie war nach Balaclava gekommen, weil sie sich davon Wohlstand und Reichtum erhoffte, doch ihre Träume würden nur allzu bald wie Seifenblasen zerplatzen. »Peter«, sagte sie, als sie endlich in ihrem eigenen Haus angekommen waren und sich aus therapeutischen Gründen einen Balaclava Bumerang gemixt hatten, »könnte es sein, daß du einen Fehler gemacht hast, als du Jim bei diesem Florian gelassen hast?«

»Ich glaube, Ms. Tripp hat einiges ins falsche Halsloch bekommen, wie deine Großtante Beulah es wahrscheinlich treffend ausgedrückt hätte.« Peter nippte an seinem Drink, um auch sicherzugehen, daß mit den Ingredienzien alles stimmte. »Scheint in Ordnung zu sein. Was diesen Florian betrifft – ist dir übrigens aufgefallen, daß unsere Miz Putzteufel den Namen Feldstermeier kein einziges Mal erwähnt hat? Entweder sie kann hervorragend schauspielern oder – «

»Oder was?« erkundigte sich Helen.

»Genau da bin ich mit meinem Latein am Ende. Es ist doch wohl klar, daß der Erste unter den Neffen nicht sonderlich erfreut war, als sein Onkel plötzlich auftauchte. Immerhin hatte er bis dato guten Grund zu glauben, seine Schäfchen sicher im Trockenen zu haben. Aber das bedeutet noch lange nicht, daß Florian etwas mit der Entführung zu tun hatte oder dumm genug war, seine Enttäuschung an Mirelle auszulassen. Oder daß er mit Perlinda Tripp unter einer Decke steckt. Als ich bei den Feldstermeiers war, hatte ich den Eindruck, daß Florian sich sehr zusammennahm und sich große Mühe gab, das Beste aus seiner neuen Situation zu machen. Verflixt noch mal, ich fing sogar an, den Kerl zu mögen.«

»Schon gut, Liebling. Du hast sicher inzwischen genug von diesen abscheulichen Fotos, aber kannst du sie mir bitte trotzdem noch mal geben? Ich weiß zwar, daß im Autopsiebericht Coumadin steht, aber irgendwie werde ich das komische Gefühl nicht los, daß wir die ganze Zeit irgend etwas übersehen. Nicht daß es jetzt noch viel nutzt. Aber wir wissen immer noch nicht, ob Mirelle ermordet wurde oder vielleicht auch nur mit ihrem neuesten Hausfreund auf den Putz gehauen hat und dabei zu weit gegangen ist. Wir wissen nicht einmal, wer dieser Freund ist, vorausgesetzt, daß er überhaupt existiert.«

Peter war klug genug, seinen Drink schweigend weiterzutrinken, während Helen sich erneut die scheußlichen Bilder ansah und jedes einzelne genauso sorgfältig studierte, wie Dan Stott es getan hatte. Der Unterschied bestand allerdings darin, daß sie dazu nur siebendundfünfzig Sekunden benötigte.

»Ich glaube, ich hab's, Peter. Sieh mal, wie stocksteif Mirelle sitzt. Und dann schau dir mal ihre verkrampften Hände an. Erinnert sie dich nicht auch an Anthonis Mors Portrait von der armen kleinen Mary Tudor, die mitten im Zimmer kerzengerade auf ihrem Gobelinstuhl sitzt und versucht wie eine Königin auszusehen, obwohl sie furchtbare Angst hat? Wie ein ängstliches Kind, das zum ersten Mal allein Achterbahn fährt. Mirelle sieht aus, als hätte sie auf irgendeine Bestrafung gewartet. Die Person, die bei ihr war, hat die Gelegenheit genutzt und ihr eine Extradosis Coumadin in ihren letzten Drink gekippt.«

»Mirelle hätte einfach dagesessen, ohne sich zu wehren?«

»Bestimmt, solange ein attraktiver und einigermaßen interessanter Mann wie beispielsweise Florian im Spiel war. Möglicherweise hätte es in ihrem Zustand sogar jeder x-beliebige Mann sein können, denn sie war viel zu betrunken, um noch klar denken zu können. Das ist das Problem mit euch Intellektuellen, Peter. Ihr denkt zuviel, seht alles viel zu kompliziert, und das ist gefährlich.«

»Wie du meinst, mein Engel. Das Problem mit euch Bibliothekarinnen ist, daß ihr so ein gutes Gedächtnis habt. Ich hatte schon angefangen, mir eine kluge Theorie zu konstruieren, die auch das viele Blut erklärt hätte, ich hatte nur noch ein paar Probleme mit der richtigen Vernetzung.«

»Dann solltest du dir vielleicht ein paar Tips von Elver Butz geben lassen.«

»Lieber nicht. Elver Butz redet zwar nicht viel, aber wenn es um das Schreiben von Rechnungen geht, ist er unschlagbar. Dreieinhalb Minuten nachdem er die letzte Schraube angezogen hat, präsentiert er dir schon die Rechnung. Außerdem hast du ihn ja selbst gehört, daß er Mirelle toll fand. Wahrscheinlich als einzige Person in ganz Balaclava Junction. Mit Ausnahme von Coralee Melchett, sollte ich vielleicht hinzufügen. Es wäre falsch, ihm die Bilder zu zeigen und seine schönen Erinnerungen zu zerstören. Außerdem scheint es mir ziemlich sinnlos, etwas zu konstruieren, wenn man nicht weiß, was man damit machen will, oder?«

»Nun ja, Schatz, ich möchte deine Kreativität nicht hemmen, aber wir sollten vielleicht kurz innehalten und überlegen, bevor du anfängst, eine komplizierte Orgel oder eine Arche zu konstuieren. Außerdem glaube ich nicht, daß Jane die vielen anderen Tiere gefallen würden.«

»Dann baue ich eben keine Arche. Und was die Orgel betrifft, sollte ich vielleicht einfach nur meine alte Mundorgel rausholen und ein bißchen darauf üben. Habe ich dir übrigens von den Porzellanfigürchen erzählt, die jemand in den weißen Teppich gestampft hat, als Mirelle entweder gerade starb oder ermordet wurde? Ich habe die Scherben zusammengefegt und mitgenommen. Momentan ruhen sie hier bei uns im Marmeladenschrank. Soweit ich weiß, müßten sie noch da sein, sie befinden sich in einer kleinen braunen Papiertüte, die ich aus Mirelles unterster Küchenschublade geklaut habe. Warum ich sie mitgenommen habe, weiß ich selbst nicht genau, aber falls du sie brauchen solltest, weißt du, wo du sie findest.«

»Gut gemacht, Liebling. Man kann nie wissen, wann unsere neue Nachbarin auf der Schwelle erscheint, weil sie eine Tasse

Scherben borgen möchte, oder? Peter, glaubst du, daß Mirelle wirklich eine Venenentzündung hatte? Und falls ja, wieso steht davon nichts im Autopsiebericht?«

»Wenn du mich fragst, ist der Autopsiebericht genau so hilfreich wie eine Partygabel in einem Schneesturm«, schnaubte Peter. »Außer der scheußlichen Information, daß es sich bei dem Blut um Schweineblut handelt, ist der Schrieb völlig nichtssagend. Als Todesursache werden lediglich innere Blutungen durch eine Überdosis Coumadin angegeben. Melchett hätte den Bericht genausogut selbst schreiben können.« Peter warf einen letzten verächtlichen Blick auf das Dokument, steckte es zurück in seinen Umschlag und stand auf.

»Hast du die Schlüssel zur Bibliothek?«

»Natürlich. Warum fragst du? Die Bibliothek ist noch geöffnet, sie schließt während der Woche erst um neun, das weißt du doch. Suchst du etwas Spezielles?«

»Eigentlich nicht. Ich wollte bloß ein bißchen mit dem Kopierer herumspielen, und das würde ich am liebsten allein und ungestört im Buggins-Raum tun, wenn die Bibliothekarin es mir erlaubt.«

»Die Bibliothekarin würde dir einfach alles erlauben. Klopf an, und dir wird aufgetan werden. Peter, was denkst du?«

»Das Undenkbare. Möchtest du dir dieses flauschige Ding umlegen?«

»Bedeutet das, daß ich mitkommen soll?«

»Aber sicher doch. Welches Papier brauchst du zum Kopieren?«

»Das übliche weiße Multifunktionspapier, das alle benutzen.«

Auf dem Weg zur Bibliothek war Peter ziemlich wortkarg. Als sie sich im Buggins-Raum eingeschlossen hatten, nahm er noch einmal den Autopsiebericht heraus und legte ihn auf die Glasfläche des Kopierers. »Könntest du mir bitte ein einfaches weißes Blatt geben?«

Helen tat, wie ihr geheißen. Peter legte das Blatt über den Text, sparte nur den Namen und die Adresse des Gerichtsmediziners aus und drückte auf den Startknopf. »Verdammt! An der Stelle, wo sich die beiden Seiten überlappen, ist eine schwarze Linie zu sehen. Kann ich das irgendwie vermeiden?«

»Du brauchst nur den kleinen Schieber hier ein wenig nach rechts zu schieben, bevor du auf den Startknopf drückst. Die

Kopie ist dann zwar ein bißchen heller, aber die Linie ist weg. Und die unterschiedliche Helligkeit ist nur für ein geübtes Auge sichtbar.«

»Grundgütiger, du hast recht.« Peter machte zu Übungszwekken noch eine weitere Kopie. »So macht man das also! Ich rufe jetzt Chief Ottermole an, und dann gehen wir ein Eis essen.«

Kapitel 25

Helen schlürfte lautstark die letzten Tropfen ihrer Eiscremesoda mit dem Strohhalm, wobei es sie nicht im geringsten störte, daß sie von einigen höheren Semestern beobachtet wurde, die gerade eine ernste Diskussion über Marienkäfer führten. Zum einen schienen sie sich wirklich für die Tiere zu interessieren, zum anderen versuchten sie mehrere Erstsemesterstudenten zu beeindrucken, die doch tatsächlich nach einem »Double-Decker« gefragt hatten, obwohl jeder in Balaclava wußte, daß zwei Bällchen in einer Eistüte »Bullhorn« hießen.

Nachdem sie die Neulinge in die Geheimnisse des korrekten Eisbestellens eingeweiht hatten, kehrten die höheren Semester, von denen drei weiblichen Geschlechts waren, wieder zu den Marienkäfern und ihrem »College Ice« zurück. Wahrscheinlich ahnten sie nicht einmal, daß sie selbst fast genauso unwissend waren wie ihre frischgebackenen Kommilitonen. Der Ausdruck »College Ice« stammte nämlich genau wie »Bullhorn« aus den Wilden Zwanzigern, die so wild gar nicht gewesen waren. Damals hatte die Etikette noch eine große Rolle gespielt. Studenten hatten beispielsweise stets höflich ihre Strohhüte abgenommen, wenn sie ihre Kommilitoninnen zu einem kleinen Mondscheinspaziergang um die Schweineställe einluden.

»College Ice« war heute nur noch der Name des Cafés, und wer heute ein Eis mit oder ohne Erdbeeren, Schokoladensauce, Nußstückchen, Schlagsahne oder andere Köstlichkeiten wünschte, bestellte einfach ein »sundae«, ohne die wahrhaft menschenfreundlichen Ursprünge des Namens zu kennen. Um 1926 galten noch andere Gesetze. Einmal angenommen, ein junger Student hatte die ganze Woche hart gearbeitet, sonntags morgens den Gottesdienst besucht und sein Mädchen zu einem kleinen Spaziergang eingeladen, um ein wenig frische Luft zu schnappen. Falls ihm danach der Sinn nach einer kühlen Eiscremesoda stand, hatte er ein Problem. Der Genuß bestimmter Erfrischungen war an Sonntagen verboten. Der damalige College-Präsident erfand einen sodafreien Eisbecher, der die Zehn Gebote nicht verletzte, und nannte ihn witzigerweise »sundae«. Er ersetzte das große S durch ein kleines und das y durch ein e, und schon war das Problem auf höchst elegante Weise gelöst, ohne daß man ihm vorwerfen konnte, er mache sich über den Tag des Herrn lustig. Aus »Sunday« war »sundae« geworden, und die Sache war geritzt.

Helen war fasziniert von allem, was auch nur entfernt mit Lokalkolorit zu tun hatte. Peter dagegen war schon so oft in dem altmodischen Eissalon mit der Marmortheke und den Tischen und Stühlen aus Drahtgeflecht gewesen, daß er kein Bedürfnis mehr empfand, die Atmosphäre dieses Ortes auf sich wirken zu lassen, nachdem er sein Eis verzehrt und seinen Löffel abgeleckt hatte.

»Wonach gelüstet Euch, werte Dame? Zieht Ihr ein weiteres Eis vor oder sollen wir die Straßen unsicher machen?«

Er schaute sich suchend nach der Serviererin um, suchte das passende Kleingeld für die Rechnung heraus und gab ein kleines Trinkgeld dazu. Große Trinkgelder waren in Balaclava Junction verpönt, sie galten als verstädtert und hätten viele Studenten und Ortsansässige, die nur über wenig Taschengeld verfügten, in Verlegenheit gebracht. Das Problem war nur, daß sich in dieser Stadt jeder für knapp bei Kasse hielt. Die eine Hälfte der Leute war davon überzeugt, daß die andere Hälfte log, und die andere Hälfte wußte verdammt gut, daß es stimmte.

Nachdem Peter sich vergewissert hatte, daß Helen wirklich keine zweite Kalorienbombe mehr wollte, legte er ihr fürsorglich und in bester Gattenmanier die blaue Mohairstola um die Schultern, während die drei Studentinnen sie interessiert beobachteten und sich zweifellos über seine altmodische Galanterie lustig machten.

Die Shandys brauchten sehr viel länger für den Heimweg, als sie eigentlich geplant hatten. Auf Schritt und Tritt begegneten sie Bekannten, mit denen sie unbedingt ein paar freundliche Worte wechseln mußten, und Erstsemestern, denen sie ermutigend zunickten. Außerdem trafen sie überall auf Kollegen, die sie seit Semesterbeginn nicht gesehen hatten und die nur darauf brannten, ihnen die neuesten Klatschgeschichten zu erzählen.

Als sie endlich auf dem Crescent ankamen, war Janes Zubettgehzeit längst überschritten, und die kleine Katzendame gab ihrem Unmut lautstark Ausdruck. Doch aufgrund der späten Stunde waren ihre beiden Menschen so überdreht und aufgekratzt, daß an Schlaf nicht zu denken war.

»Bist du müde, Helen?«

»Komischerweise kein bißchen«, antwortete sie. »Ich wußte gar nicht, daß Himbeereis so aktivierend wirkt. Was hältst du davon, wenn wir uns heimlich nach draußen schleichen und versuchen, die einsame Zwergohreule zu finden, die uns mit ihren Ständchen unterhalten hat, seit sie – oder er – drüben in die Fichten gezogen ist?«

»Warum nicht? Aber dann solltest du besser nicht diese hellblauen Sachen tragen, das fällt in der Dunkelheit zu sehr auf. Du könntest den schwarzen Regenmantel anziehen, den du dir letztes Jahr in Toronto gekauft hast. Und ich ziehe meine alte braune Strickjacke an, dann nimmt jeder an, wir wollten die schönen Herbstblätter beobachten. Nein, Jane, du bleibst besser zu Hause, sonst hält dich noch ein Uhu für eine übergewichtige Maus. Wir meinen es nur gut mit dir.«

»Ich glaube, sie versteht uns«, sagte Helen. »Träum was Schönes, Jane.« Angemessen gekleidet für die Eulenbeobachtung, schlüpften sie leise durch die Hintertür hinaus in die duftende Herbstnacht.

Die meisten Häuser auf dem Crescent hatten irgendeine Art Nachtlicht, etwa eine brennende Dielenlampe oder eine Laterne, die an die Kolonialzeit erinnerte und an einem Haken neben der Tür hing. Richtig Mühe gab man sich erst während der Weihnachtszeit, vor allem während der berühmten Lichterwoche, wenn die Häuser auf dem Crescent in einem Meer von Farben und Licht erstrahlten. Ms. Tripp schien momentan keine Energie zu verschwenden, aber vielleicht hatte sie auch nur die Jalousien heruntergelassen. Falls sie wirklich kein einziges Licht anhatte, mußte sie Nerven wie Drahtseile haben. Nicht viele Menschen würden es wagen, in einem Haus, in dem noch vor kurzem jemand auf derart schreckliche Weise ums Leben gekommen war, allein im Stockfinstern zu schlafen. Während Helen in ihrem schwarzen Regenmantel fröstelte, fragte sie sich, ob der kleine Mitternachtsspaziergang wirklich so eine gute Idee war. Doch sie konnte schlecht einen Rückzieher machen, denn der Vorschlag mit der Eulenjagd stammte immerhin von ihr.

»Hast du schon eine Eule entdeckt?« Peters Stimme war ein kaum hörbares Flüstern. Er nahm den spontanen Ausflug ziemlich ernst und nutzte ihn als Training für die diesjährige Eulenzählung. Im letzten Jahr war das Unterfangen leider eine absolute Pleite gewesen, auch wenn es alles andere als langweilig gewesen war.

Helen kannte die Gepflogenheiten passionierter Eulenbeobachter. Sie antwortete daher nicht, sondern schüttelte nur langsam den Kopf. Sie wußte, daß Eulen im Dunkeln weit besser sehen konnten als die meisten Menschen, und wollte die kleine Eule, die Peter und sie so manche Sommernacht mit ihren ersterbenden Rufen unterhalten hatte und nie auf Applaus gewartet hatte, auf keinen Fall in die Flucht schlagen.

Ursprünglich hatten auf dem größten Teil des riesigen College-Grundstücks nur Bäume gestanden. Jeden Herbst hatten die Studenten einige ausgesuchte Bäume gefällt. Sie hatten viele Klafter Brennholz geschlagen und aufgestapelt und sich im Winter daran gewärmt, wenn es in den Öfen und offenen Kaminen verbrannte. Als das College im Laufe der Zeit immer mehr florierte, hatte man weitere Bäume gefällt, um Platz für Weiden, Äcker, Ställe, Scheunen, Seminarräume, Gewächshäuser, Studentenwohnheime und andere Einrichtungen zu schaffen. Doch man war vorsichtig zu Werke gegangen und hatte die verschonten Bäume und Sträucher gehegt und gepflegt. Bäume standen immer noch ganz oben auf dem Lehrplan. Die Bewohner des Crescent waren stolz auf ihre Bäume, und die Blaufichten der Shandys gehörten zu den ganz besonderen Schätzen.

Über ihren Köpfen ließ die Zwergohreule zuerst ein langgezogenes Tremolo und dann einen klagenden Ruf ertönen. Sie breitete ihre Flügel aus, die sie geräuschlos durch die Lüfte trugen, und strich zurück zu den dichteren Bäumen, während Helen und Peter ihren scheuen Untermieter entzückt beobachteten.

Als der Vogel verschwand, sah man für den Bruchteil einer Sekunde ein winziges Licht aufleuchten. Peter griff nach Helens Hand. Das konnte nur eine Sternschnuppe gewesen sein.

Oder vielleicht doch nicht? Da war das Licht schon wieder, diesmal flammte es kurz hinter einem Windschutz aus Hemlocktannen und Kiefern auf, aber nur ganz kurz, dann war es auch schon wieder verschwunden. Es war eindeutig eine Taschenlampe in der Hand eines Menschen, der sehr genau wußte, wohin er wollte. Da er sich aber auf keinen Fall durch irgendein Geräusch verraten wollte, achtete er genau darauf, wo er hintrat. Peter war froh, daß sie dunkle Kleidung trugen. Er zog Helen hinter eine niedrige, buschige Hemlocktanne, hielt sie fest an sich gedrückt und fragte sich, was dort drüben wohl vor sich ging.

Der heimliche Besucher war offensichtlich auf dem Weg zur Kellertür des Hauses, das theoretisch immer noch Jim Feldster gehörte. Die Person war groß gewachsen und kräftig und machte sich gar nicht erst die Mühe, an der Tür zu klopfen. Es konnte eigentlich nur ein Mann sein, denn er hob die Tür einfach aus den Angeln und stellte sie zur Seite. Nachdem er seinen Fluchtweg gesichert hatte, ließ er die Taschenlampe gerade lange genug aufleuchten, um die Treppe zum Erdgeschoß orten zu können, und verschwand. Helen drehte ihren Kopf vorsichtig zu Peter.

»Wer ist das?« fragte sie lautlos.

Peters einzige Antwort bestand in einem Schulterzucken, das wohl soviel wie »Das wüßte ich auch verdammt gern« bedeuten sollte. Er schob sie vorsichtig von der Tanne weg und zeigte in die Richtung, in der ihr Haus lag. »Ich bleibe besser hier«, flüsterte er. »Kannst du schnell nach Hause laufen, die Tür abschließen und den Wachdienst anrufen? Aber sei um Himmels willen vorsichtig!«

»Du auch.« Helen schmiegte sich tiefer in ihren schwarzen Regenmantel und schlich zurück, wie Peter vorgeschlagen hatte. Nur gut, daß sie ein paar Lampen angelassen hatten.

Purvis Mink nahm ihren Anruf entgegen. Sie erklärte, was sie gesehen hatten, und versuchte, die Kontrolle über ihre Stimme zu behalten. »Wir wissen nicht, was das alles zu bedeuten hat, aber wenn man bedenkt, was dort in der letzten Zeit passiert ist – «

»Alles klar, Helen. Bin schon unterwegs.«

Purvis sagte dies nicht nur, um Helens Nerven zu beruhigen. Er traf bereits mit seinem Fahrrad ein, bevor Helen Zeit gehabt hatte, ihren Regenmantel abzulegen. »Wo ist der Professor?«

»Dort drüben, hinter Jim Feldsters Hemlocktannen. Soll ich mitkommen und Ihnen zeigen, wo er ist?«

»Ich glaube, Sie sollten besser hier beim Telefon bleiben. Haben Sie eine Trillerpfeife hier im Haus?«

»Irgendwo müßte noch so ein Ding herumliegen. Wahrscheinlich in der Kramschublade. Wenn ich sie nicht finde, kann ich ja immer noch schreien.«

»Im Notfall machen Sie einfach irgend etwas, nur damit wir wissen, wo Sie sind.«

Purvis war kein Mann, der seine Zeit mit dummen Fragen verschwendete. Er radelte auf dem schnellsten Weg zu der Stelle, an der die Hemlocktannen dicht wie eine Hecke aussahen. »Was ist los, Professor?« murmelte er.

»Keine Ahnung«, murmelte Peter zurück. »Es könnte alles mögliche sein. Sollen wir nachsehen?«

Purvis Mink nickte, verstaute sein Fahrrad außer Sichtweite und folgte seinem Führer. Als sie zu der ausgehängten Kellertür kamen, flüsterte er: »Wer hat das denn getan?«

»Ein ziemlich kräftiger Mensch.« So kräftig wie Elver Butz, dachte Peter. Doch er verkniff sich die Äußerung. Für Schlußfolgerungen war es noch zu früh.

Sie hörten Stimmen im Erdgeschoß. Ms. Tripp versuchte, möglichst distinguiert zu sprechen, klang jedoch eher manieriert als kultiviert, doch Peter hätte ihr trotzdem eine Drei minus gegeben, weil sie sich so viel Mühe gab. Die zweite Stimme klang tief, maskulin und schmeichelnd.

Purvis Minks Gegenwart gab Peter ein größeres Gefühl der Sicherheit, als er erwartet hatte. Zudem war er erleichtert, daß Helen zu Hause war, sicher hinter verschlossenen Türen, die Hand am Telefon. Bedauerlich war nur, daß Präsident Svenson nicht hier war. Was nicht bedeutete, daß er und Purvis das merkwürdige Mitternachtstreffen nicht auch allein in den Griff bekamen, doch es machte einfach einen Heidenspaß, die nordische Nemesis in Aktion zu sehen. Schade, daß es für Svensons dramatische Einlagen keinen Kartenvorverkauf gab. Sie wären sicher ein Bombenerfolg.

Seit dem Abend, als die Shandys und die Porbles dieses Haus zum ersten Mal betreten hatten, war Peter oft genug hier gewesen, um mit den Räumlichkeiten vertraut zu sein. Der Duft nach frisch aufgebrühtem Kaffee und die Richtung, aus der die Stimmen kamen, ließen darauf schließen, daß Ms. Tripp ihren ungebetenen Gast Elver Butz in der Frühstücksnische bewirtete. Peter und Purvis konnten problemlos die Treppe hochsteigen und sich in der kleinen Kammer zwischen Küche und Veranda verstecken, bereit, vorwärts oder rückwärts zu springen, je nachdem wie es die Umstände erforderten.

In ihrem Versteck konnten sie jedes Wort verstehen. Die Unterhaltung war anscheinend bereits einige Zeit im Gange, denn die Gesprächspartner vergaßen allmählich ihre Vornehmtuerei und kamen auf den Punkt. Ms. Tripp übernahm dabei erwartungsgemäß die Initiative.

»Dann habt ihr beide mich also unter Vortäuschung falscher Tatsachen hergelockt.«

»Ich liebe dich«, sagte Elver Butz. »Du hast gesagt, daß du mich auch liebst.«

Peter hatte den Eindruck, daß Elver diese Sätze schon ein paarmal gesagt hatte. Er hatte zwar schon oft gehört, daß Liebe blind machte, aber wie konnte jemand so blind sein?

»Du hast behauptet, daß du Florian Feldstermeier bist.« Perlinda Tripp klang wütend und enttäuscht. »Mirelle hat mir seit Jahren von ihm vorgeschwärmt – wie groß und attraktiv er ist, wie vornehm, wie reich. Und als du dann in Claverton aufgetaucht bist und mir erzählt hast, ich könnte das Haus hier haben und dich dazu, und ich bräuchte als Gegenleistung nur die verdammten Briefe zu finden – «

»Du siehst Mirelle so ähnlich«, sagte Elver zärtlich.

»Papperlapapp.«

»Sie war so wunderschön, so elegant.«

»Du weißt wohl nicht, daß deine elegante kleine Schnuckimaus es mit jedem gutaussehenden Vertreter oder Handwerker getrieben hat, der ihr in die Finger gekommen ist. Hast du etwa geglaubt, du wärst was Besonderes?«

»Und ob ich das war! Unsere Beziehung war wunderschön! Ich habe alles getan, was sie gesagt hat. Den Lincoln gestohlen, Jim gekidnappt und zusammengeschnürt wie einen Thanksgiving-Truthahn und ihn dann in dem tollen Luxusschlitten in die Schlucht geworfen. Sie hat gesagt, ich bräuchte ihr bloß Jim vom Hals zu schaffen, dann wären wir frei füreinander. Wir wollten heiraten.«

»Das glaubst du doch selbst nicht! Mirelle hat dich nur ausgenutzt. Du bringst Jim für sie um, und sie kriegt eine nette kleine Witwenrente, hast du das nicht kapiert?«

»Es war falsch, ihr zu glauben, das weiß ich ja inzwischen. Aber wir beide, du und ich, wir könnten zusammen weggehen. Ich werde dich auf Händen tragen. Ich gebe dir alles, was ich habe. Ich werde – «

»Was wird das schon sein? Ein abgewrackter Lieferwagen und ein paar Rollen Elektrodraht? Ich dachte, du hättest Millionen. Du bist ein Verlierer, Elver, genau wie alle anderen Männer von Mirelle. Und ich habe die Nase voll davon, immer nur ihren Schrott zu übernehmen. An mir beißt ihr euch die Zähne aus, du und dein superkluger Freund. Ich verkaufe das Haus hier. Ich verkaufe all ihre Sachen, und wenn ich je diese Briefe finden sollte, dann verkaufe ich die auch noch. Du kannst ihm ruhig sagen – «

»NEIN!«

Der Mann brüllte so laut, daß Peter und Purvis fast rückwärts die Treppe hinuntergestürzt wären.

»Was soll das? Aua! Hör auf damit, du tust mir weh!«

»Du lachst nicht mehr über mich, Mirelle. Nie, nie mehr!«

»Elver, Liebling, hör auf! Ich bin nicht Mirelle. Ich bin Perlinda. Süßer, ich hab' doch bloß Spaß gemacht, ich lieb' dich doch auch! Ehrlich!«

»Ich wollte immer nur, daß 'ne feine Dame wie du mich liebt, Mirelle. Jemand, der so schön und – aber du hast mich ausgelacht. Also bin ich zurückgekommen, als du besoffen warst, und hab' dich rot angemalt. Weiß wie Schnee, rot wie Blut.«

»Bitte, Elver, hör auf!«

»Und als du über und über voll Opferblut warst, habe ich deine wunderschönen Brüste mit den Stromkabeln berührt und – «

Perlinda kreischte vor Angst, als Elver sie mit starker Hand packte und aus der Küche in das mit Porzellan vollgestopfte Wohnzimmer zerrte.

Peter griff sofort ein. Er packte den nächstbesten Staffordshire-Terrier und schleuderte ihn Butz an den Kopf. Es war zwar ein absoluter Volltreffer, doch als der Porzellanhund seinen Schädel traf, wurde der Elektriker nur noch wütender. Jetzt verlor er völlig die Kontrolle über sich und verwandelte sich in ein rasendes Tier, das nur noch töten wollte.

Es gab nur wenige potentielle Opfer. Falls wirklich einer von ihnen abtreten mußte, würde Peter sicher Perlinda Tripp die wenigsten Tränen nachweinen. Er verurteilte sie nicht, sie tat ihm eher leid. Purvis Monk war ein wirklich netter Kerl, Elver Butz ein Wahnsinniger. Peter war Peter, und als er nach dem größten Staffordshire-Terrier in Mirelles Sammlung griff, hoffte er inbrünstig, daß er Butz damit so lange außer Gefecht setzen würde, bis man ihn sicher hinter Schloß und Riegel gebracht hatte.

Die Bombardierung mit Porzellanhunden gefiel Butz ganz und gar nicht. Er zog sich in Richtung Treppe zurück, griff unter seinen schwarzen Pullover und zog eine Flasche heraus. Als er den Korken herausriß, roch es scharf und unangenehm nach Benzin. Elver griff nach seinem Feuerzeug, nahm den Mund voll Benzin und spie die Flüssigkeit durch die Zähne wieder aus. Er stieg rückwärts die Treppe hoch, spie Flammen gegen seine Kontrahenten und setzte damit die Vorhänge in Brand. Als er sah, wie das Feuer die drei Menschen aus dem Wohnzimmer vertrieb, das inzwischen in hellen Flammen stand, heulte er triumphierend auf.

»Ihr seid tot!« schrie er immer wieder. »Ihr seid alle tot!«

Wenn er nicht brüllte, spuckte er weiter Benzin. Inwischen hatte er den ersten Stock erreicht. Seine Kleidung begann an den Rändern zu schwelen, was er jedoch nicht zu bemerken schien, und die anderen hatten weder Zeit noch Lust zu warten und zuzusehen, was passierte. Das Feuer breitete sich in den unteren Zimmern viel schneller aus, als Peter je für möglich gehalten hätte. Die Flammen prasselten, doch das Gebrüll des Wahnsinnigen »Ihr seid tot! Ihr seid alle tot!« war trotzdem noch zu hören.

Doch sie lebten. Perlinda hätte es vielleicht nicht geschafft, wenn Peter sie nicht zur Seitentür gezogen und nach draußen auf die Veranda geschoben hätte. Er vergewisserte sich, daß Purvis Monk ebenfalls in Sicherheit war, und sprang um sein Leben, als eine riesige Stichflamme hinter ihm aufloderte.

Peter wußte nicht, was mit Elver Butz geschah, und es war ihm auch verdammt egal. Während er durch den Garten rannte, um nachzusehen, ob mit Helen alles in Ordnung war und ihr eigenes Haus nicht ebenfalls in Flammen stand, dachte er noch, daß es um das Feldster-Haus eigentlich nicht sehr schade war.

Um zu vermeiden, daß große Felsstücke aus dem ungünstig gelegenen Baugrundstück gesprengt werden mußten, hatte der längst verstorbene Architekt das Haus sehr schmal gehalten, dafür aber mit hohen Decken und einem riesigen Dachboden versehen. Leider konnte das Dachgeschoß nicht genutzt werden, da er es mit abstrusen Giebeln, Türmchen, einer Buntglaskuppel und anderen Extravaganzen ausstaffiert hatte, die während der Glanzzeit von Belter and Eastlake gerade *en vogue* waren. Jetzt leckten hungrige Flammen an den phantastischen Auswüchsen, die weit mehr gekostet hatten, als sie wert waren, und die in ein paar Minuten verschwunden sein würden.

Peter hatte schon den halben Garten durchquert, als er bemerkte, daß von allen Seiten Wasser auf ihn niederprasselte. Die Feuerwehr war längst eingetroffen und sorgte dafür, daß zwischen dem brennenden Haus und Peters geliebten Blaufichten eine schützende Wasserwand stand. Nachdem sich Peter das Wasser aus den Augen gewischt hatte, erkannte er, daß die Feuerwehrmänner klugerweise den Versuch, das Feldster-Haus jetzt noch zu retten, aufgegeben hatten. Einer der College-Wachmänner kümmerte sich um Perlinda Tripp und führte sie vorsichtig weg. Da man davon ausging, daß sich niemand mehr im Haus befand, konzentrierte man sich ganz auf den Schutz der umliegenden Häuser. Dazu zählten das Haus der Shandys, das der Porbles und das der Jacksons, die dort mit ihren vier kleinen Kindern lebten, aber auch einige andere, weiter entfernt liegende Gebäude, die möglicherweise durch Funkenflug in Brand geraten konnten.

Die Nachricht von dem brennenden Haus verbreitete sich wie ein Lauffeuer. Der Crescent war übersät mit Löschfahrzeugen. Mitglieder der Freiwilligen Feuerwehr, in der Hauptsache Balaclava-Studenten, pumpten unermüdlich Wasser aus dem Waschteich und aus dem Skunk Works Reservoir, besser bekannt unter dem Namen Oozaks-Teich. Einheimische rannten herbei, um zu sehen, was los war, Touristen aus Hoddersville und Lumpkinton trafen mit Autos und Fahrrädern ein, behinderten die Feuerwehr und bekamen strikte Anweisung, entweder hinter der Absperrung zu bleiben oder dahin zurückzukehren, woher sie gekommen waren.

Chief Ottermole saß auf seinem Drahtesel wie Napoleon auf seinem Streitroß und machte in seiner makellos geplätteten Uniform eine hervorragende Figur. Man brachte ihm mehr Respekt und Aufmerksamkeit entgegen, als ihm in seinem schrottreifen alten Streifenwagen je zuteil geworden war, bis zu dem Tag, als die lächerliche Klapperkiste, die zu ersetzen sich die Stadt angeblich nicht hatte leisten können, ihm den Gefallen getan hatte, mitten auf einer stark befahrenen Kreuzung endgültig den Geist aufzugeben.

All dies nahm Peter mehr oder weniger unbewußt wahr, während er den sich windenden Schläuchen auswich, durch den Wasservorhang rannte und klatschnaß in seine Küche stürzte. Gott sei Dank hatten sie den Raum immer noch nicht renoviert, wie sie es eigentlich vorgehabt hatten. Helen befand sich genau an der Stelle, wo er sie zuletzt gesehen hatte. Sie hielt sich am Telefon fest wie eine Ertrinkende an ihrem Rettungsring. Momentan versuchte sie gerade, einen Vertreter der Feuerflitzer von Lumpkinton davon zu überzeugen, daß seine Mannschaft auf keinen Fall nebst Handdruckpumpe und Feuerwehrdalmatiner nach Balaclava Junction flitzen sollten, weil es einfach keinen Platz mehr auf der Straße gab. Trotzdem bedankte sie sich für das freundliche Angebot. Als sie den triefenden Peter erblickte, legte sie schnell auf.

»Alles in Ordnung mit dir?«

»Alles in Ordnung mit dir?«

Sie sprachen beide gleichzeitig und mußten über sich selbst lachen. Peter wollte gerade die alte Floskel vom Gleichklang der Herzen anbringen, aber Helen war schneller. Helen ging es gut, sie war klug genug gewesen, alle Fenster zu schließen und die Luken dichtzumachen, als der erste Rauch aus dem Haus der Feldsters quoll. Peter dagegen sah furchtbar aus. Er hatte gar nicht bemerkt, wie viel Rauch und Benzindämpfe er beim Kampf gegen Elver Butz eingeatmet hatte und wie viele Kratzer und Schnitte er von dem vielen zerbrochenen Porzellan davongetragen hatte.

Das anhaltende Wasserbombardement und die zwar gebändigten, aber unermüdlichen Flammen hatten den Crescent in ein riesiges Dampfbad verwandelt. Alle husteten und schwitzten, doch niemand dachte daran zu gehen. Immer mehr Feuerwehrwagen trafen ein, die Sirenen heulten wie Wesen von einem anderen Stern. Es gab keine Parkplätze mehr, man brauchte keine weiteren Löschfahrzeuge, und die Neuankömmlinge konnten nichts weiter tun, als das allgemeine Chaos zu verschlimmern, was ihnen auch perfekt gelang.

Wie Peter erwartet hatte, war vom Feldster-Haus kaum mehr übrig geblieben als ein übergroßer Schornstein. Die Zimmer, in die Ms. Tripp genau wie ihre Schwester so viel Mühe und Arbeit gesteckt hatte, waren völlig ausgebrannt. Mirelles teure Staubfänger waren unwiederbringlich dahin, und von ihrer eindrucksvollen Sammlung war nichts weiter übrig als die Papiertüte mit Porzellanscherben, die im Marmeladenschrank im Keller der Shandys lag.

»Das Leben geben wir für eine Schellenkappe, die Seele hin für Seifenblasen …«

Peter kannte die Dichter Neuenglands in- und auswendig, sie waren seit frühester Kindheit seine Freunde. Er konnte sich noch genau daran erinnern, wie ihm sein Vater aus den Gesammelten Werken von Longfellow vorgelesen hatte. In seinem Elternhaus hatte man ständig Whittier und Longfellow zitiert. Als er ein kleiner Junge war, gehörte der Satz »Du siehst aus wie das Wrack der Hesperus« zu den beliebtesten Beleidigungen. Wer kannte heute noch den Schoner Hesperus? Wahrscheinlich war vielen nicht einmal mehr der Name Longfellow ein Begriff. Und den wenigen, die beide kannten, waren wahrscheinlich sowohl das Gedicht als auch der Dichter schnurzegal. Warum schossen ihm ausgerechnet jetzt diese Gedanken durch den Kopf, während das Haus, neben dem er mehr als sein halbes Leben gewohnt hatte, jeden Moment einstürzen konnte?

»Oh! Peter, schau mal!«

Helen griff nach seinem Arm, hob Jane hoch und hielt sie schützend an sich gedrückt. Helen brauchte gar nichts weiter zu sagen, Peter wußte auch so, was sie meinte. Alle Anwesenden starrten gebannt nach oben. Wachposten schoben die Schaulustigen nach hinten, wo sie sicherer waren. Der Lärm war infernalisch, doch ein Geräusch übertönte alles andere.

Die Stromversorgung im Feldster-Haus war längst zusammengebrochen. Nur das Feuer, das jetzt die Treppen hochraste und sich in den bizarren Dachboden fraß, erhellte das Innere des Gebäudes. In seinem Wahnsinn war Elver Butz bis auf die Turmspitze des höchsten Türmchens geklettert, manchmal durch raucherfüllte Dunkelheit, manchmal draußen an der Wand entlang, wo der Architekt vor etwa hundert Jahren einen aufwendig verzierten schmiedeeisernen Blitzableiter hatte anbringen lassen, der wie eine riesige Sonnenblume geformt war.

An dieser Sonnenblume hing Elver Butz, heulend, brüllend und lachend, als habe er völlig den Verstand verloren. Doch das konnte einfach nicht wahr sein, so etwas passierte nicht in Wirklichkeit. Viel eher war es eine Szene aus einem alten Horrorfilm. Das Wesen dort oben erinnerte an die Kreatur des Dr. Frankenstein, an das bemitleidenswerte Monster, das seinen letzten Triumphschrei hervorstieß. Das spitze Dach begann einzustürzen. Elver riß die eiserne Sonnenblume aus ihrer glühenden Verankerung, schwenkte sie über den Kopf wie eine Trophäe, stieß einen letzten todesmutigen Schrei aus und stürzte sich brüllend mitten ins Flammenmeer.

Kapitel 26

Menschenskind, Shandy!«

Peter hatte inzwischen wirklich genug von der Feldstermeier-Saga, doch er mußte Dr. Svenson noch über die Hintergründe unterrichten. »Dann hat Mirelle also Elver Butz angestiftet, Jim umzubringen, weil er sich von ihr scheiden lassen wollte?«

»Genau. Jim hatte sich die Sache anscheinend lange und gründlich überlegt. Mirelle fand seinen Taschenkalender, in dem er sich die Namen und Adressen einiger Scheidungsanwälte aufgeschrieben hatte, und beschloß, schnellstens aktiv zu werden. Ihre Ehe war von Anfang an ein Fiasko gewesen, doch daran ließ sich nicht mehr viel ändern. Jims Vater, der Patriarch des Clans, war kein grausamer Mann, doch er hätte eine Scheidung auf gar keinen Fall geduldet. Forster hielt sich streng an die Moralvorstellungen seines Vaters und hatte Jim schon vor langer Zeit mitgeteilt, daß die Familie einen Verstoß gegen die Familientradition nicht billigen würde. Jim war das alles egal, er war ohnehin nicht bereit, auch nur einen Penny von seiner Familie anzunehmen. Doch Mirelle ließ sich jeden Monat Forsters Scheck auszahlen.

So lief es schon viel zu lange. Jim hatte seine Kuhställe und seine Logenbrüder. Mirelle hatte ihren Bridgeclub, ihre Friseurtermine, ihre regelmäßigen Einkaufsbummel mit Forsters Geld und ihre gelegentlichen Affären. Sie muß völlig in Panik geraten sein, als sie Jims Taschenkalender fand. Für einen dicken Batzen vom Feldstermeier-Geld wäre sie natürlich bereit gewesen, Jim aufzugeben, aber wie konnte sie dies bewerkstelligen? Ob sie oder Jim die Scheidung einreichten, war gleichgültig, in dem Moment, wo sie geschieden waren, würden die monatlichen Zuwendungen sofort aufhören. Wenn sie weiter ihr Geld beziehen wollte, blieb ihr nur die Möglichkeit, jemanden zu finden, der ihren Mann diskret und unauffällig aus dem Weg schaffte. Dann war sie die reichste und lustigste Witwe in der Stadt, konnte sich entspannt zurücklehnen und die Früchte ihrer Arbeit genießen.

Nachdem sie Elver versprochen hatte, ihn zu heiraten, sobald er Jim aus dem Weg geschafft hatte, versuchte sie, einen Rückzieher zu machen. Elver nahm das nicht sehr freundlich auf, wie Sie selbst gesehen haben.«

Präsident Svenson faßte zusammen. »Warum Schweineblut?«

»Das hatte er sich besorgt, als er in den Schweineställen und im Schlachthaus neue Leitungen verlegte«, erklärte Peter. »Er brauchte etwas Nasses, um Mirelle zu erden, bevor er sie durch einen Stromschlag tötete. Ich nehme an, das Blut hatte symbolische Bedeutung für ihn. Wer kann schon die Motive eines Wahnsinnigen erklären?«

Es war inzwischen früher Nachmittag. Obwohl Peter einige Stunden geschlafen hatte, fühlte er sich immer noch müde. Er hatte seine guten Hosen ruiniert, als er mit brennenden Socken durch das Küchenfenster der Feldsters geklettert war, um sich in Sicherheit zu bringen. Dank der Intervention eines gütigen Schutzengels, der an diesem Tag in der himmlischen Abteilung für Männerbekleidung Dienst getan hatte, war besagte Hose jedoch zufällig aus echter, altmodischer, feuerhemmender Schafswolle. Ein Glück, denn Peter hätte Helen äußerst ungern um ihre ehelichen Rechte gebracht.

Eigentlich hatte er sich ausgiebig duschen wollen, doch sein Versuch scheiterte kläglich. Als er ausgezogen unter der Brause stand, war der Wasserdruck ungefähr gleich Null, und außer ein paar lächerlichen Tropfen tat sich gar nichts. Doch Peter war nicht sonderlich enttäuscht. Nach seiner Flucht aus dem brennenden Haus, das Ms. Tripp noch vor kurzem hatte besitzen wollen, war er schließlich von den Feuerwehrschläuchen bis auf die Knochen durchnäßt worden. Er roch zwar wie ein geräucherter Schellfisch, aber er konnte wenigstens saubere Kleidungsstücke anziehen.

Die unmittelbare Nachbarschaft zu einem Horrorhaus konnte einem das Leben ziemlich erschweren. Der Garten der Shandys hatte sich in einen Sumpf verwandelt, und im ganzen Haus stank es nach Rauch. Peter und Helen spielten schon mit dem Gedanken, für eine Woche in das Gasthaus von Ellie June Freedom zu ziehen, aber Ellie duldete keine Katzen, selbst wenn sie hervorragend erzogen waren, daher mußten sie versuchen, das Beste aus ihrer Situation zu machen.

Doch manchmal hatte selbst der größte Schrecken noch etwas Gutes. Nachbarn, die sich seit Jahren bekriegt hatten, standen stundenlang einträchtig nebeneinander am selben Feuerwehrschlauch und gingen nach getaner Löscharbeit mit der Überzeugung nach Hause, daß Soundso nur halb so bescheuert war, wie sie bisher immer angenommen hatten. Mrs. Mouzouka, die Leiterin der Hauswirtschaftsabteilung, wohnte zwei Meilen vom Campus entfernt und brauchte ihren Schönheitsschlaf. Doch sofort nachdem die unzähligen Sirenen sie aus ihrem Schlummer gerissen hatten, zog sie sich ihren Kittel über ihr Nachthemd und ihren Morgenmantel über den Kittel, fuhr im Affentempo zur Fakultätsmensa und öffnete die Küche für all die müden, verrußten, hungrigen Feuerlöscher, die den größten Teil des Crescents gerettet hatten und nun die Tatsache beklagten, daß es keine Feuer mehr zu bekämpfen gab.

Iduna und Daniel Stott waren der Höhepunkt der Nacht gewesen. Allein der Anblick des wohlbeleibten Leiters der Abteilung für Nutztierzucht und seiner üppigen Helferin war das Aufstehen allemal wert. Stott hatte den Grill bedient, während seine Gattin unermüdlich Pfannkuchen aufgetürmt, Toastbrot für ein ganzes Regiment geröstet und Brot und Fische an die Hungernden verteilt hatte.

Kurz vor Tagesanbruch kam ein frischer Wind auf, der die Lage ein wenig verbesserte, doch es würde noch eine ganze Weile dauern, bis die Winterstürme den Gestank der nassen Asche nachhaltig hinwegfegen würden. Trotz des unangenehmen Geruchs hatten Peter, Helen und Jane vier oder fünf Stunden tief und fest geschlafen, bevor Peter vor den Präsidenten zitiert worden war.

»Autopsie?« erkundigte er sich.

»Eh – ja. Ich habe Chief Ottermole gebeten, den Coroner um eine zweite Kopie seines Berichts zu ersuchen. Er hat sie gestern abend in die Bibliothek gefaxt.«

»Urgh?«

»Die Todesursache steht eindeutig fest. Mirelle starb an einem Stromschlag. Nachdem das ganze Blut abgewaschen worden war, konnte man die Stellen deutlich sehen. Und in ihrem

Blut konnte nicht die Spur von Coumadin nachgewiesen werden.«

»Ungh.«

»Dem kann ich nur zustimmen. Die arme Mirelle. Und der arme Jim.«

Svenson nickte und faßte sich wie üblich kurz. »Kommt er zurück?«

»Das weiß ich nicht. Jim hat seine Arbeit hier immer sehr ernst genommen, aber ich würde mich nicht wundern, wenn er es jetzt als seine Pflicht ansähe, die Verantwortung für seine Familie zu übernehmen. Er braucht dazu noch viel Hilfe, aber es steht ihm ein hervorragender Assistent zur Seite. Sein Neffe Florian Feldstermeier der Soundsovielte, nehme ich an, ist der Nächste in der direkten Erbfolge und scheint sich hingebungsvoll darum zu kümmern, Jim alles beizubringen.«

»Donnerkeil! Was ist das für ein Krach?«

»Oh, das ist sicher Jim.« Wohl wissend, was ihn erwartete, schlenderte Peter lässig zu dem Helikopter, der gerade draußen auf dem Rasen vor Präsident Svensons Büro landete.

»Kommt ein Milchmann geflogen!«

Dr. Svenson beobachtete amüsiert, wie der frisch umgetaufte Präsident James Feldstermeier aus dem Helikopter stieg. Seine Kleidung erinnerte irgendwie an die von Prinz Charles, doch Feldstermeier war größer und grauer. Sein kleines Milchkännchen hatte er nicht mitgebracht. Eskortiert wurde er von seinem ebenfalls makellos gekleideten Adjutanten, dem echten Florian Feldstermeier, der aussah, als wäre er gerade dem *Gentlemen's Quarterly* entstiegen. Jim stellte seinen Neffen dem Präsidenten so zwanglos vor, als wären sie alle drei gewöhnliche Sterbliche, obwohl dies natürlich lächerlich war, wie jeder wußte.

Auch ohne viele Worte wurde schon bald deutlich, daß es sich nicht um Jims Rückkehr in die Kuhställe, sondern eher um einen Staatsbesuch oder Schlußakt handelte. Auf unglaublich taktvolle Weise machte Florian deutlich, daß der neue Kopf von Intermilk im nächsten Monat in einem der firmeneigenen Flugzeuge nach Frankreich, Deutschland, Großbritannien, in die Niederlande und die Schweiz sowie nach Wisconsin, Duluth in Minnesota und diverse andere Länder und Orte fliegen würde. Auf diese Weise wollte er sich mit der geschäftlichen Seite des Familienbetriebs vertraut machen und jeweils Vorlesungen über die Grundlagen der Milchwirtschaft halten, um zu zeigen, daß er über fundierte, handfeste Fachkenntnisse verfügte und obendrein der Sproß einer berühmten Familie war, die in den Annalen der Milchwirtschaft ihren festen Platz einnahm.

Florian war ein geschickter Diplomat. Er schlug vor, Präsident Svenson könne vielleicht Präsident Feldstermeier, den Generaldirektor von Intermilk, einladen, sein neues Leben im Milchgeschäft mit seinem inzwischen fast legendären Einführungsvortrag zu beginnen, und zwar hier am Balaclava Agricultural College, wo er so viele Jahre als hochgeschätzter Spezialist tätig gewesen war. Der Vorschlag wurde auf der Stelle angenommen. Obwohl es Sonntag war, ließ Svenson sofort Professor Stott antanzen. Professor Stott ließ daraufhin einige seiner besten Studenten antanzen. Diese wiederum trommelten ihre eher trägen Kommilitonen zusammen. Alles ging so schnell, daß Professor Feldster alias Feldstermeier bereits nach etwa zehn Minuten auf seinem alten Podest vor den Studenten stand.

Während die Studenten mit dem üblichen Lärm Platz namen, bat Florian Peter Shandy und Thorkjeld Svenson, ihn hinaus auf den Flur zu begleiten. »Ich möchte das Programm nicht stören, aber da ich aller Wahrscheinlichkeit nach diesen Vortrag noch oft hören werde, dachte ich mir, daß wir uns währenddessen vielleicht kurz unterhalten könnten.«

»Ich denke, das läßt sich machen, Florian. Haben Sie etwas Bestimmtes auf dem Herzen?«

»Verschiedenes. Zuerst möchte ich Ihnen mitteilen, daß wir mit Ihrem hervorragenden und äußerst diskreten Bestatter Harry Goulson vereinbart haben, daß Mirelles sterbliche Hülle zu unserem Familiensitz gebracht wird, wo sie in unserer Familiengruft zur letzten Ruhe gebettet werden soll.«

»Urgh«, sagte Svenson.

»Zweitens möchte die Feldstermeier Foundation einen großzügigen Betrag spenden, um hier am Balaclava College einen James Feldstermeier Lehrstuhl für Milchwirtschaft einzurichten.«

»Urf.«

»Drittens bin ich auf der Suche nach einem Ehepaar, das ich vor einigen Jahren während eines Urlaubs in der Karibik kennengelernt habe. Vielleicht kennen Sie die beiden zufällig? Der Mann ist Arzt und erwähnte, sie würden ganz in der Nähe des Colleges wohnen, in dem Onkel James unterrichtete, und zwar in einem Haus, das schon seit Generationen seiner Familie gehört. Ich hatte gehofft, einen Blick auf das Gebäude werfen zu können, als ich Tante Mirelle vorige Woche besucht habe. Aber ich war so spät dran, daß ich keine Gelegenheit dazu hatte. Der Name des Ehepaars ist Melchett. Können Sie damit etwas anfangen?«

»Allerdings«, sagte Peter. »Wie der Zufall es will, wollten wir gerade zu Melchett, als Ihr Helikopter landete. Was halten Sie davon, Präsident, wenn wir Florian einfach mitnehmen? Der Besuch könnte allerdings ein wenig – eh – anders ausfallen, als Sie vielleicht erwarten, Florian.«

»Sehr gut. Ich liebe Überraschungen. Hat es zufällig etwas mit dem kleinen Problem meines Onkels zu tun?«

»Wahrscheinlich sogar eine ganze Menge. Das Melchett-Haus befindet sich dort drüben hinter den Hemlocktannen. Wenn Sie Lust haben mitzukommen, können wir in fünf Minuten da sein.«

»Das Haus meines Onkels liegt genau in der anderen Richtung, nicht?«

»Tut mir leid, Florian, aber Ihr Onkel hat kein Haus mehr. Zumindest nicht in Balaclava Junction. Das Haus ist bis auf die Grundmauern abgebrannt. Hat Ihnen das niemand erzählt?«

»Nein. Aber hat es überhaupt Onkel James gehört? Gehören die Häuser nicht alle dem College?«

»Sehr richtig. Jims Haus war das einzige, das nicht gerettet werden konnte, weil dort das Feuer ausgebrochen ist. Die übrigen konnten durch einen Wasservorhang geschützt werden. Wahrscheinlich waren alle Löschfahrzeuge vor Ort, die Balaclava County überhaupt aufbieten kann. Mein Haus blieb Gott sei Dank auch verschont, wie ich mit Erleichterung sagen kann.«

»Und wie ich mit Erleicherung höre.« Auch Florian hatte anscheinend eine menschliche Seite.

»Da vorn ist Dr. Melchetts Haus schon«, sagte Peter.

»Sehr hübsch.« Florian ging langsamer und betrachtete das schöne alte Gebäude eingehend. »Hoffentlich haben die beiden Kinder, die die Familientradition fortsetzen können.«

»Soweit ich weiß, haben sie keine«, sagte Peter. »Oder, Präsident Svenson?«

»Hund. Klein wie ein Eichhörnchen.«

»Foo-Foo.«

Peter erinnerte sich an den lustigen Namen, weil Mirelle ihn bei ihrer nächtlichen Schimpftirade gebraucht hatte, als er sich geweigert hatte, Jim Feldster zu suchen. Er hatte immer noch Gewissensbisse, wenn er daran dachte, was er in jener verhängnisvollen Nacht, als Elver Butz den gestohlenen grauen Lincoln in eine Folterkammer verwandelte, eigentlich hätte tun müssen und dann doch nicht getan hatte.

»Etwa ein Pekinese?« Florian schien die kleine Besichtigungstour zu genießen.

Ganz im Gegensatz zu Peter. Als sie die geräumige Veranda betraten, die dem Haus irgendwann um 1880 hinzugefügt worden war, war er alles andere als erfreut, als sie Mrs. Melchett vorfanden. Sie hielt keinen Pekinesen, sondern einen Zwergspitz auf dem Arm und sah ungefähr genauso bedrückt aus, wie Peter sich fühlte. Trotzdem schien sie sich sehr zu freuen, sowohl den Präsidenten als auch den netten Mr. Feldstermeier in ihrem Haus begrüßen zu dürfen. Oder vielmehr im Haus der Familie Melchett, wie das Messingschild neben der Tür verkündete. Der Zahn der Zeit und fleißiges Polieren durch viele Generationen hatten zwar ihre Spuren hinterlassen, doch das Schild erfüllte nach wie vor die ihm ursprünglich zugedachte Aufgabe.

»Na so was! Präsident Svenson, Mr. Feldstermeier, was für eine Überraschung! Schade, daß ich nicht wußte, daß Sie kommen würden, sonst hätte ich etwas vorbereitet. Möchten Sie sich vielleicht unser Treppenhaus anschauen? Es ist ziemlich ausgefallen.«

Sie verhaspelte sich, wußte nicht, was sie sagen sollte, und klammerte sich an den winzigen Hund, als hinge ihr Leben davon ab. Im Inneren des vornehmen alten Gebäudes war die Atmosphäre zum Schneiden dick. Der Grund dafür wurde klar, als Dr. Melchett den Kopf aus seinem Arbeitszimmer steckte, einen kurzen Blick auf die Ankömmlinge warf und beschloß, die Tür auf der Stelle wieder zu schließen.

Der mächtige Fuß von Thorkjeld Svenson war schneller. »Raus da, Mistkerl!« Der Präsident riß die Tür auf und zerrte den entsetzten Arzt in den Flur.

»Raus mit der Sprache!«

»Aber was – ich – ich habe es nicht getan! Ich habe ihn nur

mitgenommen und ihm eine Spritze gegeben. Elver war der – ich wollte doch bloß – « Er begann zu schluchzen.

»Jim Feldster umbringen?« Peter merkte zum ersten Mal, wie sehr er diesen eingebildeten Arzt verachtete. »Warum?«

»Weil ich es nicht länger ausgehalten habe. Sie hat noch den letzten Cent von mir erpreßt. Ich brauchte das Geld. Sie sagte, wenn ich ihr dabei helfe, Jim aus dem Weg zu räumen – all die Jahre, und bloß weil sie diese verdammten Briefe hatte – «

»Welche Briefe, Howland?«

Coralee Melchetts Stimme klang eisig. »Dauernd mußtest du mitten in der Nacht Hausbesuche machen. Mit wie vielen deiner Patientinnen hast du dich denn auf deinem Untersuchungstisch amüsiert? Glaubst du etwa, ich hätte das alles nicht bemerkt? Ich habe endgültig genug davon, dir den Rücken zu decken, Howland. Ich gehe jetzt zu Vater. Sieh zu, wie du allein mit deinen Problemen fertig wirst.«

Sie wandte sich an ihre ehrenwerten Gäste. »Tut mir leid, daß ich unsere schmutzige Wäsche hier vor Ihnen waschen muß, aber ich halte es einfach nicht mehr aus. Ich werde diesen Pharisäer an den Pranger bringen. Ich werde überall erzählen, was du mit deinen Patientinnen gemacht hast, du geiler alter Bock. Was sind das für Briefe, Howland? Warum sollte Professor Feldster sterben? Und was hatte Elver Butz damit zu tun? Warst du zu feige, den Professor selbst umzubringen?«

»Ich habe Elver genaue Anweisungen gegeben. Ich habe ihm klar und deutlich gesagt, daß er Jim ja nicht lebend dort zurücklassen soll. Ich wollte nicht, daß er langsam verhungert oder – Elver sollte – «

»Was sollte Elver tun, Howland? Nein, sag es besser nicht, ich will es gar nicht wissen. Sobald Mr. Feldstermeier fort ist, steige ich in den Wagen, den Daddy mir geschenkt hat, nehme Foo-Foo, fahre zum besten Scheidungsanwalt in Claverton und reiche die Scheidung ein. Und diese Briefe will ich als Beweisstücke. Wo sind sie?«

»Hör auf! Halt endlich den Mund! Es war Mirelle. Sie – ich – als junge Frau war sie unwiderstehlich. Ich habe mich wahnsinnig in sie verliebt. Du warst so gottverdammt prüde, hast immer nur davon gefaselt, was dein Daddy alles – «

»Ach, halt die Klappe, Howland! Dann hat Mirelle dich also erpreßt? Und du hast sie umgebracht?«

»Mit *Mirelles* Tod hatte ich nichts zu tun.«

»Mag sein, aber Sie haben alles versucht, um Jim den Mord in die Schuhe zu schieben, als Sie herausfanden, daß er doch nicht tot war«, sagte Peter. »Sie haben den Autopsiebericht aus Ottermoles Büro gestohlen, als er Streife fuhr, und durch eine Fälschung ersetzt, in der stand, Mirelle sei durch eine Überdosis Coumadin gestorben. Kein Wunder, daß Edmund so schlecht gelaunt war. Er hat Sie gekratzt, als Sie ihn bei seinem Nickerchen gestört haben.«

»Urrgh!«

Das reichte. Melchett rannte zurück in sein Arbeitszimmer. Sie hörten, wie er die Tür hinter sich abschloß. Präsident Svenson riß zwar mit ein paar mächtigen Rucken die schwere Tür aus den Angeln, doch sie kamen zu spät. Melchett hatte sich eine tödliche Injektion gesetzt. Seine halb geöffneten Augen starrten ins Leere, und sein Mund war ein häßliches Loch in seinem blau angelaufenen Gesicht. Die Spritze war ihm aus der Hand gefallen und steckte zitternd in dem teuren Eichenparkett.

»Das war's dann wohl.«

Nach dieser kurzen Totenrede nahm Florian Feldstermeier das schneeweiße Leinentaschentuch heraus, das ihm der unvergleichliche Curtis in die Brusttasche seines Jacketts gesteckt hatte, faltete es auseinander und legte es über das Gesicht des Toten. Coralee bedankte sich höflich, ging zum Telefon und rief in Goulsons Bestattungsinstitut an.

Harry Goulson wußte bestimmt, wie man die ganze Angelegenheit möglichst diskret über die Bühne brachte. Im *Claverton Crier* würde eine kurze Todesanzeige stehen, und der *Gemeinde- und Sprengel-Anzeyger* würde nur Gutes zu sagen wissen und das Schlechte verschweigen. Coralee Melchett konnte sich die Kosten und Peinlichkeiten der Scheidung sparen. Sie und Foo-Foo würden das alte Melchett-Haus dem College überlassen, wie es in dem erst vor kurzem verfaßten Testament ihres verstorbenen Mannes stand. Sie selbst würde zu ihrem Vater ziehen und ihm im Geschäft helfen.

»Dann wäre also alles wieder vortrefflich in Ordnung in der besten aller möglichen Welten.«

Florian schien um Aussprüche nicht verlegen zu sein. »Ich würde vorschlagen, wir sehen nach, ob Onkel James die Massen immer noch erleuchtet. Vielleicht könnten Sie mir ein gutes

Restaurant empfehlen? Falls es hier überhaupt Restaurants gibt. Onkel James braucht vor unserem nächsten Termin sicher noch eine kleine Stärkung, meinen Sie nicht?«

»Da bin ich ganz sicher.« Peter konnte sich keinen Feldstermeier vorstellen, der nicht unablässig von Hunger geplagt wurde. »Die beste Adresse vor Ort ist die Fakultätsmensa. Wir können uns von Mrs. Mouzouka einen Tisch reservieren lassen und versuchen, Jim aus den Kuhställen herauszulotsen, falls Sie wirklich heute noch einen weiteren Stopp einlegen wollen.«

Peter hatte recht. Sie hätten beinahe schon wieder die Feuerwehr rufen müssen, um den Professor von seinen jubelnden Studentenmassen loszueisen. Professor Feldstermeier versprach, weitere Vorträge über Milchwirtschaft zu halten, sobald es sein Terminkalender zuließ. Professor Stott erklärte sich bereit, seinem alten Kollegen beim Mittagessen Gesellschaft zu leisten. Peter hoffte nur, daß es genug zu essen gab. Ein Svenson, ein Stott und zwei Feldstermeier waren selbst für Mrs. Mouzouka ein absoluter Härtetest, doch sie hatte ein ganzes Studentenheer zum Kochen und Servieren zusammengetrommelt und meisterte die Krise mit Bravour, ungeachtet der Tatsache, daß ihre Küche die ganze Nacht über geöffnet gewesen war.

Erst als Stott und Svenson sich verabschiedet hatten, um ihren Nachmittagsverpflichtungen nachzugehen, und Peter die beiden Ehrengäste zurück zu ihrem Hubschrauber geleitete, kam Florian auf das heikle Thema zu sprechen. »Onkel James, du brauchst dir keine Sorgen zu machen, daß dieser Besuch von Unannehmlichkeiten überschattet sein könnte. Ein Gutes hat das Feuer gestern nacht nämlich doch mit sich gebracht: Es ist alles verbrannt. Auch die Briefe, die Dr. Melchett an Tante Mirelle geschrieben hat. Wir brauchen keine Angst zu haben, daß der Name Feldstermeier durch die Boulevardpresse gezogen wird.«

Jim Feldster, der dafür bekannt war, daß er immer ernst war, begann zu lachen. »Das wäre sowieso nicht passiert. Die Briefe habe ich schon vor zwanzig Jahren verbrannt und durch Einladungen zum Bohnenfest in Beanstown ersetzt. Es findet normalerweise jährlich statt, mit Bohnenstangen, die Bohnenkaffee servieren, einem Bohnenkönig und dem berühmten Bohnenwettessen zugunsten der Bohnenzüchter von Beanstown. Aber irgendwie war die Ernte in dem Jahr nicht die Bohne wert, also haben wir alles abgeblasen und die Einladungen gar nicht erst abgeschickt. Da kam mir die Idee, sie anderweitig zu nutzen. Irgendwie hat mich die Vorstellung gereizt, daß Mirelle stapelweise Umschläge mit Bohnenbriefen hortet. Heute war wirklich ein schöner Tag, Pete. Gut, daß wir alle Probleme gelöst und die sprichwörtliche Kuh endlich vom Eis haben. Wir sehen uns dann in etwa einem Monat.«

Peter wartete nicht, bis der Hubschrauber außer Sichtweite war. Gerade war ihm eine wunderbare Idee gekommen. Vielleicht konnte er zusammen mit Thorkjeld Svenson ein paar Bulldozer organisieren, zu den traurigen Überbleibseln des Feldster-Hauses fahren und einige kathartische Tage damit verbringen, die Ruine zu beseitigen. Dann würden sie die öde Stätte in einen prächtigen Park verwandeln, in dem Studenten der Botanik das in die Tat umsetzen konnten, was Professor Shandy ihnen predigte. Aus für den Milchmann – jetzt kam der Mulch.

Nachwort

Balaclava County im nördlichen, ländlichen, bostonfernen Massachusetts mit Dörfern, verschlafenen Kleinstädten, viel Landwirtschaft und wenig, meist veralteter Industrie, aber mit einer renommierten Landwirtschaftlichen Hochschule gesegnet, ist der Schauplatz der ländlichen Romane von Charlotte MacLeod (»Schlaf in himmlischer Ruh'«, »… freu dich des Lebens«, »Über Stock und Runenstein«, »Der Kater läßt das Mausen nicht«, »Stille Teiche gründen tief«, »Wenn der Wetterhahn kräht«, »Eine Eule kommt selten allein«, »Miss Rondels Lupinen«, DuMonts Kriminal-Bibliothek Bd. 1001, 1007, 1019, 10312, 11045, 1063, 1066 und 1078). Für den reichen Norden der USA stellt die Gegend eine Art gemäßigtes Armenhaus dar, und so ist besonders die Hochschule ein Segen, gibt sie doch nicht nur den zukünftigen Farmern von Neuengland eine solide Ausbildung, sondern erleichtert mit ihren Forschungen auch deren Existenz: Professor Peter Shandy hat mit dem ›Balaclava-Protz‹ eine höchst erfolgreiche Rübensorte gezüchtet und sein Kollege Professor Stott dazu das Superschwein, das diese Rübe in eine geradezu phantastische Zahl von Koteletts umsetzt. Kennen- und lieben gelernt hat auch der deutsche Leser den Schauplatz von Peter Shandys detektivischen Abenteuern, diese liebenswert skurrile Welt, in der der Sheriff auf dem Fahrrad seines Sohnes seine Runden dreht, weil die Gemeinde zu arm (oder zu neuenglisch geizig) ist, ihm nach dem öffentlichen Zusammenbruch des alten einen neuen Streifenwagen zu finanzieren. Seit er während des für das College höchst einträglichen Weihnachtsrummels, genannt ›Lichterwochen‹, die Leiche einer Nachbarin im eigenen Wohnzimmer fand, ist er nach und nach zum Sherlock Holmes der Rübenfelder geworden, dem die Fälle im College, ums College und in der Gegend drumherum nur so zufallen, und sei es, weil der hünenhafte Präsident Svenson ihm befiehlt, ›sein‹ College aus den Schlagzeilen herauszuhalten. Sein neuester Fall trifft, wie seine beiden ersten, wieder ins Herz des College – wenn es denn ein Fall ist. Neben den Shandys wohnen in einem der alten dem College gehörenden Backsteinhäuser die Feldsters. Daß weder die Nachbarn zur Linken noch die zur Rechten viel Kontakt mit ihnen haben, liegt zum einen daran, daß James Feldster so aufregend, farbig und exotisch wie die Milch ist, der er sein Leben verschrieben hat, und daß umgekehrt seine Frau Mirelle schlechthin unerträglich ist und ihre Nachbarn überdies förmlich schneidet. Ihren Mann hat sie dahin getrieben, daß er sein Leben förmlich in zwei Hälften geteilt hat: Von Sonnenaufgang bis zum Sonnenuntergang ist er als Experte für Milchwirtschaft bei den Ställen und in der Molkerei zu finden, die Abende verbringt er in allen Logen, die von seinem Haus aus erreichbar sind – Hauptsache, sie lassen keine Frauen zu. Abends kennen ihn die Nachbarn nur scheppernd von all den Bruderschafts- und Hochgrads-Insignien, die er an sich und bei sich trägt. Niemand kennt so viele Arten, sich durch einen Händedruck den Brüdern aus vielen Dutzend Bruderschaften als Eingeweihter zu erkennen zu geben, wie er. Vor Jahren hatte er schon einmal in Peters zweitem Fall kurzfristig als Verdächtiger eine Rolle gespielt (»… freu dich des Lebens«, Du Monts Kriminal-Bibliothek Bd. 1007). Damals war das Forschungsprojekt von Professor Stott entführt worden, die trächtige Zuchtsau Belinda, die im Begriff stand, die Ferkel der Zukunft zu werfen. Stott war als Fachmann für Schweinezucht der Direktor der für das College wichtigen Abteilung für Nutzviehhaltung, Feldster als Professor für Milchwirtschaft nur zweiter Mann. Sollte hinter Belindas Verschwinden eine akademische Intrige stecken und Feldster aus Stotts Niederlage als Sieger hervorgehen wollen, der Zweite zum Ersten aufsteigen? Peter hatte damals den Verdacht schnell fallenlassen: Feldster hatte als Student alle Melkwettbewerbe gewonnen, und sein wissenschaftlicher Ruhm basierte auf seiner Monographie über die Geschichte der Entrahmung, zudem hatte er wichtige Veröffentlichungen zum Butterfettgehalt aufzuweisen. Sonst wußte man nur von ihm, daß er als Waisenkind bei einem älteren Ehepaar aufgewachsen war, das jemanden zum Melken gebraucht hatte – als potentieller Napoleon des Verbrechens war er jedenfalls für Peter Shandy damals zu Recht schnell ausgeschieden. Und just dieser James

Feldster stand nun selbst im Mittelpunkt eines rätselhaften Geschehens, und einer der letzten, die ihn gesehen hatten, war Peter selber. Wie fast jeden Abend war Jim scheppernd an ihm vorbeigegangen, hatte dieselbe launige Bemerkung wie jeden Abend gemacht, und war in Richtung irgendwelcher Logentreffen verschwunden. Doch statt daß ihn ein Logenbruder mit seinem Wagen mitgenommen hatte, war er in einen lokal unbekannten großen grauen Lincoln mit getönten Scheiben gezerrt oder sonstwie verfrachtet worden und auf Nimmerwiedersehen verschwunden. Doch noch ehe er beim Morgengrauen in den Ställen von Kühen und Studenten vermißt werden konnte, hatte ausgerechnet seine Frau Alarm geschlagen – sie, die sich sonst für sich hielt und sich vor allem wenig um die Bruderschaften ihres Mannes kümmerte, hatte nachts um 2.47 Uhr die Shandys aus Sorge um den Verschwundenen aus dem Bett geholt. Und hatte durchaus recht mit dieser unzeitigen Sorge gehabt – siehe das Vermißtwerden bei und von den Kühen am nächsten Morgen und den rätselhaften Lincoln am vorigen Abend. Aber ist das schon ein Fall? Oder eher ein vorgezogener Halloween-Streich irgendwelcher Logenbrüder, was vielleicht näher läge? Der Milchmann ab durch die Mitte – so könnte man den englischen Titel »Exit the Milkman« wörtlich übersetzen – und Auftritt Catriona McBogle. Seit »Wenn der Wetterhahn kräht« (DuMonts Kriminal-Bibliothek Bd. 1063) liebt Charlotte MacLeod es, unter diesem Pseudonym in ihren eigenen Büchern aufzutreten. Seit Dr. Fells denkwürdiger Erklärung, er und seine Mitspieler befänden sich schließlich »in einer Kriminalgeschichte …, und wir können keinen Leser damit täuschen, indem wir so tun, als wäre das nicht so«, aus dem Jahre 1935 (John Dickson Carr, »Der verschlossene Raum«, DuMonts Kriminal-Bibliothek Bd. 1042), lange bevor die Moderne generell ›fiction‹ als Fiktion preisgab, liebt es der Detektivroman, mit seiner Ernsthaftigkeit und Authentizität zu kokettieren und sich selbst als intelligentes Spiel zu demaskieren. Und so präsentiert sich Catriona McBogle denn auch als äußerst erfolgreiche Autorin, die mit unseriösen Plots seriöses Geld verdient und von Boston bis Tokio – und an einer ganzen Reihe von Orten dazwischen auch – als Krimi-Schriftstellerin äußerst beliebt ist. Und gerade deshalb sitzt ihr Verleger ihr im Nacken. das Verlangen der Fans nach einem neuen Roman zu stillen – und ihr fällt nichts ein: Ihr fehlt ein Plot! Und so stehen Schriftstellerin und Detektiv, Catriona McBogle und Peter Shandy, vor derselben Frage: Ist der verschwundene Professor für Milchwirtschaft, von Studenten wie Kollegen ›der Milchmann‹ genannt, ein Fall? Ein Plot? Catriona ist es, die aus dem immer noch harmlosen Verschwinden des Nachbarn und Kollegen einen Fall macht, weil er bei ihr Assoziationen auslöst, die sie zunächst selbst nicht verifizieren kann. Sein Name, sein Aussehen auf einer Fotografie, eine weitere Fotografie – an was erinnert sie das bloß? Als sie sich, von den Shandys wenig getröstet und, wie sie meint, immer noch plotlos, auf den Heimweg nach Maine macht (wo auch die wirkliche Charlotte MacLeod lebt), stößt sie nicht, wie sie gehofft hatte, auf eine Idee, sondern fährt mitten hinein: Mit der ihr eigenen Gabe, sich geradezu kreativ zu verfahren, findet sie auf einer von Gott und Menschen vergessenen Nebenstraße im allerländlichsten Massachusetts in höchst prekären Umständen den verschwundenen Milchmann. Und sie allein weiß, wer er wirklich ist! Auch wenn das relativ früh im Roman bekannt wird, soll es hier doch nicht verraten werden. Jedenfalls ist alles weitere nach McBogle-MacLeods Herzen: Feldster – der gar nicht so heißt – leidet unter Gedächtnisverlust und kann so zur Aufklärung seines rätselhaften Schicksals nichts beitragen. Und seine wahre Identität, die ihm selbst vielleicht zur Zeit nicht präsent ist, darf keineswegs publik gemacht werden, geht doch gerade von dieser wahren Identität seine potentielle – und allem Anschein nach auch höchst reale – Gefährdung aus. Und dabei scheint zugleich, wenn man der Presse glauben darf, halb Neuengland auf der Suche nach ihm zu sein. Während Catriona den amnesischen Milchmann auf Nebenwegen Richtung Maine schafft, weiß man in Balaclava immer noch nicht, ob der Verschwundene nun ein Fall ist oder nicht bis eine unbezweifelbare Leiche auf höchst blutige Weise diese Frage beantwortet. Aber wie hängt beides zusammen – ein verschwundener und ebenso zufällig wie spektakulär wiedergefundener Milchmann und ein blutiger Mord in Balaclava Junction? Wieder einmal ist Peter ein Verbrechen, diesmal sogar ein doppeltes, wortwörtlich vor die Haustür gelegt worden, und er wird es lösen. Nicht nur, weil Präsident Svenson seinen üblichen Druck ausübt – es heißt, sein Großvater sei Walfänger gewesen und seine Großmutter ein Mörderwal –, sondern auch aus dem Berufsethos heraus, das ihn schon bei seinem ersten Fall motivierte: Schließlich will er doch auch bei einer eingegangenen Versuchspflanze herausfinden, warum und woran sie eingegangen ist. Und so wird er auch seinen neunten Fall erfolgreich lösen, helfen ihm doch nicht nur seine detektivische Begabung und seine inzwischen unbezweifelbare Routine, sondern sogar seine Autorin selber – Catriona McBogle alias Charlotte MacLeod.

Volker Neuhaus

Band 1085	Ellery Queen	**... und raus bist du!**
Band 1086	Phoebe Atwood Taylor	**Kalt erwischt**
Band 1087	Conor Daly	**Mord an Loch acht**
Band 1088	Lee Martin	**Saubere Sachen**
Band 1089	S. S. van Dine	**Der Mordfall Benson**
Band 1090	Charlotte MacLeod	**Aus für den Milchmann**
Band 1091	William L. DeAndrea	**Im Netz der Quoten**
Band 1092	Charlotte MacLeod	**Jodeln und Juwelen**
Band 1093	John Dickson Carr	**Die Tür im Schott**
Band 1094	Ellery Queen	**Am zehnten Tage**
Band 1095	Michael Innes	**Appleby's End**
Band 1096	Conor Daly	**Tod eines Caddie**
Band 1097	Charlotte MacLeod	**Arbalests Atelier**
Band 1098	William L. DeAndrea	**Mord live**
Band 1099	Lee Martin	**Hacker**
Band 1100	**Jubiläumsband**	**Mord als schöne Kunst betrachtet – Noch mehr Morde**
Band 1101	Phoebe Atwood Taylor	**Zu den Akten**
Band 1102	Leslie Thomas	**Dangerous Davies und die einsamen Herzen**
Band 1103	Steve Hamilton	**Ein kalter Tag im Paradies**
Band 1104	Charlotte MacLeod	**Mona Lisas Hutnadeln**
Band 1105	Edmund Crispin	**Heiliger Bimbam**
Band 1106	Steve Hamilton	**Unter dem Wolfsmond**
Band 1107	Conor Daly	**Schwarzes Loch siebzehn**
Band 1108	S. S. van Dine	**Der Mordfall Skarabäus**
Band 1109	Ellery Queen	**Blut im Schuh**
Band 1110	Charlotte MacLeod	**Der Mann im Ballon**
Band 1111	Steve Hamilton	**Der Linkshänder**
Band 1112	Phoebe Atwood Tayor	**Todernst**
Band 1113	Lee Martin	**Der Tag, als Dusty starb**
Band 2001	Lee Martin	**Neun mörderische Monate** (3 Romane)
Band 2002	Charlotte MacLeod	**Mord in stiller Nacht** (Sonder-Doppelband)
Band 2005	Anne Perry	**Mehr viktorianische Morde** (2 Romane)

DuMont's Kriminal-Bibliothek
Charlotte MacLeod
Ein schlichter alter Mann

Band 1072
Charlotte MacLeod
Teeblätter und Taschendiebe

Sarah und ihr Mann Max sitzen mit dem Rest des Kelling-Clans zusammen, um eine Wohltätigkeitsauktion zu planen. Onkel Fredericks Nippes-Sammlung soll unter den Hammer kommen. Man sitzt gerade beim Tee, als die Nachricht von einem Mord die Ruhe stört. Und was Cousine Theonia in den Teeblättern liest, lässt nichts Gutes ahnen.

Band 1084

Charlotte MacLeod

Rolls Royce und Bienenstiche

Sarah und ihr Mann Max Bittersohn sind auf das Sommerfest der altehrwürdigen Billingsgates eingeladen. Das Paar soll die Augen nach einem verschwundenen Rolls Royce offenhalten. Doch dann wird der Chauffeur ermordet, ein weiterer Wagen verschwindet spurlos, und plötzlich löst sich auch noch eine Tante in Luft auf.

Band 1092
Charlotte MacLeod
Jodeln und Juwelen

Sarah Kellings Tante Emma flüchtet vor dem jodelnden Besuch ihres Sohnes auf die Insel Pocapuk. Dass auf der Überfahrt ihre Tasche gestohlen wird, ließe sich ertragen. Doch als bei der Suche nach dem Inselschatz die Leiche eines Sporttauchers auftaucht, müssen Sarah und Max Bittersohn ihrer Tante bei der Spurensuche zur Seite stehen.

Band 1097
Charlotte MacLeod
Arbalests Atelier

Bartolo Arbalest ist Spezialist für die Restauration alter Kunstwerke. Ist es Zufall, dass frisch restaurierte Stücke aus Villen der Bostoner High Society verschwinden? Und dass Arbalests Kunde George Protheroe mit einem altertümlichen Speer in der Brust aufgefunden wird? Sarah und Max Bittersohn stoßen bei ihrer Jagd auf einen verschwundenen Schatz, einen Fluch und einen perfekten Racheplan.

Band 1104

Charlotte MacLeod

Mona Lisas Hutnadeln

Während ihr Mann Max in Argentinien nach Kunstschätzen jagt, verabredet sich Sarah Kelling Bittersohn mit den exzentrischen Mitarbeitern des Wilkins-Museums zum Lunch. Doch dann wird die umtriebige Museumsleiterin ermordet aufgefunden: Tatwaffe ist eine antike Hutnadel. Zu allem Überfluss ist Sarah als Vollstreckerin eines recht kuriosen Testaments eingesetzt ...

Band 1110

Charlotte MacLeod

Der Mann im Ballon

Das Hochzeitsfest könnte so schön sein. Aber als Max Bittersohns Neffe heiratet, läuft alles schief. Unter den Hochzeitsgeschenken finden sich die verschwundenen Rubine aus dem Familienerbe. Bei der Suche nach Hinweisen stößt Max auf eine vermeintliche Leiche, die auf einmal wieder quicklebendig ist und ihn niederschlägt. Dann landet auch noch ein Heißluftballon auf dem Hochzeitszelt. Unter den Resten des Zeltes findet sich eine Leiche. Und diese rührt sich tatsächlich nicht mehr.